新世纪高等学校教材 | 中国语言文学系列教材

外国文学作品选（西方卷）

第3版 上册

WAIGUO WENXUE
ZUOPINXUAN（XIFANGJUAN）

主　编　刘洪涛
编　委　刘　倩　李正荣　杨明晨　杨俊杰　张　欣
　　　　张　珂　周劲含　姚建彬　高建为　郭　瑜
　　　　（以姓氏笔画为序）

北京师范大学出版集团
BEIJING NORMAL UNIVERSITY PUBLISHING GROUP
北京师范大学出版社

图书在版编目(CIP)数据

外国文学作品选. 西方卷/刘洪涛主编. —3 版. —北京：北京师范大学出版社，2023.2(2025.8 重印)

新世纪高等学校教材·中国语言文学系列教材

ISBN 978-7-303-28479-5

Ⅰ. ①外… Ⅱ. ①刘… Ⅲ. ①外国文学－作品综合集－高等学校－教材 Ⅳ. ①I11

中国版本图书馆 CIP 数据核字(2022)第 242888 号

出版发行：北京师范大学出版社 https://www.bnupg.com
北京市西城区新街口外大街 12-3 号
邮政编码：100088

印　　刷：天津旭非印刷有限公司
经　　销：全国新华书店
开　　本：787 mm×1092 mm　1/16
印　　张：48.75
字　　数：1440 千字
版　　次：2023 年 2 月第 3 版
印　　次：2025 年 8 月第 22 次印刷
定　　价：98.00 元(上下册)

策划编辑：周劲含　　　　责任编辑：郭　瑜
美术编辑：李向昕　　　　装帧设计：李向昕
责任校对：梁　爽　　　　责任印制：马　洁

版权所有　侵权必究

读者服务电话：010-58806806
如发现印装质量问题，影响阅读，请联系印制管理部：010-58806364

前 言

《外国文学作品选》是为大学中文系汉语言文学专业本科生“外国文学史”“外国文学名著选读”等课程编选的一套阅读教材，其他的外国文学爱好者也可拿它做学习、欣赏之用。

外国文学是人类优秀文化遗产的重要组成部分，其蕴含的知识、思想和智慧，可以成为中国社会了解世界的一扇窗口，中国文学发展的域外镜鉴，个体成长的精神资源。中华人民共和国成立以后，国家高度重视“外国文学作品选”类教材的编写工作。在20世纪60年代初，由教育部统一规划、周煦良主编的四卷本《外国文学作品选》出版；这套教材后来在1979年再版，对于推动我国新时期教材建设和国家的现代化进程，做出了重要贡献。党的十八大以来，习近平总书记就推动人类文明交流互鉴、一带一路建设、构建人类命运共同体，发表过多次重要讲话，党的二十大报告也指出要“深化文明交流互鉴”，为新时代的外国文学教材建设如何响应国家重大战略需求指明了方向。习近平总书记曾在庆祝中国共产党成立95周年大会等许多重要场合论述过文化自信，旗帜鲜明地传递出新时代中国特色社会主义文化建设的理念和指导思想。文化自信，既包含着文化主体的自我认同，也体现为主体对外来文化的创造性转换。

《外国文学作品选》是在继承新中国同类教材优秀传统，同时顺应新时代要求的基础上编写的。全套书分为“东方卷”和“西方卷”，把外国文学划分为东、西方文学两大板块，凸显了二者分立、共存、对等和对话的关系，隐含了对中国文学作为东方文学重要组成部分的认同，体现出鲜明的中国特色。本教材为“西方卷”部分，在作品的选择上，对那些公认的经典，力求在具体选文上截取其中最精彩、较重要、相对完整的部分；同时对在中国产生过重大影响的优秀作品，也给予了相当关注。本教材第3版在兼顾思潮流派和国别平衡的基础上，扩大了选收20世纪作家作品的比重和时间下限，以反映外国文学发展的最新面貌。在作品的编排上，本教材大体按照国内学界通行的外国文学史的断代和分期排序，从而建立起一个从古希腊时代至20世纪晚期的西方文学经典序列。本教材在每位作家的选文前，对所选作家作品都有简要的介绍和分析，其思想、观点和方法，以马克思主义理论为指导，并吸收了学界最新的研究成果。这些做法，都体现了本教材的中国立场和主体性，贯彻了党的教育方针，落实了立德树人的根本任务，有机融入了习近平新时代中国特色社会主义思想。

对读者而言，这本书最大的好处是便捷，书中浓缩了外国文学名著的精华，花不太多的时间，就可以将其尽数吸纳。但我们希望读者不要就此止步，应该以这些有限的选文为桥梁，进入到更为丰富多彩的外国文学大花园。为了指导读者的进一步阅读，我们在书后附了一份外国文学作品阅读书目。花两年多时间，将它们认真阅读，大学阶段的外国文学教育可以说已经出色完成，读者的思想内涵会更加丰富，视野更加开阔，精神境界也会有大幅度提升。

《外国文学作品选·西方卷》在2010年出版了第1版，2017年出版了第2版，一直受到广大读者的欢迎，积累了可观的印量。第3版在第2版的基础上，纳入了更多当代作品，一些选文也采用了更好的译本。为控制篇幅，本书中的一些选文放到了二维码链接中。本书由北京师范大学文学院比较文学与世界文学研究所的教师合作编选、撰稿。中央民族大学外国语学院的张珂老师编订了阅读书目，参与了第2版的修订。广东的谢银根老师不辞辛苦，担任了第3版的校对工作，并对译本选择提供了许多宝贵意见。谭茹方同学负责新增选文的截取和校对。出版社的周劲含老师认真负责，精神可嘉。在此向为本书出版付出心血的各位老师表示衷心的感谢。

2022年6月于北京师范大学

目　录

荷　马

《伊利亚特》与《奥德赛》合称“荷马史诗”，相传由生活于公元前 10 世纪至公元前 9—前 8 世纪的希腊行吟盲诗人荷马所作。

在公元前 13 世纪至公元前 12 世纪，希腊部族联盟的军队曾远征小亚细亚的特洛伊城，历时十年，最后攻陷了这座城市。在神话传说中，这场战争的起因，是特洛伊王子帕里斯拐走了希腊城邦斯巴达国王的妻子海伦。帕里斯的行为引起了希腊部族的愤怒，他们以迈锡尼王阿迦门农为统帅，组成联军远征特洛伊城。特洛伊人则联合附近的部落，在王子赫克托尔的指挥下顽强抵抗。奥林匹斯山上的诸神也分成两派，卷入到这场大战中。战争进行到第十年，希腊英雄奥德修斯献木马计，里应外合攻陷特洛伊城。

《伊利亚特》全诗 15693 行，从特洛伊战争的第十年开始叙述，起于希腊英雄阿基琉斯因愤怒罢战，结束于特洛伊人为英雄赫克托尔举行葬礼。第二十二卷是史诗情节发展的高潮，描写了交战双方的两位主将——阿基琉斯与赫克托尔的最后决战，赫克托尔失去神助后被杀，阿基琉斯侮辱赫克托尔的尸体，特洛伊人为失去赫克托尔而悲痛欲绝等重要场景。

第二十二卷出色地刻画了阿基琉斯与赫克托尔的英雄性格。阿基琉斯性格张扬刚猛，他立功心切，甚至连日神阿波罗也不放在眼里。他抱着必胜的信心，以神勇矫健之躯，追赶赫克托尔，誓言要向他报仇雪恨。赫克托尔性格内敛沉稳，他明知不敌阿基琉斯，仍不顾父母的劝阻哀求，决定担负起挽救城邦和部落的责任，与阿基琉斯决一死战。两位英雄虽性格不同，但都具有不畏牺牲、为部落而战的英雄主义精神。史诗作者在颂扬英雄主义精神的同时，也通过诸多细节，客观呈现了战争的残酷性质，渲染了战争的悲剧色彩。

《伊利亚特》的情节安排具有人神两条线索交织、并进的特点。《伊利亚特》惯用固定饰词，一个英雄往往有多个甚至十几个饰词或程式化用语。这些程式化的、反复出现的修饰性用语，不仅点出被修饰者的某个或某些特点和属性，强化了人物的特征，而且有助于渲染史诗的凝重、宏伟和肃穆。《伊利亚特》还善用比喻，其比喻均取自人们熟知的日常生活和各种自然现象，并且将其铺排渲染成一幅动态的画面，不仅增强了描述的形象性，也有利于将抽象的事物具体化。这些特点在第二十二卷都有充分体现。

伊利亚特(节选)

第二十二卷

——赫克托尔被阿基琉斯杀死遭凌辱

特洛伊人像一群惊鹿逃进城里，
他们抹去汗污，饮水解除了燥渴，
依靠着坚固的雉堞喘息。阿开奥斯人
继续向城墙冲来，把盾牌靠在肩头。
恶毒的命运却把赫克托尔束缚在原地，
把他阻留在伊利昂城外斯开埃门前。
福波斯·阿波罗这时对佩琉斯之子这样说：
“佩琉斯之子，你为何这样快腿追赶我，
一个有死的凡人追赶不朽的神明？
显然你没认出我是神，才这样追赶。
你放弃同那些逃跑的特洛伊人作战，
他们已经逃进城，可你却跑来这里。
你杀不了我，因为命运注定我不死。”

捷足的阿基琉斯无比愤怒地回答说：
“射神，最最恶毒的神明，你欺骗了我，
把我从城墙引来这里，要不还会有
许多人没逃进伊利昂便先趴下啃泥土。
你夺走了我的巨大荣誉，轻易地挽救了
那些特洛伊人，因为你不用担心受惩处。
倘若有可能，这笔账我定要跟你清算。”

他这样说，重新勇猛地奔向城市，
如同竞赛中得胜的骏马拖着战车，
奔跑得那样轻快，敏捷地奔过平原，
阿基琉斯也这样快捷地迈动两腿和双膝。

老王普里阿摩斯第一个看见他奔来，
如同星辰浑身光闪地奔过平原。

那星辰秋季出现，光芒无比明亮，
在昏暗的夜空超过所有其他星星，
就是人称猎户星座中狗星的那一颗。
它在群星中最明亮，却把凶兆预告，
把无数难熬的热病送来可怜的人间，
阿基琉斯奔跑时胸前的铜装也这样闪亮。
老王长叹一声，不由得举起双手
捶打自己的脑门，连连沉重长叹，
恳求儿子回城；赫克托尔站在城外，
心情热切地要同阿基琉斯打一场恶战。
老王把手伸向赫克托尔，可怜地哀求：
“赫克托尔，儿子啊，不要独自在那里
等那家伙，你这是想让他打倒寻死，
因为他远比你强大，又很凶残。
如果他令神明也像令我这样讨厌，
那他早就该躺在地上死于非命，
被猎狗鹰鹫撕碎，消释我心头的痛隐。
他夺走了我的许多高贵的儿子，
卖往遥远的海岛或把他们杀死。
在逃进城里的特洛伊人中我没有看见
吕卡昂和波吕多罗斯，我的两个儿子，
拉奥托埃——一个杰出的女子生了他们。
如果他们活在敌营，我们便用
青铜和黄金去赎他们：家里有贮存，
高贵的老人阿尔特斯给女儿丰厚的馈赠。
如果他们已被杀死前往哈得斯，
便又给我和他们的母亲增添了哀楚。
特洛伊人不会为他们过分痛心，
除非你也一起被阿基琉斯杀死。
我的孩子，进城来吧，为了拯救
特洛伊男女，也为了不让阿基琉斯赢得
巨大的荣誉，你不至于失去宝贵的生命。
可怜可怜不幸的我吧，我还活着，
已进入老迈，天父宙斯却要让我
度过可怕的残年，看见许多不幸：
看见我的儿子们一个个惨遭屠戮，
女儿们被掳丧失自由卧室遭洗劫，
婴儿被敌人无情地杀害抛到地上，
儿媳们一个个落入阿开奥斯人的魔掌。

当有人用锐利的铜刃把我刺中或砍伤，
灵魂离开身体，我最后死去的时候，
贪婪的狗群将会在门槛边把我撕碎，
它们本是我在餐桌边喂养的看门狗，
却将吮吸我的血，餍足地躺在大门口。
年轻人在战斗中被锐利的铜器杀死，
他虽已倒地，一切仍会显得很得体，
他虽已死去，全身仍会显得很美丽，
但一个老人若被人杀死倒在地上，
白发银须，甚至私处被狗群玷污，
那形象对于可怜的凡人最为悲惨。”

老王说完，伸手乱扯他那头白发，
但仍不能动摇赫克托尔既定的决心。
他的母亲这时也伤心得痛哭流涕，
她一手拉开衣襟，一手托起乳部，
含泪对他说出有翼飞翔的话语：
“儿啊，赫克托尔，可怜我，看在这分上，
我曾经用它里面的汁水平抚你哭泣！
想想这些，亲爱的孩儿，退进城来，
回击敌人，不要单独和那人对抗。
阿基琉斯性情凶残，如果你被他杀死，
亲爱的儿啊，你便不可能安卧停尸床，
被我和妻子哭泣，你会远离我们，
在阿尔戈斯船舶边被敏捷的狗群饱餐。”

他们一面痛哭，一面对儿子这样说，
苦苦哀求，但没能打动赫克托尔的心灵，
他仍站在原地，等待强大的阿基琉斯。
有如一条长蛇在洞穴等待路人，
那蛇吞吃了毒草，心中郁积疯狂，
蜷曲着盘踞洞口，眼睛射出凶光；
赫克托尔也这样心情激越不愿退缩，
把那面闪亮的盾牌依着突出的城墙，
但他也不无忧虑地对自己的傲心这样说：
“天哪，如果我退进城里躲进城墙，
波吕达马斯会首先前来把我责备，
在神样的阿基琉斯复出的这个恶夜，
他曾经建议让特洛伊人退进城里，

我却没有采纳，那样本会更合适。
现在我因自己顽拗损折了军队，
愧对特洛伊男子和曳长裙的特洛伊妇女，
也许某个贫贱于我的人会这样说：
‘只因赫克托尔过于自信，损折了军队。’
人们定会这样指责我，我还远不如
出战阿基琉斯，或者我杀死他胜利回城，
或者他把我打倒，我光荣战死城下。
当然我也可以放下这突肚盾牌，
取下沉重的头盔，把长枪依靠城墙，
自作主张与高贵的阿基琉斯讲和，
答应把海伦和他的全部财产交还
阿特柔斯之子，阿勒珊德罗斯当初用空心船
把它们运来特洛伊，成为争执的根源。
我还可以向阿开奥斯人提议，让他们
和我们均分城里贮藏的所有财富，
我可以召集全体特洛伊人起誓，
什么都不隐藏，把我们可爱的城市
拥有的一切全都交出来均分两半。
可我这颗心为什么考虑这些事情？
我绝不能走近他，他丝毫不会可怜我，
不会尊重我，他会视我如同弱女子，
赤裸裸地杀死，当我卸下这身铠甲时。
现在我和他不可能像一对青年男女
幽会时那样从橡树和石头絮絮谈起，
青年男女才那样不断喁喁情语。
还是让我和他尽快地全力拼杀吧，
好知道奥林波斯神究竟给谁胜利。”

　赫克托尔这样思虑等待，阿基琉斯来到近前，
如同埃倪阿利奥斯，头盔颤动的战士，
那支佩利昂产的梣木枪在他的右肩
怖人地晃动，浑身铜装光辉闪灿，
如同一团烈火或初升的太阳的辉光。
赫克托尔一见他心中发颤，不敢再停留，
他转身仓皇逃跑，把城门留在身后，
佩琉斯之子凭借快腿迅速追赶。
如同禽鸟中飞行最快的游隼在山间
敏捷地追逐一只惶惶怯逃的野鸽，

野鸽迅速飞躲，游隼不断尖叫着
紧紧追赶，一心想扑上把猎物逮住。
阿基琉斯当时也这样在后面紧追不舍，
赫克托尔在前面沿特洛伊城墙急急逃奔。
他们跑过丘冈和迎风摇曳的无花果树，
一直顺着城墙下面的车道奔跑，
到达两道涌溢清澈水流的泉边，
汹涌的斯卡曼得罗斯的两个源头。
一道泉涌流热水，热气从中升起，
笼罩泉边如同缭绕着烈焰的烟雾。
另一道涌出的泉水即使夏季也凉得
像冰雹或冷雪或者由水凝结的寒冰。
紧挨着泉水是条条宽阔精美的石槽，
在阿开奥斯人到来之前的和平时光，
特洛伊人的妻子和他们的可爱的女儿们
一向在这里洗涤她们的漂亮衣裳。
他们从这里跑过，一个逃窜一个追，
逃跑者固然英勇，追赶者比他更强，
迈着敏捷的双脚，不是为争夺祭品
或者牛革这些通常的竞赛奖赏，
而是为了夺取驯马的赫克托尔的性命。
如同在为牺牲的战士举行的葬礼竞赛中
许多单蹄马为能夺得三脚鼎或女人
这样丰厚的奖品，绕着标杆飞驰，
他们也这样绕着普里阿摩斯的都城，
迈着快腿绕了三周，神明众睽睽。
天神和凡人之父终于对神明这样说：
“啊，我亲眼看见我们宠爱的人被追赶，
沿城墙落荒奔逃，赫克托尔使我怜悯，
他经常在崎岖的伊达山的高峰上，
或在特洛伊城堡虔诚地敬献给我
壮牛的肥厚腿肉，现在被勇敢的阿基琉斯
围绕着普里阿摩斯的都城紧紧追赶。
神明们，你们好好想想，帮我拿主意，
我们是救他的性命，还是让这个高尚的人
今天倒毙于佩琉斯之子阿基琉斯的手下。”

　目光炯炯的女神雅典娜立即回答说：
“掷闪电的父亲，集云之神，你说什么话！

一个有死的凡人命运早作限定，
难道你想让他免除可怕的死亡？
你看着办吧，但别希望我们赞赏。”
　集云之神宙斯这样回答雅典娜：
“特里托革尼娅①，亲爱的孩子，你别着急，
我所言并非有什么打算，但愿你称心，
你想怎么办就怎么办，不要迟延。”

　宙斯的话鼓励了跃跃欲试的女神，
雅典娜迅速飞下奥林匹斯峰巅。

　捷足的阿基琉斯继续疯狂追赶赫克托尔，
有如猎狗在山间把小鹿逐出窝穴，
在后面紧紧追赶，赶过溪谷和沟壑，
即使小鹿转身窜进树丛藏躲，
也要寻踪觅迹地追赶把猎物逮住。
赫克托尔也这样摆脱不了捷足的阿基琉斯，
每当他偏向达尔达尼亚城门方向，
企图挨着建造坚固的城墙奔跑，
城上的人们朝下放箭保护他的时候：
每次阿基琉斯都抢先把他挡向平原，
自己始终占着靠近城墙的道路。
有如人们在梦中始终追不上逃跑者，
一个怎么也逃不脱，另一个怎么也追不上，
阿基琉斯也这样怎么也抓不着逃跑的赫克托尔。
赫克托尔怎么能这样躲过残忍的死神？
只因为阿波罗最后一次来到他身边，
向他灌输力量，给他敏捷的脚步。
神样的阿基琉斯向他的部队摇头示意，
不许他们向赫克托尔投掷锐利的枪矢，
免得有人击中得头奖，他屈居次等。
当他们一逃一追第四次来到泉边，
天父取出他的那杆黄金天秤，
把两个悲惨的死亡判决放进秤盘，
一个属阿基琉斯，一个属驯马的赫克托尔，
他提起秤杆中央，赫克托尔一侧下倾，
滑向哈得斯，阿波罗立即把他抛弃。

---

① “特里托革尼娅”是雅典娜的别称，意为“出生在特里托尼斯湖畔的”。

目光炯炯的女神雅典娜迅速来到
佩琉斯之子身边，说出有翼飞翔的话语：
“宙斯的宠儿阿基琉斯，我们可望
今天让阿开奥斯人带着全胜回船，
难以制服的赫克托尔将被我们杀死。
现在他已不可能逃脱我们的手掌，
不管射神阿波罗怎样费心帮助他，
甚至匍匐着哀求持盾的天父宙斯。
你且停住脚步喘喘气，我这就去
上前找他，劝他和你一决胜负。”

阿基琉斯听从雅典娜心中欢喜，
拄着那杆铜尖梣木枪停住脚步。
雅典娜离开他赶上神样的赫克托尔，
模仿得伊福波斯的外貌和洪亮的嗓音，
站到他近旁说出有翼飞翔的话语：
“亲爱的兄弟，捷足的阿基琉斯如此快步，
绕着普里阿摩斯的都城把你追赶，
现在让我们停下来就在这里迎战。”

头盔闪亮的伟大的赫克托尔回答雅典娜：
“得伊福波斯，在赫卡柏和普里阿摩斯
给我的所有兄弟中，你一向对我亲近，
现在我心中比以前更为深挚地敬爱你，
只有你看见我被追赶，愿意出城帮助我，
其他人都不敢出来，在城里惊惶地藏躲。”

目光炯炯的女神雅典娜这样回答说：
“亲爱的兄弟，父王和母后都曾抱膝
哀求我不要出城，部下也这样力劝，
他们全都如此害怕那个阿基琉斯，
但我在城里心中为你痛苦难忍，
现在让我们大胆迎战和他厮杀，
枪下不留情面，看看如何结果：
是他杀死我们，带着血污的铠甲
返回空心船，还是他倒在你的枪下。”

雅典娜这样说，用狡计带领他冲上前去，
待他们这样相向而行，互相逼近时，

阿基琉斯和赫克托尔就这样走到一起。
头盔闪亮的伟大的赫克托尔首先说话：
“佩琉斯之子，我不再逃避你，像刚才
绕行普里阿摩斯的都城三遭不停步，
现在心灵吩咐我停下来和你拼搏，
或是我得胜把你杀死，或是你杀我。
但不妨让我们敬请神明前来作证，
神明能最好地监督和维护我们的誓言：
如果宙斯让我获胜，把你杀死，
我不会侮辱你的躯体，尽管你残忍，
阿基琉斯，我只剥下你那副辉煌的铠甲，
尸体交阿开奥斯人。你也要这样待我。”

捷足的阿基琉斯狠狠地看他一眼回答说：
“赫克托尔，最可恶的人，没什么条约可言，
有如狮子和人之间不可能有信誓，
狼和绵羊永远不可能协和一致，
它们始终与对方为恶互为仇敌，
你我之间也这样不可能有什么友爱，
有什么誓言，唯有其中一个倒下，
用自己的血喂饱持盾的战士阿瑞斯。
鼓起你的全部勇气，现在正是你
表现自己是名枪手和无畏战士的时候。
不会有别的结果，帕拉斯·雅典娜将用
我的枪打倒你，你杀死了我那么多朋友，
使我伤心，你将把欠债一起清算。”

阿基琉斯说完，举起长杆枪投了出去。
光辉的赫克托尔临面看见，把枪躲过。
他见枪飞来，蹲下身让铜枪从上面飞过，
插进泥土，但帕拉斯·雅典娜把它拔起，
还给阿基琉斯，把士兵的牧者赫克托尔瞒过。
赫克托尔对勇敢的佩琉斯之子大声说：
“神样的阿基琉斯，你枉费力气没投中，
并非由宙斯得知我的命运告诉我。
你这是企图用花言巧语把我蒙骗，
想这样威吓我失去作战的力量和勇气。
我不会转身逃跑让你背后掷投枪，
我要临面冲上来让你正面刺胸膛，

如果这是神意。现在你先吃我一枪，
但愿你把这支铜枪能全部吃进肉里。
只要你一死，这场战争对于特洛伊人
便会变容易：你是他们最大的灾祸。”

赫克托尔说完，晃动着投出他的长杆枪，
击中佩琉斯之子的神造盾牌的中心，
他没有白投，但长枪却被盾牌弹回。
赫克托尔懊恼长杆枪白白从手里飞去，
又不禁愕然，因为没有第二支梣木枪。
他大声叫喊手持白盾的得伊福波斯，
要他递过来长杆枪，但已匿迹无踪影。
赫克托尔明白了事情真相，心中自语：
“天哪，显然是神明命令我来受死，
我以为英雄得伊福波斯在我身边，
其实他在城里，雅典娜把我蒙骗。
现在死亡已距离不远就在近前，
我无法逃脱，宙斯和他的射神儿子
显然已这样决定，尽管他们曾那样
热心地帮助过我：命运已经降临。
我不能束手待毙，暗无光彩地死去，
我还要大杀一场，给后代留下英名。”

赫克托尔这样说，一面抽出锋利的长剑，
那剑又大又重，佩带在他的腰边，
他挥剑猛扑过去，有如高飞的苍鹰，
那老鹰穿过乌黑的云气扑向平原，
一心想捉住柔顺的羊羔或胆怯的野兔，
赫克托尔也这样挥舞利剑冲杀过去。
阿基琉斯也冲杀上来，内心充满力量，
把那面装饰精美的盾牌举在胸前，
头上晃动着闪亮的四行饰槽的头盔，
美丽的金丝在盔顶不断摇曳，
赫菲斯托斯把它们密密地紧镶盔脊。
夜晚的昏暗中金星太白闪烁于群星间，
无数星辰繁灿于天空，数它最明亮，
阿基琉斯的长枪枪尖也这样闪辉。
他右手举枪为神样的赫克托尔构思祸殃，
看那美丽的身体哪里戳杀最容易。

赫克托尔全身有他杀死帕特罗克洛斯
夺得的那副精美的铠甲严密护卫，
只有连接肩膀和颈脖的锁骨旁边
露出咽喉，灵魂最容易从那里飞走。
神样的阿基琉斯一枪戳中向他猛扑的赫克托尔的喉部，
枪尖笔直穿过柔软的颈脖。
沉重的梣木铜枪尚未能戳断气管，
赫克托尔还能言语，和阿基琉斯答话。
阿基琉斯见赫克托尔倒下这样夸说：
“赫克托尔，你杀死帕特罗克洛斯无忧虑，
见我长时间罢战无惊无恐心安然，
愚蠢啊，那里还有一个比帕特罗克洛斯
强很多的人在，我还留在空心船前，
现在我杀了你，恶狗飞禽将把你践踏，
阿开奥斯人却将为帕特罗克洛斯行葬礼。”

头盔闪亮的赫克托尔声音虚弱地回答说：
“我求你，以你的心灵、双膝和双亲的名义，
不要把我丢给阿开奥斯船边的狗群，
你会得到许多黄金、铜块作赎金，
我的父王和母后会给你送来厚礼，
把我的身体运回去，好让特洛伊人
和他们的妻子给我的遗体火葬行祭礼。”

捷足的阿基琉斯怒目而视回答说：
“你这条狗，不要提膝盖和我的父母，
凭你的作为在我的心中激起的怒火，
恨不得把你活活剁碎一块块吞下肚。
绝不会有人从你的脑袋旁把狗赶走，
即使特洛伊人为你把十倍二十倍的
赎礼送来，甚至许诺还可以增添。
即使普里阿摩斯吩咐用你的身体
秤量赎身的黄金，你的生身母亲
也不可能把你放上停尸床哭泣，
狗群和飞禽会把你全部吞噬干净。”

头盔闪亮的赫克托尔临死这样回答说：
“我这下看清了你的本性，我曾预感
不可能说服你，因为你有一颗铁样的心。

不过不管你如何勇敢，也请你当心，
我不要成为神明迁怒于你的根源，
当帕里斯和阿波罗把你杀死在斯开埃城门前。”

他这样说，死亡降临把他罩住，
灵魂离开肢体前往哈得斯的居所，
留下青春和壮勇，哭泣命运的悲苦。
捷足的阿基琉斯对死去的赫克托尔这样说：
“你就死吧，我的死亡我会接受，
无论宙斯和众神何时让它实现。”

阿基琉斯这样说，从尸体上拔出铜枪，
搁置一旁，再剥下肩上血污的铠甲。
其他阿开奥斯人拥过来四面围上，
惊异赫克托尔身材魁梧相貌俊美，
没有人不使他再增加一点新的伤迹。
人们都对自己近旁的同伴这样说：
“啊呀呀，这位赫克托尔现在确实显得
比他把熊熊火把抛向船舶时要温和。”

大家一面说，一面戳击不动的尸体，
捷足的阿基琉斯剥光赫克托尔身上的铠甲，
开始对阿开奥斯人把带翼的话这样说：
“朋友们，阿尔戈斯各位将领和君王们，
既然不朽的神明让我打倒了他，
他给我们造成的灾害超过其他人，
现在让我们全副武装绕城行进，
看看特洛伊人怎样想，有什么打算，
他们是见赫克托尔被杀死放弃高城，
还是没有赫克托尔也仍要继续作战。
可我这颗心为什么考虑这些事情？
帕特罗克洛斯还躺在船里，没有被埋葬，
没有受哀礼。只要我还活在人世间，
还能行走，我便绝不会把他忘记；
即使在哈得斯的处所死人把死人忘却，
我仍会把我那亲爱的同伴牢牢铭记。
阿开奥斯战士们，现在让我们高唱凯歌，
返回空心船，带上这具躺着的尸体。
我们赢得了巨大的光荣，杀死了赫克托尔，

城里的特洛伊人把他夸耀得如同神明。”

他一面这样说，一面构思如何凌辱
赫克托尔的尸体。他把赫克托尔的双脚
从脚踝到脚跟的筋腱割开穿进皮带，
把它们系上战车，让脑袋在后面拖地。
他跳上战车，举起那副辉煌的铠甲，
扬鞭驱策那两匹战马如飞般捷驰。
赫克托尔拖曳在后扬起一片尘烟，
黑色的鬈发飘散两边，俊美的脑袋
沾满厚厚的尘土，宙斯已把他交给他的敌人，
在他的祖国恣意凌辱他。

赫克托尔的脑袋就这样在尘埃里翻滚，
他的母亲见儿子受辱，扯乱了头发，
把扯下的闪亮头巾扔掉，放声哭喊。
他的父亲也悲惨地痛哭，周围的人们
也一片哭嚎，整座城市陷入悲泣。
到处是凄惨的哭声，有如巍峨的伊利昂
从高堡到窄巷突然被熊熊的大火吞噬。
老王狂乱地奔向达尔达尼亚城门，
想冲出城去，人们好容易把他拦住。
老人趴在污泥里向大家急切地恳求，
一一称呼每个人的姓名对他们这样说：
“朋友们，不要管我，你们关心我过分，
让我出城前往阿开奥斯人的船舶，
去向那个无恶不作的家伙请求。
或许他会自惭年轻敬重我老年，
他也有一个像我这样年纪的父亲
佩琉斯，养育了他给特洛伊人为祸，
在所有的人中给我造成最大的苦难，
我那么多儿子正值华年被他杀死。
我曾为他们惨遭不幸伤心地哀哭，
但这次为赫克托尔却使我悲痛欲绝。
啊，即使他能死在我的怀里也好，
那样他那个生他到世间的母亲和我
便可为他行哀悼，尽情地流泪哭泣。”

老人放声哭诉，居民们一片哀号，

赫卡柏也对特洛伊妇女们这样悲诉：
“孩儿啊，我多命苦，现在你已死去，
我为何还苟延残喘在人世，受苦挨熬煎？
你在特洛伊夜以继日地令我骄傲，
全城的男女视你如救星，敬你如神明。
你活着的时候曾是他们的巨大希望，
但现在死亡和残忍的命运把你追上。”

赫卡柏这样大声哭诉，赫克托尔的妻子
还没有听到消息：没有哪个忠实的信使
前来禀告她丈夫留在城外的事情。
她正在高宅深院的一角忙着织一匹
双幅紫色布，织上各种花卉图案。
她刚才还吩咐那些美发的女侍们进屋，
把大三脚鼎架上旺火，从战场回来的
赫克托尔可以痛痛快快地洗个热水澡。
她绝没想到丈夫不可能再回来把澡洗，
雅典娜已通过阿基琉斯之手把他杀死。
她听见了堞垛传来的哀号悲泣声，
全身一震，梭子从手里一滑落地面。
她重又召唤美发的女侍对她们这样说：
“你们俩过来跟我走，看看是什么事情。
我听见尊敬的婆婆的哭声，我胸中的心
好像要跳出嘴来，双脚麻木无感知，
普里阿摩斯的孩子们定然灾难临近。
但愿我不会听到那样的不幸消息，
可我又担心，神样的阿基琉斯不要
已把英勇的赫克托尔与城市隔开，
赶往平原，制服了他那可怕的勇敢，
因为他从不畏缩于一般士兵之间，
而是一向无人可比拟，冲杀在前。”

她这样说，忐忑不安地冲出家门，
如疯狂的酒神伴侣，女仆们侍后随行。
她急急来到城墙边，穿过聚集的人群，
爬上城墙放眼探望，看见城外
快马正拖曳着她的丈夫的尸体，
无情地把它拖向阿开奥斯人的空心船。
晦夜般的黑暗罩住了安德罗马克的双眼，

她仰身晕倒在地，立即失去了灵知。
漂亮的头饰远远地甩出，掉落地上，
有女冠、护发、精心编制的发带和头巾，
那头巾系由黄金的阿佛罗狄忒馈赠，
头盔闪亮的赫克托尔送上无数聘礼，
把她从埃埃提昂家族迎娶的那一天。
姑嫂们立即一起紧紧围拢过来，
把她扶起，她沉沉昏厥犹如死去。
等她苏醒过来，灵知回复心中，
立即放声悲恸，对特洛伊妇女泣诉：
“赫克托尔，不幸啊，我们以同样的苦命出生；
你生在特洛伊高贵的普里阿摩斯家中，
我生在特拜林木覆盖的普拉科斯山下
埃埃提昂家里，不幸的他生了不幸的我，
把我抚养成人，悔当初真不该降世。
现在你已前往哈得斯的昏冥处所，
奥深莫测的下界，独把我孤零零撇下，
在家中守寡，无限悲凉，无限凄楚。
儿子尚幼，来自这对苦命的父母。
赫克托尔，你死了，不能再保护他，
他也不能保护你；即使他能逃过
阿开奥斯人的惨战，未来仍将多苦难，
外人会来侵夺他的家业和财产。
无依无靠的孤儿不会有玩耍的伙伴，
他将终日垂头伤心，泪洗面颊，
贫困迫使年幼的他去找父辈挚友，
掇掇这人的外袍，扯扯那人的短褂，
直到引起人们的怜悯，把酒杯传给他，
也只及沾沾唇沿，仍是舌燥口干。
一个父母双全的孩子把他推开，
横暴地对他拳脚相加，肆意欺凌：
‘快滚开，你又没有父亲在这里饮宴。’
孩子只好哭着回来找他的寡母，
可怜的阿斯提阿那克斯，从前他惯于坐在
父亲的膝头，吃的是骨髓和肥嫩的羊脂。
在他感觉困乏，停止孩童玩耍后，
他便躺在奶妈的怀里甜甜入眠，
床榻柔软，无限的满足充满心尖。
现在他失去了父亲，将忍受无穷的辱难，

阿斯提阿那克斯，特洛伊人对他的别称，
因为你为他们保卫城门和巍峨的护垣。
现在你躺在翘尾船旁，远离双亲，
待狗群吃饱，蠕动的蛆虫又来吞噬，
赤身裸露，家中空有华服无数，
精美艳丽，由妇女们巧手缝制。
我将把它们抛进火堆付之一炬，
它们于你已无用，你不会再穿着它们，
只好在特洛伊人面前用作对你的祭奠。”

【选自[古希腊]荷马：《荷马史诗·伊利亚特》，罗念生、王焕生译，北京，人民文学出版社，2015】

萨　福

萨福(约前7—前6世纪)是古希腊著名女诗人，擅长抒情诗写作，流传至今的诗歌大多为残片。这些诗歌残片，再加上从公元前5世纪起的各类希腊文献对萨福其人其诗的讲述，在西方文学史上构成了一个源远流长的萨福文学传奇。

萨福所作多是独曲，即在一种竖琴伴奏下演唱的较为短小、音节较简单的诗歌，常使用一种后世称作“萨福体”的格律。她的诗歌能够无所顾忌地描写自我的爱情和欲望，诗歌用词精当、音律悦耳迷人，被普遍认为是古希腊抒情短诗的最高成就之一。

选文一是今天唯一一首完整的萨福的传世之作，后人命名为《致阿佛洛狄忒》。诗歌以向古希腊爱情女神阿佛洛狄忒祈祷的口吻写成。前四段仿佛对女神的祷词，讲述诗人陷入爱情的痛苦之中，希望得到女神的眷顾。第五段、第六段开始人称突然转变，模仿女神的口吻询问诗人的“狂乱的心”，一连三个问句，问她此次对象是谁，并很有把握地说对方必将爱上她，“不管她，愿意不愿意”。第七段则再次变成诗人的口吻，好像在回答女神的话，坚定不移地请求她的成全。巧妙的人称转换使这首诗在立意上如奇峰突起。诗虽不长，却将爱情对人的折磨描写得淋漓尽致：爱神是“宙斯的多巧计的女儿”，用爱的“痛苦和烦恼”“折磨”诗人的心，她爱恋的对象如此难以把握，而爱的流溢违背个人的心意，即使明知爱令人痛苦不堪，诗人仍无法止住渴望。选文二《在我看来那人有如天神》的主题也是描写爱情。这首诗的立意同样非常精准别致，诗歌抓住面对爱人的瞬间，“我的舌头像断了，一股热火/立即在我周身流窜，/我的眼睛再看不见，/……我流汗，我浑身打战，/我比荒草显得更加苍白”，将个体的爱恋感受渲染得如同灾难降临、厄运逼近。

远在公元6世纪以前，萨福以女性的身份，如此大胆地描写爱欲体验，既令人称奇，又惹人遥想那不可思议的古希腊时代人们生活的自由和解放程度。她的诗在表现爱情时专注于个体极细腻的感受，尤其擅于描绘人在爱欲中的分裂，在描述爱欲的甜蜜与痛苦之际，抒情主体的反思、感受复杂地交织在一起，呈现出一个相当现代的诗人主体形象。

致阿佛洛狄忒[①]

坐华丽宝座的永生不朽的爱神,[②]
宙斯的多巧计的女儿[③],我求你,
我的主啊,别用痛苦和烦恼
折磨我这颗心。

你快来吧,仍像从前从远处[④]
一听到我恳求就细心倾听,
立即离开你父亲的宫殿
起身向我前来。
你驾起金辇,由两只美丽
天鹅牵引,迅奔黑色大地,
转瞬间已从太空越过中天
盘旋,降落下来,

顷刻来到,你有福的女神!
你永久光辉的面容现出微笑,
问我:有什么痛苦?为什么
把你召唤来?

我狂乱的心到底想要
怎样?"你要我说服谁?
要我带你走进谁的心坎?
萨福,谁辜负你?

她躲避你,立刻会来追求你,
她不受你的礼物,会来送你礼物的,
她不爱你,很快会爱你,

---

① 阿佛洛狄忒即爱神。

② 从古希腊瓶画上至今还可看到阿佛洛狄忒的有些画像是坐在一个镶嵌得很花哨的宝座上的。

③ 爱神善于把一只鸟拴在一个轮子上一边念咒一边把恋人的心拴住。她又能用箭射向情人的心,使他们产生爱情。还有许多其他左右人或神的爱情的方法。所以说她是"多巧计的"。

④ 萨福过去在爱情上如愿以偿,她设想都是得到爱神帮助的缘故。她想象那一次阿佛洛狄忒如何听到她的召唤,如何立即前来,如何殷勤慰问,如何答应使她如愿。想到这一切,她充满信心,再一次恳求阿佛洛狄忒,希望得到意中人的爱。

不管她，愿意不愿意。”

如今也请你快来！从苦恼中
把我解救出来，做我的战友，

帮助我实现我惆怅的心中
怀抱着的心愿。①

【选自[古希腊]荷马等著：《古希腊抒情诗选》，水建馥译，北京，商务印书馆，2013】

① 这首诗可与屈原的《云中君》互看，相似处甚多，诚属文学史上少见的一种巧合。

在我看来那人有如天神[①]

在我看来那人有如天神[②]，
他能近近坐在你面前，
听着你甜蜜
谈话的声音，

你迷人的笑声，我一听到，
心就在胸中怦怦跳动。
我只要看你一眼，
就说不出一句话，

我的舌头像断了，一股热火
立即在我周身流窜，
我的眼睛再看不见，
我的耳朵也在轰鸣，

我流汗，我浑身打战，
我比荒草显得更加苍白，
我恹恹的，眼看就要死去。[③]
……

但是我现在贫无所有，只好隐忍。

【选自[古希腊]荷马等著:《古希腊抒情诗选》，水建馥译，北京，商务印书馆，2013】

---

① 这首诗由朗吉努斯在《论崇高》中引用得以留传下来。朗吉努斯认为这首诗很高妙。诗人能把心灵、体肤、听觉、视觉等细致的感受都表达出来。这都是情人的常态。而一件件道出，浑然成为一体，产生出非凡的效果。我们进一步分析，还可以看到一层写法上的高明之处。诗人并未直接描写那主角的容颜，但是从那第三者得以接近那主角，显得像天神一样幸福，间接地使人可以感觉出那主角的丰姿的柔媚可爱。

② “有如天神”指有如天神一般幸福。在古希腊人看来，幸福是神的属性之一。

③ 有的版本到此为止。这篇译文是根据勒布丛书本，标明下面残缺一行，最后一句以下也残缺。

索福克勒斯

索福克勒斯(约公元前496—前406)是古希腊著名的三大悲剧诗人之一，其创作标志着希腊悲剧进入了成熟阶段。索福克勒斯一共写了一百多部悲剧，现存完整的有七部，其中最有名的是《俄狄浦斯王》与《安提戈涅》。

《俄狄浦斯王》是忒拜悲剧三联剧中的第二部，取材于希腊神话，历来被誉为希腊悲剧艺术的典范，戏剧从故事接近高潮的部分开始铺陈，场景限制在一天、一地之内。本书所选《俄狄浦斯王》剧中的第二、第三、第四场，是全剧的核心部分，其中每个登场人物都将情节推向可怕的真相，步步逼近，扣人心弦。《俄狄浦斯王》全剧情节非常复杂，布下了一明一暗两条线索。暗线主要以“回溯”的方式展开“弑父娶母”的预言，明线则紧紧围绕追查凶手而展开。一明一暗两条线索相辅相成，剧情集中，布局巧妙严密，环环相扣。全剧一开始就突出悬念，抓住追查凶手这一核心事件，通过人物的依次登场而展开矛盾，推进情节的快速发展，在高潮部分展示了惊心动魄的结局。作者运用动机与效果相反的手法，取得了令人惊叹的艺术效果。王后为了说明神谕和先知的预言并不可信，回忆了前王遇害的往事，以解除俄狄浦斯对自己被指责为凶手的忧虑，却不料引出了俄狄浦斯16年前在同一地点杀害一位老者的往事；科任托斯报信人本意是要打消俄狄浦斯对“娶母”的忧惧心理，反而泄露了他的身世；俄狄浦斯出于为国为民解困的目的追查凶手，到头来发现自己就是真正的罪人。剧中每揭开一个疑团，不仅是对真相的一次“发现”，而且也意味着出现了“突转”，即“指行动的发展从一个方向转至相反的方向”(见亚里士多德《诗学》)。这也意味着戏剧的情境向着出人意料的方向逆转，而且往往是悲剧主人公由顺境转入逆境。这样的“发现”与“突转”同时发生的方式，在亚里士多德看来是最好的，因为它能产生良好的艺术效果。因此，亚里士多德称赞《俄狄浦斯王》为“十全十美的悲剧”。

俄狄浦斯是一位人格高尚、具有强烈责任感的国王。他竭力追求成为高尚、纯洁的人，不相信命运，但是他每一次勇敢的抗争，只不过使自己在命运的罗网中越陷越深。全剧展现了个人的自由意志与不可抗拒的命运之间激烈的悲剧性冲突，成就了具有典范意义的悲剧人物。

俄狄浦斯王(节选)

五　第二场

克瑞翁自观众右方上。

克瑞翁　公民们，听说俄狄浦斯王说了许多可怕的话，指控我，我忍无可忍，才到这里来了。如果他认为目前的事是我用什么言行伤害了他，我背上这臭名，真不想再活下去了。如果大家都说我是城邦里的坏人，连你和我的朋友们也这样说，那就不单是在一方面中伤我，而是在许多方面。

歌队长　他的指责也许是一时的气话，不是有意说的。

克瑞翁　他是不是说过我劝先知捏造是非？

歌队长　他说过，但不知是什么用意。

克瑞翁　他控告我的时候，头脑，眼睛清醒吗？

歌队长　我不知道；我不明白我们的国王在做什么。他从宫里出来了。

俄狄浦斯偕众侍从自宫中上。

俄狄浦斯　你这人，你来干什么？你的脸皮这样厚？你分明是想谋害我，夺取我的王位，还有脸到我家来吗？喂，当着众神，你说吧：你是不是把我看成了懦夫和傻子，才打算这样干？你狡猾地向我爬过来，你以为我不会发觉你的诡计，发觉了也不能提防吗？你的企图岂不是太愚蠢吗？既没有党羽，又没有朋友，还想夺取王位？那要有党羽和金钱才行呀！

克瑞翁　你知道怎么办么？请听我公正地答复你，听明白了再下判断。

俄狄浦斯　你说话很狡滑，我这笨人听不懂；我看你是存心和我为敌。

克瑞翁　现在先听我解释这一点。

俄狄浦斯　别对我说你不是坏人。

克瑞翁　如你把糊涂顽固当作美德，你就太不聪明了。

俄狄浦斯　假如你认为谋害亲人能不受惩罚，你也算不得聪明。

克瑞翁　我承认你说得对。可是请你告诉我，我哪里伤害了你？

俄狄浦斯　你不是劝我去请那道貌岸然的先知吗？

克瑞翁　我现在也还是这样主张。

俄狄浦斯　已经隔了多久了，自从拉伊俄斯——

克瑞翁　自从他怎么样？我不明白你的意思。

俄狄浦斯　——遭人暗杀死去后。

克瑞翁　算起来日子已经很长久了！

俄狄浦斯　那时候先知卖弄过他的法术吗？

克瑞翁 那时候他和现在一样聪明，一样受人尊敬。

俄狄浦斯 那时候他提起过我吗？

克瑞翁 我在他身边没听见他提起过。

俄狄浦斯 你们也没有为死者追究过这件案子吗？

克瑞翁 自然追究过，怎么会没有呢？可是没有结果。

俄狄浦斯 那时候这位聪明人为什么不把真情说出来呢？

克瑞翁 不知道；不知道的事我就不开口。

俄狄浦斯 这一点你总是知道的，应该讲出来。

克瑞翁 哪一点？只要我知道，我不会不说。

俄狄浦斯 要不是和你商量过，他不会说拉伊俄斯是我杀死的。

克瑞翁 要是他真这样说，你自己心里该明白；正像你质问我，现在我也有权质问你了。

俄狄浦斯 你尽管质问，反正不能把我判成凶手。

克瑞翁 你难道没有娶我的姐姐吗？

俄狄浦斯 这个问题自然不容我否认。

克瑞翁 你是不是和她一起治理城邦，享有同样权利？

俄狄浦斯 我完全满足了她的心愿。

克瑞翁 我不是和你们俩相差不远，居第三位吗？

俄狄浦斯 正是因为这缘故，你才成了不忠实的朋友。

克瑞翁 假如你也像我这样思考，就会知道事情并不是这样的。首先你想一想：谁会愿意做一个担惊受怕的国王，而不愿又有同样权力又是无忧无虑呢？我天生不想做国王，而只想做国王的事；这也正是每一个聪明人的想法。我现在安安心心地从你手里得到一切；如果作了国王，倒要做许多我不愿意做的事了。

对我说来，王位会比无忧无虑的权势甜蜜吗？我不至于这样傻，不选择有利有益的荣誉。现在人人祝福我，个个欢迎我。有求于你的人也都来找我，从我手里得到一切。我怎么会放弃这个，追求别的呢？头脑清醒的人是不会做叛徒的。而且我也天生不喜欢这种念头，如果有谁谋反，我决不和他一起行动。

为了证明我的话，你可以到皮托去调查，看我告诉你的神示真实不真实。如果你发现我和先知同谋不轨，请用我们两个人的——而不是你一个人的——名义处决我，把我捉来杀死。可是不要根据靠不住的判断，莫须有的证据就给我定下罪名。随随便便把坏人当好人，把好人当坏人都是不对的。我认为，一个人如果抛弃他忠实的朋友，就等于抛弃他最珍惜的生命。这件事，毫无疑问，你终究是会明白的。因为一个正直的人要经过长久的时间才看得出来，一个坏人只要一天就认得出来。

歌队长 主上啊，他怕跌跤，他的话说得很好。急于下判断总是不妥当啊！

俄狄浦斯 那阴谋者已经飞快地来到眼前，我得赶快将计就计。假如我不动，等着他，他会成功，我会失败。

克瑞翁 你打算怎么办？是不是把我放逐出境？

俄狄浦斯 不，我不想把你放逐，我要你死，好叫人看看嫉妒人的下场。

克瑞翁 你的口气看来是不肯让步，不肯相信人？

俄狄浦斯 ……

克瑞翁 我看你很糊涂。

俄狄浦斯 我对自己的事并不糊涂。

克瑞翁 那么你对我的事也该这样。

俄狄浦斯 可是你是个坏人。

克瑞翁 要是你很愚蠢呢?

俄狄浦斯 那我也要继续统治。

克瑞翁 统治得不好就不行!

俄狄浦斯 城邦呀城邦!

克瑞翁 这城邦不单单是你的,我也有份。

歌队长 两位主上啊,别说了。我看见伊俄卡斯忒从宫里出来了,她来得恰好,你们这场纠纷由她来调停,一定能很好地解决。

伊俄卡斯忒偕侍女自宫中上。

伊俄卡斯忒 不幸的人啊,你们为什么这样愚蠢地争吵起来?这地方正在闹瘟疫,你们还引起私人纠纷,不觉得惭愧吗?(向俄狄浦斯)你还不快进屋去?克瑞翁,你也回家去吧。不要把一点不愉快的小事闹大了!

克瑞翁 姐姐,你丈夫要对我做可怕的事,两件里选一件,或者把我放逐,或者把我捉来杀死。

俄狄浦斯 是呀,夫人,他要害我,对我下毒手。

克瑞翁 我要是做过你告发的事,我该倒霉,我该受诅咒而死。

伊俄卡斯忒 俄狄浦斯呀,看在天神面上,首先为了他已经对神发了誓,其次也看在我和站在你面前的这些长老面上,相信他吧!

歌队长 (哀歌第一曲首节)主上啊,我恳求你,高高兴兴,清清醒醒地听从吧。

俄狄浦斯 你要我怎么样?

歌队 请你尊重他,他原先就不渺小,如今起了誓,就更显得伟大了。

俄狄浦斯 那么你知道要我怎么样吗?

歌队长 知道。

俄狄浦斯 你要说什么快说呀。

歌队长 请不要只凭不可靠的话就控告他,侮辱这位发过誓的朋友。

俄狄浦斯 你要知道,你这要求,不是把我害死,就是把我放逐。

歌队长 (第二曲首节)我凭众神之中最显赫的赫利俄斯起誓,我决不是这个意思。我要是存这样的心,我宁愿为人神所共弃,不得好死。我这不幸的人所担心的是土地荒芜,你们所引起的灾难会加重那原有的灾难。(本节完)

俄狄浦斯 那么让他去吧,尽管我命中注定要当场被杀,或被放逐出境。打动了我的心的,不是他的,而是你的可怜的话。他,不论在哪里,都会叫人痛恨。

克瑞翁 你盛怒时是那样凶狠,你让步时也是这样阴沉:这样的性情使你最受苦,也正是活该。

俄狄浦斯 你还不快离开我,给我滚?

克瑞翁 我这就走。你不了解我;可是在这些长老看来,我却是个正派的人。

克瑞翁自观众右方下。

歌队 （第一曲次节）夫人，你为什么迟迟不把他带进宫去。

伊俄卡斯忒 等我问明白发生了什么事。

歌队 这方面盲目地听信谣言，起了疑心；那方面感到不公平。

伊俄卡斯忒 这场争吵是双方引起来的吗？

歌队 是。

伊俄卡斯忒 到底是怎么回事？

歌队 够了，够了，在我们的土地受难的时候，这件事应该停止在打断的地方。

俄狄浦斯 你看你的话说到哪里去了？你是个忠心的人，却来扑灭我的火气。

歌队 （第二曲次节）主上啊，我说了不止一次了：我要是背弃你，我就是个失去理性的疯人；那是你，在我们可爱的城邦遭难的时候，曾经正确地为它领航，现在也希望你顺利地领航啊。（本节完）

伊俄卡斯忒 主上啊，看在天神面上，告诉我，你为什么这样生气？

俄狄浦斯 我这就告诉你；因为我尊重你胜过尊重那些人；原因就是克瑞翁在谋害我。

伊俄卡斯忒 往下说吧，要是你能说明这场争吵为什么应当由他负责。

俄狄浦斯 他说我是杀害拉伊俄斯的凶手。

伊俄卡斯忒 是他自己知道的，还是听旁人说的？

俄狄浦斯 都不是；是他收买了一个无赖的先知作喉舌；他自己的喉舌倒是清白的。

伊俄卡斯忒 你所说的这件事，你尽可放心；你听我说下去，就会知道，并没有一个凡人能精通预言术。关于这一点，我可以给你个简单的证据。

有一次，拉伊俄斯得了个神示——我不能说那是福玻斯亲自说的，只能说那是他的祭司说出来的——它说厄运会向他突然袭来，叫他死在他和我所生的儿子手中。

可是现在我们听说，拉伊俄斯是在三岔路口被一伙外邦强盗杀死的；我们的婴儿，出生不到三天，就被拉伊俄斯钉住左右脚跟，叫人丢在没有人迹的荒山里了。

既然如此，阿波罗就没有叫那婴儿成为杀父亲的凶手，也没有叫拉伊俄斯死在儿子手中——这正是他害怕的事。先知的话结果不过如此，你用不着听信。凡是天神必须做的事，他自会使它实现，那是全不费力的。

俄狄浦斯 夫人，听了你的话，我心神不安，魂飞魄散。

伊俄卡斯忒 什么事使你这样吃惊，说出这样的话？

俄狄浦斯 你好像是说，拉伊俄斯被杀是在一个三岔路口。

伊俄卡斯忒 故事是这样；至今还在流传。

俄狄浦斯 那不幸的事发生在什么地方？

伊俄卡斯忒 那地方叫福喀斯，通往得尔福和道利亚的两条岔路在那里会合。

俄狄浦斯 事情发生了多久了？

伊俄卡斯忒 这消息是你快要做国王的时候向全城公布的。

俄狄浦斯 宙斯啊，你打算把我怎么样呢？

伊俄卡斯忒 俄狄浦斯，这件事怎么使你这样发愁？

俄狄浦斯 你先别问我，倒是先告诉我，拉伊俄斯是什么模样，有多大年纪。

伊俄卡斯忒 他个子很高，头上刚有白头发；模样和你差不多。

俄狄浦斯 哎呀，我刚才像是凶狠地诅咒了自己，可是自己还不知道。

伊俄卡斯忒 你说什么？主上啊，我看着你就发抖啊。

俄狄浦斯 我真怕那先知的眼睛并没有瞎。你再告诉我一件事情就更清楚了。

伊俄卡斯忒 我虽然在发抖，你的话我一定会答复的。

俄狄浦斯 他只带了少数侍从，还是像一位国王那样带了许多卫兵？

伊俄卡斯忒 一共五个人，其中一个是传令官，还有一辆马车，是给拉伊俄斯坐的。

俄狄浦斯 哎呀，真相已经很清楚了！夫人啊，这消息是谁告诉你的。

伊俄卡斯忒 是一个仆人，只有他活着回来了。

俄狄浦斯 那仆人现在还在家里吗？

伊俄卡斯忒 不在；他从那地方回来以后，看见你掌握了王权，拉伊俄斯完了，他就拉着我的手，求我把他送到乡下，牧羊的草地上去，远远地离开城市。我把他送去了。他是个好仆人，应当得到更大的奖赏。

俄狄浦斯 我希望他回来，越快越好！

伊俄卡斯忒 这倒容易；可是你为什么希望他回来呢？

俄狄浦斯 夫人，我是怕我的话说得太多了，所以想把他召回来。

伊俄卡斯忒 他会回来的；可是，主上啊，你也该让我知道，你心里到底有什么不安。

俄狄浦斯 你应该知道我是多么忧虑。碰上这样的命运，我还能把话讲给哪一个比你更应该知道的人听？

我父亲是科任托斯人，名叫波吕玻斯，我母亲是多里斯人，名叫墨洛珀。我在那里一直被尊为公民中的第一个人物，直到后来发生了一件意外的事——那虽是奇怪，倒还值不得放在心上。那是在某一次宴会上，有个人喝醉了，说我是我父亲的冒名儿子。当天我非常烦恼，好容易才忍耐住；第二天我去问我的父母，他们因为这辱骂对那乱说话的人很生气。我虽然满意了，但是事情总是使我很烦恼，因为诽谤的话到处都在流传。我就瞒着父母，去到皮托，福玻斯没有答复我去求问的事，就把我打发走了；可是他却说了另外一些预言，十分可怕，十分悲惨，他说我命中注定要玷污我母亲的床榻，生出一些使人不忍看的儿女，而且会成为杀死我的生身父亲的凶手。

我听了这些话，就逃到外地去，免得看见那个会实现神示所说的耻辱的地方，从此我就凭了天象测量科任托斯的土地。我在旅途中来到你所说的，国王遇害的地方。夫人，我告诉你真实情况吧。我走近三岔路口的时候，碰见一个传令官和一个坐马车的人，正像你所说的。那领路的和那老年人态度粗暴，要把我赶到路边。我在气愤中打了那个推我的人——那个驾车的；那老年人看见了，等我经过的时候，从车上用双尖头的刺棍朝我头上打过来。可是他付出了个不相称的代价，立刻挨了我手中的棍子，从车上仰面滚下来了；我就把他们全杀死了。

如果我这客人和拉伊俄斯有了什么亲属关系，谁还比我更可怜？谁还比我更为天神所憎恨？没有一个公民或外邦人能够在家里接待我，没有人能够和我交谈，人人都得把我赶出门外。这诅咒不是别人加在我身上的，而是我自己。我用这双手玷污了死者的床榻，也就是用这双手把他杀死的。我不是个坏人吗？我不是肮脏不洁吗？我得出外流亡，在流亡中看不见亲人，也回不了祖国；要不然，就得娶我的母亲，杀死那生我养我的父亲波吕玻斯。

如果有人断定这些事是天神给我造成的，不也说得正对吗？你们这些可敬的神圣的神啊，别让我，别让我看见那天！在我没有看见这罪恶的污点沾到我身上之前，请让我离开尘世。

歌队长 在我们看来，主上啊，这件事是可怕的；但是在你还没有向那证人打听清楚之前，不要失望。

俄狄浦斯 我只有这一点希望了，只好等待那牧人。

伊俄卡斯忒 等他来了，你想打听什么？

俄狄浦斯 告诉你吧：他的话如果和你的相符，我就没有灾难了。

伊俄卡斯忒 你从我这里听出了什么不对头的话呢？

俄狄浦斯 你曾告诉我，那牧人说过杀死拉伊俄斯的是一伙强盗。如果他说的还是同样的人数，那就不是我杀的了；因为一个总不等于许多。如果他只说是一个单身的旅客，这罪行就落在我身上了。

伊俄卡斯忒 你应该相信，他是那样说的；他不能把话收回；因为全城的人都听见了，不单是我一个人。即使他改变了以前的话，主上啊，也不能证明拉伊俄斯的死和神示所说的真正相符；因为罗克西阿斯说的是，他注定要死在我儿子手中，可是那不幸的婴儿没有杀死他的父亲，倒是自己先死了。从那时以后，我就再不因为神示而左顾右盼了。

俄狄浦斯 你的看法对。不过还是派人去把那牧人叫来，不要忘记了。

伊俄卡斯忒 我马上派人去。我们进去吧。凡是你所喜欢的事我都照办。

俄狄浦斯偕众侍从进宫，伊俄卡斯忒偕侍女随入。

（选自［古希腊］索福克勒斯：《俄狄浦斯王》，罗念生译，见《索福克勒斯悲剧五种》，上海人民出版社，2016。略有修改）

维吉尔

维吉尔(公元前70—前19年)是古罗马文学最伟大的代表，主要作品有《牧歌》和史诗《埃涅阿斯纪》《农事诗》等。

《埃涅阿斯纪》的主人公是特洛伊王子，战败后在母亲维纳斯的保护下逃到意大利。在漂泊的7年中，迦太基女王狄多爱上了他，二人结为夫妻。后来神意让他离开狄多，狄多因绝望自杀。埃涅阿斯来到西西里岛，在女先知的带领下游历了地府，见到父亲的亡灵。他来到意大利的拉丁姆地区，当地国王遵照神意要将女儿嫁给他，这引起另一个求婚者的愤怒，从而引发了与埃涅阿斯之间的战争。埃涅阿斯在这场战争中获胜。最后埃涅阿斯娶了国王的女儿，建立了长期繁荣的新国家，这就是称雄世界的罗马帝国。

这是历史上第一部文人史诗，它以两部荷马史诗为蓝本。史诗的独特性在于英雄埃涅阿斯不是为掠夺财物、个人名声，或者为任何一个已经存在的国家而战，而是为将在遥远的未来存在的国家，即罗马而战。因为受到自己内心使命感的激励，埃涅阿斯一再牺牲个人的安逸，一再离开家园。他知道他将成为一个新国家的缔造者，但具体细节在他旅行途中才逐步得到揭示。从叙事角度讲，用的是启示的方式；有关他命运的每一次启示，都给他增添一份责任感。最终他具备了超人性质。在完成他的使命的过程中，他成了一座丰碑，一股不可遏制的力量，一种神明的工具，就像维吉尔想象的罗马帝国一样。本书所选第六卷写埃涅阿斯在女先知西比尔的带领下到地府会见父亲亡灵的经过。父亲的亡灵向他预示了罗马未来辉煌的前景，坚定了他缔造罗马帝国的决心。这一卷的描写受到荷马史诗《奥德赛》中奥德修斯游历冥府描写的影响。

维吉尔的《牧歌》共十首，是牧歌史上的一座高峰。他以希腊的阿卡迪亚地方为原型，创造了理想化的乐土，并预言了一个新黄金时代的到来。维吉尔给牧歌定了型，对后世产生深远的影响。

《牧歌》中最著名的是第四首。在这首诗中，维吉尔预言了一个将承担伟大使命的孩子的诞生和一个新黄金时代的到来。这给牧歌注入了政治寓言的成分。人们一直在猜测这个孩子是谁，他却拒绝指出来。当时罗马帝国的统治者安东尼和奥古斯都都已经做了父亲。

埃涅阿斯纪（节选）

卷　六

（1—41行　特洛伊人抵达意大利，在库迈登陆。埃涅阿斯去阿婆罗神庙向西比尔请教。他惊奇地观看着庙门上雕刻的画。西比尔把他叫进庙去）

他这样说，流着眼泪。船像松了缰绳的马一样飞速前进，终于漂近了欧波亚人经营的库迈海岸。人们把船头转向大海；铁锚的尖爪把船身牢牢地固定，弯曲的船只在岸边排得像一条流苏，一队神采奕奕的青年战士跳上了这西土的海岸；有的去寻找燧石，因为在燧石的脉络里埋藏着火种；有的去搜索野兽出没的密林，当他们发现了溪流，就发出信号。但是虔诚的埃涅阿斯却去寻找阿婆罗高踞其中的崇城，和距此不远的可怕的西比尔的密室。那是一个极大的石洞，就在这里，预知一切的阿婆罗神把自己宏伟的意图和意志启示给她，把未来的事展现给她。这时他们已经走近狄阿娜的树丛和她的黄金庙宇。

据传说，代达路斯极有胆略，他造了一对飞翼，满有把握地飞上了天，在陌生的征途上飞着，以逃离米诺斯的国土，逃往寒冷的北方，最后轻盈地落到了这欧波亚人的城堡。落地之后，在这土地上，他首先把他那对羽桨奉献给了你，阿婆罗，然后又为你建造了一座高大的庙宇。庙宇有两扇大门，在一扇上他刻下丁安德罗格斯之死；下面刻着刻克洛普斯的后代被迫（可怜呀！）每年献出七个男儿作为赔偿；旁边还刻着抽过签的签罐。在对称的另一扇上刻着克诺索斯所在的岛，高高地升出海面；上面刻着那头凶狠发情的牛以及帕希法埃和它的秘密结合；在他们之间刻着米诺涛尔，这是一个半人半牛的杂种和怪物，不正常的爱的见证；还有那迷宫，真是精工巧制，迂回小径，找不到出口；代达路斯曾怜惜那公主[①]的深厚爱情，教她用一根线引导着他的迷失了方向的脚步，把他从曲曲折折的陷阱般的迷宫里解救了出来。还有你，伊卡路斯，如果不是因为你的事迹太悲惨了，也会在这件卓越的作品里占很大一席地的；你父亲代达路斯曾两次想在这扇金门上雕绘出你的坠亡，两次撒手放弃了。这时，如果早先派出去的阿卡特斯不回来，他们还会继续一幅一幅地仔细品味下去；和阿卡特斯一起到来的还有格劳库斯的女儿代佛贝，她是阿婆罗和狄阿娜的女祭司。她对王子埃涅阿斯这样说道："对你来说，现在不是观光的时候；现在你最好去从没有套过轭的牛群里挑选七头牛，再按照习惯选七头两岁的绵羊，杀来献神。"她这样对埃涅阿斯说。人们急忙执行了这神谕。然后她就召唤特洛伊人进入那巍峨的神庙。

---

① 指帕希法埃的女儿阿里阿德涅，她爱上特修斯，代达路斯教她用一根线把特修斯从迷宫中引出来。"他"指特修斯。

(42—76行　西比尔进入洞中，神灵附在她身上，她号召埃涅阿斯向阿婆罗祝祷。埃涅阿斯祈求阿婆罗让他能建立邦国，并许愿给阿婆罗立庙，举行庆典，也为这西比尔立龛)

在库迈的崖壁上凿着一个大山洞，有一百条入口，一百条宽阔的隧道通到里面，西比尔的答话也像一百股声音从洞中飘荡出来。人们来到洞口，只听西比尔呼唤道："占卜你们的命运的时刻已经到了。看哪，神，神来了!"她正这样说着的时候，她站到了两扇门前，突然间她的脸色和表情大变，头发披散了下来，胸口起伏不定，她的心像发疯一样狂野地搏动着，她的形体也比以前高大了，她说话的声音不类凡人，因为神已经靠近她，她的心灵里已充满了神力。只听她说道："特洛伊人埃涅阿斯，你怎么还不许愿、祷告？你不这样做，慑于神威的庙宇的大门是不会开的。"她说完之后就缄默不语。特洛伊人只觉一阵寒战，冷彻骨髓，埃涅阿斯从内心深处祝祷道："阿婆罗啊，你一向怜悯我们特洛伊的深重灾难，你曾指点帕里斯用特洛伊的箭射中阿奇琉斯的致命弱点，是你做我的向导使我能渡过包围着大陆的重重大海，深入到遥远的马苏里人的部族以及与西尔提斯人毗邻的国土①，现在我们终于捕捉到了若即若离的意大利海岸，让我们特洛伊人流浪的命运到此结束吧。所有的神和女神，凡是把伊利乌姆和达达尼亚的光荣伟大看做是绊脚石的神和女神，请你们饶恕了我们这些曾占有过特洛伊城堡的民族吧，你们也应该饶恕我们了。还有你，最神圣的女先知，你能预知未来，请你让我们特洛伊人和随我辗转各地的神祇以及随我在海上颠簸的神灵在拉丁姆定居下来吧，我所要求的王国正是我的命运认为是我应得的啊。我还将为阿婆罗和狄阿娜用坚固的大理石建造一座庙宇，用阿婆罗的名义规定节日②。我也要为你在我这国土上建立一座宏伟的神龛③，我将在那里把你的神签和你有关我们特洛伊民族命运的秘箓珍藏起来，慈爱的女先知，我还将精选一些人做你的祭司。只是请你不要把你的预言写在贝叶上，因为一阵疾风会把它们像玩物一样吹得七零八落，你务必亲口告诉我们。"到此，他结束了这一席话。

(77—97行　西比尔预言埃涅阿斯前途还有许多考验，但鼓励他勇往直前)

此时女先知还未屈服于阿婆罗的控制，在洞里疯狂地奔跑，希望能挣脱占据在她头脑里的大神。但是神越发地折磨她那桀骜不驯的性子，左右着她的刚强的心，压服她，使她就范。这时，洞府的一百扇大门自动开启，空中传出女先知的答复："你排除了海上的千难万险，但是陆地上更严重的艰险还在等待你呢。你的达达尼亚人将到达拉维尼乌姆的国土，这一点你可以不必担心，但是他们到达之后将会后悔。战争，可怕的战争，多少人的血将染红第表河——这就是我所预见到的。那里还将出现西摩伊斯河、赞土斯河和希腊人的营垒；又一个阿奇琉斯，也是女神所生的，已经出生在拉丁姆了；对特洛伊人不友好的尤诺仍将无所不在，而你一无所有，将到意大利的各个部落各个城邦

① 指迦太基。

② 指罗马帕拉提乌姆(Palatium)山上公元前28年建的阿婆罗庙。阿婆罗节日赛会则早在公元前212年就规定举行。

③ 在这庙的阿婆罗神像座下，收藏西比尔的秘箓。

卑躬屈膝地乞求援助。你将再度结婚，妻子又将是一个外族女子，是东道主家里的成员，这婚姻将给特洛伊人带来惨重的灾难。[①] 但是不要在灾难面前屈服，鼓起更大的勇气来，逆着灾难，沿着你的命运许可的道路走下去。第一条生路——这是你所料想不到的——将在一座希腊人的城市里展现在你面前。”

(98—155 行　埃涅阿斯回答说，他能体会自己任务的艰巨，请求入冥府去会见亡父。西比尔指出下冥府的险恶，必须首先获得金枝，并洗涤一名死者留下的污秽)

库迈的这位西比尔从她的秘室里讲出这番可怕的隐隐约约的话来，晦涩难明，而声音像洪钟一样在洞府中回响着。她就像一匹劣马，阿婆罗在抖动着缰绳，用马刺扎她的心灵深处。待她一阵疯狂过后，嘴也安静了，英雄埃涅阿斯开始说道：“没有哪种我将要遭遇的艰难困苦，神女啊，能算得上是前所未有的或出乎意料的；一切我都想到了，一切我都事先在我心里考虑到了。我只请求一件事：听说冥王宫殿的大门和阿刻隆河注入的黝暗的大泽就在此处，请允许我去当面拜见一下我亲爱的父亲，请你指点道路，把大门打开。当初是我把他从烈火中，在千万敌人持枪追赶之际，用这双肩膀背着，穿过敌阵，抢救了出来；他伴随着我历尽了多少征程，历尽了千洋万海和天候的威胁，可怜他年老体衰，经不起折磨了。是他恳求我，也是命令我，来寻找你，来到你的门前，向你求援。慈祥的女先知，我请求你可怜可怜我们父子二人吧，因为你是一切都能办到的，赫卡特没有白白地任命你看管阿维尔努斯的丛林啊。如果俄尔弗斯能够靠他一张特拉刻凤尾琴和丝弦的妙音召唤出爱妻的幽魂，如果波路克斯能够和弟弟轮流赴死，在生死路上多次往返，我还可以提一提伟大的特修斯和赫库列斯，[②] 那么我也是至高无上的尤比特的后裔呢。”

埃涅阿斯这样祈求着，手扶着祭坛，这时女先知又开始讲话：“天神的血胤和后裔，安奇塞斯的儿子，下到阿维尔努斯去是容易的，黝黑的冥界的大门是昼夜敞开的。但是你要走回头路，逃回到人间来，这可困难，这可是费力的。只有少数天神的后代才办得到，那是因为公正的尤比特宠爱他们，或者因为他们有超人之勇才得回到人间。这一路上都是拦路的密林，无奈河科奇土斯的黑水盘旋环绕地流着。但是如果你心里真想，真有这样强烈的要求，要往返两次渡过斯提克斯河，两次看看那漆黑的塔尔塔路斯，如果你真喜欢干这样的蠢事。那么你必须首先完成这样几件事。在一棵枝叶茂密的树里，藏着一条黄金的树枝，它的叶子和杈丫也是黄金的，据说它是冥后普洛塞皮娜的圣物。整片森林护卫着它，幽谷的阴影遮盖着它。谁要想下到地府的深处，必须先把这黄金发一般的枝条从树上采撷下来。美丽的普洛塞皮娜规定这金枝摘下之后应当献给她。这金枝摘下之后，第二枝金枝又会长出来，枝上长出的新叶也是黄金的。因此，你必须抬起眼睛，去搜索它，当你按照吩咐把它找到了，就把它摘到手里；如果命运同意你摘，这金枝会很情愿地很容易地让你摘到，否则的话，不论你用多大气力也征服不了它，即使

---

① 特洛伊人娶的第一个外族女子是海伦，引起了特洛伊战争；埃涅阿斯将娶拉提努斯王之女拉维尼亚，她已与鲁图利亚族图尔努斯王订婚，也将引起一场战争。

② 以上诸神话人物都入过冥界。

用钢刀，你也不能把它砍下来。还有一件事，可叹你还不知道，就在你留驻在我门前，祈求我给你决疑的时候，你又死了一个朋友，他的尸体尚未掩埋，玷污着你的全部船队。先把他埋葬在坟墓里，让他有个安息之所。再牵出几头黑绵羊，作为第一次的赎罪祭。只有完成了这些事，你才见得到斯提克斯的丛林和生人难到的国土。”她说完，紧闭双唇，一言不发了。

(156—182行　埃涅阿斯发现死者是米塞努斯，他向特里东挑战，要比赛吹螺角，被特里东淹死。埃涅阿斯准备葬礼)

埃涅阿斯面带愁容，眼睛望着地上，离开了山洞，心里思忖着这件意外的事，不得要领。忠实的阿卡特斯伴随着他一起走着，迈着沉重的脚步，心里和他一样忧愁。他们彼此交谈着，左猜右猜，不知女先知说的是哪个伙伴死了，要把他尸体埋葬。当他们来到了干燥的沙滩的时候，才看到不幸被死亡夺去生命的是米塞努斯。米塞努斯是埃俄路斯的儿子，他吹起铜号来令人振奋，他的号声能鼓起人们的战斗精神，没有谁能比得过他。他曾是伟大的英雄赫克托尔的随从，和赫克托尔一起迎战过敌人，用他的号声和枪法赢得了名气。后来，阿奇琉斯夺去了赫克托尔的生命，成为胜利者，无比英勇的米塞努斯就做了达达尼亚的埃涅阿斯的部下，这职位也不比以前差。但是他干了一件蠢事，他吹起空心的海螺，他用力吹，响彻了大海，这时他竟呼唤起众神来，要他们来和他比赛吹号，这就引起了海神特里东的妒恨，他把他，如果这事可信的话，夹在岩石缝中，淹没在浮着泡沫的波浪里。为此，大家都聚拢来，大声痛哭，虔敬的埃涅阿斯哭得最厉害。他们一面哭泣，一面毫不迟延地去完成西比尔的命令，也就是用树干堆了一个祭坛，作为火葬台，把它筑得高耸云天。他们进入一片老林，树林很深，是野兽的巢穴；他们砍倒一批松树，栎树在斧子的捶击下发出坎坎的声音，像栋梁一样的梣木，容易劈裂的橡树，也用楔子破开，他们还把巨大的花楸木从山上推滚下来。

(183—211行　两只鸽子把埃涅阿斯引向金枝，他摘下金枝，回到西比尔处)

埃涅阿斯和大家一样也拿着工具带头参加劳动，并鼓励着伙伴们。他眼望着这无边的树木，独自怀着抑郁的心情在思忖，不知不觉地祝愿道：“如果那树上的金枝能在这样大一片树林里自己显现在我们面前该多好啊！米塞努斯啊，女先知所说的关于你的每一句话都丝毫不爽啊!”他的话刚说完，只见一对鸽子从天上飞来，展现在他眼前，落到了绿草坪上。伟大的英雄埃涅阿斯认出这是他母亲的鸟，十分喜悦，祝祷道：“请你们做我的向导吧，如果前面有路的话，你们在天上飞着引路，把我引到林中那株遮盖着沃土的吉祥金枝吧。还有你，我的母亲、女神，在这前途未卜的时刻，不要把我抛弃吧。”他说着，停住了脚步，看那两只鸽子发出什么信号，继续向什么方向去。两只鸽子一路啄食一路向前飞，但是用眼睛追着它们的人一直能看见它们。当它们来到恶臭难闻的阿维尔努斯的入口，它们急速飞升，然后又从澄澈的天空降下，在一棵双体树①的树颠找到了一个落脚的地方，落了下来，在这里，在枝叶丛中，有一枝金光闪烁，颜色与其他枝叶不同。就像严冬的树林里，槲树上的寄生枝常常长出新绿的叶子，这绿叶并非它所

① 指一棵有两种不同的树枝的树。

寄生的树本身长的，它的杏黄色的小浆果却缠绕着那树的浑圆的躯干，同样在那浓密的栎树上那挂着金叶的金枝也显得很突出，在轻风中那金叶片被吹得叮当作响。埃涅阿斯立刻把它攀住，它很坚韧，但埃涅阿斯用力把它折断了，把它带到西比尔先知的庙堂。

（212—235 行　为米塞努斯举行葬礼）

这时，特洛伊人还在海滨哭悼米塞努斯，向他的骨灰致最后的、得不到答谢的敬礼。他们首先用锯断的木段筑起一个高大的火葬台，加上松枝，木堆的四周用深绿色的树叶装饰着，前面立起一丛送葬的柏树，木堆上面安放着闪烁的兵器作为装潢。有的人在准备用铜釜烧热水，水在火焰上渐渐沸腾，然后用热水洗净冰冷的尸体，并敷上香膏。人们又哭了一番。他们一面悲悼，一面把他的尸体安放在火葬台上，在尸体上覆盖着他的紫红色袍子——他常穿的外衣①。还有些人按照祖先的习惯，把巨大的尸床抬起，把自己的脸转向一边，把火炬伸到柴堆下面，擎着不动，这确实是一件无人愿做的工作。成堆的祭品——乳香、食物和盛满橄榄油的碗，都拿来焚化了。随着灰烬沉落，火焰熄灭之后，他们用酒把他的骸骨和干燥的尸灰洗过，柯吕奈乌斯把骸骨捡出，装进一个铜瓮里。他又手捧净水围绕朋友们走了三匝，用幸福的橄榄枝洒着轻细的露珠，使他们纯净，一面念念有词，说了一番告别的话。在巨大火葬台所在的地点，虔敬的埃涅阿斯建造了一座墓，把米塞努斯用过的遗物、他的桨和号角安放在墓上。这墓在一座高耸入云的峻岭脚下，这座山至今还叫米塞努斯，时间流逝，但他的名字将永垂不朽。

（236—263 行　在举行了祭礼以后，埃涅阿斯和西比尔一同进入冥界）

办完了这些事之后，埃涅阿斯急忙又去执行西比尔的命令。前面有一个深洞，洞口敞开，其大无比，怪石嶙峋，洞前有一汪黑水湖，浓密的树丛遮蔽着它。没有飞鸟能够振翼飞过湖上而不遭受损害，因为有一股毒气从黑黝黝的洞口冒出来，冲向天宇(希腊人把这个地方叫做阿俄尔诺斯②)。女先知先把四头黑皮牛犊牵到这里，把酒倒在它们前额上，然后拔下它们两角之间翘得最高的鬃毛，投入圣火，作为初祭，一面呼唤着在天上和地府都有权威的赫卡特的名字。另有人用刀从下面割断牛颈，用盆接住流出来的热血。埃涅阿斯自己用剑杀了一头黑毛羔羊献给复仇神三姐妹的母亲黑夜女神和她的伟大姐妹大地女神，又献了一头不孕的母牛给普洛塞皮娜。然后他又开始献给斯提克斯王普鲁托的夜祭，把几条全牛放到燔火上，把浓橄榄油浇在焚烧着的祭肉上。在太阳刚刚升起而初露光芒的时候，只听得大地在脚下隆隆作响，只见树木葱茏的山岭开始颤动，又听见了犬吠声，在朦胧的暗影中还隐约可以看到这些赫卡特豢养的狗。原来赫卡特女神已经来临了。只听女先知呼喊道："你们这些凡俗人，离远些，离远些，从这片神圣的树林里走光。你，埃涅阿斯，从剑鞘里拔出你的宝剑，开始上路，现在是你拿出勇气，显示一颗坚强的心的时候了。"她就说了这么几句，然后就像着迷发疯似的奔进山洞敞开的洞口；埃涅阿斯也不示弱，同样迈开大步，跟随向导而去。

---

① velamina nota，或作"按习惯"覆盖在尸体上的尸衣。

② 据说这一行是抄书人的注解。阿俄尔诺斯，意为"无鸟乡"，即拉丁名阿维尔努斯——冥湖。

(264—294行 诗人祈求冥界诸神允许他叙述埃涅阿斯的冥界之行。在入口处，他和西比尔遇到各种可怖景象)

统辖灵魂的众神，无声的幽灵们，混沌神卡俄斯，火河弗列格通，夜色下无限安静的空间，请允许我把我所见所闻传之于世吧，在你们同意下，让我把深埋在幽暗的地下的情景传播出去吧。

再说女先知和埃涅阿斯在孤寂的黑夜里，穿过朦胧暗影，摸索着前进。他们经过冥神狄斯空荡荡的殿堂和毫无生机的地带，就像当尤比特把黑影遮蔽了天空，黑夜夺去一切景物的色泽的时候，在摇曳不定的吝啬的月光下在密林中走路一样。在刚一入门的大厅里，在冥界的入口处，"悲哀"和耿耿不怿的"忧虑"就在此下榻；这里还住着苍白的"疾病"，凄凉的"老年""恐惧"，教唆作恶的"饥饿"，丑陋的"贫困"、"死亡"和"痛苦"，这些形形色色的可怕的形象；接着是"死亡"的同宗姐妹"睡眠"，还有心术不正的"欢娱"，靠着门槛是引来死亡的"战争"，还有复仇女神的铁室，以及疯狂的"不和"，她那蛇发用一条沾满血迹的带子缠绕着。

在庭院的中央有一棵大榆树，老干纵横，一派浓荫，据传说，许许多多的"幻梦"住在这棵树上，它们一个个倒挂在树叶底下。此外还有许多各种不同的怪兽，在大门里栖息着一群肯陶尔和半人半兽的斯库拉，百臂巨人布里阿留斯，嘶嘶呼啸的可怖的莱尔那的九头蛇，吐火的女妖奇迈拉，几个果尔刚和女妖哈尔皮和三个身子的、若隐若现的怪物格吕翁。埃涅阿斯突然感到一阵骇怕，把剑抽了出来，哪个妖怪要走近，他就将白刃相迎，若不是了解情况的女先知告诫他这些不过是没有躯体的幽灵，徒具形体的空相在闪动着，他早就冲刺过去，用剑把这些鬼影劈开了。当然这将是徒然的。

(295—336行 在斯提克斯迷津渡口，摆渡艄公卡隆在等候着。鬼魂们拥向河边，卡隆把已经埋葬的鬼魂渡过去，其余的要等一百年)

从这里有一条路通往塔尔塔路斯的阿刻隆河。此处是一个旋涡，泥浆翻腾，深不可测，有如沸鼎，把所有的沙泥都倾注到科奇土斯无奈河里去。守卫这段河流的艄公，面目可怖，衣衫肮脏褴褛，他叫卡隆，下巴上一把浓密蓬乱的灰白胡须，两眼炯炯有光，如同冒火一般，一件污秽的外罩打一个结挂在肩上。卡隆亲自掌竿撑船，操纵船帆，用他这条铁锈色的渡船超度亡魂。他现在已上了年纪，但是神的老年仍和血气方刚的青年一样。整群的灵魂像潮水一样拥向河滩，有做母亲的，有身强力壮的男子，有壮心未已但已丧失了生命的英雄，有男童，有尚未婚配的少女，还有先父母而死的青年，其数目之多恰似树林里随着秋天的初寒而飘落的树叶，又像岁寒时节的鸟群从远洋飞集到陆地，它们飞渡大海，降落到风和日暖的大地。这些灵魂到了河滩就停了下来，纷纷请求先渡过河；他们痴情地把两臂伸向彼岸。但是那无情的艄公有时候让这几个上船，有时候让那几个上船，而把另一些灵魂挡了回去，不让他们靠近河滩。埃涅阿斯看了，感到惶惑不解，这争先恐后的情景又使他很难过，因而问道："圣女啊，请你告诉我他们拥挤在河滩上要做什么？这些灵魂求的是什么？凭什么来决定谁离开河滩，谁摇橹渡过这黑水?"年迈的女先知简短地回答他说："安奇塞斯的儿子，众神的确凿的后裔，呈现在你眼前的是科奇土斯无奈河和名叫斯提克斯的沼泽，它的威力是可怕的，神都不敢凭它发誓，更不敢悔誓。你看到的这些亡魂都是生前没有得到埋葬，因而没有归宿的；那个摆渡艄公就是卡隆；他渡过去的那些是得到安葬的。在他们的尸骨没有得到安息的处所之前，是不准把他们输送过这可怕的河滩和咆哮的急流的。他们必须在河岸的附近徘徊游荡一百个年头，只有到了那个时候才能准许他们回到他们所盼望的河岸边来。”安奇塞斯的儿子停住脚步，伫立着沉思，想到他们这不幸的命运，不禁悲从中来。这时他发现了琉卡斯匹斯①和吕西亚船队的船长俄朗特斯，两个都因为没有正式埋葬而满面愁容，原来他们当初一起和埃涅阿斯离开特洛伊在大海的风波里颠簸，一阵遮天盖地的南风把他们人和船都卷进了海里。

(337—383 行　埃涅阿斯遇见舵手帕里努鲁斯，听他讲遇难的经过。帕里努鲁斯请求埋葬或摆渡过斯提克斯河，西比尔说这都不可能，但安慰他说他遇难的海角已用他的名字命名，他已经名垂不朽了)

再看，舵手帕里努鲁斯走了过去，不久前在驶离利比亚的途中，他正在观察着星位的时候，却从船上落进了无边的大海里去了。在极度幽暗的阴影中，埃涅阿斯几乎辨认不出面带愁容的他，等到认出之后，首先向他招呼道：“帕里努鲁斯，是哪位神灵把你从我们手中夺走，把你淹死在大海的中央？告诉我吧。我从来没有发现过阿波罗的话不灵验，可是这回他的那句话却把我骗了，他说过，你将安全渡过大海，抵达奥索尼亚的境内。难道他说话不算数吗？”帕里努鲁斯回答说：“特洛伊人的领袖，阿波罗的神谕并没有欺骗你，他也没有把我淹死在海里。当我作为指定的守卫，手里牢牢握着舵柄指导着航向的时候，忽然有一股巨大的力量要把它夺走，我就带着它一头栽进了大海。我凭汹涌的波涛起誓，我当时并没有一丝一毫为我自己害怕，我倒是怕你的船失去了引航人，失去了作为武装的舵而会在波浪起伏的大海上沉没。三个冬夜，狂暴的南风拍打着浪花，把我吹过无边的大海，第四天黎明，一个浪头把我打得老高，我隐约看到了意大利。我一点一点向岸边游去，我差不多已经要到达安全的陆地，不料正当我拖着浸透了的沉重的衣服，弯起手指正想去攀住崖岸上嶙峋的石头的时候，来了一群野蛮人，手持武器向我袭击，错误地以为我是一个了不起的目标。如今我被大海所占有，在沿岸一带任凭风吹浪打。因此，我以昊天欢乐之光和天地之生气的名义，凭你父亲的名义和你对日益成长的尤路斯的希望，请求你，常胜不败的人，把我从我现在的苦难中解救出来吧。要么用土把我埋起来，这你是做得到的，如果你返回维利亚港的话；要么，如果有办法的话，如果你的生母维纳斯女神能指点你一个办法，因为我知道没有神的威力你是没有办法渡过偌大的河川或斯提克斯大泽的，助我这可怜人一臂之力，把我带过河去，至少让我在死后也能得到一个安息之所吧。”他说完这番话之后，女先知开始回答他说：“帕里努鲁斯，你怎么会有这样的非分的要求？你尸体没有入土，就想瞻望斯提克斯的水泊和复仇女神无情的河川吗？还没有命令，你就想来到河滩边吗？不要妄想乞求一下就可以改变神的旨意。你听我说，记住我的话，它对你的苦命将是个安慰。你的近邻，在广大地区的许多城市将见到天上有许多异象，这些异象会促使他们抚恤你，为你造墓，在你墓前祭奠，并将用帕里努鲁斯这名字为这地方命名，永垂不朽。②”这一席话打

① 不详。

② 指当地居民在一次瘟疫时期，祭奠他，因而得到解救。

消了他的忧愁，不一会的工夫，他心里的痛苦也消逝了，这地方取了他的名字，给他带来了快乐。

(384—416行　埃涅阿斯和西比尔受到卡隆盘查。西比尔出示金枝，卡隆把他们撑过斯提克斯到了彼岸)

随后埃涅阿斯和西比尔继续他们已经开始的旅程，走近了河滨。那艄公从他泊船的地方，从斯提克斯河上，早看见他们穿过寂静的树林，向河边走来了，就首先开口，怒气冲冲地说道："喂，那身带武器向我河滩走来的，不管你是谁，快说你到这儿来干什么，赶快给我站住。这里是冥土——睡乡和长眠的黑夜的国土。这渡船是不准渡生人过这斯提克斯河的。当初赫库列斯到了这儿，我答应把他渡过这沼泽，还有特修斯和皮利投斯，尽管后面两位是天神的子孙、战无不胜的大英雄，我都因此吃过苦头。赫库列斯是来抢看守冥界的狗的，他用暴力从我们冥王宝座前把狗拴了，把它哆哩哆嗦地牵走了。后面两位竟想把冥后从她的寝室里拐走。"阿婆罗的女祭司简短地回答他道："请你放心，我们没有这种阴谋诡计，我们的武器也不是为了伤人的。冥界的看门大狗尽管在它洞里咆哮到世界末日，去吓唬那些面无血色的幽魂；普洛塞皮娜也仍然可以待在她叔叔的宫里，保持她的贞节。这位是特洛伊的埃涅阿斯，他的虔诚和武功是很出名的，他现在要到冥界的深处去找他的父亲。如果他这样虔诚的形象不能感动你，那么，你可认识这金枝。"说着，她把藏在衣襟下的金枝拿了出来。拥塞在卡隆心中的一团怒气立即消失了，双方都一句话也不再说了。他以敬畏的眼光看着这件宝物，这司命之神祝福过的金枝，他已有很久没有见到它了，于是他把暗蓝色的船拨转，摇向岸边。他把坐在长板凳上的其他灵魂赶开，让出一条路，把身躯高大的埃涅阿斯接上船来。这船是用皮革缝制的，经不起生人的重量，吱吱作响，大量沼泽水从缝里冒进船舱。艄公卡隆终于把西比尔和埃涅阿斯安全地摆渡过去，把他们送上灰色的芦苇丛中一片丑恶的泥滩。

(417—425行　过河后，有猛犬刻尔勃路斯把守，西比尔扔给它一个面团，两人乘机进了短命鬼界)

在对面一个洞里卧着那条硕大无匹的猛犬刻尔勃路斯，从它那三张嘴里发出的吼声响彻了这一地带。女先知看到它颈上长的条条小蛇已在蠢动，就向它扔了一个面团，这是用蜜和有药性的面粉制成的，有催眠作用。这狗正饿得发慌，张开三张喉咙就把扔来的面团吃了，它巨大的身躯立即瘫软下来，趴在了地上，把整个山洞都堵满了。守犬已失去了知觉，埃涅阿斯就直奔洞口，赶快离开河滩和能济不能返的河水。

(426—476行　西比尔和埃涅阿斯到了林勃——短命鬼界。这里的鬼魂都是婴儿、冤死鬼、自戕者、殉情者。他们在此遇见狄多。埃涅阿斯怀着深情和懊恨和她谈话，但她一言不发走开了)

立刻他们听到一片呼号的哭声，这是入口处一群哭泣着的婴儿的灵魂发出来的，他们从来没有享受到生活的甜蜜，就被黑暗的天日从母亲的奶头上夺走，淹没在痛苦的死亡里。离他们不远是那些被诬陷而处死的人。但在这里，有选任的陪审官指定他们的席位，米诺斯任审判官，掌有决定权，他把这些默不作声的灵魂召集起来开会，听取他们生前的经历，决定处分。再下去一些地方住着的是些悲伤着的灵魂，他们曾亲手把自己杀死，但是他们并没有犯罪，他们只因厌恶生活才抛弃了生命。但是他们现在多想生活在人间啊！哪怕忍受贫困和艰苦的劳作也是甘心的。但是神意不许可，这可憎的令人发愁的沼泽水把他们锁住了，这九曲的斯提克斯拦在当中，把他包围住了。离此不远展现在眼前的是“哀伤的原野”，向四面八方伸展开去，这个名称是他们给它取的。在这里，有隐蔽的小径，四围爱神树成林，遮蔽着一些幽灵，他们都受过爱情的残狠的折磨和损蚀，直到他们死后，悲伤之情还不放过他们。在这里埃涅阿斯看见了菲德拉、普洛克丽斯，还有悲伤的厄丽菲勒，她还指着被她凶狠的儿子刺破的伤口，还有厄瓦德涅和帕希法埃；拉娥达米亚也和她们一起走过去了，还有凯纽斯，原来是个少年男子，现在变成了女性，这是命运注定她要变回原来的女相。在她们中间有腓尼基的狄多，她正在广阔的树林中徘徊，还怀着不久前的创伤；当特洛伊的英雄埃涅阿斯站到她身边的时候，在阴影中他立刻认出是狄多，宛如一个人隐隐约约看到每月月初云层中的新月，但似乎又没有看到，他不禁心酸落泪，满怀柔情地说道：“有人给我报信说你已经寂灭，说你已自刎，走到了人生的尽头，果然是这样吗？是因为我的缘故你才自寻死路吗？我向天上的星辰发誓，我向天神发誓，如果冥界深处还有信义的话，我向它发誓，女王啊，我不是出于自愿才离开你的国土的啊。是神的命令强迫我这样做的，同样是神的命令迫使我现在来到这鬼影憧憧的冥界，这荒凉凄惨的地方，这黑夜的深渊；我没有料想到我的出走竟然给你带来如此深重的痛苦。请你停一下，不要走，让我看看你。你在躲避谁啊？这是命运允许我最后一次和你谈话了。”埃涅阿斯力图用这些话来抚慰狄多，激发她的同情之泪，但狄多满腔怒火，瞋目而视。她背过身去，眼睛望着地上，一动也不动；从她脸上看去，埃涅阿斯那番话丝毫没有打动她，她站在那儿俨然就像一块花岗石或帕洛斯山上的大理石。最后她走了，怀着仇恨又隐退到树林的浓荫里，在那儿她的前夫希凯斯对她表示爱护，以德报德。埃涅阿斯为她那不公平的遭遇心里也很激动，久久地望着她离去的身影，不觉潸然泪下，心里充满了怜悯。

（477—493行　他们来到林勃最后的地带，这里居留的是战场上的英雄，其中他们遇见许多希腊战士，又遇见许多特洛伊战友，他们怀着喜悦的心情欢迎埃涅阿斯，希腊战士的灵魂则在惊惶中逃跑）

接着他按照指定的道路加紧前进。他们来到了林勃最远的原野，在这隐蔽的去处聚集着战场上著名的英雄。在这里他遇到提德乌斯、取得光辉战绩的帕尔特诺派乌斯和阿德拉斯土斯[①]的苍白的幽魂；还有特洛伊人，都是阵亡了的，都曾引起过人间的悲悼，他望着他们长长的一列，不觉悲叹，其中有格劳库斯、墨东、特尔西罗库斯和安特诺尔的三个儿子，还有司农女神克列斯的祭司波吕波特斯，还有伊代乌斯，他还驾着车，拿着武器。这些幽灵有的从左边，有的从右边聚拢，把埃涅阿斯团团围住；他们一遍又一遍地看埃涅阿斯，他们舍不得离开，他们紧紧地挨着他走，很想听听他为什么到这里来。但是那些希腊将领和阿加门农的军旅看到埃涅阿斯和他佩带的在黑暗中闪亮的兵器，却吓得发抖，惊慌失措，有的转身逃跑，就像当年逃回船上去那样；有的发出微弱

① 以上三人都是希腊人。

的咻咻声，他们的嘴白白的，张得很大，但是声音很小。

(494—547行 埃涅阿斯会见战友代佛布斯，他身上还带着伤痕。埃涅阿斯对他说，他的尸体没有找到，因此未能埋葬他，又问他经历了怎样的遭遇，代佛布斯说他的妻子海伦出卖了他，因而他被墨涅劳斯和奥德修斯所杀。他又问埃涅阿斯的经历，但西比尔打断了他，促埃涅阿斯上路。代佛布斯又回到幽灵队中，并祝愿埃涅阿斯前程美好)

在这里他看到了普利阿姆斯的儿子，遍体鳞伤的代佛布斯，他面部伤痕累累，惨不忍睹，不仅面部，一双手也是如此，还有他的额头也遭到摧残，一双耳朵也被砍掉，两个鼻孔被割开，留下可耻的伤口。代佛布斯心里发慌，极力想遮盖他受到的可怕的惩罚①，因此埃涅阿斯几乎认不出他了，但终于他用代佛布斯所熟悉的语气对他说道："威武的代佛布斯，条克尔崇高血统的后裔，是谁的主意要把这样残酷的惩罚加在你身上呢？谁有权力这样对待你呢？我听说在特洛伊最后覆灭的那晚上，你杀死了大批希腊人，筋疲力尽，也倒在了乱尸堆上了。于是我在特洛伊附近海岸边亲自为你建造了一座衣冠冢，三次大声招唤你的亡魂。那地方至今保留着你的名字和武器。但是朋友，当时我没有能够看见你，而在我出走的时候也没有能够把你安葬在家乡本土。"代佛布斯对此回答道："朋友，你已经尽了你的全力了，你对我代佛布斯已经尽到了全部责任，对得起我的亡魂了。是我自己的命和那诡计多端而凶恶的斯巴达女人②把我埋葬在灾难之中；我身上这些创伤就是她留给我的纪念。你还记得最后那一夜，我们是怎样在骗人的欢乐里度过的，我想你是一定记得清清楚楚的。当那命运之神派来的木马跳越过特洛伊高大城堡的防卫线，马肚里沉甸甸地装着全副武装的步兵，海伦却领着一群特洛伊的妇女绕城舞蹈，佯装举行酒神庆典，口里还狂叫着；在这群妇女当中，她本人高举着一个大火炬，跑上城堡的顶端去召唤希腊军队。这时我因为忧烦而疲倦，沉睡在我那倒霉③的卧室里，甜蜜而深沉的休息使我躺在床上就像安详地死去了一样。同时，我那出自名门的妻子把我所有的武器都从家里搬走了，连我的防身的宝剑都从我枕头底下抽走了。接着，她把大门打开，把她的前夫墨涅劳斯叫进了家里，很清楚，她这样做是希望大大地得到她最早的心上人的欢心，这样就可以把过去犯了过错的名声一笔勾销了。唉，我何必多唠叨呢？总之，他们冲进了我的卧室，跟着一起进来的有那专干坏事的奥德修斯。天神啊，如果允许我这虔诚的嘴提出惩罚这些希腊人的要求，那么就把我所受的罪在他们身上重演一遍吧。不过现在应该轮到你说说是什么机缘把你一个活人带到这里来了。是不是因为你在海上漂泊迷了路而被迫到此，还是受了神的命令？还是某种命运使你厌倦了，你才来到这不见天日的阴惨的栖息之处，这一片混乱的国土呢？"

正当他们这样交谈的时候，黎明女神已经驾着玫瑰色的驷马战车越过了中天；如果时间允许的话，他们也许会一直这样谈下去，但是西比尔在一旁提出了警告，不客气地

---

① 把代佛布斯的创伤称为"惩罚"，因为他在帕里斯死后，娶了海伦，引起希腊人的憎恨，把他杀死，作为"惩罚"。

② 指海伦。

③ 他和海伦结婚，结局不幸，故云。

说道："埃涅阿斯，天都快黑了，我们还在悲叹，白耗费时光！从这儿起，路分两支，右边的路直通伟大的冥王狄斯的城堡，沿着这条路我们可以到达乐土；左边的路是把坏人送到可诅咒的塔尔塔路斯去受惩罚的。"代佛布斯回答说："尊贵的女先知，不要生气，我就走，我去归队，回到那幽暗的去处。你去吧，我们特洛伊人的光荣，去吧，去享受更好的命运吧。"他就说了这么几句话，一面说一面迈步转身而去。

（548—627 行　他们到了塔尔塔路斯，有复仇女神把守，里面是罪大恶极的幽魂。西比尔对埃涅阿斯说，他不得入内，但把这些幽魂和他们所受的惩罚讲给他听了）

埃涅阿斯四面张望，突然间他看到在左方巉岩之下的一座宽阔的城堡，周遭的城墙有三重，火焰河弗列格通的急流围绕着它，奔腾澎湃，冲过礁石，隆隆作响。在他的对面有一扇很大的门，坚硬的花岗石柱子，休说人力，就是天上的神大兴干戈也休想推倒它们；一座铁塔直冲河汉，提希丰涅坐在上面，腰里围一件血迹斑斑的袍子，日夜守卫着进门的甬道，从不睡觉。在城堡外面可以听到里边呻吟号叫之声，野蛮的鞭打声，铁链拖地的锒铛声。埃涅阿斯停止了脚步，听到这些声音吓得发呆。他问道："女先知，请你告诉我，里面的人犯的是什么罪？他们受的是什么刑罚？为什么这样哭声震天？"女先知回答他道："特洛伊人的声名远扬的领袖，任何心地纯洁的人都是不准迈进这罪孽的门槛的，不过，赫卡特给我权力出入阿维尔努斯的幽林，她还领我走遍冥界，指点给我看神所规定的刑罚。克诺索斯的拉达曼土斯统治着冥界，他的统治是铁面无私的。他审问罪犯，听他们陈述罪状，凡是他们在人间犯的罪直到最后临死的时候还没有得到应有的惩罚，以为可以瞒过去而暗自高兴，拉达曼土斯都逼他们承认。然后冷不防复仇女神提希丰涅，腰里挂着鞭子，跳将出来，抽打那些罪人，她左手高举着凶相毕露的蛇，口里呼唤着她的凶狠的姐妹们。看，神圣的门终于开了，门轴发出令人毛骨悚然的声音。你可看到了坐在门厅里的守卫是个什么样子？把守着门槛的这女神的相貌是多么可怕？但是里面还坐着更凶狠可怕的张着五十张黑嘴的水蛇许德拉呢。最后是塔尔塔路斯湖展开在眼前，湖身陡直，直伸向阴暗的渊底，其深度两倍于从湖面仰望高山奥林普斯上面的天空的高度。这里远古时代大地的儿子们，精力旺盛的提坦神，被尤比特的雷霆打落下来，在这深渊底下扭动翻滚。在这里我也曾见到阿洛尤斯的两个儿子的巨大的身躯，他们曾冲进天宫想用他们的手把苍穹扯下来，把尤比特从他至高的统治地位推翻。我在此还看到过萨尔摩纽斯，他因为模仿尤比特从奥林普斯投掷雷电而在此受到残酷的惩罚。他曾赶着四匹马，挥动着火炬，得意忘形，穿过希腊各族，穿过厄利斯城中心，妄想得到神才能得到的荣耀。他简直丧失了理智，竟想借马蹄踏过铜桥的声音模仿尤比特的无法模仿的云中的雷声。但是万能的天父从浓云中投下了他的武器，他投的不是什么普通的火把，也不是什么带着烟燃烧的松枝，而是用那威力无比的旋风，把他一下子打了下去。这里还可以看到提替俄斯，他是万物之母的大地抚养大的，他的身体足足占满九亩地，一只大雕用钩嘴啄他的肝，啄掉一块又长一块，啄他的内脏，给他无穷的痛苦，从他肺腑的深处去不停顿地探求丰盛的食物，但是被它吃了的肌肉又重新长出来，永远不给他安宁。这里还有两个拉皮塔人：伊克西翁和皮利投斯，关于他们，我也无须多说什么了，只是在他们头顶上悬着一大块黑石头，好像随时都要滑下来，马上就要压下来砸烂他们一样；在他们面前摆着高脚的宴席榻，黄金的榻脚闪闪发光，一桌豪华的帝王的盛筵已经准备好；但复仇女神中最年长的那一个却蹲在旁边，不准任何人动手去碰那餐桌，她手持火炬，谁要敢碰，就跳起来，像雷鸣一般大声吆喝。这里还住着生前与弟兄们不和的人，忤逆父母的人，罗织门客罪状的人，还有那些发了财，独自霸占着，却不肯分出一部分来给自己亲人的人(这种人在这里是成堆的)，还有那些因奸淫而被杀的人，参加不正义的战争的人，无耻地破坏对主人的誓约的人，这些人都被关在这里，等候处分。至于他们是在受什么处分，什么样子的惩罚，他们现在沉浸在什么样的遭遇之中，还是不问的好。有人的处分是推大石头，有的人四肢张开绑在车轮上，可怜的特修斯被罚坐在椅子上，永远不准站起来，弗列居阿斯最为悲惨，在黑暗中高声呼喊，警告人们，向人们呼吁：'你们要以我为戒，要学着做一个正直的人，不可侮慢神灵啊。'这里还有一个人①，他为了黄金出卖了祖国，把暴力的统治强加给它；还有一个人②制定法律，废除法律，都看贿赂的面上；还有一个③，他闯进自己女儿的闺房，败坏伦常。所有这些人都是胆大包天，而且做出了他们胆敢去做的罪恶勾当。即便我有一百条舌，一百张嘴，钢铁般的喉咙，我也无法把各式各样的罪恶说全，把各种名称的刑罚一一说到。"

(628—678行　埃涅阿斯和西比尔离开塔尔塔路斯，进入乐土境界，他们来到福林，打听到安奇塞斯在何处)

阿婆罗的长寿的女先知说完这篇话之后，又接着说道："来，赶快上路，去完成你已经开始的任务；让我们加快速度吧。我已经看见巨人库克洛普斯所铸造的城堡了，那拱门就面对着我们，到了拱门前就有人会命令我们把规定的贡物呈上去。"她说完之后，两人沿着黝暗的路并排前进，走完了这段距离，眼看城门越来越近了。埃涅阿斯到了城门口之后，净水洒身，再把金枝插在门槛上。

这些事都做完了，女神的贡物也献过了，他终于来到了乐土，这是一片绿色的福林，一片欢乐之乡，有福人的家。天宇无比广阔，一片紫光披盖着田野，他们有自己的独特的太阳，自己的独特的星辰。有的在操场的草坪上锻炼拳脚，比赛和游戏，或在黄金色的沙地上摔跤。有的在有节奏地舞蹈，一面跳一面唱歌。特拉刻的诗人祭司俄尔弗斯，身穿长袍，用他的七音凤尾琴伴奏，一会儿他用手指弹拨，一会儿用牙拨子弹拨。这里还有古老的条克尔家族，都是秀美俊颜、心胸博大的英雄人物，出生于赫赫盛世，其中有伊路斯、阿萨拉库斯和特洛伊的奠基人达达努斯。埃涅阿斯远远看到他们的甲胄和影子一般的战车感到惊讶。他们的长枪插在地上，他们的马卸了鞍辔，在田野里自由自在地吃草。他们在活着的时候喜欢盔甲啊、战车啊，并精心地喂养战马，使它们毛色光润，想不到在他们入土安息之后，还保持着同样的爱好。接着，埃涅阿斯又看到在他左边和右边的草地上还有些人在举行宴会，他们一齐高唱着欢乐的赞歌，他们都在那芬芳的月桂树荫下，从这里厄利达努斯河充沛的流水蜿蜒穿过丛林，直通上界。在这里住着一伙人，有的是为了祖国在战斗中受过伤的，有的是一生洁白无瑕的祭司，有的是虔敬的诗人，说的都是无愧于阿婆罗的话，有的发明创造了新技艺，丰富了生活，有的给

①②③所指不详。

别人做过好事，赢得了别人的怀念。所有这些人头上都缠着雪白的束带。他们把西比尔团团围住，西比尔同他们谈话，主要是和穆赛乌斯说话，因为他站在这一群人的中央，他的头和肩都高出众人之上，大家都仰望着他。西比尔问道："有福的灵魄们，还有你最伟大的诗人，请你们告诉我安奇塞斯住在什么地方，住在哪一区？我们渡过冥界的大河到这里来，就是要寻找他。"这位英雄简要地回答说："我们都是居无定所，我们住在密林深处，有时在河边或溪流旁如茵的草地上栖息，但是如果你们愿意的话，你们可以登上这座小冈，我来指点给你们一条容易走的路。"他说着就迈步前导，站在高处指给他们看前面一片光彩夺目的平野，然后他们就离开了这山冈。

（679—702 行　埃涅阿斯会见了父亲安奇塞斯）

这时，他的父亲安奇塞斯正在仔细地专心地检阅着一些灵魂，这些灵魂深深地隐藏在一条绿色的山谷里，准备着有朝一日投生人世，这时他正在检阅的碰巧是他自己的子孙，为数不少，他在考察他们未来的命运，他们的性格和他们的事业。当他看见埃涅阿斯穿过草地向他走来，他高兴得伸出双手，眼泪顺着双颊流了下来，失声说："你到底来了！你的虔诚克服了道途的艰险了？这正是做父亲的所期望的啊。我现在真能好好地看看你了吗，孩子？真能听到你那熟悉的声音并和你谈话吗？我计算着时日，心里的确在忖度这是会实现的，我的盘算没有落空。不过你是经过了多少艰难跋涉，在多少险途上颠簸之后，才来到我跟前啊，孩子！我一度真担心迦太基的王族会加害于你啊！"埃涅阿斯回答说："父亲，你的愁容经常出现在我眼前，促使我来到这下界；我的船队现在停靠在意大利西岸。父亲啊，让我，让我握一下你的手，不要挣脱我的拥抱吧。"他说着，脸上全被倾泻的泪水沾湿。他三次想用双臂去搂抱他父亲的头颈，他的父亲的鬼影三次闪过他的手，不让他抱住，就像一阵轻风，又像一场梦似的飞去了。

（703—751 行　在勒特河又名忘川边，埃涅阿斯看见一群鬼影，安奇塞斯告诉他这些都是等候投生的，又向他讲述灵魂与躯体的关系，死后如何）

这时，埃涅阿斯看到近处有一条河谷，河谷里有一片浓密的树林，树林发出瑟瑟的声音，那条忘川河流过一些静谧的宅屋。在河川周围各种民族和氏族的人飘忽地游荡着，不计其数，就像晴朗的夏天，在一片草地上，成群的蜜蜂飞落在万花丛中，或围绕着雪白的百合花川流一般地飞着，田野上一片喧闹景象。埃涅阿斯突然见这情状有些吃惊而惶惑不解，因此就问远处那条河叫什么，拥挤在两岸的又是些什么人。他父亲安奇塞斯回答说："这些都是鬼魂，命运注定他们再次投胎，他们喝了忘川的水就忘却了忧愁，永远忘却了一切。我早就想把有关他们的事告诉你，当面指点给你看，向你清点一下我的这些后裔，这样你就可以和我一起为了找到意大利而更感高兴。"埃涅阿斯又问道："那么，父亲，你是不是说有些灵魂将升到阳世，再见天光，重新投进苦难的肉身呢？为什么这些鬼魂这样热烈地追求着天光呢？这是多么愚蠢啊。"安奇塞斯说："孩子，我对你说了吧，免得你疑虑。"于是他就原原本本把其中的道理述说给埃涅阿斯听。

"在太初之时，有一股元气贯串着并且滋育着天地、寥廓的水域、明珠般的满月以及太阳提坦和群星，心灵贯注着全部物质世界的每个局部，与它融合为一体，并且推动它运行。从这元气和心灵产生出人类和兽类、一切飞翔的生物和平滑如大理石一般的海面下的各种奇异的族类。它们的种子的生命力有如烈火一般，因为它们的源泉来自天上，但是切勿让物质的躯体对它们产生有害的影响，妨碍它们，切勿让泥土做的肉身或死朽的肢体使它们变得呆滞。这肉体有恐惧，有欲望，有悲哀，有欢乐，心灵就像幽禁在暗无天日的牢房里，看不到晴空。甚至当最后时刻来到，生命离开了躯体的时候，不是所有的病恶也随之消失，因为许多疵瑕长期与肉体发生联系，必然早已在不知不觉之中变得根深蒂固了。因此，灵魂不断受到磨炼，由于根深蒂固的罪行而受惩罚，有的被吊起来，任凭风吹；有的被投入大渊，去洗掉他们的罪孽，有的被投入火中，去把罪孽烧掉。我们每个人的灵魂所受的痛苦各不相同。然后，我们就被送到这寥廓的埃吕西姆乐土，我们少数人占有这片欢喜田，一直到很久以后，时间轮转了一周，我们的根深蒂固的污点才得消除，剩下的才是那太虚纯净的心灵和空灵的火。这时，这些灵魂已经熬过了千年一周轮转，天帝就把他们召到忘川勒特，他们排着长队来到河边，目的是要他们在重见人间的苍穹之时把过去的一切完全忘却，开始愿意重新回到肉身里去。”[①]

(752—853行　安奇塞斯指点给埃涅阿斯看等待投生的罗马名人，其中有阿尔巴诸王、罗木路斯、奥古士都、罗马诸王和共和国英雄)

安奇塞斯说完就带领着儿子和西比尔向那一群魂魄中间走去，他们正在彼此交谈，一片嗡嗡之声，他带他们走上一个小冈，从这里可以看见所有的幽魂，他们排成长列展现在眼前，当他们走过来的时候，他们的面庞都清晰可辨。

“来，现在我把你未来的命运告诉你，讲给你听达达努斯的后人将赢得什么样的荣耀，你在意大利出生的后代将是何等样的人，他们都是光辉的灵魂等候着出生，并将继承我们的姓氏。你看那个青年倚着一根无头长矛[②]；他站在指定的位置上，最靠近天光，也将是第一个升到上界去的，也是第一个身上有意大利血统的人，他就是西尔维乌斯，这将是阿尔巴·隆加王朝的名号，他将是你晚年的儿子，你的未来的妻子拉维尼亚将在山林里将他抚养成人，他将为王，他的子孙也将为王，我们这一族从他开始将统治阿尔巴·隆加。最靠近他的那个是普洛卡斯，特洛伊族的光荣，接着是卡皮斯和努密托尔；还有继承你的名字的西尔维乌斯·埃涅阿斯，他将和你一样在虔诚和武功方面出类拔萃，如果他能继承阿尔巴王位的话。[③] 你看，他们多么年富力强，他们是多么了不起的人物，你看他们都戴着执政者的橡冠，遮盖到前额！他们将建造诺门土姆、迦比伊和菲代奈城，他们将在高山上建造科拉提亚堡垒和波昧提伊、伊努斯卫所、波拉和科拉。这些地方[④]现在还没有名称，将来却会名扬遐迩。是的，还有战神玛尔斯之子罗木路斯，他的母亲伊丽雅出自阿萨拉库斯的血统，将抚育他，他将与他的外祖父[⑤]齐名。你看见他头盔上笔直的两根翎毛没有？这就是他父亲的徽记，表明他将来是与众不同的。

---

① 死后灵魂净化和再生的学说来源于公元前6世纪毕达哥拉斯(Pythagoras)哲学和俄尔弗斯教义(Orphism)，为柏拉图所继承，可看《共和国》10.614等篇。

② 青年战士获得第一次胜利后所得的奖品。

③ 他的王位被人篡夺。

④ 都是罗马附近小城市。

⑤ 指上面的努密托尔。他生女伊丽雅，与战神玛尔斯生孪生子罗木路斯(罗马城的建造者)和雷木斯。努密托尔被弟弟推翻，一对孪生子被投入第表河，但得救，并恢复了努密托尔的王位。

孩子，看，罗马将由于他的掌权而闻名于世，罗马的统治将遍布大地，它的威灵将与天为侔，它将用城墙围起七座山寨，建成一座城市，它将幸福地看到子孙昌盛，就像众神之母库别列，头戴峨冠，乘车驰过弗利吉亚的大小城市，众神是她的后代，使她感到骄傲，她抚摸拥抱着成百的子孙，个个都是以天堂为家，个个都住在清虚之府。你再把你的一双眼睛朝这边看，看看你未来的族人，你的罗马人。这就是凯撒①，这里是你的儿子尤路斯那一支，他们的伟业有朝一日都将与天比高。这千真万确就是他，就是你经常听到要归在你名下的他——奥古士都·凯撒，神之子②，他将在拉丁姆，在尤比特之父萨图努斯一度统治过的国土上重新建立多少个黄金时代，他的权威将越过北非的迦拉曼特和印度，直到星河之外，直到太岁和太阳的轨道之外，直到背负苍天的阿特拉斯神在他肩上转动着繁星万点的天宇的地方。就在目前他还未降世的时候，听到神的预言，里海和迈俄提亚湖周围各国也在发抖，有七条出口的尼罗河也骇怕得慌作一团。是的，甚至赫库列斯也没有走得这么远，即使他射中过铜蹄鹿，给厄吕曼图斯山林带去了平安，射死了莱尔那湖的九头蛇，威震一方；甚至酒神巴库斯也有逊色，即使他用藤蔓编制的缰绳豪迈地牵着他的牲口，驱赶着他的一群猛虎从印度的尼萨山的峰巅走下来。难道我们现在还用得着踌躇而不以我们的行动来表现出我们的勇气吗？还有什么顾虑能阻止我们去到意大利的土地上立足吗？看，那边那个人头戴橄榄枝，手捧圣器，他是谁啊？从他的头发和雪白的胡须，我认出他是努玛，他是罗马王，他出生于小小的库列斯贫瘠的土地，但将被召来掌握大权，是他第一次给罗马城奠定了合法的基础。继承他的将是图鲁斯，他将打破国家的安逸，激发怠惰的人们起来习武，把懒散的军队引向胜利。再下一个君主是安库斯，他喜欢自我夸耀，即使现在他也是过分喜欢听到众人的奉承。你也想见见塔尔昆纽斯王朝的诸王和心地高傲的复仇者布鲁图斯和被他夺回的权杖吗？他将是第一个接受执政职位的人，执掌无情的斧钺，他的几个儿子发动新的战争③，他为了美好的自由，咳，不幸啊，不得不把他们处死，不管后人怎样看待这件事，他的爱国之心和求得美誉的强烈欲望占了上风。看，德奇乌斯父子和那边的德鲁苏斯一族，还有挥舞大斧的凶狠的托尔夸图斯，夺回军旗的卡密鲁斯。你再看那边两个幽魂，都穿着同样煊赫的甲胄，现在他们和谐相处，因为他们现在幽闭在黑夜之中，但是一旦他们见到生命之光，唉！他们彼此就将发动残酷的战争，互相作对，互相厮杀啊！一个是岳父④，他将从崔嵬的阿尔卑斯山和摩那哥的堡垒冲下来⑤；一个是女婿，则率领东方的军队抵挡。我的孩子们⑥，你们的心可不要这样狠，千万不要把战争当成家常事，不要让祖国的精壮伤了自己的要害。你，我的亲骨肉，神的后裔，你应当首先宽大为怀，把你手里的武器扔掉！那边那个人⑦，他将征服哥林多，杀死大批希腊人，战功卓著，并胜利地

---

① 指奥古士都。

② 凯撒死后封神，所以把作为凯撒的义子的奥古士都称为“神之子”。

③ 指帮助塔尔昆纽斯王复辟。

④ 指凯撒，庞培娶凯撒之女。

⑤ 指凯撒领兵从高卢越过阿尔卑斯山，渡过卢必冈，进入罗马。

⑥ 指凯撒和庞培。

⑦ 指罗马执政门米乌斯。

驾着战车登上巍峨的卡匹托神庙。还有那个人①，他将铲平阿尔卑斯和阿加门农的米刻奈，并杀死马其顿的佩尔修斯王，所向无敌的阿奇琉斯的后代，这样他就为他的特洛伊先祖和被亵渎的敏涅尔伐女神庙报了仇。还有伟大的卡托，你，和你，科苏斯，我能不顺便提一提吗？此外还有格拉库斯兄弟和斯基皮奥父子，这后二者像战神的两道雷霆，将把利比亚消灭；还有执掌大权而两袖清风的法布里求斯，在田垄里播种的列古路斯·色拉努斯。我已经走得很乏了，但还得放快脚步，指给你看看法比乌斯一族，那一个的绰号是'伟大的法比乌斯'，声名赫赫，他用拖延战术一手挽救了我们的国家。这里还有其他一些人②，我相信有的将铸造出充满生机的铜像，造得比我们高明，有的将用大理石雕出宛如真人的头像，有的在法庭上将比我们更加雄辩，有的将擅长用尺绘制出天体的运行图，并预言星宿的升降。但是，罗马人，你记住，你应当用你的权威统治万国，这将是你的专长，你应当确立和平的秩序，对臣服的人要宽大，对傲慢的人，通过战争征服他们。"

(854—901行　安奇塞斯又提到一个罗马英雄玛尔凯鲁斯，在他旁边一个青年，也叫玛尔凯鲁斯，他将注定早死。最后，埃涅阿斯和西比尔离开冥界，找到船队，向北方航去)

安奇塞斯说完之后，看见他们还在惊愕，又接着说道："看，那边走来的是玛尔凯鲁斯，他佩戴着大奖③，何等威武，作为胜利者他无异是鹤立鸡群。在罗马大动乱的时候，他将率领骑兵平定动乱，他将削平迦太基和叛逆的高卢，他将第三度把掳获的军器悬挂在国父罗木路斯的庙里。"这时埃涅阿斯看到一个青年，俊美超群，穿着光彩夺目的盔甲，和玛尔凯鲁斯一起走着，但是面带愁容，低着头，眼望着地上，因问道："父亲啊，和玛尔凯鲁斯一起走着的那个是谁？是他的儿子吗？还是他的其他的晚辈？他周围的人都在啧啧称赞，看，他是何等高贵啊！但是黑夜悲愁的阴影却笼罩在他的头上。"他父亲安奇塞斯，眼中涌出热泪，说道："孩子，你后代的巨大的不幸，你就不要问了；命运只准他在人间作短暂的停留，不准他久驻。天上的神啊，在你们眼中，如果罗马人把你们赐给他们的这件礼物保住不放，罗马的力量将强大无边了吧？他的死将在战神的雄伟的城④外，战神的校场上，引起多少人号啕痛哭，第表河畔将出现送葬的行列，第表河流过的地方将新建起一座陵墓。我们特洛伊的后裔中，没有别个比得上他能引起长辈们这样大的希望，罗木路斯的国土将不会再有第二个青年能使它感到如此骄傲。他是多么虔诚正直，他是多么恪守信义的古风，他的两臂是战无不胜的。没有哪个在战斗中遭遇到他能够安然脱身，不管他是徒步来到敌阵，还是骑着奔马，用踢马刺狠踢着马腹。好可怜的孩子，你要能够冲破残酷的命运该是多好啊！那你就也将是一位玛尔凯鲁

① 指艾米留斯·保路斯，罗马大将。
② 指冥界中的希腊人。
③ 罗马大将斩杀敌方大将所得的奖品。
④ 指罗马城。

斯[1]了。让我把满把的百合花和大红花撒出去，至少让我用这样的礼物向我的后代的亡灵表表心意，尽我一份责任，尽管没有什么用处。”

就这样，他们游遍了冥土，在那广袤而朦胧的原野上眺望着一切。安奇塞斯领着他的儿子把每件该看的都看到了，在他心里燃起了追求荣耀的欲望，然后告诉他他将来必须经历的几场战争，又对他讲述了拉提努斯治下有哪些部族以及关于拉提努斯的城邦的情况，最后教导他怎样避免、怎样经受种种考验。

说着来到了睡眠神的两扇大门前，一扇据说是牛角做的，真正的影子[2]很容易从这扇门出去；另一扇是用光亮的白象牙做的，制作精细，幽灵们把一些假梦从这扇门送往人间。[3] 安奇塞斯说完话，陪着儿子和西比尔一起走到门前，把他们送出了象牙门。埃涅阿斯取道直赴船队，又与同伴们会合。然后他就沿着笔直的海岸驶向卡耶塔港口。铁锚从船头抛下，船只停泊在海滩上了。

【选自[古罗马]维吉尔：《埃涅阿斯纪》，杨周翰译，南京，译林出版社，1999】

---

① 指前一个玛尔凯鲁斯。据多那图斯《维吉尔传》，当维吉尔朗诵他的诗给屋大维及其妹屋大维娅(即青年玛尔凯鲁斯之母)听的时候，后者听到这里晕厥过去了。

② 指真梦。

③ 这一段的解释，各说不一，埃涅阿斯从假梦之门回到人间可以理解为他在冥界的经历——包括他的过去和他的未来——都是虚幻，反映出诗人的犹疑、忧伤以至一切皆空的思想情趣。

牧歌(其四)

让我们唱雄壮些的歌调，西西里的女神，
荆棒和低微的柽柳并不能感动所有的人，
要是还歌唱山林，也让它和都护名号相称。
现在到了库玛谶语里所谓最后的日子，
伟大的世纪的运行又要重新开始，
处女星已经回来，又回到沙屯的统治，
从高高的天上新的一代已经降临，
在他生时，黑铁时代就已经终停，
在整个世界又出现了黄金的新人。
圣洁的露吉娜，你的阿波罗今已为主。
这个光荣的时代要开始，正当你为都护，
波利奥啊，伟大的岁月正在运行初度。
在你的领导下，我们的罪恶的残余痕迹
都要消除，大地从长期的恐怖获得解脱。
他将过神的生活，英雄们和天神他都会看见，
他自己也将要被人看见在他们中间，
他要统治着祖先圣德所致太平的世界。
孩子，为了你那大地不用人力来栽，
首先要长出那蔓延的长春藤和狐指草，
还有那埃及豆和那含笑的莨苕；
充满了奶的羊群将会得自己回家，
巨大的狮子牲口也不必再害怕，
你的摇篮也要开放花朵来将你抚抱，
蛇虺将都死亡，不再有骗人的毒草，
东方的豆蔻也将在各地生得很好。
当你长大能读英雄颂歌和祖先事迹，
当你开始能够了解道德的意义，
那田野将要逐渐为柔穗所染黄，
紫熟的葡萄将悬挂在野生的荆棘上，
坚实的栎树也将流出甘露琼浆。
但是往日罪恶的遗迹那时还有余存，
人还要乘船破浪，用高墙围起城镇，
人也还要把田地犁成一条条深沟，

还要有提菲斯，还要有阿戈的巨舟
载去英雄的精锐，还要有新的战争，
还要有英雄阿喀琉作特洛伊的远征。
但当坚实的年代使你长大成人的时候，
航海的人将离开海，那松木的船艘
将不再运货，土地将供应一切东西，
葡萄将不需镰刀，田畴将不需锄犁，
那时健壮的农夫将从耕牛上把轭拿开；
羊毛也不要染上种种假造的颜色，
草原上的羊群自己就会得改变色彩，
或者变成柔和的深紫，或鲜艳的黄蓝，
吃草的幼羔也会得自己带上朱斑。
现在司命神女根据命运的不变意志，
对她们织梭说，“奔驰吧，伟大的日子。”
时间就要到了，走向伟大的荣誉，
天神的骄子啊，你，上帝的苗裔，
看呀，那摇摆的世界负着苍穹，
看那大地和海洋和深远的天空，
看万物怎样为未来的岁月欢唱，
我希望我生命的终尾可以延长，
有足够的精力来传述你的功绩，
色雷斯的俄耳甫的诗歌也不能相比，
林努斯也比不过，即使有他父母在旁，
嘉流贝帮助前者，后者美容的阿波罗帮忙，
甚至山神以阿卡狄为评判和我竞赛，
就是山神以阿卡狄为评判也要失败；
小孩子呀，你要开始以笑认你的生母，
（十个月的长时间曾使母亲疲乏受苦），
开始笑吧，孩子，要不以笑容对你双亲，
就不配与天神同餐，与神女同寝。

【选自[古希腊]维吉尔：《牧歌》，杨宪益译，上海，上海人民出版社，2009】

但丁

但丁·阿利吉耶里(1265—1321)是文艺复兴时期最重要的意大利作家，文学代表作有诗文集《新生》《神曲》。《神曲》是西方文学长廊中不朽的诗篇，《神曲》分地狱、炼狱、天国三篇，每篇33章，加上一篇序诗，共100章，计14233行。

全诗以梦幻文学的形式记叙了但丁游历地狱、炼狱、天国的过程。诗人在中年时误入一座黑暗的森林，又被三只猛兽(母狼、狮子、豹)拦住出路，此时古罗马诗人维吉尔的灵魂出现，引导他游历地狱和炼狱。维吉尔代表哲学和理性，象征人在哲学的指导下，凭借理性认识罪恶。随后，贝雅特丽齐引导但丁游历了天堂，她代表信仰和神学，标志着人通过信仰，在神学的启发下认识至高的真理。

选文一为《神曲·地狱篇》第5章，描写了犯淫邪者在地狱中的境况。但丁写形状物的功底极为深厚，他往往采用极其日常的题材描摹灵界，使人们很难想象的事物栩栩如生。这一章的描写先声夺人，幽暗中可怕的吼声一开始就烘托出地狱绝望的气氛。在描写犯淫邪者被狂风摧残的惨状时，连续几个比喻，再加上几笔简洁、直观的描写，便将灵魂的惨状描绘得淋漓尽致。与诗人对话的两个灵魂是但丁同时代的一对叔嫂：弗兰齐斯嘉和保罗，二人因为私情被杀。但丁虽然按照基督教的道德标准将他们放在地狱中，却表达了他的深切同情。这一段对弗兰齐斯嘉和保罗二人言行神态的描绘是《神曲》中的名篇，一对结伴乘风的灵魂，一段感人至深的对白，出色地渲染了爱情的凄美、甜蜜、苦涩与不能自禁。

第二段选文为《神曲·天国篇》最后一章，描写但丁对圣母祈祷，并一窥上帝。在游历天堂时，贝亚特里齐与但丁的谈话广泛涉猎了当时哲学、科学和神学上的各种理论问题。在这一章中，但丁精湛的神学思想表露无遗。

《神曲》是一部包罗万象的诗作，其中崇尚精神世界的传统基督教观念与肯定世俗世界、追求个人价值的愿望构成了巨大的张力，但正是这种张力，充分地表达了但丁所处时代与地域的特质，使《神曲》成为一座表现了一个时代同时也昭示将来的丰碑。

新生(节选)

那淑女溶溶眼波中漾着“爱”的小影，
流盼时会令一切都变得生意欣欣。
她一走过便使得人人都凝眸发怔，
她的寒暄使得受者心头跳动怦怦。

那寒暄，曾令人低头自愧，颜色沮丧，
曾令人胸中的邪念一旦完全消亡。
你看憎恶，傲慢，遇见她便不知去向，
这德行，真值得仕女们同声赞扬。

谁能听见赞扬她的辞令，
谁的心中便化为温柔，洁净；
谁能见她一面，便有无上的幸福来临。

若讲到她微笑时的模样，
那是无法形容，也无法回想，
那是个稀有的奇迹，能迷乱人的目光。

【选自吕同六编选：《但丁精选集》，王独清译，北京，北京燕山出版社，2004】

神曲(节选)

地狱篇·第五章

我就这样从第一层下到了第二层，这一层的圈子比较小，其中的痛苦却大得多，它使受苦者发出一片哭声①。

那里站着可怕的米诺斯②，龇着牙咆哮：他在入口处审查罪行，作出判决，把尾巴绕在自己身上，表示怎样发落亡魂，勒令他们下去。我是说，不幸生在世上的人③的灵魂来到他面前时，就供出一切罪行：那位判官就判决他该在地狱中什么地方受苦，把尾巴在自己身上绕几遭，就表明要让他到第几层去。在他面前总站着许多亡灵：个个都依次受审判，招供罪行，听他宣判，随后就被卷下去了。

"啊，来到愁苦的旅舍④的人，"米诺斯瞥见我，就中断执行这样重大的职务，对我说，"你要想一想，自己是怎么进来的，依靠的是什么人；不要让宽阔的门口把你骗进来⑤!"我的向导对他说："你为什么直叫嚣！不要阻止天命注定他做的旅行。这是有能力为所欲为者所在的地方决定的⑥，不要再问。"

现在悲惨的声音开始传到我耳边；现在我来到许多哭声向我袭击的地方。我来到

---

① 第二层地狱是犯邪淫罪者的灵魂受苦的地方。地狱共分为九层，由上而下，一层比一层小，痛苦则一层比一层大。第一层("林勃")中只有叹息的声音，第二层中受苦的灵魂就发出号哭的声音。

② 希腊神话中的米诺斯(Minos)是克里特岛的国王，在位时公正严明，死后成为冥界判官。荷马史诗《奥德修纪》叙述奥德修游其界时见到了他："我就又看到宙斯的显耀儿子弥诺(即米诺斯)，他手里拿着黄金的王杖，坐在那里，给鬼魂们宣判；鬼魂们在阴府的大门里，有的坐着，有的站着，请他裁判(《奥德修纪》卷十一)。维吉尔在《埃涅阿斯纪》中叙述埃涅阿斯游冥界时，沿袭荷马史诗的传统，也把米诺斯作为冥界判官，诗中说："……在这里，有选任的陪审官指定他们席位，米诺斯任审判官，掌有决定权，他把这些默不作声的灵魂召集起来开会。听取他生前的经历，决定处分"(《埃涅阿斯纪》卷六)。在荷马史诗中，米诺斯作为庄严的王者形象出现，在维吉尔史诗中，则把他描写为具有罗马法官开庭审判时的气派。但丁从维吉尔诗中借用了这个神话中的人物作为地狱判官，但他根据基督教关于异教的神祇皆是鬼物的说法，把米诺斯塑造成有尾巴的、狰狞可怖的魔鬼形象。

③ 指在地狱里受苦的罪人。他们正如耶稣关于叛徒犹大所说的，"不生在世上倒好"(《新约·马太福音》第七章)，因为这样他们就不至于入地狱。

④ 指地狱。

⑤ 这句话是有所本的："下到阿维尔努斯(罗马神话传说中阴府入口处)是容易的；狄斯(罗马神话中的冥神，亦作冥界)的黑门昼夜开着；但是掉转脚步，再走出来，到阳间的空气里，那是困难和危险的"(《埃涅阿斯纪》卷六)；耶稣登山训众说"你们要进窄门，因为引到灭亡，那门是宽的，路是大的，进去的人也多"(《新约·马太福音》第七章)。

⑥ 维吉尔对运载亡灵渡阿刻隆河的船夫卡隆说过同样的话。

一切光全都喑哑[①]的地方，这里如同大海在暴风雨中受一阵阵方向相反的风冲击时那样怒吼。地狱里的永不停止的狂飙[②]猛力席卷着群魂飘荡；刮得他们旋转翻滚，互相碰撞，痛苦万分。每逢刮到断层悬崖[③]前面，他们就在那里喊叫、痛哭、哀号，就在那里诅咒神的力量。我知道，被判处这种刑罚的，是让情欲压倒理性的犯邪淫罪者[④]。犹如寒冷季节，大批椋鸟密集成群，展翅乱飞[⑤]，同样，那些罪恶的亡魂被狂飙刮来刮去，忽上忽下，永远没有什么希望安慰他们，不要说休息的希望，就连减轻痛苦的希望也没有。

犹如群鹤在空中排成长行，唱着它们的哀歌飞去[⑥]，同样，我看到一些阴魂哀号痛哭着被上述的狂飙卷来；因此我说："老师，这些受漆黑的空气这样惩罚的，都是什么人哪?""你想知道情况的那些人之中的第一个，"他随即对我说，"是许多语言不同的民族的女皇帝。她沉溺于淫乱的罪恶那样深，竟然在她的法律中把人人恣意淫乱定为合法，来免除她所遭到的谴责。她是塞米拉密斯[⑦]，据史书记载，她是尼诺的妻子，后来继承了他的帝位，拥有如今苏丹所统治的国土[⑧]。另一个是因为爱情自杀的对希凯斯的骨灰背信失节的女性[⑨]，她后面来的是淫荡的克利奥帕特拉[⑩]。你看那是海伦，为了她，多么漫长

---

① 即没有一点光明之意。诗人在这里又大胆使用了一个以声觉代替视觉构成的隐喻。

② 这些犯邪淫罪者受苦的方式是一报还一报，罪与罚关系极为密切：地狱里的狂飙是他们的情欲的象征；他们生前受情欲驱使，不能自制，死后灵魂就被地狱里的狂飙刮来刮去，永远不得安息。

③ 原文是 ruina，注释家对这个词有不同的解释。萨佩纽注释本和波斯科-雷吉奥注释本都认为，指的是耶稣死在十字架上时发生的大地震使地狱里塌方所形成的断层悬崖。犯邪淫罪者的灵魂受审判后，就被卷下这个悬崖，到第二层地狱受苦，所以每逢被狂飙刮到悬崖前面，他们就想起，是神的力量使他们陷入万劫不复的境地，因而诅咒"神的力量"。译文根据这种解释。

④ 但丁怎么知道受这种惩罚的是犯邪淫罪者，诗中没有说明，可能是维吉尔告诉他的，也可能是他看到惩罚方式后，自己猜想到的，从诗中的情景看来，后一种可能似乎更大。

⑤ 这里用椋鸟密集成群，展翅乱飞的状况，来比拟大批阴魂被狂飙刮得凌乱翻腾的状况。

⑥ 这个比喻不仅以群鹤的哀鸣来比拟亡魂们的悲号，还以群鹤齐飞时排成行列来比拟其中的一批阴魂结成队形随风飘来飘去，这一批就是那些"因为爱情离开人世的灵魂"(自杀者和被杀者)。

⑦ 塞米拉密斯是传说中的亚述女王(公元前 14 世纪或前 13 世纪)，但丁从公元 5 世纪历史家奥洛席乌斯(Orosius)的《七卷反异教徒史》中得知她的事迹。书中说她淫荡无度，甚至和她儿子有乱伦的秽行，最后被他杀死。中世纪以她为纵欲淫乱的典型。

⑧ "拥有如今苏丹所统治的国土"这句话不符合历史事实："如今"指 1300 年但丁游地狱的时间，"苏丹"指当时统治埃及的马木路克王朝的君主；但是，除了埃及以外，马木路克苏丹只占有巴勒斯坦和叙利亚的一部分，古代亚述王国的本土则属于伊尔汗国，并不在他的版图之内。注释家认为，诗中出现这一历史地理上的错误，是由于但丁把亚述所征服的古巴比伦王国(Babylonia)和埃及尼罗河畔的城市巴比伦(Babylon，即古开罗)混淆了。这种差错无关宏旨，并不使但丁的诗减色。

⑨ 指迦太基女王狄多。伊利昂城被攻破后，埃涅阿斯经历千辛万苦来到迦太基。狄多对他发生了爱情，并且背弃了对临死的丈夫希凯斯所发的不再嫁的誓言，同他结了婚。后来，埃涅阿斯服从神意，离弃了她，到意大利重建邦国，她因此自杀(见《埃涅阿斯纪》卷四)。

⑩ 克利奥帕特拉(公元前 69—前 30)是埃及托勒密王朝女王，姿容秀媚，罗马大将凯撒进军埃及时，她深得他的欢心，并且给他生了一个儿子；凯撒被刺死后，执政官安东尼是罗马"后三头"之一，也对她十分迷恋；安东尼在阿克兴角海战(公元前 31 年)中被屋大维击败，她和他一同逃往埃及亚历山大城，在敌军围城时自杀。

的不幸的岁月流转过去，[①] 你看那是伟大的阿奇琉斯，他最后是同爱情战斗[②]。你看那是帕里斯[③]，那是特里斯丹[④]。”他还把一千多个因为爱情离开人世的人指给我看，并且一一说出他们的名字。我听了我的老师说出古代的贵妇人和骑士们[⑤]的名字以后，怜悯之情抓住了我的心，我几乎神志昏乱了。我开始说：“诗人哪，我愿意同那两个在一起的、似乎那样轻飘飘地乘风而来的灵魂说话。”他对我说：“你注意着他们什么时候离我们近些；那时，你以支配他们的行动的爱的名义恳求他们，他们就会来的。”当风刚把他们刮向我们这里时，我就开始说：“受折磨的灵魂们，过来同我们交谈吧，如果无人禁止的话!”

犹如斑鸠受情欲召唤，在意愿的推动下，伸展着稳健的翅膀，凌空而过，飞向甜蜜的鸠巢，同样，那两个灵魂走出狄多所在的行列[⑥]，穿过昏暗的空气向我们奔来，因为我那充满同情的呼唤是如此强烈动人。

“啊，温厚仁慈的活人哪，你前来访问我们这些用血染红大地的阴魂，假如宇宙之王是我们的朋友的话[⑦]，我们会为你的平安向他祈祷，因为你可怜我们受这残酷的惩罚。在风像这里现在这样静止的时候，凡是你们喜欢听的和喜欢谈的事，我们都愿意听，都愿意对你们谈。我出生的城市坐落在海滨，在波河汇合它的支流入海得到安息的地方[⑧]。在

---

① 海伦是斯巴达王墨涅劳斯的妻子，具有绝代姿容。伊利昂城的王子帕里斯渡海来到斯巴达，爱上了海伦，把她拐走。希腊人动了公愤，共同兴师问罪，渡海讨伐特洛伊人。“多么漫长的不幸的岁月流转过去”指经过十年战争才攻破伊利昂城，夺回海伦。荷马史诗《伊利昂纪》集中描述十年战争中的五十一天的事情。

② 阿奇琉斯是《伊利昂纪》中的希腊英雄，武艺高强，所向无敌，由于他退出战斗，希腊大军被特洛伊人击败，后来，他重上战场，杀死了伊利昂城的主将赫克托尔，希腊大军转败为胜。据奥维德的《变形记》和中世纪的《特洛伊传奇》所说，阿奇琉斯爱上了伊利昂城老王普里阿摩斯的女儿波利克塞娜，被诱入神庙，由埋伏在那里的帕里斯用毒箭射死；所以诗中说“他最后是同爱情战斗”，结果失败。

③ 帕里斯是普里阿摩斯的儿子，赫克托尔的弟弟。他娶了河神凯勃伦的女儿奥诺娜为妻，但他骗到海伦后，就离弃了奥诺娜；伊利昂城被攻破时，他被菲洛克特特斯用毒箭射伤；奥诺娜精通医术，他求她医治，遭到拒绝，毒发身亡。

④ 特里斯丹是法国骑士传奇《特里斯丹和绮瑟》(12世纪)中的人物，奉命航海去邻国为他叔父国王玛克迎接新娘绮瑟公主，在归途中误饮了为玛克和绮瑟结婚准备的一种神秘饮料，结果对绮瑟发生了永远不变的爱情。玛克发现了他们相爱之后，把他们逐出王宫，但最后宽恕了绮瑟。薄伽丘在《神曲》注释中说，特里斯丹“被国王玛克用毒箭射伤，垂死之际，王后前来探视，他顿时把她搂在怀里，因用力太猛，他和她的心都迸裂了，这样他们俩就一同死去”。

⑤ “骑士”泛指上述的英雄人物，其中只有特里斯丹是骑士，其余的人本来不是骑士，但在中世纪流行的属于古代系统的传奇中都被塑造成骑士的形象。

⑥ 指狄多等因爱情自杀或被杀者的灵魂排成的行列。

⑦ “宇宙之王”指上帝。“是我们的朋友”意即怜悯我们，肯接受我们的祷告。原文是不现实条件句，表示很想为但丁祈祷，无奈上帝并不会听地狱里的罪人的祷告。

⑧ 这是“温柔的新体”诗派对爱情的看法，圭多·圭尼采里的诗“爱总逃避到高贵的心里”，但丁的一首十四行诗的第一行“爱和高贵的心是一回事”，都表达了这种思想。在《神曲》中，但丁改变了这种看法，认为爱既可以使人产生高尚的情操，也可以使人犯罪。保罗和弗兰齐斯嘉叔嫂相爱，由于不能以理性克制情欲，反而“让情欲压倒理性”，结果演成悲剧。

高贵的心中迅速燃烧起来的爱①，使他热恋上我的被夺去的美丽的身体；被夺的方式至今仍然使我受害②。不容许被爱者不还报的爱③，使我那样强烈地迷恋他的美貌，就像你看到的这样，直到如今仍然不离开我。爱引导我们同死。该隐环等待着害我们性命的人④。”他们对我们说了这些话⑤。

听了这两个受伤害的灵魂所说的话，我低下头来，一直没有抬起，诗人对我说：“你在想什么?”我向他回答时说：“哎呀，多少甜蜜的思想，多么强烈的欲望把他们引到那悲惨的关口啊!”接着，我又转身对着他们，开始说：“弗兰齐斯嘉，你的痛苦使得我因悲伤和怜悯而流泪。但是，你告诉我：在发出甜蜜的叹息时，爱通过什么迹象、什么方式使你们明白了彼此心里的朦胧的欲望?”她对我说：“再没有比不幸中回忆幸福的时光更大的痛苦了；这一点你的老师是知道的⑥。但是，如果你有这样热切的愿望，想知道我们的爱的最初的根苗，我就像一面哭，一面说的人那样说给你听。

“有一天，我们为了消遣，共同阅读朗斯洛怎样被爱所俘虏的故事⑦；只有我们俩在一起，全无一点疑惧⑧。那次阅读促使我们的目光屡屡相遇，彼此相顾失色，但是使

---

① “被夺去的美丽的身体”这句话里，“被夺去”指弗兰齐斯嘉被她丈夫杀死。多数注释家把后面的句子“e'l modo ancor m'offende”和“被夺去”联系起来，认为意即“我被杀的方式如今还使我受害”，也就是说，在他们俩犯罪时，当场被杀，来不及忏悔，以致死后永远在地狱里受苦。萨佩纽注释本和波斯科-雷吉奥注释本则认为，根据上下文的逻辑关系，这个句子的意义同“使他爱上”(Amor… prese costui)衔接，说明爱得多么强烈。译文根据多数注释家的解释。

② 这种说法来源于安德莱亚·卡佩拉诺(Andrea Cappellano，12 世纪到 13 世纪)的《论爱情》(De amore)一书，对普罗旺斯骑士抒情诗和意大利“温柔的新体”诗派的抒情诗都有影响。弗兰齐斯嘉是宫廷中的贵妇人，当然也接触到这种思想。爱不容许被爱者不以爱还爱，是不符合生活实际的说法，但对她来说，却是不可抗拒的法则；她觉得，既然保罗这样爱她，她就非得爱他不可，这足以表明她的爱是多么强烈。

③ 弗兰齐斯嘉预言，她丈夫简乔托(死于 1304 年，但丁游地狱时还在世)由于犯了杀弟杀妻罪，死后注定在第九层地狱(寒冰地狱)中的“该隐环”受苦。“该隐环”(Caina)得名于第一个犯杀弟罪的该隐(见《旧约·创世记》第四章)，是科奇土斯冰湖划分成四个同心圆形的受苦处之一，凡是出卖和杀害亲属者的灵魂都在此受寒冰封冻之苦。

④ 诗中虽是弗兰齐斯嘉一个人说话，但她同时代表保罗，因此这里代词用第三人称复数。

⑤ 维吉尔生前是赫赫有名的诗人，受到罗马皇帝奥古斯都的敬重和优遇，死后灵魂永远留在第一层地狱里，不能进天国，抚今追昔，自然感到莫大的痛苦。

⑥ 弗兰齐斯嘉和保罗共同阅读的书是法国骑士传奇《湖上的朗斯洛》(12 世纪)。传奇的主人公朗斯洛是布列塔尼王的儿子，幼年被“湖上夫人”窃走养大，送到亚瑟王的宫廷，故称“湖上的朗斯洛”，他是亚瑟王的第一名圆桌骑士，和王后圭尼维尔秘密相爱。书中叙述王后的管家加勒奥(意大利语为加勒奥托)把朗斯洛带到菜园里和王后幽会，他在王后面前比较羞怯，加勒奥劝说王后主动和他接吻，王后就吻了他很久。

⑦ 意即他们决没有料到，这种心心相印的爱，受阅读这部传奇的刺激，会产生什么严重的后果。

⑧ 但丁把传奇中圭尼维尔主动吻朗斯洛改为圭尼维尔的“微笑的嘴”被朗斯洛亲吻，有些注释家认为他所根据的是这部传奇的另一种抄本，但更可能的是为了适应诗中的人物和情境。“微笑的嘴”原文是 riso(笑、微笑)，较早的注释家布蒂(Buti)认为这里指“喜悦的面孔”或者指嘴，因为“嘴比面孔的任何其他部分更能显示笑容”；后来的注释家大都同意这种解释，但是，著名的文学批评家德·桑克蒂斯(1817—1883)认为，指的不是具体的嘴，而是微笑，“微笑是嘴的表情、诗意和情感，是某种空灵的东西，看到它在嘴唇间浮动，又仿佛离开了嘴唇，你能看到它，却不能触摸它”。这话的确说出了原诗的妙处。“被这样一位情人亲吻”，意即被朗斯洛这样一位著名的、英勇的骑士情人亲吻。

我们无法抵抗的，只是书中的一点。当我们读到那渴望吻到的微笑的嘴被这样一位情人亲吻时[①]，这个永远不会和我分离的人就全身颤抖着亲我的嘴。那本书和写书的人就是我们的加勒奥托[②]：那一天，我们没有再读下去。”

当这一个灵魂说这番话时，那一个一直在啼哭；使得我激于怜悯之情仿佛要死似的昏过去。我像死尸一般倒下了。[③]

天国篇·第三十三章

“童贞的母亲，你儿子的女儿，卑微与崇高超过一切创造物，永恒的天意的固定目标，你使得人性如此高贵，以致它的创造者都肯使自己成为它的创造物。[④] 在你的子宫中，爱被重新燃起，这种爱的温暖使得这花在永恒的平安中这样发芽开放。[⑤] 你在这里对于我们是爱的正午的火炬，你在下界，凡人们中间，是希望的活的源泉。圣母啊，你那样伟大，那样有力量，谁要是想获得神的恩泽而不向你求助，谁的愿望就如同企图无翼而飞。你的慈悲不只对祈求者必应，而且屡次在祈求以前先应。你心里充满怜悯，你心里充满同情，你心里充满慷慨施舍的意愿，凡是创造物所有的一切美德都集于你的心里。这个人，从宇宙最低的深坑直到这里已经看到一个一个的灵魂的状况[⑥]，现在祈求你恩赐他那样大的力量，使得他能把眼睛抬得更高，直接向终极拯救的幸福目标仰望。我先前渴望见到上帝从未甚于我现在渴望他，我向你奉上我的一切祷告，愿我的祷告不会不足以令你感动，以你的祷告促使最高的福显示给他。我还向你祈祷，能做到你所欲做的女王啊，在他获得如此伟大的灵见后，愿你使得他的感情保持健全。[⑦] 愿你的保佑克服他作为凡人的种种感情冲动：请看贝雅特丽齐和多少位圣徒一同为我的祷告向你合掌！”

---

① 这句话大意是：骑士传奇《湖上的朗斯洛》及其作者在保罗和我之间所起的作用，如同加勒奥托在朗斯洛和圭尼维尔之间所起的作用一样，也就是说，起了诲淫的作用。由于《神曲》在意大利广泛流传，Galeotto(加勒奥托)这个人名后来变成了具有“淫媒”含义的普通名词。弗兰齐斯嘉这句话表明，但丁很重视文艺的教育作用，看到当时宫廷中风行的骑士文学的不良影响，借保罗和弗兰齐斯嘉的悲剧给人们敲起警钟。

② 这句平常的话十分含蓄，为弗兰齐斯嘉的叙述作了耐人寻味的结束，注释家对这句话有不同的解释，译者不敢妄加论断，但是，认为字里行间流露出这位贵妇人羞于出口的隐情的看法，似乎合乎情理。

③ 表示突然倒下。原诗 e caddi come corpo morto cadde 连用五个两音节的词，其中四个是由腭音 c 构成的双声，读起来使人仿佛听到死尸突然倒下的沉重声音，这种音韵效果是译文无法模拟的。

④ 诗句前三个词组都由对立的词构成：马利亚是童贞女，又是生育圣子耶稣基督的母亲，她既卑微又崇高，超过上帝所创造的一切，她是永恒的天意所选定的拯救人类的固定目标。圣母马利亚使人性无比高贵，以致创造人性的上帝都肯降世为人，成为她的儿子。

⑤ 意为：圣母玛利亚的子宫怀孕而诞生的圣子耶稣，重新燃起上帝对人类的爱，由于这爱的力量，在净火天永恒的至福中形成了这朵洁白的玫瑰。

⑥ “这个人”：指但丁，他从地狱直到净火天已经看到各种处于不同情况的灵魂们的真相。

⑦ 意为：在他(但丁)观照上帝后，愿你保护他，使他的感情健全纯洁，永不再犯罪。

那双为神所敬爱的眼睛凝望着那位祈祷者，向我们流露出，虔诚的祷告使得她多么喜悦；随后就转向了那永恒的光，我们确信，任何创造物的眼光都不能这样深入其中，把它看得那么清楚。① 我正在接近一切心愿的目的，我的渴望的热烈程度自然而然地达到了极点。伯纳德以微笑示意我向上看，但我已经自动做出了他愿我做的动作；因为我的视力变得越来越纯净，对那自身是真实的崇高的光观照得越来越深入。自此以后，我所看到的一切超过我们的语言表达力的极限，我们的语言对之无能为力，而且记忆力对所见的如此繁多的情景也无能为力。犹如梦见什么的人，梦醒以后，梦中的经历留下的印象还存在，其他一切都回想不起来，我就是这样，因为我所见的一切几乎完全消失，从其中产生的甜蜜之感还滴在我的心中。雪在日光下消融就是这样；西比拉写在单薄的叶片上的神谕随风散失就是这样。②

啊，至高无上的光啊，你那样远远超出凡人思想的极限之上，请你重新让你当时显现给我的形象稍微浮上我的脑海，并使我的语言表达力那样强，以至于它能把你的荣光的一小粒火星留传给将来的人们；因为，如果我的灵见的一星半点儿能回到我的记忆中，而且有几分能在这些诗句中得到反响，人们将对你的胜利获得更清楚的理解。

我相信，由于我所忍受的活生生的光极其强烈，假如当时我的眼睛离开了它，我一定会感到迷失在茫茫一片黑暗中。③ 我记得，由于这个缘故，我更勇敢地忍受下去，直到我使得我的观照与无限的善合一为止。④

啊，浩荡的神恩哪，依靠你，我才敢于定睛对永恒的光如此深入地观照，以至于为此竭尽了我的视力！

在那光的深处，我看到，分散在全宇宙的一切都结集在一起，被爱装订成一卷⑤：各实体和各偶然性以及它们之间的相互关系，好像以如此不可思议的方式熔合在一起，致使我在这里所说的仅仅是真理的一线微光而已。⑥ 我确信，我看到了把宇宙间的一切熔合成和谐的整体的这个结子，⑦ 因为我说这话时，感到更加快乐。

仅仅一瞬间就使我忘记了我看到了什么，忘记的程度超过二十五个世纪使人们淡忘那一令涅普图努斯对阿耳戈的船影惊奇不置的冒险之举⑧。我的心就这样全神贯注、坚定不移、固定不动、视线集中地观照，越观照越燃起观照的欲望。面对着那光，人就变得如此幸福，以致永不肯从那里转移视线去看其他的事物；因为善作为意志的对象全集

---

① “那双为神所敬爱的眼睛”指圣母马利亚的眼睛，“永恒的光”指上帝。诗句意为：任何创造物的眼光都不像她的眼光那样深入、明确、透彻地观照上帝。

② 西比拉(sibilla)是古代的女巫和预言家，她掌握的神谕写在单薄的树叶上，被风一吹，就散失了。

③ 意为：但丁的心灵直接观照上帝时，他一直忍受的上帝的光的极大的力量是这样：观照者通过直觉知道，如果他一把眼光移开，他会感到迷蒙，迷失在一片茫茫深暗的海洋中(斯泰奈尔的注释)。

④ 因此，但丁坚持继续进行观照，直到他的视力与上帝的无限善的本质合一为止。

⑤ 万物如同一页一页的纸一样分散于宇宙，被爱，即上帝，装订成一卷书。

⑥ 但丁对于宇宙已能窥见其全体。

⑦ 但丁确信，已经洞彻把宇宙间的一切熔合成和谐的整体的是上帝。

⑧ 意谓但丁能回忆内心的快乐，不能回忆看见了什么：一刹那就足以使他忘却其所见的一切，忘却的程度超过他在二十五个世纪后(即在公元1300年他游天国时)对古代伊阿宋和他的伙伴们乘坐名叫阿耳戈(Argo)的大船去取金羊毛的故事忘却的程度。阿耳戈船是自古以来航行海上的第一只船，所以海神涅普图努斯看见阿耳戈船的船影而对之惊奇不置。

中在那光里，凡在其中的都完美，在其外的则都有缺陷。①

现在我的语言甚至对于表述我所记得的一些情景，都要比一个仍用舌头舔乳头的婴儿的语言还更不足。并非因为我所观照的活生生的光不仅有一种外貌，相反，它的外貌一直同先前一样；而是因为我的视力在观照的进程中逐渐增强，由于我自身发生的变化，它的唯一的外貌，在我看来，就不断地变化。②

在那崇高的光的深奥而明澈的本性中，我看到具有三种不同的颜色和同一容积的三个圆圈显现在我眼前；一个似乎是由另一个反射的，犹如彩虹的一条弧形彩带是由另一条弧形彩带反射的，第三个似乎是由那两个同样发出的火焰。③

啊，我的语言与我的概念相比是多么不足，多么无力呀！我的概念与我的所见相比相差那么多，说它“微不足道”都还不够。

啊，永恒的光啊，只有你在你自身中，只有你知道你自身，你为你自身所知道而且知道你自身，你爱你自身并对你自身微笑④！

那个这样作为反射的光产生的、显现在你里面的圆圈，经我的眼睛细看了稍久，我发现，似乎它自身里面显现着一个用与它自己相同的颜色画成的人像⑤：因此我的视线完全集中于这人像上面。

如同一位几何学家专心致志地测量圆周，为了把圆化为等积正方形，反复思索都找不出他所需要的原理，我对于我所看到的新的形象也是这样：我想要知道那个人像如何同那个圆圈吻合，它如何在那里面有它的位置；但是我自身的翅膀飞不了这样高⑥：忽然我的心被一道闪光照亮，在这道闪光中它的愿望得以满足⑦。至此我的崇高的想象力缺乏能力了⑧；但是我的欲望和我的意志已经在爱的作用启动下好像各部分全受相等的动力转动的轮子似的转动起来，这爱推动着太阳和其他的群星。⑨

【选自[意]但丁：《神曲》，田德望译，北京，人民文学出版社，2002】

① 因为善作为意志的对象完全集中在上帝，在上帝之外，就只有不完美的、有缺陷的东西。

② “我所观照的活生生的光……”：上帝之光不动不变，然而但丁的视力在观照的进程中逐渐增强，由于但丁自身发生的变化，上帝的光始终不变的外貌，在他看来，就不断地变化。

③ 但丁在越来越深入观照上帝之光时，记得在其中看到三个具有三种不同的颜色和同一大小的圆圈；第二个圆圈似乎是第一个圆圈反射的，犹如一道彩虹是由另一道彩虹反射的，第三个圆圈似乎是那两个共同发出的火焰。这三个圆圈代表三位一体的三位，三种颜色代表它们的特征，同一大小代表它们的平等；反射者的圆圈代表圣父，被反射的圆圈代表圣子，由第一个与第二个共同发出火焰的圆圈代表圣灵。

④ 此诗句意为：圣父只有其自身知道其自身，而且了解其自身的光：即圣子，爱其自身并且对其自身微笑的光：指圣灵。

⑤ 圣子的光圈内现出人像：表示降世为人的耶稣基督一身具有人性和神性。

⑥ 如同几何学家专心测量圆周，为把圆化为等积正方形作法而不得其法，同样，但丁想知道那个人像如何同那个圆圈吻合，如何在里面有它的位置。但这个问题超过了他的凡人理解力的极限。

⑦ “忽然我的心被一道闪光照亮”意为但丁被上帝的恩泽之光启发，得以满足了心中的愿望。

⑧ “至此我的崇高的想象力缺乏能力了”意为但丁把自己的想象力提高到描写上帝的高度至此没有力量了。

⑨ 指但丁的欲望和意志至此已经被上帝之爱转动着，好像各部分全受相等的动力推动起来的轮子似的，这爱推动着太阳和其他的群星。应该指出，《地狱篇》《炼狱篇》和《天国篇》最后一章最后一行皆用“群星”押韵，目的在于祛除现世人类生活的悲惨状态，引导他们达到幸福光明的境界。这是诗人创作这部新型史诗的主旨。

薄伽丘

乔万尼·薄伽丘(1313—1375)是文艺复兴时期著名意大利作家。薄伽丘生长于文艺复兴的摇篮佛罗伦萨，出身于市民阶层，早年诗作大多模仿中世纪骑士文学。他写作的《十日谈》淋漓尽致地描摹了世间百态，表现了新的时代精神，被意大利学者誉为“人曲”，与但丁的《神曲》并举。

1384年意大利瘟疫流行，4个月里佛罗伦萨居民死亡过半，薄伽丘逃过一劫之后感受到生命的珍贵，开始写作《十日谈》这部短篇故事集。故事的楔子描述了佛罗伦萨大瘟疫期间，死亡的阴影笼罩着整座城市。为了躲避瘟疫，7位年轻美丽的小姐和3位英俊青年带着仆人离开佛罗伦萨，来到郊外一栋别墅里。这里环境幽雅，备有美酒，10个年轻人在一起弹琴唱歌，快乐地生活了10天。他们约定每人每天讲一个故事，10天共计100个故事，由此得名《十日谈》。在中世纪，死亡是一个具有很深寓意的主题。教会惯于提醒人们现世生活是短暂的，死后的生活才是永恒的，所以人应该关注必死的命运，为了灵魂的永存轻看尘世。但是城内的瘟疫和别墅中的美好青春这一组强烈的对比，隐喻了人们虽然面对死亡，仍应当采取积极的生活态度，享受现世的美好和快乐。因此，在100个故事中，爱情和诡计占有很高的比例。

《十日谈》使用意大利的托斯卡尼方言写成，以文学古典名著为典范，吸收了民间口语的特点，语言精练流畅、俏皮活泼，描写人物简洁有力、微妙尽致。其中许多故事是作者根据历史事件、中世纪逸闻趣事、《一千零一夜》《七哲人书》、法国寓言和街谈巷议等改编而成。选文为第一天的第二个故事，俗称“杨诺劝教”，集中攻击了教会的腐化堕落。在这个故事中，薄伽丘绝妙的讽刺技巧、简洁的叙事手法，以及描摹人物的功力得到了很好的展示。故事的篇幅虽然短小，却一波三折，结局尤为出乎意料。和《十日谈》中绝大多数故事一样，“杨诺劝教”鲜明地表现了薄伽丘的道德观与爱憎。杨诺和亚伯拉罕两人真挚的友情、善良正直的人品都给人留下了较深的印象。重要的是为人的真实品性，而不是修士的外衣，或者夸夸其谈的论调，薄伽丘用一个趣味横生的故事，在不知不觉间完成了道德讽喻。

薄伽丘在《十日谈》中塑造了一大批勇敢、机智、热爱生活的市民形象，表达了他的平等观念和健全的人性思想。在同时代的作家中，没有人比薄伽丘更彻底、更热烈地讴歌人世间生活的幸福。

十日谈(节选)

故事第二

一个叫做亚伯拉罕的犹太人，听了好友杨诺的话，来到罗马，目睹教会的腐败生活，他回到巴黎之后，却改奉了天主教。

潘菲洛所讲的那个故事，小姐们自始至终听得津津有味，有些地方还给逗得笑了起来；等故事讲完，都齐声称好。于是女王就吩咐坐在他旁边的妮菲尔接下去讲一个。妮菲尔不但模样儿长得姣好，就是一举一动也非常温柔，当下高高兴兴地接受命令，这样开始道：

方才潘菲洛所说的故事告诉我们，宽大的天主并不计较我们的过失，只要这过失的造成是由于人类知识有限、无从辨别善恶的缘故。现在，我想要讲天主以他那无限的宽大，默默地容忍了那班人的罪恶；他们照理应该拿言语行动来宣扬天主的恩典和真理，但是所作所为，却无一不是反其道而行之；不但如此，天主还把他们的罪恶作为他的颠扑不破的真理的证明，好叫我们越加坚守我们的信仰。

亲爱的姐姐们，我听人说，从前巴黎有一个大商贾，名叫杨诺·德·雪维尼，为人十分善良正直，经营丝绸呢绒，规模很大。他有一个好友名叫亚伯拉罕，是个犹太人，也跟他一样经营商业，也很有钱，而且为人同样忠信可靠。杨诺看见他朋友心地这么好，又是博学多才，只因为不曾信奉真教，将来他那善良的灵魂不免要堕入地狱，心中着实为他焦急，因此就很诚恳地劝导他抛弃虚伪的犹太教，信奉正宗的天主教。他说，即使犹太人也可以看到基督教是多么神圣正大，所以日益发扬光大，而犹太教却分明在逐渐没落，免不了有灭亡的一天。

那犹太教徒却回答他说，他觉得世上只有犹太教才是神圣正大的，他生下来就信奉犹太教，直到死他还得信奉犹太教，世间随便什么东西也改变不了他的信仰。

这回答虽然决绝，可并不能打消杨诺的热诚；过了几天，他又提起这事，还是用那一套话去劝他，跟他说明为什么我们的宗教胜过犹太教。虽然他措辞很粗浅(当时做生意的人知识程度原本有限)，而亚伯拉罕又是精通他们自己的法律的[①]；可是，也不知道他是受了友情的感动呢，还是天主假那单纯善良的人的口而说出来的话有了效验，那犹太人这次对于他好友所说的种种话，竟然听得很对劲。不过他还是坚持自己的信仰，不容别人来动摇。可是他越是固执，杨诺却逼得他越紧；到末了，那犹太人拗不过他，

① 指《圣经·旧约》首六章所载“摩西十诫”等法规。古时宗教司法合一，所以也泛指《圣经·旧约》。

只得这么说了：

“杨诺，你听我说，你一心要我改信天主教，现在我也同意了，不过还得先让我到罗马去一遭，瞻仰一下你所谓天主派遣到世上来的‘代表’，看看他和作为他兄弟的四大红衣主教①的作为和气派。如果看了他们的气派，就像听了你的劝告一样，使我有所感悟，领会到你们的宗教正像你所再三申辩的那样，那我一定照我所说的话做去；否则我还是信我的犹太教。”

杨诺听他这么说，可急坏了，私下想道：“尽管我主意打得不错，看来我这一阵子力气是白费了；要是他果真赶到罗马教皇的宫廷里，让他亲眼看到了教士们荒淫佚乐的腐败生活，别说他永远也不会改信基督教，就算他已经信奉了基督教，也势必要重做他的犹太教徒啦。”所以他就转过来向亚伯拉罕说道：

“唉，好朋友，你何必特地赶到罗马去呢？既要花费那么多钱，路上又辛苦；再说，像你这样一位财主，无论走水道或是陆路，一路上都随时会遭遇危险。你难道以为这里就没有给你行洗礼的人吗？要是我讲给你听的教义，你还有疑惑的地方，难道除了这儿，还能在别的地方找到更精通教义的饱学之士来给你充分解答和启示吗？所以照我看，你这次到罗马去是多余的。你在那儿看到的主教跟你在这里所看到的其实并没什么不同，不过他们因为接近教皇，又更高明一层就是了。依我说，你这长途跋涉不如留待日后‘禧年’②朝圣参拜，来得更有意义，到那时候，说不定我会跟你作个伴，一同去呢。”

那犹太教徒回答道：“杨诺，我相信你说得很对，不过千句并一句，我打定主意，如果你真要我听了你三番两次的劝告，改信你们的教，那我非要到罗马去走一遭不可；否则我是怎么也不会信奉天主教的。”

杨诺见他主意已定，无从劝说，只得讲道：“去吧，祝你一路平安!”可是心里却很不自在，以为他一旦看到罗马教皇宫廷里的种种情形，再也不肯信奉天主教了；但是也没有办法，只能听其自然而已。

亚伯拉罕准备好了一切，便骑马出发，一路不多耽搁。到罗马之后，自有那里的犹太朋友们很郑重地招待他。他在应酬之间绝不提起自己此来的用意；一边开始暗中留神察访那教皇、红衣主教以及教廷里其他主教的生活作风。他原是个精明细心的人，凭着他亲眼所见，以及从别人那儿听来的种种情形，他就知道他们这一伙，从上到下，没有一个不是寡廉鲜耻，犯着“贪色”的罪恶，甚至违反人道，耽溺男风，连一点点顾忌、羞耻之心都不存了；因此竟至于妓女和娈童当道，有什么事要向廷上请求，反而要走他们的门路。不仅如此，他还看透他们无一例外，个个都是贪图口腹之欲的酒囊饭袋，那种狼吞虎咽，活像是头野兽。他们首先是色中饿鬼，其次就好算得肚子的奴隶了。

---

① 红衣主教：天主教会的最高级主教，在教廷中地位仅次于教皇，由罗马教皇直接任命，赐红袍红帽，故名。总数约 70 人，教皇死后，由红衣主教中选出一人继任。

② 禧年(Jubilee)，以色列人每五十年举行一次的节日，到那一天，失田产者恢复旧业，投靠人者重得自由。(见《旧约·利未记)第 25 章)罗马教皇卜尼法斯八世(即第一个故事中所说起的那个教皇)在 1300 年恢复此节日，凡来罗马朝拜者俱获赦罪。至 1470 年，罗马教会又规定每二十五年举行一次“禧年”。

他再考察了些时候，又知道他们个个都是爱钱如命、贪得无厌，甚至人口(这是说，基督徒的血肉)也可以当牲口买卖，至于各种神圣的东西，不论是教堂里的职位，祭坛上的神器，都可以任意作价买卖。贸易之大、手下经纪人之多，决不是巴黎这许多绸商呢贾或是其他行业的商人所能望其项背的。他们借着“委任代理”的美名来盗卖圣职，拿“保养身体”做口实，好大吃大喝；仿佛天主也跟我们凡人一样，可以用动听的字眼蒙蔽过去的；因之他也就跟我们凡人一样，看不透他们的堕落的灵魂和卑劣的居心了！

凡此种种，以及其他许多不便明言的罪恶，叫那个严肃端正的犹太人大为愤慨。他认为已经把真情实况看个够了，于是就起程回家。

杨诺一听得他的朋友回来了，就赶去看他，心中却绝不指望亚伯拉罕会改信天主教[①]。二人见面自有说不出的高兴。杨诺当然并不多问什么，等过了两三天，他已休息过了，这才去问他对于罗马教皇，以及红衣主教和教廷上的其他僧侣的印象怎样。那犹太教徒立刻回答道：

“照我看，天主应该惩罚这班人，一个都不饶。要是我的观察还准确，那么那儿的修士没有一个谈得上什么圣洁、虔敬、德行，谈得上为人表率。那班人只知道奸淫、贪欲、吃喝，可以说是无恶不作，坏到了不能再坏的地步。这些罪恶是那样配合他们的口味，我只觉得罗马不是一个‘神圣的京城’[②]，而是一个容纳一切罪恶的大熔炉！照我看，你那位高高在上的‘牧羊者’[③]，以至一切其他的‘牧羊者’，本该做天主教的支柱和基础，却正日日夜夜，用尽心血、千方百计，要叫天主教早些垮台，直到有一天从这世上消灭为止。

“可是不管他们怎样拼命想把天主教推翻，它可还是屹然不动，倒反而日益发扬光大；这使我认为一定有圣灵在给它做支柱、做基石；这么说，你们的宗教确是比其他的宗教更其正大神圣。所以虽然前一阵日子，任凭你怎样劝导我，我总是漠不动心，不愿意接受你们的信仰；现在——我向你坦白说了吧，再没有什么可以阻挡我做一个天主教徒了。我们一起到礼拜堂去吧，到了那里，就请你们按照你们圣教的仪式，给我行洗礼吧。”

杨诺万万想不到他反而会得出这么一个结论来，听了这番话，他的快乐简直谁也比不上。他立即陪着亚伯拉罕一起到了巴黎圣母院，请院里的神父给亚伯拉罕行洗礼。院里的神父听说那犹太人自愿入教受洗，就当即举行了仪式；由杨诺把他从洗礼盆边扶了起来，[④] 给他取了“约翰”的教名。这以后，杨诺就延请了最著名的学士来给他讲解教义；他进步得非常快，终于成为一个高尚虔诚的善人。

【选自[意]薄伽丘：《十日谈》，方平、王科一译，上海，上海译文出版社，2004】

---

① 从麦克威廉译本，与里格译本意思相同。潘译本作“他赶去看他，心中不希望别的，就只希望他改信天主教”。似与前文抵触。

② 罗马向来有“神圣的京城”的称号。

③ 指教皇。底下一句的“牧羊者”指教士。

④ 意即做他的教父。在基督教国家里，婴儿受洗礼时，要有教父教母在场；教父教母除了给婴儿取教名之外，还负责婴儿的宗教教育；这责任直到孩子在十四岁时行过“坚信礼”后，才宣告结束。

拉伯雷

弗朗索瓦·拉伯雷(约 1494—1553)是法国文艺复兴时期最重要的人文主义作家，也是法兰西民族文化的奠基人之一。拉伯雷的代表作《巨人传》共五卷，第一部《庞大固埃的父亲；巨人高康大骇人听闻的传记》，主人公是巨人高康大。第二部《渴人国国王庞大固埃传》的主人公是高康大的儿子庞大固埃。后三部皆名《善良的庞大固埃英勇言行录》，第三部开始讨论巴汝日要不要结婚的问题，随后庞大固埃等人为了寻求答案，一起到世界各地寻找传说中的智慧“神瓶”。第四、第五部写他们在旅行中遇到无数奇遇，终于找到了“神瓶”。“神瓶”给他们的答复是：“喝”。

选文第一部第 7 章记叙高康大出生时大声喊着“喝呀！喝呀!”正与第五部结尾神瓶的启示相呼应，畅饮美酒是畅享生命的象征。《巨人传》看似为戏谑之作，实际上却是拉伯雷充满新时代气息的人文思想的表达与总括。

选文第一部第 8 章记录高康大的服装剪裁，尺寸完全脱离了真实。文中对巨人高大形象的类似描写比比皆是。三代巨人的形象是文艺复兴对理想人性的表达。巨人象征大写的人，代表具有无尽智慧、力量与欢乐的人类，全面表达了这个时代对人、人性和人的创造力的赞美。人文主义的新时代精神，即反对蒙昧主义，提倡使用理性，具有蓬勃向上的朝气和自信的乐观精神，在这些巨人形象中表露无遗。

《巨人传》的风格明快大胆，嬉笑怒骂入木三分，笔锋所及之处无不戳中法国 16 世纪封建社会的弊病与痛处，曾被教会列为禁书。第一部第 16、第 17 章写高康大怎样到巴黎，把巴黎圣母院的大钟摘下来，挂在自己马的脖子上。选文第一部第 14、第 15、第 23、第 24 章讲述高康大受教育的经过。高康大的父亲请名师让他接受经院教育，不料经院哲学家们将他教得蠢笨至极，直到改请了人文学者方才恢复了明智。拉伯雷在辛辣讽刺经院教育的同时还明确了自己的教育理念：寓教于乐，顺应人的天性。

《巨人传》以其独具一格的艺术性和深刻的思想性使拉伯雷成为世界文坛中讽刺艺术的一代大师。

巨人传(节选)

莎士比亚

威廉·莎士比亚(1564—1616)是文艺复兴时期英国伟大的戏剧家、诗人，创作有39部剧本、2首长诗、154首十四行诗，以及若干首不同题材的短诗。

莎士比亚的154首十四行诗大约创作于1592—1598年，出版于1609年，主要歌颂友谊与爱情。友谊具体指向一位年轻貌美的贵族，爱情具体指向一位黑肤色的女郎。第73首中，诗人感到生命将尽，希望他的爱友能看到这情形，而加强对诗人的爱。第116首中，诗人宣称爱的忠贞不渝可以征服时间。莎士比亚拓展了十四行诗的表现范围，感情真挚而又节制，语汇丰富，比喻新奇，意象生动，有很强的节奏感。

《罗密欧与朱丽叶》是莎士比亚早期创作的一出浪漫爱情悲剧。剧情发生在意大利维罗纳。蒙太古的儿子罗密欧与凯普莱特的女儿朱丽叶一见钟情，但因两个家族有世仇，只能私订终身，秘密结婚。最后由于阴差阳错，一对爱人双双殉情而死。莎士比亚在剧中谴责了封建世仇和包办婚姻，讴歌了真爱，表达了个性解放、婚姻自主的人文主义理想。

第二幕第二场写罗密欧潜入凯普莱特家，与朱丽叶海誓山盟，并约定了婚姻。第三幕第二场写朱丽叶正急切地期盼夜晚的来临，以便与罗密欧会面。其间人物的独白和对白洋溢着浓郁的抒情气息，是抒发爱情的经典篇章。

悲剧《哈姆莱特》被莎评家视为莎士比亚全部剧作乃至英国复兴时期文学的顶峰。它通过古代丹麦王子哈姆莱特为父复仇的故事，真实反映了16世纪末17世纪初英国的社会现实，对人文主义思想进行了深刻的反思。

《哈姆莱特》第三幕第一场中，哈姆莱特面临重大的人生抉择，他的著名独白把要不要立刻复仇的问题，上升到“生与死”的高度去思考，具有丰富的心理内涵和深刻的哲理意蕴。这段独白采用了对比、比喻、排比等多种修辞手法，长短句交错，气韵流畅，气势磅礴。第五幕第二场是全剧的高潮和结局。先写哈姆莱特向朋友霍拉旭讲述自己识破克劳狄斯奸计、返回丹麦的经过，随后写他与雷欧提斯比剑，以及后事的安排。哈姆莱特性格的最大特点是延宕，比剑却是哈姆莱特在行动。看似矛盾，实则合乎哈姆莱特的性格逻辑。因为比剑并不是他主动采取的策略，他在接受挑战时，完全抱着听凭命运安排的心理。莎士比亚如此描写，把哈姆莱特的延宕性格更加淋漓尽致地反衬出来。

十四行诗(节选)

七 三

你从我身上能看到这个时令：
黄叶落光了，或者还剩下几片
没脱离那乱打冷颤的一簇簇枝梗——
不再有好鸟歌唱的荒凉唱诗坛。
你从我身上能看到这样的傍晚：
夕阳的回光沉入了西方的天际，
死神的化身——黑夜，慢慢出现，
挤走黄昏，把一切封进了安息。
你从我身上能看到这种火焰：
它躺在自己青春的灰烬上燃烧，
像躺在临终的床上，一息奄奄，
跟供它养料的燃料一同毁灭掉。
　　看出了这个，你的爱会更加坚贞，
　　好好地爱着你快要失去的爱人！

一一六

让我承认，两颗真心的结合
是阻止不了的。爱算不得爱，
要是人家变心了，它也变得，
或者人家改道了，它也快改：
不呵！爱是永远固定的标志，
它正视风暴，永远也不会动摇；
爱是一颗星，一切迷途的船只
都靠它引路，把它当无价之宝。
爱不是时间的玩偶，虽然红颜
到头来总不被时间的镰刀遗漏；
爱决不跟随短促的韶光改变，

就到灭亡的边缘，也不低头。
　　假如我这话真错了，真不可信赖，
　　算我没写过，算爱从来不存在！

【选自［英］莎士比亚：《十四行诗集》，屠岸译，上海，上海译文出版社，1981】

罗密欧与朱丽叶(节选)

第二幕

第二场　同前。凯普莱特家的花园

罗密欧上。

罗密欧　没有受过伤的才会讥笑别人身上的创痕。(朱丽叶自上方窗户中出现)轻声！那边窗子里亮起来的是什么光？那就是东方，朱丽叶就是太阳！起来吧，美丽的太阳！赶走那妒忌的月亮，她因为她的女弟子比她更美，已经气得面色惨白了。既然她这样妒忌着你，你不要忠于她吧；脱下她给你的这一身惨绿色的贞女的道服，它是只配给愚人穿的。那是我的意中人；啊！那是我的爱；唉，但愿她知道我在爱着她！她欲言又止，可是她的眼睛已经道出了她的心事。待我去回答她吧；不，我不要太鲁莽，她不是对我说话。天上两颗最灿烂的星，因为有事他去，请求她的眼睛替代它们在空中闪耀。要是她的眼睛变成了天上的星，天上的星变成了她的眼睛，那便怎样呢？她脸上的光辉会掩盖了星星的明亮，正像灯光在朝阳下黯然失色一样；在天上的她的眼睛，会在太空中大放光明，使鸟儿误认为黑夜已经过去而唱出它们的歌声。瞧！她用纤手托住了脸，那姿态是多么美妙！啊，但愿我是那一只手上的手套，好让我亲一亲她脸上的香泽！

朱丽叶　唉！

罗密欧　她说话了。啊！再说下去吧，光明的天使！因为我在这夜色之中仰视着你，就像一个尘世的凡人，张大了出神的眼睛，瞻望着一个生着翅膀的天使，驾着白云缓缓地驰过了天空一样。

朱丽叶　罗密欧啊，罗密欧！为什么你偏偏是罗密欧呢？否认你的父亲，抛弃你的姓名吧；也许你不愿意这样做，那么只要你宣誓做我的爱人，我也不愿再姓凯普莱特了。

罗密欧　(旁白)我是继续听下去呢，还是现在就对她说话？

朱丽叶　只有你的名字才是我的仇敌；你即使不姓蒙太古，仍然是这样的一个你。姓不姓蒙太古又有什么关系呢？它又不是手，又不是脚，又不是手臂，又不是脸，又不是身体上任何其他的部分。啊！换一个姓名吧！姓名本来是没有意义的；我们叫做玫瑰的这一种花，要是换了个名字，它的香味还是同样的芬芳；罗密欧要是换了别的名字，他的可爱的完美也决不会有丝毫改变。罗密欧，抛弃了你的名字吧；我愿意把我整个的心灵，赔偿你这一个身外的空名。

罗密欧　那么我就听你的话，你只要叫我做爱，我就重新受洗，重新命名；从今以后，永远不再叫罗密欧了。

朱丽叶 你是什么人，在黑夜里躲躲闪闪地偷听人家的话？

罗密欧 我没法告诉你我叫什么名字。敬爱的神明，我痛恨我自己的名字，因为它是你的仇敌；要是把它写在纸上，我一定把这几个字撕成粉碎。

朱丽叶 我的耳朵里还没有灌进从你嘴里吐出来的一百个字，可是我认识你的声音；你不是罗密欧，蒙太古家里的人吗？

罗密欧 不是，美人，要是你不喜欢这两个名字。

朱丽叶 告诉我，你怎么会到这儿来，为什么到这儿来？花园的墙这么高，是不容易爬上来的；要是我家里的人瞧见你在这儿，他们一定不让你活命。

罗密欧 我借着爱的轻翼飞过园墙，因为砖石的墙垣是不能把爱情阻隔的；爱情的力量所能够做到的事，它都会冒险尝试，所以我不怕你家里人的干涉。

朱丽叶 要是他们瞧见了你，一定会把你杀死的。

罗密欧 唉！你的眼睛比他们二十柄刀剑还厉害；只要你用温柔的眼光看着我，他们就不能伤害我的身体。

朱丽叶 我怎么也不愿让他们瞧见你在这儿。

罗密欧 朦胧的夜色可以替我遮住他们的眼睛。只要你爱我，就让他们瞧见我吧；与其因为得不到你的爱情而在这世上捱命，还不如在仇人的刀剑下丧生。

朱丽叶 谁叫你找到这儿来的？

罗密欧 爱情怂恿我探听出这一个地方；他替我出主意，我借给他眼睛。我不会操舟驾舵，可是倘使你在辽远辽远的海滨，我也会冒着风波寻访你这颗珍宝。

朱丽叶 幸亏黑夜替我罩上了一重面幕，否则为了我刚才被你听去的话，你一定可以看见我脸上羞愧的红晕。我真想遵守礼法，否认已经说过的言语，可是这些虚文俗礼，现在只好一切置之不顾了！你爱我吗？我知道你一定会说“是的”；我也一定会相信你的话；可是也许你起的誓只是一个谎，人家说，对于恋人们的寒盟背信，天神是一笑置之的。温柔的罗密欧啊！你要是真的爱我，就请你诚意告诉我；你要是嫌我太容易降心相从，我也会堆起怒容，装出倔强的神气，拒绝你的好意，好让你向我婉转求情，否则我是无论如何不会拒绝你的。俊秀的蒙太古啊，我真的太痴心了，所以也许你会觉得我的举动有点轻浮；可是相信我，朋友，总有一天你会知道我的忠心远胜过那些善于矜持作态的人。我必须承认，倘不是你乘我不备的时候偷听去了我的真情的表白，我一定会更加矜持一点的；所以原谅我吧，是黑夜泄漏了我心底的秘密，不要把我的允诺看作无耻的轻狂。

罗密欧 姑娘，凭着这一轮皎洁的月亮，它的银光涂染着这些果树的梢端，我发誓——

朱丽叶 啊！不要指着月亮起誓，它是变化无常的，每个月都有盈亏圆缺；你要是指着它起誓，也许你的爱情也会像它一样无常。

罗密欧 那么我指着什么起誓呢？

朱丽叶 不用起誓吧；或者要是你愿意的话，就凭着你优美的自身起誓，那是我所崇拜的偶像，我一定会相信你的。

罗密欧 要是我的出自深心的爱情——

朱丽叶 好，别起誓啦。我虽然喜欢你，却不喜欢今天晚上的密约；它太仓促、太轻率、太出人意外了，正像一闪电光，等不及人家开一声口，已经消隐了下去。好人，再会吧！这一朵爱的蓓蕾，靠着夏天的暖风的吹拂，也许会在我们下次相见的时候，开出鲜艳的花来。晚安，晚安！但愿恬静的安息同样降临到你我两人的心头！

罗密欧 啊！你就这样离我而去，不给我一点满足吗？

朱丽叶 你今夜还要什么满足呢？

罗密欧 你还没有把你的爱情的忠实的盟誓跟我交换。

朱丽叶 在你没有要求以前，我已经把我的爱给了你了；可是我倒愿意重新给你。

罗密欧 你要把它收回去吗？为什么呢，爱人？

朱丽叶 为了表示我的慷慨，我要把它重新给你。可是我只愿意要我已有的东西：我的慷慨像海一样浩渺，我的爱情也像海一样深沉；我给你的越多，我自己也越是富有，因为这两者都是没有穷尽的。(乳媪在内呼唤)我听见里面有人在叫；亲爱的，再会吧！——就来了，好奶妈！——亲爱的蒙太古，愿你不要负心。再等一会儿，我就会来的。(自上方下)

罗密欧 幸福的，幸福的夜啊！我怕我只是在晚上做了一个梦，这样美满的事不会是真实的。

朱丽叶自上方重上。

朱丽叶 亲爱的罗密欧，再说三句话，我们真的要再会了。要是你的爱情的确是光明正大，你的目的是在于婚姻，那么明天我会叫一个人到你的地方来，请你叫他带一个信给我，告诉我你愿意在什么地方、什么时候举行婚礼；我就会把我的整个命运交托给你，把你当做我的主人，跟随你到天涯海角。

乳　媪 (在内)小姐！

朱丽叶 就来。——可是你要是没有诚意，那么我请求你——

乳　媪 (在内)小姐！

朱丽叶 等一等，我来了。——停止你的求爱，让我一个人独自伤心吧。明天我就叫人来看你。

罗密欧 凭着我的灵魂——

朱丽叶 一千次的晚安！(自上方下)

罗密欧 晚上没有你的光，我只有一千次的心伤！恋爱的人去赴他情人的约会，像一个放学归来的儿童；可是当他和情人分别的时候，却像上学去一般满脸懊丧。(退后)

朱丽叶自上方重上。

朱丽叶 嘘！罗密欧！嘘！唉！我希望我会发出呼鹰的声音，招这只鹰儿回来。我不能高声说话，否则我要让我的喊声传进厄科①的洞穴，让她的无形的喉咙因为反复叫喊着我的罗密欧的名字而变成嘶哑。

罗密欧 那是我的灵魂在叫喊着我的名字。恋人的声音在晚间多么清婉，听上去就像最柔和的音乐！

---

① 厄科(Echo)，是希腊神话中的仙女，因恋爱美少年那耳喀索斯不遂而形消体灭，化为山谷中的回声。

朱丽叶 罗密欧！

罗密欧 我的爱！

朱丽叶 明天我应该在什么时候叫人来看你？

罗密欧 就在九点钟吧。

朱丽叶 我一定不失信；挨到那个时候，该有二十年那么长久！我记不起为什么要叫你回来了。

罗密欧 让我站在这儿，等你记起了告诉我。

朱丽叶 你这样站在我的面前，我一心想着多么爱跟你在一块儿，一定永远记不起来了。

罗密欧 那么我就永远等在这儿，让你永远记不起来，忘记除了这里以外还有什么家。

朱丽叶 天快要亮了；我希望你快去；可是我就好比一个淘气的女孩子，像放松一个囚犯似的让她心爱的鸟儿暂时跳出她的掌心，又用一根丝线把它拉了回来，爱的私心使她不愿意给它自由。

罗密欧 我但愿我是你的鸟儿。

朱丽叶 好人，我也但愿这样；可是我怕你会死在我的过分的爱抚里。晚安！晚安！离别是这样甜蜜的凄清，我真要向你道晚安直到天明！（下）

罗密欧 但愿睡眠合上你的眼睛！
但愿平静安息我的心灵！
我如今要去向神父求教，
把今宵的艳遇诉他知晓。（下）

第三幕

第二场　同前。凯普莱特家的花园

朱丽叶上。

朱丽叶 快快跑过去吧，踏着火云的骏马，把太阳拖回到它的安息的所在；但愿驾车的法厄同[①]鞭策你们飞驰到西方，让阴沉的暮夜赶快降临。展开你密密的帷幕吧，成全恋爱的黑夜！遮住夜行人的眼睛，让罗密欧悄悄地投入我的怀里，不被人家看见也不被人家谈论！恋人们可以在他们自身美貌的光辉里互相缱绻；即使恋爱是盲目的，那也正好和黑夜相称。来吧，温文的夜，你朴素的黑衣妇人，教会我怎样在一场全胜的赌博中失败，把各人纯洁的童贞互为赌注。用你黑色的罩巾遮住我脸上羞怯的红潮，等我深藏内心的爱情慢慢地胆大起来，不再因为在行动上流露真情而惭愧。来吧，黑夜！来吧，罗密欧！来吧，你黑夜中的白昼！因为你将要睡在黑夜的翼上，比乌鸦背上的新雪还要皎白。来吧，柔和的黑夜！来吧，可爱的黑颜的

---

① 法厄同(Phæthon)，是日神的儿子，曾为其父驾御日车，不能控制其马而闯离常道。故事见奥维德《变形记》第二章。

夜，把我的罗密欧给我！等他死了以后，你再把他带去，分散成无数的星星，把天空装饰得如此美丽，使全世界都恋爱着黑夜，不再崇拜眩目的太阳。啊！我已经买下了一所恋爱的华厦，可是它还不曾属我所有；虽然我已经把自己出卖，可是还没有被买主领去。这日子长得真叫人厌烦，正像一个做好了新衣服的小孩，在节日的前夜焦躁地等着天明一样。啊！我的奶妈来了。

乳媪携绳上。

朱丽叶 她带着消息来了。谁的舌头上只要说出了罗密欧的名字，他就在吐露着天上的仙音。奶妈，什么消息？你带着些什么来了？那就是罗密欧叫你去拿的绳子吗？

乳　媪 是的，是的，这绳子。（将绳掷下）

朱丽叶 嗳哟！什么事？你为什么扭着你的手？

乳　媪 唉！唉！唉！他死了，他死了，他死了！我们完了，小姐，我们完了！唉！他去了，他给人杀了，他死了！

朱丽叶 天道竟会这样狠毒吗？

乳　媪 不是天道狠毒，罗密欧才下得了这样狠毒的手。啊！罗密欧，罗密欧！谁想得到会有这样的事情？罗密欧！

朱丽叶 你是个什么鬼，这样煎熬着我？这简直就是地狱里的酷刑。罗密欧把他自己杀死了吗？你只要回答我一个"是"字，这一个"是"字就比毒龙眼里射放的死光更会致人死命。如果真有这样的事，我就不会再在人世，或者说，那叫你说声"是"的人，从此就要把眼睛紧闭。要是他死了，你就说"是"；要是他没有死，你就说"不"；这两个简单的字就可以决定我的终身祸福。

乳　媪 我看见他的伤口，我亲眼看见他的伤口，慈悲的上帝！就在他的宽阔的胸上。一个可怜的尸体，一个可怜的流血的尸体，像灰一样苍白，满身都是血，满身都是一块块的血；我一瞧见就晕过去了。

朱丽叶 啊，我的心要碎了！——可怜的破产者，你已经丧失了一切，还是赶快碎裂了吧！失去了光明的眼睛，你从此不能再见天日了！你这俗恶的泥土之躯，赶快停止呼吸，复归于泥土，去和罗密欧同眠在一个圹穴里吧！

乳　媪 啊！提伯尔特，提伯尔特！我的顶好的朋友！啊，温文的提伯尔特，正直的绅士！想不到我活到今天，却会看见你死去！

朱丽叶 这是一阵什么风暴，一会儿又倒转方向！罗密欧给人杀了，提伯尔特又死了吗？一个是我的最亲爱的表哥，一个是我的更亲爱的夫君？那么，可怕的号角，宣布世界末日的来临吧！要是这样两个人都可以死去，谁还应该活在这世上？

乳　媪 提伯尔特死了，罗密欧放逐了；罗密欧杀了提伯尔特，他现在被放逐了。

朱丽叶 上帝啊！提伯尔特是死在罗密欧手里的吗？

乳　媪 是的，是的；唉！是的。

朱丽叶 啊，花一样的面庞里藏着蛇一样的心！那一条恶龙曾经栖息在这样清雅的洞府里？美丽的暴君！天使般的魔鬼！披着白鸽羽毛的乌鸦！豺狼一样残忍的羔羊！圣洁的外表包覆着丑恶的实质！你的内心刚巧和你的形状相反，一个万恶的圣人，一个庄严的奸徒！造物主啊！你为什么要从地狱里提出这一个恶魔的灵魂，把它安放在这样可爱的一座肉体的天堂里？哪一本邪恶的书籍曾经装订得这样美观？啊！

谁想得到这样一座富丽的宫殿里，会容纳着欺人的虚伪！

乳 媪 男人都靠不住，没有良心，没有真心的；谁都是三心二意，反复无常，奸恶多端，尽是些骗子。啊！我的人呢？快给我倒点儿酒来；这些悲伤烦恼，已经使我老起来了。愿耻辱降临到罗密欧的头上！

朱丽叶 你说出这样的愿望，你的舌头上就应该长起水疱来！耻辱从来不曾和他在一起，它不敢侵上他的眉宇，因为那是君临天下的荣誉的宝座。啊！我刚才把他这样辱骂，我真是个畜生！

乳 媪 杀死了你的族兄的人，你还说他好话吗？

朱丽叶 他是我的丈夫，我应当说他坏话吗？啊！我的可怜的丈夫！你的三小时的妻子都这样凌辱你的名字，谁还会对它说一句温情的慰藉呢？可是你这恶人，你为什么杀死我的哥哥？他要是不杀死我的哥哥，我的凶恶的哥哥就会杀死我的丈夫。回去吧，愚蠢的眼泪，流回到你的源头；你那滴滴的细流，本来是悲哀的倾注，可是你却错把它呈献给喜悦。我的丈夫活着，他没有被提伯尔特杀死；提伯尔特死了，他想要杀死我的丈夫！这明明是喜讯，我为什么要哭泣呢？还有两个字比提伯尔特的死更使我痛心，像一柄利刃刺进了我的胸中；我但愿忘了它们，可是唉！它们紧紧地牢附在我的记忆里，就像萦回在罪人脑中的不可宥恕的罪恶。“提伯尔特死了，罗密欧放逐了！”放逐了！这“放逐”两个字，就等于杀死了一万个提伯尔特。单单提伯尔特的死，已经可以令人伤心了；即使祸不单行，必须在“提伯尔特死了”这一句话以后，再接上一句不幸的消息，为什么不说你的父亲，或是你的母亲，或是父母两人都死了，那也可以引起一点人情之常的哀悼？可是在提伯尔特的噩耗以后，再接连一记更大的打击，“罗密欧放逐了！”这句话简直等于说，父亲、母亲、提伯尔特、罗密欧、朱丽叶，一起被杀，一起死了。“罗密欧放逐了！”这一句话里面包含着无穷无际、无极无限的死亡，没有字句能够形容出这里面蕴蓄着的悲伤。——奶妈，我的父亲、我的母亲呢？

乳 媪 他们正在抚着提伯尔特的尸体痛哭。你要去看他们吗？让我带着你去。

朱丽叶 让他们用眼泪洗涤他的伤口，我的眼泪是要留着为罗密欧的放逐而哀哭的。拾起那些绳子来。可怜的绳子，你是失望了，我们俩都失望了，因为罗密欧已经被放逐；他要借着你做接引相思的桥梁，可是我却要做一个独守空闺的怨女而死去。来，绳儿；来，奶妈。我要去睡上我的新床，把我的童贞奉献给死亡！

乳 媪 那么你快到房里去吧；我去找罗密欧来安慰你，我知道他在什么地方。听着，你的罗密欧今天晚上一定会来看你；他现在躲在劳伦斯神父的寺院里，我就去找他。

朱丽叶 啊！你快去找他；把这指环拿去给我的忠心的骑士，叫他来作一次最后的诀别。（各下）

【选自[英]莎士比亚：《莎士比亚全集》第8卷，朱生豪译，北京，人民文学出版社，1978】

哈姆莱特(节选)

第三幕

第一场　城堡中一室

国王、王后、波洛涅斯、奥菲利娅、罗森格兰兹及吉尔登斯吞上。

国　王　你们不能用迂回婉转的方法，探出他为什么这样神魂颠倒，让紊乱而危险的疯狂困扰他的安静的生活吗？

罗森格兰兹　他承认他自己有些神经迷惘，可是绝口不肯说为了什么缘故。

吉尔登斯吞　他也不肯虚心接受我们的探问；当我们想要引导他吐露他自己的一些真相的时候，他总是用假作痴呆的神气故意回避。

王　后　他对待你们还客气吗？

罗森格兰兹　很有礼貌。

吉尔登斯吞　可是不大自然。

罗森格兰兹　他很吝惜自己的话，可是我们问他话的时候，他回答起来却是毫无拘束。

王　后　你们有没有劝诱他找些什么消遣？

罗森格兰兹　娘娘，我们来的时候，刚巧有一班戏子也要到这儿来，给我们赶过了；我们把这消息告诉了他，他听了好像很高兴。现在他们已经到了宫里，我想他已经吩咐他们今晚为他演出了。

波洛涅斯　一点不错；他还叫我来请两位陛下同去看看他们演得怎样哩。

国　王　那好极了；我非常高兴听见他在这方面感兴趣。请你们两位还要更进一步鼓起他的兴味，把他的心思移转到这种娱乐上面。

罗森格兰兹　是，陛下。(罗森格兰兹、吉尔登斯吞同下)

国　王　亲爱的乔特鲁德，你也暂时离开我们；因为我们已经暗中差人去唤哈姆莱特到这儿来，让他和奥菲利娅见见面，就像他们偶然相遇一般。她的父亲跟我两人将要权充一下密探，躲在可以看见他们，却不能被他们看见的地方，注意他们会面的情形，从他的行为上判断他的疯病究竟是不是因为恋爱上的苦闷。

王　后　我愿意服从您的意旨。奥菲利娅，但愿你的美貌果然是哈姆莱特疯狂的原因；更愿你的美德能够帮助他恢复原状，使你们两人都能安享尊荣。

奥菲利娅　娘娘，但愿如此。(王后下)

波洛涅斯　奥菲利娅，你在这儿走走。陛下，我们就去躲起来吧。(向奥菲利娅)你拿这本书去读，他看见你这样用功，就不会疑心你为什么一个人在这儿了。人们往往用至诚的外表和虔敬的行动，掩饰一颗魔鬼般的内心，这样的例子是太多了。

国　王　（旁白）啊，这句话是太真实了！它在我的良心上抽了多么重的一鞭！涂脂抹粉的娼妇的脸，还不及掩藏在虚伪的言辞后面的我的行为更丑恶。难堪的重负啊！

波洛涅斯　我听见他来了；我们退下去吧，陛下。（国王及波洛涅斯下）

哈姆莱特上。

哈姆莱特　生存还是毁灭，这是一个值得考虑的问题；默然忍受命运的暴虐的毒箭，或是挺身反抗人世的无涯的苦难，通过斗争把它们扫清，这两种行为，哪一种更高贵？死了；睡着了；什么都完了；要是在这一种睡眠之中，我们心头的创痛，以及其他无数血肉之躯所不能避免的打击，都可以从此消失，那正是我们求之不得的结局。死了；睡着了；睡着了也许还会做梦；嗯，阻碍就在这儿：因为当我们摆脱了这一具朽腐的皮囊以后，在那死的睡眠里，究竟将要做些什么梦，那不能不使我们踌躇顾虑。人们甘心久困于患难之中，也就是为了这个缘故；谁愿意忍受人世的鞭挞和讥嘲、压迫者的凌辱、傲慢者的冷眼、被轻蔑的爱情的惨痛、法律的迁延、官吏的横暴和费尽辛勤所换来的小人的鄙视，要是他只要用一柄小小的刀子，就可以清算他自己的一生？谁愿意负着这样的重担，在烦劳的生命的压迫下呻吟流汗，倘不是因为惧怕不可知的死后，惧怕那从来不曾有一个旅人回来过的神秘之国，是它迷惑了我们的意志，使我们宁愿忍受目前的磨折，不敢向我们所不知道的痛苦飞去？这样，重重的顾虑使我们全变成了懦夫，决心的赤热的光彩，被审慎的思维盖上了一层灰色，伟大的事业在这一种考虑之下，也会逆流而退，失去了行动的意义。且慢！美丽的奥菲利娅！——女神，在你的祈祷之中，不要忘记替我忏悔我的罪孽。

奥菲利娅　我的好殿下，您这许多天来贵体安好吗？

哈姆莱特　谢谢你，很好，很好，很好。

奥菲利娅　殿下，我有几件您送给我的纪念品，我早就想把它们还给您；请您现在收回去吧。

哈姆莱特　不，我不要；我从来没有给你什么东西。

奥菲利娅　殿下，我记得很清楚您把它们送给了我，那时候您还向我说了许多甜言蜜语，使这些东西格外显得贵重；现在它们的芳香已经消散，请您拿回去吧，因为在有骨气的人看来，送礼的人要是变了心，礼物虽贵，也会失去了价值。拿去吧，殿下。

哈姆莱特　哈哈！你贞洁吗？

奥菲利娅　殿下！

哈姆莱特　你美丽吗？

奥菲利娅　殿下是什么意思？

哈姆莱特　要是你既贞洁又美丽，那么你的贞洁应该断绝跟你的美丽来往。

奥菲利娅　殿下，难道美丽除了贞洁以外，还有什么更好的伴侣吗？

哈姆莱特　嗯，真的；因为美丽可以使贞洁变成淫荡，贞洁却未必能使美丽受它自己的感化；这句话从前像是怪诞之谈，可是现在时间已经把它证实了。我的确曾经爱过你。

奥菲利娅　真的，殿下，您曾经使我相信您爱我。

哈姆莱特 你当初就不应该相信我，因为美德不能熏陶我们罪恶的本性；我没有爱过你。

奥菲利娅 那么我真是受了骗了。

哈姆莱特 进尼姑庵去吧；为什么你要生一群罪人出来呢？我自己还不算是一个顶坏的人；可是我可以指出我的许多过失，一个人有了那些过失，他的母亲还是不要生下他来的好。我很骄傲，有仇必报，富于野心，我的罪恶是那么多，连我的思想也容纳不下，我的想象也不能给它们形象，甚至于我都没有充分的时间可以把它们实行出来。像我这样的家伙，匍匐于天地之间，有什么用处呢？我们都是些十足的坏人；一个也不要相信我们。进尼姑庵去吧。你的父亲呢？

奥菲利娅 在家里，殿下。

哈姆莱特 把他关起来，让他只好在家里发发傻劲。再会！

奥菲利娅 嗳哟，天哪！救救他！

哈姆莱特 要是你一定要嫁人，我就把这一个诅咒送给你做嫁奁：尽管你像冰一样坚贞，像雪一样纯洁，你还是逃不过谗人的诽谤。进尼姑庵去吧，去；再会！或者要是你必须嫁人的话，就嫁给一个傻瓜吧；因为聪明人都明白你们会叫他们变成怎样的怪物。进尼姑庵去吧，去；越快越好。再会！

奥菲利娅 天上的神明啊，让他清醒过来吧！

哈姆莱特 我也知道你们会怎样涂脂抹粉；上帝给了你们一张脸，你们又替自己另外造了一张。你们烟视媚行，淫声浪气，替上帝造下的生物乱取名字，卖弄你们不懂事的风骚。算了吧，我再也不敢领教了；它已经使我发了狂。我说，我们以后再不要结什么婚了；已经结过婚的，除了一个人以外，都可以让他们活下去；没有结婚的不准再结婚，进尼姑庵去吧，去。（下）

奥菲利娅 啊，一颗多么高贵的心是这样殒落了！朝臣的眼睛、学者的辩舌、军人的利剑、国家所瞩望的一朵娇花；时流的明镜、人伦的雅范、举世注目的中心，这样无可挽回地殒落了！我是一切妇女中间最伤心而不幸的，我曾经从他音乐一般的盟誓中吮吸芬芳的甘蜜，现在却眼看着他的高贵无上的理智，像一串美妙的银铃失去了谐和的音调，无比的青春美貌，在疯狂中凋谢！啊！我好苦，谁料过去的繁华，变作今朝的泥土！

国王及波洛涅斯重上。

国王 恋爱！他的精神错乱不像是为了恋爱；他说的话虽然有些颠倒，也不像是疯狂。他有些什么心事盘踞在他的灵魂里，我怕它也许会产生危险的结果。为了防止万一，我已经当机立断，决定了一个办法：他必须立刻到英国去，向他们追索延宕未纳的贡物；也许他到海外各国游历一趟以后，时时变换的环境，可以替他排解去这一桩使他神思恍惚的心事。你看怎么样？

波洛涅斯 那很好；可是我相信他的烦闷的根本原因，还是为了恋爱上的失意。啊，奥菲利娅！你不用告诉我们哈姆莱特殿下说些什么话；我们全都听见了。陛下，照您的意思办吧；可是您要是认为可以的话，不妨在戏剧终场以后，让他的母后独自一人跟他在一起，恳求他向她吐露他的心事；她必须很坦白地跟他谈谈，我就找一个所在听他们说些什么。要是她也探听不出他的秘密来，您就叫他到英国去，或者凭着您的高见，把他关禁在一个适当的地方。

国王 就这样吧；大人物的疯狂是不能听其自然的。（同下）

第五幕

第二场　城堡中的厅堂

哈姆莱特及霍拉旭上。

哈姆莱特 这个题目已经讲完，现在我可以让你知道另外一段事情。你还记得当初的一切经过情形吗？

霍拉旭 记得，殿下！

哈姆莱特 当时在我的心里有一种战争，使我不能睡眠；我觉得我的处境比锁在脚镣里的叛变的水手还要难堪。我就鲁莽行事。——结果倒鲁莽对了，我们应该承认，有时候一时孟浪，往往反而可以做出一些为我们的深谋密虑所做不成功的事；从这一点上，我们可以看出来，无论我们怎样辛苦图谋，我们的结果却早已有一种冥冥中的力量把它布置好了。

霍拉旭 这是无可置疑的。

哈姆莱特 我从舱里起来，把一件航海的宽衣罩在我的身上，在黑暗之中摸索着找寻那封公文，果然给我达到目的，摸到了他们的包裹；我拿着它回到我自己的地方，疑心使我忘记了礼貌，我大胆地拆开了他们的公文，在那里面，霍拉旭——啊，堂皇的诡计！——我发现一道严厉的命令，借了许多好听的理由为名，说是为了丹麦和英国双方的利益，决不能让我这个险恶的人物逃脱，接到公文之后，必须不等磨好利斧，立即枭下我的首级。

霍拉旭 有这等事？

哈姆莱特 这一封就是原来的国书；你有空的时候可以仔细读一下。可是你愿意听我告诉你后来我怎么办吗？

霍拉旭 请您告诉我。

哈姆莱特 在这样重重诡计的包围之中，我的脑筋不等我定下心来思索，就开始活动起来了；我坐下来另外写了一通国书，字迹清清楚楚。从前我曾经抱着跟我们那些政治家们同样的意见，认为字体端正是一件有失体面的事，总是想竭力忘记这一种技能，可是现在它却对我有了大大的用处。你知道我写些什么话吗？

霍拉旭 嗯，殿下。

哈姆莱特 我用国王的名义，向英王提出恳切的要求，因为英国是他忠心的藩属，因为两国之间的友谊，必须让它像棕榈树一样发荣繁茂，因为和平的女神必须永远戴着她的荣冠，沟通彼此的情感，以及许许多多诸如此类的重要理由，请他在读完这一封信以后，不要有任何的迟延，立刻把那两个传书的来使处死，不让他们有从容忏悔的时间。

霍拉旭 可是国书上没有盖印，那怎么办呢？

哈姆莱特 啊，就在这件事上，也可以看出一切都是上天预先注定。我的衣袋里恰巧藏着我父亲的私印，它跟丹麦的国玺是一个样式的；我把伪造的国书照着原来的样子折好，签上名字，盖上印玺，把它小心封好，归还原处，一点没有露出破绽。下一天就遇见了海盗，那以后的情形，你早已知道了。

霍拉旭 这样说来，吉尔登斯吞和罗森格兰兹是去送死的了。

哈姆莱特 哎，朋友，他们本来是自己钻求这件差使的；我在良心上没有对不起他们的地方，是他们自己的阿谀献媚断送了他们的生命。两个强敌猛烈争斗的时候，不自量力的微弱之辈，却去插身在他们的刀剑中间，这样的事情是最危险不过的。

霍拉旭 想不到竟是这样一个国王！

哈姆莱特 你想，我是不是应该——他杀死了我的父王，奸污了我的母亲，篡夺了我的嗣位的权利，用这种诡计谋害我的生命，凭良心说我是不是应该亲手向他复仇雪恨？如果我不去剪除这一个戕害天性的蟊贼，让他继续为非作恶，岂不是该受天谴吗？

霍拉旭 他不久就会从英国得到消息，知道这一回事情产生了怎样的结果。

哈姆莱特 时间虽然很局促，可是我已经抓住眼前这一刻工夫；一个人的生命可以在说一个“一”字的一刹那之间了结。可是我很后悔，好霍拉旭，不该在雷欧提斯之前失去了自制；因为他所遭遇的惨痛，正是我自己的怨愤的影子。我要取得他的好感。可是他倘不是那样夸大他的悲哀，我也决不会动起那么大的火性来的。

霍拉旭 不要作声！谁来了？

奥斯里克上。

奥斯里克 殿下，欢迎您回到丹麦来！

哈姆莱特 谢谢您，先生。(向霍拉旭旁白)你认识这只水苍蝇吗？

霍拉旭 (向哈姆莱特旁白)不，殿下。

哈姆莱特 (向霍拉旭旁白)那是你的运气，因为认识他是一件丢脸的事。他有许多肥田美壤；一头畜生要是作了一群畜生的主子，就有资格把食槽搬到国王的席上来了。他“咯咯”叫起来简直没个完，可是——我方才也说了——他拥有大批粪土。

奥斯里克 殿下，您要是有空的话，我奉陛下之命，要来告诉您一件事情。

哈姆莱特 先生，我愿意恭聆大教。您的帽子是应该戴在头上的，您还是戴上去吧。

奥斯里克 谢谢殿下，天气真热。

哈姆莱特 不，相信我，天冷得很，在刮北风哩。

奥斯里克 真的有点儿冷，殿下。

哈姆莱特 可是对于像我这样的体质，我觉得这一种天气却是闷热得厉害。

奥斯里克 对了，殿下；真是说不出来的闷热。可是，殿下，陛下叫我来通知您一声，他已经为您下了一个很大的赌注了。殿下，事情是这样的——

哈姆莱特 请您不要这样多礼。(促奥斯里克戴上帽子)

奥斯里克 不，殿下，我还是这样舒服些，真的。殿下，雷欧提斯新近到我们的宫廷里来；相信我，他是一位完善的绅士，充满着最卓越的特点，他的态度非常温雅，他的仪表非常英俊；说一句发自衷心的话，他是上流社会的南针，因为在他身上可以找到一个绅士所应有的品质的总汇。

哈姆莱特 先生，他对于您这一番描写，的确可以当之无愧；虽然我知道，要是把他的好处一件一件列举出来，不但我们的记忆将要因此而淆乱，交不出一篇正确的账目来，而且他这一艘满帆的快船，也决不是我们失舵之舟所能追及；可是，凭着真诚的赞美而言，我认为他是一个才德优异的人，他的高超的禀赋是那样稀有而罕见，说一句真心的话，除了在他的镜子里以外，再也找不到第二个跟他同样的人，纷纷追踪求迹之辈，不过是他的影子而已。

奥斯里克 殿下把他说得一点不错。

哈姆莱特 您的用意呢？为什么我们要用尘俗的呼吸，嘘在这位绅士的身上呢？

奥斯里克 殿下？

霍拉旭 自己所用的语言，到了别人嘴里，就听不懂了吗？早晚你会懂的，先生。

哈姆莱特 您向我提起这位绅士的名字，是什么意思？

奥斯里克 雷欧提斯吗？

霍拉旭 他的嘴里已经变得空空洞洞，因为他的那些好听话都说完了。

哈姆莱特 正是雷欧提斯。

奥斯里克 我知道您不是不明白——

哈姆莱特 您真能知道我这人不是不明白，那倒很好；可是，说老实话，即使你知道我是明白人，对我也不是什么光彩的事。好，您怎么说？

奥斯里克 我是说，您不是不明白雷欧提斯有些什么特长——

哈姆莱特 那我可不敢说，因为也许人家会疑心我有意跟他比并高下；可是要知道一个人的底细，应该先知道他自己。

奥斯里克 殿下，我的意思是说他的武艺；人家都称赞他的本领一时无两。

哈姆莱特 他会使些什么武器？

奥斯里克 长剑和短刀。

哈姆莱特 他会使这两种武器吗？很好。

奥斯里克 殿下，王上已经用六匹巴巴里的骏马跟他打赌；在他的一方面，照我所知道的，押的是六柄法国的宝剑和好刀，连同一切鞘带钩子之类的附件，其中有三柄的挂机尤其珍奇可爱，跟剑柄配得非常合式，式样非常精致，花纹非常富丽。

哈姆莱特 您所说的挂机是什么东西？

霍拉旭 我知道您要听懂他的话，非得翻查一下注解不可。

奥斯里克 殿下，挂机就是钩子。

哈姆莱特 要是我们腰间挂着大炮，用这个名词倒还合适；在那一天没有来到以前，我看还是就叫它钩子吧。好，说下去；六匹巴巴里骏马对六柄法国宝剑，附件在内，外加三个花纹富丽的挂机；法国产品对丹麦产品。可是，用你的话来说，这样“押”是为了什么呢？

奥斯里克 殿下，王上跟他打赌，要是你们两人交起手来，在十二个回合之中，他至多不过多赢您三着；可是他却觉得他可以稳赢九个回合。殿下要是答应的话，马上就可以试一试。

哈姆莱特 要是我答应个“不”字呢？

奥斯里克 殿下，我的意思是说，您答应跟他当面比较高低。

哈姆莱特 先生，我还要在这儿厅堂里散散步。您去回陛下说，现在是我一天之中休息的时间。叫他们把比赛用的钝剑预备好了，要是这位绅士愿意，王上也不改变他的意见的话，我愿意尽力为他博取一次胜利；万一不幸失败，那我也不过丢了一次脸，给他多剁了两下。

奥斯里克 我就照这样去回话吗？

哈姆莱特 您就照这个意思去说，随便您再加上一些什么新颖词藻都行。

奥斯里克 我保证为殿下效劳。

哈姆莱特 不敢，不敢。(奥斯里克下)多亏他自己保证，别人谁也不会替他张口的。

霍拉旭 这一只小鸭子顶着壳儿逃走了。

哈姆莱特 他在母亲怀抱里的时候，也要先把他母亲的奶头恭维几句，然后吮吸。像他这一类靠着一些繁文缛礼撑撑场面的家伙，正是愚妄的世人所醉心的；他们的浅薄的牙慧使傻瓜和聪明人同样受他们的欺骗，可是一经试验，他们的水泡就爆破了。

一贵族上。

贵　族 殿下，陛下刚才叫奥斯里克来向您传话，知道您在这儿厅上等候他的旨意；他叫我再来问您一声，您是不是仍旧愿意跟雷欧提斯比剑，还是慢慢再说。

哈姆莱特 我没有改变我的初心，一切服从王上的旨意。现在也好，无论什么时候都好，只要他方便，我总是随时准备着，除非我丧失了现在所有的力气。

贵　族 王上、娘娘，跟其他的人都要到这儿来了。

哈姆莱特 他们来得正好。

贵　族 娘娘请您在开始比赛以前，对雷欧提斯客气几句。

哈姆莱特 我愿意服从她的教诲。(贵族下)

霍拉旭 殿下，您在这一回打赌中间，多半要失败的。

哈姆莱特 我想我不会失败。自从他到法国去以后，我练习得很勤；我一定可以把他打败。可是你不知道我的心里是多么不舒服；那也不用说了。

霍拉旭 啊，我的好殿下——

哈姆莱特 那不过是一种傻气的心理；可是一个女人也许会因为这种莫名其妙的疑虑而惶惑。

霍拉旭 要是您心里不愿意做一件事，那么就不要做吧。我可以去通知他们不用到这儿来，说您现在不能比赛。

哈姆莱特 不，我们不要害怕什么预兆；一只雀子的死生，都是命运预先注定的。注定在今天，就不会是明天；不是明天，就是今天；逃过了今天，明天还是逃不了，随时准备着就是了。一个人既然在离开世界的时候，只能一无所有，那么早早脱身而去，不是更好吗？随它去。

国王、王后、雷欧提斯、众贵族、奥斯里克及侍从等持钝剑等上。

国　王 来，哈姆莱特，来，让我替你们两人和解和解。(牵雷欧提斯、哈姆莱特二人手使相握)

哈姆莱特 原谅我，雷欧提斯；我得罪了你，可是你是个堂堂男子，请你原谅我吧。这儿在场的众人都知道，你也一定听见人家说起，我是怎样被疯狂害苦了。凡是我的所作所为，足以伤害你的感情和荣誉、激起你的愤怒来的，我现在声明都是我在疯狂中犯下的过失。难道哈姆莱特会做对不起雷欧提斯的事吗？哈姆莱特决不会做这种事。要是哈姆莱特在丧失他自己的心神的时候，做了对不起雷欧提斯的事，那样的事不是哈姆莱特做的，哈姆莱特不能承认。那么是谁做的呢？是他的疯狂。既然是这样，那么哈姆莱特也是属于受害的一方，他的疯狂是可怜的哈姆莱特的敌人。当着在座众人之前，我承认我在无心中射出的箭，误伤了我的兄弟；我现在要向他请求大度包涵，宽恕我的不是出于故意的罪恶。

雷欧提斯 按理讲，对这件事情，我的感情应该是激动我复仇的主要力量，现在我在感情上总算满意了；但是另外还有荣誉这一关，除非有什么为众人所敬仰的长者，告诉我可以跟你捐除宿怨，指出这样的事是有前例可援的，不至于损害我的名誉，那时我才可以跟你言归于好。目前我且先接受你友好的表示，并且保证决不会辜负你的盛情。

哈姆莱特 我绝对信任你的诚意，愿意奉陪你举行这一次友谊的比赛。把钝剑给我们。来。

雷欧提斯 来，给我一柄。

哈姆莱特 雷欧提斯，我的剑术荒疏已久，只能给你帮场；正像最黑暗的夜里一颗吐耀的明星一般，彼此相形之下，一定更显得你的本领的高强。

雷欧提斯 殿下不要取笑。

哈姆莱特 不，我可以举手起誓，这不是取笑。

国　王 奥斯里克，把钝剑分给他们。哈姆莱特侄儿，你知道我们怎样打赌吗？

哈姆莱特 我知道，陛下；您把赌注下在实力较弱的一方了。

国　王 我想我的判断不会有错。你们两人的技术我都领教过；但是后来他又有了进步，所以才规定他必须多赢几着。

雷欧提斯 这一柄太重了；换一柄给我。

哈姆莱特 这一柄我很满意。这些钝剑都是同样长短的吗？

奥斯里克 是，殿下。（二人准备比剑）

国　王 替我在那桌子上斟下几杯酒。要是哈姆莱特击中了第一剑或是第二剑，或者在第三次交锋的时候争得上风，让所有的碉堡上一齐鸣起炮来，国王将要饮酒慰劳哈姆莱特，他还要拿一颗比丹麦四代国王戴在王冠上的更贵重的珍珠丢在酒杯里。把杯子给我；鼓声一起，喇叭就接着吹响，通知外面的炮手，让炮声震彻天地，报告这一个消息，“现在国王为哈姆莱特祝饮了！”来，开始比赛吧；你们在场裁判的都要留心看着。

哈姆莱特 请了。

雷欧提斯 请了，殿下。（二人比剑）

哈姆莱特 一剑。

雷欧提斯 不，没有击中。

哈姆莱特 请裁判员公断。

奥斯里克 中了，很明显的一剑。

雷欧提斯 好；再来。

国　王　且慢；拿酒来。哈姆莱特，这一颗珍珠是你的；祝你健康！把这一杯酒给他。(喇叭齐奏。内鸣炮)

哈姆莱特　让我先赛完这一局；暂时把它放在一旁。来。(二人比剑)又是一剑；你怎么说？

雷欧提斯　我承认给你碰着了。

国　王　我们的孩子一定会胜利。

王　后　他身体太胖，有些喘不过气来。来，哈姆莱特，把我的手巾拿去，揩干你额上的汗。王后为你饮下这一杯酒，祝你的胜利了，哈姆莱特。

哈姆莱特　好妈妈！

国　王　乔特鲁德，不要喝。

王　后　我要喝的，陛下；请您原谅我。

国　王　(旁白)这一杯酒里有毒；太迟了！

哈姆莱特　母亲，我现在还不敢喝酒；等一等再喝吧。

王　后　来，让我擦干你的脸。

雷欧提斯　陛下，现在我一定要击中他了。

国　王　我怕你击不中他。

雷欧提斯　(旁白)可是我的良心却不赞成我干这件事。

哈姆莱特　来，该第三个回合了，雷欧提斯。你怎么一点不起劲？请你使出你全身的本领来吧；我怕你在开我的玩笑哩。

雷欧提斯　你这样说吗？来。(二人比剑)

奥斯里克　两边都没有中。

雷欧提斯　受我这一剑！(雷欧提斯挺剑刺伤哈姆莱特；二人在争夺中彼此手中之剑各为对方夺去，哈姆莱特以夺来之剑刺雷欧提斯，雷欧提斯亦受伤)

国　王　分开他们！他们动起火来了。

哈姆莱特　来，再试一下。(王后倒地)

奥斯里克　嗳哟，瞧王后怎么啦！

霍拉旭　他们两人都在流血。您怎么啦，殿下？

奥斯里克　您怎么啦，雷欧提斯？

雷欧提斯　唉，奥斯里克，正像一只自投罗网的山鹬，我用诡计害人，反而害了自己，这也是我应得的报应。

哈姆莱特　王后怎么啦？

国　王　她看见他们流血，昏了过去了。

王　后　不，不，那杯酒，那杯酒——啊，我的亲爱的哈姆莱特！那杯酒，那杯酒；我中毒了。(死)

哈姆莱特　啊，奸恶的阴谋！喂！把门锁上！阴谋！查出来是哪一个人干的。(雷欧提斯倒地)

雷欧提斯　凶手就在这儿，哈姆莱特。哈姆莱特，你已经不能活命了；世上没有一种药可以救治你，不到半小时，你就要死去。那杀人的凶器就在你的手里，它的锋利的刃上还涂着毒药。这奸恶的诡计已经回转来害了我自己；瞧！我躺在这儿，再也不会站起来了。你的母亲也中了毒。我说不下去了。国王——国王——都是他一个人的罪恶。

哈姆莱特 锋利的刃上还涂着毒药！——好，毒药，发挥你的力量吧！（刺国王）

众　人 反了！反了！

国　王 啊！帮帮我，朋友们，我不过受了点伤。

哈姆莱特 好，你这败坏伦常、嗜杀贪淫、万恶不赦的丹麦奸王！喝干了这杯毒药——你那颗珍珠是在这儿吗？——跟我的母亲一道去吧！（国王死）

雷欧提斯 他死得应该；这毒药是他亲手调下的。尊贵的哈姆莱特，让我们互相宽恕；我不怪你杀死我和我的父亲，你也不要怪我杀死你！（死）

哈姆莱特 愿上天赦免你的错误！我也跟着你来了。我死了，霍拉旭。不幸的王后，别了！你们这些看见这一幕意外的惨变而战栗失色的无言的观众，倘不是因为死神的拘捕不给人片刻的停留，啊！我可以告诉你们——可是随它去吧。霍拉旭，我死了，你还活在世上；请你把我的行事的始末根由昭告世人，解除他们的疑惑。

霍拉旭 不，我虽然是个丹麦人，可是在精神上我却更是个古代的罗马人；这儿还留剩着一些毒药。

哈姆莱特 你是个汉子，把那杯子给我；放手；凭着上天起誓，你必须把它给我。啊，上帝！霍拉旭，我一死之后，要是世人不明白这一切事情的真相，我的名誉将要永远蒙着怎样的损伤！你倘然爱我，请你暂时牺牲一下天堂上的幸福，留在这一个冷酷的人间，替我传述我的故事吧。（内军队自远处行进及鸣炮声）这是哪儿来的战场上的声音？

奥斯里克 年轻的福丁布拉斯从波兰奏凯班师，这是他对英国来的钦使所发的礼炮。

哈姆莱特 啊！我死了，霍拉旭；猛烈的毒药已经克服了我的精神，我不能活着听见英国来的消息。可是我可以预言福丁布拉斯将被推戴为王，他已经得到我这临死之人的同意；你可以把这儿所发生的一切事实告诉他。此外仅余沉默而已。（死）

霍拉旭 一颗高贵的心现在碎裂了！晚安，亲爱的王子，愿成群的天使们用歌唱抚慰你安息！——为什么鼓声越来越近了？（内军队行进声）

福丁布拉斯，英国使臣及余人等上。

福丁布拉斯 这一场比赛在什么地方举行？

霍拉旭 你们要看些什么？要是你们想知道一些惊人的惨事，那么不用再到别处去找了。

福丁布拉斯 好一场惊心动魄的屠杀！啊，骄傲的死神！你用这样残忍的手腕，一下子杀死了这许多王裔贵胄，在你的永久的幽窟里，将要有一席多么丰美的盛筵！

使臣甲 这一个景象太惨了。我们从英国奉命来此，本来是要回复这儿的王上，告诉他我们已经遵从他的命令，把罗森格兰兹和吉尔登斯吞两人处死；不幸我们来迟了一步，那应该听我们说话的耳朵已经没有知觉了，我们还希望从谁的嘴里得到一声感谢呢？

霍拉旭 即使他能够向你们开口说话，他也不会感谢你们；他从来不曾命令你们把他们处死。可是既然你们都来得这样凑巧，有的刚从波兰回来，有的刚从英国到来，恰好看见这一幕流血的惨剧，那么请你们叫人把这几个尸体抬起来放在高台上面，让大家可以看见，让我向那懵无所知的世人报告这些事情的发生经过；你们可以听到奸淫残杀、反常悖理的行为、冥冥中的判决、意外的屠戮、借手杀人的狡计，以及陷人自害的结局；这一切我都可以确确实实地告诉你们。

福丁布拉斯 让我们赶快听你说；所有最尊贵的人，都叫他们一起来吧。我在这一个国内本来也有继承王位的权利，现在国中无主，正是我要求这一个权利的机会；可是我虽然准备接受我的幸运，我的心里却充满了悲哀。

霍拉旭 关于那一点，我受死者的嘱托，也有一句话要说，他的意见是可以影响许多人的；可是在这人心惶惶的时候，让我还是先把这一切解释明白了，免得引起更多的不幸、阴谋和错误来。

福丁布拉斯 让四个将士把哈姆莱特像一个军人似的抬到台上，因为要是他能够践登王位，一定会成为一个贤明的君主的；为了表示对他的悲悼，我们要用军乐和战地的仪式，向他致敬。把这些尸体一起抬起来。这一种情形在战场上是不足为奇的，可是在宫廷之内，却是非常的变故。去，叫兵士放起炮来。

【选自[英]莎士比亚：《莎士比亚全集》第9卷，朱生豪译，北京，人民文学出版社，1978】

塞万提斯

塞万提斯(1547—1616)是文艺复兴时期西班牙著名作家，他的代表作《堂吉诃德》被学界誉为西方文学史上的第一部现代小说。

《堂吉诃德》写一位穷乡绅读骑士小说入了迷，起了个威风凛凛的名字叫堂吉诃德·台·拉·曼却，穿一身破盔甲，骑一匹瘦马，找了穷邻居桑丘·潘沙作侍从，出门去做锄强扶弱的游侠。在外出闯荡的过程中，满腹正义感和荣誉感的堂吉诃德，将现实的西班牙社会视作骑士文学中的理想世界，妄想实现他崇高的骑士理念，结果常常因痴傻而沦为笑柄。通过描写堂吉诃德的出游，塞万提斯广泛触及了17世纪初西班牙大地上形形色色的人物，使这部作品成为描绘整个社会的长篇画卷。

第一部第四章描写堂吉诃德迫不及待地想要建功立业，阻止农夫虐待牧童，可是他的“行侠仗义”却使弱者遭受了更厉害的鞭罚。作者在狠狠地嘲笑骑士文学的虚妄的同时，也揭露了西班牙下层人民毫无保障的悲惨境遇。第一部第八章是堂吉诃德大战风车的著名故事。堂吉诃德在疯狂幻想中，不顾性命地与视作巨人的风车搏斗。桑丘却恰恰相反，他讲求实际，小心谨慎，一看见教士倒在地上，就赶紧去扒他的衣服当战利品。在第一部第四十五章的末尾，堂吉诃德说：“什么产业税呀、交易税呀、国王结婚税呀、皇家特税呀、通行税呀、摆渡税呀等，哪个游侠骑士付过呢?”作者借堂吉诃德对骑士优越身份的夸张设想讽刺了西班牙封建制度中的苛捐杂税，以及身份地位的差异所带来的不平等。借着堂吉诃德游侠生活最终的失败，小说也道出了骑士阶级及其所属制度必将毁灭的命运。

塞万提斯擅于运用典型化的语言、行动刻画人物性格，喜欢反复运用夸张手法强调人物的个性特点，大胆地交替使用一些对立的艺术表现形式，使之既有滑稽夸张的喜剧成分，也有发人深省的悲剧因素。二人的性格构成鲜明的对比，甚至外表也是堂吉诃德高瘦，桑丘矮胖。两人的对话同样各执一端，一个是粗鄙、简单的农夫之言，另一个则是庄严、辞藻华丽的书面语。双方截然相反的行为、外形、语言和思路，极大地增添了场景的喜剧色彩，也将堂吉诃德行径的不合理与疯狂衬托得更加鲜明。

堂吉诃德(节选)

第一部第四章　我们这位骑士离开客店以后的遭遇

堂吉诃德走出客店，天都快亮了。他想到自己已经封授骑士，说不尽的满意、得意、快意，鼓鼓的一肚子欢欣，险得把坐骑的肚带都迸断[①]。可是他记起店主的劝告，决计回家一趟，置办些出门必备的东西，尤其是钱和衬衣。他还要带个侍从，打算就雇用街坊上的一个老农。这人很穷，又有孩子，可是做骑士的侍从却很合适。他心上那么盘算，就带转驽骍难得回家。这匹马仿佛嗅到了自己马房的气味，跑得脚不沾地，十分起劲。

他没走多远，忽听得右边树林深处隐隐有哭喊的声音。他立刻说：

“感谢上天照应，叫我马上有机会尽尽本分，实现自己的雄心壮志。准有男人或女人遭了难在叫喊，要我去援救呢。”

他掉转辔头，寻声跑去，进树林才走了几步，就看见一棵橡树上拴着一匹母马，另一棵橡树上绑着个十五岁左右的男孩子，上身脱得精光；正是他在哭喊。原来一个粗壮的农夫正拿着一条皮腰带狠狠地抽他，一下下抽，一声声训斥。他说：

“少说话！多留神！”

那孩子说：

“我的主人啊，我下次不敢了，我对上帝发誓，下次一定改过，保证以后看羊多多留心。”

堂吉诃德看见了怒声喝道：

“你这骑士不讲理！怎么虐待一个不能自卫的人啊！太不像话了！你骑上马，拿起长枪，”——原来那人也有一支长枪倚在拴马的橡树上——“你这样卑劣，我要好好儿教训你呢！”

农夫忽见一个浑身披挂的人举枪在他头上挥舞，怕性命难保，忙赔小心说：

“绅士先生，我惩罚的这小子是我佣人。我叫他在附近看管我的一群羊，他心不在肝儿上，每天丢一只，也许是不小心，也许竟是不老实。我惩罚他，他却说我抠门儿，要借此赖掉欠他的工钱。我凭上帝、凭自己的灵魂发誓，他撒谎！”

堂吉诃德道：“你这下流东西，竟在我面前说‘他撒谎’[②]！我凭照耀咱们的太阳发誓，我要用这支长枪戳你一个透明窟窿！不准分辩，快把工钱付给他！你要道个‘不’

---

① 西班牙谚语。

② 按西班牙古老的规矩，在尊长面前说别人撒谎是严重的失礼；平辈间如果说到别人撒谎也得先道歉一声。

字，我凭主宰咱们的上帝告诉你，我此时此刻就断送了你！快把他解下来！”

农夫一言不发，低头解下了他的佣人。堂吉诃德就问那孩子，主人欠了他多少钱。他说：九个月的工钱，每月七个瑞尔。堂吉诃德一算，共计六十三个瑞尔，就对农夫说：如果不想送命，马上掏出钱来。农夫吓得战战兢兢，说没欠那么多钱，因为曾经给他佣人三双皮鞋，佣人生病还放过两次血，花了他一个瑞尔，这些费用都该一一扣还；他生死关头，决不敢胡说，况且这是他发誓保证的——其实他并没有发誓。

堂吉诃德答道：“好，可是他平白挨了你这顿鞭打，皮鞋和放血的账就此抵消了。他虽然穿破了你那几双皮鞋的皮，你也打破了他身上的皮；他生了病，你虽然叫理发师给他放血，他这会儿身体好好的，却给你打得出血。所以旧账一笔勾销了。”

“绅士先生，糟的是我没带钱。让安德瑞斯跟我家去，我一定把工钱如数付给，一个瑞尔也不短他的。”

那孩子说：“我还跟他家去吗？那真是倒霉了！先生，我怎么也不去的！他背着人，准把我像圣巴多罗美①那样活剥了皮呢。”

堂吉诃德道：“那不会。我怎么命令，他就得照办。如果他凭自己封授的骑士称号起个誓，我就放他走，保证他把钱付给你。”

那孩子说：“先生，请您还仔细想想，我主人不是骑士，也从没有封授过什么骑士的称号。他是居住在金达拿尔的财主胡安·阿尔杜多。”

堂吉诃德说：“这不相干，阿尔杜多族里也会有骑士；况且‘干什么事，就成什么人’②。”

安德瑞斯说：“不错呀，可是我这个主人赖掉我的工钱，白叫我辛苦劳累，他干的是什么事，他该是什么人呢？”

农夫说：“安德瑞斯小兄弟，我没有赖。请你跟我回去，我凭骑士的一切称号发誓，一定把工钱付给你，像我刚才说的那样，一个瑞尔不短你的；甚至还要给你添上点儿油水呢。”

堂吉诃德说：“油水我就免了你，只要你把瑞尔照数付给他就行。记着，你发了誓务必做到，不然的话，我凭你刚才的誓也发个誓，我一定回来找了你痛打一顿，你即使比壁虎还藏得严，我也能找你出来。假如你先要问明是谁的命令，才死心塌地地服从，那么，你听着，我是专打不平的勇士堂吉诃德·台·拉·曼却。再见吧，你要是不想挨我刚才说的那顿打，别忘了你许的愿和发的誓。”

他说完踢动驽骍难得，一阵风似的跑了。农夫目送他出了树林，不见影踪，就转身对他佣人安德瑞斯说：

“过来，我的孩子，我听从那位专打不平的侠士下的命令，要把欠你的都还你呢。”

安德瑞斯说：“您非还不可！您得听那位好骑士的话。我祝愿他长命百岁！他真勇敢！真是个公正的判官！您要是不还，他一定回来，怎么说就怎么干。”

农夫说：“我也一定怎么说就怎么干。只为我爱你深，所以要多欠你点儿，好多多还你。”

---

① 耶稣十二门徒之一，他是给人活剥了皮倒钉在十字架上死的。

② 西班牙谚语。

他抓住孩子的胳膊，重又把他绑在橡树上，把他狠狠地抽了一顿，抽得他九死一生。

那农夫说："安德瑞斯少爷啊，你现在把那位专打不平的家伙叫来吧！瞧他再有什么办法打不平！不过我还是手下留情了；你虑得不错，我恨不得活剥了你呢！"

农夫终究把孩子解下，随他去找他那位判官来怎么说、怎么干。安德瑞斯垂头丧气地走了，发誓要去找英勇的堂吉诃德·台·拉·曼却，把方才的事一一报告，叫他主人加几倍还账。尽管这么说，他是哭着走的，他主人却在那里笑。勇士堂吉诃德的打不平，原来是这么回事。他却为此得意非凡，觉得自己在骑士的道路上迈出了可喜可傲的第一步，欢欢喜喜骑马回村，一面低声自言自语：

"绝世美人杜尔西内娅·台尔·托波索啊，你真是现在世界上最有福的人！英名冠绝古今的堂吉诃德·台·拉·曼却，注定是向你拜倒、随你使唤的！谁不知道他昨天刚封授骑士，今天已经消除了穷凶极恶的暴行呢！残忍的敌人刚才无故鞭打一个娇弱的孩子，他把那家伙手里的鞭子夺掉了。"

这时他走到一个十字路口，立刻想到这是游侠骑士停马选择道路的地方；他要学样，也停下来。往哪条路上走呢？他仔细想了一回，就撂下缰绳，让驽骍难得自己做主。这匹马随着它第一个心愿，奔向自己的马房去。堂吉诃德走了约莫两个米里亚[①]路，忽见一大队人马。原来那是到穆尔西亚去买丝的一伙托雷都商人。他们一行六人，都打着阳伞，四个佣人骑马跟随，还有三个步行的骡夫。堂吉诃德远远望见，立刻认为碰上奇遇了。他正要尽量模仿书上读到的行径，觉得这来真是天赐其便，可以照书行事。他雄赳赳地在鞍镫上坐稳了，紧握长枪，把盾牌遮在胸前，在路中心勒住马，等候他心目中的那队游侠骑士。他们走向前来，到可以见面答话的远近，他就提高嗓门，傲然说：

"你们大家都得承认，普天下的美女，都比不上拉·曼却的女王、独一无二的杜尔西内娅·台尔·托波索！谁不承认，休想过去！"

一群商人听了都停步端详这发话的人，瞧他模样古怪，又加上刚才那番话，马上知道这人是疯子。可是他们还想从容追究一下那句话的用意。其中一人爱开玩笑，也很风趣，就说：

"绅士先生，我们不知道您刚才说的那位美人儿是谁，您且让我们瞧瞧吧。如果她真像您说的那么美，您要我们承认的就是事实，我们不用强迫，都甘心承认。"

堂吉诃德答道："我要是让你们瞧见了，我说的就是明摆着的事，你们承认了有什么希罕呢？关键是要没看见就相信，死心塌地地奉为真理，坚决卫护。你们不这样，就是狂妄自大，得和我交交手见个高下。你们或者按骑士道的规则，一个一个上来；或者照你们这伙人的下流习惯，一拥齐上。我在这儿等着你们。正义在我的一面，我是有信心的。"

那商人说："骑士先生，我替在场几位王子向您求情。我们没有耳闻目见的事，承

---

① 一米里亚合1.6千米。

认了于心不安；况且这话对阿尔咖利亚和埃斯特瑞玛杜拉[①]的那些女皇和王后很不公平。您别叫我们心上不安，把那位小姐的相片儿给我们瞧瞧吧，哪怕只有麦粒儿大小的也行，因为'拿到了线头儿，就抽开了线球儿'[②]。这样我们才心安，您也可以满意。而且我觉得我们已经非常向往那位小姐，即使相片上她一眼瞎、一眼流朱砂和硫磺，我们为了讨您的好，随您要怎么恭维我们就怎么恭维。"

堂吉诃德勃然大怒，喝道："无耻的混蛋！她眼睛里不流那些东西！不流你说的那些东西！流的是龙涎香和裹在棉花里的麝香[③]！她不是独眼，也不是驼背，她身子比瓜达拉玛的纺车轴儿还直[④]。你信口亵渎我那位绝世美人，我决不白饶你！"

他说罢斜托着长枪，怒气冲天，直奔那个商人。要不是侥天之幸驽骍难得半道绊倒，那冒昧的商人就遭殃了。驽骍难得一跤跌倒，它主人摔在野地里滚得老远，想爬起来，却给长枪呀、盾牌呀、踢马刺呀、头盔呀，再加上那套古董铠甲的分量碍着手脚，怎么也爬不起来。他一面挣扎，一面喊道：

"胆小鬼，不要跑！奴才，等着我！我的马把我摔倒了，不是我的错。"

他们中间有个赶骡的小伙子脾气不大好，听这个倒霉货躺在地上口出狂言，忍不住要回敬他一顿好打。他走上来夺过长枪，折做几段，随手拿起一段，把堂吉诃德结结实实地揍了一顿。堂吉诃德虽然披着一身铠甲，也打得像碾过的麦子一样。骡夫的东家都大声喝住他，那小子却打上火来，定要打个畅快才罢。他捡起其余的断柄，一股脑儿全撒在那摔倒的可怜虫身上。堂吉诃德虽然着了暴雨似的一顿棍子，嘴却没有闭一闭，直在呵天喝地，又恫吓他心目中的这一帮强盗。

那小子打累了，一队商人重又上路；一路上只顾谈论这挨揍的倒霉蛋。堂吉诃德一看只剩自己一人了，又试图爬起来。可是方才身体好好儿的都爬不起，这会子揍得七死八活，哪里还行呢？他倒是私自庆幸，觉得这种灾殃是游侠骑士分内应有的，都怪他那匹马不好。不过他浑身疼痛，要自己起来真是休想了。

第一部第八章　骇人的风车奇险；堂吉诃德的英雄身手；以及其他值得大书特书的事情

这时候，他们远远望见郊野里有三四十架风车。堂吉诃德一见就对他的侍从说：

"运道的安排，比咱们要求的还好。你瞧，桑丘·潘沙朋友，那边出现了三十多个大得出奇的巨人。我打算去跟他们交手，把他们一个个杀死，咱们得了胜利品，可以发

① 阿尔咖利亚是当时西班牙人口最稀少的地区，埃斯特瑞玛杜拉是当时西班牙最落后的省份。那个商人跟疯子开玩笑，故意把这两个不足道的地方说得仿佛是两个国家。

② 西班牙谚语。意思是有了线索，便知底蕴。

③ 当时西班牙的麝香是用棉花包裹着由国外输入的。

④ 瓜达拉玛山里出木材，纺车轴儿是当地名产。西班牙文 tueno(a)指"独眼"，也解作"歪斜不正"，所以堂吉诃德说这番话。

财。这是正义的战争。消灭地球上这种坏东西是为上帝立大功。”

桑丘·潘沙道：“什么巨人呀?”

他主人说：“那些长胳膊的，你没看见吗？那些巨人的胳膊差不多二哩瓦[①]长呢。”

桑丘说：“您仔细瞧瞧，那不是巨人，是风车；上面胳膊似的东西是风车的翅膀，给风吹动了就能推转石磨。”

堂吉诃德道：“你真是外行，不懂冒险。他们确是货真价实的巨人。你要是害怕，就走开些。做你的祷告去，等我一人来和他们大伙儿拼命。”

他一面说，一面踢着坐骑冲出去。他侍从桑丘大喊说，他前去冲杀的明明是风车，不是巨人；他满不理会，横着念头那是巨人，既没听见桑丘叫喊，跑近了也没看清是什么东西，只顾往前冲，嘴里嚷道：

“你们这伙没胆量的下流东西！不要跑！前来跟你们厮杀的只是个单枪匹马的骑士!”

这时微微刮起一阵风，转动了那些庞大的翅翼。堂吉诃德见了说：

“即使你们挥舞的胳膊比巨人布利亚瑞欧[②]的还多，我也要和你们见个高下!”

他说罢一片虔诚向他那位杜尔西内娅小姐祷告一番，求她在这个紧要关头保佑自己，然后把盾牌遮稳身体，托定长枪飞马向第一架风车冲杀上去。他一枪刺中了风车的翅膀；翅膀在风里转得正猛，把长枪迸做几段，一股劲把堂吉诃德连人带马直扫出去；堂吉诃德滚翻在地，狼狈不堪。桑丘·潘沙趱驴来救，跑近一看，他已经不能动弹，驽骍难得把他摔得太厉害了。

桑丘说：“天啊！我不是跟您说了吗，仔细着点儿，那不过是风车。除非自己的脑袋里有风车打转儿，谁还不知道这是风车呢?”

堂吉诃德答道：“甭说了，桑丘朋友，打仗的胜败最拿不稳。看来把我的书连带书房一起抢走的弗瑞斯冬法师对我冤仇很深，一定是他把巨人变成风车，来剥夺我胜利的光荣。可是到头来，他的邪法毕竟敌不过我这把剑的锋芒。”

桑丘说：“这就要瞧老天爷怎么安排了。”

桑丘扶起堂吉诃德；他重又骑上几乎跌歪了肩膀的驽骍难得。他们谈论着方才的险遇，顺着往拉比塞峡口的大道前去，因为据堂吉诃德说，那地方来往人多[③]，必定会碰到许多形形色色的奇事。可是他折断了长枪心上老大不痛快，和他的侍从计议说：

“我记得在书上读到一位西班牙骑士名叫狄艾果·贝瑞斯·台·巴尔咖斯，他一次打仗把剑斫断了，就从橡树上劈下一根粗壮的树枝，凭那根树枝，那一天干下许多了不起的事，打闷不知多少摩尔人，因此得到个绰号，叫做‘大棍子’。后来他本人和子孙都称为‘大棍子’巴尔咖斯。我跟你讲这番话有个计较：我一路上见到橡树，料想他那根树枝有多粗多壮，照样也折它一枝。我要凭这根树枝大显身手，你亲眼看见了种种说来也不可信的奇事，才会知道跟了我多么运气。”

桑丘说：“这都听凭老天爷安排吧。您说的话我全相信；可是您把身子挪正中些，

---

① 一哩瓦合6.4千米。

② 希腊神话里和神道作战的巨人，有一百条手臂。

③ 因为在马德里到塞维利亚的大道上。

您好像闪到一边去了，准是摔得身上疼呢。”

堂吉诃德说：“是啊，我吃了痛没做声，因为游侠骑士受了伤，尽管肠子从伤口掉出来，也不得哼痛[①]。”

桑丘说：“要那样的话，我就没什么说的了。不过天晓得，我宁愿您有痛就哼。我自己呢，说老实话，我要有一丁丁点儿疼就得哼哼，除非游侠骑士的侍从也得遵守这个规矩，不许哼痛。”

堂吉诃德瞧他侍从这么傻，忍不住笑了。他声明说：不论桑丘喜欢怎么哼、或什么时候哼，不论他是忍不住要哼、或不哼也可，反正他尽管哼好了，因为他还没读到什么游侠骑士的规则不准侍从哼痛。桑丘提醒主人说，该是吃饭的时候了。他东家说这会子还不想吃，桑丘什么时候想吃就可以吃。桑丘得了这个准许，就在驴背上尽量坐舒服了，把褡裢袋里的东西取出来，慢慢儿跟在主人后面一边走一边吃，还频频抱起酒袋来喝酒，喝得津津有味，玛拉咖最享口福的酒馆主人见了都会羡慕[②]。他这样喝着酒一路走去，早把东家许他的愿抛在九霄云外，觉得四处冒险尽管担惊受怕，也不是什么苦差，倒是很舒坦的。

第一部第四十五章　判明曼布利诺头盔和驮鞍的疑案，并叙述其他实事

新来的那个理发师说：“这两位一口咬定的话，您几位听来怎么样？他们竟硬说这不是盆，倒是头盔呢。”

堂吉诃德道：“哪个骑士说不是头盔，我就要他承认自己是撒谎！哪个侍从说这话，我就要他承认自己是一千个撒谎，一万个撒谎！”

我们熟悉的那位理发师也在场。他深知堂吉诃德的脾气，存心帮着他胡说，把这场笑话闹下去，让大家取乐。他就对那个理发师说：

“理发师先生，不问你是谁，请听我说。我和你是同行，我的营业执照已经领了二十多年，对于理发业的用具全都熟悉，没一件不知道的。我早年也当过一程子兵，懂得什么是头盔、高顶盔、带面甲的盔，和其他军用项目——我指各种武器。也许别人另有高见，不过我说呀，这位好先生手里的东西，非但不是理发师的盆儿，而且差得远着呢，好比白和黑、真和假那样不能混淆。我还有句话。这件东西虽然是头盔，却不完整了。”

堂吉诃德说：“的确不完整了呀，因为缺了护脸颊和嘴巴的那一半儿。”

神父体会他这位朋友的用意，接口道：“是啊。”

卡迪纽、堂费南铎和他的同伴们都附和着这么说。审判官要不是记挂着堂路易斯的事，也会凑趣。不过他正为这事放心不下，没兴致胡闹。

---

① 骑士规则第九条：“骑士不论受了什么伤，不得哼痛。”

② 玛拉咖的酒是著名的。

受捉弄的理发师说："上帝保佑我吧！哪有这种事呀？这许多体面人物都说不是盆儿，却是头盔！大学里头等聪明人碰到了这种事，也要莫名其妙的。好吧，假如这盆儿是头盔，那么，这个驮鞍也该是这位先生说的马鞍子了。"

堂吉诃德说："我看像驴子的驮鞍。不过我刚才说了，这件事与我无干。"

神父说："到底是驴子的驮鞍还是马鞍子，凭堂吉诃德先生一言为准。关于骑士或坐骑[①]的事，我们大家都由他说了算。"

堂吉诃德说："各位先生，我老实说吧，我两次在这座堡垒里借宿，遭遇了不知多少希奇古怪的事。搞得我在这里什么都拿不准了，觉得全都是妖法捣鬼。头一次，一个摩尔妖人把我狠揍了一顿；他一群同伙也没饶过桑丘。昨晚，我拴着一条胳膊吊了差不多两个钟头，也不知为什么遭了这场灾难。所以我现在如果来判决这个疑案，就不免卤莽。谁说这是盆儿，不是头盔，我已经有话回驳。至于这件东西究竟是驮鞍还是马鞍，我却不敢妄下断语，只凭各位的高见来决定。你们不像我封过骑士，也许就不受堡垒里妖术的影响，耳目清醒，看到的不是幻象，可以如实判断。"

堂费南铎道："没什么说的，堂吉诃德先生的一番话很有道理，这场争辩该由我们大家公断。我可以悄悄地收集了各位的意见，把结果照实公布，这样最踏实。"

知道堂吉诃德脾气的觉得这是绝妙的笑料；不知道的却觉得荒谬绝伦，尤其堂路易斯的四个佣人、堂路易斯本人和新来的三个过客。这三人看样子是神圣友爱团的巡逻人员。不过最气愤的是那个理发师。他眼看自己的铜盆变成了曼布利诺头盔，深信自己的驮鞍一定也会变成一个贵重的马鞍。大家都笑呵呵地瞧堂费南铎跟这个那个交头接耳，听取各人对这件你争我夺的宝贝作何看法，究竟是驴子的驮鞍呢，还是马鞍子。堂费南铎向许多人收集了意见，高声说：

"老哥，你听我说。我听了许多意见，觉得烦了，因为我请教的每个人都说，这是马鞍子，而且是一匹骏马的鞍子，当做驴子的驮鞍是荒谬。事情由不得你和你的驴儿，你得顺从大家，因为这是马鞍，不是驮鞍；你的说法是没有根据的。"

那可怜的理发师说："你们各位都搞错了，要不然，叫我上不得天堂！但愿我的灵魂到了上帝眼里，就像驮鞍在我眼里是驮鞍不是马鞍。可是，'法律总顺从……'[②]我不多说了。我明明没有喝醉酒，我还没吃早点呢，除非我做了孽吧。"

理发师的死心眼儿和堂吉诃德的荒唐一样，逗得大家都笑了。堂吉诃德说：

"现在各人把自己的东西拿走就完事；'上帝既肯成全，圣贝德罗也就赐福'[③]。"

四个佣人之一说：

"这是存心开玩笑吧？在场这几位都是明白人——看来都是非常明白的人。我就不信他们会乱说这不是盆儿，那不是驮鞍。不过他们既然强词夺理，睁着眼睛说瞎话，其中必有奥妙。因为我可以赌咒——"他随就赌了个咒说："全世界的人都不能叫我相信这盆儿不是理发师的盆儿，这驮鞍不是公驴的驮鞍。"

神父说："很可能是母驴的。"

---

① 骑士或坐骑(caballeria)，指骑士，又指供坐骑的牲口；神父的话是双关的。

② 西班牙谚语：法律总顺从帝王的心愿。

③ 西班牙成语。

那人说："那也一样；问题不在这里。我是要问，究竟这是驮鞍呢，还是像你们各位说的不是驮鞍。"

新来的一个巡逻队员一直在听他们争辩，这会儿焦躁说：

"分明是驮鞍！就好比我爸爸是我爸爸！不管过去未来，谁说不是，准是喝醉了酒！"

堂吉诃德答道："你这个混蛋！你胡说！"

他一支枪始终没有离手，这时就举枪对这个巡逻队员的脑袋狠狠打下来。要不是那人侧身躲过，准给他打倒。枪打在地下，折成几段。其他几个巡逻员瞧自己伙伴遭了毒手，就以神圣友爱团的名义大呼求救。

店主人也是这个团体的一分子，立刻进屋去拿了行使职权的杖和自己的剑去帮一手。堂路易斯的佣人忙围住堂路易斯，防他趁乱逃走。那个理发师瞧店里一片混乱，就去抢自己的驮鞍；桑丘也抓住不放。堂吉诃德拔剑在手，冲上去和巡逻队厮杀。卡迪纽和堂费南铎都帮着他。堂路易斯大声喊他家佣人快舍了自己去支援他们。神父大声吆喝；店主妇尖声叫嚷；她女儿急得直叫苦；玛丽托内斯在旁啼哭；多若泰吓慌了；陆莘达打着哆嗦；堂娜克拉拉晕了过去。那个理发师拿棒打桑丘；桑丘捏着拳头把理发师一顿乱捶；堂路易斯的一个佣人怕主人逃跑，抓住他的胳膊，却被堂路易斯一拳打得满口鲜血；审判官在回护堂路易斯；堂费南铎把一个巡逻队员踢翻在地，两脚在他身上踩了个痛快；店主又以神圣友爱团的名义大叫求救。这时店里闹成一片：有哭的，有叫的，有惊慌的，有遭殃的；有的使剑，有的挥拳，有的举杖打，有的用脚踢，许多人皮破血流。堂吉诃德瞧大家乱成一团，觉得仿佛一头栽进阿格拉曼泰军营的一片混乱①里去了，就大喝一声，震动客店，说道：

"大家都住手！插剑入鞘！不要吵！谁是要性命的，听我说话！"

大家听他一喊，都停顿下来。他接着说：

"各位先生，我不是跟你们说过吗？这座堡垒是魔术控制着的，里面妖魔成群。你们睁眼看看吧，阿格拉曼泰军营里的混乱已经转移到咱们这儿来了，可见我的话没有错。你们瞧，那儿是为一把剑，这儿是为一匹马，那边是为老鹰，这边是为头盔②；你争我吵，其实都是着了迷。审判官先生，神父先生，请你们两位一个代表阿格拉曼泰王，一个代表索布利诺王③，为大家讲和吧。我凭全能的上帝起誓，在场这许多有体面的人，为这点细事互相残杀，实在太荒唐了。"

那几个巡逻队员不懂堂吉诃德的一套话；他们吃了堂费南铎、卡迪纽和他们同伙的亏，不肯罢休。那个理发师却愿意，因为自己的胡子和驮鞍打架时都揪坏了。桑丘是个好佣人，听主人哼一声就立刻服从的。堂路易斯的四个佣人知道打下去自己毫无好处，也都住手。只有店主觉得堂吉诃德这疯子骄横无礼，在他店里时刻闹事，非罚他一下不

① 见阿利奥斯陀《奥兰陀的疯狂》第27篇。阿格拉曼泰是伊斯兰教国同盟军的领袖。"阿格拉曼泰军营的一片混乱"已沿用为成语。

② 剑指杜朗达尔宝剑，马指有名的骏马弗隆悌诺，老鹰指徽章上的白老鹰(见《奥兰陀的疯狂》第27篇)，头盔指曼布利诺头盔。

③ 和阿格拉曼泰同盟的一个伊斯兰教国王(见《奥兰陀的疯狂》)。

可。到头来，吵嚷总算暂停，不过堂吉诃德的心目中，驮鞍还是马鞍，盆儿还是头盔，客店还是堡垒，要经过天地末日的审判才有分晓。

大家听了审判官和神父的劝解，都气平怒息。堂路易斯的佣人又逼小主人跟他们回家。审判官趁他们在谈判，把堂路易斯的话一一告诉堂费南铎、卡迪纽和神父，请教他们这事怎么处置。他们商量停当：堂费南铎就向堂路易斯的佣人透露了自己的身份，说要带堂路易斯到安达路西亚去见他那位袭侯爵的哥哥，他哥哥一定以礼相待；他这一来是因为堂路易斯的主意很明显，即使把他的身体扯得七零八碎，他这会儿也决不肯回去见他父亲。那四个佣人得知堂费南铎的地位和堂路易斯的主意，决计先回去三人，把经过禀告东家，留一人伺候和看守着堂路易斯等待后命。这一场纠纷，凭阿格拉曼泰的威望和索布利诺王的智谋，居然排解开了。可是无事生非、唯恐天下不乱的那家伙①觉得受了冷淡和戏弄；而且白费心机挑动了一场纠纷，自己没有捞摸到什么，因此决计重新挑拨是非，显显本事。

却说那几个巡逻队员知道了对手的身份，就泄了气，觉得打下去不管怎么了局，吃亏的总是自己，所以都罢手了；可是挨堂费南铎踢打的那一个身边带着几张捉拿逃犯的拘票，有一张正是捉拿堂吉诃德的。原来桑丘忧虑得不错，神圣友爱团因为堂吉诃德释放了一队囚犯，下令逮捕他。那巡逻队员忽然记起这张拘票，就想核实一下。他从怀里掏出一张羊皮纸，找到有关的条款，一个字一个字地念，因为他阅读力不高。他念一个字，就对堂吉诃德看一眼，把拘票上描绘的相貌按着堂吉诃德的面目逐一核对。他断定这家伙分明就是要拘捕的人。他一核实，立即叠起羊皮纸，左手拿着这张纸，右手一把紧紧抓住堂吉诃德的衣领，抓得堂吉诃德回不过气来。他大嚷道：

“快来协助神圣友爱团！抓住这个拦路打劫的强盗！瞧瞧拘票上写着呢！这不是闹着玩儿！”

神父拿过拘票一看，描绘的果然正是堂吉诃德。堂吉诃德瞧这混蛋对自己撒野，火气冲天，浑身的骨头都要爆裂了。他拼命用两手卡住那巡逻队员的脖子，那家伙要没有同伙帮忙，不等堂吉诃德松手早送命了。店主对同僚团友理该救援，忙去帮一手。店主妇瞧丈夫又打架，就又大喊大叫；玛丽托内斯和店家女儿立即放声呼应，求上天保佑，又求在场的人帮忙。桑丘看了说道：

“老天爷啊！怪不得我主人说这座堡垒是着了魔道的，这话真没说错！待在这里没一个钟头的安静！”

堂费南铎分开了巡逻队员和堂吉诃德。他们俩一个揪住对方的衣领，一个卡住对方的脖子；堂费南铎拆开双方的手，两人都舒了一口气。巡逻队并不就此甘休，却要求大家帮着把犯人捆起来，交他们处理，说这是对国王和神圣友爱团应尽的责任。他们以神圣友爱团的名义再次责望大家帮着捉拿这一名拦路打劫的强盗。堂吉诃德听了这些话，微微一笑，非常镇静地说：

“听着！你们这起下贱的家伙！让带锁链的重获自由，释放囚犯，救苦、扶危、济困，你们把这个叫做拦路打劫么？哎！卑鄙小人啊！你们凡夫俗子，老天爷没开你们的窍，你们既不懂骑士道的高尚，也看不到自己的罪恶和愚蠢！不尊敬游侠骑士的影子就

---

① 指魔鬼。当时迷信，认为一提“魔鬼”这名字，魔鬼马上就来了，所以都避讳而用代称。

是犯罪！何况你们冲撞了骑士本人呢！听着！什么巡逻队！你们是结队的强盗！借神圣友爱团的特权拦路打劫的！我问你们：哪个糊涂蛋竟签发拘票来逮捕我这样的骑士呀？游侠骑士不受法律制裁，他们奉行的法律是手里的剑，他们依仗的权力是浑身的勇气，他们服从的命令是自己的意志。谁连这点都不懂吗？再说吧，绅士只要封了游侠骑士，承担了骑士道的职责，不辞劳苦，那么，他享受的特权和豁免的义务就比贵族册封书上规定的还多。哪个没脑子的家伙连这个规矩都不知道吗？什么产业税呀、交易税呀、国王结婚税呀、皇家特税呀、通行税呀、摆渡税呀等，哪个游侠骑士付过呢？哪个裁缝给他做了衣裳收他工钱呢？哪个堡垒主人款待了他要他付账呢？哪个国王不请他同桌吃饭呢？哪个姑娘不爱上他而对他千依百顺呢？还有一句话，世界上不论过去、现在、将来，一个游侠骑士面对四百巡逻队员，要是没本领把他们打四百大棍，他还算得骑士吗？”

【选自《堂吉诃德》，杨绛译，北京，人民文学出版社，2004】

弥尔顿

约翰·弥尔顿(1608—1674)是17世纪英国著名诗人。《失乐园》是弥尔顿最重要的代表作，全诗长约1万行，分12卷，题材主要取自《圣经·旧约》中的《创世记》。诗歌讲述撒旦一伙被上帝打入地狱后，决定引诱上帝新造的人类堕落，以此对抗上帝。于是撒旦冲破混沌，来到亚当和夏娃居住的伊甸园。而上帝也派遣天使向人类追述了撒旦与上帝之战，以及上帝创造天地、万物、人类的过程，警告亚当面临的危险。意志不坚的人类在撒旦的诱惑下偷食禁果，堕落被逐，但同时也怀着上帝在未来终将救赎人类的期待。

第一卷节选部分是撒旦坠落阴间之后与群魔的对话。撒旦素来是恶的象征，邪恶丑陋的代表。而《失乐园》创造了一个前所未有的撒旦形象。在这段文字中，撒旦的语言铿锵有力，众魔亦豪言壮语不断，宏伟的史诗风格以崇高的诗体烘托了撒旦高傲的心灵、不凡的气度，使之纵使不是一个传统意义上正面的英雄形象，也是一位睥睨世间、傲视群雄的人间枭雄。在诗中，弥尔顿改变了题材来源，即《圣经》，朴实简单的散文叙述体，转而采用高昂的诗风，以璀璨瑰丽的比喻、庄严的拉丁句法、雄浑洪亮的音调、极富激情的宏阔想象，打造了一幅幅动人的戏剧化场景。

第四卷节选部分描写伊甸园中亚当、夏娃二人的对话。诗人以绝美的诗篇描写了人类的始祖，在他笔下，人俨然是万物的灵长，拥有上帝在人间的代理。选文竭尽所能地赞美亚当的智慧、理性和力量，夏娃的柔和、美丽和顺从，并赞美两位始祖之间天真美好的爱情。作者在描写撒旦和地狱时采用的诗风雄壮有力，但描写伊甸园和人类时，却使用了恬美、精致的抒情笔调，是英国诗歌史上著名的优美章节。

《失乐园》高度凝聚了诗人对英国资产阶级革命进程的亲身感受，同时也是他的信仰告白，嫁接了16世纪以来西方人文主义思想和马丁·路德改教之后近代基督新教精神。虽然革命失败了，但是弥尔顿在诗歌中表现了这场革命崇高的理念及其万丈豪情。《失乐园》是近代以来罕见的复活、更新了古典与传统题材、文风，并融合以时代精神的成功之作。

失乐园(节选)

第一卷

……
这个在天上叫做撒旦的[①]
首要神敌，用豪言壮语打破可怕的
沉寂，开始向他的伙伴这样说道：
　　“是你啊；这是何等的坠落！
何等的变化呀！你原来住在
光明的乐土，全身披覆着
无比的光辉，胜过群星的灿烂；
你曾和我结成同盟，同心同气，
同一希望，在光荣的大事业中
和我在一起。现在，我们是从
何等高的高天上，沉沦到了
何等深的深渊呀！他握有雷霆，
确是强大，谁知道这凶恶的
武器竟有那么大的威力呢？
可是，那威力，那强有力的
胜利者的狂暴，都不能
叫我懊丧，或者叫我改变初衷，
虽然外表的光彩改变了，
但坚定的心志和岸然的骄矜
决不转变；由于真价值的受损，[②]
激动了我，决心和强权决一胜负，
率领无数天军投入剧烈的战斗，
他们都厌恶天神的统治而来拥护我，
拿出全部力量跟至高的权力对抗，
在天界疆场上做一次冒险的战斗，

① 《新约·马太福音》第12章第24节：“这个人赶鬼，无非是靠鬼王别西卜阿！”

② 真价值，在撒旦看来是武力(参看卷六820行)，在神子则为功德(参看卷三第309—311行)，二者适成对照。

动摇了他的宝座。我们损失了什么？
并非什么都丢光：不挠的意志、
热切的复仇心、不灭的憎恨，
以及永不屈服、永不退让的勇气，
还有什么比这些更难战胜的呢？
他的暴怒也罢，威力也罢，
绝不能夺去我这份光荣。
经过这一次战争的惨烈，
好容易才使他的政权动摇；
这时还要弯腰屈膝，向他
哀求怜悯，拜倒在他的权力之下，
那才真正是卑鄙、可耻，
比这次的沉沦还要卑贱。
因为我们生而具有神力，
秉有轻清的灵质①，不能朽坏，
又因这次大事件的经验，
我们要准备更好的武器，
更远的预见，更有成功的希望，
用暴力或智力向我们的大敌
挑起不可调解的持久战争。
他现在正自夸胜利，得意忘形，
独揽大权，在天上掌握虐政呢。”
　　背叛的天使这样说了，虽忍痛说出
豪言壮语，心却为深沉的失望所苦。

第四卷

……
那时第一男人亚当和第一女人
夏娃开始娓娓而谈时，魔鬼便
侧耳倾听，汲取新的语言之泉：
　　“你是这一切快乐的唯一分享者，
你自己本身就是比一切都可爱的，
那天上的掌权者创造了我们，
并为我们创造了这个广博的世界，
想必是无限的善良，而且和善良的

① 轻清的灵质，是说天使不是由肉体构成的，是一种清纯的火。

无限一样，还有无限的宽宏大量，
他把我们从尘土里提高，
安置在这儿一切幸福的境地，
我们有什么功德配受这些？
我们一点没有帮他的什么忙，
他所要求我们的只有这一件
轻而易举的事，就是在这乐园
鲜美纷纶的百果中，只不吃那
生长在生命树旁的知识树的果子；
死是生的近邻；死必定是狰狞
可怕的东西。你知道得很清楚，
上帝曾明令：偷尝那树便得死，
这就是他给我无数指示中唯一
必须服从的指示，此外都是赐给
我们权力，管理地、水、空中的生物。
因此，我们不能把这一条
仅有而易行的禁令当做严酷难行的，
因为其他的一切东西，林林总总，
不单让我们自由取用，并且还
可以选择那么多的欢乐，不加限制；
我们要时常赞美他，称颂他的恩赐，
要从事我们所喜爱的工作，
修剪小树，浇灌百花；这些工作
虽然辛劳，跟你在一块就觉甜美。”
　　夏娃这样回答道：“啊，我是
你的肉中之肉，为你，并从你而造，①
没有你，就没有目的，你是
我的导引，我的头；你说的都正确；
我们对他，确实只有赞美，感谢！
特别是我，分享更多的福分，
享受你的卓越人品，而你却
一时无从觅得和你对等的匹配。
我时常记起那一天，我先从睡中
醒来，发现自己躺在浓荫之下，
百花茵上，很奇怪，我是什么？

① 《旧约·创世记》第2章第22—23节：“耶和华上帝就用那人身上所取的肋骨，造成一个女人，领她到那人跟前。那人说：‘这是我骨中的骨，肉中的肉，可以称她为女人，因为她是从男人身上取出来的。’”

从哪儿来的？怎样来的？
忽然听得不远处有喁喁私语的
流水，从一个洞里流出，
流成一片平湖，于是停住不动，
水波平静，和浩浩的苍天一样清莹。
我天真烂漫地往那儿走去，
躺在绿色的长堤上，看见
湖水里面，似有另外一个天空。
我屈身窥视，看见发光的水里
出现一个和我面对面的形象，
屈身看我。我一惊退，它也惊退；
过一会儿，我高兴地再回头观看，
同时，它也回头看我，眉眼之间，
似有回报我以同情和爱恋之意。
那时，若不是一种声音的警告，
我恐怕会对它凝视，直到如今，
空劳虚幻的愿望。那声音说：
'你看什么？你在那儿所看的
就是你自己，美丽的人儿啊；
它和你一块来一块去；你跟我来，
我要领你到一个不是影子，却在
等着你，和你作温柔拥抱的地方去。
你是他的形象，你将要享受他，
他是你的，和你不能分离，你将
为他生下众多和你们一样的人，
因此，你被称为人类的母亲。'
听了这声音，虽不见人，怎能
不顺从？只能一路跟他走；
走到一株梧桐树下遇见了你，
确实是俊秀而高大，但我想
还不如平湖水中的影子那么
美丽、妩媚和温存；我转身走了，
你跟着后面大声叫道：'回来，
美丽的夏娃，你逃避谁？你所
逃避的是谁？你是他的肉，他的骨，
你是属于他的。用我心肝近旁的
肋骨造出你来，给你血肉的生命，
放在我的身边，永不离开，安慰我。
我追求你作我灵魂的一部分，

我把你叫做我的半边身。'这样说时，
你那温存的手把我抓住，我顺从了。
从那时起，我觉得男性的恩情和
智慧胜过美，只有这才是真的美。"

【选自[英]弥尔顿：《弥尔顿诗选》，朱维之译，北京，人民文学出版社，1998】

多 恩

约翰·多恩(1572—1631)是17世纪英国玄学派诗歌的开创者。他的爱情诗和宗教诗最有特色，主要收入《歌与十四行诗》《哀歌》和《敬神十四行诗》等诗集中。他的爱情诗内容丰富多彩，立意也变化多端。既赞美精神之爱，也歌颂肉体之爱和享乐思想；既认为女人总是水性杨花，又颂扬忠贞不渝的爱情。多恩的宗教诗是对神的礼赞和渴求神恩拯救的激越呼喊，但也常常混合了内心的不安和挣扎，这是他从天主教改信国教后自感罪孽深重的心理反映。

善用奇喻是多恩诗歌的最大特色。他用作喻体的物象取自宗教、科学、自然等多个领域，且不避雅俗美丑，而喻体与类比对象的联结也大胆、奇诡，不落俗套。此外，多恩在使用奇喻时，不只是用喻体对类比对象作简单比附，往往对喻体的特征加以铺陈演绎，使其扩展成一幅幅连续性画面，并将喻体自身的逻辑关系强行置入类比对象之中，使表面上看起来毫无关联的事物产生戏剧性的、“合理”的联系。多恩的奇喻充满奇思妙想，往往不是以情动人，而是以“理”服人，这是他的诗歌得名“玄学诗”的主要原因，也使他背离了16世纪英国主流诗歌传统，特别是锡德尼和斯宾塞的传统，开创了一代新风。

《告别词：莫伤悲》是多恩在随罗伯特·特鲁里爵士出使巴黎前写给妻子的辞别诗。全诗立意的重点，是让妻子相信，短暂的生离并非死别，对增进夫妻关系大有好处，也符合神意。诗人区分了“凡俗之爱”和“精神之爱”，认为他们夫妻之间“经过提炼”的“精神之爱”，使分离犹如“天体的震动”，神秘而和谐；又像把“黄金打成了轻柔无形的薄页”，虽延展却不会破裂；还像圆规的两只脚，身虽分开，但灵魂融合圆满。《跳蚤》诗中，诗人劝女子与自己相爱，用叮咬了二人血的跳蚤作比，意思是说既然二人的血已经在跳蚤体内结合，胀大的肚腹犹如受孕怀胎，就应该接受“既成事实”，与自己相爱。这两首诗是多恩善用奇喻的代表。

告别词：莫伤悲

有德之人逝世，十分安祥，
　　对自己的灵魂轻轻说，走，
有些悲伤的亲友则高声讲，
　　他的气息已断，有些说，还没有。

让我们熔化吧，默默无语，
　　不要泪流如洪水，叹息似风暴，
那将会亵渎我们的欢愉——
　　要是让我们的爱情被俗人知道。

地震带来恐惧和灾祸，
　　人们谈论它的含义和危害，
天体的震动虽然大得多，
　　对人类却没有丝毫的伤害。

世俗的恋人之爱
　　(它的本质是肉感)不允许
离别，因为离别意味着破坏
　　凡俗之爱的基本根据。

但我们经过提炼的爱情，
　　它是什么连我们自己也一无所知，
我们既然彼此信赖，心心相印，
　　对眼、唇、手就漠然视之。

我们俩的灵魂溶成了一片，
　　尽管我走了，却不会破裂，
这种分离不过是一种延展，
　　像黄金打成了轻柔无形的薄页。

我们的灵魂即便是两个，
　　那也和圆规的两只脚相同，
你的灵魂是圆心角，没有任何
　　动的迹象，另只脚移了，它才动。

这只脚虽然在中心坐定，
　　如果另只脚渐渐远离，
它便倾斜着身子侧耳倾听，
　　待到另只脚归返，它就直立。

对于我，你就是这样；我像另只脚，
　　必须倾斜着身子转圈，
你坚定，我的圆才能画得好，
　　我才能终止在出发的地点。

【选自胡家峦编著：《英国名诗详注》，北京，外语教学与研究出版社，2003】

跳 蚤

只需看这跳蚤就能知道，
我被你拒绝的事有多么渺小；
它先叮了我，眼下叮了你，
于是我俩的血混在这跳蚤里；
你得承认，这说不上是
罪过、耻辱，或者贞操的丧失——
尽管它求爱前得此享受，
凭我俩合成的血它吃饱撑足；
同它这做法比呀，我俩远不如。

住手，饶这跳蚤的三条命；
凭了它，我们比结过了婚还亲：
这跳蚤不仅就是我们俩，
还是容我们成婚的圣殿和床；
我们虽遭父母和你反对
仍在这活生生黑玉围墙中幽会。①
虽说凭习惯你会杀死我，
请别犯一杀三个的三重罪过——
这无异是你自杀和亵渎圣所。

你不是已猛地狠心一掐，
让无辜的血染红你长长指甲？
除了吮过你一点点的血，
这跳蚤还能够造下什么罪孽？
现在你得意扬扬，说是我
和你没因被它叮一口而孱弱；
对，所以你担心得没道理；
你若答应我，贞节上所受的损失
不过这死跳蚤吮过你的那一滴。

【选自《英国抒情诗选》，黄杲炘译，上海，上海译文出版社，1997】

① “黑玉围墙”指跳蚤的身体。

莫里哀

莫里哀(1622—1673)是17世纪法国古典主义喜剧作家，欧洲最杰出的喜剧家之一。莫里哀的优秀喜剧有《可笑的女才子》(1658)、《伪君子》(1664)、《乔治·唐丹》(1668)、《悭吝人》(1668)等。

《伪君子》(原标题《答尔丢夫或伪君子》)是莫里哀的代表作，该剧于1664年初演，随即遭到宫廷和教会顽固势力的强烈反对。国王迫于各方压力，不得不禁止《伪君子》的公演。此后莫里哀三次上书路易十四请求解禁。1669年，《伪君子》终于获准上演，上演后获得巨大成功。

剧中主人公答尔丢夫自称信士，骗取了富商奥尔贡的信任，被奥尔贡请进家中待为上宾。奥尔贡虔诚信教，被答尔丢夫的假象欺骗，打算把女儿嫁给他。由于嫁女一事遭到儿子反对，奥尔贡一怒之下剥夺儿子继承权，把财产赠送给答尔丢夫。其实答尔丢夫色迷心窍，一直在偷偷追求奥尔贡继妻埃米尔。在埃米尔的安排下，奥尔贡看清答尔丢夫的真面目，要赶走答尔丢夫。答尔丢夫恼羞成怒，提醒奥尔贡他的家产已属于自己，同时答尔丢夫还向国王告密，揭发奥尔贡告诉他的一桩可能带来祸害的秘密。幸亏国王英明，察觉了答尔丢夫的诡计，下令将其逮捕，宣布撤销奥尔贡赠送财产的契约，并因奥尔贡当年勤王有功，赦免他的过失。

全剧既揭露了宗教骗子的欺骗性，也揭示了宗教的清规戒律对人性的压制扭曲。作者用夸张、对比、集中的手法把伪君子的面貌刻画得既可笑又可憎，虽显夸张，却有着很强的真实性。剧本结构匠心独运，主人公在第三幕才出场，整体上符合三一律；人物设计上以讽刺对象作为主人公，既增强剧本的“笑”的因素，又尖锐地针砭了现实。

本书节选《伪君子》第四幕，内容是奥尔贡妻舅克莱昂特奉劝答尔丢夫放弃奥尔贡的馈赠，促成奥尔贡父子和好，被答尔丢夫拒绝。奥尔贡不听家人劝告，执意要把女儿嫁给答尔丢夫。埃米尔无奈，使出“美人计”，约答尔丢夫相见，使他现出原形。奥尔贡如梦初醒，要赶走答尔丢夫，反被答尔丢夫威胁。奥尔贡这才意识到赠送答尔丢夫财产并让他保存逃亡朋友的文件已铸成大错。

伪君子(节选)

第四幕

第一场

克莱昂特，答尔丢夫。

克莱昂特 是的，大家全在那儿谈论这件事，您尽可以相信我的话。他们所嚷嚷的那些话对您可真没什么光彩；正好，先生，我在这儿遇见了您，让我把我的意思三言两语干干脆脆对您说个明白吧。别人讲些什么，我不去仔细研究；那些话我先撇开不谈，姑且往最坏的一面去着想，我们假定达米斯的举动不太对头，他说您的话确是诬赖了您，但是一个天主教的信徒不是应该原恕别人的侮辱，打消自己心里一切报复的念头吗？只因你们一场吵嘴，您就忍心看着一个儿子被他父亲从家里撵出去吗？我还是那句话，并且是句老老实实的话，现在大大小小没有一个不是因这件事在那里气愤不平；您如果相信我，就赶紧把这一切都平息下去，不要把事情逼到绝路上去。看在上帝的分上，息了您的怒，让他们父子二人言归于好吧！

答尔丢夫 哎哟，说到我，倘若我可以办到，我是诚心诚意愿意这么办的；因为，先生，我对他一点也没记恨，我一切都宽恕了他，一点也不怪他，并且愿意尽十二分的力量去帮助他；可是这件事关系到上帝的利益，上帝绝不会答应的，他如果再回到此地，那就该是我离开这儿了；自从他做了那种荒谬绝伦的举动之后，我们两人若再和好，一定会引起旁人的议论。天知道大家对这件事会怎样想！人家必会硬说我纯粹在耍手腕；他们必定到处嚷嚷说我原是自己觉得有罪，故此对于诬赖我的人装出一种仁慈的热情，说我是心里怕他，不得不敷衍他，为的是可以暗中堵住他的嘴。

克莱昂特 您所举出的这些理由都很漂亮。可是，先生，您未免扯得太远了。上帝的利益何必要您来操心？上帝惩罚恶人莫非还要我们帮助吗？任凭上帝自己去报仇，您只须记着上帝命令我们应该饶恕一切侮辱的那句话就行了；您既是唯上帝之命是从，您就别再注意世人的批评了。怎么？因为顾虑到无足轻重的揣测之词，您竟放过了做一件好事的光荣？不必，不必，咱们还是照上帝的命令去做吧，不要让任何顾虑来扰乱咱们的脑筋。

答尔丢夫 我已经告诉过您，我心里是饶恕他的，这就是遵照上帝的意旨办事了；不过经过今天这场笑话和他对我的那番侮辱，上帝不会再命令我和他在一起过日子了。

克莱昂特 那么，先生，他父亲纯粹由于一时兴起才决定的主张，把财产赠了您，照道理您连希望都不应该希望的事，您却信以为实赶紧接受下来，那也是上帝命令您的吗？

答尔丢夫 了解我的人决不会有这种想法，硬说这是一种图利好财的勾当。世界上的一切金银财宝，我看了都无所谓，财宝的迷惑人的光辉是迷不住我的眼睛的。我所以决定接受他父亲愿意赠给我的这份产业，老实说，乃是恐怕这份产业落到坏人手中；怕的是有些人分得这笔钱财拿到社会上去为非作歹，而不能照我所计划的那样拿来替上帝增光，替别人造福。

克莱昂特 先生，您根本不必操这份心，这种顾虑是合法继承人所应有的顾虑。财产本是他的，让他得了去做好事也罢，做坏事也罢，您根本不必跟着为难。您再想想，与其叫人骂您霸占别人产业，倒不如随他自己去胡花滥用了。我所佩服的是您居然能够恬不知耻地把这个提议接受下来；因为说到底，哪儿有这么一条教规叫一个真正的虔徒去剥夺合法继承人的权利？再说，如果上帝在您心里真的设下了一个攻打不破的障碍，阻挡您和达米斯在一块儿生活，那么，与其伤天害理看着旁人为了您把儿子赶出家门，倒不如您自己做个知趣的人，老老实实地马上离开此地，那不更好吗？您听我的话吧！先生，您这是过分卖弄您的聪明……

答尔丢夫 先生，此刻已三点半了；我得到楼上去做我们教里的功课，请原谅我不能久陪了。

克莱昂特 啊！

第二场

埃米尔，玛丽亚娜，桃丽娜，克莱昂特。

桃丽娜 行行好吧，先生，快跟我们一起帮她想办法，她快要痛苦死了；她父亲决定今晚签婚约，害得她无时无刻不在绝望之中，她父亲这就要来了。我求您赶快把咱们的力量联合起来，也别管是用武力还是使智谋，总得想法子推翻这个可恶的计划，这个计划把我们大家都搅得心神不安。

第三场

奥尔贡，埃米尔，玛丽亚娜，克莱昂特，桃丽娜。

奥尔贡 啊，你们全在一起呢，我很高兴。(向玛丽亚娜)我在这份契约里给你带来的东西足以叫你欢喜不尽，你当然已经知道这是什么意思了。

玛丽亚娜 (跪下)爸爸，看在知道我痛苦的上帝面上，看在一切能够感动您的事物面上，请您稍微放松一下父亲对儿女的权力！在这门亲事上，您别再硬逼着我服从了；别用这种残酷的法律来逼我，逼得我竟然抱怨上帝为什么叫我对您欠下养育之恩。我这条生命，既然您已经赐给了我，我的父亲呀，您就别把它弄成薄命了。如果您不顾我心里已经建立起来的甜美希望，硬要禁止我嫁给我敢于爱恋的人，至少，请您发发慈悲，我双膝着地哀求您，您别再强迫我嫁给我所憎恶的人去受那种折磨了；请您别在我身上用尽您的权威，逼得我无路可走。

奥尔贡 (觉得有点心软)喂，我的心，要坚持呀！心肠软是绝对要不得的。

玛丽亚娜 您尽管宠爱他，我并不难受；您可以尽兴去宠爱他，您可以把您的财产送给他，如果还不够，还可以把我的那一份也加上，我是衷心同意这样做的，我放弃我的财产了；可是至少别弄到把我这个人也送给他，我请您允许我进一个修道院，在苦修生活中去消磨上帝已经替我计算好了的有数的凄凉日子。

奥尔贡 啊，又是一个因为爱情火焰受到父亲打击而要去当修女的人！站起来！你心里越腻烦嫁他，嫁了他才越有意义。你可以利用这种婚姻来磨炼磨炼你的性情进行苦修。好，别再吵得我头痛了。

桃丽娜 不过……？

奥尔贡 你，你给我闭上嘴，要说话跟你们那一伙人说去。我，绝不准你再多说一个字。

克莱昂特 如果您允许别人再向您进一点忠告……

奥尔贡 老弟，您的意见都是全世界最好不过的意见，而且很有道理，我非常重视，不过请允许我绝不采纳。

埃米尔 （向她的丈夫）眼看着摆在我眼前的这一切，我真不知道该说什么才好，你的眼睛瞎到这种程度，可真叫我钦佩；明摆着今天这样的事，你会不信我们的话，你的成见实在太深，你真是叫答尔丢夫给迷住了。

奥尔贡 实在对不起，我是专凭信外表的。我知道你溺爱我那无赖儿子。你当时唯恐戳穿了他对那可怜人耍的手段，可是你当时的态度太安闲了，不能叫人相信；如果是真的话，你当然是另外一种激动的样子了。

埃米尔 那个人也无非是口头上表示了他的爱情，我们做女人的一听到耳里莫非总得大吵大闹才算不失面子吗？莫非只有眼里冒火，破口大骂才算应付得适当吗？至于我，听了那种话，只不过付之一笑，我决不愿意为这事闹个天翻地覆；我愿意用温和的态度叫人看出我们是规规矩矩的女人，我根本不赞成那些粗野的假正经女人，她们必须仗着尖爪利牙来保护名声，听见一句无所谓的话就恨不得把别人的脸马上抓破。求求上帝别让我染上这种假正经的作风！我不要这种母夜叉的道德，我相信一种不声不响的冷淡态度更能够打退一个人的痴心妄想。

奥尔贡 总之，我已知道是怎么回事了，决不上你们的圈套。

埃米尔 你这种古怪的脾气，我再一次表示钦佩，不过如果我能让你亲眼看见我们对你所说的话确有其事，你将如何回答我呢？

奥尔贡 亲眼看见？

埃米尔 是的。

奥尔贡 那叫瞎扯。

埃米尔 什么？如果我有法子让你看个清清楚楚？

奥尔贡 无稽之谈。

埃米尔 你这个人呀！至少你得回答我吧。我并没叫你相信我们的话；不过，假定我们挑一个地方，可以让你在那儿清清楚楚地把一切全都看见，也都听见，你对你那位正人君子还有什么话可说呢？

奥尔贡 如果是那样，那我就说……我什么话也没得可说了，但这事是不会有的。

埃米尔 让这种错误存在的时间也太久了，你冤枉我满嘴说瞎话也冤枉得太苦了；光为取乐，我也得让你亲眼看到我们所说的一切，并且不必到别处去，就在此地。

奥尔贡 好，就这么办。我接受你的办法。咱们倒看看你有多么机灵，看你怎样实现你所答应的事。

埃米尔 (向桃丽娜)去把他请来。

桃丽娜 他的头脑是狡猾的，也许不容易叫他上当吧。

埃米尔 可以的，一个心上所爱的人去骗他，是容易骗到的，并且他那种自负的劲头也可以叫他上当。去给我把他请下楼来。(向克莱昂特和玛丽亚娜)你们，你们走开吧。

第四场

埃米尔，奥尔贡。

埃米尔 咱们把这张桌子挪过来，你钻到下面去。

奥尔贡 怎么回事?

埃米尔 你得好好藏起来，这是必要的。

奥尔贡 为什么要藏在这张桌子底下?

埃米尔 唉，天呀，你就不用管了。我自有安排，你等一会看好了。你就进去吧；蹲在底下之后，你可留神别让人看见你，也别让人听见你。

奥尔贡 老实说，这种地方我真够随和的，不过要紧的是看看你究竟怎样办成这件事。

埃米尔 我想你会无话可说的，(向藏在桌下的丈夫)我这就要干出一桩稀奇古怪的事，无论如何你别动火。回头不管我说什么，都不许阻拦我；为了让你心服口服，我既然这样答应了你，我就要用柔情，因为不如此不行，用柔情使这个伪善心灵摘下他的假面具，我要迎合他的爱情种种无耻的欲望，听凭他那种胆大妄为的心情任意张狂。这是为了你一个人，并且是为了使他格外狼狈不堪，我的心才装作迎合他的希望，所以只要你一认输，我马上可以停止前进，事情只进展到你所要达到的程度为止。等到你觉得这件事情已进展得够远的时候，你可得出来阻止他那疯狂的热情，来顾全你的妻子，让我冒险只能冒到够使你觉悟的程度为止；这关系到你的利益，你应该自己做主，并且……有人来了。好好蹲着，别让人看见。

第五场

答尔丢夫，埃米尔，奥尔贡。

答尔丢夫 有人告诉我说您愿意在这儿跟我谈几句话。

埃米尔 是的，有几句话要私下和您谈谈。不过在谈话之前您先关上这扇门，到处去看一看，不要被人捉住。像刚才发生的那种事，可不能再重演了。从来没见过像这样被人当场捉住的，达米斯那样做真让我替您捏了一把汗，您看明白了吧，我曾尽力劝他不要那样做，叫他压住他的暴躁脾气。可是说真的，当时我也吓糊涂了，一点没想起反驳他的话，不过上天保佑，一切反倒更好了，更安全了。我丈夫对您的敬仰把这场风暴全给吹散了。他对您不但并没有起疑心，而且为了更好地斗一斗那些不怀好意的议论，他偏要咱们时时刻刻待在一起；因此关着门和您一起待在这儿，我不用害怕受到指责，也就是仗着这个，我可以对您敞开心扉，也许是过快地接受您的热爱。

答尔丢夫 这番话真有点令人不容易明白，夫人，您方才说话可不是这个语气啊。

埃米尔 唉！如果刚才那样的拒绝竟会使您恼怒，那么您真是不懂得一个女人的心了！您会看不出这颗心的言外之音吗？您没觉得当时抗拒您的时候是那样软弱无力吗？在那种时候，我们的贞操观念老是和人们给我们的温情作斗争。无论我们觉得那个控制我们的爱情有多大的理由，由嘴里坦白承认这个爱情，总还觉得有点害羞；所以最初总是先加以抵抗；不过从当时抵抗的神气来看，就已足够让人知道我们的心已是被征服的了；为了面子我们的嘴违背着我们的心愿说话，可是那样的拒绝早已等于把一切都答应了。我对您说的这番话无疑是一种过于放肆的自白，从我们女人的贞操方面来看，未免有点太不给自己留有余地。不过话已经说出口，索性说个明白吧。如果对您贡献给我的心，我没有一点意思，我又怎能那样关切地去劝阻达米斯呢？我又怎能那样和颜悦色地从头到尾听完您的情话？又怎能像大家所看见的那样对待这件事呢？并且当我亲自逼您拒绝他们所提的那门亲事的时候，您心里还不明白我那种要求究竟是什么意思吗？那不就是表明我对您的关切和因此可能感受到的苦恼吗？因为那门亲事如果成功，我原想整个儿得到的那颗心就得与别人分享了。

答尔丢夫 夫人，我能够听见从我所爱的人嘴里说出这番话来，当然是一桩极甜美的事。您这几句甜蜜蜜的话把我从来没有尝过的一种芳香川流不息地输进了我全身的毛孔；能够得到您的欢心，原是我一向寻求的幸福；现在居然蒙您这般垂爱，我的心实在满足万分了，不过这颗心，请您准许它胆敢对于这种幸福还有点怀疑，因为我很可以把这些话当做是一种手段：无非是要我来打破正在进行中的那桩婚姻。跟您痛快说吧，如果不给我一点实惠、我一向所希望的实惠，来替这话作担保，使我的心能够永久相信您对我的好情好意，我是绝不能听信这么甜美的话的。

埃米尔 （*咳嗽一声，为关照她的丈夫*）怎么？您竟这样性急，一下手就要挤干一颗心的柔情？人家正在向您倾诉最甜蜜的情意，可是在您看来还觉得不够，竟要逼我把最后的甜头也给您，才能让您心满意足！

答尔丢夫 一种好处，我们越是自问不配得到手，就越不敢希望它。我们的希望光凭一套空话是很难放心的。这样无比荣耀的好运真有点令人难以置信，所以我们必须在实际享受之后，才能深信不疑；我相信，我是不配得到您的慈悲的，因此很怀疑我的胆大妄为竟会真的达到幸福的目的；夫人，您若不拿出点真实的东西让我的爱情火焰心服口服，我是什么也不能相信的。

埃米尔 天呀！您的爱情真像个暴君，它搅得我神魂颠倒，专横地辖制着我的心！它又多么狂暴地要求满足它的欲望！怎么？您已经把我逼得无法躲闪，连一点喘息的工夫都不给人留下，您这样毫不放松，要什么就得马上到手，一刻也不准迟缓；您知道人家爱上了您，您就利用这个弱点来逼迫人，您想想这样合适吗？

答尔丢夫 如果您真是用慈悲的眼光来看待我对您这份爱慕的心意，那您为什么还不肯给我那种确实的保证呢？

埃米尔 不过真的答应了您所要求的那件事，又怎能不同时得罪您总不离口的上帝呢？

答尔丢夫 如果您只抬出上帝来反对我的愿望，那么索性拔去这样一个障碍吧，这在我是算不了一回事的，不应该再让这个来管住您的心。

埃米尔 不过上帝的御旨让人说得那样可怕。

答尔丢夫 我可以替您除掉这些可笑的恐惧，夫人，并且我有消灭这些顾虑的巧妙方法。不错，对于某些欲望的满足，上帝是加以禁止的，不过我们还可以和上帝商量出一些妥协的办法。有一种学问，它能按照各种不同的需要来减少良心的束缚，它可以用动机的纯洁来补救行为上的恶劣。这里面的诀窍，夫人，我可以慢慢教给您；只要您肯随着我的指示去做就成了。您尽管满足我的希望吧！一点用不着害怕，一切都由我替您负责，有什么罪过全归我承担好了。您咳嗽得很厉害，夫人。

埃米尔 是的，我难受极了。

答尔丢夫 这儿有甘草糖，您要吃一块吗？

埃米尔 我的伤风无疑是一种顽固的恶伤风；我知道世界上任何药也治不好我的病。

答尔丢夫 这当然是很讨厌的。

埃米尔 是的，简直没法儿说。

答尔丢夫 说到最后，您的顾虑是容易打消的。您可以放心，这儿的事是绝对秘密的。一件坏事只是被人嚷嚷得满城风雨的时候才成其为坏事；所以叫人不痛快，只是因为要受大众的指摘，如果一声不响地犯个把过失是不算数的。

埃米尔 (又咳嗽)说了半天，我看出来我不答应是不行的了。必须把我的一切都给了您，如果不这么办，我就别想让您心满意足，别想让您心服口服。当然，逼得非走这一步不可，是很烦恼的；我跨过这一关，实在是身不由己；但是，既然有人一定要逼我这么办，既然我不管说什么他也不肯信，非得要更确凿的证据不可，那么我只好下决心听人摆布了，如果答应这样办，本身会有什么害处，那就是逼着我这么办的人自己活该倒霉，有什么错处当然不能算在我身上。

答尔丢夫 是的，夫人，有人负责的，这个事本来就……

埃米尔 您把门打开一点儿，请您看看我丈夫是不是在走廊里。

答尔丢夫 您何必对他操这份心呢？咱们俩私下说说，他是个可以牵着鼻子拉来拉去的人，咱们这儿谈的这些话，他还认为是给他增光露脸呢，再说，我已经把他收拾得能够见什么都不信了。

埃米尔 不管怎么样，还是请您出去一会，到外面仔细看一看。

第六场

奥尔贡，埃米尔。

奥尔贡 (从桌下出来)这真是一个万恶的坏蛋，我承认了。我真没想到，这简直是要我的命。

埃尔米 怎么？你这么早就出来了？你这不是拿人开心吗！赶快回到桌子底下去，还没到时候呢；你应该等候到底，索性把事情看个水落石出，不要相信那些揣测之词。

奥尔贡 不用了，地狱里跑出来的魔鬼也没有他这么凶恶。

埃尔米 天啊！你不应该太轻信。你把证据看清楚了再认输，你别心急，免得把事情看错。(把丈夫拉在身后)

第七场

答尔丢夫，埃米尔，奥尔贡。

答尔丢夫 夫人，一切都帮着我来满足我的希望；我亲眼把这一部分房子全看过了；一个人也没有；我真快活死了……

奥尔贡 （拦住他）慢来，你太放纵你的情欲了，你先别这么性急。哎哟！好一个善人，你想骗我！你的心灵竟这么经不住诱惑！你打算娶我的女儿，又来勾引我的妻子，我一向不相信别人说的话是真的，总以为早晚他们会改变他们的说法；可是现在不必再找什么证据了，这就够了，我用不着更多的证据了。

埃米尔 （向答尔丢夫）依我的脾气，我是不愿意这么办的，不过他们要我这样对待你。

答尔丢夫 什么？你以为……

奥尔贡 算了吧！用不着嚷嚷。马上给我滚蛋，别让我费事。

答尔丢夫 我的计划是……

奥尔贡 你那一套一套议论全都过时啦，你马上给我离开这儿。

答尔丢夫 别看你像主人似的发号施令，可是应该离开这儿的却是你；因为这个家是我的家，我回头就叫你知道，叫你看看用这些无耻的诡计来跟我捣蛋，那叫白费心力；未侮辱我以前你倒是先想一想有没有这份本事？我有的是办法来戳破你们这条奸计，来惩罚你们这些人，并且要替被侮辱的上帝复仇，叫那个要撵我出去的人后悔都来不及。

第八场

埃米尔，奥尔贡。

埃米尔 这是什么话？他这是什么意思？

奥尔贡 真的，糟了，这可是要命的事。

埃米尔 怎么了？

奥尔贡 听他的话我就知道自己出娄子了，赠送产业让我陷入了困境。

埃米尔 赠送产业？

奥尔贡 是的，这是一件无可挽回的事了。不过还有更让我不放心的事呢。

埃米尔 什么事？

奥尔贡 你将来全会知道的。不过现在咱们先得去看看一个小首饰箱是否还在楼上。

【选自[法]莫里哀：《莫里哀喜剧选》，赵少侯等译，北京，人民文学出版社，2001】

卢梭

让-雅克·卢梭(1712—1778)是法国杰出的启蒙活动家、最重要的启蒙主义作家之一。卢梭的主要作品是爱情小说《朱莉或新爱洛依丝》(即《新爱洛依丝》，1761)，此外他的教育小说《爱弥尔》(1762)和自传《忏悔录》也可归入文学创作。

《新爱洛依丝》是书信体长篇小说，主要讲述女主人公朱莉与家庭教师圣普乐的爱情悲剧。爱洛依丝本是法国12世纪时的一位少女，她与老师阿贝拉尔的爱情遭到叔父的粗暴干涉，最后以悲剧告终。该小说的故事与爱洛依丝经历相似，故用其名作替换标题。朱莉身处贵族家庭，因和家庭教师圣普乐朝夕相处、心灵相通而产生爱情，但朱莉父亲有很强的门第观念，反对女儿与平民圣普乐相爱。朱莉突破门第观念委身于圣普乐，却让其母气病而死。朱莉陷入痛悔之中，负疚的圣普乐被迫与朱莉分手，朱莉的父亲软硬兼施迫使她嫁给了贵族德·沃尔玛。朱莉婚后向丈夫道出自己和圣普乐的往事，得到丈夫的理解。朱莉与丈夫度过了六年平静的婚姻生活，其间和圣普乐保持交往但双方都十分克制。朱莉的丈夫与圣普乐成为朋友，还请圣普乐到自己的庄园做客。后来朱莉因救落水儿子受到惊吓生病，不治而死。临死前朱莉请求圣普乐以后教育她的孩子。《新爱洛伊丝》分为6卷，由163封长短不等的书信组成。这些书信中有朱莉与圣普乐之间的信件，也有朱莉和圣普乐与他们各自或共同的亲属朋友之间的通信。小说张扬个人感情，将朱莉、圣普乐和其他人物之间的爱情、友情、亲情描写得十分动人。作品长于描写大自然的风光，表达人对自然的眷恋以及人和自然的和谐相处。小说语言充满感情而又委婉动听，略显夸张但并不矫揉造作。

本书所选是小说第4卷第17封信，由圣普乐写给友人爱德华先生，描述他与朱莉的一次乘船出游。这次出游发生在朱莉结婚之后，当时朱莉的丈夫德·沃尔玛先生邀请圣普乐去做客，自己却去了外地。朱莉和圣普乐在湖边登岸，圣普乐把朱莉领到当年他离开朱莉家曾经栖身的地方，他曾在那里的岩石上刻满了朱莉名字组成的图案。旧地重游，二人都异常激动，虽然最终他们经受住了考验，但两人过后都暗自垂泪，心中留下无限惆怅。信中对日内瓦湖及湖岸迷人湖光山色的描绘十分生动，让人读后难以忘怀。

新爱洛依丝(节选)

(第四卷第十七封信)

湖上泛舟

——写给爱德华先生

先生，我想把我们最近经历的一次危险告诉您，幸亏我们虚惊一场，但如今还有点儿疲惫。这件事值得单独写一封信；看了信，您会领会促使我写信给您的原因。

您知道，德·沃尔玛夫人的家离湖[①]边不远，她爱在湖上泛舟。三天前，她的丈夫离家，我们无所事事，加之夜晚繁星满天，我们便计划第二天泛舟湖上。旭日初升我们便来到岸边；我们坐上了小船，带着渔网，准备捕鱼，有三个桨手，一个仆人，我们还带了一些食品，要在船上进午餐。我带上一杆枪，准备打候鸟；[②] 可是，她责备我打死鸟纯粹是糟蹋，而且唯一的乐趣只是令人难受。因此，我不时用诱鸟笛去召唤湖上各种好吃的鸟，作为消遣；我只向非常远的一只䴙䴘打了一枪，但没有命中。

我们在离岸五百步远的地方捕了一两个钟头的鱼。捕到不少鱼；但除了一条挨了一桨的鳟鱼以外，朱莉叫人把所有的鱼都扔回水里。她说："这些鱼在受罪；把它们放生吧：让我们也享受它们能逃脱危险的快乐。"仆人扔得慢吞吞的，勉为其难，啧有烦言；我不难看出，我们的仆人宁愿尝尝他们逮到的鱼，也不欣赏给鱼放生的理论。

我们随后划向浩渺的湖面；出于年轻男子的冲动——这种冲动到时候会治好的，我开始划起领头那支桨，向湖心前进，不久，我们便离岸边有一法里多。[③] 在那里，我向朱莉讲解我们四周的壮丽天际的各个部分。我向她指点远处的罗讷河河口，湍急的河水在四分之一法里的地方停止奔流，仿佛担心用混浊的河水弄脏湖水蔚蓝色的晶莹。我向她指出山脉的凸角，山脉平行的同位角在分开这些凸角的空间形成一道河床，河水畅流其间。我让她离开我们这边的湖岸，兴致勃勃地让她欣赏沃镇一带瑰丽迷人的湖边，那儿，星罗棋布的城镇，难以计数的居民，处处花木装点、青翠欲滴的山坡，组成一幅令人悦目的图画；那边，处处精耕细作和丰饶的土地给农夫、牧民和葡萄农提供要靠他们辛劳才能得来的果实，贪婪的包税人根本吞噬不了这果实。然后，我向她指点在彼岸的沙布莱，[④] 那是大自然同样宠幸的地方，却只呈现出一派贫穷的景象；我让她明显区分出两个政府对人民的富有、人口数量和幸福带来的不同作用。我对她说："土地就这样

---

① 即日内瓦湖。

② 指日内瓦湖上的候鸟，并不好吃。——原注

③ 怎么会这样？在克拉朗那一边，湖面最多有两法里宽。——原注

④ 在日内瓦湖南岸的地区。

向精耕细作的幸运民族敞开自己富饶的胸怀，并不吝惜自己的财宝：它似乎在向自由的美好景象微笑并显得生气勃勃；它乐于养育人。相反，遍布半荒凉土地上的寒碜的破房子、灌木和荆棘，从远处就表明，统治那里的主人并不在，土地不情愿地向奴隶们提供他们享受不到的微薄的产品。”

正当我们兴高采烈，这样遥望邻近的湖岸时，刮起一阵东北风，将我们从斜里推向彼岸，风力很猛；我们想到要掉转船头返回时，阻力非常大，以致我们不牢固的小船再也无法克服这股阻力。不久，浪涛变得汹涌起伏；必须返回萨伏瓦的岸边，竭力在我们对面的梅伊里村靠岸，这几乎是这带湖岸唯一可以靠岸的地方，那里的沙滩是个合适的靠岸场所。但是已经改变方向的风加强了，使我们的船夫们的努力变得徒劳，狂风让我们沿着一片陡峭的悬崖往下走时偏离了方向，我们再也找不到存身的处所。

我们齐心协力划桨；几乎在同一时刻，我痛苦地看到朱莉一阵恶心，浑身无力，瘫倒在船上。幸好她惯于坐船，这种状态持续得并不久。但我们的努力随着危险而增长；烈日、疲劳和汗水使我们气喘吁吁，筋疲力尽：这时，朱莉重新恢复了全部勇气，用充满同情的友好表示，激励我们的勇气；她毫无例外地给我们每个人的脸擦汗；她担心大家会喝醉，将水倒进酒壶里，轮流给精疲力竭的人喝酒。不，炎热和激动使她的脸色越发泛出红光，任何时候都不如这一刻。您可爱的女友闪烁出这样强烈的光彩；最使她的魅力增色的是，从她动人的神态大家清楚地看到，她所有的关心不是来自对自身的担心，而是来自对我们的同情。一次撞击使我们都湿透了，刹那间两块船板裂开口子，她以为小船撞得粉碎；在这个温柔的母亲的呼喊中，我清晰地听到这几个字：“噢，我的孩子们！莫非要再也见不到你们吗?”我呢，我的想象总是比灾难走得更远，虽然我确实经历过危难状态，但我以为不时看到小船沉没，这个多么可怜的美人在浪涛中挣扎，死亡的苍白使她面孔的粉红褪了色。

末了，由于奋力划船，我们上溯到梅伊里，在离岸边十步远的地方搏斗了一个多小时，然后我们终于靠了岸。上岸时，所有疲惫都被忘却了。朱莉要感谢每个人对她做出的所有努力；由于在最危险时她只想到我们，上岸后她觉得大家只救了她一个人。

我们吃饭时胃口好得就像干了累活那样。鳟鱼烧好了。朱莉是酷爱鳟鱼的，却吃得很少；我明白，为了消除船夫们做出这番牺牲的遗憾心情，她并不关心我吃得很多。先生，您说过多少次，无论小事还是大事，这个多情的心灵总是会显露出来的。

饭后，湖水仍然汹涌，小船需要修理，我提议散一圈步。朱莉用风大和太阳毒来反对我，而且考虑到我疲倦了。我有自己的看法，我什么都适应。我对她说：“我从童年起就习惯于艰苦的锻炼；锻炼非但不会损害我的身体，反而使它变得更加结实，我这次远游使我变得更加强壮。至于太阳和风，您有草帽；我们可以到阴凉处和树林里；问题只在于要在悬崖中间攀登；您不喜欢平原，却乐于忍受疲乏。”她按我的意愿去做，我们的人吃饭时，我们就出发了。

您知道，自从我从瓦莱流亡归来后，在梅伊里待了十年，等待准许我回来。正是在那里，我度过非常忧愁而又非常美妙的日子，心中只牵挂着她，正是从那里我给她写了一封信，她看了非常感动。这个偏僻处所曾经是我在冰雪中的栖身之地，在那里我的心乐意同它在世上最珍爱的人进行内心对话，我总是想再看一看这个地方。在一个更加令人愉快的季节，带着我从前与她的画像一起住在那里的女子，去观看这个非常珍贵的地方，这个机会就是我要散步的秘密原因。能向她指点这样持久又这样不幸的激情建造的旧日的纪念场所，对我是一大乐事。

我们在曲折的凉爽的小路上走了一小时，才到达那里；小路在树木和岩石之间难以觉察地上升，因而除了路途较长，倒没有什么不舒服的。在走近时，由于认出往日的标志，我几乎晕过去；但我克制住自己，隐藏住内心的骚乱，我们终于到达了。这个偏僻的地方构成一个荒野的、不见人迹的隐居地，但是有着各种各样的美，这种美只令敏感的心灵喜欢，而在别的心灵看来则是可怕的。一道融化的雪水形成的急流，在离我们二十步远的地方，奔腾着混浊的水，哗哗地卷着河泥、沙子和石块。在我们背后，一片无法接近的悬崖，将我们所处的空地与人们称之为“冷饮商”的阿尔卑斯山的这一部分分隔开来，因为不断扩大的、巨大的冰峰从世界之初起就覆盖着这座山脉。① 黑森森的枞树林在右边阴惨惨地为我们遮阴。一大片橡树林坐落在左边急流之外；在我们脚下，湖泊在阿尔卑斯山的怀抱中形成的这一片广阔的水面，将我们与沃镇一带富饶的湖岸分隔开来，壮丽的汝拉山脉的峰顶俯瞰着这片景致。

在这些巨大而壮美的景物中间，我们所处的这小片地方展示着秀丽的乡间住地的魅力；几条小溪穿过岩石渗透出来，在绿树丛中形成水晶般的网状流淌着；几棵野果树向我们的头顶垂下它们的树冠；湿润而凉爽的土地长满青草和鲜花。这样美好的居住地在周围景物的映衬下，看来该是一对情人双双逃脱大自然的肆虐的安身处所。

我们到达这偏僻的居住地后，观赏了一会儿：“什么！”我以泪汪汪的眼睛望着朱莉，对她说，“看到一个处处存在着您的地方，您的心难道竟一无所感，根本觉不到暗暗的激动吗?”于是，不等她回答，我就把她带往巉岩那边，向她指点，她名字的起首字母被刻在千百个地方，还有几句彼特拉克和塔索的诗，与我刻写时所处的状态有关。久别重逢，我感到这些东西的存在能有力地激发待在它们旁边时引起的强烈感情。我有点激动地对她说：“噢，朱莉！你具有我的心所向往的永恒魅力！这就是从前对你来说世上最忠实的情人长吁短叹的地方。在这里，你可爱的形象给予他幸福。并准备着使他最终从你这里获得幸福。那时，这里既看不到这些果子，也看不到这些绿荫，绿树和鲜花根本没有覆盖这一块块地方，溪流也根本没有形成这样的分割；这些小鸟也根本没有发出啁啾之声；唯有贪婪的鹰、不祥的乌鸦和阿尔卑斯山可怕的老鹰的叫声回响在这些岩洞间；巨大的冰凌在每个悬崖垂挂而下，冰雪形成的花彩是这些树唯一的装饰品：这里的一切散发出冬天的严寒气息和白霜的可怕气氛；唯有我心中的热情使我能忍受这个地方，我在这里整日思念着你。这块石头我在上面坐过，为了遥望远处你幸福的家；在附近的一块上面我写下感动你的心的那封信；这些锋利的石块给我用作雕刻刀，刻写你的名字的起首字母；这里，我越过冰冷刺骨的急流，去捡回被一股旋风刮走的你的一封信；那里，我过来重阅并千百次亲吻你写给我的最后一封信；在这个悬崖边，我用贪婪而阴郁的目光测度悬崖的深度；最后，正是在这里，我在忧心忡忡地启程之前，过来为病得要死的你哭泣，发誓在你之后不再苟且偷生。被忠贞不渝地爱着的姑娘，噢，我为你而生，我真该同你一起重游旧地，缅怀我在那里为离别你而长吁短叹地度过的时

① 这些大山非常高，太阳下山后半小时，峰顶仍然被阳光照亮，在白色的山顶上，红光形成非常美丽的玫瑰色，老远就能看到。——原注

光！……”我正要说下去，但朱莉看到我走近悬崖边缘，惊慌起来，抓住我的手，捏紧不放，一言不发，带着柔情凝视我，好不容易忍住一声叹息；然后，突然掉转目光，拖着我的手臂：“我们走吧，我的朋友，”她用激动的声音对我说，“这里的空气对我不好。”我叹息着同她一起离去，不过没有回答她的话，我永远离开这个令人忧郁的偏僻处所，就像我要离开朱莉本人那样。

绕了几个圈子慢慢回到港口以后，我们分开了。她想单独待一会儿，而我继续漫无目的地溜达。我回来时，小船还没有修理好，湖水也没有风平浪静，我们忧郁地吃晚饭，垂下眼睛，神态若有所思，吃得很少，说话更少。晚饭后，我们坐在沙滩上，等待出发的时候到来。月亮不知不觉升上夜空，湖水平静了些，朱莉提议动身。我把手伸给她，帮她下船；我坐在她旁边，不再想松开她的手。我们噤若寒蝉。木桨均匀的有节奏的响声引起我的遐思。沙锥[①]相当快活的啁啾使我回想起往日的欢乐，非但不使我愉快，反而使我忧郁。我逐渐感到折磨着我的愁绪在加剧。宁静的天宇、清新的空气、柔和的月光、我们周围水波闪烁出的银白光辉、最令人愉悦的感受的涌现，甚至这个妙人儿在眼前，什么都不能使我的心摆脱千百种痛苦的思索。

我开始回忆起从前在我们那令人如醉如痴的初恋期间，同她做过的一次类似的散步。那时充溢我心灵的各种美妙情感，重又汇集起来，反而使我心里难受；我们青年时代的所有大事、我们的学习、我们的交谈、我们的通信、我们的约会、我们的欢乐：

E tanta fede，e si dolce memorie，

E silungo costume[②]！

这连续不断的一幕幕给我描画出过去的幸福；一切都翩然而至，增加我眼前的不幸，在我的回忆中占据位置。我在思忖：一切都完了；这些时光，这些幸福的时光一去不复返了；永远消失了。唉！不再返回了；而我们却活着，又待在一起，偏偏总是心连心！我觉得我会更加耐心地忍受她的死或她的分离，我不像远离她度过的所有时期那样痛苦。当我在远方悲叹时，重见她的希望使我的心轻松一些；我庆幸她只要出现一下便会消除我所有的痛苦；我至少在各种可能性中考虑一种状态，比我的状态痛苦稍减。但待在她身边，看到她，接触到她，跟她说话，爱她，崇拜她，几乎要占有她时，却感到我永远失去她；这就把我置于愤怒和癫狂的迸发之中，逐渐使我激动到绝望的田地。不久，我开始在脑海里反复思考不祥的计划，在我一想起就要颤抖的冲动中，我强烈地想把她推入波涛，与我一起葬身水底，结束我的生命和长期的折磨。这可怕的欲望最后变得非常强烈，我不得不突然松开她的手，走到船头。

在那里，我强烈的激动开始了另一个走向；一种更加温柔的感情逐渐渗入我的心灵，动情克服了绝望，我开始泪如泉涌；这种状态比起我摆脱的状态，并非没有某些乐趣；我痛哭了好久，轻松了许多。待我恢复过来，我回到朱莉身边，又捏住她的手。她拿着手帕；我感到手帕已经湿透。“啊！”我对她悄声说，“我看到我们的心不断息息相

---

① 日内瓦湖的沙锥绝不是法国人同名称呼的那种鸟。我们的沙锥更热烈、更生气勃勃的鸣啭，给夏夜的湖上带来一种使湖岸格外迷人的清凉和富有生命力的气息。——原注

② 拉丁文，大意为：“这多么纯洁的誓言，这甜蜜的回忆，这长期的亲密关系！”引自梅塔斯塔齐奥的剧本。

通！”——“不错，”她用变调的声音说，“但愿我们用这种口吻说话是最后一次。”于是我们又开始平静地谈话，划行了一小时之后，我们到达了，没有遇到别的事故。我们回到家里时，我借着亮光看到她双眼通红，而且肿胀得厉害：她大概不会感到我的双眼情况更好。经过这一天的疲劳，她非常需要休息；她抽身走了，我也去睡下。

我的朋友，这就是我平生感到最强烈的激动的一天中发生的事。我希望这样的激动将是一种骤变，使我完全恢复原来的我。另外，我要告诉您，这次遭遇比关于人的自由和美德的价值的一切议论，对我更有说服力。有多少人受到诱惑而无力抗拒，最后归于失败啊！对朱莉来说，我的眼睛看到这一点，我的心感到这一点，这一天，她进行了人类心灵所能承受的最大搏斗；而她战胜了。但我做了什么才离她这么远呢？噢，爱德华！你受到情人的吸引，同时战胜你的愿望和她的愿望时，你只有孤身一人吗？没有你，我也许完了。在这遇险的一天，上百次回忆起你的品德使我保持美德。

【选自[法]卢梭：《新爱洛依丝》，郑克鲁译，上海，上海译文出版社，1997】

歌德

约翰·沃尔夫冈·歌德(1749—1832)是18世纪末19世纪初德国伟大的诗人、作家和思想家，也是德国第一个具有国际影响的作家。其代表作有小说《少年维特之烦恼》《威廉·迈斯特的学习时代》《威廉·迈斯特的漫游年代》《亲和力》，以及诗剧《浮士德》等。

《浮士德》是歌德以毕生心血创作的一部杰作，分为两部，12111行。第一部共25场，不分幕，第二部分为5幕。全剧以主人公浮士德的思想发展为线索，写了他追求真理的一生。浮士德经历了知识悲剧、爱情悲剧、政治悲剧、美的悲剧和事业悲剧，始终没有满足或屈服于个人渺小的物质享受，表现出努力向上、自强不息的精神与活力。浮士德和魔鬼梅菲斯特的契约并不是灵魂和物质利益的简单交换，而是人类奋发进取精神与否定精神的斗争。诗剧通过浮士德的一生总结了人类发展的历史经验，充满了哲学的辩证精神和深远的寓义。作品具有浓厚的神话象征色彩，但又紧密结合现实，成为奇妙的艺术混合体。

本书节选的《浮士德》第一部之“城门口”，描写对知识感到绝望的浮士德，从郊外生机勃勃的大自然和欢乐的人群受到鼓舞，渴望投身于现实生活。第一部之“书斋”，写浮士德与魔鬼第一次见面。魔鬼的自我介绍对理解其在全剧中的角色有重要意义。第二部第一幕之“宜人的佳境”写浮士德借大自然治疗他心灵的创痛。第二部第五幕之“宫中宽广的前厅”写盲眼的浮士德把掘墓声当成了筑堤声，感到了一瞬间的满足，从而应验了与魔鬼的契约倒地死去。随后天使出现，从魔鬼手中夺走浮士德的灵魂，将他接到了天上。

歌德也是一位伟大的抒情诗人。《五月歌》(1771)是一首欢乐的颂歌，狂喜中的诗人将爱情幸福和大自然的欢乐融为一体。《神性》张扬了人类作为“宇宙的精华，万物的灵长”的意识，预言人甚至能成为“神的榜样”。《赫吉拉》源于歌德对欧洲政治现实的失望和一次新的爱情经历。歌德把崩塌的欧洲与“纯净”“清新”的宗法社会对立起来，提升了东方在文化学上的意义。

五月歌

大地多么辉煌！
太阳多么明亮！
原野发出欢笑，
在我心中回响！

万木迸发新枝，
枝头鲜花怒放，
幽幽密林深处，
百鸟鸣啭歌唱。

欢呼雀跃之情，
充溢人人胸襟。
啊，大地，啊，太阳！
啊，幸福，啊，欢欣！

啊，爱情，啊，爱情，
你明艳如朝霞！
啊，爱情，啊，爱情，
你璀璨如黄金！

你给大地祝福，
大地焕然一新，
你给世界祝福，
世界如花似锦。

啊，姑娘，啊，姑娘，
我是多么爱你！
我深情望着你！
你是多么爱我！

我热烈爱着你，
犹如百灵眷恋
那歌唱和天空，
那朝花和清风。

我热烈爱着你，
是你给我青春，
是你给我欢乐，
是你给我勇气

去唱那新的歌，
去跳那新的舞。
愿你永远幸福，
如你永远爱我。

【选自[德]歌德：《歌德文集》(第1卷)，杨武能译，石家庄，河北教育出版社，1999】

神 性

愿人类高贵、善良、
乐于助人！
因为只有这
　使他区别于
　我们知道的
　所有生灵。

让我们祝福
　未曾认识的
　预感中的神灵吧！
愿人类酷肖他们，
人的榜样教我们
　相信神的存在！

须知大自然
　没有知觉：
太阳同样照着
　好人与坏人；
罪人与善人头上，
同样闪亮着
　月亮和星星。

风暴、雷霆，
洪水、冰雹，
都恣意肆虐，
匆匆地攫住
　这个和那个，
不加区分。

还有那幸福
　也在人间摸索，
时而抓住男孩
　纯洁的鬈发，
时而摸到老者

　　罪恶的秃顶。

遵循永恒而伟大的
　　铁一样的法则，
我们大家都必须
　　走完自己的
　　生命的环形。

只有人能够
　　变不能为可能：
他能区别、
选择和裁判，
他能将永恒
　　赋予一瞬。
只有人能够
　　奖励善人，
惩罚恶人，
治病救命，
将一切迷途彷徨者
　　结成有用的一群。
而我们尊敬
　　不死的神灵，
就像他们也是人，
也在大范围内做着
　　优秀的人经常做
　　或乐意做的事情。

愿人类高贵、善良、
乐于助人！
愿他不倦地
　　造福行善，
成为我们预感中的
　　神的榜样！

【选自[德]歌德：《歌德文集》(第1卷)，杨武能译，石家庄，河北教育出版社，1999】

赫吉拉

北方、西方和南方分崩离析、
宝座陷塌，王国战栗。
逃走吧，逃向纯净的东方，
去呼吸宗法社会的清新空气！
让爱情、美酒、歌唱陪伴你，
为恢复青春，在吉塞泉中沐浴。①

在那纯朴而正义的国度，
我要深入一代代人心底，
去探寻本源古老的奥秘，
在那儿还能获得上天的训示，
从真主口中，用世俗的言语，
不会疑惑不解，搔破头皮。②

在那儿长者受到尊重，
没有人愿将他人奴役。
我乐于听从对青年的训诫：
信仰要广阔，思想要狭窄。
那儿语言的作用十分重要，
因为是实际说出的言语。

我要混迹在牧人中，
去绿洲上恢复生机，
随骆驼商队漫游四方，
做披巾、咖啡和麝香交易；
我要踏遍每一条小道，
从沙漠去到通都大邑。

为了唤醒沉睡的星辰，
为了令强人胆寒心悸，
向导高高坐在驼背上，

① 吉塞泉，阿拉伯传说中的生命之泉，饮者可返老还童。
② 伊斯兰教义较单纯，不像基督教那样诠释很多。

放声歌唱，如痴如迷；
这时，哈菲兹，你的诗抚慰我，
将险峻山道化作平地。

在温泉中，在酒肆里，
神圣的哈菲兹，我都会想起你，
每当可爱的人儿掀开面纱，
从鬈发中散发出龙涎香的气息。①
是啊，诗人表白爱的窃窃私语
　天女听见也会心生情欲。②

不管你们对他心怀嫉妒，
或者甚至破坏他的兴致，
你们要知道，诗人的话语
　将围绕着天国之门飘荡，
为了求得他自己的永生，
它们会永远轻轻将门叩击。

【选自[德]歌德：《歌德文集》(第1卷)，杨武能译，石家庄，河北教育出版社，1999】

① 龙涎香(Ambra)，一种阿拉伯香料。

② 天女(Huri)，伊斯兰教信仰的天堂中永远的处女。

浮士德(节选)

第一部·城门口

各种游人从内走出。

第一拨手艺学徒 往那边走干吗?

第二拨 我们想去猎人之家。

第一拨 可我们想到磨坊去歇歇。

学徒一 我劝你们还是去水榭。

学徒二 那条道没有什么好看。

第二拨 那你怎么办?

学徒三 我跟大伙儿一起走。

学徒四 还是到堡村去吧:那里你们一定找得到最漂亮的妞儿和最好的啤酒,连吵架都是第一流。

学徒五 你这吹牛的家伙,你的皮又第三次发痒?可我不想去,到那儿我就发慌。

使女甲 不,不!我要回城去。

使女乙 我们肯定会看见他站在那儿,靠着那棵白杨树。

使女甲 这对我什么好事也不算;可他老摽在你身边,他到广场只跟你跳舞。你的快乐跟我有什么相干!

使女乙 他今天肯定不是一个人,他说那个鬈发小伙子会跟他同行。

学生一 瞧,那些娘们走得多带劲!老兄,来吧!我们跟上去。一杯浓啤酒,一卷烈烟草①,和一个盛装的妞儿,现在最合我的胃口。

城市姑娘一 瞧那些漂亮小伙子!真叫不知羞:本来可以结交名门闺秀,偏去追那些下贱丫头!

学生二 (对第一个)别走那么快!后面又来了俩,她们打扮得真可爱。里面就有我的芳邻;我对这姑娘十分倾心。她们踏着安详的脚步,可终归会同我们走到一处。

学生一 不,老兄,我可不喜欢打打闹闹。快点!可别让那份野味给丢掉。星期六拿扫把的手,星期天给你抚爱最温柔。

市民一 不,我一点也不欢喜他,那位新市长!他上任以来,一直趾高气扬,可为城市干了些什么?日子可不越来越不好过?人们得比任何时候更加俯首帖耳,付起账来比以往更多更多。

---

① 烟草:烟草出现在歌德时代,并不在浮士德时代。

乞　丐　(唱)善心老爷，漂亮太太，
花枝招展，脸泛红晕，
看我一眼，慈悲为怀，
天可怜见，济我贫困！
别让我白奏手风琴！
好布施的人上天保佑！
人人欢庆的佳日良辰
在我也该落个丰收。

市民二　在遥远的土耳其那边，各国人民正在相互砍杀，那么在星期日和节假日，谈谈战争和战争风声①，不知还有什么比这更好耍。人们站在窗前，痛饮自己的杯盏，望着下面流水流走彩色的画舫；然后晚上愉快地回家，祈祷和平和和平的时光。

市民三　可不是，街坊！我也听其自然：他们打破脑袋，搞得天翻地覆，我都不管；只要我们家里保持原样。

老　妪　(对城市姑娘)天啦，打扮得好俊俏！年轻貌美的小姣姣！谁个见了，不会神魂颠倒？——可别装模作样！这就可以了！你们想要的，我都能办到。

城市姑娘一　阿迦特，快走！我一直留心，不跟这样的巫婆公开搭伴；尽管她在圣安德烈节前夜②，让我看见未来的情郎活灵活现。

城市姑娘二　她让我在水晶球里去看他，说是个士兵模样。还有几个雄赳赳的小伙伴；我四下张望，八方寻找，可他就是不露面。

士　兵　雉堞高又高
拱卫着城堡，
泼辣又倨傲
还有女阿娇，
我都想得到！
攻打逞英豪，
犒赏真美妙！

喇叭一吹响
我们就应召，
既是在寻欢
也是把命抛。

---

①　战争和战争风声：土耳其战争在浮士德时代当指16世纪初叶奥斯曼帝国征服阿拉伯世界的战争；在歌德时代则系18世纪末叶的俄土战争。

②　圣安德烈节前夜：圣安德烈为十二使徒之一，殉教而被钉死在叉形十字架上。圣安德烈节为十一月三十日。德国少女们相信，在该节日前夕上床之前，呼唤圣安德烈的名字，便可在梦中见到未来的情人，或者从水晶球里可以找到关于未来婚事的答案。

冲锋这一次！
人生这一遭！

娇娃和城堡
一齐来告饶。
攻打逞英豪，
犒赏真美妙！
勇敢士兵们
拼命往前跑。

浮士德和瓦格纳上。

浮士德 由于明媚春光的眷顾，河流和小溪都解冻了，山谷里绿遍了希望的幸福；古老的冬天衰弱不堪，躲回到荒凉的深山去了。它一面逃遁，一面还从那里送来一阵无力的冰屑，呈条状铺洒在发绿的郊野上。可太阳容不得一点苍白，到处活跃着生机和热望，它要用彩色使万物复苏；这地区却见不到一朵花卉，它于是拿盛装的人群来代替。请转过身来，从这高处向城市回顾一下。一群五颜六色的游人从那空洞而黑暗的城门涌出来了。每个人今天都高兴晒晒太阳。他们庆祝着主的复活，因为他们自己也复活了：从低矮屋舍的陋室里，从手艺和行业的束缚中，从山墙和屋顶的压迫下，从摩肩接踵的窄狭街巷里，从教堂森严的黑夜，他们一齐被带到光明里来了。看哪，看哪，人们是多么轻快地消失在花园和田野里，河面上又是怎样纵横交错地漂浮着那么多快乐的小艇，那最后一只满载得快要下沉，也还是开走了。甚至从遥远的山路上，也有花衣服在向我们眨眼。我已经听见村落里的骚动，这里是人民真正的天堂，老老少少都在心满意足地欢呼："我在这里是个人，我在这里才敢是个人！"

瓦格纳 博士先生，和您一起散步，实在不胜荣幸，而且收益不浅；可我不会一个人溜到这里来，因为我是一切粗鄙行为的敌人。乱弹，乱叫，玩九柱戏，都是我最憎恶的噪声；他们任性打闹，像中了魔一样，却称之为乐事，称之为歌唱。

农民们在菩提树下。

舞蹈和歌唱 牧羊人为跳舞细心打扮①
有花衫有彩带还有花环，
他穿戴得真个俊俏。
菩提树周围人已站满，
大家跳舞跳得发狂一般。
唷海！唷海！
唷海沙！海沙！海！

---

① 牧羊人为跳舞细心打扮：这首民歌在《维廉·麦斯特的学习时代》第二部第十一章由菲利娜提到过。

提琴拉得呱呱叫。

他匆匆忙忙赶了来，
想不到双肘一拐
碰上了一个小姣姣；
二八佳人回头看：
“原来是个大笨蛋！”
唷海！唷海！
唷海沙！海沙！海！
“请别这样不礼貌！”

圆舞一圈一圈飞快转，
或左或右转成团，
衣衫四下飘。
脸儿发红身儿暖
手挽手歇着把气喘——
唷海！唷海！
唷海沙！海沙！海！
肘子托住了腰。

“别尽给我灌米汤！
多少男人骗新娘
叫人难哭笑！”
可他还是把她骗到手，
菩提树下响个够：
唷海！唷海！
唷海沙！海沙！海！
原来是提琴弓子和喧闹。

老农民 博士先生，承蒙您这位大学者今天赏光，不嫌弃我们，到这拥挤的人群中间来。那么，请接住最美好的酒杯，里面灌满了新酿的酒！我把它向您敬献，高声祝愿，它不仅能为您解渴，还能帮助您益寿延年，让它所包含的滴数统统加在您的岁数上。

浮士德 我领了这爽心的一杯，祝福你们大家，并向大家道谢。

人们围成圆圈聚拢来。

老农民 从前在受难的日子，您曾经照顾过我们；今天您又在这个快乐的日子光临，实在是太好了。当年令尊大人①在这里扑灭瘟疫，许多人是他老人家最终从热症的虎口救出来的，他们都还活着，就站在这里。那时您虽然是个青年人②，却经常走东串西去探望病人，许多尸体给抬走了，可您本人走出来却总是安然无恙；你度过了重重难关：救人者自有天相。

众　人　愿经过考验的人永远健康，继续搭救世人！

浮士德　让我们向天上的救主躬身致敬③，是他教导我们救人又把我们搭救。（和瓦格纳向前走去）

瓦格纳　受到这一大群人的崇敬，哦大人先生，你一定感慨横生！谁能凭自己的才力挣到这样一份利益，实在是运气！父亲把你指给他们的孩子看，人人争先恐后地问长问短，提琴中断了，舞蹈停止了。你走过去，他们就站成排，帽子抛到了半空，有些人几乎快双膝跪倒，就仿佛圣体④来了。

浮士德　再走几步就到了那块石头；我们不妨在这里稍事休息。我常常心事重重地独自坐在这里，用祈祷和斋戒来折磨自己。我满怀希望，坚定信仰，想以泪水、叹息和扭手的绝望姿势强求天主结束这场瘟疫。现在，众人的欢呼在我听来不过是讥讽。但愿你能看透我的内心，父子俩哪配享有这样的美名！先父是一位玄虚不可捉摸的正人君子⑤，他异想天开地沉思自然及其神圣的循环，态度诚实，方法上却颇不一般；他在黑色丹房里与炼金术士为伍，按照数不尽的单方把相克的药物倾注在一起。一头红狮⑥，大胆的求婚者，将在温水里跟百合交配，然后两者从一间洞房转到另一间，再受明火的熬煎。于是，年轻的女王五彩缤纷地出现在玻璃杯中，药剂调成了，病人死去了，没人过问有谁给救活过。我们就这样拿甜丝丝的虎狼药在这些高山低谷之间涂炭生灵，比瘟疫还凶。我曾经亲自给几千人送过毒药，他们一个个憔悴而死，我却不得不活下来作为见证，人们在赞扬厚颜无耻的凶手。

瓦格纳　您怎么可以这样糟蹋自己！施行别人传授的技术，问心无愧，精确无讹，难道

---

① 令尊大人：据民间传说，浮士德的父亲是一位农民；但在本文中却是一个医生，并且是浮士德的这门技艺的老师。此处所述实为诺斯特拉达穆斯的事迹。

② 那时您虽然是个青年人：1525年，诺斯特拉达穆斯二十二岁，普罗旺斯流行瘟疫，他大胆地沿门进入农家治病，救活许多病人，而本人始终无恙。

③ 让我们向天上的救主躬身致敬：浮士德的宗教信仰诚然与众不同（见后文《玛尔特的花园》一场中他和玛加蕾特的谈话）；但为了不伤害乡民的虔敬感情，他却用他们所习惯的宗教语言说话。

④ 圣体：即圣饼，天主教弥撒祭品中由基督肉体化成面包，人人在它面前都要顶礼膜拜。此处指宗教仪式行列中高举的圣体。

⑤ 玄虚不可捉摸的正人君子：指他用心良好，但由于误用炼金术士的单方，偶然造成灾祸，致成为后文所谓“厚颜无耻的凶手”。

⑥ 一头红狮：这一段是用诗意语言描述炼金术士制造点金石、追求长生的过程。他们在实验室（“黑色的丹房”）里把红色的氧化汞（“狮”）和白色的盐酸（“百合”）放在一个温水锅里，用文火使之化合（有如男人和女人、国王和王后的“交配”）。然后把二者一同从一个曲颈瓶（“洞房”）取到另一个瓶中，再用更大的明火煎熬。把固体气化后，在烧瓶内壁便现出彩色的沉淀（“五彩缤纷”）。整个过程不过是一次蒸馏，由此产生的所谓“点金石”被称为“年轻的女王”，即狮王和百合后的女儿，据云不仅能制造黄金致富，并有治病、增寿的效力。但是，浮士德充满厌古情绪，不相信这一套，并把自己和他父亲的医道称之为用毒药杀人，虽然用心是好的。

还不足以称为正人君子？你年轻时崇敬令尊，乐于从他领教受益；而今你年事已高，学问倍增，令郎当会达到更高的造诣。

浮士德 有希望摆脱迷津的人真是幸运！人们正在使用他们不知道的东西，而知道的东西却不会去使用。——可别让我们的这些愁绪破坏了跟前的良辰美景！看哪，绿围翠绕的农舍正在夕照中闪耀。太阳西沉，退隐，白昼就此完结，她匆匆离去，去催促新的生命。哦，竟没有翅膀把我从地面升起，永远永远去把她追随！这样我才会在永恒的晚霞里看见我脚下的宁静世界，所有顶峰燃烧起来，每个低谷都安息了，银色的溪水流进金色的河川。那时，丘壑无限的荒山妨碍不了这神仙般的游历；大海连带温暖的海湾展现在惊讶的眼睛面前。但女神[①]似乎终于要沉坠；而新的冲动苏醒了，我匆匆向前，赶着去啜饮她永恒的光辉，我前面是白昼，后面是黑夜，上面是天空，下面是海浪。正值她将逝未逝之际，我做了一个美梦。唉，怎奈任何肉体的翅膀都不容易同精神的翅膀结伴而飞。然而，当云雀[②]在我们头上，在蔚蓝天空的深处，发出嘹亮的歌声，当苍鹰在险峻的松林高处展翅翱翔，当白鹤飞过平原飞过湖泊努力飞回故乡时，人的感情不禁随着高飞远扬，这可是人类的天性啊。

瓦格纳 我自己也常有异想天开的时辰，但像这样的冲动我却从来没有体验过。树林和田野很容易看厌，飞鸟的翅翼我也从不艳羡。我们从一本本、一页页书卷中，将获得怎样不同的精神愉悦啊！那时冬夜将变得温馨宜人，一股极乐的生气会把所有肢体暖遍，咳！你展开一卷珍贵的羊皮纸古籍，整个天国就会降临到你面前。

浮士德 你只意识到一种冲动，哦另一种最好不要知道！在我的胸中，唉，住着两个灵魂[③]，一个想从另一个挣脱掉；一个在粗鄙的爱欲中以固执的器官附着于世界；另一个则努力超尘脱俗，一心攀登列祖列宗的崇高灵境。哦如果冥冥中确有精灵，在天地之间活动着从事统治，那么请从金色的氛围中降临，把我引向新的、彩色的生活！是的，要是我有一件魔袍[④]，把我带到异域番邦，那该多好！就是拿最贵重的衣裳，例如拿一袭皇袍来，我也不会把它换掉。

瓦格纳 请别把人所共知的妖兵魔将召唤，它们在缭绕烟雾中铺天盖地地涌现，从四面八方为人类准备了百般千种危险！从北方[⑤]有锐利的魔齿，连同尖如箭矢的舌头向你扑来；它们又从东方渐次推进，使万物干枯，并从你的肺部吸取养分；如果南方把它们从沙漠加以派遣，把一团团烈火堆在你的头上，那么西方就带来了成群结队的妖魔，它们正为了淹没你和田亩牧场，才使人感到凉爽。它们欣然倾听，乐于损伤，欢喜服从，因为它们欢喜欺骗我们；它们装作从天而降，撒起谎来轻言细语像天使一样。——咱们走吧！四野已经苍茫，空气凉了下来，雾霭在沉坠！到晚间人

---

① 女神：指太阳。德语的“太阳”为阴性。

② 云雀、苍鹰、白鹤：这些形象多次出现在歌德笔下。飞翔的梦想伴随歌德终生。

③ 两个灵魂：关于两个灵魂的观念自古有之，到十七八世纪重新流行。歌德首先从维兰、继而从他那时读到的希腊哲学家色诺芬的政治小学《居鲁士的教育》一书中获得这个观念。后来他从荷兰神学家巴·贝克尔的《着魔的世界》中读到摩尼教教义，从中获悉，“每人有两个灵魂，一个永远同另一个斗争。”

④ 魔袍：预示后文中浮士德利用梅菲斯特的袍服在空中飞行。

⑤ 从北方：指东南西北风及其对人类的危害。在德国，东风干燥而锐利，西风则常伴雨而成灾。

才觉得家宅可贵。——你为什么还站着，诧异地望着那边？昏暗里还有什么让你如此动心？

浮士德 你可看见一条黑狗①在秧苗和禾茬中间漫步。

瓦格纳 我早就看见了它，不觉得有什么了不起。

浮士德 再瞧瞧，你当它是什么动物？

瓦格纳 一条鬈毛狗，在苦苦追寻主人的踪迹。

浮士德 你可注意到，它在转着螺旋形大圈向我们靠近？如果我没有弄错，它一路走来，身后正拖着火焰的旋涡。

瓦格纳 我只看见一条黑色的鬈毛狗，您也许眼花了吧。

浮士德 我觉得它似乎在施魔法，安排不易觉察的圈套，准备将来把我们的双脚套住。

瓦格纳 我看见它犹疑不定，畏葸不前，围着我们跳跃，因为它看见了两个陌生人，而不是它的主人。

浮士德 圈又变小了，它已经很近了。

瓦格纳 你瞧，一条狗，可没有什么鬼怪！它狺狺不已，满腹狐疑，趴在地上，摇尾乞怜，完全是狗的习惯。

浮士德 跟我们一道吧！来吧！

瓦格纳 它是个像鬈毛狗一样滑稽可笑的动物。你站着，它就等着；你跟它说话，它就蹿到你身上；丢了什么，它会去找回来，它会跳到水里去找你的手杖。

浮士德 你说得对：我看不出一点精灵的痕迹，一切都是由人驯出来的。

瓦格纳 一条狗调教好了，甚至可以博得哲人的眷顾。不错，它完全值得你宠爱，它就是大学生们的高足。（他们走进城门）

第一部·书斋

浮士德 （引着鬈毛狗走进来）我离开夜色所覆盖的郊野和草坪，善良的心灵便带着不祥的、神圣的恐怖在我们身中苏醒。狂乱的冲动连同每个躁急的行为已经入睡了；对人的爱兴奋起来，对神的爱②也随之兴奋。

安静点，鬈毛狗！别跑来跑去！你在门槛上嗅些什么呀？躺到火炉后面去，我把最好的枕头给了你。你在外面山路上又跑又跳，逗引过我们一阵，现在就请接受我的照顾，做一个受欢迎的文静的客人。

咳！我们狭隘的斗室重新燃起了友好的灯光，于是在我们胸中，在富于自知之

---

① 黑狗：据传说，浮士德养过一条大黑鬈毛狗，有一对火红眼睛，名叫“普雷斯蒂吉尔”，它被抚摸时能够改变颜色，实际上为一精灵所化。

② 对神的爱：指纯思维的、摆脱一切欲念的、仅致力于认识万有之生动联系的自我感悟，即斯宾诺莎所谓的“出自心智的爱”。

明的心里，便一下子豁然开朗。理性重新讲话，希望重新开花；人们渴念生命的溪流，咳！渴念生命的源头①。

别呼叫，鬈毛狗！狗叫声同现在围绕我整个灵魂的神圣音响不相配。我们已经习惯：人们总爱嘲弄他们不懂的事物，对于他们经常感到烦难的善与美，他们也嘀嘀咕咕；难道狗也像他们一样狺狺不已？

但是，唉，尽管再怎样愿意，我也感觉不到满足的心情从我胸中流出。可那道泉流何以枯竭得那么快，使我重又成为涸辙之鲋？我在这方面有过许多经验。但是，这个缺陷未尝不可弥补：我们要学习珍视超尘脱俗的事物，要渴慕只有在《新约》中才燃烧得最高贵最美丽的“启示录”。我迫不及待地打开了古本，怀着至诚的心情试将神圣的原文翻译成我心爱的德语。(打开一卷，着手翻译)上面写道：“太初有言②!”这里给卡住了！谁来帮我译下去？我不能把“言”抬得那么高，如蒙神灵开导，就得把它译成另外一个字。那么，上面可是“太初有意”了。第一行得仔细推敲，你的笔不能操之过急！难道“意”能够实行和创造一切？我想它应当是“太初有力”！可一写下这一行，我就警觉到，还不能这样定下来。神灵保佑！我可有了主意，于是心安理得地写下：“太初有为!”

如果我得和你分享这个房间，那么鬈毛狗，你就别叫，你就别嚎！像这样一个捣乱的伙伴，把它留在身边我可受不了。我们两个总得有一个离开这房间。我不愿意下逐客令，房门开着，你尽可以自便。但是，我看见了什么！难道这能自然发生吗？是幻影还是现实？怎么我的鬈毛狗变得又高又大！它使劲地站了起来，这可不是一个狗的架势！我把一个什么妖怪带到了家！它看来就像一头河马，火红的眼睛，吓人的大牙。哦，我可看透了你！你这地狱里的魔鬼坯子，只好用“所罗门的钥匙”③来整治。

---

① 生命的源头：指神。神性的本源表现在《圣经》所说的启示中。下文有说明。

② 太初有言：出自《新约·约翰福音》第一句：“太初有道”。“言”或“道”的希腊原文为“逻各斯”，此字由画廊学派和亚历山大学派哲学进入新约，意为“字”“概念”“理性”等。赫尔德在《新约阐解》(1775)中译为“思！言！意！行！爱!”浮士德首先像路德一样用“Wort”(字)来译“逻各斯”，接着他试图更深刻地掌握它的含义，便与其本义越离越远，结果不是在翻译，而是在阐释自己对于万有之本源的见解。当他在思考中接近这个本源时，不觉间惊动了化身为犬的魔鬼，它正代表这个本源的反面，这时它开始在火炉前面向浮士德现出原形。

③ 所罗门的钥匙：所罗门系希伯来大卫王之子，以智慧著称，在中世纪被尊为最伟大的魔术师。以他命名的《所罗门的钥匙》是一本召遣或降服魔鬼的魔法大全，曾从希伯来文译成拉丁文，16世纪至18世纪又译成其他欧洲文字。这本书并不教人召遣或降服真正的魔鬼，只可以用来对付“侏儒、山灵、水精、林妖”等元素性精灵，即浮士德所称的“地狱里的魔鬼坯子”，或尚未成形的魔鬼幼虫。

众精灵　（在过道上[①]）

里面一个逮着了！
待在外面，可别跟进去！
像狐狸上了圈套
吓坏了地狱里老山猫。
可请留神看！
晃过来荡过去，
晃上来荡下去，
他就挣脱了羁绊。
你们如能伸手救援，
可别让他待着不管！
他曾把我们大家
一再逗得笑哈哈。

浮士德　首先，对付这个孽畜，我要念“四精咒”[②]了：

火精快燃烧，
水精弯弯绕，
风精且隐匿，
土精操点劳。

谁要是不认识这四大元素，看不见它们的力量和特性，谁就主宰不了那些精灵。

在火焰里熄掉吧，
火精！
哗哗流到一起去吧，
水精！
流星般闪烁吧，
风精！
帮忙搞搞家务吧，
因库布司！因库布司！
请现形告个结束吧！

---

① 众精灵（在过道上）：它们诚然忠于梅菲斯特，并为解救他而被招来，但一进入魔术士的书斋，便使自身也陷入困境。

② 四精咒：用以召遣火、水、风、土四大元素精灵的咒语。四大精灵的名称由中世纪瑞士医学家帕拉切尔苏斯所拟。从下文看，浮士德念本咒无效，于是改变咒文，将“土精”去掉，换成“因库布司”，即矮小、淘气的宅精，二者在德国童话中有密切关系，但并非一物。

四大元素没有一种把这孽畜治得了。它泰然自若地躺在那儿对我冷笑；我还没有让它尝到苦头。且听我念更厉害的符咒。

伙计，你可是
地狱里的逃犯？
那么，看看这个标志[①]，
牛鬼蛇神都要
对它低头发颤！
它浑身竖起鬃毛，开始肿胀起来。

该死的无赖！
你可认得出他来？
这个从无来由的[②]，
未曾宣布的，
弥漫诸天的，
被残暴刺穿的？

它被禁锢在火炉后面，肿胀得像一只大象，充塞着整个房间，想化为雾气散掉。不要飘到天花板上去！乖乖在你主人的脚下躺倒！要知道，我不会凭白吓唬人。我要用神圣的烈火把你烧焦！别等那三重炽烈的光华[③]！别等我最厉害的一种魔法！

梅菲斯特[④]　(雾散时身着游方学者服装从炉后出)缘何喧闹？怎样为主人效劳？
浮士德　那么这就是鬈毛狗的本色！一个游方学者？可真叫我发笑。
梅菲斯特　谨向博学的主人敬礼！您已经搞得我大汗淋漓。
浮士德　你叫什么名字？

---

① 这个标志：挂有圣体并有INRI(拿撒勒人耶稣，犹太人的王)铭记的十字架。这就是前句所谓“更厉害的符咒”。

② 这个从无来由的：根据《新约》，基督来自永恒，故云“从无来由的”；他的意义不能用任何名字充分表达，故云“未曾宣布的”；他的荣耀充满“诸天”；虽然如此，他却被士兵的长矛“刺穿”了(参阅《约翰福音》第十九章第三十四节)。这四行是对耶稣的素描，但没有提及他的名字。

③ 三重炽烈的光华：指圣父、圣子、圣灵三位一体。被认为是最厉害的降魔法。

④ 梅菲斯特：这是梅菲斯特最初与浮士德对话。梅菲斯特在下文中向浮士德解释自己的本性，可能就是歌德对于这个名字的理解。虽然一般传说把梅菲斯特和“魔鬼”等同起来，但须知他只是一个魔鬼，而且在魔界仅位于第四级。歌德从传说中只借用了这个名字及其初现时的若干情景，这个性格从头到尾乃是他的创造。作者有时狡猾地用这个名字作为面具来说自己的话，但基本上是以他的早期友人、批评家约翰·默尔克为原型。他在1831年3月27日对艾克曼说过，“默尔克和我常常在一起，就像浮士德和梅菲斯特一样。……他所有的嘲弄和讥诮无疑都来自较高层次的文化基础；但他不是一个具有创造性的人，相反他有一种强烈的否定倾向，所以他对人常常责备多于表扬，不自觉地寻找一切机会来满足这种快感。”

梅菲斯特 对于一位如此轻视“言”的人①，远离所有皮相、一味探讨深奥本质的人，这个问题我觉得实在微不足道。

浮士德 关于你们这些先生们，一般从名称就读得出本质来，人们既然管你们称作“蝇神”②“堕落者”“撒谎精”，不就把问题说得一清二楚了吗？得，你到底是谁？

梅菲斯特 是总想作恶、却总行了善的那种力量的一部分。

浮士德 这个哑谜是什么意思？

梅菲斯特 我是永远否定的精灵③！这样说是有道理的；因为发生的一切终归要毁灭；所以什么也不发生，反而更好些。因此，你们称之为“罪孽”“破坏”的一切，简言之，所谓“恶”，正是我的原质和本性。

浮士德 你自称是“一部分”，怎么又完完整整地站在我面前？

梅菲斯特 我给你讲点朴素的真理吧。如果人这个愚蠢的小宇宙④惯于把自己当作整体，我便是部分的部分，那部分最初本是一切⑤，即黑暗的部分，它产生了光，而骄傲的光却要同母亲黑夜争夺古老的品级，争夺空间了。但它总没有成功，因为它再怎样努力，总是紧紧附着在各种物体上面。光从物体流出来，使物体变得美丽，可又有一个物体阻碍了它的去路；所以，我相信，等不了很久，它就会同物体一起归于毁灭。

浮士德 我可明白了你高尚的职守！你不能大规模从事毁灭，便从小处着手。

梅菲斯特 当然这样也成不了气候。对于同虚无相对立的这个什么，这个粗笨的世界，我再怎么动手也无可奈何，哪怕波浪、暴风、地震、火灾都没有用，——海洋和陆地到头来仍然纹丝不动！至于禽兽、人类这些可诅咒的家伙，简直用什么也加害不了它们：我已经埋葬了许许多多，可仍不断有新鲜血液在运行！再这样下去，简直要发疯！从空中，从水下，从地里，迸发出胚芽几千种，不管是在干燥、潮湿、温暖、寒冷之中！要不是我为自己保留了火焰，我便毫无绝招可言。

浮士德 你就这样握紧冷酷的魔拳，白白刁钻一场，同永远活跃的、从事健康创造的权威相对抗！设法干点别的营生吧，混沌的古怪儿子！

梅菲斯特 我们何妨从长计议，那么下次再谈吧！这次可否容我告退？

浮士德 我不懂你为什么要问。我们现在已经相识，你要来随你高兴。这儿是窗，这儿

---

① 如此轻视“言”的人：指浮士德在前文所说，“我不能把‘言’抬得那么高”。

② 蝇神：魔鬼的别称。在《旧约·列王记下》第一章称作“以革伦的神巴力西卜”；在《新约·马太福音》第十章第二十五节称作“别西卜”。

③ 我是永远否定的精灵：梅菲斯特在前一句坦率地宣称自己“是总想作恶、却总行了善的那种力量的一部分”，这与天主在“天堂序曲”中最后一段训词中对梅菲斯特所安排的任务是相一致的。这里他又说自己是“永远否定的精灵”，即与肯定的真善美相对立，这一点自始至终贯穿着他的性格。他的不敬与嘲讽不仅是他的性格的一部分，而且反映了他想破坏真善美而无能为力，反倒刺激人类对真善美的进一步追求，也就是“总想作恶，却总行了善”。

④ 这个愚蠢的小宇宙：人把自己视作完整的宇宙，不过是梅菲斯特对于大宇宙的嘲讽。

⑤ 那部分最初本是一切：即后文浮士德所称的“混沌的古怪儿子”。混沌原本是一切，从它产生了世界，后来混沌又把世界贬为低级的本体。按照中世纪的宗教信仰，魔鬼原本是天使，后由于堕落而被推入地狱。梅菲斯特这里表述的一段关于原始黑暗的理论，来自希腊诗人希西阿的《神统记》。

是门，一只烟囱对你也行。

梅菲斯特 我得承认！我要走出门，有个小小障碍挡住我：就是您门槛上的巫脚①。

浮士德 那五角星折腾了你？那么，告诉我，你这地狱之子：如果它把你挡住，你又怎么进来的？这一道灵符怎么会被你蒙混过去？

梅菲斯特 仔细瞧瞧！它没有画好：冲外的那个角，你瞧，有个缺口还豁着。

浮士德 真是太凑巧！你难道成了我的阶下囚？这笔收获叫人想不到！

梅菲斯特 鬈毛狗没留神，一下跳进了门；而今情况有变故，魔鬼出不了屋。

浮士德 那么你为啥不从窗户走？

梅菲斯特 这是魔鬼和幽灵的一条规矩：从哪儿溜进来，就从哪儿出去。第一次随便我们走，第二次我们就成了奴仆。

浮士德 难道地狱也有它的法？我看很好，可以安心跟你订个契约，你们这些先生会不会说话不算话？

梅菲斯特 答应了的东西，你当然可以完全享用，一点也不会克扣。但说起来不那么简单，咱们下次再谈吧；现在我衷心恳求您，这次务必放我走。

浮士德 再留片刻吧，先给我讲点趣事儿！

梅菲斯特 现在放我走吧！我很快就转来；那时你问什么都可以。

浮士德 我又不曾把你套上，是你自投罗网。谁抓住魔鬼，谁也不会放！第二次要捉他，可不那么便当。

梅菲斯特 既然你高兴，好吧，我就留下来陪你做伴；但有个条件，让我用法术为你消遣消遣。

浮士德 悉听尊便，我也高兴看看；不过，法术总得讨人喜欢！

梅菲斯特 朋友，你的感官在一小时内所获得的，将比在平淡的一年之内所获得的还要多。温柔的精灵为你唱的歌曲②，它们带来的美妙的绘图，都不是一场空幻的魔术。连你的嗅觉都会感到愉快，然后你会觉得齿颊生香，然后你的触觉也会陶醉起来。用不着事先准备，人都到齐，咱们开场！

精　灵　　消散吧，你高高在上
的阴暗穹苍！
让蔚蓝的以太
亲切而迷人地
照进书房！
但愿乌云
一扫而光！
星星明灭处，
闪现了

---

① 巫脚：即五角星形，被认为有特殊的降魔鬼效验。据说是由于它可能化解为三个三角形，即三位一体的三重象征。

② 温柔的精灵为你唱的歌曲：下面一首精灵之歌将对听觉、视觉、嗅觉、味觉、触觉都产生作用。

更慈祥的太阳。
天使们
以灵性的美姿
模糊的曲线
摇曳而徜徉。
憧憬的意向
随之而往；
而衣裳
的飘带
覆盖着乡野，
覆盖着避暑别庄，
里面有对对情侣
为相互献身
而沉思默想。
庄外还有庄！
须蔓袅袅！
葡萄累累
倾入了压榨器下
的酒缸。
起泡的美酒
流成了小溪，
潺潺流过纯粹
的宝石中央，
让高峰
留在身后，
围绕碧绿
丘陵而汇成
一片汪洋。
且看禽类
啜饮着欢乐，
向着太阳，
向着光明
的岛屿飞翔，
岛影在波心
摇摆动荡；
我们听见那里
有欢呼似的合唱，
看见有人翩翩
起舞在草地上，

他们出门在外
个个神怡心旷。
有几个
爬上了山。
有几个
游进了湖，
还有几个在飘扬；
人人向往生命
人人向往远方
那儿爱星灿烂，
神恩浩荡[①]。

梅菲斯特 他睡着了！得，轻飘、温柔的小家伙！你们忠实地将他唱入了睡乡！为了这番合唱，我欠了你们的情。你还不是能捉住魔鬼的人！请用甜美的梦境逗弄他，请把他沉入错觉的海洋；但是，要破除这个门槛的魔法，我还要借重老鼠的利牙。我用不着再念咒，这里已有一只在沙沙作响，而且马上会听我的话。

大鼠、小鼠、苍蝇、青蛙、臭虫、虱子的主人[②]，现在命令你们，大胆地出来，狠狠咬啮这个门槛吧，他给它抹过了油——你已经跳出来了！那么快干活吧！妨碍我的那个尖端，就在那个角的正前面。再咬一口，就大功告成了。——好吧，浮士德，把梦做下去，直到我们再见！

浮士德 (醒来)我难道又一次受了骗？纷至沓来的精灵就此烟消云散[③]，难道是一场梦向我谎报了魔怪，不过一只鬈毛狗从我身边逃开？

第二部第一幕·宜人的佳境

浮士德躺在繁花似锦的草地上，倦怠，烦躁，欲睡。薄暮。

精灵围成圆圈，飘荡移行，可爱的小形体。

---

① ……神恩浩荡：这首精灵之歌是一首催眠曲，浮士德自己并不知道，但是梅菲斯特知道。他所以产生几乎绝望的不耐情绪，正由于缺乏肉体上的一切享乐。于是，精灵们首先要做的，便是让这首催眠曲具体地演现在浮士德昏昏欲睡的眼前：天花板蒸发而成云；云又蒸发掉，并软化了升起的太阳；一群群飘荡的精灵继而变幻成为人，人们沉醉于醇酒与美色之中，在空幻的景色里，葡萄酒流成了溪，汇成了海；而从山丘那边，有禽鸟向遥远的光明的欢乐岛飞去；从那儿一切将化为无限——歌曲就此结束。这一系列古怪、朦胧、淡出又淡入的景色，引起了他的甜蜜的、无形的、梦幻般的也因此更其危险的肉欲快感，从而在他的心灵深处不自觉地激发了进一步追求这种快感的欲望。

② 大鼠、小鼠、苍蝇、青蛙、臭虫、虱子的主人：即魔鬼。

③ 纷至沓来的精灵就此烟消云散：使得醒来的浮士德反倒相信，魔鬼不过是一场梦，只是他再见不着，因而认为“逃掉”了的鬈毛狗才属于现实。

阿莉儿[1]　（歌唱，由风神琴伴奏）

百花如春雨，
飘洒于万物；
庄稼绿田亩，
向人频瞬目；
仙小法力大[2]，
忙于济困厄；
怜悯不幸者，
不论善与恶。

你们在空中围着这个头颅荡漾浮沉，
这儿证明了你们是高贵的妖精：
请和缓心灵的剧烈斗争，
拔掉谴责[3]的灼热的箭翎，
洗净他内心所经历的震惊。
长夜分成四更[4]，切勿因循，
要好好利用每一段光阴。
先把他的头安放在凉枕，
再用忘川之露[5]把他浇淋！
他将酣然一觉睡到天明，
僵硬的肢体马上恢复柔韧。
请完成妖精最高尚的责任：
把他交还给那神圣的光明！

合　唱[6]　（一个个，一双双，一群群，轮番地并聚精会神地）

熏风懒洋洋吹遍
绿荫环绕的平川，
黄昏降下了

---

① 阿莉儿：原为莎剧《暴风雨》中的小精灵。在第一部《瓦尔普吉斯之夜》插曲中，她代表诗歌，这里则代替奥白朗作为群妖的领袖。对大自然具有诗意理解力的心灵，最容易接受她的微妙的抚慰。

② 仙小法力大：精灵们虽然形象渺小，却有巨大的扶危济困的能力。

③ 谴责：指格蕾琴的悲剧所引起的心灵折磨。

④ 长夜分成四更：古时把夜晚从黄昏六时到次晨六时分为四更，每隔三小时一更。按照阿莉儿的台词，这四更作为四个阶段就是：入睡，忘却，解脱，恢复。

⑤ 忘川之露：忘川原指希腊神话中冥界一条让逝者灵魂掬饮后忘却阳世的河流，在但丁笔下曾流经炼狱。这里泛指一种睡眠疗法，并非让浮士德失去记忆。浮士德不会忘记，应当从他身上搬走的，只是迄今所有经历加在他身上的灵魂重负。

⑥ 合唱：以下四节与四更对应。第一节描写黄昏，第二节描写黑夜，第三节描写拂晓，第四节描写日出。

雾障不胜香甜，
请低唱甘美的静谧，
让心儿像孩子般安眠，
并为这倦者的双眼
把白昼之门轻关。

黑夜已降临，
星辰虔诚两相亲，
小如光点大如灯
闪闪烁烁远而近：
这厢映照在湖中，
那厢彻夜任通明；
一片月华高照，
祝福好梦深沉。

光阴时刻流淌，
苦乐均告消亡；
须知君将康复；
请相信新的日光！
山谷泛绿，丘陵膨胀，
灌木丛生好荫凉，
收获秧苗起伏
有如涟漪银浪。

要达到一个个志愿，
请仰望那边的晨曦！
你不过被轻轻裹住，
睡眠如躯壳①，请将它抛弃！
众人游手好闲，踟躇不前，
你要大胆行事，切勿迟疑；
高贵者能完成一切，
他知而即行不可及。

巨大的嘈声预示太阳临近。

---

① 躯壳：将睡眠比作躯壳，脱掉后便是清醒的、感官健全的人。

阿莉儿 听呀，请听时序①在沸腾！
新的白昼喧闹着
已为精灵之耳②而诞生。
石门咯吱开合，
日神的车轮辚辚，
光明带来了嘈声③！
它击鼓，它吹号，
使目眩，使耳震，
未曾闻者不可闻④。
快躲到花萼里去，
越深越好，静静藏身，
藏进浓荫与岩缝！
免得一听就耳聋。

浮士德 生命的脉搏清新活泼地跳动，
向太空温柔的曙光致敬；
你大地，昨夜依然如故，
而今呼吸在我脚下焕然一新，
开始使我处处感到欢欣，
你鼓舞着激励着一个坚强的决心⑤，
一再向最高的生存⑥攀登。——
世界已经在晨曦中显形，
林间交响着万籁的生命；
雾霭如带在山谷中流出流进，
天光已向深处下沉，
枝枝椏椏从它们沉睡处
萌发新芽于芬芳的绝壁断层；

---

① 时序：指季节女神。古时一年分三季，由三位女神掌管，后来分四季。她们作为宙斯的侍者，为他开关天门。此处是指为季节女神守卫的天门轰然而开。整个图景来源于意大利画家癸多·雷尼的一幅名画，歌德曾在罗马参观过。

② 精灵之耳：是说只具有凡俗听觉的人听不见这种声音；只有听觉更敏锐的人才听得见光。

③ 光明带来了嘈声：可以设想，歌德此处记起了癸多·雷尼的《日神与时光》，该画使人联想到喇叭的轰响；但是，他也可能引证古代的神话和当时的科学的假说。塔西佗说过，日耳曼人中间有这样一个传说：太阳落土时发出的声响，清晰可闻。德国中世纪的叙事诗《蒂图雷尔》中也说过，太阳升起时发出比鸟鸣还要悦耳的声音。阿莉儿这里所描述的"嘈声"，只有"精灵之耳"才听得见——精灵随即消失，浮士德身心净化，醒了过来。

④ 未曾闻者不可闻：凡人不可理解的音响，凡人也不可能听见。

⑤ 坚强的决心：早晨使人觉得焕然一新的大地，在人身上唤醒了新的决断力，从内心激动着、鼓舞着他。

⑥ 最高的生存：人的存在所达到的最高形式，指超凡脱俗的精神境界。

地面的花叶饱含着颤抖的露珠
从那儿展示了姹紫嫣红的美景：
一座天堂在我的周围形成。

向上望[①]！——山峰如巨灵
预告了庄严的时辰；
它们先享受永恒的光明，
然后光明才降临我们的头顶。
现在新的辉煌灿烂才被布施到
阿尔卑斯山低陷的绿草坪，
一级一级照下去——
太阳出来了！——可惜令人眩晕，
刺得我眼痛，只得掉头转身。

恰如满怀憧憬般的希望[②]
向最高的志愿自信地迈步，
发现成功之门豁然洞开；
但从那永恒的深堑喷出
过量的火焰，我们不禁张皇失措：
我们想点燃生命的火炬[③]，
却被火海包围着，多可怕的火啊！
是爱？是恨？熊熊燃着把我们围住，
或苦或乐不可思议地交错着，
我们只得又向地面回顾，
把自己掩藏在最清新的幕帷[④]之中，
让太阳留在我的背部！

---

① 向上望：这里描写的景色在瑞士四林州湖附近，歌德1797年曾由画家迈尔陪同来此游历。歌德1827年5月6日对艾克曼说："我不否认，那些景物确实是从四(林)州湖来的。如果不是那里的美妙风景记忆犹新，我就不会用三行同韵格。"(朱光潜译文)但更令人惊讶的是，这个1797年所感受的印象如此深刻，竟使年近八旬的诗人仍然记忆犹新。

② 满怀憧憬般的希望：正如在第一部见到地精出现一样，浮士德这时看见完整的普遍照明的日光即真理出现，同样感到"张皇失措"。一个希望的突然实现对他有着同样的迷惑作用，于是躲进了"清新的幕帷之中"。

③ 生命的火炬：在熊熊大火面前，我们不可能点燃火炬。也就是说，过度的启示反而使人无法认识。

④ 清新的幕帷：指在晨雾中苏醒的大自然。"清新的"原文又可解作"青春的"，有的研究者据以引申：浮士德所以躲进"青春的"幕帷，是因为青年满足于愕然接受最高的人生启示，而不愿去探究个中的秘密。

穿岩隙而泻的瀑布，
我越看越是喜不自胜。
它一跌而化为水柱千条，
再跌则万道激流翻滚，
一阵阵水珠飞溅高空。
彩虹万变不离其宗[①]何其鲜明，
拱然横跨于飞泉之上，
时而轮廓清晰，时而消散干净，
在四周化为雾状的凉雨！
这正反映着人的奋进。
沉思一下，你就会懂得：
我们是在五彩折光中感悟人生[②]。

第二部第五幕·宫中宽广的前厅

火炬。

梅菲斯特 （作为监工站在前面）过来，过来！进来，进来！你们这些哆哆嗦嗦的鬼怪，靠筋、骨、韧带拼凑起来的活骸！

众鬼魂[③] （合唱）

一唤马上就到，
到时若有所闻，
一片广土正好，
我们每人平分。

尖尖木桩摆开，
还有长链量地[④]；
何事唤我前来，
全然已经忘记。

梅菲斯特 这里用不着费什么脑筋！按照自己的尺寸动手就行：高个子直挺挺躺下去，其他人把周围草皮拔干净！就像对待自己的先人，挖出一个长方形的土坑！从宫殿

---

① 彩虹万变不离其宗："万变"指水珠，"不离其宗"指被水珠五彩反射的日光。

② 在五彩折光中感悟人生：我们不可能直接把握人生，但却可以从其感性现象来推测它。这句诗可能涉及歌德关于颜色的理论，他认为颜色不是由光线折射而成，而是明与暗在不同程度上相混合的结果。这个观点在科学意义上是不正确的，但这句诗却永远给人以启示。

③ 众鬼魂：指死去的恶人的鬼魂，常现形为可怕而滑稽的骷髅。这里作为恶魔的走卒。

④ 木桩、长链：量地时先按固定的点立上木桩，再用长链测量木桩之间的距离。

走进这座小窄屋：到头来都是一样煞风景。

众鬼魂 （带着嘲弄的表情挖土）

生活恋爱趁年少，
日子过得好开心；
每天作乐真热闹，
双脚移动忙不停。

不料老年暗中来，
手执拐杖将我打；
怪我失足墓门外，
豁然而开为了啥①！

浮士德 （走出宫殿，扶着门柱）铣、铲的锒铛声使我多愉快②！是那为我服役的民夫们，把新垦地同大陆连接起来，还为波涛划出了疆界，用强固的堤围圈起了大海。

梅菲斯特 （旁白）你筑堤，你挖塘，为我们辛苦为我们忙；须知水魔涅普顿③就在一旁，你不过为他备办酒宴伏惟尚飨。怎样你也难免灭亡；——自然力已和我拜把结帮，灭亡就是你的下场。

浮士德 监工④！

梅菲斯特 有！

浮士德 尽可能把民夫一批批招，用酒菜和严规把干劲提高，报酬、引诱、强制都用到！每天得向我汇报，他们又挖了多远的渠道。

梅菲斯特 （低声）就我所晓，只说是挖墓道，没听说什么挖渠道⑤。

浮士德 一片沼泽在山下向这边漫淌，污染了已经开拓的所有地皮；还要把臭水坑加以排放，这是最后也是最高的业绩。我为几百万人开辟了空地，虽说不上安居，倒也行动自由，生活写意。田野葱绿而丰腴！人畜两旺，在这片新地上过得舒舒服服，立即定居在那堤坝之旁，那可是勤劳勇敢的民夫挖的土方！堤内是一片乐土，堤外则是海浪向边缘猛冲！一旦它贪婪成性，猛冲进来，大伙儿会齐心协力，奔赴现场，把决口一一堵封。是的！我完全坚持这个主意，它是智慧的最后演绎：只有每天重新争取自由和生存的人⑥，才配有享受二者的权利！那么，即使这里为危险所

---

① 豁然而开为了啥：这两段歌词局部借自英国沃克斯勋爵的《年老的情人放弃爱》(收帕息的《英国古诗拾遗》)和莎剧《哈姆莱特》第五幕第一场的掘墓歌。

② 铣、铲的锒铛声使我多愉快：悲剧性的讽刺。浮士德把掘墓的锒铛声当作工人们为他的工程在劳动。

③ 水魔涅普顿：涅普顿是古希腊的海神，梅菲斯特把他也算作魔鬼，多少有拉拢之意。“为他备办酒宴”，是说海水将冲垮大堤吞没陆地。

④ 监工：整个第五幕中，浮士德都用长官的口吻同梅菲斯特说话。

⑤ 墓道、渠道：原文为谐音双关语：墓道为Grab，渠道为Graben。

⑥ 只有每天重新争取自由和生存的人：借自席勒的《威廉·退尔》中的两句台词：“只有我每天重新争取它，我才能享受我的生命。”

包围，也请这样度过童年、成年和老年这些有为的年岁。我真想看见这样一群人，在自由的土地上和自由的人民站成一堆！那时，我才可以对正在逝去的瞬间说："停留一下吧，你多么美呀[①]！我的浮生的痕迹才不致在永劫中消退。"——预感到这样崇高的幸会，我现在正把绝妙的瞬间品味。

浮士德向后倾倒，鬼怪们扶住他，把他平放在地上。

梅菲斯特 任何喜悦、任何幸运都不能使他满足，他把变幻无常的形象一味追求；这最后的、糟糕的、空虚的瞬间，可怜人也想把它抓到手。他如此顽强地同我对抗，时间变成了主人，老人倒在这里沙滩上。时钟停止了[②]——

合唱队 停止了！像午夜一样沉默了。指针垂下了——

梅菲斯特 垂下了！成了[③]。

合唱队 过去了。

梅菲斯特 过去了！一句蠢话。为什么说过去了？过去了和纯粹的无：全然是二而一！永恒的创造对我们有何意义？无非把被创造物抢过去，重新化为乌有！"它过去了！"这句话从中又有什么可读？无异于说它从不曾有过，即使有过，也不过是兜圈子聊胜于无。我为此反倒喜爱永远的空虚。

【选自[德]歌德：《浮士德》，绿原译，北京，人民文学出版社，1999】

---

① 停留一下吧，你多么美呀：重提旧日的赌赛誓言(《书斋(二)》)，浮士德临终时的精神状态显得更其高昂。

② 时钟停止了：魔鬼阴凄地重复浮士德当年的誓言(《书斋(二)》)。

③ 成了：出自《新约·约翰福音》第十九章第三十节："耶稣……就说，成了，便低下头，将灵魂交付上帝了。"梅菲斯特用这句话表示，他相信自己赢了赌赛。

荷尔德林

荷尔德林(1770—1843)，德国早期浪漫主义诗人。他自幼失怙，生性温柔敏感。在图宾根神学院学习期间，他与谢林、黑格尔同室相知，结下了深厚的友谊。1793年，他由神学院毕业。由于不愿从事牧师职业，他当起了家庭教师。1807年，他的精神彻底失常，从此过着平静的生活，直至1843年病逝。他的主要成就是诗歌，代表作有《橡树林》《更高的生命》《莱茵河》《归家》《漫游者》等。

荷尔德林在19世纪得到的评价并不高，但到了20世纪，由于存在主义哲学家海德格尔的重视而声誉鹊起。海德格尔认为荷尔德林是“诗人的诗人”，他的诗体现了诗的普遍本质，同时也定义了人的本质。《橡树林》以人工栽培的园林与大自然中生长的橡树林作比，表现了诗人渴望冲破园囿束缚，投身自然，超越世俗生活的理想。《更高的生命》表达了诗人这样一种观念：人的本质在于创造性，在于诗性。若矢志探索人的本质，将可获得“更高的生命”。

《莱茵河》里，莱茵河俨然是鲜活的生命——是神灵之子。这种幻化，源于诗人对于自然界具有独特的感知。整首诗可以分作三个部分，分别是第1—9节，第10—14节和第15节。第一部分歌咏莱茵河这个自然界里的“半神”，第二部分进一步歌唱人间的“半神们”，尤其是卢梭，他们都是这条莱茵河的子孙。最后一个部分是献给诗人的朋友辛克莱尔的。

第1节是“我”与“他”(莱茵河)遭遇的图景：坐在阿尔卑斯山间的森林外缘，“我”感觉到了“他”的“命运”。接下来数节，生动地勾勒了“他”由小小源头喷薄成长为大河的过程，特别着意于“他”的自由的意志。莱茵河还在年幼时，就哭喊着追求自由。第一部分除了描写莱茵河的自由奔腾以外，诗人还同时在朝拜神灵(那“更伟大的”)。在诗人(或“我”)看来，是那更高的神灵赋予莱茵河以自由，尤其在自由的追求中找到已安排好的归宿。莱茵河作为“半神”其象征意义就在于，在自由的追求中最终平静地接受自己的命运。这同样也是这首诗第二部分的主题，人也要平静而且欢快地接受自己的命运。

在最后一个部分里，诗人咏唱朋友辛克莱尔不会受惑于白日与黑夜的轮回，因为他“晓得神灵的显现”，“晓得善的力量”。这里的“白日”“黑夜”，实际上也喻指着生命与死亡。从莱茵河，到人(尤其是卢梭)，再到朋友辛克莱尔，荷尔德林唱出了一咏三叹的意味。

橡树林

我从园林走向你们，大山的儿子！
我来自园林，那里，大自然成了家居的盆景，
与辛勤的园丁为伴，乃栽培与被栽培的关系。
而你们，蔚为壮观的你们，像温良世界里的
巨人族，只属于自己和培育过
你们的天空及生养你们的大地。
你们谁也没有受过世人的培养，
各自得力于壮实的根系，欢乐又自在地
挤出身子，苍鹰扑食般地
用粗大的手臂夺取地盘，洒满阳光的树冠
欢快而又气派地直冲霄汉。
你们中的每一位是一个世界，似满天星斗
个个都是神，自由而互为一体地相处一起。
要是我能容忍寄人篱下，便不会羡慕
这片林子，而是乐意混迹于那种社交生活。
要是我的心不再眷恋那种社交生活，
不是藕断丝连，我是多么乐意待在你们中间。

【选自[德]荷尔德林：《荷尔德林诗新编》，顾正祥译，北京，商务印书馆，2012】

更高的生命

何种人生由人选择，由他决定
摆脱谬误，认识真理，学会思考
留下淹没于世的回忆，
内在的价值无从损害。

壮丽的大自然装扮他日子，
他的精神赋予他新的追求，
常藏于心底，尊重真理，
净化灵魂，提出稀奇的问题。

这样人就能领悟人生的意义，
不违初衷达到最高最美境界，
观察人类世界和人生百态，
尊高尚情操为更高的生命。

【选自[德]荷尔德林：《荷尔德林诗新编》，顾正祥译，北京，商务印书馆，2012】

莱茵河

布莱克

威廉·布莱克(1757—1827)是英国杰出的浪漫主义诗人。1783年，布莱克出版了他的第一部诗集《诗的素描》；1789年，第二本诗集《天真之歌》出版。1794年，他完成了最重要的作品：诗集《经验之歌》。

在《诗的素描》和《天真之歌》中，诗人是大自然、爱情与普通人生活的热情讴歌者。在他的笔下，大自然呈现出丰富的形态：春天是天使的降临，他与韶华大地构成情恋的关系(《咏春》)；夏天使万物繁盛，其性犹如赤红的烈马，热烈、狂放(《咏夏》)；秋天负载着金色的果实和成熟的美(《咏秋》)。他的以“歌”命名的一组诗歌，歌唱了美妙的爱情。《牧人之歌》《老牧人之歌》等诗作描写英国乡村普通人的游戏与娱乐，其中歌唱的牧童，捉迷藏的孩子，甚至小鸟也是快乐的。

布莱克1794年完成的《经验之歌》，把“经验”——现实的烦恼和痛苦——纳入了诗歌的表现范围，因而现实感和批判色彩增强。但诗人并没有沿着现实批判的路子一直走下去，而是把“天真”与“经验”、理想与现实的对立理解为人类灵魂中两种对立状态，继而又把这种对立发展成为“创造力量”和“吞噬力量”的对立。他认为这种对立并不意味着彼此否定，世界万事万物相反相成，在对立统一中存在，“无对立则无进步”，因而对于人类生存都是必要的。《天真之歌》和《经验之歌》同名、同题材、同主题的诗处处体现了这种对立：幼童的欢乐和幼童的痛苦的对立，盛开的鲜花和衰败的玫瑰的对立，羊羔与老虎的对立，上帝的形象和人类画像的对立……这种精心设计的对立满足了布莱克的哲学玄想，但现实的苦难被他如此解释，其进步意义就大打折扣了。

《伦敦》描绘了伦敦地狱般的图景：每一张脸上都浮现着衰弱，孩子们发出恐惧的惊叫，兵丁们在悲叹，妓女在诅咒，教堂污黑，有重要的现实批判和认识价值。《老虎》有着丰富的思想寓意。它描写了虎的形体乃至智力的创造过程。布莱克笔下的虎，并非自然界中普通的动物，它无疑是某种奇迹，代表了一种非凡伟大的力量。诗人用强有力的问句，铿锵有力的节奏，歌颂了这种震慑一切的力量。

伦　敦

我漫步走过每一条特辖的街道，
附近有那特辖的泰晤士河流过
在我所遇到的每一张脸上，我看到
衰弱的痕迹与悲痛的痕迹交错。

每一个成人的每一声呼喊，
每一个幼儿恐惧的惊叫，
在每一个声音，每一道禁令里面
我都听到心灵铸成的镣铐。

那扫烟囱的孩子怎样地哭喊
震骇了每一座变黑了的教堂，
还有那倒运的兵士们的悲叹
带着鲜血顺着宫墙往下流淌。

但更多的是在午夜的街道上我听见
那年轻的娼妓是怎样地诅咒
摧残了新生婴儿的眼泪
用疫疠把新婚的柩车摧毁。

【选自［英］威廉·布莱克：《天真与经验之歌》，杨苡译，南京，译林出版社，2002】

老 虎

老虎，老虎，你炽热地发光，
照得夜晚的森林灿烂辉煌；
是什么样不朽的手或眼睛
能把你一身惊人的匀称造成？

在什么样遥远的海底或天边，
燃烧起你眼睛中的火焰？
凭借什么样的翅膀他敢于凌空？
什么样的手竟敢携取这个火种？

什么样的技巧，什么样的肩肘
竟能拧成你心胸的肌肉？
而当你的心开始了蹦跳，
什么样惊人的手、惊人的脚？

什么样的铁锤？什么样的铁链？
什么样的熔炉将你的头脑熔炼？
什么样的铁砧？什么样惊人的握力，
竟敢死死地抓住这些可怕的东西？

当星星射下它们的万道光辉
又在天空上洒遍了点点珠泪，
看见他的杰作他可曾微笑？
不就是他造了你一如他曾造过羊羔？

老虎，老虎，你炽烈地发光，
照得夜晚的森林灿烂辉煌：
是什么样的不朽的手或眼睛
能把你一身惊人的匀称造成？

【选自[英]威廉·布莱克：《天真与经验之歌》，杨苡译，南京，译林出版社，2002】

华兹华斯

威廉·华兹华斯(1770—1850)，英国杰出的浪漫主义诗人。1798年，他与柯勒律治合作出版《抒情歌谣集》。1800年，诗集再版时，华兹华斯写了篇序言，该序言被视为浪漫主义文学的宣言。

华兹华斯的诗善于描写英国自然物景和乡村人物，并从中寻找神性和教义。《致杜鹃》是一首赞美杜鹃的抒情诗。诗人没有从体形、颜色、动态等实体性方面描写杜鹃，而是集中笔墨描写杜鹃美妙的啼鸣声，并由此引发回忆和联想，创造出别具一格、优美动人的意境，抒发了对大自然的热爱之情。《每当看见天上的彩虹》的点睛之笔是“儿童乃是成人之父”这一句，原因是儿童更具神性，而成年人却越来越远离神性。但成人的生命之光没有完全熄灭，只要保持赤子之心，热爱自然，就能够重新获得神性。

《水仙》描写黄水仙之美及诗人的心绪和哲思。一开始，抒情主人公自比一朵云霓，让人不禁凝思其孤独寂寥从何而生？如何将其从孤独中拯救出来？疑惑尚待解开，诗人却笔锋一转，猛然把一大片金黄的水仙花推到了眼前。花的欢乐与生机感染了诗人的情绪。这美丽景致中蕴藏着给“我”的精神珍宝，虽然当时不曾领悟，但是在久久的凝视中早已物我交融。一想到那曾经看见的遍地怒放的黄水仙，“我”寂寞的心灵就能得安慰，生机与活力也得以恢复。有人将这首诗视为诗人对自身诗学思想的某种诠释：亲近自然，即可感受到生命的存在，获得慰藉，永葆童真与活力。

《诗行：记重游葳河沿岸之行》(又译《丁登寺》)是一首自传体抒情诗，全诗共162行。这是时隔五年之后，诗人重访葳河两岸及丁登寺的产物，历来被视为《抒情歌谣集》的压卷之作。这首诗最为人称道的，是借助于对葳河两岸风光的描绘，勾勒出了他对于自然的一般哲学思考的轮廓，借葳河美景抒发自己的自然情怀，体悟人与自然之间的关系，表达诗人的自然观。诗人的回忆涉及三个不同的时间段，即童年时期、青年时期、故地重游之际的成人时期，大体对应着诗人对于自然的三个审美历程。在诗的最后，诗人将人世之爱与自然之爱相交通，既增添了各自的底蕴，也增强了全诗的感染力。全诗读来自然流畅，而又感情充沛。诗中一些词语的反复重现，也具有值得重视的多侧面艺术效果。

水 仙

我独自漫游，像山谷上空
　悠悠飘过的一朵云霓，
蓦然举目，我望见一丛
　金黄的水仙，缤纷茂密；
在湖水之滨，树阴之下，
正随风摇曳，舞姿潇洒。

连绵密布，似繁星万点
　在银河上下闪烁明灭，
这一片水仙，沿着湖湾
　排成延续无尽的行列；
一眼便瞥见万多千株，
摇颤着花冠，轻盈飘舞。

湖面的涟漪也迎风起舞，
　水仙的欢悦却胜似涟漪；
有了这样愉快的伴侣，
　诗人怎能不心旷神怡！
我凝望多时，却未曾想到
这美景给了我怎样的珍宝。

从此，每当我倚榻而卧，
　或情怀抑郁，或心境茫然，
水仙呵，便在心目中闪烁——
　那是我孤寂时分的乐园；
我的心灵便欢情洋溢，
和水仙一道舞蹈不息。

【选自[英]华兹华斯、[英]柯尔律治：《华兹华斯、柯尔律治诗选》，杨德豫译，北京，人民文学出版社，2001】

致杜鹃

欢畅的新客呵！我已经听到
　你叫了，听了真快乐。
杜鹃呵！该把你叫做飞鸟，
　或只是飘忽的音波？

我静静偃卧在青草地上，
　听见你呼唤的双音①；
这音响从山冈飞向山冈，
　回旋在远远近近。

你只向山谷咕咕倾诉，
　咏赞阳光与花枝，
这歌声却仿佛向我讲述
　如梦年华的故事。

春天的骄子！欢迎你，欢迎！
　至今，我仍然觉得你
不是鸟，而是无形的精灵，
　是音波，是一团神秘。

与童年听到的一模一样——
　那时，你们的啼鸣
使我向林莽、树梢、天上
　千百遍瞻望不停。

为了寻觅你，我多次游荡，
　越过幽林和草地；
你是一种爱，一种希望，
　被追寻，却不露行迹。

今天，我还能偃卧在草原，
　静听着你的音乐，

① 杜鹃的啼声是“咕咕”，所以说是“双音”。

直到我心底悠悠再现
　往昔的黄金岁月。

吉祥的鸟儿呵！这大地沃野
　如今，在我们脚下
仿佛又成了缥缈的仙界，
　正宜于给你住家！

【选自[英]华兹华斯、[英]柯尔律治：《华兹华斯、柯尔律治诗选》，杨德豫译，北京，人民文学出版社，2001】

每当看见天上的彩虹

每当看见天上的彩虹，
我的心弦就铿然而动。
生命开始时就是这样，
长大成人了还是这样，
将来衰老时愿仍这样。
不然，就让我速朽！
儿童乃是成人之父，
我希望以赤子之心，
贯穿颗颗生命之珠。

【选自[英]华兹华斯：《华兹华斯抒情诗选》，谢耀文译，南京，译林出版社，1991】

诗行：记重游葳河沿岸之行

写于离丁登寺数英里的上游处。
1798年7月13日[①]

五年过去了；五度炎夏还加上[②]
五个漫长的冬天！我又再一次
听见这水声；这水从山泉流来，
在这远离海的内地潺潺作响。[③]
我又一次看着这些危崖陡壁；
它们使这里幽僻荒凉的景物
更显得与世隔绝，还把地上的
风光同沉静的苍天连在一起。
今天我又能在这里躺下休憩，
在这黑压压的槭树底下眺望
这些村舍院落和森森的果园。
在这季节，果树和没熟的果实
披着一色绿装，同小林和树丛
混成一片。我又一次看见这些
树篱，可又不像是树篱，简直是
排排欢闹的小树在撒野；这些
门前只见葱绿的农家和寂静
树林中冉冉升起的团团青烟！
看来这隐约地表明：这林子里
虽没房屋，却住着漂泊的人们，

① 我的诗中，可数写这一首诗的情况回忆起来最为愉快。我同我妹妹渡过葳河(位于威尔士和英格兰西部的一条河流——译者注)后，一离开丁登寺便开始构思，经过四五天的徒步旅行，在到达布里斯托尔时正好结束。在来到那儿之前，我对这诗句既未作任何改动，也未用笔作任何记录。随后，这首诗几乎马上就归进《抒情歌谣集》，成为其中最后的一篇作品。——作者原注

② "五年过去了"：在此之前，华兹华斯曾在1793年8月独自漫游了位于蒙默士郡的葳河河谷和丁登寺遗迹。当时诗人二十三岁，那次漫游留在他"心灵上的图景"(第61行)与这次看到的风景颇为不同。这就使诗人深思起来。他回顾了自己的过去，评价了现在，并通过他妹妹对将来作了展望。最后他又回过头来描绘他专程来重访的风景。

③ "远离海的内地"：由丁登寺再溯流而上几英里，那里的河水便开始不受潮汐影响。——作者原注

要不，某个住在山洞里的隐士
正坐在火边。
这些美丽的景象
在我的长久别离中，对我来说，
并不像盲人眼前的风景那样。
而在城镇和都市的喧闹声里，
在我困乏地独处屋中的时候，
这些景致会给我甜美的感觉，
会使我的血脉和顺、心头舒畅；
它们进入我心灵深处，使那些
沉睡着的往日欢乐感情开始
渐渐地苏醒；在善良的人身上，
这感情对于他最美好的岁月——
对于他那些充满温情和仁爱，
但是却被忘怀的无名小事件
也许有着不小的影响。我深信。
这些感情也许曾给我另一种
更崇高的礼物，那是欢愉心情——
不可思议的事物产生的压力，
这整个儿不可知世界的沉重
而倦人的荷载，在这种心情里
轻巧起来。那平静欢愉的心情
使爱能温柔地引导我们前进——
直到这身躯的气息，甚而至于
直到我们血液的流动已几乎
停歇，这时我们的肉体给安排
入睡，我们却变成鲜活的灵魂；
那时，谐和融洽所具有的力量、
欢乐具有的神威使我们目光
沉静，看清事物的生命。
如果说，
这只是错误的信念，那么你想——
在黑夜和在各种没有欢乐的
白天，当毫无收获的焦躁不安
和这人世间的一切亢奋狂热
压在我这颗怦怦跳动的心上——
我在精神上多少次求助于你！
穿过树林蜿蜒流去的葳河啊，
我的灵魂曾多少次求助于你！

现在，我思想的火花半明半灭，
似曾相识的印象也隐隐约约，
还带着一点闷闷不乐的迷惘，
心灵上的图景再次苏醒过来；
我站在这儿，体会现时的快乐，
也高兴地想到这个时刻还将
给未来岁月增添生气和精神
食粮。而我也敢于抱这种希望，
尽管，同我初游这山区时相比，
我无疑变了样；那时我像獐子，
让自己的天性带领着，在山上、
在大河的边上、在僻静的溪旁
蹦蹦跳跳：哪里还是一个人在
追求他心爱的事物，倒像是在
逃避他害怕的东西。因为那时，
我童年时代不优雅的乐趣和
飞禽走兽似的动作都已消失，
天性也就是我的一切。我无法
描摹那时的我。轰响的大瀑布
像是激情；常常震荡着我的心：
高崖、大山和低处苍苍的树林，
那种种色彩形状，当时能激起
我欲望；这是一种感情、一种爱，
无需靠思维提供间接的魅力，
无需不是由双眼得来的情趣——
那种时候已经过去，连同一切
令人痛惜的欢乐、令人眩晕的
狂喜都一去不返。我并不为此
丧气、悲伤或埋怨；因为其他的
礼物接踵而来；我相信这损失
会有充分的补偿。我学会重新
观察自然；不再像头脑简单的
年轻时那样，而是经常倾听着
无声而忧郁的人性之歌。这歌
柔美动听，却有着巨大的力量，
使心灵变得纯洁平静。我感到，
高尚思想带来的欢乐扰动了
我的心；这是一种绝妙的感觉——

感到落日的余晖、广袤的海洋、
新鲜的空气和蔚蓝色的天空
和人心这些事物中总有什么
已经远为深刻地融合在一起，
是一种动力和精神，激励一切
有思想的事物和思想的对象，
并贯穿于一切事物之中。所以，
我仍爱草场，森林和山岭；仍爱
这绿野上所看到的一切；仍爱
这个眼前和耳旁的大千世界，
无论那是它们的半创造还是
直觉；我高兴地在自己天性和
感官的语言中认出系住我最
纯净思想的锚，认出我心灵的
保姆、向导和护卫，还有我整个
精神世界的核心。
即使我没有
受到这样的教益，我的创作力
或许也不会发生退化的情形。
因为你同我一起在这美丽的
河岸上，你是我最亲密的朋友，①
最亲爱的亲人；在你的话音中，
我辨出自己从前的心思，从你
喜不自胜而闪闪发光的眼中，
我看到自己从前的欢乐。让我
再看你一会儿，追想当年的我吧！
我亲爱的妹妹！我知道大自然
从来没叫这颗爱她的心失望，
所以就这样祈求：请给以殊宠，
让她在我们今后生活中引导
我们从欢乐走向欢乐。因为她
会告诉我们的内心，会用宁静
和美打动，会用高尚思想灌输，
使一切恶毒的话、轻率的判断、
自私者的讥嘲、假惺惺的祝贺
以及和沉闷生活的日常接触
都不能对我们发生影响，不能

① 指诗人的妹妹多萝西。

来干扰我们满怀喜悦的信仰，
并使我们所看到的充满祝福。
就让月亮照着踽踽独行的你，
就让挟着薄雾的山风自在地
把你吹拂；而在往后的岁月中，
当这些狂欢大喜渐渐地成熟，
变为一种冷静的愉悦，你的心
变为容纳了一切美景佳境的
大厦，你的回忆中充满了所有
甜美而和谐的声响；啊，那时候，
如果孤独或恐惧、痛苦或悲伤
找上了你，那你会想起我，想起
我这些肺腑之言，就会使你的
思绪里充满解忧消愁的欢乐！
那时即使我已经离去，已无法
再听见你的声音，已不能在你
闪烁着喜悦光芒的眼中看到
我往时经历的光辉，也许你也[①]
不会忘记：我们曾站在这喜人
小河的岸上；而我这大自然的
崇拜者，精神抖擞地来到这里
朝拜；或者说我来这里时怀着
更热烈的爱——啊，是更圣洁的爱
激发的更大热忱。而你也不会
忘记：经过多年别离和在他处
漫游，这些高崖、陡坡上的树林、
绿色牧野的风光，因它们自己
和你的缘故已变得更加亲切！

1798年7月

【选自[英]华兹华斯：《华兹华斯抒情诗选》，黄杲炘译，上海，上海译文出版社，1986】

---

① 这经历指五年前的一次葳河之行。

拜 伦

乔治·戈登·拜伦(1788—1824)是英国浪漫主义的代表诗人之一。出生在英国伦敦一个没落贵族家庭。13岁入哈罗中学。1805年进剑桥大学，开始诗歌创作。1809年大学毕业后世袭上议院议员席位。1809—1811年，他游历了葡萄牙、西班牙、阿尔巴尼亚、希腊和土耳其。1812年，拜伦因发表诗体游记《恰尔德·哈罗尔德游记》第一、第二章，名声大噪，旋即因婚姻问题招致上流社会的攻击。拜伦1816年4月被迫离开英国，起初他侨居瑞士，1817年到意大利。他先参加烧炭党人革命活动，后又赴希腊参加希腊人民反抗土耳其的解放斗争。1824年，拜伦在行军中淋雨生病去世。

拜伦在叙事诗、剧诗、讽刺诗、抒情诗等诸多方面取得了突出成就。在抒情诗《雅典的少女》中，诗人将抒情定格于离别的时刻，借此向情人表达最热烈的赞誉，并发出海誓山盟。诗人还将这段个人感情放置到希腊文明的背景中，拓展了抒情的文化内涵和纵深。全诗以"你是我的生命，我爱你"为主旋律，一唱三叹，强化了抒情效果，感情真挚、奔放。抒情诗《她走在美的光彩中》歌咏威莫特·霍顿夫人，诗人咏叹她的形体美和心灵美，塑造了一个高贵纯洁、光彩照人的女性形象。诗歌激情洋溢，传达了诗人对女性美的由衷赞叹。

长篇叙事诗《唐璜》是拜伦最重要的作品，讲述16岁的唐璜因受有夫之妇的引诱而被母亲送往国外，在海上遇险，侥幸孤身一人游上一个小岛，蒙希腊少女海黛搭救和护理，两人很快相爱。但海黛的海盗父亲粗暴地拆散了他们，海黛忧郁而死，唐璜被当作女奴塞进土耳其后宫，又被王妃爱上。他逃出王宫后遇到的一场战争，使他变成了攻打伊斯迈城的俄国大军中的英雄。唐璜到了彼得堡之后受到女皇的恩宠，最后受命出使英国，在英国上层社会又有一番艳遇。唐璜原本是西班牙民间传说中的人物，拜伦借用现成题材，对拜伦的故事进行了全新的演绎。全诗情节跌宕起伏，场景变化多端，充满了浓郁的异国情调，有着很强的可读性。

本书所选《哀希腊》是《唐璜》第3章第86节的一个抒情插段，由诗人借希腊游吟歌手之口唱出。原诗没有标题，现题为中国译者所加。全诗回顾古希腊辉煌的文治武功，并和当下希腊的堕落沉沦相对照，抒发了爱国主义情怀。考虑到拜伦的英国人身份，他的抒情中又包含了可贵的国际主义精神。此诗在近现代中国产生过重大影响。

雅典的少女[①]

你是我的生命，我爱你。

雅典的少女呵，在我们分别前，
把我的心，把我的心交还！
或者，既然它已经和我脱离，
留着它吧，把其余的也拿去！
请听一句我临别前的誓语：
你是我的生命，我爱你。

我要凭那无拘无束的鬈发，
每阵爱琴海的风都追逐着它；
我要凭那墨玉镶边的眼睛，
睫毛直吻着你颊上的嫣红；
我要凭那野鹿似的眼睛誓语：
你是我的生命，我爱你。

还有我久欲一尝的红唇，
还有那轻盈紧束的腰身；
我要凭这些定情的鲜花，
它们胜过一切言语的表达；
我要说，凭爱情的一串悲喜：
你是我的生命，我爱你。

雅典的少女呵，我们分了手；
想着我吧，当你孤独的时候。
虽然我向着伊斯坦堡飞奔，
雅典却抓住我的心和灵魂：
我能够不爱你吗？不会的！
你是我的生命，我爱你。

【选自[英]拜伦：《拜伦诗选》，查良铮译，上海，上海译文出版社，1982】

① 拜伦旅居雅典时，住在一个名叫色欧杜拉·马珂里的寡妇家中，她有三个女儿，长女特瑞莎即诗中的“雅典的少女”。

她走在美的光彩中

一

她走在美的光彩中，像夜晚
　　皎洁无云而且繁星满天；
明与暗的最美妙的色泽
　　在她的仪容和秋波里呈现：
耀目的白天只嫌光太强，
　　它比那光亮柔和而幽暗。

二

增加或减少一分明与暗
　　就会损害这难言的美，
美波动在她乌黑的发上，
　　或者散布淡淡的光辉
在那脸庞，恬静的思绪
　　指明它的来处纯洁而珍贵。

三

呵，那额际，那鲜艳的面颊，
　　如此温和、平静，而又脉脉含情，
那迷人的微笑，那容颜的光彩，
　　都在说明一个善良的生命：
她的头脑安于世间的一切，
　　她的心充溢着真纯的爱情！

【选自[英]拜伦：《拜伦诗选》，查良铮译，上海，上海译文出版社，1982】

哀希腊

希腊群岛呵，希腊群岛！
　你有过萨福歌唱爱情，①
你有过隆盛的武功文教，
　太阳神从你的提洛岛诞生！②
长夏的阳光还灿烂如金——③
除了太阳，一切都沉沦！

开俄斯歌手，忒俄斯诗人，④
　英雄的竖琴，恋人的琵琶，
在你的海岸默默无闻，
　诗人的故土悄然喑哑——
他们在西方却名声远扬，
远过你祖先的乐岛仙乡。⑤

巍巍群山望着马拉松，⑥
　马拉松望着海波万里；
我沉思半晌，在我的梦幻中
　希腊还像是自由的土地；
脚下踩的是波斯人坟墓，
我怎能相信我是个亡国奴！

---

① 萨福，公元前7世纪至前6世纪希腊女诗人。善于写情诗，极负盛名。柏拉图称她为“第十个缪斯”(缪斯是希腊神话中的九个文艺女神)。

② 提洛岛，基克拉迪群岛中最小的岛屿，据说是太阳神福玻斯(即阿波罗)的诞生地。

③ 希腊位于南欧，气候温热，在西欧、北欧人看来，有如四季常夏。

④ 开俄斯，爱琴海东部靠近小亚细亚的岛屿，相传是荷马的故乡。忒俄斯，小亚细亚西岸中部的城市，相传是阿那克里翁(公元前6世纪至前5世纪希腊抒情诗人)的故乡。荷马的史诗多歌唱英雄事迹，下行“英雄的竖琴”指此。阿那克里翁的诗歌多吟咏爱情，下行“恋人的琵琶”指此。

⑤ 古希腊人相信：人死后灵魂前往西方的“乐岛”。他们认为，那就是大西洋的佛得角群岛(在今塞内加尔以西)或加那利群岛(在今摩洛哥以西)。

⑥ 马拉松平原在雅典以东。公元前490年，波斯王大流士一世率领骑兵和步兵大举入侵希腊。希腊军队在米太亚得指挥下，在马拉松以劣势兵力大败波斯侵略军。所以下文说此地是“波斯人坟墓”。

有一位国王高坐在山顶，[①]
　萨拉米海岛展现在脚下；
成千的战舰，各国的兵丁，[②]
　在下面排开——全归他统辖！
天亮时，他还在数去数来——
太阳落水时，他们安在？

他们安在？祖国呵！你安在？
　在你万籁齐喑的国境，
英雄的歌曲唱不出声来——
　英雄的心胸再不会跳动！
你的琴向来不同凡响，
竟落到我这凡夫的手上？

置身于披枷带锁的民族，
　与荣誉无缘，也心甘情愿：
至少，能痛感邦家的屈辱，
　歌唱的时候，我羞惭满面；
诗人在这里有什么作用？
为祖国落泪，为同胞脸红！[③]

缅怀往昔，只流泪？只羞惭？
　我们的祖先却热血喷流！
大地呵！从你怀抱里送还
　斯巴达英雄好汉的零头！
三百名勇士给三个就够，
重演一次温泉关战斗！[④]

怎么，静悄悄？声息毫无？——
　听见了！是死者回答的声音：

---

① “一位国王”，指波斯王泽尔士一世(大流士一世之子)。公元前480年，为雪马拉松败绩之耻，他率部再次大举入侵希腊，巨舰1200艘，小艇3000艘，军威之盛，为古史所未有。希腊海军在萨拉米岛附近给以迎头痛击，波斯军大败，损失战舰无数，仓皇溃退，从此一蹶不振。萨拉米海战进行时，泽尔士曾坐在岸边山崖上观战。

② “各国的兵丁”，指波斯军队中有来自被波斯征服的国家的兵士。

③ 据《唐璜》第三章的叙述，这首《哀希腊》是一位颇有名气的希腊诗人所唱的歌曲。这位诗人曾漫游英、法、德、西、葡、意、土耳其、阿拉伯诸国，但作此歌时已回到敌寇铁蹄蹂躏下的希腊。这一节是吐露自己为什么要回国和回国后的感受，表现了真挚感人的爱国主义情操。

④ 温泉关战斗是希腊人民爱国精神、勇武精神和牺牲精神的典范和象征。

“有一个活人挺身而出，
　我们就都来，都来效命！”
这声音像远方瀑布喧响，
可是活人呢，却不开腔。①

换换调子吧，说这些白搭；
　满满倒一盏萨摩斯美酒！②
打仗让土耳其番子去打！
　干杯吧，开俄斯红酒快流！
你听！酒徒们够多么勇敢，
轰然响应这可耻的召唤！

皮瑞克舞步你们还会跳，③
　皮瑞克方阵怎忘个精光？④
两项课业中，为什么丢掉
　那更为崇高、英武的一项？
老卡德摩斯教你们字母，⑤
难道是为了教育亡国奴？

满满倒一杯萨摩斯美酒！
　最好别去想这些问题！
阿那克里翁的妙曲清讴
　也曾借助于醇酒的神力；⑥
他侍奉波吕克拉提——暴君；⑦
那时候主子总还是本国人。

---

① 鲁迅在《摩罗诗力说》中指出：拜伦对待被压迫、被奴役的民族和人民，是“哀其不幸”，而又“怒其不争”。这里，拜伦借希腊诗人之口对希腊“活人”所作的讥讽，正是“怒其不争”的意思。

② 萨摩斯岛在开俄斯岛东南。两岛所产的葡萄酒都很有名。

③ 皮瑞克舞，是希腊古代流传下来的一种模拟战斗的舞蹈。

④ 方阵是古希腊军队的一种战斗队形。皮瑞克方阵，相传是伊庇鲁斯国王皮洛士(公元前319—前272)作战时所用的方阵。

⑤ 根据古希腊传说，卡德摩斯是腓尼基王阿革诺耳的儿子，他把腓尼基字母介绍到希腊来，从而创制了希腊字母。

⑥ 阿那克里翁的诗多系歌颂醇酒和爱情。

⑦ 波吕克拉提是公元前6世纪萨摩斯岛的统治者。阿那克里翁曾经是他手下的宫廷诗人。(英语tyrant通常译为“暴君”。但是，古希腊历史上的tyrant，与通常所说的“暴君”含义不尽相同。罗念生先生译之为“独裁君主”，也有人译之为“僭主”。在这节和下节诗中，仍暂译为“暴君”。)

刻松的暴君——米太亚得，①
　他捍卫自由，何等勇武；
但愿我们在此时此刻
　有一个这样刚强的雄主！
靠他手里的锒铛铁锁，
把我们捆扎得牢不可破。

满满倒一杯萨摩斯美酒！
　苏里的山岩，巴加的海岸，②
有一脉遗族兀自存留，
　倒还像斯巴达母亲的儿男；③
种子播下了，赫丘利世系
会承认他们是自己的后裔。④

争取自由别指靠西方——⑤
　他们的国王只会做买卖；
靠本国队伍，靠本国刀枪，
　才是你们的希望所在。
土耳其武力，拉丁人欺骗，
都能把你们的盾牌砸烂。

满满倒一杯萨摩斯美酒！
　树荫下，少女们起舞翩翩——
一对对乌黑闪亮的明眸，
　一张张红润鲜艳的笑脸；
想起来热泪就滔滔涌出；
她们的乳房都得喂亡国奴！

---

① 米太亚得(约公元前550—前489)，古雅典统帅。早年曾治理雅典的殖民地刻松。返回雅典后，曾指挥马拉松战役，用一万一千兵力击败了波斯的十万大军，捍卫了希腊的自由。

② 巴加是苏里地区的滨海小城，在今希腊西部普雷韦扎西北。

③ “斯巴达母亲”，原文直译是“多利安母亲”。按：多利安人是古希腊人的一支，是斯巴达城邦的建立者，所以“多利安人”与“斯巴达人”有时是同义语。

④ 赫丘利即赫拉克勒斯(前者为罗马名，后者为希腊名)，希腊神话中最伟大的英雄。斯巴达人奉赫丘利为自己的祖先，“赫丘利世系”即指斯巴达种族。这一节是说：只有在山区继续反抗土耳其统治者的苏里山民，才不愧为斯巴达勇士的后代。

⑤ “西方”，原文 Franks，直译是“法兰克人”，这是希腊人对西欧人的称呼，此处指西欧各国的统治者。下文的“拉丁人”也是指他们。

让我登上苏纽姆石崖,[①]
　那里只剩下我和海浪,
只听见我们低声应答;
　让我像天鹅,在死前歌唱:[②]
亡国奴的乡土不是我邦家——
把萨摩斯酒盏摔碎在脚下!

【选自[英]拜伦:《拜伦抒情诗七十首》,杨德豫译,长沙,湖南人民出版社,1981】

---

① 苏纽姆,雅典半岛南端的海岬。

② 天鹅将死时要唱歌,这是欧洲人的传统说法。

雪 莱

波西·比希·雪莱(1792—1822)是英国杰出的浪漫主义诗人。雪莱短暂的一生创作了大量的优秀作品，抒情诗有《1819年的英国》《自由颂》《西风颂》《致云雀》《云》《悲歌》等，另有《钦契》《伊斯兰起义》《解放了的普罗米修斯》《麦布女王》等叙事诗。其中政治抒情诗《1819年的英国》把最刻毒的诅咒送给英国万恶的统治机器，矛头指向君主、贵族、军队、法律、宗教，毫不留情。在雪莱的叙事诗中，《解放了的普罗米修斯》是尤为杰出的一部。它取材于希腊神话和埃斯库罗斯相关的悲剧，但他没有让普罗米修斯最后与朱庇特和解，而是在天庭演绎了一场被压迫者推翻独裁暴政的斗争。朱庇特是专制暴君的形象，暴君虽然高高在上，掌握统治机器，但他终究逃不过"必然性"的支配，最后被他与忒提斯所生的儿子推翻。普罗米修斯是智慧、勇敢和爱的化身，是人类的捍卫者，是未来的预见者，他百折不挠，宁愿忍受三千年折磨，也不与暴君妥协。最后普罗米修斯获得解放，人类和宇宙万物也随之获得解放。诗人还用大量的篇幅描述解放以后的人类欢乐的情形，预见了未来理想社会的具体图景。长诗《解放了的普罗米修斯》表现了高超的艺术水平，诗人把这场反对暴君的斗争投放到深广的人类背景中，给人以空间上的无限感。全诗以优美而富于变化的旋律，热烈的迭句，加上一个个以绚烂多彩的大自然为背景的场面，营造出浓郁的抒情气氛。

本书所选《西风颂》歌咏西风。秋风兼有破坏者和保护者两种角色，它在秋天吹临大地，扫去残枝枯叶，荡去浊气、暮气，唤醒沉睡的世界，播下来年希望的种子。雪莱写到秋风的伴随者云、雨、冰雹、闪电，写到西风席卷大地、横扫长空、激荡海洋，以加强秋风傲视天宇的非凡气势。最后诗人向未觉醒的世界吹起预言的号角，向人群发布着春天的信息："如果冬天来了，春天还会远吗?"这是一首政治意蕴很深的诗，表现了强烈的战斗性，显示了诗人明朗的信心和高远的理想。如果说《西风颂》写得气势磅礴，那么《致云雀》用"流光溢彩"来描述是不为过的。雪莱把最美妙的颂词献给云雀这"欢乐的精灵"，简洁、明快、节奏感极强的诗句塑造了一个矫健、飘逸的飞翔者和歌唱者形象。如同《西风颂》一样，《致云雀》也有鲜明的政治启示意味，云雀是来自天堂的使者，是新世界的化身。

西风颂[①]

一

哦，犷野的西风哦，你秋之实体的气息！
由于你无形无影的出现，万木萧疏，
似鬼魅逃避驱魔巫师，蔫黄，魆黑，

苍白，潮红，疫疠摧残的落叶无数，
四散飘舞；哦，你又把有翅的种籽
凌空运送到他们阴暗的越冬床圃；

仿佛是一具具僵卧在坟墓里的尸体，
他们将分别蛰伏，冷落而又凄凉，
直到阳春你蔚蓝的姐妹向梦中的大地

吹响她嘹亮的号角(如同牧放群羊，
驱送香甜的花蕾到空气中觅食就饮)
给高山平原注满生命的色彩和芬芳。

不羁的精灵，你啊，你到处运行；
你破坏，你也保存，听，哦，听！

二

在你的川流之上，在骚动的高空，
纷乱的乌云，那雨和电的天使，
正像大地凋零枯败的落叶无穷，

挣脱天空和海洋交错缠接的柯枝，
飘流奔泻；在你清虚的波涛表面，
似酒神女祭司头上扬起的蓬勃青丝，

① 这首诗构思在佛罗伦萨附近阿诺河畔的一片树林里，主要部分也在那里写成。那一天，孕育着一场暴风雨的暖和而令人振奋的大风集合着常常倾泻下滂沱秋雨的云霭。不出我所料，雨从日落下起，狂风暴雨里夹带着冰雹，并且伴有阿尔卑斯山南地区所特有的气势宏伟的电闪雷鸣。

第三节结尾处所提到的那种现象，博物学家是十分熟悉的。海洋、河流和湖泊底部的水生植物，和陆地的植物一样，对季节的变换有相同的反应，因而也受宣告这种变换的风的影响。——雪莱原注

从那茫茫地平线阴暗的边缘
直到苍穹的绝顶，到处都散布着
迫近的暴风雨飘摇翻腾的发卷。

你啊垂死残年的挽歌，四合的夜幕
在你聚集的全部水汽威力的支撑下，
将构成他那庞大墓穴的拱形顶部。

从你那雄浑磅礴的氛围，将迸发
黑色的雨、火、冰雹；哦，听啊！

三

你，哦，是你把蓝色的地中海
从梦中唤醒，他在一整个夏天
都酣睡在巴亚湾一座浮石岛外，①

被澄澈的流水喧哗声催送入眠，
梦见了古代的楼台、塔堡和宫闱，
在强烈汹涌的波光里不住地抖颤，

全都长满了蔚蓝色苔藓和花卉，
馨香馥郁，如醉的知觉难以描摹。
哦，为了给你让路，大西洋水

豁然开裂，而在浩淼波澜深处，
海底花藻和枝叶无汁的淤泥丛林，
哦，由于把你的呼啸声辨认出，

一时都惨然变色，胆怵而心惊，
战栗着自行凋落；听，哦，听！

四

我若是一朵轻捷的浮云，能和你同飞，
我若是一片落叶，能为你所能提携，
我若是一头波浪，能喘息于你的神威，

分享你雄强的脉搏，自由不羁，
仅次于，哦，仅次于不可控制的你；

① 巴亚湾，意大利那不勒斯附近的一处海湾。

我若能像在少年时，作为伴侣，

随你同游天际，因为在那时节，
似乎超越你天界的神速也不为奇迹；
我也就不至于像现在这样急切。

向你苦苦祈求。哦，快把我扬起，
就像你扬起波浪、浮云、落叶！
我倾覆于人生的荆棘！我在流血！

岁月的重负压制着的这一个太像你，①
像你一样，骄傲，不驯，而且敏捷。

五

像你以森林演奏，请也以我为琴，
哪怕我的叶片也像森林的一样凋谢！
你那非凡和谐的慷慨激越之情，

定能从森林和我同奏出深沉的秋乐，
悲怆却又甘冽。但愿你勇猛的精灵
竟是我的魂魄，我能成为剽悍的你！

请把我枯萎的思绪向全宇宙播送，
就像你驱遣落叶催促新的生命，
请凭借我这单调有如咒语的韵文，

就像从未灭的余烬扬出炉灰和火星，
把我的话语传遍天地间万户千家，
通过我的嘴唇，向沉睡未醒的人境，

让预言的号角奏鸣！哦，风啊，
如果冬天来了，春天还会远吗？

1819 年秋

【选自[英]雪莱：《雪莱诗选》，江枫译，北京，中央编译出版社，2004】

① “这一个”，诗人自指。

致云雀[①]

你好啊，欢乐的精灵！
　你似乎从不是飞禽，
从天堂或天堂的邻近，
　以酣畅淋漓的乐音，
不事雕琢的艺术，倾吐着你的衷心。

向上，再向高处飞翔，
　从地面你一跃而上
像一片烈火的轻云，[②]
　掠过蔚蓝的天心，
永远是歌唱着飞翔，飞翔着歌唱。

地平线下的太阳，[③]
　放射出金色电光，
晴空里霞蔚云蒸，
　你沐浴明光飞行，
似不具形体的喜悦开始迅疾的远征。[④]

淡淡的绛紫色黄昏
　在你航程周围消融，
像昼空的一颗星星，
　虽然，看不见形影，
却可以听得清你那欢乐无比的强音——

---

① 云雀，黄褐色小鸟，构巢于地面，清晨升入高空，入夜而还，有边飞边鸣的习性。《致云雀》是雪莱抒情诗中的珍品。云雀，曾经是19世纪英国诗人经常吟咏的题材。比雪莱长22岁已经名噪于时的前辈诗人渥滋华斯也有过类似的作品，读到雪莱的这首诗而自叹弗如。雪莱在这首诗里以他特有的艺术构思，生动地描绘云雀的同时，也以饱满的激情写出了他自己的精神境界、美学理想和艺术抱负。语言也简洁、明快、准确而富于音乐性。

② “像一片烈火的轻云”，不是写云雀的形貌，而是按照“火向上以求日”的意思写它上升的运动态势。(据《爱丁堡评论》1871年4月号)

③ 原文sunken sun，为沉落的太阳，对于前一天为落日，对于新的一天则是尚未从地平线下升起的太阳。

④ 有人认为原文此处的unbodied本来应该是embodied(据《爱丁堡评论》1871年4月号)。准此，则此处可译为“似具有形体的喜悦”或“似有形的喜悦”。

那犀利明快的乐音，
　似银色星光的利箭，
它那盏强烈的明灯，
　在晨曦中逐渐暗淡，
以至难以分辨，却能感觉到就在空间。

整个的大地和大气，
　响彻你的婉转歌喉，
仿佛在荒凉的黑夜，
　从一片孤云的背后，
明月放射出光芒，清辉洋溢遍宇宙。

我们不知你是什么，
　什么和你最为相似?
从霓虹般彩色云霞
　也难降这样美的雨，
能和随你出现降下的乐曲甘霖相比。

像一位诗人，隐身
　在思想的明辉之中，
吟诵着即兴的诗韵，
　直到普天下的同情
都被未曾留意过的希望和忧虑唤醒；①

像一位高贵的少女，
　居住在深宫的楼台，
在寂寞难言的时刻，
　排遣为爱所苦的情怀，
甜美有如爱情的歌曲，溢出闺阁之外；②

像一只金色萤火虫，

---

① 对这一节的理解，可参看雪莱为长诗《阿多尼》所写前言(被删节段落)。他说他的为人，畏避闻达；他所以写诗，是为了唤起和传达人与人之间的同情。而雪莱的同情首先是对于人类争取从奴役、压迫、贫困和愚昧中解放出来的事业的同情。在《赞智力的美》一诗中，他宣称他"热爱全人类"，其实"全"也不全，因为他反对人类中的暴君、教士及其奴仆。这里，他认为，诗人应该以值得关注而未被留意过的希望和忧虑去唤醒全人类的同情。

② 其实这一节所写的岂止是思春的少女，也完全有理由认为是雪莱的自况。他爱一切美好的事物，美好的事业，他爱"全人类"，但是他的爱在当时甚至不被自己的同胞所理解，而使他感到寂寞和为爱所苦。诗，是他的爱不能自已的流露。

在凝露的深山幽谷，
不显露出行止影踪，
把晶莹的流光传播，
在遮断了我们视线的芳草和鲜花丛中；

像被她自己的绿叶
荫蔽着的一朵玫瑰，
遭受到热风的摧残，
以至它的馥郁芳菲
以过浓的香甜使那些鲁莽的飞贼沉醉；

晶莹闪烁的芳草地，
春霖洒落时的声息，
雨后苏醒了的花蕾，
称得上明朗、欢悦、
清新的一切，全都及不上你的音乐。

飞禽或精灵，有什么
甜美思绪在你心头？
我从来没有听到过
爱情或醇酒的颂歌
能够迸涌出像这样神圣的极乐音流。

是赞婚的合唱也罢，
是凯旋的欢歌也罢，
若和你的乐声相比，
不过是空洞的浮夸，
人们可以觉察到，其中总有着贫乏。

什么样物象或事件，
是你那欢歌的源泉？
田野、波涛或山峦？
空中、陆上的形态？
是对同类的爱，还是对痛苦的绝缘？①

你明澈强烈的欢快，

① 在以上三节中，雪莱认为没有高尚、优美的思想和情操，就不可能创造出美的艺术。所谓对痛苦的绝缘，是指遇挫折而不馁，处逆境而泰然，胸怀坦荡，超然于痛苦之外。

使倦怠永不会出现，
那烦恼的阴影从来
接近不得你的身边，
你爱，却从不知晓过分充满爱的悲哀。①

是醒来抑或是睡去，②
你对死的理解一定
比我们凡人梦到的
更深刻真切，否则
你的乐曲音流怎能像液态的水晶涌泻？③

我们瞻前顾后，为了
不存在的事物自扰，
我们最真挚的欢笑，
也交织着某种苦恼，
我们最美的音乐是最能倾诉哀思的曲调。

可是即使能够摈弃
憎恨、傲慢和恐惧，
即使生来就从不会
抛洒任何一滴眼泪，
我也不知，怎样才能接近于你的欢愉。

比一切欢乐的音律
更加甜蜜、美妙，
比一切书中的宝库
更加丰盛、富饶，
这就是鄙弃尘土的你啊你的艺术技巧。④

交给我一半你的心
必定是熟知的欢欣，

---

① 雪莱的悲哀常常来源于对正义的事业，对受苦的人类，对他自己所确认的真理，爱得太深、太真、太强烈，而为世俗所不理解。

② 这是指对死的理解，绝不是指云雀的精神状态。有人认为死是从如梦的人生醒来，有人认为死是长眠。

③ 凡人认为死亡是最大的痛苦。雪莱认为，只有参透了生死的真谛，才能超然于痛苦之外，摆脱庸俗的恐惧和忧虑，上升到崇高的精神境界。

④ “鄙弃尘土”，在这里语义双关：既描写云雀从地面一跃而起，升上高空，又表达了诗人对当时流行的诗歌理论、评论以及一般的庸俗、反动的政治、社会观念所持的鄙弃态度。

和谐、炽热的激情
就会流出我的双唇，
全世界就会像此刻的我——侧耳倾听。

1820 年夏

【选自［英］雪莱：《雪莱诗选》，江枫译，北京，中央编译出版社，2004】

济　慈

约翰·济慈(1795—1821)是杰出的英国浪漫主义诗人。他出身于平民，父母早逝，幼年生活贫困，在医院当实习生和医生的助手，但醉心于诗歌。受画家和作家朋友的影响，他后来放弃医生职业，专事诗歌创作。1821年因肺结核病在罗马去世。济慈一生的创作时间不过短暂的五年，却留下了《希腊古瓮颂》由一尊希腊古瓮上的彩绘图案触发联想。诗人神往那些图案在寂静、沉默中孕育的如花般瑰丽的故事，它们能穿过历史烟云和时间长河，达致永恒。《夜莺颂》《秋颂》《无情的妖女》《圣尼亚节的前夕》等大量美轮美奂的诗歌作品。

作为浪漫主义诗人，济慈与拜伦、雪莱一样，在诗中表现了民主理想、自由信念和反抗精神。但与这两位诗人积极用世不同，济慈总体较少触及时政和社会问题，他反复歌咏的是自然、爱情、艺术、生命等美好的事物。济慈的诗歌创作还与他孱弱的身体状况有密切关系，逐渐逼近的死亡成为他创作的重要动力和源泉。

《希腊古瓮颂》由一尊希腊古瓮上的彩绘图案触发联想。诗人神往那些图案在寂静、沉默中孕育的如花般瑰丽的故事，它们能穿过历史烟云和时间长河，达致永恒。《夜莺颂》写诗人听到夜莺的歌唱而引发的内心情怀。他想借美酒的力量摆脱人世的烦恼并与啼唱的夜莺共入深林。但是酒不能使诗人达到夜莺的欢乐境界，于是想借助诗歌的力量，在诗的艺术境界中达到目的。诗人于是达到快乐的巅峰，此刻他想在夜莺的歌声中死去。永恒的艺术是济慈祭出的战胜死亡的利器，其间埋伏着追求永生的隐秘冲动。

《秋颂》浓彩重抹了一幅肉感灿烂的秋日图景，是唱给现世幸福的颂歌。第一节，诗人主要从触觉来写万物的成熟，描绘的是一个个鼓胀、饱满、丰腴的形体，有重量，有质感，有黏性，诗人如数家珍般将"果实圆熟"的细节一一展示。第二节写田野丰收的景象，着重从视觉进行描写，集中于人的活动。诗人将"秋"幻化成一个神性人物，想象他在田埂、打麦场、榨果架下徜徉，欣赏着一幅幅丰收的美景，一副慵懒、陶醉、餍足的神情。第三节写秋收之后、冬季到来之前乡野落日熔金的黄昏景象，集中写鸟畜飞虫世界，侧重于听觉。"秋"形象化为飞蠓的哀音、蟋蟀的歌唱、知更鸟的呼哨、羊群咩叫，汇成了一首田园交响曲，在欢欣、陶醉中流露出一丝伤感。这一节通过秋之短暂的描写，进一步加深了诗人对生活和生命的眷恋之情。

希腊古瓮颂

1

你委身“寂静”的、完美的处子，
　受过了“沉默”和“悠久”的抚育，
呵，田园的史家，你竟能铺叙
　一个如花的故事，比诗还瑰丽：
在你的形体上，岂非缭绕着
　古老的传说，以绿叶为其边缘，
　　讲着人，或神，敦陂或阿卡狄？①
　呵，是怎样的人，或神！在舞乐前
多热烈的追求！少女怎样地逃躲！
　　怎样的风笛和鼓铙！怎样的狂喜！

2

听见的乐声虽好，但若听不见
　却更美；所以，吹吧，柔情的风笛；
不是奏给耳朵听，而是更甜，
　它给灵魂奏出无声的乐曲；
树下的美少年呵，你无法中断
　你的歌，那树木也落不了叶子；
　　鲁莽的恋人，你永远、永远吻不上，
虽然够接近了——但不必心酸；
　　她不会老，虽然你不能如愿以偿，
　你将永远爱下去，她也永远秀丽！

3

呵，幸福的树木！你的枝叶
　不会剥落，从不曾离开春天；
幸福的吹笛人也不会停歇，
　他的歌曲永远是那么新鲜；
呵，更为幸福的、幸福的爱！

---

① 敦陂(Tempe)，古希腊西沙里的山谷，以风景优美著称。阿卡狄(Arcady)山谷也是牧歌中常歌颂的乐园。

永远热烈，正等待情人宴飨，
　永远热情地心跳，永远年轻；
幸福的是这一切超凡的情态：
　它不会使心灵餍足和悲伤，
　　没有炽热的头脑，焦渴的嘴唇。

4

这些人是谁呵，都去赴祭祀？
　这作牺牲的小牛，对天鸣叫，
你要牵它到哪儿，神秘的祭司？
　花环缀满着它光滑的身腰。
是从哪个傍河傍海的小镇，
　或哪个静静的堡寨的山村，
　　来了这些人，在这敬神的清早？
呵，小镇，你的街道永远恬静；
　再也不可能回来一个灵魂
　　告诉人你何以是这么寂寥。

5

哦，希腊的形状！唯美的观照！
　上面缀有石雕的男人和女人，
还有林木，和践踏过的青草；
　沉默的形体呵，你像是“永恒”
使人超越思想：呵，冰冷的牧歌！
　等暮年使这一世代都凋落，
　　只有你如旧；在另外的一些
　忧伤中，你会抚慰后人说：
“美即是真，真即是美”，这就包括
　　你们所知道、和该知道的一切。

1819年5月

【选自穆旦：《穆旦译文集》(第3卷)，北京，人民文学出版社，2005】

夜莺颂

1

我的心在痛，困顿和麻木
刺进了感官，有如饮过毒鸩，
又像是刚刚把鸦片吞服，
于是向着列斯①忘川下沉；
并不是我嫉妒你的好运，
而是你的快乐使我太欢欣——
因为在林间嘹亮的天地里，
你呵，轻翅的仙灵，
你躲进山毛榉的葱绿和阴影，
放开了歌喉，歌唱着夏季。

2

唉，要是有一口酒！那冷藏
在地下多年的清醇饮料，
一尝就令人想起绿色之邦，
想起花神，恋歌，阳光和舞蹈！
要是有一杯南国的温暖
充满了鲜红的灵感之泉，
杯沿明灭着珍珠的泡沫，
给嘴唇染上紫斑；
哦，我要一饮而悄然离开尘寰，
和你同去幽暗的林中隐没。

3

远远地、远远隐没，让我忘掉
你在树叶间从不知道的一切，
忘记这疲劳、热病和焦躁，
这使人对坐而悲叹的世界；
在这里，青春苍白、消瘦、死亡，
而“瘫痪”有几根白发在摇摆；

---

① 列斯，冥府中的河，鬼魂饮了河水便忘记前生的一切，亦译“忘川”。

在这里，稍一思索就充满了
忧伤和灰眼的绝望，
而“美”保持不住明眸的光彩，
新生的爱情活不到明天就枯凋。

4

去吧！去吧！我要朝你飞去，
不用和酒神坐文豹的车驾，
我要展开诗歌底无形羽翼，
尽管这头脑已经困顿、疲乏；
去了！呵，我已经和你同往！
夜这般温柔，月后正登上宝座，
周围是侍卫她的一群星星；
但这儿却不甚明亮，
除了有一线天光，被微风带过
葱绿的幽暗和苔藓的曲径。

5

我看不出是哪种花草在脚旁，
什么清香的花挂在树枝上；
在温馨的幽暗里，我只能猜想
这个时令该把哪种芬芳
赋予这果树，林莽，和草丛，
这白枳花，和田野的玫瑰，
这绿叶堆中易谢的紫罗兰，
还有五月中旬的娇宠，
这缀满了露酒的麝香蔷薇，
它成了夏夜蚊蚋的嗡嘤的港湾。

6

我在黑暗里倾听；呵，多少次
我几乎爱上了静谧的死亡，
我在诗思里用尽了好的言辞，
求他把我的一息散入空茫；
而现在，哦，死更是多么富丽：
在午夜里溘然魂离人间，
当你正倾泻着你的心怀
发出这般的狂喜！
你仍将歌唱，但我却不再听见——

你的葬歌只能唱给泥草一块。

7

永生的鸟呵，你不会死去！
饥饿的世代无法将你蹂躏；
今夜，我偶然听到的歌曲
曾使古代的帝王和村夫喜悦
或许这同样的歌也曾激荡
露丝[①]忧郁的心，使她不禁落泪，
站在异邦的谷田里想着家；
就是这声音常常
在失掉了的仙域里引动窗扉：
一个美女望着大海险恶的浪花。[②]

8

呵，失掉了！这句话好比一声钟
使我猛省到我站脚的地方！
别了！幻想，这骗人的妖童，
不能老要弄它盛传的伎俩。
别了！别了！你怨诉的歌声
流过草坪，越过幽静的溪水，
溜上山坡；而此时，它正深深
埋在附近的谿谷中：
噫，这是个幻觉，还是梦寐？
那歌声去了：——我是睡？是醒？

1819 年 5 月

【选自穆旦：《穆旦译文集》(第 3 卷)，北京，人民文学出版社，2005】

---

① 据《旧约》，露丝是大卫王的祖先，原籍莫艾伯，以后在伯利恒为富人波兹种田，并且嫁给了他。

② 中世纪的传奇故事往往描写一个奇异的古堡，孤立在大海中；勇敢的骑士如果能冒险来到这里，定会得到财宝和古堡中的公主为妻。这里讲到，夜莺的歌会引动美人打开窗户，遥望并期待她的骑士来援救她脱离险境。

秋　颂

1

雾气洋溢、果实圆熟的秋，
你和成熟的太阳成为友伴；
你们密谋用累累的珠球
缀满茅屋檐下的葡萄藤蔓；
使屋前的老树背负着苹果，
让熟味透进果实的心中，
使葫芦胀大，鼓起了榛子壳，
好塞进甜核；又为了蜜蜂
一次一次开放过迟的花朵，
使它们以为日子将永远暖和，
因为夏季早填满它们的黏巢。

2

谁不经常看见你伴着谷仓？
在田野里也可以把你找到，
你有时随意坐在打麦场上，
让发丝随着簸谷的风轻飘；
有时候，为罂粟花香所沉迷，
你倒卧在收割一半的田垄，
让镰刀歇在下一畦的花旁；
或者，像拾穗人越过小溪，
你昂首背着谷袋，投下倒影，
或者就在榨果架下坐几点钟，
你耐心瞧着徐徐滴下的酒浆。

3

呵，春日的歌哪里去了？但不要
想这些吧，你也有你的音乐——
当波状的云把将逝的一天映照，
以胭红抹上残梗散碎的田野，
这时呵，河柳下的一群小飞虫
就同奏哀音，它们忽而飞高，

忽而下落，随着微风的起灭；
篱下的蟋蟀在歌唱；在园中
红胸的知更鸟就群起呼哨；
而群羊在山圈里高声咩叫；
丛飞的燕子在天空呢喃不歇。

1819 年 9 月 19 日

【选自穆旦：《穆旦译文集》(第 3 卷)，北京，人民文学出版社，2005】

普希金

普希金(1799—1837)被称为俄罗斯文学之父，俄国浪漫主义的主要代表，俄国现实主义文学的奠基人，代表作有长篇诗体小说《叶甫盖尼·奥涅金》，以及大量的抒情诗、叙事诗、中短篇小说。普希金短暂的一生，以他辉煌的成就为俄国进入世界文学大国行列奠定了坚实的基础。

《致克恩》是普希金爱情诗的代表作之一，它源于普希金与美丽女性克恩的两次偶遇。诗人将这两次偶遇称作两个“美妙的瞬间”，并在诗中将其凝固成为永恒。全诗感情真挚、纯净、含蓄、优雅，给读者以丰富的想象和高尚的美感。《在西伯利亚矿山的深处》对十二月党人虽身陷囹圄，但仍保持“高傲的耐心”表示敬佩，抒发了反抗暴政，歌唱自由的情绪，是普希金政治抒情诗中的精品。《纪念碑》继承了古罗马诗人贺拉斯同名颂歌的形式，但表现了截然相反的内容。诗人深信“在这残酷的时代，歌颂过自由”，必将得到人民的永远敬爱。

长篇诗体小说《叶甫盖尼·奥涅金》是普希金最重要的作品。它以奥涅金的生活和爱情悲剧为主线，反映了19世纪初叶俄罗斯社会变革前夜的贵族生活，触及了民族未来、贵族知识分子的历史作用和与人民的关系等重大问题。出身于贵族的奥涅金生活奢靡不羁，但也受到西欧启蒙思想的影响。他来到乡村办理继承伯父庄园遗产的手续，尝试做一些农事改革，但半途而废。他与连斯基成为挚友，随后却又反目并在决斗中将其杀死。少女达吉雅娜向他献上真挚的爱情，被他拒绝；多年后，奥涅金又出于虚荣去追求已经成为贵夫人的达吉雅娜，遭到拒绝后，只能独自面对迷惘的未来。奥涅金的人生际遇反映了俄国贵族知识分子的精神面貌，他们有变革社会的思想和要求，却无法脱离旧的生活轨道，同时缺乏坚实的信念和实现这种信念的力量，脱离人民。奥涅金是俄罗斯文学史上“多余人”形象系列中的第一个。女主人公达吉雅娜心灵高尚纯洁，富于幻想，外表沉静而内心热情浪漫，亲近自然，被认为是典型的俄罗斯女性形象。本书所选“达吉雅娜给奥涅金的信”和她拒绝奥涅金求爱的场景，集中体现了达吉雅娜善良美好的品格，也折射了奥涅金的性格，是全篇最富有诗意的部分。

普希金在《叶甫盖尼·奥涅金》中创制了独特的“奥涅金诗节”。它明显吸收了十四行诗的形式，音步整饬又富于变化，韵律抑扬顿挫而又舒展洒脱，出色地传达了诗人的感情。

致克恩[①]

我记得那美妙的瞬间：
你就在我的眼前降临，
如同昙花一现的梦幻，
如同纯真之美的化身。

我为绝望的悲痛所折磨，
我因纷乱的忙碌而不安，
一个温柔的声音总响在耳旁，
妩媚的形影总在我梦中盘旋。

岁月流逝。一阵阵迷离的冲动
像风暴把往日的幻想吹散，
我忘却了你那温柔的声音，
也忘却了你天仙般的容颜。

在荒凉的乡间，在囚禁的黑暗中，
我的时光在静静地延伸，
没有崇敬的神明，没有灵感，
没有泪水，没有生命，没有爱情。

我的心终于重又觉醒：
你又在我的眼前降临，
如同昙花一现的梦幻，
如同纯真之美的化身。

心儿在狂喜中跳动，
一切又为它萌生：
有崇敬的神明，有灵感。
有生命，有泪水，也有爱情。

【选自[俄]普希金：《普希金诗选》，乌兰汗译，北京，人民文学出版社，1996】

① 安·彼·克恩(1800—1879)，普·亚·奥西波娃的侄女。1819年在彼得堡舞会上，普希金第一次与她相会。1825年安·彼·克恩去三山村姑母奥西波娃家消夏。三山村与米哈伊洛夫斯克毗邻，两人第二次相会，来往时间较长。克恩离开时，普希金赠了她这首诗作为告别的礼物。

在西伯利亚矿山的深处[①]

在西伯利亚矿山的深处，
保持住你们高傲的耐心，
你们的思想的崇高的意图
和痛苦的劳役不会消泯。

不幸的忠贞的姐妹——希望，
在昏暗潮湿的矿坑下面，
会唤醒你们的刚毅和欢颜，
一定会来到的，那渴盼的时光：

爱情和友谊一定会穿过
阴暗的闸门找到你们，
就像我的自由的声音
来到你们服苦役的黑窝。

沉重的枷锁定会被打断，
监牢会崩塌——在监狱入口，
自由会欢快地和你们握手，
弟兄们将交给你们刀剑。

【选自[俄]普希金：《普希金诗选》，卢永译，北京，人民文学出版社，1996】

① 写这首诗的直接动力就是许多十二月党人的妻子，其中包括诗人特别喜欢的马·尼·沃尔康斯卡娅，要出发去西伯利亚和她们的丈夫一起服苦役的英雄行为。当时他想托沃尔康斯卡娅把这首诗信带去。但当后者临出发的时候，他的诗还没有写成，因此，也像给普欣的诗信一样，是后来托1827年1月初出发的亚·戈·穆拉维约娃带去的。诗人亚·伊·奥多耶夫斯基曾以十二月党人的名义向普希金写了酬答诗。这两首诗当时以手抄本的形式广为传诵。奥多耶夫斯基诗句“星星之火可以燃成熊熊烈焰”中的“星星之火”被列宁用为第一份布尔什维克报纸的报名(《火花报》)。列宁关于十二月党人的名言“他们的事业没有消亡”，即与普希金这首诗有关。

纪念碑

Exegi monumentum①

我为自己树起了一座天然的纪念碑，
人民的道路通向那里，再也不会荒芜，
他抬起了自己不屈的头，
　　高过亚历山大的纪念石柱。②

不，我不会完全死去——我的心灵
通过珍秘的琴声将超越我的骨灰、避免腐朽，——
我将永享荣誉，即使在这光月下的世界
　　哪怕还只有一个诗人居留。

我的名字将传遍伟大的俄罗斯，
她那各族的语言将把我呼唤：
高傲的斯拉夫、芬兰，至今野蛮的通古斯，
　　还有卡尔梅克，草原的伙伴。

我之所以久久地为人民所喜爱，
是因为我用诗歌激起了他们善良的感情，
是因为我在这残酷的时代歌颂过自由，
　　并且为倒下的人们祈求宽容。

啊，诗神，永远听从上帝的意旨吧，
既不要怕凌辱，也不希求桂冠，
赞誉和诽谤，都可以漠不关心，
　　更不要和愚蠢的人们争辩。

【选自《俄国诗选》，魏荒弩译，长沙，湖南人民出版社，1988】

① 拉丁语，古罗马诗人贺拉斯的诗句："我竖起一个纪念碑"。

② 亚历山大一世的纪念柱建立在彼得堡的皇宫广场上，1834年11月，在此纪念柱揭幕的前几天，普希金为了避免参加典礼，特地离开了彼得堡。

叶甫盖尼·奥涅金(节选)

第三章

三十一

达吉雅娜的信在我面前，
我一直把它神圣地守护，
一遍又一遍地百读不厌，
我读它，心怀隐秘的痛苦。
谁教会她这种温柔情意，
这种可爱而轻率的文辞？
谁教会她这动人的胡诌，
心灵的狂言乱语的涌流，
这些有害又诱人的东西？
我不能理解。这就是一份
我的不完备的拙劣译文，
像生动图画的减色摹拟，
像胆怯的小学生的指头
演奏出的一曲《魔弹射手》[①]。

达吉雅娜给奥涅金的信

我给您写信——难道还不够？
还要我再说一些什么话？
现在我知道，您是有理由
用轻蔑来对我施以惩罚。
但您，对我这不幸的命运
如果还保有点滴的爱怜，
我求您别把我抛在一边。
最初我并不想对您明讲；

① 《魔弹射手》，德国作曲家韦伯(1786—1826)的歌剧。

请相信：那样您就不可能
知道我是多么难以为情，
如果说我可能有个希望
见您在村里，哪怕很少见，
哪怕一礼拜只见您一面，
只要让我听听您的声音，
跟您讲句话，然后就去想，
想啊想，直到再跟您遇上，
日日夜夜惦着这桩事情。
但人家说，您不和人交往；
这片穷乡僻壤惹您厌烦，
我们……没有可夸耀的地方，
虽然对您是真心地喜欢。

为什么您要来拜访我们？
在这个人所遗忘的荒村，
如果我不认识您这个人，
就不会尝到这样的苦痛。
我幼稚心灵的一时激动
会渐渐地平息(也说不定？)，
我会找到个称心的伴侣，
会成为一个忠实的贤妻，
会成为一个善良的母亲。

另外的人！……不，我的这颗心
世界上谁也不能够拿去！
我是你的——这是注定的命，
这是老天爷发下的旨谕……
我之所以需要这样活着：
就是为了保证和你相见；
我知道，上帝派你来给我
做保护人，直到坟墓边缘……
你曾经在我的梦中显露，
我虽没看清你，已觉可亲，
你的目光让我心神不宁，
声音早响彻我灵魂深处……
不啊，这并不是一场梦幻！
你刚一进门，我马上看出，
我全身燃烧，我全身麻木，

心里暗暗说：这就是他，看！
不是吗？我听过你的声音：
是你吗，悄悄地跟我倾谈，
当我在周济着那些穷人，
或者当我在祈求着神灵
宽慰我激动的心的熬煎。
在眼前这个短短的一瞬，
不就是你吗，亲爱的幻影，
在透明的暗夜闪闪发光。
轻轻地贴近了我的枕边？
不是你吗，带着抚慰、爱怜，
悄悄地对我在显示希望？
你是什么？保护我的天神，
还是个来诱惑我的奸人？
你应该来解除我的疑难。
也许，这一切全都是泡影，
全是幼稚的心灵的欺骗！
命定的都是另一回事情……
但是，就算事情正是这样，
我从此把命运向你托付；
站在你面前，泪珠在脸上，
我恳求能得到你的保护……
你想想，我在家孤孤零零，
没有一个能了解我的人，
不分昼夜，头脑昏昏沉沉，
我只有默默地了此一生。
我等你，用世上唯一的眼
来把我心头的希望复活，
或把这沉重的噩梦捅破，
唉，用我应该受到的责难！

写完了！我真怕重读一遍……
木然地感到羞惭和惧怕……
您的高贵品格是我靠山，
我大胆把自己托付给它……

第八章

四十

奥涅金去哪里？大概你们
早猜到了；实在一点不差：
我这个禀性难移的怪人
是去找她，他的达吉雅娜，
他像具僵尸般直往前走。
那前厅里一个人也没有。
进大厅，往前，还不见有谁。
他伸出手来把房门一推，
他大吃一惊，是什么原因？
公爵夫人独自出现眼前，
她面色苍白，没梳洗打扮，
正在读着一封什么书信，
泪水小河般静静地流下，
一只手伸出来托住面颊。

四十一

啊，在这迅速飞逝的瞬间，
谁对她的苦不一眼洞察！
谁在她的身上不会发现
那当年的可怜的达尼娅！
他沉浸在疯狂的痛悔中，
叶甫盖尼俯向她的脚踵；
她微微地一颤，沉默无言，
只是抬眼把奥涅金看看，
她没有诧异，也没有愤怒……
他病恹恹的黯淡的两眼、
祈求的神情、无声的责难，
她都懂。一个纯真的少女
连同她昔日的梦幻、心灵，
这时又在她的身上苏醒。

四十二

她并不伸手去扶他起来，
不挪动凝望着他的眼睛，

也不把没知觉的手抽开，
任他去贪婪地一吻再吻……
此刻她心头都想些什么？……
经过了一段长久的沉默，
终于，她低声地说起话来：
“够了，请您站起来，我应该
坦率地向您说明。奥涅金，
您是不是还记得那一天，
那时，在花园里，林荫道边。
我们俩相遇，对您的教训
我当时多么顺从地听过？
那么，今天呢，该轮到了我。

四十三

“奥涅金，那时候我更年轻，
好像，那时，我还漂亮得多，
奥涅金，我那时爱上了您，
可我在您心里找到什么？
您怎样回答我？一本正经。
一个温顺小姑娘的爱情
——不是吗？——那时您不觉新鲜。
如今，想起您冰冷的两眼，
还有您那套谆谆的教诲，
天哪，——真让人血液都发冷……
我不怪您，那可怕的时辰，
您的所作所为非常高贵，
您在我面前没做错事情，
我感谢您！用我整个心灵……

四十四

“那时——不是吗？在偏僻乡村，
远离开人们虚荣的言谈，
我不讨您喜欢……可是如今
为什么您对我这般热恋？
为什么您苦苦把我紧追？
是不是因为，在上流社会，
如今我不得不抛头露面？
因为如今我是有名有钱？
因为我的丈夫作战受伤，

为此我们有宫廷的宠幸？
是否因为，如今我的不贞
可能引来所有人的目光，
因此，就能为您在社会上
赢得些声名狼藉的荣光？

四十五

“我在哭……如果您直到如今
还没把您的达尼娅忘记，
您该知道：和这眼泪、书信，
这令人羞辱的激情相比，
我更爱听您尖刻的责骂
和那次冷酷、严厉的谈话，
假如能够任随我来挑选。
那时候，您至少也还可怜
我那些天真幼稚的梦想，
至少也还尊重我的年纪……
而现在！——您对我双膝点地，
多么渺小！您怎么会这样？
为什么凭您的心智、才气，
会沦为浅薄感情的奴隶？

四十六

“对我，奥涅金，这奢华富丽，
这令人厌恶的生活光辉，
我在社交旋风中的名气，
我时髦的家和这些晚会，
有什么意思？我情愿马上
抛弃假面舞会的破衣裳，
抛弃这些烟瘴、豪华、纷乱，
换一架书，换个荒芜花园，
换我们当年简陋的住处，
奥涅金啊，换回那个地点，
那儿，我第一次和您见面，
再换回那座卑微的坟墓，
那儿，十字架和一片阴凉，
正覆盖着我可怜的奶娘……

四十七

“而幸福曾经是伸手可得，
那么可能！……但是，我的命运
已经全部都注定了。或者，
这件事我做得不够审慎；
母亲流着泪苦苦哀求我，
对于可怜的达尼娅来说，
随便吧，她听从命运摆布……
我就嫁给了我这个丈夫。
您离开我吧，您应该这样，
我十分了解：您拥有骄傲，
而且也拥有真正的荣耀。
我爱您(我何必对您说谎)，
但现在我已经嫁给别人，
我将要一辈子对他忠贞。”

【选自[俄]普希金：《叶甫盖尼·奥涅金》，王智量译，上海，华东师范大学出版社，2013】

爱伦·坡

爱伦·坡(1809—1849)是19世纪美国浪漫主义诗人和短篇小说家。他受到欧洲浪漫主义文学的影响，尤其深受拜伦、雪莱、霍夫曼等人的影响。他最著名的作品是短篇小说，包括侦探推理小说、惊悚悬疑小说、科幻探险小说、幽默讽刺小说等。而他最为人所知的是惊悚悬疑小说。这些小说继承了欧洲哥特式小说的写作手法，充满了怪诞、神秘和恐怖的氛围，善于调动读者的心理感受。他的惊悚悬疑小说的代表作品包括《厄舍府之倒塌》《瓶中手稿》《泄密的心》《丽姬娅》《黑猫》等。此外，他还创作了侦探推理小说，包括《毛格街血案》《玛丽·罗热疑案》《被窃之信》和《金甲虫》等。因此，他被认为是推理小说的鼻祖。

除了写作短篇小说外，坡还是一位杰出的诗人。虽然他传世的诗歌作品不多，但他留下的诗歌都具有极高的艺术价值，其中的一些对欧洲象征主义作家如波德莱尔和马拉美等产生了很大影响。他最著名的诗歌之一《乌鸦》是一首悼亡诗。该诗的格律取自英国女诗人布朗宁夫人。这首长诗一共有十八节，每节分为六行。诗歌开始时是一个风雨飘摇的夜晚，诗人正因为爱人丽诺尔新近去世而沉浸在悲伤之中。这时他听到轻轻的敲击声。他打开窗户，进来了一只幽灵般的乌鸦。诗人将乌鸦视为来自夜的彼岸的使者，向它询问关于彼岸和故去的爱人的事情。然而无论诗人问什么，乌鸦的回答都是“永不复焉”。这个既诡异又贴切的回答让诗人毛骨悚然，无奈地意识到不但逝去的爱人将永远无法返回，过往的人生经历也是无法重来的。

《被窃之信》是坡的一系列以侦探迪潘为主角的推理小说中的一篇。小说的核心情节是寻找某位王室成员失踪的一封重要信件。警方怀疑是大臣D所为，但是花费了九牛二虎之力也无法在D的家中或者身上搜出这封信。最终，侦探迪潘通过对大臣D性格和智力的分析，巧妙地找出了这封信。坡曾经称这篇小说是他自己写得最好的推理小说。它自问世以来就受到评论界的很大关注，因为它体现出作者对逻辑推理和精神分析的极大热情。结构主义精神分析学派的批评家雅克·拉康对该篇小说提出了精到的解读，成为精神分析学派重要的批评实践成果，对该学派产生了很大影响。

乌 鸦

从前一个阴郁的子夜，我独自沉思，慵懒疲竭，
面对许多古怪而离奇，并早已被人遗忘的书卷；
当我开始打盹，几乎入睡，突然传来一阵轻擂，
仿佛有人在轻轻叩击——轻轻叩击我房间的门环。
“有客来也，”我轻声嘟囔，“正在叩击我的门环，
　　　　唯此而已，别无他般。”

哦，我清楚地记得那是在风凄雨冷的十二月，
每一团奄奄一息的余烬都形成阴影伏在地板。
我当时真盼望翌日——因为我已经枉费心机
想用书来消除伤悲，消除因失去丽诺尔的伤感；
因那位被天使叫作丽诺尔的少女，她美丽娇艳，
　　　　在此已抹去芳名，直至永远。

那柔软、暗淡、飒飒飘动的每一块紫色窗布
使我心中充满前所未有的恐惧，我毛骨悚然；
为平息我心儿的悸跳，我站起身反复念叨：
“这是有客人想进屋，正在叩我的房间的门环，
更深夜半有客人想进屋，在叩我的房间的门环，
　　　　唯此而已，别无他般。”

于是我的心变得坚强；不再犹疑，不再彷徨，
“先生，”我说，“或夫人，我求你多多包涵：
刚才我正睡意昏昏，而你敲门又敲得那么轻，
你敲门又敲得那么轻，轻轻叩我房间的门环，
我差点以为没听见你。”说着我打开门扇——
　　　　唯有黑夜，别无他般。

凝视着夜色幽幽，我站在门边惊惧良久，
疑惑中似乎梦见从前没人敢梦见的梦幻；
可那未被打破的寂静，没显示任何象征，
“丽诺尔？”便是我嗫嚅念叨的唯一字眼，
我念叨“丽诺尔”，回声把这名字轻轻送还：
　　　　唯此而已，别无他般。

我转身回到房中，我的整个心烧灼般疼痛，
很快我又听到叩击声，比刚才听起来明显。
“肯定，”我说，“肯定有什么在我的窗棂；
让我瞧瞧是什么在那儿，去把那秘密发现，
让我的心先镇静一会儿，去把那秘密发现；
那不过是风，别无他般！”

然后我推开了窗户，随着翅膀的一阵猛扑，
一只神圣往昔的乌鸦庄重地走进我房间；
它既没向我致意问候，也没有片刻的停留，
而是以绅士淑女的风度栖到我房门的上面，
栖在我房门上方一尊帕拉斯①半身雕像上面；
栖息在那儿，仅如此这般。

于是这只黑鸟把我悲伤的幻觉哄骗成微笑，
以它那老成持重一本正经温文尔雅的容颜，
“冠毛虽被剪除，”我说，“但你显然还是懦夫，
你这幽灵般可怕的古鸦，漂泊来自夜的彼岸，
请告诉我你尊姓大名，在黑沉沉的夜之彼岸！”
乌鸦答曰“永不复焉”。

听见如此直率的回答，我对这丑鸟感到惊讶，
尽管它的回答不着边际——与提问几乎无关：
因为我们不得不承认，从来没有活着的世人
曾如此有幸地看见一只鸟栖在他房门的上面，
看见鸟或兽栖在他房门上方的半身雕像上面，
而且名叫“永不复焉”。

但那只独栖于肃穆的半身雕像上的乌鸦只说了
这一句话，仿佛它倾泻灵魂就用那一个字眼。
然后它便一声不吭——也不把它的羽毛拍动，
直到我几乎在喃喃自语“其他朋友早已离散，
明晨它也将离我而去，如同我的希望已消散。”
这时乌鸦说“永不复焉”。

惊异于屋里的寂静被如此恰当的回话打破，

① 帕拉斯(Pallas)是智慧女神雅典娜的别名之一。——译者注

“肯定，”我说，“此话是它唯一会说的人言，
从它不幸的主人口中学来。一连串横祸飞灾
曾接踵而至，直到它主人的歌中有了这字眼，
直到他希望的挽歌中有了这个忧郁的字眼——
永不复焉，永不复焉。”

但那只乌鸦仍然在骗我悲伤的灵魂露出微笑，
我即刻拖了张软椅到门边雕像下那乌鸦跟前；
然后坐在天鹅绒椅垫上，我开始产生联想，
浮想连着浮想，猜度这不祥的古鸟何出此言，
这只狰狞丑陋可怕不吉不祥的古鸟何出此言，
为何对我说“永不复焉”。

我坐着猜想那意思，但没对乌鸦说片语只言，
此时，它炯炯发光的眼睛已燃烧进我的心坎；
我依然坐在那儿猜度，把我的头靠得很舒服，
舒舒服服地靠着在灯光凝视下的天鹅绒椅垫，
但在这灯光凝视着的紫色的天鹅绒椅垫上面，
她还会靠么？啊，永不复焉！

接着我觉得空气变得稠密，被无形香炉熏香，
提香炉的撒拉弗的脚步声响在有簇饰的地板。
“可怜的人，”我叹道，“是上帝派天使为你送药，
这忘忧药能终止你对失去的丽诺尔的思念；
喝吧，喝吧，忘掉你对失去的丽诺尔的思念！”
这时乌鸦说“永不复焉”。

“先知！”我说，“恶魔！还是先知，不管是鸟是魔！
是不是撒旦派你，或是暴风雨抛你，来到此岸，
来到这片妖惑鬼祟但却不惧怕魔鬼的荒原——
来到这恐怖的小屋——告诉我真话，求你可怜！
基列有香膏吗？[①] 告诉我，告诉我，求你可怜！”
乌鸦答曰“永不复焉”。

“先知！”我说，“恶魔！还是先知，不管是鸟是魔！
凭着我们都崇拜的上帝——凭着我们头顶的苍天，

① “基列有香膏吗？”语出《旧约·耶利米书》第8章第22节：“难道基列没有镇痛香膏吗？难道那里没有治病的医生吗？”——译者注

请告诉这充满悲伤的灵魂，它能否在遥远的仙境
拥抱一位被天使叫作丽诺尔的少女，她纤尘不染，
拥抱一位被天使叫作丽诺尔的少女，她美丽娇艳。”
　　乌鸦答曰“永不复焉”。

“让这话做我们的道别辞，鸟或魔！”我起身吼道，
“回你的暴风雨中去吧，回你黑沉沉的夜之彼岸！
别留下你黑色的羽毛作为你灵魂撒过谎的象征！
留给我完整的孤独！快从我门上的雕像上滚蛋！
让你的嘴离开我的心，让你的身子离开我房间！”
　　乌鸦答曰“永不复焉”。

那乌鸦并没飞走，它仍然栖息，仍然栖息
在房门上方那苍白的帕拉斯半身雕像上面；
它的眼光与正在做梦的魔鬼的眼光一模一样，
照在它身上的灯光把它的阴影投射在地板；
而我的灵魂，会从那团在地板上漂浮的阴影中
　　解脱么——永不复焉！

1845

【选自[美]爱伦·坡：《爱伦·坡诗集》，曹明伦译，长沙，湖南文艺出版社，2012】

被窃之信

智者所恨莫过于机灵过头。

——塞内加

18××年秋，一个凉风阵阵的傍晚天刚黑之际，在巴黎圣热尔曼区迪诺街33号4楼我朋友那间小小的后书房，或者说藏书室里，我和朋友奥古斯特·迪潘一道，正在享受着双重的愉悦，一边沉思冥想，一边吸着海泡石烟斗。至少有一个小时，我们保持着一种完全的沉默。当时在任何偶然瞩目者的眼中，我俩说不定都显得是全神贯注地沉浸在污染了一屋空气的缭绕烟圈之中。可就我自己而论，我当时是正在琢磨黄昏初临之时我俩所谈论的某些话题；我指的是莫格街事件，以及玛丽·罗热谋杀案之不可思议。所以，当我们的房门被推开并走进我们的老熟人、巴黎警察局长G先生之时，我认为那真是一种巧合。

我们对他表示了由衷的欢迎，因为此君虽说讨厌，但也颇有风趣，而且我们有好几年没看见过他了。我俩一直是坐在黑暗之中，此时迪潘起身想去点灯，可一听G的来意便又重新坐下，G说他登门拜访是要就某件已引起大量麻烦的公事向我们请教，更确切地说是想征求我朋友的意见。

"如果是件需要动脑筋的事，"迪潘忍住没点燃灯芯，并说，"那我们最好还是在暗中来琢磨。"

"这又是你的一个怪念头。"那位警察局局长说，他习惯把凡是他理解不了的事情都称之为"怪"，而且就那样生活在一大堆"怪事"当中。

"非常正确。"迪潘一边说一边递给客人一支烟斗，并推给他一把舒适的椅子。

"这次是什么难题?"我问，"我希望别又是什么谋杀案?"

"哦，不，不是那种事。其实这件事非常简单，我相信我们自己也能处理得够好，不过我认为迪潘会喜欢听听这事的详情，因为这事是那么古怪。"

"既简单又古怪，"迪潘说。

"嘿，是的，可又不尽然。实际上我们都感到非常棘手，因为事情是那么简单，而我们却束手无策。"

"也许正是这事情的非常简单使你们不知所措。"我的朋友说。

"你胡说八道些什么!"警察局长一边应答一边开怀大笑。

"也许这个秘密有点儿太公开。"迪潘说。

"哦，天哪！谁听说过这种高见?"

"有点儿太不证自明。"

"嘿嘿嘿！呵呵呵！哈哈哈!"我们的客人乐不可支，纵声大笑，"哎哟，迪潘，你早晚得把我笑死!"

"你要说的到底是什么事?"我问。

"嘿，我就告诉你们，"局长答道，随之沉思着慢慢吐出长长的一口烟，并在他那把椅子上坐了下来，“我三言两语就可以告诉你们，但在我开始之前，请允许我提醒你们，这是一件需要绝对保密的事，要是让人知道我向谁透露了此事，我眼下这个位置很可能就保不住了。”

“讲吧。”我说。

“要么别讲。”迪潘道。

“这个，好吧，这消息是一名地位很高的要人亲口告诉我的，王宫里一份绝顶重要的文件被人窃走。窃件人是谁已经知道，这一点确凿无疑；他是在有人目睹的情况下窃走文件的。另外还知道，那份文件还在他手里。”

“这何以得知？”迪潘问。

“这显然是根据文件的性质推断而得知，”警察局长回答，“根据文件一旦被窃贼转手便会立即引起的某些后果尚未出现这一事实，也就是说，根据他正按照其最终必然会利用那份文件的计划再对其加以利用这一事实。”

“请稍稍讲明白一点。”我说。

“好吧，我可以斗胆说到这个程度，那份文件会使窃件人在某一方面获得某种权力，而这种权力之大不可估量。”那位警察局长爱用外交辞令。

“我还是不大明白。”迪潘说。

“不大明白？好吧，倘若把那份文件泄露给一位我们不便称名道姓的第三者，那有位显要人物的名誉就将受到怀疑，而这一事实使文件之持有者现在能摆布那位名誉和安宁都如此岌岌可危的显要人物。”

“但这种摆布，”我插话道，“大概得依赖于窃件人确知失窃者知道他就是窃贼。可谁敢……”

“这个窃贼，”G说，“就是D大臣，他什么事都敢做，不管那是不是一个男子汉该做的事。他这次偷窃手段之巧妙不亚于其大胆。我们所说的那份文件，坦率地说，是一封信，一封那位失去它的要人独自在王宫时收到的信。她正在读信，突然被另一位要人的出现所打断，而这个高贵的人物正是她最不想令其见到那封信的人。慌乱中她未能将信塞进抽屉，只好把已拆开的信放在了桌面上。不过朝上的一面是姓名地址，因此信的内容并没有暴露，从而没引起那位高贵人物的注意。在这个节骨眼上D大臣走了进来。他目光锐利的眼睛一下子就看到了桌上的信件，认出了写地址姓名的笔迹，觉察到了收信人的惶遽，并揣摩出了她的秘密。在按他通常的方式匆匆办完几件公事之后，他取出一封与桌上信件有几分相似的信，并将其拆开假装读了一阵，然后把它放在桌上那封信旁边。接着他又就公务谈了大约有十五分钟。最后告辞之时，他从桌上取走了那封不属于他的信。那信的合法所有人眼睁睁看他把信拿走，可当着那位就站在她身边的第三者，她当然没敢声张此事。那位大臣溜了，把他自己的那封信（一封无关紧要的信）留在了桌上。”

“那么，”迪潘对我说，“这下正好有了你刚才所要求的那种实现摆布的先决条件，即窃信人确知失信人知道他就是窃贼。”

“是的，”警察局长答道，“而凭借这种摆布所获取的权力，几个月来一直被用于政治上的意图，已经到了一种非常危险的地步。失信的那位要人一天比一天更清楚地认识到收回那封信的必要性。但是这事当然不能公开进行，最后被逼得走投无路，她就把这事托付给我来处理。”

“除了你,”迪潘在一大团缭绕翻卷的烟雾中说,“我看再也找不到,甚至再也想不到更精明能干的办事人了。”

“你是在奉承我,”警察局长答道,“但说不定有人一直持有这种看法。”

“显而易见,”我说,“正如你所言,那封信依然在那位大臣手里,因为正是这种占有,而不是其他任何形式的利用,使他获得那份权力。信一旦另作他用,那份权力也就失去。”

“的确如此,”G说道,“我着手此事也正是基于这种确信。我首先考虑的就是要彻底搜查那位大臣的宅邸;而在这点上,我主要的为难之处就在于搜查必须在不为主人所知的情况下进行,我事先就已经警觉到,要是落下把柄,让他怀疑到我们的意图,那将会招来危险的后果。”

“可是,”我说,“你在这方面是真正的专家。巴黎警方以前也经常进行这类调查。”

“那倒也是,因此我没有丧失信心。那位大臣的习惯也给了我可乘之机。他常常整夜不在家。他的仆人并不太多。他们睡觉的地方离主人的房间有一段距离,而且他们大多是那不勒斯人,很容易被灌醉。正如你们所知,我有能打开巴黎任何房间或任何橱柜的钥匙。三个月来,没有一天晚上我不是大部分时间都在亲自参加对D家宅邸的搜查。这件事关系到我的名誉,而且,实不相瞒,那笔酬金数目很大。因此我一直没放弃搜寻,直到最后我终于相信这个窃贼的确比我机灵。我认为我已经搜遍了那座宅邸里能藏匿那封信件的每个角落。”

“但是,有没有这样的可能,”我委婉地启发道,“尽管那封信也许在那位大臣手里,正如毫无疑问的那样,可他说不定会把信藏在别处,而没有藏在他自己家里?”

“这几乎不可能,”迪潘说,“照眼下宫中的特殊情况来看,尤其是从已知有D卷入的那些阴谋来看,那封信应该藏在他身边,以便他伸手可及、随时可取,因为这点与占有那封信几乎同样重要。”

“它随时可取?”我问。

“也就是说,随时可销毁。”迪潘说。

“完全正确,”我说,“由此可见那封信显然是在他家里。至于那位大臣随身带信,我们可以认为这毫无可能。”

“完全不可能,”警察局长说,“他已经连遭两次抢劫,仿佛是遇上了拦路强盗,他在我亲自监视下被严格地搜过身。”

“你本该省掉这份麻烦,”迪潘说,“我相信D不完全是个白痴,既然如此,他一定会理所当然地料到这些拦路抢劫。”

“不完全是个白痴,”G说,“可他是个诗人,而我认为诗人和白痴也就只差那么一步。”

“言之有理,”迪潘若有所思地从他的海泡石烟斗深深吸了口烟,然后说,“尽管我自己也愚不可及地写了些打油诗。”

“你详细谈谈搜查的经过吧。”我说。

“当然,事实上我们搜得很慢,而且我们搜遍了每一个地方。对这种事我有长期的经验。我对那幢房子是一个房间一个房间地搜,每个房间都花了七个晚上。我们首先是检查房间里的家具。我们打开了每一个可能存在抽屉，我相信你们也知道，对一名训练有素的警探，像秘密抽屉之类的把戏不可能有秘密可言。谁若是在这种搜查中竟允许一个‘秘密’抽屉从他眼皮下滑过，那他准是个笨蛋，这种事非常简单。每一个橱柜都有一定的体积，都占一定的空间。再说我们有高精度的量尺，一根线的五十分之一的差异都逃不过我们的眼睛。搜完橱柜我们又检查椅子。椅垫都被探针一一戳过，就是你们看见我用过的那种精巧的长针。我们还卸下桌面。”

“干吗要卸下桌面?”

“有时候，桌面或是其他家具类似的板面会被想藏东西的人卸开；然后把柱脚凿空，把东西放进空洞，再把板面重新装上。床柱的柱脚和柱顶也可按此同样的方式加以利用。”

“可难道不能凭声音查出空洞?”我问。

“要是放入东西后，周围再填足够的棉花，那就听不出来了。再说，我们这次搜查绝不能弄出任何声响。”

“但你们总不能卸下——总不能把所有可能按你所说的方式藏匿东西的家具都统统拆开。一封信可以被缩卷成一个细细的纸卷，形状大小和一根粗一点的编织针差不多，这样它便可以，譬如说可以被嵌进椅子的横档。你们没把所有的椅子都拆散吧?”

“当然没有，可我们干得更好。借助于一个高倍放大镜，我们检查了那幢房子里每一把椅子的横档，实际上是检查了各种家具的全部接榫。若是有任何新近动过的痕迹，我们都会马上检查出来。譬如说，一粒钻孔留下的尘末，看起来会像一个苹果那样明显。粘合处的任何细微差异，接榫处的任何异常缝隙，都保证会被我们查出。”

“我相信你们注意到了镜子的镜面和底板之间，刺过了卧床和床上的被褥，也没有放过窗帘和地毯。”

“那是当然。我们用这种方式彻底检查完所有的家具之后，我们又检查了那幢房子本身。我们把房子的整个表面划成区片，编上号码，从而不漏查任何一个部分，然后我们细查了整个宅邸的每一平方英寸，包括毗连的两幢附属房屋，我们和先前一样借助了放大镜。”

“毗连的两幢房屋!”我失声道，“你们准费了不少力。”

“是费力不少，可那笔酬金也高得惊人。”

“你们查过了房屋周围的地面吗?”

“所有的地面都铺了砖。这也没给我们造成什么麻烦。我们检查了砖缝间的青苔，发现全都未被动过。”

“你们当然查过 D 的文件，而且查过他书房里那些书?”

“的确如此，我们打开了每一个文件包和文件夹。我们不仅打开了每一本书，而且每一本都逐页翻过，而不是像我们有些警官那样，只把书抖抖就算了事。我们还非常准确地测量了每本书封面的厚度，并用放大镜进行过最挑剔的查看。要是有哪本书的装帧新近动过，那它绝对不可能逃过我们的眼睛。有五六本刚被重新装订过的书，我们都用探针小心翼翼地纵向刺过。”

“你们查过地毯下面的地板吗?”

“那还用说。我们掀开了每一块地毯，所有地板都用放大镜看过。”

“那么墙纸呢?”

“查过。”

“你们查过地窖吗?”

“也查过。”

“那么,”我说,“你肯定是失算了,那封信并不像你所认为的那样藏在那座住宅里。”

“恐怕这点上你是对的,”警察局长说,“而现在,迪潘,你说我该怎么办?”

“再把那幢住宅彻底搜一遍。”

“这绝无必要。”G回答,“我确信那封信不在那座宅邸,就像我确信自己还在呼吸一样。”

“那我就没有更好的主意了。”迪潘说,“当然,你一定知道那封信准确的特征?”

“哦,是的!”警察局长说着掏出一本备忘录,开始大声念出那封失窃信件的内面,尤其表面的详细特征。他念完那番描述不久就神情沮丧地告辞了,我以前从未见过这位快活的绅士如此垂头丧气。

大约一个月之后他再次来访,发现我俩几乎和上次一样待在屋里。他拿了一支烟斗,在一把椅子上坐下,开始和我们闲聊了起来。最后我说:“对啦,G,那封被窃之信怎么样了?我想你最终已经承认,同那位大臣钩心斗角你绝不是对手?”

“见他的鬼!我得说,是的,可我仍然按迪潘的建议重新搜查了那幢宅邸,但不出我所料,全是白费力气。”

“提供的那笔酬金是多少,你说过吗?”迪潘问。

“唔,一笔大数,一笔非常慷慨的酬金,我不想说出具体数目,但有一点我可以说,无论是谁能给我弄到那封信,我不惜开给他一张五万法郎的私人支票。实际上,这事正变得一天比一天要紧,最近那笔酬金已翻成了两倍。可即使是翻成三倍,我能做的都已经做了。”

“噢,是吗?”迪潘一边吸他的海泡石烟斗,一边拖长声音说道,“其实……其实我真认为,G,就此事而论,你还没竭尽全力。你可以……我认为,再稍稍努把力,嗯?”

“怎么努力?朝哪个方面?”

“噢……噗……你可以……噗……就此事向人讨教嘛,嗯?……噗,噗,噗。你记得人们讲的阿伯内西①那个故事吗?”

“不。该死的阿伯内西!”

“当然!你尽可以说他该死。可从前有个阔绰的守财奴竟想揩他的油,挖空心思想骗这位阿伯内西从而能白白为他开一张处方。为此在一次私人交往中,他趁聊家常之机巧妙地向这位医生述说了自己的病情,装作是在讲一名假设患者的症状。”

“‘我们可以假定,’那个守财奴说,‘他的症状就是这样。那么,大夫,你说他该讨什么药?’”

“讨什么药!”阿伯内西回道,“那当然应该向医生讨教。”

“可是,”警察局长略为不安地说,“我是非常乐意向人讨教,而且真心愿意为此付钱。不论谁能够帮我办这事,我会实实在在地给他五万法郎。”

---

① 阿伯内西(John Abenerthy,1764—1831),英国著名医生。——译者注

“要是那样的话，”迪潘说着拉开一个抽屉，取出一本支票簿，“你最好照你刚才说的那个数填张支票给我。等你在支票上签好名，我就把那封信给你。”

我大吃一惊，而那位警察局长则完全像是遭了雷击。他好几分钟没吭一声，而且一动不动，只是大张着嘴不相信地盯着我的朋友，那对眼珠仿佛都快从眼窝里迸出来。过了一会儿他似乎多少恢复了神志，抓起一支笔，接着又踌躇了片刻，狐疑地看了我朋友几眼，最后终于填了一张五万法郎的支票，签上名后隔着桌子把它递给了迪潘。迪潘仔细地看过支票并将其夹入了自己的钱包，然后他用钥匙打开书桌的分格抽屉，从里面取出一封信交给警察局长。这位官员大喜过望地一把抓过信，用颤抖的手把它展开。匆匆地看了一眼信的内容，然后急急忙忙、跌跌撞撞奔向门边，终于不顾礼节地冲出了我们的房间和那幢房子，自从迪潘要他填支票时起，他就没说过一个字。

他走之后，我的朋友开始解释此事。

“巴黎的警察自有他们的能干之处。”他说，“他们坚韧不拔，足智多谋，聪明老练，而且完全精通他们那行似乎应该具备的知识。所以当G向我们讲述他搜查D那些房屋所用的方法时，我完全确信他已经进行了一次符合要求的调查，就他所作的努力而论。”

“就他所作的努力而论？”我问。

“对，”迪潘道，“他们不仅采用了他们最好的方法，而且其实施过程也无可挑剔。要是那封信藏在他们的搜寻范围之内，这些家伙毫无疑问会把它找出。”

对他所言我只是付之一笑，可他却显得相当认真。

“所以，”他继续道，“那些方法本身是好的，实施过程也无可指责，其不足之处就在于那些方法不适用于此案此人。一套良策妙法在这位局长手中就像一张普罗克儒斯忒斯①的床，他总是把他的计划斩头削足地硬塞进去。可对手中正在处理的事情，他总是不断重复着要么操之过急要么浅尝辄止的错误，连许多小学生都比他会推理。我曾认识一个八岁左右的孩子，他玩‘猜单猜双’的游戏几乎是百猜百中，赢得人人叹服。这种游戏很简单，是用弹子来玩。游戏的一方手中捏弹子若干，要求另一方猜出弹子是单数还是双数。猜的人若是猜对便赢得一颗弹子，若是猜错便输掉一颗。我说的那个孩子把全校所有的弹子都赢了过去。当然他有他猜测的原理，而这个原理仅在于观察和估量对手的机灵程度。比方说他的对手是个十足的傻瓜，这傻瓜伸出握紧的手掌问，‘是单是双？’我们这位小学生猜‘单’并且输了；可他第二次就赢了，因为他当时寻思，‘这傻瓜第一次已出了双数，而他那点机灵只够他在第二次出单数，所以我要猜单’，结果他猜单而且赢了。但若是遇上个比前一位傻瓜稍聪明一点的笨蛋，他就会这样来推究，‘这家伙看到我第一次猜的是单，他这第二次的第一冲动也会像刚才那个傻瓜一样，打算来一个由双到单的简单变化，但他的第二念头会告诉他这变化太简单，因而他最后会决定照旧出双。所以我要猜双’，于是他猜双而且赢了。那么，这名被他的伙伴们称为‘幸运儿’的小学生的这种推理模式，归根到底是怎么一回事呢？”

“这只是推理者将其智力等同于他对手的智力所产生的一种自居心理。”我说。

“正是，”迪潘道，“当我问那孩子他凭什么方法产生出保证他成功的那种精确的自居

① 普罗克儒斯忒斯(Procrustes)，希腊神话中的巨人强盗，他把羁留的旅客缚在一张床上，体长者被截其下肢，体短者则被拉长。“普罗克儒斯忒斯的床”比喻生搬硬套，削足适履。——译者注

心理之时，我得到了如下回答：‘我要想知道任何一个人有多聪明，有多傻，有多好，有多坏，或是他当时脑子里在想些什么，我就让我的脸上尽可能惟妙惟肖地露出与他脸上相同的表情，然后我就等着，看脑子里出现什么念头似乎与那种表情相配，或是心里产生出什么感情好像与那种表情相称。’这位小学生的回答便是拉罗什富科①、拉布吕耶尔②、马基雅维利③和康帕内拉④所具有的全部假深奥之基础。”

“如果我对你所言理解正确的话，”我说，“这种推理者将自身智力等同于对手智力的自居心理，依赖于对对手智力估量的准确性。”

“就其实用性而言，这种准确性是关键，”迪潘回答，“而警察局长和他手下那帮人如此屡屡失误，首先是因为缺乏这种自居心理，其次是因为对对手的智力估计不当，更正确地说是由于压根儿没去估计。他们只考虑自己的神机妙算，在搜寻任何藏匿之物的时候，他们想到的只是他们自己会采用的藏匿模式。他们在这一点上是对的，那就是他们的神机妙算忠实地体现了大多数人的锦囊妙计，可要是遇上罪犯的计谋与他们的心路相异，那罪犯当然会挫败他们。若那计谋高他们一着，这种挫败更不可避免。即便那计谋逊他们一筹，这种挫败也屡见不鲜。他们进行调查的原则始终一成不变，即使被某种紧急情况催迫(被某笔高额赏金驱使)，他们充其量也只会把他们习惯的那套老办法铺得更开，拉得更长，而不会去触及他们的原则。比如在这次 D 案中，他们的所作所为有哪一点改变了其行动原则呢？钻孔、刺眼、测量、用放大镜观察、把房屋表面划分成编上号的一个个平方英寸，这一切，除了说是那个或那套搜寻原则在运用时的变本加厉之外，还能说是什么呢？而这种原则难道不是建立在那位局长在其长期的公务中所习惯的对人类心智的一整套看法？你难道没有看出，他理所当然地认为，任何人要藏一封信，即便不是不折不扣地藏在椅脚上钻出的空洞里，至少也是藏在那个念头所启示的另外某一个洞穴或角落？你难道没有看出，这种秘密的藏物之处只适合一般情况，而且只被智力平平的人采用，因为在所有的藏匿物品案中，物品的这种藏法(以这种秘密的藏法)总是最先被假定并被推测出的，因而所藏物品之发现并不依赖搜寻者的敏锐，仅仅依赖他们的细心、耐心和决定；而每逢案情重大，或者说因为巨额赏金使案情在警方眼中显得重大，还从不知道有过失去这种细心、耐心和决心的时候。你现在肯定已明白了我要说的意思，假若那被窃之信藏匿在那位局长搜寻范围之内的任何地方，换言之，假若其藏匿原则包括在警察局长那套原则之中，那它的被发现就会是一件毫无疑问的事。可这位局长大人已完全被弄得莫名其妙，而他受挫的间接原因就在于他推测那位大臣是个白痴，因为该大臣素有诗人的名望。白痴皆诗人，警察局长这么认为，并因此而得出诗人皆白痴的结论，从而彻底地犯了一个全称肯定判断之谓项周延的逻辑错误。”

“可此人真是诗人吗？”我问，“据我所知他们是两兄弟，两人都以博学多才而闻名。我想这位大臣曾颇有见地写过微分学方面的专论。他是个数学家，而不是诗人。”

“你弄错了。我对他非常了解，他两者都是。作为诗人兼数学家，他历来善于推理，

① 拉罗什富科(La Rochefoucauld，1613—1680)，法国伦理学家，著有《箴言录》五卷。——译者注
② 拉布吕耶尔(La Bruyère，1645—1696)，法国作家，著有《品格论》等。——译者注
③ 马基雅维利(1469—1527)，意大利学者，著有《君主论》等。——译者注
④ 康帕内拉(T. Campanella，1568—1639)，意大利哲学家，著有《太阳城》等。——译者注

若仅仅是个数学家，那他压根儿就不会推理，而这样他也许早就由那位长官摆布了。”

“你真令我吃惊，”我说，“这种见解一直被世人群起而攻之。你总不至于要蔑视千百年来举世公认的看法。数学推理早已被视为最完善的推理方法。”

“‘可以断定，’迪潘引用尚福尔的一句原话作为回答，‘所有流行的见解和公认的惯例都是蠢话，因为他们适合大多数人。’①不错，数学家们一直不遗余力地散播你所提到的这个流行的谬误，这个谬误虽被当做真理传播，但归根结底还是谬误。譬如，他们以一种本值得用于更好目的的心计，巧妙地把‘解析’这个术语悄悄挪用于‘代数’。法国人是偷换这个术语的创始人；但是，如果说一个术语还有其重要性，如果说字眼从其应用性中衍生出什么含义，那么，‘解析’本身就包含‘代数’之意，这差不多就像拉丁文‘ambitus’含有‘野心’之意，‘religio’含有‘宗教’之意，或像‘homines honesti’含有‘体面人’的意思一样。”

“我明白了，”我说，“你是在同巴黎的一些代数学家进行一场争论，但请说下去。”

“除了抽象逻辑形式的推理之外，我对根置于其他任何特殊形式的推理之实用性表示怀疑，因而也怀疑它们的价值。我尤其怀疑由数学研究演绎而出的推理。数学是研究空间形式和数量关系的科学，数学推理仅仅是用来观察形式和数量的逻辑推理。世人之大错在于竟把那种所谓的纯代数之真理视为抽象真理或普遍真理。这种错误是如此荒谬绝伦，以致它被接受之普遍性着实令我惶惑。数学公理并非普遍真理之公理。譬如，形式和数量关系中的真理，于伦理学则常常是十足的谬误。在伦理学中，各部分相加之和等于整体这一公理几乎不能成立。这公理在化学中也不足为理。在考虑动机时，这公理也不适用；因为两个各有其既定价值的动机，加在一起的价值未必就等于二者各自价值之和。还有许多其他的数学真理也只有在研究关系的范畴内才称其为真理。但数学家据自己的有限真理进行争论之时，都出于习惯地认为它们似乎具有绝对普遍的实用性，正如世人们实际上所想象的那样。布赖恩特在其博大精深的《神话》②中提到了一个类似的谬误根源，他说‘尽管异教徒的神话纯属子虚乌有，可我们却不断地忘乎所以并把它们当做存在的现实，并从中作出推论。’但对这些本身就是异教徒的代数家们来说，‘异教神话’是可信的，他们从中作出推论与其说是由于记忆差错，不如说是因为一种莫名其妙的头脑糊涂。总之，我还没遇见过一位除了求等根之外能信得过的数学家，也不知道有哪位数学家不暗中坚信 x^2+px 绝对无条件等于 q。你不妨试试，去对那些先生中的某一位说你认为可能会出现 x^2+px 不尽然等于 q 的情况，而且一旦让他明白你的意思你就尽快溜走，因为毫无疑问，他会竭力把你驳倒。”

当我只是对他最后一句话付之一笑之时，迪潘继续道：“我的意思是说，如果那位大臣仅仅是名数学家，那么警察局长就没有必要给我这张支票。但我知道他既是数学家又是诗人，因而我用的办法很适合他的智力，同时也考虑到了他所处的环境。我还知道他是个猾吏佞臣，是一个无耻的阴谋家。我认为这样一个人不可能不了解警方行动的常

① 语出法国作家尚福尔(Chamfort，1741—1794)《箴言与轶事》(Pensées，maximes et anecdotes，1795)第2卷第42章。——译者注

② 即英国学者雅各布·布赖恩特(Jacob Bryant，1715—1804)所著《一个新体系，或古代神话分析》(*A New System*；*or*，*an Analysis of Ancient Mythology*，1774—1776)。——译者注

规模式。他不可能不料到，而事实已经证明他的确料到了，他会遭到拦路抢劫。我想，他肯定也预料到了他的住宅会被秘密搜查。他常常不在家过夜被警察局长喜滋滋地认为是助他成功的良机，可我却只把它视为诡计，他是故意向警方提供彻底搜查的机会，以便更快地让他们确信那封信并没有藏在家里，事实上G最后果然上当。还有我刚才用心对你讲的关于警方搜赃行动之不变原则的那一连串想法，我觉得这些想法也必定会在那位大臣脑子里一一闪过。这必然会使他看不上通常藏匿物品的那些旮旯角落。我想他不可能这么愚钝，竟然看不出在警察局长的探针、木钻和放大镜前，他那宅邸里最偏僻隐秘的角落也会像最普通的橱柜一样暴露无遗。总而言之，我看出，即便不是出于深思熟虑的选择，他也会理所当然地被迫求简。你大概该记得我们与警察局长第一次会谈时他是如何狂笑，就是当我向他暗示这难题令他棘手很可能正是因为其不证自明的那个时候。"

"记得，"我说，"我记得他当时那股乐劲儿。我真以为他会笑得抽筋。"

"物质世界，"迪潘继续说，"有很多地方与非物质世界极其相似，因此修辞定义便被赋予了某种真实的意味，隐喻或明喻不但可以用来给描述润色，也可以用来增强论证的效果。譬如，惯性原理在物理学中和在形而上学中似乎是相同的。在物理学中，一个质量大的物体比一个质量较小的物体更难以启动，而启动后的动量与启动的难度相称；在形而上学中也有同样的情况，智能较高者在运用其智力时比智能较低者更有力，更持久，而且更富于变化，但在其行进的最初几步中，他们却更不容易起步，更显得窘迫，更多优柔寡断。还有，你是否注意过街头商店门上的招牌，哪一种最引人注目?"

"我从来没注意过这事。"我说。

"有一种在地图上玩的找字游戏，"迪潘接着讲，"玩的一方要求另一方找出一个指定的字眼，城镇、河流或国家的名称，总之就是那花花绿绿、错综复杂的地图表面上的任何字眼。玩这种游戏的新手为了难住对方，通常都是指定一些字号最小的名字，但老手却往往挑那些从地图的一端伸到另一端的大号字印的地名。这些地名就像街上那些字形太大的招牌和广告一样，由于过分明显反而不被人注意；这种视觉上的疏虞和心智上的失慎完全相同，那些过分彰明较著、不言而喻的考虑往往会被智者所忽略。不过那位警察局长对这一点似乎没法领会，或是不屑于去领会。他压根儿就不会想到那位大臣很可能，或者说有可能，把所窃之信就放在众人的眼皮底下，用这种最好的办法来防止别人发现。

"可我越是想到D那种锐气十足且有胆有识的老谋深算，就越是想到他要充分利用那信就必然会始终把它放在身边这一事实；越是想到警察局长已给出的确证，即信件并没有藏在他的常规搜寻范围之内，我就越是确信那位大臣会用欲擒故纵的妙计，大模大样地把信摆在显眼的地方。

"心中有数之后，我备了一副绿色镜片的眼镜，并在一个晴朗的上午非常偶然地去那位大臣的府邸拜访。我发现D在家，像平时一样打着哈欠懒洋洋地在屋里闲荡，装出一副无聊透顶的样子。其实在活着的人当中，他也许是精力最充沛的一个，不过只有在没人看见时他才会那样。

"为了和他旗鼓相当，我抱怨自己眼睛弱视，并为必须戴眼镜而悲叹了一番，同时我表面上只顾跟主人说话，暗地里却在眼镜的遮掩下留心把房间彻底地扫视了一遍。

“我特别注意他座位旁边的一张大书桌，桌面上杂乱无章地放着一些书信和文件，另有一两件乐器和几本书。然而，经过长时间周密而仔细的观察，我并没有发现任何可疑之处。

“最后，当我再次扫视房间之时，我的目光落在了一个纸板做的华而不实的卡片架上，那个卡片架由一根脏兮兮的蓝色缎带悬挂在壁炉架正中稍低一点的一个小铜球雕饰上。在这个分成三四格的卡片架里插着五六张名片和一封孤零零的信。此信又脏又皱，几乎从中间撕成两半，仿佛信的主人开始觉得它没用，打算把它撕碎，但转念一想又改变主意将它留了下来。信上印着一枚大黑图章，清楚地呈现出D姓名首写字母的拼合图案，信上的收信人地址是一位女性娟秀的笔迹，收信者正是D大臣本人。信被漫不经心地，甚至好像是被不屑一顾地插在卡片架的最上一格。

“我一看见此信就立刻断定它就是我要找的那封。诚然，它看上去与警察局长为我们详细描述的那封信完全不同。这封信上的印章又大又黑，图案是D的名字首写字母的拼合，而那封信上的印章又小又红，图案是S家族的公爵纹章。这封信的收信人是大臣本人，写地址姓名的笔迹纤细娟秀，而那封信的收信人是一名王室成员，写姓名地址的字迹粗犷刚劲。两信唯一的相似之处就是大小相同。然而，那些不同之处未免太过分了；那信又脏又皱而且还被撕开一半的样子与D实际上井井有理的习性极不相符，不由得令人想到这是企图要蒙骗看到信的人，使其误认为此信毫无价值。这些情况，连同该信让来者一眼就能看到的过分突出的位置，加之与我先前的断定如此一致，所有这些情况，如我刚才所言，在一个心存疑窦的来者眼里，都足以证实心中的怀疑。我尽可能地拖长做客的时间，一边就一个我深信大臣不会不感兴趣的话题与他高谈阔论，一边却把注意力真正集中在那封信上。在这次观察中，我记住了信的外貌和它插入卡片架的样子，而且最后我还有一个忽然的发现，这发现消除了我心中也许还残存的任何一丝疑惑。在细看那封信的四边之时，我注意到它们的磨损似乎超过了应有的程度。它们所呈现的那种磨损就像有人把一张硬纸先叠好再用折叠器压过，然后又翻过一面按先前的折痕重新叠过。这个发现足以使我清楚地看出，此信就像一只手套那样被人翻过，把里面翻到外面，然后重写地址姓名，重新加封盖印。于是我向大臣道过日安，匆匆告辞，把一个金鼻烟盒留在了那张桌上。

“第二天上午我专程去取那个烟盒，两人又急切地重新谈起了前一天的话题。可是当我们正谈得起劲，忽听紧挨着宅邸的窗下传来一声巨响，像是一支手枪射击的声音，随之是一阵可怕的尖叫和街上人群的大声呼喊。D冲向一扇窗户，将其推开并朝外张望。与此同时我走到卡片架跟前，抽出那封信放进我的口袋，然后把一封一模一样的信(就其外表而言)插在了原来的位置。假信是我在家里精心复制好的，我用面包做假印，很容易就模仿了D的图章。

“街上那阵骚乱是由一名带滑膛枪的人胡作非为所引起的。他在妇孺群中开了一枪。可后来证明枪里没装弹丸，那家伙也就被当作疯子或酒鬼随他去了。他走之后D才离开窗口，而我刚才一拿到信就跟着他站到了窗边。此后没过多久我就向他告辞。那个装疯的人是我花钱雇来的。”

“可是，”我问，“你用一封假信去调包有何意义？你第一次拜访时抓过信就走不是更好吗？”

“D是一个亡命之徒，”迪潘回答，“而且遇事沉着果敢。再说，他府上也不乏对他忠心耿耿的奴仆。如果我照你说的那样贸然行事，那我很可能不会活着与那位大臣分手。善良的巴黎人说不定就再也不会听谁说起我了。不过除了这些考虑我还有一个目的。你知道我的政治倾向。在这件事中，我充当了那位当事的夫人的坚决支持者。这位大臣已经把她摆布了十八个月。现在该由她来摆布他了。因为，由于不知道所窃之信已不在自己手中，他将一如既往地继续对她进行讹诈。这样他马上就会不可避免地导致自己政治上的灭亡。他的垮台将使他感到突然，但更会使他感到难堪。下地狱容易，这话说得真好；不过在各种各样的攀缘钻营中，那就正如卡塔拉尼[①]谈到唱歌时所说的那样，升高比降低要容易得多。就眼下之例而言，我对他的垮台毫不同情，至少毫不怜悯。他就是那种monstrum horrendum[②]，一个没有德行的天才。可我得承认，我非常想知道，当他被那位警察局长称之为‘某位要人’的她嗤之以鼻时，当他被逼得只好打开我为他留在卡片架上的那封信时，他心里会有一番什么感想。”

“怎么？难道你在信中写了什么不成？”

“当然，让里面一片空白似乎很不恰当，那岂不是显得无礼。D曾经在维也纳做过一件有损于我的事，我当时曾平心静气地对他说我不会忘记。所以，既然我知道他会对是谁赢了他而感到好奇，我觉得不给他留一条线索未免遗憾。他非常熟悉我的笔迹，于是我只在那面白纸中央抄写了一句话：

如此歹毒之计，若比不过阿特柔斯，也配得上堤厄斯忒斯。

这句话见于克雷比雍的《阿特柔斯》。[③]

【选自[美]爱伦·坡：《爱伦·坡短篇小说全集》，曹明伦译，北京，当代中国出版社，2014】

---

① 卡塔拉尼(Angelica Catalani，1780—1849)，意大利著名女高音歌唱家，曾在《费加罗的婚礼》中饰苏珊娜。——译者注

② 拉丁语：可怕的怪物。语出维吉尔《伊尼特》第6卷第658行。——编者注

③ 即法国剧作家克雷比雍(1674—1762)根据希腊神话写成的悲剧《阿特柔斯与堤厄斯忒斯》(1707)。剧中堤厄斯忒斯诱奸了其兄迈锡国王阿特柔斯之妻；作为报复，阿特柔斯杀了堤厄斯忒斯的三个儿子并烹熟让其食之。——译者注

司汤达

司汤达(1783—1842)，原名亨利·拜尔，是19世纪法国杰出的现实主义作家。《红与黑》是19世纪欧洲现实主义文学的奠基作品，也是司汤达的代表作。小说讲述小城维里业青年于连在退伍军医和神甫的指导下阅读大量书籍自学成才，受到启蒙思想的影响。市长德·雷纳先生看中于连，聘他为家庭教师。于连在市长家与德·雷纳夫人发生恋情，在恋情即将暴露时，于连被迫去省城贝藏松的神学院学习。于连在神学院得到院长彼拉尔神甫的庇护，被提拔为辅助教师，但后来彼拉尔神甫被排挤离开神学院，于是他推荐于连去身为高官的德·拉摩尔侯爵府做秘书。在侯爵府于连又和德·拉摩尔小姐发生恋情并致使小姐怀孕。侯爵小姐以死要挟父亲，希望与于连结婚，侯爵勉强同意，但派人写信去调查于连的过去。在忏悔神甫的指使下，德·雷纳夫人写信揭发于连诱惑女性以达到获取财产和地位的目的，侯爵阅信后大怒，坚决否决了女儿的婚事。于连一怒之下回到维里业持枪向德·雷纳夫人射击，夫人受了重伤，于连被捕受审，最后被判处死刑。

《红与黑》广泛地展现了19世纪初波旁王朝复辟时期的社会风俗，强烈抨击了复辟时期贵族的反动、教会的黑暗和资产阶级新贵的卑鄙庸俗、利欲熏心。于连是复辟时期受压抑的小资产阶级知识分子个人奋斗的典型，鼓舞他奋斗的是个人英雄主义。司汤达始终把于连放在典型环境中加以塑造。此外，司汤达擅长展示重要行动前人物的心理过程，广泛运用独白和自由联想等多种艺术手法来挖掘人物的意识活动，使小说成为心理描写的典范。

本书选取的《红与黑》上卷第三十章和下卷第四十三章，都是描写于连与情人德·雷纳夫人会面的情景。上卷第三十章讲述于连得到彼拉尔神甫的推荐，即将去巴黎赴任德·拉摩尔侯爵的秘书。于连在离开贝藏松神学院后回故乡去与德·雷纳夫人偷偷见面，他在与德·雷纳夫人相聚一天一夜之后被德·雷纳先生发现，被迫逃离维里业。下卷第四十三章主要叙述于连被判死刑后，德·雷纳夫人去劝说他上诉的情形。两人见面充满激情和懊悔，互相表示原谅对方过去的伤害。

红与黑(节选)

上卷第三十章　野心勃勃

只有一种贵族，那就是公爵。侯爵不过是可爱的头衔。听见喊公爵，大家才会回首观看。

《爱丁堡评论》[1]

凡是大人物都有点惺惺作态，明眼人知道，这是表面上彬彬有礼，骨子里压根就瞧不起人。德·拉摩尔侯爵接待彼拉尔神甫时就没有采用这种态度，因为那无异浪费时间，而他公事繁忙，必须争分夺秒。

六个月以来，他机关算尽，企图使王上和国民接受他所建议的一个内阁，而这个内阁出于感恩图报，一定会封他为公爵。

多年以来，侯爵要求他的律师就他在弗朗什-孔泰的案子提出一份简明扼要的报告，但始终得不到。那位著名的律师自己对案子都不明白，又怎能给他解释清楚呢？

神甫只递给他一小张方块纸，便把一切都说明白了。

“我亲爱的神甫，”侯爵只花了不到五分钟和他寒暄并询问了个人的私事，接着便对他说道，“我亲爱的神甫，虽然大家都说我家业兴旺，我却没有时间去认真管一管两件不大但很重要的事情：那就是我的家庭和我的事务。我大致能照管我家的财产，而且能使之有所发展；我还得照管自己的娱乐，而且这是应该首先考虑的，至少我看是如此。”他加了一句，同时发现彼拉尔神甫的目光中露出惊讶的神情。神甫虽然通情达理，但看见一个上了年纪的人如此坦率地谈到自己的寻欢作乐，也着实感到意外。

“在巴黎，干活的人肯定有，”那位大人物继续说道，“但都住在六层楼上。我一旦接近一个人，这个人便会搬到三楼，而他的妻子就会每周空出一天来接待客人。因此，便再也不干活，不努力了，一心只想成为或装出是社交场的人物。他们一旦有饭吃便只干这个。

“我的案子，准确地说吧，我的每一个单独的案子都有律师为我卖命，前天就有一个患肺病死了。不过，为了处理我的全部事务，您相信吗？先生，三年来，我一直都在物色一个人，除了为我抄写之外，肯认真考虑一下他所做的事。不过，这一切只不过是段开场白。

“我敬重您，我还敢说，尽管与您初次见面，我喜欢您。您愿做我的秘书吗？年薪八千法郎或者双倍于此数都行。这样做我还赚了哩，我可以向您保证。我负责给您保留教区那个肥缺，等将来咱们不再合作时您可以去。”

---

① 《爱丁堡评论》，英国史学家布鲁汉姆主编的刊物。

神甫谢绝了。但谈话结束时，他见侯爵确实为难，便突然产生了一个想法。

“我在修道院里扔下了一个年轻人，如果我没料错，此人必会遭到残酷迫害。假如他只是一个普通的修士，早就 in pace① 了。

“到目前为止，这个年轻人只懂拉丁文和圣经，但总有一天他会在布道或者为世人指点迷津方面施展伟大的才华，这并非不可能的事。我不知道他将来做什么，但他有热烈的宗教信仰，前途远大。我本来打算万一遇见一位主教在对人对事的看法上哪怕有一点像您，便把这个年轻人交给他。”

“您这位年轻人是什么出身?”侯爵问道。

“据说他的父亲是山区的一个木匠，但我认为他大概是某个有钱人的私生子。我曾经看见他收到过一封匿名或使用假名的信，附有一张五百法郎的汇票。”

“哦！那是于连·索海尔。”侯爵说道。

“您是从哪儿知道他名字的?”神甫吃了一惊，问道。完了又觉得有点不好意思，脸都红了。

“这一点不能告诉您。”侯爵回答。

“那好!”神甫又说道，“您可以试试看请他做您的秘书，他有魄力，有头脑，总之，值得试一试。”

“为什么不呢?”侯爵说道，“不过，他会不会被警察局局长或其他什么人买通到我家里来当坐探呢? 这就是我犹豫的原因。”

彼拉尔神甫一再保证，侯爵终于拿出一张一千法郎的钞票，说道：

“把这个给于连·索海尔作路费，叫他来见我吧。”

“看得出您是住在巴黎,”彼拉尔说道，“不知道我们这些可怜的外省人，尤其是那些与耶稣会派格格不入的教士所受到的专横对待。他们不会让于连走的，他们会找出种种巧妙的借口，答复我说他病了，信寄丢了等等，等等。”

“我这几天请大臣给主教写封信好了。”侯爵说道。

“我还忘了提醒您,”神甫说道，“这个年轻人尽管出身寒微，但心高气傲，若伤了他的自尊心，他非但不会为你尽心办事，反会装呆卖傻。”

“我喜欢这一点,”侯爵说道，“我让他和我儿子做伴，这样行了吧?”

不久，于连收到一封信，字迹很陌生；从邮戳看是夏龙寄来的，里面有一张到贝藏松一家银号兑付的汇票，以及叫他立即去巴黎的通知。信的落款是个假名。但在打开信时，于连打了一个冷战：一片树叶落到他的脚边，这是他和彼拉尔神甫约定的暗号。

不到一个小时以后，于连奉召到主教府，并获得了慈父般的欢迎。主教引用贺拉斯的诗句，非常巧妙地祝贺于连，说他到了巴黎一定前程远大。按理于连对祝贺应该说几句话，但他什么也说不出来，首先因为他什么也不知道，主教大人对他极为器重。主教府的一个小教士给市长写了封信，市长立即亲自送来一张已经签发但未填名字的空白通行证。

当晚不到十二点，于连来到了富凯家。富凯头脑清醒，对好友似乎将得到的前程更多的是惊异而不是高兴。

---

① 拉丁文：在牢里。

“你最后顶多能在政府里谋到个职位，”这位自由派人士说道，“不得不为政府出主意，遭到报纸的抨击，等我知道你消息的时候，你已经丢尽了面子。你要记住，即使从赚钱的角度看，自己做主老老实实做木材生意赚上一百个路易，也比从一个政府，哪怕是所罗门王①的政府那里得到四千法郎的工资好得多。”

于连觉得这一切不过是乡下人的鼠目寸光，自己最终必能飞黄腾达，大展鸿图。根据他的想象，巴黎人既聪明又狡黠，也很虚伪，但和贝藏松和阿格德主教一样彬彬有礼，能去巴黎多么幸福，在他眼里，其他一切都不在话下。因此，以他朋友看，他已经被彼拉尔神甫的信弄得六神无主了。

第二天晌午时分，他乐滋滋地来到了维里业，盘算着可以又见到德·雷纳夫人。他先去拜访他的第一位保护人慈祥的谢朗神甫，却受到了冷冰冰的接待。

“你以为欠我什么情吗？”谢朗神甫没有回答他的问候，对他说道，“你和我一起吃饭，趁吃饭的时候，叫人给你租匹马，完了你就离开维里业，谁也别去看。”

“谨听尊命。”于连装出一副修道院学员的样子回答道。接着便只谈神学和拉丁文。

他骑上马，走了四里地，看见一片树林，瞅周围没人，奔了进去。日落时分，他把马打发回去。稍后，走进一个农家，那农民答应卖给他一把梯子，并跟着他，把梯子扛到俯瞰维里业“忠诚大道”的那个小树林。

“我是个逃避兵役的犯人……或者说是个走私犯，”农民告别时对他说道，“不过，有什么关系！梯子卖了好价钱，再说，我自己这一辈子也不是没干过猫儿腻的事。”

天很黑。凌晨一时左右，于连扛着梯子，走进了维里业城。他尽快走下急流的河床，急流深可十尺，两旁有墙，穿过德·雷纳先生美丽的花园。于连用梯子很容易便爬了上去，心里想：“看园子的狗会有何反应呢？”果然，狗吠了，飞奔着向他扑来。他轻轻地吹起了口哨，几条狗便围着他转，向他表示亲热。

他从一道平台攀上另一道平台，尽管铁栅栏都锁着，他还是轻而易举地爬到了德·雷纳夫人卧房的窗下，房间对着花园的那一边离地面只有八到十尺。

百叶窗上有一个心形的开口，于连十分熟悉，但使他犯愁的是开口上没有透出经常一夜都不灭的灯光。

“天哪！”他自言自语道，“今晚，德·雷纳夫人不在这里！她到哪儿去睡了呢？他们全家都在维里业，因为我看见那几条狗了。在这个没点灯的房间里，我可能会遇见德·雷纳先生本人或者一个生人，那乱子就闹大了！”

最好是赶紧走，但这样做于连感到恶心。如果是个陌生人，我一定把梯子一扔，撒腿就跑。但如果是她，会怎样接待我呢？她很后悔而且一心皈依天主，这一点我没理由怀疑，但她到底还记得我，因为她刚给我写过一封信。想到这里他打定了主意。

他心惊胆战地决定豁出去了，不是见到她，就是完蛋。接着捡起几颗小石子扔到百叶窗上，毫无反应。他把梯子靠在窗边，亲自动手去敲，初时轻轻地，后来便使劲敲了起来。心想，虽然天黑，给我一枪倒是可能的。这种想法把疯狂的举动一下子变成了有没有勇气的问题。

他心想：这房间今夜没人住，即便有人住，此时也该醒了。所以不必再有什么顾

---

① 所罗门王，公元前10世纪的以色列王，以治国有方著称。

忌，只须注意别让睡在其他房间的人听见就行了。

他下去把梯子靠在百叶窗上，又爬了上去，将手伸进心形的窗洞里。他运气不错，很快便摸到系在拴百叶窗的钩子上的铁丝。他把铁丝一拉，觉得百叶窗脱了钩，松动了。得慢慢推，让她认出我的声音。他推开百叶，把头伸进去，同时压低嗓子，说了几声：是自己人。

他侧耳细听，不见房间里有任何动静。壁炉上连盏半明不亮的长明灯也没有：这可不是好兆头。

小心挨枪子儿！他考虑了一下，然后，大胆地用手指敲了敲窗玻璃：没有反应。他加大了力度。哪怕要把玻璃敲碎，也非干到底不可。他又使劲地敲。忽然，他似乎在黑暗中看见一个白色的人影穿过房间走来。再看看，毫无疑问，这人影正缓缓地往前移动。他猛地看见一个人的脸颊贴到了窗玻璃上，与他的眼睛碰个正着。

他哆嗦了一下，身子往后便退。但天色太黑，尽管距离很近，却看不清是否是德·雷纳夫人。他担心对方会发出惊叫，耳旁又听见下面那几条狗在梯子旁边转悠和低吼。于是又说了一遍：“是我！自己人。”没有回答。那白色的幽灵忽地不见了。请把窗子打开，我有话和您说，我太苦恼了！他又使劲敲窗，把玻璃也快敲碎了。

咔嚓一声，窗子的插闩断了。他把玻璃窗推开，纵身跳进了房间。

那幽灵正要走开，于连一把拉住他的胳臂，原来是个女人。他一下子泄了气。如果是她，她会怎么说呢？当他从一声低喊中明白是德·雷纳夫人时，真是喜不自胜！

他把夫人搂在怀里。夫人浑身发抖几乎没力气把他推开。

“坏蛋！您要干什么？”

她声音发抖，几乎连这句话也说不出来。于连听出她是真生气了。

“十四个月不见，我受尽了折磨，现在是特地来看你的。”

“出去，立刻离开我。唉！谢朗神父，为什么不让我给他写信呢？这样可怕的事本来是可以避免的呀！”她不知哪里来的力气，猛地把于连推开。“我已悔罪，上天垂顾，给我指点迷津，”她若断若续地说道，“您出去！快走！”

“苦了十四个月，不和您谈谈我是绝不会走的。我想知道您干了些什么。啊！我如此爱您，您应该告诉我心里话……我想知道一切。”

德·雷纳夫人不由自主，于连威严的口吻使她无法抗拒。

于连一直热情地紧紧拥抱着她，不让她挣脱，此时突然两臂一松，夫人这才稍稍放了心。

“我去把梯子拉上来，”于连说道，“以免仆人被声音弄醒，起来巡查时发现，那咱们就完了。”

“噢！出去，别拉梯子，出去！”德·雷纳夫人真的生气了，“人来有什么关系？要紧的是上帝，上帝看见您来缠我会惩罚我的。您卑鄙地利用我过去对您的感情，但现在我已经没这种感情了，您明白吗？于连先生！”

于连慢慢地把梯子拉上来，以免发出声响。

“你丈夫是否在城里？”他这样问并非故意顶撞而是出于过去的习惯。

“求求您，别这样对我说话，否则我便喊我丈夫了。我没有不顾一切地把您赶走，罪过已经够大的了。我是可怜您。”她知道于连自尊心很强，便故意想办法激他。

夫人口口声声说您，他本想旧情复续而夫人却突然将过去的恩爱一刀两断，这一切反而使于连欲火如焚，到了疯狂的地步。

“什么！您不爱我了，这可能吗?”于连这发自内心的声音，谁能听见而不动容呢。

夫人没有回答，而于连却已伤心地哭起来了。

说真的，他连说话的力量也没有了。

“我就这样被唯一曾经爱过我的人完全忘了！从今以后，活着又有什么意思呢?”自从他不再担心遇见的是个男人，他的勇气便已离他而去。除了爱情，心里已经空无一物。

他一声不响地哭了很久，并抓住夫人的手。夫人想把手缩回去，但挣扎了几次，只好让他握着。屋里很黑，两个人都坐在德·雷纳夫人的床上。

这和十四个月以前多么不同啊！于连想到这里哭得更伤心了。人离开，所有感情也都烟消云散了。

“请告诉我您到底出什么事了?”于连没话找话，哽咽着问道。

“我失足的事大概在您走的时候已经闹得全城都知道了。”德·雷纳夫人回答时声音生硬，语气干巴巴的，对于连颇有责备之意，“您的行动太不谨慎了。不久，就在我绝望的时候，尊敬的谢朗神甫来看我。他花了很长时间希望我把事情说出来，但是没有结果。一天，他想出一个办法，把我带到第戎那座教堂里，我第一次领圣体的地方。到了那儿，他先开了腔……”德·雷纳夫人哭着说不下去了，“我羞愧得无地自容，只好把一切都说了。他是个好人，没有向我大发雷霆，反而和我一起扼腕唏嘘。这段日子，我天天给您写信，但又不敢寄给您，小心地藏起来，太痛苦时便躲进房里拿出来再看一遍。

“后来，谢朗神甫终于把信要了去……有几封写得比较谨慎，早就寄给了您，但是没有回音。”

“我敢起誓，我在修道院里从没收到过你的信。”

“天哪！是谁把信给扣了?”

“你想想我有多痛苦吧，在教堂见到你那天以前，我根本不知道你是否还活着。”

“上帝开恩，使我明白了我对他、对我的孩子、对我的丈夫犯了罪。”德·雷纳夫人又说道，“虽然我一直认为他从来没有像您那样爱过我。”

于连不由自主地扑到了她的怀里，但德·雷纳夫人把他推开，相当坚决地对他说：

“我那位可尊敬的朋友谢朗神甫使我明白了，我既然嫁给了德·雷纳先生，就等于把我的全部感情，甚至我不知道的、在与别人发生要命的关系之前从未经受过的感情都许给了他……自从我忍痛交出了这些宝贵的信以后，我的日子过得即使不幸福，至少也相当安详。别扰乱我的生活了，做我的朋友……我最好的朋友吧。”于连不住地吻她的手，她感到于连还在哭。“别哭了，您哭我难受极了……现在轮到您给我讲讲您的情况了。”于连根本说不出话来。“我想知道您在修道院里生活是怎样过的，说完您就走。”她一再说道。

于连心不在焉地讲了最初他所受到的没完没了的算计和妒忌，后来当上了辅导教师，生活才能安静一点。

“很久没有您的消息，”于连继续说道，“我以为大概是想让我明白我今天已经十分清楚的事，就是您不再爱我，我对您已经无足轻重了……”德·雷纳夫人紧握着他的手。“就在这个时候，您给我寄来了五百法郎。”

“没有的事。”德·雷纳夫人说道。

“信封盖的是巴黎的邮戳，落款则写保罗·索海尔，使怀疑的人都无机可乘。”

至于这封信可能是谁写的，这问题引发了一场短暂的讨论。思想一分散，两人严肃的语气不知不觉地也改变了，又回复到原来那种卿卿我我的口吻。房里很黑，他们彼此看不见对方，但声音可以说明一切。于连用胳臂搂起女友的腰，这种举动包含着很多危险。德·雷纳夫人企图推开他的胳臂。于连很机灵，立刻讲起一段有趣的经历，以吸引她的注意力，使她忘记了胳臂而听之任之。

对那封汇来五百法郎的信进行了一番猜测之后，于连又继续讲。谈到前一阵的生活，他多少增加了点自信，其实这段经历比起当时发生的事，根本不足挂齿。他全部心思都在考虑这次夜访将以何种方式结束。夫人隔一阵便对他说：“您一会儿就走吧。”就这么简短的一句话。

他心里想，如果我给打发走那该多丢脸啊！我会后悔一辈子的，她永远不会再给我写信。天晓得我什么时候能回到这个地方来。这一刻，于连心里一切圣洁的想法刹那间都消失了。他坐在一个心爱的女人身旁，几乎已经把她搂在怀里，又处身在一个他曾经销魂蚀骨的房间，周围一片漆黑，却分明看得出她已经哭了好一会儿了，从她起伏的胸脯感到她在抽噎，而他却不幸成了一个冷酷的政客，像在修道院的院子里发现自己正被一个比他强的同学所作弄时那样，心里不断在盘算，表面装得很冷漠。他故意把话拖长，并谈起离开维里业后生活过得如何不顺心。德·雷纳夫人听了暗想：这样说来，他经过一年的离别，周围几乎完全没有能唤起回忆的东西，我已把他忘了，而他却一心只怀念在维尔基度过的幸福时光。想到这里，德·雷纳夫人抽噎得更厉害了。于连看见夫人已被自己的叙述所打动，知道该试试最后一张王牌了，便突然提起刚收到从巴黎寄来的那封信。

“我辞别了主教大人。”

“什么，您不回贝藏松？您要永远离开我们了？”

“对，”于连的口气很坚决，“对，我要离开这个地方，因为连我一生中最爱的人也把我忘记了，我要走，永远不想再见到这个地方。我要去巴黎……”

“你要去巴黎！”德·雷纳夫人不禁喊了起来。

她几乎泣不成声，说明她已经心乱如麻。于连需要的正是这种激励。他要做一种尝试，结果可能对他不利。在夫人发出惊叫之前，他看不到也完全不知道自己这样做会产生的效果。他再也不犹豫了，一心只怕失此机会将追悔莫及，便站起来冷冷地又加了一句：

“是的，夫人，我要永远离开您了，愿您幸福，永别了。”

他朝窗子走了几步，正在把窗子打开的时候，德·雷纳夫人突然向他冲去，投进了他的怀抱。

就这样，经过三小时的谈话，于连获得了前两小时梦寐以求的东西。昔日柔情，现已回归。这事若早一点发生，德·雷纳夫人消除后悔，本可带来天上人间的美满，而靠手段才使旧情复炽，所得的充其量不过是欢愉而已。于连不顾女友的坚持，非要把长明灯点着。

"难道你不愿我留下一点点与你相会的回忆吗?"于连说道，"难道要让我失去你这双妙目中的情爱?使我再也看不见你白皙的纤手?你想想，我此去也许会离开你很久!"

想到这一点，德·雷纳夫人泪如雨下，什么也无法拒绝了。但曙光已现，维里业东面山上的杉树逐渐露出鲜明的轮廓。于连陶醉在欢乐之中，不仅不走，反而要求德·雷纳夫人让他整个白天都藏在她的房间里，到下一个夜里才走。

"为什么不呢?"夫人回答道，"我再度失足，实在命该如此，连我自己也看不起自己，我已万劫不复了。"说着她把于连紧紧拥在胸前，"我丈夫和以前不一样了，他起了疑心，认为是我在这件事情上耍弄他，很生我的气。如果他听见声响，我就完了，他会把我看作是坏女人赶出家门的。"

"噢!这是谢朗神甫的口吻，"于连说道，"在我万般无奈去神学院以前，你绝不会对我这样说的，因为那时候你还爱我!"

这句话说得很冷静，果然奏效。于连看见女友很快便忘掉被丈夫撞见的危险，反而更担心于连对她的爱情产生怀疑。天色迅速破晓，把房间照得一片明亮。当于连重又看见美人在怀，而且几乎俯伏在他脚下的时候，真是得意忘形，乐不可支，因为那是他唯一爱过的女人，仅仅几小时以前，这个女人还一心只害怕严峻的上帝，拘泥于家庭的责任。可是一年来努力坚持的决心在于连勇敢的冲击下终于冰消瓦解了。

不久，屋里传来了声音，一件没想到的事使德·雷纳夫人惊惶起来。

"那个讨厌的艾莉莎要进房间来的，这把大梯子怎么办?"她问于连道，"藏在哪儿?我把它放到顶楼去。"突然，她快活地喊了一声。

"不过得经过仆人的房间。"于连吃了一惊，说道。

"我把梯子放在走廊，然后喊仆人，把他支开。"

"要准备一句话，万一仆人经过走廊，发现梯子时好作解释。"

"没错，我的宝贝，"德·雷纳夫人说着吻了他一下，"你呢，万一我不在的时候，艾丽莎走进来，你一定要尽快藏到床底下。"

她忽然如此高兴，使于连感到很惊讶，心想：嗨，真有危险的时候，她不仅不慌乱，反而机灵起来，因为她已经忘记后悔了!女人真了不起!啊!能获得这样一颗心，是何等光荣呀!于连心里乐滋滋的。

德·雷纳夫人拿起梯子，对她来说，梯子显然是太重了。于连过去帮忙。只见她苗条婀娜、娇俏无力的身躯突然毋需帮助，抓起梯子，像举椅子那样举起来，迅速扛到四楼的走廊，沿着墙根放倒，然后喊仆人，趁仆人穿衣服的时候，爬上鸽楼。五分钟后，她回到走廊，发现梯子不见了。到哪儿去了?如果于连不在室内，这点危险她根本不放在心上。可是，在这个时候，如果她丈夫看见了那把梯子，后果就难以设想了。德·雷纳夫人四处寻找，终于发现梯子在房顶下，原来是仆人扛到，甚至藏到那里的。此事有点蹊跷，若在以往，她早就慌了。

她心想："二十四小时以后可能发生的事有什么要紧?那时于连早走了。我不就是害怕加后悔吗?"

她隐隐感到自己会一死了之，但这又有什么关系?和于连分手，本以为今生难以再见，可现在，上天又把于连还给了她，他们又相见了，而于连为了与她相会克服了多少艰难险阻？这还不算情深义重？

她把梯子的事告诉于连，说道：

“如果仆人把发现梯子的事告诉我丈夫，我该怎样回答？”她想了一会儿又说道：“他们要二十四小时才能找到把梯子卖给你的那个老乡。”说着，她又投进于连怀里，使劲地搂着他。“唉！死吧！就这样死吧！”她边喊边拼命地吻于连，完了又大笑着说道：“那也不应该把你饿死呀！”

“来，戴维尔夫人的卧室一直锁着，我先把你藏在那里。”她走到过道尽头把风，于连快步穿过。德·雷纳夫人边锁门边告诫他：“有人敲门，你千万别开。说到底，不过是孩子们之间闹着玩的把戏。”

“让他们到花园里来，到窗子下面，”于连说道，“我想见见他们，你让他们说话。”

“好的，好的。”德·雷纳夫人说着走了。

不久，她带回了几个橘子，一些饼干和一瓶马拉加葡萄酒。她没能偷到面包。

“你丈夫在干什么？”于连问道。

“在起草与老乡做买卖的计划。”

但到了八点，家里开始热闹起来。如果大家见不到德·雷纳夫人，便会到处找她。所以她只好离开于连。但很快便不顾一切端回了一杯咖啡，生怕于连挨饿。吃完早餐，她想办法把孩子们引到了戴维尔夫人房间的窗子下面。于连觉得孩子们长得很大了，但样子平平，也许他自己的看法起了变化吧。

德·雷纳夫人和他们谈到了于连。最大的那个谈到这位前任家庭教师时流露出怀旧和惋惜的心情，但两个小的却已经几乎把他忘得一干二净了。

那天早上，德·雷纳先生并没有出门。他在屋里走上走下，忙着和老乡做交易，把自己收获的土豆卖给他们。直到吃晚饭，德·雷纳夫人也没时间照顾被她关在房里的情人。吃晚饭的铃声响了，饭菜也端上来了，她忽然心生一念，想偷一盘热汤给于连。当她小心翼翼端着这盘汤悄悄地走近于连所在的房间时，却劈面遇见了早上把梯子藏起来的那个仆人。仆人这时候也蹑手蹑足地在过道里走，似乎在听什么。很可能于连走路时不小心发出了声音。仆人有点不好意思，走开了。德·雷纳夫人壮着胆子走进于连的房间。她和仆人的不期而遇使于连打了一个寒颤。

“你害怕了，”她对于连说道，“可我，什么危险也不在乎，眉头也不皱一皱。我只担心一件事，就是你走后只剩下我一个人。”说完，她一溜烟跑了。

“唉，”于连喟叹道，“这女人真了不起，除了后悔，什么也不害怕。”

终于到了晚上，德·雷纳先生到娱乐场去了。

他妻子宣称头很疼，回到自己房间，立刻把艾丽莎打发走，然后很快地又起来，给于连开门。

于连真的饿极了。德·雷纳夫人便到厨下找面包。于连听见有人大喊了声。德·雷纳夫人回来了，告诉于连，配膳室没有灯，面包放在食品柜里，她走过去，伸手要拿的时候，碰见了一条女人的胳臂，原来是艾丽莎。于连听到那一声大叫就是艾丽莎发出的。

“她在那儿干嘛？”

“不是偷糖，就是监视咱们呗。”德·雷纳夫人满不在乎地说道，“幸亏我找到了一块馅饼和一个大面包。”

“这里面有什么?”于连指着她罩衣的口袋问道。

德·雷纳夫人忘记了从吃晚饭的时候起，这些口袋里已经装满了面包。

于连情不自禁地把她搂在怀里，觉得她比以往任何时候都美，暗想：即使在巴黎，也难以遇到如此尤物。既笨拙，不习惯这样伺候人，同时又真的很勇敢，一般的危险根本不在她的话下。

于连吃得津津有味，他的女友不愿谈严肃的话题，而是在旁边跟他开玩笑说这顿饭太简单了。正在这个时候，有人大力捶门，原来是德·雷纳先生。

“你为什么把房门锁着?”他厉声问道。

于连连忙钻到长沙发下面。

“什么？你还衣着整齐,”德·雷纳先生说着走了进来，“这时候吃晚饭，还把门倒锁着!”

在平常日子，做丈夫的如此生硬的提问，一定会使德·雷纳夫人感到茫然，但现在她觉得只要她丈夫稍微弯腰便会看见于连，因为德·雷纳先生一下子坐在刚才于连坐过的椅子上，面对着长沙发。

一切都可以用头疼来作借口。她丈夫滔滔不绝地给她讲在娱乐场的台球厅如何赢球的曲折过程，“我的天，一次就赢十九法郎!”他又补充了一句。就在这个时候，德·雷纳夫人瞥见在他们前面三步远的一把椅子上放着于连的帽子。她加倍镇定，开始脱衣服，觑准时间，迅速转到她丈夫后面，把一条连衣裙扔到放着帽子的那把椅子上。

德·雷纳先生终于走了。她要求于连从头开始再讲述一遍在修道院中的生活。“昨天，我没有好好听，你讲的时候，我只考虑如何使自己下决心撵你走。”

她根本不作防范。两个人高声谈话，一直到大概凌晨两点，突然又听见敲门的一声巨响，还是德·雷纳先生。

“快给我开门，屋里有贼了!”他说道，“圣约翰今早发现了他们的梯子。”

“这下全完了。”德·雷纳夫人大喊着扑到了于连怀里，“他要把咱们两人都杀了的，他不相信有贼。我生不能与你在一起，倒不如死在你怀里更幸福。”她根本不理睬暴跳如雷的丈夫，反而激动地紧紧拥抱着于连。

“你是斯塔尼斯拉斯的母亲，你要活着,”于连的目光就是一道命令，“我从盥洗室的窗口跳到院子，然后逃到花园里，狗都认得我。你把我的衣服捆在一起，尽快扔到花园里。这当儿，你就让他破门而入好了。可千万别承认，我不许你承认，让他怀疑总比让他拿到真凭实据好。”

“你跳下去会摔死的!”这是德·雷纳夫人唯一的回答，同时也是她唯一的忧虑。

她陪于连走到洗手间的窗口，然后不慌不忙把他的衣服藏好，完了才给怒不可遏的丈夫开门。德·雷纳先生巡视了房间，又到盥洗室看了看，一言不发，接着便走了。于连接到了扔给他的衣服，便赶紧往花园下面杜河的方向跑去。

正跑着便听见一颗子弹呼啸而过，同时又传来一声枪响。

他心想：这不是德·雷纳先生，他枪法没这么准。几条狗默不作声地跟在他身旁，第二声枪响显然打中了其中一只的一条腿，那狗发出了哀鸣。于连跳过平台的一道围墙，靠着墙的掩护跑了五十步左右，然后又换另一个方向跑。他听见几个声音在彼此呼唤，又清楚地看见他的对头，就是那个仆人放了一枪。一个佃户从花园的另一端也开了火，但于连已经到达了杜河边，正在穿衣服哩。

一小时后，他已在维里业四里以外，通往日内瓦的路上，心想："他们如果起疑，一定会往巴黎那个方向追的。"

下卷第四十三章

一个钟头以后，他睡得正香，忽然感到有眼泪滴到他手上，把他从梦中惊醒。他朦朦胧胧地想道："唉！肯定又是玛蒂尔德。她坚持她的看法，准是想用温情来动摇我的决心。"想到她又要来动感情的软磨硬泡那一套，他不胜其烦，索性不睁开眼睛。脑子里又涌现出贝费戈尔躲避妻子的诗句①。

此时忽然听见一声奇怪的叹息，他睁眼一看，原来是德·雷纳夫人。

"啊，我死前又见到你，难道是做梦吗?"他大叫一声扑倒在夫人脚下。

"不过，对不起，夫人，在您眼里，我不过是个凶手。"他清醒过来，随即又说道。

"先生……我是来求您上诉的，我知道您不愿这样做……"她哽咽着，说不下去了。

"请您宽恕我。"

"如果你想我宽恕你，"她说着站起来，一头扑进于连的怀里，"你就立即对你的死刑判决提出上诉。"

于连拼命地吻她。

"今后两个月，你天天来看我吗?"

"我向你发誓，每天都来，除非我丈夫禁止我这样做。"

"那我签字!"于连大声说道。"什么？你宽恕我了！这可能吗?"

他像疯了一样把德·雷纳夫人紧紧搂在怀里，夫人轻轻叫了一声。

"没什么，"夫人对他说道，"你把我弄痛了。"

"是肩膀痛吧。"于连大声说着，不禁泪如雨下。然后，他把身子挪开一点，用火热的双唇吻她的手。"上一次我在维里业你卧室里时，又怎能料到日后会发生这样的事呢?"

"谁又能料到我会给德·拉摩尔先生写那封该死的信呢?"

"你要知道，我一直爱着你，心中只有你。"

"这是真的吗?"这一回轮到德·雷纳夫人高兴得叫起来了。她紧靠着跪在她膝下的于连，两个人默不作声地哭了很久。

于连一生之中还没有经历过这样的时刻。

过了很久，两人才说得出话。德·雷纳夫人说道：

"那位年轻的米什莱夫人，或者换句话说，那位德·拉摩尔小姐呢？真的，我现在开始相信这段离奇的故事了!"

---

① 贝费戈尔，法国17世纪寓言诗人拉封丹的同名诗《贝费戈尔》中的魔鬼，在人间娶得悍妻，不胜其扰，宁愿返回地狱。

“说真实也不过是表面而已。”于连回答道，“她是我妻子，但并不是我的意中人……”

他们一个人讲，另一个人插话，这样断断续续，好不容易才把彼此不知道的事情说完。写给德·拉摩尔先生的那封信原来是由德·雷纳夫人的年轻指导神甫起草，然后由夫人抄写的。“宗教使我做出多可怕的事啊!”她对于连说道，“信里过激的段落我还改动过……”

于连既激动又快活。德·雷纳夫人知道于连已经完全原谅她了。于连爱她从来没达到如此疯狂的程度。

“我觉得自己还是虔诚的，”在以后的谈话中德·雷纳夫人对于连说道，“我真心信仰上帝，同时我也相信，而且事实也已经证明，我所犯的罪过是可怕的，而且一见到你，甚至在你向我开了两枪以后……”说到这里，于连不容分说，拼命地吻她。

“放开我，”她继续说道，“我要和你说个明白，否则又要忘了……我一看见你，一切责任感便无影无踪，一心只爱你，也许‘爱’这个字分量还太轻。我对你的感情只有我对上帝的感情才能相比，集尊敬、热爱、服从于一体……其实，我也不知道你在我心里激发的是什么样的感情。假如你叫我给监狱看守一刀，我会不假思索，立即照办。请你在我离开你之前把这一切说说清楚，我想明白我心里是怎么想的，因为两个月后，我们就要分手了……对了，咱们会分手么?”她微笑着对他说道。

“我收回我的话，”于连厉声说着站了起来，“如果你企图用毒药、刀子、手枪、煤气或其他什么方式结束或残害自己的生命，我就不对死刑的判决提出上诉。”

德·雷纳夫人脸色骤变，满腔的柔情化作深深的沉思。

“咱们马上一块死，怎样?”她终于对于连说道。

“谁知道来世会遇到什么?”于连说道。“也许是烦恼，也许什么都没有。咱们不能甜甜蜜蜜地过上两个月吗? 两个月，用天来算，不少了! 我从没感到过像现在这样幸福!”

“你从没感到过这样幸福?”

“从没感到过!”于连高兴地又说了一句，“我对你，对我自己都这么说。向上帝保证，我绝不夸大。”

“你这样说等于要我也这样说。”她说着羞答答地凄然一笑。

“那好! 你就以你对我的爱情发誓，绝不以直接或间接的方法伤害自己的生命……你要考虑，”他又加了一句，“你要为我的儿子而活着，因为玛蒂尔德一成了克罗兹诺瓦侯爵夫人便会把我的儿子扔给仆人去管。”

“我发誓，”她冷静地说道，“但我要你亲手签好上诉书交给我，由我亲自带给总检察官。”

“当心，这会连累你的。”

“我既然到狱中来看你，便已经在贝藏松和整个弗郎什-孔泰地区成为街谈巷议的人物，”她无限凄然地说道，“我已跨过了廉耻的门槛……成了名誉扫地的女人，说实话，这都是为了你……”

她说得惨兮兮的，于连一把将她抱住，感到有说不出来的幸福。这已经不是出自令人陶醉的爱情，而是出自极度的感激，因为他第一次看到为了他，德·雷纳夫人做出了多大的牺牲。

肯定有某个好心人把德·雷纳夫人频频到监狱看望于连而且一待就是半天的事告诉

了她的丈夫，因为三天后，她丈夫便派马车来，令她立即返回维里业。

残酷的分离使于连一天都不好过。两三个钟头后，有人告诉他，有一个惯用心计，但在贝藏松的耶稣会同行中并不得志的教士，一清早便站在监狱门口的大街上，尽管大雨如注，他也不在乎，像殉道者一样。于连闻言很不自在，这种愚蠢的做法使他深受困扰。

早上他已经谢绝了这个教士的探视，但此人执意要听于连的忏悔，想探听他内心的秘密，以便在贝藏松的年轻女人中间出出风头。

这教士高声宣布，他要在监狱门口站上一天一夜。“是上帝派我来感化这个叛教者的心……”下层百姓都爱看热闹，围观的人越来越多。

“不错，兄弟们，”教士向他们说道，“我要在这里站上一天一夜，甚至以后的每天每夜。圣灵对我说过，上天给了我一个使命，要我拯救索海尔这个年轻人的灵魂。你们和我一起祈祷吧……”等等，等等。

于连不愿惹人议论，引起注意，只想趁机悄悄离开人世，但他还希望再见德·雷纳夫人一面，因为他爱得神魂颠倒，情难自已。

监狱门就在一条最热闹的大街上。一想到那个泥水满身，使路人围观如堵、议论纷纷的教士，于连便非常苦恼。“毫无疑问，他一定不断喊我的名字！这样的时刻真是比死还难受。”

他有两三次每隔一小时便喊对他忠心耿耿的监狱看守，叫他去看看那个教士是否仍在监狱门口。

“先生，他仍然跪在泥里。”看守总这样回答，“他高声祈祷，为您的灵魂念经哩……”于连暗想：“真放肆!”这时，果然隐隐传来一阵嗡嗡声，原来老百姓也跟着那教士念起经来了。使他最难堪的是，看守本人也嘴唇翕动，也在哼哼拉丁语的经文。看守还说：“大家开始议论你，说你拒绝这位圣人的拯救，一定是个铁石心肠的人。”

“啊！祖国，看来你还没脱离野蛮时代!”于连气得大叫道，接着便大声议论起来，根本不理会看守就在旁边。

“此人想在报纸上出风头，看来定能如愿。

“啊！外省人真该死！如果在巴黎，我哪会有这样的气受！那里搞招摇撞骗的方式要高明得多。”

最后，他满头大汗地对看守说：“叫那位圣人进来吧。”看守画了个十字，欢天喜地地出去了。

那位圣洁的教士丑得惊人，脏得更不用说。当天冷雨萧疏，牢房内又暗又潮。教士想拥抱于连，装出同情的样子和他说话，卑鄙虚伪之态显而易见。于连一辈子也没生过这样大的气。

教士进来一刻钟之后，于连觉得自己变成了一个地地道道的懦夫，第一次感到死亡的可怖，想到了自己被处决两天后尸体如何腐烂……

他快要支持不住了，再不然便扑上去用铁链把教士勒死，但此时突然产生一个念头，就是花四十个法郎请那位圣人当天就给他好好念一台弥撒。

时近正午，教士不再纠缠，乖乖走了。

【选自[法]司汤达：《红与黑》，张冠尧译，北京，人民文学出版社，1999】

巴尔扎克

奥诺雷·德·巴尔扎克(1799—1850)是法国杰出的小说家，19世纪现实主义文学的主要代表之一。他在1829年以后不到20年创作时间里，共创作了90多部长中短篇小说，总称为《人间喜剧》。

长篇小说《高老头》(1834)是《人间喜剧》的代表作之一。它以1820年前后的法国社会为背景，以外省青年拉斯蒂涅的性格演变历程和高老头之死两条既平行又交叉的线索安排主要情节，其间还穿插了伏脱冷等人的故事，以伏盖公寓和鲍赛昂子爵夫人的沙龙为主要舞台，全景式地展示了巴黎社会生活，真实地勾画了波旁王朝复辟时期的法国社会风貌，反映了资产阶级暴发户对贵族阶级的冲击，揭露了金钱的罪恶，批判了资本主义社会人与人之间赤裸裸的金钱关系。塑造典型环境中的典型人物，赋予人物以突出的性格特点，是巴尔扎克对现实主义艺术的主要贡献。此外，“人物再现法”在这部作品中的首次运用也颇值得注意。

本书节选的“两个女儿”中的部分内容系拉斯蒂涅人生第一课中最重要的部分，是他走上野心家的不归路的关键一环。他本是外省破落贵族子弟，本性淳朴，聪明而有正义感。他带着重振家声的重任前往巴黎求学，却被这个大染缸的繁华、虚浮的快乐强烈吸引，进而至于被其俘虏，终而至于在其中载浮载沉。他赶到他的表亲鲍赛昂子爵夫人府参加舞会，目睹了鲍赛昂子爵夫人情场失意而被抛弃的命运，以及华丽而悲凄的隐退，证明“高贵的门第”“真挚的爱情”斗不过金钱。从眼前残酷的现实中，拉斯蒂涅已经看清了自身所处社会的本质：有钱便有一切，无钱便失去一切，法律和道德是为穷人设立的，钱财和奢华才是人生应该追求的目标。本书节选的“父亲的死”是小说的最后一章，集中写高老头临死的情境。这是整部悲剧的高潮。高老头对女儿的爱是真诚的，但方式却是错误的。他用金钱建造父爱与父女关系的大厦，到头来却成为了金钱的牺牲品，遭到女儿的无情抛弃。高老头的死促使拉斯蒂涅下定决心，以自我堕落来换取飞黄腾达。

金钱的支配作用撕破了家庭关系中温情脉脉的面纱，人与人之间的关系成为赤裸裸的金钱关系，金钱不仅使得父爱破产，败坏人际关系，也诱使青年人自甘堕落。这就是“父亲的死”所要传达的真正内涵。

高老头(节选)

两个女儿

……

鲍赛昂府四周被五百多辆车上的灯照得通明雪亮。大门两旁各各站着一个气吁吁的警察。这个名门贵妇栽了斤斗，无数上流社会的人都要来瞧她一瞧。德·纽沁根太太和拉斯蒂涅到的时候，楼下一排大厅早已黑压压的挤满了人。当年大公主的婚事被路易十四否决以后[①]，宫廷里全班人马曾经拥到公主府里；从此还没有一件情场失意的悲剧像德·鲍赛昂夫人的那样轰动过。那位天潢贵胄，勃艮第王室的最后一个女儿[②]，可并没有被痛苦压倒。当初她为了点缀她爱情的胜利，曾经敷衍这个虚荣浅薄的社会；现在到了最后一刻，她依旧高高在上，控制这个社会。每间客厅里都是巴黎最美的妇女，个个盛装艳服，堆着笑脸。宫廷中最显要的人物，各国的大使公使，部长，名流，挂满了十字勋章，系着五光十色的绶带，争先恐后拥在子爵夫人周围，乐队送出一句又一句的音乐，在金碧辉煌的天顶下缭绕；可是在女后心目中，这个地方已经变成一片荒凉。鲍赛昂太太站在第一间客厅的门口，迎接那些自称为她的朋友的人。全身穿着白衣服，头上简简单单的盘着发辫，没有一点装饰，她安闲静穆，既没有痛苦，也没有高傲，也没有假装的快乐。没有一个人能看透她的心思。几乎像一座尼俄柏[③]的石像。她对几个熟朋友的笑容有时带点儿嘲弄的意味，但是在众人眼里，她始终和平常一样，同她被幸福的光辉照耀的时候一样。这个态度叫一般最麻木的人也看了佩服，犹如古时的罗马青年对一个含笑而死的斗兽士喝彩。上流社会似乎特意装点得花团锦簇，来跟它的一个母后告别。

她和拉斯蒂涅说："我只怕你不来呢。"

拉斯蒂涅觉得这句话有点埋怨的意思，声音很激动地回答："太太，我是预备最后一个走的。"

"好，"她握着他的手说，"这儿我能够信托的大概只有你一个人。朋友，对一个女人能永久爱下去，就该爱下去。别随便丢了她。"

---

① 指路易十四的堂妹和洛桑公爵的婚事。但三天以后国王又回心转意，批准了他们的请求。

② 作者假定德·鲍赛昂夫人的母家是勃艮第王族。中世纪时与十五世纪时，勃艮第族曾两次君临法国。

③ 尼俄柏相传为底比斯王后，生有七子七女，以子女繁衍自傲，嘲笑阿耳太弥斯和阿波罗的母亲仅一子一女。勒托大怒，命阿波罗将其七子七女杀尽，尼俄柏痛苦之极，化为石像。希腊雕塑中有一组雕像，统称为尼俄柏及其子女。后人以尼俄柏象征母性的痛苦。

她挽着拉斯蒂涅的手臂走进一间打牌的客室，带他坐在一张长沙发上，说道：

“请你替我上侯爵那儿送封信去。我叫当差带路。我向他要还我的书信，希望他全部交给你。拿到之后你上楼到卧室去等我。他们会通知我的。”

她的好朋友德·朗热公爵夫人也来了，她站起身来迎接。拉斯蒂涅出发上罗什非德公馆，据说侯爵今晚就在那边。他果然找到了阿瞿达，跟他一同回去，侯爵拿出一个匣子，说道：

“统统在这儿了。”

他好像要对欧也纳说话，也许想打听跳舞会和子爵夫人的情形，也许想透露他已经对婚姻失望，——以后他也的确失望；不料他眼中忽然亮起一道骄傲的光，拿出可叹的勇气来，把他最高尚的感情压了下去。

“亲爱的欧也纳，别跟她提到我。”

他紧紧握了握拉斯蒂涅的手，又恳切又伤感，意思催他快走。欧也纳回到鲍赛昂府，给带进子爵夫人的卧房，房内是准备旅行的排场。他坐在壁炉旁边，望着那杉木匣子非常伤心。在他心中，德·鲍赛昂太太的身份不下于《伊利昂纪》史诗中的女神。

“啊！朋友，”子爵夫人进来把手放在拉斯蒂涅肩上。她流着泪，仰着眼睛，一只手发抖，一只手举着。她突然把匣子放在火上，看它烧起来。

“他们都在跳舞！他们都准时而到，偏偏死神不肯就来。——嘘！朋友。”拉斯蒂涅想开口，被她拦住了。她说：“我永远不再见巴黎，不再见人了。清早五点，我就动身，到诺曼底乡下去躲起来。从下午三点起，我忙着种种准备，签署文书，料理银钱杂务；我没有一个人能派到……”

她停住了。

“我知道他一定在……”

她难过得不行，又停住了。这时一切都是痛苦，有些字眼简直说不出口。

“我早打算请你今晚帮我最后一次忙。我想送你一件纪念品。我时常想到你，觉得你心地好，高尚，年轻，诚实，那些品质在这个社会里是少有的。希望你有时也想到我。”她向四下里瞧了一下，“哦，有了，这是我放手套的匣子。每次我上舞会或戏院之前拿手套的时候，总觉得自己很美，因为那时我是幸福的；我每次碰到这匣子，总对它有点儿温情，它多少有我的一点儿气息，有当年的整个鲍赛昂夫人在内。你收下吧。我等会儿叫人送到阿图瓦衡去。德·纽沁根太太今晚漂亮得很，你得好好地爱她。朋友，我们尽管从此分别了，你可以相信我远远地祝福你。你对我多好。我们下楼吧，我不愿意人家以为我在哭。以后的日子长呢，一个人的时候，谁也不会来追究我的眼泪了。让我再瞧一瞧这间屋子。”

说到这儿她停住了。她把手遮着眼睛，抹了一下，用冷水浸过，然后挽着大学生的手臂，说道：“走吧！”

德·鲍赛昂太太，以这样英勇的精神忍受痛苦，拉斯蒂涅看了感情激动到极点。回到舞会，他同德·鲍赛昂太太在场子里绕了一圈。这位恳切的太太借此表示她最后一番心意。

不久他看见了两姊妹，德·雷斯托太太和德·纽沁根太太。伯爵夫人戴着全部钻石，气概非凡，可是那些钻石决不会使她好受，而且也是最后一次穿戴了。尽管爱情强烈，态度骄傲，她到底受不住丈夫的目光。这种场面更增加拉斯蒂涅的伤感。在姊妹俩的钻石下面，他看到高老头躺的破床。子爵夫人误会了他的怏怏不乐的表情，抽回手臂，说道："去吧！我不愿意你为我牺牲快乐。"

欧也纳不久被但斐纳邀了去。她露了头角，好不得意。她一心要讨这个社会喜欢，既然如愿以偿，也就急于拿她的成功献在大学生脚下。

"你觉得娜齐怎么样?"她问。

"她吗,"欧也纳回答，"她预支了她父亲的性命。"

清早四点，客厅的人渐渐稀少。不久音乐也停止了。大客厅中只剩德·朗热公爵夫人和拉斯蒂涅。德·鲍赛昂先生要去睡觉了，子爵夫人和他作别，他再三说：

"亲爱的，何必隐居呢，在你这个年纪！还是同我们一块儿住下吧。"

告别完了，她走到大客厅，以为只有大学生在那儿；一看见公爵夫人，不由得叫了一声。

"我猜到你的意思，克拉拉,"德·朗热夫人说，"你要一去不回地走了；你未走之前，我有番话要跟你说，我们之间不能有一点儿误会。"

德·朗热太太挽着德·鲍赛昂太太的手臂走到隔壁的客厅里，含着泪望着她，把她抱着，亲她的面颊，说道：

"亲爱的，我不愿意跟你冷冰冰地分手，我良心上受不了。你可以相信我，像相信你自己一样。你今晚很伟大，我自问还配得上你，还要向你证明这一点。过去我有些对不起你的地方，我没有始终如一，亲爱的，请你原谅。一切使你伤心的行为，我都向你道歉；我愿意收回我说过的话。患难成知己，我不知道我们俩哪一个更痛苦。德·蒙特里沃先生今晚没有上这儿来，你明白没有？克拉拉，到过这次舞会的人永远忘不了你。我吗，我在作最后的努力；万一失败，就进修道院！你又上哪儿呢，你?"

"上诺曼底，躲到库尔塞勒乡下去，去爱，去祈祷，直到上帝把我召回为止。"

子爵夫人想起欧也纳等着，便招呼他，

"拉斯蒂涅先生，你来吧。"

大学生弯着身子握了表姊的手亲吻。

德·鲍赛昂太太说："安东奈特，告辞了！但愿你幸福。"她转身对着大学生说："至于你，你已经幸福了，你年轻，还能有信仰。没想到我离开这个社会的时候，像那般幸运的死者，周围还有些虔诚的真诚的心!"

拉斯蒂涅目送德·鲍赛昂夫人坐上旅行的轿车，看她泪眼晶莹同他作了最后一次告别。由此可见社会上地位最高的人，并不像那般趋奉群众的人说的，能逃出感情的规律而没有伤心痛苦的事。五点光景，欧也纳冒着又冷又潮湿的天气走回伏盖公寓。他的教育受完了。

拉斯蒂涅走进邻居的屋子，毕安训和他说："可怜的高老头没有救了。"

欧也纳把睡熟的老人望了一眼，回答说："朋友，既然你能克制欲望，就走你平凡的路吧。我入了地狱，而且得留在地狱。不管人家把上流社会说得怎么坏，你相信就是！没有一个讽刺作家能写尽隐藏在金银珠宝底下的丑恶。"

父亲的死

第二天下午两点左右，毕安训要出去，叫醒拉斯蒂涅，接他的班。高老头的病势上半天又加重了许多。

“老头儿活不到两天了，也许还活不到六小时，”医学生道，“可是他的病，咱们不能置之不理。还得给他一些费钱的治疗。咱们替他当看护是不成问题，我可没有钱。他的衣袋，柜子，我都翻遍了，全是空的。他神志清楚的时候我问过他，他说连一个子儿都没有了。你身上有多少，你?”

“还剩二十法郎，我可以去赌，会赢的。”

“输了怎么办?”

“问他的女婿女儿去要。”

毕安训道：“他们不给又怎么办? 眼前最急的还不是钱，而是要在他身上贴滚热的芥子膏药，从脚底直到大腿的半中间。他要叫起来，那还有希望。你知道怎么做的。再说，克里斯朵夫可以帮你忙。我到药剂师那儿去作个保，赊欠药账。可惜不能送他进我们的医院，护理得好一些。来，让我告诉你怎么办；我不回来，你不能离开他。”

他们走进老人的屋子，欧也纳看到他的脸变得没有血色，没有生气，扭做一团，不由得大吃一惊。

“喂，老丈，怎么样?”他靠着破床弯下身去问。

高里奥眨巴着黯淡的眼睛，仔细瞧了瞧欧也纳，认不得他。大学生受不住了，眼泪直涌出来。

“毕安训，窗上可要挂个帘子?”

“不用。气候的变化对他已经不生影响。他要有冷热的知觉倒好了。可是咱们还得生个火，好煮药茶，还能作好些旁的用处。等会我叫人送些柴草来对付一下，慢慢再张罗木柴。昨天一昼夜，我把你的柴跟老头儿的泥炭都烧完了。屋子潮得厉害，墙壁都在淌水，还没完全烘燥呢。克里斯朵夫把屋子打扫过了，简直像马房，臭得要命，我烧了些松子。”

拉斯蒂涅叫道：“我的天! 想想他的女儿哪!”

“他要喝水的话，给他这个，”医学生指着一把大白壶。“倘若他哼哼唧唧地叫苦，肚子又热又硬，你就叫克里斯朵夫帮着给他来一下……你知道的。万一他兴奋起来说许多话，有点儿精神错乱，由他去好了。那倒不是坏现象，可是你得叫克里斯朵夫上医院来。我们的医生，我的同事，或是我，我们会来给他做一次灸。今儿早上你睡觉的时候，我们会诊过一次，到的有加尔博士的一个学生，市立医院的主任医师跟我们的主任医师。他们认为颇有些奇特的症候，必须注意病势的进展，可以弄清科学上的几个要点。有一位说，血浆的压力要是特别加在某个器官上，可能发生一些特殊的现象。所以老头儿一说话，你就得留心听，看是哪一类的思想，是记忆方面的，智力方面的，还是判断方面的；看他注意物质的事还是情感的事；是否计算，是否回想过去；总之你想法给我们一个准确的报告。病势可能急转直下，他会像现在这样人事不知地死去。这一类的病怪得很。倘若在这个地方爆发,”毕安训指了指病人的后脑,“说不定有些出奇出怪的病状:头脑某几个部分会恢复机能,一下子死不了。血浆能从脑里回出来,至于再走什么路,只有解剖尸体才能知道。残废院内有个痴呆的老人,充血跟着脊椎骨走;人痛苦得不得了,可是活在那儿。”

高老头忽然认出了欧也纳,说道:

“她们玩得痛快吗?”

“哦!他只想着他的女儿,”毕安训道,“昨夜他和我说了上百次:她们在跳舞呢!她的跳舞衣衫有了。——他叫她们的名字。那声音把我听得哭了,真是要命!他叫:但斐纳!我的小但斐纳!娜齐!真的!简直叫你止不住眼泪。”

“但斐纳,”老人接口说,“她在这儿,是不是?我知道的。”

他眼睛忽然骨碌碌的乱转,瞪着墙壁和房门。

“我下去叫西尔维预备芥子膏药,”毕安训说,“这是替他上药的好机会。”

拉斯蒂涅独自陪着老人,坐在床脚下,定睛瞧着这副嘴脸,觉得又害怕又难过。

“德·鲍赛昂太太逃到乡下去了,这一个又要死了,”他心里想。“美好的灵魂不能在这个世界上待久的。真是,伟大的感情怎么能跟一个猥琐,狭小,浅薄的社会沆瀣一气呢?”

他参加的那个盛会的景象在脑海中浮起来,同眼前这个病人垂死的景象成为对比。毕安训突然奔进来叫道:

“喂,欧也纳,我才见到我们的主任医师,就奔回来了。要是他忽然清醒,说起话来,你把他放倒在一长条芥子膏药上,让芥末把颈窝到腰部下面一齐裹住;再叫人通知我们。”

“亲爱的毕安训!”欧也纳说。

“哦!这是为了科学,”医学生说,他的热心像一个刚改信宗教的人。

欧也纳说:“那么只有我一个人是为了感情照顾他了。”

毕安训听了并不生气,只说:“你要看到我早上的模样,就不会说这种话了。告诉你,朋友,开业的医生眼里只有疾病,我还看见病人呢。”

他走了。欧也纳单独陪着病人,唯恐高潮就要发作。不久高潮果然来了。

“啊!是你,亲爱的孩子,”高老头认出了欧也纳。

“你好些吗?”大学生拿着他的手问。

“好一些。刚才我的脑袋好似夹在钳子里,现在松一点儿了。你可曾看见我的女儿?她们马上要来了,一知道我害病,会立刻赶来的。从前在瑞西安纳街,她们服侍过我多少回!天哪!我真想把屋子收拾干净,好招待她们。有个年轻人把我的泥炭烧完了。”

欧也纳说:“我听见克里斯朵夫的声音,他替你搬木柴来,就是那个年轻人给你送来的。”

“好吧!可是拿什么付账呢?我一个钱都没有了,孩子。我把一切都给了,一切。我变了叫化子了。至少那件金线衫好看吗?(啊唷!我痛!)谢谢你,克里斯朵夫。上帝会报答你的,孩子;我啊,我什么都没有了。”

欧也纳凑着男佣人的耳朵说:“我不会让你和西尔维白忙的。”

“克里斯朵夫,是不是我两个女儿告诉你就要来了?你再去一次,我给你五法郎。

对她们说我觉得不好，我临死之前还想拥抱她们，再看她们一次。你这样去说吧，可是别过分吓了她们。”

克里斯朵夫看见欧也纳对他递了个眼色，便动身了。

“她们要来了，”老人又说，“我知道她们的脾气。好但斐纳，我死了，她要怎样的伤心呀！还有娜齐也是的。我不愿意死，因为不愿意让她们哭。我的好欧也纳，死，死就是再也看不见她们。在那个世界里，我要闷得发慌哩。看不见孩子，做父亲的等于入了地狱；自从她们结了婚，我就尝着这个味道。我的天堂是瑞西安纳街，嗳！喂，倘使我进了天堂，我的灵魂还能回到她们身边吗？听说有这种事情，可是真的？我现在清清楚楚看见她们在瑞西安纳街的模样。她们一早下楼，说：爸爸，你早。我把她们抱在膝上，用种种花样逗她们玩儿，跟她们淘气。她们也跟我亲热一阵。我们天天一块儿吃中饭，一块儿吃晚饭，总之那时我是父亲，看着孩子直乐。在瑞西安纳街，她们不跟我讲嘴，一点不懂人事，她们很爱我。天哪！干吗她们要长大呢？（哎唷！我痛啊；头里在抽。）啊！啊！对不起。孩子们！我痛死了；要不是真痛，我不会叫的，你们早已把我训练得不怕痛苦了。上帝呀！只消我能握着她们的手，我就不觉得痛啦。你想她们会来吗？克里斯朵夫蠢极了！我该自己去的。他倒有福气看到她们。你昨天去了跳舞会，你告诉我呀，她们怎么样？她们一点不知道我病了，可不是？要不她们不肯去跳舞了，可怜的孩子们！噢！我再也不愿意害病了。她们还少不了我呢。她们的财产遭了危险，又是落在怎样的丈夫手里！把我治好呀，治好呀！（噢！我多难过！哟！哟！哟！）你瞧，非把我医好不行，她们需要钱，我知道到哪儿去挣。我要上敖德萨去做淀粉。我才精明呢，会赚他几百万。（哦呀！我痛死了！）”

高里奥不出声了，仿佛集中全身的精力熬着痛苦。

“她们在这儿，我不会叫苦了，干吗还要叫苦呢？”

他迷迷糊糊昏沉了好久。克里斯朵夫回来，拉斯蒂涅以为高老头睡熟了，让佣人高声回报他出差的情形。

“先生，我先上伯爵夫人家，可没法跟她说话，她和丈夫有要紧事儿。我再三央求，德·雷斯托先生亲自出来对我说：高里奥先生快死了是不是？哎，再好没有。我有事，要太太待在家里。事情完了，她会去的。——他似乎很生气，这位先生。我正要出来，太太从一扇我看不见的门里走到穿堂，告诉我：克里斯朵夫，你对我父亲说，我同丈夫正在商量事情，不能来。那是有关我孩子们生死的问题。但等事情一完，我就去看他。——说到男爵夫人吧，又是另外一桩事儿！我没有见到她，不能跟她说话。女佣人说：啊！太太今儿早上五点一刻才从跳舞会回来；中午以前叫醒她，一定要挨骂的。等会她打铃叫我，我会告诉她，说她父亲的病更重了。报告一件坏消息，不会嫌太晚的。——我再三央求也没用。哎，是呀，我也要求见男爵，他不在家。”

“一个也不来，”拉斯蒂涅嚷道，“让我写信给她们。”

“一个也不来，”老人坐起来接着说，“她们有事，她们在睡觉，她们不会来的。我早知道了。直要临死才知道女儿是什么东西！唉！朋友，你别结婚，别生孩子！你给他们生命，他们给你死。你带他们到世界上来，他们把你从世界上赶出去。她们不会来的！我已经知道了十年。有时我心里这么想，只是不敢相信。”

他每只眼中冒出一颗眼泪，滚在鲜红的眼皮边上，不掉下来。

“唉！倘若我有钱，倘若我留着家私，没有把财产给她们，她们就会来，会用她们的亲吻来舐我的脸！我可以住在一所公馆里，有漂亮的屋子，有我的仆人，生着火；她们都要哭做一团，还有她们的丈夫，她们的孩子。这一切我都可以到手。现在可什么都没有。钱能买到一切，买到女儿。啊！我的钱到哪儿去了？倘若我还有财产留下，她们会来伺候我，招呼我；我可以听到她们，看到她们！欧也纳，亲爱的孩子，我唯一的孩子，我宁可给人家遗弃，宁可做个倒霉鬼！倒霉鬼有人爱，至少那是真正的爱！啊，不，我要有钱，那我可以看到她们了。唉，谁知道？她们两个的心都像石头一样。我把所有的爱在她们身上用尽了，她们对我不能再有爱了。做父亲的应该永远有钱，应该拉紧儿女的缰绳，像对付狡猾的马一样。我却向她们下跪。该死的东西！她们十年来对我的行为，现在到了顶点。你不知道她们刚结婚的时候对我怎样的奉承体贴！（噢！我痛得像受毒刑一样！）我才给了她们每人八十万，她们和她们的丈夫都不敢怠慢我。我受到好款待：好爸爸，上这儿来；好爸爸，往那儿去。她们家永远有我的一份刀叉。我同她们的丈夫一块儿吃饭，他们对我很恭敬，看我手头还有一些呢。为什么？因为我生意的底细，我一句没提。一个给了女儿八十万的人是应该奉承的。他们对我那么周到，体贴，那是为我的钱啊。世界并不美。我看到了，我！她们陪我坐着车子上戏院，我在她们的晚会里爱待多久就待多久。她们承认是我的女儿，承认我是她们的父亲。我还有我的聪明呢，嗨，什么都没逃过我的眼睛。我什么都感觉到，我的心碎了。我明明看到那是假情假意；可是没有办法。在她们家，我就不像在这儿饭桌上那么自在。我什么话都不会说。有些漂亮人物咬着我女婿的耳朵问：

——那位先生是谁啊？

——他是财神，他有钱。

——啊，原来如此！

“人家这么说着，恭恭敬敬瞧着我，就像恭恭敬敬瞧着钱一样。即使我有时叫他们发窘，我也补赎了我的过失。再说，谁又是十全的呢？（哎唷！我的脑袋简直是块烂疮！）我这时的痛苦是临死以前的痛苦，亲爱的欧也纳先生，可是比起当年娜齐第一次瞪着我给我的难受，眼前的痛苦算不了什么。那时她瞪我一眼，因为我说错了话，丢了她的脸；唉，她那一眼把我全身的血管都割破了。我很想懂得交际场中的规矩；可是我只懂得一样：我在世界上是多余的。第二天我上但斐纳家去找安慰，不料又闹了笑话，惹她冒火。我为此急疯了。八天工夫我不知道怎么办。我不敢去看她们，怕受埋怨。这样，我便进不了女儿的大门。哦！我的上帝：既然我吃的苦，受的难，你全知道，既然我受的千刀万剐，使我头发变白，身子磨坏的伤，你都记在账上，干吗今日还要我受这个罪？就算太爱她们是我的罪过，我受的刑罚也足够补赎了。我对她们的慈爱，她们都狠狠地报复了，像刽子手一般把我上过毒刑了。唉！做老子的多蠢！我太爱她们了，每次都回头去迁就她们，好像赌棍离不开赌场。我的嗜好，我的情妇，我的一切，便是两个女儿，她们俩想要一点儿装饰品什么的，女佣人告诉了我，我就去买来送给她们，巴望得到些好款待！可是她们看了我在人前的态度，照样来一番教训。而且等不到第二天！嗬，她们为着我脸红了。这是给儿女受好教育的报应。我活了这把年纪，可不能再上学校啦。（我痛死了，天哪！医生呀！医生呀！把我脑袋劈开来，也许会好些。）我的女儿呀，我的女儿呀，娜齐，但斐纳！我要看她们。叫警察去找她们来，抓她们来！法律应该帮我的，天性，民法，都应该帮我。我要抗议。把父亲踩在脚下，国家不要亡了吗？这是很明白的。社会，世界，都是靠父道做轴心的；儿女不孝父亲，不要天翻地覆吗？哦！看到她们，听到她们，不管她们说些什么，只要听见她们的声音，尤其但斐纳，我就不觉得痛苦。等她们来了，你叫她们别那么冷冷地瞧我。啊！我的好朋友，欧也纳先生，看到她们眼中的金光变得像铅一样不灰不白，你真不知道是什么味儿。自从她们的眼睛对我不放光辉之后，我老在这儿过冬天；只有苦水给我吞，我也就吞下了！我活着就是为受委屈，受侮辱。她们给我一点儿可怜的，小小的，可耻的快乐，代价是叫我受种种羞辱，我都受了，因为我太爱她们了。老子偷偷摸摸地看女儿！听见过没有？我把一辈子的生命给了她们，她们今天连一小时都不给我！我又饥又渴，心在发烧，她们不来了解一下我的临终苦难。我觉得我要死了。什么叫做践踏父亲的尸首，难道她们不知道吗？天上还有一个上帝，他可不管我们做老子的愿不愿意，要替我们报仇的。噢！她们会来的！来啊，我的小心肝，你们来亲我呀；最后一个亲吻就是你们父亲的临终圣体了，他会代你们求上帝，说你们一向孝顺，替你们辩护！归根结底，你们没有罪。朋友，她们是没有罪的！请你对大家都这么说，别为了我难为她们。一切都是我的错，是我纵容她们把我踩在脚下的。我就喜欢那样。这跟谁都不相干，人间的裁判，神明的裁判，都不相干。上帝要是为了我责罚她们，就不公平了。我不会做人，是我糊涂，自己放弃了权利。为她们我甚至堕落也甘心情愿！有什么办法！最美的天性，最优秀的灵魂，都免不了溺爱儿女。我是一个糊涂蛋，遭了报应，女儿七颠八倒的生活是我一手造成的，是我惯了她们。现在她们要寻欢作乐，正像她们从前要吃糖果。我一向对她们百依百顺。小姑娘想入非非的欲望，都给她们满足。十五岁就有了车！要什么有什么。罪过都在我一个人身上，为了爱她们而犯的罪。唉，她们的声音能够打开我的心房。我听见她们，她们在来啦。哦！一定的，她们要来的。法律也要人给父亲送终的，法律是支持我的。只要叫人跑一趟就行。我给车钱。你写信去告诉她们，说我还有几百万家私留给她们！我敢起誓。我可以上敖德萨去做高等面食。我有办法。计划中还有几百万好赚。哼，谁也没有想到。那不会像麦子和面粉一样在路上变坏的。嗳，嗳，淀粉哪，有几百万好赚呢！你告诉她们有几百万决不是扯谎。她们为了贪心还是肯来的；我宁愿受骗，我要看到她们。我要我的女儿！是我把她们生下来的！她们是我的！”他一边说一边在床上挺起身子，给欧也纳看到一张白发凌乱的脸，竭力装做威吓的神气。

欧也纳说：“嗳，嗳，你睡下吧。我来写信给她们。等毕安训来了，她们要再不来，我就自个儿去。”

“她们再不来，“老人一边大哭一边换了一句，“我要死了，要气疯了，气死了！气已经上来了！现在我把我这一辈子都看清楚了，我上了当！她们不爱我，从来没有爱过我！这是摆明的了。她们这时不来是不会来的了。她们越拖，越不肯给我这个快乐，我知道她们。我的悲伤，我的痛苦，我的需要，她们从来没体会到一星半点。连我的死也没有想到；我的爱，我的温情，她们完全不了解。是的，她们把我糟蹋惯了，在她们眼里我所有的牺牲都一文不值。哪怕她们要挖掉我眼睛，我也会说：挖吧！我太傻了，她们以为天下的老子都像她们的一样。想不到你待人好一定要人知道！将来她们的孩子会替我报仇的。唉，来看我还是为她们自己啊。你去告诉她们，说她们临死要受到报应的，犯了这桩罪，等于犯了世界上所有的罪。去啊，去对她们说，不来送我的终是忤逆！不加上这一桩，她们的罪过已经数不清啦。你得像我一样地去叫：哎！娜齐！哎！但斐纳！父亲待你们多好，他在受难，你们来吧！——唉！一个都不来。难道我就像野狗一样地死吗？爱了一辈子的女儿，到头来反给女儿遗弃！简直是些下流东西，流氓婆；我恨她们，咒她们；我半夜里还要从棺材里爬起来咒她们。嗳，朋友，难道这能派我的不是吗？她们做人这样恶劣，是不是！我说什么？你不是告诉我但斐纳在这儿吗？还是她好。你是我的儿子，欧也纳。你，你得爱她，像她父亲一种地爱她。还有一个是遭了难。她们的财产呀！哦！上帝！我要死了，我太苦了！把我的脑袋割掉吧，留给我一颗心就行了。”

“克里斯朵夫，去找毕安训来，顺便替我雇辆车。”欧也纳嚷着。他被老人这些呼天抢地的哭诉吓坏了。

“老伯，我到你女儿家去把她们带来。”

“把她们抓来，抓来！叫警卫队，叫军队！”老人说着，对欧也纳瞪了一眼，闪出最后一道理性的光，“去告诉政府，告诉检察官，叫人替我带来！”

“你刚才咒过她们了。”

老人愣了一愣，说：“谁说的？你知道我是爱她们的，疼她们的！我看到她们，病就好啦……去吧，我的好邻居，好孩子，去吧，你是慈悲的；我要重重地谢你；可是我什么都没有了，只能给你一个祝福，一个临死的人的祝福。啊！至少我要看到但斐纳，吩咐她代我报答你。那个不能来，就带这个来吧。告诉她，她要不来，你不爱她了。她多爱你，一定会来的。哟，我渴死了，五脏六腑都在烧！替我在头上放点儿什么吧。最好是女儿的手，那我就得救了，我觉得的……天哪！我死了，谁替她们挣钱呢？我要为她们上敖德萨去，上敖德萨做面条生意。”

欧也纳搀起病人，用左臂扶着，另一只手端给他一杯满满的药茶，说道：“你喝这个。”

“你一定要爱你的父母，”老人说着，有气无力地握着欧也纳的手。“你懂得吗，我要死了，不见她们一面就死了。永远口渴而没有水喝，这便是我十年来的生活……两个女婿断送了我的女儿。是的，从她们出嫁之后，我就没有女儿了。做老子的听着！你们得要求国会定一条结婚的法律！要是你们爱女儿，就不能把她们嫁人。女婿是毁坏女儿的坏蛋，他把一切都污辱了。再不要有结婚这回事！结婚抢走我们的女儿，叫我们临死看不见女儿。为了父亲的死，应该订一条法律。真是可怕！报仇呀！报仇呀！是我女婿不准她们来的呀。杀死他们！杀雷斯托！杀纽沁根！他们是我的凶手！不还我女儿，就要他们的命！唉！完啦，我见不到她们了！她们！娜齐，但斐纳，喂，来呀，爸爸出门啦……”①

“老伯，你静静吧，别生气，别多想。”

“看不见她们，这才是我的临终苦难！”

“你会看见的。”

“真的！”老人迷迷惘惘地叫起来，“噢！看到她们！我还会看到她们，听到她们的声

① “来呀，爸爸出门啦”两句，为女儿幼时父亲出门前呼唤她们的亲切语，此处“出门”二字有双关意味。

音。那我死也死得快乐了。唉，是啊，我不想活了，我不稀罕活了，我痛得越来越厉害了。可是看到她们，碰到她们的衣衫，唉！只要她们的衣衫，衣衫，就这么一点儿要求！只消让我摸到她们的一点儿什么！让我抓一把她们的头发，……头发……”

他仿佛挨了一棍，脑袋往枕上倒下，双手在被单上乱抓，好像要抓女儿们的头发。

他又挣扎着说：“我祝福她们，祝福她们。”

然后他昏过去了。毕安训进来说：

“我碰到了克里斯朵夫，他替你雇车去了。”

他瞧了瞧病人，用力揭开他的眼皮，两个大学生只看到一只没有颜色的灰暗的眼睛。

“完啦，”毕安训说，“我看他不会醒的了。”

他按了按脉，摸索了一会，把手放在老头儿心口。

“机器没有停；像他这样反而受罪，还是早点去的好！”

“对，我也这么想，”拉斯蒂涅回答。“你怎么啦？脸色发白像死人一样。”

“朋友，我听他又哭又叫，说了一大堆。真有一个上帝！

哦，是的，上帝是有的，他替我们预备着另外一个世界，一个好一点儿的世界。咱们这个太混账了。刚才的情形要不那么悲壮，我早哭死啦，我的心跟胃都给揪紧了。”

“喂，还得办好多事，哪儿来的钱呢?”

拉斯蒂涅掏出表来：

“你送当铺去。我路上不能耽搁，只怕赶不及。现在我等着克里斯朵夫，我身上一个钱都没有了，回来还得付车钱。”

拉斯蒂涅奔下楼梯，上海尔德街德·雷斯托太太家去了。刚才那幕可怕的景象使他动了感情，一路义愤填胸。他走进穿堂求见德·雷斯托太太，人家回报说她不能见客。

他对当差说：“我是为了她马上要死的父亲来的。”

“先生，伯爵再三吩咐我们……”

“既然伯爵在家，那么告诉他，说他岳父快死了，我要立刻和他说话。”

欧也纳等了好久。

“说不定他就在这个时候死了。”他心里想。

当差带他走进第一客室，德·雷斯托先生站在没有生火的壁炉前面，见了客人也不请坐。

“伯爵，”拉斯蒂涅说，“令岳在破烂的阁楼上就要断气了，连买木柴的钱也没有，他马上要死了，但等见一面女儿……”

“先生，”伯爵冷冷地回答，“你大概可以看出，我对高里奥先生没有什么好感。他教坏了我太太，造成我家庭的不幸。我把他当做扰乱我安宁的敌人。他死也好，活也好，我全不在意。你瞧，这是我对他的情分。社会尽可以责备我，我才不在乎呢。我现在要处理的事，比顾虑那些傻瓜的闲言闲语紧要得多。至于我太太，她现在那个模样没法出门，我也不让她出门。请你告诉她父亲，只消她对我，对我的孩子，尽完了她的责任，她会去看他的。要是她爱她的父亲，几分钟内她就可以自由……”

“伯爵，我没有权利批评你的行为，你是你太太的主人。可是至少我能相信你是讲信义的吧？请你答应我一件事，就是告诉她，说她父亲没有一天好活了，因为她不去送终，已经在咒她了！”

雷斯托注意到欧也纳愤愤不平的语气，回答道：“你自己去说吧。”

拉斯蒂涅跟着伯爵走进伯爵夫人平时起坐的客厅。她泪人儿似的埋在沙发里，那副痛不欲生的模样叫他看了可怜。她不敢望拉斯蒂涅，先怯生生地瞧了瞧丈夫，眼睛的神气表示她精神肉体都被专横的丈夫压倒了。伯爵侧了侧脑袋，她才敢开口：

“先生，我都听到了。告诉我父亲，他要知道我现在的处境，一定会原谅我。我想不到要受这种刑罚，简直受不了。可是我要反抗到底，”她对她的丈夫说，“我也有儿女。请你对父亲说，不管表面上怎么样，在父亲面前我并没有错。”她无可奈何地对欧也纳说。

那女的经历的苦难，欧也纳不难想象，便呆呆地走了出来。听到德·雷斯托先生的口吻，他知道自己白跑了一趟，阿娜斯塔齐已经失去自由。

接着他赶到德·纽沁根太太家，发觉她还在床上。

“我不舒服呀，朋友，”她说，“从跳舞会出来受了凉，我怕要害肺炎呢，我等医生来……”

欧也纳打断了她的话，说道：“哪怕死神已经到了你身边，爬也得爬到你父亲跟前去。他在叫你！你要听到他一声，马上不觉得你自己害病了。”

“欧也纳，父亲的病也许不像你说的那么严重；可是我要在你眼里有什么不是，我才难过死呢；所以我一定听你的吩咐。我知道，倘若我这一回出去闹出一场大病来，父亲要伤心死的。我等医生来过了就走。”她一眼看不见欧也纳身上的表链，便叫道：“哟！怎么你的表没有啦？”

欧也纳脸上红了一块。

“欧也纳！欧也纳！倘使你已经把它卖了，丢了，……哦！那太岂有此理了。”

大学生伏在但斐纳床上，凑着她耳朵说：

“你要知道么？哼！好，告诉你吧！你父亲一个钱没有了，今晚上要把他入殓的尸衣①都没法买。你送我的表在当铺里，我钱都光了。”

但斐纳猛地从床上跳下，奔向书柜，抓起钱袋递给拉斯蒂涅，打着铃，嚷道：

“我去我去，欧也纳。让我穿衣服，我简直是禽兽了！去吧，我会赶在你前面！”她回头叫女仆：“泰蕾丝，请老爷立刻上来跟我说话。”

欧也纳因为能对垂死的老人报告有一个女儿会来，几乎很快乐地回到圣·热内维埃弗新街。他在但斐纳的钱袋里掏了一阵打发车钱，发觉这位那么有钱那么漂亮的少妇，袋中只有七十法郎。他走完楼梯，看见毕安训扶着高老头，医院的外科医生当着内科医生在病人背上做灸。这是科学的最后一套治疗，没用的治疗。

“替你做灸你觉得吗？”内科医生问。

高老头看见了大学生，说道：“她们来了是不是？”

外科医生道：“还有希望，他说话了。”

欧也纳回答老人：“是的，但斐纳就来了。”

“呃！”毕安训说，“他还在提他的女儿，他拼命地叫她们，像一个人吊在刑台上叫着

---

① 西俗入殓时将尸体用布包裹，称为尸衣。

要喝水……”

“算了吧，”内科医生对外科医生说，“没法的了，没救的了。”

毕安训和外科医生把快死的病人放倒在发臭的破床上。

医生说：“总得给他换套衣服，虽则毫无希望，他究竟是个人。”他又招呼毕安训：“我等会儿再来。他要叫苦，就给他横膈膜上搽些鸦片。”

两个医生走了，毕安训说：

“来，欧也纳，拿出勇气来！咱们替他换上一件白衬衫，换一条褥单。你叫西尔维拿了床单来帮我们。”

欧也纳下楼，看见伏盖太太正帮着西尔维摆刀叉。拉斯蒂涅才说了几句，寡妇就迎上来，装出一副又和善又难看的神气，活现出一个满腹猜疑的老板娘，既不愿损失金钱，又不敢得罪主顾。

“亲爱的欧也纳先生，你和我一样知道高老头没有钱了。把被单拿给一个正在翻眼睛的人，不是白送吗？另外还得牺牲一条做他入殓的尸衣。你们已经欠我一百四十四法郎，加上四十法郎被单，以及旁的零星杂费，跟等会儿西尔维要给你们的蜡烛，至少也得二百法郎；我一个寡妇怎受得了这样一笔损失？天啊！你也得凭凭良心，欧也纳先生。自从晦气星进了我的门，五天工夫我已经损失得够了。我愿意花三十法郎打发这好家伙归天，像你们说的。这种事还要叫我的房客不愉快。只要不花钱，我愿意送他进医院。总之你替我想想吧。我的铺子要紧，那是我的，我的性命呀。”

欧也纳赶紧奔上高里奥的屋子。

“毕安训，押了表的钱呢？”

“在桌子上，还剩三百六十多法郎。欠的账已经还清。当票压在钱下面。”

“喂，太太，”拉斯蒂涅愤愤地奔下楼梯，说道：“来算账。高里奥先生在府上不会耽久了，而我……”

“是的；他只能两脚向前地出去了，可怜的人。”她一边说一边数着二百法郎，神气之间有点高兴，又有点惆怅。

“快点儿吧。”拉斯蒂涅催她。

“西尔维，拿出褥单来，到上面去给两位先生帮忙。”

‘别忘了西尔维，”伏盖太太凑着欧也纳的耳朵说，“她两晚没有睡觉了。”

欧也纳刚转身，老寡妇立刻奔向厨娘，咬着她耳朵吩咐：

“你找第七号褥单，那条旧翻新的。反正给死人用总是够好的了。”

欧也纳已经在楼梯上跨了几步，没有听见房东的话。

毕安训说：“来，咱们替他穿衬衫，你把他扶着。”

欧也纳站在床头扶着快死的人，让毕安训脱下衬衫。老人做了个手势，仿佛要保护胸口的什么东西，同时哼哼唧唧，发出些不成音的哀号，犹如野兽表示极大的痛苦。

“哦！哦！”毕安训说，“他要一根头发链子和一个小小的胸章，刚才咱们做灸拿掉的。可怜的人，给他挂上。喂，在壁炉架上面。”

欧也纳拿来一条淡黄带灰的头发编成的链子，准是高里奥太太的头发。胸章的一面刻着：阿娜斯塔齐；另外一面刻着：但斐纳。这是他永远贴在心头的心影。胸章里面藏着极细的头发卷，大概是女儿们极小的时候剪下来的。发辫挂上他的脖子，胸章一碰到胸脯，老人便心满意足地长叹一声，叫人听了毛骨悚然。他的感觉这样振动了一下，似乎往那个神秘的区域，发出同情和接受同情的中心，隐没了。抽搐的脸上有一种病态的快乐的表情。思想消灭了，情感还存在，还能发出这种可怕的光彩，两个大学生看着大为感动；涌出几颗热泪掉在病人身上，使他快乐得直叫：

“噢！娜齐！但斐纳！”

“他还活着呢。”毕安训说。

“活着有什么用？”西尔维说。

“受罪喽！”拉斯蒂涅回答。

毕安训向欧也纳递了个眼色，叫他跟自己一样蹲下身子，把胳膊抄到病人腿肚子下面，两人隔着床做着同样的动作，托住病人的背。西尔维站在旁边，但等他们抬起身子，抽换被单。高里奥大概误会了刚才的眼泪，使出最后一些气力伸出手来，在床的两边碰到两个大学生的脑袋，拼命抓着他们的头发，轻轻地叫了声：“啊！我的儿哪！”整个灵魂都在这两句里面，而灵魂也随着这两句喁语飞逝了。

“可怜可爱的人哪。”西尔维说，她也被这声哀叹感动了。这声哀叹，表示那伟大的父爱受了又惨又无心的欺骗，最后激动了一下。

这个父亲的最后一声叹息还是快乐的叹息。这叹息说明了他的一生，他还是骗了自己。大家恭恭敬敬把高老头放倒在破床上。从这个时候起，喜怒哀乐的意识消灭了，只有生与死的搏斗还在他脸上印着痛苦的标记。整个的毁灭不过是时间问题了。

“他还可以这样的拖几小时，在我们不知不觉的时候死去。他连临终的痰厥也不会有，脑子全部充血了。”

这时楼梯上有一个气咻咻的少妇的脚步声。

“来得太晚了，”拉斯蒂涅说。

来的不是但斐纳，是她的女仆泰蕾丝。

“欧也纳先生，可怜的太太为父亲向先生要钱，先生和她大吵。她晕过去了；医生也来了，恐怕要替她放血。她嚷着：爸爸要死了，我要去看爸爸呀！叫人听了心惊肉跳。”

“算了吧，泰蕾丝，现在来也不中用了，高里奥先生已经昏迷了。”

泰蕾丝道：“可怜的先生，竟病得这样凶吗？”

“你们用不着我了，我要下去开饭，已经四点半了。”西尔维说着，在楼梯台上几乎觉得撞在德·雷斯托太太身上。

伯爵夫人的出现叫人觉得又严肃又可怕。床边黑魆魆的只点着一支蜡烛。瞧着父亲那张还有几分生命在颤动的脸，她掉下泪来。毕安训很识趣地退了出去。

“恨我没有早些逃出来。”伯爵夫人对拉斯蒂涅说。

大学生悲伤地点点头。她拿起父亲的手亲吻。

“原谅我，父亲！你说我的声音可以把你从坟墓里叫回来，哎！那么你回来一忽儿，来祝福你正在忏悔的女儿吧。听我说啊。——真可怕！这个世界上只有你会祝福我。大家恨我，只有你爱我。连我自己的孩子将来也要恨我。你带我一块儿去吧，我会爱你，服侍你。噢！他听不见了，我疯了。”

她双膝跪下，疯子似的端详着那个躯壳。

“我什么苦都受到了,”她望着欧也纳说,“德·特拉伊先生走了,丢下一身的债。而且我发觉他欺骗我。丈夫永远不会原谅我了,我已经把全部财产交给他。唉!一场空梦,为了谁来!我欺骗了唯一疼我的人!(她指着她的父亲)我辜负他,嫌弃他,给他受尽苦难,我这该死的人!”

“他知道。”拉斯蒂涅说。

高老头忽然睁了睁眼,但只不过是肌肉的抽搐。伯爵夫人表示希望的手势,同弥留的人的眼睛一样凄惨。

“他还会听见我吗?——哦,听不见的了。”她坐在床边自言自语。

德·雷斯托太太说要守着父亲,欧也纳便下楼吃饭。房客都到齐了。

“喂,”画家招呼他,“看样子咱们楼上要死掉个把人了啦嘛?”

“夏尔,找点儿不那么凄惨的事开玩笑好不好?”欧也纳说。

“难道咱们就不能笑了吗?”画家回答,“有什么关系,毕安训说他已经昏迷了。”

“嗳!”博物院管事接着说,“他活也罢,死也罢,反正没有分别。”

“父亲死了!”伯爵夫人大叫一声。

一听见这声可怕的叫喊,西尔维,拉斯蒂涅,毕安训,一齐上楼,发觉德·雷斯托太太晕过去了。他们把她救醒,送上等在门外的车;欧也纳嘱咐泰蕾丝小心看护,送往德·纽沁根太太家。

“哦!这一下他真死了。”毕安训下楼说。

“诸位,吃饭吧,汤冷了。”伏盖太太招呼众人。

两个大学生并肩坐下。

欧也纳问毕安训:“现在该怎么办?”

“我把他眼睛阖上了,四肢放得端端正正。等咱们上市政府报告死亡,那边的医生来验过之后,把他包上尸衣埋掉。你还想怎么办?”

“他不能再这样嗅他的面包了。”一个房客学着高老头的鬼脸说。

“要命!”当助教的叫道,“诸位能不能丢开高老头,让我们清静一下?一个钟点以来,只听见他的事儿。巴黎这个地方有桩好处,一个人可以生下,活着,死去,没有人理会。这种文明的好处,咱们应当享受。今天死六十个人,难道你们都去哀悼那些亡灵不成?高老头死就死吧,为他还是死的好!要是你们疼他,就去守灵,让我们消消停停地吃饭。”

“噢!是的,”寡妇道,“他真是死了的好!听说这可怜的人苦了一辈子!”

在欧也纳心中,高老头是父爱的代表,可是他身后得到的唯一的诔词,就是上面这几句。十五位房客照常谈天。欧也纳和毕安训听着刀叉声和谈笑声,眼看那些人狼吞虎咽,不关痛痒的表情,难受得心都凉了。他们吃完饭,出去找一个神甫来守夜,给死者祈祷。手头只有一点儿钱,不能不看钱办事。晚上九点,遗体放在便榻上,两旁点着两支蜡烛,屋内空空的,只有一个神甫坐在他旁边。临睡之前,拉斯蒂涅向教士打听了礼忏和送葬的价目,写信给德·纽沁根男爵和德·雷斯托伯爵,请他们派管事来打发丧费。他要克里斯朵夫把信送出去,方始上床。他疲倦之极,马上睡着了。

第二天早上,毕安训和拉斯蒂涅亲自上市政府报告死亡;中午,医生来签了字。过了两小时,一个女婿都没送钱来,也没派人来,拉斯蒂涅只得先开销了教士。西尔维讨了十法郎去缝尸衣。欧也纳和毕安训算了算，死者的家属要不负责的话，他们倾其所有，只能极勉强地应付一切开支。把尸身放入棺材的差事，由医学生担任了去；那口穷人用的棺木也是他向医院特别便宜买来的。他对欧也纳说：

"咱们给那些混蛋开一下玩笑吧。你到拉雪兹神甫公墓去买一块地，五年为期，再向丧礼代办所和教堂定一套三等丧仪。要是女婿女儿不还你的钱，你就在墓上立一块碑，刻上几个字：

> 德·雷斯托伯爵夫人暨德·纽沁根男爵夫人之尊翁高里奥先生之墓
>
> 大学生二人醵资代葬。

欧也纳在德·纽沁根夫妇和德·雷斯托夫妇家奔走毫无结果，只得听从他朋友的意见。在两位女婿府上，他只能到大门为止。门房都奉有严令，说：

"先生跟太太谢绝宾客。他们的父亲死了，悲痛得了不得。"

欧也纳对巴黎社会已有相当经验，知道不能固执。看到没法跟但斐纳见面，他心里感到一阵异样的压迫，在门房里写了一个字条：

> 请你卖掉一件首饰吧，使你父亲下葬的时候成个体统。

他封了字条，吩咐男爵的门房递给泰蕾丝送交女主人，门房却送给男爵，被他往火炉里一扔了事。欧也纳部署停当，三点左右回到公寓，望见小门口停着口棺木，在静悄悄的街头，搁在两张凳上，棺木上面连那块黑布也没有遮盖到家。他一见这光景，不由得掉下泪来。谁也不曾把手蘸过的蹩脚圣水盂，[①] 浸在盛满圣水的镀银盘子里。门上黑布也没有挂。这是穷人的丧礼，既没排场，也没后代，也没朋友，也没亲属。毕安训因为医院有事，留了一个便条给拉斯蒂涅，告诉他跟教堂办的交涉。他说追思弥撒价钱贵得惊人，只能做个便宜的晚祷；至于丧礼代办所，已经派克里斯朵夫送了信去。欧也纳看完字条，忽然瞧见藏着两个女儿头发的胸章在伏盖太太手里。

"你怎么敢拿下这个东西？"他说。

"天哪！难道把它下葬不成？"西尔维回答。"那是金的啊。"

"当然啰！"欧也纳愤愤地说，"代表两个女儿的只有这一点东西，还不给他带去么？"

柩车上门的时候，欧也纳叫人把棺木重新抬上楼，他撬开钉子，诚心诚意地把那颗胸章，姊妹俩还年轻，天真，纯洁，像他在临终呼号中所说的"不懂得讲嘴"的时代的形象，挂在死人胸前。除了两个丧礼执事，只有拉斯蒂涅和克里斯朵夫两人跟着柩车，把可怜的人送往圣艾蒂安·杜·蒙，离圣热内维埃弗新街不远的教堂。灵柩被放在一所低矮黝黑的圣堂[②]前面。大学生四下里张望，看不见高老头的两个女儿或者女婿。除他之外，只有克里斯朵夫因为赚过他不少酒钱，觉得应当尽一尽最后的礼数。两个教士，唱诗班的孩子和教堂管事都还没有到。拉斯蒂涅握了握克里斯朵夫的手，一句话也说不上来。

---

① 西俗吊客上门，必在圣水盂内蘸圣水。"谁也不曾把手蘸过"，即没有吊客的意思。

② 教堂内除正面的大堂外，两旁还有小圣堂。

“是的，欧也纳先生，”克里斯朵夫说，“他是个老实人，好人，从来没大声说过一句话，从来没损害别人，也从来没干过坏事。”

两个教士，唱诗班的孩子，教堂的管事，都来了。在一个宗教没有余钱给穷人作义务祈祷的时代，他们做了尽七十法郎所能办到的礼忏：唱了一段圣诗，唱了 Libera① 和 De profundis②。全部礼忏花了二十分钟。送丧的车只有一辆，给教士和唱诗班的孩子乘坐，他们答应带欧也纳和克里斯朵夫同去。教士说：

“没有送丧的行列，我们可以赶一赶，免得耽搁时间。已经五点半了。”

正当灵柩上车的时节，德·雷斯托和德·纽沁根两家有爵徽的空车忽然出现，跟着柩车到拉雪兹神甫公墓。六点钟，高老头的遗体下了墓穴，周围站着女儿家中的管事。大学生出钱买来的短短的祈祷刚念完，那些管事就跟神甫一齐溜了。两个盖坟的工人，在棺木上扔了几铲子土挺了挺腰；其中一个走来向拉斯蒂涅讨酒钱。欧也纳掏来掏去，一个子儿都没有，只得向克里斯朵夫借了一法郎。这件很小的小事，忽然使拉斯蒂涅大为伤心。白日将尽，潮湿的黄昏使他心里乱糟糟的；他瞧着墓穴，埋葬了他青年人的最后一滴眼泪，神圣的感情在一颗纯洁的心中逼出来的眼泪，从它坠落的地下立刻回到天上的眼泪。③ 他抱着手臂，凝神瞧着天空的云。克里斯朵夫见他这副模样，径自走了。

拉斯蒂涅一个人在公墓内向高处走了几步，远眺巴黎，只见巴黎蜿蜒曲折地躺在塞纳河两岸，慢慢地亮起灯火。他的欲火炎炎的眼睛停在旺多姆广场和荣军院的穹窿之间。那便是他不胜向往的上流社会的区域。面对这个热闹的蜂房，他射了一眼，好象恨不得把其中的甘蜜一口吸尽。同时他气概非凡的说了句：

“现在咱们俩来拼一拼吧！”

然后拉斯蒂涅为了向社会挑战，到德·纽沁根太太家吃饭去了。

一八三四年九月于萨榭。

傅 雷译

【选自[法]巴尔扎克：《高老头》，傅雷译，见《人间喜剧》(第5卷)，北京，人民文学出版社，1994】

① 拉丁文：解脱。

② 拉丁文：来自灵魂深处。

③ 浪漫派诗歌中常言神圣的眼泪是从天上来的，此处言回到天上，即隐含此意。

艾米莉·勃朗特

艾米莉·勃朗特(1818—1848)是19世纪英国著名的小说家和诗人，是勃朗特三姐妹中的老二。她唯一的小说作品《呼啸山庄》为她在英国乃至世界文学史上赢得了不朽的声誉。

《呼啸山庄》是一个关于爱与仇恨的故事。小说的主人公希刺克厉夫，在他很小的时候被呼啸山庄的主人恩萧收养。他与恩萧的女儿凯瑟琳有着同样的叛逆和狂热的情感，两人陷入了爱河。然而长大以后，凯瑟琳认识了画眉山庄的小主人林惇，被他优雅的绅士风度深深吸引。虽然凯瑟琳知道自己真正爱的是希刺克厉夫，但是由于难以抵挡虚荣心和物质的诱惑，她最终接受了林惇的求婚。自尊心深受伤害的希刺克厉夫一怒之下离家出走。三年后，希刺克厉夫在外发迹，返回呼啸山庄向恩萧和林惇两家人复仇。凯瑟琳在痛苦和悔恨中病重而死，希刺克厉夫也最终在空虚和痛苦中死去。

小说刚刚问世时，由于情节离奇、情感激烈，并没有得到世人的认可。然而到了20世纪中后期，人们越来越认识到这部小说里蕴含的现代性。半个多世纪以来，不同流派、不同背景的研究者从各个角度解读这部内涵丰富的小说。希刺克厉夫的黑色皮肤引发一些学者从种族主义的视角进行解读。而希刺克厉夫与凯瑟琳表面的差异和内在的相似则让一些学者将凯瑟琳视为希刺克厉夫的镜像。女性主义批评者认为凯瑟琳才是小说真正的主人公，小说的真正内容是关于凯瑟琳从天真无知到长大成熟、逐渐认识自己内心的过程。也许，这部小说真正的魅力正在于它给读者提供了多种阐释的可能性，是一部令人无法穷尽的作品。

小说采用倒叙的叙事方法。节选部分是小说刚刚开头的第三章。洛克乌德先生由于偶然的机遇成为了希刺克厉夫的房客。一天，洛克乌德被暴风雪困住，不得不在希刺克厉夫家过夜。深夜里，洛克乌德居住的房间窗户被敲响了，一个自称是凯瑟琳的女孩哀求他放自己进去。希刺克厉夫知道后深受震动。小说对深夜敲窗场景的描写非常生动，把阴森恐怖的气氛表现得极为传神，体现了典型的哥特式风格。

呼啸山庄(节选)

第3章

她把我领上楼时，劝我把蜡烛藏起来，而且不要出声。因为她的主人对于她领我去住的那间卧房有一种古怪的看法，而且从来也不乐意让任何人在那儿睡。我问是什么原因，她回答说不知道。她在这里才住了一两年，他们又有这么多古怪事，她也就不去多问了。

我自己昏头昏脑，也问不了许多，插上了门，向四下里望着想找张床。全部家具只有一把椅子，一个衣橱，还有一个大橡木箱。靠近顶上挖了几个方洞，像是马车的窗子。我走近这个东西往里瞧，才看出是一种特别样子的老式卧榻，设计得非常方便，足可以省去家里每个人占一间屋的必要。事实上，它形成一个小小的套间。它里面的一个窗台刚好当张桌子用。我推开嵌板的门，拿着蜡烛进去，把嵌板门又合上，觉得安安稳稳，躲开了希刺克厉夫以及其他人的戒备。

在我放蜡烛的窗台上有几本发霉了的书堆在一个角落里，窗台上的油漆面也被字迹画得乱七八糟。但是那些字迹只是用各种字体写的一个名字，有大有小——凯瑟琳·恩萧，有的地方又改成凯瑟琳·希刺克厉夫，跟着又是凯瑟琳·林惇。

我无精打采地把头靠在窗子上，连续地拼着凯瑟琳·恩萧——希刺克厉夫——林惇，一直到我的眼睛合上为止。可是还没有五分钟，黑暗中就有一片亮得刺眼的白闪闪的字母，仿佛鬼怪活现——空中充满了许多凯瑟琳。我跳起来，想驱散这突然冒出的名字，发现我的烛芯靠在一本古老的书上，使那靠着的地方发出一种烤牛皮的气味。我剪掉烛芯，灭了它，在寒冷与持续的恶心交攻之下，很不舒服，便坐起来，把这本烤坏的书打开，放在膝上。那是一本《圣经》，印的是细长字体，有很浓的霉味。书前面的白纸写着——“凯瑟琳·恩萧，她的书”，还注了一个日期，那是在二十来年以前了。我合上它，又拿起一本，又一本，直到我把它们都检查过一遍。凯瑟琳的藏书是经过选择的，而且这些书损坏的情况证明它们曾经被人一再地读过，虽然读得不完全得当，几乎没有一章躲过钢笔写的评注——至少，像是评注——凡是印刷者留下的第一块空白全涂满了。有的是不连贯的句子，其他的是正规日记的形式，出于小孩子那种字形未定的手笔，写得乱七八糟。在一张空余的书页上面(也许一发现它还把它当作宝贝呢)我看见了我的朋友约瑟夫的一幅绝妙的漫画像，大为高兴，——画得粗糙，可是有力。我对于这位素昧平生的凯瑟琳顿时发生兴趣，我便开始辨认她那已褪色的难认的怪字了。

“倒霉的礼拜天!”底下一段这样开头。“但愿我父亲还能再回来。辛德雷是个可恶的代理人——他对希刺克厉夫的态度太凶。——希和我要反抗了——今天晚上我们要进行第一步。

“整天下大雨，我们不能到教堂去，因此约瑟夫非要在阁楼里聚会不可。于是正当辛德雷和他的妻子在楼下舒舒服服地烤火——随便做什么，我敢说他们决不会读《圣经》，——而希刺克厉夫、我和那不幸的乡巴佬却受命拿着我们的祈祷书爬上楼。我们排成一排，坐在一口袋粮食上，又哼又哆嗦。希望约瑟夫也哆嗦，这样他为了他自己也会给我们少讲点道了。妄想！做礼拜整整拖了三个钟头。可是我的哥哥看见我们下楼的时候，居然还有脸喊叫，‘什么，已经完啦?’从前一到星期天晚上，还准许我们玩玩，只要我们不太吵，现在我们只要偷偷一笑，就得罚站墙角啦！

“‘你们忘记这儿有个主人啦，’这暴君说，‘谁先惹我发脾气，我就把他毁掉！我坚决要求完全的肃静。啊，孩子！是你么？弗兰西斯，亲爱的，你走过来时揪揪他的头发，我听见他捏手指头响呢。’弗兰西斯痛快地揪揪他的头发，然后走过来坐在她丈夫的膝上。他们就在那儿，像两个小孩似的，整个钟点地又接吻又胡扯——那种愚蠢的甜言蜜语连我们都应该感到羞耻。我们在柜子的圆拱里面尽量把自己弄得挺舒服。我刚把我们的餐巾结在一起，把它挂起来当作幕布，忽然约瑟夫有事正从马房进来。他把我的手工活扯下来，打我耳光，嘎嘎叫着——

“‘主人才入土，安息日还没有过完，福音的声音还在你们耳朵里响，你们居然敢玩！你们好不害臊！坐下来，坏孩子！只要你们肯看，有的是好书。坐下来，想想你们的灵魂吧！’

“说了这番话，他强迫我们坐好，使我们能从远处的炉火那边得来一线暗光，好让我们看他塞给我们的那没用的经文。我受不了这个差事。我提起我这本脏书的书皮哗啦一下，使劲地把它扔到狗窝里去，赌咒说我恨善书。希刺克厉夫把他那本也扔到同一个地方。跟着是一场大闹。

“‘辛德雷少爷！’我们的牧师大叫，‘少爷，快来呀！凯蒂小姐把《救世盔》的书皮子撕下来啦，希刺克厉夫使劲踩《走向毁灭的广阔道路》的第一部分！你让他们就这样下去可不得了。唉！换了老头子的话可要好好地抽他们一顿——可他不在啦！’

“辛德雷从他的炉边天堂赶了来，抓住我们俩，一个抓领子，另一个抓胳臂，把我们都丢到后厨房去。约瑟夫断言在那儿‘老尼克’[①]一定会把我们活捉的。我们受到如此帮助之后，便各自找个角落静等它降临。我从书架上伸手摸到了这本书和一瓶墨水，便把门推开一点，漏进点亮光，我就写字消遣了二十分钟。可是我的同伴不耐烦了，他建议我们可以披上挤牛奶女人的外套，到旷野上跑一跑。一个怪有意思的建议——那么，要是那个坏脾气的老头进来，他也会相信他的预言实现啦——在雨里我们也不会比在这儿更湿更冷的。”

……

我猜想凯瑟琳实现了她的计划，因为下一句说的是另一件事，她伤心起来了。

“我做梦也没想到辛德雷会让我这么哭！”她写着，“我头痛，痛得我不能睡在枕头上。可是我还是不能不哭。可怜的希刺克厉夫！辛德雷骂他是流氓，再也不许他跟我们一起坐，一起吃啦。而且他说，不许他和我在一起玩，又吓唬说要是我们违背命令，就把他撵出去。还怪我们的父亲(他怎么敢呀?)待希太宽厚了，还发誓说要把他降到应有

① 老尼克——Old Nick，即恶魔。

的地位去。”

……

我对着这字迹模糊的书页开始打盹了，眼睛从手稿转到印的字上。我看见一个红颜色的花字标题——“七十乘七，与第七十一的第一条。杰别斯·伯兰德罕牧师在吉默吞飔的教堂宣讲的一篇神学论文。”在我糊里糊涂地绞尽脑汁猜想杰别斯·伯兰德罕牧师将如何发挥他这个题目的时候，我却倒在床上睡着了。咳，这倒霉的茶和坏脾气的影响啊！还能有什么足以使我度过这么可怕的一夜呢？自从我学会吃苦以来，我记不起有哪一次是能和这一夜相比的。

我开始做梦，几乎在我还没忘记自己在哪里的时候就开始做梦了。我觉得是到早晨了，我往回家的路上走，有约瑟夫带路。一路上，雪有好几码深。在我们挣扎着向前走的时候，我的同伴不停地责备我，惹得我心烦。他骂我不带一根朝山进香的拐杖，告诉我不带拐杖就永远也进不了家，还得意地舞动着一根大头棍棒，我明白这就是所谓的拐杖了。当时我认为需要这么一个武器才能进自己的家，那是荒谬的。跟着一个新的念头一闪，我并不是去那儿，我们是在长途跋涉去听那有名的杰别斯·伯兰德罕讲“七十乘七”的经文，而不论约瑟夫，或是牧师，或是我要犯了这“第七十一的第一条”，就要被人当众揭发，而且被教会除名。

我们来到了教堂。我平日散步时真的走过那儿两三回。它在两山之间的一个山谷里：一个高出地面的山谷靠近一片沼泽，据说那儿泥炭的湿气对存放在那儿的几具死尸足以产生防腐作用。房顶至今尚完好，但是这儿教士的收入每年只有二十镑，外带一所有两间屋的屋子，而且眼看恐怕就要决定只给一间了，所以没有一个教士愿意担当牧羊人的责任，特别是传说他的“羊群”宁可饿死他，也不愿从他们自己腰包里多掏出一分钱来养活他。但是，在我的梦里，杰别斯有专心听讲的满会堂会众。他讲道了——老天爷呀！什么样的一篇讲道呀，共分四百九十节，每一节完全等于一篇普通的讲道，每一节讨论一种罪过！我不知道他从哪儿搜索出来这么些罪过。他对于讲解辞句有他独到的方法，仿佛教友必然时时刻刻会犯不同的种种罪过。这些罪过的性质极其古怪：是我以前从没想象过的一些古怪离奇的罪过。

啊，我是多么疲倦啊！我是怎样地翻腾，打呵欠，打盹，又清醒过来！我是怎样掐自己，扎自己，揉眼睛，站起来，又坐下，而且用胳膊肘碰约瑟夫，要他告诉我他有没有讲完的时候。我是注定要听完的了。最后，他讲到“第七十一的第一条”。正在这当口，我不由自主地站起来，痛责杰别斯·伯兰德罕是个犯了那种没有一个基督徒能够饶恕的罪过的罪人。

“先生，”我叫道，“坐在这四堵墙壁中间，我已经一连气儿忍受而且原谅了你这篇说教的四百九十个题目。有七十个七次我拿起我的帽子，打算离去。——有七十个七次你硬逼着我又坐下。这第四百九十一可叫人受不了啦。信教的难友们，揍他呀！把他拉下来，把他捣烂，让这个知道有他这个人的地方从此再也见不到他吧！”

“你就是罪人！”一阵严肃的静默之后，杰别斯从他的坐垫上欠身大叫。“七十个七次你张大嘴作怪相——七十个七次我和我的灵魂商量着——看啊，这是人类的弱点，这个也是可以赦免的！第七十一的第一条来啦。弟兄们，把写定的裁判在他身上执行吧。祂[①]所有的圣徒有这种光荣的！”

话才落音，全体会众举起他们的朝山拐杖，一起向我冲来。我没有武器用来自卫，便开始扭住约瑟夫，离我最近也最凶猛的行凶者，抢他的手杖。在人潮汇集之中，好多根棍子交叉起来，对我而来的打击却落在别人的脑袋上。马上整个教堂乒乒乓乓响成一片。每个人都对他邻近的人动起手来。而伯兰德罕也不甘心闲着，便在讲坛板壁上使劲来一阵猛敲，好发泄他的热心，声音好响，最后竟惊醒了我，使我说不出来的轻松。到底是什么东西令人联想那极大的骚扰呢？在这场吵闹中是谁扮演杰别斯的角色呢？只不过是在狂风悲叹而过时，一棵枞树的枝子触到了我的窗格，它的干果在玻璃窗面上碰得嘎嘎作响而已！我满怀疑虑地倾听了一会；查清骚扰得我不安的就是它，然后翻身又睡了，又做梦了：可能的话，这梦比先前的那个更不愉快。

这一回，我记得我是躺在那个橡木的套间里。我清清楚楚地听见风雪交加；我也听见那枞树枝子重复着那戏弄人的声音，而且也知道这是什么原因。可是它使我太烦了，因此我决定，如果可能的话，把这声音止住。我觉得我起了床，并且试着去打开那窗子。窗钩是焊在钩环里的——这情况是我在醒时就看见了的，可是又忘了。“不管怎么样，我非止住它不可！”我咕噜着，用拳头打穿了玻璃，伸出一个胳臂去抓那搅人的树。我的手指头没抓到它，却碰着了一只冰凉小手的手指头！梦魇的恐怖压倒了我，我极力把胳臂缩回来，可是那只手却拉住不放，一个极忧郁的声音抽泣着：“让我进去——让我进去！”“你是谁？”我问，同时拼命想把手挣脱。“凯瑟琳·林惇，”那声音颤抖着回答(我为什么想到林惇？我有二十遍念到林惇时都念成恩萧了)。“我回家来啦，我在旷野上走迷路啦！”在她说话时，我模模糊糊地辨认出一张小孩的脸向窗里望。恐怖使我狠了心，发现想甩掉那个人是没有用的，就把她的手腕拉到那个破了的玻璃面上，来回地擦着，直到鲜血滴下来，沾湿了床单。可她还是哀哭着，“让我进去！”而且还是紧紧抓住我，简直要把我吓疯了。“我怎么能够呢？”我终于说。“如果你要我让你进来，先放开我！”手指松开了。我把自己的手从窗洞外抽回，赶忙把书堆得高高的抵住窗子，捂住耳朵不听那可怜的祈求，捂了有一刻钟以上。可是等到我再听，那悲惨的呼声还继续哀叫着！“走开！”我喊着，“就是你求我二十年，我也绝不让你进来。”“已经二十年啦，”这声音哭着说，“二十年啦。我已经做了二十年的流浪人啦！”接着，外面开始了一个轻微的刮擦声，那堆书也挪动了，仿佛有人把它推开似的。我想跳起来，可是四肢动弹不得，于是在惊骇中大声喊叫。使我狼狈的是我发现这声喊叫并非虚幻。一阵匆忙的脚步声走近我的卧房门口。有人使劲把门推开，一道光从床顶的方洞外微微照进来。我坐着还在哆嗦，并且在揩着我额上的汗。这闯进来的人好像迟疑不前，自己咕噜着。最后他轻轻地说：“有人在这儿吗？”显然并不期望有人答话。我想最好还是承认我在这儿吧，因为我听出希刺克厉夫的口音，唯恐如果我不声不响，他还要进一步搜索的。这样想着，我就翻身推开嵌板。我这行动所产生的影响将使我久久不能忘记。

希刺克厉夫站在门口，穿着衬衣衬裤，拿着一支蜡烛，烛油直滴到他的手指上，脸

---

① 祂——He，指“神”而言。对上帝(神)表示尊敬，故将第一个字母大写。在中国，教徒言及上帝往往写“祂”。

色苍白得像他身后的墙一样。那橡木门第一声轧的一响吓得他像是触电一样：手里的蜡烛跳出来有几尺远，他激动得这么厉害，以至于他连拾也拾不起来。

"只不过是你的客人在这儿罢了，先生。"我叫出声来，省得他更暴露出胆怯样子而使他丢掉面子。"我做了一个可怕的噩梦，不幸在睡着时叫起来。我很抱歉我打搅了你。"

"啊，上帝惩罚你，洛克乌德先生！但愿你在——"我的主人开始说，把蜡烛放在一张椅子上，因为他发现不可能拿着它不晃。"谁把你带到这间屋子里来的?"他接着说，并把指甲掐进他的手心，磨着牙齿，为的是制止腭骨的颤动。"是谁带你来的？我真想把他们就在这会儿撵出门去!"

"是你的用人，齐拉，"我回答，跳到地板上，急急忙忙穿衣服。"你撵，我也不管，希刺克厉夫先生。她活该，我猜想她是打算利用我来再证明一下这地方闹鬼罢了。咳，是闹鬼——满屋是妖魔鬼怪！我对你说，你是有理由把它关起来的。凡是在这么一个洞里睡过觉的人是不会感谢你的!"

"你是什么意思?"希刺克厉夫问道，"你在干吗？既然你已经在这儿了，就躺下，睡完这一夜！可是，看在老天的分上！别再发出那种可怕的叫声啦。那没法叫人原谅，除非你的喉咙正在给人切断!"

"要是那个小妖精从窗子进来了，她大概就会把我掐死的!"我回嘴说。"我不预备再受你那些好客的祖先们的迫害了。杰别斯·伯兰德罕牧师是不是你母亲的亲戚？还有那个疯丫头，凯瑟琳·林惇，或是恩萧，不管她姓什么吧——她一定是个容易变心的——恶毒的小灵魂！她告诉我这二十年来她就在地面上流浪——我不怀疑，她正是罪有应得啊!"

这些话还没落音，我立刻想起那本书上希刺克厉夫与凯瑟琳两个名字的联系，这点我完全忘了，这时才醒过来。我为我的粗心脸红，可是，为了表示我并不觉察到我的冒失，我赶紧加一句，"事实是，先生，前半夜我在——"说到这儿我又顿时停住了——我差点说出"阅读那些旧书"，那就表明我不但知道书中印刷的内容，也知道那些用笔写出的内容了。因此，我纠正自己，这样往下说——"在拼读刻在窗台上的名字。一种很单调的工作，打算使我睡着，像数数目似的，或是——"

"你这样对我滔滔不绝，到底是什么意思?"希刺克厉夫大吼一声，蛮性发作。"怎么——你怎么敢在我的家里？——天呀！他这样说话必是发疯啦!"他愤怒地敲着他的额头。

我不知道是跟他抬杠好，还是继续解释好。可是他仿佛大受震动，我都可怜他了，于是继续说我的梦，肯定说我以前绝没有听过"凯瑟琳·林惇"这名字，可是念得过多才产生了一个印象，当我不能再约束我的想象时，这印象就化为真人了。希刺克厉夫在我说话的时候，慢慢地往床后靠，最后坐下来差不多是在后面隐藏起来了。但是，听他那不规则的上气不接下气的呼吸，我猜想他是拼命克制过分强烈的情感。我不想让他看出我已觉察出了他处在矛盾中，就继续梳洗，发出很大的声响，又看看我的表，自言自语地抱怨夜长。"还没到三点钟哪！我本来想发誓说已经六点了，时间在这儿停滞不动啦：我们一定是八点钟就睡了!"

"在冬天总是九点睡，总是四点起床。"我的主人说，压住一声呻吟。看他胳臂的影子的动作，我猜想他从眼里抹去一滴眼泪。"洛克乌德先生，"他又说，"你可以到我屋里去。你这么早下楼也妨碍别人，你这孩子气的大叫已经把我的睡魔赶掉了。”

“我也一样。”我回答，“我要在院子里走走，等到天亮我就走。你不必怕我再来打搅。我这想交友寻乐的毛病现在治好了，不管是在乡间或在城里。一个头脑清醒的人应该发现跟自己做伴就够了。”

“愉快的做伴！”希刺克厉夫咕噜着，“拿着蜡烛，你爱去哪儿就去吧。我就来找你。不过，别到院子里去，狗都没拴住。大厅里——朱诺在那儿站岗，还有——不，你只能在楼梯和过道那儿溜达。可是，你去吧！我过两分钟就来。”

我服从了，就离开了这间卧室。当时不知道那狭窄的小屋通到哪里，就只好还站在那儿，不料却无意亲眼看见我的房东做出一种迷信的动作，这很奇怪，看来他不过是表面上有头脑罢了。

他上了床，扭开窗子，一边开窗，一边涌出压抑不住的热泪。“进来吧！进来吧！”他抽泣着。“凯蒂，来吧！啊，来呀——再来一次！啊！我的心爱的！这回听我的话吧，凯蒂，最后一次！”幽灵显示出幽灵素有的反复无常，它偏偏不来！只有风雪猛烈地急速吹过，甚至吹到我站的地方，而且吹灭了蜡烛。

在这突然涌出的悲哀中，竟有这样的痛苦伴随着这段发狂的话，以致我对他的怜悯之情使我忽视了他举止的愚蠢。我避开了，一面由于自己听到了他这番话而暗自生气，一面又因自己诉说了我那荒唐的噩梦而烦躁不安，因为就是那梦产生了这种悲恸。至于为什么会产生，我就不懂了。我小心地下楼，到了后厨房，那儿有一星火苗，拨拢在一起，使我点着了蜡烛。没有一点动静，只有一只斑纹灰猫从灰烬里爬出来，怨声怨气地咪唔一声向我致敬。

两条长凳，摆成半圆形，几乎把炉火围起来了。我躺在一条凳子上，老母猫跳上了另一条。我们两个都在打盹，不料有人来捣乱，那就是约瑟夫放下一个木梯，他经过一个活门直通阁楼里：我猜想这就是他上升阁楼之路了。他向着我拨弄起来的火苗狠狠地望了一眼，把猫从它的高座下撵下来，自己安坐在空出的位子上，开始了把烟叶填进三寸长的烟斗里的动作。我在他的圣地出现，显然被他看作是羞于提及的莽撞事情。他默默地把烟管递到嘴里，胳臂交叉着，喷云吐雾。我让他享受安逸，不打搅他。他吸完最后一口，深深地嘘出一口气，站起来，像走进来时那样庄严地又走出去了。

跟着有人踏着轻快的脚步进来了；现在我张开口正要说早安，可又闭上了，敬礼未能完成，因为哈里顿·恩萧正在 Sotto Voce① 做他的早祷，也就是说他在屋角搜寻一把铲子或是铁锹去铲除积雪时，他碰到每样东西都要对它发出一串的咒骂。他向凳子后面溜了一眼，张大鼻孔，认为对我用不着客气，就像对我那猫伴一样。看他做的准备，我猜他允许我走了，我离开我的硬座，打算跟他走。他注意到这点，就用他的铲子头戳戳一扇黑门，不出声地表示如果我要改变住处，就非走这儿不可。

那扇门通到大厅，女人们已经在那儿走动了：齐拉用一只巨大的风箱把火苗吹上烟囱；希刺克厉夫夫人，跪在炉边，借着火光读着一本书。她用手遮挡着火炉的热气，使它不伤她的眼睛，仿佛很专心地读着。只有在骂用人不该把火星弄到她身上来，或者不时推开一只总是用鼻子向她脸上凑近的狗的时候才停止阅读。我很惊奇地看见希刺克厉

---

① 意大利文，意为“偷偷地低声”。

夫也在那儿。他站在火边，背朝着我。由于刚刚对可怜的齐拉发过一场脾气，她时不时地放下工作，拉起围裙角，发出气愤的哼哼声。

“还有你，你这没出息的——”我进去时，他正转过来对他的儿媳妇发作，并且在形容词后面加个无伤的词儿，如鸭呀，羊呀，可是往往什么也不加，只用一个“——”来代表了。“你又在那儿，搞你那些无聊的把戏啦！人家都能挣饭吃——你就只靠我！把你那废物丢开，找点事做！你老是在我眼前使我烦，你要得报应的——你听见没有，该死的贱人！”

“我会把我的废物丢开，因为如果我拒绝，你还是可以强迫我丢的。”那少妇回答，合上她的书，把它丢在一张椅子上。“可你就是咒掉了舌头，我也是除了我愿意做的事以外，别的什么我都不干！”

希刺克厉夫举起他的手，说话的人显然熟悉那只手的分量，马上跳到一个较安全的远点的地方。我无心观赏一场猫和狗的打架，便轻快地走向前去，好像是很想在炉边取暖，完全没理会这场中断了的争吵似的。双方都还有足够的礼貌，总算暂时停止了进一步的敌对行为。希刺克厉夫不知不觉地把拳头放在他的口袋里。希刺克厉夫夫人撅着嘴，坐到远远的一张椅子那儿，在我待在那儿的一段时间里，她果然依照她的话，扮演一座石像。我没有待多久。我谢绝与他们进早餐。等到曙光初放，我就抓紧机会，逃到外面的自由的空气里，它现在已是清爽、宁静而又寒冷得像块无形的冰一样了。

我还没有走到花园的尽头，我的房东就喊住了我，他要陪我走过旷野。幸亏他陪我，因为整个山脊仿佛一片波涛滚滚的白色海洋。它的起伏并不指示出地面的凸凹不平：至少，许多坑是被填平了；而且整个蜿蜒的丘陵——石矿的残迹——都从我昨天走过时在我心上所留下的地图中抹掉了。我曾注意到在路的一边，每隔六七码就有一排直立的石头，一直延续到荒原的尽头。这些石头都竖立着，涂上石灰，是为了在黑暗中标识方向的；也是为了碰上像现在这样的一场大雪把两边的深沿和较坚实的小路弄得混淆不清时而设的。但是，除了零零落落看得见这儿那儿有个泥点以外，这些石头存在的痕迹全消失了。当我以为我是正确地沿着蜿蜒的道路向前走时，我的同伴却时不时地需要警告我向左或向右转。

我们很少交谈，他在画眉园林门口站住，说我到这儿就不会走错了。我们的告别仅限于匆忙一鞠躬，然后我就径向前去。相信我自己有本事，因为守门人的住处还没赁出去。从大门到田庄是两英里，我相信我给走成四英里了。由于在树林里迷了路，又陷在雪坑里被雪埋到齐脖子：那种困难境况只有经历过的人才能领会。总之，不论我怎么样地乱荡，在我进家时，钟正敲十二下。这指出从呼啸山庄循着通常的道路回来，每一英里都花了整整一个钟头。

我那坐在家里不动的管家和她的随从蜂拥而出来欢迎我，七嘴八舌地嚷着说她们都以为我是没指望的了。人人都猜想我昨晚已死掉了。她们不知道该怎么出发去找我的尸体。现在她们既然看见我回来了，我就叫她们安静些，我也快要冻僵了。我吃力地上楼去，换上干衣服以后，踱来踱去走了三四十分钟，好恢复元气。我又到我的书房里，软弱得像一只小猫，几乎没法享受仆人为恢复我的精神而准备下的一炉旺火和热气腾腾的咖啡了。

【选自[英]艾米莉·勃朗特：《呼啸山庄》，杨苡译，南京，译林出版社，2010】

果戈理

尼古拉·果戈理(1809—1852)是普希金之后俄罗斯文坛的盟主，俄国现实主义文学流派“自然派”的开创者，主要作品有讽刺喜剧《钦差大臣》，长篇小说《死魂灵》(第一部，1842)，短篇小说《狂人日记》《外套》等。

《死魂灵》是果戈理最重要的作品，高尔基称赞它是“俄国文学史上无与伦比的作品”。沙皇俄国时期，十余年进行一次农奴人口登记，其间死去的农奴，因名字没有注销，仍要由他们的主人代缴人头税。另外，地主可以拿农奴做抵押，向政府贷款，开垦荒地。小说中的投机者乞乞科夫正是抓住其中可乘之机，先后走访了N城的五个农庄，向地主收买已经死亡、但在户口册上并未注销的死农奴，企图以此到救济局去抵押，骗取巨款。当他正在办理转户手续时，事情败露，流言四起，乞乞科夫担心有更大的麻烦，匆忙离去。《死魂灵》围绕乞乞科夫收购死魂灵的经过，巧妙地将19世纪30至40年代俄国城乡社会联结起来，把一个个地主串连起来，描绘了一幅具有时代特点的俄国统治阶级的全景图，活画了丑陋、腐朽的地主群像。这五个地主或道德卑劣，或智力低下，或思想守旧、经营手段落后，作为封建农奴制的支柱，他们完全丧失了对社会发展有所助益的积极性和进步性。俄语中，“农奴”和“灵魂”是一个词，果戈理用这个双关语作书名，一方面指代乞乞科夫从事的投机勾当，另一方面隐喻真正死去灵魂的是那些占有灵魂(农奴)的地主。作者通过对上述地主形象的刻画，反映了农奴制度腐朽和没落的命运，揭示了社会变革的必然性和紧迫性。

本书所选第六章生动地刻画了普柳什金这个世界文学中著名的守财奴形象。在他身上，集中了守财奴最突出的特征：贪婪、吝啬、保守、没落和腐败。他是俄罗斯民族肌体上的一个毒瘤。

《死魂灵》最大的艺术成就在于深刻的现实主义态度和典型化的手法。果戈理的语言充满了幽默和讽刺，内里却是荒唐凄惨的现实，批评家别林斯基形象称之为“含泪的笑”。还有，果戈理文风十分自如，讽刺批判得心应手，更能在行笔讽刺批判之时插入抒情文字，第三人称的叙事语调可以直接转为第一人称的抒情插笔，不生硬不凝涩。世界文学史上，早于果戈理的英国作家菲尔丁，略微晚出的狄更斯有同样的奇文。

死魂灵(节选)

第六章

很早以前，在我的少年时代，在我那一去不复返地飞闪过去的童年时代，当我头一次走近一个不熟识的地方时，总是兴致勃勃的：不管是一处田庄也好，一座贫穷的小县城也好，一个村子也好，一片郊区也好，孩子的好奇的眼光到处都可以发现许多新奇有趣的东西。任何一幢建筑物，任何一件只要带有一点引人注目的特点的东西，都会使我止步停留，惊讶不已。不论是式样千篇一律的、有半数窗户是装饰性的、孤零零地耸立在一群小市民的圆木矮平房中间的官府房子，也不论是粉刷得雪白的新建教堂上面的、整个儿包着白铁皮的造型严谨的巍峨圆穹顶，不论是市集，也不论是在闹市里碰上的小县城的一个油头粉面的花花公子，——所有这一切都逃不过稚嫩而敏感的目光，我把鼻子伸出我那辆赶路的大车，忙不停地张望着，至今未曾见过的一件上衣的款式啦，在蔬菜铺的店堂里闪现的一木箱一木箱的钉子啦，葡萄干啦，肥皂啦，远远望去黄澄澄一片的松香啦，还有一桶一桶从莫斯科运来的已经发硬的糖果啦，我都会看得津津有味，一个踽踽独行的、只有上帝才知道从哪个省份给打发来尝味一下小县城的寂寞无聊的步兵军官啦，一个穿着一件腰眼里打褶子的短褂、乘着二轮马车匆匆而过的商人啦，我也会看得出神，遐想联翩，探究起他们颠沛困苦的生活来。只要有小县城的一个公务员走过——我便会沉思起来：他这会儿是上哪里去？到一个什么同事家里消磨一个夜晚呢，还是直接赶回自己的家，趁天色还没有全黑，在台阶上偷闲坐上半个来小时，然后同母亲、妻子、小姨以及全家老小一起坐下来吃晚饭？我也会猜想，当汤已经喝过，一个戴着铜币编制的颈圈的女婢或者一个穿着肥厚短褂的小厮拿来一支插在经久耐用的土制烛台上的油脂蜡烛的时候，他们一家人在谈些什么？当我临近随便哪一位地主的田庄的时候，我总好奇地打量着那儿一座高高的狭长的木造钟楼，或者一座宽大阴沉的木造的古老教堂。远处，透过青翠碧绿的树林，隐约闪现着地主宅第的红屋顶和白烟囱，这总使我觉得是那么诱人，我焦灼地等待着，等那些遮蔽房屋的树木向两边闪开，让房屋整个儿地展现在我的眼前，唷，在那个年代，它的外貌丝毫不显得俗气，我还会根据房屋的外貌竭力揣测，地主本人是一个什么样的人物？他是胖还是瘦？他是有儿子呢，还是有整整六个女儿，和有了她们就少不了的清脆悦耳的笑声、花样百出的游嬉，而最小的妹妹准是一个美人儿？她们是不是个个都长着黑眼珠？地主本人是一个嘻嘻哈哈的快活人，还是像九月底的秋天那样阴沉忧郁，整日价望着日历，絮絮叨叨地尽说些惹年轻人厌烦的关于黑麦和小麦的庄稼事儿？

现在，我是无动于衷地驶近任何一座不熟识的村子，无动于衷地望着它的平庸俗气的外貌；我的冷了下去的眼光觉得腻烦，我不再感到欢乐有趣，在以往的年代里会在我的脸上即刻激起反应、引起我欢笑和难以穷竭的言语的那些东西，现在都不留痕迹地闪滑过去，冷淡的沉默封锁住我一动也不动的嘴唇。哦，我的青春！哦，我的蓬勃的朝气！

当乞乞科夫正在沉思，暗笑庄稼汉给普柳什金起的绰号的时候，他却没有注意到，马车已经驶到有许多农舍和街巷的广阔村子的中心来了。不过，他很快就发现了这一点，因为圆木铺的路面让他受到了很沉重的一震，跟这比起来，城里的石子路面真算不得什么了。这些圆木像钢琴的键盘一样，忽而高，忽而低，一不留神，不是后脑勺撞出一个包，就是前额碰出一块青斑，再不然就是自己咬痛了自己的舌尖。他在所有的木头建筑物上都看出了某种特别陈旧衰朽的迹象：农舍上的圆木颜色发黑，旧得不堪；许多屋顶千疮百孔，像筛子一样；有些屋顶上只剩下了马头[①]，两边只剩下一根根肋骨似的柱子。看来，是屋主人自己把椽子和板壁从屋子上拆走的，他们的想法当然也挺有道理：雨天农舍遮不了身，晴天屋子自己又不会漏水，和娘们儿厮混根本用不着这些屋子，反正小酒店里和大路上到处有的是地方，总之一句话，你爱上哪儿去都成。农舍的窗户都没有玻璃，有的窗洞里塞着一块破布或者一件粗呢大褂；屋顶下面搭着带有栏杆的小凉台，那是有些俄国农舍不知道什么原因总要搭上一个的，凉台歪斜污黑，谈不上有什么诗情画意。从农舍的后面望去，在许多地方成排地竖立着巨大的麦垛，堆放的日子显然挺长久了；麦垛的颜色已经变得像烧制得很坏的旧砖头，上面长出了各种各样乱七八糟的东西，旁边甚至还盘绕着灌木。麦子看来是归地主老爷的。在麦垛和破旧的屋顶后面，一片晴空底下，有两座紧挨着的乡村教堂，随着轻便折篷马车打弯的方向，忽而右忽而左地高高耸起，一眨眼又隐没不见了：一座空关着，是木造的；另一座是砖砌的，淡黄色的墙上布满污迹和裂缝。老爷的宅第先是不时隐约显露出它的局部，直到那一连串农舍的尽头处方才整个儿敞露出来，在那儿，取代农舍的是一大片荒芜的菜园，或者是一块白菜地，围着低矮的、有的地方已经断折的篱笆。这座古怪的城堡很长，长得出奇，看来像是一个衰朽不堪的残废人。它有些地方是一层楼，有些地方是二层楼；在那不能完全遮盖它的衰败相的灰暗的屋顶上面，竖着两座遥遥相对的望楼，两座望楼都已经摇摇欲坠，一度鲜明光亮的油漆全部剥落了。屋子的墙壁有些地方仿佛龇牙咧嘴似的露出着光秃秃的、抹过泥灰的木架子，可以看出它们熬过了各种各样的恶劣天气，熬过了雨淋风吹和骤然多变的秋季天气。窗户只有两扇打开着，其余的都关得严严实实，拉下了百叶窗，甚至钉上了木板。连这两扇窗户也不大透光；其中的一扇还贴着用包装食糖的蓝色纸头剪成的暗沉沉的三角糊窗纸。

一座古老的、广阔的花园在屋子后面延伸开去，先是朝向村子，然后渐渐隐没在田野中间，虽说它蔓草丛生，荒凉寂寞，却似乎只有它在给这偌大的村子带来生气，也似乎只有它那一片别有情趣的荒芜景色充盈着诗情画意。无拘无束、繁衍枝蔓的树梢连成一片，横陈在天际，宛如一片片绿色的浮云和密密层层形状不严整的、微微抖动的华盖。一株被暴风雨和雷电折断了树梢的白桦树，从这片绿树丛中耸起它那粗壮的白色躯干，伫立在空中，像一根端正挺拔的、莹洁璀璨的大理石圆柱；往上看不见柱头，而只见劈断的、翘起一角的斜面，像是一顶深色的帽子套在雪白的圆柱上，或者是一只黑色

---

① 一种屋脊装饰物，类似我国古代建筑上的鸱吻，但系木雕，且形如马头。

的鸟儿蹲在那里。下面，蛇麻草紧紧压住成片的接骨木、花楸果和榛树，然后沿着这整片密如藩篱的树丛的顶端蜿蜒而过，终于爬了上去，盘绕直达备受摧折的白桦树的半腰。到了白桦树的半腰，蛇麻草又从那儿往下牵攀，搭住别的树的枝梢，或者就悬挂在空中，把自己尖细的钩形叶瓣卷成一个个小圆圈，让它们随风飘荡。被阳光照耀着的苍翠密林在有些地方彼此岔离开去，露出一片嵌在它们中间的未被阳光照到的凹地，有如张开着一只黑沉沉的大嘴；这片土地整个儿笼罩着阴影，在它黑洞洞的深处隐隐约约闪现出一条曲折狭窄的小径，一排倒塌的栏杆，一座摇摇欲坠的凉亭，一株衰朽的、有洞孔的杨柳树干，一丛颜色发白的灌木，它的枝叶都被密密的荒草野荆窒闷得枯萎了，盘错虬结在一起，像一团团浓密的毛鬃从柳树后面戳出着，最后，是枫树的新生幼嫩的分枝，从旁边伸出它的巴掌般大的碧绿叶瓣，阳光不知怎么的钻到了一张叶瓣下面去，忽然使它变得通体透明、火红，在这浓重的黑暗中奇妙地闪闪发光。在花园顶靠边的一头，好几株修长的、跟别的树不一般高的白杨树，在它们颤动的梢顶上高高举着一只只巨大的鸦窠。有几株树的枝条已经折裂，但还没有全断，跟枯叶一起低低地垂挂着。总之，一切都美妙极了，那是不论大自然，也不论艺术家，都怎样也构思不出来的，只有当大自然和艺术家结合在一起，只有当大自然用它的刻刀对人工的、经常是缺乏性灵的、过于繁琐的作品加以最后的雕琢，删削笨重累赘的大块文章，剔除趣味粗俗的精细工整，弥补寒碜的、把构思立意袒露无遗的破绽和疏漏，给只求均衡整齐的冷漠风格创造出来的一切注入奇异的温暖，——只有在那个时候，才会形成这一美妙的杰作。

转过一个弯或者两个弯之后，我们的主人公终于到了那幢邸宅的门前，此刻邸宅显得更加凄凉了。青苔已经盖满了围墙和大门上腐朽的木料。一大簇显然日见破败的房屋：下房、谷仓、地窖，挤满了大院；这些房屋的左右两边都可以看见有门通向别的院子。一切都说明：这儿有过一段时间家业经营的规模是非常大的，可是，在今天，一切都显得凄惨冷落了。看不到一点能使画面蓬勃有生气的景象，没有不时打开的门，没有川流不息出出进进的人，没有任何热热闹闹的家务操劳和繁忙！只有一扇大门敞开着，那是因为一个庄稼汉赶着一辆满载货物、盖着蒲席的大车驶了进去，他的出现仿佛是特地为了活跃一下这块已经死去的地方。在别的时候，连这扇大门也是紧紧关闭着的，因为有一把巨大的锁挂在铁环里面。乞乞科夫很快就在一幢房子旁边发现了一个人影，这人正在跟赶着大车来的那个庄稼汉吵起来。他很久识别不出这是一个男人还是一个女人。她身上的那件衣服实在不伦不类，很像是女人的睡袍，头上戴着一顶乡下女仆戴的小圆帽，只有那条嗓子他觉得比起女人的来似乎嫌沙哑了一点。“噢，是个女的！”他自个儿寻思道，但转念一想：“噢，不是的！”“当然是个女的！”他再仔细打量了一下之后，终于这么说。对方也在盯着看他，来客在她的眼里仿佛是一件挺稀罕的东西，因为她不仅打量了他，而且打量了谢里方，甚至把马也从头到尾都细细地看遍了。凭她腰里挂的那串钥匙和她刚才骂庄稼汉时用的那番相当粗野的话，乞乞科夫断定，这准是一个管家婆。

“我问你，大娘，”他跨下马车，说，“老爷在家吗？……”

“不在家。”管家婆没有听完他的问话，就打断他说。可是后来，隔了一分钟光景，才补了一句：“您来干吗？”

“有事哟。”

“请里屋来吧!”管家婆说着转过了身子，于是让他看到，她的背脊沾满了面粉，下面的衣服上有一个大窟窿。

他一跨进宽敞而昏暗的门廊，就仿佛进了地窖，有股子冷气向他迎面吹来。过了门廊，他踏进一间也是昏暗的屋子，只因为门的下面有一条阔缝透进一道光线，屋内方才略微有点亮光。他推开了这扇门，终于见着了阳光。可是，眼前的一片凌乱又叫他大吃一惊。仿佛这幢房子里正在洗刷地板，把全部家具暂时一股脑儿都堆到这儿来了。在一张桌子上甚至搁着一把断了腿的椅子，旁边是一座停摆的钟，钟摆上已经结了蛛网。也就在那儿，靠墙放着一口橱，里面有老式的银器、长颈玻璃酒瓶和中国瓷器。写字台原是镶嵌螺钿的，现在好多处螺钿已经剥落，只剩下几条填过胶的淡黄的槽痕，台上放的东西五花八门：一叠字迹密密的小纸片，上面压着一块有卵形把手的、颜色已经发绿的大理石镇纸，一本红色书脊皮封面的古旧的书，一只整个儿干瘪得不比榛果大的柠檬，一段圈手椅上的断把手，一杯不知是什么名堂的饮料，里面浮着三只苍蝇，上面盖着一页信，一小段火漆，还有一小片不知打哪儿捡来的破烂布头，两支蘸过墨水的、干得活像害痨病的鹅毛笔，一根完全发了黄的、可能还是法国人入侵莫斯科①之前主人剔过牙齿的牙签。

墙上胡乱地、挨得紧紧地挂着好儿幅画：一幅发了黄的长条版画画的不知是哪一场战争，上面有挺大的战鼓，头戴三角军帽、张口呐喊的士兵和淹进水里的战马，画没有配上玻璃，装在一个四角饰有纤巧的青铜嵌线和也是青铜的环形花纹的红木画框里。在这些画的旁边，一幅发了黑的巨幅油画足足占了半堵墙，画的是花卉、水果、一个剖开的西瓜、一个野猪头和一只倒悬的野鸭。天花板正中挂着一盏套着麻布罩的枝形吊灯，灰尘满布，挺像一只蚕茧，里面蜷伏着一条蚕。靠近墙犄角的地板上堆着许多更不雅观的、根本不配放在桌上的破烂。至于那里堆的是些什么，可真难以判断啦，因为尘垢积得这么厚，任何人用手去一碰，手就会变得像戴上了手套；只有一段断掉的木锹和一只旧的皮靴跟戳在外面让人看得比较清楚。要不是放在桌上的那顶破旧睡帽做证，无论如何也说不上这屋子是有人住着的。正当他在仔细端详这全部古怪的陈设的时候，边门打开了，他在院子里照过面的那个管家婆走了进来。可是这下子他看清了，这与其说是个女管家，还不如说是个男管家：女管家至少不刮胡子的呀，而这一位，恰恰相反，是刮胡子的，不过看来是难得刮一次，因为他的整个下巴颏和下腮帮子活像马厩里刷马用的铁丝篦。乞乞科夫摆出一副探询的神情，焦灼地等着，看管家要对他说些什么话。那管家也在等着，看乞乞科夫要对他说些什么话。乞乞科夫不料会碰上这样古怪的尴尬场面，终于熬不住决心发问了：

“老爷在家吗？在自己房里，是不是？”

“主人就在这儿。”管家说。

“哪儿呀？”乞乞科夫又问了一遍。

“怎么啦，老爷子，您是瞎了眼，还是怎么的？”管家说，“哎呀呀！要知道，主人就是我呀！”

这时候，我们的主人公不由得往后退了一步，直瞪瞪地望着他。形形色色的人他见

---

① 此指1812年的俄法战争。法军曾进抵莫斯科，占领城市39天后溃退。

过不少，甚至连我和读者也许一辈子也没有机会见到的人物，他都见识过；可是，像这样的一位，他还没有看见过。这位先生的相貌倒也没有什么特别之处：它和许多清癯的老年人的脸几乎一样，只是下巴颏朝前突出得挺厉害，因此，一开口他就得用手帕把它捂住，免得唾沫横飞；一双小眼睛还没有失去光泽，在翘得高高的眉毛底下骨溜溜地转动着，像是两只小老鼠从暗洞里探出它们尖尖的嘴脸，竖起耳朵，掀动着胡髭，在察看有没有猫儿或者淘气的孩子守候在什么地方，并且疑虑重重地往空中嗅着鼻子。倒是他那身装束要别致得多；随便你用什么法子，花多大力气，也研究不出来他的这件睡袍是用什么料子做成的：袖管和衣襟乌黑油亮，简直像是做靴统的上等鞣皮，背后原是两片下摆的地方飘挂着四片下摆，棉絮成团地从那儿直往外钻。系在他脖颈上的也是一件莫名其妙的玩意儿：不知是袜子，还是吊袜带，还是肚兜，反正说什么也不是领带。总之一句话，要是乞乞科夫在随便一个什么地方的教堂门口碰上了他，凭他这副打扮准会布施给他一个铜板的。因为我们的主人公有一个值得称道的长处，他的心肠挺软，他总不忍心见到穷人而不给一个铜板的。可是现在，站在他面前的不是一个穷要饭的，站在他面前的是一位地主呀。这位地主拥有一千多个农奴，哪一家也找不出像他那样多的麦谷、面粉和仅是成垛地堆在田里的粮食，哪一家的储藏室、粮仓和栈房里也没有堆积着那样多的布匹、呢料、硝过的和没有硝过的羊皮、晒干的鱼、各种各样的菜蔬或者瓜果菌蕈。如果有谁到他的作坊大院里去瞧一眼，看到堆放在那儿的各种木材和永远不派用处的器皿，他准怀疑自己别是闯进了莫斯科的木器市场，那是手疾眼快的姑姑奶奶们，身后带着厨娘，为办货而每日必去之处，那儿各式各样以树木为材的器具白花花地堆积如山——榫合的，车光的，手雕的，编织的，真是应有尽有：木桶，木盆，双耳木坛、有盖的木甏，带嘴的和不带嘴的木壶，圆形的小口木罐、柳条筐，妇女放麻线和其他小零碎的篮筐、又细又弯的白杨木条编的箩筐、桦树皮编的小圆盒，以及许许多多不论富的还是穷的俄罗斯都要用的好东西。旁人看来，普柳什金要这些多得数不清的东西有什么用处呢？这些东西哪怕给两处像他的村子那样大小的田庄用，一辈子也用不完，——可是，他连这些还嫌少。既然不满足于已经有的，他就每天还在自己的村子里满街地转，桥墩下张张，屋梁下望望，凡是落进他眼里的东西：一只旧鞋跟，一片娘儿们用过的脏布、一枚铁钉、一块碎陶瓷片，他都捡回自己的家，放进乞乞科夫在墙犄角发现的那堆破烂里。“瞧，那打渔的又干他的营生去啦!”庄稼汉们见到他出门搜捕猎物，就这么说。的确，他走过之后街巷已经不用再打扫了：曾有一回，一位过路军官失落了一根马刺，一眨眼这马刺就进入了那堆破烂里；如果哪个女人在井旁一不留神，丢下了一只水桶，他立刻把水桶也拎走了。不过，要是眼快的庄稼汉当场逮住了他，那他倒也不争辩，就交出那偷得的东西；可是，一旦东西进入了那堆破烂，那么，一切全完啦：他会赌咒发誓，说东西是他的，是他从哪儿、向谁买来的，或者是祖老太爷手里传下来的。即使在他自己的房间里，不论在地板上见到什么：一小段火漆也好，一小角纸片也好，一小截鹅毛笔也好，他都要一一捡起来，搁到写字台或者窗台上去。

可是，有过那么一段时光，他只是一个克勤克俭的当家人！他有妻室儿女，左邻右舍常常上他家去串门吃饭，聆听和学习他的持家之道和精打细算的本领。一切都显得生机勃勃，有条不紊：水磨、制毡机在辘辘转动，呢绒厂、木工车床、纺织工场都在不歇地工作；主人犀利的目光射进每一个角落、每一件事情，好比一只勤奋的蜘蛛在它那张苦心经营的网上忙碌而又灵活地上下奔走。他的脸上虽然从来不曾反映出过分强烈的情感，但是眼睛里却透露出智慧；他的谈话充满着经验和世故，因此客人都乐意听他讲话；殷勤、健谈的女主人素有好客的美名；迎面走出来的是他的两个可爱的女儿，两人都长着淡黄的头发，都像蔷薇花那样娇艳；跳跳蹦蹦出来的是他的儿子，一个活泼淘气的小家伙，见人就拥抱接吻，而不大问这是不是叫客人高兴。屋里的窗户统统打开着，阁楼上住着一位法国教师，他胡子刮得精光，打枪是个能手：每到午饭时刻总要带回几只鹌鹑和野鸭作为添菜，但有时也会只带回几个麻雀蛋，那时他就叫人煎了自己享用，因为全家上下再没有人要吃煎蛋的。阁楼上还住着一位他的女同胞，两位小姐的教师。主人总是穿着常礼服来到饭桌旁，衣服虽说穿得有点旧了，但是干干净净，肘弯处都还完整，哪儿也不见一个补丁。可是，善良贤惠的女主人去世了；一部分钥匙，连同一部分琐屑的操心事，从此落到了他的身上。普柳什金变得更加不知安宁，并且像所有的鳏夫一样，变得更加多疑和吝啬起来。对大女儿亚历山德拉·斯捷潘诺夫娜他不能够事事放心，并且他也的确没错，因为隔了不久亚历山德拉·斯捷潘诺夫娜就和一个天晓得属于哪个骑兵团的上尉私奔了，她知道父亲出于一种古怪的成见不喜欢军官，似乎军官个个都是赌棍和败家子，所以和上尉在某处一个乡村教堂里匆匆举行了婚礼。对她的出走父亲只送去了诅咒，倒也不费神去把她追回。家里变得更加空荡荡的了。在主人的身上吝啬开始暴露得更加明显，他那粗硬头发里冒出的星星白发，吝啬的忠实朋友，又进一步助长了这种恶习的发展；法国教师被辞退了，因为儿子已经到了供职的年龄；法国太太给撵走了，因为在亚历山德拉·斯捷潘诺夫娜被人诱拐的丑事里面她并不是清白无辜的；儿子一到了省城，原来应该依照父亲的意见在民政厅里谋一个实实在在的差事的，结果却进了兵团，并且只是在进了军界之后，为了要钱做制服，方才写信禀告父亲的。他得到的回复，极其自然的是俗话所说的碰了一鼻子的灰。最后，连唯一留在家里陪伴在他身边的女儿也死了，从此之后，老头儿一个人成了他全部家产的看守、保管和主人。孤独的生活给吝啬这一恶习增添了丰富的养料。而吝啬，正如大家所知道的，有狼一般的胃口，越吃越贪婪；在他的身上，人的感情本来就不深厚，现在一分钟一分钟地枯竭下去，于是，在这片废墟里每天都要消失掉一点东西。正好在这当口，仿佛有意证实他对军人的看法似的，他的儿子打牌把钱输得精光；他出自真心地给儿子寄去了为父亲的诅咒，从此之后他再也不去过问儿子是活在人间，还是已经死了。他屋里的窗户逐年一扇一扇地被关上，最后只剩下两扇开着，而其中的一扇，如读者已经看到的，还给糊上了纸；主要的家计一年胜似一年地被荒废了，他那狭隘的目光所关注的只是他收集在自己房间里的一些碎纸片和破鹅毛笔；对待上他家去收购农产品的顾客，他越来越寸步不让；顾客们讲价钱讲得唇焦舌敝，最后都不再上他的门了，他们说，这简直是魔鬼，而不是人；干草和粮食在霉烂，禾垛变成真正的粪堆，只差在上面栽种白菜，地窖里面粉结成了石块，非得劈碎了才能够用，呢料、麻布和粗布简直碰都碰不得：一碰就会化成一团团的飞尘。他有些什么家私，一共有多少，连他自己都已经记不清楚，他只记得，在他那口橱里的哪一个地方搁着一只酒瓶，里面有点喝剩的陈酒，在瓶上他亲手做过记号，以防有人把酒偷喝掉了；也还记得在哪儿有一截鹅毛笔或者一小段火漆。尽管如此，田庄里租税收入照旧不变：庄稼汉得照旧如数送来地租，每个农妇得照旧缴上那么多的胡桃，织布女工得照旧织出那么多的麻布——然后，所有这些东西全被堆进储藏室，渐渐烂掉，被虫蛀空，连他本人最后也成了人类身上一个被蠹蚀的空洞。亚历山德拉·斯捷潘诺夫娜曾经带着一个小男孩儿来过约摸两回，想能不能好歹得到点东西；看来，和骑兵上尉一起东飘西荡的军伍生活并不像婚前想象得那样美妙。普柳什金虽然宽恕了她，甚至把放在桌子上的一颗纽扣给外孙玩了一会儿，可是，一个钱也没有给她。亚历山德拉·斯捷潘诺夫娜第二回来的时候带了两个小孩儿，还送给他一个当茶点的甜圆面包和一件新睡袍，因为爸爸身上的那件不仅叫她看了心中有愧，而且也使她感到脸上无光。普柳什金和两个外孙亲热了一番，把他们抱在膝盖上，一个放在右腿上，一个放在左腿上，颠得他们完全像骑在马上一样，面包和睡袍都收下了，可是一丝一毫也没有送给女儿；亚历山德拉·斯捷潘诺夫娜就此两手空空地走了。

现在，在乞乞科夫面前就站着这样一位地主！应该说，在一切事物都喜爱舒展而不喜爱蜷缩的俄罗斯，这种现象是罕见的，若和就在邻近出现的一位地主相比，那会显得格外稀奇，因为那位地主逞着俄罗斯人的豪放性格和大爷脾气，整日价恣意地寻欢作乐，或者如俗话所说，过着花天酒地的生活。一个没有见过世面的过路人看到那位地主的府第，准会惊叹不止，停下脚步，他弄不明白，是哪一位有财有势的天潢贵胄竟然纡尊降贵厕身到一群愚昧无知的小地主中间来啦。他那一幢幢白色的石砌房屋，上面竖着无数的烟囱、望楼、风标，四周被成群的边屋和各式客房团团围着，望过去简直像是一座座宫殿。他还能缺什么呢？演戏、舞会，这都有啦；花园里通宵达旦地灯火通明，飘荡着嘹亮的音乐声。有半省的人士盛装艳服兴高采烈地在树底下游嬉，尽管在这个时候，从树丛深处会像舞台布景似的探出一条枝丫，那枝丫在人工光线的照耀下已经失去了原有翠绿的颜色，而越往上升它越阴暗，越森严，等到横陈在夜空中间，它那黑影更是显得狰狞可怕，还有那些严峻的树梢，在高处抖动着树叶，一步步往漆黑的夜色里退去，仿佛十分憎恶地面上照亮它们根部的浮华虚幻的光彩似的——尽管这样，却没有一个人感觉到在这一片人为的光明中含有着什么荒唐的、令人心寒的迹象。

普柳什金一言不发地站着已经有好几分钟了，而乞乞科夫被主人的外貌和他屋内的种种景象分散了注意力，一时也还不知道把话从何谈起。他久久想不出用什么措辞来说明他这次登门拜访的原因。他差点已经要说出诸如此类的话来：久闻他德高望重，品格不凡，所以认为自己责无旁贷必须登门拜谒，表示钦慕。可是转念一想，立刻觉得这未免过分了。他从眼梢里把室内的全部陈设再打量了一下，觉得“德高望重”和“品格不凡”这些字眼完全可以用“自奉甚俭”和“持家有方”来替代，于是，他把话作了如此修改之后说：久闻他自奉甚俭，治理田产有方，所以认为自己责无旁贷必须登门亲睹仪容，并表敬意。当然，可以举出另外一个更为合适的理由，可是一时脑子里实在转不出别的念头来了。

普柳什金听了只是努动嘴唇咕哝了一声，由于他的牙齿全都掉光了，他到底说了些什么，一点也听不清楚，但意思大致是这样的：“什么敬意，去你的吧！”不过，因为在我们的国家里好客之风是这样盛行，连吝啬鬼也无法破例，所以，他接着就略微清楚一点地找补了一句：“请坐，请！”

“我好久不见有客来啦，”他说道，“不过，说句实话，有客来，我不见得有多大的好处。现在就兴互相串门这种挺不像话的风气，却把田庄上多少事儿都撂下不管……再说，你还得喂他们的马干草吃！我是早就吃过午饭啦，我的厨房坏得不成样子，连烟囱也全塌啦。要是在灶里生个火呀，还准惹出一场火灾来哩。”

“原来是这样!”乞乞科夫自个儿心里想道，“幸亏我在索巴凯维奇家里吃了一个奶渣饼和一块羊胸脯子。”

“还有人这么挖苦我，说是走遍整个田庄也难找出一把干草来!”普柳什金接着说道，“不过也确实，干草哪能积得起来呢？地只有一小块，庄稼汉又懒，都不爱干活，尽想到酒店里去喝一盅……眼看老来要去讨饭喽!”

“可是，我常听人家提起……”乞乞科夫谦恭地说，“您有一千多个魂灵哩。”

“那是谁说的？您呀，老爷子，您该朝说这话的人眼睛里啐一口唾沫才对！这个促狭鬼，看来他是想跟您开个玩笑。说是有上千个魂灵，可是你去算一算看，一场空啊！这三年来该死的热病就把我的好大一批庄稼汉给折磨死啦。”

“真有这样的事！死了许多吗?”乞乞科夫挺感兴趣地叫了起来。

“是啊，许多人送了命。”

“那么请问：数目有多少呢?”

“八十来个。”

“真的?”

“我不会撒虚谎，老爷子。”

“请容许我再问一声：这些个魂灵，我想，您是从最近一次人口调查后算起的吧?”

“要是这样，还得谢天谢地啰,”普柳什金说道，“糟就糟在，要是从那个时候算起，就得有一百二十个啦。”

“真的吗？整整一百二十个?”乞乞科夫又尖声叫了起来，这回他惊讶得连嘴也有点合不拢了。

“我老啦，老爷子，不兴撒谎啦：我是六十开外的人啦!”普柳什金说道。对于这样几乎是高兴的叫喊他似乎有点生气。乞乞科夫发觉，对别人的痛苦这样无动于衷的确不成体统，所以他赶紧长叹了一声，并且说他对此深深感到同情。

“可惜同情不能当饭吃,”普柳什金说道，“就说住在我附近的那个上尉吧，鬼知道他是打哪儿来的，尽说是我的亲戚，开口‘大伯’，闭口‘大伯’，还吻我的手哩，而一同情起来，就那么拉直了嗓门哭呀喊的，差点儿把你的耳朵给震聋啦。一张脸哪，通红通红的，大概老是在没命地灌烧酒。他那几个钱肯定是在当军官那会儿输光了，要不就是给一个女戏子骗走了，所以他这才来同情个没完!”

乞乞科夫竭力解释，他的同情和上尉的完全不一样，并且他不讲空话，而准备用行动来加以证实，接着，他不再耽误正事，立刻直截爽快地声明，他愿意担负所有那些死得如此悲惨的农奴的人头税。这个建议看来完全出乎普柳什金的意外。他瞪大了眼睛，朝乞乞科夫看了许久，方才问道：

“您老爷子有没有干过军职?”

“没有啊,”乞乞科夫相当机警狡猾地回答道，“我原是做文职的。”

“文职?”普柳什金把这个字眼重复了一遍，于是就努动起嘴唇来，仿佛在嚼食什么东西似的。“可这是怎么回事呢？这不是叫您自己明吃亏吗?”

“只要您高兴，我就是吃亏也心甘情愿呀。”

“哎呀，老爷子！哎呀，我的救命恩人!”普柳什金尖声叫了起来，他快活得没有觉察，此刻从他的鼻孔眼里极不美观地挂出一条像浓咖啡那样颜色的烟丝般的东西，并且睡袍下摆也豁了开来，露出了极不雅观的衬裤。“您这下可叫老人宽心啦！哎呀，我的老天爷！哎呀，我的大圣人！……”普柳什金再也说不下去了。可是，不到一分钟的工夫，那么突然出现在他泥塑木雕般的脸上的欢乐，也就那么突然消逝不见了，仿佛它压根儿不曾有过似的，接着他的脸上重又恢复了一副忧心忡忡的神气。他甚至用手帕抹了一下脸，然后把它揉成一团，拭起自己的上嘴唇皮来了。

“请容许我问一声，您可别生气啊，您怎么就决定每年由您来付这笔人头税啦？那么，钱是给我，还是给公家呢？”

“我看咱们就这么办：咱们立一个买卖契据，好像他们都还活着似的，而您好像是把他们卖给了我。”

“好哇，立个买卖契据……”普柳什金说着迟疑不决起来，并且又开始咬他的嘴唇皮了，“可是，立买卖契据——都得花钱呀。那些文书老爷心可黑啦！从前，花上半卢布，再添上一袋面粉，就能够对付过去啦，可是现在，你得孝敬满满的一车麦谷，外加一张红票子①，瞧有多么贪财！我真不明白，怎么教士们对这些全都不闻不问呢，该出来教训句把呀，不管怎么说，对上帝的话总违拗不得的。”

“可你这个人哪，我看，准会违拗！”乞乞科夫自个儿心里这样想，可是嘴上立刻说，出于对他的崇敬，连立契据的费用也情愿由自己来负担。

一听到连立契据的费用都归他来负担，普柳什金断定，来客是一个十足地道的傻瓜，只是装成原是吃文职饭的样儿，而实际上十拿九稳当过军官，也是个追女戏子的色鬼。不过，尽管这样想，他也掩盖不住自己的高兴，因此，不仅祝愿来客太平如意，而且不曾问问清楚他是不是已经有了子女，就还祝愿他的子女也太平如意。他走到窗口，用手指敲了敲玻璃，叫了一声：“喂，普罗什卡！”立刻听到有人慌慌张张奔进门廊，在那里忙乱了一阵子，把皮靴跺得橐橐地响，最后门打开了，走进了普罗什卡，这是一个十三岁上下的男孩儿，穿着一双大得出奇的长统皮靴，一走路脚几乎就要从里面滑出来。普罗什卡怎么会有这样大的靴子呢，这一点立刻就可以明白啦：原来普柳什金不管家里有多少仆人，只给他们大伙儿备一双靴子，并且靴子总得放在门廊里。每个被唤进老爷里屋去的仆人通常都光着脚连奔带跳地穿过整个院子，可是，进了门廊就得穿上靴子，这样才可以走进房间。一出房门，他又得脱下靴子，仍旧放在门廊里，再光着脚板走回去。如果在秋天，尤其是在早晨初降薄霜的日子里，有人往窗外望一眼的话，他准能看见所有的仆人都在一蹦三跳，动作之迅捷是连戏院里最矫健灵活的舞蹈演员也未必能够做到的。

“老爷子，您来瞧瞧这副嘴脸！”普柳什金手指着普罗什卡的脸，对乞乞科夫说道。“人蠢得像根木头，可是只消你放下一点东西，他转眼就偷走啦！喂，你来干什么的，蠢货，你说，来干什么的？”说到这儿他把话停了一下，但普罗什卡也还是不搭腔，“听着，把茶炊烧旺了端来，喏，拿着钥匙，交给玛芙拉，叫她上储藏室去：那里架子上有个烤干的甜面包，就是亚历山德拉·斯捷潘诺夫娜带来的那个，拿它来当茶点！……站住，你急着上哪儿？蠢货！嗐，蠢货！哎呀，真是一个蠢货！你脚底抹了油，还是怎么

① 帝俄时代的纸币，票面价值为十卢布。

的？……你先把话听明白了：面包上面的一层说不定有点坏了，那就叫她用刀刮掉，面包屑可别扔了，要放到鸡棚里去。不过，你得留神点：你这个小子不许踏进储藏室，要不，你听明白了！我就给你点桦树笤帚的滋味尝尝！我看，现在你的胃口敢情正好着，那好，让它再好一点！不信，你倒进储藏室去试试，反正我待会儿就从窗口看着。对他们这种人一点都不能够相信。”当普罗什卡拖着他那双大皮靴给打发走了之后，他转过脸对乞乞科夫说道。在这之后，他甚至对乞乞科夫也不时投去充满狐疑的眼光。他开始觉得这样不同寻常的慷慨大度简直是难以置信的，他心里寻思道：“鬼才知道他哩，说不定他和所有那些败家子一样，只不过是个牛皮大王，吹得天花乱坠，无非是为了好跟你聊上一阵子，把茶喝个痛快，完了就拍拍屁股走啦！”于是，既是出于谨慎，同时也是由于想对来客略微加以一点考验，他说，要是能够快一点立下契据，倒也不坏，因为口说无凭，对人他不能够完全放心：天有不测风云，人有旦夕祸福呀。

乞乞科夫声明，哪怕即刻立下契据，他都愿意，并且提出只须给他一份全部农奴的名单就行了。

这使普柳什金放下了心。现在，他显然在筹划办一件什么事情。果然，他摸出钥匙，走到碗橱跟前，打开橱门，在杯子和碗碟之间翻寻摸索了半天，最后说：“怎么也找不到哇，可是我明明有一瓶上等的甜酒，除非被人偷喝掉啦！这批人真是十足的强盗坯！哦，可别就是它！”乞乞科夫看见他双手捧着一只酒瓶，瓶上积满灰尘，活像套着一件毛线衫。“还是我那死去的内人做的，”普柳什金接着说道，“管家这鬼婆子大概就顺手把它一撂，连瓶塞都没塞上，混账！有多少个小虫子和各种各样的脏东西会落到里面去哟，不过我已经把脏东西统统掏出来啦，现在挺干净的啦，让我来敬您一杯。”

可是，乞乞科夫竭力谢绝了这样的甜酒，他说，他已经喝过了，也吃过了。

“已经喝过了，也吃过了！”普柳什金说道，“当然，当然，上等人嘛，不管走到哪儿，一眼就看得出来，他不吃，却总是饱饱的；不比那种偷鸡摸狗的，任凭你给他吃多少，也填不饱他的肚子……就说那个上尉吧，一进门就直嚷嚷：‘大伯，拿点吃的来吧！’可我哪儿是他的什么大伯，就像他成不了我爷爷一样。准是自己家里没得吃的，这才串门来啦！对，您说要一份所有那些懒鬼的花名册？没问题，凡是我知道的，我已经把他们统统专门抄在一张纸上啦，为的是一旦来调查人口，就可以把他们全部一笔勾销。”普柳什金戴上眼镜，在纸堆里翻寻起来。在解开一捆捆纸片的时候，他请客人吃了那么多的灰尘，害得后者打了一个喷嚏。后来他终于抽出一张上下四周都写满了字的小纸片，农奴的姓名像蚊子那样密密麻麻地占满了纸片。那里各式各样的姓名都有：巴拉摩诺夫、庇缅诺夫、班台莱依摩诺夫，甚至还出现了一个格利戈里·达耶兹查依-涅-达耶杰施[①]；总共有一百二十多个。见到这样一个大数目，乞乞科夫禁不住微微笑了一笑。他把名单小心翼翼地放进口袋，提醒普柳什金说，为了签订契据，他务必进城一趟。

“进城？那怎么行？……这个家怎么能够丢下？要知道我的底下人不是贼，就是骗子手，一天工夫就会把我偷个精光，叫我连外套也没得钉子好挂啦。”

“那么，您就没有一个熟人了吗？”

---

① 直译其意即：格利戈里，你走呀走不到。

“能有谁是熟人呢？所有我的熟人不是死了，就是和我断了来往。哦，老爷子！怎么没有，有哇!”他尖声叫了起来，“厅长本人就和我认识，早先常上我这儿来串门的，怎么不认识呢？还是小学同班，一块儿爬过篱笆来着！怎么不熟呢？熟极啦！要不就给他写封信吧!”

“当然得给他写。”

“怎么不熟呢，熟极啦！还是小学里的伙伴哩。”

说着，在这张呆木的脸上蓦地闪现一道温暖的亮光，这并不是感情的流露，而是感情的某种苍白的影子，一种类似溺水的人出乎意外地浮出了水面，引起聚在岸边的人群一阵欢叫的现象。喜出望外的兄弟姊妹们从岸上抛去绳索，盼望会不会再次冒出他的背脊或者挣扎得已经乏力的手臂，可是，一切都是枉然，——那次的出现已经是最后的一次了。四周一片沉寂，在那之后重归平静的无情流水的表面显得更加可怕和空虚了。同样，普柳什金的脸，当一刹那在它上面闪现的感情消逝之后，也显得更加麻木，更加猥琐了。

“桌上原有小半张白纸的呀,”他说道，“可现在不知到哪儿去了：我的底下人全是些混账东西!”说着他开始往桌上桌下张望，四处翻寻，最后喊叫起来：“玛芙拉！来哪，玛芙拉!”应声来了一个女人，手里端着一只碟子，上面放着读者久闻其名的面包干。于是，主仆之间发生了这样一段对话：

“你这个强盗婆，把纸藏到哪儿去啦？”

“老天在上，老爷，除了您自己盖在酒盅上的那张小纸片，我没见过什么纸。”

“可我从你那双贼眼里就看得出来，是你捞走的。”

“我把它捞去干吗？我要纸一点用处也没有；我又不识文断字。”

“你撒谎，你把它给那个教堂打杂的去了：他是识得几个字的，所以你就拿去给他啦。”

“可人家教堂打杂的要纸的话，他自己会弄到的。他才没见过您那张破纸哩。”

“那你就等着吧：到了末日审判那一天，为了这一桩罪过，魔鬼要用铁枷来烙你！你等着吧，看他们把你烙得个皮焦肉烂哇哇叫!”

“凭什么要烙我呀，那小半张纸我又没沾过手？说我有什么别的女人家的短处倒也罢了，可还没人编派过我偷东西哩。”

“可魔鬼就是要烙你！他们一边说：‘你这滑头，你欺骗了老爷，这下要给你点厉害看看!’一边就用烧红的铁枷来烙你!”

“可我会说：‘冤枉！老天在上，冤枉，我没拿过……’咦，它明明就在桌上。看您总是平白无故地冤枉人!”

普柳什金果真看到了那小半张纸，一时说不出话来，他努动了一下嘴唇，又开口说道：“哟，你怎么敢这样放肆？好一张利嘴！你说她一句，她就回敬十句！去拿个火来让我把信封上。慢着，我看你准会随手抓根油脂蜡烛来的，油脂这玩意儿好烧：一烧就没了，只是叫人糟蹋钱。你还是给我拿根松明来得了!”

玛芙拉走了，普柳什金往圈手椅里坐定，拿起一支鹅毛笔，把小半张纸翻来转去琢磨了半天，看看能不能从它上面再裁下小半张来，可是他最后断定，那是万万办不到的了；他把笔伸进里面装着一种起了霉花的液体、底上还积了许多苍蝇的墨水壶，蘸了一蘸之后开始写了；他把字母一个个描绘得跟乐谱上的音符一样，每分每秒钟都在稳住他的大有满纸挥洒之势的手腕，让一行一行字贴得挺紧挺紧，一边还不无遗憾地想：无论如何还会留下很多完全空白的地方。

一个人居然会堕落到这样卑微、悭吝、丑恶的地步！居然会变得这样厉害！这像是真实的吗？一切都和真实的一样，在一个人的身上什么变化都是可能发生的。今天一个热情如焚的年轻人，如果看见自己到了暮年的画像，也许会惊骇万分，慌忙后退的。所以，当你们向温柔的青年时代告别，跨入严酷的、使人心肠变硬的成年的时候，你们要把人的全部感情带着上路，可千万不要把它们在中途失落了，不然的话，往后就找不回来啦！那等待在前面的老年阴森可怕极了，无论什么东西它都不会归还给你们的！坟墓要比它仁慈一些，在坟墓上还会写着：某人安葬于此！可是，在失去人性的老年的冰冷麻木的脸上，你们可什么也别想看到啊。

“您有没有什么朋友，”普柳什金一边折着信纸，一边说道，“需要逃掉的魂灵？”

“您还有逃掉的魂灵？”乞乞科夫定了定神，赶紧追问道。

“正是有啊。我的女婿已经查对过了：照他的说法，人好像全都早已逃得没踪没影啦。不过，他是军人：要说敲响马刺行个礼儿，那他倒挺在行，但要跑跑法院告状打官司……”

“那么，他们的数目是多少呢？”

“也有七十来个。”

“真的？”

“老天在上，不假！要知道我这儿年年有人逃跑。农奴百姓嘴馋得很，加上闲散就养成了好吃懒做的坏习气，可我连自个儿都没有什么东西吃……要是有人想买他们，不论出什么价钱，我都乐意卖。您不妨告诉贵友：只消找回十个，他就有好大的一笔出息啦。要知道，一个纳税农奴现在时价要值五百卢布哪。”

“不，关于这桩买卖咱们可不能让朋友探到半点风声。”乞乞科夫自个儿心里想道，接着他说明，这样的朋友是怎么也找不到的，还说光是告这个状就要破费更多的钱，因为跟法院千万沾不得边，还是敬而远之为妙。不过，他又说，既然普柳什金的确如此窘困，他于心不忍，准备出……可是，这区区小数甚至不值一提。

“可您到底能出多少呢？”普柳什金问道，露出一副贪婪的神色，活像一个犹太人；两只手有如水银般地抖索起来。

“依我看，每个农奴二十五戈贝。”

“那您怎么个买法，现付吗？”

“对，马上付现钱。”

“不过，老爷子，看我一贫如洗的分上，您就出四十戈贝吧。”

“最尊敬的先生，”乞乞科夫说道，“别说四十戈贝，就是五百卢布我也肯出！我心甘情愿地出，因为我亲眼看见一位可敬的忠厚长者由于心地善良的缘故正在受苦受难。”

“老天在上，正是这样！老天在上，千真万确！”普柳什金说着垂下了头，悲痛欲绝地摇了摇，“都是吃了心地善良的苦啊。”

“您瞧，我一眼就明白了您的品格。那么，我怎么能够要买一个农奴而舍不得五百卢布呢？可是……我苦于没有资财；要是再加上五戈贝，那好，我同意，这样每个魂灵就卖到三十戈贝啦。”

“哦，老爷子，全凭您的一句话啦，您哪怕再添加两个戈贝吧。”

“好，我再加两个戈贝。您一共有多少逃奴？您好像说过有七十个?”

“不。细算下来总共有七十八个。”

“七十八，七十八，每个魂灵三十戈贝，那就是……”这时我们的主人公至多考虑了一秒钟便脱口而出：那就是二十四卢布九十六戈贝！”他的算术本领是十分高明的。他立刻要普柳什金写了一张收据，付了钱给他；普柳什金伸出双手接过了钱，那么小心翼翼地往写字台跟前捧去，仿佛捧的是一种液体，每走一步都怕把它泼翻似的。到了写字台旁，他把钱再数看了一遍，然后又是非常小心翼翼地把它们放进一只抽屉里去，钱就注定要被埋在那里，直等到他村里的两位教士，卡尔普神父和波里卡尔普神父，护送他本人入土，叫他的女婿和女儿，可能还有那位硬和他攀亲道故的上尉，高兴得无法形容的那天为止。把钱藏好之后，普柳什金就往圈手椅里坐定，这时他好像再也找不出谈话的资料了。

“怎么，您已经打算走啦?”当他发现乞乞科夫微微一动的时候，说道，而乞乞科夫只是想从口袋里摸出手帕罢了。

这一问提醒了他：的确没有必要再在这儿磨蹭了。“对，我该走了!”说着他拿起了帽子。

“那么茶呢?”

“不了，茶最好还是改日来喝吧。”

“那怎么办，我已经吩咐人烧茶炊去了。说句实话，我本人根本不爱喝茶：喝这玩意儿费钱得很，何况糖又狠命地涨了价。普罗什卡！不用烧茶炊啦！面包干交给玛芙拉，听见没有：叫她放回原来的地方去，不，你还是拿到这儿来，我自己送回去。再会啦，老爷子，愿上帝保佑您，至于信呢，烦劳您转交给厅长啦。对，不妨让他看了，他是我的老朋友。怎么不是呢！我和他原是小学里的同班呀!”

说完，这个怪物，这个缩头缩脑的干瘪老头儿把他送出了前院，客人一走，普柳什金就吩咐把大门立刻锁上，然后到各个储藏室走了一圈，看看那些看守是不是都在各自的岗位上，而他们个个正站在各处的墙犄角边，手里拿着木锹，用一只空桶代替铁板在嘭嘭地敲着；接着他拐进厨房，借口要尝尝底下人伙食的好坏，把麦糊菜汤吃了个够，又把所有的仆人一个不漏地臭骂了一顿，骂他们手脚不干净，品行不规矩，在这之后他方才返回自己的房间。等到只有他一个人的时候，他甚至盘算了一下，他该怎样感谢来客的这种确实无与伦比的慷慨大量才好。“我要送给他一件东西，”他自个儿心里想道，“送给他一只怀表：这可是一只挺好的银表，不比什么镀金的或者青铜的，虽说有点坏了，但他可以给自己修一修，他还是一个年轻人，为了讨未婚妻的喜欢，他需要有只怀表！不，”他思忖了一会儿之后，又对自己说，“我不如写在遗嘱里，等我死了留赠给他，好让他时时刻刻怀念我。”

可是，我们的主人公纵然没有怀表，心情也快乐非凡。这样意外的收获的确是一份名副其实的厚礼。不管怎么说，明摆着不仅有死掉的魂灵，还有逃掉的魂灵，并且总共有二百多个！当然，在他驶近普柳什金的村子的时候，他已经预感到会有些油水可捞，但是像这样的好买卖他可万万没有料想到。一路上他异乎寻常地快活，不时吹着口哨，还把拳头凑在嘴边，鼓动着嘴唇，像吹喇叭似的吹着，最后索性哼起一首歌子来，曲调是那样的别致，以致谢里方听着听着，后来微微地摇晃了一下脑袋，说："瞧人家老爷是怎样唱的!"当他们驶近城关时，暮色已浓。阴影完全和光点浑为一体，连景物本身似乎也化成模模糊糊的一片了。斑斓多彩的拦路杆蒙上了一层难以分辨的颜色；站岗哨兵的胡髭仿佛长到了额骨上，比眼睛高出许多，并且脸上似乎压根儿没有鼻子。车轮的隆隆声和车身的颠簸使人觉察到马车已经走上了石子路。街灯还没有点上，只有在几处地方从人家的窗户里开始陆续射出灯光，而在那些静街僻巷里有人在吵嘴，有人在说话，凡是有大批士兵，马车夫，工匠和一种裹着红披巾、光脚穿着皮鞋、像蝙蝠般在十字街头窜来窜去的闺秀模样的特殊人物的都市，一到夜间总少不了这样的一派风光。对这些人乞乞科夫一概不曾留意，他甚至没有发现有许多摇晃着手杖的瘦个儿官员，他们大概到城外溜达了一程之后正在往家里走吧。只是偶尔有几声仿佛是娘儿们的叫喊传到了他的耳朵里："你胡说，酒鬼！我根本没让他那么胡来!"或者是："别动手呀，粗坯，上局子里去好了，到了那儿我再跟你讲个明白！……"总而言之，是一些叫一个二十岁的沉溺于幻想的年轻人听了之后准会一下子臊得浑身冒汗的话，因为那时候他刚看完戏往家里走，脑子里装的尽是西班牙的小巷，月夜，手抱三弦琴、披着一头鬈发的美妙女郎的姿影。还有什么幻想、什么美梦没有在他的脑海里浮现呢？此刻，他正在九天之上，到了席勒①身边做客——可是，突然在他的头上，有如一声霹雳，响起了那些大煞风景的脏话，于是，他发现自己重又回到了地上，甚至就在干草市场②上，甚至就在那家小酒店的近旁，并且生活仍旧像平日一样在他的面前搔首弄姿，令人作呕。

终于马车猛烈地往上一跳，随即像坠入地洞似的驶进了旅馆的大门。出来迎接乞乞科夫的是彼得卢什卡，他一只手撩起他那件常礼服的一角下摆，——因为他不喜欢下摆叉开着，——另外一只手搀扶着乞乞科夫跨出车门。旅馆伙计也奔了出来，手里举着一支蜡烛，肩上搭着一块抹布。见到老爷回来，彼得卢什卡是否高兴，这就不得而知啦，只见他和谢里方相互睐了一下眼睛，同时他那张平时板着的面孔这下子仿佛略微开朗了一些。

"您出门时间够长的啦。"旅馆伙计一边照着楼梯，一边说道。

"是啊，"乞乞科夫跨上楼梯的时候，说，"那么你好吗？"

"托老天爷的福，好，"旅馆伙计点头哈腰地回答道，"昨儿来了一位中尉模样的军官，住在十六号房间。"

"中尉？"

"不清楚是什么官，梁赞来的，栗色的马。"

"好，好，往后你做事也还得巴结哟!"乞乞科夫说着走进了自己的房间。经过过道时，他耸了耸鼻子，对彼得卢什卡说："你至少也得把窗户打开呀!"

---

① 席勒(1759—1805)，德国浪漫主义诗人和剧作家。

② 帝俄时代彼得堡一热闹的市场，并且是执行刑法的地方。

“我是把它们打开过的,”彼得卢什卡说，但他明明是撒了一个谎。不过，老爷也知道他撒谎，可是已经不想劳神去予以驳斥了。旅途归来他觉得精疲力尽。他要了一份只有乳猪肉的最清淡的晚餐，吃罢赶紧脱下衣服，一钻进被窝他便入睡了，睡得挺熟，挺香，这种入睡的本领实在奇妙，只有既不为痔疮、跳蚤所苦，又与过度发达的智力无缘的那些幸运儿方才能够享受如此的美梦。

【选自[俄]果戈理：《死魂灵》，满涛、许庆道译，北京，人民文学出版社，1983】

屠格涅夫

伊凡·谢尔盖耶维奇·屠格涅夫(1818—1883)是19世纪俄国杰出的现实主义作家,主要作品有随笔集《猎人笔记》,长篇小说《罗亭》(1856)、《贵族之家》(1859)、《前夜》(1860)、《父与子》(1862)、《烟》(1867)、《处女地》(1877)等。

《父与子》是屠格涅夫一系列知识分子题材的长篇小说中最重要的一部。小说中的医科大学生巴扎罗夫应同学阿尔卡狄之邀,到他家的庄园度假。巴扎罗夫出身于平民,思想敏锐,平易近人,热衷于科学实验,富于否定精神。阿尔卡狄的伯父巴威尔思想保守,经常与巴扎罗夫争论,涉及社会制度、贵族地位、人民、科学和艺术等问题,巴扎罗夫在争论中屡占上风。在一个舞会上,巴扎罗夫和阿尔卡狄认识了寡居的女地主奥津左娃,对她一见倾心,但奥津佐娃拒绝了巴扎罗夫的爱情表白。后来,巴威尔怀疑巴扎罗夫与阿尔卡狄的继母有私,挑起一场决斗,决斗中巴威尔被打伤。巴扎罗夫离开阿尔卡狄家,回到年迈的父母的身边。在一次为邻村行医时,巴扎罗夫不慎割破手指,伤口感染病毒而死。

小说中的"父"与"子",并非单纯指血缘关系中的长幼辈分,更主要是指两种社会力量即资产阶级民主主义者同贵族自由主义者之间的联系与区别、继承和斗争。前者的代表是巴扎罗夫,后者的代表是基尔沙诺夫兄弟,特别是巴威尔。巴扎罗夫的气质超拔卓越,在争论中攻势凌厉,却不可救药地深陷爱情之中。爱情这"凡俗"的事情击破了他超人的盔甲。他因爱情挫折,失去意志力而陷入颓唐的境地。屠格涅夫自己是贵族,他希望在父与子之间,也就是两种社会革命力量之间寻找相互容忍的可能性,建立起承继的关系。他肯定贵族的若干美德,肯定他们的历史价值,对平民知识分子的激进持钦佩但又怀疑的态度,这铸成了巴扎罗夫性格的矛盾和悲剧。本书所选《父与子》的第十、十八、二十一节,代表了巴扎罗夫性格和命运发展的三个阶段。

父与子(节选)

狄更斯

查尔斯·狄更斯(1812—1870)是英国维多利亚时代最受欢迎的小说家，19世纪现实主义文学的重要代表。青少年时代的艰难生活及工作经历，使他广泛了解了社会，为后来的创作准备了很好的条件。他以长篇小说的成就最为杰出，主要有《匹克威克外传》(1836—1837)、《荒凉山庄》(1853)、《艰难时世》(1854)、《双城记》(1859)和《远大前程》(1861)等。

《双城记》以法国大革命为背景，写发生在巴黎和伦敦两个城市的故事。大革命前夕，在巴黎执业的英国医生马内特，向朝廷告发艾弗勒蒙德侯爵兄弟迫害一个佃户家庭的罪行，却反遭这兄弟俩诬陷，被投入巴士底监狱关押了18年。革命群众攻陷巴士底狱后，医生才获救回到英国。侯爵的后代查尔斯·达奈放弃爵位和财产继承权，前往英国靠教书自食其力，与医生的女儿露西相爱并喜结良缘。在雅各宾派专政期间，侯爵家以前的管家被判处死刑。为营救无辜的管家，达奈不顾危险，毅然前往巴黎，旋即遭到逮捕并被判处绞刑。阴阳两隔之际，与达奈长得极像的卡顿买通狱卒，救出达奈，他自己则代替达奈上了断头台，以极具英雄气概的义举表达了对露西的爱慕之情，马内特医生一家则在众人合力营救下逃往英国。

《双城记》分为三部分，本书所选为第三部分的第十章“阴影的实质”，主要写达奈再次受审之际，法庭当堂宣读了马内特医生当初在狱中写下的控诉书，还原了他受迫害的经过，结尾处描写了判决达奈的情境。这份控诉书，构成了这一章的主体内容，集中揭露了法国大革命前贵族阶级恶贯满盈的罪行。但最后革命者却以控诉书为依据，株连到了达奈。

这一章写到的农妇、她的弟弟，以及马内特医生，都给人留下了深刻印象。作者准确地把握了不同人物之间的阶级关系，再现了法国大革命爆发前尖锐的社会矛盾，敏锐地揭示了在被压迫者心中奔涌的强烈反抗意识和复仇精神，肯定了革命爆发的必然性和正义性。结尾之际对于宣判场景的描写，暗示出作者的思想矛盾：他一方面大胆揭露贵族阶级的暴行，一方面又对下层劳苦大众狂热的复仇表现出不加掩饰的忧虑乃至厌恶。

这一章采用的是第一人称主观性全知叙述视角和第三人称叙述相结合的手法，叙述具体真实，笔法简练，动作传神，形象生动，给读者留下了深刻印象。

双城记(节选)

第三部　一场风暴的历程

第十章　阴影的实质

“我，亚历山大·马内特，不幸的医生，博韦人，后来移居巴黎，于一七六七年最后一个月，在巴士底狱我的凄凉的牢房里，写下这份悲惨的记录。这是在困难重重的情况下偷空断断续续写成的。我在烟囱的内壁里一点点地很吃力地掏出一个隐藏处，打算把这份记录藏在那里。在我连同我的痛苦化为尘土之后，哪位同情的手可能在那里找到它。

“这些字，是在我被监禁的第十年的最后一个月，用生锈的铁尖，蘸着用血和从烟囱刮下的烟灰、木炭灰调成的灰浆，很吃力地写成的。我已完全绝望。由于我注意到我身上出现了可怕的征候，我知道，我的理智不久会受到损害，但我郑重声明，这时我的神志是正常的——详情细节我都记得很准确——我写的都是事实，不管今后是否有人看到，我都要在上帝的审判席前对我最后记下的一字一句负责。

“一七五七年十二月第三周(我想是二十二号)，一个多云的月夜，我在塞纳河边一个码头的背静处散步，想吹吹寒风提神，那儿离我在医药学校街的住处，有一小时路程，这时，我身后来了一辆马车，开得很快。我怕被马车撞倒，正闪到一边让马车过去，车窗里伸出一个头，叫车夫停车。

“车夫勒住马，车停下来，接着那同一个声音叫我的名字。我答应了。马车停在我前面，两位绅士打开车门下了车，我才赶到那里。我注意到他们都裹着斗篷，似乎不愿让人看见。当他们并排站在车门附近时，我还注意到，他们的年纪看来跟我差不多大，或更年轻，他们的身材、态度、声音和脸(就我所能看到的来说)，简直一模一样。

“‘你是马内特医生吗?’一个说道。

“‘是的。’

“‘是以前博韦的马内特医生，’另一个说道，‘本来是外科专家，近一两年来在巴黎的名气越来越大的那个年轻医生吗?’

“‘先生们，’我答道，‘承蒙抬举，我就是你提到的那个马内特医生。’

“‘我们去过府上，’第一个说道，‘不巧没有找到你，说你可能在这一带散步，我们就跟来了，希望赶上你。请上车吧?’

“他们的态度专横，说罢，就走过来，要把我拦在车门前。他们有武器。我没有。

“‘先生们，’我说道，‘请原谅；我通常总要请教，赏光求医的是谁，找我去看什么病。’

“后说话的那位对此作了回答。‘医生，请你去看病的人是有身份的人。至于什么病，因为我们信任你的医术，相信由你自己诊断，比我们所能说明的病情更可靠。够了。请上车吧？’

“我只好从命，一声不响上了车。他们也跟着上车——最后一个在收好踏板后，跳上车。马车掉过头，用原来的速度驶去。

“我如实准确地重述这段对话。我毫不怀疑，这是原话，一字不差。我要如实准确地叙述当时发生的一切情况，我强制自己的思想，不离开这一任务。我要暂时停笔，把我的稿子藏起来，我就标上如下的中断记号。

* * *

“马车把一条条大街抛在后面，经过北门，来到乡下的道路上。在离北门三分之二里格远的地方——当时我并没有估计这一距离，而是后来我经过这段路时估计的——马车离开大路，不久就在一幢孤零零的房子前停了下来。我们三个下了车，经过花园里一条湿漉漉的柔软的小路向大门走去，园里有个水泉疏于照管，泉水四溢。由于拉了门铃，没有马上应声开门，后来，我的两个带路人当中的一个，便用厚实的骑马用的手套抽开门人的脸。

“这种行为并没有什么引起我特别注意，因为老百姓挨打比狗挨打更常见。不过，另一个也同样生气，照样用胳膊抽了那个人；这两兄弟当时的神情举止，竟一模一样，我这才看出他们是孪生兄弟。

“我们在外院大门前下车后(我们发现门上了锁，两兄弟当中的一个开了门让我们进去，又锁上)，我就一直听到楼上一间卧室发出叫喊声。我被直接带到那间卧室，我们上楼时，叫喊声越来越大，接着我发现一个精神狂乱的病人躺在床上。

“病人是个很美的年轻女人，肯定不过二十来岁。头发扯得乱糟糟的，胳膊用饰带和围巾绑在身子两边。我注意到这些绑带都是一位绅士服装上的东西。其中一部分，是大礼服上的饰有流苏边的饰带，我看见上面有个贵族的纹章和字母 E。

“我在观察病人的头一分钟就看到这一点；因为，她在不停地挣扎时，翻过身脸扑在床边，把饰带的一头吸进嘴里，有窒息的危险。我采取的第一个行动，就是动手解除她的呼吸困难；我把饰带挪开时，那角上绣的花样引起我的注意。

“我轻轻把她翻过身，手按在她的胸口上，让她安静下来，好好躺着，一边瞧着她的脸。她的眼睛大大张着，神色狂乱，她不断发出刺耳的尖叫，重复叫着：‘我的丈夫，我的父亲，我的弟弟！’接着由一数到十二，再‘嘘！’一声，停下来听一会儿，就一会儿，然后她又尖叫起来，重复叫着，‘我的丈夫，我的父亲，我的弟弟！’又由一数到十二，再‘嘘！’一声。这次序或叫法，毫无变化。这样的叫喊，除了有规律的短暂停顿而外，从不停止。

“‘这种情况，’我问道，‘持续多久了？’

“为了区别这两兄弟，我称他们为哥哥、弟弟；所谓哥哥，我指的是权威最大的一个。哥哥答道，‘从昨天晚上大约这个时候开始。’

“‘她有丈夫、父亲、弟弟吗？’

“‘有个弟弟。’

“‘我不是在跟她的弟弟谈话吧？’

“他极轻蔑地答道：‘不。’

“‘她最近跟十二这个数字有什么关系?’

“弟弟不耐烦地答道：‘跟十二点钟有关系!’

“‘瞧，先生们，’我仍然把手按在她胸口上，说道，‘你们那样带我来，我简直毫无用处！要是我早知道来看什么病，我就可以做好准备来了。事实上，那肯定会耽误时间。在偏远的地方，也弄不到药。’

“哥哥瞧着弟弟，弟弟傲慢地说道：‘这里有一箱药。’随即从一个小房间把药箱拿来，放在桌上。

* * *

“我打开几个瓶子，闻了闻，又把瓶塞放在嘴唇上。就算我本想用除了含有毒性的麻醉剂而外的任何药，我也不会让病人服那些药当中的任何一种药。

“‘你怀疑这些药?’弟弟问道。

“‘你瞧，先生，我正要用呢。’我答道，没有再说话。

“我费了好大的劲，作了多次努力，才让病人咽下我要她服的剂量。当时，我靠床边坐下来，因为，过一会我还要让她服一剂，也必须观察药的影响。有一个胆怯的驯服的女人(楼下那个人的妻子)在这儿照料，她已退到一个角落里。房子潮湿而破烂，马马虎虎摆了几件家具——显然最近才住人，而且是暂住。窗子上都钉上厚实的旧窗帘挡着，以减弱尖叫声。她有规律地连续不断地发出尖叫：‘我的丈夫，我的父亲，我的弟弟!’由一数到十二，再‘嘘!’一声。由于她发狂这样厉害，我才没有解开捆住她的胳膊的绑带，但很留神，不让绑带把她勒痛了。这病情唯一令人鼓舞的一点迹象是，我按在病人胸口上的手起了这样大的安抚作用，竟使她的身子一次能安静几分钟。但对尖叫却一点不起作用：还是那样有规律地发作，即使钟摆也不过如此。

“这两兄弟在一边瞧着，由于我的手有这种作用(我假定)，我在床边坐了半小时，哥哥才说话：

“‘还有个病人。’

“我吃了一惊，问道：‘是急病吗?’

“‘你最好去看一下。’他不在意地答道，随即拿起灯。

* * *

“另一个病人躺在第二道楼梯那边一个后间里，那是马厩上面的一种阁楼。阁楼的一部分上面有低矮的抹了灰泥的顶棚，其余部分敞着，露出倾斜的屋顶的屋脊和一根根横梁。饲料干草存放在有顶棚的那一部分，还有生火的柴捆，一堆埋在沙里的苹果。我到别处，必须经过那儿。详情细节我都记得很清楚。我就回想这些细节试试我的记忆力，于是，在我被监禁的第十年临近末尾时，在巴士底狱我这间牢房里，那时的一切情景历历在目，如同我在那天夜里看见的一样。

“地上的一堆干草上躺着一个漂亮的小伙子，头靠在扔在那儿的一个垫子上——这孩子至多不过十七岁。他仰躺着，牙齿咬得紧紧的，右手抓着胸口，眼睛直瞪瞪地往上瞧。我单腿跪着俯在他身上时，看不出他的伤口在哪儿；但能看出他被利器刺伤，快死了。

“‘我是医生，可怜的小伙子，’我说道，‘让我检查一下伤口。’

“‘我不要检查，’他答道，‘别管它。’

“伤口在他手下面，我劝慰一番，才让我把他的手挪开。那是在二十至二十四小时前被剑刺伤的，不过，即使那伤口马上得到治疗，多高明的医术也救不了他。当时，他快死了。我转眼瞧着哥哥，看见他往下瞧着这个垂死的漂亮小伙子，仿佛他是只鸟，或野兔、家兔，仿佛根本不是人类。

“‘怎么受伤的，先生？’我说道。

“‘一条普通的小疯狗！一个农奴！他逼我弟弟拔出剑来，我弟弟就一剑把他刺倒——像绅士那样。’

“这回答没有一点怜悯、遗憾，或类似人性的感情。说话人似乎承认，让不同等级的人死在那儿添麻烦，像他那种害虫那样无声无息地死去最好。他对这孩子，或他的命运，根本不可能有任何同情。

“他刚才说话时，这孩子的眼睛本来已慢慢转向他，这时又慢慢转向我。

“‘医生，这些贵族老爷非常骄傲；不过，我们这些平民百姓有时也骄傲。他们剥夺我们，侮辱我们，打我们，杀我们；不过，有时候，我们还剩下一点骄傲。她——你见过她吧，医生？’

“那尖叫声，虽然隔了一段距离有所减弱，但那儿还能听见。他指这叫声说的，仿佛她就躺在我们面前。

“我说道：‘我见过她。’

“‘她是我姐姐，医生。多少年来，这些贵族老爷，对我们端庄、贞洁的姐妹，行使那可耻的特权，不过，我们当中有好姑娘。这我知道，听我父亲说过。她是个好姑娘。她还跟一个好小伙子订了婚：他的一个佃户。我们都是他的——就是站在这儿那个人的佃户。另一个是他的弟弟，坏种中最坏的坏种。’

“那孩子好不容易缓过劲来说话，吃力极了，但他的精神却作了极有力的表达。

“‘平民百姓都遭到这般上等人的抢劫，我们也遭到站在这儿那个人的抢劫——他征税毫不容情，我们被迫无偿地为他劳动，被迫在他的磨房磨我们的粮食，被迫用我们那点可怜的收成喂养他的几十只家禽，却决不准我们自己养一只，把我们抢夺到这个地步，如果我们偶尔得到一点肉，我们也提心吊胆，要闩上门，关上窗板再吃，才不致让他家的人看见，从我们手里夺走——听着，我们遭到这样的抢劫，迫害，弄得我们这样穷，父亲才告诉我们，生孩子是很可怕的事，我们最该祈求的是，妇女不能生育，我们这不幸的家族都死绝！’

“我从未见过这种受压迫的意识，像火似的喷发出来。我曾经假定它一定潜伏在什么地方的人的心里；我见到它潜伏在这个快死的孩子心里之后，才见到它爆发出来。

“‘不过，医生，我姐姐结了婚。当时，她的情人生病，真可怜，她嫁给他，才好在我们的茅屋里——按那个人的说法，我们的狗窝——照顾和安慰他。她结婚没有几个星期，那个人的弟弟一见就看上她了，要那个人把她借给他——我们当中那些丈夫算什么！那个人倒很愿意，可是我姐姐很好，很贞洁，她跟我一样痛恨那个弟弟。当时，那两兄弟为说服她丈夫劝劝她，让她顺从，用了什么手段啦？’

“那孩子的眼睛本来盯着我的眼睛，这时候慢慢转向那个旁观者，我从这两张脸上看出，他说的都是真话。我即使身在巴士底狱，也能看见这两种对立的骄傲相遇的情景；绅士的骄傲只有满不在意的冷漠，农民的骄傲则充满受践踏的感情和强烈的复仇情绪。

"'医生，你知道，这些贵族老爷有权把我们这些平民百姓套上大车，赶着我们干活，这是他们的特权之一。他们也把他套上大车，赶着他干活。你知道，他们还有权叫我们在地里守夜，不让青蛙出声，老爷们睡觉才不会受打搅。晚上，他们总让他到外边在有害健康的雾里过夜，白天又叫他回来上套拉车。但并没有说服他。没有！一天中午他卸了套吃东西——如果他能找到食物的话——钟敲一下他就哭一次，哭了十二次，便死在她怀里。'

"除了他要吐完他的苦水的决心，任何人力都无法维持住那孩子的生命。如同他竭力使他抓紧的右手仍然抓得紧紧地捂住他的伤口，他也竭力逼退了那临近的死亡的阴影。

"'后来，那个人的弟弟得到他的允许，甚至帮助，把她带走了；她一定把我知道的事告诉了他的弟弟——是什么事，即使你现在还不知道，不久也会知道的——他弟弟才不管，还是把她带走了——供他一时寻欢，解闷。我在路上看见她经过我身边。我把这消息带回家之后，父亲的心都气炸了，他满心的话一句也没有说出来。我把我妹妹(我还有一个妹妹)带到这个人的手够不着的地方，她在那里至少永远不会做他的奴仆。后来，我跟踪他弟弟跟到这儿，昨天晚上爬了进来——一个平民百姓，但拿着剑。——阁楼的窗子在哪儿？就在这附近吧？'

"在他看来，这间屋越来越阴暗，他周围的天地越来越狭小。我向周围看了看，只见地板上一片乱草狼藉，仿佛那儿发生过打斗。

"'她听见我的声音，便跑进来。我告诉她，别靠近我们，等他死了再过来。他进来后，先扔给我一些钱，又用鞭子抽我。但是，我虽然是平民百姓，我也抽了他，他才拔剑。那把染上我这平民的血的剑，随他把它断成几截吧；他拔剑自卫——他使出他的本事拼命刺我。'

"不过几分钟以前，我偶然看见草里扔着一把断剑的碎片。那是绅士的武器。在另一处扔着一把旧剑，看来像士兵的武器。

"'把我扶起来，医生，把我扶起来。他在哪儿？'

"'他不在这儿，'我扶着他说道，认为他指的是那个弟弟。

"'他！尽管他像这些贵族老爷那样骄傲，他还是怕见我。在这儿那个人在哪儿？把我的脸转过去对着他。'

"我照办，把那孩子的头抬起来靠在我膝上。但是，由于他暂时得到一股超人的力量，竟自己站了起来，我也不得不站起来，要不然我就无法扶他了。

"'侯爵，'那孩子瞪圆眼睛转向他，举起右手，说道，'等到这一切罪恶都要抵罪的那一天，我要把你，把你全家，直到最后一个坏种，都传来抵罪。我往你身上画这个血十字，算是我决不食言画的押。等到这一切罪恶都要抵罪那一天，我要把你那个弟弟，最坏的坏种，传来，让他单独抵罪。我往你的身上画这个血十字，算是我决不食言画的押。'

"他伸手摸摸他胸上的伤口，又用食指在空中画了个十字，这样反复了两次。他还竖着指头站了一会，指头放下时，他也跟着倒下，我把他放到地上，已经死了。

*　　*　　*

“我回到那个年轻女人床边时，发现她仍然丝毫不差地照样不断狂叫。我知道，这可能要持续好多小时，也可能进了坟墓才能安静下来。

“我又让她服了我给她服过的药，我在她的床边一直坐到深夜。她的尖叫声还是那样刺耳，丝毫未减，她喊的那些话，还是清清楚楚，也没有颠三倒四。总是‘我的丈夫，我的父亲，我的弟弟！一、二、三、四、五、六、七、八、九、十、十一、十二。嘘！’

“从我最初见到她起，又这样持续叫了二十六小时。我来去了两次，又坐在她身边时，她的声音开始颤悠了，我趁机作了一点力所能及的处置，于是她渐渐昏睡过去，像死了似的躺着。

“这就好像下了很久的暴风雨，终于风停雨住似的。我解开她的胳膊，又叫那个女人帮我把她的身子摆顺，把她扯乱的衣服弄弄平整。这时我才知道，她像刚刚有了做母亲的希望的妇女那样有了身子；直到这时，我才失去了对她抱的一点希望。

“‘她死了吗？’侯爵穿着靴子从他的马那儿进来，问道，我仍然要说他是哥哥。

“‘没死，’我说道，‘不过也差不多了。’

“‘这些老百姓身上竟有这么大的力量！’他好奇地往下瞧着她，说道。

“‘在痛苦和绝望中，’我答道，‘潜藏着惊人的力量。’

“他对我的话，最初哈哈一笑，继而皱起眉头。他用脚把一把椅子挪到我的椅子旁边，吩咐那个女人走开，便压低声音说道：

“‘医生，在发现我弟弟跟这些乡下人闹出这桩麻烦事之后，我就提出，应当请你帮忙。因为你的名气大，再则，你既是一个要发财致富的年轻人，你可能关心你的利益。你在这儿看到的情况，可以看看，但不可以说出去。’

“我注意听病人的呼吸，避开回答。

“‘你能不能赏脸听我说，医生？’

“‘先生，’我说道，‘干我这一行，听了病人说什么话，总是保守秘密。’我的回答很谨慎，因为我所见所闻使我感到非常不安。

“她的呼吸很难听出来，我便仔细摸摸她的脉搏和心跳。还有生命，仅此而已。我又坐下之后，向周围看看，发现这两兄弟注视着我。

*　　*　　*

“天太冷，又深怕被查出，关进漆黑的地牢，写东西太困难了，我必须压缩这段叙述。我的记忆既不紊乱，也未衰退；我和那两兄弟之间所说的每一个字，都能回想起来，本来也可以详细记下来。

“她拖了一个星期。临终前，我把耳朵靠近她的嘴边，还能听懂她对我说的几个音节。她问我她在什么地方，我告诉了她；我是谁，我告诉了她。我问她姓什么，没有得到答复。她的头靠在枕头上虚弱地摇一摇，像那个小伙子那样，保守她的秘密。

“我告诉了那两兄弟她衰弱得很快，活不到第二天之后，我才有机会问她任何问题。在那以前，当我在那儿时，那两兄弟总有一个警惕地坐在床头的帘幕后面，虽然只有那个女人和我出现在她的意识里。不过，在病情发展到这种程度时，他们似乎对我可能跟她谈什么话毫不在意，就好像——我心里闪过这个想法——我也快死了。

“我始终注意到，他们出于骄傲，对弟弟（按我的叫法）竟跟一个农民而且是个孩子斗剑，大为不快。看来影响这两兄弟心情的唯一考虑，是认为这种行为大大降低身份，辱没门第，而且很可笑。每当我遇上弟弟的眼睛时，那眼神总提醒我他很讨厌我，因为知道了那孩子告诉我的事。虽然他对我比他哥哥更圆滑更有礼貌，但我看出这一点。我也看出我还是哥哥的眼中钉。

“我的病人在半夜前两小时死了——按我的表，这正是我初次见到她的时候，几乎一分不差。那时只有我一个人在她身旁，她那孤独无助的头轻轻一偏，她在尘世上所受的害和痛苦就结束了。

“这两兄弟在楼下一间屋里等着，急不可耐地要骑马离开。我一个人在床边时，早听见他们用马鞭抽他们的靴子，一边走来走去。

“‘她到底死啦?’我一进屋，哥哥就问。

“‘她死了。’我说道。

“‘祝贺你，弟弟。’这是他转过身去说的话。

“他们先给过我钱，我推到以后再收。这时他给我一卷纸包的金币。我接过来，但随手放在桌上。我曾经考虑过这个问题，决定分文不收。

“‘请原谅，’我说道，‘在这种情况下，不收。’

“他们交换了眼色，但我向他们低低头时，他们也向我低低头，双方都没有再说话，就分手了。

* * *

“我累了，累了，累了——被痛苦折磨垮了。我用这只枯瘦的手写的东西，我无法读。

“清早，那卷金币装在一个上面写着我的名字的小盒子里放在我的门口。从一开始，我就焦急地考虑，我该怎么办。那天，我决定私下向大臣写封信，呈述我应召去看的两种病情的真相以及我去的地方：实际上是呈述全部情况。我知道，朝廷的势力有多大，贵族的豁免权是怎么回事，我也料到他们决不会受理这件事；不过是希望减轻我内心的不安。我决不向别人，甚至我妻子，讲这件事，我决定在信里也要提到这一点。不管我会遭遇什么危险，我都不怕，不过，我意识到，要是让别人知道了我知道的这些情况，而受到牵连，对别人可能有危险。

“那天，我很忙，我那封信晚上还写不完。第二天早上，我一大早就起来，比平常早得多，准备赶写完。那天是当年最后一天。信摆在我面前，刚刚写完，这时，听说一位夫人在等候，想见我。

* * *

“我感到越来越不胜任我给自己规定的任务。因为天那么冷，那么暗，我的感觉那么麻木，我的沮丧心情那么可怕。

“夫人年轻，迷人，漂亮，但看样子活不久。她很激动。她向我自我介绍，说她是圣·艾弗勒蒙德侯爵夫人。我把那孩子称呼哥哥所用的称号，和绣在那饰带上的缩写字母联系起来，不难得出这样的结论，我最近刚见过那位贵族。

“我的记忆仍然精确，但我不能记下我们的谈话。我怀疑我受到比过去更严密的监视，我不知道我可能在什么时候受到监视。部分由于猜疑，部分由于发现，她知道了她丈夫参与其事，又找过我的这一残酷事件的主要事实。她不知道那个姑娘已经死了。她很痛苦地说，她希望暗中向她表示一个女人的同情。她希望为这个长久以来一直被许多受苦受难的人所痛恨的家族消灾，免遭上天的惩罚。

“她有理由相信那个妹妹还活着，她最大的心愿是帮助那个妹妹。我只能告诉她有这么一个妹妹；此外，我什么也不知道。她之所以来见我，依靠我的信任，本来是希望我能把她的姓名、住址告诉她。然而，直到现在这可悲的时刻，我都一无所知。

* * *

“纸片不够了。昨天给拿走一张，还给我警告。今天我必须完成我的记录。

“她是个善良、富于同情心的夫人，婚后生活不幸福。她怎么能幸福！那个弟弟不信任也不喜欢她，受他的影响，全家都跟她作对；她怕他，也怕她丈夫。我扶她下楼走到门口时，看见马车里有个孩子，两三岁的漂亮男孩。

“‘为了他，医生，’她含泪指着他说道，‘我要做一切我能做的事，尽可能作一点微薄的补偿赎罪。要不然，他继承了遗产也不会昌盛。我有一种预感，如果没有其他无辜的人为此赎罪，总有一天会要他来抵罪。因此，如果能找到那个妹妹，我要将我遗留的属于自己的财产——除了少量珠宝，并不多——作为他赎命的第一笔费用，连同他的亡母的同情和悲痛，一起赠给这个受害的家庭。’

“她吻吻那个孩子，深情地抚摸着他说道：‘这是为了乖乖呀。你会听我的话吗，小查尔斯?’孩子勇敢地回答她：‘是的!’我吻了她的手，她便把孩子搂在怀里，深情地抚摸着他离开了。从此我再也没有见到她。

“她因为相信我知道她丈夫的名字，才提到它，我在信里就没有添上那个名字。我封好信，托别人交不放心，当天我亲自交了。

“那天夜里，那年最后一夜，快到九点钟的时候，一个穿黑衣服的人在我家门前拉铃，要求见我，随即跟着我的用人欧内斯特·德法日，一个年轻人，轻轻上了楼。我的用人进屋时，我和我的妻子——啊，我的妻子，我心爱的！我的年轻美丽的英国妻子！——坐在屋里，我们看见原以为他在大门口那个人，悄悄站在他后面。

“他说，圣奥诺雷街有人得了急病。不会留下我，他让马车接送。

“马车却把我送到这儿，把我送进我的坟墓。我离开住宅之后，有人突然从后面用黑布紧紧勒住我的嘴，又把我的胳膊捆住。那两兄弟从一个黑暗的角落走过街来，打了个手势，验明是我。侯爵从衣袋掏出我写的那封信，让我看看，便就着提的一盏灯的灯火把它烧了，用脚把灰踩灭。一句话也没说。他们把我送到这儿，送到我的活坟墓。

“如果上帝愿意，在这些令人恐怖的年月里，让这冷酷的两兄弟无论哪一个想到允许给我一点我最亲爱的妻子的消息——哪怕只告诉我她活着还是死了这么一句话——我可能认为上帝并没有完全弃绝他们。但现在，我相信那血红的十字会要他们偿命了，他们也得不到上帝的宽恕。我，亚历山大·马内特，不幸的囚犯，谨于一七六七年最后一夜，在难以忍受的痛苦中，向这些罪恶都要抵罪的那个时代，控告他们和他们的后代，直至最后一个子孙。我向上天，向人间控告他们。”

这份文件刚一念完，全场就爆发出可怕的喊声。这片如饥似渴的急不可耐的喊声，其中只有要血的喊声听得清楚。这控诉激起了当时最强烈的复仇情绪；受到这样的控诉，全国什么人的脑袋都非掉不可。

在那样的法庭，那样的听众面前，用不着说明，德法日夫妇何以没有把这份文件和当年他们带着游街的那些在巴士底狱缴获的其他纪念物，一起公开，而是保留下来，等待时机。也用不着说明，这个受憎恶的姓氏，早就被圣安东区的人所诅咒，也编织进了那个要命的记录里。那天，在那样的场合能凭他的美德和功劳支持他反对这样的控告的人，还没有降生。

对这个死罪已定的人来说，尤其不利的是，控告人是著名的公民，他的密友，他妻子的父亲。群众的狂热愿望之一是，想效法那可疑的古代的公德，想得到献于人民祭坛上的牺牲和自我牺牲。因此，当审判长说(要不然他自己的脑袋会在他肩膀上发抖)，那位共和国的好医生，会因为灭绝了一个可恨的贵族家族，为共和国立下更大的功劳，他无疑会因为使他的女儿成为寡妇，她的孩子成为孤儿而感到神圣的光辉和喜悦时，全场兴奋若狂，一片爱国的狂热，就没有一点人的同情。

“医生还对他周围的人有很大影响吗?”德法日太太笑着向“复仇女神”喃喃道，“现在救他呀，医生，救他呀!”

对每个陪审员的投票，都报以一阵吼声。一个又一个投票，一阵又一阵的吼声。

投票一致同意。彻头彻尾的贵族，共和国的敌人，恶名昭著的迫害人民的家伙。押回法庭监狱，在二十四小时内处死!

【选自[英]狄更斯:《双城记》，石永礼、赵文娟译，北京，人民文学出版社，1993】

福楼拜

居斯塔夫·福楼拜(1821—1880)是19世纪法国承前启后的现实主义艺术大师。他在创作中偏重于客观写实和精雕细刻，倡导“客观而无动于衷”的美学原则，追求严谨精致的艺术风格，其文学观念对后来的自然主义有重要影响。

福楼拜的长篇小说代表作《包法利夫人》(1857)通过描写外省富裕农家独生女艾玛的人生悲剧，鞭挞腐化堕落的资产阶级社会。她满腔热情、义无反顾地投入虚幻的爱情之中，却无法看清自己所爱的人原本是自私自利、庸俗浅薄之徒。作者像一个“中立”的导游，带领我们逐一去认清这些“正人君子”的真实嘴脸，更让我们看到了金钱关系、名利追求对社会关系的强大支配作用和腐化效应。艾玛对爱情的幻想越多，她的幻灭也就越大；她对社会的恶浊鄙俗感受得越真切，社会对她的报复就来得越凶狠；她的反抗越强烈，她的毁灭就来得越快速。艾玛的悲剧正在于此。临死前，艾玛“什么人也不恨了”。这种近乎无声的抗议，饱含着无尽的凄凉、酸楚和莫名的伤痛、悲怆，实则是对当时过于冷酷、残忍的法国社会现实的强烈控诉，同时也是对资产阶级文化的深刻嘲讽。

这里节选的两节集中地体现了福楼拜倡导的现实主义美学原则。第二部第八节描写的“农业展览会”成为读者考察外省风俗时不可多得的典型环境。本来是展示农业生产成就的大会，竟然成为罗多夫勾引包法利夫人的应时舞台，这多少有几分滑稽与嘲讽。更巧妙的是，作者交替叙述罗多夫虚情假意的“求爱”表演与官员们装腔作势、空洞浮泛的致词，使二者之间构成一种有趣的相互映衬关系。

第三部第七节以艾玛借款还债为焦点，提供了一个让读者进一步认识作家笔下人物的舞台。这些不同人物虽各自的言行不同，但其世故、冷漠则如出一辙。作家有条不紊地把这些人物逐一展现在读者面前，显示了其高超的艺术驾驭能力。如果将这两章对比着阅读，则会对福楼拜描绘丰富多彩世态的功力有深刻的印象，对其细腻而不琐碎、详略得当的描写风格获得真切的感受。

福楼拜向来被视为遣词造句的大师，其文字之精美，在法国文学史上堪称典范。一些超前的写作技巧在这两章中也有所体现。如“农业展览会”一节就采用了类似电影“蒙太奇”的手法，平行交替采用全景镜头与特写镜头，展览会的场景与偷情的场景来回穿插，显得收放自如，错落有致。

包法利夫人(节选)

第二部

八

这闻名遐迩的展览会果然开幕了！从盛大节日的早上开始，居民就在门口说长道短，议论准备工作做得怎样。镇公所门口装饰了常春藤，草地上搭起了一座帐篷，准备摆酒席。而广场当中，教堂前面，有一架中世纪的射石炮，等到州长光临，或者农民受奖的时候，就要鸣炮。国民自卫队从比希开来(荣镇没有自卫队)，和比内率领的消防队联合参加检阅。这一天，比内的衣领比平时还高，制服紧紧裹在身上，胸部挺起，一动不动，仿佛只有下半身两条腿才会动似的，抬腿也有节奏，一步一拍，动作一致。税务官和联队长似乎要见个高低，显显本领，就要部下各自操练。观众只见自卫队的红肩章和消防队的黑胸甲你来我往，川流不息，红的才走，黑的又来！他们从来没见过这样盛大的场面！好些人家头一天就把房屋打扫干净，三色的国旗挂在半开半关的窗子外面。家家酒店都是高朋满座。天气晴朗，上了浆的帽子、金十字架和花围巾在阳光下闪耀，似乎比雪还白，在星罗棋布的五颜六色衬托之下，深色的外套和蓝色的工装越发显得单调了。附近的农村妇女生怕弄脏了长袍，就把下摆卷起，用大别针紧紧扣在身上，一直等到下马的时候才解开。她们的丈夫却相反，只爱惜他们的帽子，把手帕遮在上面，还用牙齿咬住手帕的一个角。

人群从村子的两头走上大街。小街小巷，家家户户都有人出来；时不时地听得见门环响，戴线手套的太太们出来看热闹，门就关上了。大家特别津津乐道的是两个长长的三脚架，上面挂满了灯笼，竖立在要人们就座的主席台两边。另外，在镇公所门前的四根圆柱上，绑了四根旗杆，每根杆子上挂了一面淡绿色的小旗，旗子上绣了金字。一面旗子上绣的是商业，另一面是农业，第三面是工业，第四面是艺术。

大家兴高采烈，人人笑逐颜开，只有勒方苏瓦老板娘一个人显得闷闷不乐。她站在厨房的台阶上，仿佛下巴在嘀咕似的说道：

“真是胡闹！这些帆布篷子真是胡闹！难道他们以为州长也像一个街头艺人，会坐在帐篷底下吃午餐吗？这些阻碍交通的摊子，难道能说是造福乡里吗！早知道这样，犯得着到新堡去找一个蹩脚厨子来吗！为什么找人呢？为这些放牛的！为赤脚的流浪汉！……”

药剂师过来了。他穿着黑色的礼服，一条米黄色的裤子，一双狸毛皮鞋，尤其难得的是戴了一顶小礼帽。

“对不起!”他说，“鄙人很忙。”

胖胖的寡妇问他到哪里去。

“你觉得很奇怪，是不是？我一直钻在实验室里，就像拉·封丹寓言中写的老鼠钻在干酪里一样。”

“什么干酪？”老板娘问道。

“没什么！没什么！”奥默接着说，“我只是跟你讲，勒方苏瓦太太，我习惯于一个人待在家里。不过今天，情况不同了，我不得不……”

“啊！你到那边去？”她说时露出一副瞧不起的神气。

“是的，到那边去。”药剂师诧异地回答道，“我不是咨询委员会的委员吗？’

勒方苏瓦大娘打量了他几分钟，最后笑着说：

“那是另外一码事！耕田种地和你有什么关系呢？你懂得那一套吗？”

“当然懂得，因为我是药剂师，也就是化学家嘛！而化学的目的，勒方苏瓦太太，就是认识自然界一切物体的分子之间的相互作用，农业当然也包括在化学的范围之内了！事实上，肥料的合成、酒精的发酵、煤气的分析、瘀气的影响，这一切的一切，我要问你，不是不折不扣的化学吗？”

老板娘无言对答。奥默又接着说：

“你以为做一个农学家，就要自己耕田种地、养鸡喂鸭吗？其实，他更需要知道的倒是物质的成分，地层的分类，大气的作用，土地、矿床、水源的性质，各种物体的密度和毛细管现象，等等。一定要彻底掌握了卫生原理，才能指导、批评如何建筑房屋、喂养牲口、供应仆人食物！勒方苏瓦太太，还要掌握植物学，学会分辨草木，你明白吗？哪些对健康有益，哪些有害；哪些产量低，哪些营养高；是不是应该在这边拔，再在那边种；繁殖一种，消灭另一种；总而言之，要读小册子和报纸杂志，才能了解科学发展的情况，总要紧张得喘不过气来，才能指出改进的方法……”

老板娘的眼睛没有离开法兰西咖啡馆的门，药剂师却接着说：

“上帝保佑，假如我们的农民都是农学家，或者他们至少能多听听科学家的意见，那就好了！因此，我最近写了一本很有用的小册子，一篇有七十二页的学术论文，题目是《论苹果酒的制作法及其效用附新思考》。我送到卢昂农学会去了，并且很荣幸地被接受为会员，分在农业组果树类。哎，要是我的作品能够公布于世……”

但是药剂师住口了，因为勒方苏瓦大娘看来心不在焉。

“看他们！”她说，“真不懂！简直不成话！”

她耸一耸肩膀，把胸前毛衣的网眼也绷开了。她伸出两只手来，指着她对手开的小餐馆，里面传出了歌声。

“你看，这长久得了吗？”她又说了一句，“不到一个星期，不关门才怪呢！”

奥默一听，吓得倒退了两步。她却走下三级台阶，在他耳边说道：

“怎么！你不晓得？这个星期就要查封了。是勒合害了他。他的借票都到期了。”

“那真是祸从天降！”药剂师叫了起来，不管碰到什么情况，他总不会没有话说。

于是老板娘就讲起这件事来，她是听吉约曼先生的用人特奥多讲的。虽然她恨小餐馆的老板特利耶，但也不肯放过勒合。他是一个骗子、一条爬虫。

“啊！且慢！”她说，“菜市场里那个人不就是他吗？他正向包法利夫人打招呼呢。夫人戴了一顶绿色的帽子。她还挎着布朗瑞先生的胳膊。”

“包法利夫人吗!”奥默说，“我得过去招呼一下。说不定她要在院子里，在柱廊下找个座位。”

勒方苏瓦大娘想叫住药剂师，还要啰啰唆唆地讲下去，可是他不听她的，赶快走开了，嘴上还挂着微笑，腿伸得直直的，碰到人就打招呼，黑礼服的下摆在后面随风飘动，占了好多地方。

罗多夫老远就看见了他，却加快了脚步，但是包法利夫人喘气了。他只好又放慢步子，不太客气地微笑着对她说：

“我是要躲开那个胖子。你知道，我说的是药剂师。”

她用胳膊肘捅了他一下。

“这是什么意思?”他心里想。

他继续往前走，一面斜着眼睛看她。

她的侧影很安静，简直叫人猜不透。她的脸在阳光下看得更清楚。她戴着椭圆形的帽子，浅色的帽带好像芦苇的叶子。她的眼睛在弯弯的长睫毛下望着前面，虽然睁得很大，但由于白净的皮肤下面血在流动，看来有点受到额骨的抑制。她的鼻孔透出玫瑰般的红颜色。她头一歪，看得见两片嘴唇之间珍珠般的白牙齿。

“难道她是在笑我?”罗多夫心里想。

其实，艾玛捅他，只是要他当心。因为勒合先生陪着他们，没话找话地说上一两句：

“今天天气真好！大家都出来了！今天刮的是东风。”

包法利夫人和罗多夫一样，都懒得回答，但是只要他们稍微一动，他就凑到他们身边问道：“有什么吩咐吗?”并且做出要脱帽的手势。

他们走到铁匠店前，罗多夫突然不从大路到栅栏门去，拉着包法利夫人走上了一条小路，并且喊道：

“再见，勒合先生！祝你快乐!”

“你真会打发人!”她笑着说。

“为什么,”他回答说，“要让别人打搅？既然今天我三生有幸……”

艾玛脸红了。他没有说完他的话。于是他又谈起好天气，谈起草地上散步的乐趣来。

有些维菊已经长出来了。

“这些温存体贴的雏菊,”他说，“够本地害相思的姑娘用来求神问卦的了。”

他又加上一句：

“要是我也摘一朵呢！你说好不好呀?”

“难道你也在恋爱吗?”她咳嗽了一声说。

“哎！哎！那谁晓得?”罗多夫答道。

草地上的人多起来了，管家婆拿着大雨伞、大菜篮，带着小孩子横冲直撞。你还要时常躲开一溜乡下女人，穿蓝袜子、平底鞋、戴银戒指的女佣，你走过她们身边，就闻得到牛奶味。她们手拉着手，顺着草地走来，从那排拍手杨到宴会的帐篷，到处是人。好在评审的时间到了，庄稼汉一个接着一个，走进了一块用绳子拴着木桩圈出来的空场子。

牲口也在里面，鼻孔冲着绳子，大大小小的屁股乱糟糟地挤成一排。有几头猪似睡非睡地在用嘴拱土；有些小牛在哞哞叫，小羊在咩咩呼喊；母牛弯着后腿，肚皮贴着草地，在慢慢地咀嚼，还不停地眨着沉重的眼皮；牛蝇围着它们嗡嗡飞。几个赶大车的车夫光着胳膊，拉住公马的笼头，公马尥起蹶子，朝着母马扯开嗓子嘶叫。母马却老老实实地待着，伸长了鬣毛下垂的脖子，小马驹躺在母马身子下面，有时站起来吮几口奶。这些牲口挤在一起，排成一行，动起来就像波浪随风起伏一样，这里冒出雪白的鬣毛，那里露出牛羊的尖角，或者是来回攒动的人头。在围场外面大约一百步远的地方，有一头黑色的大公牛，戴了嘴套，鼻孔上穿了一个铁环，一动不动，好像一头铜牛。一个衣衫褴褛的孩子用绳子牵着它。

这时，在两排牲口中间，来了几位大人先生，他们走的脚步很重，每检查一只牲口之后，就彼此低声商量。他们当中有一位显得更重要，一边走，一边在本子上记录。他就是评判委员会的主席：邦镇的德罗泽雷先生。他一认出了罗多夫，就兴冲冲地走过来，做出讨人欢喜的模样，微笑着对他说：

“怎么，布朗瑞先生，你放得下大伙儿的事情不管吗？”

罗多夫满口答应说他一定来。但等主席一走，他就对艾玛说：

“说老实话，我才不去呢。陪他哪里比得上陪你有意思！”

罗多夫虽然不把展览会放在眼里，但是为了行动方便，却向警察出示自己的蓝色请帖，有时还在一件“展品”面前站住，可惜包法利夫人对展品不感兴趣。他一发现，马上就改变话题，嘲笑荣镇女人的打扮，接着又请艾玛原谅他的衣着随便。他的装束显得不太协调，既普通，又讲究，看惯了平常人的衣服，一般老百姓会看出他的生活与众不同。他的感情越出常规，艺术对他的专横影响，还总夹杂着某种瞧不起社会习俗的心理。这对人既有吸引力，又使人恼火。他的细麻布衬衫袖口上有褶皱，他的背心是灰色斜纹布的，只要一起风，衬衫就会从背心领口那儿鼓出来；他的裤子上有宽宽的条纹，在脚踝骨那儿露出了一双南京布面的漆皮鞋。鞋上镶的漆皮很亮，连草都照得出来。他就穿着这样贼亮的皮鞋在马粪上走，一只手插在上衣口袋里，草帽歪戴在头上。

“再说，”他又补充一句，“一个人住在乡下的时候……”

“做什么都是白费劲。”艾玛说。

“你说得对！”罗多夫接过来说，“想想看，这些乡巴佬，没有一个人知道礼服的式样！”

于是他们谈到乡下的土气，压得喘不出气的生活，幻灭了的希望。

“因此，”罗多夫说，“我沉在忧郁的深渊里……”

“你吗！”她惊讶得叫了起来，“我还以为你很快活呢？”

“啊！是的，表面上是这样，因为在人群中，我总在脸上戴了一个嘻嘻哈哈的假面具。但是只要一看见坟墓，在月光之下，我有多少回在心里寻思：是不是追随长眠地下的人好些……”

“哎呀！那你的朋友呢？”她说，“难道你就不想他们！”

“我的朋友吗？那是什么人呀？我有朋友吗？谁关心我呀？”

说到最后一句话的时候，他嘴里不知不觉地吹出了口哨的声音。

但是他们不得不分开一下，因为有一个人抱着一大堆椅子从后面走来了。椅子堆得这样高，只看得见他的木头鞋尖和张开的十个指头。来的人是掘坟墓的勒斯蒂布杜瓦，他把教堂里的椅子搬出来给大家坐。只要和他的利益有关，他的想象力是丰富的，所以就想出了这个办法，要从展览会捞一点好处。他的想法不错，因为要租椅子的人太多，他不知道听谁的好。的确，乡下人一热，就抢着租椅子，因为草垫子闻起来有香烛的气味，厚厚的椅背上还沾着熔化了的蜡，于是他们毕恭毕敬地坐了上去。

包法利夫人再挽住罗多夫的胳膊。他又自言自语地说起来；

“是啊！我总是一个人！错过了多少机会！啊！要是生活有个目的，要是我碰到一个真情实意的人，要是我能找到……哎呀！我多么愿意用尽我的精力，克服一切困难，打破一切障碍！”

“可是，在我看来，”艾玛说，“你并没有什么可抱怨的呀！”

“啊！你这样想？”罗多夫说。

“因为，说到底……”她接着说，“你是自由的。”

她犹豫了一下说：

“你还有钱呢。”

“不要拿我开玩笑了。”他回答说。

她发誓不是开玩笑。忽然听见一声炮响，大家立刻一窝蜂似的挤到村子里去。

不料这是个错误的信号。州长先生还没有来，评判委员们感到很为难，不知道是应该开会，还是该再等一等。

到底，在广场的尽头，出现了一辆租来的双篷四轮大马车，拉车的是两匹瘦马，一个戴白帽的车夫正在挥舞马鞭。比内还来得及喊：“取枪！”联队长也不甘落后。大家跑去取架好的枪。大家都争先恐后。有些人还忘记了戴领章。好在州长的车驾似乎也能体谅他们的苦衷，两匹并驾齐驱的瘦马，咬着马警小链，左摇右摆，小步跑到了镇公所的四根圆柱前，正好国民自卫队和消防队来得及摆好队伍，打着鼓在原地踏步。

“站稳！”比内喊道。

“立定！”联队长喊道，“向左看齐！”

于是持枪敬礼，枪箍卡里卡拉一响，好像铜锅滚下楼梯一般，然后枪都放下。

于是就看见马车里走下一位先生，穿了一件银线绣花的短礼服，前额秃了，后脑有一撮头发，脸色灰白，看起来很和善。他的两只眼睛很大，眼皮很厚，半开半闭地打量了一眼在场的群众，同时仰起他的尖鼻子，使瘪下去的嘴巴露出微笑来。他认出了佩绶带的镇长，就对他解释，说州长不能来了。他本人是州议员。接着，他又表示了歉意。杜瓦施回答了几句恭维话，州议员表示不敢当。他们就这样面对面地站着，前额几乎碰到前额，四周围着评判委员、乡镇议员、知名人士、国民自卫队和群众。州议员先生把黑色的小三角帽放在胸前，一再还礼，而杜瓦施也把腰弯得像一张弓，一面微笑着，结结巴巴地搜索枯肠，要表明他对王室的忠心，对贵宾光临荣镇的感激。

客店的小伙计伊波利特走过来，接过了马车夫手里的缰绳，虽然他跛了一只脚，还是把马牵到金狮客店的门廊下，那里有很多乡下人挤在一起看马车。于是击鼓鸣炮，先生们一个接着一个走上了主席台，坐上杜瓦施夫人借给大会的红色粗绒扶手椅。

大人先生的模样都差不多。他们脸上的皮肤松弛，给太阳晒得有点黑了，看起来像甜苹果酒的颜色，他们蓬松的连鬓胡子显露在硬领外面，领子上系了白领带，还结了一个玫瑰领花。他们的背心都是丝绒的，都有个圆翻领；他们的表带末端都挂了一个椭圆形的红玉印章；他们都把手放在大腿上，两腿小心地分开，裤裆的料子没有褪色，磨得比靴皮还亮。

有身份地位的女士们坐在后面，在柱廊里，在圆柱子中间，而普通老百姓就站在对面，或者坐在椅子上。的确，勒斯蒂布杜瓦把原先搬到草地上的椅子又都搬到这里来了，他甚至还一刻不停地跑到教堂里去找椅子。由于他这样来回做买卖，造成了交通堵塞，要想走到主席台的小梯子前，也都很困难了。

“我认为，”勒合先生碰到回座位去的药剂师，就搭话说，“我们应该竖两根威尼斯旗杆，挂上一些庄严肃穆、富丽堂皇的东西，就像时新的服饰用品一样，那才好看呢！”

“的确，”奥默答道，“但是，你有什么办法呢！这是镇长一手包办的呀！他的口味不高，可怜的杜瓦施，他根本就没有什么艺术的天分。”

这时，罗多夫带着包法利夫人上了镇公所的二楼，走进了“会议厅”，里面没有人，他就说：“在这里瞧热闹舒服多了。”他在摆着国王半身像的椭圆桌边搬了三个凳子，放在一个窗前，于是他们并肩坐着。

主席台上正在互相推让，不断地交头接耳，低声商量。最后，州议员先生站了起来。这时大家才知道他姓略万，于是你一言，我一语，这个姓氏就在群众中传开了。他核对了一下几页讲稿，眼睛凑在纸上，开口讲道：

“诸位先生：

“首先，在谈到今天盛会的主题之前，请允许我表达一下我们大家共有的感情。我说，我要公正地评价我们的最高行政当局、政府、君主，诸位先生，我是说我们至高无上、无比爱戴的国王，无论我们国家的繁荣，或是个人事业的兴隆，国王无不关心，并且坚定明智，驾驭国家这辆大车，经过千难万险，惊涛骇浪，无论是平时或是战时，都能振兴工业、商业、农业、艺术。”

“我看，”罗多夫说，“我该靠后一点坐。”

“为什么？”艾玛问道。

偏偏就在这个时候，州议员的声音提得特别高。他激动地讲道：

“诸位先生，内战血染广场，工商业主夜半被警钟惊醒，标语口号颠覆国家的基础，这种日子已经一去不复返了……”

“这是因为，”罗多夫接着说，“下面的人看得见我，这样一来，我要花半个月来道歉还怕不够呢！你要晓得，像我这样名声不好的人……”

“哎呀！你怎么糟蹋自己！”艾玛说。

“不，不，我的名声是糟透了，我说的是真话。”

“但是，诸位先生，”州议员接着说，“如果我们不去回想这些黑暗的情景，而把我们的目光转移到我们美丽祖国的现实状况上来，我们又会看见什么呢？到处的商业和艺术都是一片繁荣；到处的新交通路线，就像国家机体内的新动脉一样，建立了新的联系；我们巨大的生产中心又恢复了活动；宗教更加巩固，向所有的心灵微笑；我们的港口货源不断，我们的信心得到恢复，法兰西总算松了一口气！……”

“其实，”罗多夫补充说，“从社会的观点看来，他们也许有理。”

“怎么有理？”她问。

“什么!”他说，“难道你不知道，有些人的灵魂不断受到折磨？他们有时需要理想，有时需要行动，有时需要最纯洁的热情，有时却需要最疯狂的享受，人就这样投身于各式各样的狂想、怪癖。”

于是她瞧着他，好像打量一个天外来客一样，接着又说：

“我们却连这种享受也没有呢！多么可怜的女人啊!”

“这不能算是什么享受，因为这里找不到幸福。”

“幸福是找得到的吗?”她问道。

“是的，总有一天会碰到的。”他答道。

“这是你们都明白的。”州议员说，“你们是农民和乡镇工人！你们是文化的先锋、和平的战士！你们是有道德的人，是进步人士！你们明白，我说，政治风暴的确比大自然的风暴还要可怕得多……”

“总有一天会碰到的。”罗多夫重复说，“总有一天，在你灰心绝望的时候，突然一下就碰到了。于是云开见天，仿佛有个声音在喊：‘就在眼前!’你觉得需要向这个人推心置腹，把一切献给他，为他牺牲一切！不用解释，心照不宣。你们梦里似曾相识。(他瞧着她。)总而言之，踏破铁鞋无觅处，宝贝忽然出现在面前，它在闪闪发光。然而你还怀疑，你还不敢相信，你还目瞪口呆，好像刚刚走出黑暗，突然看见光明一样。”

说完了这几句话，罗多夫还做了一个手势。他把手放在脸上，好像感到头晕。然后他又把手放下，却趁势让手落在艾玛手上，她把手抽出来。州议员还在念讲稿：

“有什么人会感到惊奇吗，诸位先生！有的，就是那种瞎了眼睛、有目无珠的人，我敢说，就是那种陷入偏见，在另一个世纪的偏见中陷得太深，甚至不相信农民有头脑的人。的确，如果不来农村，到哪里找得到爱国精神，到哪里找得到对公共事业的忠诚，总而言之一句话，到哪里找得到智慧？诸位先生，我不是说表面上的智慧，那是游手好闲、无所事事的点缀品。我指的是那种深刻而不外露的智慧，最重要的是，达到实用目的的智慧，那才对提高个人福利，发展公共事业，支持国家，大有好处；那才是遵守法律、恪尽职守的结果……”

“啊！又来了,”罗多夫说，“总是职责，我听都听腻了。真是一堆穿着法兰绒背心的老混蛋，一堆离不开脚炉和念珠的假教徒，老是在我们耳边唱高调：职责！职责！哎！天呀！职责是要感到什么是伟大的，要热爱一切美丽的，而不是接受社会上的一切陈规陋习，还有社会强加在我们身上的恶名。”

“不过……不过……”包法利夫人反对了。

“哎！不要说不！为什么要反对热情？难道热情不是世界上唯一美丽的东西？不是一切美好事物的根源？没有热情会有英雄主义、积极性、诗歌、音乐、艺术吗?”

“不过,”艾玛说，“也该听听大家的意见，遵守公共的道德呀。”

“啊！但是道德有两种,”他反驳说，“一种是小人的道德，小人说了就算，所以千变万化，叫得最响，动得厉害，就像眼前这伙笨蛋一样；另外一种是永恒的道德，天上地下，无所不在，就像风景一样围绕着我们，像青天一样照耀着我们。”

略万先生刚刚从口袋里掏出手帕来擦擦嘴。他又接着说：

“诸位先生，难道还用得着我来向你们说明农业的用处吗？谁供应我们的必需品？谁维持我们的生计？难道不是农民？诸位先生，农民用勤劳的双手在肥沃的田地里撒下了种子，使地里长出了麦子，又用巧妙的机器把麦子磨碎，这就成了面粉，再运到城市，送进面包房，做成了食品，给富人吃，也同样给穷人吃。为了我们有衣服穿，难道不又是农民养肥了牧场上的羊群？要是没有农民，叫我们穿什么？叫我们吃什么？其实，诸位先生，何必举那么远的例子呢？近在眼前，谁能不常常想到那些不显眼的家禽，我们饲养场的光荣，它们为我们的枕头提供了软绵绵的羽毛，为我们的餐桌提供了美味的食品，还为我们下蛋呢。要是这样讲下去的话，我怕没个完了，因为精耕细作的土地生产各种粮食，就像慈母对儿女一样慷慨大方。这里是葡萄园，那里是酿酒用的苹果树，远一点是油菜，再远一点在制干酪。还有麻呢，诸位先生，我们不能忘记麻！最近几年，麻的产量大大增加，因此，我要特别提请大家注意。”

用不着他提请，因为听众的嘴都张得很大，仿佛要把他的话吞下去。杜瓦施坐在他旁边，听得睁大了眼睛；德罗泽雷先生却时不时地微微合上眼皮；再过去一点，药剂师两条腿夹住他的儿子拿破仑，把手放在耳朵后面，唯恐漏掉一个字；其他评判委员慢慢地点头，摆动下巴，表示赞成；消防队员站在主席台下，靠在他们上了刺刀的枪上；比内一动不动，胳膊肘朝外，刀尖朝天，他也许听得见，但他肯定什么也看不清，因为他头盔的帽檐一直遮到他的鼻子；他的副手是杜瓦施先生的小儿子，帽檐低得越发出奇，因为他戴的头盔太大，在脑瓜上晃晃荡荡，垫上印花头巾也不顶事，反而有一角露在外面；他戴着大头盔，笑嘻嘻的，满脸的孩子气，小脸蛋有点苍白，汗水不断地滴下来，他又累又困，却好像在享受似的。

广场上挤满了人，一直站到两边的房屋前面。家家有人靠着窗子，有人站在门口，朱斯坦也在药房的铺面前，似乎在聚精会神地注视着他在看的东西。虽然很静，略万先生的声音还是消失在空气中。只有片言只语传到你的耳边，因为不是这里，就是那里，群众中总有椅子的响声打断他的话头。然后忽然听见背后一声牛叫，或者是街角的羊羔，咩咩地遥相呼应。的确，放牛的和放羊的把牲口一直赶到这里，牛羊时不时地要叫上一两声，伸出舌头，把嘴边的残叶卷进嘴里去。

罗多夫靠得离艾玛更近了，他低声对她说，并且说得很快：

“这伙小人的合谋难道不使你反感？难道有哪一种感情不受到他们指责？最高尚的本性、最纯洁的同情，都要受到迫害，诬蔑。而且，只要一对可怜的有情人碰到一起，小人们就要组织一切力量，不许他们团聚。不过情人总要试试，总要拍拍翅膀，你呼我应。哎！有什么关系，或迟或早，十个月或十年，他们总是要结合的，总是要相爱的，因为他们命里注定了是天生的一对、地成的一双。”

他两臂交叉，手放在膝盖上，就这样仰起脸来，凑得很近地凝目瞧着艾玛。在他的眼睛里，她看得清黑色瞳孔的周围，发射出细微的金色光线，她甚至闻得到他头发上的香味。于是她感到软绵绵、懒洋洋的，回想起在沃比萨带她跳华尔兹舞的子爵，他的胡子和这些头发一样，也发出了香草和柠檬的香气。不知不觉地，她微微闭上了眼皮，要更好地闻闻这股味道。但是她这样往后一仰，却看见了遥远的天边，燕子号公共马车正慢慢地走下勒坡，后面还掀起了一片尘土。

他就时常坐了这辆黄色马车进城，为她买东西回来；以后，他又是走这条路，一去不复返了！她仿佛看见他还在对面，还在窗前；随后，一切化为一片烟云。她似乎还在跳华尔兹舞，在吊灯下，在子爵怀里，而莱昂也离她不远，他就要来……但是她一直感觉得到的只是罗多夫的头在她身边。这种温柔的感觉渗进了她昔日的梦想，她的欲望在一股微妙的香气中死灰复燃，散遍了她整个灵魂，就像一阵风卷起漫天飞舞的黄沙一样。她好几次张大鼻孔，用力吸进缠着柱头的常春藤发出的清新气息。她脱下手套，擦擦双手；然后，她拿出手绢来当扇子用，扇自己的脸。太阳穴的脉搏跳得很快，但她还听得见群众的喧哗和州议员念经一般的声音。

他说：

"继续努力！坚持到底！不要因循守旧，也不要急躁，尽听信不成熟的经验！努力改良土壤，积好肥料，发展马种、牛种、羊种、猪种！让展览会成为和平的竞赛场，让胜利者向失败者伸出友谊之手，希望下一次取得更大的成功！你们这些可敬的用人，谦虚的下人，今天以前，没有一个政府重视你们的艰苦劳动。现在，请来接受你们只做不说的报酬吧！请你们相信，从今以后，国家一定会注重你们，鼓励你们，保护你们，满足你们的合理要求，尽力减轻你们的负担，减少你们痛苦的牺牲！"

于是略万先生坐下。德罗泽雷先生站了起来，开始另外的长篇大论。他讲的话也许不如州议员讲的冠冕堂皇，但他也有独到之处。他的风格更重实际，这就是说，他有专门知识，议论也高人一等。因此，歌功颂德的话少了，宗教和农业谈得多了。他讲到宗教和农业的关系，两者如何共同努力，促进文化的发展。罗多夫不听这一套，只管和包法利夫人谈梦，谈预感，谈磁力。演说家却在回顾社会的萌芽时期，描写洪荒时代，人住在树林深处，吃橡栗过日子。后来，人又脱掉兽皮，穿上布衣，耕田犁地，种植葡萄。这是不是进步？这种发现是不是弊多利少？德罗泽雷先生自己提出了这个问题。罗多夫却由磁力渐渐地谈到了亲和力，而当主席先生列举罗马执政官犁田，罗马皇帝种菜，中国皇帝立春播种的时候，年轻的罗多夫却向年轻的少妇解释：这些吸引力所以无法抗拒，是因为前生有缘。

"因此，我们，"他说，"我们为什么会相识？这是什么机会造成的？这就好像两条河，原来距离很远，却流到一处来了，我们各自的天性，使我们互相接近了。"

他握住她的手，她没有缩回去。

"耕种普通奖！"主席发奖了。

"比方说，刚才我到你家里……

"奖给坎康普瓦的比泽先生。"

"难道我晓得能陪你出来吗？"

"七十法郎！"

"多少回我想走开，但我还是跟着你，一直和你待在一起。"

"肥料奖。"

"就像我今天晚上，明天，以后，一辈子都和你待在一起一样！"

"奖给阿格伊的卡龙先生金质奖章一枚！"

"因为我和别人在一起，"

"奖给吉夫里·圣马丁的班先生！"

"所以我呀，我会永远记得你。"

"他养了一头美利奴羊……"

"但是你会忘了我的，就像忘了一个影子。"

“奖给圣母院的贝洛先生……”

“不会吧！对不对？我在你的心上，在你的生活中，总还留下了一点东西吧？”

“良种猪奖两名：勒埃里塞先生和居朗布先生平分六十法郎！”

罗多夫捏住她的手，感到手是暖洋洋、颤巍巍的，好像一只给人捉住了的斑鸠，还想飞走。但是，不知道她是要抽出手来，还是对他的紧握做出反应，她的手指做了一个动作。他却叫了起来：

“啊！谢谢！你不拒绝我！你真好！你明白我是你的！让我看看你，让我好好看看你！”

窗外吹来一阵风，把桌毯都吹皱了，而在下面广场上，乡下女人的大帽子也掀了起来，好像迎风展翅的白蝴蝶一样。

“利用油料植物的渣子饼。”主席继续说。

他赶快说下去：

“粪便肥料，——种植亚麻，——排水渠道，——长期租约，——雇佣劳动。”

罗多夫不再说话。他们互相瞅着。两个人都欲火中烧，嘴唇发干，哆哆嗦嗦。软绵绵地，不用力气，他们的手指就捏得难分难解了。

“萨塞托·拉·盖里耶的卡特琳·尼凯丝·伊利莎白·勒鲁，在同一农场劳动服务五十四年，奖给银质奖章一枚——价值二十五法郎！”

“卡特琳·勒鲁，到哪里去了？”州议员重复问了几遍。

她没有走出来领奖，只听见有人悄悄说：

“去呀！”“不去。”

“往左边走！”“不要害怕！”

“啊！她多么傻！”

“她到底来了没有？”杜瓦施喊道。

“来了！……就在这里！”

“那叫她到前面来呀！”

于是一个矮小的老婆子走到主席台前。她显得畏畏缩缩，穿着皱成一团的破衣烂衫，显得更加干瘪；她脚上穿一双木底皮面大套鞋，腰间系一条蓝色大围裙；她的一张瘦脸，戴上一顶没有镶边的小风帽，看来皱纹比干了的斑皮苹果还多；从红色短上衣的袖子里伸出两只疙里疙瘩的手，谷仓里的灰尘、洗衣服的碱水和羊毛的油脂使她手上起了一层发裂的硬皮，虽然用清水洗过，看来也是脏的；手张开的时候太多，结果合也合不拢，仿佛在低声下气地说明她吃过多少；她脸上的表情像修道院的修女一样刻板，哀怨、感动都软化不了她暗淡的眼光；她和牲口待在一起的时间太多，自己也变得和牲口一样哑口无言，心平气和。她这是第一次在这样一大堆人当中，看见旗呀，鼓呀，穿黑礼服的大人先生，州议员的十字勋章，她心里给吓唬住了，一动不动，也不知道该往前走，还是该往后逃，既不明白大伙儿为什么推她，也不明白评判委员为什么对她微笑。吃了半个世纪的苦，她现在就这样站在笑逐颜开的老爷们面前。

“过来，可敬的卡特琳·尼凯丝·伊利莎白·勒鲁！”州议员说，他已经从主席手里接过了得奖人的名单。

他审查一遍名单，又看一遍老婆子，然后用慈父般的声音重复说：

“过来，过来!”

“你聋了吗?”杜瓦施从扶手椅里跳起来说。

他对着她的耳朵喊道：

“五十四年的劳务！一枚银质奖章！值二十五个法郎！这是给你的。”

等她得到了奖章，她就仔细看看。于是，天赐幸福的微笑出现在她脸上。她走开时，听得见她叽叽咕咕地说：

“我要送给神甫，请他给我做弥撒。”

“信教信到这种地步!”药剂师弯下身子，对公证人说。

会开完了，群众散了。既然讲稿已经念过，每个人都各归原位，一切照旧：主人照旧骂用人，用人照旧打牲口，得奖的牛羊在角上挂了一个绿色的桂冠，照旧漠不关心地回栏里去。

这时，国民自卫队上到镇公所二楼，刺刀上挂了一串奶油圆球蛋糕，大队的鼓手提了一篮子酒瓶。包法利夫人挽着罗多夫的胳膊，他把她送回家里。他们到门口才分手，然后他一个人在草地里散步，等时间到了就去赴宴。

宴会时间很长，非常热闹，但是招待不周。大家挤着坐在一起，连胳膊肘都很难动一下，用狭窄的木板临时搭成的条凳，几乎给宾客的体重压断。大家大吃大喝。人人拼命吃自己那一份。个个吃得满头大汗，热气腾腾，像秋天清晨河上的水蒸气，笼罩着餐桌的上空，连挂着的油灯都熏暗了。罗多夫背靠着布篷，心里在想艾玛，什么也没听见。在他后面的草地上，有些用人在把用过的脏盘子摞起来；他的邻座讲话，他不搭理；有人给他斟满酒杯，虽然外面闹哄哄的，他的心里却是一片寂静。他做梦似的回想她说过的话，她嘴唇的模样；军帽上的帽徽好像一面魔镜，照出了她的脸；她的百褶裙沿着墙像波浪似的流下来，他想到未来的恩爱日子也会像流不尽的波浪。

晚上放烟火的时候，他又看见了她，不过她同她的丈夫，还有奥默夫妇在一起。药剂师老是焦急不安，唯恐花炮出事，他时常离开大伙儿，过去关照比内几句。

花炮送到杜瓦施先生那里时，他小心翼翼地把炮仗锁进了地窖，结果火药受了潮，简直点不着，主要节目“龙咬尾巴”根本上不了天。偶尔看到一支罗马蜡烛似的焰火，目瞪口呆的群众就发出一声喊，有的妇女在暗中给人胳肢了腰，也叫起来。艾玛不出声，缩成一团，悄悄地靠着夏尔的肩头，然后她仰起下巴来，望着光辉的火焰射过黑暗的天空。罗多夫只有在灯笼的光照下，才能凝目看她。

灯笼慢慢熄了。星星发出微光。天上还落下几点雨。艾玛把围巾扎在头上。

这时，州议员的马车走出了客店。车夫喝醉了酒，忽然发起迷糊来，远远看得见他半身高过车篷，坐在两盏车灯之间，车厢前后颠簸，他就左右摇摆。

“的确,”药剂师说，“应该严格禁止酗酒！我希望镇公所每星期挂一次牌，公布一周之内酗酒人的姓名。从统计学的观点看来，这也可以像年鉴一样，必要时供参考……对不起。”

他又向着消防队长跑去。

队长正要回家。他要回去看看他的车床。

“派个人去看看,”奥默对他说，“或者你亲自去，这不太碍事吧?”

“让我歇一口气。”税务员答道，“根本不会出事!”

“你们放心吧。”药剂师一回到朋友们身边就说，“比内先生向我确保已经采取了措施。火花不会掉下来的。水龙也装满了水，我们可以睡觉去了。”

“的确！我要睡觉。”奥默太太大打哈欠说，“不过，这有什么关系呢？我们这一天过得好痛快。”

罗多夫眼睛含情脉脉，低声重复说：

“是啊！好痛快！”

大家打过招呼，就都转身走了。

两天后，《卢昂灯塔》发表了一篇报道展览会的大块文章。那是奥默劲头一来，第二天就一气呵成了：

“为什么张灯结彩，鲜花似锦？群众像怒海波涛一样，要跑到哪里去？他们为什么不怕烈日的热浪，淹没了我们的休闲田？”

于是，他谈起了农民的情况。

当然，政府尽了大力，但还不够！“要鼓足干劲！”他向政府呼吁，“各种改革责无旁贷，要我们来完成。”然后，他谈到州议员驾临，没有忘记“我们民兵的英勇姿态”，也没有忘记“我们最活泼的乡村妇女”，还有秃头的老人，好像古代的族长，其中有几位是“我们不朽队伍的幸存者，听到雄壮的鼓声就会心情激动。”他把自己说成是首要的评判委员之一，并且加注说明：药剂师奥默先生曾向农学会递交过一篇关于苹果酒的论文。写到发奖时，他用言过其实的字眼来描绘得奖人的高兴：父亲拥抱儿子，哥哥拥抱弟弟，丈夫拥抱妻子。不止一个人得意扬扬地出示他小小的奖章，不用说，回家之后，到了他贤内助的身边，他会流着眼泪，把奖章挂在小茅屋的不引人注意的墙上。

“六点钟左右，宴会在列雅尔先生的牧场上举行，参加大会的主要人物欢聚一堂。气氛始终热烈亲切，无以复加。宴会中频频举杯：略万先生为国王祝酒！杜瓦施先生为州长祝酒！德罗泽雷先生为农业干杯！奥默先生为工业和艺术两姊妹干杯！勒普利谢先生为改良干杯！到了夜晚，光明的烟火忽然照亮了天空。这简直可以说是千变万化的万花筒，真正的歌剧舞台布景。片刻之间，我们这个小地方就进入了《天方夜谭》的梦境。”

“我们敢说：这次大家庭的聚会没有出现任何不愉快的麻烦事。”

他还加了两句：

“我们只注意到：神职人员没有出席宴会。当然，教会对进步的了解，和我们有所不同。耶稣会的信徒，随你们的便吧！”

第三部

七

第二天，执法员哈郎先生带了两个见证人到她家来，她无可奈何，只好若无其事地让他们登记要扣押的物品。

他们从包法利的诊室开始，却没有登记骨相学的头颅，把那当作职业上需要的仪器；但他们清点了厨房里的盘子、锅子、椅子、烛台，卧室里架子上的各种摆设。他们查看她的袍子、内衣、梳洗室；她的生活，甚至最见不得人的角落，也像一具尸体一样，陈列在众目睽睽之下，让这三个人随意检查。

哈朗先生穿一件紧身的黑上衣，纽扣全部扣上，系了一条白领带，脚上的鞋套也扎得很紧，他翻来覆去地问：

“可以看看吗，太太？可以看看吗？”

他时常看得叫了起来：

“真漂亮！……非常美！”

然后他把笔在左手拿着的角质墨水瓶里蘸蘸墨水，继续登记。

等到他们查完了房间，又上顶楼去。

楼上有一张小书桌，里面锁着罗多夫来的信。他们一定要她开锁。“啊！来往信件！”哈朗先生很知趣地微笑着说，“对不起，可以查查吗？因为我要看看信件里有没有别的东西。”

于是他斜拿着信纸，轻轻抖动，仿佛会抖出金币来似的。这可使她恼火了，她嫌这只粗手，这鼻涕虫一般又软又红的手指头，居然敢捏住这些曾使她心醉神迷的信纸。

他们总算走了！费莉西又进门来。她本来奉命在外面等候，要把包法利支使开。现在，她们赶快把扣押房产的留守人藏在阁楼里，他答应不出来。

夏尔整个晚上显得心事重重。艾玛用焦急的眼光看着他，以为他脸上的皱纹也是对她的控诉。然后，她的目光落到中国屏风遮住的壁炉上、大窗帘上、扶手椅上，总之，这些减轻过她生活痛苦的东西上。她心里感到有些内疚，或者不如说，感到悔恨交加，但是这种悔恨不但没有使她的热情冷下去，反而使它更旺盛了。夏尔却在心平气和地拨火，两只脚搁在壁炉的铁架子上。

有时留守的人在阁楼里躲得不耐烦了，不免发出一点声响。

“楼上有人走动?”夏尔问道。

“没有!”她答道，“大约是一扇天窗没有关，风一吹就响。”

第二天是星期日，她到卢昂去找那些她久闻大名的银行家。他们不是下乡度假，就是出门了。她不怕碰钉子，碰到一个就向人家借钱，说她要钱有急用，担保一定归还。有的人当面笑她，没有人答应借钱。

两点钟，她跑到莱昂住的地方，敲他的门，没人来开。最后，他出来了。

“谁叫你来的?”

“打搅你了吗?”

“没有……不过……”

他承认房东不喜欢“女人”上门。

“我有话对你说。”她回答道。

于是他要拿出钥匙来。她拦住他。

“啊！用不着，到我们那里去。”

他们去了布洛涅旅馆，进了他们的房间。

她一进来就喝了一大杯水，脸色惨白。

她对他说：

“莱昂，你得帮我一个忙。”

她紧紧捏住他的手，上下摇动。加了一句：

“听我说，我需要八千法郎！”

“难道你疯了！”

“还没有！”

她立刻告诉他扣押的事，她实在没有办法了。因为夏尔完全蒙在鼓里，她的婆婆恨死了她，卢奥老爹帮不了忙。她只好来求他，莱昂，为她奔走奔走，去搞到这笔绝不可少的钱……

“你怎么能……”

“你多差劲！”她叫了起来。

于是他傻里傻气地说：

“你说得太过分了吧。也许有个千把金币，你的债主就不会逼你了。”

那她更有理由要他想方设法了，难道他三千法郎还搞不到。再说，莱昂还可以替她担保呢。

“去吧！试试看！没有钱不行！快跑！……唉！试试看！试试看！我多么爱你啊！”

他出去了，一个小时后才回来，并且拉长了脸说：

“我去了三家……都没有用。”

后来，他们两个面面相觑地坐在壁炉的两个角上，一动不动，一言不发。艾玛耸耸肩膀，顿顿脚，他听到她低声说：

“假如我是你，我一定有办法弄到钱！”

“到哪里去弄？”

“到你的事务所去！”

于是她瞧着他。

她的眼睛冒出火光，流露出不怕下地狱的神色，上下眼皮越靠越近，又是勾引，又是挑动——年轻人感到这个女人虽不明目张胆说出她的用心，却在暗示要他犯罪，他怕自己招架不住。于是，为了免得她把话挑明，他就拍拍额头，大声说道：“莫雷尔今天夜晚回来(他是个富商的儿子，又是他的好朋友)！我想，他不会不借钱给我的。我明天给你送钱来。”他又加了一句。

艾玛并不像他想的那样，反而一点也没有流露喜出望外的神情。难道她猜到了他在扯谎？他脸红了，接着又说：

“不过，要是我三点钟还回不来，你就不必等我，亲爱的。现在我得走了，对不起。再见！”

他握握她的手，感到它已经麻木。艾玛实在精疲力竭，连感觉都失去了。

四点钟一响，她就站起来，要回荣镇去，像个木头人一样，只是听从习惯支配。

天气很好，这是 3 月份一个晴朗而寒冷的日子，太阳发出的白光，把天空都照白了。卢昂人穿了节日的服装，心满意足地在街上散步。她走到圣母院前的广场上。晚祷刚刚做完，人流从三座拱门下涌了出来，就像河水流过三个桥洞一样，门卫站在拱门当中，动也不动，胜过急流中的砥柱。

于是她想起了那难忘的一天：她非常着急，但又充满了希望，走进了这个教堂的雨道。雨道虽然很长，但还有个尽头，而她那时的爱情却显得无穷无尽。现在她继续往前走，眼泪直往下流，滴在她面纱上；她头昏眼花，摇摇晃晃，几乎支持不住了。

“当心!”有人从开着的马车门里喊着。

她赶快站住，让一匹黑马踢蹬而过。黑马拉着一辆双轮轻便马车，车上坐着一个穿貂皮大衣的绅士。这个人是谁？她似曾相识……但马车奔驰过去了。

哦！这个人是子爵！她转过身子去看，街上已经没有了人。她伤心透顶，几乎要垮了，赶快靠住一堵墙，以免倒在地上。

过后一想，她恐怕看错了人。至少，她并没有把握，里里外外，她都不再是当年的人了。她感到丧魂失魄似的，搞得不好就要滚进无以名之的深渊。来到红十字旅馆，一眼看见了好心的奥默先生，她觉得说不出的高兴，奥默看着一大箱药品装上燕子号班车，手里拿着一块绸巾，里面包着六个铁路工人爱吃的小面包，那是给他太太买的。

奥默太太非常爱吃这种又粗又短的、头颅形状的小面包，总是在四旬斋期间涂上加盐的黄油吃。这是哥特人食物的样品，也许在十字军时代就吃上了。那些身强力壮的罗曼人，在火炬的黄色光焰下，在餐桌上的大酒大肉之间，看见了这种头状的面包，仿佛看到了萨拉逊人的头颅，立刻狼吞虎咽起来。药剂师的太太虽然牙齿不好，却和古代的英雄好汉一样爱大吃大嚼，因此，奥默先生每次进城，总要到屠宰场的大面包房买上一些，带回家去。

“很高兴碰到你!”他一面说，一面伸出手来接艾玛上燕子号班车。

然后他把面包挂在网架的皮条上，不戴帽子，两臂交叉地坐下，摆出一副沉思默想、不可一世的姿态。

但等到瞎子像平时一样出现在山坡脚下的时候，他就叫了起来：

“我真不懂，当局怎么还能容忍干这种犯罪的行业！应当把这些该死的东西关起来，强迫他们劳动才对！说老实话，我们进步得太慢了，简直是像乌龟爬行！我们还生活在野蛮时代呢!”

瞎子伸出他的帽子，在马车门前摇晃，乞求施舍，看起来好像门帘上脱了钉子的口袋。

“看,”药剂师说，“淋巴腺结核!”

虽然他早见过这个穷鬼，却装作头一次见到的样子，口中念念有词，说什么“角膜”“不透明角膜”“巩膜”“面型”，然后用大发慈悲的口气问他：

“朋友，你得了这种可怕的病，时间不短了吧？最好不要上小酒馆，要注意饮食。”

他劝瞎子要吃好酒好肉。

瞎子还是唱他的歌，他显得几乎是个傻子。最后，奥默先生打开了钱包。

“给你，这是一个苏，找我两个铜板①。不要忘记我的话，你的病会好的。”

伊韦尔居然敢怀疑他的话。于是药剂师保证能治好结核病，只要瞎子用他亲自配制的消炎膏，他并且留下了自己的住址。

“我是奥默先生，住在菜场旁边，一问便知。”

“得了，不必白费劲了。”伊韦尔说，“难道你也要演戏?”

瞎子往下一蹲，头往后一仰，两只暗绿色的眼睛一转，舌头一伸，双手摸摸肚子，

---

① 一个苏等于四个铜板。

嘴里发出饿狗般暗哑的号叫。艾玛见了恶心。转过身去，把一个五法郎的钱币扔给他，这是她的全部财产，她觉得这样扔了也好。

车又走了。忽然，奥默先生把头伸出窗外，对瞎子喊道：

“不要吃淀粉，也不要喝乳！贴身要穿羊毛衫，要烧得刺柏的浆果出烟，熏你的结核！”

艾玛看着熟悉的景色在她眼前倒退，渐渐忘了目前的痛苦。但她累得支持不住，回到家里只是发呆，垂头丧气，几乎要睡着了。“管它呢！”她心里想。

谁知道怎样？为什么不发生意外的事？说不定勒合会死啊！

早上九点钟，她给广场上嘈杂的声音吵醒了，一大堆人围着菜场看柱子上贴的大布告，她看见朱斯坦爬上一块界石，把布告撕下来。这时，一个乡村警察一把揪住他的衣领。奥默先生从药房里走了出来，勒方苏瓦大娘正在人群当中夸夸其谈。

“太太！太太！”费莉西叫着跑了进来，“真是可恶！”

可怜的女佣心情激动，把她刚从门上撕下来的黄纸布告递给她的女主人。艾玛一眼就看见了：她的全部动产都要拍卖。

于是她们面面相觑，静悄悄地对看了一会儿。她们主仆之间并没有不可告诉对方的秘密。最后，费莉西叹了一口气：

“假如我是你，太太，我就去找吉约曼先生。”

“你看行吗？”

这句问话的意思是：“你和他家用人要好，摸得清他家的底，是不是他主人有时候也谈起过我来？”

“行，去吧，去了就好。”

她换了衣服，穿上黑袍子，戴了一顶有黑色圆点的帽子；她怕人看见(广场上总是人多)，就走河边的小路，从村外绕过去。

她走到公证人的铁栅门前，已经上气不接下气了。天是阴沉沉的，在下小雪。

一听见门铃响，特奥多就穿着红背心，来到台阶上，他几乎是亲切地把门打开，就像是接待一个常客一样，把她带进了餐厅。

一个瓷器的大火炉在噼啪响，上面的壁里放了一盆仙人掌，栎木的墙纸上挂了几个黑色木框，里面是德国画家的《吉卜赛女郎》和法国画家的《埃及妇人》。早餐准备好了，桌上有两个银火锅，门上的扶手是个水晶球，地板和家具都闪闪发亮，小心在意地擦得干干净净，像英国人家一样清洁；玻璃窗在四角装上了彩画玻璃。

“这才是个餐厅，”艾玛心里想，“这才是我需要的餐厅。”

公证人进来了，左胳膊佩带棕叶图案的晨衣紧紧贴在身上，右手脱下栗色丝绒高帽又赶快戴好，装模作样地故意戴得向右倾斜，露三缕金黄的头发，再从后脑向前盘，在秃顶的脑壳上绕了一匝。

他请她坐下后，自己也坐下来吃早餐，一面说对不起，请恕他失礼了。

“先生，”她说，“我来求你……”

“夫人有什么事？请不必客气。”

她开始对他讲她的情况。

其实她不必讲，吉约曼先生也知道，因为他和布匹商人暗中勾结，只要有人用东西押款，要他公证，总是由布店出资金。

因此，这些借据悠久的历史，他比她了解得还更清楚。开始数目很小，贷款人的姓名也不相同，还款的期限拖得很长，到期不还又不断续订新的借据，拖到最后关头，商人把拒付证书一起交给他的朋友万萨尔，要他出面追索欠款，免得当地人骂他人面兽心。

她一面讲，一面骂勒合，公证人听了，只作不痛不痒的回答。他照吃他的猪排，喝他的茶，下巴碰到了天蓝色的领带，领带上别了两个钻石别针，挂着一根金链子。他笑得很怪，又温柔又暧昧，一看她的脚走湿了，就说：

“靠近火炉一点……脚抬高点……就踩瓷器上吧。”

她怕把瓷器踩脏了，公证人就用献殷勤的口气说：

“美人的鞋子是不会把东西踩脏的。”

于是她试着打动他，却自己先动了感情。她诉说家庭的经济拮据，入不敷出，生活贫困。他全明白：一个这样漂亮的女人！但他并没有中断吃早餐，只是身体完全转到她这边来了，结果膝盖碰到了她的湿靴，曲线很美的靴底还在炉上冒气呢。

但是，当她开口要借一千金币的时候，他就咬紧了嘴唇，然后非常惋惜地说：她从前为什么不委托他代管财产呢？就是一个女流之辈，也有许多方便之门，可以利用金钱来发财啊！比如说，格鲁默尼泥炭矿或者哈弗尔的地皮，都是万无一失的投资好机会，他让她想到本来肯定可以大发其财，来吊她的胃口，使她悔恨莫及。

“你为什么，”他接着说，“不早点来找我呢？”

“我不太懂。”她说。

“怎么？嗯……难道你怕我吗？你看，我多苦啊！我们几乎还算不上相识呢！其实，我对你是一片好心，你现在不再怀疑了吧？但愿如此！”

他伸出手来，握住她的手，拼命地吻，然后把它放在他膝盖上，温存体贴地抚摸她的手指，一面向她倾吐甜言蜜语。

他的声音枯燥无味，好像单调的小溪流水；他的眼珠冒出火花，连闪烁反光的镜片也遮不住；他把手伸进了艾玛的衣袖，抚摸她的胳膊。她脸上感到了他急促的呼吸。这个人真讨厌透了。她一下就跳了起来，对他说道：

“先生，我等回答！”

“回答什么？”公证人说，忽然一下，他的脸色变得刷白。

“借钱的事。”

“这个……”

强烈情欲到底占了上风：

“钱嘛。存的！……”

他跪着爬了过来，也不怕弄脏了他的晨衣。

“求求你，不要走！我爱你呀！”

他搂住她的腰。

包法利夫人脸上涨潮似的起了一层红晕。她气得往后退，一面喊道：

“你真不要脸，先生！欺侮一个不幸的女人。我来求情，并不是来卖身！”

于是她就走了。

公证人目瞪口呆地盯着自己一双漂亮的绣花拖鞋。这是情妇送他的礼物。一见拖鞋就减轻了他的痛苦。再说，他也想到，这种风流事做过了头，也会把他拖得下不了台的。

“多卑鄙！多无耻！……多下流！”她心里想，拔腿跑到路边的山杨树下。钱没借到反受气，失望使她更加愤怒。在她看来，老天似乎有意和她过不去，她倒不但不肯低头，反而要争口气。她从来没有这样看得起自己，也从来没有这样看不起别人。争强好胜使她忘乎所以。她恨不得要打男人一顿，朝他们脸上吐唾沫，把他们统统压垮。她赶快继续往前走，脸色惨白，全身发抖，怒气冲冲，眼睛含泪，探索着一望无际的天边，恨得喘不过气来，却又似乎为了憎恨而感到自负。

她一眼看见了自己的房屋，忽然觉得全身麻木。她再也走不动了，但又不得不往前走。再说，还有哪里可以去呢？

费莉西在门口等她。

“怎么样？”

“没借到！”艾玛说。

她们两个商量了刻把钟，看看荣镇还有没有什么人可以救她，但只要费莉西提到一个名字，艾玛就反驳说：

“有可能吗！他们不会借的！”

“但是先生要回来了！”

“我知道……你走吧。”

一切都试过了。现在，没有什么办法，只好等夏尔一回来，就对他如实说：

“走开。不要踩这块地毯，它不是我们的了。房子里的家具，一针一线，一草一木，都不再是你的，都是我害得你破产的，可怜的人！”

接着，他会大哭一场，大流眼泪。然后，惊魂一定，他又会原谅的。

“是的，”她咬紧牙关低声说，“他会原谅我的，可是即使他有一百万法郎给我，我也不会原谅他怎么认识了我的……不行！不行！”

一想到包法利比她强，她的气就更大了。其实，她说出来也好，不说出来也好，他早晚是要知道这场大祸的。那么，她一定要看到她怕看的情景了，一定要给他的宽宏大量压得喘不过气来了。

她还想到去找勒合，那有什么用呢？想到给她父亲写信，时间已经来不及了。想到刚才为什么不顺从公证人呢？那时，她听见小路上的马蹄声。是他回来了，在开栅栏门，脸色比新粉刷的墙还更苍白。她一步跳下了楼梯，赶快往广场跑。镇长夫人正在教堂前面同勒斯蒂布杜瓦谈天，看见她走进了税务员的门。

镇长夫人跑去告诉卡龙太太。两个女人爬上顶楼，躲在竹竿上晾的衣服后面，正好看得见比内房里。

他一个人在屋顶下的小房间里，正用木头仿制一个象牙连环套，用些新月形或满月形的圆环，一个套着一个，整个竖起来好像一块方尖碑。这种工艺美术品没有什么实用价值，但他已经动手做最后一个圆环，眼看就要马到成功了！在这半明半暗的车间里，金黄色的木屑在车床上飞舞，有如快马飞奔时，马蹄铁打出的冠状火星网。车床上两个齿轮在旋转，发出了轰隆轰隆的声音。比内满脸堆笑，下巴低着，鼻孔张开，似乎沉醉在完美无缺的幸福中，这种幸福当然只有平凡的劳动才能得到。表面上困难、实际上容易干的活儿能使人心旷神怡，一旦大功告成，人就心满意足，不再浮想联翩了。

“啊！她在这里!”杜瓦施太太说。

但是车床转得太响，不太可能听清楚她在讲些什么。

两个女人到底以为听到了“法郎”两个字，杜瓦施太太就低声说：“她在请求允许她延期交付税款。”

“看起来好像是!”另一位太太说。

她们看见她走来走去，看看靠墙挂的餐巾环，摆在蜡烛台栏杆柱子上的圆球，而比内却摸摸胡子，自得其乐。

“她是不是来订货的?”杜瓦施太太说。“他并不卖货呀!”她旁边的人反驳说。

税务员睁大眼睛，好像在听，但是似乎没有听懂。她还在继续讲，样子哀婉动人。她走到比内身边，胸脯扑扑地跳，他们不说话了。

“难道她要勾引他?”杜瓦施夫人说。

比内连耳根都红了。她拉住他的手。

“啊！太过分了!”

她当然是在提出干什么见不得人的事，因为税务员——他是一条好汉，在普鲁士为法兰西打过仗，还被提名申请十字奖章呢——忽然好像看见一条毒蛇一样，拼命往后退，口里喊道；

“夫人！你想到哪里去了?”

“这种女人真该挨顿鞭子!”杜瓦施夫人说。

“她到哪里去了?”卡龙太太问道。

因为在她们说话时，她已经走了。接着，她们见她穿过大街，往右一转，仿佛是要到墓地去，她们就只好胡乱猜测了。

“罗勒嫂子,”她一到奶妈家，开口就说，“我闷死了！……帮我解开带子。”

她一下倒在床上，啜泣起来。罗勒嫂子拿条围裙盖在她身上，站在她身边。她好久没有说话，老实的乡下女人就走开了，坐到纺车前又纺起麻线来。

“啊！停下来吧!”她以为还是比内的车床在响，就埋怨说。

“怎么碍她的事了?”奶妈心里寻思，“她为什么要来这里?”

她跑到这里来，仿佛家里有个凶神恶煞，追得她走投无路一般。

她仰面躺着，一动不动，两只眼睛发呆。虽然她要聚精会神，但是眼前的东西看起来总是模模糊糊的。她瞧着墙上剥脱的碎片，两块还没有烧尽的木柴，一头接着一头，正在冒烟，一只长蜘蛛在她头上的屋梁缝隙里爬着。她到底厘清了思路。她记起了……有一天，同莱昂……啊！那是多久以前……太阳照在河上，铁线莲散发出香气……于是，回忆像一条奔腾的激流，很快就把她带到了昨天。

“几点钟了?”她问道。

罗勒嫂子走了出去，用右手的指头对着最明亮的天空，看了一看，慢慢地回来说：

“快三点了。”

“啊！多谢！多谢!”

因为莱昂要来了。这是一定的！他可能会搞到钱。不过他恐怕会去那边，他怎么想得到她在这里呢，于是她要奶妈赶快跑到家里去，把他带到这里来。“赶快去吧！”

“嗯，好太太，我去！我去！”

她现在觉得奇怪，怎么一开头没有想到他；昨天他答应了，不会不算数的；于是她已经看见自己到了勒合家里，把三张支票往桌上一摆。但还得找个借口对付包法利。捏造什么理由呢？

奶妈去了好久没有回来。不过，茅屋里没有钟，艾玛想；怕是自己心急，时间就显得长了。于是她在园子里兜圈子，走一步，停一步；她顺着篱笆走，又急忙走回来，怕奶妈走另外的小路先到。最后，她等累了，起了疑心，又怕自己疑心生暗鬼，就这样不知道待了多久，坐在一个角落里，闭住眼睛，塞住耳朵。忽然间栅栏门嘎吱一响，她跳了起来，但不等她开口，罗勒嫂子就说：

“你家里没有人来！”

“怎么？”

“啊！没有人来！先生在哭。他在喊你。大家都在找你。”

艾玛没有搭腔。她的呼吸急促，眼珠东转西溜，四处张望。乡下女人见她这副模样，以为她要疯了，本能地吓得缩起来。突然一下，她拍拍额头，喊了一声，因为她想起了罗多夫，这就好比划破漫漫长夜的一道电光，照亮了她的灵魂。他是多么好啊！多么温存体贴，多么慷慨大方！再说，即使他拿不定主意是不是帮她这个忙，难道她不会用勾魂摄魄的眼神，使他重新眷恋已经熄灭的旧情？于是她赶快到于谢堡去，一点也没想到：她这也是送上门去，卖身投靠，而同样的勾当，刚刚在公证人家里，却气得她浑身哆嗦呢！

【选自[法]福楼拜：《包法利夫人》，许渊冲译，北京，中央编译出版社，2015】

波德莱尔

波德莱尔(1821—1867)是19世纪后期法国最重要的诗人之一，被看成是法国象征主义诗歌的先驱。波德莱尔的文学成就主要是诗集《恶之花》(1857)，此外他的散文诗集《巴黎的忧郁》(1869)有一定影响。

诗集《恶之花》分为“忧郁和理想”“巴黎风光”“酒”“恶之花”“叛逆”和“死亡”六个部分，其实诗集中各诗或组诗独立成篇，只是按照其基调纳入不同部分。诗人生动刻画资本主义社会的种种罪恶，抒写自己对光明幸福的追求以及内心的挣扎和斗争。诗人是向往光明的，但他又不能摆脱肉体快乐的诱惑，因此他的精神历程充满了痛苦。诗集总体上表现了诗人对美的向往，对尘世生活的厌倦以及对放荡生活的忏悔。从艺术角度看，《恶之花》在法国诗歌发展史上有划时代的意义。第一，诗集大规模地将城市生活作为诗歌描绘的主要内容，极大地扩展了诗歌的表现领域；第二，诗人毫无顾忌地深入刻画人的内心世界，描绘丑恶的事物；第三，大量采用象征手法，用奇特的形象来表现奇特事物和奇特思想，这种前无古人的崭新方式让读者耳目一新；第四，诗歌音韵优美，十分注重格律，将音乐美融入诗歌语言之中，探索了一种将诗歌与音乐结合的新方式。

本书所选《异国的清香》《感应》《腐尸》《黄昏的谐调》四首诗都编在诗集第一部分。《异国的清香》歌唱混血女子让娜·杜瓦尔，诗中融合了诗人当年航行印度洋热带岛屿摩里斯岛的记忆，表现了感官的迷醉和享乐。《感应》一诗主要表现诗人的美学理念，提出自然和人之间互相感应、人的各种感觉互相交通的观点，是诗人集中表述“通感”理论的诗作。《腐尸》描写诗人与让娜在巴黎某处看见的一具腐尸，诗歌详细描绘这具腐烂尸体的模样和气味，最后诗人想到爱人死后也会像这具尸体一样丑陋。此诗较为突出地表现了波德莱尔诗歌充满想象、不避丑陋和罪恶的特色。《黄昏的谐调》是波德莱尔写给萨巴蒂埃夫人的诗，该诗借用了一种马来连环诗格律，形式奇特，想象怪异。

异国的清香[①]

当我闭上双眼，在暖秋的晚上，
闻着你那温暖的乳房的香气，
我就看到有幸福的海岸浮起，
那儿闪耀着单调的太阳光芒；

悠闲的海岛，获得自然的恩赏，
长满奇异的树木，美味的果实；
妇女的眼睛天真得令人惊异，
男子们身体瘦长而精力很旺。

你的香气领我到迷人的地方，
见一座海港，布满船帆和帆樯，
还露出受海波颠簸后的余慵，

而那绿油油的罗望子的清香，
在大气中荡漾，塞满我的鼻孔，
在我心中混进水手们的歌唱。

【选自[法]波德莱尔：《恶之花》，钱春绮译，北京，人民文学出版社，2011】

① 本诗为让娜·杜瓦尔而作。诗中混有对毛里求斯岛和多罗泰(参看《给一个马拉巴尔姑娘》)的回忆。散文诗《巴黎的忧郁》第十七篇《头发中的半球》亦有类似的描写。

感应[①]

自然是一座神殿,[②] 那里有活的柱子,
不时发出一些含糊不清的语音;
行人经过该处,穿过象征的森林,
森林露出亲切的眼光对人注视。

仿佛远远传来一些悠长的回音,
互相混成幽昧而深邃的统一体,
像黑夜又像光明一样茫无边际,
芳香、色彩、音响全在互相感应。

有些芳香新鲜得像儿童肌肤一样,[③]
柔和得像双簧管,[④] 绿油油像牧场,[⑤]
——另外一些,腐朽、丰富、得意扬扬。

具有一种无限物的扩展力量,
仿佛琥珀、麝香、安息香和乳香,
在歌唱着精神和感官的热狂。

【选自[法]波德莱尔:《恶之花》,钱春绮译,北京,人民文学出版社,2011】

① 本诗直接发表于初版《恶之花》,约作于1845年左右,亦说作于1855年左右。"感应"的概念表达了波德莱尔的美学思想,是象征主义的重要理论基础。波氏常重复论述这一主题,参看《浪漫派艺术:瓦格纳和汤豪塞》《一八五五年博览会》。在《一八四六年的沙龙》中波氏曾引用E.T.A.霍夫曼《克莱斯列里阿那》中的一节:"我发现色、声、香之间有某种类似性的和某种秘密的结合……"有些评论家从第一节中找到跟爱伦·坡的几行诗有共鸣之处,如坡的《Al Aaraaf》中有这两行:"All nature speaks, and e'en ideal things/Flap shadowy sounds from visionary wings."

② 将自然比作神殿,是法国文学中常见的比喻。

③ 嗅觉与触觉通感。

④ 嗅觉与听觉通感。

⑤ 嗅觉与视觉通感。

腐　尸①

爱人，想想我们曾经见过的东西，
　　在凉夏的美丽的早晨：
在小路拐弯处，一具丑恶的腐尸
　　在铺石子的床上横陈。

两腿翘得很高，像个淫荡的女子，
　　冒着热腾腾的毒气。
显出随随便便、恬不知耻的样子，
　　敞开充满恶臭的肚皮。

太阳照射着这具腐败的尸身，
　　好像要把它烧得熟烂，
要把自然结合在一起的养分
　　百倍归还伟大的自然。

天空对着这壮丽的尸体凝望，
　　好像一朵开放的花苞，
臭气是那样强烈，你在草地之上
　　好像被熏得快要昏倒。

苍蝇嗡嗡地聚在腐败的肚子上，
　　黑压压的一大群蛆虫
从肚子里钻出来，沿着臭皮囊，
　　像黏稠的脓一样流动。

这些像潮水般汹涌起伏的蛆子
　　哗啦哗啦地乱撞乱爬，
好像这个被微风吹得膨胀的身体
　　还在度着繁殖的生涯。

① 据普拉隆所述，此诗约作于1843年以前。直接发表于初版《恶之花》。诗中的爱人指让娜·杜瓦尔。本诗对路旁的尸体作写实的描绘，诗人并常在酒店和画室中朗诵，因而使他以“尸体文学的诗人”而闻名于世。原题“Une Charogne”，我国文献中多译作“死牲口”或“死兽”，此处应为“女尸”。

这个世界奏出一种奇怪的音乐,[①]
　　像水在流,像风在鸣响,
又像簸谷者作出有节奏的动作,
　　用他的簸箕簸谷一样。

形象已经消失,只留下梦影依稀,[②]
　　就像对着遗忘的画布,
一位画家单单凭着他的记忆,
　　慢慢描绘出一幅草图。[③]

躲在岩石后面,露出愤怒的眼光
　　望着我们的焦急的狗,
它在等待机会,要从尸骸的身上
　　再攫取一块剩下的肉。

——可是将来,你也要像这臭货一样,
　　像这令人恐怖的腐尸,
我的眼睛的明星,我的心性的太阳,
　　你,我的激情,我的天使!

是的!优美之女王,你也难以避免,
　　在领过临终圣事[④]之后,
当你前去那野草繁花之下长眠,
　　在白骨之间归于腐朽。

那时,我的美人,请你告诉它们,
　　那些吻你吃你的蛆子,
旧爱虽已分解,可是,我已保存
　　爱的形姿和爱的神髓![⑤]

【选自[法]波德莱尔:《恶之花》,钱春绮译,北京,人民文学出版社,2011】

---

① 指苍蝇嗡嗡地飞,蛆虫窸窸窣窣地钻动。

② 以上所述均为过去所见,现在回想起来,只留下梦影而已。

③ 波德莱尔曾批评当时的风景画家不重视凭记忆作画,见《现代生活的画家》中《记忆的艺术》。

④ 临终圣事,天主教徒临终前须领临终圣事,其中包括告解、圣体和终傅三件。

⑤ 肉体虽已消灭,爱的形姿和神髓依旧保存在诗中,显示精神主义的、理想主义的倾向。葛赛尔记录的《罗丹艺术论》中曾引用本诗的最后三节,并作如下的说明:"当波德莱尔描写一具又脏又臭、到处是蛆、已经溃烂的女尸时,竟对着这可怕的形象,设想这就是他拜倒的情人,这种骇人的对照构成绝妙的诗篇——一面是希望永远不死的美人,另一面是正在等待这个美人的残酷命运。"(参看人民美术出版社沈琪的译本)

黄昏的谐调[①]

是时候了，花儿在枝干上发颤，
每朵都在吐香，像个香炉一样；
音响和清香在暮霭之中荡漾；
忧郁的圆舞曲和倦人的晕眩！

每朵都在吐香，像个香炉一样；
小提琴像一颗伤痛的心呜咽；
忧郁的圆舞曲和倦人的晕眩！
天空又愁又美，像大祭台一样。[②]

小提琴像一颗伤痛的心呜咽，
一颗柔心，憎恨太虚黑暗茫茫！
天空又愁又美，像大祭台一样，
太阳沉入自己的凝血。

一颗柔心，憎恨太虚黑暗茫茫，
搜集光辉的往日的一切怀恋！
太阳沉入自己的凝血……
你在我心中像一尊“圣体发光”[③]！

【选自[法]波德莱尔：《恶之花》，钱春绮译，北京，人民文学出版社，2011】

① 本诗为写给萨巴蒂埃夫人的诗，但未寄出。最初发表于1857年4月20日的《法兰西评论》。原诗每节第二行和第四行都在次节的第一行和第三行中重复，全诗只押两个韵。这种美丽的格式原是一种马来诗体，称连环诗。法国浪漫派诗人发现这种诗体而加以模仿。如勒孔特·德·李勒(1818—1894)的诗《悲伤的诗》共有八节，三十二行，最后一行与第一节第一行重复，但不限两个韵。

② 像个香炉……像大祭台，这两个比喻令人想到维尼(1797—1863)的诗《牧人之家》第一章第五节的第四行和第七行的同样用法。

③ 圣体发光，一种圣器，又译圣体龛、圣体光子以及圣体显供台。把萨巴蒂埃夫人比作“圣体发光”，显示诗人对夫人虔诚的崇拜之情。

雨果

维克多·雨果(1802—1885)是法国著名诗人、作家，法国浪漫主义的领袖。其小说代表作有《巴黎圣母院》(1831)、《悲惨世界》(1862)、《九三年》(1873)等，诗歌集有《东方集》(1829)、《秋叶集》(1831)、《光与影集》(1840)、《惩罚集》(1853)、《凶年集》(1871)等。

《奇英》一诗选自雨果早期诗集《东方集》。《东方集》中的许多诗歌以东方国家为背景或取自东方题材，不少诗歌颂希腊争取独立自由的斗争。《东方集》标榜异国情调，色彩绚丽又充满激情，是典型的浪漫主义诗歌。《奇英》带有描述性质，写阿拉伯传说中的精灵“奇英”自远而近来到跟前然后又飞快消失的情境，富于想象而又十分生动，诗句节奏感十分强烈而且变化多端。

《悲惨世界》长达近100万字，规模宏大，卷帙浩繁。小说主人公冉阿让因不忍看到他姐姐的孩子们挨饿而偷了一块面包，前后被监狱关押了19年。出狱后他在盗窃过程中受到米里哀主教高尚行为的感化，从此决心改过行善。他救助流落街头的妓女芳汀，在芳汀去世后又承担起抚养、照料她的遗孤珂赛特的责任。为此他与追捕他的警方周旋，与纠缠他的流氓斗智斗勇，千方百计让珂赛特接受教育，又从枪林弹雨中救出珂赛特的心上人马吕斯。最终冉阿让像圣徒一样安详地死在已结为夫妇的珂赛特和马吕斯的臂弯之中。

《悲惨世界》表现了雨果对下层民众苦难生活的同情和对社会不公的反感，对人民大众的反抗表示支持，还试图通过道德感化的方式来改造社会，拯救人民。小说作为雨果后期作品，已经受到现实主义创作方法的影响，虽有夸张但不特别过分，完全排除了超自然的事物和手法，故事背景基本采用历史画卷式的写实手段，情节上借鉴了惊险小说的一些方式，曲折迷离，大起大落。主人公的刻画仍有浪漫英雄的痕迹，小说整体上则糅合多种文学类型的方法。

本书所选第一部第五卷八至十节叙述芳汀遭受的苦难和不幸。第一部第七卷第三节，叙述冉阿让在面临艰难选择时，内心复杂激烈的思想斗争。他不自首就会让无辜者遭受牢狱之灾，但如果自首，芳汀的女儿珂赛特就无人抚养。在这种良心的煎熬中，冉阿让的精神上升到至善至圣的境界。

奇　英

长长的列队，仿佛是鹤群。
横空飞过，发出阵阵哀鸣；
我看到了有成堆的黑影，
拖着声声呜咽迎面飞临。
　　　　　　　　　　但丁①

高墙，城市，
以及港口，
现在都是
死的范畴，
海浪静了，
微风停了，
一切睡了，
又轻又柔。

平原的上空，
传来了声息。
这可是一种
黑夜的呼吸。
声音在哀鸣，
仿佛是幽灵，
身后有火盯，
盯得紧又急。

声音渐渐高起，
好像铃铛轻摇。
又像急步细细，
这是矮人在跳；
又是逃，又是冲，
站在波浪之中，
舞步叮叮咚咚，
一只小脚高翘。

① 此诗出自但丁《神曲·地狱篇》。

吵闹声已经临近，
回声在不断荡漾。
像是寺院在使劲
把钟声当当敲响；
又像是人群嘈杂，
又轰鸣，又是喧哗，
一会儿声音不大，
一会儿更加高扬。

上帝！是奇英的声音！……
——是多么的阴森可怕！
让我们快快地躲进
螺旋形的楼梯底下！
灯火灭了，昏昏冥冥，
瞧那栏杆上的黑影，
正顺着墙角在爬行，
在向天花板顶升爬。

大群的奇英正在前进，
嘘嘘有声，并上下滚翻。
水松像燃烧着的森林，
哗啦啦作响，纷纷折断。
急走快奔的大批精灵，
在空旷的天空里飞行，
像一朵乌云，面目狰狞，
怀里还藏着电光闪闪。

奇英已经逼近！——快快应付，
把藏身的大厅关得紧紧。
外面什么声音？吸血蝙蝠
和凶龙的丑恶大军入侵！
屋顶已裂开，而大梁歪倒，
像是一茎湿漉漉的小草；
那古老的大门锈得很牢，
想要挣脱绞链，摇晃频频。

地狱的喊声！是嗥叫，也是哀鸣！
强劲的北风把这可怕的队伍，

不错，天哪！吹落在我家的屋顶。
墙在乱军的践踏下弯腰屈服。
房子在呼叫，踉踉跄跄要摔倒，
大风像是要把房子连根拔掉，
把房子当成枯叶使劲地抽扫，
并一起在精灵的旋涡里飞舞！

先知哪[①]！如果你伸出贵手，
把我从恶煞的手中救出，
我就来到你圣炉的前头，
我的光脑袋要叩头无数！
请把它们喷火星的气息，
在我们信徒的门前浇熄，
让它们的爪子白白拍击，
没法把黑色玻璃窗抓住！

它们过去了！——这伙精灵
一飞就飞走，神出鬼没；
双腿已不再乓乓乒乒，
在我的门上乱踢乱跺。
空中充满铁链的声音，
它们曳着火光正飞临
四周一片一片的森林，
高大的橡树都在哆嗦！

它们正远去的翅膀，
拍击声已渐渐模糊，
在远处的平原上方，
声音慢慢微弱，似乎
听到了有蝗虫在叫，
这叫声是又细又小，
又像屋顶上的冰雹，
在旧的水槽里跳舞。

我们还可以听到
稀奇古怪的音响，

① 这是阿拉伯人在向穆罕默德呼吁，他们并联想到要去麦加朝圣。按教仪，朝圣者必须先剃头，才能入城。

当阿拉伯的号角
一吹，也正是这样，
在沙滩上面有时
会传来歌曲一支，
做梦的孩子已是
入了金色的梦乡。

阴森森的奇英，
这死亡的儿女，
夜色无穷无尽，
急急向前奔去；
队伍还在喧闹，
如深层的波涛，
我们无法见到，
还在窃窃私语。

模糊的声音，
已淡而又淡，
如碧波粼粼，
轻拍着边岸；
如一名修女，
为死者考虑，
在低声唏嘘，
又续续断断。

人们怀疑，
夜深人静……
我听仔细——
无踪无影，
一切告终；
声音种种，
就在空中，
被抹干净。

1828年8月28日

【选自[法]雨果：《雨果诗选》，程曾厚译，北京，人民文学出版社，1986】

悲惨世界(节选)

第一部　第五卷　下坡路

八　维克杜尼昂夫人为世道人心花了三十五法郎

芳汀看到自己能够生活，也就有了暂时的快乐。能够老老实实地自食其力，那真是天幸！她确实又有了爱好劳动的心情。她买了一面镜子，欣赏自己的青春、美丽的头发和美丽的牙齿，忘了许多事情，只惦念她的珂赛特和可能有的前途，她几乎成了快乐的人了。她租了一间小屋子，又以将来的工资作担保，买了些家具，这是她那种轻浮习气的残余。

她不能对人说她结过婚，因此她避免谈到她的小女儿，这是我们已经约略提到过的。

起初，我们已经看见，她总按时付款给德纳第家。因为她只知道签名，就不得不找一个代写书信的人写信给他们。

她时常寄信。这就引起旁人的注意。在女车间里，大家开始叽叽喳喳谈论起来了，说芳汀“天天寄信”，说她有一些“怪举动”。

天地间的怪事莫过于侦察别人的一些和自己绝不相干的事了。“为什么那位先生老去找那个棕发姑娘呢?”“为什么某先生到了星期四总不把他的钥匙挂在钉子上呢?”“他为什么总走小街呢?”“为什么那位太太总在到家以前就下马车呢?”“她的信笺匣盛满了信笺，为什么还要派人去买一扎呢?”诸如此类的话。世间有许多人为了揭开谜底，尽管和他们绝不相干，却肯花费比做十桩善事还要多的金钱、时光和心血。并且，做那种事，不取报酬，只图一时快意，为好奇而好奇。他们可以从早到晚，一连几天地尾随这个男人或那个女人，在街角上、胡同里的门洞下面，在黑夜里冒着寒气冒着雨，窥伺几个钟头，买通眼线，灌醉马车夫和仆役，收买女仆，串通看门人。究竟是为了什么目的?毫无目的，纯粹是一种要看见、要知道、要洞悉隐情的欲望，纯粹是由于要卖弄一下自己那颗消息灵通的心。一旦隐情识破，秘密公开，疑团揭穿，跟着就发生许多祸害、决斗、破产、倾家、生路断绝，而其实这些事对他们来说毫无利害关系，纯粹出自本能，他们只为“发觉了一切”而感到极大的快乐。这是多么痛心的事。

某些人仅仅为了饶舌的需要就不惜刻薄待人。他们的会话，客厅里的促膝谈心，候见室里的飞短流长都好像是那种费柴的壁炉，需要许多燃料，那燃料，便是他们四邻的人。

大家对芳汀注意起来了。

此外，许多妇女还嫉妒她的金发和玉牙。

确实有人看见她在车间里和大家一道时常常转过头去揩眼泪。那正是她惦念她孩子的时刻，也许又同时想起了她爱过的那个人。

摆脱旧恨的萦绕确是一种痛苦的过程。

确实有人发现她每月至少要写两封信，并且老是一个地址，写了还要贴邮票，有人把那地址找来了："孟费郿客店主人德纳第先生。"那个替她写字的先生是一个不吐尽心中秘密便不能把红酒灌满肚子的老头儿，他们把他邀到酒店里来闲谈。简单地说，他们知道芳汀有个孩子。"她一定是那种女人了。"恰巧有个长舌妇到孟费郿去走了一趟，和德纳第夫妇谈了话，回来时她说："花了我三十五法郎，我心里畅快了。我看见了那孩子。"

做这件事的长舌妇是个叫维克杜尼昂夫人的母夜叉，她是所有一切人的贞操的守卫和司阍。维克杜尼昂夫人有五十六岁，不但老，而且丑。嗓子颤抖，心思诡戾。那老婆子却有过青春，这真是怪事。在她的妙龄时期，正当九三年，她嫁给一个从隐修院里逃出来的修士，这修士戴上红帽子，从圣伯尔纳的信徒一变而为雅各宾派①。他给她受过不少折磨，她守寡以来，虽然想念亡夫，为人却是无情、粗野、泼辣、锋利、多刺而且几乎有毒。她是一棵受过僧衣挨蹭的荨麻。到复辟时代，她变得很虔诚，由于她信仰上帝的心非常热烈，神甫们也就不再追究她那修士而原谅了她。她有一份小小的财产，已经大吹大擂地捐给一个宗教团体了。她在阿拉斯主教教区里很受人尊敬。这位维克杜尼昂夫人到孟费郿去了一趟，回来时说："我看见了那孩子。"

这一切经过很费了些时日。芳汀在那厂里已经一年多了。一天早晨，车间女管理员交给她五十法郎，说是市长先生交来的，还向她说，她已不是那车间里的人了，并且奉市长先生之命，要她离开孟费郿。

恰巧这又是德纳第妈妈在要求她从六法郎加到十二法郎以后，又强迫她从十二法郎加到十五法郎的那个月。

芳汀窘极了。她不能离开那地方，她还欠了房租和家具费。五十法郎不够了清债务。她吞吞吐吐说了一些求情的话。那女管理员却叫她立刻离开车间。芳汀究竟还只是一个手艺平凡的工人。她受不了那种侮辱，失业还在其次，她只得离开车间，回到自己的住处。她的过失，到现在已是众所周知的了。

她觉得自己连说一个字的勇气都没有。有人劝她去见市长先生，她不敢。市长先生给了她五十法郎，是因为他为人厚道，撵她走是因为他正直。她在这项决定下屈服了。

九 维克杜尼昂夫人大功告成

看来那修士的未亡人是起了积极作用的。

可是马德兰先生完全不知道这件事的经过。这不过是充满人间的那种瞒上欺下的手法而已。按照马德兰先生的习惯，他几乎从来不去女车间。他委托一个老姑娘全面照顾车间，那老姑娘是由本堂神甫介绍给他的，他对那女管理员完全信任，她为人也确实可敬，稳重、公平、廉洁、满腔慈悲，但是她的慈悲只限于施舍方面，至于了解人和容忍

---

① 雅各宾(Jacobin)，法国资产阶级革命时期最能团结革命群众、保卫劳动人民利益并和国王及大资本家进行坚决斗争的一派。

人的慈悲就比较差了。马德兰先生把一切事都委托给她。世间最善良的人也常有不得不把自己的权力托付给别人的时候。那女管理员便用了那种全权委托和她自以为是的见解，提出了那件案子，加以判断，作出决定，定了芳汀的罪。

至于那五十法郎，她是从马德兰先生托她在救助工人时不必报销的一笔款子里挪用的。

芳汀便在那地方挨家挨户找人雇她当仆人。没有人要她。她也不能离开那座城。向她收家具(什么家具!)费的那个旧货贩子向她说："假使您走，我就叫人把您当作贼逮捕。"向她要房租的房主人向她说："您又年轻又好看。您总应当有法子付钱。"她把那五十法郎分给房主人和旧货贩子，把她家具的四分之三退还给那商人，只留下非要不可的一部分，无工作，无地位，除卧榻之外一无所有，还欠着一百法郎左右的债。

她去替兵营里的士兵们缝粗布衬衫，每天可以赚十二个苏。她在这十二个苏中，得替她女儿花十个。从那时起，她才没有按时如数付钱给德纳第夫妇。

这时，有个老妇人，那个平时在芳汀夜晚回家时替她点上蜡烛的老妇人，把过苦日子的艺术教给她，在贫苦的生活后面，还有一种一无所有的生活。那好像是两间屋子，第一间是暗的，第二间是黑的。

芳汀学会了怎样在冬天完全不烤火，怎样不理睬一只每两天来吃一文钱粟米的小鸟，怎样拿裙子做被，拿被做裙，怎样在从对面窗子射来的光线里吃饭，以图节省蜡烛。我们不能一一知道某些终生潦倒的弱者，一贫如洗而又诚实自爱，怎样从一个苏里想办法。久而久之，那种方法便成为一种技能。芳汀得了那种高妙的技能，胆子便也壮了一点。

当时，她对一个邻妇说："怕什么！我常对自己说，只睡五个钟头，其余的时间我全拿来做缝纫，我总可以马马虎虎吃一口饭。而且人在发愁时吃得也少些。再说，有痛苦，有忧愁，一方面有点面包，一方面有些烦恼，这一切已足够养活我了。"

如果能在这样的困苦里得到她的小女儿，那自然是一种莫大的幸福。她想把她弄来。但是怎么办！害她同吃苦吗？况且她还欠了德纳第夫妇的钱！怎么还清呢？还有旅费！怎么付呢？

把这种可以称为安贫方法的课程教给她的那个老妇人是一个叫作玛格丽特的圣女，她矢志为善，贫而待贫人以善，甚至待富人也一样，在写字方面，她勉强能签"玛格丽特"，并且信仰上帝，她的知识，也就只有信仰上帝。

世间有许多那样的善人，他们一时居人之下，有一天他们将居人之上。这种人是有前程的。

起初，芳汀惭愧到不敢出门。

当她走在街上时，她猜想得到，别人一定在她背后用手指指着她；大家都瞧着她，却没有一个人招呼她；路上那些人的那种冷酷的侮蔑态度，像一阵寒风似的，直刺入她的灵和肉。

在小城里，一个不幸的妇人，处在众人的嘲笑和好奇心下，就仿佛是赤裸裸无遮蔽似的。在巴黎，至少，没有人认识你，彼此不相识，倒好像有了件蔽体的衣服。唉！她多么想去巴黎！不可能了。

她已经受惯贫苦的滋味，她还得受惯遭人轻视的滋味。她渐渐打定了主意。两三个月过后，她克服了羞耻心理，若无其事地出门上街了。“这和我一点不相干。”她说。她昂着头，带点苦笑，在街上往来，她感到自己已变成不懂羞耻的人了。

维克杜尼昂夫人有时看见她从她窗子下面走过，看出了“那家伙”的苦难，又想到幸而有她，“那家伙”才回到“她应有的地位”，她心里一阵高兴。黑心人自有黑幸福。

过度的操劳使芳汀疲乏了，她原有的那种干咳病开始恶化。她有时对她的邻居玛格丽特说：“您摸摸看，我的手多么热。”

但在早晨，每当她拿着一把断了的旧梳子去梳她那一头光泽照人、细软如丝的头发的那片刻，她还能得到一种顾影自怜的快感。

十　大功告成的后果

她是在冬季将完时被撵走的。夏季过了，冬季又来。日子短，工作也少些。冬季完全没有热，完全没有光，完全没有中午，紧接着早晨的是夜晚、迷雾、黄昏，窗棂冥黯，什物不辨。天好像是暗室中的透光眼，整日如坐地窖中。太阳也好像是个穷人。愁惨的季节！冬季把天上的水和人的心都变成了冰。她的债主们紧紧催逼她。

芳汀所赚的钱太少了。她的债越背越重。德纳第夫妇没有按时收着钱，便时常写信给她，信的内容使她悲哀，信的要求使她破产。有一天，他们写了一封信给她，说她的小珂赛特在那样冷的天气，还没有一点衣服，她需要一条羊毛裙，母亲应当寄去十个法郎，才能买到。她收到那封信，捏在手里搓了一整天。到了晚上，她走到街角上的一个理发店，取下她的梳子。她那一头令人叹赏的金丝发一直垂到她的腰际。

“好漂亮的头发!”那理发师喊着说。

“您肯出多少钱呢?”她说。

“十法郎。”

“剪吧。”

她买了一条绒线编织的裙子，寄给了德纳第。

那条裙子把德纳第夫妇弄到怒气冲天。他们要的原是钱。他们便把裙子给爱潘妮穿。可怜的百灵鸟仍旧临风战栗。

芳汀想道：“我的孩子不会再冷了，我已拿我的头发做她的衣裳。”她自己戴一顶小扁帽，遮住她的光头，她仍旧是美丽的。

芳汀的心里起了一种黯淡的心思。当她看见自己已不能再梳头时，她开始怨恨她四周的一切。她素来是和旁人一样，尊敬马德兰伯伯的，但是，屡次想到撵她走的是他，使她受尽痛苦的也是他，她便连他也恨起来了。并且特别恨他。当工人们立在工厂门口她从那儿经过时，便故意嬉皮笑脸地唱起来。

有个年老的女工，一次，看见她那样边唱边笑，说道：“这姑娘不会有好结果的。”

她姘识了一个汉子，一个不相干、她不爱的人，那完全是出自心中的愤懑和存心要胡作非为。那人是一个穷汉，一个流浪音乐师，一个好吃懒做的无赖，他打她，春宵既度，便起了厌恶的心，把她丢了。

她一心钟爱她的孩子。

她越堕落，她四周的一切便越黑暗，那甜美的安琪儿在她心灵深处也就越显得可爱。她常说：“等我发了财，我就可以有我的珂赛特在身边了。”接着又一阵笑。咳嗽病没有离开她，并且她还盗汗。

一天，她接到德纳第夫妇写来的一封信，信里说："珂赛特害了一种地方病，叫作猩红热。非有价贵的药不行。这场病把我们的钱都花光了，我们再没有能力付药费了。假使您不在这八天内寄四十法郎来，孩子可完了。"

她放声大笑，向着她的老邻妇说：

"哈！他们真是好人！四十法郎！只要四十法郎！就是两个拿破仑！他们要我到什么地方去找呢？这些乡下人多么蠢！"

但当她走到楼梯上时又拿出那封信，凑近天窗，又念了一遍。

随后，她从楼梯上走下来，向大门外跑，一面跑，一面跳，笑个不停。

有个人碰见她，问她说：

"您有什么事快乐到这种样子？"

她回答说：

"两个乡下佬刚写了一封信给我，和我开玩笑，他们问我要四十法郎。这些乡下佬真行！"

她走过广场，看见许多人围着一辆怪车，车顶上立着一个穿红衣服的人，张牙舞爪，正对着观众们演说。那人是一个兜卖整套牙齿、牙膏、牙粉和药酒的走江湖的牙科医生。

芳汀钻到那堆人里去听演讲，也跟着其余的人笑，他说的话里有江湖话，是说给那些流氓听的，也有俗话，是说给正经人听的。那拔牙的走方郎中见了这个美丽的姑娘张着嘴笑，突然叫起来：

"喂，那位笑嘻嘻的姑娘，您的牙齿真漂亮呀！假使您肯把您的瓷牌卖给我，我每一个出价一个金拿破仑。"

"我的瓷牌？瓷牌是什么？"芳汀问。

"瓷牌，"那位牙科医生回答说，"就是门牙，上排的两个门牙。"

"好吓人！"芳汀大声说。

"两个拿破仑！"旁边的一个没有牙齿的老婆子瘪着嘴说："这娘子多大的福气呀！"

芳汀逃走了，扪着自己的耳朵，免得听见那个人的哑嗓子，但是那人仍喊道："您想想吧，美人！两个拿破仑大有用处呢。假使您愿意，今天晚上，您到银甲板客栈里来，您可以在那里找着我。"

芳汀回到家里，怒不可遏，把经过说给她那好邻居玛格丽特听："您懂得这种道理吗？那不是个糟糕透顶的人吗？怎么可以让那种人四处走呢？拔掉我的两个门牙！我将变成什么怪样子！头发可以生出来，但是牙齿，呀，那个人妖！我宁肯从六层楼上倒栽葱跳下去！他告诉我说今天晚上，他在银甲板客栈。"

"他出什么价？"玛格丽特问。

"两个拿破仑。"

"就是四十法郎呵。"

"是呀，"芳汀说，"就是四十法郎。"

她出了一会儿神，跑去工作去了。一刻钟过后，她丢下她的工作，跑到楼梯上又去读德纳第夫妇的那封信。

她转过来，向那在她身旁工作的玛格丽特说：

“猩红热是什么东西？您知道吗？”

“我知道，”那个老姑娘回答说，“那是一种病。”

“难道那种病需要很多药吗？”

“呵！需要许多古怪的药。”

“怎么会害那种病的？”

“就这样害的，那种病。”

“孩子也会害那种病吗？”

“孩子最容易害。”

“害了这种病会死吗？”

“很容易。”玛格丽特说。

芳汀走出去，又回到楼梯上，把那封信重念了一遍。

到晚上，她下楼，有人看见她朝着巴黎街走去，那正是有许多客栈的地方。

第二天早晨，天还没亮，玛格丽特走进芳汀的房间(她们每天都这样一同工作，两个人共点一支烛)，她看见芳汀坐在床上，面色惨白，冻僵了似的。她还没有睡。她的小圆帽落在膝头上。那支烛点了一整夜，几乎点完了。

玛格丽特停在门边。她见了那种乱七八糟的样子，大惊失色，喊道：

“救主！这支烛点完了！一定出了大事情！”

随后她看见芳汀把她的光头转过来向着她。

芳汀一夜工夫老了十岁。

“耶稣！”玛格丽特说，“您出了什么事，芳汀？”

“没有什么，”芳汀回答说，“这样正好。我的孩子不会死了，那种病，吓坏我了，现在她有救了。我也放了心。”

她一面说，一面指着桌子，把那两个发亮的拿破仑指给那老姑娘看。

“呀，耶稣上帝！”玛格丽特说，“这是一笔横财呵！您从什么地方找到这些金路易的？”

“我弄到手了。”芳汀回答。

同时她微笑着。那支烛正照着她的面孔。那是一种血迹模糊的笑容。一条红口涎挂在她的嘴角上，嘴里一个黑窟窿。

那两颗牙被拔掉了。

她把那四十法郎寄到孟费郿去了。

那却是德纳第夫妇谋财的骗局，珂赛特并没有害病。

芳汀把她的镜子丢到窗子外面。她早已放弃了二楼上的那间小屋子，搬到房顶下的一间用木闩拴着的破楼里去了；有许多房顶下的屋子，顶和地板相交成斜角，并且时时会撞你的头，她的房间便是那样的一间。贫苦人要走到他屋子的尽头，正如他要走到生命的尽头，都非逐渐弯腰不可。她没有床了，只留下一块破布，那便是她的被，地上一条草荐，一把破麦秸椅。她从前养的那棵小玫瑰花，已在屋角里枯萎了，没有人再想到它。在另一屋角里，有个用来盛水的奶油钵，冬天水结了冰，层层冰圈标志着高低的水面，放在那里已经很久了。她早已不怕人耻笑，现在连修饰的心思也没有了。最后的表现，是她常戴着肮脏的小帽上街。也许是没有时间，也许是不经意，她不再缝补她的衣衫了。袜跟破了便拉到鞋子里去，越破便越拉。这可以从那些垂直的折皱上看出来。她用许多一触即裂的零碎竹布拼在她那件破旧的汗衫上。她的债主们和她吵闹不休，使她没有片刻的休息。她在街上时常碰见他们，在她的楼梯上又会时常碰见他们。她常常整夜哭，整夜地想，她的眼睛亮得出奇。并且觉得在左肩胛骨上方的肩膀时常作痛。她时时咳嗽。她恨透了马德兰伯伯，但是不出怨言。她每天缝十七个钟头，但是一个以贱值包揽女囚工作的包工，忽然压低了工资，于是工作不固定，女工的每日工资也减到了九个苏。十七个钟头的工作每天九个苏！她的债主们的狠心更是变本加厉。那个几乎把全部家具拿走了的旧货商人不停地向她说："几时付我钱，贱货?"人家究竟要她怎么样，慈悲的上帝？她觉得自己已无路可走，于是在她心里便起了一种困兽的心情。正当这时，德纳第又有信给她，说他等了许久，已是仁至义尽了，他立刻要一百法郎，否则他就把那小珂赛特撵出去，她大病以后，刚刚复原，他们管不了天有多冷，路有多远，也只好让她去，假使她愿意，死在路边就是了。"一百法郎!"芳汀想道，"但是哪里有每天赚五个法郎的机会呢?"

"管他妈的!"她说，"全卖了吧。"

那苦命人做了公娼。

十一　基督救我们

芳汀的故事说明什么呢？说明社会收买了一个奴隶。

向谁收买？向贫苦收买。

向饥寒、孤独、遗弃、贫困收买。令人痛心的买卖。一个人的灵魂交换一块面包。贫苦卖出，社会买进。

耶稣基督的神圣法则统治着我们的文明，但是没有渗透到文明里去。一般人认为在欧洲的文明里已没有奴隶制度。这是一种误解。奴隶制度始终存在，不过只压迫妇女罢了，那便是娼妓制度。

它压迫妇女，就是说压迫柔情，压迫弱质，压迫美貌，压迫母性。这在男子方面绝不是什么微不足道的耻辱。

当这惨剧发展到了现阶段，芳汀已完全不是从前那个人了。她在变成污泥的同时，变成了木石。接触到她的人都感觉得到一股冷气。她以身事人，任你摆布，不问你是什么人，她满脸屈辱和怨愤。生活和社会秩序对她已经下了结论。她已经受到她要受到的一切。她已经感受了一切，容忍了一切，体会了一切，放弃了一切，失去了一切，痛哭过一切。她忍让，她那种忍让之类似冷漠，正如死亡之类似睡眠。她不再逃避什么，也不再怕什么。即使满天的雨水都落在她头上，整个海洋都倾泻在她身上，对她也没有什么关系！她已是一块浸满了水的海绵。

至少她是那么想的，但是如果自以为已经受尽命中的折磨，自以为已经走到什么东西的尽头，那可就想错了。

唉！那种凌乱杂沓、横遭蹂躏的生灵算什么呢？他们的归宿在哪里？为什么会那样？

能够回答这些问题的，他就会看透人间的黑暗。

他是唯一的。他叫做上帝。

第一部 第七卷 商马第案件

三 脑海中的风暴

读者一定已经猜到马德兰先生便是冉阿让。

我们已向那颗良心的深处探望过，现在是再探望的时刻了。我们这样做，不能不受感动，也不能没有恐惧，因为这种探望比任何事情都更加触目惊心。精神的眼睛，除了在人的心里，再没有旁的地方可以见到更多的异彩、更多的黑暗；再没有比那更可怕、更复杂、更神秘、更变化无穷的东西。世间有一种比海洋更大的景象，那便是天空；还有一种比天空更大的景象，那便是内心活动。

赞美人心，纵使只涉及一个人，只涉及人群中最微贱的一个，也得熔冶一切歌颂英雄的诗文于一炉，赋成一首优越成熟的英雄颂。人心是妄念、贪欲和阴谋的污池，梦想的舞台，丑恶意念的渊薮，诡诈的都会，欲望的战场。在某些时候你不妨从一个运用心理的人的阴沉面容深入到他的皮里去，探索他的心情，穷究他的思绪。在那种外表的寂静下就有荷马史诗中那种巨灵的搏斗，弥尔顿[①]诗中那种龙蛇的混战，但丁诗中那种幻象的萦绕。人心是广漠寥廓的天地，人在面对良心、省察胸中抱负和日常行动时往往黯然神伤！

但丁有一天曾经谈到过一扇险恶的门，他在那门前犹豫过。现在在我们的面前也有那么一扇门，我们也在它门口迟延不进。我们还是进去吧。

读者已经知道冉阿让从小瑞尔威那次事件发生后的情形，除此以外，我们要补述的事已经不多。从那时起，我们知道，他已是另外一个人了。那位主教所期望于他的，他都已躬行实践了。那不仅是种转变，而是再生。

他居然做到销声匿迹，他变卖了主教的银器，只留了那两个烛台作为纪念，从这城溜到那城，穿过法兰西，来到滨海蒙特勒伊，发明了我们说过的那种新方法，造就了我们谈过的那种事业，做到自己使人无可捉摸、无可接近，卜居在滨海蒙特勒伊，一面追念那些伤怀的往事，一面庆幸自己难得的余生，可以弥补前半生的缺憾；他生活安逸，有保障，有希望，他只有两种心愿：埋名，立德；远避人世，皈依上帝。

这两种心愿在他的精神上已紧密结合成为一种心愿了。两种心愿不相上下，全是他念念不忘、行之唯恐不力的；他一切行动，无论大小，都受这两种心愿的支配。平时，在指导他日常行动时，这两种心愿是并行不悖的；使他深藏不露，使他乐于为善，质朴无华；这两种心愿所起的作用完全一致。可是有时也不免发生矛盾。在不能两全时，我们记得，整个滨海蒙特勒伊称为马德兰先生的那个人，决不为后者牺牲前者，决不为自己的安全牺牲品德，他在取舍之间毫不犹豫。因此，他能不顾危险，毅然决然保存了主教的烛台，并且为他服丧，把所有过路的通烟囱孩子唤来询问，调查法维洛勒的家庭情况，并且甘心忍受沙威的那种难堪的隐语，救了割风老头的生命。我们已注意到，他的

---

① 弥尔顿(Milton，1608—1674)，英国著名诗人。

思想，仿佛取法于一切圣贤忠恕之士，认为自己首要的天职并不在于为己。

可是，必须指出，类似的情形还从来没有发生。这个不幸的人的种种痛苦，我们虽然谈了一些，但是支配着他的那两种心愿，还从来不曾有过这样严重的矛盾。沙威走进他的办公室，刚说了最初那几句话，他已模糊然而深切地认识了这一事件的严重性。当他那深埋密隐的名字被人那样突然提到时，他大为惊骇，好像被他那离奇的厄运冲昏了似的；并且在惊骇的过程中，起了一阵大震动前的小颤抖；他埋头曲项，好像暴风雨中的一株栎树，冲锋以前的一个士兵。他感到他头上来了满天乌云，雷电即将交作。听着沙威说话，他最初的意念便是要去，要跑去，去自首，把那商马第从牢狱里救出来，而自受监禁；那样想是和锥心刺骨一样苦楚创痛的；随后，那种念头过去了，他对自己说："想想吧！想想吧！"他抑制了最初的那种慷慨心情，在英雄主义面前退缩了。

他久已奉行那主教的圣言，经过了多年的忏悔和忍辱，他修身自赎，也有了值得乐观的开端，到现在，他在面临那咄咄逼人的逆境时，如果仍能立即下定决心，直赴天国所在的深渊，毫不返顾，那又是多么豪放的一件事；那样做，固然豪放，但他并没有那样做。我们必须认清楚他心中的种种活动，我们能说的也只是那里的实际情况。最初支配他的是自卫的本能；他连忙把自己的多种思想集中起来，抑制冲动，注意眼前的大祸害沙威，恐怖的心情使他决定暂时不作任何决定，胡乱地想着他应当采取的办法，力持镇定，好像一个武士拾起他的盾一样。

那一天余下的时间，他便是这种样子，内心思潮起伏，外表恬静自如；他只采取一种所谓的"自全方法"。一切还是混乱的，并且在他的脑子里互相冲突，心情的骚乱使他看不清任何思想的形态；对自己他什么也说不上来，只知道刚刚受到了猛烈的打击。他照常到芳汀的病榻旁边去，延长了晤谈的时间，那也只是出自为善的本性，觉得应当如此而已。他又把她好好托付给嬷嬷们，以防万一。他胡乱猜想，也许非到阿拉斯去走一趟不可了，其实他对那种远行，还完全没有决定，他心想他绝没有遭到别人怀疑的危险，倒不妨亲自去看看那件事的经过，因此他订下了斯戈弗莱尔的车子，以备不时之需。

他用了晚餐，胃口还很好。

他回到自己房里，开始考虑。

他研究当时的处境，觉得真是离奇，闻所未闻。离奇到使他在心思紊乱之中起了一种几乎不可言喻的急躁情绪，他从椅子上跳起来，去把房门闩上。他恐怕还会有什么东西进来。他严阵以待可能发生的事。

过了一会，他吹熄了烛。烛光使他烦懑。

他仿佛觉得有人看见他。

有人，谁呢？

咳！他想要摒诸门外的东西终于进来了，他要使它看不见，它却偏望着他。这就是他的良心。

他的良心，就是上帝。

可是，起初，他还欺骗自己；他自以为身边没有旁人，不会发生意外；既然已经闩上门，便不会有人能动他；熄了烛，便不会有人能看见他。那么他是属于自己的了；他把双肘放在桌子上，头靠在手里，在黑暗里思索起来。

“我怎么啦?”“我不是在做梦吧?”“他对我说了些什么?”“难道我真看见了那沙威，他真向我说了那样一番话吗?”“那个商马第究竟是什么人呢?”“他真像我吗?”“那是可能的吗?”“昨天我还那样安静，也绝没有想到有什么事要发生!”“昨天这个时候我在干些什么?”“这件事里有些什么问题?”“将怎样解决呢?”“怎么办?”

他的心因有着那样的烦恼而感到困惑。他的脑子也已失去了记忆的能力，他的思想，波涛似的，起伏翻腾。他双手捧着头，想使思潮停留下来。

那种纷乱使他的意志和理智都不得安宁，他想从中理出一种明确的见解和一定的办法，但是他获得的，除苦恼外一无所有。

他的头热极了。他走到窗前，把窗子整个推开。天上没有星。他又回来坐在桌子旁边。

第一个钟头便这样过去了。

渐渐地，这时一些模糊的线索在他的沉思中开始形成并固定下来了，他还不能看清整个问题的全貌，但已能望见一些局部的情况，并且，如同观察实际事物似的，相当清晰了。

他开始认清了这样一点，尽管当时情况是那样离奇紧急，他自己还完全能居于主动地位。

他的惊恐越来越大了。

直到目前为止，他所作所为仅仅是在掘一个窟窿，以便掩藏他的名字，这和他行动所向往的严正虔诚的标准并不相干。当他扪心自问时，当他黑夜思量时，他发现他向来最怕的，便是有一天听见别人提到那个名字；他时常想到，那样就是他一切的终结；那个名字一旦重新出现，他的新生命就在他的四周毁灭，并且，谁知道？也许他的新灵魂也在他的心里毁灭。每当他想到那样的事是完全可能发生时，他就会颤抖起来。假使当时有人向他说将来有一天，那个名字会在他耳边轰鸣，冉阿让那几个丑恶不堪的字会忽然从黑暗中跳出来，直立在他前面；那种揭穿他秘密的强烈的光会突然在他头上闪耀；不过那人同时又说，这个名字不会威胁他，那种光还可能使他的隐情更加深密，那条撕开了的面纱也可能增加此中的神秘，那种地震可能巩固他的屋宇，那种非常的变故得出的结果，假使他本人觉得那样不坏的话，便会使他的生存更加光明，同时也更难被人识破，并且这位仁厚高尚的士绅马德兰先生，由于那个伪冉阿让的出现，相形之下，反会比以前任何时候显得更加崇高，更加平静，也更加受人尊敬……假使当时有人向他说了这一类的话，他一定摇头，认为是无稽之谈。可是！这一切刚才恰巧发生了，这一大堆不可能的事竟成为事实了，上帝已允许把那些等于痴人说梦的事变成了真正的事!

他的梦想继续明朗起来。他对自己的地位越看越清楚了。

他仿佛觉得他刚从一场莫名其妙的梦里醒过来，又看见自己正在黑夜之中，从一个斜坡滑向一道绝壁的最边上；他站着发抖，处于一种进退两难的地位。他清清楚楚地看见一个不相识的人，一个陌生人的黑影，命运把那人当作他自己，要把他推下那深坑。为了填塞那深坑，就必须有一个人落下去，他自己也许就是那个人。

他只好听其自然。

事情已经完全明白了，他这样认识：他在监牢里的位子还是空着的，躲也无用，那位子始终在那里等着他，抢小瑞尔威的事又要把他送到那里去，那个空位子一直在等着他、拖他，直到他进去的那一天，这是无法避免、命中注定的。随后，他又向自己说，这时他已有了个替身，那个叫商马第的活该倒霉，至于他，从今以后，可以让那商马第的身体去坐监，自己则冒马德兰先生的名生存于社会，只要他不阻止别人把那个和墓石一样、一落永不再起的罪犯的烙印印在那商马第的头上，他再也没有什么可以害怕的事了。

这一切都是那样强烈，那样奇特，致使他心中忽然起了一种不可言喻的冲动，那种冲动，是没有一个人能在一生中感到两三次以上的，那是良心的一种激发，把心中的暧昧全部激发起来，其中含有讥刺、欢乐和失望，我们可以称之为内心的一种狂笑。

他又连忙点起了他的蜡烛。

“什么!”他向自己说道，“我怕什么？我何必那样去想呢？我已经得救了。一切都安排好了。我原来只剩下一扇半开的门，从那门里，我的过去随时可以混到我的生命里来，现在那扇门已经堵塞了！永远堵塞了！沙威那个生来可怕的东西，那头凶恶的猎狗，多少年来，时时使我心慌，他好像已识破了我，确实识破了我，天呵！并且无处不尾随着我，随时都窥伺着我，现在却被击退了，到别处忙去了，绝对走入歧途了！他从此心满意足，让我逍遥自在了，他逮住了他的冉阿让！谁知道，也许他还要离开这座城市呢！况且这一经过与我无关！我丝毫不曾过问！呀，不过这里有些什么不妥的呢！等会儿看见我的人，说老实话，还以为我碰到了什么倒霉事呢！总而言之，假使有人遭殃，那完全不是我的过错。主持一切的是上天。显然是天意如此！我有什么权力扰乱上天的安排呢？我现在还要求什么？我还要管什么闲事？那和我不相干。怎么！我不满意！我究竟需要什么？多年来我要达到的目的，我在黑夜里的梦想，我向上天祷祝的愿望——安全——我已经得到了。要这样办的是上帝。我绝不应当反抗上帝的意旨。并且上天为什么要这样呢？为了要使我能继续我已开始了的工作，使我能够行善，使我将来成为一个能起鼓舞作用的伟大模范，使我能说我那种茹苦含辛、改邪归正的美德到底得了一点善果！我实在不懂，我刚才为什么不敢到那个诚实的神甫家里去，认他做一个听忏悔的教士，把一切情形都告诉他，请求他的意见，他说的当然会是同样的一些话。决定了，听其自然！接受慈悲上帝的安排!”

他在他心灵深处那样自言自语，我们可以说他在俯视他自己的深渊。他从椅子上立起身来，在房间里走来走去。“不必再想了,”他说，“决计这么办!”但是他丝毫不感到快乐。

他反而感到不安。

人不能阻止自己回头再想自己的见解，正如不能阻止海水流回海岸。对海员说，那叫作潮流；对罪人说，那叫作悔恨。上帝使人心神不定，正如起伏的海洋。

过了一会，他白费了劲，又回到那种沉闷的对答里去自说自听，说他所不愿说，听他所不愿听的话，屈服在一种神秘的力量下面，这一神秘力量向他说“想!”正如两千年前向另一个就刑的人说“走!”一样。

我们暂时不必谈得太远，为了全面了解，我们得先进行一种必要的观察。

人向自己说话，那是确有其事，有思想活动的人都有过这种经验。并且我们可以说，语言在人的心里，从思想到良心，又从良心回到思想是一种灿烂无比的神秘。在这一章里，时常提到“他说，他喊道”这样的字眼，我们只应从上面所说的那种意义去理解它们。人向自己述说，向自己讲解，向自己叫喊，身外的寂静却依然如故。有一种大声的喧哗，除口以外一切都在我们的心里说话。心灵的存在并不因其完全无形无体而减少其真实性。

于是他问自己究竟是怎么回事。他从那“既定办法”上进行问答。他向自己供认，刚才他在心里作出的那种计划是荒谬的。“听其自然，接受慈悲上帝的安排”，纯粹是丑恶可耻的。让那天定的和人为的乖误进行到底，而不加以阻止，噤口不言，毫无表示，那样正是积极参与了一切乖误的活动，那是最卑鄙、丧失人格的伪善行为！是卑污、怯懦、阴险、无耻、丑恶的罪行！

八年来，那个不幸的人初次尝到一种坏思想和坏行为的苦味。

他心中作恶，一口吐了出来。

他继续反躬自问。他严厉地责问自己，所谓“我的目的已经达到！”那究竟是什么意思。他承认自己生在人间，确有一种目的。但是什么目的呢？隐藏自己的名字吗？蒙蔽警察吗？难道他所做的一切事业，仅仅是为了那一点点小事吗？难道他没有另外一个远大的、真正的目的吗？救他的灵魂，而不是救他的躯体。重做诚实仁善的人。做一个有天良的人！难道那不是对他一生的抱负和主教对他的期望的唯一重要的事情吗？斩断已往的历史？但是他并不是在斩断，伟大的上帝，而是在做一件丑事并把它延续下去！他又在做贼了，并且是最丑恶的贼！他偷盗另一个人的生活、性命、安宁和在阳光下的位子！他正在做杀人的勾当！他杀人，从精神方面杀害一个可怜的人！他害他受那种残酷的活死刑，大家叫作苦牢的那种过露天生活的死刑。从反面着想，去自首，救出那个蒙不白之冤的人，恢复自己的真面目，尽自己的责任，重做苦役犯冉阿让，那才真正是洗心革面、永远关上自己所进出的那扇地狱之门！外表是重入地狱，实际上却是出地狱！他必须那样做！他如果不那样做，便是什么也没有做！他活着也是枉然，他的忏悔也全是白费，他以后只能说：“活着有什么意义？”他觉得那主教和他在一道，主教死了，但却更在眼前，主教的眼睛盯着他不动，从今以后，那个德高望重的马德兰市长在他的眼里将成为一个面目可憎的人，而那个苦役犯冉阿让却成了纯洁可亲的人。人们只看见他的外表，主教却看见他的真面目。人们只看见他的生活，主教却看见他的良心，因此他必须去阿拉斯，救出那个假冉阿让，揭发这个真冉阿让！多么悲惨的命运！这是最伟大的牺牲，最惨痛的胜利，最后的难关；但是非这样不可。悲惨的身世！在世人眼中他只有重蒙羞辱，才能够达到上帝眼中的圣洁！

“那么，”他说，“走这条路吧，尽我的天职！救出那个人！”

他大声地说了那些话，自己并不觉得。

他拿起他的那些书，检查以后，又把它们摆整齐。他把一些告急的小商人写给他的债券，整扎的一齐丢在火里。他写了一封信，盖了章，假使当时有人在他房里，便可以看见信封上写的是“巴黎　阿图瓦街　银行经理拉菲特先生”。

他从一张书桌里取出一个皮夹，里面有几张钞票和他那年参加选举用的身份证。

看见他这样一面沉痛地思考一面完成那些杂事的人，一定可以想见他心里的打算。不过有时他的嘴唇频频启闭，另外一些时候他抬头望着墙上随便哪一点，好像恰巧在那一点上他有需要了解或询问的东西。

他写完了给拉菲特先生的那封信以后，便把信和那皮夹一同插在衣袋里，又开始走起来。

他的萦想一点没有转变方向。他清清楚楚地看见他应做的事已用几个有光的字写出来了，这些字在他眼前发出火焰，持久不灭，并且随着他的视线移动：“去！说出你的姓名！自首！”

同时他又看见自己一向认为处世原则的那两种心愿“埋名”“立德”，好像有了显著的形状，在他眼前飘动。他生平第一次感到那两种愿望是绝不相容的，同时他看出了划分它们的界线。他认识到那两种愿望中的一种是好的，另外一种却可以成为坏事；前者济世，后者谋己；一个说“为人”，一个说“为我”；一个来自光明，一个来自黑暗。

它们互相斗争，他看着它们斗争。他一面想，它们也一面在他智慧的眼前扩大起来；现在它们有了巨大的身材；他仿佛看见在他自己心里，在我们先前提到的那种广漠辽阔的天地里，在黑暗和微光中，有一个女神和一个女魔，正在酣战。

他异常恐惧，但是他觉得善的思想胜利了。

他觉得他接近了自己良心和命运的另一次具有决定性的时刻；主教标志他新生命的第一阶段，商马第标志他的第二阶段。严重的危机之后，又继以严重的考验。

到这时，他胸中平息了一会的烦懑又渐渐起来了。万千思绪穿过他的脑海，但是更加巩固了他的决心。

他一时曾对自己说过：“他对这件事也许应付得太草率了，究其实，商马第也并不在乎他这样做的，总而言之，他曾偷过东西。”

他回答自己说：“假使那个人果真偷过几个苹果，那也不过是一个月的监禁问题。这和苦役大不相同。并且谁知道他偷了没有？证实了没有？冉阿让这个名字压在他头上，好像就可以不需要证据了。钦命检察官岂不常常那样做吗？大家以为他是盗贼，只是因为知道他做过苦役犯。”

在另一刹那，他又想到，在他自首以后，人家也许会重视他在这一行动中表现的英勇，考虑到他七年来的诚实生活和他在地方上起过的作用因而赦免他。

但是那种假想很快就消失了，他一面苦笑，一面想到他既抢过小瑞尔威的四十个苏，人家就可以加他以累犯的罪名，那件案子一定会发作，并且依据法律明白规定的条文，可以使他服终身苦役。

他丢开一切幻想，逐渐放弃了他对这个世界的留恋，想到别处去找安慰和力量。他向自己说他应当尽他的天职；他在尽了天职以后，也许并不见得会比逃避天职更痛苦些；假使他“听其自然”，假使他待在滨海蒙特勒伊不动，他的尊荣、他的好名誉、他的善政、他受到的敬重尊崇、他的慈善事业、他的财富、他的名望、他的德行都会被一种罪恶所污染；那一切圣洁的东西和那种丑恶的东西掺杂在一起，还有什么意义！反之，假使他完成自我牺牲，入狱，受木柱上的捶楚，背枷，戴绿帽，做没有休息的苦工，受无情的羞辱，倒还可以有高洁的意境！

最后，他向自己说，这样做是必要的，他的命运是这样注定了的，他没有权力变更上天的旨意，归根结底，他得选择，或者外君子而内小人，或是圣洁其中而羞辱其外。

那么多愁惨的想法在心里起伏，他的勇气并不减少，但是他的脑子疲乏了。他开始不自主地想到一些旁的事，一些毫无关系的事。

他鬓边的动脉强烈地搏动。他不停地走来走去。夜半的钟声，起初在礼拜堂、继又在市政厅都报过时了。他数着那两口钟的十二响，又比较它们的声音。这时，他想到前几天，在一个收买破铜烂铁的商人家里，看见有口古钟出卖，钟上有这样一个名字：罗曼维尔的安东尼·阿尔班。

他觉得冷。生了一点火。他没有想到关上窗子。

这时，他又堕入恐怖中了。他竟回忆不起自己在午夜以前思考过的事，他作了极大的努力，后来总算想起来了。

“呀！对了，”他向自己说，“我已经决定自首。”

过后，他忽然一下想到了芳汀。

“啊呀，”他说，“还有那个可怜的妇人！”

想到这里，一个新的难关出现了。

突然出现在他萦想中的芳汀，好像是一道意外的光。他仿佛觉得他四周的一切全变了样子，他喊道：

“哎哟，可了不得！直到现在，我还只是在替自己着想！我还只注意到我自己的利害问题。我可以一声不响也可以公然自首，可以隐藏我的名字或是挽救我的灵魂，做一个人格扫地而受人恭维的官吏，或是一个不名誉而可敬的囚徒，那是我的事，始终是我的事，仅仅是我的事！但是我的上帝，那完全是自私自利！那是自私自利的不同形式，但是总还是自私自利！假使我稍稍替旁人着想呢？最高的圣德便是为旁人着想。想想，研究研究。我被抛弃了，我被消灭了，我被遗忘了，结果会发生什么事呢？假使我自首呢？他们捉住我，释放那商马第，把我再关在牢里，好的。往后呢？这里将成什么局面呢？呀！这里有地，有城，有工厂，有工业，有工人，有男人，有女人，有老公公，有小孩子，有穷人！我创造了这一切，我维持着这一切人的生活；凡是有一个冒烟的烟囱的地方，都是由我把柴送到火里，把肉送到锅里的；我使人们生活安乐，金融周转，我举办信用贷款；在我以前，一无所有；我扶植，振兴，鼓舞，丰富，推动，繁荣了整个地方；失去了我，便是失去了灵魂。我退避，一切都同归于尽。还有那妇人，那个饱尝痛苦、舍身成仁、由我失察而颠连无告的妇人！还有那孩子，我原打算把她带来，带到她母亲身边，并且我已有话在先！那妇人的苦难既然是我造成的，难道我就没有一点补偿的义务吗？假使我走了，将会发生什么事呢？母亲丧命，孩子流离失所。那将是我自首的结果。假使我不自首呢？想想，假使我不自首呢？”

在向自己提出那个问题之后，他愣住了。他仿佛经过了一阵迟疑和战栗，但是那一会儿并不长，他镇静地回答自己说：

“那么，那个人去坐苦役牢，那是真的，不过，真见鬼，他自己做了贼！我说他没有做贼，也是徒然，他做了贼！我呢？我留在这里，继续我的活动。十年以后，我可以赚一千万，我把这些钱散在地方上，自己一文不留，那有什么要紧？我做的事并不是为了自己！大家日益富裕，工业发展，兴旺，制造厂和机器厂越来越多，家庭，千百个家庭都快乐，地方人口增加，在只有几户农家的地方，出现乡镇，在没有人烟的地方，出现农村，穷困不存，随着穷困的消灭，所有荒淫、娼妓、盗窃、杀人，一切丑行，一切罪恶，全都绝迹！那个可怜的母亲也可以抚养她的孩子！整个地方的人都富裕，诚实！啊呀！我刚才疯了，发昏了，我说什么自首来着？真是，我应当小心，凡事不可躁进。也难怪！因为我也许喜欢做一个伟大慷慨的人，说来说去，还是一套欺世盗名的把戏，因为我也许只想到自己，只想到我个人，如是而已！为了救一个人，其实他罪有应得，我把他的苦处想得太过火了，谁也不知道那究竟是个什么人，一个贼，一个坏蛋，那是肯定的，为了救那么一个人而使整个地方受害！让那个可怜的妇人死在医院里！那个可怜的小女孩死在路旁！和狗一样！呀！那多么惨！那母亲和她的孩子连再见一面也不可能！那孩子连母亲也几乎还不认识！况且这一切全是为了一个自作自受、偷苹果的老畜生，他去服他的终身苦役，如果不是为了偷苹果，也一定还做了别的事！我多么虚心，多么高尚，为了救一个犯罪的人，竟不惜牺牲许多无罪的人。那老流氓即使要活，也活不了几年了，并且他坐牢并不见得会比住在他那破顶楼里更苦，为了救那样一个老流氓，竟不惜牺牲全体人民，母亲们、妻子们、孩子们！那可怜的小珂赛特，她在世上只有我这样一个依靠，现在她一定在那德纳第家的破洞里冻到发青了！那两个家伙也都不是好东西！我对那一切可怜的人将不能尽责了！我去自首！我去做那种糊涂透顶的傻事！让我从最坏的方面着想。对我来说，假设在这件事里的行为是坏的，总有一天我会受到自己良心的谴责，可是，为了别人的利益去接受那种只牵涉到我个人的谴责，我不顾自己灵魂的堕落，而仍去完成那种坏行动，那样才真是忠诚，那样才真是美德。”

他起立，又走起来。这一次他仿佛觉得还满意。

在泥土下黑暗的地方才能发现金刚钻，在深入缜密的思想中才能发现真理。他仿佛觉得在最黑暗的地方深入摸索了一阵以后，他终于获得了那么一颗金刚钻，那么一点真理；他握在手里望着，他望得眼睛都花了。

“是的，”他想，“就是这样。我找到了真理。我有了办法。我到底掌握了一点东西。我已经下了决心。由它去！不必再犹豫，不必再退缩。这是为了大众的利益，不是为我。我是马德兰，我仍旧做马德兰。让那个叫冉阿让的人去受苦！冉阿让已不是我了。我不认识那个人，我已不知道那是怎么一回事；假使在这时有个人做了冉阿让，让他自己去想办法！那和我不相干。那个名字是一个在黑夜里飘荡的鬼魂，假使它停下来，落在谁的头上，便该谁倒霉！”

他对着壁炉上的一面小镜子望了望自己，说道：

“真奇怪！有了办法，我心里立刻舒服了！我现在完全是两回事了。”

他又走了几步，随后又忽然站住：

“干吧！”他说，“不应当在既定办法的任何后果上面迟疑。现在我和冉阿让仍旧是藕断丝连的。应当斩断那些丝！这里，就在这房间里，有些东西可以暴露我的过去，一些不能说话而可以做证的东西，说定了，应当把它们完全消灭。”

他搜着自己的衣袋，从里面抽出他的钱包，打开来，拿出一把钥匙。

他把这把钥匙插在一个锁眼里，那锁眼隐藏在裱壁纸上花纹颜色最深的地方，几乎是看不见的。一层夹壁开开了，那是一种装在墙角和壁炉台间的假橱。在那夹壁里只有几件破衣，一件蓝粗布罩衫，一条旧罩裤，一只旧布袋，一根两端镶了铁的粗刺棍。看见过冉阿让在一八一五年十月间穿过迪涅城的那些人，都能一眼认出那种褴褛服装的全套行头。

他保存了那些东西，正如他保存那两个银烛台一样，为的是使自己永远不忘自己的出身。不过他把来自监狱的那些东西藏了起来，把来自主教的两个烛台陈设给人家看。

他向房门偷看了一眼，那扇门虽然上了闩，好像他仍旧害怕它会开开似的；随后他用一种敏捷急促的动作把所有的东西，破衣、棍子、口袋，一手抱起，全丢在火里，对自己那样小心谨慎、冒着危险、收藏了那么多年的东西，他连看也没有看一眼。

他又把那假橱关上，它既是空的，此后也用不着了，但为了加紧提防，他仍然推上一件大家具，堵住橱门。

几秒过后，那屋子里和对面墙上都映上了一片强烈的、颤巍巍的红光。一切都烧了。那根刺棍烧得噼啪作声，火星直爆到屋子中间。

那只布袋，在和它里面的那些褴褛不堪的破布一同焚化时，露出了一件东西，落在灰里，闪闪发光。假使有人弯着腰，就不难看出那是一枚银币。那一定是从那通烟囱的小瑞尔威抢来的那枚值四十个苏的钱了。

他呢，并不望火，只管来回走，步伐始终如一。

他的视线忽然落到壁炉上被火光映得隐隐发亮的那两个银烛台上。

“得!”他想道，“整个冉阿让都还在这里面。这玩意儿也得毁掉。”

他拿起那两个烛台。

火力还够大，很容易使它们失去原来的形状，烧成不能辨认的银块。

他在炉前弯下腰去，烘了一回火，他确实舒服了一阵。

“好火!”他说。

他拿着两个烛台中的一个去拨火。

一分钟后，两个全在火里了。

这时，他仿佛听见有个声音在他心里喊：

“冉阿让！冉阿让!”

他头发竖起来了，好像成了一个听到恐怖消息的人。

“对！没有错，干到底!”那声音说。“做完你现在做的事！毁了那两个烛台！消灭那种纪念品！忘掉那主教！忘掉一切！害死那商马第！干吧，这样好。称赞你自己！这样，说定了，下过决心了，一言为定，那边有个人，一个老头，他不知道人家打算怎样对付他，他也许什么事也没做过，是一个无罪的人，他的苦难全是由你那名字惹起的，他被你那名字压在头上，就好像有了罪，他将因你而被囚，受惩罚，他将在唾骂和悚惧当中结束他的生命。那好。你呢？做一个诚实的人。仍旧做市长先生，可尊可敬的，确也受到尊敬，你繁荣城市，接济穷人，教养孤儿，过快乐日子，俨然是个君子，受人敬佩，与此同时，当你留在这里，留在欢乐和光明中时，那边将有一个人穿上你的红褂子，顶着你的名字，受尽羞辱，还得在牢里拖着你的铁链！是呀，这种办法，是正当的！呀！无赖!”

汗从他额头上流出来。他望着那两个烛台，茫然不知所措。这时，在他心里说话的那声音还没有说完。它继续说：

“冉阿让！在你的前后左右将有许多欢腾、高呼、赞扬你的声音，只有一种声音，一种谁也听不见的声音，要在黑暗中诅咒你。那么！听吧，无耻的东西！那一片颂扬的声音在达到天上以前，全会落下，只有那种诅咒才能直达上帝!”

那说话的声音，起初很弱，并且是从他心中最幽暗的地方发出来的，一步一步，越来越洪亮越惊人，现在他听见已在他耳边了。他仿佛觉得它起先是从他身体里发出来的，现在却在他的外面说话了。最后的那几句话，他听得特别清楚，他毛骨悚然，向房里四处看了一遍。

“这里有人吗?”他惝恍迷离地高声问着。

随后他笑出来了，仿佛是痴子的那种笑声，他接着说:

“我多么糊涂！这里不可能有人。”

那里有人，但是在那里的不是肉眼可以看见的人。

他又把那两个烛台放在壁炉上。

于是他又用那种单调、沉郁的步伐走来走去，把睡在他下面的那个人从梦中惊到跳了起来。

那样走动，使他舒适了一些，同时也使他兴奋。有时，人在无可奈何的关头总喜欢走动，仿佛不断迁移地方，便会碰见什么东西，可以向它征询意见。过了一会儿，他又摸不着头脑了。

现在他对自己先后轮流作出决定的那两种办法，同样感到畏缩不前。涌上他心头的那两种意见，对他好像都是绝路。何等的厄运！拿了商马第当他，何等的遭遇！当初上帝仿佛要用来锻炼他的那种方法，现在正使他陷于绝境了！

对未来，他思考了一下。自首，伟大的上帝！自投罗网！他面对他所应当抛弃和应当再拿起的那一切东西，心情颓丧到无以复加。那么，他应当向那么好、那么干净、那么快乐的生活，向大众的尊崇、荣誉和自由告别了！他不能再到田野里去散步了，他也再听不到阳春时节的鸟叫了，再不能给小孩子们布施了！他不能再感受那种表示感激敬爱而向他注视的和蔼目光了！他将离开这所他亲手造的房子，这间屋子，这间小小的屋子！所有一切，这时对他都是妩媚可爱的。他不能再读这些书了，不能再在这小小的白木桌上写字了！他那唯一的女仆，那看门的老妇人，不会再在早晨把咖啡送上来给他了。伟大的上帝！代替这些的是苦役队，是枷，是红衣，是脚镣，是疲劳，是黑屋，是帆布床和大家熟悉的那一切骇人听闻的事。在他那种年纪，在做过他那样的人以后！假使他还年轻！但是，他老了，任何人都将以“你”称呼他，受禁子的搜查，挨狱警的棍子！赤着脚穿铁鞋！早晚把腿伸出去受检验链锁人的锤子！忍受外国人的好奇心，会有人向他们说:“这一个便是做过滨海蒙特勒伊市长的那个著名的冉阿让!”到了晚上，流着汗，疲惫不堪，绿帽子遮在眼睛上，两个两个地在警察的鞭子下，由软梯爬上战船的牢房里去！呵！何等的痛苦！难道天意也能像聪明人一样残酷，也能变得和人心一样暴戾吗!

无论他怎样做，他总是回到他沉思中的那句痛心的、左右为难的话上:留在天堂做魔鬼，或是回到地狱做天使。

怎样办，伟大的上帝！怎样办?

他费了无穷的力才消释了的那种烦恼又重新涌上了心头。他的思想又开始紊乱起来。人到了绝望时思想便会麻痹，不受控制。罗曼维尔那个名字不时回到他的脑海中来，同时又联想到他从前听过的两句歌词上。他想起罗曼维尔是巴黎附近的一处小树林，每逢四月，青年情侣总到那里去采丁香。

他的心身都摇曳不定，他好像一个没人扶的小孩，跌跌撞撞地走着。

有时他勉强提起精神，克服疲倦。他竭力想作最后一次努力，想把那个使他疲惫欲倒的问题正式提出来，应当自首?还是应当缄默?结果他什么都分辨不出。他在梦想中凭自己的理智，就各种情况初步描摹出来的大致轮廓，都一一烟消云散了。不过他觉得，无论他怎样决定，他总得死去一半，那是必然的，无可幸免的；无论向右或向左，他总得进入坟墓；他已到了垂死的时候，他的幸福的死或是他的人格的死。

可怜！他又完全回到了游移不定的状态。他并不比开始时有什么进展。

这个不幸的人老是在苦恼下挣扎。在这苦命人之前一千八百年，那个汇集了人类一切圣德和一切痛苦于一身的神人，正当橄榄树在来自太空的疾风中颤动时，也曾把那杯在星光下显得阴森惨暗的苦酒推到一边，久久低回不决呢。

【选自[法]雨果：《悲惨世界》，李丹、方于译，北京，人民文学出版社，1992】

莫泊桑

基·德·莫泊桑(1850—1893)是法国著名小说作家，短暂一生创作三百多部中短篇小说和六部长篇小说，文学成就斐然。莫泊桑青年时期跟随福楼拜学习文学创作，后来加入左拉为首的自然主义团体“梅塘小组”，1880年发表中篇小说《羊脂球》，一举成名。莫泊桑中短篇小说中有很多杰作，最为著名的有《菲菲小姐》(1882)、《我的叔叔于勒》(1883)、《两个朋友》(1883)、《项链》(1884)、《遗产》(1884)等，长篇小说《一生》(1883)和《漂亮朋友》(1885)也是名著。

《项链》讲述一个教育部小职员罗瓦赛尔的妻子年轻漂亮，一心向往富贵奢华的生活，但丈夫的收入微薄。一次为了体面地参加部长举行的晚会，罗瓦赛尔太太找一个有钱的女朋友借了一串钻石项链。晚会上罗瓦赛尔太太大出风头，成为耀眼的明星，但是在回家的路上钻石项链丢失。罗瓦赛尔夫妇只好东借西借凑够钱买了一串同样的钻石项链还给朋友，此后十年间夫妇俩省吃俭用吃尽苦头才还清债务。经过苦日子的磨砺，罗瓦赛尔太太变成了粗俗的老太太。有一天，罗瓦赛尔太太在路上碰到了借项链的朋友，谈起了自己和丈夫借钱买项链的往事，朋友却告诉她说，自己那串项链原是假的，只值几百法郎。《项链》揭示小职员生活的辛酸，对恋慕虚荣的女主人公和弄虚作假行为进行了讽刺。小说故事情节单一但小有起伏，结尾出人意料，起到发人深省的作用。

项　链

惠特曼

瓦尔特·惠特曼(1819—1892)，是美国杰出的浪漫主义诗人。出生在美国纽约长岛，11 岁开始谋生，从事过多种职业，很早就接受了民主思想，反对蓄奴制。1848 年，惠特曼离开纽约，受聘去南方新奥尔良任《新月》杂志编辑，途经密西西比河、大湖和赫德森河流域、芝加哥等地，被辽阔的土地和日新月异的变化所鼓舞，找到了文学创作的原动力和灵感源泉。1855 年，惠特曼出版《草叶集》，此后他不断修改、扩充这部诗集，这成为其创作的突出标志。

从结构上看，《草叶集》中的各辑诗是以一个“生命有机体”的成长历程来设计编排的。《铭言集》是整部诗集的总纲，点出自己歌唱的对象——生命有机体及其精神实质。《亚当的子孙》和《芦笛集》写生命体在体验异性爱情和同性友谊，象征生命体的成熟和创造。《候鸟集》《海流集》《路边之歌》是生命体的发展，以旅行和游历为特征。《桴鼓集》主要写生命体在战争中经受考验和锤炼，而《林肯总统纪念集》也纳入到相同的构思中，使之超出了单纯“悼念之作”的范围，提升了它的意义。《秋之溪水》《神圣的死的低语》和《从正午到星光之夜》等辑中的生命体由中年进入老年，心境渐趋宁静，同时开始思考即将来临的死亡。《离别之歌》是向他所歌唱的这个世界告别，他预示自己将毫无遗憾地离开这个世界，他预示了新的生命的诞生，而自己的生命将融入这个新的生命体中。《草叶集》的内容及结构特点隐喻了诗人自己心灵的发展、成长，也隐喻了民族乃至整个人类的发展、成长。

《草叶集》抛弃了英美原有的格律诗传统，开辟了自由体诗的新天地。惠特曼还在诗中大量采用日常用语，也不避俗语口语，这样做没有损害《草叶集》语言的美，反而使诗获得了特殊的力量。从整体风格来看，《草叶集》狂热、雄健、崇高，也不乏粗野和傲慢。《草叶集》是惠特曼一生心血的结晶，它的出版，标志着诗歌中美国本土风格的诞生。

《大路之歌》是《草叶集》中的名篇。诗人对路的理解并不局限于现实经验的层面，还把它看成是人生发展、精神发展乃至民族发展和人类发展的隐喻；行走在大路上的自我不仅是一个旅行者，还是开拓者、探索者，他用脚步丈量着美洲的幅员和纵深，并不断向未知的世界迈进，体现了诗人对自由、奋进与创造的渴望。

大路之歌

1

我轻松愉快地走上大路，
我健康，我自由，整个世界展开在我的面前，
漫长的黄土道路可引到我想去的地方。

从此我不再希求幸福，我自己便是幸福，
从此我不再啜泣，不再踌躇，也不要求什么，
消除了家中的嗔怨，放下了书本，停止了苛酷的非难。
我强壮而满足地走在大路上。

地球，有了它就够了，
我不要求星星们更和我接近，
我知道它们所在的地位很适宜，
我知道它们能够满足属于它们的一切。
(但在这里，我仍然背负着我多年的心爱的包袱，
我背负着他们，男人和女人，我背负着他们到我所到的任何地方。
我发誓，要我离弃了他们那是不可能的，
他们满足了我的心，我也要使自己充满他们的心。)

2

你，我走着，并且四处观望着的路哟，我相信你不是这里的一切，
我相信在这里还有许多我没有法子看到的。

这里是一个兼收并蓄的深刻榜样：没有偏爱，也没有拒绝，
鬈头发的黑人、罪犯、残废者、目不识丁的人，都不被拒绝，
诞生、延请医生者的匆忙、乞丐的蹀躞、醉汉的摇摆、工匠的哗笑之群，
逃亡的青年、富人的马车、纨绔子弟、私奔的男女，
早起赶集的人、柩车、家具往镇上搬运又从镇上搬运回来，
他们走过，我也走过，一切都走过，一切不会受到禁止，
这里一切都会接受，一切对我都是可爱的。

3

你，给我以说话的气息的空气哟！

你们，把我的意思从空泛模糊中召唤出来并给它们以形象的物体哟！
你，在均匀的阵雨中包被了我和万物的光辉哟！
你们，路旁崎岖山洞中荒废了的小道哟！
我相信你们蕴蓄着不可视见的生命，你们对于我是这样的可爱。
你们，城市里铺着石板的街道哟！你们，地边上的边石哟！
你们，渡船，你们，码头上的舢板和桅杆，你们，木材堆积着的两岸，你们，远方的船舶哟！
你们，一排排的房子，你们，有着窗棂的前厦，你们，房顶哟！
你们，走廊和门口，你们，山墙和铁门哟！
你们，窗户，通过你们的透明的玻璃，就会看透一切，
你们，门和台阶和拱门哟！
你们，无尽的大路的灰色铺石，你们，踏平的十字路哟！
从一切接触过你们的人或物身上，我相信你们都吸收了一些什么作为你们自己的一部分，而现在又要暗中传播给我，
在你们冷漠无情的表面上，都有古往今来一切人的遗迹，他们的灵魂我看得清楚，而且对我是可爱的。

4

地球从左边和右边扩展开来，
生动的图画，各部分都放着最美的光辉。
音乐在需要着的地方演奏，在不需要的地方停止，
这大路上的快乐呼声，这大路上的快乐的新鲜的感情。

啊，我所走着的大路哟！你们对我说过“别离开我”么？
你不是说过“别冒险——假如你离开我，你便迷失”么？
你不是说过“我已经准备好了，我已锻炼得很好，我所说的必得做到，别离开我”么？

啊，大路哟，但我回答你，我不是怕离开你，乃是我爱着你，
你表达我的心意，比我自己表达的彻底，
对我说来，你比我的诗歌将更有意义，更有价值。

我想英雄的事业都在露天之中产生，一切自由的诗歌也是一样，
我想我可以站在这里，而且表演出奇迹，
我想凡是我在路上遇见的我都喜欢，无论谁看到了我，也将爱我，
我想我所看到的无论何人都必快乐。

5

从这时候起我使我自己自由而不受限制，

我走到我所愿去的地方，我完全而绝对地主持着我自己，
听着别人的话，深思着他们所说的，
踌躇、探索、接受、冥想，
温和地、但必须怀着不可抗拒的意志从束缚着我的桎梏下解放我自己。

我在广大的空间里呼吸，
东边和西边属于我自己，北边和南边也属于我自己。

我比我自己所想象的还要巨大，美好，
我从没想到我会有这么多的美好品质。

一切对于我都是美丽的，
我可以对男人和女人再三地说，你们对我这么好，我对你们也要如此，
一路上我要补养你们和我自己，
一路上我要把我自己散布在男人和女人中间，
在他们中间投入一种新的喜悦和力量，
谁反对了我不能使我苦恼，
谁容受了我，他或她便受到祝福，也将为我祝福。

6

现在，假使有一千个完美的男人出现，那也不足使我诧异，
现在，假使有一千个秀丽的女人出现，那也不足使我惊奇。

现在我看出了优秀人物的创造之神秘，
那就是在露天之中生长，并和大地一同食、息。

一桩伟大的个人行为在这里有施展的余地，
(这样的行为把握着全人类的心，
它发出的毅力和意志可以粉碎法律并嘲弄着一切的权威，和一切反对者的争论。)

这里是智慧的考验，
智慧不是最后在学校里受到考验，
智慧不能从有智慧的人传给没有智慧的人，
智慧是属于灵魂的，是不能证明的，它本身便是自己的证明，
应用于一切时期、一切事物、一切美德而无不足，
是一切事物之现实及不可灭的必然，是一切事物之精义，
浮在一切事物的现象之中的一种东西将它从灵魂里面导引出来。
现在我再考虑哲学和宗教，
它们在讲堂里可能证明不错，然而在广阔的云彩之下，在田野之间与流泉之旁，却

一无是处。

这里是现实，
这里一个人被检验着，他看出自己究竟有些什么本领和修养。
过去、未来、威严、爱情，——假使它们对于你是空无的，那你对于他们便也是空无的。

只有一切东西的核心能够给人补养；
那替你和我撕去了一切东西的外皮的人在何处呢？
那替你和我拆穿阴谋，揭露蒙蔽的人在何处呢？

这便是一种附着力。那不是预先安排好的，那乃是一种巧合；
当你走过，为陌生的人所爱的时候，你知道那是什么？
你知道那些转动着的眼珠子说着些什么？

7

这里便是灵魂的流露，
灵魂的流露，通过树荫隐蔽的大门来自里面，并永久引起人们的疑问，
这些希望是为着什么，在黑暗中的思考是为着什么？
为什么当男人女人们接近我的时候，阳光会透入我的血液？
为什么当他们离开了我，我的快乐的旗帜即已偃息？
为什么我从那些树下走过的时候，总会给我以开阔而和谐的思想？
（我想它们不分冬夏挂在那些树上，当我走过，总有果实落了下来；）
我如此迅速地和陌生人心领神会的是什么？
当我和马夫并坐驰驱的时候，彼此心领神会的是什么？
当我从河岸走过且停息下来，和一个拉着大网的渔夫心领神会的是什么？
使我随意接受一个女人和男人的祝福的是什么？使他们随意接受我的祝福的又是什么？

8

灵魂的流露是快乐，这里便是快乐，
我想它正弥漫在空中，永远等待着，
现在它向我们流来了，我们正好接受它。

这里出现了一种流动而有附着性的东西，
这流动而有附着性的东西便是男人和女人的清鲜和甘甜，
（这不断从自身散发出来的清鲜和甘甜，不亚于每天从根里生出芽来的晨间的香草。）

向着这流动而有附着性的东西，有老年人和青年人的爱的血汗流去，
从它那里滴下超越一切美一切艺能的美妙，
向着它起伏着战栗地渴望着接触的苦痛。

9

走呀！无论你是谁都来和我同行吧！
和我同行，你们将永不会感到疲倦。

地球也永不会让你们疲倦，
地球当初是粗陋的、沉默的、不可知的，“自然”在当初也是粗陋和不可知的，
别退缩吧，继续前进，那里有深藏着的神圣的东西，
我敢向你发誓，那里有着神圣的东西比言语所能形容的还要美丽。

走呀！我们不要在此停留，
无论这里的储藏多么丰富，无论这里的住宅多么舒适，我们不能在此停留，
无论这里的口岸建筑得多么好，无论这里的水面多么平静，我们不要在此下锚，
无论我们周围的款待多么殷勤，我们也只作片刻的应酬。

10

走呀！那种引诱将是更大的，
我们将航过无边无际的大海，
我们将到风吹浪打的地方，到美国人的海船张起了帆飞速前进的地方。

走呀！带着力量、自由、大地、暴风雨、
健康、勇敢、快乐、自尊、好奇；
走呀！从一切的法规中走出来！
从你们的法规中，啊，你们这些盲目的和没有灵魂的神父哟！

腐臭的死尸阻塞在路上——应该赶快埋葬了。

走呀！但还得小心！
和我同行的人需要热血、肌肉、坚韧，
没有人可以做这试验，除非他或她勇敢和健全，
假使你已经耗损了你自己生命的精华，望你不必到这里来，
只有着健康和坚强的身体的人们才可以来，
这里不许有病人、纵酒者和花柳病传染者。

(我和我的同伴不用论证、比喻、诗歌来说服人，我们用我们的存在来说服人。)

11

听呀！我将和你推诚相见，
我不给古老的光滑的奖品，只给你新的粗糙的奖品，
你必会遇到这样的日子：
你将不积蓄所谓财富一类的东西，
你将以慷慨的手分散你所获得和成就了的一切，
你刚达到你要去的那城市，还没有满足地安顿下来，你又被一种不可抗拒的叫唤，叫了开去，
你将被那些留在你后面的人讥笑和嘲弄，
你接受了爱情的招手以后，只能以别离时的热情的亲吻作为回答，
你将不让那些向你伸出了手的人紧握着你。

12

走呀！跟在伟大的同伴们之后，做他们的一员吧！
他们也在路上走着，——他们也是迅速而庄严的男人，——她们是最伟大的女人，
海的宁静和海的狂暴的欣赏者、
驾驶过许多航船的水手、走过了许多路程的旅行者、
许多远方国家的常往者、遥远的地方的常往者，
男人和女人的信托人、城市的观察者、孤独的劳动者，
望着草丛、花朵、海边上的介壳徘徊而沉思的人，
结婚舞的舞蹈者、参加婚礼的贺客、孩子的温和的扶助者、孩子的养育者，
叛乱的兵士、守墓者、运柩夫，
四季不停的旅行者、年年不停的旅行者，他们所经过的日子，总是一年比一年新奇，
旅行者，有着自己的不同的阶段，就像和他们一起旅行的同伴，
旅行者，从潜伏的未被实现的婴孩时代迈步前进，
旅行者，快乐地走着，经过了青年、壮年和老年，
经过了丰富、无比和满足的妇人时代，
旅行者，经过了女人和男人的庄严的老年时代，
老年时代，和平、开朗、与宇宙同样广阔，
老年时代，对于可喜的行将来临的死亡解脱，感到达观、自由。

13

走呀！向着那无始无终的地方走去，
白天行走，夜里休息，要备尝艰苦，
将一切都融汇在你们所走过的旅程之中，融汇在你们所度过的白天和黑夜里，
更将它们融汇在将要开始的更崇高的途程中，
不要观看任何地方的任何东西，只看着你可以达到而且超越的东西，

不要想到任何时间，不管它多么久远，你只想到你可以达到而且越过的时间，
不要上下观望其他的道路，你只注意那伸展在你的面前等待着你的一条，无论多长，总是那伸展在你的面前等待着你的一条，
不要注意任何神或人的存在态度，只注意到你也同样可以达到的境界，
你所要占有的，只是你可以占有，可以不花劳力不付代价即可享受的一切，你食用全席，而不只是啖尝一脔，
你享受农人的最优良的农田和富人的别墅，享受着幸福的新婚者的纯洁的福祉，果园中的果实和花园中的花朵，
你从你经过的一切稠密的城市中取得所需，
以后无论你到什么地方，你都随身带着建筑和街道，
你从你遇见的人们的脑子里摄取他们的智慧，从他们的心中摄取他们的爱情，
你把你爱的人带着和你一同上路，尽管事实上你把他们留下并未带走，
你知道宇宙自身也是一条大路，是许多大路，为旅行着的灵魂所安排的许多大路。

为着让灵魂前进，一切都让开道路，
一切宗教、一切具体的东西、艺术、政府，——一切过去和现在出现在这个地球上面，或任何地球上面的东西，在顺着宇宙的宏大的道路前进着的灵魂的队伍之前，都已退避到隐僻处和角落里去了。
男人和女人的灵魂顺着宇宙的大路前进，对于它，所有别的前进，只是一些必要的标帜和基础。
永远活着，永远前进，
一切庄严的、肃穆的、悲哀的、后退的、受了挫折的、疯狂的、骚乱的、怯弱的、不满足的、
绝望的、骄傲的、宽纵的、患有疾病的、人所欢迎的、人所拒绝的，
他们都在走，他们都在走哟！我知道他们在走，但我不知道他们要走向哪里，
但我知道他们是向着最美好的一切前进——向着一种伟大的目标前进。

无论你是谁，前进呀！男人或女人们都前进呀！
你不要躲在屋子里贪睡和虚耗光阴，虽然那屋子是由你建筑的，或为你建筑的。

从黑暗的禁锢之中出来！从幕幔的后面出来吧！
申说是无用的，我知道一切，且要将一切都揭开。

我已看穿了你也不比别人好，
从人们的欢笑、跳舞、飧宴、饮啜，
从衣服和装饰的里面，从洗洁了的、修整了的面容里，
可以看出一种暗藏的、默默的厌恶和失望。

丈夫、妻子和朋友之间，对各自内心的一切也彼此讳莫如深，

另外一个自我，每个人的副本，总在闪闪躲躲隐隐藏藏，
无形，无声，通过了城市里的街道，在客厅里殷勤而有礼，
在铁道上的火车里、在汽船上、在公共会场，
在男人和女人的家里、在餐桌上、在寝室中、在无论何处，
穿着盛装、面带笑容、相貌端正，在胸膛下面藏着死，在头骨里隐着灭亡，
在呢绒和手套下面，在缎带和纸花下面，
做得非常美好，绝不说到它自己，
说着别的一切事，但绝不说到自己。

14

走呀！通过了奋斗和战争！
已经认定了的目标不能再改换。
过去的奋斗成功了么？
是谁成功的？你自己呢？你的国家呢？自然呢？
你要知道——事物的要旨是这样的，从任何一项成功，都产生出某种东西，使更伟大的斗争成为必要。

我的号召乃是战争的号召，我培植了反叛的行为，
和我同行的人，必须武装齐备，
和我同行的人常常会饮食不足，遭受贫穷，遇到强敌，为伙伴背弃。

15

走呀！大路展开来在我们的面前了！
那是安全的，——我已经试验过——我自己的两足已经试验过——别再耽延吧！
让没有写过字的纸放在桌子上不要乱写，让没有看过的书放在架上不要乱翻！
让工具放在工厂里，让金钱没有到手吧！
让学校都开着，别管那些教师的叫喊！
让说教者在教堂中说教，让律师在法庭上争辩，让法官去解释法律。

伙伴哟！我给你我的手！
我给你比黄金还宝贵的我的爱，
我在说教和解释法律以前给你我自己！
你也给我你自己么？你也来和我同行么？
在我们的一生中，我们能忠实相依而不分离么？

【选自[美]惠特曼：《草叶集》，楚图南、李野光译，北京，人民文学出版社，1987】

陀思妥耶夫斯基

费奥多尔·陀思妥耶夫斯基(1821—1881)是俄国现实主义文学的重要代表，又被许多人看成是西方现代派的鼻祖。他的重要作品有《死屋手记》(1861)、《罪与罚》(1866)、《卡拉马佐夫兄弟》(1880)等。

《罪与罚》中的法科大学生拉斯柯尔尼科夫生活极端困苦，同时他看到周围底层民众生活的惨状，认为拯救人间苦难的超人可以突破世俗法律、道德的约束，为社会重新立法。他试图扮演这样的超人角色，于是杀死了贪婪刻薄的高利贷者。但杀人后，他陷入无法摆脱的精神痛苦中。他深爱纯洁善良的索尼娅，从她身上看到人类苦难的象征。在索尼娅的鼓励下，他向警方自首，被判处流放苦役。在流放地，拉斯柯尔尼科夫在精神上接近了上帝，燃起新生的希望。

《罪与罚》在揭露俄国黑暗现实，表现下层人民的绝对贫困，展露俄国阶级矛盾方面是深刻的、卓越的。在探索个人与社会出路时，作品强调宗教的作用，把苦难神圣化，把良心发现、皈依上帝当作拯救良方。俄国著名思想家、美学家巴赫金则认为该小说中的各种思想是处于“对话”的、“争论”的状态，没有绝对的真理和结论，由此形成了一种新的小说文体——“对话体”小说。此外，由于陀思妥耶夫斯基集中关注下层人在现实生活中备受挤压的压抑的生命状态，集中关注罪人、病人、白痴等类型人物的心灵变态、精神痛苦和多重人格的无理性状态，所以，他的小说为后来的现代主义开了先河。

本书所选第一部第七章，写拉斯柯尔尼科夫在种种动机的推动下，杀死了贪婪无耻的高利贷者阿廖娜，随后又误杀阿廖娜的妹妹丽莎维塔。陀思妥耶夫斯基将人物放在极端情境中，观察人物的心理变化，挖掘人物潜意识的分裂和扭曲，并制造悬念、激化情节、渲染恐怖气氛。其驾驭复杂场面、描摹变态心理的能力令人惊叹。第五部第四章，记录了拉斯柯尔尼科夫与索尼娅的第二次谈话。拉斯柯尔尼科夫试图证明自己杀人是应该的，但索尼娅表示人不能篡夺上帝的审判权，劝他到大街上亲吻被他玷污的大地，向全世界认罪。尾声第二章中，拉斯柯尔尼科夫看似走出“人神”逻辑而接近了上帝，实则并没有完全解决自己的内在矛盾。

罪与罚(节选)

第一部第七章

像上次一样，门只开了一条小缝，幽暗中又有两道锐利而不信任的目光盯住他。拉斯柯尔尼科夫一下子不知如何是好，差点儿犯个大错误。

他担心老太婆看见只有他们俩，会非常害怕。他也不指望自己的模样会解除她的疑虑，就抓住门朝自己这边拉了拉，免得老太婆一转念头又把门关上。她看到这情形，并没有把门往回拉，但是也没有放开门锁的把手，因此他差点儿没有把她和门一起拉到楼道里。他看到她堵在门口，不让他进去，就直冲着她走去。她吓得连忙闪开，本想说句什么，却好像说不出话来，只是瞪大了眼睛望着他。

“您好，阿廖娜·伊凡诺芙娜，”他想尽可能说得随便些，但声音不听使唤，一开口就颤抖起来，“我给您……带件东西来了……不过咱们最好到这边……到亮处来……”他撇下她，不等有请就径直往屋里走去。老太婆急忙跟过去，一下子话也多了：

“上帝呀！您要干什么？……您是哪位？有何贵干？”

“哎呀，阿廖娜·伊凡诺芙娜……是老熟人……拉斯柯尔尼科夫……这不是，把抵押品带来了，前两天说好了的……”于是他把抵押品递给她。

老太婆对抵押品扫了一眼，目光马上紧紧盯住不速之客的眼睛。她恶狠狠地极不信任地使劲看着。这样过了有一分钟左右；他甚至觉得，在她的目光里似乎有种冷笑的神气，她好像已经识破了一切。他感到自己不知所措，几乎是害怕了，害怕得要跑，似乎她要再这样一言不发地看上半分钟，他就要逃跑了。

“您怎么这样看着我，好像不认识啦?”他忽然也恶狠狠地问道，“要是愿意就收下，不然我就上别人那儿去，我没工夫。”

他本没想说这个话，是一下子脱口而出的。

老太婆回过神来，听到客人坚定的语气，显然也提起了精神。

“先生，你来得太突然……这是什么?”她看着抵押品，问道。

“银烟盒：上回我说过的呀。”

她伸过一只手。

“哎呀，你脸色怎么这样苍白！手也发抖！怎么，先生，刚在河里洗过澡吗?”

“是打摆子，”他断断续续回答说，“脸怎么不苍白……没有东西吃呀。”他好不容易又补充一句。他又失去了勇气。不过他的回答似乎还合情合理；老太婆接过抵押品。

“这是什么?”她又专注地盯着拉斯柯尔尼科夫看了一下，并且用手掂了掂抵押品，问道。

“一样东西……烟盒……银的……您看看吧。”

“好像有点儿……不大像银的……怎么捆得这样子。”

她使劲解起带子，并且转身朝着窗子，对着亮光(她所有的窗子都是关着的，尽管天气闷热)，有几秒钟完全把他撇在一边，并且背对着他。他解开大衣，把斧子从挂套里抽出来，但是没有从怀里拿出来，只是用右手在大衣里面攥着。两只手一点儿力气都没有；他自己也感觉出来，双手一秒一秒变得越来越麻木，越来越僵。他很怕攥不住斧子，掉到地上去……忽然间他的头好像旋转起来。

“他这是怎么捆的呀!”老太婆气得叫起来，并且往他这边挪动了一下。

一秒钟也不能再耽搁了。他从怀里抽出斧子，用两手把斧子举起来，懵懵懂懂地，也几乎没有用劲，就机械地把斧背朝她的头上砸去。这时他好像一点儿力气都没有了。可是斧子一砸下去，他的力气也就来了。

老太婆像往常一样，没有裹头巾。她那稀疏杂着花白的浅发，也像往常一样抹了不少油，编得一条条活似老鼠尾巴，用一把折断的牛角梳拢着，翘在脑后。这一斧正好砸在头顶上，这也因为她个子小的缘故。她叫了一声，但声音很微弱，一下子坐到地板上，却还来得及举起双手去护头。一只手里还拿着“抵押品”。这时他使足力气砸了一下又一下，都是用斧背砸在头顶上。血像从翻倒的茶杯里涌出来，人仰面往后倒去。他往后退了退，让她倒下来，立刻弯腰去看她的脸；她已经死了。两眼凸出，好像要蹦出来似的，额头和整个脸面抽搐得皱巴巴，已是歪歪扭扭。

他把斧子放到地板上，在死人旁边，立刻就把手伸向她的口袋，尽量不沾上还在流着的血。手伸进了右边的口袋，上次她就是从这个口袋里掏钥匙的。他的头脑十分清醒，昏晕已经过去，但是两手还一直在发抖。后来他想起，当时他甚至非常细心，非常谨慎，一直注意尽量不沾到血……钥匙他一下子就掏出来了；所有的钥匙，还跟上回一样，都穿在一个钢圈上。他拿着钥匙立即往卧室里跑。这是一间不大的屋子，供奉圣像的神龛却挺大。靠另一面墙放一张大床，相当干净，上面有床棉被是绸面子的，由碎块拼成。还有一面墙摆着一个五斗柜。说也奇怪，他拿钥匙开五斗柜，刚听到钥匙的响声，浑身就好像一阵痉挛。他忽然又想撇下一切就走。不过这只是瞬间的念头；要走已经晚了。他甚至笑起自己来，这时候忽然另一个不安的想法闯入他的脑际。他忽然觉得，老太婆也许还活着，还能醒过来。他撇下钥匙和五斗柜，就往回跑，跑到尸体前，抓起斧子，又一次举到老太婆头上，但是没有砸下去。毫无疑问，她已经死了。他弯下身去，再一次凑近仔细看，就清楚地看到，头盖骨已经砸碎，甚至歪到了一边。他本想伸出指头摸摸，但又把手缩了回去，不用摸也很清楚了。这时候血已经流了老大的一摊。忽然他发现她的脖子上有一条细带子，他扯了扯，带子很结实，扯不断；而且浸透了血。他想试试把带子从怀里抽出来，但有什么东西碍事，卡住了。他不耐烦地又想举起斧子，从上面劈下去，就在她身上把带子斩断，但是他不敢。于是他费了很大劲儿，折腾了两分钟之后，才把带子割断取了下来，手上和斧子上沾了不少血，却没有让斧子碰到尸体。他没有猜错，那是钱包。带子上系着两个十字架，一个是柏木的，一个是铜的，此外，还有一个珐琅的小圣像①；与这些东西一起，系着一个不大的、油糊糊的鹿皮钱包，带一个钢箍和小环儿。钱包塞得鼓鼓的；拉斯柯尔尼科夫没有细看就把钱包装

① 18—19世纪俄国流行珐琅制的圣像，产于罗斯托夫。

进口袋，把十字架扔到老太婆胸膛上，这次他抓起斧子，又朝卧室奔去。

他急得要命，抓起钥匙便去开锁。但不知为什么总是不行：钥匙插不进锁眼。倒不是因为他的手抖得厉害，而是他总是弄错，比如，他看出这钥匙不对头，不是开这锁的，却偏要往里插。他忽然想了起来，明白这把带锯齿的大钥匙，跟其他一些小钥匙挂在一起的，肯定不是开五斗柜的(上次他就想到了)，而是开一个小箱子的，可能所有的东西就收藏在那个小箱子里。他撇下五斗柜，立刻爬到床下，因为他知道，许多老太婆总是把这种箱子放在床底下。果然不错，床下有一个不算小的箱子，一俄尺多长，凸形箱盖，包着红色山羊皮，钉了一颗颗钢钉。带锯齿的钥匙正合适，一下子就打开了。上层盖着白被单，白被单下面是一件兔皮袄，面料是红缎子；皮袄下面是一件绸连衣裙，然后是一条披巾，再往底下，似乎都是一些破烂。首先他把沾满血的手在红缎子上擦起来。“这东西是红的，血在红东西上不显眼。”他刚这么想，忽然猛醒过来：“上帝啊！我不是疯了吗?”他恐怖地想到。

可是，他一动那堆破烂，皮袄下面忽然滑出一块金表。他急忙把所有的破烂都翻了翻。果然，破烂里面夹着不少金玩意儿——大概都是抵押品，待赎的和没人赎的，——有金镯子、金链子、金耳环、金饰针，等等。有的装在盒子里，有的只是用报纸包着，但包得很严实，很仔细，用了两层纸，还拿小带子扎着。他不敢怠慢，抓起这些东西往裤子和大衣口袋里塞，既不挑拣，也不打开纸包和盒子；不过他没有来得及塞很多……

猛然间他听到，老太婆在的那间屋里有人走动。他停下来，屏息不动，像死人一样。再听却鸦雀无声，这么说是幻觉了。这时他忽然清清楚楚地听到轻声的叫喊，又像有人断断续续地轻轻呻吟了几声，就不响了。接下去又是一片死寂，延续有一两分钟。他蹲在箱子旁边等着，几乎连气也不敢出，但突然跳起来，抓起斧子从卧室里跑了出去。

屋子中间站着丽莎维塔，手里拿着一个大包袱，呆呆地望着被打死的姐姐，一张脸煞白煞白的，似乎连叫喊也没了力气。她看见他跑出来，浑身像树叶似的抖起来，轻轻地哆嗦，脸上一阵抽搐；她抬了抬手，张了张嘴，可是叫不出声来，就慢慢地倒退着朝屋角移动，想躲开他，一面直勾勾地望着他，但一直没有叫喊，好像气力不足，喊不出来。他拿着斧子朝她冲去：她的嘴可怜巴巴地扭曲着，像小孩子害怕什么东西似的，愣愣地望着准备大声喊叫。这个可怜的丽莎维塔是那样老实、畏缩，一向胆战心惊，甚至此刻都没有举起手来护住自己的脸，虽然此时这是必要而自然的动作，因为斧子正朝着她的脸高高举起。她只是抬了抬空着的左手，离脸很远，慢慢向前朝他伸过去，好像要把他推开。一斧子正好劈中她的头顶，这次是用斧刃，一下子就把前额整个劈裂，几乎砍到头盖骨。她立即扑倒在地。拉斯柯尔尼科夫一时六神无主，抓起她的包袱，又把包袱扔下，就朝外屋跑去。

他越来越感到恐惧，尤其是出乎意料地第二次杀人之后。他很想快些从这儿逃跑。倘若此时此刻他能够正确看待和思考一切，倘若能够了解他的处境的全部困难，了解他的整个绝境、全部丑恶和荒唐，同时又能明白还得闯过多少难关，也许还得干多少坏事，才能从这里逃脱回到家里，那么，很可能他会放弃一切，立刻前去自首，倒不是出于为自己担心害怕，而只是因为对自己的所作所为感到可怕和憎恶。尤其是内心的厌恶感，一分钟比一分钟越发强烈了。无论如何他现在也不能去箱子那儿，甚至也不能去那两个房间了。

然而，渐渐地他又变得好像心不在焉，甚至似乎陷入了沉思：有几分钟他好像出了神，或者不如说是忘了主要的事，却尽想一些小事。不过，他往厨房里一望，看到长板凳上有个水桶盛着半桶水，就想到得把自己双手和斧子洗干净。他的双手沾满了血，黏糊糊的。他把斧头干脆放进水里，拿起放在窗台上破碟子里的一小块肥皂，就在水桶里洗起自己的两只手。把两手洗干净了，又从水里拿出斧子，把铁斧头洗干净了，又洗沾了血的木把子，甚至还试着用肥皂洗血迹，洗了很久，大概有三分钟。随即他用晾在厨房里绳子上的一件内衣把一切都擦干了，然后把斧子拿到窗口仔细察看了很久。血迹没有了，不过木把还是湿的。他又细心地把斧子插进大衣里面的挂套。接着，就着厨房里昏暗的光线，又尽量仔细看了看大衣、裤子和靴子。表面上看去似乎什么也没有了，只是靴子上有几处血迹。他把一块抹布浸湿，把靴子擦干净。不过，他知道检查得不彻底，也许还有一些惹眼的地方他没有发现。他站在屋子当中琢磨起来，心中渐渐浮出一种又痛苦又丧气的想法——他想，他现在是在发疯，此刻他什么也想不进去，也不能保护自己，他现在做的事也许是根本不该做的……“我的上帝呀！应该逃走，逃走哇！”他嘟哝着跑进前室。然而，这里等待他的是恐怖，是他当然从没经历过的恐怖。

他站在那儿一看，简直不敢相信自己的眼睛：外面的房门，就是外屋通楼道的门，也就是刚才他拉门铃走进来的门，竟然敞开着，开了有一手掌宽，没锁也没闩，一直这样开着，整个这段时间里一直就这样！老太婆没有随手关上，也许是防备万一。可是，我的上帝呀！他后来不是还看到了丽莎维塔吗？怎么就……怎么就没想到她是从什么地方进来的呀！总不能穿墙而入吧！

他冲到门口，挂上门钩。

“哦，不对，又不对了。我得走，走……”

他摘下门钩，把门推开，倾听起楼道里的动静。

他听了半晌。楼下很远的地方，可能是在大门口，有两个人在嚷嚷，在争吵，声音很大很刺耳。“他们是怎么回事儿？……”他耐心地等着。终于声音一下子没有了，人走开了。他正想走出去，突然下面一层楼道上有个门哗啦一声打开，一个人下楼去，一面哼着小曲。“他们怎么总是这样闹哄哄的！”他脑子里闪过这样一个想法。他又随手把门掩上，再等一等。终于鸦雀无声，一个人也没有了。他刚刚朝楼道里迈了一步，忽然又听到新的脚步声。

这脚步声听起来似乎很远，还在楼梯最底下，但是他记得清清楚楚，刚一听到声音不知为什么他就猜到，这一定是上这儿来，上四楼找老太婆的。为什么呢？是声音与众不同，有什么特殊的地方？那人的脚步很重，很平稳，不慌不忙。听，他已经上了二楼，听，还往上走呢；声音越来越清晰！可以听到上楼的人沉重的喘气声了。听，已经上了三楼……朝这儿来了！他忽然觉得全身像僵了似的，仿佛是在梦中，梦见有人追他，离得很近了，要把他杀死，可他却像长在了地上，连胳膊都动弹不得。

终于，当来客已经开始上四楼的时候，他忽然猛醒过来，总算麻利地从过道溜进屋里，随手把门关上。随即抓起门钩，轻轻插进铁环。这也是出自本能。把门关好闩好之后，他马上贴着门躲了起来，连气也不喘。不速之客这时已来到门前。他们两人现在是面对面站着，就像刚才他和老太婆隔门而立，他附耳倾听那样。

来客呼哧呼哧喘了几口气。“想必是个大胖子，”拉斯柯尔尼科夫心里说，一面攥紧斧子。真的，这一切就像在梦中一样。来客抓住门铃拉绳，使劲拉了拉。

门铃一响，他忽然仿佛听到屋里有什么动了动。他甚至当真细听了几秒钟。来客再次拉铃，又等了一会儿，忽然很不耐烦地使足力气猛拽房门把手。拉斯柯尔尼科夫心惊胆战地望着门钩在铁环里跳动，恐惧中眼看着门钩就要从铁环里跳出来。真的，这是很可能的：因为那人拉得太猛。他本想用手按住门钩，又怕那人会发觉。他的头似乎又旋转起来。“我要晕倒了！”他的脑海里闪过了这个念头。这时来客说话了，他立刻清醒过来。

“她们在里面怎么啦，是一个劲儿死睡，还是有人把她们掐死了？该死的老婆子！”他瓮声瓮气地吼叫起来，“喂，阿廖娜·伊凡诺芙娜，老妖婆！丽莎维塔·伊凡诺芙娜，大美人儿！开门哪！哼，该死的老婆子，是睡着了还是怎么的？”

于是他又怒气冲冲地使足劲儿一口气把门铃拉了十来下。这当然是个很凶的人，而且跟这一家关系密切。

就在这时候，忽然楼梯上不远处响起细碎而急促的脚步声。又有人来了。拉斯柯尔尼科夫起初都没有听见。

“难道一个人也没有吗？”那人一到就径直对着仍在拉门铃的第一个来客，高声快活地叫起来，“您好，科赫！”

“听声音，这人一定很年轻。”拉斯柯尔尼科夫忽然想道。

“鬼知道她们是怎么回事儿，门锁都快拉坏了，”科赫回答说，“请问，您怎么认识我呀？”

“是这样！前天在‘加布里努斯’①打台球，我不是连赢您三局吗？”

“啊……啊……啊……”

“看来，她们不在家了？奇怪。不过，这真糟糕。老太婆会上哪里去呢？我有事啊。”

“先生，我也有事啊！”

“唉，有什么办法呢？只好回去了。哎呀！我本想找她借钱的！”年轻人叫起来。

“当然，只好回去啦，可干吗要约在这时候呢？是老妖婆自己给我定的时间。我是绕道来的。真不明白，她能到什么地方去瞎逛呢？老妖婆一年到头坐在家里，有气无力的，腿又疼，这会儿却忽然出去闲逛了！”

“是不是去问问看门的？”

“问什么？”

“问问她上哪儿去了，什么时候回来？”

“哼……问他妈的鬼……她是一向不出门的……”于是他又拉了拉门锁的把手。“见他妈的鬼，没办法，走吧！”

“等一等！”年轻人忽然叫起来，“瞧，您看一拉门，门就晃荡吗？”

“那又怎么啦？”

“就是说，门没有锁，是插上了，也就是挂上了门钩！您没听见门钩在叮当叮当

---

① 彼得堡一家酒馆。

响吗?”

“那又怎么啦?”

“您怎么还不明白?就是说，她们总有一个在家。要是都出去了，那就会用钥匙从外面把门锁上，而不是从里面把门插上。可是现在，您听见门钩在叮当叮当响吗?要想从里面挂上门钩，就必然有人在家，您明白吗?可见，有人待在家里，可就是不开门!”

“哎呀!就是这么回事儿!”科赫惊讶得叫起来，“那她们在里面怎么啦!”于是他发狂似的猛拉起门来。

“等一等!”年轻人又叫道，“别拉了!这有些不对头……瞧您又拉铃又拉门，可是她们就是不开门;这就是说，要么她们都昏过去了，要么……”

“怎么啦?”

“这样吧:咱们去把看门的叫来;让他来把她们叫醒。”

“这话对!”两个人就往楼下走。

“等一等!您留在这儿，我跑下去找看门的。”

“留下来干吗?”

“说不定有什么事儿呢?”

“也好……”

“我正准备当预审官呢!这里很明显，非常明显，有点儿不对头!”年轻人很带劲儿地叫起来，接着就跑步下楼去了。

科赫留下来，又轻轻地拉了一下门铃，门铃丁零响了一声;然后又轻轻地，好像在考虑和察看，摆弄起门把手，拉了又松开，想再一次证实这门仅仅是挂上了门钩。然后呼哧呼哧地弯下腰，朝锁眼里张望起来;但是锁眼从里面插着钥匙，所以，什么也看不见。

拉斯柯尔尼科夫站着，攥着斧子。他似乎在梦幻中。他们要是进来，他甚至准备跟他们拼了。当他们在敲门和商量的时候，他有好几次想一下子把什么都了结，从门里面朝他们大喝一声。有时他想跟他们大吵一通，挑逗他们，直到他们把门打开。“快点儿了结吧!”他头脑里闪过这个念头。

“可是他，真见鬼……”

时间一分钟又一分钟过去，谁也没来。科赫走动起来。

“见他妈的鬼!……”他忽然不耐烦地叫起来。他不再守候，也朝楼下走去，急急忙忙，靴子踩得楼梯咚咚直响。脚步声消失了。

“主啊，怎么办哪?”

拉斯柯尔尼科夫摘下门钩，把门开了，什么也听不见。忽然，他想也不想一下子走了出去，随手把门尽量关严实些，就往楼下走。

他已经走下三段楼梯，忽听下面有人大吵大嚷起来。往哪儿躲呀!哪儿都没法躲。他就想往回跑，再回到房里去。

“哎呀，鬼东西，他妈的。抓住他!”

下面有一个人叫嚷着从一个房间里冲出来，而且简直也不是跑，活像跌下去似的从楼梯上冲了下去，一面可着嗓门儿嚷嚷着:

“米季卡!米季卡!米季卡!米季卡!米季卡!你妈的!”

嚷嚷到后来变成一声尖叫；最后的声音已经是从院子里传来了；一切都归于寂静。但就在这时候，有几个人你一句我一句地高声说着话，闹哄哄地朝楼上走来。他们有三四个人。他听出了那个年轻人洪亮的嗓门儿。“是他们！”他在心中说。

他在绝望中径直迎着他们走去：豁出去了！他们要是把他拦住，那就什么都完了；要是放他过去，那也什么都完了；他们会记住他的。他们眼看就要碰上了，之间仅隔一段楼梯了，忽然有了救！右边离他几级楼梯的地方，有一套敞着门的空房子，这就是二楼有油漆匠在干活儿的那套房间。这会儿就像有意给他方便，干活儿的人都出去了。刚才大概就是他们嚷嚷着跑出去了。地板刚刚刷过油漆，屋子当中放着一个木桶，还有一个瓦盆，里面有油漆和刷子。他一转眼就溜进敞着的房门，躲到墙后面，还真是时候：那些人已经站在楼梯平台上了。接着，他们就拐弯往上走了过去，大声说着话上了四楼。他等到没有人了，就踮着脚走出来，朝楼下跑去。

楼道里一个人也没有！大门口也没有人。他快步穿过门洞，向左一转身就上了大街。

他清楚地知道，清清楚楚地知道，他们此刻已经在那套房间里了，他们看到刚才关着的门现在开了，一定非常惊讶，他们已经在看那两具尸体，过不了一分钟，他们就会猜到，就会恍然大悟，刚才凶手就在这里，后来不知躲到什么地方，并且从他们身边溜过逃走了；也许还能猜到，在他们上楼的时候，他就躲在那套空房间里。这时他却无论如何不敢脚步太快，虽然离第一个拐弯处只剩一百来步了。“是不是先溜进那个门洞里去，在别人家的楼道里等一阵子再说？不，不行！是不是把斧子扔到什么地方去？是不是叫一辆出租马车？不行！不行！”

终于来到一条小巷口。他拐进小巷时已是有气无力。在这里他已经有一半摆脱了危险，这是他明白的，因为不大会有人怀疑了，何况这里来来往往的人很多，他就像一粒沙子似的消失在人群中。不过经历了这一切之后，他已经筋疲力尽，几乎连路都走不动了。他头上的汗一滴一滴往下落；脖子湿漉漉的。“瞧这人醉的！”当他走到河边的时候，有人朝他叫道。

他此刻迷迷糊糊的，神志越来越恍惚。不过他记得，刚走到河边就怕起来，因为这里人少，容易惹人注意，曾想转回小巷里去。尽管差点儿跌跤，他还是绕了个弯子，从完全不同的方向回到了家里。

他走进自己住房的大门时，头脑还不是十分清楚。直到已经上了楼梯，他才想起斧子。这时还有一件很重要的事要做：把斧子放回原处，并且要尽可能不惹人注意。不用说，他已经不可能想到，也许根本不把斧子放回原处，而是随便扔到别人家的院子里，哪怕过几天再扔掉，也会好得多。

但是一切都来得顺顺当当。门房的门掩着，但是没有上锁，这么说，看门的多半是在家。不过他完全失去了思考的能力，所以径直走到门房门口，把门推开。假如有看门的问他：“有什么事？”他也许会直接把斧子交给他。可是看门的并不在家，他也就把斧子放到长板凳底下原来的地方，甚至还像原来那样用一块劈柴压上。然后，直到回了自己的房间，他没有遇到任何人，一个人也没有；女房东的门也关着。走进自己的房间，他一头倒在沙发上，连衣服都没脱。他没有睡着，却昏昏沉沉的。假如这时候有人走进他的屋里来，他会一下子跳起来大叫。他的脑海时翻腾着一些零零碎碎的念头；可他一个念头也抓不住，一个念头也无法好好想一想，尽管使劲想这样做……

第五部第四章

…………

“没什么了不得！……你听着，索尼娅(他不知怎的突然微微一笑，笑得惨然无力，持续了大约两秒钟)，你可记得我昨天想对你说什么吗?”

索尼娅神色不安地等待着。

“我走时说也许我与你是永别了，但如果我今天来，我要告诉你……谁杀死了丽莎维塔。”

她浑身忽地一阵颤抖。

“我就是来告诉你的。”

“昨天您确实这么说过……”她吃力地低语道，“您怎么会知道?”她好像一下子恍然大悟，急匆匆问道。

索尼娅变得喘息艰难，脸色更加苍白。

“我知道。”

她沉默了片刻。

“是不是查出了他?”她胆怯地问道。

“没有，没有查到。”

“那您怎么会知道这件事呢?”她又沉默了片刻，用勉强听得见的声音问道。

他朝她转过脸，目不转睛地盯着她看。

“你猜猜看，”他说道，脸上重又出现先前那种勉强的扭曲的笑容。

她全身好像一阵痉挛。

“您……吓唬我……您干吗要……吓唬我?”她像个孩子似的笑着说。

“既然我知道，可见我同他是好朋友……”拉斯柯尔尼科夫接着往下说，两眼仍逼视她的脸，似乎无力把目光移开。“他并不想杀……这个丽莎维塔……他是无意中杀了……她……他想在那个老太婆……独自一人时杀了她……他就去了……可这时丽莎维塔走进来……他……就连她也杀了。”

又过了可怕的一分钟。两人依然面面相觑。

“你就猜不到吗?”他突然问道，觉得自己好像从钟楼上跳了下来。

“猜不到。”索尼娅的声音隐约可辨。

“那就好好瞧瞧吧。”

他话音刚落，一种曾经有过的熟悉感觉袭来，他的心脏几乎停止了跳动：他望着她的脸，突然仿佛看见了丽莎维塔的面孔。他清晰地记得丽莎维塔脸上的表情，他拿着斧头朝她逼去，而她则向墙壁退去，一只手朝前伸着，脸上露出孩子般的恐惧。孩子突然对什么感到恐惧时，就会惊慌地呆望着令他们感到恐惧的东西，一面向后退，一面向前伸出小手，立刻就会大哭起来。现在索尼娅几乎也正是这样，她无力而又惊慌地盯着他看了一会儿，突然伸出左手，用手指轻轻按住她的胸口，自己缓缓地从床上站起身来，一步一步向后退，可目光却越发呆望着不动。她的恐惧一下子也传给了他，因为他脸上也出现了那样惊恐的神色，他也用同样的目光望着她，甚至也露出同样孩子般的微笑。

“猜到了吧?”末了他喃喃地说。

“天哪!”她的胸腔迸发出可怕的一声尖叫。她软弱无力地倒在了床上，把脸埋在枕头里，但随即又翻身坐起，身子很快挪到他的身边，抓住他的双手，握在自己那纤细的小手中，如同用老虎钳夹住似的。她又开始呆呆地望他的脸，好像目光被粘住了。她想最后再绝望地看他一眼，希望发现并抓住哪怕是最后一线希望。但没有看出任何的希望，完全无可怀疑了；事情就是这样！甚至到后来，当她回想起这一时刻时，她都奇怪莫解：为什么她当时一下子就认为无可怀疑了呢？要知道，她当时还不能说已有类似的预感。可现在他刚把这件事告诉她，她顿时觉得似乎确实有着这种预感。

“够了，索尼娅，得了！别折磨我啦!”他痛苦地哀求道。

他完全没想，完全没想这样子向她坦白，但结果却成了这样。

她好像无力自持，噌地跳起来，绞着双手，走到屋子中央；但很快又转回去，几乎肩并肩地坐到他旁边。突然间，她似乎被扎了一下，浑身一颤，尖叫起来，自己也不知为什么扑通一下跪倒在他面前。

“您，您对自己干了些什么呀!”她绝望地说着，猛地站起向他扑去，搂住他的脖子，紧紧地拥抱着。

拉斯柯尔尼科夫挣脱出来，带着忧郁的笑意望着她说：

“你多么怪呀，索尼娅。我把这件事告诉了你之后，你倒拥抱我，吻我。你不知道自己在干什么。”

“不，现在世上没人比你更不幸啦!”她发狂似的叫喊着，并没有听到他的话。突然又像癫狂病发作，她放声大哭起来。

一股久违了的感情犹如热浪涌上来，一下子融解了他的心。他没有去抑制这种感情，两颗泪珠夺眶而出，悬挂在睫毛上。

“那你会抛弃我吗，索尼娅?”他问道，几乎是带着希望看着她。

“不，不会，无论什么时候，什么地方!”索尼娅嚷道，“我跟你走，到天涯海角！啊，天哪！……我多么不幸！……为什么，为什么我早不认识你！为什么你不早来呀?啊，天哪!”

“现在我不是来了吗。”

“现在来了！啊，现在该怎么办哪！……我们在一起，我们在一起!”她似乎丧失了知觉，反复嘟哝着，又一次拥抱了他。“我和你一起去服苦役!”他仿佛抽搐了一下，嘴角又出现了先前那种愤恨的颇似傲慢的笑意。

“可我，索尼娅，也许还不想去服苦役呢。”他说道。

索尼娅飞快地瞥了他一眼。

最初她对不幸者满怀着强烈而痛苦的同情，可随着那可怕的杀人念头重又令她震惊。从他变换的语调里，她似乎突然听出了他就是杀人犯。她吃惊地打量着他。对此她还一无所知，不知这么干为了什么，怎样的情形，要达到什么目的。此刻，所有这些问题都一下子涌进她的脑海。于是，她又变得疑心重重：“他，他是个杀人凶手！这怎么可能?”

“这是怎么回事？我在哪儿?”她大惑不解地问道，仿佛还没有清醒过来似的。“像您，像您这样的人……怎么能下决心干这个？……这是怎么回事呀!”

“还不是为了抢劫。别说啦，索尼娅!”他疲惫地，又像是懊丧地回答道。

她一时呆若木鸡，随即突然大叫起来：

“你是被饥饿逼的！你……你想接济你母亲？是吗?”

“不是，索尼娅，不是，”他转过身，垂下了脑袋，嘴里嘟哝着，“我还没有饿到那种地步……我的确也想帮助母亲，但……也不完全是这样……别折磨我啦，索尼娅!”

索尼娅两手一摊。

“难道，难道这都是真的！天哪，这怎么会是真的呢！谁能相信这一切？……您怎么，怎么能把自己仅有的几个钱送人，同时又为了抢劫而去杀人呢！啊！……”她冷不丁地又叫了起来，“您给卡捷琳娜·伊凡诺芙娜的钱……那些钱……天哪，难道那也是……”

“不，索尼娅，”他急忙打断她说，“这可不是那样来的钱，你放心吧！这是我母亲通过一个商人寄给我的，我收到钱时正在生病，当天我就把它送给了……拉祖米欣看见的……他替我收下的……这笔钱是我的，我自己的，确实是我的。”

索尼娅疑惑不解地听着，努力要想清楚。

“至于那里的钱……其实我都不知道那里有没有钱。”他轻轻地补充道，像在沉思。“当时从她脖子上取下一只钱袋，麂皮的……塞得满满的，鼓鼓囊囊的钱袋……可我没打开看，大概是来不及了……那些东西呢，什么扣子呀，链子呀，第二天早上我连同钱袋都藏到B——ий大街一个陌生的院子里，埋在一块石头下面……所有的东西现在还在那儿……”

索尼娅聚精会神地听着。

“那怎么是……您怎么说是为了抢劫，可自己却什么也没拿上?”她仿佛抓住一根救命稻草，赶紧追问道。

“我不知道……我还拿不定主意，是不是拿这些钱。”他又像陷入沉思，低声地说，但他猛地清醒过来，脸上飞快地闪过一丝冷笑。“哎呀，我刚才怎么说了这么些浑话，啊?”

索尼娅脑子里闪过一个念头：“莫非他疯了!”但她立刻就放弃了这种想法：不，这是另一码事。这事她是无论如何，无论如何也无法弄明白的。

“你可知道，索尼娅，”他突然激动起来说，“你可知道，我要对你说：假如我只是出于饥饿动手杀人，”他一字一顿地强调说，同时用一种神秘却很真诚的目光望着她。“那我现在……该是幸福的！你得明白这一点!”

“对你来说，对你来说有什么意思呢，”停了片刻，他甚至是绝望地叫了起来，“就算我现在承认自己干了件蠢事，这对你有什么意思呢？这样毫无意义地击败我，就是胜利了对你又有什么用处呢？唉，索尼娅，难道是为了这个我现在到你这儿来吗!”

索尼娅欲言又止。

“昨天我叫你同我一起走，是因为我只有你一个人了。”

“你叫我去哪儿?”索尼娅怯生生地问道。

“不是去偷，也不是去杀人，别担心，不是去干这种事，”他讽刺地冷笑了一声，“我们不是同类人……你要知道，索尼娅，我只是现在，只是刚刚才弄明白，我昨天叫你去哪儿。可昨天我对你说这话的时候，连我自己也不知道要去哪儿。我叫你的目的只有一件事，我来这儿也只是为了一件事：你别抛弃我。你不会抛弃我吧，索尼娅？”

她紧紧地握了握他的手。

“我干吗，干吗告诉她呢？干吗向她坦白实情呢！”片刻之后，他一边绝望地叫道，一边痛苦不堪地望着她。“你在等着我倾诉，索尼娅，你坐着，等待着，我看得出。可我对你说什么呢？要知道，你是无法理解这件事的，只会为我……无限伤心！你瞧，你在流泪了，又在拥抱我，但你为什么拥抱我呢？是因为我自己承受不住，来把痛苦给别人分担，‘你也感到痛苦，我就好受些！’但你能爱这样一个卑鄙的人吗？”

“你不也同样痛苦不堪吗？”索尼娅叫道。

那种感情又一次热浪似的涌上他心头，他的心一时又软了下来。

“索尼娅，我这人心狠，你得知道这一点，这能解释许多事情。我来这儿，正因为我是个狠心人。有的人就不会来。但我是胆小鬼……又是个卑鄙的家伙！不过……算了吧！这都不是我要说的……现在应该说说了，可我却又不知从何谈起……”

他收住话头，默想着。

“唉，我们是不同的人！”他又一次叫道，“我们不是一类人。我干吗，干吗要来这儿！在这一点上我永远不会原谅自己！”

“不，不，你能来，这很好！”索尼娅大声嚷道，“能让我知道，这就好多了！这太好了！”

他痛苦地望着她。

“真不妨就告诉你！”他仿佛拿定了主意说道，“要知道，事情真的是这样！你瞧，我是想成为拿破仑，因此我杀了人……喏，现在明白了吗？”

“不，不会，”索尼娅天真而又胆怯地嘟哝着，“不过……你说，你说吧！我会明白的，我心里全都明白！”她央求他说。

“你会明白？那么好，我们看看吧！”

他沉默起来，久久地思索着。

“事情是这样的。有一次我给自己提了个问题：比如说，倘若拿破仑处于我的境遇，他既没有占领土伦，也没有夺取埃及，越过勃朗峰①这些伟大的壮举来建立功业，而只有一个可笑的老太婆，十四等文官的遗孀，他还必须把她杀掉，以便从她的箱子里取到钱(为了建立功业，明白吗)，没有别的出路，那么他肯这样干吗？他会不会因为这种事太不豪迈，并且……还有罪过，而退缩呢？告诉你，这个‘问题’很久以来一直在折磨我。最终我领悟到(不知怎的突然开窍了)，他不但不会退缩不干，而且甚至根本想都不想这事是否豪迈……他甚至都不理解什么叫做退缩不干。这时，我觉得羞愧难言。只要他没有其他的路可走，他就会毫不犹豫，不让她叫喊一声就把她掐死了！……于是，我也……效仿这位权威……毫不犹豫地……杀了她……事情就是这样！你是不是觉得可笑？是的，索尼娅，可笑就在与实际情形一模一样……”

索尼娅丝毫不觉得有什么可笑。

“您最好直截了当地告诉我……不要打比方。”她越发胆怯，用微弱的声音请求说。

---

① 西阿尔卑斯顶峰，欧洲西部的最高峰，拿破仑曾率军越过此峰进入意大利境内。

他向她转过身去，忧郁地望着她，握住了她的手。

“你又说对了，索尼娅。这其实都是胡扯，几乎全是废话！你瞧！你也知道，我母亲几乎一贫如洗。我妹妹受过教育，这也是偶然的机会，她注定只能当家庭教师。她们的所有希望都寄托在我一个人身上。我进了大学，但无力供养自己上大学，不得不暂时辍学。即便能这样维持下去，过上十年、十二年(如果情况有所好转)我也只有望当上年俸一千卢布的一名教师或者一个小官吏(他好像背书似的说着)……可那个时候，我母亲早因操劳和忧虑而心力交瘁，我仍然无法让她安心；妹妹呢……唉，我妹妹的情况可能会更糟！……再说，谁愿意一辈子一无所有，甘守清贫呢？谁愿意忘掉母亲，眼看着自己妹妹遭人凌辱。为了什么呢？为了在埋葬她们以后再去养活妻小，然后同样一文不名地把他们抛在世上？于是……于是我决定攫取老太婆的钱财，作为自己头几年的生活费，不用母亲操心，保障自己在大学里的学习费用，以及毕业后开创自己事业的经费并且是大展宏图，以便开创一番崭新的事业，走上全新的独立之路……嗯……嗯，就是这么回事……自然，我就杀了那个老太婆。这是我干了坏事……行了，够了！”

他有气无力地把话说完，垂下了头。

“哎呀，不会是这样，不会是这样，”索尼娅痛苦地叫道，“难道能这么干吗……不，不能这样，决不能这样！”

“你自己看出了事情不会是这样！……我讲的可是心里话，是实话！”

“这算什么实话呀！啊，天哪！”

“要知道，我不过杀死了一只虱子，索尼娅，一只无用的、讨厌的、有害的虱子。”

“人能是虱子！”

“我也知道，人不是虱子，”他用古怪的眼神望着她，回答道，“其实，我在瞎说，索尼娅，”他补充道，“我很久以来就在瞎说……事情根本不是这样的；你说的完全正确。这里完全是，完全是，完全是别的原因！……我很久没同任何人谈话了，索尼娅……我现在头痛得厉害。”

他那两眼闪着光，像在发昏热。他几乎说起胡话来了；嘴角流露出令人不安的微笑。透过他激动的情绪，已经可以觉察到极度的虚弱。索尼娅心里明白，他在受着痛苦的折磨。她也开始头昏目眩起来。可他的话那么奇怪：有的好像是可以理解的，然而……“然而，怎么会是这样！怎么会是这样！啊，天哪！”她绝望地绞着手。

“不，索尼娅，事情不是那样！”他猛地抬起头来说，思路突然一变，使他大为震惊，也让他精神重又一振。“事情不是那样！最好……这样设想一下(是的，这的确更好些)，就当我好面子，爱妒忌，心狠，卑鄙，报复心重，喏……或许还有点儿精神错乱的倾向(让我一下子全说出来吧！以前就有人说我精神错乱，我注意到了)。我刚才对你说过，我无力供养自己上大学。你可知道，我或许也能够上得了？母亲会寄钱来让我交学费，我自己能挣点钱来买靴子、衣服和食品，这是完全可能的！我去教过书，每小时赚半个卢布。拉祖米欣也在工作嘛！可我一发火就不愿干了。我真是发了脾气(这个词很贴切)。那时，我像只蜘蛛似的躲在墙角里。你不是去过我的小屋，看到过……你可知道，索尼娅，矮矮的天花板和窄小的房间会封闭一个人的心灵和智慧的！① 啊，我是多

① 在小说《被侮辱与被损害的》中，作家同样写道：“在拥挤的住房里，甚至连思考都觉得拥挤。”

么憎恨这间小屋！但我仍然不愿离开那儿。我故意待在那里。我整天闭门不出，也不愿工作，甚至也不愿吃饭，只是躺着。纳斯塔霞把饭菜端来，我就吃，不端来就一天不吃；我一赌气故意不开口要！夜里也不点灯，黑灯瞎火地躺着，不愿为买蜡烛去挣钱。应该看书学习，可我把书本给卖了；我的桌子上，笔记本和练习本现在已盖上了一指厚的灰尘。我最喜欢躺着想事。没完没了地乱想……做的梦也莫名其妙，形形色色的，用不着说是什么梦了！只是到了那个时候我才开始感到……我，不是这样！我又说错了！你瞧，我一直在扪心自问：为什么我会这样愚蠢；如果别人都很愚蠢，而且我也确切地知道别人都很愚蠢，那我为什么不愿变得聪明些呢？后来我才明白，索尼娅，要是等到大家都变得聪明起来，那要等的时间就太长了……后来我又明白了，这种事是永远也不会发生的，人是无法改变的，谁也无法改变他们，也不值得去耗费精力！对，就是这样！这就是他们的法则……法则，索尼娅！就是这样！我现在明白，索尼娅，谁强大，谁智谋和精神超人，谁就是人们的主宰！谁胆大敢干，谁就真理在握！谁能藐视一切，谁就是人们的立法者！谁最敢干，谁就最正确！自古以来一直如此，将来也总是这样！只有瞎子才看不清这一点！”①

拉斯柯尔尼科夫说这番话时，虽说眼睛望着索尼娅，却并不关心她是否能听懂了。他完全陷入狂热，处在某种可怕的兴奋之中。(的确，他很久没有同人交谈了！)索尼娅明白了，这个可怕的念头已经成了他的信仰和法则。

“那时我领悟到，索尼娅，”他继续兴奋地说道，“权力只赋予那些敢于弯身去取的人。这里只要一个条件，唯一的一个：得有胆量！当时我有生以来第一次产生了一个念头，是在我之前谁也没有过的念头！谁也没有！我突然感到豁亮，如同出了太阳：怎么迄今谁也不敢眼见这种种荒谬，一把抓住它的尾巴，把它扔掉，让它见鬼去！我……我就想显示这份胆量，于是杀了人……我只想显示胆量，索尼娅，这就是全部的原因！”

“啊，别说啦，别说啦！”索尼娅两手一摊叫嚷道，“您背离了上帝，因此上帝惩治您，把您交给了魔鬼！……”

“真的，索尼娅，我在黑暗中躺着的时候，总觉得有个魔鬼搅得我六神无主，是这样吗？”

“别说啦！不许嘲笑，这个不信神的人。您一点儿，一点儿也不懂！啊，天哪！他真的什么也不懂。”

“别嚷啦，索尼娅，我根本没有嘲笑，要知道我自己心里也清楚，这是魔鬼怂恿我去干的。别嚷啦，索尼娅，别嚷啦！”他脸色阴沉，语气坚决地重复道，“我全都明白。那时我躺在黑暗中，把这一切都翻来覆去地想过，都对自己说过了……所有的一切我在内心都争辩过，直到最小的细节。所有的一切我都明白，所有的一切！那时我对这絮絮叨叨的苦思冥想讨厌极了！我恨不得忘掉一切，重新开始，索尼娅，我不能再这么冥思苦想了！难道你以为我像个傻瓜似的，不假思索就去干了吗？我去时自认为是个聪明人，可正是这一点毁了我！难道你真以为我连这一点也不明白：如果我追问自己是否有

① 在《罪与罚》的写作笔记中，陀思妥耶夫斯基还写过这样的话：“难道您没有注意到，从古至今，任何拥有权力的人都没有服从过这些法则。拿破仑之流就践踏和改变过他们……”“只有一个法则，即道德法则。”

权决定人的生死，那我就会说没有这种权利。或者如果我提出这样的问题：人是不是虱子，那我也会说，对我来说人不是虱子；对根本不思考这个问题，说杀人就去干的人来说，人才是虱子……既然这么多天来我一直在痛苦地思索：拿破仑会不会去干？那么这表明我已清楚地意识到，我不是拿破仑……我忍受了这些痛苦思索的折磨，索尼娅，我希望能彻底地摆脱这种痛苦，因此我就想无须什么理由便杀人，索尼娅，为我自己去杀人，为了我一个人！这一点我甚至不想欺骗自己！我杀了人不是为的接济母亲，那是胡说！我杀人不是为了攫取钱财和权力，不是为了当人类的救星，那全是胡说！我说杀就杀了；我杀人是为了自己，为了我个人；不论事后我是成为什么人的救星，还是一生都得像蜘蛛一样张网捕捉生物，并吸干它们的养料，反正当时我要去干！……我杀人之后，索尼娅，最需要的不是金钱；主要的不是金钱，而是别的东西……这一点现在我很清楚……你要明白：因为我是出于这种想法，我是不会再去杀人了。当时我需要弄清楚另外一点，促使我干出此事的别的原因：当时我要知道，尽快地知道，我同大家一样是只虱子呢，还是个人？我敢不敢越轨？我敢不敢俯身去拾取？我只是怯懦的生灵，还是有权去……"

"有权去杀人？您有权去杀人？"索尼娅吃惊地双手举了起来。

"哎呀，索尼娅！"他气恼地叫道，原想反驳却不屑地沉默了。"别打断我，索尼娅！我只想给你证明一点：当时是魔鬼怂恿我干的，事后他才向我说明我没有权利去那儿，因为我同其他人一样也是只虱子！他把我嘲笑了一通，于是我现在就到你这儿来了！招待客人吧！假如我不是只虱子，我会到你这儿来吗？听着：当我去老太婆那儿的时候，我只不过是去试试……你要清楚这一点！"

"可您杀了人！可您杀了人！"

"知道我是怎样杀的吗？难道会这样去杀人吗？难道有人会像我当时那样去杀人吗！有时间我会给您讲一讲我是怎么去的……难道我是杀死了小老太婆吗？我是杀了自己，而不是小老太婆！① 我就这样一下子杀死了我自己，永远杀死了我自己！……而那个小老太婆是魔鬼杀的，不是我杀的……行啦，行啦，索尼娅，行啦！别管我！"他在极度痛苦中猛然喊道，"别管我！"

他把胳膊肘支在膝盖上，两手钳子似的夹着脑袋。

"看把人折磨的！"索尼娅发出一声难受的吼叫。

"现在可怎么办，你说呀！"他猛地抬起头，望着她问道，脸色因绝望而显得特别难看。

---

① 陀思妥耶夫斯基在致卡特科夫的信中曾写道："对犯罪的惩罚很少能叫犯罪者感到恐惧……因为他本人(在精神上)就需求惩罚。"在19世纪60年代，对罪犯进行法律惩罚的问题在俄国曾有过广泛的讨论，1865年在彼得堡出版的《论死刑　A. 贝尔纳文集》一书曾引起人们的关注，书中引述了著名的德国犯罪学家A. 费尔巴哈(1775—1833)的这样一个论点："一个人一旦被一个同类的鲜血染红了自己的双手，并与自己的良心妥协，那么，对于社会来说，他就将永远成为一个可怕、危险的现象。此人习惯了鲜血，在第一次克制住了的厌恶感之后，第二次就不再需要去克制了。一个犯下了血腥罪行的人，要么会发疯，要么就会继续在死亡中寻找心灵上的安宁；如果这两种情况都没有出现，那么，由他带给他人的那种血腥的死亡，就会在道德上杀死他自己。这样的犯罪与墨杜萨的形象有些相像：在这里，变成石头的不是肉体，而是灵魂中的道德部分。"——俄编注。按：墨杜萨是希腊神话中的蛇发女怪，凡看她一眼的人都会变成石头。

“怎么办!”她倏地从座位上站起叫道，噙满泪水的眼睛突然灼灼放光。“站起来(她抓住他的肩头，他站起身来，不胜惊讶地望着她)！现在就走，马上就走，去站到十字路口，先跪下吻一吻被你玷污了的大地，然后向四周整个的世界大声说：‘我杀了人!’到那时上帝会再次给你生命。你去吗？去吗?”她向他问道，浑身像打摆子似的哆嗦不停，同时抓着他的双手，紧紧捏在自己手里，用炽热的目光直盯着他。

他大感惊奇，对她突如其来的兴奋甚至吃惊不小。

“你这是指去服苦役，不是吗，索尼娅？是得去投案自首，是吗?”他神情抑郁地问。

“去受苦受难，用这个赎罪，应该这样做。”

“不，我不去自首，索尼娅。”

“那以后你怎么活下去，怎么活下去呀？你的生活靠什么支撑呢?”索尼娅嚷道，“难道现在这样子能行吗？你怎么跟你母亲说呢？(啊，她们可怎么办哪?)不用说是我了！你连母亲和妹妹都抛弃了。要知道你已经抛弃了，抛弃了。啊，天哪!”她嚷道，“要知道这些他自己心里也明白呀！孤单一人怎么活下去呢！你现在可难办了呀!”

“别像小孩子似的，索尼娅,”他轻声地说，“我对他们有什么罪？我干吗要去投案？我对他们说什么呀？所有这一切只不过是幻觉……他们自己害了千千万万的人，还以为自己做了善事。他们都是骗子和坏蛋，索尼娅！……我不去。我去说什么呢？说我杀了人却没敢拿钱，把钱藏到石头底下了?”他面带讥讽的冷笑补充道，“要知道，他们会嘲笑我：傻瓜才不拿呢，真是胆小鬼，傻瓜！他们丝毫也不会理解，索尼娅，他们也不配理解。我为什么要去呢？我不去。别天真了，索尼娅……”

“你会痛不欲生的，你会痛不欲生的。”她一遍又一遍地说着，并向他伸出手去，绝望地哀求着。

“或许我骂自己说过了头,”他仿佛陷入沉思，忧郁地说，“说不定我还是个人，而不是虱子，过早地自责了……我还要抗争。”

他的嘴角露出傲慢的冷笑。

“就忍受这么大的痛苦！而且是一辈子，一生一世！……”

“我会习惯的……”他愁苦地说，若有所思。“听着,”停了片刻他又开口说道，“哭得够多了，该谈谈正事：我来这儿是为了告诉你，他们现在正在找我，要抓我……”

“哎呀!”索尼娅吓得惊叫起来。

“你叫什么呀！你不是希望我去服苦役吗，现在怎么又害怕啦？只不过我是不会向他们投降的。我还要与他们进行抗争，他们不会怎么样。没有确凿的证据。昨天我的处境非常危险，我还以为自己完蛋了呢；今天的情况有了好转。他们掌握的所有证据都是模棱两可的，也就是说我可以把他们的指控变成有利于我的证据，你明白吗？我能改变的，因为我现在已经学会了……但他们多半会把我关进牢房。要不是一个偶然的事件，今天他们大概已经把我关起来了，或许他们今天还会这样做……但这算不了什么，索尼娅：我坐上几天牢，然后他们就会把我释放的……因为他们不会有任何一个确凿的证据，我发誓。光凭他们掌握的那些东西是无法给人定罪的。好吧，行啦……我只不过想让你知道……我将想方设法不让我母亲和妹妹知道真相，不让她们担惊受怕……其实，我妹妹现在大概有了依靠……因而我母亲也就有了依靠……喏，没有别的了。不过，你得小心。我要坐了牢，你会来监狱看我吗?”

“噢，我会来的！我会来的！”

他俩并排坐着，愁苦绝望，如同暴风雨过后被孤零零抛在无人的荒岸上。他望着索尼娅，感到她眼里充满了怜爱，但奇怪的是他突然因有人这样爱他而感到沉重和痛苦。是的，这是一种奇特而可怕的感觉！当他来找索尼娅时，他觉得自己的希望和出路全在她身上；他以为能消除部分的痛苦。可现在，当她向他敞开了心扉时，他突然觉得并意识到，他比先前更加不幸了。

“索尼娅，”他说，“你最好不要来看我，如果我被关进牢房。”

索尼娅没有回答，她在哭泣。几分钟过去了。

“你有没有戴着十字架？”她出乎意料地问道，好像突然想到什么似的。

起初他没有明白过来。

“没有，真的没有？把这个，柏木的拿去吧。我还有一个，铜的，是丽莎维塔的。我同丽莎维塔交换了十字架，她把自己的十字架送给了我，而我把自己带圣像的送给了她。我以后就戴丽莎维塔的，这个给你。拿去吧……这是我的！这是我的！”她哀求道，“我们要一起受苦，也就一起背十字架！……”

“给我吧！”拉斯柯尔尼科夫说道。他不想伤她的心，然而，他又立刻缩回了已伸出去拿十字架的手。

“不是现在，索尼娅。最好以后给我。”为了安慰她，他添上了一句。

“行，行，最好以后，最好以后，”她激动地接着说，“等你一去受苦，马上就戴上。你到我这儿来，我给你戴上，然后我们一起祷告，一起走。”

就在这时，有人在门上敲了三下。

“索菲娅·谢苗诺芙娜，可以进来吗？”传来了一个非常熟悉的、彬彬有礼的声音。

索尼娅慌张地跑去开门。列别贾特尼科夫先生把淡黄色的头探进了屋子。

尾声第二章

他病了已经很长时间，但把他压倒的，不是可怕的苦役生活，不是苦工，不是难以下咽的饭菜，不是剃光的头，不是布条囚衣。啊，对他来说这种艰苦和折磨算不了什么。恰恰相反，他甚至喜欢干活；因为累得筋疲力尽，他至少可以安安稳稳睡上几个小时。对他来说，浮着蟑螂的清水菜汤又算得了什么呢？从前当大学生时他常常连这样的菜汤都喝不上呢。衣服是暖和的，也适合他现在的生活。他甚至都感觉不到戴着镣铐。他用得着对自己剃光头和穿拼条囚衣感到羞耻吗？在谁的面前感到羞耻呢？在索尼娅的面前？可索尼娅是怕他的，他会在她面前感到羞耻吗？

可实际上呢？他连在索尼娅面前也羞愧难当，别看他因此而对她态度轻慢粗鲁。不过他羞愧的不是剃光头和上镣铐。他羞愧是因为自尊心受到了巨大打击；他病倒正是起因于被摧毁的自尊心。啊，假如他能够自责罪己，那他是何等幸福哇！那样他就能忍受一切了，甚至能忍受耻辱。他对自己进行了严厉的考察，但他那铁面的良知在他过去的行为中没有发现任何特别可怕的罪行，只找到一点儿普通的失误，而失误是任何人都会有的。他感到耻辱的正是因为他，拉斯柯尔尼科夫，受无法左右的命运的指使，就这样盲从地彻底地稀里糊涂毁掉了自己，而如果他想做到多少问心无愧，就得接受和服从某个“荒唐”的判决。

现在是承受莫名的惶恐，而将来则是不停地牺牲，牺牲却又毫无所获，这就是他在世上所面临的命运。至于说再过八年他还只有三十二岁，还可以重新开始生活，那又有什么意义呢？他为什么要活着呢？有什么奔头？有什么追求？难道仅为了生存而活着吗？就是在过去，他也曾千百次矢志为思想，为希望，甚至为幻想而献出自己的生存。他向来不满足于仅仅生存；他总是希望更多的东西。也许只是凭着自己有极其强烈的希望，他当初才自认为比他人拥有更多的特权。

倘若命运能赐给他悔恨之心，一种强烈的悔恨，刻骨铭心，长夜难眠，痛苦得恨不得自缢投河，那该多好！啊，他会为此而感到高兴的！痛苦和泪水，同样也是生活呀。然而他没有悔恨自己犯罪。

至少他本可以恨自己的愚蠢，就像他以前恨自己那些使他锒铛入狱的荒唐而愚笨的行为。不过现在，当他已经身陷囹圄，时间有了自由，再仔细考察思索自己过去的行为，却根本不觉得愚蠢荒唐，像先前危机时刻所感觉到的那样。

“我的思想在哪一点上，”他思忖着，“比其他的思想和理论要愚蠢呢？那些思想和理论早自这个世界诞生就一直存在并相互冲突着。只要用完全独立的、宽广的、不落俗套的眼光来观察，那么我的思想就完全不是那么……古怪。啊，卑微的否定者和哲人，你们为什么要半途而废呀！”

“我的行为中有什么让他们觉得荒唐呢，”他扪心自问，“因为我的行为是一种恶行？‘恶行’意味着什么？我问心无愧。当然，我犯了刑事罪；当然，我犯了法，杀了人，那你们就依法杀我的头好啦！……仅此而已。当然，如果是这样的话，许多人类的救世主若非继承来的权力，而是夺取来的权力，那也就在刚刚创业时便被送上绞架了。可是这些人迈过了第一步，因此他们就正确了，而我没有迈过去，因此我就没权利这么做。”

他也仅仅是在这一点上承认自己是有罪的：那就是他失败了，因此他去投案自首。

他还因为一个想法而痛苦不堪：当初他为什么没有自杀？当初他为什么在河边徘徊却选择了投案自首？难道活下去的愿望有那么强烈，而战胜这种愿望竟会那么困难？怕死的斯维德里盖洛夫不是战胜了吗？

他常常痛苦地向自己提出这个问题，他不理解，早在他徘徊河边时他可能已经预感到自己身上和自己的信念中有着极大的虚伪性。他不理解，这种预感可能成为他生活中未来转机的一个先兆，他将来精神复活的一个先兆，他后来获得新人生观的一个先兆。

他倾向于认为这只是一种愚钝而沉重的本能，他无力摆脱和超越（由于软弱和渺小）的本能。他看看与他同狱的囚犯们，不禁好生奇怪：他们也都是那么热爱生活，那么珍惜生活！他特别地觉得，人们在监狱里要比自由时加倍地热爱生活，加倍地珍惜生活。他们之中有些人，比如流浪汉，什么可怕的痛苦和折磨没有经受过！对他们来说，难道一丝阳光，一片茂密的森林，某处荒原上的一股清泉，能有很大的意义吗？可是他们提早两年就思念起这些地方，像渴望见到情人那样企盼着，会在梦里见到它，梦见清泉周围的绿茵，灌木丛中啼啭的小鸟。随着进一步的观察，他发现了一些更难解释的事情。

当然，在监狱里，在他周围的人群里，他有许多事情没有注意到，而且也根本不想去注意。他似乎垂下眼睛过日子，因为看着感到厌恶，不堪忍受。但到最后还是有许多事情让他惊奇，他好像不由自主地开始留意那些他先前没想到的事情。最使他吃惊的，是在他与所有这些人之间横着一条不可逾越的可怕的鸿沟。他与他们好像是两个民族。他与他们彼此猜疑，互相敌视。他知道并理解产生这种分歧的一般原因，不过他以前无论如何也没料到，这种原因实际上会这么深刻而强大。监狱里还有被流放的波兰人，都是政治犯，他们简直把这一群人视做是野蛮人和奴仆，看不起他们。拉斯柯尔尼科夫则不是这样看待他们的，他看得很清楚，这些野蛮人在许多方面远比那些波兰人聪明。这里也有些俄国人，比如一个从前的军官，两个神学院的学生，他们同样极其瞧不上波兰人。拉斯柯尔尼科夫也清晰地看出了他们的错误。

至于他自己，这里的人都不喜欢他，避免同他接触。后来甚至仇视起他来，为什么呢？他也不知道。那些罪行比他要严重得多的囚犯，都鄙视他，嘲讽他，嘲讽他所犯下的罪行。

"你是个老爷!"他们对他说，"你哪能随身带着斧头；这压根儿不是老爷们干的事。"

在大斋[①]的第二个星期，轮到他与同牢囚犯一起去做斋戒祈祷。他同别人一起去了教堂。一次为了点什么事，他自己也不清楚，忽然发生了争执；群情激愤，一下子都攻击起他来。

"你这个无神论者！你不信上帝!"他们朝他吼叫着，"就该打死你。"

他从来没有同他们谈过上帝，谈过信仰，可他们却想把他当做无神论者杀死；他一声不吭，没有去反驳。一个囚犯狂怒地朝他扑去；[②] 拉斯柯尔尼科夫沉着地默默等待着，连眉毛也没动一下，脸上神情自若。看守及时站到了他与凶手之间，要不然准会流血的。

还有一件事他大惑不解，为什么他们都这么喜欢索尼娅？她并不巴结人们，人们也很少见到她，只是偶尔在干活的地方见她来上片刻，为的是能够看一看他。可是人们都认识她了，知道她是陪着他来到这里的，也知道她靠什么谋生，住在哪儿。她没有给过他们钱，也没有帮过特别的忙。只有一次是在圣诞节，她给监狱里所有囚犯送去了馅饼和白面包。但渐渐地他们与索尼娅之间建立起某种比较亲密的关系：她替他们给亲人写信，并帮他们把信寄走。他们的亲人到城里来时，按照他们的交代，把带来的物品甚至现钱，都交给索尼娅。他们的妻子和亲人都知道她，常常去找她。有时她去工地找拉斯柯尔尼科夫，或者同正去上工的一批囚犯相遇，所有的囚犯都会脱下帽子，向她打招呼说："妈妈，索菲娅·谢苗诺芙娜，你是我们的母亲，温柔亲爱的母亲!"那些脸上烙印的粗野囚犯对这个瘦小女人这样说话。她微笑着鞠躬还礼。所有的人都喜欢看她对人们微笑。他们甚至还喜欢她走路的姿势，转过头去目送她远去，开口夸赞她；他们甚至夸赞她长得个子小，总之不知道该赞美什么好。有人还去找她看病。

---

① 基督教为教徒所规定的斋期，在复活节前七个星期；斋期里不许吃荤食，禁止娱乐和结婚，还有其他一些禁忌。

② 这里的描述具有自传色彩，陀思妥耶夫斯基曾在1854年2月22日给哥哥的信中写道："……对于我们这些贵族，他们抱有敌意，他们幸灾乐祸地看着我们的痛苦……"在《死屋手记》中也有相关的描写。

斋期的最后几天和复活节，他都是躺在医院里度过的。[①] 当病情好转时，他回想起了自己发烧昏迷时做的梦。他梦见全世界都在遭遇一场前所未闻的可怕鼠疫，它从亚洲内陆传到了欧洲。所有的人都将丧命，只极少数特殊人物才能幸免。出现了某种新的旋毛虫，是侵入人体的微生物。[②] 但这些微生物都是有智慧和意志的精灵。被精灵附体的人们立刻变得疯疯癫癫。但是，从来也没有人，从来也没有人会像精灵附体的人那样自以为是足智多谋，自以为掌握不可动摇的真理。从来也没有人会像他们那样坚信自己的判断力，坚信自己得出的科学结论，坚信自己所具有的道德观和信仰。一个个村庄，一座座城镇和一群群人都被传染上了，都发疯了。所有的人都惶恐不安，互不理解；每个人都以为只有他一个人掌握着真理，看到别人就痛苦万分，捶胸顿足，又是哭，又是绞着指头。他们不知道该责怪谁，该如何去判断，也无法达到一致看法：什么是美，什么是恶。他们不知道判谁有罪，判谁无辜。人们以一种毫无意义的仇恨，彼此残杀。他们调集了大量的军队准备对攻，但军队还在途中便突然自相残杀起来，队伍乱不成军，士兵们彼此扭打在一起，刺呀，砍哪，咬哇。城市里整日警报声不断，要召集起所有的人；但谁在召集，召集人们干什么，对此没有人知道；所有人都惶惶不可终日。日常工作全停顿下来，因为每个人都在提出自己的观点，提出自己的改正案，但无法达成一致；农事也荒废了。有的地方人们聚集到一起，协商共同去干某件事，并发誓绝不分离，但一转眼他们便干起截然相反的事，开始互相指责，互相殴打厮杀。到处着起大火，发生了饥荒。一切都在毁灭。瘟疫蔓延开来，范围越来越大。整个世界只有个别几个人得以幸存，他们是纯洁而优异的人物，他们的使命是创造新的人类和新的生活，复兴和净化大地；可是任何人在任何地方都没见过这些人，谁也没有听到过他们的话语和声音。[③]

拉斯柯尔尼科夫感到备受折磨，这个毫无意义的梦魇竟在他心中留下了十分忧郁痛苦的回忆，那一幻景久久萦绕在他的脑际。已是复活节后的第二周了，天气晴朗，春意盎然；囚犯病房里打开了窗子(窗子装有铁栅栏，窗下有卫兵巡逻)。在他生病期间，索尼娅只有两次在病房里看到了他；每次都得申请准许，但这是很难的。不过她常到医院的院子里去，站在窗下，特别是在傍晚时；有时只能在院子里站上片刻，从远处看一眼那间病房的窗口。有一天傍晚时分，几乎已经完全康复的拉斯柯尔尼科夫睡着了；他醒后无意中走到窗前，突然看见远处在医院大门口旁的索尼娅。她站在那里似乎等着什么。此时他的心仿佛被什么刺了一下，他浑身一抖，急忙离开了窗子。第二天索尼娅没有来，第三天也没有来；他察觉自己在心神不安地等着她。他终于出院了。回到监狱后，他从其他犯人那里得知，索菲娅·谢苗诺芙娜病倒了，躺在家里不能出门。

他非常不安，托人去打听她的病情。很快他就得知她的病没什么危险。索尼娅也了解到他很想念、关心她，便托人给他带去一张铅笔写的便条，告诉说她好多了，只不过

① 陀思妥耶夫斯基在流放期间也因病住过院。

② 在1865年年底至1866年年初的俄国报纸上刊登过一些让人不安的消息，说发现了一些微生物，即旋毛虫，它们能导致流行病。——俄编注

③ 这一象征性梦境表现了小说的哲理和警示：个人主义得逞而忘记人们之间的道义联系会给文化带来毁灭性的后果。

受了点风寒；不用多久就能去工地看他。读着这张便条，他的心怦怦跳动，感到一阵痛苦。

天气又是那么晴朗，暖洋洋的。清晨六点钟，他到河岸上去干活了。那里的一个板棚中，有座烧制建筑石膏的窑，他们就在那儿捣石膏。共派去了三个人，一个囚犯跟看守去要塞取什么东西，另一个在准备木柴，把柴火堆放到窑里。拉斯柯尔尼科夫走出棚子，来到河岸上，坐在板棚旁的一堆圆木上，眺望起那宽阔而荒凉的大河。从高高的河岸上放眼望去，四周的景色尽收眼底。从遥远的对岸传来一阵歌声，隐约可辨。在那洒满阳光的辽阔无际的草原上，牧民们的帐篷像一个个小黑点，依稀可见。那边是自由的天地，生活着与这里人们截然不同的另一类人。在那边，仿佛连时间都停步不动了，好像亚伯拉罕[①]及其部落的时代还没有流逝。拉斯柯尔尼科夫坐着，一动不动地凝视；他的思念变成了幻觉和遐想；他什么都不想，却有一种愁情使他不安，使他痛苦。

突然间，索尼娅出现在他的身旁。她悄悄走到跟前，在他身边坐了下来。天色还早，晨寒尚未散尽。她穿着破旧的斗篷大衣，扎着绿头巾，脸上还留着病容：消瘦、苍白、憔悴。她亲切而又高兴地对他微微一笑，仍像往常一样胆怯地向他伸出了自己的手。

她向他伸手总是这样怯生生地，有时根本就不伸手，好像害怕他拒绝握手。他一向也似乎很厌烦地握住她的手，好像不大高兴见她。有时她来看他，他执意一声不吭，弄得她在他面前战战兢兢，心情沉重地离开了。但此刻他们的手紧紧地握在了一起；他飞快地瞥了她一眼，一句话也没说，便低下头望着地面。只有他们两人，谁也看不见他们。这时看守也把头扭开了。

这是怎么发生的，他自己也不明白，突然像有什么东西抓起他，扔到了她的脚边。他哭着搂住了她的膝盖。在最初的瞬间，她大惊失色，一下跳了起来，浑身颤抖地望着他。但随即她就恍然大悟了。她两眼闪现出无限幸福的光芒；她明白了，而且再也无须怀疑：他爱她，深深地爱着她，终于等来了这一时刻……

他俩想说点什么，却说不出话来。两人都热泪盈眶。他们都苍白消瘦，但在两张苍白病态的脸上已经出现未来完全新生的曙光。爱情使他们获得了新生，两颗心相互成了取之不尽的生命源泉。

他们决心等待和忍耐。他们还得等上七年的时间，七年间还会有多少难忍的痛苦，多少无尽的幸福啊！但他已获得新生，他意识到了这一点，并以全新的感受体验到了这一点；而她呢，她不正是以他的生命为生命吗！

这天晚上，当牢房的门上锁以后，拉斯柯尔尼科夫躺在铺板上思念着她。在这一天里，他觉得过去是他对头的囚犯们，好像已是用另一种眼光看他。他甚至主动跟他们说话，他们也亲切地回答他。这时他回忆起了日间情形，其实不是正该如此吗？因为如今一切都应改变了呀！

他思念着她。他回想起自己是如何不断地折磨她，伤她的心；回想起她那苍白而消瘦的面孔；不过，这些回忆此刻几乎并没有使他感到痛苦，因为他知道，他如今要用无限的爱来补偿她忍受的一切痛苦。

---

① 神话中犹太人的始祖，他曾带领犹太人在巴勒斯坦放牧，过着游牧的生活。

所有这一切，过去所有的痛苦，算得了什么呢！此刻，在他精神初振的时候，所有的一切，甚至他的罪行，甚至判刑和流放，都仿佛是身外之事，是奇闻，甚至与他并不相干。不过这天晚上他无法长时间不停地思索什么，无法全神贯注地去想什么；他更不能意识清醒地去决定什么；他只剩下了感觉。生活代替了思辨而来，意识也应该形成一种全新的方式。

他的枕头底下放着一本圣经。[①] 他不经意地把它拿了出来。这本书是她的，她曾从中给他读过拉撒路复活的一章。在刚服苦役时，他以为她会用宗教来折磨他，给他讲圣经，塞给他书读。令他大为惊奇的是，她一次也没有谈起过宗教，甚至一次也没有提出把圣经给他。这本书是他在生病前不久，自己开口向她要的，于是她一声不吭地把书给他带来了，直到现在他也没有打开过。

此时他同样没有打开书，但有个念头闪过他的脑海："难道她的信仰如今能不成为我的信仰吗？她的感情，她的追求，至少……"

这一整天，她心情一直很激动，甚至夜里又生起病来。但她感到无比幸福，几乎因自己的幸福而受宠若惊。七年，只不过七年！在他们的幸福降临初期，有那么一些时刻，他俩都宁愿把这七年看做只是七天。他甚至忘记了，他的新生不会这么轻而易举地得到，为此须要付出昂贵的代价，还得在未来做出巨大的功绩才行……

不过历史现在已经揭开了新的一页，这是人逐渐新生的历史；是人逐渐脱胎换骨，逐渐从一个世界转入另一个世界，逐渐了解前所未闻的崭新现实的历史。这能够成为一篇新小说的题材，而我们现在的小说就此结束了。

【选自[俄]陀思妥耶夫斯基：《罪与罚》，力冈、袁亚楠译，石家庄，河北教育出版社，2010】

---

① 陀思妥耶夫斯基就常常把圣经放在枕头下面。

托尔斯泰

列夫·托尔斯泰(1828—1910)是俄国伟大作家，19世纪现实主义文学最重要的代表之一。他的长篇小说《战争与和平》(1863—1869)和《安娜·卡列尼娜》(1873—1877)堪称世界小说的巅峰之作，《复活》(1889—1899)则是托尔斯泰一生精神探索的总结。

本书所选《安娜·卡列尼娜》的章节，描写了安娜与伏伦斯基的相遇及安娜的自杀，列文的农事活动与最终获得内心的平静。安娜是一个追求个性解放的女性形象。托尔斯泰欣赏安娜的生命激情，肯定她追求个人幸福的权利，但又认为安娜为追求个人爱情而破坏了家庭，离爱的最高境界“爱他人”还有距离。列文是托尔斯泰笔下探索型人物形象的一个发展。他想通过贵族的自我完善、自我调整，使自己的阶级适应时代，进而脱胎换骨。最后，列文从大自然和农民那里获得启悟，认识到生命的意义在于“为上帝、为灵魂活着”，要不断进行道德的自我完善。

《安娜·卡列尼娜》是一部心理现实主义小说。安娜和列文的心理过程还有明显的差异，安娜侧重于情感的矛盾和斗争，列文则偏向智性思考和顿悟。托尔斯泰在心理表现的手法上也作了种种探索，安娜临自杀前的心理形态被一些学者认为开启了日后小说中意识流描写的先河。

长篇小说《复活》是托尔斯泰长期精神探索的总结性作品。贵族涅赫柳多夫在姨妈乡间庄园度假时诱奸了她的养女兼女佣马斯洛娃。十年后，沦为妓女的马斯洛娃因和一宗投毒案有牵连而被判有罪。涅赫柳多夫作为审判的参与者，心灵受到极大震撼，决心赎自己的罪。他向马斯洛娃求婚，并为救助她多方奔走。替马斯洛娃上诉失败后，又随马斯洛娃一起去她的流放地西伯利亚。本书节选的第一个场景中，无辜的马斯洛娃出庭受审，而造成她堕落的真正罪犯涅赫柳多夫却坐在陪审席上，荒谬的结果在涅赫柳多夫心灵掀起风暴。第二个场景是追溯十年前二人初次相见时的情形。涅赫柳多夫是一个精神探索型主人公，他忏悔和赎罪的过程与对国家制度、社会制度、教会制度和经济制度的猛烈批判之间具有同构性。此外，主人公的精神转变被提升到对人类终极意义上的祝福的高度来看待。主人公精神探索的真诚，那种近乎自虐的灵魂拷问，自觉的人类承担，具有巨大的道义上的力量。

安娜·卡列尼娜(节选)

第一部

十八

伏伦斯基跟着列车员登上车厢，在入口处站住了，给一位下车的太太让路。伏伦斯基凭他丰富的社交经验，一眼就从这位太太的外表上看出，她是上流社会的妇女。他道歉了一声，正要走进车厢，忽然觉得必须再看她一眼。那倒不是因为她长得美，也不是因为她整个姿态所显示的风韵和妩媚，而是因为经过他身边时，她那可爱的脸上现出一种异常亲切温柔的神态。他转过身去看她，她也向他回过头来。她那双深藏在浓密睫毛下闪闪发亮的灰色眼睛，友好而关注地盯着他的脸，仿佛在辨认他似的，接着又立刻转向走近来的人群，仿佛在找寻什么人。在这短促的一瞥中，伏伦斯基发现她脸上有一股被压抑着的生气，从她那双亮晶晶的眼睛和笑盈盈的樱唇中掠过，仿佛她身上洋溢着过剩的青春，不由自主地忽而从眼睛的闪光里，忽而从微笑中透露出来。她故意收起眼睛里的光辉，但它违反她的意志，又在她那隐隐约约的笑意中闪烁着。

伏伦斯基走进车厢。伏伦斯基的母亲是个黑眼睛、卷头发的干瘪老太太。她眯缝着眼睛打量儿子，薄薄的嘴唇露出一丝笑意。她从座位上站起身来，把手提包递给侍女，伸出一只皮包骨头的小手给儿子亲吻，接着又托起儿子的脑袋，在他的脸上吻了吻。

“电报收到了？你身体好吗？赞美上帝!”

“您一路平安吧?”儿子说，在她旁边坐下来，不由自主地倾听门外一个女人的声音。他知道这就是刚才门口遇见的那位太太在说话。

“我还是不同意您的话。”那位太太说。

“这是彼得堡的观点，夫人。”

“不是彼得堡的观点，纯粹是女人家的观点。”她回答。

“那么让我吻吻您的手。”

“再见，伊凡·彼得罗维奇。请您去看看我哥哥来了没有，要是来了叫他到我这儿来。”那位太太在门口说，说完又回到车厢里。

“怎么样，找到哥哥了吗?”伏伦斯基伯爵夫人问那位太太。

伏伦斯基这才想起，她就是卡列宁夫人。

“您哥哥就在这儿。”他站起来说。“对不起，我刚才没认出您来。说实在的，我们过去见面的时间太短促，您一定不会记得我了。”伏伦斯基一面鞠躬，一面说。

“哦，不，”她说，“我可以说已经认识您了，因为您妈妈一路上尽是跟我谈您的事情，”她说，终于让那股按捺不住的生气从微笑中流露出来，“哥哥我可还没见到呢。”

“你去把他找来，阿历克赛。”老伯爵夫人说。

伏伦斯基走到站台上，叫道：

“奥勃朗斯基！这儿来！”

但安娜不等哥哥走过来，一看到他，就迈着矫健而又轻盈的步子下了车。等哥哥一走到她面前，她就用一种使伏伦斯基吃惊的果断而优美的动作，左手搂住哥哥的脖子，迅速地把他拉到面前，紧紧地吻了吻他的面颊。伏伦斯基目不转睛地瞧着她，自己也不知道为什么，一直微笑着。但是一想到母亲在等他，就又回到车厢里。

“她挺可爱，是不是?”伯爵夫人说到卡列宁夫人。“她丈夫让她同我坐在一起，我很高兴。我同她一路上尽是谈天。噢，我听说你……你一直还在追求理想的爱情。这太好了，我的宝贝，太好了。”

“我不知道您指的是什么，妈妈，”儿子冷冷地回答。“那么妈妈，我们走吧。”

安娜又走进车厢，来同伯爵夫人告别。

“您瞧，伯爵夫人，您见到了儿子，我见到了哥哥，”她快活地说。“我的故事全讲完了，再没有什么可讲的了。”

“哦，不，”伯爵夫人拉住她的手说，“我同您在一起，就是走遍天涯也不会觉得寂寞的。有些女人就是那么可爱，你同她谈话觉得愉快，不谈话同她一起坐坐也觉得愉快。您就是这样一位女人。您不必为您的儿子担心：总不能一辈子不离开呀。”

安娜挺直身子，一动不动地站着。她的眼睛含着笑意。

“安娜有个八岁的儿子，”伯爵夫人向儿子解释说，“她从没离开过儿子，这回把儿子留在家里，她总是不放心。”

“是啊，伯爵夫人同我一路上谈个没完，我谈我的儿子，她谈她的儿子。”安娜说。她的脸上又浮起了微笑，一个对他而发的亲切的微笑。

“这一定使您感到很厌烦吧。”伏伦斯基立刻接住她抛给他的献媚之球，应声说。不过，安娜显然不愿继续用这种腔调谈下去，就转身对伯爵夫人说：

“我真感谢您。我简直没留意昨天一天是怎么过的。再见，伯爵夫人。”

“再见，我的朋友，”伯爵夫人回答，“让我吻吻您漂亮的脸。不瞒您说，我这老太婆可真的爱上您了。”

这句话尽管是老一套，安娜却显然信以为真，并且感到很高兴。她涨红了脸，微微弯下腰，把面颊凑近伯爵夫人的嘴唇，接着又挺直身子，带着荡漾在嘴唇和眼睛之间的微笑，把右手伸给伏伦斯基。伏伦斯基握了握她伸给他的手，安娜也大胆地紧紧握了握他的手。她这样使劲的握手使伏伦斯基觉得高兴。安娜迅速地迈开步子走出车厢。她的身段那么丰满，步态却那么轻盈，真使人感到惊奇。

“她真可爱。”老太婆说。

她的儿子也这样想。伏伦斯基目送着她，直到她那婀娜的身姿看不见为止。伏伦斯基脸上一直挂着微笑。他从窗口看着她走到哥哥面前，拉住他的手，热烈地对他说话。说的显然是同他伏伦斯基不相干的事。这使他感到不快。

“哦，妈妈，您身体好吗?”他又一次对母亲说。

“很好，一切都很好。阿历山大长得很可爱，玛丽雅长得挺漂亮。她真好玩。”

伯爵夫人又说起她最得意的事——孙儿的洗礼。她就是为这事特地到彼得堡去了一次。她还谈到皇上赐给她大儿子的特殊恩典。

“啊，拉夫伦基来了，”伏伦斯基望着窗外说，“您要是愿意，现在可以走了。”

伯爵夫人的老当差走进车厢报告说，一切准备就绪。伯爵夫人站起来准备动身了。

“走吧，现在人少了。”伏伦斯基说。

侍女拿着手提包，牵着狗；老当差和搬运工拿着其他行李。伏伦斯基挽着母亲的手臂。他们走出车厢的时候，忽然有几个人神色慌张地从他们身边跑过。戴着颜色与众不同的制帽的站长也跑过去了。显然是出了什么事。已经下车的旅客也纷纷跑回来。

“什么？……什么？……自己扑上去的！……轧死了！……”过路人中传出这一类呼声。

奥勃朗斯基挽住妹妹的手臂，也神色慌张地走回来。他们在车厢门口站住，避开拥挤的人群。

太太们走到车厢里，伏伦斯基同奥勃朗斯基跟着人群去打听这场车祸的详情。

一个看路工，不知是喝醉了酒，还是由于严寒蒙住耳朵，没有听见火车倒车，竟被轧死了。

不等伏伦斯基和奥勃朗斯基回来，太太们已从老当差那儿打听到了详细经过。

奥勃朗斯基和伏伦斯基都看到了血肉模糊的尸体。奥勃朗斯基显然很难过。他皱着眉头，眼看就要哭出来了。

“哎呀，真可怕！哎呀，安娜，还好你没看见！哎呀，真可怕！”他喃喃地说。

伏伦斯基不作声。他那张俊美的脸很严肃，但十分平静。

“哎呀，伯爵夫人，您还好没看见，”奥勃朗斯基说，“他老婆也来了……看见她真难受……她一头扑在尸体上。据说，家里有一大帮子人全靠他一个人养活。真可怜！”

“不能替她想点办法吗？”安娜激动地低声说。

伏伦斯基瞅了她一眼，立刻走下车去。

“我马上回来，妈。”他从门口回过头来说。

几分钟以后，当他回来的时候，奥勃朗斯基已经在同伯爵夫人谈论那个新来的歌星了，但伯爵夫人却不耐烦地望着门口，等儿子回来。

“现在我们走吧。”伏伦斯基走进来说。

他们一起下了车。伏伦斯基同母亲走在前面。安娜同她哥哥走在后面。在车站出口处，站长追上了伏伦斯基。

“您给了我的助手两百卢布。请问您这是赏给谁的？”

“给那个寡妇，”伏伦斯基耸耸肩膀说，“这还用问吗？”

“是您给的吗？”奥勃朗斯基在后面大声问。他握住妹妹的手说：“真漂亮！真漂亮！他这人挺可爱，是吗？再见，伯爵夫人。”

他同妹妹站住了，找寻她的侍女。

他们出站的时候，伏伦斯基家的马车已经走了。从站里出来的人们还纷纷议论着刚才发生的事。

“死得真惨哪！”一位先生在旁边走过说，“听说被轧成两段了。”

“我的看法正好相反，这是最好过的死法，一眨眼就完了。”另一个人说。

“怎么不采取些预防措施啊！”第三个人说。

安娜坐上马车。奥勃朗斯基惊奇地看到她的嘴唇在哆嗦，她好容易才忍住眼泪。

“你怎么啦，安娜?”他们走了有几百码路，他问道。

“这可是个凶兆。”她说。

“胡说八道!”奥勃朗斯基说，“最要紧的是你来了。你真不能想象，我对你抱有多大的希望啊!”

“你早就认识伏伦斯基了?”她问。

“是的。不瞒你说，我们都希望他同吉娣结婚呢。”

“是吗?”安娜悄悄地说。“哦，现在来谈谈你的事吧，”她接着说，抖了抖脑袋，仿佛要从身上抖掉什么妨碍她的累赘似的，“让我们来谈谈你的事。我接到你的信就来了。”

“是啊，如今全部希望都在你身上了。”奥勃朗斯基说。

“那么，你把事情经过都给我讲讲吧。”

奥勃朗斯基就讲了起来。

到了家门口，奥勃朗斯基扶妹妹下了车，叹了一口气，握了握她的手，自己就到官厅办公去了。

第三部

五

早饭以后，列文在行列中的位置变了，他的一边是个爱开玩笑、要求同他并肩割草的老头儿，另一边是那个去年秋天刚成亲、头一次出来割草的小伙子。

那老头儿挺直身子，两脚向外撇，稳健地大踏步向前走去，同时像走路时随便摆动两臂那样，轻松地把草割下来，堆成整齐的高高的草垛。仿佛不是他，而是锋利的镰刀自动割下多汁的青草。

小伙子米施卡走在列文后面。他那青春焕发的可爱脸庞因为使劲而牵动着，他的头发用新鲜的草扎住。不论谁向他瞧瞧，他总是露出微笑。看样子，他是死也不肯承认，干这活是很累的。

列文夹在他们两人中间。他觉得大热天割草并不太费力。浑身出汗使他感到凉快，而那烧灼着他的脊背、头部和肘部以下裸露的双臂的太阳，却给他增添了劳动的毅力和干劲。他越来越频繁地处在那种忘我的陶醉状态。镰刀自动地割着草。这真是幸福的时刻。更愉快的是，当他们走到行列尽头的河边时，老头儿用湿草擦擦镰刀，把刀口浸到清清的河水里洗濯，又用装磨刀石的盒子舀了一点水，请列文喝。

“喂，尝尝我的克瓦斯！怎么样，味道好吗?”他眨眨眼睛说。

列文确实从没喝过这种带有绿萍和铁皮磨刀石盒锈味的温水。喝过水以后，他一只手撑着镰刀，心旷神怡地慢慢踱着步。这当儿，可以拭去流下来的汗水，深深吸一口气，望望排成一长行的割草人以及树林里和田野上的景色。

列文割得越久，越频繁地处在忘我的陶醉状态中，仿佛不是他的双手在挥动镰刀，而是镰刀本身充满生命和思想，自己在运动，而且仿佛着了魔似的，根本不用思索，就有条不紊地割下去。这实在是最幸福的时刻呀。

只有当他遇到土墩或者难割的酸模，需要考虑该怎么割时，他才停止这种无意识的动作，感到劳动是费力的。老头儿干这活儿一直很轻松。遇到土墩，他就改变姿势，时而用刀刃，时而用刀尖，小幅度地从两边割去土墩周围的草。他一面割，一面总是留神观察前面的景象。他一会儿割下一段酢浆，自己当场吃掉或者给列文吃；一会儿用刀尖割下一段树枝；一会儿看看鹌鹑的巢，母鸟怎样从刀尖下飞走；一会儿又在路上捉到一条蛇，用镰刀像叉子一样把它挑起来，给列文看看，又把它扔掉。

列文也好，他背后那个小伙子也好，要这样改变劳动姿势都很困难。他们两人不断重复着一种紧张的动作，沉浸在劳动的狂热中，没有本领改变这动作和观察前面的景象。

列文没有注意时间在怎样过去。要是有人问他割了多久，他会说才半小时，其实已是吃午饭的时候了。当他们割完一行转过身来时，老头儿叫列文看看那些从四面八方走来的男女孩子。他们的小手拿着一袋袋沉甸甸的面包和用破布塞着的一罐罐克瓦斯，穿过几乎遮没他们身子的高高的草丛和道路，向割草的农民走来。

“你瞧，那些小虫子爬来了!”他指指孩子们说，接着手搭凉棚望望太阳。

他们又割了两行，老头儿站住了。

“哦，老爷，该吃饭了!”他断然说。割草的农民走到河边，穿过刚割过的一行行草地，向堆放衣服的地方走去。送饭来的孩子正坐在那边等他们。农民们聚集起来：远的聚在大车旁边，近的聚在铺着青草的柳树底下。

列文坐在他们旁边，他不想走开。

农民们在老爷面前早已一点也不觉得拘束了。他们在准备吃饭。老头儿们在洗脸，小伙子们在河里洗澡，也有人在安排休息的地方。他们解开面包袋，打开装克瓦斯的罐子。那老头儿把面包掰碎，放在碗里，用匙柄揉压，从磨刀石盒里倒些水，再捏些面包进去，又撒了些盐，接着就向东方祷告。

“哦，老爷，您尝尝我的泡面包吧。”他跪在碗前面说。

这泡面包味道实在好，列文吃得不想回家去吃饭了。他同老头儿一起吃饭，跟他闲话家常，并且把自己的事和老头儿可能感兴趣的情况全告诉了他。他觉得他对待这老头儿比对待哥哥还亲。想到他竟会有这样的感情，他不禁亲切地笑了。老头儿又站起来，做了祷告，然后拿一把草当枕头，在矮树旁躺下。列文也照他的样做了。尽管太阳底下有纠缠不清的苍蝇和爬得他汗湿的面孔和身体发痒的虫子，但他很快就睡着了。直到太阳移到矮树的另一边，照在他身上的时候，他才醒过来。老头儿早已起来，坐在那里给小伙子们磨镰刀。

列文向四下里看了一下，简直不认得这地方了。一切都变了样。有一大片草地割过了，它在夕阳的斜照下，连同一行行割下的芬芳的青草，闪出一种异样的光辉。那河边被割过的灌木，那原来看不清的泛出钢铁般光芒的弯弯曲曲的河流，那些站起来走动的农民，那片割到一半的草地上用青草堆起来的障壁，那些在割过的草地上空盘旋的苍鹰，——一切都显得与原来不同了。列文清醒过来，估量着已经割了多少，今天还能割多少。

四十二个人割草的成绩很不错。这块大草地，在农奴制时代三十个人要割两天，如今已全部割好了。只剩下几个短行的边角还没有割。列文希望这一天割得越多越好，因此看到太阳很快就要落山，有点懊丧。他一点儿也不觉得疲劳，一心只想尽可能多干些，干得快些。

“我们把马施金高地也割了，你说怎么样?”他问老头儿。

“看上帝的意思吧。太阳已经不高了。您给小伙子们喝点伏特加好不好?”

午饭以后，大伙儿又坐下来，吸烟的人吸起烟来，这时候老头儿向大家宣布：“割完马施金高地，请大伙儿喝伏特加。”

“嘿，行啊！走吧，基特！我们加把劲！晚上来喝个痛快吧。走吧!”大家异口同声地说。他们不等吃完面包，就又干了起来。

“喂，弟兄们，打起精神来!”基特说着，一马当先，像跑步一般走去。

“走吧，走吧!”老头儿说着，跟在他后面，一下子就赶上了他，“当心哪！我可要赶过你了!”

小伙子和老头儿都争先恐后地割着草。他们割得很快，却没有把草糟蹋，一行行照样割得整整齐齐。剩下的一个角落只花五分钟就割完了。最后几个人割完他们剩下的几行，前面几个已拿起上衣往肩上一搭，穿过大路向马施金高地走去。

当他们带着叮当作响的磨刀石盒，走进马施金高地树木茂盛的谷地时，太阳已经快落到树梢后面了。谷地中央的草长得齐腰高，草茎很软，草叶很阔，树林里处处都是三色堇。

大家简短地商量了一下，究竟直割好还是横割好，然后叶尔米林一马当先，向前走去。他个儿高大，皮肤黧黑，也是个出名的割草能手。他走在行列前头，回过头来，开始割草。大家跟在他后面，沿着谷地走下山坡，又来到山坡上树林的边缘。太阳落到树林后面去了。已经有露水了，割草的农民只有在小山上才照得到太阳，但在有雾霭升起的低地和小山的另一边，他们就在阴凉的露珠滚滚的地方割草。活儿干得热火朝天。

割草时，野草飒飒作响，散发出芬芳的香味，高高地堆成一行又一行。割草的农民从四面八方聚集到短短的一行行草地上，把磨刀石盒震得铿锵作响，一会儿是镰刀的碰击声，一会儿是磨刀声，一会儿又是欢乐的喧闹声，大家都你追我赶地割着。

列文仍旧夹在小伙子和老头儿中间。老头儿穿上羊皮袄，还是兴致勃勃，说着笑话，动作很麻利。树林里，杂生在青草丛中的肥大的桦树菌，不时被镰刀割断。老头儿一遇到蘑菇，就弯下腰，捡起来放在怀里。“再给老太婆送个礼。”他每次总是这样说。

尽管刈割湿润而柔软的草并不费劲，但是沿着谷地的斜坡爬上爬下却很吃力。可是老头儿满不在乎。他仍旧那样挥动镰刀，他那穿着一双大树皮鞋的脚，稳稳当当地迈着小步，慢吞吞地爬上斜坡。虽然由于使劲他整个身子和拖到衬衫下面的短裤都在不断晃动，但他并不放过一根小草，一个蘑菇，而且仍旧跟农民和列文说着笑话。列文跟在他后面，常常觉得拿着镰刀爬那种空手都很难爬的陡坡准会摔跤；但他还是爬了上去，做了应该做的事。他觉得仿佛有一种外力在推动着他。

第七部

三十一

铃声响了。有几个年轻人匆匆走过。他们相貌难看，态度蛮横，却装出一副煞有介事的样子。彼得穿着制服和半统皮靴，他那张畜生般的脸现出呆笨的神情，也穿过候车室，来送她上车。她走过站台，旁边几个大声说笑的男人安静下来，其中一个低声议论着她，说着下流话。她登上火车高高的踏级，独自坐到车厢里套有肮脏白套子的软座上。手提包在弹簧座上晃了晃，不动了。彼得露出一脸傻笑，在车窗外掀了掀镶金线的制帽，向她告别。一个态度粗暴的列车员砰的一声关上车门，上了闩。一位穿特大撑裙的畸形女人(安娜想象着她不穿裙子的残废身子的模样，不禁毛骨悚然)和一个装出笑脸的女孩子，跑下车去。

“卡吉琳娜·安德列夫娜什么都有了，她什么都有了，姨妈!”那女孩子大声说。

“连这样的孩子都装腔作势，变得不自然了。”安娜想。为了避免看见人，她迅速地站起来，坐到面对空车厢的窗口旁边。一个肮脏难看、帽子下露出蓬乱头发的乡下人在窗外走过，俯下身去察看火车轮子。“这个难看的乡下人好面熟。”安娜想。她忽然记起那个噩梦，吓得浑身发抖，连忙向对面门口走去。列车员打开车门，放一对夫妇进来。

“您要出去吗，夫人?”

安娜没有回答。列车员和上来的夫妇没有发觉她面纱下惊惶的神色。她回到原来的角落坐下来。那对夫妇从对面偷偷地仔细打量她的衣着。安娜觉得这对夫妻都很讨厌。那个男的问她可不可以吸烟，显然不是真正为了要吸烟，而是找机会同她攀谈。他取得了她的许可，就同妻子说起法国话来，他谈的事显然比吸烟更乏味。他们装腔作势地谈着一些蠢话，存心要让她听见。安娜看得很清楚，他们彼此厌恶，彼此憎恨。是的，像这样一对丑恶的可怜虫不能不叫人嫌恶。

铃响第二遍了，紧接着传来搬动行李的声音、喧闹、叫喊和笑声。安娜明白谁也没有什么值得高兴的事，因此这笑声使她恶心，她真想堵住耳朵。最后，铃响第三遍，传来了汽笛声、机车放汽的尖叫声，挂钩链子猛地一牵动，做丈夫的慌忙画了个十字。“倒想问问他为什么要这样做。”安娜恶狠狠地盯了他一眼，想。她越过女人的头部从窗口望出去，看见站台上送行的人仿佛都在往后滑。安娜坐的那节车厢，遇到铁轨接合处有节奏地震动着，在站台、石墙、信号塔和其他车厢旁边开过；车轮在铁轨上越滚越平稳，越滚越流畅；车窗上映着灿烂的夕阳，窗帘被微风轻轻吹拂着。安娜忘记了同车的旅客，在列车的轻微晃动中吸着新鲜空气，又想起心事来。

“啊，我刚才想到哪儿了?对了，在生活中我想不出哪种处境没有痛苦，人人生下来都免不了吃苦受难，这一层大家都知道，可大家都千方百计哄骗自己。不过，一旦看清真相又怎么办?”

“天赋人类理智就是为了摆脱烦恼嘛。”那个女人装腔作势地用法语说，对这句话显然很得意。

这句话仿佛解答了安娜心头的问题。

“为了摆脱烦恼。”安娜模仿那个女人说。她瞟了一眼面孔红红的丈夫和身子消瘦的妻子，明白这个病恹恹的妻子自以为是个谜样的女人，丈夫对她不忠实，使她起了这种念头。安娜打量着他们，仿佛看穿了他们的关系和他们内心的全部秘密。不过这种事太无聊，她继续想她的心事。

“是的，我很烦恼，但天赋理智就是为了摆脱烦恼；因此一定要摆脱。既然再没有什么可看，既然什么都叫人讨厌，为什么不把蜡烛灭掉呢？可是怎么灭掉？列车员沿着栏杆跑去做什么？后面那节车厢里的青年为什么嚷嚷啊？他们为什么又说又笑哇？一切都是虚假，一切都是谎言，一切都是欺骗，一切都是罪恶！……”

火车进站了，安娜夹在一群旅客中间下车，又像躲避麻风病人一样躲开他们。她站在站台上，竭力思索她为什么到这里来，打算做什么。以前她认为很容易办的事，如今却觉得很难应付，尤其是处在这群不让她安宁的喧闹讨厌的人中间。一会儿，挑夫们奔过来抢着为她效劳；一会儿，几个年轻人在站台上把靴子后跟踩得咯咯直响，一面高声说话，一面回头向她张望；一会儿，对面过来的人笨拙地给她让路。她想起要是没有回信，准备再乘车往前走，她就拦住一个挑夫，向他打听有没有一个从伏伦斯基伯爵那里带信来的车夫。

“伏伦斯基伯爵吗？刚刚有人从他那里来。他们是接索罗金娜伯爵夫人和女儿来的。那个车夫长得怎么样？”

她正同挑夫说话的时候，那个脸色红润、喜气洋洋的车夫米哈伊尔，穿着一件腰部打褶的漂亮外套，上面挂着一条表链，显然因为那么出色地完成使命而十分得意，走到她面前，交给她一封信。她拆开信，还没有看，她的心就揪紧了。

“真遗憾，我没有接到那封信。我十点钟回来。”伏伦斯基潦草地写道。

“哼！不出所料！”她带着恶意的微笑自言自语。

“好，你回家去吧。”她对米哈伊尔低声说。她说话的声音很低，因为剧烈的心跳使她喘不过气来。“不，我不再让你折磨我了。”她心里想，既不是威胁他，也不是威胁自己，而是威胁那个使她受罪的人。她沿着站台，经过车站向前走去。

站台上走着的两个侍女，回过头来打量她，评论她的服装：“真正是上等货。”她们在说她身上的花边。几个年轻人不让她安宁。他们又盯住她的脸，怪声怪气地又笑又叫，在她旁边走过。站长走过来，问她乘车不乘车。一个卖汽水的男孩目不转睛地望着她。“天哪，我这是到哪里去呀？”她一面想，一面沿着站台越走越远。她在站台尽头站住了。几个女人和孩子来接一个戴眼镜的绅士，他们高声地有说有笑。当她在他们旁边走过时，他们住了口，回过头来打量她。她加快脚步，离开他们，走到站台边上。一辆货车开近了，站台被震得摇晃起来，她觉得她仿佛又在车上了。

她突然想起她同伏伦斯基初次相逢那天被火车辗死的人，她明白了她应该怎么办。她敏捷地从水塔那里沿着台阶走到铁轨边，在擦身而过的火车旁站住了。她察看着车厢的底部、螺旋推进器、链条和慢慢滚过来的第一节车厢的巨大铁轮，竭力用肉眼测出前后轮之间的中心点，估计中心对住她的时间。

“那里！”她自言自语，望望车厢的阴影，望望撒在枕木上的沙土和煤灰，“那里，倒在正中心，我要惩罚他，摆脱一切人，也摆脱我自己！”

她想倒在开到她身边的第一节车厢的中心。可是她从臂上取下红色手提包时耽搁了一下，来不及了，车厢中心过去了。只好等下一节车厢。一种仿佛投身到河里游泳的感觉攫住了她，她画了十字。这种画十字的习惯动作，在她心里唤起了一系列少女时代和童年时代的回忆，周围笼罩着的一片黑暗突然打破了，生命带着它种种灿烂欢乐的往事刹那间又呈现在她面前，但她的目光没有离开第二节车厢滚近拢来的车轮。就在前后车轮之间的中心对准她的一瞬间，她丢下红色手提包，头缩在肩膀里，两手着地扑到车厢下面，微微动了动，仿佛立刻想站起来，但又扑通一声跪了下去。就在这一刹那，她对自己的行动大吃一惊。“我这是在哪里？我这是在做什么？为了什么呀?”她想站起来，闪开身子，可是一个冷酷无情的庞然大物撞到她的脑袋上，从她背上辗过。“上帝呀，饶恕我的一切吧!”她说，觉得无力挣扎。一个矮小的乡下人嘴里嘟囔着什么，在铁轨上干活。那支她曾经用来照着阅读那本充满忧虑、欺诈、悲哀和罪恶之书的蜡烛，闪出空前未有的光辉，把原来笼罩在黑暗中的一切都给她照个透亮，接着烛光发出轻微的毕剥声，昏暗下去，终于永远熄灭了。

第八部

十九

列文走出育儿室，剩下自己一个人，又立刻想起了那个还没有十分弄清楚的思想。

他没有回到人声嘈杂的客厅，却站在游廊里，凭栏望着天空。

天色全黑了，在他眺望着的南方没有乌云。乌云滞留在另一方，那里电光闪闪，远远地传来雷声。列文倾听花园里菩提树滴水的匀调声音，仰望熟识的三角形星群和支流错综的银河。闪电一亮，不仅银河，就连那灿烂的星星也影踪全无了，但等闪电熄灭，星星又仿佛被一只魔手抛出来，立刻出现在原处。

“嗯，究竟什么事使我惶惑不安哪?”列文暗暗自问，感到心里已有了他的答案，虽然还不很清楚。

“是的，神的明确无疑的表现之一，就是通过启示向世人公布善的法则。这些法则我觉得存在我的心中，承认这些法则——不管我愿不愿意，——我就和人家结成信徒的团体，就是教会。那么，犹太人、伊斯兰教徒、儒教徒、佛教徒，他们究竟是什么人呢?”他向自己提出这个他自认为危险的问题。“难道这几亿人就被剥夺了生活中少了它就毫无意义的至高无上的幸福吗?”他沉思起来，但立刻又纠正了自己。“但我究竟在探索什么?”他自言自语。“我在探索人类各种信仰和神的关系。我在探索上帝对这充满星云的整个宇宙所作的普遍启示。我究竟在做什么？对我个人，对我的心，无疑已显示了人的智慧所无法达到的认识，可是我却固执地想用智慧和语言来表达这种认识。

“难道我不知道移动的不是星星吗?”他仰望着一颗移动到白桦树梢上的明亮的行星，自言自语。“可是我望着星星的运动，却不能想象地球的旋转。我说星星在运动是对的。

“天文学家要是估计到地球全部错综复杂的运动，他们还能理解和算出什么来吗？他们关于天体的距离、重量、运动和摄动的奇妙结论，都是根据看得出来的天体围绕固定的地球的运动，根据目前我亲眼目睹，过去曾出现在亿万人眼前的运动，这种运动过去是这样，将来也是这样，而且永远可以得到证实。就像天文学家不根据子午线和地平线对看得见的天体进行观察，所得的结论将是虚妄和不可靠一样，我要是不以对人人都同样永恒不变、基督教向我显示并且在我心中永远可以获得证实的善恶观为基础，我的结论同样将是虚妄和不可靠的。其他信仰和它们对神的关系问题，我没有权利也不可能去解决。"

"咦，你还没有走吗?"吉娣也从这里到客厅去，看见他问。"怎么，你没有什么不痛快吧?"她凭着星光仔细打量着他的脸，说。

不过，要不是又一次使群星黯然失色的闪电，她还是不能看清他的脸。凭着闪电的强光，她才看清了他的脸，看出他平静快乐。她对他嫣然一笑。

"她一定知道，一定了解我在想什么。"他想，"我要不要告诉她？好，让我告诉她。"他正要开口，却被她抢先了。

"听我说，康斯坦京！你帮个忙，"她说，"到角房里去看看，他们给谢尔盖·伊凡诺维奇安排得怎样了。我去不方便。他们有没有放上新脸盆?"

"好的，我这就去。"列文站起来吻着她说。

"不，不用对她说了，"当她走到他前面时，他想，"这是一个秘密，只我一个人需要，重大而无法用语言来表达。

"这种新的感情并没有使我发生什么变化，并没使我感到幸福，并不像我梦想的那样大彻大悟，而是像我对儿子的感情那样，也没有什么意想不到的地方。是信仰或者不是信仰——我不知道究竟是什么，但这种感情却不知不觉痛苦地出现在我身上，并且牢固地扎根在我心里。

"我依旧会对车夫伊凡发脾气，依旧会同人争吵，依旧会不得体地发表意见，依旧会在我心灵最奥秘的地方同别人隔着一道鸿沟，甚至同我的妻子也不例外，依旧会因自己的恐惧而责备她，并因此感到后悔，我的智慧依旧无法理解，我为什么要祷告，但我依旧会祷告，——不过，现在我的生活，我的整个生活，不管遇到什么情况，每分钟不但不会像以前那样空虚，而且我有权使生活具有明确的善的含义!"

【选自[俄]列夫·托尔斯泰：《安娜·卡列尼娜》，草婴译，上海，上海译文出版社，1990】

复活(节选)

易卜生

亨利克·易卜生(1828—1906)是挪威文学的缔造者，欧洲现实主义戏剧的重要代表，现代戏剧的创始人。在易卜生的全部剧作中，最受推崇的是他在19世纪七八十年代写的一批社会问题剧，包括《社会支柱》(1877)，《玩偶之家》(1879)，《群鬼》(1881)，《人民公敌》(1882)等。这些作品采取现实主义创作手法，关注社会问题，富于批判精神，追求人格独立、精神自由和高尚理想。尤其是《玩偶之家》，更是在世界各国产生了巨大而深远的影响。

《玩偶之家》是一部三幕剧。娜拉的老同学林丹太太前来拜访，央求娜拉为她在海尔茂即将担任经理的银行里谋个职位。娜拉乐意帮忙，并提及一段往事：当年娜拉为了给丈夫治病，背着丈夫伪造父亲的签字，通过银行职员柯洛克斯泰借了一大笔债。娜拉天真地认为，只要瞒着丈夫把债还清，这件事就平安地过去了。海尔茂准备在上任后辞退柯洛克斯泰，气急败坏的柯洛克斯泰胁迫娜拉求情不成，就写信给海尔茂，揭发娜拉假冒签字的事，以此作为要挟。本书所选第三幕，是戏剧的高潮部分。海尔茂撕破脸皮，大骂娜拉是“撒谎的人”“下贱的女人”，把他一生幸福全都葬送了。不料此时事情又有了变化，柯洛克斯泰与林丹太太旧情复萌，他良心发现，送来退还借据的“和解信”。海尔茂觉得自己的名誉已摆脱威胁，重新对娜拉笑脸相迎，但娜拉已彻底看清海尔茂虚伪可憎的面目，毅然与他决裂，离开“玩偶之家”。

娜拉的醒悟乃至毅然出走，最主要的原因是她在活生生的事实面前受到了教育。她不仅看清了丈夫海尔茂的霸道、虚伪、自私的嘴脸，看清自己在家庭中的不平等地位，更由自身的遭遇，开始对现实社会进行反思，认识到其中存在的种种虚伪和不合理。由于对娜拉形象的成功塑造，《玩偶之家》成功地启发了人们对女性解放问题的关注与思索，其积极意义延续至今。

《玩偶之家》是易卜生现实主义戏剧艺术的典范之作。剧中人物都来自日常现实生活，他们的对白与日常口语几乎没有区别，戏剧场景逼似现实，情节忠实地按生活原貌展开，没有人为制造的凑巧。易卜生在剧中还巧妙运用了“追溯法”，不仅使戏剧结构紧凑，情节集中，而且使人物性格更加鲜明，主题更为突出。

玩偶之家(节选)

第三幕

……

海尔茂 你这坏东西——干的好事情!

娜拉 让我走——你别拦着我!我做的坏事不用你担当!

海尔茂 不用装腔作势给我看。(*把出去的门锁上*)我要你老老实实把事情招出来，不许走。你知道不知道自己干的什么事?快说!你知道吗?

娜拉 (*眼睛盯着他，态度越来越冷静*)嗯，现在我才完全明白了。

海尔茂 (*走来走去*)嘿!好像做了一场噩梦醒过来!这八年工夫——我最得意、最喜欢的女人——没想到是个伪君子，是个撒谎的人——比这还坏——是个犯罪的人。真是可恶极了!哼!哼!(*娜拉不作声，只用眼睛盯着他*)其实我早就该知道。我早该料到这一步。你父亲的坏德行——(*娜拉正要说话*)少说话!你父亲的坏德行，你全都沾上了——不信宗教，不讲道德，没有责任心。当初我给他遮盖，如今遭了这么个报应!我帮你父亲都是为了你，没想到现在你这么报答我!

娜拉 不错，这么报答你。

海尔茂 你把我一生幸福全都葬送了。我的前途也让你断送了。喔，想起来真可怕!现在我让一个坏蛋抓在手心里。他要我怎么样我就得怎么样，他要我干什么我就得干什么。他可以随便摆布我，我不能不依他。我这场大祸都是一个下贱女人惹出来的!

娜拉 我死了你就没事了。

海尔茂 哼，少说骗人的话。你父亲从前也老有那么一大套。照你说，就是你死了，我有什么好处?一点儿好处都没有。他还是可以把事情宣布出去，人家甚至还会疑惑我是跟你串通一气的，疑惑是我出主意撺掇你干的。这些事情我都得谢谢你——结婚以来我疼了你这些年，想不到你这么报答我。现在你明白你给我惹的是什么祸吗?

娜拉 (*冷静安详*)我明白。

海尔茂 这件事真是想不到，我简直摸不着头脑。可是咱们好歹得商量个办法。把披肩摘下来。摘下来，听见没有!我先得想个办法稳住他，这件事无论如何不能让人家知道。咱们俩，表面上照样过日子——不要改变样子，你明白不明白我的话?当然你还得在这儿住下去。可是孩子不能再交在你手里。我不敢再把他们交给你——唉，我对你说这么一句话心里真难受，因为你一向是我最心爱并且现在还——!可是现在情形已经改变了。从今以后再说不上什么幸福不幸福，只有想法子怎么挽救、怎么遮盖、怎么维持这个残破的局面——(门铃响起来，海尔茂吓了一跳)什么事？三更半夜的！难道事情发作了？难道他——娜拉，你快藏起来，只推托有病。(娜拉站着不动。海尔茂走过去开门)

爱伦 (披着衣服在门厅里)太太，您有封信。

海尔茂 给我。(把信抢过来，关上门)果然是他的。你别看。我念给你听。

娜拉 快念！

海尔茂 (凑着灯光)我几乎不敢看这封信。说不定咱们俩都会完蛋。也罢，反正总得看。(慌忙拆信，看了几行之后发现信里夹着一张纸，马上快活得叫起来)娜拉！(娜拉莫名其妙地瞧着他)

海尔茂 娜拉！喔，别忙！让我再看一遍！不错，不错！我没事了！娜拉，我没事了！

娜拉 我呢？

海尔茂 当然你也没事了，咱们俩都没事了。你看，他把借据还你了。他在信里说，这件事非常抱歉，要请你原谅，他又说他现在交了运——喔，管他还写些什么。娜拉，咱们没事了！现在没人能害你了。喔，娜拉，娜拉——咱们先把这害人的东西消灭了再说。让我再看看——(朝着借据瞟了一眼)喔，我不想再看它，只当是做了一场梦。(把借据和柯洛克斯泰的两封信一齐都撕掉，扔在火炉里，看它们烧)好！烧掉了！他说自从二十四号起——喔，娜拉，这三天你一定很难过。

娜拉 这三天我真不好过。

海尔茂 你心里难过，想不出好办法，只能——喔，现在别再想那可怕的事情了。我们只应该高高兴兴地多说几遍"现在没事了，现在没事了！"听见没有，娜拉！你好像不明白。我告诉你，现在没事了。你为什么绷着脸不说话？喔，我的可怜的娜拉，我明白了，你以为我还没饶恕你。娜拉，我赌咒，我已经饶恕你了。我知道你干那件事都是因为爱我。

娜拉 这倒是实话。

海尔茂 你正像做老婆的应该爱丈夫那样地爱我。只是你没有经验，用错了方法。可是难道因为你自己没主意，我就不爱你吗？我决不会。你只要一心一意依赖我，我会指点你，教导你。正因为你自己没办法，所以我格外爱你，要不然我还算什么男子汉大丈夫？刚才我觉得好像天要塌下来，心里一害怕，就说了几句不好听的话，你千万别放在心上。娜拉，我已经饶恕你了。我赌咒不再埋怨你。

娜拉 谢谢你饶恕我。(从右边走出去)

海尔茂 别走！(向门洞里张望)你要干什么？

娜拉 (在里屋)我去脱掉跳舞的服装。

海尔茂 (在门洞里)好，去吧。受惊的小鸟儿，别害怕，定定神，把心静下来。你放心，一切事情都有我。我的翅膀宽，可以保护你。(在门口走来走去)喔，娜拉，咱们的家多可爱，多舒服！你在这儿很安全，我可以保护你，像保护一只从鹰爪子底下救出来的小鸽子一样。我不久就能让你那颗扑扑跳的心定下来，娜拉，你放心。到了明天，事情就不一样了，一切都会恢复老样子。我不用再说我已经饶恕你，你心里自然会明白我不是说假话。难道我舍得把你撵出去？别说撵出去，就说是责备，难道我舍得责备你？娜拉，你不懂得男子汉的好心肠。要是男人饶恕了他老婆——真正饶恕了她，从心坎里饶恕了她——他心里会有一股没法子形容的好滋味。从此以后他老婆越发是他私有的财产。做老婆的就像重新投了胎，不但是她丈夫的老婆，并且还是她丈夫的孩子。从今以后，你就是我的孩子，我的吓坏了的可怜的小宝贝。别着急，娜拉，只要你老老实实对待我，你的事情都由我做主，都由我指点。（娜拉换了家常衣服走进来）怎么，你还不睡觉？又换衣服干什么？

娜拉 不错，我把衣服换掉了。

海尔茂 这么晚还换衣服干什么？

娜拉 今晚我不睡觉。

海尔茂 可是，娜拉——

娜拉 （看自己的表）时候还不算晚。托伐，坐下，咱们有好些话要谈一谈。（她在桌子一头坐下）

海尔茂 娜拉，这是什么意思？你的脸色铁板冰冷的——

娜拉 坐下。一下子说不完。我有好些话跟你谈。

海尔茂 （在桌子那一头坐下）娜拉，你把我吓了一大跳。我不了解你。

娜拉 这话说得对，你不了解我，我也到今天晚上才了解你。别打岔。听我说下去。托伐，咱们必须把总账算一算。

海尔茂 这话怎么讲？

娜拉 （顿了一顿）现在咱们面对面坐着，你心里有什么感想？

海尔茂 我有什么感想？

娜拉 咱们结婚已经八年了。你觉得不觉得，这是头一次咱们夫妻正正经经谈谈话？

海尔茂 正正经经！这四个字怎么讲？

娜拉 这整整的八年——要是从咱们认识的时候算起，其实还不止八年——咱们从来没在正经事情上头谈过一句正经话。

海尔茂 难道要我经常把你不能帮我解决的事情麻烦你？

娜拉 我不是指着你的业务说。我说的是，咱们从来没坐下来正正经经细谈过一件事。

海尔茂 我的好娜拉，正经事跟你有什么相干？

娜拉 咱们的问题就在这儿！你从来就没了解过我。我受尽了委屈，先在我父亲手里，后来又在你手里。

海尔茂 这是什么话！你父亲和我这么爱你，你还说受了我们的委屈！

娜拉 （摇头）你们何尝真爱过我，你们爱我只是拿我消遣。

海尔茂 娜拉，这是什么话！

娜拉 托伐，这是老实话。我在家跟父亲过日子的时候，他把他的意见告诉我，我就跟着他的意见走。要是我的意见跟他不一样，我也不让他知道，因为他知道了会不高兴。他叫我"泥娃娃孩子"，把我当做一件玩意儿，就像我小时候玩我的泥娃娃一样。后来我到你家来住着——

海尔茂 用这种字眼形容咱们的夫妻生活简直不像话！

娜拉 （满不在乎）我是说，我从父亲手里转移到了你手里。跟你在一块儿，事情都归你安排。你爱什么我也爱什么，或者假装爱什么——我不知道是真还是假——也许有时候真，有时候假。现在我回头想一想，这些年我在这儿简直像个要饭的叫化子，要一口，吃一口。托伐，我靠着给你要把戏过日子。可是你喜欢我这么做。你和我父亲把我害苦了。我现在这么没出息都要怪你们。

海尔茂 娜拉，你真不讲理，真不知好歹！你在这儿过的日子难道不快活？

娜拉 不快活。过去我以为快活，其实不快活。

海尔茂 什么！不快活！

娜拉 说不上快活，不过说说笑笑凑个热闹罢了。你一向待我很好。可是咱们的家只是一个玩儿的地方，从来不谈正经事。在这儿我是你的"玩偶老婆"，正像我在家里是我父亲的"玩偶女儿"一样。我的孩子又是我的泥娃娃。你逗着我玩儿，我觉得有意思，正像我逗孩子们，孩子们也觉得有意思。托伐，这就是咱们的夫妻生活。

海尔茂 你这段话虽然说得太过火，倒也有点儿道理。可是以后的情形就不一样了。玩耍的时候过去了，现在是受教育的时候了。

娜拉 谁的教育？我的教育还是孩子们的教育？

海尔茂 两方面的，我的好娜拉。

娜拉 托伐，你不配教育我怎样做个好老婆。

海尔茂 你怎么说这句话？

娜拉 我配教育我的孩子吗？

海尔茂 娜拉！

娜拉 刚才你不是说不敢再把孩子交给我吗？

海尔茂 那是气头上的话，你老提它干什么？

娜拉 其实你的话没说错。我不配教育孩子。要想教育孩子，先得教育我自己。你没资格帮我的忙。我一定得自己干。所以现在我要离开你。

海尔茂 (跳起来)你说什么？

娜拉 要想了解我自己和我的环境，我得一个人过日子，所以我不能再跟你待下去。

海尔茂 娜拉！娜拉！

娜拉 我马上就走。克里斯蒂纳一定会留我过夜。

海尔茂 你疯了！我不让你走！你不许走！

娜拉 你不许我走也没用。我只带自己的东西。你的东西我一件都不要，现在不要，以后也不要。

海尔茂 你怎么疯到这步田地！

娜拉 明天我要回家去——回到从前的老家去。在那儿找点事情做也许不太难。

海尔茂 喔，像你这么没经验——

娜拉 我会努力去吸取。

海尔茂 丢了你的家，丢了你丈夫，丢了你儿女！不怕人家说什么话！

娜拉 人家说什么不在我心上。我只知道我应该这么做。

海尔茂 这话真荒唐！你就这么把你最神圣的责任扔下不管了？

娜拉 你说什么是我最神圣的责任？

海尔茂 那还用我说？你最神圣的责任是你对丈夫和儿女的责任。

娜拉 我还有别的同样神圣的责任。

海尔茂 没有的事！你说的是什么责任？

娜拉 我说的是我对自己的责任。

海尔茂 别的不用说，首先你是一个老婆，一个母亲。

娜拉 这些话现在我都不信了。现在我只信，首先我是一个人，跟你一样的一个人——至少我要学做一个人。托伐，我知道大多数人赞成你的话，并且书本里也是这么说的。可是从今以后我不能一味相信大多数人说的话。也不能一味相信书本里说的话。什么事情我都要用自己脑子想一想，把事情的道理弄明白。

海尔茂 难道你不明白你在自己家庭的地位？难道在这些问题上没有颠扑不破的道理指导你？难道你不信仰宗教？

娜拉 托伐，不瞒你说，我真不知道宗教是什么。

海尔茂 你这话怎么讲？

娜拉 除了行坚信礼的时候牧师对我说的那套话，我什么都不知道。牧师告诉过我，宗教是这个，宗教是那个。等我离开这儿一个人过日子的时候，我也要把宗教问题仔细想一想。我要仔细想一想，牧师告诉我的话究竟对不对，对我合用不合用。

海尔茂 喔，从来没听说过这种话！并且还是从这么个年轻女人嘴里说出来的！要是宗教不能带你走正路，让我唤醒你的良心来帮助你——你大概还有点道德观念吧？要是没有，你就干脆说没有。

娜拉 托伐，这个问题不容易回答。我实在不明白。这些事情我摸不清。我只知道我的想法跟你的想法完全不一样。我也听说，国家的法律跟我心里想的不一样．可是我不信那些法律是正确的。父亲病得快死了，法律不许女儿给他省烦恼。丈夫病得快死了，法律不许老婆想法子救他的性命！我不信世界上有这种不讲理的法律。

海尔茂 你说这些话像个小孩子。你不了解咱们的社会。

娜拉 我真不了解。现在我要去学习。我一定要弄清楚，究竟是社会正确，还是我正确。

海尔茂 娜拉，你病了，你在发烧说胡话。我看你像精神错乱了。

娜拉 我的脑子从来没像今天晚上这么清醒、这么有把握。

海尔茂 你这么清醒、这么有把握，居然要丢掉丈夫和儿女？

娜拉 一点不错。

海尔茂 这么说，只有一句话讲得通。

娜拉 什么话？

海尔茂 那就是你不爱我了。

娜拉 不错，我不爱你了。

海尔茂 娜拉！你忍心说这话！

娜拉 托伐，我说这话心里也难受，因为你一向待我很不错。可是我不能不说这句话。现在我不爱你了。

海尔茂 （勉强管住自己）这也是你清醒的有把握的话？

娜拉 一点不错。所以我不能再在这儿待下去。

海尔茂 你能不能说明白，我究竟做了什么事使你不爱我？

娜拉 能。就因为今天晚上奇迹没出现，我才知道你不是我理想中的那种人。

海尔茂 这话我不懂，你再说清楚点。

娜拉 我耐着性子整整等了八年，我当然知道奇迹不会天天有。后来大祸临头的时候，我曾经满怀信心地跟自己说，“奇迹来了!”柯洛克斯泰把信扔在信箱里以后，我决没想到你会接受他的条件。我满心以为你一定会对他说，“尽管宣布吧”，而且你说了这句话之后，还一定会——

海尔茂 一定会怎么样？叫我自己的老婆出丑丢脸，让人家笑骂？

娜拉 我满心以为你说了那句话之后，还一定会挺身出来，把全部责任担在自己肩膀上，对大家说：“事情都是我干的。”

海尔茂 娜拉——

娜拉 你以为我会让你替我担当罪名吗？不，当然不会。可是我的话怎么比得上你的话那么容易叫人家相信？这正是我盼望它发生又怕它发生的奇迹。为了不让奇迹发生，我已经准备自杀。

海尔茂 娜拉，我愿意为你日夜工作，我愿意为你受穷受苦。可是男人不能为他所爱的女人牺牲自己的名誉。

娜拉 千千万万的女人都为男人牺牲过名誉。

海尔茂 喔，你心里想的嘴里说的都像个傻孩子。

娜拉 也许是吧。可是你想的和说的也不像我可以跟他过日子的男人。后来危险过去了——你不是怕我有危险，是怕你自己有危险——不用害怕了，你又装作没事人儿了。你又叫我跟从前一样乖乖地做你的小鸟儿，做你的泥娃娃，说什么以后要格外小心保护我，因为我那么脆弱不中用。(站起来)托伐，就在那当口，我好像忽然从梦里醒过来，我简直跟一个陌生人同居了八年，给他生了三个孩子。喔，想起来真难受！我恨透了自己没出息！

海尔茂 (伤心)我明白了，我明白了，在咱们中间出现了一道深沟。可是，娜拉，难道咱们不能把它填平吗？

娜拉 照我现在这样子，我不能跟你做夫妻。

海尔茂 我有勇气重新再做人。

娜拉 在你的泥娃娃离开你之后——也许有。

海尔茂 要我跟你分手！不，娜拉，不行！这是不能设想的事情。

娜拉 (走进右边屋子)要是你不能设想，咱们更应该分开。(拿着外套、帽子和旅行小提包又走出来，把东西搁在桌子旁边椅子上)

海尔茂 娜拉，娜拉，现在别走，明天再走。

娜拉 (穿外套)我不能在陌生人家里过夜。

海尔茂 难道咱们不能像哥哥妹妹那么过日子？

娜拉 (戴帽子)你知道那种日子长不了。(围披肩)托伐，再见。我不去看孩子了。我知道现在照管他们的人比我强得多。照我现在这样子，我对他们一点儿用处都没有。

海尔茂 可是，娜拉，将来总有一天——

娜拉 那就难说了。我不知道我以后会怎么样。

海尔茂 无论怎么样，你还是我的老婆。

娜拉 托伐，我告诉你。我听人说，要是一个女人像我这样从她丈夫家里走出去，按法律说，她就解除了丈夫对她的一切义务。不管法律是不是这样，我现在把你对我的义务全部解除。你不受我拘束，我也不受你拘束。双方都有绝对的自由。拿去，这是你的戒指。把我的也还我。

海尔茂 连戒指都要还？

娜拉 要还。

海尔茂 拿去。

娜拉 好。现在事情完了。我把钥匙都搁在这儿。家里的事，用人都知道——她们比我更熟悉。明天我动身之后，克里斯蒂纳会来给我收拾我从家里带来的东西。我会叫她把东西寄给我。

海尔茂 完了！完了！娜拉，你永远不会再想我了吧？

娜拉 喔，我会时常想到你，想到孩子们，想到这个家。

海尔茂 我可以给你写信吗？

娜拉 不，千万别写信。

海尔茂 可是我总得给你寄点儿——

娜拉 什么都不用寄。

海尔茂 你手头不方便的时候我得帮点忙。

娜拉 不必，我不接受陌生人的帮助。

海尔茂 娜拉，难道我永远只是个陌生人？

娜拉 （拿起手提包）托伐，那就要等奇迹中的奇迹发生了。

海尔茂 什么叫奇迹中的奇迹？

娜拉 那就是说，咱们俩都得改变到——喔，托伐，我现在不信世界上有奇迹了。

海尔茂 可是我信。你说下去！咱们俩都得改变到什么样子——？

娜拉 改变到咱们在一块儿过日子真正像夫妻。再见。（她从门厅走出去）

海尔茂 （倒在靠门的一张椅子里，双手蒙着脸）娜拉！娜拉！（四面望望，站起身来）屋子空了。她走了。（心里闪出一个新希望）啊！奇迹中的奇迹——

楼下“砰”的一响传来关大门的声音。

——剧终

【选自[挪]易卜生：《易卜生文集》，潘家询译，北京，北京文学出版社，1995】

新世纪高等学校教材 | 中国语言文学系列教材

外国文学作品选（西方卷）

第3版 下册

WAIGUO WENXUE ZUOPINXUAN（XIFANGJUAN）

主　编　刘洪涛
编　委　刘　倩　李正荣　杨明晨　杨俊杰　张　欣
　　　　张　珂　周劲含　姚建彬　高建为　郭　瑜
　　　　（以姓氏笔画为序）

北京师范大学出版集团
BEIJING NORMAL UNIVERSITY PUBLISHING GROUP
北京师范大学出版社

哈代

托马斯·哈代(1840—1928)是英国19世纪晚期杰出的现实主义作家。出生在英格兰西南部的多塞特郡。他一生共创作了14部长篇小说，40多篇短篇小说，以及900余首诗歌作品。哈代把他的小说按题材划分为“罗曼史与幻想”“爱情与阴谋”及“性格与环境”三大类，其中，以“性格与环境”类小说成就最高。这一类小说的情节都发生在哈代设定的“威塞克斯”地区，又都被称为“威塞克斯小说”。“威塞克斯”地区是哈代以自己家乡多塞特郡及周边地区的历史、风俗、自然环境为原型创造的一个区域，他笔下的人物活动于其间，形成了一个命运共同体。这一类小说有《还乡》(1878)、《卡斯特桥市长》(1885)、《林地居民》(1887)、《德伯家的苔丝》(1891)、《无名的裘德》(1895)等。

《德伯家的苔丝》(1891)是“威塞克斯小说”的代表作，其主人公苔丝是一个穷商贩的女儿，因生活所迫，遵父母之命，去假冒德伯姓氏的亚雷家认亲，结果被亚雷诱奸。苔丝为忘记这段痛苦，到一家农场当挤奶女工。在万物欣欣向荣的夏天，她和一个牧师的儿子安玑·克莱相爱订婚。婚礼前夜，苔丝向克莱坦白了自己被克雷诱奸的往事。克莱不能原谅苔丝，狠心将她遗弃，自己远走巴西。生活深陷困境的苔丝，向丈夫求告无音，不得已当了亚雷的情妇。克莱后悔自己对苔丝的粗暴，返回英国后却发现苔丝已经同亚雷生活在一起。苔丝悔恨自己因亚雷第二次铸成大错，狂怒中杀死了亚雷。在与克莱度过了短暂的逃亡却美好的生活后，苔丝在一处古代祭坛的废墟上被捕，被判处绞刑。

苔丝的悲剧是社会悲剧，是由于英国传统乡土社会和小农经济在资本主义生产方式、生活方式冲击下逐渐解体，个体农民走向破产和贫困造成的。哈代通过对苔丝悲剧命运的描写，向社会的不公和罪恶发出了强烈的抗议，小说因此具有鲜明的现实批判性。苔丝本质上属于威塞克斯的乡土人物，她形貌出众，纯朴、勤劳、善良，气质高贵，周身散发着乡土诗性和自然美，其悲剧因此又植入了异常丰富的乡土文化内涵，展现了英国传统乡土社会在逐渐解体的过程中所焕发出来的无尽诗意。这种乡土抒情方式对后世文学产生了重大的影响。

本书节选了《德伯家的苔丝》的第24、第47、第58节，分别表现的是苔丝与克莱在塔布篱农场的热恋，在棱窟槐农场的苦难，杀死亚雷后的逃亡与被捕等重要场景，大略反映了苔丝从希望到绝望，最后走向毁灭的过程。

德伯家的苔丝(节选)

24

芙仑谷的里面，土壤肥得出油，地气暖得发酵，又正是夏季的时光，在草木孕育繁殖的嘶嘶声音之下，汁液都喷涌得几乎听得出声音来，在这种情况里，就是最飘忽轻渺的恋爱，也都不能不变成缠绵热烈的深情。所以本来就一个有心，一个有意的人，现在更叫周围的景物濡染浸润得如痴似醉的了。

七月已经日夜相逐，在眼前过去了，接踵而来的是"热月"[①]，这仿佛是自然一方面，看到塔布篱牛奶厂里的情人那样热烈，特为和他们斗胜争强似的。这块地方上的空气，在春天和初夏的时候，本来非常清新，现在却变得停滞难动，成了困人的天气了。空中浓郁的气味，老压在他们上面；正午的时候，一片大地好像都昏沉晕去。草原上较高的山坡，都叫跟埃塞俄比亚那里一样灼热的太阳晒成黄色，不过这里水声淙淙的地方，却还有鲜明青绿的草色。那时的安玑·克莱，外面叫热气闷得透不过气来，心里就叫他对温柔娴静的苔丝越来越强烈的热爱，压得喘不过气来。

雨季已经过去了，高亢的地方都干燥起来；老板坐着带弹簧轮子的马车从市集上飞一般地跑回来的时候，车轮子把大道路面上碾成粉末的尘土，都刮了起来，车后面跟着老长的几道飞尘，好像是细长的火药引线，点着了一般。成群的牸牛，叫牛虻咬得都要发疯，院墙上五道横木的栅栏门，都一蹦就蹦过去了。克里克老板的衬衫袖子，从礼拜一到礼拜六，没有一刻不是卷到胳膊肘儿以上的。只把窗户开着，是透不进风来的，总得连门也都开着才成。庭园里的画眉和山鸟，都在覆盆子灌木底下爬动，它们的样子，与其说是长翅膀的飞鸟，不如说是长四条腿的走兽。厨房里的苍蝇，都死皮涎脸，懒得动弹，见了人也不怕，爬的地方，都是平常不去的处所，像地板、抽屉，和女工们的手背。谈起话来，总离不了中暑。搅黄油，尤其是保存黄油，是没有办法的事。

工人们为了图凉快、图方便，都不把牛赶回家来，完全在草场上，就把奶挤了。一天到晚，树影儿按着时刻跟着太阳转，怕热的牛群，也低声下气地跟着树影儿绕着树干转，不管树有多么小。到了挤奶的时候，它们叫苍蝇咬得简直都站不稳。

在这些天里面，一天下午，有四五条还没挤过的牛，碰巧离开了大群，单独站在一溜树篱的角落后面；这里面就有矮胖子和老美，都是在所有的女工之中，顶喜欢苔丝的手指头的。克莱本来在那儿正拿眼盯着苔丝，已经盯了一些时候了，苔丝刚挤完一条，从小凳子上站起来，克莱就跟着问她，是不是要到树篱角落后面，去挤矮胖子和老美那几条。苔丝点了点头，就把牛奶桶挨着膝盖提着，把小凳子横着擎在手里，绕到树

---

① "热月"，原文 Thermidorean Weather。法国大革命时，改变历法，更易月的名称、日数和起讫。其中有一月，叫做 Thermidor，由希腊文暑热与礼物组合，始于通行历的七月十九日，终于八月十七日。

篱后面去了。老美的奶不久就流到桶里，哗哗的声音隔着树篱送了过来；克莱听了，心里想，也绕到树篱那面才好；那时本来有一条难挤的牛，跑到那儿去了，他想过去挤它；他现在和老板一样，顶难挤的牛也会挤了。

挤奶的时候，所有的男工和一些女工，都把脑门子使劲顶着牛肚子，把眼一直看着牛奶桶。但是有几个女工——多半是年轻的——却都把头的侧面靠在牛肚子上。苔丝·德北就老这样挤法，她老把太阳穴紧贴在牛肚子上，把眼睛瞧着草场最远的那一头儿，静悄悄的好像出神儿想心思似的。那天她挤老美，就用的是这种姿势；那时的太阳，恰巧对着挤奶那面，一直射到她那外着粉红长衫的形态上，射到她那白色带檐儿的便帽上，射到她那脸蛋儿的侧面，把她的白脸蛋儿和褐色的牛身子，衬托得非常清晰，非常明显，好像花纹凸起的玉石雕刻一般。

那时克莱已经跟着她，绕过了树篱了，正坐在自己挤的那条牛的身底下，拿眼瞧着她；但是她却不知道这种情况。只见她的头、她的面目，都非常沉静，好像在梦中一般，虽然两眼睁着，却看不见东西。在这一幅天然的图画里，除了老美的尾巴和苔丝粉红色的双手以外，再就没有其他活动的东西了；而那双手的活动，也非常地轻柔，只是一种有节奏的搏动，仿佛是受了一种反射性的刺激而活动，像心房的跳动似的。

在他看来，她的脸太可爱了。但是那上面，却一点儿也没有虚无缥缈、离群遗世的情态，而全都是实在的生气，实在的温暖，实在的血肉。到了她那副嘴，她的可爱才算到了最高点。像她那样深不见底、顾盼欲语的眼睛，他从前看见过；像她那样红白分明、鲜艳妍丽的脸蛋儿，他从前或者也看见过；像她那样弯曲如弓的眉毛，几乎像她那样端正匀称的下颌和脖颈，他从前都看见过；但是他从来没看见过，天地间还有另一副嘴，能和她的相比。在那个红红的小嘴儿上，那上唇中部往上微微噘起的情态①，就是心肠最冷的青年见了，也不由得要着迷，要发狂，要中魔。伊丽莎白时代，有一位诗人，拿“玫瑰含雪”，来比喻唇红齿白；② 他生平见过的女人，再没有像她那样，叫他不断地老想起那个比喻来的了。在他以情人的眼光看来，简直就可以说，这口牙齿、这副嘴唇儿，真正完美无瑕。但是实在说起来，却又并不是真正完美无瑕；而也就是因为这种似完美却又有点儿不完美的情态，才生出一种甜蜜的滋味来，因为总得有一点儿缺陷，才是人间的味道啊。③

克莱已经把这副嘴唇儿的曲线，不知道琢磨过多少次了，所以他一闭眼睛，这副嘴

---

① 上唇中部往上微微噘起，比较哈代的《马号队长》第1章，“安(女主角)嘴唇线道精致，曲折分明，但非古典仪型。上唇的正中间，往下去，到不了它理所应到的地方，因此，她只一想到仅属可喜的念头，那就不管她有意无意，有两三颗白牙齿的一部分，要露出来，更不用说她微笑的时候了。有人说，那种情况是很迷人的。”

② 伊丽莎白第一，英国女王(1558—1603)。这里所说的诗人，指堪批恩(1567？—1619)而言。他在他的《樱珠》诗第二节里说，“红樱两颗轻接，明珠双行齐列，偶幸嫣然一笑，初放玫瑰含雪。”(《樱珠》意译。原文意为“熟樱桃”，为沿街叫卖之声。)此诗初见于1606年出版之《音乐一晌遣兴集》，堪批恩明言为己作。

③ 哈代1891年10月28日日记：“要是‘爱’是真实、纯洁的，那所爱就得是不完美的。分别真实的和想象的，能实行的和不可能的，能回报接吻的爱和化为烟云的幻想，就在于此。一个人认为他所爱的是戴安娜，是维纳斯，其实他爱的是他的所爱和那些女神不同的地方。”

唇儿，就很容易能在他的脑子里出现：现在这副嘴唇儿直出他的眼前了，颜色红红，生气勃勃，他看着就觉得身子上过了一下电流，神经里吹进一阵凉风，差一点儿没晕倒；并且由于一种不可理解的生理作用，毫不含糊地打了一个大煞风景的喷嚏。

他打了这一声喷嚏，她才觉出来，他正在那儿看她；但是，她却不想把这种情况，从姿势方面表示出来，不过那种如在梦中的稀奇沉静态度，已经消失不见了，而且仔细看来，不难看出，她脸上的娇红，一时忽然变深了，跟着又慢慢褪去，后来只剩了一点儿。

但是克莱刚才觉到的那种好像自空下降、过电一般的力量，却一点儿也没消失。决心、缄默、谨慎、恐惧，都好像是打败了仗的军队一般，一齐后退。他从小凳子上猛然站起来，把牛奶桶撂在牛身子底下，也不管会不会叫牛踢翻，三步做两步，跑到他的所爱跟前，跪在她身旁，把她双手搂在怀里。

他这一搂，可真是出乎苔丝的意料，所以她连想一想都没来得及，就不由自主地叫他抱住了。原来她刚才看见来到她跟前的，不是别人，正是她的情人，就在一阵喜悦的冲动下，把双唇一张，不自觉地发出了一声极近狂欢极乐的呼喊，一下倒在他的怀里。

他本来正要去吻那副过于迷人的小红嘴唇儿的，但是他那易受感触的良心，却又觉得不应该这样做，所以他就克制住了自己。

“你千万可别见怪，亲爱的苔丝!”他打着喳喳儿说。“我本来应该先问你一声儿。我——简直地糊涂了，自己也不知道干的是什么，我并不是有意轻狂。我爱你是至诚的，最亲爱的苔丝，我是一片真心!”

老美这时候已经回头看他们了，觉得莫名其妙；从它记事以来，肚子底下老是一个人，现在怎么会有了两个人了呢？它把后腿抬了一抬，表示不耐烦。

“它生了气了——它不懂得咱们这是要做什么——它要把牛奶桶踢翻了!”苔丝一面想要轻轻推开克莱，一面嘴里说；眼睛瞧着牛的动作，心里深深地关切的，却是自己和克莱。

她从凳子上站了起来，克莱也跟着站了起来，他的胳膊仍旧搂着她的腰。苔丝注视着远处，不觉满眼是泪。

“你为什么哭起来了哪，我的宝贝儿?”他说。

“哦——我也不知道!”她嘟哝着说。

她把自己所处的地位看得更明白、感觉得更清楚了以后，就心意慌乱起来，挣扎着想要脱身。

“苔丝，我的真情到底泄露了，”他说，同时很怪地叹了一口气，显出没有办法，这样他就不知不觉地表示出来，自己的理性已经控制不住自己的感情了。“我真心地爱你，至诚地爱你，那是不用说的了！不过我——现在不再逼你了——我看你难过起来了，——我自己也和你一样，吓了一大跳！你不会觉得我太鲁莽，一点儿也没想一想——趁着你没有防备，冒犯了你了吧?”

“不——我说不上来。”

他让她脱离开他的怀抱了；一两分钟以内，各人又都挤起牛奶来了。没有人看见他们两个刚才互相牵引、合而为一的光景；几分钟以后，老板转到了那个枝叶隐蔽的树篱角落上来了，那时候，他们两个，显然各不相扰，一点儿也看不出来，他们的关系，有什么不同于寻常的熟人那样。但是，在克里克老板上一次看见他们以后那个短短的时间里，却已经发生了一件事，给他们两个把宇宙的中心都改换了，这件事以它的性质而论，叫老板那么一个讲实际的人知道了，一定要看不起；但是这种事，却是由于一种顽固坚强、不可抵抗的力量产生出来的，并非任何所谓的实际所能仿佛于万一。一层厚幕一下揭开了；在他们两个人以后要走的道路上，出现了一番新天地——至于这番新天地为时是长是短，是久是暂，要看以后的情况而定。

47

棱窟槐农田上，要打最后一垛麦子了。一早儿起来，三月的黎明，异样的混沌，连东方的天边在哪儿，都看不出来。麦垛梯形的尖顶儿，在一片朦胧的曙色里耸起；那垛麦子，已经孤零零地饱受雨打，遍尝日晒，在那儿堆了一冬了。

伊茨·秀特和苔丝走到打麦场上的时候，仅仅由于听见一种沙沙的声音，才知道已经有别人先在那儿了；待了一会儿，天色放亮了，才在声音以外，马上看见麦垛顶上有两个男人黑乎乎的侧影。那两个男人正在那儿忙着“揭垛顶儿”，所谓“揭垛顶儿”，就是把麦垛上面盖的草顶子揭去，再往下扔麦捆；农夫葛露卑想要在一天以内，尽力把麦子都打完了，所以非让她们这么早就来不可，因此麦垛揭着草顶的时候，苔丝、伊茨和别的女工们，戴着棕中带白的围裙，都只好站在那儿，打着哆嗦等候。

紧靠着麦垛草顶的檐子下面放着的，就是那些女工们前来伺候的那件红色的残暴东西——一个木头架子，连着带子和轮子——当时还不大能看得清楚。那就是打麦子的机器，它要一开动起来，女工们的筋肉和神经，就要一齐紧张起来，非坚忍不拔，就不能支持下去。

离得不远的地方上，又有一件形状模糊的东西；颜色漆黑，老嘶嘶作响，表示有雄厚的力量蓄积在它里面。一个烟囱高高地在一棵槐树旁边耸起，同时一片热气从那块地点上四面散射：在这种情况之下，用不着天色很亮，就可以让人看出来，这一定就是那件要当这个小世界里面主要动力的机器。机器旁边站着一个一动不动的黑东西，一个高大的形影，身上满是黑灰、乌煤，神气好像灵魂出窍的样子，身旁放着一大堆黑煤；他就是使机器的工人。他的态度和颜色都是孤立的，让人看来，仿佛是个陀斐特①里面的人物，偶然走到这片光景清明、毫无烟灰的黄麦白土中间，来惊吓搅扰当地的土著。

他的外表和他的心情正一样。他虽然身在农田，但却不属于农田。他所伺候的只是烟灰、煤火；农田上的人伺候的却是稼穑、天气、霜露、太阳。他带着他那架机器，从这一郡走到那一郡，从这片农田走到那片农田，因为那时候，在维塞司郡里这一块地方上，蒸汽打麦机还只是个云游四方的东西。他说起话来是一种古怪的北方口音；他心里想的只是他自己的心事，他眼里瞧的只是他所管理的那个铁机器，他简直就不大看得见周围一切的景物，也满不在乎周围一切的景物：他不到必要的时候，跟当地的人就不多

---

① 陀斐特，《圣经》地名，在耶路撒冷，其初为犹太人对偶像之神献牺牲之地。见《旧约·列王纪下》第二十三章第十节及《耶利米书》第十九章第四节。后来这地方用作堆垃圾的地方，烧毁的垃圾老冒烟出火，所以它又变成地狱的象征。

说一句话，仿佛他到这儿伺候这件好像地狱之王①的主人，只是命中早已注定了的劫数，并非出于自愿。机器轮子上有根长带子，连着麦垛底下那件红色的打麦机，把他和农业界联合起来的，只有这一件东西。

他们在那儿揭麦垛顶儿的时候，他只毫无表情地站在他那个可以移动的力量储蓄器旁边，晨间冷冷的空气，也在那个黑色发热的储蓄器四围颤动洄漩。打麦子以前的预备工作，于他毫无关系。他只把煤烧红了，把蒸汽憋足了；在几秒钟以内，他就能让机器上那根长带子以目不及见的速度转动。皮带转动范围以外的东西，也不管是麦子还是干草，都是一团混沌，在他看来，都是一样。要是当地的闲人有问他管自己叫什么的，他就简简截截地回答说："司机。"

天色大亮的时候，麦垛顶就完全揭去了。于是男工们各就其位，女工们上了麦垛，大家一齐动起手来。农夫葛露卑——大家提起他来，只说一个"他"字——早就来了；他吩咐苔丝到机器板儿上去，紧挨着往机器里填麦子的男工，叫伊茨站在麦垛上，挨着苔丝；伊茨把麦捆一个一个地递给苔丝，苔丝再把麦捆一个一个地解开，填麦子的工人再把它抓起来，铺在旋转的圆筒上面，片刻的工夫，圆筒就把每一颗麦粒都喷出来了。

刚一动作的时候，机器停顿了一两下，于是那些仇恨机器的人，心里就都痛快起来；但是经过那一两下的停顿以后，机器就旋转无阻，于是风驰电掣，一直到吃早饭的时候，大家才停了半个钟头；饭后又工作起来的时候，所有农田上其余的人手，都用在堆积麦秆上面，因此在麦垛旁边慢慢地堆起了一个麦秆垛。到了吃点心的时候，大家都各人站在原处，匆匆忙忙地把点心吃了，吃了以后，又工作了两个钟头，就快到吃正餐的时候了。强暴猛烈的轮子旋转不停，打麦机嗡嗡的声音一直震到靠近机器那些人的骨髓里。

在越来越高的麦秆上面那些老年人，都谈起从前在橡木仓房地板上，用梿枷打粮食②的情况；那时候，一切的工作，即便扬场，都用人力；在他们看来，那种办法虽然很慢，却效果好。站在麦垛上那些工人也都多少能谈几句话；但是管机器那些汗流浃背的人，连苔丝在内，却不能利用谈话的消遣，减轻他们的劳力。那种永不休止的工作，把她累得筋疲力尽，使她后悔不该到棱窟槐这儿来。麦垛上那些女工——尤其是其中的玛琳——能够时时停顿一刻，从瓶子里喝点麦酒或者凉茶，还能一面擦一擦脸或者掸一掸身上的麦糠麦秆，一面说几句闲话。但是苔丝却一时一刻都不能休歇；因为圆筒既是永不停止，填麦子的工人当然不能停止，同时，她是把麦捆解开、供给麦子的，也不能停止，除非是玛琳和她更替；葛露卑本来反对玛琳替她，说她的手头儿慢，供给不了那些麦子，但是她也不顾，有时就替苔丝半点钟。

大概是因为省钱的缘故，所以这种特别职务，通常总是选一个女人来执行；至于葛露卑选苔丝，更振振有词，他说她又有劲儿，又能持久，解麦捆解得又快。这话也许不假。机器上打麦子那一部分，本来就嗡嗡直响，让人不能谈话，要是碰到供给的麦子不足平常的数量，它就像疯了一般地大声呼号。苔丝和填麦子那个男工，连要回头转转身

① 希腊神话，地狱之王为普路托，面目狞恶，所居之地，昏暗阴沉。

② 哈代的另一长篇小说《远离尘嚣》第二十二章里说："那仓房……中心是一片打粮食的木头地板，用厚厚的橡木做成。因为多年叫梿枷拍打，光滑得走起来都滑脚。"

都不能，因此虽然正在吃正餐以前，悄悄地从栅栏门外走进一个人来，站在地里第二垛麦垛旁边，一直看着地里的光景，尤其是看着苔丝，而苔丝却不知道。那个人穿着一身式样时髦的华达呢衣服，手里还把一根漂亮的手杖摆来摆去。

“那是谁呀?”伊茨·秀特先把这句话问苔丝，苔丝没听见，又转问玛琳。

“俺想那不知道是哪一位的男朋友吧。”玛琳简捷明白地回答她说。

“他要不是追苔丝的，俺就输一个几尼[①]给你。”

“哦，不是。新近跟在苔丝的屁股后面转的，是一个美以美会的牧师；不是这样的花花公子。”

“你不知道，那本是一个人。”

“这个人和那个讲道的就是一个人吗？怎么看着一点儿也不一样啊!”

“他把他的黑衣服和白领巾都换下去啦；把他的连鬓胡子也剃啦；可是虽说他的打扮穿戴换了样儿，人可还是他自己呀!”

“你敢保是他吗？那么俺告诉苔丝啦。”玛琳说。

“先别价。待会儿还愁她自己看不见？真是的。”

“苔丝的丈夫固然在外国，苔丝固然好像守寡的一样，可是她终究是有主儿的人了，这个牧师一面讲道，一面追人家，俺想可不应该吧。”

“哦，俺看碍不了她什么事，”伊茨冷静明白地说，“苔丝是百折不回的，认死门儿透啦；想要打动她的心，比想要活动掉在泥坑里的大车还难。老天爷，一个女人，本来心眼儿一活动，也许就好了，她可怎么也不肯活动，不管你怎么对她献殷勤，你怎么对她讲道理，都不能让她心活了，就是七雷[②]都轰不动她。”

后来到了吃正餐的时候了，机器的旋转跟着停止了；苔丝也从机器上下来了；她那个膝盖，让机器震得一个劲儿地打哆嗦，差不多连走路都走不来了。

“你该跟俺学，喝一夸特酒才对，”玛琳说，“那样，你就不至于脸上这么白了。哎呀，你看你的脸，就是你让压虎子魇住了，也不能那么样白法呀。”

好心眼儿的玛琳忽然想到，苔丝累得这样，要再看见那位情人，她一定就不能再吃得下东西去了，因此正要想法让苔丝从远一点儿的那个梯子下麦垛去；不想这话还没说出口来，那个有身份的男子，就已经走近前来，把头抬起来了。

苔丝只喊出半个“哦”字，就把话顿住了。过了片刻的工夫，她又急忙说：“我就在这儿吃吧——就在麦垛上吃吧。”

工人们要是离家像现在这么远，就有时都在麦垛上吃饭，不过那天的风吹得尖利，玛琳和别的工人们，都没有留在麦垛上的，他们都下去，坐在麦秆垛下面。

那位新来的人，正是亚雷·德伯；他虽然衣服更换，面貌改变，却正是新近那个福音教徒。用眼一瞥，就可以明显看出，他原来的色欲之气，又满脸都是了；他又恢复了三四年前，他以情人的身份或者所谓本家的资格，和苔丝见面那时，那种风流自赏、放荡不羁的神气了；不过究竟年纪已经大了三四岁，不能跟从前一点儿不差罢了。苔丝既是决定不下麦垛，所以就在看不见地的麦捆中间，坐了下去，吃起饭来，吃着吃着，听

---

① 几尼，英国从前钱币名，值二十一先令，后来只是一种货币价值名。

② 七雷，《新约·启示录》第十三章第三、第四节：“有七雷发声。”

见梯子上有脚步声，抬头一看，只见亚雷马上站在麦垛上面了——那时那个麦垛只是一些麦捆，平平铺成一个长圆形。他走过这些麦捆，一言没发，在她对面坐下。

苔丝把她带来的一块厚煎饼，继续吃下，就算是正餐。那时别的工人们，都聚在麦秆垛下面，在那儿，轻松散乱的麦秆，做成了舒服的安身之处。

“你瞧，我又来啦。”德伯说。

“你为什么老这么来搅我呀!”苔丝气得好像头发梢儿上都冒出火来了，大声说。

“我搅你？我想，我倒应该问你为什么来搅我吧!”

“我多会儿搅你来着!”

“你净说你没搅我成吗？你就没有一时一刻不来搅我的！你刚才恶狠狠地瞅我的那双眼睛，白日黑夜，都像刚才那样，老在我眼面前。苔丝，我从前本来净顾仁义道德，一心修道，自从听到你对我提咱们那个小娃娃，我的感情就好像忽然开了闸一般，往你那面儿一直冲过去了。从那时以后，传教那条河流，就一下干涸了，这都是叫你闹的。”

苔丝只一言不发，瞅着面前。

“怎么，你现在把讲道的事儿完全丢开了吗?”她问。

她从安玑那儿既然学会了现代的思想里那种怀疑的态度，因此对于德伯那种一时的热诚，本来就没看得起，但是她终究是个女人，仍旧不免心里有些惊吓。

德伯装作正颜厉色的样子，接着说：“完全丢开了。那天下午，我本来该上卡斯特桥去对那些醉鬼们讲道，可没去成，从那次以后，对所有讲道的约会，我一概都失约了。那些道友们把我看成什么样子，我知道才怪哪！哈哈！那些道友！他们当然要替我祷告——替我流泪；因为他们本来都得算是有好心眼儿的。不过我可满不在乎了。我现在既然已经不相信那种事儿了，再让我照旧往前干，怎么能成哪？那不成了顶卑鄙的假善人了吗？这么一来，我在他们中间，简直地就成了那个交给魔鬼、不让他们再渎犯神圣的许米乃和亚力山大[①]了。你这真可以算是‘大报仇’了！四年以前，我趁着你无识无知的时候，把你骗了。四年以后，你看见我变成一个热诚的基督徒了，你就来诱惑我，让我再反教，让我也许万劫不复！不过，苔丝妹妹(我照往常一样，叫你一声妹妹)，这不过是我自己这么随便瞎说一阵罢了，你不必往心里去，吓得那样！真正说起来，你不过只是还保留了你从前美丽的容颜和苗条的身材罢了，你并没犯别的罪过。你还没看见我的时候，我早就已经在麦垛上看见你那苗条的身子和美丽的面貌了——你穿着这种紧紧的护襟，戴着这种有耳朵的软帽，把你的容颜身段，衬托得更动人了；你们这些当女工的，想要避免危险，就不应该戴这种帽子。”他说到这儿，静静地瞅了她一会儿，又发出了一声短促的冷笑，说，“我本来以为我就是那位独身大弟子[②]的代表了，我敢说，要是那位大弟子受过这样一副美丽面貌的诱惑，他也准得跟我一样，为了她放弃了耕犁[③]。”

---

① 许米乃和亚力山大，《新约·提摩太前书》第1章第19节：“有人丢弃良心，就在真道上如同船破坏了一般。其中有许米乃和亚力山大，我已经把他们交给魔鬼，使他们受责罚，就不再谤渎了。”

② 独身大弟子，指圣保罗而言。

③ 耕犁，指宣传天国的道而言。《新约·路加福音》第9章第62节：“耶稣说，手扶着耕犁而往后看的，不配进上帝的国。”

苔丝想要驳他，但是在这个紧要关节的时候，她却一句流利话也说不出来了；他不理她，只接着说——

“好啦，说到究竟，你所供给的这所乐园，也许赶得上任何别的乐园。不过，苔丝，话要说得郑重一点。”说到这儿，德伯站起来，往前凑了凑，把身子斜着倚在麦捆之间，用胳膊肘支着身子，“我上回见了你，听你说了他说的那些话以后，我就一直地琢磨那些话，琢磨了以后，我就觉得，从前一些陈腐的议论，是有些缺乏常识；我怎么就会让克莱牧师的热心鼓动起来，那么疯狂一般从事讲道，比他自己还热诚哪？连我自己都不明白。至于你跟你那位了不起的丈夫学来的那些话，——他的姓名你还没告诉过我哪——你上次说给我听的那些话，说要有不含武断的道德系统，我可觉得我绝对办不到。”

“如果你做不到——你所说的那种——武断的教条，你至少能做到纯洁爱人的宗教啊。”

“哦，不成；我不是那样的人！我这个人，总得有人对我说，‘你做这个，你死后就有好处，你做那个，死后就有坏处’，总得有人对我这样说，我的热心才能激动起来。哼，既是没有我对之负责的人，我自然觉得我对于我的情感行为无责可负；我要是你，亲爱的，我也要觉得无责可负！”

她很想驳他的话，很想指点他，说神学和道德，本是两种东西，在人类的原始时期，本来很有分别，现在让他的糊涂脑筋混到一起了；但是一来因为安玑·克莱当日不好多言，二来因为苔丝自己全没训练，三来因为她这个人本是富于情感，不是富于理智的，所以她终究没能说下去。

“好吧，爱人儿，这本来没有关系，”他又说，“我还是跟从前一样，又跟你在一起了！”

“跟那时不一样——跟那时绝不一样——完全不一样！”她恳求他说，“再说，我从来就没对你有过热情！哦，要是你为了失去信仰，就对我说出这种话来，那么，你为什么不牢牢地把住了你的信仰哪？”

“因为你把我的信仰都给我赶走了哇；所以，你这个漂亮人儿，你等着遭报应吧！你的丈夫一点儿也想不到，他会这样作法自毙吧！哈，哈——你虽然让我离经叛道，我还是一样地乐不可支！苔丝，我现在叫你迷得比从前还厉害，我还是真可怜你。虽然你保守秘密，不肯把你的情况都对我说出来，我可看得出来，你的境遇很坏——本来应该珍重爱惜你那个人，可反倒一点儿也不理你了。”

她嘴里的饭难以下咽了；她的两唇发干，她马上就要噎住了。草垛下面吃饭那些工人们说笑的声音，在她听来，好像远在四分之一英里以外。

“你这种话让我听着太难受了！”她说，“你——你如果心里真有我一点儿，你怎么能拿这种话来说给我听哪？”

“实话，实话，”他脸上微微露出心内痛苦而一惊的样子来说，“我到这儿来，并不是因为自己把事做错了，来埋怨你。我到这儿来，苔丝，只是要来对你说，我不愿意你这样干活儿，我是特意为你来的。你说你丈夫并不是我，你另有一个丈夫。呃，也许你有；不过我却从来没见过他，你也从来没告诉过我他的姓名，所以他自始至终，只像是一个神话里的人物罢了。不管怎么说，就是你真另外有一个丈夫，我也总觉得，我跟你近，他跟你远。我无论怎么，总是一心设法想要帮你脱离困难，但是你那位爱而不见的妙人儿，他可并没这样做。那位严厉的预言家何西阿[①]说的话，我从前常常念诵，现在我又想起来了。苔丝，你知道不知道那几句话？——'她将要追随她的情人，但是却追不上他；她将要寻找她的情人，但是却找不着他；那么她就该说啦，我还是回到我头一个丈夫那里去吧；因为我跟我头一个丈夫在一块的时候，我的光景比现在好！'……苔丝，我的车就在山下等着哪！我的爱人——不是他的爱人——我的爱人——下文你当然明白了。"

他说这些话的时候，她的脸慢慢变成了一片紫红，不过她却始终没开口。

"我这回堕落，都是你闹的，"他朝着她的腰把手伸过去说，"你应该跟我一同承担这番后果，你把你叫做是丈夫的那头驴，永远撂开好啦。"

原先她吃她那块奶杓饼[②]的时候，把皮手套脱下一只来，搁在大腿上，她当时一点儿也没给他防备，就揪着手套的后部，一直朝着他的脸气忿忿地抡去。手套又沉又厚，跟战士们的手套一样，很着实地一直打到他嘴上。富于幻想的人，也许会以为，这种动作，是她那些甲胄满身的祖先们惯于作的把戏，现在又发作了。当时亚雷很凶猛地把斜着的身子一下跳了起来。手套打着了的地方，露出一道见了血的红印子，一会儿血就流下来了，从嘴上滴到麦捆上。不过他却一时间就把怒气压下去了，安安静静地从口袋儿里掏出手绢儿来，擦他嘴唇上的血。

她也跳了起来，不过跟着又坐下去了。

"你来吧，你惩治我吧！"她说，同时看着他，她眼里的神气，好像一个让人捉住了的麻雀，知道自己就要叫人弄死，却又无可奈何，只能瞪目而视。"你抽死我吧；你打死我吧！底下那些人，没有关系！我决不出声叫喊。一次被害，永远被害——这是一定的道理！"

"哦，没有的话，苔丝，没有的话，"他温和有礼地说，"这种情况，我满能体谅。不过，有一样事，你可决不应该不顾公道，径行忘记：要是在婚姻问题上，你没把我弄得丧失了办那件事的权利，我不就娶了你了吗！我没直截了当地求你做我的太太吗？你说话呀！"

"不错，有过。"

"都是你没法儿答应我呀。不过有一句话，你要知道！"他当时想起原先他求她的时候那种诚心诚意，再一看她现在无义无情，就禁不住怒气勃勃，声音严厉，同时走上前去，抓住了她的肩膀，把她抓得直哆嗦。"你记住了，我的夫人，你从前没逃出我的手心儿去！你这回还是逃不出我的手心儿去。你只要做太太，你就得做我的太太！"

麦垛下面打麦子的工人都活动起来。

"咱们不必再拌嘴啦，"他撒开手说，"现在我先走啦，下午我再来听你的答复。你还不了解我哪！我可了解你。"

苔丝一直地就没再开口，只像傻了一样愣在那儿。麦垛下面的工人们都站起身来，

---

① 何西阿，犹太的预言家，所作《何西阿书》，收入《旧约》。这儿引的是那一本书的第二章第七节。

② 奶杓饼，英国一种糕饼，是把做面包剩下的湿面，放在撇奶杓上煮熟的，故名。

伸一伸胳膊，把喝的啤酒“煞伏”下去。德伯也迈过麦捆，下了梯子。于是打麦子的机器又活动起来；苔丝在麦子二次沙沙的声音里，又站到嗡嗡的圆筒旁边原先的地位上，悠悠荡荡地像在梦中一般，把麦捆一个一个继续不断地解。

58

那天的夜，奇异地庄严，奇异地静悄。半夜以后，苔丝喁喁切切，把克莱梦游的故事，全都告诉了他，说他怎样不顾他们两个的性命，抱着她走过了芙仑河的危桥，把她放到残寺里面的石头棺材里。克莱以前一点儿也不知道这件事，那天夜里才头一次听说。

“你怎么第二天不告诉我哪?”他说，“要是你告诉了我，也许多少误会，多少苦恼，都可以避免了。”

“已经过去的事，不必琢磨啦!”苔丝说，“我现在就只顾眼前，这种有今儿没明儿的日子，前前后后地虑算个什么劲儿哪? 谁知道明天怎么样?”

明天别的情况，虽然不能预知，但是痛苦烦恼，却显然没有。那天早晨，潮湿、有雾。克莱昨天已经听人说过，那个照管房子的，只有晴天，才来开窗户，所以他就让苔丝睡在屋里，自己冒险出去，把整个的宅子都搜探了一番。这所宅子里面，虽然没有食物，却并不缺水。于是克莱就趁着雾气四塞的机会，离了那所宅子，去到二英里以外一个小地方，在铺子里买了一些茶叶、面包和黄油，还买了一把小锡壶和一个酒精灯，这样他们就可以有火而不冒烟了。他进屋子的时候，把苔丝惊醒了，于是他们两个便把他刚才买来的东西，一同吃起来。

他们一点儿也不想到外面去，只在屋里待着；待过白天，又待过晚上，待过一天又待过一天；后来忽忽悠悠，差不多不知不觉，就在这深藏静处的日子里过了五天；没有一个人影、一个人声，来搅扰他们的安静。天气的变化，就是他们唯一的大事，新苑里的鸟儿就是他们唯一的伴侣。他们两个，好像都互相心照，对于他们婚后的事，差不多连一次都没提起。那一段分居悲伤的时光，好像沉入了天地开辟以前的混沌之中，现时的恩爱和婚前的甜蜜，好像原是一气，中间并没间断。只要他提起，说他们应该离开这所宅子，到扫色屯去，或者到伦敦去，她就很奇怪的老不愿意动。

“咱们为什么要把现在这种甜美恩爱打断、消灭了呢?”她表示反对，说，“应该遇上的事情，没有法子避免。”于是一面从窗板缝儿往外看，一面接着说，“你瞧，外面满是荆棘，屋里却是美满。”

克莱也往外看去。这话一点儿不错；屋里是恩爱缠绵，是鱼水融洽，是前嫌冰释；屋外却满是丝毫不通融的严酷、苛刻。

“再说——再说，”她把自己的脸紧贴在克莱脸上，嘴里说，“我只怕你现在对我这份情意不能长久。我不愿意活着眼睁睁地看到你又变了心。我不愿意那样。到了你要看不起我的时候，我情愿先死了，躺在土里，这样我就永远也不会知道你曾看不起我了。”

“我永远也不会看不起你呀。”

“我也那么希望。不过，我自己觉得，我这一辈子的所作所为，早晚都得让人看不起……我想起来，我真是一个万恶的疯子。可是我从来连一个苍蝇，一个小虫儿，都不忍得伤害，连一个小鸟儿关在笼子里，都时常让我落泪!”

他们又在那儿待了一天。多日阴沉的天气，那天晚上，忽然放晴，因此照看房子的老妇人，在她那小房儿里，很早很早就醒来了。光亮辉煌的朝阳，使她觉得异常地轻松；她决定趁着这样的好天气，立刻把附近那所大宅子的窗户全开开，让屋子彻底通通空气。因此她六点以前就往那所宅子来了。她把楼下那些屋子的门窗都开开了以后，又上了楼，去到那些寝室，想要开他们两个占据的那一个屋子的门。正在那个时候，她忽然觉得，屋里仿佛有喘气的声音。一来是她的年纪大了，二来是她穿的是便鞋，所以她走起路来，一点儿声音都没有。她当时一听这种情况，就立刻要抽身退回；但是又一想，恐怕是自己的耳朵听错了，所以又回到门外，轻轻去试那个门钮。门上的锁已经坏了，但是门里面却有一件家具，把门顶住了，所以她只把门开了一两英寸的缝儿，就再开不动了。只见晨光一道，从窗板缝儿一直射到沉沉酣睡那一对人的脸上，苔丝的嘴张着，紧靠着克莱的脸，看来好像一朵半开的鲜花。那个照管房子的老太婆刚一看见他们两个的时候，还认为他们是无业的游民，心里不觉生出一阵忿怒之气；但是再一看，他们的样子那样天真，苔丝挂在椅子上的长袍那样华美，长袍旁面的长统袜子和漂亮的小阳伞那样精致，苔丝穿着来的那几件别的衣服(因为她只有这一套)那样优雅，于是她又认为，他们好像是一对携手私逃的体面恋人，所以心里就又生出一阵怜爱之情。因此她就把门关上，轻轻悄悄像她来的时候一样跑了回去，把这种稀罕的发现，去跟她的街坊们商量。

她走了不到一分钟，苔丝就醒来了，跟着克莱也醒来。他们两个都觉得仿佛有什么把他们搅扰了似的，至于究竟是什么，却说不清楚。于是他们因此而生的不安情绪，就越来越厉害起来。克莱刚一穿好了衣服，就从窗板那两三英寸的小缝里往外面的草地上仔细看去。

“我想咱们立刻就走好啦，”他说，“今天天气很好。我觉得这所宅子好像有人来过。无论如何，那个老太婆今天是非来不可的。”

苔丝听了这话，无言顺从。于是他们两个，把屋子给人家整理了一下，就提起他们那几件小小的行李，不声不响地离开了那所房子。他们走到树林子里面，苔丝回头把那所房子最后看了一看。

“哎，让咱们快活的房子啊——再见吧!”她说，“我顶多还能再活几个礼拜。咱们为什么不在那里待下去哪?”

“苔丝，别说这种话！咱们不久就要完全离开了这一块地方了，咱们还照着原先的打算，一直往北走。没有人会想起来上哪儿去缉捕咱们的。他们要是缉捕咱们，一定是在维塞司有海口的地方。等到咱们到了北边以后，再上一个海口去，就可以逃开了。”

克莱把苔丝这样一劝，他们就照着原订的计划，笔直地往北走去。他们在那所大宅子里，休息了这些日子，很有走路的力量了。走到靠近正午的时候，只见挡住去路的梅勒寨城，高阁参天，快到跟前。克莱决定让苔丝在一丛树里休息一下午，等到晚上，趁着夜色，再往前走。到了黄昏的时候，克莱照旧买了些食物，于是他们就动身开始他们的夜行，走到靠近八点钟的时候，他们穿过了上维塞司和中维塞司的边界。

在村野的地方，走荒凉的小路，本是苔丝的旧技，所以现在走来，苔丝又把往日步履轻捷的情况露出。那个横拦去路的古城梅勒寨，是他们必须穿过的地方，因为前面有一道大河，非从城里的桥上过去不成。到了半夜的时候，他们才走到城里的街市，那时候街上已经没有人了，只有几点灯光，影影绰绰地照着他们。他们一路走来，老是躲着便道，免得脚步出声。一座宏壮富丽的大教堂，黑乌乌地耸在他们左边，但是他们却没心去看它。出了城以后，他们就顺着有税卡子的大道往前走去，走了几英里，前面就是一片空旷显敞的平野，得一直穿过。

起先，天上虽然阴云密布，却有残缺的月亮，射出散光来，给了他们一些帮助。但是后来月亮落了，云彩仿佛就盖在他们头上，夜色昏沉得像黑洞一般。虽然这样，他们还是勉强前进，走的时候，为避免脚步出声起见，净拣草地下脚，因为这一带地方，并没有树篱围墙之类，所以这种走法，不费什么周折。周围一切，只是一片空旷的荒寒，一团漆黑的僻静，一股劲风，在上面吹动。

他们这样暗中摸索，又往前走了二三英里，于是忽然之间，克莱觉得紧靠面前，好像有一个庞然的大建筑，从草地上面，顶着天空耸起，他们两个，差一点儿没碰到那上面。

“这是个什么怪地方？”安玑说。

“还响哪，”苔丝说，“你听！”

克莱侧耳听去，只觉在那个庞大的建筑中间，有风吹动，发出一种嗡嗡的音调，好像一个硕大无朋的单弦竖琴。除此而外，听不见别的声音。克莱伸着手往前走了一两步，就摸到了那个建筑竖立的平面。它好像是一块整的石头，没有接榫，也没有边缘。他把手又往上摸去，才觉出来，原来他所触到的这件东西，是一个硕大无朋的长方石头柱子；他把左手往左伸去，只觉得左边也有一根，跟右边一样。抬头看去，好像一样东西，非常高远，把本来就黑的天空遮得更一团漆黑，仿佛是一根广大的石梁，横在空里，把两根柱子连起。他们小心仔细地从那两根柱子中间和那一条横梁底下，进到里面；他们脚步沙沙的声音，都从石头的面儿上，发出回响；但是他们头上，却好像仍旧没有东西遮蔽。原来这个地方并没有房顶。苔丝只吓得喘气都两样起来，克莱也莫名其妙；只嘴里说——

“这是什么东西？”

他们往旁摸去的时候，又碰到另一个高阁一般的柱子，和头一个一样地又方又硬；再往外摸，又摸着一个，又摸着一个。原来这个地方满是门框，满是柱子，有的柱子上头还架着横梁。

“这真是个风神庙了。”克莱说。

有的柱子，孤零零地竖立；有的两根并列，上头架着横梁；还有几个，躺在地上，石头宽得都能走开车马，仿佛低湿地上高起的埂道；待了不久，他们就明白了，原来这是一群林立的石头柱子，竖在浅草平铺的旷野上。他们两个又往前去，一直走到那个暮夜亭台的中间。

“哦，是了，原来是悬石坛①。”克莱说。

---

① 悬石坛，在沙勒堡北十英里，原文 Stonehenge，为“悬石”的意思，现在残缺。当初完整时，必为两层石柱圆坛做成。尚无人能确定其年月，最近的说法是，该石分三个时期，在公元前一九〇〇年、一七五〇年及一六五〇年左右分别建成。现在英国天文学家郝钦斯借计算机之助，推算出来，悬石坛是英国古代居民用来确定二十四个节气的石头天文历。

“你是说，这就是那个异教神坛吗?”

“正是。这才是古物啦，比什么都古，比德伯家都古！呃，爱人儿，咱们怎么办呢?再往前走，咱们就可以找到歇脚的地方了。”

但是那个时候的苔丝，实在疲乏极了，就在跟前一块长方形石板上面躺下，那儿恰好有一根柱子把风遮住。那个石板，因为白天让太阳晒了一天，又干又暖，跟周围那些野草一比，显然舒服，野草是又粗又凉，把苔丝衣服上的下摆和脚上的鞋都弄湿了。

“安玑，我不想再往前走啦。”她说。一面伸出自己的手来，握着克莱的手。“咱们在这儿待一下成不成哪?”

“我恐怕不成。这个地方太敞啦，好些英里以外都看得见，不过现在是夜里，觉不出来就是了。”

“你从前在塔布篱的时候，不是老说我是一个异教徒吗?对啦，我母亲的娘家有一个人，就在这一带放羊。这么一说，我可以算是回了我的老家了。”

克莱跪在苔丝横卧的身旁，把嘴唇放在她的嘴唇上。

“你困了吧，亲爱的?我觉得你正躺在一个祭坛上面。”

“我很愿意在这个地方待着，”她嘟囔着说，“我享过最近这样大的福以后，现在来到这个地方，只有苍天在我头上，真是庄严，真是肃静。我只觉得，世界之上，仿佛只有你我，没有别人。我的心意，除了丽莎·露以外，也不愿意再有别人。”

克莱觉得，苔丝在这儿躺着休息到天色微明的时候，也没有什么不可以的，所以他就把他的外衣给她盖在身上，自己坐在她的身边。

“安玑，要是我有什么不测，你愿意不愿意看在我的面上，看顾看顾丽莎·露哪?”他们两个把柱子中间的风声听了半天以后，苔丝开口说。

“愿意。”

“她太好啦，又天真，又纯洁。哎，安玑呀，你不久就要看不见我啦，我只盼望，你没有我那一天，你能娶她。哎，你要是能娶她，可就称了我的心了。”

“我要是真没有了你，那我就什么都没有了！再说，她又是我的小姨子啊。①”

“最亲爱的，那一层毫无关系。马勒村一带的人，时常有跟他们的小姨子结婚的。再说，丽莎·露又那么温柔，那么甜美，越长越那么漂亮。哦，我们大家死后，做了鬼魂，我很甘心乐意跟她一块儿陪伴你。你要是能训练她，教导她，把她调理成你自己的人，那是再好也没有的了……凡是我的长处，她一样儿也不短，可是我的坏处，她可一点儿都没有；如果她真能是你的人，那么，就是我死了，也跟我活着一样。……好啦，我已经把话说明白啦，我可不说第二遍啦。”

苔丝说到这儿，就把话打住，克莱听了，止不住低头沉思。那时候，东北远处的天边上，已经有一道白光，在双柱之间可以看见。原来弥漫天空的乌云，正像一个大锅盖，整个地往上揭起，把天边让开，把曙色放进，把独立的石柱和并峙的牌坊，都乌压压地映出轮廓来。

“他们是在这个地方给上帝供牺牲吗?”苔丝问。

---

① 英国教会及法律，禁止与故去之妻的姊妹结婚，但有的地方，执行得并不严格。该法律于1906年取消。

“不是给上帝。”克莱回答说。

“那么给谁哪？”

“我想是给太阳吧。你瞧，那边不是有一个孤零零的大石头，正冲着太阳放着吗？不信你看，太阳一会儿就从石头后面出来了。”

“这种情况，亲爱的，让我想起一桩事来，”她说，“咱们两个结婚以前，你不是永远也不肯干涉我的信仰吗？其实你的心思，我满知道，你所想的，也满是我所想的——我对于一件事，自己并没有主意，只是你怎么想，我也怎么想。安玑，现在你告诉我，你觉得，咱们死后，还能不能见面？我很想知道知道。”

他只用嘴去吻她，借此避免在这种时候，答复这样的问题。

“哦，安玑呀，我恐怕，你这就是说不能的意思吧！”她说，同时极力把哽咽忍住。“我很想再跟你见面——想得厉害——实在想得厉害！怎么，安玑，像咱们两个这样的爱情，死后都不能见面吗？”

安玑也像一个比他更伟大的人物①一样，在紧要的时候，对于紧要的问题，不加回答；因此他们两个又都默默无言起来。待了一两分钟以后，苔丝喘的气渐渐地匀和了，她握着克莱的那只手也软软地松开了，原来她睡着了。那时候，东方天边上一道银灰的白光，使得大平原离得远的那些部分，都显得昏沉黑暗，好像就在跟前；而广大景物的全体，却露出一种嗫嚅不言、趔趄不前的神情，这是曙光就要来临的光景。东面的竖柱和横梁，它们外面的焰形太阳石和正在中央的牺牲石，全都黑沉沉地背着亮光顶天矗立。夜里刮的风一会儿就住了，石上杯形的石窝里颤抖的小水潭也都静止了。同时，东方斜坡的边儿上，好像有一件东西——一个小点儿，慢慢蠕动起来。原来太阳石外的低地上，有一个人，只露着头，正朝着他们越走越近。克莱见了这样，心里后悔不该原先停在这儿，但是已经事到跟前，只得硬着头皮静坐不动。那个人朝着他们所待的那一圈石柱，一直走来。

同时，克莱听得自己身后也有声音，也有沙沙的脚步。他回头一见，只见横卧地上的石头柱子外面，也有一个人走来；转眼之间，还没来得及留神，就又看见右边牌坊底下有一个人，左边也有一个人，都来到跟前。曙光一直射到西边那个人身上，只见他身材高大，步伐整齐。看他们那样子，显然是从四面拢来，向中央包围。那么苔丝说的话，果然应验了。克莱一跳而起，四外看去，想要找到一样武器，找一块石头，看一看逃走的道路，看一看应急的办法。那时候，离他最近的那一个人，已经到了他跟前了。

“先生，你不必动啦，没有用处，”那个人说。“我们在这块平原上，一共有十六个人。并且全国都发动起来啦。”

“你们让她睡完了觉成不成？”他低声对那些四外拢来的人恳求说。

顶到那个时候，他们一直没看见她在什么地方，现在看见了她躺在那儿，可就对克莱的请求没表示反对，只站住了守候，一动不动，跟四围那些石头柱子一样。他走到石板旁边，把身子在她上面弯着，把手握着她一只可怜的小手；那时她喘的气，短促，微

---

① 一个更伟大的人物，指耶稣而言。耶稣被带到彼拉多跟前时，彼拉多曾问耶稣：“你是哪里来的？”耶稣不答。见《新约·约翰福音》第十九章第九节。又《马太福音》第二十七章第十一节，耶稣被祭司长和长老控告时，什么都不回答。又《马可福音》第十四章第六十节及第六十一节，亦有同样记叙。

弱，仿佛她只是一个比女人还弱小的动物。所有的人都在越来越亮的曙色里等候，他们的手和脸都好像是涂了一层银色，他们形体上别的部分，却是黑乌乌的。石头柱子闪出绿灰色，大平原却仍旧是一片昏沉。待了不大的一会儿，亮光强烈起来，一道光线射到苔丝没有知觉的身上，透过她的眼皮，使她醒来。

“这是怎么回事，安玑？”苔丝一下坐起来说。“他们已经都来了吗？”

“正是，我的最亲爱的，”克莱说。“他们已经都来啦。”

“这本是必有的事，”她嘟囔着说，“安玑，我总得算称心——不错，得算很称心！咱们这种幸福不会长久。这种幸福太过分了。我已经享够了；现在我不会亲眼看见你看不起我了！”

她站起来，把身上抖了一抖，往前走去，那时候其余的人却都还没有动弹的。

“我停当啦，走吧！”她安安静静地说。

【选自[英]哈代：《德伯家的苔丝》，张谷若译，北京，人民文学出版社，2003】

马克·吐温

马克·吐温(1835—1910)，美国19世纪杰出的现实主义小说家。他的小说表现出出色的幽默、讽刺才能，深刻批判了19世纪后半期和20世纪初美国的社会腐败、民主虚伪和种族压迫，在当时极为繁荣的幽默文学中独领风骚。

中篇小说《败坏了赫德莱堡的人》(1894)是马克·吐温晚期的著名作品，讲述了一个陌生的异乡人对赫德莱堡镇进行报复的故事。赫德莱堡人自命"诚实""清高"，并且把这种荣誉视为他们最宝贵的财富。不幸的是，它得罪了一个过路的异乡人，那个人决心对赫德莱堡镇进行报复。他用一袋金币作诱饵，将赫德莱堡人，尤其是19位首要公民"诚实""清高"的假面撕去，暴露了他们虚伪和贪婪的本相。

《败坏了赫德莱堡的人》中的"赫德莱堡"是19世纪美国金钱社会的缩影，同时也是人性的一种象征。马克·吐温通过赫德莱堡镇19位首要公民小丑般的表演，对美国金钱社会的道德文明作了一个卓越的总结，把人性的卑鄙贪婪暴露得体无完肤，淋漓尽致。理查兹夫妇并不是十恶不赦的坏人，而是被金钱败坏了的虚伪、伪善、自欺欺人的说谎者。小说对人性的撒旦式的挖苦，达到了空前猛烈的程度。

小说情节安排十分巧妙。它抓住了人们普遍的贪欲，通过一个不在场的关键人物固德逊和理查兹这样的代表人物来揭发"赫德莱堡"的虚伪、伪善，使整个"败坏"事件建立在非常坚实的心理基础之上，它是"外乡人"谋划得逞的基础，也是所有人都理直气壮而虚伪的基础。小说充分显示了作者作为美国幽默讽刺大师的天才，在对理查兹夫妇的描写中，作家的讽刺含而不露，却入木三分；领取金币的场面则变成一场闹剧，对"赫德莱堡"的体面尽情地戏弄。

败坏了赫德莱堡的人(节选)

一

那是多年以前的事情。当时赫德莱堡是邻近一带地方最诚实、最清高的一个市镇。它一直把这个名声保持了三代之久，从没有被玷污过，并且很以此自豪，把这种荣誉看得比它所拥有的其他一切都更加宝贵。它非常以此自豪，迫切地希望保持这种光荣万世不朽，因为它对摇篮里的婴儿就开始教以诚实行为的原则，并在以后对他们施行教育的全部期间，把这一类的训诲作为他们的教养的主要内容。同时还在青年人的发育时期，完全不叫他们与一切诱惑相接触，为的是让他们的诚实有充分的机会变得坚定而巩固，成为深入骨髓的品质。邻近的那些市镇都忌妒这种崇高的权威，假装着讥笑赫德莱堡以此自豪的得意心理，偏说那是虚荣。不过虽然如此，他们还是不得不承认赫德莱堡实在是一个不可败坏的市镇；假如有人追问，他们还会承认一个青年只要是从赫德莱堡出去的，他要从家乡到外面找一个地位较高的职业，那就除了他的籍贯而外，无须任何其他保证的条件了。

……

二

……

一个星期终了时，一切又平静下来了；如醉如狂的自豪和欢欣的心理已经清醒过来，变为一种柔和的、甜蜜的、沉默的快感——好像是一种意味深长、无以名之、不可言喻的自得心理。人人的脸上都现出一种平和圣洁的快乐。

然后发生了一种变化。那是一种逐渐的变化：变得非常迟缓，以致开始的一段几乎无人发觉；也许根本就没有人发觉，只除了杰克·哈里代，他是经常把每件事情都看得清楚的；而且无论是什么事情，他老爱拿来开玩笑。他发现有些人一两天以前还很快活，现在却不像那么高兴，于是他就说些拿他们取笑的话；然后他又说这种新现象越来越厉害，简直成了一副晦气相；然后他又说人人现出了苦恼不堪的神气；最后他说人人都变得那么郁郁不乐、若有所思、心不在焉，如果他一直伸手到全镇最悭吝的人裤袋底去扒掉他一分钱，那也不会惊醒他的幻想。

在这个阶段——也许是大约在这个阶段——那十九户首要人家的家长每个都在临睡的时候说出大致像这样的一句话——差不多都是叹一口气说的：

“哎，固德逊说的究竟是一句什么话呢?”

他的妻子马上就这样回答——话里带着颤声：

“啊，别提了！你心里在胡思乱想些什么鬼事儿？千万把它丢开吧，我求你！”

可是第二天晚上，这些人又不由得发出这个问题来——而且所受的斥责也是一样。不过声音却小了一些。

第三天晚上，男人们又发出这同一问题——语气是苦闷的，而且是茫然的。这一次——还有次日晚上——妻子们稍有不知所措的表现，她们心里都有话想要说。可是并没有说出来。

再往后的那天晚上，她们终于开了口，急切地回答道：

“啊，假如我们猜得着多好！”

哈里代的俏皮话一天天越来越说得有声有色，令人难堪，挖苦尽致。他劲头十足地窜来窜去，拿这个市镇开心，有时讥笑个别的人，有时讥笑大家。可是他的笑声在全村中已经是绝无仅有：这笑声落在空虚而凄凉的荒漠中了。随时随地，连一点笑容都找不到。哈里代把一只雪茄烟盒子装在一个三脚架上，拿着它到处跑，假装那是个照相机；他拦住所有的过路人，把这东西对准他们说：“预备！——请您笑一点。”但是连这样绝妙的玩笑也不能在那些阴沉的面孔上引起反应，使他们轻松一点。

这样过了三个星期——还剩下一个星期。那是星期六晚上——晚饭吃过了。现在没有往常的星期六那种熙熙攘攘、大家到处买东西和开玩笑的热闹场面，街上是空虚寂寞的。理查兹和他的老伴独自坐在他们那间小客厅里——神情沮丧，都在想心事。这种情形现在已经成为他们晚间的习惯了：他们过去一向的老习惯——看书、编织和称心如意的闲谈，或是和邻居们互相串门，这一切都老早就成为过去，被他们忘掉了很久很久——两三个星期了；现在谁也不谈话，谁也不看书，谁也不串门——全村的人都坐在家里，唉声叹气，愁眉苦脸，沉默不言。都想猜出那一句话。

邮递员送来了一封信。理查兹无精打采地把信封上写的字和邮戳望了一眼——两样都是陌生的——他把信丢在桌子上，又恢复了刚才被打断的东猜西想和绝望的、沉闷的烦恼。两三个钟头之后，他的妻子疲惫地站起来，正准备不道晚安就去睡觉——现在这已经成为习惯了——可是她在靠近那封信的地方停了一下，以冷淡的神情望了它一会，然后把它拆开，约略地看了一遍。理查兹还在坐着，椅背翘起靠着墙，下巴垂在两膝之间；他忽然听见有什么东西倒在地下了。一看，原来是他的妻子。他赶紧跑到她身边，可是她却大声喊道：

“别管我，我太快活了。你快看信——快看！”

他接过信来看，贪婪地读着，脑子不禁昏眩起来。那封信是从很远的一州寄来的，信里说：

我和你素不相识，但是这没有关系：我有一桩事情要告诉你。我刚从墨西哥回家来，听到了那件新闻。当然你不知道那句话是谁说的，可是我知道，而且知道这个秘密的，世间只有我一人。那是固德逊。多年以前，我和他很熟识。我就在那天晚上走过你们这个村子，并且在夜半的火车未到之前，一直在他家做客。我在旁边听见他对那个站在黑暗地方的外方人说了那句话——地点是赫尔巷。他和我继续往他家里走的时候，一路就谈这件事情，后来在他家一面抽烟，还一面在谈。他在谈话之中提到了你们村子里的许多人——差不多都说得很不客气，只对两三个人的批评较好；在这两三人之中就有你一个。我说的是“批评较好”——也就是如此而已。我还记得他说过这个镇上的人，实际上没有一个是他喜欢的——一个也没有；不过他说你——我想他是说的你——大致没有记错吧——曾经有一次帮过他一个大忙，也许你自己还不知道帮了这个忙究竟于他有多大好处，他说他希望有一笔财产，临死的时候就要把它留给你，而对村中其余的居民每人都奉送一顿咒骂。那么，只要你是当初帮过他的忙，你就是他的合法继承人，应得那一袋金子。我知道我尽可以相信你的廉洁和诚实，因为这些美德在一个赫德莱堡的公民身上是万无一失的天性，所以我现在就要把那句话告诉你，深信你如果不是应得这笔钱财的人，一定会去把应得的人寻访出来，使固德逊得以报答他所说的那番恩惠，表达他的感激之忱。他说的那句话是这样的：“你决不是一个坏人：快去改过自新吧。”

霍华德·里·斯蒂文森

“啊，爱德华，这笔钱是我们的了，我真是太高兴了，啊，太高兴了——亲我一下吧，亲爱的，我们多久多久没有亲过嘴了——我们正是需要哩——这笔钱——这下子你也可以摆脱宾克顿和他的银行了，再也不当谁的奴隶；我简直好像是高兴得要飞了。”

这两口子在长靠椅上互相拥抱和亲吻，快快活活地消磨了半小时；他们又恢复了过去的美好辰光——这种辰光原是自从他们恋爱的时期就开始了，直到那外方人带来这笔害煞人的钱财以前，一直继续下来，没有中断过的。过了一阵，妻子说道：

“啊，爱德华，你真幸运，当初亏得给他帮了那个大忙，可怜的固德逊！我向来是不喜欢他的，可是现在我觉得他很可爱。你倒真是了不起，真漂亮，从来就没提过这桩事情，没夸过嘴。”然后她略带责备的语气说：“可是你对我总该提一提呀，爱德华，你自己的妻子，总该告诉一声哪，你要知道。”

“嗯，我……呃……嗯，玛丽，你瞧——”

“别老是这么吞吞吐吐吧，快告诉我，爱德华。我向来是爱你的，现在我真以你自豪哩。谁都相信全村只有一个慷慨的好人，原来你也……爱德华，你怎么不告诉我？”

“嗯——呃——呃——嗐，玛丽，我不能说！”

“你不能说？为什么不能说？”

“你要知道，他……哎，他……他叫我保证不说。”

妻子把他打量一番，很慢很慢地说：

“叫——你——保——证？爱德华，你怎么给我说这种话？”

“玛丽，你难道以为我会撒谎吗？”

她颇为惶惑，一时说不出话来，然后她把她的手放在他的手里，说道：

“不是……不是。我们未免说得离题太远了——上帝饶恕我们吧！你一辈子没撒过一次谎。可是现在——现在我们脚底下一切的根基好像是在垮台的时候，我们就……我们就……”她一时说不下去了，然后又断断续续地说：“不要叫我们受到诱惑吧……我想你是给人家保证过的，爱德华。这话就到此为止吧。我们不要再谈这个问题了。那么——这就算往事不提了；我们还是要快快活活才行；这不是自寻烦恼的时候。”

爱德华感觉到听从妻子的话颇有几分吃力，因为他心里老在东想西想——极力要记起他曾经帮过固德逊什么忙。

两口子几乎通宵没有合眼，玛丽是快活而又想个不停，爱德华却只忙着用心思，而并不十分快活。玛丽老在盘算着如何处理这笔钱财。爱德华老在搜尽枯肠地要回想起那个恩惠。起初他为了对玛丽撒了那个谎——如果说那是谎话——良心上感到不安。后来他反复思考了一阵——假定那确实是撒谎吧，那又怎么样？难道有什么大不了吗？我们难道不是经常在行为上干撒谎的勾当？那又为什么连说谎都不行呢？你看玛丽——看她所干出来的事情。当他正在赶紧去做那桩老老实实的事情的时候，她在干什么？悔恨没有把那张字条子毁掉，把钱留下！难道盗窃比撒谎还强吗？

于是这个问题就不那么使他难受了——那句谎话已无关紧要了，并且还使他觉得差堪自慰。其次一个问题又占了主要地位：他究竟是否帮过人家的忙呢？你看，这儿分明有固德逊本人的证明，斯蒂文森的来信说得很清楚；没有比这更好的证明了——这简直可以作为法律上的证件，证明他确曾帮过人家的忙。当然，所以这一点算是解决了……可是不行，还不见得完全解决了。他微微吃惊地想起这位不相识的斯蒂文森先生就说得并不十分肯定，他记不清帮这个忙的人究竟是否理查兹，或是另外某一个人——而且，哎呀，他还说信任理查兹的人格哩！所以理查兹不得不由他自己决定这笔钱财应该归谁——斯蒂文森先生相信他如果不是应得的人，就一定会毫不苟且地把应得的人寻访出来。啊，把人家安排到这种地步，真是可恶——哎，斯蒂文森怎么就不兴把这种疑问去掉呢！他为什么要留下这么个尾巴？

又是一阵思索。究竟是怎么回事呢，偏巧是理查兹的名字，而不是别人的名字，在斯蒂文森心里留下了印象，使他觉得他是应得这笔钱财的人？这倒像是很不错。是的，这实在像是大有希望。事实上，他一个劲儿往下想，希望也就似乎越来越大——直到后来，这个理由终于变成了铁证。于是理查兹马上把这个问题不再放在心上，因为他有一种内心的直觉，认为一个证据既经肯定，就以不再追究为妥。

这时候他心安理得地感到愉快，可是另外还有一个小小的问题，却老在逼着他注意：当然他是帮过人家的忙——这是肯定了的；可是究竟帮的是个什么忙呢？他必须回忆出来——非等想起了这桩事情，他就不睡觉；因为这才能使他心境安宁，毫无挂虑。于是他想了又想。他想到许多件事情——可能帮过的忙，甚至是大致肯定帮过的忙——可是没有一件显得够重要，没有一件显得够分量，没有一件显得值这笔钱财——值得固德逊希望他能在遗嘱中留下的那笔财产。不但如此，他根本就想不起曾经做过这些事情。那么，哎——那么，哎——那究竟应该是帮的一个什么忙，竟会使得一个人这么了不得地感激呢？啊——拯救了他的灵魂！一定是这么回事。不错，现在他想起了当初曾有一次自告奋勇去劝固德逊入教，并且苦口婆心地劝了他——他打算说是劝了三个月之久；可是仔细一想，三个月缩成了一个月，又缩成了一星期，又缩成了一天，然后缩得毫无踪影了。是的，他现在记得很清楚，而且是非他所愿地那么鲜明，固德逊当初的回答是叫他滚他妈的蛋，少管闲事——他可不希望跟着赫德莱堡升天堂！

所以这个答案是失败了——他并不曾拯救过固德逊的灵魂。理查兹不免有些气馁。然后过了片刻工夫，又出现了一个念头：他曾经挽救过固德逊的财产吗？不行，这是说不通的——他根本就一无所有。他的性命呢？一点也不错。当然。嗐，他早就该想到这个了。这一次他总算走对了路，毫无疑问。于是片刻之间，他那想象的风车就大转特转起来了。

此后，在精疲力竭的整整两个钟头之中，他一直在忙着救固德逊的命。他以各种困难和冒险的方式干这桩事情。每一次他都很圆满地把这个救命的举动做到了某一个地步；然后正当他开始确信这桩事情是当真发生过的时候，偏巧就有一个恼人的枝节问题出现，使得整个事情成为荒唐无稽。比如拿泅水救命来说吧。在这种救命方式之下，他曾经泅出去把淹得不省人事的固德逊拖上岸来，还有一大堆人旁观赞许；但是他把整个经过完全编好之后，正在开始回忆一切的时候，却又生出了许许多多起破坏作用的枝节问题：镇上的人们是不会不知道这桩事情的，玛丽也不会不知道，在他自己的脑子里，这桩事情也会像钙光灯似的放出耀眼的光芒，而不至于是一件他可能做了而“不知道究竟对人家有多大益处”的、并不显著的好事。而且想到这里，他又记起了他自己根本就不会游泳。

啊——原来又有一点，他从头起就忽略掉了：这桩事情必须是他做了之后却“可能还不知道究竟对人家有多大益处”的好事。嗐，真是，那应该是容易寻思出来的——比其他那些事情简单得多了。果然不错，他不久就想出来了。多年以前，固德逊几乎和一个名叫南赛·休维特的很可爱、很漂亮的姑娘结了婚，但是为了某种原因，这桩婚事还是作罢了；那个姑娘死了，后来固德逊就一直是个独身汉，并且渐渐变得性情孤僻，干脆就成了一个愤世嫉俗的角色。这个姑娘死后不久，村里的人就发现了，或是自以为发现了，她的血管里含有一点点黑人的血液。理查兹把这个问题思量了许久，后来终于觉得他想起了一些与此有关的事情，那些事情一定是由于日久不曾理会，在他脑子里弄得无影无踪了。他似乎是隐隐约约地想起了当初发现那黑人血液的就是他自己；把这个消息告诉村里人的也是他；还想起了村里人告诉了固德逊，说明了消息的来源；想起了他就是这样挽救了固德逊，使他免于和这个有黑色混血的姑娘结婚；他帮了他这个忙，却“不知道对他有多大好处”，事实上根本还不知道他是在帮人家的忙；可是固德逊却知道他帮这个忙的价值，也知道他是如何千钧一发地获得了幸免，所以他才在临终时对他的恩人感激不尽，恨不得自己有一笔财产留给他。现在一切都简单明了，他越回想就越觉得这事情非常明显，毫无疑问；最后，当他舒舒服服地躺下睡觉的时候，心里颇为满意而快乐，他回忆着一切经过，就像是昨天的事一般。事实上，他仿佛还记得固德逊曾经有一次亲自对他说过感激的话。在这段时间里，玛丽已经花了六千元给她自己购置了一所新房子，还买了一双睡鞋送她的牧师，然后就安安静静地睡着了。

在那同一个星期六晚上，邮递员给其他的首要居民每人送去了一封信——一共送了十九封。信封无论哪两个都不相同，笔迹也不一样，可是信的内容却彼此相同，除了一点而外，分毫不差。每封信都是完全照理查兹所收到的那一封抄下来的——笔迹和一切都是一模一样——而且都是斯蒂文森签名的，只是理查兹的名字换上了各个收信人的名字罢了。

一夜到天明，十八位主要公民都在同一时间内和他们的同样身份的弟兄理查兹干了同样的事情——他们用尽了全副精力，要想出他们曾在无意中给巴克莱·固德逊帮过一次什么了不起的忙。无论对于哪一位，这番工夫都不见得轻松愉快；然而他们都成功了。

在他们很吃力地干着这项工作的同时，他们的妻子却轻易地把这一夜工夫都消磨在花钱的问题上面了。这一夜之间，那十九位太太平均每人从那口袋里的四万元中花掉了七千元——总共是十三万三千元。

第二天杰克·哈里代大吃一惊。他看出那十九位主要的公民和他们的妻子脸上都重新现出了那种平和圣洁的快乐神情。他简直莫名其妙，也想不出什么取笑的话来，足以破坏或是扰乱这种气氛。所以现在就轮到他对生活感到不满了。他对这种快乐的原因私自作了许多揣测，但一经考察，通通都猜错了。他遇到威尔科克斯太太，发现她脸上那副平静的心醉神迷的神态时，心里便想道："她的猫生了猫仔了"——于是他就去问她家的厨师；结果并没有这回事；厨师也看出了那种喜色，却不知原因何在。当哈里代发现"老实人"①毕尔逊(村中的绰号)脸上也有那种狂喜神情时，他就断定毕尔逊有一位邻居摔断了腿，但调查的结果，这事情也不曾发生。格里戈利·耶次脸上那副抑制住的狂喜神色只能有一种原因——他的丈母娘死了：这又没有猜对。"那么宾克顿——宾克顿——他一定是讨回了本来以为要落空的一角钱的债。"诸如此类，东猜西猜。他所猜测的事情，有些只好存疑，有些却已证明了是分明的错误。最后哈里代自言自语道："反正归结起来，今天赫德莱堡有十九家人暂时登了天堂：我不知道这是怎么个来由；我只知道老天爷今天一定是休假了。"

有一个邻州的建筑师和营造商新近到这个前途有限的村里大胆地开办了一个小小的企业，现在他的招牌已经挂了一个星期了。始终还没有一个主顾；他很沮丧，懊悔不该来。可是现在他的运气忽然好转起来了。那些首要的公民的太太一个又一个地私自对他说：

"下星期一到我家里来吧——不过暂时请你不要声张。我们打算盖房子。"

那一天有十一家来邀请他。当天晚上他就给他的女儿写信，毁了她和一个学生的婚约。他说她可以找一个比他身价高一万丈的对象。

银行家宾克顿和其他两三位富裕的人物计划着盖乡村别墅——可是他们从容地等待着。这类人物在小鸡还没有出壳的时候是不把它们作数的。

威尔逊夫妇筹划了一个新的盛举——化装跳舞会。他们并没有正式邀请客人，只是亲密地对他们所有的亲友们说，他们正在考虑这桩事情，并且觉得他们应该举行这个舞会——"如果我们举行的话，那当然会请你参加。"大家都觉得很惊奇，于是互相议论道："嗐，他们简直是发疯了，威尔逊他们这对穷骨头，他们哪儿请得起呀。"十九家的主妇之中有几位私自向她们的丈夫说："这倒是个好主意：我们一直不声不响，且等他们把那个寒碜的把戏演过之后，我们再来举行一个像样的，准叫他们出洋相。"

时光如流，那些未来的挥霍的预算越来越庞大、越来越任性、越来越愚蠢和胡闹了。照情形看来，这十九家似乎是每一家都不仅要在领款的日子以前把这四万元全部花光，还要在这笔款到手的时候当真负债才行。有几家的人轻举妄动，不以计划如何花钱为足，竟至真地花起来了——用赊账的办法。他们买地、接受典当的产业、购置农庄、买投机的股票、买讲究衣服、买马，还有各种其他的东西，先拿现款付清利息，其余由他们负责清偿——以十天为期。随即这些人清醒过来，就知道事情不妙，于是哈里代就看出许多人脸上开始流露出一种可怕的焦虑。他又弄得莫名其妙，不知究竟是怎么回

① 原文"Shadbelly"的意思是"教友派教徒"，其特征为循规蹈矩，朴素平和。

事。“威尔科克斯家里的小猫并没有死，因为根本还没有生出来；谁也没有把腿摔断；丈母娘也没有减少；什么事也没有发生——这真是个猜不透的谜。”

另外还有一个满脑子疑团的人——柏杰士牧师。一连好几天，无论他走到什么地方，似乎总有人跟踪，或是东张西望地寻找他；如果他到了一个僻静的地方，那十九家的人当中就一定有一位出现，鬼头鬼脑地把一只信封塞到他手里，悄悄说一声：“礼拜五晚上在镇公所拆开。”然后就像犯了罪的家伙似的溜开了。他原来猜想着或许会有一个人申请领取那只钱袋——但这还是靠不住的，因为固德逊已经死了——可是他再也想不到居然会有这么一大堆人来申请。最后到了礼拜五那个盛大的日子，他一共收到了十九封信。

三

镇公所从来没有比这一天更漂亮过。大厅尽头的讲台后面挂满了耀眼的旗子；墙上每隔一个相当距离都挂着一些五颜六色的彩旗；楼座的前面也蒙上了旗帜；支柱上也裹着旗子；这一切都是为了给外来的客人以深刻的印象，因为来宾的人数一定为数颇多，而且多半是与新闻界有关系的。全场坐满了人。四百一十二个固定的座位都坐满了，另外还在过道里临时挤了六十八个座位，也坐满了；讲台的阶梯上也坐上了人；有几位显要的来宾被安排在讲台上的座位上；讲台前面和两侧的边缘摆成马蹄形的那些桌子后面坐着一大批来自各地的特派记者。全场的装束之讲究在这个镇上是空前的。有些服装代价颇高，有几位穿着这种华贵衣裳的妇女显得有点不大习惯的样子。至少本镇的人觉得她们有这种表情，但是这种看法之所以产生，也许是由于本镇的人知道这些妇女以前从来没有穿过这种衣服吧。

那一袋黄金放在讲台前面的一张小桌子上，全场都可以看得见。在场的人绝大多数都瞪着眼睛望着它，心里感到一种强烈的兴趣、垂涎欲滴的兴趣、渴望而又感伤的兴趣；占少数的十九对夫妇却以亲切、抚爱和物主的眼光定睛望着这份宝贝，而这少数人中的男性的一半则在一遍又一遍地暗自背诵着为答谢会众的喝彩和祝贺而发表的简短的即席致辞，这番话是他们准备马上就要站起来说的。这些先生们之中随时都有某一位从衣袋里拿出一张纸条子来，悄悄地瞟它一眼，以便帮助记忆。

会场中当然不断地有嘁嘁喳喳的谈话声——这是照例不免的；可是后来牧师柏杰士先生站起来，把手按在那只口袋上的时候，全场肃静到了极点，他简直可以听得见身上的细菌咬啮的声音。他叙述了钱袋的稀奇来历，然后以热情的词句继续说到赫德莱堡因无疵的诚实而获得的那种悠久的应得的声誉，又说到全镇的人对这种声誉所感到的于心无愧的光荣。他说这种声誉是一份无价之宝；叨天之佑，它的价值现在更加无可计量地提高了，因为新近这桩事情已经把这种名声传播得很广，以致全美洲的人都把眼光集中到这个村子上来了，而且——他希望、他相信——结果使这个村子的名字成了“不可败坏”的同义字。(掌声。)“那么让谁来充当这个贵重的珍宝的监护人呢——全村共同负责吗？不！这个责任是个人的，而不是整个社会的。从今以后，你们诸位个个都要亲自担任它的特殊监护人，各人都要负责不叫它受到任何伤害。请问你们——请问你们每一位——是不是接受这个重托呢？（台下纷纷表示同意。）那好极了。还要把这种责任流传给诸位的子子孙孙，世代无穷。今天你们的纯洁是无可指摘的——千万要注意把它永久保持住。今天你们整个社会里没有一个人会受到诱惑去拿别人的钱，不属于自己的，连一个钱也不会摸一摸——千万要保住这种美德。（“一定会这样！一定会这样！”）我不便在这里拿我们自己和别的村子来比较——有些村是对我们心眼儿不大好；他们有他们的作风，我们有我们的作风；我们就心满意足吧。（掌声。）我的话完了。朋友们，我手底下放着的，是一位陌生人对我们的品德有力的表扬；由他的举动，从今以后全世界也会永远知道我们是些什么人。我们不知道他是谁，可是我代表诸位向他表示感谢，并且请大家高声欢呼，表示同意。”

在场会众全体起立，发出雷鸣般的致谢的呼声，经久不息，连会场的墙壁都震动了。然后大家又坐下来，柏杰士先生就从衣袋里取出一个信封。当他拆开信封，从那里面抽出一张纸条子的时候，全场鸦雀无声。他把这张字条的内容念出来——慢慢地、动听地——听众如醉如痴地凝神静听这个神奇的文件，这上面的字每一个都代表着一锭黄金。

“我对那位遭难的外方人说的那句话是这样的：‘你绝对不是一个坏人：快去改过自新吧。’”然后他继续说道：

“我们马上就会知道，这儿所写出的这句话是否与钱袋里封藏的词句相符合；如果是相符——我看毫无疑问是会符合的——那么这一袋黄金就属于我们一位同胞，他从今以后就在全国的面前成为使我们这个小镇远近驰名的那种特殊的美德的象征——毕尔逊先生！”

全场的人本来都准备着爆发出风暴似的一阵应有的喝彩声；可是大家没有这样做，反而好像是中风似的发呆；一时简直毫无声息，然后有一阵耳语的浪潮卷过全场——大意是这样：“毕尔逊！哈，算了吧，那未免太难叫人相信了！拿二十块钱给一个陌生人——无论给谁吧——毕尔逊！这只好说给水手们听！[①]”这时候全场又因另一阵惊奇，突然肃静下来了，因为大家发觉毕尔逊执事在会场中的一处站着，谦逊地低着头，同时在另一处，威尔逊律师也在一模一样地站着。大家满怀疑惑地沉默了一阵。

人人都莫名其妙，十九对夫妇显出惊骇和愤慨的神气。

毕尔逊和威尔逊转过脸来，瞪着眼睛互相望着。毕尔逊讥刺地问道：

“威尔逊先生，请问你站起来干什么？”

“因为我有这个权利。也许你不嫌麻烦，可以向大家说明说明你为什么站起来吧？”

“我很愿意。因为那张字条是我写的。”

“这简直是无耻的谎话！我亲自写的呀！”

这下轮到柏杰士目瞪口呆了。他在台上站着，茫然地对着这两位先生，先望望这个，又望望那个，似乎是不知如何是好。全场都茫然失措。后来威尔逊律师开口了，他说：

“我请求主席再念念那张字条上签的名字。”

---

① 从前航海的水手们爱说荒唐无稽的故事，所以英语里“Mariner”（水手）这个词，有时候就代表信口开河、乱编荒唐故事的人。

这使主席清醒过来，他大声念出了那个名字：

“约翰·华顿·毕尔逊。”

“怎么样!”毕尔逊大声嚷道，“现在你还有什么可说？居然打算在这儿骗人，你现在准备怎么给我道歉，怎么给在座的诸位受了侮辱的听众道歉？”

“我无歉可道，先生；另一方面，我还要公开地控诉你是从柏杰士先生那儿偷走了我写的那张字条子，抄了一份，签上你的名字，给它换了。此外你不会有什么其他的办法能得到这句对证的话；全世界的人，只有我一个掌握着这个措词的秘密。”

照这样争吵下去，难免不闹成丑恶不堪的局面；人人都很难受地注意到那些速记的记者在那儿拼命地记录；有许多人大声喊着“主席，主席！秩序！秩序!”柏杰士使劲敲着主席的小木槌说道：

“我们不要忘记应有的礼貌吧。这事情显然是哪儿出了点差错，可是想必也不过是这样。如果威尔逊先生交过我一封信——我现在想起了，他确实是交过——我还保存着哩。”

他从衣袋里拿出一只信封来，把它撕开，瞟了一眼，露出惊讶和困惑的神气，站了几分钟没有作声。然后他以恍惚和机械的姿势挥一挥手，一再要想说句什么话，终于泄了气，没有说出来。有几个人的声音大声喊道：

“念呀！念呀！是怎么写的？”

于是他以茫然的、梦游病者的声调念起来：

“我向那位不幸的外方人说的那句话是这样的：‘你决不是一个坏人。(全场瞪着眼睛望着他，大为惊奇。)快去改过自新吧。’”(台下纷纷议论：“真奇怪！这是怎么回事？”)主席说，“这一份是赛鲁·威尔逊签名的。”

“怎么样!”威尔逊大声喊道，“我看这就把问题解决了！我分明知道我那张条子是被人偷看了。”

“偷看!”毕尔逊反嘴骂道。“我要叫你知道，不管是你，或是其他像你这样的混蛋，都不许这么大胆地……”

主席：“秩序，先生们，请守秩序！请坐下，你们两位都坐下。”

他们听从了主席的话，可是还摇晃着头，愤怒地咕噜着。全场弄得完全莫名其妙；大家对于这个稀奇的紧张局面，简直不知如何是好。随即汤普生站起来。汤普生是个帽商。他本来很想列入十九家；可是他不够资格：他的帽子存货不多，够不上那个地位。他说：

“主席先生，如果可以让我发表意见的话，我请问这两位先生难道会都不错吗？我请问你，先生，难道他们俩都恰好对那位外方人说了同样的话吗？我觉得……”

硝皮商站起来，打断了他的话。硝皮商是个满腹牢骚的人，他自信是够得上列入十九家的，可是他没有获得大家的公认。这使他在举动和言辞方面都有点儿带刺。他说：

“呸，问题不在那上面！那是可能有的事——一百年里说不定能有两次——另外那桩事情可不会有。他们俩谁也没有给过那二十块钱!”

(一阵喝彩的声音。)

毕尔逊：“我给过!”

威尔逊："我给过！"

于是他们两人又互相控诉对方有偷窃行为。

主席："秩序！请坐下，对不起——你们两位。这两张条子无论哪一张都没有片刻离开过我身边。"

某人的声音："好——那就没什么问题了！"

硝皮商："主席先生，现在有一点是明白了：这两位先生之中反正有一个曾经藏在另一个的床底下，偷听人家的家庭秘密。如果我的话并不违反会场规则，我就要说一句：两位都干得出。（主席："秩序！秩序！"）我收回这句话，先生，现在我只提出一个意见：假使他们两人之中有一个偷听了对方告诉他的太太的那句对证的话，我们就可以把他查出来。"

某人的声音："怎么查法？"

硝皮商："很容易。他们俩所写的那句话，字句并不完全一样。假如不是隔的时间太久一点，又在宣读两人的字条之间插进了一场热闹的争吵，大家也许会注意到的。"

某人的声音："你把那区别说出来吧。"

硝皮商："毕尔逊的字条里说的是'绝对不是'，威尔逊的是'决不是'。"

许多人的声音："是那样的——他说得不错！"

硝皮商："那么，现在只要主席把钱袋里那句对证的话查对一下，我们马上就可以知道这两个骗子之中……（主席："秩序！"）——这两位冒险家之中……（主席："秩序！秩序！"）——这两位先生之中……（哄堂大笑和掌声）——究竟是谁应该戴上一个勋章，表明他是这个镇上破天荒生出的第一个不老实的撒谎大王——他给这个镇丢了脸，这个镇从今以后也就会叫他够难堪的！"（热烈的掌声。）

许多人的声音："打开吧！——打开那口袋！"

柏杰士先生把那口袋割开了一条裂口，伸手进去抽出一只信封来。信封里装着两张折起的信纸。他说：

"这两张字条有一张上面写着，'要等交给主席的一切信件——如果有的话——通通宣读过之后再打开来看'，另一张上写着'对证词'。让我来念吧。这上面写的——就是：

"我并不要求申请人把我的恩人向我说的话的前半句说得一字不差，因为那一半并不动人，而且容易忘记；但是末尾的四十个字是很动人的，我觉得也容易记住；除非把这些字完全正确地重述出来，就请把申请人当作骗子看待。我的恩人开始说的是他很少给别人提出忠告，可是他一旦提出忠告的话，那就一定是金玉良言。然后他就说了这么一句——这句话一直留在我脑子里，从来没有遗忘过：'你决不是一个坏人——'"

五十个人的声音："这下子是非分明了——钱是威尔逊的！威尔逊！威尔逊！说话呀！说话呀！"

大家跳起来，拥挤到威尔逊身边团团围住，紧紧握着他的手，热烈地向他道贺——同时主席敲着小木槌，大声嚷道：

"秩序，诸位！秩序！秩序！请让我念完吧。"会场恢复平静以后，宣读又继续了——念出的是：

"'快去改过自新吧——否则，记住我的话——总有一天，你会因你的罪过而死，并且因此入地狱或是赫德莱堡——**希望你努力争取，还是入地狱为妙。**'"

随后是一阵可怕的沉寂。起初有一层愤怒的暗影阴沉沉地笼罩到在场的公民们脸上；停了一会之后，这层暗影渐渐消失，另有一种幸灾乐祸的表情很想取而代之；这种表情力图流露出来，大家拼命地抑制，才把它压住了；记者们，布利克斯敦的人们，以及其他外地来宾都把头低下去，双手把脸捂住，费尽了劲，凭着非凡的礼貌，极力忍住。就在这个不凑巧的时候，鸦雀无声的会场中突然爆发出一个孤单的吼声——杰克・哈里代的：

"这话才真是地道的金玉良言哪!"

于是全场哗然，连客人都没有例外。甚至柏杰士先生的庄严也马上泄气了，随后会众自觉已经正式解除了一切约束，大家就尽量享受他们的权利。全场的哄笑是尽情而持久的，真是笑得好像狂风暴雨似的痛快淋漓，可是后来终于停息了——停息的时间稍久，柏杰士先生才得以乘机准备继续发言，台下的人才趁此把眼睛稍擦了一下；可是后来笑声又爆发了；过一会又是一阵；最后柏杰士才得以说出这几句严肃的话：

"想要掩饰事实也是枉然——我们确实发现自己面临着一个重大问题。这个问题涉及本镇的荣誉，打击全镇的好名声。威尔逊先生和毕尔逊先生所提出的对证的话略有出入，这个问题本身就很严重，因为这表示这两位先生之中总有一位犯了盗窃的行为——"

这两个人都在软瘫瘫地坐着，无精打采，懊丧已极；可是一听到这些话，他们俩都像是触了电似的动作起来，马上就要站起——

"坐下!"主席严厉地说，他们都听从了。"这件事情，我刚才说过，本就是很严重的。这事情——还只牵涉到他们两人之中的一个。可是现在问题就更加严重了；因为他们两个人的名誉都遭了可怕的危险。我是不是可以更进一步说，遭了无法解脱的危险？两个人都漏掉了那重要的四十个字。"他停了一会儿。一直过了几分钟，他故意让那普遍的沉寂逐渐深沉，增加它那予人以深刻印象的效果，然后继续说道："这件事情的发生，似乎只有一种说法可以解释。我请问这两位先生——是不是串通行骗？——互相勾结？"

一阵低沉的议论透过全场；大意是说，"他把他们两个都抓住了"。

毕尔逊不惯于应付紧急场面；他半死不活地坐着，一筹莫展。但是威尔逊却是个律师。他脸色苍白而懊恼，挣扎着站起来，说道：

"我请求大家耐心听一听，让我说明一下这件非常痛心的事情。我把我所要说的话说出来，真是抱歉得很，因为这不免要使毕尔逊先生遭到无法挽救的损害。直到现在为止，我对毕尔逊先生是向来很尊重、很敬爱的，我过去完全相信他绝对不会受任何诱惑的影响——就像你们大家一样地相信。可是为了保持我自己的名誉，我不得不说话——坦白地说。我很惭愧地承认——现在我要请求你们原谅——我曾经向那位倾家荡产的外方人说过那对证词里所包括的全部的话，连末尾那骂人的四十个字也说过。(全场轰动。)新近报纸上登出启事之后，我就想起了那些话，并且决定请领这一口袋的钱，因为我有一切权利应该得到它。现在我请大家考虑这么一点，仔细想一想：那天晚上，那位外方人对我的感激是无穷的；他自己说他想不出适当的话，足以表达他的谢意，并且说如果有一天他有办法，他一定要千倍地报答我。那么，现在我请问你们一声：我哪会料得到——哪能相信——哪能想象得到一点点影子——他既然是那么感动，怎么竟会干出这样无情无义的事来，在他的对证词后面添上那完全不必要的四十个字呢？——为什么要给我安排这么个圈套？——使我在大庭广众之中，当着自己人的面，变成毁谤本镇的一个坏蛋？这实在是荒谬绝伦，不可思议。他的对证词应该只包括我对他提出的忠告起头那句恳切话。我对这一点觉得毫无疑问。假如是你们，恐怕也会这么想。你决不会预料得到，帮了人家的忙，又没有得罪过他，他可反而这么卑鄙地陷害你。所以我以充分的信心、充分的把握，在一张纸条上写下了起头的那句话——末尾是‘快去改过自新吧’——然后就签上了名。我正要把它装进一只信封的时候，有人叫我到办公室的里间去，我就不假思索地把那张字条子敞开留在桌子上。”他停了一会儿，慢慢地向毕尔逊把头转过去，又等了一会儿，然后继续说道：“请大家注意这一点：我过了一会儿回来的时候，毕尔逊先生恰好从我的前门走出去。”（全场轰动。）

毕尔逊马上站起来，大声嚷道：

“这是谎话！这是无耻的谎话！”

主席：“请坐下，先生！现在是威尔逊先生发言。”

毕尔逊的朋友们拉着他坐下，劝他镇静下来，于是威尔逊又往下说：

“这就是简单的事实。我桌子上那张字条子已经不在原先放的地方了。我发现了这一点，可是我当时并不在意，还以为可能是风把它吹动了一下。毕尔逊先生竟至偷看人家的秘密文件，这是我意想不到的；他是个体面人，应该是不屑于干这种事的。假如让我拆穿的话，我认为他把‘决’字写成了‘绝对’，原因是很明显的；这想必是由于记性不好。世界上只有我一个人，能够在这里毫无遗漏地把对证词用光明正大的方法说得清清楚楚。我的话完了。”

天下再没有什么事情像一篇动听的演说那么具有煽动力，它可以把那些不熟悉演说的把戏和魔力的听众的神经器官弄得昏昏癫癫，推翻他们的信念，败坏他们的感情。威尔逊胜利地坐下了。全场把他淹没在一阵阵潮水般的赞许和喝彩声中；朋友们蜂拥到他身边来，和他握手道贺；毕尔逊却被大家喝住，一句话也不许他说。主席拿起小木槌一次又一次地敲着，不住地嚷道：

“可是我们还要继续进行，先生们，我们还要继续进行呀！”

后来终于获得了相当的安静，于是那位帽商说：

“可是还有什么可继续进行的呢，先生，不是只差付款这一着吗？”

众人的声音：“这话有道理！这话有道理！到前面来吧，威尔逊！”

帽商：“我提议给威尔逊先生欢呼三声，因为他象征着那种特殊的美德，足以……”

他的话还没有说完，欢呼声就爆发了；在欢呼声中——同时也在主席敲击木槌的响声中——有些热心分子把威尔逊抬到一个大个子朋友的肩膀上骑着，准备得意扬扬地送他到讲台上去。这时候主席的声音压倒了这阵喧扰——

“秩序！各回原位！你们都忘了还有一个文件没有念哩。”会场恢复了平静的时候，他便拿起那个文件，正待开始念，却又把它放下来，说道：“我忘了；这要等我所收到的信件通通宣读过之后才能念哩。”他从衣袋里取出一个信封，抽出里面的信来，瞟了一眼——显出惊讶的神气——把手伸远一点再仔细看看——瞪着眼睛望着。

二三十个人的声音喊道：

“写的是什么？念吧！念吧！”

于是他就照办——以惊奇的神情慢慢地念着：

“我给那位外方人说的那句话——(有些人的声音:“喂！怎么回事?”)——是这样的：‘你决不是一个坏人。(有些人的声音：“老天爷!”)快去改过自新吧。’(某人的声音：“啊，真叫莫名其妙!”)签名的是银行家宾克顿。”

这时候尽情发泄的一阵乱轰轰的狂笑简直要叫头脑清醒的人哭起来。没有被中伤的人们都笑得直淌眼泪；记者们在笑得要死的时候写下了一些乱划糊涂的字，谁也认不出来；有一只睡着的狗吓得丧魂失魄，跳起来向这乌七八糟的场面狂吠。形形色色的呼声散布在喧嚣之中：“我们发大财了——两位不可败坏的廉洁象征呀！——还不算毕尔逊哩!”“三个！——把‘老实人’也算进去吧——多多益善!”“好吧——毕尔逊也当选了!”“哎呀，倒霉的威尔逊——遭了两个小偷的殃!”

一个雄壮的声音：“肃静！主席又从他口袋里掏出一件宝贝来了。”

众人的声音：“哎呀呀！又是新的东西吗？念吧！快念！快念!”

主席(念着)：“‘我对某某所说的那句话’等等：‘你决不是一个坏人。快去’等等。签名的是格里戈利·耶次。”

暴风般的一阵呼声：“四个象征了!”“好哇，耶次!”“再掏吧!”

这时候全场兴高采烈，欢呼狂吼，准备把这个事件中所能有的一切玩笑开个淋漓尽致。有几位属于十九家的人物面色苍白，苦恼不堪，站起来想往过道里挤过去，可是有许多人大声嚷起来：

“注意门口，注意门口——把门关上；不可败坏的人物可不许离开会场！坐下吧，诸位!”

大家顺从了这个要求。

“再掏吧！念！快念!”

主席又掏了一次，大家听熟了的那些词句又开始从他嘴里溜出来——“你决不是一个坏人——”

“名字！名字！他叫什么名字?”

“英戈尔斯贝·萨金特。”

“五位当选了！把这些象征再往上堆吧！再念！再念!”

“你决不是一个坏……”

“名字！名字!”

“尼古拉斯·惠特华斯。”

“哎呀呀！哎呀呀！今天简直是个象征节!”

有人用凄凉的音调唱起来，开始把这一句当作歌词(省去了“简直”两字)按着那悦耳的《天皇曲》里“他胆怯的时候，美丽的姑娘……”的调子唱；大家都随声和唱，颇为高兴；然后又有人恰好及时地编出了下一句——

你可别忘了这一点——

全场狂吼地唱出这一句。第三句马上又有人凑上了——

赫德莱堡真是不可败坏——

全场又把这一句吼出来。最后一个字刚刚唱完，杰克·哈里代的声音高亢而响亮地配上了最后一句：

诸位象征都在我们面前！

大家和唱这句，兴致异常高涨。然后全场快乐的人们又从头唱起，把这四句再唱了两遍，唱得音韵铿锵，派头十足，唱完之后，又用打雷似的声音给“将在今晚接受荣誉称号的不可败坏的赫德莱堡和它的各位象征”欢呼三次，还加上尾声。

然后向主席大吼的声音又从会场各处发出来了：

“继续进行！继续进行！念吧！再念一些！把你接到的通通念出来！”

“是呀——继续进行！我们要博得永垂不朽的大名了！”

这时有十几个男人站起来，提出抗议。他们说这出滑稽戏一定是一个恶作剧的无赖耍的花头，这是对整个村镇的侮辱。毫无疑问，这些名字都是冒签的——

“坐下！坐下！住嘴！你们这叫作不打自招。我们马上就会在这一伙里发现你们的名字哩。”

“主席先生，这样的信你通共收到多少封？”

主席数了一下。

“连已经看过的算在一起，通共是十九封。”

一阵风暴般的嘲笑的喝彩声爆发了。

“大概那里面都装着这个秘密。我提议你把它们一齐拆开，念出每张字条上签的名字——还把那上面起头的八个字也念出来。”

“附议！”

主席宣布这个动议，全场通过——吼声如雷。随后可怜的理查兹这老头儿站起来，他的太太也起来站在他身边。她的头低垂着，怕的是被人看出她在哭泣。她的丈夫伸出胳臂挽着她，他这样把她搀住，就以颤抖的声音开始说道：

“朋友们，你们一向都了解我们俩——玛丽和我——了解我们的生平，我想你们向来都喜欢我们，看得起我们——”

主席打断了他的话：

“对不起。这话一点也不错——理查兹先生，你说的是实话：本镇的人确实是了解你们；确实是喜欢你们；确实是看得起你们；不但如此——大家还尊敬你们，爱你们——”

哈里代的声音又大喊起来：

“这才是丝毫不假的实话哩，真是！如果主席没有说错，大家就干脆表示拥护吧。起立！好吧——一！二！三！——全体起立！”

全场一齐起立，亲切地面对着这对老夫妻，满场挥动的手巾使空中好像是漫天风雪一般，大家以满腔热爱的心情一致发出了欢呼。

然后主席又继续说：

“我刚才要说的话是这样的：我们都知道你的好心肠，理查兹先生，可是现在不是对罪人发慈悲的时候。（一阵阵“对呀！对呀！”的呼声）我从你脸上看得出你这种好意的企图，可是我不能让你替这些人求情——”

“可是我打算……”

“请坐下吧，理查兹先生。我们必须审查其余的信——单只为了对那些已经被揭露的人表示公正，也需要来这一着才行。等这个手续办完了之后——我向你保证——一定马上让你发言。”

许多人的声音："对！——主席说得对——在这个阶段可不许让谁说话来打断！继续进行吧！——名字！名字呀！——照提议的办法进行！"

老夫妻不自愿地坐下了，丈夫对妻子悄悄地说："只好是等着，这真叫人难受得要命；回头他们发现我们原来是替自己告饶，我们的羞耻就比原先更大了。"

随着人名的宣读，大家的哄笑又爆发了。

"'你决不是一个坏人——'签名，'罗伯特·狄特马施。'

'你决不是一个坏人——'签名，'艾里发勒特·维克斯。'

'你决不是一个坏人——'签名，'奥斯卡·怀尔德。'"

这时候听众又想出了一个主意，提议由大家替主席念那八个字。他是求之不得的。从此以后，他把每页信依次地拿在手里等一等。全场以集体的、整齐的、悦耳的一阵深沉的声音悠然地唱出这八个字来(大胆地模仿着教堂里吟诵的一首有名的圣诗的调子，学得很像)——"'你决——呃——呃——不是一个坏——唉——唉——人'"然后主席说，"签名，'阿契波尔德·威尔科克斯。'"如此类推，一个一个地把那些大名念出来，除了那倒霉的十九家的人而外，人人都越来越感到一种欢天喜地的痛快。有时逢到特别光彩的名字被念出来的时候，听众就请主席等一等，大家就一面把那段对证词从头到尾整个儿唱出来，包括最后的"并且因此入地狱或是赫德莱堡——希望你努力争取，还是入地——咦——咦——狱为妙!"这一句。逢着这种特殊情况时，他们还用庄严、沉痛和堂皇的声调加唱一声"亚——啊——啊——门!"①

名单越缩越短，越缩越短，越缩越短，可怜的理查兹老头儿老在暗自计数，逢着有和他自己相似的名字被宣读时，就不禁畏缩一下，他一直很难受地提心吊胆等待着那个时刻到来，到那时他就有那份可耻的权利和玛丽一同站起来，说完他替自己告饶的话；他心里盘算着，准备这么措词："……因为直到现在为止，我们从来没有做过一桩坏事，老是过着安分守己的生活，没有丢过脸。我们是很穷苦的，年纪也大了，又没有儿女帮我们的忙；我们大大地受了诱惑，竟至堕落了。我刚才那一次站起来，本就打算说出实话，请求不要把我们的名字在这大庭广众之中宣读，因为我们好像觉得那会使我们受不了；可是我被阻止了。这是公平的，我们和别的人一同受到耻辱是应该的。这对我们是痛心的。我们这一辈子，现在还是第一次听到人家说出我们的——臭名字。请大家慈悲一点——考虑我们过去的表现；请你们特别宽大，尽量让我们受到最轻微的羞辱吧。"他幻想到这里的时候，玛丽看出他心不在焉，便用胳臂肘轻轻推了他一下。全场正在唱着"你决——呃——呃"等。

"准备，"玛丽悄悄地说。"轮到你的名字了，他已经念了十八个。"

吟诵的声音停止了。

"下一个！下一个！下一个!"连珠炮一般的呼声从全场各处传过来。

柏杰士又把手伸到衣袋里。那对老夫妻又战栗着开始起立。柏杰士摸索了一会，然后说道：

"啊，原来我已经通通念完了。"

夫妻俩惊喜得全身发软，无力地坐到椅子上。玛丽悄悄地说：

---

① 基督教祈祷词的结尾，意思是"心愿如此"。

“啊，谢天谢地，我们得救了！——他把我们的信弃掉了——拿一百袋那样的金子给我换这个，我也不干！”

全场又爆发出那《天皇曲》改编的滑稽歌词，接连唱了三次，越唱越有劲；第三次唱到末尾一句的时候，大家都站起来唱——

诸位象征都在我们面前！

最后给“赫德莱堡的纯洁和我们的十八位不朽的美德代表”三声喝彩，并加上尾声。

然后制鞍匠温格特站起来，提议给“全镇最廉洁的人、唯一没有企图盗窃那笔钱的重要公民——爱德华·理查兹”三呼致敬。

大家以绝大的、动人的热诚欢呼了这番祝贺。然后又有人提议推举理查兹为现在这种神圣的赫德莱堡传统的唯一的监护人和象征，赋予他以权力，让他昂然耸立，傲视整个讥讽的世界。

提案在全场欢呼声中通过了；于是大家又唱那《天皇曲》的调子，末尾加上一句，

还有一位真的象征已经出现！

停了一会，然后——

某人的声音：“那么，现在叫谁得这袋金子呢？”

硝皮商(以尖刻的讥讽语气)：“那还不容易。这笔钱应该归那十八位不可败坏的人平分。他们每人给了那落难的外方人二十块钱——还给了他那番忠告——各人轮流说的——这一队人物走过，花了二十二分钟。大家在这位外方人身上下了赌注——全部施舍是三百六十元。他们现在只要收回这笔借款——加上利息——总共四万元。”

许多人的声音(含着嘲笑的语气)：“好主意！分摊！分摊！可怜这些没有钱的人吧——别叫他们老等着！”

主席：“秩序！现在我宣读这位外方人的另外一个文件。这上面说：‘如果没有人出面申请(一阵洪亮的同声嘲骂)，我希望你打开钱袋，把里面的钱点交贵镇的各位首要公民，请他们保管(一阵“啊！啊！啊！”的呼声)，由他们斟酌，适当地运用，以求传播和保存贵村因它的不可败坏的诚实而获得的那种崇高的名誉(又是一阵呼声)——这种名誉，由于他们的大名和他们的努力，又将增添一层新的、久远的光彩。’(狂热的一阵讥讽的喝彩声。)好像只有这些话了。不——还有一段再启：

“再启——赫德莱堡的公民们：根本就没有什么对证词——根本就没有人说过那些话。(全场轰动。)也不曾有一个行乞的异乡人，或是那二十块钱的赠款，以及由此而来的致谢和恭维的话——这一切都是捏造的。(全场一片嘁嘁喳喳的惊讶和快意的声音。)让我来说说我的故事吧——只需一两句话就行了。我曾在某一个时候路过你们这个镇上，遭到我所不应该受的一次很大的侮辱。如果是别人，那一定只要打死你们一两个人就心满意足，认为合算了，可是在我看来，那还不过是一种轻微的报复，还不够厉害；因为死人是不懂得痛苦的。此外，我又不能把你们通通杀光——而且，无论如何，即令我做得到，那也还是不足以使我满意。我要毁掉这地方的每一个人，连女的也在内——而且毁的不是他们的身体，也不是他们的产业，而是他们的虚荣——这是软弱和愚蠢的人们最脆弱的地方。于是我就化装回到这里来，观察你们。你们是很容易到手的猎物。你们以诚实获得了悠久和崇高的声誉，当然你们是以此自豪的——那是你们的宝中之宝，简直是你们的心肝宝贝。我一发现你们小心而警惕地防止你们自己和你们的儿

女受到诱惑，马上就知道应该如何下手。哎，你们这些脑筋简单的家伙，一切脆弱的东西之中，最脆弱的就是不曾在烈火中试炼过的道德。我拟定了一个办法，凑集了一张名单。我的计划就是要败坏这个无法败坏的赫德莱堡。我的主意是要把好几十个纯洁无瑕、生平从来没有撒过谎或是偷过一文钱的男男女女都变成撒谎的人和窃贼。可是我担心固德逊。他既不是在赫德莱堡生的，也不是在这里教养起来的。我唯恐在开始实行我的计划的时候，把我那封信分送到你们手里，你们心里就会想：'我们这里只有固德逊一个人才会把二十块钱施舍给一个倒霉鬼'——那么你们就不会上我的当。可是老天爷把固德逊接去了；从此我就知道无须担心了，于是我布下了陷阱，装好了饵物。也许收到我所分寄的那份伪造的对证词的那些人并不见得都中我的圈套，可是只要我看透了赫德莱堡的性格，我总可以把他们大多数人收拾一下。(若干人的声音："对——一个也没有漏网。")我相信他们干脆就会盗窃这笔假装的赌款，而不会轻易放过，这些可怜的、受了诱惑的、教养不良的家伙。我希望一下子把你们的虚荣永远捣个粉碎，叫它万劫不复，从此给赫德莱堡一个新的名声——一个洗不掉的名声——到处流传。如果我达到了目的，就请打开口袋，召集'赫德莱堡声誉宣扬与保存委员会'吧。"

一阵旋风似的呼声："快打开！快打开！十八位请到前面去！'优良传统宣扬委员会'！到前面去——不可败坏的先生们！"

主席把口袋撕开，抓起一把发亮的、大块的黄色钱币，拿在手里摇了一下，然后仔细察看——

"朋友们，原来不过是些镀金的铅饼！"

【选自[美]马克·吐温：《竞选州长》，张友松译，北京，人民文学出版社，1979】

契诃夫

安东·巴甫洛维奇·契诃夫(1860—1904)是俄国19世纪后期俄国现实主义文学最重要的代表之一，在短篇小说和戏剧领域取得了突出成就。

契诃夫的小说对理想和未来给予极大的关注。契诃夫意识到一场涤荡一切的暴风雨即将降临，他希望每个人能为这个未来做好准备。有无理想？理想的性质是什么？成了契诃夫检验小说主人公生命价值的标准。《醋栗》(1898)中的尼古拉的梦想，是能够在乡间拥有一座庄园，能够吃上自己种的醋栗，过上悠闲舒适的地主生活。他为此想尽一切办法攒钱，多年后终于实现了愿望。小说的叙述人去尼古拉的庄园探望时，发现尼古拉已经被他的“理想生活”改变了外形，恰像一头养在圈里的猪。契诃夫为“庸俗的理想”而痛心疾首，呼吁要追求“更合理、更伟大的东西”。

《樱桃园》(1903)是契诃夫最重要的戏剧作品。主人公俄国女贵族柳鲍芙·安德烈耶夫娜在巴黎盘桓五年，终于回到了她在俄罗斯的庄园。她还没有来得及回味内心对祖国和故乡的爱恋，现实的无情打击就接踵而至。由于抵押借款到期未付，樱桃园面临被拍卖的窘境。她的朋友、商人罗巴辛建议将这座樱桃园划片出租给城里人盖别墅，得来的钱不仅可以归还借款，而且保证每年有丰厚的收入。柳鲍芙·安德烈耶夫娜不懂也不屑于商业经营，她迟迟做不出任何决定。最后樱桃园被拍卖，而买主正是罗巴辛。柳鲍芙·安德烈耶夫娜在工人砍伐樱桃树的斧头声中又一次戚然离开祖国，继续她旧式贵族的生活。

剧中“落伍”的人物都力图赶上时代步伐，但因为他们不具备“行动”的能力，反而显得躁动不安，进退失据。同时，契诃夫分明又留恋传统的诗性生活，因此剧中对柳鲍芙的落寞和樱桃园无可挽回的消失流露出一种柔情和凄凉的味道。

《樱桃园》是一部反情节的静态剧。剧中人物对话背后还包含着“潜对话”。潜对话使对话变得“语无伦次”，它传递信息的功能受到严重干扰，削弱了情节性，增强了抒情性，丰富了内涵。象征手法在戏剧中也有出色应用。舞台背景采取四季更替的模式，四季的交替暗示着生命的周期，昭示着旧式生活的结束和新生活的开始。更宏大的象征是樱桃园本身。樱桃园和以柳鲍芙·安德烈耶夫娜为代表的旧式贵族生活不能完全画上等号，它的寓意更宽广、更复杂。

醋栗

从大清早起，整个天空就已经布满了雨云。空中没有风，不热，可是闷，每逢晦暗的阴天，雨云挂在田野的上空，久久不散，看样子要下雨而又不下的时候，往往就会有这样的情况。兽医伊凡·伊凡内奇和中学教师布尔金已经走得很疲劳，他们觉得田野好像没有个尽头似的。前面远处，隐约可以看见米罗诺西茨果耶村的风车，右边有一排土冈朝前伸展，越过村子，消失在远方。他们俩都知道哪儿是河岸，哪儿有草场、碧绿的柳树、庄园。如果站在一个土冈上眺望，就可以看见同样辽阔的田野和电报线，远处的一列火车像是一条毛毛虫在爬。遇上晴朗的天气，从那儿甚至可以看见城市。如今在没风的天气，整个自然界显得温和而沉静。伊凡·伊凡内奇和布尔金对这片田野充满热爱，两个人都在想：这个地方多么辽阔，多么美丽啊。

"上一次我们在村长普罗科菲的堆房里，"布尔金说，"您打算讲一个故事来着。"

"对了，当时我原想讲讲我弟弟的事。"

伊凡·伊凡内奇深深地叹一口气，点上烟斗，预备开口讲故事，可是正巧这时候天下雨了。过了大约五分钟，雨下大了，空中乌云密布，很难预测这场雨什么时候才会结束。伊凡·伊凡内奇和布尔金站住，考虑起来。他们的狗已经淋湿，站在那儿，夹着尾巴，深情地瞧着他们。

"我们得找个地方避一避雨才成，"布尔金说，"我们到阿列兴家里去吧。那儿很近。"

"那我们就去吧。"

他们就往斜下里拐过去，一路穿过已经收割过的田地，时而照直走，时而往右拐，直到走上一条大道为止。不久就出现了杨树，园子，然后是谷仓的红房顶；河流闪闪发光，顿时眼前豁然开朗，出现一大片水，有一个磨坊和一个白色浴棚。这就是阿列兴所住的索菲诺村。

磨坊在开工，那响声盖过了雨声，水坝在颤抖。那儿，大车旁边，站着几匹淋湿的马，低下了头。人们披着麻袋走来走去。这儿潮湿，泥泞，憋闷，看上去河水冰凉，凶险。伊凡·伊凡内奇和布尔金已经感到周身潮湿，不清爽，不舒服，他们的脚由于沾着烂泥而发沉。他们走过水坝，爬上坡，往地主家的谷仓走去，一路上都没讲话，好像在互相生气似的。

在一个谷仓里，簸谷的风车轰轰地响。仓门开着，门里冒出一股股灰尘。阿列兴本人就在门口站着，这是个四十岁上下的男子，身材高而丰满，头发很长，与其说像地主，不如说像教授或者画家。他穿一件很久没有洗过的白衬衫，拦腰系一根绳子算是腰带，下身没穿外裤而只穿一条长衬裤，靴子上也沾满了泥浆和麦秸。他的鼻子和眼睛扑满灰尘，变得乌黑。他认出了伊凡·伊凡内奇和布尔金，分明很高兴。

"请到屋里去吧，两位先生，"他含笑说道，"我马上就来，用不了一分钟。"

这是一所两层楼的大房子。阿列兴住在楼下两个拱顶房间里，窗子很小，从前原是管家们居住的。屋里陈设简单，有黑面包、便宜的白酒和马具的气味。楼上的正房里他难得去，只有客人来了，他才上去。伊凡·伊凡内奇和布尔金在房子里遇到一个使女，是个年轻的女人，长得那么美，他们俩不由得同时站住，互相看了一眼。

“你们再也想不出来我见着你们多么高兴，两位先生，”阿列兴跟着他们走进前厅，说，“这可是万万没想到！彼拉盖雅，”他对使女说，“给客人们找几件衣服来换一换吧。顺便我也换一下衣服。只是我先得去洗个澡，我好像从春天起就没洗过澡。两位先生，你们愿意到浴棚里去吗？也好让他们趁这工夫把这儿收拾一下。”

美丽的彼拉盖雅那么殷勤，样儿又那么温柔，她给他们送来了毛巾和肥皂。阿列兴就和客人们到浴棚里去了。

“是啊，我已经很久没有洗澡了，”他一面脱衣服，一面说，“我的浴棚，你们看得出来，是挺好的，这还是我父亲修建的，可是不知怎的，我总也没有工夫洗澡。”

他在台阶上坐下，给他的长头发和脖子擦满肥皂，他四周的水就变成棕色了。

“是啊，我看也是……”伊凡·伊凡内奇瞧着他的头，意味深长地说。

“我已经很久没有洗澡了……”阿列兴不好意思地又说一遍，又往自己身上擦肥皂，他四周的水变得像墨水那样的深蓝色了。

伊凡·伊凡内奇走到外面去，扑通一声跳进水里，冒着雨，抡开了胳膊游泳。他把身旁的水搅起了波浪，睡莲就在水波上摇晃。他游到河中央水深处，扎一个猛子，过一分钟又在另一个地方出现，再往远处游去，老是钻进水里，想触到河底。“哎呀，我的上帝啊，……”他反复说着，游得很痛快。“哎呀，我的上帝啊……”他游到磨坊那儿，跟几个农民谈了一阵，再游回来，到了河中央就平躺在水面上，让他的脸淋着雨。布尔金和阿列兴已经穿好衣服，准备走了，可是他还在游水，扎猛子。

“哎呀，我的上帝啊，……”他说，“哎呀，求主饶恕我吧。”

“您也游得够了！”布尔金对他喊道。

他们回到房子里。等到楼上的大客厅里点上了灯，布尔金和伊凡·伊凡内奇都穿上了绸长袍、暖和的便鞋，坐在圈椅上，阿列兴本人也洗了脸，梳好头，穿着新上衣，在客厅里走来走去，显然因为换了干衣服、轻便的鞋子，身上温暖、洁净而感到满足，美丽的彼拉盖雅不出声地在地毯上走着，温柔地微笑，用盘子端来了加果酱的茶，——一直到这个时候，伊凡·伊凡内奇才开口讲故事。仿佛听他讲话的不光是布尔金和阿列兴，连那些藏在金边镜框里平静而严厉地瞧着他们的老老少少的太太和军人也在听似的。

“我们一共弟兄两个，”他开口说，“我，伊凡·伊凡内奇，和弟弟尼古拉·伊凡内奇，他比我小两岁。我学技术，做了兽医，尼古拉从十九岁起就已经在税务局里工作了。我们的父亲契木沙-希马拉依斯基本来是个世袭兵[①]，不过后来当上了军官，给我们留下了世袭的贵族身份和一份小小的田产。他死后，那份小田产抵了债，可是不管怎样，我们的童年是在乡间自由自在地度过的。我们完全跟农家的孩子一样，白天晚上都待在田野上、树林里，看守马匹，剥树皮，钓鱼，等等。……你们要知道，谁一生当中哪怕只钓到过一次鲈鱼，或者秋天只见过一次鸫鸟南飞，看它们怎样在晴朗凉爽的日子里成群飞过乡村，那他就再也不想做城里人了，他一直到死都会向往那种自由的生活。

① 在19世纪中叶的俄国，兵士的儿子出生后便记入服兵役的名册。——俄文本编者注

我的弟弟在税务局里老是惦记乡下。光阴一年年地过去，他老是坐在一个地方不动，老是写同样的公文，心里所想的老是一件事：怎样能到乡间去。他的这种苦恼渐渐成为一种明确的愿望，一种梦想，但求在河边或者湖畔买下一个小小的庄园。

“他是个善良温和的人，我喜欢他，可是这种一辈子把自己关在自家的庄园里的愿望，我却是素来不同情的。人们常常说：人只需要三俄尺的土地[①]。然而要知道，需要三俄尺土地的是死尸，而不是活人。现在还有人说，如果我们的知识分子向往土地，盼望有个庄园，那是好事。可是要知道，这些庄园跟三俄尺土地差不多。离开城市，离开斗争，离开生活的闹声，走得远远的，躲进自己的庄园里，这不是生活，这是利己主义，懒惰，这也算是一种修道生活，然而是毫无成绩的修道生活。人所需要的不是三俄尺土地，不是一个庄园，而是整个地球，整个自然界，在那广阔的天地中人才能表现他的自由精神的全部品质和特点。

“我的弟弟尼古拉坐在他的办公室里，幻想将来怎样吃自己家里的白菜汤，那种令人馋涎欲滴的香气弥漫在整个院子里，怎样在碧绿的草地上吃饭，在阳光下睡觉，一连几个钟头坐在大门外的长凳上，眺望田野和树林。农艺书和日历上一切有关农艺方面的意见给他乐趣，成了他心爱的精神食粮。他还喜欢看报，可是专看报纸上这一类广告：某地有若干俄亩土地，连同草场、庄园、小河、花园、磨坊和活水池塘等一并出售。他的头脑里就画出花园里的小径、花卉、水果、椋鸟巢、池塘里的鲫鱼，总之，你们知道，诸如此类的东西。这类想象的画面因他所见到的广告不同而有所不同，然而不知什么缘故每一张画面上都一定有醋栗。他不能想象一个庄园，一个饶有诗意的安乐窝会没有醋栗。

“‘乡村生活自有它舒适的地方，’他常常说，‘人可以在露台上坐着，喝喝茶，自己养的小鸭子在池塘里泅水，空中弥漫着好闻的气味，而且……而且醋栗长熟了。’

“他常描画他的田庄的草图，而每一次他的草图上都离不了那么几样东西：(一)主人的正房，(二)仆人的下房，(三)菜园，(四)醋栗。他拼命节省，不让自己吃饱喝足，上帝才知道他穿的是什么衣服，活像个叫化子；他不断地攒钱，存在银行里。他成了财迷。我一瞧见他就痛心，常常给他点钱，遇到过节也总给他寄点去，可是他就连这点钱也存起来。要是一个人打定了主意，那，你就拿他没办法了。

“若干年过去，他调到另一个省里去了。他年纪已经过了四十，可是仍旧读报上的广告，攒钱。后来我听说他结婚了。他仍然打定主意要买一个有醋栗的庄园，娶了一个年老而难看的寡妇，对她一点感情也没有，只是因为她有几个钱罢了。他跟她生活在一起也仍然十分吝啬，害得她半饥半饱，把她的钱存在银行里而写在他的名下。早先她的丈夫是个邮政局长，在他那儿吃惯了馅饼，喝惯了果子酒，可是跟第二个丈夫一块儿过日子却连黑面包也吃不饱。她过着这样的生活，开始憔悴，不出三年就干脆把灵魂交给了上帝。当然，我的弟弟根本就没有想到过她的死要由他负责。金钱好比白酒，能把人变成怪物。从前我们城里有一个病得快死的商人。临终前，他叫人端来一碟蜂蜜，把他所有的钞票和彩票就着蜂蜜一古脑儿吞下肚去，叫谁也得不到。有一次我在火车站检查畜群，正巧有个马贩子失足摔在火车头底下，轧断了一条腿。我们把他抬到急诊室

① 指墓穴的长度。

里，血不停地流着，真是吓人。可是他却一个劲儿地要求把他的腿找回来，老是放心不下：原来那条压断的腿所穿的靴子里有二十个卢布，千万别丢失才好。”

“您岔到别的事情上去了。”布尔金说。

“我的弟媳死后，”伊凡·伊凡内奇沉吟了半分钟，继续说，“我弟弟就着手物色一份田产。当然，哪怕物色五年，到头来也还是会出错，所买的和所想望的迥然不同。我的弟弟尼古拉通过经纪人买下了一个抵押过的庄园，占地一百十二俄亩，有主人的正房，有仆人的下房，有花园，可是没有果园，没有醋栗，没有池塘和小鸭子。河倒是有的，不过河水是咖啡色，因为庄园的一边是造砖厂，另一边是烧骨场。可是我的尼古拉·伊凡内奇倒也不怎么伤心，他订购了二十墩醋栗，栽下，照地主的排场过起来。

“去年我去探望他。我心想我去看看那儿的情况怎么样。我弟弟在信上称他的庄园为‘楚木巴罗克洛夫芜园’，又称‘希马拉依斯科耶’。我是在午后到达那个又称‘希马拉依斯科耶’的。天很热。到处都是沟渠、围墙、篱笆、栽成行的杉树，弄得人不知道怎样才能走进院子，应该把马拴在哪儿。我往正房走去，迎面遇到一条毛色棕红的肥狗，活像一头猪。它本想吠一声，可是又懒得开口。从厨房里走出一个厨娘，光着脚，身体挺胖，也活像一头猪。她说主人吃过饭后正在休息。我走进屋里去看我的弟弟，他正坐在床上，膝部盖着被子。他老了，胖了，皮肉松弛，他的脸颊、鼻子和嘴唇往前突出，眼看就要像猪那样呼噜呼噜地叫着，钻进被子里去了。”

“我们互相拥抱，流下了眼泪，这是因为高兴，也是因为忧郁地想到，从前我们都年轻，现在两个人却白发苍苍，快到死的时候了。他穿上外衣，领着我去看他的庄园。

“‘哦，您在这儿过得怎么样？’我问。

‘还不错，感谢上帝，我过得挺好。’

“他已经不是往日那个畏畏缩缩的、可怜的小职员，而是真正的地主老爷了。他已经在这儿住惯，觉得满有味道了。他吃得很多，常到澡棚里去洗澡，身子发胖，已经跟村社和两个工厂打过官司，遇上农民不称呼他‘老爷’，就老大的不高兴。他煞有介事地关心自己灵魂的得救，老爷派头十足，不是实实在在地做好事，而是装腔作势。那么，他做了些什么好事呢？他用苏打和蓖麻子油医治农民的一切疾病，每到他的命名日，就在村子中央做谢恩祈祷，然后摆出半桶白酒来请农民喝，认为事情就该这么办。哎，那可怕的半桶白酒！今天这个胖地主拉着农民们到地方行政长官那儿去，控告他们把牲畜放出来踏坏他的庄稼，明天遇上隆重的节日，却摆出半桶白酒来请他们喝，他们一面喝酒一面喊‘乌啦’，喝醉了的人就给他叩头。生活好转、饱足、闲散，往往在俄国人身上培养出最为骄横的自大心理。尼古拉·伊凡内奇以前在税务局里甚至不敢有他自己的见解，可是现在他所讲的话却没有一句不是至理名言，而且是用大臣那样的口吻讲出来的：‘教育是必不可少的，然而对老百姓来说还未免言之过早’，‘总的来说，体罚是有害的，不过在某些场合却是有益的，不可缺少的’。

“‘我了解老百姓，善于对付他们，’他说，‘老百姓都喜欢我。我只要动一下手指头，他们就会把我所要办的事统统给我办好。’

“所有这些话，请注意，都是带着聪明而善良的笑容说出来的。他把‘我们这些贵族’，‘我以贵族的身份’这类用语反反复复说过二十遍，分明已经不记得我们的祖父是个庄稼汉，父亲是个兵了。我们的姓契木沙-希马拉依斯基实际上十分古怪，可是现在他却觉得它响亮，高贵，颇为悦耳了。

“然而问题不在他，而在我自己身上。我想对你们讲一讲我在他的庄园里盘桓了不多几个钟头，我自己起了什么样的变化。傍晚我们正在喝茶，厨娘端来满满一盘醋栗，放在桌子上。这不是买来的，而是他自己家里种的，自从栽下那些灌木以后这还是头一回收果子。尼古拉·伊凡内奇笑起来，默默地瞧了一忽儿醋栗，眼泪汪汪，激动得说不出话来。然后他拈起一个果子放进嘴里，瞧着我，露出小孩子终于得到心爱玩具后的得意神情，说：

“‘多么好吃啊！’

“他贪婪地吃着，不住地重复道：

“‘嘿，多么好吃啊！你尝一尝！’

“果子又硬又酸，可是正如普希金所说的，‘我们喜爱使人高兴的谎话，胜过喜爱许许多多的真理’①。我看见了一个幸福的人，他的心心念念的梦想显然已经实现，他的生活目标已经达到，他所想望的东西已经拿到手，他对他的命运和他自己都满意了。不知什么缘故，往常我一想到人的幸福，总不免带点忧郁的心情，如今我亲眼见到了幸福的人，我的心里却充满了近似绝望的沉重感觉。夜里我心头特别沉重。他们在我弟弟的卧室的隔壁房间里为我铺了床，我听见他没有睡着，常常起床，走到那盘醋栗跟前拿果子吃。我心想：实际上有多少满足而幸福的人啊！这是一种多么令人压抑的力量！你们来看一看这种生活吧：强者骄横而懒惰，弱者愚昧，像牲畜一般生活着，周围是难以忍受的贫困、憋闷、退化、酗酒、伪善、撒谎。……然而，所有的房屋里和街道上却安安静静，心平气和。住在城里的五万人当中竟然没有一个人大叫一声，高声说出他的愤慨。我们看见一些人到市场去买食品，白天吃喝，晚上睡觉，他们说废话，结婚，衰老，安详地把死人送到墓园里去；可是那些受苦受难的人，那些隐在暗处什么地方进行着的生活里的惨事，我们却没看见，也没听到。一切都安静太平，提抗议的只有不出声的统计数字：若干人发了疯，若干桶白酒被喝光，若干儿童死于营养不良。……这样的世道分明是必要的；幸福的人之所以感到逍遥自在，仅仅是因为不幸的人沉默地背负着他们的重担，而缺了这样的沉默，一些人想要幸福就办不到。这是普遍的麻木不仁。每一个满足而幸福的人的房门边都应当站上一个人，手里拿着小锤子，经常敲着门提醒他：天下还有不幸的人，不管他自己怎样幸福，生活却迟早会对他伸出魔爪，灾难会降临，例如疾病、贫穷、损失等。到那时候谁也不会看见他，不会听见他，就像现在他看不见，也听不见别人一样。然而拿着小锤子的人却没有，幸福的人生活得无忧无虑，生活中细小的烦恼微微激动着他，就像风吹杨树一样，于是天下太平。

“这天晚上我才明白我也满足而幸福。”伊凡·伊凡内奇站起来，继续说，“我在吃饭和打猎的时候也教导别人该怎样生活，怎样信仰，怎样管好老百姓。我也说学问是光明，教育是必不可少的，然而目前对普通人来说，能读会写也就足够了。我说自由是幸福，缺了它如同缺了空气一样，是不行的，然而应当等待。是的，我常这样说，可是现

① 引自俄国诗人普希金的《英雄》一诗，但引文不确切。——俄文本编者注

在我要问：为什么要等?”伊凡·伊凡内奇生气地瞧着布尔金，问道。“我问你们：为什么要等？根据什么理由？人家对我说，不能一下子就把样样事情都办成，每一种理想在生活里都是逐步地、到适当的时候才实现。然而这话是谁说的？有什么证据足以证明这话是正确的？你们引证事物的自然规律，引证社会现象的合法性，可是我，一个有思想的活人，站在一道沟面前，本来也许可以从上面跳过去，或者搭一座桥走过去，却偏偏要等着它自动封口，或者等着淤泥把它填满，难道这也说得上什么规律和合法性？再说一遍，为什么要等？等到没有力量生活了才算？可是人又非生活不可，而且也渴望生活!

“我一清早就离开我弟弟的家，从那时候起，我在城里住着就感到不能忍受了。那种安静而太平的气氛使我苦恼。我不敢瞧人家的窗子，因为现在对我来说，再也没有比幸福的一家人围住桌子坐着喝茶的情景更使人难受的了。我已经年老，不适宜作斗争，我甚至不会憎恨人了。我只是心里悲伤，生气，烦恼，每到夜里我的脑子里各种思想纷至沓来，弄得我十分激动，睡不着觉。……唉，要是我年轻就好了!”

伊凡·伊凡内奇激动得从这个墙角走到那个墙角，反复地说：

“要是我年轻就好了!”

他忽然走到阿列兴跟前，先是握他的这只手，后来又握他的那只手。

“巴威尔·康斯坦丁内奇!”他用恳求的声调说，“不要心平气和，不要让自己昏睡!趁年轻，强壮，血气方刚，要永不疲倦地做好事！幸福是没有的，也不应当有。如果生活有意义和目标，那么，这个意义和目标就断然不是我们的幸福，而是比这更合理、更伟大的东西。做好事吧!”

所有这些话伊凡·伊凡内奇都是带着可怜的、恳求的笑容说的，仿佛他在为他自己请求什么事似的。

后来这三个人在客厅里各据一方，在三把圈椅上坐下，沉默了。伊凡·伊凡内奇的故事既没满足布尔金，也没满足阿列兴。金边镜框里的将军们和太太们在昏光中像是活人，低下眼睛瞧着他们，在这样的时候听那个可怜的、吃醋栗的职员的故事是很乏味的。不知什么缘故，他们很想谈一谈或者听一听高雅的人和女人的事。他们所在的这个客厅里，一切东西，不论是蒙着套子的枝形烛架也好，圈椅也好，脚底下的地毯也好，都在述说现在从镜框里往外看的那些人从前也在这儿走过路，坐过，喝过茶，而且美丽的彼拉盖雅目前正在这儿不出声地走来走去，这倒比任何故事都美妙得多呢。

阿列兴非常想睡觉。他一清早两点多钟就起床料理农活，现在他的眼皮合在一起了，可是他生怕他不在，两位客人会讲出什么有趣的事，就没有走掉。至于刚才伊凡·伊凡内奇所讲的故事是否有道理，是否正确，他却没有去细想。两位客人没谈麦粒，没谈干草，没谈焦油，而是谈些同他的生活没有直接关系的事，他心里暗暗高兴，希望他们继续谈下去才好。……

“可是到睡觉的时候了,”布尔金站起来，说，“请允许我向你们道晚安吧。”

阿列兴道了晚安，回到楼下他自己的房间里去了。两位客人留在楼上。他们俩被人领到一个大房间里去过夜，那儿摆着两张旧式的雕花大床，房角上挂着刻有耶稣受难像的象牙十字架。他们那两张凉快的大床已经由美丽的彼拉盖雅铺好被褥，新洗过的床单发散着好闻的气味。

伊凡·伊凡内奇不声不响地脱掉衣服，躺了下来。

“主啊，饶恕我们这些罪人吧!”他说，拉过被子来蒙上了头。

他的烟斗放在桌子上，冒出浓重的烟草味。布尔金很久没有睡着，心里一直在纳闷，无论如何也弄不明白这股刺鼻的气味是从哪儿来的。

雨点通宵抽打着窗子。

【选自[俄]契诃夫:《契诃夫文集》，第10卷，汝龙译，上海，上海译文出版社，1993】

樱桃园(节选)

第四幕

景同第一幕。

窗上的窗帘和墙上的画框，都已经摘去。剩下的不多几件家具，都堆在一个墙角，仿佛等待着买主似的。屋子里给人一种空旷的感觉。舞台的深处，正门的旁边，堆着预备出门的衣箱和包裹，等等。左方，门开着，从那边传来瓦里雅和安尼雅说话的声音。罗巴辛站在舞台中央，好像在等什么人。雅沙托着一个托盘，上边放着几只斟满了香槟酒的高脚杯。叶比霍多夫正在前室里捆着一只小箱子。景后传来嗡嗡的人声。这是一些农民送别来了。听见加耶夫的声音说："谢谢了，弟兄们，谢谢了。"

雅沙 这是农民们送行来了。叶尔莫拉伊·阿列克塞耶维奇，据我看呀：这些老百姓，人倒都是实心肠的人，可惜就是蠢了一点。

人声渐渐沉寂下去。柳鲍芙·安德烈耶夫娜和加耶夫从前室回来。她忍住了哭泣，但是脸色苍白，嘴唇发颤，一句话也说不出来。

加耶夫 柳芭，你把钱口袋连底儿都翻给他们了。这可不行啊，这可不行啊！

柳鲍芙·安德烈耶夫娜 我没有法子呀，你叫我有什么办法呢？

二人同下。

罗巴辛 (转身，追到门口，朝着他们的后影)我请你们过来！请来喝一下告别酒吧！我忘记打城里带点香槟酒回来了，这是在火车站上好容易才找来的一瓶。请呀！

停顿。

怎么，我的朋友们，你们不喝吗？(离开门口)我要是早知道，也就不买了。既然是这样，那连我自个儿也不喝了。

雅沙小心翼翼地把托盘放在一把椅子上。

既然都不喝，雅沙，你就喝了它吧。

雅沙 祝走的人一路平安！祝留在这儿的人事事如意！(喝酒)我敢担保，这不是真香槟酒。

罗巴辛 这一瓶，我花了八个卢布呢。

停顿。

雅沙 这里冷得要命，今天没有生火，反正我们就走了。(笑)

罗巴辛 你笑什么？

雅沙 心里高兴。

罗巴辛 已经是十月了，可是天气还这么暖和，太阳出得跟夏天似的，正好是盖房子的天气。(看了一眼自己的表，转身走到门口)不要忘记，离开车只有四十六分钟了。你们可就得动身上车站去啦。快着点吧。

特罗费莫夫穿着外衣，从外边进来。

特罗费莫夫 我想可该动身了。马车已经套好了。我把胶套鞋放到什么鬼地方去啦？我找不着啦。(向门外)安尼雅，我的套鞋不见了。到处都找不着啊！

罗巴辛 我要到哈尔科夫去，我也搭你们这一班火车。我要在哈尔科夫过冬。这一阵子，我成天跟着你们在一块儿，一点事情都不做，混得我头都大了。我没有工作是过不下去的，这两只手一闲起来，我就不知道怎么办好了，摇摇晃晃的，好像不是我的似的。

特罗费莫夫 我们马上就走，那你就接着干你那有用的工作吧。

罗巴辛 喝一杯吧。

特罗费莫夫 不喝。

罗巴辛 这么说，你是要到莫斯科去的了。

特罗费莫夫 是的，我先把他们送到城里，明天就动身到莫斯科去。

罗巴辛 对了……我想教授们一定还没有开讲呢，他们专等着你呢。

特罗费莫夫 这没有你的事。

罗巴辛 你在大学待了多少年了？

特罗费莫夫 找点新鲜的玩笑好不好？这一套都老掉了牙了。(找他的套鞋)你听着，我想咱们以后再也见不着面了，所以让我临别给你进一点忠告吧；不要老这么指手画脚的，改改这种飞扬浮躁的毛病。我还要请你注意，什么盖别墅呀，什么希望将来有一天住别墅的市民都每人耕种一块土地呀，这一类的话呀，也一样叫作飞扬浮躁。不过，话虽这么说，我还是喜欢你；你的手指头细长、敏锐，很像艺术家的手，你的灵魂也是柔和、敏锐的……

罗巴辛 (把他抱住)再见了，我的亲爱的，我谢谢你的一切。如果你需要盘缠钱用，就从我这儿拿点去，别不好意思。

特罗费莫夫 为什么呢？我用不着。

罗巴辛 可是你一个钱也没有哇。

特罗费莫夫 我有，谢谢你吧。我翻译了一篇东西，得了一笔钱。这不是，就在我这口袋里呢。(焦急不安的声音)我的套鞋怎么到处都找不到啊。

瓦里雅 (在敞开着的门外)在这儿了。把你这个脏东西拿去吧！(往舞台上抛出一双套鞋来)

特罗费莫夫 你为什么这么生气呀，瓦里雅？唉！……可这不是我的呀！

罗巴辛 我在春天种了两千亩罂粟，结果现在净赚了四万卢布。那些罂粟开起花来的时候，嘿，真是一幅多么美丽的图画呀！我就这么赚了四万，所以，如果我想借给你一点钱，那是因为我能匀得出来。你又何必拿架子呢？我是一个庄稼人……所以才老老实实跟你提的。

特罗费莫夫 你的父亲是一个农民，我的父亲是一个药剂师，这中间找不出一点儿什么关系来。

罗巴辛掏出钱包来。

收起来，收起来……你即或给我二十万，我也不收。我是一个自由人。你们这一类人的呀，无论是穷的、富的，在你们眼里看成那么重要的、那么珍贵的东西，在我也不过像随风飘荡的柳絮那么无足轻重。我用不着你们，我瞧不起你们，我觉得自己坚强而骄傲。人类是朝着最高的真理前进的，是朝着人间还没有达到的一个最大的幸福前进的。而我呢，我就站在最前列。

罗巴辛 你能够达到那个目的吗？

特罗费莫夫 我会达到的。

停顿。

我自己会达到的。即或不然，我也会给别人领出一条可以遵循的道路。

传来远处斧子砍伐树木的声音。

罗巴辛 好了，再见吧，老朋友。是该动身的时候了。我们白站在这儿彼此吹嘘，实际生活可是一句也不理会我们的，它照旧像水一样地往前流啊！我只有在工作得很久而还不停歇的时候，才觉得自己的精神轻快，也才觉得自己找到了活着的理由。可是，我的老朋友，你看看，谁也不知道他为什么活着的人，咱们俄国可有多少哇……不过，说到究竟，这也没有关系，反正事业的进行，也不靠着他们。据说列昂尼德谋到了一个位置，要进银行做事去了，一年有六千卢布……不过我想他干不长的，他太懒惰了。

安尼雅 （出现在门口）妈妈请你在她没走以前，先不要叫人砍园子里的树木。

特罗费莫夫 说真的，你这也未免有点不近人情啊……

他由前室下。

罗巴辛 我就去叫他们打住，我就去……这些人够多么蠢啊！（随特罗费莫夫下）

安尼雅 把费尔斯送进医院了吗？

雅沙 我是今天早晨把上边的吩咐交代下去的。一定送走了。

安尼雅 （向横穿着大厅的叶比霍多夫）谢苗·潘捷列耶维奇，请你去看一看，他们到底把费尔斯送进了医院没有。

雅沙 （生气）我今天早晨已经告诉叶戈尔了。再这么十遍二十遍地问，又有什么用呢？

叶比霍多夫 要照我的意思看，这位上了百岁的费尔斯，简直不值得再修理了，也该是他赶快去见见祖先的时候了。我可只有羡慕他的呀。（把一只手提衣箱放在一个帽盒上，把帽盒压扁了）你们看，是不是！我早就料到准有这么一手！（下）

雅沙 （揶揄地）这个“二十二个不幸”啊！

瓦里雅 （在门外）把费尔斯送进医院了吗？

安尼雅 送去了。

瓦里雅 那他们为什么没有把写给大夫的信带去呢？

安尼雅 这得马上送去。（下）

瓦里雅 （在邻室）雅沙在哪儿啦？告诉他，他的母亲向他告别来了。

雅沙 （做了一个不耐烦的手势）就是再有耐性的人，也都受不了啊！

杜尼亚莎一直在忙着整理行李；现在台上只剩下雅沙一个人了，她就走到他的跟前。

杜尼亚莎 你总可以只看我一眼吧，雅沙？你就要走了……你就要离开我了。（哭着扑

上去，搂住雅沙的脖子)

雅沙 这值得哭吗?(喝香槟酒)六天以后，我就又回巴黎去了。明天我们坐上快车，呼地一走，咱们就算是永别!这简直叫人都不会相信啊。Vive la France!(“法兰西万岁!”——法语)……此地对我太不合适。我在这儿活不下去。实在是没有办法再待了。周围这种野蛮情形，我可实在看够了；再也看不下去了。(又喝香槟酒)干吗哭呢?留神着点自己的体面，那你就不会哭了。

杜尼亚莎 (照着她的小手镜，往脸上搽粉)到了巴黎给我写封信来。我爱了你一场，雅沙，多么爱你啊。我是一个多么脆弱的人啊，雅沙!

雅沙 有人来了。(低唱着，忙去整理那些手提箱)

柳鲍芙·安德烈耶夫娜、加耶夫、安尼雅和夏洛蒂·伊凡诺夫娜同上。

加耶夫 该是走的时候了。没有几分钟了。(盯着雅沙)是谁浑身这么一股咸青鱼味?

柳鲍芙·安德烈耶夫娜 再待十分钟，我们可就得上马车了。(把房子四下看了一眼)再见了，亲爱的老房子，再见了，老人家!等这个冬天过去，新春一到，你可就不会存在了，人家就已经把你拆掉了。唉，这儿面墙啊，你们当初可看见过多少的沧桑啊!(狂热地吻她的女儿)我的宝贝，你的脸上怎么这样发着光彩?你的眼睛闪亮得像是一对金刚石似的，你是满意了吧，很满意，是吗?

安尼雅 非常满意。我们开始一个新生活了，妈妈!

加耶夫 (愉快地)真的，现在一切倒都觉着好得多了。樱桃园没有卖出去以前，我们心里都很烦恼，很痛苦，可等到后来，等到问题干脆一决定，再也无可挽救了，大家却都镇定下来了，又都觉得高兴起来了……你看，我现在是一个银行职员了，也可以说是一个金融家了……红球进中兜!而你呢，柳芭，无论你怎么说，也比以前的神色好看得多了，这是毫无疑问的。

柳鲍芙·安德烈耶夫娜 是啊!我的心思平静多了，这倒很是实话。

加耶夫帮着她穿好了外套，戴上帽子。

现在我夜里睡觉也踏实了。雅沙，把我的东西都搬出去，到时候了。(向安尼雅)我的孩子，我们不久就会见面的。我到巴黎去，就用你亚罗斯拉夫尔的外婆送给我们买回地产的那笔钱，在那儿过日子……求上帝保佑你的外婆吧!我只怕这点钱经不了多久啊。

安尼雅 妈妈，你可早一点、早一点回来呀，记住了吗?我要好好预备功课，等我毕了业，做了事，我就可以帮助你了。我们将来在一块儿读各种各样的书，你愿意吗，妈妈?(吻她母亲的手)我们将来要在漫长的秋夜里，读上一堆一堆的书，那个时候，会有一个又新又美的世界，在我们面前展开的……(冥想)你可要回来呀，妈妈!……

柳鲍芙·安德烈耶夫娜 我要回来的，我的心肝。(拥抱她的女儿)

罗巴辛上，夏洛蒂轻声地唱着。

加耶夫 好快活的夏洛蒂呀，她居然唱起来了。

夏洛蒂 (抱起一个包袱，像是一个襁褓中的婴儿似的)睡吧，我的小宝贝，睡呀，我的小宝贝……

听见婴儿的哭声：呜啊，呜啊!……

别哭啦，我的乖宝贝，睡吧，我的亲爱的宝贝。

呜啊……呜啊……

你可哭得把你妈妈烦死了！（把包袱抛在地上）我求你们再给我一个职业吧！我没有工作是过不下去的。

罗巴辛 夏洛蒂·伊凡诺夫娜，我们一定会给你找点工作的，你放心吧。

加耶夫 个个都离开我们了。瓦里雅也要走了！我们现在成了多余的人了。

夏洛蒂 我在城里没有地方住，所以我不得不走啦……（低哼着歌子）反正怎么也是一样啊！……

皮希克上。

罗巴辛 大自然的杰作来了！

皮希克 （喘息着）哎呀！让我先喘过点气儿来吧！……我可完啦！……我的高贵的朋友们！……给我一杯水喝吧！

加耶夫 我敢打赌，他又是来借钱的。谢谢吧，我可情愿失陪了。（下）

皮希克 我又多少日子没有到你们家来了，我的非常美丽的太太……（向罗巴辛）你在这儿啦？……遇着你，我真高兴呀！……你是一个绝顶聪明的人啊……拿去吧……（把钱递给罗巴辛）四百卢布，我还欠你八百四十……

罗巴辛 （诧异，耸肩）这简直像是做梦啊！……你从哪儿弄来的钱？

皮希克 等一会儿……我热……这是一桩顶特别的意外呀！有几个英国人，跑到我的地里来，发现我那里有一种白胶泥。（向柳鲍芙·安德烈耶夫娜）这儿我还带了四百来，还给你的，我的美丽的、非常非常美丽的夫人。（把钱交给她）其余的等下次吧。（喝了一杯水）就在刚才，火车上还有一个青年跟我说呢，他说，有那么一位……一位伟大的哲学家，劝我们都从房顶往下跳，"跳吧，"他说，"一跳就什么都了结了。"（惊诧的神色）你就看看这个！……再来点水吧！

罗巴辛 这些英国人是干什么的？

皮希克 我把出白胶泥的那块地皮，租给了他们二十四年……可是，对不起，我现在没有工夫了。我得赶快走，我还得到斯诺伊科夫家，到卡尔丹莫诺夫家……我到处欠的都是钱啊……（喝水）再见啦，我星期四再来吧……

柳鲍芙·安德烈耶夫娜 我们正往城里搬家，明天我就要到外国去了。

皮希克 怎么！（吃惊）为什么要搬进城里去呀！我说的呢，这些家具……这些手提箱……可是呢，这也算不了什么。（忍着泪）这也算不了什么……那些个英国人啊……真是绝顶聪明的人哪……也算不了什么，快活着点吧……上帝保佑你们吧……这也算不了什么。世上没有没个了局的事情，什么都得有个完结。（吻柳鲍芙·安德烈耶夫娜的手）等到有一天，你听说我也完结了的时候，就请你想念我这个……这匹老马一下吧，说上一句："从前有过那么一个叫西米奥诺夫-皮希克的……愿他的灵魂在天堂安息吧。"……今天天气可真好哇……可真是的……（极感动地走出去，但是马上又折回来，站在门口）我的女儿达申卡，叫我带话问你好。（下）

柳鲍芙·安德烈耶夫娜 现在可该走了。临走的时候，我有两件心事放不下：第一样是生着病的费尔斯。（看看自己的表）我们只有五分钟了……

安尼雅 费尔斯已经送进医院去了，妈妈。是雅沙今天早晨送去的。

柳鲍芙·安德烈耶夫娜 第二样叫我焦心的，是瓦里雅。她一向是一大早就起来，成天不停地工作惯了的，现在一闲下来，她可就成了失了水的鱼了。她瘦下来了，脸色也苍白了，又总是哭哭啼啼的，这个可怜的孩子啊……

停顿。

叶尔莫拉伊·阿列克塞耶维奇，我老是希望着……希望能看见她嫁给你，这你是知道得很清楚的，而据情形看呢，你也确实想要结婚。(向安尼雅耳语了几句；安尼雅向夏洛蒂点头示意，她们两个人都走出去)她爱你，你也喜欢她；我就不明白，为什么你们两个人总是你躲着我、我躲着你的呢。我真不明白。

罗巴辛 跟你说老实话，连我自己也不明白为什么。这也是真奇怪……可惜现在来不及了，不然的话，我倒愿意马上就办……一下子办了，也就算啦。不过要不是你这么说，我总觉得永远也不能向她求婚似的。

柳鲍芙·安德烈耶夫娜 这好极啦。这也不过是一分钟的事啊。我马上就去把她叫来……

罗巴辛 这里刚好有香槟酒。(看看那几只杯子)空了，也不知道是谁都给喝光了。(雅沙咳嗽)这真像俗语所说的，一口就吞得精光啊……

柳鲍芙·安德烈耶夫娜 (精神抖擞地)好极了！我们大家全躲开……Allez(“走开”——法语)，雅沙。我去叫她去……(站在门口)瓦里雅，把事情放下，到这儿来。来呀！(下。雅沙随下)

罗巴辛 (看了一眼自己的表)嗯……

停顿。

门外传来一个强压下去的笑声和咕噜噜的耳语声；最后，瓦里雅上。

瓦里雅 (检点着行李)奇怪呀，我怎么找也找不着啦……

罗巴辛 你找什么？

瓦里雅 是我自己打的行李，可是我就想不起来放在哪儿了。

停顿。

罗巴辛 瓦尔瓦拉·米哈伊洛夫娜，你呢，你可上哪儿去呢？

瓦里雅 我吗？我要到拉古林家去……他们请妥了我，替他们料理家务，当个管家一类的。

罗巴辛 是在雅什涅沃吧？离这里大概有七十里的样子。

停顿。

这么说，这所房子里的生活，就算是结束了……

瓦里雅 (查看着行李)到底弄到哪儿去了呢？也许是我把它放在大箱子里去了？……是的，这里的生活，现在就算是结束了……不会再有了……

罗巴辛 我马上就要到哈尔科夫去……跟他们搭一班车。我有很多的事情得料理，我把叶比霍多夫留在这儿，照管着这片产业……我把他雇用下来了。

瓦里雅 噢！

罗巴辛 去年这个时候，已经下雪了，这你也许还记得。可是现在呢，你看，天气又晴朗，到处又都是太阳。只是稍许冷了一点……已经降到零下三度了。

瓦里雅 我没有寒暑表。

停顿。

而且寒暑表也破了……

停顿。

门外院子里的人声："叶尔莫拉伊·阿列克塞耶维奇！"

罗巴辛 （好像老早就只盼望有人这么一叫似的）我就来！（急急忙忙下）

瓦里雅坐在地板上，把头伏在衣服包裹上，轻声地啜泣。门开了，柳鲍芙·安德烈耶夫娜小心翼翼地走进来。

柳鲍芙·安德烈耶夫娜 怎么？

停顿。

那，就走吧！

瓦里雅 （不再哭，擦了擦眼泪）是的，到时候了，妈妈。只要误不了火车，我今天总会赶到拉古林家去的。

柳鲍芙·安德烈耶夫娜 （走向门口）安尼雅！快穿好衣裳吧。

安尼雅上，加耶夫和夏洛蒂·伊凡诺夫娜随上。加耶夫穿着一件带风帽的厚外衣。仆人们和车夫们都进来。叶比霍多夫忙着照料行李。

现在我们可以走了。

安尼雅 （愉快地）走了！

加耶夫 朋友们，我的亲爱的、尊贵的朋友们，现在我就要跟这所房子永别了，还能再叫我闭口沉默吗？还能再叫我把此刻胀满了我的心灵的情绪，忍住不向你们说一说吗？……

安尼雅 （恳求地）舅舅！

瓦里雅 亲爱的舅舅，算了吧！

加耶夫 （凄凉的声音）打"达布"进中兜……我不说话就是了。

特罗费莫夫上，罗巴辛随后上。

特罗费莫夫 喂，朋友们，得动身了。

罗巴辛 叶比霍多夫，我的大衣。

柳鲍芙·安德烈耶夫娜 我得在这儿再坐一分钟。这座房子里的墙和天花板，我觉得都好像从来没有注意过似的，现在我却这么依依不舍地、如饥似渴地要多看看它们啊……

加耶夫 我记得，有一回，我才六岁，正赶上复活节的星期日，我坐在这个窗台上，望着父亲出门，到礼拜堂去……

柳鲍芙·安德烈耶夫娜 东西都搬出去了吗？

罗巴辛 我想是的。（穿着大衣，向叶比霍多夫）要多加小心，叶比霍多夫，什么事情都得有个条理。

叶比霍多夫 （沙哑的声音）都交给我好啦，叶尔莫拉伊·阿列克塞耶维奇，放心吧。

罗巴辛 你的嗓子怎么啦？

叶比霍多夫 我刚喝了点儿水，这一定是吞下什么东西去了。

雅沙 （鄙视地）多下流！……

柳鲍芙·安德烈耶夫娜 我们走啦，这座房子里可连一个人影都不留了。

罗巴辛 是呀，非得到明年春天……

瓦里雅从衣服包裹里突然抽出一把伞，举起来好像要打人似的；罗巴辛做出一个自卫的手势。

瓦里雅 看你这是做什么？我连想都没有那么想过。

特罗费莫夫 朋友们，上马车吧……该是动身的时候了，火车马上就要到站了。

瓦里雅 彼嘉，你的套鞋在这儿，就在那个手提箱旁边。(忍着眼泪)多么旧、多么脏啊！……

特罗费莫夫 (穿上套鞋)咱们走吧，动身啦！……

加耶夫 (心里感触很深，但是又怕哭出来)火车……火车站……打红球"达布"进中兜；白球绕回来"达布列特"进角兜……

柳鲍芙·安德烈耶夫娜 走吧！

罗巴辛 人都齐了吗？那边没有留下人吧？(锁上左边的房门)这间屋子里堆了许多东西，得把它锁起来。走吧！……

安尼雅 永别了，我的房子！永别了，我的旧生活！

特罗费莫夫 万岁，新生活！(和安尼雅下)

瓦里雅把房子四下看了一眼，慢慢地下去。雅沙和牵着一只小狗的夏洛蒂退下。

罗巴辛 那么，明年春天再见吧。出去吧，诸位……再见啦！……(下)

只有柳鲍芙·安德烈耶夫娜和加耶夫还没有走。他们好像老早就等着这个机会似的，同时扑到对方的怀里，抱着对方的脖子，抑制着哭声，轻轻地啜泣，生怕被人听见。

加耶夫 (在绝望中)我的妹妹啊！我的妹妹呀！

柳鲍芙·安德烈耶夫娜 啊，我的亲爱的、甜蜜的、美丽的樱桃园啊！……我的生活，我的青春，我的幸福啊！永别了，永别了！……

安尼雅 (在外边兴高采烈地呼唤着)妈妈！……

特罗费莫夫的声音：(愉快地，活泼地)"呜——喂！"

柳鲍芙·安德烈耶夫娜 再把这儿面墙、这儿扇窗子最后看一眼吧……我那去世的母亲，从前总是喜欢在这间屋子里走来走去的……

加耶夫 我的妹妹，我的妹妹呀！

安尼雅的声音："妈妈！……"

特罗费莫夫的声音："呜——喂！……"

柳鲍芙·安德烈耶夫娜 我们来了……

他们都下去了，舞台上空无一人。只听见外边一道道的门在陆续下锁的声音，接着，马车赶着走远的声音。一片寂静。在这种寂静中，响起斧子砍到树上的沉闷的声音，凄凉、悲怆。传来脚步声。

费尔斯出现在右边门口。他依然穿着那件燕尾服，白背心，可是脚下拖着拖鞋。他病了。

费尔斯 (走到左边门口，转一转门钮)锁了，他们都走了……(坐在长沙发上)他们都把我忘了……这没有关系……我就坐在这儿等好了。列昂尼德·安德烈耶维奇，一定又忘了穿皮大衣，准是穿他那件薄外套走的……（叹了一口气，挂念地）这都是我没有照顾到啊！……年轻的嫩小子啊！（又咕噜了一些叫人听不清楚的话）生命过去得真快啊，就好像我从来还没有活过一天儿似的……（躺下）我要躺下……你怎么身上一点力量都没有啦！什么都完了，都完了……哎，你呀，你……这个不成器的东西啊！……（一动也不动地躺在那里）

远处，仿佛从天边传来了一种琴弦绷断似的声音，忧郁而缥缈地消逝了。又是一片寂静。打破这个静寂的，只有园子的远处，斧子在砍伐树木的声音。

——**幕落**

【选自［俄］契诃夫：《契诃夫戏剧集》，焦菊隐译，上海，上海译文出版社，1980】

高尔基

马克西姆·高尔基(1868—1936)，原名阿列克赛·马克西莫维奇·彼什科夫，是杰出的苏联作家。他早期的浪漫主义作品如《马卡尔·楚德拉》(1892)、《伊则吉尔老婆子》(1895)、《鹰之歌》(1895)等，融入了自己火热的生命激情和桀骜不驯的性格。在世纪转换时期，高尔基逐渐成为无产阶级文学运动的代表，写出了《母亲》(1906)，自传体三部曲《童年》(1913)、《在人间》(1915)、《我的大学》(1923)，以及长篇小说《阿尔达莫诺夫家的事业》(1925)，剧本《小市民》(1901)、《底层》(1902)等作品。

短篇小说《伊则吉尔老婆子》包含三个相对独立的故事：腊拉的故事、丹柯的故事、伊则吉尔老婆子的故事。前两个故事取自久远年代的民间传说，在这两个故事的起承转合之间，则穿插了现实生活中的伊则吉尔老婆子的故事。

小说中的腊拉是一个极端的个人主义者。他是鹰和人所生的后代，长大后回到母亲所属的草原部落。他喜欢一个美丽的女孩，遭到拒绝后，就把她残忍地杀死。为给腊拉施以绝大的惩罚，部落集会后一致决定，将这个孤傲、冷漠、心中只有自己的人放逐，任何人不得收留他。从此，腊拉就像影子一样在草原上飘荡，行尸走肉一般孤独地生活。

丹柯则是一个集体主义英雄。他所属的部落因强敌的驱赶而陷入绝境，只有走出密闭的森林，才有生的希望。森林一片黑暗，无边无际，跋涉的族人不久就力气耗尽，信心全失。他们开始指责领路的丹柯，甚至想杀死他。为率领部落走出森林，丹柯撕开胸膛，掏出一颗燃烧的心，用心的光芒照亮路途。当部落走出密林，来到广袤的草原时，丹柯倒地死去。

伊则吉尔老婆子是上述两个故事的讲述者。她本人从 15 岁开始就过着刺激但毫无意义的生活。40 岁之后，无法再凭姿色取悦人时，她来到摩尔达维亚人中间打发余生。

三个故事呈现了三种人生样式。如何处理个体自由与集体责任的关系？如何将个体价值的实现与社会的进步发展相结合？如何实现合理的社会生活？高尔基的追问蕴含在对三种人生样式的态度中。小说的叙事结构别具一格，情节奇特生动，感情充沛，格调高昂，这些都显示了无产阶级价值观与浪漫主义气质相结合所形成的全新风格。

伊则吉尔老婆子

一

这些故事是我在比萨拉比亚的海岸上，靠近阿克尔曼[①]的一个地方听到的。

有一个晚上，我们做完了一天的采葡萄工作以后，那一群跟我在一块儿做工的摩尔达维亚人都到海边去了。我和伊则吉尔老婆子却留下来，我们躺在葡萄藤浓荫里的地上，默默地望着到海边去的人们的暗影渐渐融化在蔚蓝的夜色里面。

他们一边走，一边唱着，笑着。男人都有青铜色的脸和又浓又黑的胡髭，他们的浓密的鬈发一直垂到肩上；他们都穿扣领短上衣和宽大的裤子。妇人和少女都是又快乐又灵活，她们有深蓝色的眼睛，她们的脸也是青铜色的。她们的丝一样的黑发松松地垂在她们的背后，暖和的微风吹拂着它们，把那些结在发间的铜钱吹得叮当地响。风吹得像大股的均匀的波浪，可是有时候它仿佛在跳过什么看不见的障碍似的，产生一股强劲的气流，把女人的头发高高地吹起来，成了奇形怪状的鬃毛，在她们的头上飘动。这给她们添了一种奇怪的、仙女似的样子。她们离我们越去越远；夜和幻想给她们披上了一身美丽的衣裳，使她们越来越美了。

有人在拉提琴……一个少女唱起了柔和的女低音。传来一阵一阵的笑声……

空气里渗透着海的有刺激性的盐味和太阳落山前刚刚给雨水滋润过的土地所蒸发出来的浓烈的泥土味。现在还有几片残云在天空飘浮，非常漂亮，而且形状和颜色都是极其怪诞的——有的是轻柔的，像一缕一缕的烟，有暗蓝色的，也有青灰色的；有的陡凸尖峭，像断崖绝壁，有暗黑色的，也有棕色的。一片一片的深蓝色天空从这些云朵中间和善地露出脸来窥探，它们上面点缀了一颗一颗的金星。所有这一切——声音啦，气味啦，云啦，人啦——都显得是不可思议地美丽和忧郁，好像是一个奇妙的故事的开场一样。一切都像是停止了生长，快要死去似的。嘈杂的人声消失了，往远方逝去，变成了悲哀的叹息。

"你为什么不跟他们一块儿去呢?"伊则吉尔问我道，她朝着人们去的那个方向点一点头。

时间使她的身子弯成了两截；她那对曾经是乌黑的眼睛现在黯淡了，而且总是泪涔涔的。她那干枯的声音听起来很奇怪；它轧轧地响着，好像这个老婆子在用骨头讲话似的。

"我不想去。"我答道。

"哎！……你们俄罗斯人生下来就是老头子。你们全是像魔鬼那样地阴沉……我们

① 比萨拉比亚的一个小城。

的女孩子怕你……可是你年轻，强壮……”

月亮升起来了。月轮很大，而且像血一样的红，它好像是从草原的深深的地层中钻出来的，这个草原当年曾经吞过那么多的人肉，喝过那么多的人血，大概就因为这个缘故变得极富饶，极肥腴了。月光把葡萄叶的花边形的影子投在我们的身上，我和老婆子都仿佛给盖上了一张网似的。在我们的左边，云的影子在草原上飘浮着；这些云片渗透着浅蓝色的月光，显得更光亮，更透明了。

“你瞧！腊拉来了！”

我朝老婆子用她那指头弯曲的颤抖的手所指的方向望过去，我看见一些黑影在那儿浮动，影子很多，其中有一个比其他的影子更暗更浓，而且动得更快，也更低——这是从一片离地面较近，而且动得较快的云上面落下来的影子。

“我看不见一个人。”我说。

“你的眼睛比我这个老婆子的还差！你瞧！在那边！那个黑黑的东西，正在草原上跑着的！”

我再看那边，除了影子以外我还是什么也看不见。

“这是影子！你为什么叫它做腊拉?”

“因为这就是他。他现在已经只是一个影子了！是该成影子的时候了！他已经活了几千年了；太阳晒干了他的身子、他的血同他的骨头，风又把它们像尘土似的吹散了。你瞧：上帝为了一个人的高傲就会这样地对付他！”

“告诉我这是怎么一回事！”我向老婆子央求道，这时候我已经在期待着一个在草原上编成的出色的故事了。

她给我讲了下面的这个故事。

“这是好几千年前的事了。在海的那一边，很远的，很远的，太阳出来的地方，有一个大河的国家，在那个国家里太阳可热得厉害，那儿的每一张树叶、每一片草叶都投射出够给一个人遮蔽日光的影子。

“可见那个国家的土地是多么地富饶！

“在那儿有一族强悍的人，他们靠牧畜为生，并且把他们的气力同勇气消耗在打猎上面，打过猎以后，他们便设宴庆祝，大家唱歌，并且跟女孩子调情。

“有一回在他们的宴会当中，一只鹰从天空飞下来，把一个像夜一样柔和的黑头发的女孩子抓走了。男人们拔出箭来向鹰射去，那些可怜的箭都落回在地上。他们跑到各处去找那个女孩子，却始终找不到她。他们渐渐地忘了她，就跟人忘掉世界上的一切事情一样。”

老婆子叹一口气，她不响了。她那刺耳的声音好像是那一切给人忘记了的时代变成回忆的影子在她胸中复活起来，现在在这儿哀诉一样。海轻轻地给这个古老传说的开场白伴奏着(这一类的传说也许就是在这个海岸上创造出来的)。

“可是过了二十年，她自己回来了，已经成了衰弱、憔悴的女人。她带来一个年轻人，强壮而漂亮，就像她在二十年以前的那个样子。他们问她这些年中间她在什么地方，她说鹰把她带到深山去，她跟他一块儿住在那儿做他的妻子。这个年轻人便是他的儿子；父亲已经死了。他看见自己一天一天地衰老了，便最后一次高高地飞到天空去，然后收起翅膀让自己从空中摔下来，重重地跌在峻峭的山岩上撞死了……

“众人惊奇地望着鹰的儿子，他们看出来他跟他们并没有什么差别，只除了他的眼睛是冷冷的，高傲的，跟那个百鸟之王的眼睛倒很相像。他们对他讲话，他高兴就回答，否则便一声不响；族里的长辈们过来对他讲话，他像对待平辈一样地回答他们。这使长辈们很不高兴，他们说他是一根箭头还没有削尖也没有装上羽毛的箭，他们告诉他，成千的像他这样年纪的人以及成千的年纪比他大一倍的人都尊敬他们，服从他们。可是他却大胆地望着他们，回答道，世界上并没有一个跟他相等的人，要是大家都尊敬他们，他也不愿意这样干。啊！……这时候他们真的生气了，他们气冲冲地说：

“‘我们中间没有他的地方！他高兴上哪儿去，就让他上哪儿去。’

“他大笑，便到他高兴去的地方去——到那个一直出神地望着他的美丽的少女那儿去；他走到她跟前，搂住她。她的父亲就是刚才训斥过他的那些长辈中间的一位。虽然他很漂亮，可是她把他推开了，因为她害怕她的父亲。她把他推开，自己走开了；可是他打她，等她倒在地上的时候，他又拿脚踏在她的胸口上，踏得那么厉害，从她的嘴里喷出鲜血来朝天空溅去。这个少女喘一口气，像蛇一样地扭动一下，就死了。

“所有在场看见这件事情的人都惊呆了，——一个女人让人这样地杀死在他们的面前，这还是第一次。他们默默地站了许久，他们一会儿望着那个少女，她躺在那儿，眼睛睁开，满口是血，他们一会儿望着她旁边那个年轻人，他一个人站在那儿，高傲地面对着大家——他不肯埋下头，好像他要他们来处罚他似的。后来他们清醒过来了，捉住他，把他绑起来，放在那儿；因为他们觉得，马上就杀死他，未免太简单了，这不会使他们满意的。”

夜色在增长，在加浓，夜充满了奇异的、轻柔的声音。草原上金花鼠凄凉地吱吱叫着，葡萄藤的绿叶丛中响起了蟋蟀的玻璃一样的颤声；树叶在叹息，在窃窃私语；一轮血红色的满月现在变成苍白色了，它离地越高，就显得越苍白，而且越来越多地把大量的浅蓝色暗雾倾注在草原上……

“他们聚在一块儿，要想出一个足以抵偿他的大罪的刑罚……有人建议用几匹马把他分尸，然而他们觉得这个太温和了。有人主张每一个人射他一箭射死他，但是这也让人反对掉了。有人提议把他活活地烧死，可是烟雾会叫人看不见他的痛苦。意见已经提得很多，却始终找不到一个可以叫大家满意的来。他的母亲跪在他们的面前，一声不响，她找不到眼泪同语言来哀求他们宽恕她的儿子。他们谈了很久，最后一位贤人想了好一会儿，便说道：

“‘让我们来问问他为什么要做这件事！’

“他们这样问了他。他说：

“‘先给我松绑！你们绑住我，我是不说的！’

“他们给他松了绑以后，他反倒问他们：

“‘你们要什么？’他对他们发问好像把他们当作他的奴隶一样……

“‘已经对你讲过了。’贤人答道。

“‘为什么我要向你们解释我的行为呢？’

“‘为了我们可以了解你。你这个高傲的人，你听着！反正你要死了……你让我们了解你所做的事情吧。我们还要活下去，我们能够多知道一些我们现在还没有知道的事，对我们会有好处。……’

"'好吧，我说，虽然也许连我自己还不十分明白先前发生的那件事情。我杀死她，因为我觉得——她好像在推开我……我却要她。'

"'可是她不是你的人呀!'他们对他说。

"'那么你们使用的就都是你们自己的东西吗？我明明看见每一个人就只有言语和手、脚是他自己的……可是他们却有牛羊，女人，土地……还有许多别的东西。'

"对他这个问题，他们回答他说，一个人占用任何一件东西，都是用他自己作代价换来的：譬如用他的智慧，他的力气，有时候甚至用他的生命。可是他说，他要保持一个完整的自己，不愿意分一点给别人。"

"他们跟他谈了很久，后来终于看出来他把自己看作世界上的第一个人，而且除了他自己以外，他什么都不放在眼里。他们明白他给他自己安排了怎样孤独的命运的时候，他们觉得可怕极了。他没有种族，没有母亲，没有牲畜，没有妻子，而且他也不要这些。

"他们看到了这一点，便又讨论究竟用什么样的方法处罚他。可是这一次他们谈得并不久，那个贤人听了他们的意见以后，便出来说：

"'等着！刑罚已经有了。一个很可怕的刑罚。你们想一千年也想不出这个来！他的刑罚就在他自己身上！放他去吧，让他自由。这就是他的刑罚!'

"就在这个时候发生了一件神奇的事情。无云的天空中忽然响起一声霹雳。天上的神明同意了贤人的话。在场的人全躬身行礼，随后便散去了。然而这个年轻人(他现在得到了"腊拉"这个名字，这是"被抛弃""被放逐"的意思)，却望着那些把他抛在这儿的人高声大笑，他笑着，他现在是孤单单的一个人了，他是自由的，跟他的父亲完全一样。不过他的父亲并不是人……他却是一个人。现在他开始过起鸟一样的自由生活来了。他时常跑到那一族人住的地方去，抢走他们的牲畜和女孩子——以及一切他要的东西。人们用箭射他，可是箭头射不进他的身体，因为有一层最高刑罚的无形的外皮保护着它。他动作敏捷，贪得无厌，又强壮，又残酷，可是他始终没有跟人面对面地遇到过。人们只有在远处看到他。他就这样孤独地在人群附近荡来荡去，一直荡了好久，好久，——已经好几十年了。可是有一回他走近了人们，等到他们向他冲上来的时候，他却站住不动，连一点儿自卫的动作也没有。有一个人猜到了他的心思，便大声嚷起来：'不要挨他！他想死!'

"大家全站住不动了，他们都不愿意减轻这个对他们做过许多坏事的人的厄运，都不愿意杀死他。他们就站在旁边，笑他。他听到这些笑声，浑身抖起来，伸出两只手抓他自己的胸口，在胸口上找寻什么东西。他忽然拿起一块石头，向人们冲过去。他们避开他的攻击，却不还手打他；等到他疲乏了发出一声痛苦的哀号倒在地上的时候，人们退在一边，望着他。他站起来，拿起那把他们先前争斗的时候从一个人手里落下来的刀，朝他自己的胸口刺进去。可是刀折断了，好像它砍在一块坚硬的石头上一样。他又倒在地上，拿脑袋去撞地，撞了好久，可是地只是在退让，他的脑袋撞到哪里，哪里便留下一个洞。

"'他不能够死!'人们高兴地嚷着。

"他们丢下他走开了。他朝天躺着，看见一些雄壮的鹰像黑点似的高高地在天空飞翔。他的眼睛里充满着痛苦，多到可以毒死全世界的人。从那个时候起他就在等待死——永远是孤独的，永远是自由的。他一直在飘来荡去，到处都去过了。……你瞧，他已经变成影子一样的了，而且他会永远是这样的。他不懂得人的话，也不懂得人的动作，他什么也不懂。他只是在找寻，飘来荡去……他不知道生，死也不欢迎他。人们中间没有他的地方了。……看，这就是一个人由于高傲而受到的惩罚！”

老婆子叹了一口气，不响了，她那个垂在胸前的头奇怪地摇了几下。

我望着她。我觉得这个老婆子给睡魔征服了。不知道为什么，我非常可怜起她来。她的故事的结尾的一段是用一种庄严的、警告的声音说出来的，可是这里面仍旧有畏怯的、奴隶性的调子。

海岸上有人唱起歌来了，唱得很奇怪。起初听见的是女低音，它唱了一支歌子的前两三节，然后另一个声音又把这支歌子从头唱起，而同时第一个声音仍旧继续领头唱着……于是第三个，第四个，第五个声音又照这样的次序一个跟一个地从头唱起。突然间一个男声合唱队又把这同样的歌子从头唱起来。

每一个女人的声音都是可以跟别的声音很清楚地分别出来的，它们像是五颜六色的溪水从上面什么地方流下来，流过一些阶状的山坡，带跳带唱地流进那个涌上来迎接它们的深沉的男声的浪涛里，它们沉在浪涛中，又从那里面跳出来，把它盖过了，然后它们，清澈而有力，一个接连一个高高地升腾起来。

海浪的喧响在这歌声的掩盖下再也听不见了。

二

“你在别的什么地方听见过这样的歌唱吗？”伊则吉尔抬起头来，张开她那没有牙齿的嘴笑问道。

“我没有听见过。我从来没有听见过……”

“你不会听到的。我们爱唱歌。只有美的人才能够唱得好——我说的美的人，就是爱生活的人。我们爱生活。你瞧，难道在那儿唱歌的那些人做完一天的工作以后就不会疲倦吗？他们从太阳出一直做到太阳落，可是一到月亮出来，他们就已经在——唱歌了！那些不会生活的人就会去睡觉的。那些喜欢生活的人就——唱歌。”

“可是健康……”我刚一开口说。

“我们都有可以活下去的足够的健康。健康！倘使你有钱，难道你就不花掉它？健康就是金子一样的东西。你知道我年轻时候做过些什么事情吗？我织地毯从太阳出织到太阳落，差不多就不站起来。我那个时候就像太阳光那样地活泼，可是我却不得不整天在家坐着，像石头一样动也不动。坐得我全身的骨头都发痛了。可是一到夜晚，我就跑到我爱的人那儿去，跟他接吻。我的爱情还没断的时候，我就这样一直跑了三个月；在那个时期我每夜都在他那儿。你瞧，我一直活到了现在——我的血不是足够了吗！我不知道爱过了多少！我不知道受过了多少吻，也吻过了多少！……”

我看她的脸。她那对黑眼睛黯淡无光，连她的回忆也不曾使它们发亮。月亮照亮了她那干枯的、破裂的嘴唇，她那长满了灰白色柔毛的尖下巴，和她那猫头鹰嘴一样的弯曲的、满是皱纹的鼻子。她的脸颊现在是两个黑洞，有一个洞里面还搁着一缕灰白色头发，那是从她头上缠的红布底下掉出来的。她的脸，她的颈项和她的手全起皱了，而且只要她动一下，我就担心这干枯的皮肤会裂成碎片，在我面前就只有一副赤裸裸的骷髅和它那两只暗淡无光的黑眼睛了。

她又用她那刺耳的破声讲下去：

“我跟我母亲一块儿住在法尔密附近，就在伯尔拉德河的岸上；他第一次到我们田庄上来的时候，我才只十五岁。他是高个子，身子灵活，长着乌黑的胡髭，他又是个多快活的人！他坐在一只小船里，朝我们窗口大声嚷着：‘喂！你们有酒吗？……有什么给我吃的东西吗？’我向窗外看，我的眼光穿过桴树桠枝看见在月光下发蓝色的河面。他穿着白衬衫，束一根宽腰带，带子头松松地垂在腰间，他站在那儿，一只脚踏在船里，另一只脚踩在岸上，身子摇摇晃晃，一面在唱什么歌。他瞧见我，便说：‘一个这样标致的美人儿住在这儿！……我以前怎么不知道！’好像除了我以外所有的美人儿他都知道似的。我给了他一点儿酒和煮好的猪肉……四天以后我已经把我自己完全给了他了。我们常常在夜里一块儿划船。他划着小船来，像金花鼠似的小声吹口哨。我就像鱼似的从窗口跳到河里去。随后我们就划起船走了……他是普鲁特河上的渔人，后来母亲知道了一切，打了我一顿。他拼命劝我跟他一块儿到多布罗加[①]去，然后再走远点到多瑙河口。可是那个时候我已经不喜欢他了——他只会唱歌，接吻，就再没有别的！我已经感到厌烦了。当时有一群古楚尔人[②]漂流到了这一带地方来，他们在这儿也有一些情人……现在那些女孩子要好好地快活一下了。她们里面有一个在等待，等待她那个喀尔巴阡[③]的年轻人，她担心他已经给关在牢里，不然就在什么地方跟人打架给杀死了——突然间他一个人，或者同两三个朋友一块儿来了，好像是从天上掉下来似的。他带给她多丰富的礼物——他们的一切东西全来得可容易啦！——他常常在她的家里请客，对他的朋友们夸奖她。这使得她非常高兴。我的一个女朋友也有个古楚尔的情人，我求她让我见见那些古楚尔人……她叫什么名字？我已经忘记了……我现在开始把什么都忘记了。这是很久以前的事情，全忘记了！她给我介绍了一个年轻人。是个漂亮的家伙……他是个红头发的人，他的胡髭和鬈发全是红的！真是个火一样的脑袋！可是他老带着忧愁的样子。有时候他也很温柔，不过有的时候他却像一匹野兽似的叫吼，跟人打架。有一回他打了我的脸……我就像猫一样地扑到他身上去，用牙齿咬他的脸蛋……从那个时候起他那边脸蛋上就有了一个酒窝，而且他喜欢让我亲这个酒窝……”

“那个渔人到哪儿去了呢?”我问道。

“那个渔人吗？啊……他……他加进那一群古楚尔人里面去了。起初他老是求我，而且威胁我，说要把我丢到水里去，可是后来也就没有什么了，他加进那一群人里面，并且找到了另外一个女孩子……他们两个人——那个渔人和那个古楚尔人，一块儿给人绞死了。我去看过他们给人绞死的情形。这是在多布罗加。渔人上绞架的时候脸色惨白，而且一路上哭哭啼啼，可是那个古楚尔人却从从容容地抽着烟斗。他一边走一边抽烟，两只手插在他的口袋里面，他的两撇胡髭一撇搭在他的肩膀上，另一撇在他的胸前

---

① 在今保加利亚境内。

② 住在喀尔巴阡的乌克兰山民，以骁勇善战著名。

③ 喀尔巴阡山是中欧的山脉。

摇来晃去。他见了我，把烟斗从嘴上取开，大声说了一句：‘再见！’……我为他整整伤心了一年。唉！……这件事情发生的时候，他们正要动身回自己的家乡喀尔巴阡去。他们参加一个罗马尼亚人家里的送行会，就在那儿给人抓住了。只抓到了两个人，有几个人给杀死了，其余的全逃走了……不过后来那个罗马尼亚人也偿还了这笔债……庄子给烧掉了，磨坊和全部粮食都烧光了。他变成一个乞丐了。”

“这是你干的吗？”我顺口问道。

“古楚尔人的朋友多着呢，并不单是我一个……只要是他们的好朋友，就会祭奠他们……”

海岸上的歌声已经停止了，现在只有海浪的喧响给老婆子的声音伴奏——那种忧郁的、骚动不息的喧响正是这个骚动不息的生活的故事最好的伴奏。夜越来越柔和了，它给浅蓝色的月光照得越发亮了，它那些看不见的居民①的忙碌生活的含糊不清的声音也渐渐地消失，给逐渐增大的海浪声掩盖了……因为风紧起来了。

“我还爱过一个土耳其人。我在斯库塔里②他的内院③里住过。我住了整整一个星期，——还不坏……不过我觉得厌烦了……——就只有女人，女人……他有八个女人……整天价只是吃啦，睡啦，讲些无聊话啦……不然就吵架啦，叽里呱啦，跟一群母鸡一样……这个土耳其人已经不年轻了。他的头发差不多全白了，他却很神气，也很有钱，讲起话来像主教一样……他有一对乌黑的眼睛……它们对直地看着你……一直看到了你的灵魂里面。他很喜欢祷告。我是在布加勒斯特第一次看见他的……他在市场里走来走去，活像一位沙皇，样子很威严，很威严。我对他笑了笑。就在这天晚上我在街上给人抓走，送到他那儿去了。他是个贩卖檀香和棕榈的商人，到布加勒斯特来买东西的。‘你到我那儿去吗？’他问我。‘啊，对，我去！’‘好！’我就去了。这个土耳其人，他很有钱。他已经有一个儿子了——一个黑黑的小孩子，很灵活。他大约有十六岁。我带着他一块儿又离开那个土耳其人逃走了……我逃到保加利亚，逃到隆·帕兰加……在那儿一个保加利亚女人拿刀子在我的胸口上刺了一刀，是为了她的未婚夫，或者是为了她的丈夫的缘故，我已经记不得了。

“我在修道院里病了很久。这是一所女修道院。一个波兰女子看护我，她有一个兄弟，是一个修士，他常常从另一个修道院(我记得它是在阿尔采尔·帕兰加的附近)来看她……那个人老是像蛆一样地在我面前扭来扭去……等到我的身体好了起来，我就跟他一块儿……到他的波兰去了。”

“等一下！那个小土耳其人到哪儿去了呢？”

“那个小孩子吗？他死了，那个小孩子。我不知道他是为了想家，还是为了爱情，可是他憔悴下去了，好像一棵还没有长结实就受到太多阳光的小树那样……他就这样地枯萎了……我还记得，他躺在那儿，浑身发青，而且透明，好像是一块冰似的，可是爱情仍旧在他的心里燃烧。……他老是求我弯下身子去吻他……我爱他，我记得，我吻了他不知多少次……后来他已经完全不行了——差不多不能动了。他躺在床上，像一个乞

---

① 大约指金花鼠和蟋蟀之类的小生物。

② 土耳其故都君士坦丁堡郊外的工商业区，那儿还有漂亮的花园。

③ 土耳其等国的宫院或大户人家的女眷的住房。

丐哀求施舍那样，可怜地求我睡在他身边，使他的身体暖和。我睡下去。我刚睡到他身边……他马上浑身发热。有一回我醒过来，可是他已经冷了……死了……我哭了他一场。谁能说呢？也许就是我把他害死的。那时候我的年纪比他大一倍。而且我是那么壮，又是精力饱满……可是他是什么呢？一个小孩子啊！……”

她叹了一口气，而且——我第一次看见她这样做——在胸前画了三次十字，她那干瘪的嘴唇在喃喃地念着什么。

“啊，那么你动身到波兰去了……”我提醒她道。

“是……跟着那个小波兰人去的。这个人又可笑，又下贱。他需要女人的时候，他就像雄猫那样来跟我亲热，说许多甜蜜蜜的话；可是他不要我的时候，他就用鞭子一样的话抽我。有一回我们正在河边走着，他对我说了一句傲慢无礼的话。啊！啊！……我生气了！我像柏油似的滚热了！我像抱小孩似的把他抱在手里(他的身材本来就矮小)，朝上举起来，我使劲捏紧他的腰，弄得他的脸完全变青了。我这样转了一下，就把他从岸上丢到河里去了。他嚷着，很可笑地嚷着。我从上面看他，他不停地在水里挣扎。随后我就走开了。以后我也就没有再见到他。这倒是我的运气：我从来没有再碰到那些我爱过的人。像这样碰见是不好的，就跟碰见了死人一样。”

老婆子不讲话了，她在叹气。我想象那几个因她而复活起来的人。这儿是那个长着火一样的红头发、留着胡髭的古楚尔人，他从容地抽着烟斗走上绞架。他的眼睛多半是冷冷的、蓝色的，它们对任何人、任何东西都用一种坚定的、集中的眼光在看。那儿，站在他旁边的就是那个生着黑胡髭的普鲁特河的渔人；他在哭，他不愿意死，他的脸因为临死前的痛苦变成了惨白色，脸上那对本来是快乐的眼睛现在也显得黯淡无光，他的胡髭给眼泪打湿了，悲惨地搭在他那扭歪了的嘴角上。这儿是他，那个上了年纪的神气十足的土耳其人，他一定是定命论者，又是专制的暴君，他的儿子就在他的旁边，这是给接吻毒死了的一朵又苍白又柔嫩的东方的花。那儿又是那个自高自大的波兰人，多情而残忍，会讲话却又冷酷……他们都只是些模糊的影子，然而他们所吻过的这个女人现在正坐在我旁边，她还活着，可是时间把她快消耗光了，她没有肉体，也没有血，心里失掉了欲望，眼睛里没有火——也差不多是一个影子了。

她继续讲下去：

“我在波兰的生活艰难起来了。住在那儿的人是冷酷的，虚伪的。我不懂得他们那种蛇的语言。他们全咝来咝去[①]。……究竟咝些什么呢？一定是上帝因为他们虚伪才给了他们这种语言。那时候我到处飘荡，不知道去哪儿好，我看见他们在准备反抗你们俄罗斯人的暴动[②]。我一直走到波黑尼亚城。一个犹太人把我买了去，他不是为他自己买的，他是拿我的身体去做生意的。我同意了这个办法。一个人要生活，总得会做点事情。我什么事也不会做，所以我就得拿自己的身子去抵偿。不过当时我还这样想：要是我弄到一点儿钱够我回到伯尔拉德河上自己家去的话，那么不管我身上的链子怎样坚牢，我也要挣断它。我就在那儿住下了。有钱的老爷们常常到我这儿来，在我这儿摆宴请客。他们花了很多的钱。他们常常因为我打架，甚至倾家荡产。他们里面有一个人缠

---

① “咝咝”是蛇叫声。

② 指1863年波兰人反抗帝俄统治的起义。

了我很久，你瞧，他就是这样的做法：有一天他到我这儿来，后面跟着一个听差，提了一个袋子。老爷拿过袋子，把袋子里的东西朝我的脑袋上倒下来。一个个的金钱敲着我的脑袋，我很高兴听它们落在地上的声音。然而我还是把那个老爷赶走了。他有一张浮肿的脸，他的肚皮就像是一个大枕头。他看起来活像一头喂饱了的猪。是的，我把他赶走了，虽然他告诉我，他卖掉了所有他的田地、房屋和马匹，来把金钱撒在我的身上。我那个时候爱上了一个脸上有伤疤的很体面的老爷。他的脸上有好多道刀疤，这都是他不久以前帮忙希腊人跟土耳其人打仗的时候，让土耳其人砍伤的。就是这么一个人！……他是个波兰人，希腊人跟他有什么关系呢？可是他去了，他跟他们一块儿打他们的敌人。他给刀砍伤了，打掉了一只眼睛，左手上也砍掉了两根指头……他是个波兰人，希腊人跟他有什么关系呢？原来是这么一回事：他喜欢英雄豪杰的行为。要是一个人喜欢英雄豪杰的行为，他总可以做出这种事来，而且也会找到可以做这种事的地方。你知道吧，生活里总有让人做出英雄行为的地方。凡是找不到这种地方的人不是懒虫便是胆小鬼，不然就是他们不懂得生活，因为凡是懂得生活的人，都想死后在生活里留下自己的影子。那么生活才不会把人不留一点儿痕迹地吞光了……啊，那个脸上有伤疤的人真正是个好人！为了做一件事情，就是走到天涯地角他也甘心。我想他大概是在暴动中给你们的人杀了的。可是为什么你们去打马扎尔人①呢？哦，哦，你不用讲什么！……”

伊则吉尔老婆子吩咐我不要讲话，她自己忽然也不作声了，她在思索。

“我也认得一个马扎尔人。有一天他离开我走了，这是冬天的事，一直到春天雪化了的时候他才给人找着了，他躺在田上，脑袋给子弹射穿了。原来就是这样！你瞧，爱情杀死的人并不比瘟疫杀死的少；要是你计算一下，我相信一点儿也不少……我正在讲什么？讲波兰……是的，我在那边玩了我最后一次的把戏。我遇见了一个波兰小贵族……他真漂亮！就跟魔鬼一样。我那个时候已经老了，唉，老了！我不是有了四十岁吗？大概是这样的……而且他还很骄傲，他给我们女人惯坏了。不错……我在他身上很花了些工夫。他想马上把我弄到手，可是我不肯。我从来没有做过奴隶，什么人的奴隶也没有做过。并且我已经跟那个犹太人完事了，我给了他很多的钱……我已经住在克拉科夫了。那个时候我什么都有，马啦，金子啦，听差啦。……他到我那儿来，那个骄傲的魔鬼，他老是想着我自己投到他的怀抱里去。我跟他吵架……我记得我甚至于为这件事情憔悴了。这种情形拖延了很久……可是我终于胜利了：他跪下来求我……然而他把我弄到手以后，马上就扔掉了……那个时候我才明白我老了……啊，这对我可不是愉快的事情！真不是愉快的事情！……你知道，我爱他这个魔鬼……可是他呢，他遇见我的时候总是笑我……他真下贱！而且他也在别人那儿笑我，我知道的。我对你说，这叫我苦透了！可是他就在离我很近的地方，而且我仍旧高兴看见他。到后来他出去跟你们俄罗斯人打仗的时候，我真难过极了。我努力管住自己，可是总没有办法……我便决定去找他。他在华沙附近的树林里。

“可是等我到了那儿以后，我才明白他们已经给你们的人打败了……他也给人抓住了，就关在一个没有多远的村子里。

① 匈牙利人自称为马扎尔人。

“我暗中在想：这样看来，我不会再见到他了！可是我很想再见他一面。所以，我就设法去见他……我装扮成一个讨饭女人，假装瘸一只腿，脸也给包起来，我就这样到那个村子里去。到处都是哥萨克人和军人。……我费了很大的气力才走到那儿！我打听出来波兰人给关在什么地方，同时我也明白要到那儿去是很困难的。可是我得去一趟。夜里我爬到他们在的那个地方去。我经过一个菜园，正在畦沟中间爬着，却突然看见：一个哨兵站在那儿拦住了我的路……可是我已经听见波兰人在唱歌，在高声讲话了。他们唱的是一首……赞美圣母的歌……那个人也在那儿唱……我那个阿尔卡德克。我想到从前是人家爬着来求我……现在却轮到我像蛇一样在地上爬着找一个男人，而且也许还是爬着去送死，不由得我不伤心。哨兵已经听见了我的声音，他弯着身子走过来。啊，我怎么办呢？我从地上站起来，向他走过去。我身边没有刀子，除了一双手和一根舌头，我什么也没有。我后悔没有带一把刀子来。我小声说：‘等一下！’可是那个兵已经拿他的枪刺对准我的喉咙了。我小声对他说：‘不要刺我，等一下，听我说，倘使你有良心的话。我没有什么东西可以给你，不过我求你……’他把枪放低，也是小声地对我说：‘走开，你这个女人！走开！你要什么？’我告诉他，我的儿子给关在这儿……‘你明白吗，老总，——儿子！你也是什么人的儿子，对不对？那么请你看我一眼——我也有一个像你这样的儿子，他就在那儿！让我去见见他吧，也许他很快就要死了……也许你明天就会给人杀死的……你的母亲会哭你吗？你要是不看见她，不看见你母亲就死掉，你不会难过吗？所以我的儿子也会难过。你可怜可怜你自己，也可怜可怜他，还有我——一个母亲啊！……’

“唉，我跟他讲了多么久的话！天下着雨，我们都给淋得一身湿透了。刮起风来，而且叫吼得厉害，它一会儿吹打我的背，一会儿吹打我的胸口。我摇晃不定地站在这个石头一样的兵的面前……然而他总是说‘不！’每一回我听到他这个冷冰冰的‘不’字，我心里那种想看见阿尔卡德克的欲望倒越发强烈了。我一边讲话，一边用眼睛打量那个兵——他又瘦又小，而且在咳嗽。我倒在他面前的地上，抱住他的膝头，不住地用热烈的话求他，我把他推倒在地上。他倒在污泥里。我连忙把他翻过身去脸朝着地，把他的脑袋按在一个泥水塘里，不要他叫出声来。他并不叫，只是拼命地在挣扎，竭力想把我从他的背上弄开。我拿两只手用力把他的脑袋在泥水里按得更深些。他就给闷死了。……这个时候我就朝那座有波兰人歌声的仓库跑过去。‘阿尔卡德克！……’我从墙壁缝里小声说。这些波兰人，他们机灵得很。他们听见我的话，还在不住嘴地唱。现在他的眼睛正对着我的眼睛了。我小声问道：‘你能够从这儿出来吗？’他说：‘能够，从地板下面！’我说：‘那么就出来吧。’他们四个人就从仓库底下爬出来了：我的阿尔卡德克和三个别的人。‘哨兵在哪儿？’阿尔卡德克问道。我说：‘他躺在那边！……’他们把身子朝地上弯下去，静悄悄地、静悄悄地走着。雨下大了，风大声地叫吼。我们走出村子，默默地沿着树林走了好久。我们走得很快。阿尔卡德克握住我的手；他的手很热，而且在打颤。啊！……他一声不响地跟我在一块儿走着的时候，我觉得真好。这是最后的几分钟——我那贪得无厌的一生里最后几分钟的好时间了。可是我们走出来到了一个草地上，就站住了。他们四个人全向我道谢。喔，他们对我讲了好久的我不大明白的话，而且讲了那么多。我一边听着，一边望着我那位老爷。瞧着他怎样对待我。他把我抱住了，郑重地对我说……他的话我已经记不得了，不过他的意思是这样：现在他为了感谢我搭救他的恩德，他要爱我了……他跪在我的面前带笑地对我说：‘我的女王！’就是这样虚伪的狗！……哼，我就用脚踢他，本来我想踢他的脸，可是他躲开了，他一下子跳了起来。他站在我面前，脸色惨白，并且带着威胁的神气……那三个人站在旁边，也板起脸看我。大家都不讲话。我望着他们……我还记得，那个时候，我只觉得非常的厌恶，而且一种倦怠的感觉重重地压在我的身上……我对他们说：‘你们走吧！’他们这些狗还问我：‘你要回到哪儿去，向他们指出我们的去路吗？’他们就这样下贱！哼，他们到底还是走了。随后我也走了……第二天我就让你们的人抓住了。可是不久他们就放了我。那时候我就看出来我已经到了应当给自己造个窝的时候了，像布谷鸟①那样的生活我过得够了！我已经变得不灵活了，我的翅膀也没有气力了，我的羽毛也失掉光彩了……不错，到了时候了，到了时候了！随后我就到加里西亚去，从那儿又到了多布罗加。我已经在这儿住了将近三十年了。我有一个丈夫，是摩尔达维亚人；他在一年前死掉了。我还活着！我一个人活着……不，不是一个人，我是跟那些人在一块儿。”

老婆子向海边挥了挥手。在那边现在一切声音都没有了。偶尔也飘起来一个短短的、隐隐约约的声音，但是它马上又消逝了。

“他们很爱我。我给他们讲了许多各种各样的故事。这倒是他们需要的东西。他们大家都还很年轻……我觉得跟他们在一块儿也很好。我一边看一边想：我从前就是这个样子……不过在当时，在我那个时候人们有更多的气力和更多的热情，所以生活也更快乐，更好……是的！……”

她不响了。我在她的身边，突然感到了悲哀。她把头一摇一摆地打起瞌睡来了，同时她小声地在念着什么……好像在做祷告似的。

从海上升起来一朵云——又黑又浓，而且外形险峻，看起来好像是山脊一样。它正向草原上爬过去。在它移动的时候，有几片小云从它的顶上离开了，它们急急地走在它的前面，把星子一颗一颗地弄灭了。海大声吼着。在离我们没有多远的葡萄藤里，有人在接吻，在小声讲话，在叹息。远远地在草原上响起了一只狗的叫声……空气里有一种搔人鼻孔的古怪气味，刺激着人的神经。云投下很多浓密的影子到地上来，它们在地上爬着，爬着，一会儿不见了，一会儿又现出来……在月亮的位置上只有一个朦胧的乳白色的点子，有时候连这个也让一朵暗蓝色的云完全遮住了。草原现在变得又黑又可怕，好像隐藏着什么东西在里面似的，在这草原的远处，闪亮着一粒一粒的蓝色小火花。它们一会儿在这儿，一会儿在那儿，亮了一下，马上又灭了。好像有几个人散在草原上，彼此隔得远远的，他们点着火柴在那儿找寻什么东西，火柴刚点燃，马上又让风吹灭了。这些奇怪的蓝色的火舌头使人想到一种不可思议的东西。

“你看见火星吗?”伊则吉尔问我道。

“什么，你说那些蓝色的吗?”我指着草原对她说。

“蓝色的？不错，就是它们……那么它们还是在飞了！哦，哦！我已经再看不见它们了。现在我有好多东西都看不见了。”

“这些火星是从哪儿来的?”我问老婆子道。

我从前听见人讲过一点这些火星的来源，可是我却想听听伊则吉尔老婆子对这个怎

① 伊则吉尔说她从前没有定居在一个地方，就像布谷鸟春来秋去一样。

样地讲法。

“这些火星是从丹柯的燃烧的心里发出来的。从前在世界上有一颗心，它有一天发出火来了……这些火星就是从那儿来的。我现在把这个讲给你听……这也是一个古老的故事……古老的，完全古老的！你瞧，古时候一共有多少东西？……可是现在，像那样的东西连一个也没有——像古时候那样的伟大的行为啦，人物啦，故事啦，全没有……为什么呢？……哼，你说吧！你说不出的……你知道些什么呢？你们这班年轻人知道些什么呢？唉！……要是你们好好地去看看古时候，——那么你们所有的谜都找到解答了……可是你们不去看，所以你们就不懂得怎样生活了……难道我没有见过生活吗？啊，我全见过的，虽然我的眼睛不好！我看见人们并不在生活，却只是在盘算来，盘算去，把一生的光阴全花在这上面。等到他们发觉一切有一点儿价值的东西全弄光了，他们白白地活了一辈子的时候，他们就悲叹起自己的命运来了。命运跟这个有什么相干？各人决定各人自己的命运！各种各样的人我现在都见过了，就只没有见到强壮的人！他们在哪儿呢？……美的人也是一天一天地少起来了。”

老婆子在沉思了，她在想：那些强壮的、美的人躲到哪儿去了呢？她一边想，一边凝望着黑暗的草原，好像在那儿找寻一个回答似的。

我在等待她的故事，我一声不响，我害怕，要是我问她一句话，她又会岔到一边去了。

后来她又讲起故事来。

三

“古时候地面上就只有一族人，他们周围三面都是走不完的浓密的树林，第四面便是草原。这是一些快乐的、强壮的、勇敢的人。可是有一回困难的时期到了：不知道从什么地方来了一些别的种族，把他们赶到林子的深处去了。那儿很阴暗而且多泥沼，因为林子太古老了，树枝密密层层地缠结在一块儿，遮盖了天空，太阳光也不容易穿过浓密的树叶，射到沼地上。然而要是太阳光落在泥沼的水面上，就会有一股恶臭升起来，人们就会因此接连地死去。这个时候妻子、小孩们伤心痛哭，父亲们静默沉思，他们让悲哀压倒了。他们明白，他们要想活命就得走出这个林子，这只有两条路可走：一条路是往后退，可是那边有又强又狠的敌人；另一条路是朝前走，可是那儿又有巨人一样的大树挡着路，它们那些有力的枝椏紧紧地抱在一块儿，它们那些虬曲的树根牢牢地生在沼地的黏泥里。这些石头一样的大树白天不响也不动地立在灰暗中，夜晚人们燃起篝火的时候，它们更紧地挤在人们的四周。不论是白天或夜晚，在那些人的周围总有一个坚固的黑暗的圈子，它好像就想压碎他们似的，然而他们原是习惯了草原的广阔天地的人。更可怕的是风吹过树梢、整个林子发出低沉的响声，好像在威胁那些人并且给他们唱葬歌的那个时候。然而他们究竟是些坚强的人，他们还能跟那班曾经战胜过他们的人拼死地打一仗，不过他们是不能够战死的，因为他们还有未实现的夙愿，要是他们给人杀死了，他们的夙愿也就跟他们一块儿消灭了。所以他们在长夜里，在树林的低沉的喧响下面，泥沼的有毒的恶臭中间，坐着想来想去。他们坐在那儿，篝火的影子在他们的四周跳着一种无声的舞蹈，这好像不是影子在跳舞，而是树林和泥沼的恶鬼在庆祝胜利……人们老是坐着在想。可是任何一桩事情——不论是工作也好，女人也好，都不会像愁思那样厉害地使人身心疲乏。人们给思想弄得衰弱了……恐惧在他们中间产生了，绑住了他们的强壮的手，恐怖是由女人产生的，她们伤心地哭着那些给恶臭杀死的人的尸首和那些给恐惧抓住了的活人的命运，这样就产生了恐怖。林子里开始听见胆小的话了，起初还是胆怯的、小声的，可是以后却越来越响了……他们已经准备到敌人那儿去，把他们的自由献给敌人；大家都给死吓坏了，已经没有一个人害怕奴隶的生活了……然而正是在这个时候出现了丹柯，他一个人把大家全搭救了。”

老婆子分明是常常在讲丹柯的燃烧的心。她讲得很好听，她那刺耳的破声在我面前很清楚地绘出了树林的喧响，在这树林中间那些不幸的、精疲力竭的人给沼地的毒气害得快死了……

“丹柯是那些人中间一个年轻的美男子。美的人总是勇敢的。他对他的朋友们这样说：

“‘你们不能够用思想移开路上的石头。什么事都不做的人不会得到什么结果的。为什么我们要把我们的气力浪费在思想上、悲伤上呢？起来，我们到林子里去，我们要穿过林子，林子是有尽头的，世界上的一切都是有尽头的！我们走！喂！嘿！……’

“他们望着他，看出来他是他们中间最好的一个，因为在他的眼睛里闪亮着很多的力量如同烈火。

“‘你领导我们吧！’他们说。

“于是他就领导他们……”

老婆子闭了嘴，望着草原，在那边黑暗越来越浓了。从丹柯的燃烧的心里发出来的小火星时时在远远的什么地方闪亮，好像是一些开了一会儿就谢的虚无缥缈的蓝花。

“丹柯领着他们。大家和谐地跟着他走——他们相信他。这条路很难走。四周是一片黑暗，他们每一步都碰见泥沼张开它那龌龊的、贪吃的大口，把人吞下去，树木像一面牢固的墙拦住他们的去路，树枝纠缠在一块儿；树根像蛇一样地朝四面八方伸出去。每一步路都要那些人花掉很多的汗和很多的血。他们走了很久……树林越来越密，气力越来越小！人们开始抱怨起丹柯来，说他年轻没有经验，不会把他们领到哪儿去的。可是他还在他们的前面走着，他快乐而安详。

“可是有一回在林子的上空来了大雷雨，树木凶恶地、威胁地低声讲起话来。林子显得非常黑，好像自从它长出来以后世界上所有过的黑夜全集中在这儿了。这些渺小的人在那种吓人的雷电声里，在那些巨大的树木中间走着；他们向前走，那些摇摇晃晃的巨人一样的大树发出轧轧的响声，并且哼着愤怒的歌子，闪电在林子的顶上飞舞，用它那寒冷的青光把林子照亮了一下，可是马上又隐去了，来去是一样地快，好像它们出现来吓人似的。树木给闪电的寒光照亮了，它们好像活起来了，在那些正从黑暗的监禁中逃出来的人的四周，伸出它们的满是疙瘩的长手，结成一个密密的网，要把他们挡住一样。并且仿佛有一种可怕的、黑暗的、寒冷的东西正从树枝的黑暗中望着那些走路的人。这条路的确是很难走的，人们给弄得疲乏透顶，勇气全失了。可是他们不好意思承认自己的软弱，所以他们就把怨恨出在正在他们前面走着的丹柯的身上。他们开始抱怨他不能够好好地带领他们——瞧，就是这样！

“他们站住了，又倦又气，在树林的胜利的喧响下面，在颤抖着的黑暗中间，开始审问起丹柯来。

“他们说：‘你对我们只是个无足轻重的、有害的人！你领导我们，把我们弄得精疲力尽了，因此你就该死！’

“‘你们说：领导我们！我才来领导的！’丹柯挺起胸膛对他们大声说，‘我有领导的勇气，所以我来领导你们！可是你们呢？你们做了什么对你们自己有益的事情呢？你们只是走，你们却不能保持你们的力气走更长的路！你们只是走，走，像一群绵羊一样！’

“可是这些话反倒使他们更生气了。

“‘你该死！你该死！’他们大声嚷着。

“树林一直不停地发出低沉的声音，来响应他们的叫嚷，电光把黑暗撕成了碎片。丹柯望着那些人，那些为着他们的缘故他受够了苦的人，他看见他们现在跟野兽完全一样。许多人把他围住，可是他们的脸上没有一点高贵的表情，他不能够期望从他们那儿得到宽恕。于是怒火在他的心中燃起来，不过又因为怜悯人们的缘故灭了。他爱那些人，而且他以为，他们没有他也许就会灭亡。所以他的心又发出了愿望的火：他愿意搭救他们，把他们领到一条容易走的路上去，于是在他的眼睛里亮起来那种强烈的火的光芒……可是他们看见这个，以为他发了脾气所以眼睛燃烧得这么亮，他们便警戒起来，就像一群狼似的，等着他来攻击他们；他们把他包围得更紧了，为着更容易捉住丹柯，弄死他。可是他已经明白了他们的心思，因此他的心燃烧得更厉害了，因为他们的这种心思使他产生了苦恼。

“然而树林一直在唱它那阴郁的歌，雷声仍在隆隆地响，大雨依旧在下着……

“‘我还能够为这些人做什么呢?’丹柯的叫声比雷声更大。

“忽然他用手抓开了自己的胸膛，从那儿拿出他自己的心来，把它高高地举在头上。

“他的心燃烧得跟太阳一样亮，而且比太阳更亮，整个树林完全静下去了，林子给这个伟大的人类爱的火炬照得透亮；黑暗躲开它的光芒逃跑了，逃到林子的深处去，就在那儿，黑暗颤抖着跌进沼地的龌龊的大口里去了。人们全吓呆了，好像变成了石头一样。

“‘我们走吧！’丹柯嚷着，高高地举起他那颗燃烧的心，给人们照亮道路，自己领头向前奔去。

“他们像着了魔似的跟着他冲去。这个时候树林又发出了响声，吃惊地摇动着树顶，可是它的喧响让那些奔跑的人的脚步声盖过了。众人勇敢地跑着，而且跑得很快。他们都让燃烧的心的奇异景象吸引住了。现在也有人死亡，不过死的时候没有抱怨，也没有眼泪。可是丹柯一直在前面走，他的心也一直在燃烧，燃烧！

“树林忽然在他们前面分开了，分开了，等到他们走过以后，它又合拢起来，还是又密又静的；丹柯和所有的人都浸在雨水洗干净了的新鲜空气和阳光的海洋里。在那边，在他们的后面，在村子的上空，还有雷雨，可是在这儿太阳发出了灿烂的光辉，草原一起一伏，好像在呼吸一样，草叶带着一颗一颗钻石一样的雨珠在闪亮，河面上泛着金光……黄昏来了，河上映着落日的霞光，显得鲜红，跟那股从丹柯的撕开的胸膛淌出来的热血是一样的颜色。

“骄傲的勇士丹柯望着横在自己面前的广大的草原，——他快乐地望着这自由的土地，骄傲地笑起来。随后他倒下来——死了。

“充满了希望的快乐的人们并没有注意到他的死，也没有看到丹柯的勇敢的心还在他的尸首旁边燃烧。只有一个仔细的人注意到这个，有点害怕，拿脚踏在那颗骄傲的心上……那颗心裂散开来，成了许多火星，熄了……

“在雷雨到来前，出现在草原上的蓝色火星就是这样来的！”

现在老婆子讲完了她的美丽的故事，草原上开始了一阵可怕的静寂，这草原好像也因为勇士丹柯所表现的力量而大大地吃惊了，那个为了人们烧掉自己的心死去，并不要一点酬报的丹柯。老婆子在打瞌睡。我一边瞧着她，一边在想：她的记忆里还剩得有多少的故事，多少的回忆啊？我想到丹柯的伟大的燃烧的心，又想到创造出这一类美丽而有力的传说的人类的幻想。

起了一阵风，把这个睡得很熟的伊则吉尔老婆子身上穿的破衣服刮起来，露出她的干瘪的胸膛。我把她的年老的身子又盖上了，自己躺在她旁边的地上。草原上黑暗而静寂。云仍旧缓慢地、寂寞地在天空飘移……海发出了低沉的、忧郁的喧响。

【选自[苏联]高尔基：《高尔基文集》，第1卷，巴金译，北京，人民文学出版社，1981】

肖洛霍夫

米哈伊尔·亚历山大罗维奇·肖洛霍夫(1905—1984)，苏联杰出作家。1928—1940年，他完成长篇小说《静静的顿河》，获得广泛的国际声誉。短篇小说《一个人的遭遇》(又译《人的命运》)(1957)是肖洛霍夫另一部里程碑式的作品，通过一个普通苏联公民在卫国战争中的遭遇，表达了对战争中个人命运的深切同情，具有深刻的人道主义精神。

《静静的顿河》以主人公葛利高里曲折复杂的人生道路为线索，描绘了20世纪初叶顿河地区哥萨克人在历史巨变中的生活画卷，是一部史诗性作品。葛利高里出身于一个殷实的哥萨克农民之家，与有夫之妇阿克西妮亚相爱，却被父亲安排与同村的娜塔莉亚结婚。婚后与妻子没有感情，又与阿克西妮亚一起逃到邻村一个地主家做雇工。第一次世界大战爆发后，葛利高里去服兵役，自此深深卷入顿河地区及全俄罗斯的历史进程之中，经历了第一次世界大战和苏联国内战争，以及二月革命和十月革命。他在红军和白军之间摇摆，在婚姻和爱情之间徘徊。战争结束之后，身心疲惫的葛利高里返回家乡，本想过宁静生活，却因受到新政权怀疑，不得不又带着阿克西尼亚出逃。他投靠的福明匪帮大势已去，阿克西妮亚被流弹打死。失去人生希望的葛利高里把武器扔进刚刚解冻的顿河，再次重返故乡。

葛利高里是一个悲剧人物，他在婚姻爱情上彷徨无定，在政治道路上左右摇摆，最终无所归属。在他身上，集中体现了哥萨克的美德——勤劳、淳朴、刚毅、勇敢、酷爱自由；但另一方面，他又具有哥萨克上层盲目的优越感和等级偏见。葛利高里的悲剧还表现为精神的悲剧。他把人性的善良作为道德评价尺度，把平等自由作为社会理想，但是他既无法理解革命政权对反动势力的无情镇压，也不能容忍反动势力对红军战士的野蛮暴行。他的善良的人性备受摧残，他不得不在痛苦中东奔西突，几度摇摆，终于走向绝望。阿克西妮亚是个美丽的、有反抗精神和刚毅性格的哥萨克女性形象，她无私、坚贞、执着，甚至是凶悍地爱着葛利高里，最终为爱献出了生命。

收入本书的第一卷第九章，描写葛利高里与阿克西尼亚在割草季节的激情幽会。第八卷第十八章是全书的最后一章，葛利高里回乡后，儿子用陌生的眼光迎接着他，等待他的是一个未知的未来。

静静的顿河(节选)

卷一

第九章

村庄各家院子里还留有三一节的痕迹：撒在地上的干香薄荷，踏碎了的干树叶末子，以及砍来插在大门口和台阶旁的、树皮已经干裂、叶子枯黄的橡树和白蜡树枝。

从三一节那天起，就开始割草了。一大清早，妇女过节穿的裙子、鲜艳的绣花围裙、五颜六色的花头巾，像鲜花一样撒遍了草场。全村的人都出来割草了。割草的男人和耙草的女人都打扮得像过年一样。这是自古以来的风俗。从顿河边直到远方的赤杨林，被蹂躏的草地在镰刀下波动、呻吟。

麦列霍夫家的人起晚了。他们出发去割草的时候，几乎半个村子的人已经都在草地上了。

“早觉睡得太久啦，潘苔莱·普罗珂菲耶维奇!”一些汗流满面的割草人叫嚷说。

“这不能怪我，都赖老娘儿们!”老头子笑着用生皮鞭赶着牛。

“你们好，乡亲，晚啦，老兄，晚啦……”一个高个子的戴草帽的哥萨克在道旁磨着镰刀，摇晃着脑袋说。

“难道草会干了吗?”

“你快走吧，还来得及，不然可就要干啦。你那段草在什么地方?”

“在红石崖旁。”

“快赶你的牲口吧，否则你今天就走不到啦。”

阿克西妮亚坐在车后头，用头巾把脸全都裹了起来，遮着阳光。她给眼睛留了一条窄缝，从这条缝里冷漠、严肃地望着坐在对面的葛利高里。达丽亚也裹着脸，穿着新衣服，把两条腿垂在车沿外头，用那布满青筋的大长奶子喂怀里快要睡着的孩子。杜妮亚什卡坐在车辕横木上，身子不停地颠动着，用幸福的目光打量着草地和路上遇见的人。她那欢快的、太阳晒黑的、鼻梁两边长满雀斑的脸上，好像是在说：“因为今天的天气这么好，万里无云的蓝天也显得这么欢快、舒畅，所以我也很欢快、舒畅；而且我的心里也同样是一片蓝色的安逸和纯真，我很快活，此外我什么都不需要啦。”潘苔莱·普罗珂菲耶维奇把厚棉布上衣的袖子拽到手掌上，擦了擦从帽檐下面流出的汗。他那紧裹在上衣里的弯曲的脊背上显出了很多湿漉漉的汗斑。太阳透过灰白色的云片，把烟雾朦胧的、扇形的折射光线洒在远方顿河沿岸的银色山峰上、草原上，洒在河边草场和村庄上。

天气变得炎热起来。被风吹散的云片懒洋洋地爬着，连潘苔莱·普罗珂菲耶维奇在路上拉车的牛都追不上。潘苔莱·普罗珂菲耶维奇自己也在费力地擎着鞭子，摇晃着，好像是在犹豫，要不要向瘦削的牛胯骨上打去。看来，牛也很理解他的犹豫心情，所以并不加快脚步，仍旧摇晃着尾巴，慢腾腾地、小心翼翼地挪动着分趾的蹄子。一只金灰色的、黄澄澄的牛虻在牛身上盘旋。

村边场院附近的一片已经割完的草地上闪着苍绿色的斑点；那些还没有割草的地方，微风吹得闪着黑光、像绿缎子似的青草沙沙作响。

“这就是咱们分的地段。”潘苔莱·普罗珂菲耶维奇用鞭子指了一下说。

“咱们从树林子那边下手吗?”葛利高里问道。

“也可以从这头开始嘛。我已经用铁锹在这儿铲了个记号。”

葛利高里卸下疲惫不堪的牛。老头子闪动着耳环，去寻找记号——在地边上铲个三角小坑。

“拿镰刀来!”他立刻就挥手喊叫起来。

葛利高里踏着草走了过去。在他身后的草地上，从车停的地方起，留下了一条波动的痕迹。潘苔莱·普罗珂菲耶维奇朝着远处教堂钟楼的白色尖顶画了个十字，拿起了镰刀。他的鹰钩鼻子油亮闪光，好像是刚油漆过似的，干瘪下去的黑腮帮子上流着虚汗；微微一笑，乌黑的大胡子里立即就露出了满口数不清的、细密的白牙齿。他挥起了镰刀，布满皱纹的脖子不断往右边扭着。割下的草沙沙地响着，倒在他脚下，形成了一个半径足有一沙绳的半圆形。

葛利高里跟在他后面走着，半闭着眼睛，挥镰割草。女人的围裙彩虹似的在前面闪动，但是他的眼睛寻觅的却是那条绣着花边的白围裙；他时而回头看看阿克西妮亚，接着又挥动着镰刀追上父亲的脚步。

他总在想着阿克西妮亚；半闭着眼睛，心里在亲吻着她，对她说着不知道从什么地方跑到舌尖上来的热情、温柔的话，后来就抛开这些思绪，数着数，向前迈着脚步——一，二，三；往事的片段又在记忆里悄悄地浮出：“我们坐在湿漉漉的干草垛下面……昆虫在水沟里吱吱地叫……月亮高挂在河边草场上……稀疏的水珠从灌木上滴到水洼里，也是这样——一，二，三，……真好，啊，太好啦！……”

从停车的地方传来一阵笑语声。葛利高里回头一看：阿克西妮亚正俯下身去，不知道对躺在车下的达丽亚说些什么，达丽亚挥舞起双臂，两人又笑起来。杜妮亚什卡坐在车辕上，细声细气地在唱歌。

“割到那个小灌木丛边儿，我得把镰刀磨磨。”葛利高里想道，突然感到，镰刀好像砍着了一个软乎乎的东西。他低头一看：一只小野鸭吱吱地叫着，从脚下钻出来，一瘸一拐地又钻进草里。在野鸭窝的小坑旁边躺着另一只已经被镰刀砍成了两半的小野鸭，剩下的小鸭都啾啾叫着，在草地上四散逃命去了。葛利高里把砍成两半的小野鸭放在手掌上。出壳才几天，满身黄褐色绒毛的小野鸭还热乎乎的。张开的小扁嘴上，有粉红色的血泡，小玻璃珠似的眼睛狡猾地眯缝着，还带热气的小爪子在轻轻地哆嗦。

葛利高里突然非常怜悯地看着自己手掌上的小死肉团。

“你捡到什么东西啦，葛利顺卡？……”

杜妮亚什卡顺着一铺铺割倒的草蹦蹦跳跳地跑过来。两条小辫子在她胸前晃来晃去。葛利高里皱着眉，扔掉小野鸭，狠狠地挥起镰刀。

大家急急忙忙地吃过午饭。哥萨克每餐都离不开猪油和酸牛奶渣——从家里用口袋装来的——这就是全份的午饭。

“不用回家去啦，”潘苔莱·普罗珂菲耶维奇吃午饭的时候说道，“把牛放到树林子里去吃草，明天一早，太阳还没把露水晒干以前，咱们也就割完啦。”

吃过午饭，女人们就开始把草搂成堆。割倒的草都打蔫、枯干了，散发着浓郁的、醉人的香气。

停止割草的时候，天色已经黑下来。阿克西妮亚搂完了剩下的几铺草，便到停车的地方去煮粥。她整天都在恶狠狠地嘲笑葛利高里，用憎恶的眼神望着他，好像是在报复不能忘怀的奇耻大辱似的。愁眉苦脸、不知道为什么无精打采的葛利高里把牛赶到顿河边去饮。父亲总在监视着他和阿克西妮亚。他不高兴地打量着葛利高里说道：

“去吃晚饭，然后就去看牛。当心，别让牛跑到草地里去。带上我的羊皮大衣。”

达丽亚把孩子放在大车下面，就和杜妮亚什卡一同到树林子里去拣干树枝。

一弯新月在草地上的夜空移动。飞蛾像一阵阵的暴风雪在火堆上空打旋儿。大家围坐在火堆旁铺的一块粗布上吃晚饭。粥已经在被烟熏黑的军用锅里沸腾。达丽亚用衬裙下摆擦了擦勺子，朝葛利高里喊道：

“来吃晚饭吧！”

葛利高里把上衣披在肩上，从黑暗里钻出来，走到火堆旁边坐下。

“你为什么脸色这样阴沉？”达丽亚笑着问道。

“看来是要下雨啦，腰痛哩。”葛利高里想开开玩笑。

“他不愿意去看牛，真的，”杜妮亚什卡含笑坐在哥哥身边，和他说起话来，但是不知怎的，谈话总是很不投机。

潘苔莱·普罗珂菲耶维奇没命地喝着稀粥，牙齿咬得还没有煮熟的米粒咯吧咯吧地响。阿克西妮亚只是低着头吃饭，连眼睛也不抬，对达丽亚的玩笑话，只是勉强地笑笑。她脸上热辣辣的，蒙上一层不安的红晕。

葛利高里第一个站起身来，走到放牛的地方去。

“当心点儿，别让牛践踏别人家的草！”父亲在他身后大声喊，老头子被稀粥呛着了，咔咔地咳嗽了半天。

杜妮亚什卡鼓着腮帮子，抑制着别笑出声来。火堆在熄灭。树枝的余烬冒出烤焦树叶的蜜一般的香气，笼罩着坐在火边的人们。

半夜里，葛利高里偷偷地摸到停车的地方来，离着有十多步就站住了。潘苔莱·普罗珂菲耶维奇躺在大车上不停地打着呼噜。金色的孔雀眼睛似的火星儿，从黄昏就烧起的篝火灰烬中，朝外窥视着。

一个灰色的、衣服裹得紧紧的人影儿离开了大车，躲躲闪闪地慢慢地向葛利高里走过来，离他还有两三步就站住了。阿克西妮亚！是她。葛利高里的心怦怦地跳个不停；他蜷着腿向前走了一步，撩开大衣的衣襟，把驯顺的、浑身似火的阿克西妮亚搂到怀里。她的膝盖直打弯儿，浑身在颤抖，牙齿咬得吱吱咯咯地响。葛利高里一下子把她抱了起来，就像饿狼把咬住的绵羊甩到自己背上那样快；敞开的大衣襟总在绊他的腿，他上气不接下气地踉跄走去。

“噢噫，葛——利——沙……葛利——什——卡！你爹……”

“别出声儿！……”

阿克西妮亚挣扎着，在散发着酸味的羊皮大衣里喘息着，受着悔恨的折磨，几乎是用低沉、痛楚的声音叫道：

“放开我，现在还有什么……我心甘情愿上钩啦！……”

卷八

第十八章

早春，当积雪已经融化和在雪下躺了一冬天的衰草晒干了的时候，草原上燃起了春天的野火。春风追逐着野火，贪婪地吞噬着干枯的梯牧草，越过驴蓟草的高茎，从褐色的艾蒿头顶掠过，沿着低地烧去……野火烧过以后，草原上长久地散发着被野火烧焦、干裂的土地刺鼻的焦臭。四周的嫩草青青，欣欣向荣，草地上空蔚蓝的晴空中，一群群的云雀在飞舞，春天归来的雁群在肥美的草地上觅食，来过夏天的小鸨在筑巢。而野火烧过的地方，焦黑僵死的土地闪耀着不祥的黑光。鸟儿不在上面搭窝，野兽也都躲得远远的，从一旁绕过去，只有疾风匆匆掠过这片焦土，卷起灰色的余烬和刺鼻的、乌黑的烟尘，带往远方。

葛利高里的生活变得就像野火烧过的草原，漆黑一片。他已经丧失了一切他最心爱的、最宝贵的东西。残酷的死神夺去了他的一切，毁灭了一切。只给他剩下了两个孩子。但是他自己却始终战战兢兢地紧抓住土地，仿佛他那实际上已经完全毁掉的生活，对于他和别人还有什么价值似的……

葛利高里埋葬了阿克西妮亚以后，毫无目的地在草原上游荡了三天三夜，但是他既没有回家，也没有到维申斯克去自首。第四天上，他把马扔在霍皮奥尔河口镇的一个村子里，渡过顿河，徒步向斯拉谢夫斯克茂密的树林走去，四月里，福明匪帮第一次在这片树林边上被打垮。就在那时候，四月里，他就听说，密林中匿藏着许多逃兵。葛利高里因为不愿意回到福明匪帮里去，所以就去找这些逃兵。

他在大树林里瞎转了几天。他饿得难忍，但是他却不敢到有人烟的地方去。自从阿克西妮亚死后，他失去了理智，也失去了从前的勇气。树枝折断的声音、密林中的窸窸窣窣声和夜里的鸟叫声——这一切都会使他惊恐不安。葛利高里只能用些还没有熟的杨梅、小蘑菇和榛子叶充饥——人瘦得不成样子。第五天的傍晚，几个逃兵在树林子里遇到了他，把他领到他们住的土窑洞里去，他们一共七个人，都是周围各村的居民，从去年秋天，村子里开始征兵的时候，就在这片密林里躲藏起来。他们像居家过日子一样，住在一个宽敞的土窑洞里，几乎是应有尽有。夜里他们经常回去看望家人；返回来的时候，就带些面包、干粮、黄米、面粉和土豆，至于煮汤粥用的肉，可以很容易地从别的村子里弄来，偶尔偷只牲口。

有个逃兵从前曾在第十二哥萨克团服过役，认出了葛利高里，所以没费多少口舌，就把他收留下来。

葛利高里也数不清究竟过了多少烦恼、漫长的日子。在树林里糊里糊涂地混到十月初，等到开始下起秋雨，紧跟着冷起来的时候——他心里突然萌发起思念孩子和故乡的幽情……

为了消磨时间，他整天坐在土炕上，用木头抠勺子，抠木钵儿，用质地软的石头巧妙地雕刻各种各样的人形和禽兽。他竭力什么都不想，不叫那恼人的乡思有可乘之机。白天是这样对付过去了。但是在冬天漫漫的长夜里，痛苦的回忆却把他折磨苦了。他在土炕上翻来覆去，久不成眠。白天，土窑里的人，谁也没有听见他说过一句抱怨的话，但是夜里，他经常从睡梦中醒来，浑身哆嗦着，用手去摸摸脸——他的腮帮子和半年来长得长长的大胡子都浸满了泪水。

他时常梦见孩子、阿克西妮亚、母亲和其他所有已经不在人世的亲人。葛利高里的全部生活都已成为过去，而过去的一切却又像是一场短暂的噩梦。"要是能再回老家去一次，看看孩子，就可以死而无怨啦。"他时常这样想。

初春的时候，有一天，丘马科夫突然来了。他浑身一直湿到腰．但是依然像从前那样精神，那样毛手毛脚的。他在小火炉子旁边烤干了衣服，暖和过身子，就坐到葛利高里的炕上来。

"麦列霍夫，从你离开我们以后，我们游逛了很多地方！到过阿斯特拉罕，到过加尔梅克的草原……见了世面啦！也不知道杀过多少人。他们把雅科夫·叶菲梅奇的老婆抓去作人质，把他的财产也没收啦，于是他就发疯了，下令砍死所有给苏维埃政权当差的人。开始不分青红皂白地杀人，统统砍死：什么教员啦，各种各样的医生啦，农艺师啦都杀……管他什么人啦，统统杀掉！可是现在——我们也完蛋啦，彻底完啦，"他叹着气说，一直还在打着冷战，"头一次是在季尚斯克附近把我们打垮的，一个星期以前——又在索洛姆内伊附近。夜里从三面包围了我们，只剩下了一条退向山岗的路，可是山上是一片积雪——一直没到马肚子……天刚蒙蒙亮，就用机枪扫射起来，战斗开始了……用机枪把所有的人都打死啦。只有我和福明那个不大的儿子两个人逃出了活命。从去年秋天，福明就把达维德卡带在身边。雅科夫·叶菲梅奇本人也牺牲啦……我亲眼看着他死的。头一颗子弹打在腿上，打碎了膝盖骨，第二颗子弹擦伤了他的脑袋。他从马上摔下三次。我们停下，把他扶起来，搀到马上，可是他骑不了多远，又摔下来啦。第三颗子弹又打中了他，打进了腰部……这时候我们就把他扔下啦。我跑出了有一百沙绳远。回头看了看，已经有两个骑兵正在用马刀砍躺在地上的福明……"

"这有什么，正该如此。"葛利高里冷漠地说。

丘马科夫在土窑洞里住了一夜，清晨起来就要告别。

"你上哪儿去?"葛利高里问。

丘马科夫笑着回答说：

"去过逍遥自在的生活。也许你要跟我一起儿去吧?"

"不，你一个人去吧。"

"是啊，咱们过不到一块儿……麦列霍夫，你的行当——是抠勺子抠碗——这不合我的心意，"丘马科夫嘲笑说，又摘下帽子，鞠躬说，"耶稣保佑你们，诸位老实的土匪，谢谢你们的款待，谢谢你们留我住宿。愿上帝赐福，让你们过点儿欢乐的日子吧，不然你们这儿可是太无聊啦。你们住在树林子里，朝着破车轮子祷告，这能说是生活吗?"

葛利高里在丘马科夫走了以后，在密林里又住了一个星期，也准备动身了。

“回家去吗?”一个逃兵问他。

葛利高里这是自从来到树林子里来以后，头一次露出一丝笑意，说：

“回家去。”

“等到春天再走吧。听说五月一日要大赦咱们这号人啦，那时候咱们再散伙吧。”

“不，我等不了啦。”说完，葛利高里就跟他们告别了。

第二天早上，他来到鞑靼村对面的顿河岸边，久久地看着自己的家园，高兴、激动得脸色变得煞白。然后从肩上摘下步枪和军用背包，从背包里掏出针线包，一团乱麻、一个装枪油的小瓶儿，不知道为什么还数了数子弹。一共是十二梭子，还有二十六颗散的。

在一处陡崖边，岸边的冰已经融化。碧绿透明的河水激荡着，冲刷着岸边的薄冰碴儿。葛利高里把步枪和手枪都扔到水里，然后又把子弹撒了进去，仔细地在军大衣襟上擦了擦手。

在村子下游一点儿的地方，他踏着融雪天气蛀蚀过的三月的蓝色河冰，穿过顿河，大步向自己的家园走去。老远他就看见米沙特卡正在下到码头去的坡道上，他竭力压制着自己，不急忙奔向米沙特卡。

米沙特卡正在把挂在石头上的冰琉璃打下来，往坡下扔，注意地看着浅蓝色的冰柱儿滚下斜坡。

葛利高里爬上斜坡，——他气喘吁吁、沙哑地唤了一声儿子：

“米申卡！……好儿子！……”

米沙特卡吃惊地看了他一眼，然后垂下了眼睛。他认出这个大连鬓胡子、看来可怕的人是他的父亲……

葛利高里在密林中夜里想起自己的孩子的时候，嘟哝的那些亲热、温柔的话语，现在全都从他的脑子里飞光了。他跪下去，亲着儿子冰凉的粉红色的小手儿，用压低的声音，只说出一句话：

“好儿子……好儿子……”

然后，葛利高里抱起儿子，用干涩的、像燃烧的烈火似的目光看着儿子的脸，问：

“你们在家里可好啊？……姑姑，波柳什卡——都很好吗?”

米沙特卡仍旧不看父亲，小声回答说：

“杜妮亚姑姑很好，波柳什卡去年秋天死啦……得白喉死的……米哈伊尔叔叔当兵去啦……”

好啦，葛利高里在多少不眠之夜幻想的那点儿心愿终于实现了。他站在自家的大门口，手里抱着儿子……

这就是他生活中剩下的一切，这就是暂时还使他和大地，和整个这个在太阳的寒光照耀下，光辉灿烂的大千世界相联系的一切。

【选自[苏联]肖洛霍夫：《静静的顿河》，金人译，北京，人民文学出版社，2003】

叶 芝

威廉·巴特勒·叶芝(1865—1939)是爱尔兰杰出的诗人和剧作家。早期诗歌创作具有浪漫主义的特点，多表现爱尔兰传说和民间信仰，20 世纪初逐渐转向象征主义。叶芝是爱尔兰民族解放运动的同情者，在其作品中致力于传承民族文化传统。他于 1923 年获得诺贝尔文学奖，是获得该奖项的第一个爱尔兰人。他的诗歌被认为是“用高度艺术化的形式表达出了整个民族的精神”。叶芝创作的主要诗集有《玫瑰集》(1893)、《塔楼》(1928)、《新诗集》(1938)等。

《当你老了》(1893)是叶芝脍炙人口的爱情诗之一。叶芝当时热烈地爱慕着美丽的女演员毛特·冈，写下了这首诗抒发自己的爱情。与一般的爱情诗不同，叶芝想象许多年后，当韶华逝去、美貌不再时，诗人对女子的爱恋丝毫也没有改变。这是因为诗人不仅爱女子的容颜，更爱她高贵的灵魂。

《1916 年复活节》(1921)的写作背景是 1916 年爱尔兰共和兄弟会发动的旨在脱离英国统治的起义。起义遭到了英国政府的镇压而失败，十五名起义领导人遭到处决。叶芝得知此事后非常震惊和悲痛，写下了这首诗以表达自己对革命的同情和对就义者的怀念，并揭示了这个悲壮的事件所具有的深远意义。

《丽达与天鹅》(1928)围绕宙斯幻形天鹅引诱丽达的故事展开。众神之王宙斯变形天鹅使丽达受孕，生了两个非凡的女人，一个是克莱提纳斯，她与奸夫合谋杀死了亲夫阿伽门农；另一个是海伦，她与帕里斯的私奔引发了特洛伊战争。叶芝将一则普通的古希腊神话提升到人类文明灭绝和更新的高度加以理解，深刻触及了人类历史的因果问题，以及人性、兽性和神性的复杂关系。

《驶向拜占庭》(1928)被公认为现代主义的经典之作。拜占庭即现在的伊斯坦布尔，也是以前东罗马帝国(也称拜占庭帝国)的首都和东正教的中心。在叶芝看来，拜占庭是一个灵魂的都市，是一个摆脱了人间生死哀乐的乐园，象征着永恒。叶芝相信来世，并追求不朽；他相信生活在艺术中再生，艺术家的心智和精神也在艺术中再生。由此艺术品超脱了时刻变化兴衰的物质世界而万古长存，永不衰败。《驶向拜占庭》中描述的精神之旅，事实上是一个通过艺术追求永生的天路历程。

当你老了[①]

当你老了，头白了，睡思昏沉，
炉火旁打盹，请取下这部诗歌，
慢慢读，回想你过去眼神的柔和，
回想它们昔日浓重的阴影；

多少人爱你青春欢畅的时辰，
爱慕你的美丽，假意或真心，
只有一个人爱你那朝圣者的灵魂，[②]
爱你衰老了的脸上痛苦的皱纹；

垂下头来，在红光闪耀的炉子旁，
凄然地轻轻诉说那爱情的消逝，
在头顶的山上它缓缓踱着步子，
在一群星星中间隐藏着脸庞。

【选自王家新编选：《叶芝文集(卷一)·朝圣者的灵魂》，袁可嘉译，北京，东方出版社，1996】

---

① 仿法国诗人龙沙(1524—1585)同名十四行诗，1893年为毛特·冈而作，她是爱尔兰自治运动中主要人物之一，曾是叶芝长期追求的对象。

② 毛特·冈热爱爱尔兰的独立事业，曾为之进行终生的斗争。

1916年复活节[①]

日暮时分我看见他们
带着活泼的神采，
从灰暗的十八世纪房子，
越过柜台、办公桌出来。
我走过去，点一点头，
说些无意义的客套，
或逗留一会，说几句
无意义的话，表示礼貌；
交谈未完，我已想到
讽刺故事或挖苦话，
好在俱乐部炉火一旁
逗朋友们乐一下。
我相信，他们和我一样，
不过在小丑之乡营生；
一切都变了，彻底变了；
一种可怖的美已经诞生。

那个女人[②]大白天
办事凭愚昧的好心肠，
到晚上则与人争辩
直到嗓门沙沙响；
当她年轻又漂亮，
追捕野兔骑着马，
没谁的嗓子赛过她。
这男子[③]办了一所学校。
他骑着我们的天马，
那一位是他助手和朋友[④]，

---

① 1916年4月24日爱尔兰共和兄弟会在都柏林发动起义，反对英国统治，成立爱尔兰共和国，惨遭英军镇压，殉难者中颇多叶芝的友好。

② 指麦克显微支伯爵夫人(1868—1927)，她参加起义，被判死刑，后改为长期监禁。

③ 指派屈力克·皮尔斯(1879—1916)，起义军领袖，被处极刑，“天马”指希腊神话中珀加索斯，它长有双翼，足到之处有泉水涌出，诗人饮之，可得灵感。

④ 指托麦斯·麦克唐纳(1878—1916)，诗人兼创作家。

他的部队他参加；
也许他最终把名望争到，
他天性善感多愁，
他思想大胆而美好。

另一个，我曾认为①
是个酒鬼，爱虚荣的蠢人，
他对我那位心爱者，
干过最痛心的恶行。
但我在歌中还要提到他，
他也从偶然的喜剧里，
把自己的角色辞掉②，
轮到他，他也变了样，
彻底改变了；
一种可怖的美已经诞生。

众心灵只怀一个目标，
经过一夏又一冬，
似乎中邪成岩石，
使活跃的河水不通。
从大路过来的马匹，
骑马者和从云霞
飞向云霞翻滚的鸟
一分一秒地变化；
落在河水中的云影
一分一秒地改变，
一只马蹄从水边滑落，
一匹马拍打于水间；
长脚母松鸡往下冲，
对着公松鸡啼鸣，
一分一秒地活着，
岩石居于一切的中心。

历时太久的牺牲，
能使心硬如岩石，

① 指约翰·麦克布拉特上校，毛特·冈之夫。起义时，他们已分居多年。

② “偶然的喜剧”指起义前爱尔兰的平庸生活。意思是说，他也摆脱了无聊的生活，投入起义的悲剧。

哦，何时牺牲算到头？
那要上帝来回答。
我们只能把人名轻唤，
如母亲叫唤孩儿名，
当睡眠终于来临，
使撒野的四肢安静。
难道这就是夜晚降临？
不，不，这不是夜而是死；
难道这不是多余的死？

英国也许会恪守信义，
不管她说过做过什么事[①]。
我们深知他们的梦想，
知道他们做过梦，已去世，
也就够了，兴许是过度的爱
使他们迷乱而致死？
我要在诗中写道——
麦克唐纳和麦克布拉特，
康诺利和皮尔斯，
今天和未来的日子，
凡悬挂绿色标帜之城[②]，
他们都变了，彻底变了；
一种可怖的美已经诞生。

【选自[爱尔兰]叶芝：《叶芝诗选》，袁可嘉译，长沙，湖南文艺出版社，2012】

① 英国政府曾允诺爱尔兰有自治权。

② 爱尔兰人习惯以绿色为民族喜庆的标志。

丽达与天鹅

猝然猛袭：硕大的翅膀拍击
那摇摇晃晃的姑娘，黑色的蹼爱抚
她的大腿，他的嘴咬住她的脖子，
他把她无力的胸脯紧贴他的胸脯。

她受惊的、意念模糊的手指又怎能
从她松开的大腿中推开毛茸茸的光荣？
躺在洁白的灯心草丛，她的身体怎能
不感觉卧倒处那奇特的心的跳动？

腰肢猛一颤动，于是那里就产生
残破的墙垣、燃烧的屋顶和塔颠，
阿伽门农死去。

因为这样被征服，
这样被天空中野性的血液所欺凌，
在那一意孤行的嘴放她下来之前，
她是否用他的力量骗得了他的知识？

【选自[爱尔兰]叶芝：《丽达与天鹅》，裘小龙译，桂林，漓江出版社，1987】

驶向拜占庭[①]

那不是老年人的国度。青年人
在互相拥抱；那垂死的世代，
树上的鸟，正从事他们的歌唱；
鱼的瀑布，青花鱼充塞的大海，
鱼、兽或鸟，一整个夏天在赞扬
凡是诞生和死亡的一切存在。
沉溺于那感官的音乐，个个都疏忽
万古常青的理性的纪念物。

一个衰颓的老人只是个废物，
是件破外衣支在一根木棍上，
除非灵魂拍手作歌，为了它的
皮囊的每个裂绽唱得更响亮；
可是没有教唱的学校，而只有
研究纪念物上记载的它的辉煌，
因此我就远渡重洋而来到
拜占庭的神圣的城堡。

哦，智者们！立于上帝的神火中，
好像是壁画上嵌金的雕饰，
从神火中走出来吧，旋转当空，
请为我的灵魂作歌唱的教师。
把我的心烧尽，它被绑在一个
垂死的肉身上，为欲望所腐蚀，
已不知他原来是什么了；请尽快
把我采集进永恒的艺术安排。

一旦脱离自然界，我就不再从
任何自然物体取得我的形状，
而只要希腊的金匠用金釉

① 此诗作于1928年。叶芝认为6世纪查士丁尼皇帝统治下的拜占庭王朝(527—565)是贵族文化的代表，那时精神与物质，文艺与政教，个人与社会得到了和谐的统一。本诗表达他对情欲、现代物质文明的厌恶和对理性、古代贵族文明的向往。

和锤打的金子所制作的式样，
供给瞌睡的皇帝保持清醒；
或者就镶在金树枝上歌唱
一切过去、现在和未来的事情，
给拜占庭的贵族和夫人听。

【选自王家新编选：《叶芝文集(卷一)·朝圣者的灵魂》，查良铮译，北京，东方出版社，1996】

里尔克

莱纳·玛利亚·里尔克(1875—1926)是20世纪最伟大的德语诗人之一。他的诗歌注重对生命的哲理性思考，往往能用简洁而富有张力的语言表达克制而强烈的情感和生命体验。他著有《图像集》(1902)、《新诗集》(1907)、《新诗续集》(1908)等诗集，代表诗作有《杜依诺哀歌》《献给奥尔甫斯的十四行诗》等。

《秋日》体现出诗人对生命的有限性的思考。该诗以诗人对上帝的请求开篇，请求上帝带来永恒的冬日，并在此之前让夏天的丰满达到极致。夏日的盛况比喻人生的意气风发，而冬日的孤独和漂泊暗示生命的局限，因此人的孤独注定是永恒的。诗人并未表现出对人生的有限性的迷惘和悲伤，相反却显得释然而平静，显然已经与生命的局限性达成妥协。

《严重的时刻》形式简练却内蕴丰富，受到广大读者的喜爱。4节诗勾画了哭、笑、走和死四种人生场景，由“谁”这个未知身份的人物承担，并与“我”发生关联。里尔克之所以将其称为“严重的时刻”，是因为“我”既不知道“谁”的身份，也与“谁”无从理解和沟通。短短4节诗将世界的荒诞感、陌生感和生于其间的人们的孤独感淋漓尽致地揭示出来。

《豹》中，原本属于山野的猛兽如今被囚禁于牢笼，无法自由自在地宣泄意志、发挥威力。这一形象生动地象征了人在外力的束缚下，无法施展抱负、实现理想时感到的沮丧、迷茫和苦闷的情绪。里尔克从罗丹那里学到了造型艺术家冷静观察事物，精确表达事物的本领，把诗人内在的情绪对象化，从而创造出精确、客观、冷峻的艺术效果。

在《西班牙女舞蹈家》中，里尔克尝试用语言艺术再现舞蹈艺术。舞蹈原本是身体的艺术，里尔克却将这种动态美用语言生动地呈现出来。他把女舞蹈家的舞姿比作火焰，表现出了舞姿里凝聚的强大力量和喷薄的激情。

里尔克的动物诗独具神韵，除了《豹》以外，《火烈鸟》也是非常杰出的代表。诗人根据法国画家让·昂·弗拉戈纳尔的绘画创作了这首诗，活灵活现地表现出了火烈鸟外形的清丽和气质的高贵。火烈鸟虽然被关在大鸟笼里，无法自由地冲上云霄，但它们却骄傲地生活在自己的梦幻里，守护着自己的尊严。诗人借火烈鸟的形象隐喻艺术家的安于贫困和坚守梦想。

秋 日

主啊！是时候了。夏日曾经很盛大。
把你的阴影落在日晷上，
让秋风刮过田野。

让最后的果实长得丰满，
再给它们两天南方的气候，
迫使它们成熟，
把最后的甘甜酿入浓酒。

谁这时没有房屋，就不必建筑，
谁这时孤独，就永远孤独，
就醒着，读着，写着长信，
在林荫道上来回
不安地游荡，当着落叶纷飞。

【选自[奥]里尔克著，林克编选：《里尔克诗选》，冯至译，武汉，长江文艺出版社，2013】

严重的时刻

此刻有谁在世上某处哭，
无缘无故在世上哭，
在哭我。

此刻有谁夜间在某处笑，
无缘无故在夜间笑，
在笑我。

此刻有谁在世上某处走，
无缘无故在世上走，
走向我。

此刻有谁在世上某处死，
无缘无故在世上死，
望着我。

【选自[奥]里尔克：《图象与花朵》，陈敬容译，长沙，湖南人民出版社，1984】

豹

——在巴黎动物园

它的目光被那走不完的铁栏
缠得这般疲倦，什么也不能收留。
它好像只有千条的铁栏杆，
千条的铁栏后便没有宇宙。

强韧的脚步迈着柔软的步容，
步容在这极小的圈中旋转，
仿佛力之舞围绕着一个中心，
在中心一个伟大的意志昏眩。

只有时眼帘无声地撩起。——
于是有一幅图像浸入，
通过四肢紧张的静寂——
在心中化为乌有。

【选自袁可嘉等编:《外国现代派作品选》第一册(上)，冯至译，上海，上海文艺出版社，1980】

西班牙女舞蹈家[①]

像手里一根硫黄火柴，燃烧以前
白晃晃地，向四面八方伸出
闪动的舌头——：近观者围成圈，
她在圈内疾速、明亮而炽烈地震颤，
展开了她的圆舞。

突然间圆舞化为火焰。

她以目光点燃了她的发辫，
立刻以大胆的技艺
在这场大火中旋转全部外衣，
赤裸的手臂如惊蛇十分警悟
沙沙作响地从火中伸出。

然后：她似乎觉得火还不够，
便把它全部集中起来，高傲地挥挥手
盛气凌人地把它扔到一旁
并且望着：它狂怒地躺在地上
仍在燃烧，不肯投降——。
但她胜利地自信地以甜蜜
的祝福的微笑抬起面庞
并用坚定的小脚把它踩熄。

【选自[奥]里尔克：《里尔克诗选》，绿原译，北京，人民文学出版社，1999】

① 本篇的创作可能有两个动机：一、西班牙画家朱卢加于1906年4月16日为其子的诞辰举行庆祝会，并邀请里尔克参加，当时出席的还有一位名叫卡尔美拉的西班牙女舞蹈家。二、画家戈雅的一幅画《女芭蕾舞蹈家卡尔曼》于1902年在巴黎、1904年在杜塞尔多夫和不来梅展出，里尔克显然也见过这幅画。

火烈鸟①

(巴黎植物园)

在弗拉戈纳尔②的镜像里，
再见不着他们的红白羽衣，
除了向你呈现的一只，当他谈及
他的女友，说她正安谧

于睡眠。因为他们变成了碧绿
又轻轻旋动在蔷薇色的花梗上
站在一起，盛开着，如在一片苗床，
他们像夫赖尼③一样诱人而又

引诱自身；直到把眼睛的灰白
偎依着掩护在自己的腰侧
其中隐藏着黑色和果红。

突然一声嫉妒的尖叫响彻大鸟房；
他们却惊讶地把肢体松了一松
便一个个迈步走进了想象。

【选自[奥]里尔克：《里尔克诗选》，绿原译，北京，人民文学出版社，1999】

---

① 火烈鸟，又名红鹳。本篇与《豹》同为作者“物诗”中的名篇。

② 让·昂·弗拉戈纳尔(1732—1806)，法国画家，画风轻佻，但在植物描绘方面显示青春艺术风格。

③ 夫赖尼，公元4世纪雅典名妓，希腊雕刻家普拉克西泰利斯的模特儿。

瓦雷里

保尔·瓦雷里(1871—1945)是法国著名诗人，出生在法国南部地中海沿岸的塞特。瓦雷里青年时期喜爱文学，崇拜象征主义诗人马拉美，曾发表一些诗歌并获好评。1894年后瓦雷里定居巴黎，1917年发表《年轻的命运女神》，获得极高评价。1921年《知识》杂志举办评选时瓦雷里获得最杰出诗人称号。1926年发表的《海滨墓园》，确立了诗人在法国诗歌史上的重要地位。

《水仙辞》(1919)又译《纳尔西斯片断》，是借古希腊神话中自恋的美男子纳尔西斯为名的一首诗。神话中有纳尔西斯死后变为水仙花的传说，故法语中水仙即称为纳尔西斯。《水仙辞》共分为三节，第一节以纳尔西斯为抒情主人公，抒写他出于爱慕来到清泉，倾诉爱情，但他在水里看到了自己美丽的身躯，于是他对自己的影子产生了爱慕。第二节开头写清泉的永恒和人生的短促，后半则表达纳尔西斯对自我的眷恋。第三节继续第二节后半抒发纳尔西斯对自己躯体的爱慕，最终准备与躯体合而为一。《水仙辞》实际通过对纳尔西斯内心世界的剖写表现诗人内心的思考，表达了诗人对自我的肯定和对精神世界的专注。《水仙辞》的象征主义倾向十分明显，纳尔西斯本身就是一个象征，水泉、花草、太阳、月亮等都是象征。诗歌语言节奏优美、富于音乐性。

《海滨墓园》以诗人自己为抒情主人公，抒发在海边看到大海和海滨墓园时的遐想。此处大海像平静的屋顶，远处的白帆像鸽子在飞翔。在这广阔的地方眺望神圣的宁静，无异于对沉思者的奖赏。诗人随后想象身后情景：不管生前多么狂傲，多么精力充沛，死后灵魂将十分孤独。任何人无论生前是多么具有风采和美丽，有过多少才华和激情，死后一切化为乌有。有的人追求伟大和不朽，最后还是变为骷髅。尽管死者长已，却没有了烦恼，无穷的烦恼咬啮生者。最后诗人想到芝诺“飞矢不动”的理论，由此联想到生与死的相通，于是诗人鼓起勇气，要把生命旅程走完。《海滨墓园》历来被看作瓦雷里最伟大的诗歌，内容主要是对故乡的回忆。诗歌由海滨墓园引起的遐思切入，进而思考人生的意义和生死的关系，最后归结到行动完成人生，全诗富于哲理意义。诗歌格律精严，音韵优美，充满神秘象征。

纳尔西斯片断(之一)

海滨墓园

亲爱的灵魂，别去追求
不死的生命，尽量去做可行的事情。
——品达《庇提亚颂》第三首

这片平静的屋顶上白色的鸽群在游荡，
在松林和荒冢间瑟缩闪光。
公正的中午将大海变成一片烈火，
大海总是从这里扬起长涛短浪！
放眼眺望这神圣的宁静，
该是对你沉思后多美的报偿！

要使这缤纷的电闪收敛需要怎样纯粹的劳动，
粼粼的浪花泛起宝石的微光千重，
怎样神奇的平静正在这里酝酿，
夕阳正在那深渊的上空倚下它疲倦的面庞，
这是不朽伟业的赫赫巨著，
时光正闪烁，梦思正圆通。

海呵，你是稳定的宝库，素朴的米奈芙神殿①
静浪如山，有节制的威严，
高傲的水呵，你水皮下藏着多少慧眼，
火纱下隐伏着多少昏倦，
我的沉默呵，你是灵魂中的大厦，
而那辉煌的金色正镀满你顶上千万块瓦片！

仅一声长叹即能概括这时光的神殿，
我登上顶端并习惯于如此俯瞰，
整个大海都逃不过我这水手的眼睛，
那安详静穆的波光向长天
掷出这神圣高傲的一瞥，
仿佛是我向上帝奉上的崇高贡献。

正如果实消融而化成美味，

① 智慧和艺术之神的神殿。

正如它由有形的果而化成无形的快慰，
我用毁掉它形体的嘴，
在这里吮吸我未来的灵灰，
长天正向着我枯竭的灵魂歌唱，
歌唱那宁静的海滨漾起了一片喧豗。

美的天，真的天呵，注视变化无常的我吧！
我曾多么傲岸，我曾多么狂诞，
但那时我多么精力充沛，
而今我徒倚这片寂寥长天，
我的孤影掠过死者的屋脊，
脚步儿踉跄，孤影儿零乱。

灵魂被骄阳的火把照彻，
我昂然将你迎视，带着无情利箭的光呵，
——正义凛凛的可敬勇士！
我不折不扣地把你送还原来的位子：
你看一看自己吧！……但归还并非徒劳，
我已窥见黑暗的一半奥妙。

啊，为了我自己，属于我自己，就在我心里，
在心灵一旁，诗泉之畔，
在空白和纯粹的创造之间，
我倾听我内心伟大的回声，
苦涩、阴郁、清脆的水池，
未来的空壳永远在灵魂中震响！

海湾呵，你知道吗？你像群叶间虚假的囚徒，
正用利齿将囚你的瘦栅啃啮，
我闭上眼秘密依然眩目，
什么样的躯体把我拖来看这懒洋洋的收场，
又是什么样的头脑把躯体诱到这丧葬的地方？
一道闪光正在这额头遐思着我的退场。

这片充满无形烈火的圣洁含蓄的大地
是献给光明的赠礼，
我喜欢这里，它由高擎火把的翠柏荫庇，
树影幢幢，金光闪闪，片石林立，
有多少颤抖的纹石，就有多少阴魂埋地，
忠实的大海困睡着将我这坟丛斜倚！

我壮丽的犬[①]呵，快把那偶像崇拜者赶走！
让我在孤独中带着牧人的微笑，
仔细地将这神秘的羊群
——闪着白光的宁静墓丘欣赏观瞧，
快把那拘谨的群鸽赶走，
快将那徒然的梦思与好奇的天使驱跑！

来此的生者也终会有那懒洋洋的终结。[②]
鸣蝉用嘶哑的声音刮擦大地的干涸，
一切都化为灰烬化入大气，
不知变成了怎样精严的东西……
既然存留都属一梦，那么生自然无比广阔，
酸辛即是甘甜，达观常有欢乐。

死者已安然睡入这大地，
大地将他们温暖，烤干他们的秘密，
正午，凝滞不动的正午呵，
正对自身沉思，这也正是你的脾气，
你是全能的头脑，完美的冠冕，
我是你里面一种秘密的变幻。

你把你的恐惧只交给了我一人！
我的悔恨，我的怀疑，我的拘谨，
是你巨大宝石上的瑕疵……
而在那沉沉墓石下的茫茫夜里，
那死去的幽魂就睡在你的树根，
并渐渐地接受了你的使命。

死者已化为冥冥的虚无，
森森白骨溶进了红色的黏土，
生命的才具变成了墓地的鲜花，
当年他们的谈笑风生安在？
又哪里去了，他们个人的风采和荦落的秉性？
当年那多情的眼里而今只有蛆虫的蠕动。

那些少女尖声细气的呼喊，

① 指大海。
② 指如死者一样躺在这里，指死去。

明眸皓齿，秋波的浮艳，
那撩人欲火的艳冶酥胸，
朱唇的热吻桃腮泛起的红晕，
那最后的礼赠那护卫这礼品的玉葱
全都付于了泥土复归为一场春梦！

而你，伟大的灵魂，难道你向往
不再有这碧波金阳浮幻之色的
淡雅憨朴的幽梦？
当你化为轻烟的时候你还会轻歌曼吟？
去吧！一切都只是浮影！我的存在也不属于我，
神圣的耐性也已消耗殆尽！

阴森而又堂皇的不朽呵，
你是戴着桂冠骗人的女妖，
你把死亡变成慈母的怀抱，
变成华美的谎言，虔诚的圈套，
谁看不破你的把戏谁就会上当，
这位不朽而死的骷髅，只是一场不朽的玩笑！

长眠九泉的父老，不再有诸多的烦恼，
厚厚的黄土对你们已轻如鸿毛，
你们变成了泥土，再听不到我们的脚步，
蛆虫真正咬啮的不是你们长眠地底的人，
而是我们这些生者，
它们以生命为生，永远将我折磨！

爱情或许就是对自我的仇恨？
它伸着神秘的牙齿向我靠近，
给它起什么名字对它都恰如其分！
名字有什么关系！它在看，在要，在想，在摸索，
它喜欢我的肉体，甚至爬上我的床，
正因为我属于这个活生生的爱才有生命！

芝诺①，残忍的芝诺！伊利亚芝诺！

---

① 芝诺，古希腊伊利亚学派的著名哲学家和雄辩家，被亚里士多德称为“雄辩术的发明者”。芝诺在同毕达哥拉斯派的信徒的论战中发展了他的哲学，扩大了影响。芝诺对运动的“四种反驳”成为其哲学思辨的极为重要的命题和贡献，他认为：“向一目的地运动的东西，首先必须经过到达目的地的路程的一半。然而要经过这路程的一半，又必须是经过这一半的一半，如此类推，以至无穷。”(《黑格尔哲学史讲演录》，转引自列宁《哲学笔记》中译本，第282页)因而在相应的时间里可以将这种运动看作是在相对点上的静止，由此，他得出“飞矢不动”的机敏的结论。

你用飞矢刺穿我的心窝，
那飞矢振颤着飞动着却又没有飞动！
弦响使我生，飞矢使我死！
啊！太阳……乌龟可怕的影子
压抑着我的灵魂，大步飞奔的阿基里斯①却原地不动！

不，不！……站起来吧！投入那奔涌而来的世纪！
我的躯体呵，快粉碎这思虑重重的形式！
襟怀呵，畅饮这长风的生机！
大海飘逸的清新
给了我灵魂的苏醒……咸味的力呵！
让我们奔向海涛，勃发不尽的生力！

是的，秉性狂烈的大海，
展开你的豹皮和披风吧，
让千万道神奇的阳光将它穿碎
“绝对”之蛇正为你的躯体陶醉，
它咬着你那熠烁的光尾，
掀起一片类似沉寂的喧豗，

风起了！……必须去走人生之路！
浩浩长风开合着我的书页，
轰然巨浪肆无忌惮地在山岩纷崩！
快把这些令人目眩的书页卷走！
劈裂吧，海浪！用你欣喜若狂的巨澜
将这白帆啄食的平静屋顶劈散！

【选自[法]瓦雷里：《瓦雷里诗歌全集》，葛雷译，北京，中国文学出版社，1996】

① 阿基里斯(又译阿客琉斯)：希腊神话中的英雄，据说他能追上飞跑的梅花鹿。在芝诺哲学里“运动”的第二命题是“阿基里斯追不上乌龟”，因为当阿基里斯在向前进时，乌龟也向前进，而在被绝对设定的状态中，运动意味着物体在一个地方又同时不在一个地方，因而这两种状态下，均处于静止状态，乌龟始终在其所在又不在的地方；阿基里斯亦在其原位，既在又不在的地方。因而阿基里斯永远处于乌龟的背后。柏格森认为这是伊利亚派的“哲学错觉”，是“按照专断的选择规律而结构的人为的”绝对运动。(柏格森《论创造演化》)

普鲁斯特

马塞尔·普鲁斯特(1871—1922)是法国20世纪最伟大的作家之一，意识流小说大师。普鲁斯特出生在巴黎一个富有的知识分子家庭，从小身体羸弱，对生命的脆弱与痛苦有深刻体验。而优渥的家庭地位和条件，使他得以出入巴黎社交界，结识了许多社会名流和著名作家、艺术家，也保证了他一生衣食无忧，能心无旁骛地投入挚爱的文学事业。他的长篇小说《追忆似水年华》穷十余年之力完成，240万字左右，分为7卷，分别是《在斯万家那边》《在少女们身旁》《盖尔芒特家那边》《索多姆和戈摩尔》《女囚》《女逃亡者》《重现的时光》，是一部真正的鸿篇巨制。

《追忆似水年华》由主人公马塞尔在年长之时，以第一人称回忆从童年到青年时期所经历及观察的生活往事和内心世界；以此为线索，生动描绘了19世纪末到20世纪初法国上层社会的社交场面、日常生活、爱情故事和精神世界。马塞尔从小身体虚弱多病，但感情丰富并喜欢思考。在他成长的过程中，母亲和外祖母对他产生了巨大的影响。马塞尔小时常去外祖父在小镇贡布雷的住处小住，在那里认识了花花公子斯万。后来外祖母搬到附近古老世家盖尔芒特公爵家附属的房子居住，马塞尔又认识了盖尔芒特家许多人。马塞尔曾和外祖母到海滨胜地巴尔贝克疗养，在那里结识了贵族子弟圣卢和少女阿尔贝蒂娜等，并渐渐爱上了阿尔贝蒂娜。后来马塞尔与阿尔贝蒂娜重逢，决定娶她为妻，两人在巴黎同居。但最终阿尔贝蒂娜不辞而别，又因骑马不幸摔死。第一次世界大战爆发，圣卢死在前线，马塞尔则一直待在疗养院。大战结束后，马塞尔来到盖尔芒特府邸门前，又回想起吃茶水中泡过的小玛德莱娜点心的那种微妙感觉。但时光流逝，物是人非。他决定将过去的经历和体验用文学形式书写出来，以此寻回失去的时间。

《追忆似水年华》的内容主要是通过马塞尔的回忆、思考和描写，表现各种人物的情感、思想和行为，同时阐述关于文学艺术的见解。普鲁斯特着力挖掘人物的意识深处，用回忆的方式描摹和分析主人公当时的各种精神活动，在这方面达到出神入化的地步。

本书节选的第一卷第一部“贡布雷”的部分内容，写马塞尔躺在床上，半梦半醒中回忆起来的一些场景和感觉。尤其是品尝用茶水泡过的小玛德莱娜点心时的情景，这一味觉体验瞬间打开了他的记忆闸门，往事纷至沓来。节选的第二卷第二部“地名：地方”的部分内容，是马塞尔对在巴尔贝克与阿尔贝蒂娜初识时的回忆，少女风情与自然美景交融，极富诗情画意。

追忆似水年华(节选)

第一卷 第一部 贡布雷

一

在很长一段时期里，我都是早早就躺下了。有时候，蜡烛才灭，我的眼皮随即合上，都来不及咕哝一句："我要睡着了。"半小时之后，我才想到应该睡觉；这一想，我反倒清醒过来。我打算把自以为还捏在手里的书放好，吹灭灯火。睡着的那会儿，我一直在思考刚才读的那本书，只是思路有点特别；我总觉得书里说的事儿，什么教堂呀，四重奏呀，弗朗索瓦一世和查理五世争强斗胜呀，全都同我直接有关。这种念头直到我醒来之后还延续了好几秒钟；它倒与我的理性不很相悖，只是像眼罩似的蒙住我的眼睛，使我一时觉察不到烛火早已熄灭。后来，它开始变得令人费解，好像是上一辈子的思想，经过还魂转世来到我的面前，于是书里的内容同我脱节，愿不愿意再挂上钩，全凭我自己决定；这一来，我的视力得到恢复，我惊讶地发现周围原来漆黑一片，这黑暗固然使我的眼睛十分受用，但也许更使我的心情感到亲切而安详；它简直像是没有来由、莫名其妙的东西，名副其实地让人摸不到头脑。我不知道那时几点钟了；我听到火车鸣笛的声音，忽远忽近，就像林中鸟儿的啭鸣，标明距离的远近。汽笛声中，我仿佛看到一片空旷的田野，匆匆的旅人赶往附近的车站；他走过的小路将在他的心头留下难以磨灭的回忆，因为陌生的环境，不寻常的行为举止，不久前的交谈，以及在这静谧之夜仍萦绕在他耳畔的异乡灯下的话别，还有回家后即将享受到的温暖，这一切使他心绪激荡。

我情意绵绵地把腮帮贴在枕头的鼓溜溜的面颊上，它像我们童年的脸庞，那么饱满、娇嫩、清新。我划亮一根火柴看了看表。时近子夜。这正是病羁异乡的游子独宿在陌生的客舍，被一阵疼痛惊醒的时刻。看到门下透进一丝光芒，他感到宽慰。谢天谢地，总算天亮了！旅馆的听差就要起床了；待一会儿，他只要拉铃，就有人会来支应。偏偏这时他还仿佛听到了脚步声，自远而近，旋而又渐渐远去。门下的那一线光亮也随之又消失。正是午夜时分。来人把煤气灯捻灭了；最后值班的听差都走了。他只得独自煎熬整整一宿，别无他法。

我又睡着了，有时偶尔醒来片刻，听到木器家具的纤维格格地开裂，睁眼凝望黑暗中光影的变幻，凭着一闪而过的意识的微光，我消受着笼罩在家具、卧室乃至于一切之上的朦胧睡意，我只是这一切之中的小小的一部分，很快又重新同这一切融合在一起，同它们一样变得昏昏无觉。还有的时候，我在梦中毫不费力地又回到了我生命之初的往昔，重新体验到我幼时的恐惧，例如我最怕我的姨公拽我的鬈曲的头发。有一天，我的头发全都给剃掉了，那一天简直成了我的新纪元。可是梦里的我居然忘记了这样一件大事，直到为了躲开姨公的手，我一偏脑袋，醒了过来，才又想起这件往事。不过，为谨慎起见，我用枕头严严实实地捂住了自己的脑袋，然后才安心地返回梦乡。

有几次，就像从亚当的肋叉里生出夏娃似的，有一个女人趁我熟睡之际从我摆错了位置的大腿里钻了出来。其实，她是我即将品尝到的快感的产物，但是，我偏偏想象是她给我送来了快感。我在她的怀抱中感到自己的体温，我正打算同她肌肤相亲，正巧这时我醒了。同我刚才分手的那位女子相比，普天之下无论是谁都似乎不及她更可亲，我的脸上还感到她的热吻的余温，我的身子还感到她的肢体的重量。假如有时候也确有这种情况，梦里的女子赶巧同我在生活中认识的哪位女士相貌一样，那么我必全力以赴地达到目的：非同她梦里再聚不可，就像有些人那样，走遍天下也要亲眼见见他们心目里的洞天仙府，总以为现实生活中能消受到梦境里的迷人景象。她的音容笑貌在我的记忆中逐渐淡漠；我已忘却梦中人的倩影。

一个人睡着时，周围萦绕着时间的游丝，岁岁年年，日月星辰，有序地排列在他的身边。醒来时他本能地从中寻问，须臾间便能得知他在地球上占据了什么地点，醒来前流逝过多长的时间；但是时空的序列也可能发生混乱，甚至断裂，例如他失眠之后天亮前忽然睡意袭来，偏偏那时他正在看书，身体的姿势同平日的睡态大相径庭，他一抬手便能让太阳停止运行，甚至后退，那么，待他再醒时，他就会不知道什么钟点，只以为自己刚躺下不久。倘若他打瞌睡，例如饭后靠在扶手椅上打盹儿，那姿势同睡眠时的姿势相去更远，日月星辰的序列便完全乱了套，那把椅子就成了魔椅，带他在时空中飞速地遨游，待他睁开眼睛，会以为自己躺在别处，躺在他几个月前去过的地方。但是，我只要躺在自己的床上，又睡得很踏实，精神处于完全松弛的状态，我就会忘记自己身在何处，等我半夜梦回，我不仅忘记是在哪里睡着的，甚至在乍醒过来的那一瞬间，连自己是谁都弄不清了；当时只有最原始的一种存在感，可能一切生灵在冥冥中都萌动着这种感觉；我比穴居时代的人类更无牵挂。可是，随后，记忆像从天而降的救星，把我从虚空中解救出来：起先我倒还没有想起自己身在何处，只忆及我以前住过的地方，或是我可能在什么地方；如没有记忆助我一臂之力，我独自万万不能从冥冥中脱身；在一秒钟之间，我飞越过人类文明的十几个世纪，首先是煤油灯的模糊形象，然后是翻领衬衫的隐约的轮廓，它们逐渐一点一画地重新勾绘出我的五官特征。

也许，我们周围事物的静止状态，是我们的信念强加给它们的，因为我们相信这些事物就是甲、乙、丙、丁这几样东西，而不是别的玩意儿；也许，由于我们的思想面对着事物，本身静止不动，才强行把事物也看作静止不动。然而，当我醒来的时候，我的思想拼命地活动，徒劳地企图弄清楚我睡在什么地方，那时沉沉的黑暗中，岁月、地域，以及一切、一切，都会在我的周围旋转起来。我的身子麻木得无法动弹，只能根据疲劳的情状来确定四肢的位置，从而推算出墙的方位，家具的地点，进一步了解房屋的结构，说出这皮囊安息处的名称。躯壳的记忆，两肋、膝盖和肩膀的记忆，走马灯似的在我的眼前呈现出一连串我曾经居住过的房间。肉眼看不见的四壁，随着想象中不同房间的形状，在我的周围变换着位置，像旋涡一样在黑暗中转动不止。我的思想往往在时间和形式的门槛前犹豫，还没有来得及根据各种情况核实某房的特征，我的身体却抢先回忆起每个房里的床是什么式样的，门是在哪个方向，窗户的采光情况如何，门外有没有楼道，以及我入睡时和醒来时都在想些什么。我的压麻了的半边身子，想知道自己面对什么方向，譬如说，想象自己躺在有顶的一张大床上，面向墙壁侧卧。这时我马上就会想道：“唷！我总算睡着了，尽管妈妈并没有来同我道晚安。”我是睡在已经死去多年的外祖父的乡间住宅里；我的身躯，以及我赖以侧卧的那半边身子，忠实地保存了我的思想所不应忘怀的那一段往事，并让我重又回想起那盏用链子悬在天花板下的照明灯——一盏用波希米亚出产的玻璃制成的瓮形吊灯，以及那座用西埃纳的大理石砌成的壁炉。那是在贡布雷，在我外祖父母的家里，我居住过的那个房间；离现在已经很久很久了，如今我却犹如身临其境，虽然我的睡意朦胧，不能把故物的情境想得清清楚楚；待我完全清醒之后，我能回忆得更细致些。

后来，新的姿势又产生新的回忆；墙壁迅速地滑到另一边去：我睡在德·圣卢夫人家的乡间住宅里。天哪！至少十点钟了吧。他们一定都吃过晚饭了！我这个盹儿打得也太久了。每天晚上，更衣用餐前，我总要陪德·圣卢夫人外出散步，回来后先上楼打个盹儿。自从离开贡布雷，好多年过去了。住在贡布雷的日子，每当我们散步回来得比较晚，我总能在我住的那间房间的窗户玻璃上，看到落日的艳红的反照。如今在当松维尔，在德·圣卢夫人的家里，过的却是另一种生活。而且我只在晚间出去，沿着我从前在阳光下玩耍过的小路，踏着婆娑的月影散步，我感受到另一种愉快。归来时，远望我住的那个房间，只见里面灯火明亮，简直像黑夜中独有的一座灯塔。回去后我并不急于更衣用餐，而是先睡上一觉。

这些旋转不已、模糊一片的回忆，向来都转瞬即逝；不知身在何处的短促的回忆，掠过种种不同的假设，而往往又分辨不清假设与假设之间的界限，正等于我们在电影镜①中看到一匹奔驰的马，我们无法把奔马的连续动作一个个单独分开。但是我毕竟时而看到这一间、时而又看到另一间我生平住过的房间，而且待我清醒之后，在联翩的遐想中，我终于把每一个房间全都想遍：

我想起了冬天的房间。睡觉时人缩成一团，脑袋埋进由一堆毫不相干的东西编搭成的安乐窝里：枕头的一角，被窝的口子，半截披肩，一边床沿，外加一期《玫瑰花坛》杂志，统统成了建窝的材料，凭人以参照飞禽筑窝学来的技巧，把它们拼凑到一块，供人将就着栖宿进这样的窝里。遇到冰霜凛冽的大寒天气，最惬意不过的是感到与外界隔绝(等于海燕索居在得到地温保暖的深土层里)。况且那时节壁炉里整夜燃着熊熊的火，像一件热气腾腾的大衣，裹住了睡眠中的人；没有燃尽的木柴毕毕剥剥，才灭又旺，摇曳的火光忽闪忽闪地扫遍全屋，形成一个无形的暖阁，又像在房间中央挖出了一个热烘烘的窑洞；热气所到之处构成一条范围时有变动的温暖地带。从房间的旮旮旯旯，从窗户附近，换句话说，从离壁炉稍远、早已变得冷嗖嗖的地方，吹来一股股沁人心脾的凉风，调节室内的空气。

我想起了夏天的房间。那时人们喜欢同凉爽的夜打成一片。半开的百叶窗上的明媚的月亮，把一道道梯架般的窈窕的投影，抛到床前。人就像曙色初开时在轻风中摇摆的山雀，几乎同睡在露天一样。

有时候，我想起了那间路易十六时代风格的房间。它的格调那样明快，我甚至头

① 电影镜：美国发明家爱迪生和他的助手狄克逊于1891年发明的一种放映影片的设备，状如柜，供一人观看。

一回睡在里面都没有感到不适应。细巧的柱子支撑住天花板，彼此间的距离相隔得楚楚有致，显然给床留出了地盘。有时候正相反，我想到了那间天花板又高又小的房间。它简直像是从两层楼的高处挖出来的一座金字塔，一部分墙面覆盖着坚硬的红木护墙板，我一进去就被一股从未闻到过的香根草的气味熏得昏头胀脑，而且我认定紫红色的窗帘充满敌意，大声喧哗的座钟厚颜无耻，居然不把我放在眼里。一面怪模怪样、架势不善的穿衣镜，由四角形的镜腿架着，斜置在房间的一角。那地方，据我惯常所见，应该让人感到亲切、丰硕；空洞的镜子偏偏挖走了地盘。我一连几小时竭力想把自己的思想岔开，让它伸展到高处，精确地测出房间的外形，直达倒挂漏斗状的房顶，结果我白白煎熬了好几个夜晚，只是直挺挺地躺在床上，忧心忡忡地竖起耳朵谛听周围的动静，鼻翼发僵，心头乱跳，直到习惯改变了窗帘的颜色，遏止了座钟的絮叨，教会了斜置着的那面残忍的镜子学得忠厚些。固然，香根草的气味尚未完全消散，但毕竟有所收敛，尤其要紧的是天花板的表面高度被降低了。习惯呀！你真称得上是一位改造能手，只是行动迟缓，害得我们不免要在临时的格局中让精神忍受几个星期的委屈。不管怎么说吧，总算从困境中得救了，值得额手称庆，因为倘若没有习惯助这一臂之力，单靠我们自己，恐怕是束手无策的，岂能把房子改造得可以住人？

当然，我现在很清醒，刚才还又翻了一回身，信念的天使已经遏止住我周围一切的转动，让我安心地躺进被窝，安睡在自己的房内，而且使得我的柜子、书桌、壁炉、临街的窗户和两边的房门，大致不差地在黑暗中各就其位。半夜梦回，在片刻的朦胧中我虽不能说已纤毫不爽地看到了昔日住过的房间，但至少当时认为眼前所见可能就是这一间或那一间。如今我固然总算弄清我并没有处身其间，我的回忆却经受了一场震动。通常我并不急于入睡；一夜之中大部分时间我都用来追忆往昔生活，追忆我们在贡布雷的外祖父母家、在巴尔贝克、在巴黎、在东锡埃尔、在威尼斯以及在其他地方度过的岁月，追忆我所到过的地方，我所认识的人，以及我所见所闻的有关他们的一些往事。

……

这已经是很多很多年前的事了，除了同我上床睡觉有关的一些情节和环境外，贡布雷的其他往事对我来说早已化为乌有。可是有一年冬天，我回到家里，母亲见我冷成那样，便劝我喝点茶暖暖身子。而我平时是不喝茶的，所以我先说不喝，后来不知怎么又改变了主意。母亲着人拿来一块点心，是那种又矮又胖名叫“小玛德莱娜”的点心，看来像是用扇贝壳那样的点心模子做的。那天天色阴沉，而且第二天也不见得会晴朗，我的心情很压抑，无意中舀了一勺茶送到嘴边。起先我已掰了一块“小玛德莱娜”放进茶水准备泡软后食用。带着点心渣的那一勺茶碰到我的上腭，顿时使我浑身一震，我注意到我身上发生了非同小可的变化。一种舒坦的快感传遍全身，我感到超尘脱俗，却不知出自何因。我只觉得人生一世，荣辱得失都清淡如水，背时遭劫亦无甚大碍，所谓人生短促，不过是一时幻觉；那情形好比恋爱发生的作用，它以一种可贵的精神充实了我。也许，这感觉并非来自外界，它本来就是我自己。我不再感到平庸、猥琐、凡俗。这股强烈的快感是从哪里涌出来的？我感到它同茶水和点心的滋味有关，但它又远远超出滋味，肯定同味觉的性质不一样。那么，它从何而来？又意味着什么？哪里才能领受到它？我喝第二口时感觉比第一口要淡薄，第三口比第二口更微乎其微。该到此为止了，饮茶的功效看来每况愈下。显然我所追求的真实并不在于茶水之中，而在于我的内心。

茶味唤醒了我心中的真实，但并不认识它，所以只能泛泛地重复几次，而且其力道一次比一次减弱。我无法说清这种感觉究竟证明什么，但是我只求能够让它再次出现，原封不动地供我受用，使我最终彻悟。我放下茶杯，转向我的内心。只有我的心才能发现事实真相。可是如何寻找？我毫无把握，总觉得心力不逮；这颗心既是探索者，又是它应该探索的场地，而它使尽全身解数都将无济于事。探索吗？又不仅仅是探索，还得创造。这颗心灵面临着某些还不存在的东西，只有它才能使这些东西成为现实，并把它们引进光明中来。

我又回过头来苦思冥想：那种陌生的情境究竟是什么？它那样令人心醉，又那样实实在在，然而却没有任何合乎逻辑的证据，只有明白无误的感受，其他感受同它相比都失去了明显的迹象。我要设法让它再现风姿，我通过思索又追忆喝第一口茶时的感觉。我又体会到同样的感觉，但没有进一步领悟它的真相。我要思想再作努力，召回逝去的感受。为了不让要捕捉的感受在折返时受到破坏，我排除了一切障碍，一切与此无关的杂念。我闭目塞听，不让自己的感官受附近声音的影响而分散注意。可是我的思想却枉费力气，毫无收获。我于是强迫它暂作我本来不许它作的松弛，逼它想点别的事情，让它在作最后一次拼搏前休养生息。尔后，我先给它腾出场地，再把第一口茶的滋味送到它的跟前。这时我感到内心深处有什么东西在颤抖，而且有所活动，像是要浮上来，好似有人从深深的海底打捞起什么东西，我不知道那是什么，只觉得它在慢慢升起；我感到它遇到阻力，我听到它浮升时一路发出汩汩的声响。

不用说，在我的内心深处搏动着的，一定是形象，一定是视觉的回忆，它同味觉联系在一起，试图随味觉而来到我的面前。只是它太遥远、太模糊，我勉强才看到一点不阴不阳的反光，其中混杂着一股杂色斑驳、捉摸不定的旋涡；但是我无法分辨它的形状，我无法像询问唯一能作出解释的知情人那样，求它阐明它的同龄伙伴、亲密明友——味觉——所表示的含义，我无法请它告诉我这一感觉同哪种特殊场合有关，与从前的哪一个时期相连。

这渺茫的回忆，这由同样的瞬间的吸引力从遥遥远方来到我的内心深处，触动、震撼和撩拨起来的往昔的瞬间，最终能不能浮升到我清醒的意识的表面？我不知道。现在我什么感觉都没有了，它不再往上升，也许又沉下去了；谁知道它还会不会再从混沌的黑暗中飘浮起来？我得十次八次地再作努力，我得俯身寻问。懦怯总是让我们知难而退，避开丰功伟业的建树，如今它又劝我半途而废，劝我喝茶时干脆只想想今天的烦恼，只想想不难消受的明天的期望。

然而，回忆却突然出现了：那点心的滋味就是我在贡布雷时某一个星期天早晨吃到过的“小玛德莱娜”的滋味(因为那天我在做弥撒前没有出门)，我到莱奥妮姨妈的房内去请安，她把一块“小玛德莱娜”放到不知是茶叶泡的还是椴花泡的茶水中去浸过之后送给我吃。见到那种点心，我还想不起这件往事，等我尝到味道，往事才浮上心头；也许因为那种点心我常在点心盘中见过，并没有拿来尝尝，它们的形象早已与贡布雷的日日夜夜脱离，倒是与眼下的日子更关系密切；也许因为贡布雷的往事被抛却在记忆之外太久，已经陈迹依稀，影消形散；凡形状，一旦消褪或者一旦黯然，便失去足以与意识会合的扩张能力，连扇贝形的小点心也不例外，虽然它的模样丰满肥腴，令人垂涎，虽然点心的四周还有那么规整、那么一丝不苟的绉褶。但是气味和滋味却会在形消之后长期存在，即使人亡物毁，久远的往事了无陈迹，唯独气味和滋味虽说更脆弱却更有生命力；虽说更虚幻却更经久不散，更忠贞不贰，它们仍然对依稀往事寄托着回忆、期待和希望，它们以几乎无从辨认的蛛丝马迹，坚强不屈地支撑起整座回忆的巨厦。

虽然我当时并不知道——得等到以后才发现——为什么那件往事竟使我那么高兴，但是我一旦品出那点心的滋味同我的姨妈给我吃过的点心的滋味一样，她住过的那幢面临大街的灰楼便像舞台布景一样呈现在我的眼前，而且同另一幢面对花园的小楼贴在一起，那小楼是专为我的父母盖的，位于灰楼的后面(在这以前，我历历在目的只有父母的小楼)；随着灰楼而来的是城里的景象，从早到晚每时每刻的情状，午饭前他们让我去玩的那个广场，我奔走过的街巷以及晴天我们散步经过的地方。就像日本人爱玩的那种游戏一样：他们抓一把起先没有明显区别的碎纸片，扔进一只盛满清水的大碗里，碎纸片着水之后便伸展开来，出现不同的轮廓，泛起不同的颜色，千姿百态，变成花，变成楼阁，变成人物，而且人物都五官可辨，须眉毕现；同样，那时我们家花园里的各色鲜花，还有斯万先生家花园里的姹紫嫣红，还有维福纳河塘里漂浮的睡莲，还有善良的村民和他们的小屋，还有教堂，还有贡布雷的一切和市镇周围的景物，全都显出形迹，并且逼真而实在，大街小巷和花园都从我的茶杯中脱颖而出。

【选自[法]马塞尔·普鲁斯特：《追忆似水年华·在斯万家那边》，李恒基译，南京，译林出版社，2012】

第二卷　在少女们身旁

第二部　地名：地方

……

就在这时，几乎在大堤的尽头，我看见五六个小女孩向前走过来，在大堤上形成一片移动的奇异的印痕。无论是外貌还是举止，她们都与人们在巴尔贝克司空见惯的所有姑娘不同。一群海鸥不知来自何处，正在海滩上不紧不慢地踱着方步，姗姗来迟者飞来飞去，追逐着别的海鸥。鸟儿飞来飞去，目的地似乎与洗海水浴的人一样不明确。鸟儿似乎没有看见洗海水浴的人，同时对于它们那鸟类头脑来说。这目的地又是明确规定了的。只有那群海鸥大概对这些鸟儿已司空见惯了。

这些陌生女孩中，有一个手推着自己的自行车。另有两个，手里拿着高尔夫球“俱乐部”球衣。她们的短打扮与巴尔贝克其他少女截然不同。其他少女中确实也有几位从事体育运动，但并不因此就采用专门装束。

这正是各位先生太太每天到堤上来转一圈的时刻，他们都暴露在对着他们定睛细看的手持长柄眼镜的无情火力之下，似乎他们身上有什么毛病，那长柄眼镜非要将每一细部都审视清楚一般。首席法官的老婆骄傲地坐在音乐亭前那令人生畏的一排椅子中间。他们自己刚刚从演员变成评论家，走来坐下，该他们对面前走过的人评头品足了。所有这些人都沿海堤走着，似乎这海堤如同一只船的甲板一般摇摇晃晃(因为他们不会抬起一条腿时同时晃动手臂，转动眼睛，放平肩膀，用相反方向晃动的动作来平衡他们刚才在另一侧所做的动作，并叫脸上充血)，装出什么都没看见的模样，以便叫人相信他们对这几个女孩根本不在意。实际上却在对她们偷偷地凝望，以免撞上她们。走在她们身边或从反方向来的人，相反却撞在她们身上，紧追不舍，因为他们双方都是彼此暗暗注意的对象，虽然双方都用同样的轻蔑来掩盖这种注意。

对人群的喜爱——因此也是对人群的恐惧——在每个人心里都是最强有力的动机之一。或者极力讨别人喜欢，或者叫别人惊奇，或者极力向别人表现出自己很看不起他们。在蛰居者心中，绝对甚至直至生命终结的监禁，其缘由常常是对人群有一种失常的嗜好。这种嗜好会那样压倒任何其他的情感，以致由于外出时无法得到门房、行人、停车的车夫的赞美，他宁愿永远不叫他们看见，于是便放弃了一切必须外出的活动。

这些人中，有几个正在沿着某个思路思考，但是通过手势急促，目光走神，与他们的邻人那考虑周到的摇摇晃晃的步伐不相谐，而暴露了自己的思想活动。我远远看见的几个女孩，在所有这些人中，径直前行，身体完全放松，对其余的人类发自内心的蔑视赋予她们动作自如，毫不犹豫，也不僵硬，准确地做出她们想做的动作，四肢每一部分对其他部分而言都完全独立自主，身体的大部分保持不动。华尔兹舞行家就是这样，那是非常精彩的。虽然她们当中每个人都是一个类型，与他人类型不同，但是这几个人无一例外，全都姿容姣好。不过，说老实话，我看见她们才这么一小会工夫，而且还不敢定睛凝望，我还没有抓住她们之中哪一个的个性。有一个除外，她那笔直的鼻梁，棕色的皮肤与他人形成鲜明对照，与文艺复兴时期某一幅画上朝拜初生耶稣的三王之中，那位阿拉伯人模样的人肤色相近。我对她们的了解，一个，仅仅是通过那一双不大灵活、固执而又带着笑意的眼睛；另外一个，仅仅是通过那粉红的双颊。那粉红中又带着一抹镀铜的色调，不禁使人想起绣球花。甚至就是这些面部特点，我也还无法将任何一种特点分别固定在这一个少女而不是另一个少女身上(这个整体是那样优美动人，最不相同的外貌相邻，各种色彩相聚，又像一首乐曲那样叫人难以捉摸。乐句一个个过去的时候，我无法将一句句分开，一句句辨认出来，待我分辨出来以后，马上又忘记了。按照这个整体行进的顺序)，我看到一个白色的椭圆形，黑眼睛、绿眼睛相继出现，我不知道她们是不是就是刚才已经对我产生了魅力的姑娘，我无法将看到的东西归到我从他人中分别出来、辨认出来的哪一个少女身上。在我的视野中，没有分界线(过了一会我才弄清了她们之间的区别)，透过她们这一组人，一种和谐的浮动在扩展，是液体美、集体美和动态美的持续转移。

个个挑选得这么漂亮，将这几个朋友聚集在一起的，在生活中，可能并非纯属偶然。估计这几个少女(她们的态度足以揭示出大胆、轻浮和狠心的天性)对任何滑稽可笑的事和任何丑陋都极为敏感，接受不了德或智方面的吸引，便在她们同龄的同伴中，自然而然地聚在一起。对于那些通过腼腆、拘谨、笨拙以及她们大概称之为“讨厌的类型”而透露出沉思或敏感的天性的所有女伴，她们感到厌恶并置之不理。相反，风雅，灵活，体态优美的某种混合，将她们吸引到别的人身旁，她们与这些人结成友谊。她们那具有诱惑力的直爽和与她们一起度过幸福时光的允诺，只有通过这唯一的方式才能表现出来。她们属于什么阶级，我无法准确判断出来，说不定那个阶级正处于其发展的这个阶段，或者由于富有和闲暇，或者由于进行体育运动(这是一个新习俗，甚至在某些民众阶层也已普遍)，但是在体育之上尚未加上智育，这个社会阶层有如尚未追求扭曲表现形式的那些和谐而又多产的雕塑学校，自然而然地而且大量地生产出美丽的躯体，优美的大腿，优美的臀部，圣洁而安详的面庞，表情机敏而又富有智谋。我在这里，面对大海看见的，难道不是人体美高尚而又平静的模特儿吗，犹如希腊某海岸上那些暴露在阳光下的雕像？

她们这一群，如闪光的彗星，沿着海堤，向前行进。即使她们认为四周的人群由另一个种族组成，甚至他们的痛苦都不会在她们心中唤起同情，但表面上她们似乎没有看见人群。她们迫使停步的人让路，好像突然有一台机器通过，不能期望机器躲开行人一般。对一位年迈的先生，她们是不承认他的存在，拒绝与他接触的。如果这位先生心怀恐惧或怒气冲天但又匆匆忙忙而又可笑地逃开，她们最多也就相视而笑罢了。对于不属于她们这一群的人，她们没有故作轻蔑，她们内心的轻蔑已经足够。但是她们每遇障碍，都无法不以克服障碍为快，或者冲过去，或者双脚并拢，因为她们个个都充满青春活力，是那样需要发挥出去，以至即使在悲伤或痛苦的时候，也是更服从年龄的需要而不是当日的心情。她们从不放过一次跳跃或打滑的机会，而又不是有意识地这样干，只是打断缓步前行，在缓步前行中撒播上优美的转弯，心血来潮与高度的技巧合二而一，正如肖邦在他最忧郁的乐句中撒播上优美的曲线一般。

一位年迈的银行家，他的老伴正在为他寻找好地方，在好几处都未下定决心。最后，叫他面对海堤坐在一个折叠小凳上，有音乐亭为他遮住海风和烈日。老伴见他坐好了，便离开他去买报纸，准备过一会读给他听，叫他消遣消遣。只不过走开一小会，她也就将他单独留在那里。这一小会从不超过五分钟，对老头来说似乎已经相当长。老太太对自己的老伴既悉心照料，又不表露在外。她经常这样走开五分钟，好让老伴觉得自己还能像所有的人一样生活，而决不需要保护。他头顶上的音乐家表演台，构成了一个天然而又有诱惑力的跳板，那一小群少女中年龄最大的一个毫不犹豫地朝表演台跑过来。她从老头头顶上跳了过去，灵巧的双脚擦着了老头海军帽的边缘。老头吓得面如土色，可是另外几个姑娘觉得实在好玩，特别是绿眼珠、娃娃脸的那一个。她的目光中，表现出对这一行为的钦佩和快活。我似乎从她的眼睛里辨出少许的腼腆，既害羞又假充好汉的那种腼腆，这种表情在别人脸上是没有的。

“可怜的老帮子，真叫我心里难受，简直半死模样!”其中一个少女说道，嗓音嘶哑，半嘲讽的语气。

她们又向前走了几步，然后在路中间停步一小会，也不顾挡住了行人的来往，呈形状不规则、完整、奇特而又叽叽喳喳的一个集合体，像起飞前聚在一起的一群小鸟。然后她们沿着高出海面之上的海堤继续漫步下去。

现在，她们那迷人的面庞再不是模糊不清、相互混淆了。以个子最高、从老银行家头顶上跳过去的那个为中心，我已经将她们区分和聚集起来(每个人的名字暂缺，我不知道)。小个的从海平面上分离出来，双颊丰满而粉红，绿眼珠；另一个皮肤为棕色，鼻子笔直，与其他人形成鲜明对照；还有一个，面孔雪白像个鸡蛋，鼻子形成一个弓形小弯，好似鸡雏的嘴，她的面孔与某些年纪很小的人相似；还有一个，大个子，裹着一件斗篷(这件斗篷使她显得那么穷酸，与她那优雅的举止那样不相称，以至来到人们头脑里的解释是：这个少女的父母大概地位相当显赫，但是他们的虚荣心远在巴尔贝克洗海水浴的人之下，也在自己孩子的衣着是否华丽之下，所以让她穿什么衣服在海堤上散步，对他们来说绝对一样，小市民才会认为这衣裳穿着太寒酸）；还有一个姑娘，双眸明亮而又含笑，颧骨很高，皮肤无光泽，头戴一顶黑色马球运动员式女帽，压得很低。她推着一辆自行车，臀部扭动得好像骨头都脱了节，使用的行话俚语那么粗野，叫嚷的嗓门那么大，我从她身边经过时（从她那些词语里，我听见一句难听的"混他的日子"），便放弃了刚才她的伙伴的斗篷令我作出的假设，而更倾向于得出结论说，所有这些女孩都属于经常光顾赛车场的那帮小民，大概是自行车运动员们最年轻的情妇。总而言之，我的假设中，没有一个认为她们可能是贞洁的。看上一眼——从她们彼此相视而笑的样子，从双颊无光泽那个姑娘那紧盯不放的目光里——我就明白了，她们不是贞洁的女子。加之，外祖母一直过于谨小慎微地悉心照顾我，以至我不会不相信，不可为之事是不可分的整体，对老年人缺乏尊重的少女，碰到从八十岁老翁头顶上跳过去以外的更有诱惑力的快乐时，决不会骤然间为顾忌之心所阻拦。

现在，她们一个个都有了自己的个性。她们的目光因自我满足和伙伴义气而变得炯炯有神，眼中不时燃起兴致勃勃或狂妄而满不在乎的火光，视对象为自己的女友或路上行人而定。她们相互之间了解相当深入，能够一直一起散步，形成"独立大队"。目光相互传递着话语，意识到彼此相互了解，随着她们那独立而彼此分开的身躯缓缓向前，在这些身躯之间注入了一种联系。这种联系虽然肉眼看不见，却很和谐，好似同一个火热的身影，同一个氛围，使她们的身躯合成了一个整体。这整体的各个部分是同质的，而对这一行列在其中缓缓行进的四周人群，又无动于衷。

我从那个颧骨很高、推自行车的棕色皮肤姑娘身边经过。有一瞬间，我的目光与她那斜睨的笑盈盈的目光相遇。这目光来自将这个小部落的生活封闭其中的非人世界的深处，那世界是无法接近的未知数，我是什么人这个想法，肯定达不到那个世界，在那里也找不到位置。这个头戴运动帽、帽子在脑门上压得很低的姑娘，全神贯注倾听同伴们说话。她双眸中闪现出来的黑色光芒与我相遇的那一刻，她是否看见我？如果她看见了我，我对她又意味着什么？她辨别出我属于哪个世界了吗？这些问题我难以回答，好比借助于望远镜，在相邻的一个星球上，某些奇怪的生物出现在我们面前时，我们很难就此得出结论说，有人类居住在那里，他们看得见我们，看见了我们又会在他们心中唤起什么想法。

如果我们认为，这某某姑娘的双眸只不过是发亮的云母圆片，我们就不会贪婪地要了解她的生活并且将她的生命与我们结为一体了。但是我们感觉到，在这个反光圆体中闪闪发光的东西，并非只源于其物质结构。我们感觉到，这是这个生命对于它了解的人和地点——赛马场的草地，小径上的沙土——所形成的看法的黑色投影。这黑色投影是什么，我们还不了解。这个小贝里，比波斯天堂中的贝里①对我更有诱惑力。她蹬着车穿过田野和树林，可能会把我带到那些地方去。我们感觉到，她那目光也是她就要回去

① 在波斯神话中，贝里是天堂的使者，手执象征永生的荷花。普鲁斯特此处可能想到了根据保罗·杜卡斯的诗作而创作的芭蕾舞《贝里》，1912 年由俄国芭蕾舞团在巴黎演出，娜塔莉亚·特鲁哈诺娃编导。舞剧中有贝里引诱伊斯康德王子，王子夺走她的荷花，她返回天国的情节。

的家、她正在形成的计划或者人们已经为她作出的安排的投影。我们尤其感觉到这就是她本人，怀着她的欲望，她的好感，她的厌恶，她那朦朦胧胧、断断续续的意愿。我知道，如果我不能占有她目光中的东西，我就更不能占有这个骑自行车的少女。因此，使我产生欲望的，是她整个的生命。痛苦的欲望，因为我感到这是无法实现的，也是令人心醉的欲望；直到此刻我的生命已骤然停止，已不再是我的整个生命，而是成了我面前这块空间的一小部分，我迫不及待地要将这空间占据，这空间乃由这些少女的生命组成。是这种欲望赋予我这种自我延伸，自我扩展，这就是幸福。无疑，我们之间没有任何共同的习惯，共同的思想，这使我更难与她们交友，讨得她们欢心。但是，说不定正是由于这种差异，由于意识到我所经历的、拥有的任何因素(成分)都不会进入这些少女的天性构成的行为，我心中才刚刚用对某种生活的渴求代替了心满意足——如干渴的大地那样干渴——迄今为止，我的心灵从未得到过一滴这样的甘露，它会更加贪婪地大口大口地吮吸。

那个目光明亮的推自行车姑娘，似乎发现了我那样凝神望着她，便向那个个子最高的姑娘说了一句什么话。说的什么，我没有听见，只见那个高个子姑娘笑了起来。说老实话，这个棕色皮肤的姑娘，正因为她的皮肤是棕色，并不最讨我喜欢。从在当松维尔那陡峭的小山坡上见过希尔贝特那一日起，一个头发棕红、肤色金黄的少女，一直是我心中不可企及的理想。可是，就说希尔贝特本人吧，我之所以爱她，难道主要不是因为她戴着贝戈特女友的光环，和贝戈特一起去参观大教堂吗？同样，看见这个棕色皮肤的姑娘望着我(这使我刚开始时抱着希望，以为也许与她接触更容易些)，我并不感到高兴，因为她会把我介绍给那个从老头头上跳过去的那个无情的姑娘，介绍给说"可怜的老帮子，真叫我心里难受"的那个残忍的姑娘，然后逐次将我介绍给每一个姑娘，因为她享有这种威望，是她们形影不离的朋友。我作了一个假设：有一天我会成为这几个少女中哪一个的男朋友。这些眼睛里那陌生的目光给我留下深刻的印象。她们自己并不知道，有时对我会产生阳光照在一堵墙上那样的效果。通过奇迹般的炼金术，这些眼睛也许会叫"我是存在的"这个想法以及对我个人的某些友情穿透它们那难以形容的立体。有一天，我本人也可能跻身于她们之中，在她们沿海边行走发挥的理论中占一席之地。我觉得这个假设本身就包含着一个无法解决的矛盾，就像站在阿堤刻时代的剧场前或面对着描绘宗教仪式行列的画幅，我也曾以为我这个观众也能受到诸神的喜爱，在列队行进的诸神中占据一席之地一般。

那么，与这些少女结识的幸福，真是无法实现的吗？自然，在我放弃的这类事当中，这大概已经不是第一桩了。只要回忆一下，即使在巴尔贝克，就有多少陌生女郎，飞驰远去的马车便叫我永远放弃了她们，便已足够了。这一小群女孩，在我心中是那样高尚，仿佛由希腊神话中的处女组成。甚至她们给我带来的快乐，也来自她们有些路上行人飞快离去的味道。我们不认识的人，迫使我们从惯常生活中启碇的人，具有一种转瞬即逝性。这种转瞬即逝性使我们处于一种追逐状态中，再没有任何东西阻拦我们的想象。而在惯常生活中，我们与之经常来往的女子，最后都将她们的缺陷暴露出来。将我们的快乐剥去想象这层皮，等于将快乐压缩至其本身，就空无一物了。诸位已经看到，我并不蔑视拉线的中间人。但是这些少女如果到牵线人那里去自荐，她们便失去了赋予她们丰富多彩和捉摸不定的因素，就不会如此叫我着迷了。对于是否能够企及追求的对象没有把握，能唤起人的想象。必须叫想象创造一个目的，这个目的遮掩住另一个目的；必须叫想象用进入一个人的生活之中这种想法代替感官的快乐，以阻止我们去分辨这种快乐，阻止我们去品尝其真正的味道，阻止我们将其限制在本身范围之内。钓鱼的那些下午时光，在我们与鱼之间，非有翻腾的流水将我们隔开不可。光滑的肉，不明确的形状，在天蓝色透明而又活动的流体中，在我们身边滑来滑去，而我们不大知道该拿这玩意儿干什么。如果我们第一次是看见那鱼做成了菜端上桌子，就会显得不值得千方百计、拐弯抹角去捉它了。

在这里，社会地位所占比例发生变化，这是海水浴生活的特点，这些少女也占了这个便宜。在我们习惯的阶层中能使我们延伸、放大的一切优势，在这里，都变成了看不见的东西，事实上，也就被取消了。反过来，那些别人认为他们大概并不具有这些优势的人，倒被一个人工的范畴变得高大起来，大步向前了。这个人造的范畴比素未谋面的女郎叫人更自在。那一天，这些少女在我眼中显得那么了不起，而根本无法让她们了解我会有什么了不起的地方。

对这一小帮少女来说，她们漫步海滨只不过是路上女客无数飞逝的一个片段，这种飞逝总是使我心绪纷乱。在这里，这种飞逝又回到那么缓慢的动作上去，几乎接近于停滞不动。更确切地说，在某一个这样慢速的阶段中，人的面庞不再被旋风卷走，而是平静而又清晰，我觉得就更美。但是，正像德·维尔巴里西斯夫人的马车将我飞快拉走时我的体验一样，这并不妨碍我想，如果我停下一会就近观看，某些细部，有麻点的皮肤啊，鼻翼上有个毛病啊，眼神很平庸啊，微笑时作鬼脸啊，身段不美啊，都会在女郎的面孔和身段上代替我原来肯定是凭空想象的细部。只要身段有美丽的曲线，远远望见面色很红润，我就能好心地再加上一直记在心底的或事先想好的动人的肩膀，甜美的顾盼。对一个一眼而过的人这样飞快的猜测可能使我们犯下错误，恰似有时看书太快，刚看见一个音节，还未来得及看清其余的音节，便从我们脑海中已有的字里，安上一个字，其实书上写的根本不是那个字一样。

现在不可能属于这种情形。我已经仔细端详过她们的面庞。每个人的面孔，我不是从各个侧面看的，也极少从正面看，但至少根据两三个不同的特点使我足以对第一眼望去时对线条和肤色所做的各种假设或者进行修正，或者进行了核实和“证明”，足以看到，透过一系列的表情，她们的面孔上还存在着某种永久不变的物质的东西。

因此我可以满有把握地想：无论在巴黎还是在巴尔贝克，在最美好的设想中，甚至在我能够停下脚步与之攀谈的令我目光停驻的行路女子中，都从来没有过像今年这几个女子这样，我根本就不认识她们，但是她们的出现和消失给我留下这样的惆怅，使我想到与她们交友会是多么令人陶醉。无论是在女演员中，村姑中，或在教会学校寄宿的小姐中，我从未见过如此的美貌，如此充满未知未闻，如此无法估计的宝贵，又这样令人难以置信地不可企及。就生活中未品尝过而又可能的幸福而言，她们是那样甜美的样品，且状态极其完好，以至几乎完全出于理智的原因我才灰心丧气，怕的是体验不了美女能够给予我们的最神秘的东西。我要在绝无仅有的条件下，保证不会上当受骗才会体验。她们是人们一直向往的美女，是人们永远不占有也可以自慰，而不会去向自己没有欲望追求的女人要求快乐的美人——正像斯万从前爱上奥黛特以前一直拒绝做的那样——结果是一直到人死了也从不知道那另一种快活是什么滋味。也许从未体验过的快乐事实上并不存在，也许到了跟前，这种快乐的神秘性就烟消云散了，也许这只是欲望的一种投影，一种海市蜃楼。如果是这种情形，那我只能责怪自然规律的无情。如果这种自然规律适用于这些少女，也应该适用于所有的少女，而不适用于不完善的对象。她们是我在所有对象中挑选出来的，我怀着植物学家那种心满意足的心情，很清楚地意识到不可能找到比这些少女更罕见的如此齐全的品种。此刻，她们就在我面前中断了她们那轻巧的篱笆般的流动线。这篱笆就像一丛宾夕法尼亚玫瑰[①]，是悬崖上一处花园的装饰品。一艘轮船驶过的整个大洋航线均映在其中，这轮船在蓝色平面上滑行得那样慢，相当于从一条茎到另一条茎。一只懒惰的蝴蝶在花冠深处滞留，船体早已超过这只蝴蝶。可是蝴蝶确有把握能比轮船先到达目的地，那船只正向花朵驶去。蝴蝶可能还要等到轮船的船首与玫瑰花的第一个花瓣之间出现一片蓝色才起飞呢！

…………

不久，白昼渐短。我回到房间的时候，淡紫色的天空，似乎被太阳那僵硬的、几何图形的、转瞬即逝的、闪闪发光的面庞打上了烙印(好像代表着什么神奇的符号，神秘的鬼怪)，沿着地平线的链条正向大海弯下身去，犹如主祭坛上方的宗教画。落日余晖的各个部分，映在沿墙摆开的桃花心木低矮书橱的玻璃上，我心目中已将它与由它脱胎而来的名画联系在一起，似乎那是昔日某大师为哪一个宗教团体在一个框架上绘制的几组场景，后来在博物馆的大厅中，人们将它一片一片分开陈列，观众只有通过想象才能将它们放到祭坛后部装饰屏组画上原来的位置上去。

几个星期过后，我上楼时，已经日落了。大海上方，天空是一条火红的彩带，与我在贡布雷散步归来准备下楼到厨房用晚饭时在髑髅地[②]顶上之所见一模一样。这火红的彩带，是完整的一片，又像肉冻一样可以切开。顷刻大海已经发凉，变成蓝色，好似人称鲻鱼的那种鱼，天空则像我们过一会在里夫贝尔点的鲑鱼一样粉红。这一切，更增加了我就要更衣外出晚宴的快乐心情。沉重的暮霭，烟灰般黑色，有光泽，玛瑙那样坚实，肉眼看得见，紧贴着海洋，吃力地从海上升起。这儿几片，那儿几片，高高低低，一层一层，越来越宽阔。最后，最高的几层向已经变形的根茎弯下身来，一直到脱离了直到此刻支持着它们的重心，似乎就要将已到中天高度的脚手架拖走，将它扔到大海中去。

我从前坐在车厢里有一种印象，觉得需要从困倦和关在一间房里受监禁的状态中解脱出来。见一艘轮船如夜行者一般远去，也使我产生同样的印象。但是，在此刻我自己置身的房间里，我并不感到受监禁。因为一小时以后，我就要离开这里乘马车外出。我扑到床上。我看得见距我相当近的船只。奇怪，人们在夜间也看得见船只在黑暗中移动，好似颜色幽暗、默默无声却没有入睡的天鹅。我似乎觉得自己就在一艘轮船的卧铺上，大海的画图从四面八方将我团团围住。

---

① “宾夕法尼亚玫瑰”这个名称在某些植物学家的著作中可以见到，用以指美国东部的某一玫瑰品种。这个名称在普鲁斯特那个时代并不流行，只不过表现了普氏学识的渊博而已。

② 髑髅地原指《圣经》中耶稣受难的地方。

不过，确实经常只是一些画图而已。我忘记了，在画图的色彩下，海滩正在形成凄惨的空旷地带，夜晚那不安的海风吹遍整个海滩。刚到巴尔贝克时，夜风袭来，我是那样焦灼不安。现在，即使在我的房间里，我的全部心思仍在我目睹从我面前走过的几个少女身上，我的情绪再也不能平静，再也不能停留在事不关己的状态。在我心中，是不会产生真正富有美感的印象了。等待着去里夫贝尔晚宴更使我心浮气躁起来。在这种时刻，我的意念停留在躯体的表面上。我就要给这躯体穿上衣服，以便在那灯火辉煌的饭店中，在打量我的女性目光前，尽量显得讨人喜欢。我无法在事物的色彩后面注入深邃的思想。我的窗下，雨燕和燕子不倦地轻轻地翻飞，像喷泉，像生命的火焰，将高喷的间歇与平面方向上长长的轨迹那不动的白色的线条融和在一起。这种地区性的自然现象将我眼前涌现的景色与现实联系起来。如果没有这一令人着迷的奇迹，说不定我会认为眼前的景色只不过是每日更新的绘画选。人们主观地在我所在的地点展开这个绘画选，而那些绘画作品与这个地点并没有必要的联系。有一次，我觉得那就是日本木版、铜版画展览：在精雕细刻出来的好似月亮一般滚圆的红太阳旁边，有一朵黄色的云，犹如一面湖。湖边，是黑色利剑，有如湖滨树木的侧影。还有一道淡淡的玫瑰色，自从我有了第一个彩笔盒以来，从未见过这样的玫瑰色。这颜色绽开，好似一条江，两岸上似乎有船只搁浅在沙滩上，等待着人们前来将它们拖入水中。我怀着业余爱好者或在两次交际访问之间到画廊转上一转的女人那种蔑视、厌烦而又轻浮的目光，自言自语道："真奇怪，这落日，与众不同，不过我早已见过和这一样优美、令人惊异不止的落日了。"

晚上，一条船被地平线吸收，又将它变成了流体，显得和地平线完全是一种颜色，宛如一幅印象派的画。船只似乎也与地平线一样，由一种原材料所制成，似乎人们只是在雾蒙蒙的蓝天中勾画出船体和缆绳。缆绳交错，船体显得更加细小，变成了金银制品。有时，大洋几乎占满了我的整面窗户，上方是一抹天空，只有一条线，与海一样地蓝，因此我以为那还是大海，只在光照作用下，才显出不同的颜色。

另一日，大海只在窗子的下部描绘出来，窗子其余的部分布满了浮云。水平方向上，一朵一朵的云你推我搡，结果好像出于艺术家的预谋或专长，那窗玻璃正在介绍"云朵研究"。与此同时，书橱的各块玻璃上显示出相似的云朵，但这是在另一部分地平线上的云朵，而且被光线染上了不同的色彩，似乎向你提供同一题材的反复。这是某些当代画家十分珍爱的反复，总是取自不同的时刻。而现在，由于艺术的固定作用，可以在一个房间里一览无余，呈彩粉画形式，并且压在玻璃板下面。

有时，在海天一色的灰色上，细腻精巧地加上一点粉红。这时，在窗子下方安睡的一只小蝴蝶，就像将双翼落在这幅有惠斯勒①风味的、题为《灰与粉红色的和谐》的画下方。这是切尔西大师亲自签名的作品。这粉红色渐渐消失，再没有任何东西可以注目。我呆呆站立片刻，然后拉上窗帘，再次躺下。从床上，我看见窗帘上方还留有一线光亮。这一线光亮也渐渐暗淡下去，越来越细。平日，这个时刻，我已坐在饭桌上。今

① 惠斯勒(1834—1903)，美国画家及雕刻家，他在伦敦安家落户，住在切尔西区。他对日本艺术和马奈极为赞赏，尤致力于色彩和谐研究。《灰与粉红色的和谐》是他的一幅画的题目。

天，我就这样让这个时刻在窗帘上方逝去，既不忧伤，也不惋惜，因为我知道，今天与别的日子不一样，像黑夜只有几分钟打断白昼的极地的白天一样，今天比平时更长一些。我知道，从这黄昏的蛹壳里，里夫贝尔饭店的万丈光芒正在准备经过美好的变形脱壳而出。

……

【选自[法]马塞尔·普鲁斯特：《追忆似水年华·在少女们身旁》，桂裕芳、袁树仁译，南京，译林出版社，2012】

庞　德

埃兹拉·庞德(1885—1972)是美国杰出的现代主义诗人，欧美意象派运动的创始人之一。他从中国古典诗歌和日本俳句中受到了极大的启发，提倡使用最凝练的文笔抒写最丰富的意象，从而推动了意象派诗歌的发展，为欧美诗坛注入了新鲜的血液。他最脍炙人口的诗《在地铁站》用寥寥几笔勾画出至为丰满的情境，体现出中日古典诗歌的影响和凝练的美学原则。

《少女》选自1912年出版的诗集《反击》，它的内容源自奥维德的《变形记》里讲述的关于太阳神阿波罗和月桂女神达芙妮的故事。为了躲避太阳神阿波罗的苦苦追求，达芙妮把自己变成了一棵树。这首诗的第一部分是以达芙妮的口吻写的，描述了自己变形成树的过程。第二部分则是从阿波罗的角度，表示即使达芙妮变成了树、青苔、紫罗兰，他也仍然接受她、爱慕她。对这首诗的阐释历来多种多样，其中比较重要的一种是认为庞德借这个古希腊神话来探讨儿童的想象力，即儿童喜欢把自己想象成各种各样的事物，在世人看来也许荒诞不经，家长却会接受并保护这珍贵的想象力。

《诗章》是庞德最重要的作品之一，这是一部未完成的诗集，里面有12首诗是从中国古典文学翻译和改写的。《刘彻》就是改写自汉武帝刘彻的《落叶哀蝉曲》。原诗是刘彻为悼念亡姬李夫人写下的，抒发了爱人逝去后人去楼空的悲伤之情。庞德的诗歌对原诗进行了创造性的改写，在许多层面上保留并再现了原诗的意境，同时也发挥了想象力，赋予诗歌新的情感因素。诗歌的最后一句是原诗所没有的。庞德通过粘在门槛上的“潮湿的树叶”这个意象，表达了无法消解的绵长悲伤和对逝去的爱人的深深思念。

《诗章》中的第49首诗又被称为《七湖诗章》，因为诗的一开头说这首诗是“给七湖”写的。这首诗由于其意境的深远、来源的复杂和主旨的多样，历来吸引了众多的研究者。该诗一共八节，第五、第八节是庞德自己的创作，第六、第七节源自美国东方研究学者费诺罗萨留给庞德的手稿和英国汉学家翟理思的《中国文学史》。前四节则是庞德根据一本描绘中国湖南潇湘流域的八种景致的诗画集创作的。这首诗用极其洗练的语言描写了优美的湖光山色，将诗情和画意完美地融为一体，表现出道家式的寂然之境和澄净观照的美学理想。

少　女[1]

树长进我的手心，
树汁升上我的手臂，
树在我的前胸
　　朝下长，
树枝像手臂从我身上长出。
　　你是树，
　　你是青苔，
你是轻风下的紫罗兰，
你是个孩子——这么高；
这一切，世人都看作愚行。

【选自赵毅衡编译，《美国现代诗选(上)》，北京，外国文学出版社，1985】

① 这是庞德少年时代最初习作之一，书于他赠给昔时的恋人 H. D.(希尔达·杜立特尔)的笔记本上。

刘 彻[1]

绸裙的窸瑟再不复闻，
灰尘飘落在宫院里，
听不到脚步声，乱叶
飞旋着，静静地堆积，
她，我心中的欢乐，睡在下面。

一片潮湿的树叶粘在门槛上。

【选自赵毅衡编译，《美国现代诗选(上)》，北京，外国文学出版社，1985】

① 庞德这首名诗是依托汉武帝(刘彻)思怀李夫人所作《落叶哀蝉曲》的改作。原诗是："罗袂兮无声，玉墀兮尘生。虚房冷而寂寞，落叶依于重扃。望彼美女兮安得，感余心之未宁。"

诗章第四十九[①]

献给七湖，不知是谁写的诗：
雨；空阔的河；远行，
冻结的云里的火，暮色中的大雨
茅屋檐下有一盏灯。
芦苇沉重，垂首；
竹林细语，如哭泣。

秋月，山从湖中升起
背倚着落日，
夜晚像一幅云幕，
抹去了轻波；而桂树
枝干尖细，刺穿夜幕，
芦荻丛中一支凄凉的曲调。
风从山背后
吹来钟声。
帆船四月过去，十月可能归来
船消失于银光中；缓缓地；
只有太阳在河上燃烧。

在秋旗抓住落日的地方
只有几缕炊烟与阳光交叉，
然后，雪急落于河上
整个世界盖上白玉
小船像一盏灯在河上漂
流水似乎冻住了，而在山阴[②]
却有人自在悠闲

雁扑向沙洲
云聚集在窗口
水面空阔；雁字与秋天并排

---

① 《诗章第四十九》常被称作《七湖诗章》。这是庞德以一本题为《潇湘八景》的诗画册为素材写成的。此画册每诗附有一幅中国画和一幅日本画，诗无作者署名，据考可能是日本汉学家所作。

② 原文为 San Yin。

乌鸦在渔灯上喧噪
光亮移动于北方天际；
那是孩子们在翻石头抓虾。
一千七百年清[①]来到这些山间
光亮移动于南方天际。

生产财富的国家却因此而负债?
这是丑事，是盖利翁[②]。
这条河静静地流向 Ten Shi[③]
虽然老国王建造运河是为取乐

卿云烂兮
纠缦缦兮
日月出兮
旦复旦兮[④]

日出；工作
日落；休息
掘井而饮水
耕田而吃粮
帝王的力量？对我们它又有什么意义?[⑤]
第四度[⑥]；静止度。
降服野兽的力量。

【选自赵毅衡编译，《美国现代诗选(上)》，北京，外国文学出版社，1985】

---

① 原文为 Tsing，可能指康熙(1662—1723)皇帝南巡一事。

② 盖利翁(Geryon)，希腊神话中守卫地狱第八层的怪兽，欺骗的象征，人首，兽身，蛇尾。

③ 原文如此，看来是地名，未能考实。

④ 原文是汉字日语读法的拉丁字母拼音。这是《尚书》所载据说是舜时的民歌“卿云歌”。

⑤ 这一段诗据称是尧时的“击壤歌”的相当忠实的翻译。

⑥ 庞德对爱因斯坦的四度空间理论相当反感，认为它“没有哲学意义”。

劳伦斯

戴维·赫伯特·劳伦斯(1885—1930)是20世纪英国杰出的小说家、诗人。他的主要代表作有长篇小说《儿子与情人》《虹》《恋爱中的女人》《查泰莱夫人的情人》，中短篇小说《普鲁士军官》《菊花的幽香》《狐》等。

劳伦斯是工业文明坚定的批判者，他认为工业文明的根本缺陷是使人社会化和机械化，压抑了人的本能和欲望，使人的生命能量枯竭。从这一立场出发，劳伦斯深刻地表现了两性关系，挖掘了人的非理性心理世界，描绘出西方现代文明崩溃的整体图景，并为探索人类走出荒原的道路殚精竭虑。

劳伦斯的诗被文学批评家哈罗德·布鲁姆认为“是英语最伟大诗歌的中心”。在《巴伐利亚的龙胆》中，诗人将开幽蓝色花朵的龙胆想象成一把照亮他通往冥府旅程的火炬；而暗含的珀耳塞福涅神话又使诗人的死亡之途，成为复活之路。《阴影》一诗直面终极的死亡问题，以精神的觉醒和灵魂的复苏与之对抗。这两首诗都是劳伦斯诗歌中的极品。

《菊花的幽香》以矿工生活为题材，是一篇有丰富内涵的心理小说。女主人公的丈夫因矿难殒命，在为丈夫入殓之际，她的内心掀起风暴，灵魂开始苏醒。

《虹》以家族史的方式展开故事，叙述了布兰温家族三代人的生活、情感经历和变迁。第一代汤姆·布兰温是个忠厚的农民，娶了波兰女子莉迪亚为妻。二人经过一些时日的适应、磨合，终于建立起了较为理想的两性关系。莉迪亚前夫的女儿安娜逐渐长大，与自己的堂兄威尔相爱并结婚。二人的婚后生活充满精神上的争斗和折磨。威尔的长女厄秀拉经历了一个成长过程。16岁中学快毕业时，她坠入爱河，爱上军官斯克里宾斯基。厄秀拉的视野和境界更加广阔，她的经历，使她广泛接触到社会的各个方面。厄秀拉与斯克里宾斯基的关系几经波折，最终因没有找到契合点而分手。

本书所选第4章的部分内容，描述了安娜和威尔在月光下搬运麦捆的场景。因为二人身上权力意志的显现，一场简单的劳动演化成激烈的精神较量。第16章是全书的最后一章，描述了厄秀拉精神成长的最终完成。其中厄秀拉与一群奔马的周旋，象征了她与男性权力意志的斗争。

巴伐利亚的龙胆

并非每人家中都有龙胆
在温和的九月，在不景气的米勒迦节。

巴伐利亚的龙胆，又大又黑，唯有黑暗
用普路托[①]忧愁的冒烟的蓝色
染黑火炬般的白昼，
缀以棱线，火炬一般，它们黑暗中的火焰蓝幽幽地延伸，
扁平地进入在白昼的扫荡下锤平的尖端，
冒蓝烟的黑暗的火炬般的花朵，普路托的深蓝色的眩晕，
狄斯[②]大厅里的黑灯，燃起深蓝，

发射出黑暗，蓝色的黑暗，
像得墨忒耳[③]的苍白的灯放出光芒，
指引我吧，给我引路。

递给我一支龙胆，递给我一个火炬，
让我用这花叉状的蓝色火炬引导自己
走向更暗更暗的台阶，那儿绿色变得深沉。
那儿甚至行走着珀耳塞福涅[④]，方才，从多雾的九月里走出，
前往无光的王国，那儿黑暗在黑暗中苏醒过来，
珀耳塞福涅自己只不过是一个声音
或是看不见的黑暗，包容在普路托双臂的更深的黑暗之中，
并被浓密幽暗的激情射穿，
在黑暗之炬的光辉中，发射黑暗遮蔽失落的新娘及其新郎。

【选自[英]劳伦斯：《灵船》，吴笛译，上海，上海人民出版社，2012】

---

① 普路托，罗马神话中的冥王，即希腊神话中的哈得斯。

② 狄斯即冥王普路托。

③ 得墨忒耳，希腊神话中的谷物女神。她女儿珀耳塞福涅采花时，被冥王劫走，强娶为后。她悲痛万分，到处找寻。

④ 珀耳塞福涅，希腊神话中的冥王之妻，宙斯和得墨忒耳的女儿，参见上条注释。

阴 影

如果我的灵魂今夜能够在睡眠中
寻到一片安详，沉入美好的湮灭，
并在清晨像新绽的鲜花一样苏醒，
那么，我就会再受浸礼，被重新创造。

如果我的灵魂随着年岁轮回在月缺中
变得黯淡，离开躯体，柔和的奇特阴郁
弥漫我的行为、我的思想、我的言语，
那么，我就会知晓，我仍与上帝同行，
我们现在亲密地相处在月亮的阴影。

如果我的心灵随着秋意的浓郁和深沉
感受落叶的痛苦，以及树枝在风暴中的折断，
感受深沉阴影笼罩我灵魂时分的
烦恼、瓦解、悲痛，以及随后的温柔，
感受阴影甜美地笼罩我的嘴唇，
似一阵昏厥，或更像昏睡于一曲低沉忧伤的歌，
比夜莺更幽暗的歌一直唱到冬至，
感受短暂至日的寂静，一年的寂静与阴影，
那么，我将会知晓我的生命，
依然随着黑暗的大地而运动，
浸润着大地颓败和更新的深沉湮灭。

如果我在人生的各个转折时期
因疾病和穷困而落魄潦倒，
手臂似乎断折，心脏似乎死亡，
气力似乎耗尽，我的生命
似乎只是成了一团残渣；

然而其中却有一股可爱的湮灭，一股零散的
冬天鲜花的复兴，从枯萎的茎干绽放而出，
仿佛我的生命中不曾绽放的崭新的奇特鲜花，

那么，我一定依然知晓

我仍被未知的上帝所掌控，
他正在他的湮灭中将我毁除，
并且在新的黎明把我送向新的生命。

【选自[英]劳伦斯：《灵船》，吴笛译，上海，上海人民出版社，2012】

菊花的幽香

虹(节选)

第四章

……

这是燕麦收割的时节。一天傍晚，他们穿过农家房舍走出村庄。灰色的天际上悬着一轮金黄的月亮。暮色中高大的树木婆娑婀娜，挺立在路边。安娜和小伙子沿着篱笆墙默默地走着，墙根下的草地上都是马车压出的黑乎乎的车辙。他们穿过一扇门来到一片开阔地带，这里似乎还有一线天光辉映着他们的面庞。阴影里堆放着收割后的一捆捆麦子。很多麦捆像人一样倒在地上，还有的堆成了垛，就像傍晚朦胧的月光下一艘艘船只，渐渐驶远了。

他们并不想回转，可他们要走向何方呢？冲着月亮走吗？他们分开走着。

安娜说："咱们把麦捆堆起来吧。"这样，他们就能在这旷野里待下去了。

他们穿过收割后的茬子地来到长长的麦垛的尽头。这块地可真挤，一捆捆麦子竖立着，还有一些没打捆的麦子铺了一地。

天空是银灰色的，她向四周张望一下，发现树木在远处若隐若现，像传令兵一样等待着前进的命令。在这朦胧的月色中，她的心像是一只响铃儿，她真怕别人听到这铃声。

"你捆这一行。"她说着跨过去，站在另一行躺着的麦捆里，双手掐住要子，一手提起一捆沉重的麦子。尽管沉重的麦捆直碰她的身体，她还是把它们都运到了空地上去。她猛地把两个捆往地上一摔，然后轻轻地把它们拢到一堆，这两捆就头顶头靠在一起了。暮色中他模糊的身影走了过来，他也提着两捆。她就等在附近。他轻轻地把他的两捆靠在她的麦捆旁边。他见有些不稳，就勒紧了要子。庄稼捆发出窸窸窣窣的声音，像是哗哗的泉水声。他抬起头笑了。

她冲着月亮转过身，每当她面朝着月亮时，皎洁的月光就似乎穿透了她的胸。他顺从地走到对面去，那儿是一片朦胧中的空地。

他们弯下腰，抓住湿漉漉、柔软的麦穗儿，竖起沉重的麦捆儿，然后又走了回去。她总是先到，放下手里的麦捆，又把其余的都斜靠在一起，这时，他携着麦捆的模糊身影随后也到了。她转过身去，只听到他手中的麦子嚓嚓相碰的声音。她从月亮和他模糊的身影之间走了过去。

她又提来两捆径直向他走来时，他刚直起腰。他从不远处走过来。她放下麦捆，把它们码成垛，码得不稳当，她的手一直在抖。她猝然转过身去，面对着月亮。月光洒在她的胸脯上，她觉得似乎她的胸脯和月光一起起伏波动着。他不得不把她那掉下来的两捆重又码上去。他默默地干着，劳动的旋律又把他载远了。她正走过来。

他们一起干着，走过来又走过去。他们的脚步和身体是随着同一个节奏和旋律移动的。她弯下腰提起沉沉的麦捆，扭脸看看黑影里的他，径直穿过茬子地走了。她踌躇地放下她的麦捆，她听到麦子在哗哗作响。他走近了，她必须转开。于是，皎洁如水的月光又洒在她的胸脯上，叫她看上去像是在随波起伏。

他稳稳当当、专心致志地干着，穿梭般地在割后的秃茬地上来回忙碌，把麦垛码得越来越长，渐渐向那模糊的树木逼近了，他的这一溜跟她那一溜慢慢接上了。

她总是赶在他来到之前离开，他一来她就走，他一走，她就回来。他们难道就永远不碰头吗？会的，渐渐地，他心中低沉的声音会传向她，与她共鸣，将她吸引过来跟他碰头，直到他们走到一起，就像麦捆一样窸窸窣窣，相依相碰。

他们继续干着活，月光更加清晰、明亮了。月光下的麦子在熠熠闪光。他弯下腰去提麦捆，麦捆离开地面时发出唰唰的声音，就像一具具沉重的人体碰撞他，他眼前闪过一片耀眼的月光. 然后，他开始码垛，她这时正走过来。

他在等她，双手在麦捆里胡乱摆弄着。她来了，可她却后退站着，直等到他离开。他看到了她模糊的身影。他向她说话。她随口答应着。她看到月光掠过他满是疑问的面孔。但他们之间隔着距离。他转身走了。他们又有节奏地干起活来。

为什么他们之间总隔着一段距离呢？为什么他们不在一起呢？为什么她从月光中走出来要踟蹰、要躲着他呢？为什么他也躲着她呢？他的心在不停地打着小鼓，冥冥地，他的意志淹没了一切。

他劳动的节奏中这时注入了一个休止符——一个坚定的目的。他弯下腰，提起一个捆儿向她那边挪过去，把麦捆放到月亮地里就像放到了她的怀中，然后又转过身去搬。他一个劲儿地憋足力气提起麦捆晃晃悠悠地把它们运到地中央，一个劲儿地赶着她跟自己打照面，一个劲儿地干着自己这一份，靠近她，终于超过了她。月光下，他们过来过去，默默地、专心地干着活计。一会儿麦捆唰啦啦响，一会儿又鸦雀无声，一会儿又是麦捆唰啦啦的响声。他的麦捆的声音响得快了起来，跟她的同步了。她的麦捆唰啦啦单调地响着，他的麦捆响得越来越近了。

最后，他们面对面站到了麦垛前，手里都提着麦捆。月光辉映着他，他全身银白。月光下，他那被阴影笼罩着的面孔把她吓了一跳。她在等他。

“放下你的麦捆吧。”她说。

“不，该你了。”他的声音有点苦涩，却是固执的。

她把麦捆靠在麦垛上。他看到了麦穗中她的手在闪光。于是他丢下手中的麦捆，颤抖着张开双臂去拥抱她。他够着她了，他要吻她，这是他的特权。她的气息带着夜气的氤氲与麦子的芬芳，是那样的甘美。他的脉搏跳动着，催他去亲吻她，他用吻来求爱，可她却不那么倾从他。他盯着她鼻翼上的月光流连忘返！她浑身沐浴着月光，可她的内心却是黑洞洞的一片！他拥抱着整个夜色，黑暗和光明都在他的怀中，他拥有这一切！整个黑夜都待他去揭示，待他去冒险，待他进入所有的神秘境地中去发现所有的新大陆。

胜利在望，他颤抖了。他的心像一颗星，闪烁着炽烈的光芒！他的吻越来越深了。

“我的爱！”她低低地呼唤着，这细细的声音对他来说像是来自月光下遥远的地方。他对此根本感觉不到。他屏住呼吸，颤抖着，倾听着。

“我的爱！”又是一声低低的呼唤，带着哀怨。像是夜幕中一只看不见的小鸟儿在叫。

他害怕了，他的心战栗着，都快碎了。他动不了了。

“安娜。”他试探着叫了一声，似乎是从远方回答她。

“我的爱。”

他逼近她，她也逼近了他。

“安娜。”他带着惊奇和爱的剧痛叫了一声。

“我的爱啊！”她的声音变得狂热起来。

他们的双唇接吻了，这是热烈、意外、长久、真正的吻。月光下他们一直吻着。他吻她，她回吻，然后又一起接吻起来。这时，他又想起了什么，他真怪。他需要她，太需要她了。她是个新奇的东西。他们拥抱着站在夜色里，一动也不动。他全身震惊得直颤，好像遭到了一击。他想要她，他想把这个想法告诉她。可这么大的震惊让他承受不了，他以前从来没意识到。他颤抖着试探，恨自己是个废物，他不知该怎么办才好。他轻轻地去拥抱她；轻柔再轻柔。内心的冲突过去了，他兴奋得喘不过气来，眼泪都快掉下来了。他只是想要她。他内心里坚定了一个信念——她是他的。他真是又喜又怕，在开阔的月亮地里有些手足无措。他透过她的发丝去看月亮，月亮好像一个透明的流体在游动。

她叹了口气，似乎清醒过来了，她又亲了他一下，然后从他怀里摆脱出来，拉着他的手。她离开了他的怀抱，这让他痛心、懊恼。她干吗离开他还要攥住他的手呢？

“我想回家。”她说。她看他的那眼神是他所不能理解的。

他紧紧拥住她，如醉如痴，寸步难行，他不知道该怎么动弹。她拉着他走开了。

他拉着她的手在她身边无助地走着，她只是低着头走自己的路。突然，他的头脑里闪过一个简单明确的解决办法，他说：“咱们结婚吧，安娜。”

她沉默着。

“我们结婚吧，安娜，啊？”

她在田野里停下来吻了他，满怀激情靠在他身上，这副样子真让他摸不透，真摸不透，可他不管这些，结婚是迫在眉睫，势在必行。他需要她，他需要跟她结婚，他要彻底占有她，让她永远是自己的。他等待着，急切地等待着圆满的结局。可心里总有点恼火。

第十六章　虹

回到贝多弗的家，厄秀拉神色暗淡，委顿不堪，不愿露面。她几乎说不出话，也没精神注意其他事了，似乎精力已耗尽。家里人问她这是怎么啦，她告诉他们，和斯克里宾斯基的婚约已解除。他们显得茫然若失，很生气。可是，厄秀拉已经感觉不到了。

在毫无知觉的状态中，一个星期又一个星期慢慢地过去了。斯克里宾斯基肯定已乘船去印度，她对此兴趣索然。她呆滞得很，没有气力也没有兴趣。

突然，她大为震惊，这一下非同小可。她怀孕了吗？她从来没有想到这一点，她一直在为自己也为他感到极度的痛苦。现在，这个念头如一团火焰蹿遍她全身。她怀孕了吗?

刚这么怀疑的那一阵子，她根本不知道有什么感受，仿佛被绑到了火刑柱上。火焰烧上身，吞噬了她。不过有火焰也好，把她烧尽便安息了。她让火焰裹住自己，烧毁自己。心里怎么想，子宫有什么感觉，她不知道，晕厥一般。

沉重的心情逐渐使她恢复了知觉。她在干什么?怀着孩子了吗?怀孩子?怎么了?

她的肉体激动得一阵阵战栗，精神上却很懊丧。这个孩子似乎就是一纸否定她自己的封条。然而在肉体上，她又为怀了孩子而高兴。她开始考虑，要给斯克里宾斯基写信，说要到他那儿去，和他结婚，做他的好妻子，简简单单地过日子。自我及生活的方式有什么关系?只有一天天过日子才要紧，体内这个可爱的小东西，生命力旺盛，宁静，完满，没有什么能超过它，再没有苦恼及麻烦。她过去错了，傲慢又刻薄，还想追求其他的东西，追求异想天开的自由。那个自己想象出来的虚幻自负的目标，她不可能与斯克里宾斯基一同去实现。她指望与谁去追求她生活中异想天开的目标?她有自己的男人、自己的孩子，在天底下有一块自己的藏身之地还不够吗?既然这些对她母亲足够了，对她就不够吗?她要结婚，爱她丈夫，做个本分的妻子算了。这就是理想。

突然，她从一个公正的切实的角度来看她母亲。母亲单纯而且完全真实，生活是怎么样的就怎么过，没有狂妄地自以为是，没有坚持按自己的想法来创造生活。母亲是对的，完全正确，而她自己则错了，充满奇想，毫无价值。

一下子她感到很谦卑，谦卑中包含着苟且求安。她把手脚伸出来就缚，喜欢受缚，称之为安宁。在这种状态下，她坐下来给斯克里宾斯基写信。

> 自从你离开我以后，我忍受了不少痛苦，因而醒悟过来了。对自己任性的恶劣行为我说不出有多懊悔。是上天的恩赐，要我爱你，并且懂得你对我的爱。可是，我没有跪下来感恩，接受上帝赐予我的恩惠，而是一定要自己守着月亮，一定要坚持自己拥有月亮。因为我不可能得到它，其他的一切都要放弃了。
>
> 我不知道你是否还能原谅我。想起我们在一起的最后那段时间我对你的行为，真是羞煞人。不知道我是否还敢望着你的脸。确实，我最好是去死，把我的怪念头永远埋葬。不过，我发现我已怀孕了，死是不可能的了。
>
> 这是你的孩子，正因为如此，我必须尊重这个小生命，为了他的幸福毫无保留地奉献我的身体，摒弃死的念头——这个念头又是一个奇想。因为你曾经爱过我，还因为这是你的孩子，我请求你，要我回到你身边。如果你给我打一份哪怕只有一个字的电报，我将尽快赶到你身边。我向你起誓，做一个尽职的妻子，一切都听候你的吩咐。现在，我只是恨我自己，恨我自高自大的愚蠢。我爱你，喜欢思念你，你的一切都自然得体，而我却是如此虚伪。一旦我又和你在一起，我就不求别的，只要在你的荫庇下过一辈子……

这封信是她一句句写的，似乎发自内心深处。现在，她觉得是表达心底里的感情了。这就是她真实的自我，永远如此。在最后的审判日，她将带着这份书面材料去见上帝。

一个女人不顺从还能怎么样？她的肉体难道不就是为了生孩子吗？她的力气难道不就是为了照料孩子和丈夫——给予生命的人？她终归是个女人。

她把信寄到斯克里宾斯基的俱乐部，由俱乐部转递到加尔各答给他。到印度不久，在三个星期之内，他就能收到这封信。一个月就能接到回音了，那时她就走。

对斯克里宾斯基她相当有把握。她只想到准备衣服，安安静静地过日子，直到再次与斯克里宾斯基在一起，她的历史就永远结束了。这段平静的日子似乎有点反常，久违了。不管怎么样，她意识到自己越来越烦躁，内心的骚动就要来临。她试图逃避这场内心的混乱，希望能够得到斯克里宾斯基接到她信后的回音，那么她的事情就能定下来，就要忙着去做命中注定的事了。正是这无所作为的状态使她更害怕突变。

以前，她都不怎么计较斯克里宾斯基不给她写信，自己的信寄出去就完了，真是不可思议。她会得到信中所要求的回音，这就行了。十月初的一个下午，她觉得心里乱糟糟得成了一锅粥，就悄悄地冒着雨走出来，在外面散步，不然，在房里会把她憋死。到处都被雨淋湿了，没有人，那些讨厌的房子都是单调的红色，毗邻的房屋在微弱的光线下显得绯红，顶上盖着暗紫色的石板瓦。厄秀拉朝威利格林走去。她仰着脸，走得很快，看见横过低洼山谷的光线，不时还隐约见得到在雨雾朦胧的远处有一片光亮，那是煤矿，还有它冒出来的一团团白色蒸汽。一会儿，雨幕又遮住了一切。雨很亲切地把她隐蔽起来，她高兴极了。

正朝着树林走去的时候，她隔着云雾看见下面有星星点点的微光，那是威利沃特。山楂树长成一片，密密麻麻地随风摆动，一丛丛的灌木精灵鬼怪似的出现在眼前，她绕到空旷的地方走。真是好极了，又自由又混乱。

不过，她还是赶紧到林子里躲雨。头顶上呼呼作响的风声震颤她，包围她，无数的树干支撑起了这巨大的声响。这些被雨水冲成一道道黑的树干，就是戳人头顶怒吼的风声，插进脚下这块风扫荡着的土地的支柱。她在树干间悄悄地行走着，真害怕在这威严的沉默中行走时它们会移过来把她关在里面。

因而，她一边往外走，一边在幻想着她没有被注意到。她觉得真像一只鸟儿从窗子飞进一间大厅，里面庞大的武士们围桌而坐。她急急掠过他们庄严齐整的行列，假定她没被注意到，心儿怦怦直跳地从另一边窗子飞出去了，飞到外面葱绿湿软的草地上。

她转到一个避雨处，眼前大地上一片巨大的雨幕慢慢地荡起一层层水浪。她身上都湿透了，被封在这雨幕中，在这水浪漂动的旷野中，离家还有很长一段路。她必须冲过飘摇的大雨，回到稳定安全的地方。

她孤独地踏上直穿过荒地的小径，往回走。这小路是一条草地里的小槽，两边有高高的枯草丛，比兔子踩出的道宽不了多少。所以，她眼盯着脚下，沿着这条路走得飞快，犹如一只风中的鸟儿，什么也不想。就是快走。不过，一边在空旷的洼地里走着，她的心里就种下了一颗害怕的种子。

突然，她发现还有什么东西——雨中隐约出现了几匹马，还没走近，不过，正在往这边走过来。没法躲避，她继续走她的路。几匹马站在那边树下的背风处，地势比她这儿高。她低着头赶路，不想看它们，不想知道它们在那儿。她继续沿着这条荒野小径走。

因为想到那些马，她觉得心情沉重。不过她会避开它们。她要承受住这种负担，逃离这儿，一直往前走，就能过去。

突然，心理负担又加重了，她的心情越来越紧张。她吃力地呼吸着，不过这点精神压力她还能承受得了。不用看，她就知道那几匹马走近了。它们到底是什么？她感觉得到地面沉重的马蹄声。这越来越近的是什么？压在她心头的重负又是什么？她不知道，也没看。

可是现在，她的路都截断了：它们堵住了她。她知道那几匹马正聚集在一座木桥上，木桥横跨过长满蓑衣草的水渠；那是黑暗又非常沉重的一大群。然而她的双脚还在不停地走。它们会在她面前突然跑开，它们会在她面前跑开。她的双脚不停地走，神经越来越紧张，脉搏越跳越快。它们会被激怒，非常凶猛地跑过来，会受惊，那她就必死无疑。

那几匹马在她走到之前跑开了。知道她靠近了，它们就从她身边飞快地跑过，震颤、紧张、强壮有力的马身疾驰过时带着冲力。奔驰过去后它们又从远处慢慢地朝这边移动。

厄秀拉知道它们没走，还在等着她。但她还是过了那座它们的蹄子捣过敲过的木桥，继续朝前走，知道它们在干什么。她觉察到，它们的前胸紧夹，缩得窄窄的，不放松，通红灼热的鼻孔显示出有持久的耐力，又圆又厚实的腰臀部在挤压着，挤压着，要挤压得前胸不再紧夹，挤压得发狂，没时没日地狂跑，永远也无法挣脱时间的控制。它们巨大的腰臀部给雨淋得又滑又黑。可是雨淋出来的黑色和湿滑不可能浇灭封闭在两肋之间的急促强烈的大火，绝不可能。

她一直往前走，越走越近了。她又觉察到了马蹄飞驰而过的声音，一道淡蓝色的闪光绕着漆黑的一圈。马蹄铁闪出的淡蓝光圈似乎很大，大得就像罩在这一群黑马身上的光环。这些强壮的马身上发出了闪电一般的马蹄急驰之光。

它们又在等着她了。在一棵橡树下，一群可怕、鲁莽、得胜了的马聚在一起，等待着，等待着，等着她走近。她好像从一个遥远的地方来，走向这一排枝叶茂盛的橡树。它们聚在这小山坡上形成了一道漆黑的屏障。

她必须走过去。它们又逃开了，在旁边散开一大圈慢慢地跑，免得招呼她。它们慢慢跑回她背后山脚下的开阔处。

它们在后面了。前面不远就围着一道高高的树篱，她面前的路开放着，一直通向大门。她可以走进这块耕地，穿过去就是大路，到了人类有秩序的世界。路畅通了，她这才放下心来。可是，她心底隐藏着恐惧，一直隐藏着恐惧。

突然，就像被闪电慑服，她迟疑一下，以为自己倒下了，其实却在迈着细碎的步子踉踉跄跄向前走。那几匹马在她身后顺着小路疾驰而下，发出的巨响震得她发抖。她又感到了沉重的压力，几乎要给压死了。她不敢看旁边，那几匹马雷鸣般地向她压过来。

残酷极了，它们跑到跟前突然转弯，从她左边冲过去了。她看到凶猛的马匹两肋起皱，还不大明显；巨大的马蹄如闪电流星，当时只是在她身边舞动；一匹匹马一股劲儿地冲过去，疯狂极了。

它们冲过去了，轰隆轰隆地掠过她身边，包围了她。它们放慢这一阵突发的急冲，在她前面慢跑着，到大门边几棵树旁又聚成了一团。它们不安地走动着，活动着，那些骚动的身子结成了一个群体，为了一个目的。它们在和她作对。

她给吓得魂不守舍，惊恐万分，再也不敢走上前去了。这些齐心协力抱成一团的马群征服了她。它们在骚动着，等着她，知道得胜了。它们带着等待胜利的焦急动来动去。她吓得心跳都要停止了，四肢松软，全身化成了一摊水。坚硬和短兵相接的力量都聚在这群马的身上了。

她双脚发软，停了下来。这是决定性的时刻。那几匹马不安地骚动着。她没办法了，望望远处。在她左边，下坡二百码处，宽厚的树篱与山坡平行延伸。有一个地方长着一棵橡树。她可以爬上去，攀着树枝，跳到树篱的另一边。

她浑身战栗，四肢软绵绵的，时刻担心会跌倒，但还是开始尽力寻路走，好像要绕一个大弯避开马群。那几匹马移动身子集成一群挡着她。她恍恍惚惚，颤抖着往前走。

突然，一股怒气爆发，她飞快地冲过去，抓住橡树干上突起的节疤往上爬。她的身子软弱无力，两手却钢铁一般坚硬。她知道自己还很坚强。尽了最大的努力，她终于攀到树枝上了。她知道那几匹马也觉察了，就把脚也挂到树枝上。马群在散开，移动着，试图弄清怎么回事。她正在奋力地爬到树枝的另一端。当马群开始朝她慢跑过来的时候，她已跌落在树篱的里边了。

好一阵子她动弹不了。从树篱下兔子钻来钻去的空隙，她看见慢跑过来的马群巨大的蹄子。她受不了这个，爬起来快步斜穿过那块地。马群在树篱的那一边疾驰到拐角处，被挡住了。她急匆匆地穿过那块光秃秃的田地时，一直觉得它们还在那儿，聚成一团。它们现在真是可怜啦。只有意志在支持着她往前走。大路边上一棵挂着野草的歪脖刺树下，有一道栅栏，她颤颤抖抖地爬上去就耗尽了气力。她干脆就坐在栅栏上，背靠树干，一动不动。

她坐在那儿，筋疲力尽，时间和不停的变化在身边流过。靠在树干上的她宛如一块躺在小河床的石子，毫无知觉，没有变化，不可能变化。而万事万物则倏忽而过，把她留在那儿歇息。像躺在河床的石子，她不可改变地被动地沉到了一切变化的底下。

她背靠树干静静地躺了很久，消磨她最后的孤独时光。有一些矿工走过，沉重的脚步踏在潮湿的路上，说话声音很响，耸肩缩脖，身上给雨水弄得斑斑驳驳、星星点点的。有些人没看见她。他们走过的时候厄秀拉懒洋洋地睁开了眼。一个独行的人看见了她。当他惊讶地看着厄秀拉的时候，黑黑的脸上眼白特别明显。他犹犹豫豫放慢脚步，出于关心，怕出了什么事，想和厄秀拉说话。厄秀拉真担心他开口，担心他问话。

她从座位上滑下来，懵懵懂懂、迷迷糊糊地沿着小路走了。离家还很远。她产生了一个念头：以后这一辈子，她都必须疲惫不堪地走，走。一步又一步，一步又一步，总是沿着树篱间雨淋湿的路走。一步又一步，一步又一步，这单调的运动使她产生了强烈的厌恶感。这憋在心里的厌恶多么强烈，多么深切！深得触到了底。今天她好像注定要探及一切事物之底，发现一切事情的根底。噢，不管怎么样，她现在是走在最低的地方，挺安全的。如果她必须永远不停地向前走，也挺安全。既然这是最低处，就没有什么更低的了。没什么更低，你瞧，处在这种境地的人只会感觉到安全稳妥、消极被动。

终于，她到家了。爬上山到贝多弗真费劲。为什么一定要爬山？为什么一定要爬上来？为什么不待在下面？为什么要强行爬上山坡？在低处的人为什么要竭力往上爬，往上爬？哦，这真是太费劲，太累人了，负担太重了。总是有负担，一直有负担。然而，她还是必须爬上山顶，走回家上床睡觉。一定得上床了。

进了家门，她在昏暗中走上楼，没人看见她淋得全身湿透。太累了，她没有力气再走下楼，就上床躺下了。她冷得全身发抖，又懒得爬起来或者喊一声帮忙。这样，她的病情就逐渐加重了。

整整两个星期，她病得很厉害，说胡话，打颤，难受极了。但是，就在神志昏迷的痛苦中，她始终隐隐约约而坚定地相信自己还活着，那是一种永存的感觉。从某种意义上来说，她像是河底的一块石头，不可侵犯，不能变动，不管她身上刮起多么凶猛的风暴。她的心灵静静地、长久地栖息着，虽然充满了痛苦，却保留着本色。在病中她还存留着深沉、不可更改的认识。

她很清楚，也不在乎那么多。她生病期间，模模糊糊之中，她和斯克里宾斯基的问题一直萦绕在心头，仿佛是持续的皮肉之苦，尚未触及她孤独的、坚定不移的现实内核。可是，她心中有关斯克里宾斯基的那块锈蚀之物已经烧成了灰烬。

她一定得属于斯克里宾斯基，一定得依附他吗？有什么事情迫使她那么做，然而那是不真实的。总是有痛苦，幻想引起的痛苦，她属于斯克里宾斯基的痛苦。她没有和斯克里宾斯基结为一体，又是什么要把他们绑在一起？为什么还有虚假之情？虚假还在啮啃她，折磨她，消耗她。为什么她就不能清醒过来回到现实中？只要她能够醒悟过来，只要能做到这一点，梦幻的虚假，她和斯克里宾斯基之间不现实的关系就会消失。然而，沉睡和神志昏迷把她给压住了，甚至在平静和清醒的时候，她也受到沉睡的诱惑。

不过，她从不被迷住。是什么外来的东西要把她和斯克里宾斯基连在一起？有某种加在她身上的纽带。为什么她不能挣断这纽带？是什么纽带？到底是什么？

神志不清时她一直都放不下这个问题。最后，在疲倦中，她得出了答案——就是那个孩子。孩子把她和斯克里宾斯基连在一起。这孩子就像套在她脑袋上禁锢她头脑的纽带。是孩子把她和斯克里宾斯基绑在一块儿。

然而，为什么孩子就把她和斯克里宾斯基连在一起？她就不能有一个自己的孩子吗？难道孩子不是她的事，不完全是她的事？这与斯克里宾斯基有什么关系？为什么她非得百般痛苦、备受约束地与斯克里宾斯基和斯克里宾斯基的世界连在一起？安东的世界，在她发热的头脑中，已成了一个禁锢她的浓缩的世界。如果她不能从这个世界走出来，就会疯狂。这个安东和安东的世界，不是她曾占有的安东，而是她从未占有的安东，这个安东为其他势力所占有，为众人所占有。

患病期间，她挣扎，搏斗，极力摆脱斯克里宾斯基和他的世界，撇开它，甩开它，放到它该去的地方。然而，这个世界对她又重新占了支配地位，又控制住了她。哦，肉体上难言的疲乏，她无法摆脱，还没有解脱。假如她能解救自己就好了。假如她能摆脱情感，摆脱躯体，摆脱世间与她有关联的巨大障碍，摆脱她的父亲、母亲和情人，摆脱所有的熟人，那该多好。

在极度的倦乏折磨下，她一遍又一遍地重复着："我没有父亲没有母亲也没有情人，我在物质世界中没有固定的位置，我既不属于贝多弗也不属于诺丁汉，不属于英国，不属于这个世界，这些地方一个都不存在，我被套在束缚在这些地方，而它们都是不真实的。我必须脱离这些地方，犹如栗子破壳而出，壳是虚假的。"

在她发热的头脑里，又一次出现了活生生的现实：二月，林子里的地上躺着一颗颗橡树子，橡实壳被胀破遗弃了，橡实仁裸露出来，绽开胚芽。她就是赤裸、光洁的橡实仁，抽出光洁、强壮的幼芽。这个世界是过去了的冬天，被抛到后面去了。她的母亲、父亲和安东，学院和她所有的朋友，像过去的一年一样，全都被抛弃了。而赤裸的橡实仁自由自在地努力扎下新根，在时间的变化中创造出对永恒的新认识。只有橡实仁才是现实，其他的都被抛弃埋没了。

这种念头在她心里越来越强烈。当天下午，她睁开眼就看到窗子和窗外烟雾弥漫的模糊景色，这些都是平摊着的皮壳。除了皮壳，她看不见其他东西。她还被关在这儿，不过很松动，与外壳之间有空隙。外壳有一条裂缝，要破裂了。很快，她将把根扎在一个新生的日子，她赤裸的身体将躺在新的天空下、新的空气中。这个陈旧腐朽的纤维外壳将消失。

她逐渐进入了正常睡眠，带着对新现实的信心睡着了。在沉睡中，她的灵魂呼吸着新世界的空气，非常平静，非常丰富。她的根扎在新的大地上，吸收着养分，逐渐成长起来。

终于，她醒了，仿佛新的一天已经来临。为了这新的黎明，她与尘埃和昏暗搏斗了多久？她感到自己多么脆弱多么纤细多么清晰，宛如冬末开放的娇弱花朵。然而黑暗已经过去，黎明就要到了。

过去的经历——和斯克里宾斯基在一起的日子，以及他们的分手，这些事已经非常久远，非常遥远了。其中有一些事是真实的，那就是富有魅力的头几个星期。以前，那几个星期就像是幻觉，现在，则像是最平常的现实。其他的事就是不真实的了。她知道，斯克里宾斯基最终不可能成为真实的。那几个热情荡漾的星期，斯克里宾斯基和她在一起是迎合了她的热望。那时，是她造就了斯克里宾斯基。但到后来，他就垮下来了，没能成为她期待的形象。

奇怪得很，他们之间的隔阂多大！现在，她喜欢斯克里宾斯基了，如同喜欢记忆中的事、过去的自我。他是过去有限的几件事、已知的事。她感到对斯克里宾斯基和过去的事有非常亲切的感情。可是，她一抬起头朝前看，斯克里宾斯基又不在了。而且，再望远一点，望到前面尚未发现的土地，她能辨认出的只有一片明朗的阳光和烟云一般从地下冒出来的神奇的树木①。那儿是未知的，尚未探索，还没有被发现。黑暗冲刷着新世界与旧世界，她跨越了新旧交替的空间后，曾独自踏上过那块未知的土地。

不会有孩子了，她感到高兴。假如有了孩子，也只是有一点不同。她要自己照管孩子，不会去找斯克里宾斯基。安东属于过去的世界。

斯克里宾斯基的电报来了："我已结婚。"过去的痛苦、气恼和轻蔑又被勾起来了。他就那么彻底地属于被抛弃的过去？厄秀拉唾弃他。他就是过去的样子，这是件好事。根据自己的愿望，她想要的男人是谁？这不是由她来创造的，而是她去认识一个上帝创造的人。这个男人是从上帝那儿来的，她要为之欢呼。她庆幸她造不了这个人。她庆幸自己与造就此人没有关系。她庆幸这都是在一个巨大的权力范围之内，她最终将要在此安息。这个人来自厄秀拉自己所归属的永恒世界。

身体逐渐恢复了，她就坐起来观看新的创造。在窗前，她看到人们在下面的街道走，有矿工、妇女和孩子，人人都披着旧荚壳。但是，透过荚壳可以看到新的萌芽膨胀

---

① 《创世记》第二章第六节。

鼓起的轮廓。从矿工平静无语的外形，她看出了犹豫不决，等待着重新获得解放的痛苦。从妇女虚伪强烈的自信中她也看出了这一点。妇女的自信是脆弱的。自信的外壳很快就要破碎，显露出新芽的力量和耐心的成就。

看见每一件事情，她都要紧紧抓住，摸索着找出上帝的创造物，取代过去的人们陈旧僵硬的枯槁形体。有时她又非常恐惧，失去了敏感，失去了知觉，只知道像过去那样害怕那束缚着她和全人类的甲壳。人们都被禁锢着，都要发疯了。

她看到矿工们僵硬的身板，好像已被盖在棺材里了；还看到他们呆滞不变的眼睛，与被活埋的人的眼睛一样。她看见轮廓线坚硬刻板的新房子，它们似乎要把没有生命的成就布满山坡，这些可怕的成就由乱七八糟的角和直线组成。那是腐败不受限制、获得胜利的显示。纯粹是腐败，因而是坚硬的也是脆弱的。她还看见对面发黑的山上暗褐色的空气，一片片污渍般的房子盖着石板瓦，乱糟糟的；陈旧丑陋的老教堂尖塔耸立在粗糙的新房之上。这种乱七八糟、坚硬又易碎的新房子从贝多弗一直延伸，与莱瑟利的污浊的新房子相连，莱瑟利的房子延伸过去又与海诺的房子混成一片。这一片枯燥烦人、不堪一击的污浊在大地上蔓延。她感到恶心极了，坐在那儿就要冻僵了。接着，在飘浮的云层中，她看见一条淡淡的彩虹架在那座小山的一边。她吃了一惊，忘掉了一切，期待着天空呈现的五彩，看着彩虹自己慢慢地形成。虹云在一个地方显得耀眼，她带着强烈的期望搜寻着彩虹的拱形搭到什么地方。虹彩加深了，不知从哪儿来的，神秘极了，它自己呈现在天空——一弧朦胧巨大的彩虹。这个拱形的弯度和强度都精彩极了，是光、彩色在天空中的伟大建筑。它光辉灿烂的柱脚坐落在低矮的小山那一片新盖的污秽的房屋上，它的拱画到了天顶。

那道虹是拱架在大地之上的。① 她知道，那些给硬壳包着在地上爬行的贱民们，各自都不动声色地活在世间的腐朽表层之中。但是这条虹扎根在他们的血肉里了，它会颤抖着在他们的精神中成活。她知道他们就要挣脱那蜕变中的硬壳甲，崭新、清洁的裸体会长出新的萌芽，在那从天而至的光明、劲风和洁净的雨水中得到新生。透过这虹，她看到了大地上的新建筑，那些陈旧的、不堪一击的糟朽房子和工厂被一扫而光，这世界将在生命的真实中拔地而起，直耸苍穹。

【选自[英]劳伦斯：《虹》，毕冰宾、石磊译，见《劳伦斯文集》(4)，北京，人民文学出版社，2014】

① 《创世记》第九章第十一至十七节。

乔伊斯

詹姆斯·乔伊斯(1882—1941)是爱尔兰杰出的现代小说家，主要作品有短篇小说集《都柏林人》，长篇小说《青年艺术家的画像》《尤利西斯》和《芬尼根守灵夜》。

乔伊斯生活在一个爱尔兰民族解放运动风起云涌的时代，见证了爱尔兰脱离英国获得独立的全过程，因而具有强烈的民族感情。但同时，他又不满民族解放运动中出现的倒退、内讧现象，不满现实中的爱尔兰人麻木、悲观、消沉的精神状态。这种复杂的心理状态，构成了他在许多作品中对爱尔兰又爱又恨、矛盾纠结的感情的基础。

《伊芙琳》选自短篇小说集《都柏林人》。女主人公伊芙琳无法忍受生活的沉闷和单调，要与相爱的外国水手乘船逃向远方。但就在轮船起航的时刻，伊芙琳退缩了，心灵的瘫痪使她没有勇气迈出那关键的一步。小说善于以小见大，揭开都柏林人麻痹、瘫痪的情态；还从主人公尝试摆脱麻痹、从瘫痪中走出去的冲动中观察麻痹与瘫痪的深度及其影响。

《尤利西斯》是乔伊斯的代表作，在情节结构与人物关系上套用了荷马史诗《奥德赛》，以达到以古指今的反讽效果。小说叙述了1904年6月16日早晨八点到次日凌晨两点多18个多小时中，三个爱尔兰都柏林人的生活经历和内心活动。第一部(前三章)以斯蒂汾的活动为主线。第二部共12章，以布鲁姆一天的活动为主线。到晚上十点，他与斯蒂汾相遇，斯蒂汾已经喝醉。恍惚中，布鲁姆觉得他就像自己夭折了的儿子。第三部(最后三章)，布鲁姆在午夜搀扶着斯蒂汾回到自己的家，并留他过夜。但斯蒂汾小坐片刻后，起身告辞。布鲁姆与莫莉交谈了几句后，酣然入睡。最后一章写莫莉躺在床上，在似睡非睡的状态中，自由涌动、奔泻不止的意识活动。这是一部展现现代人生存状态和精神困境，寻求心灵拯救，表现爱尔兰民族创伤的史诗性作品。

本书节选的第一部第二章前半部分，写斯蒂汾为学生上课及课后的意识流活动。他的眼前之事与心中所思不断碰撞，又始终在人物的意识流动之中交织纠缠，充分地体现了作者细腻精湛的叙事艺术。节选的第三部第十八章结尾部分，莫莉的思绪尽管朦胧、多变，但仍有一条大致清晰的线索可循，这就是返家与团契的渴望。

伊芙琳

她坐在窗前，凝视着夜幕笼罩住街道。她的头倚着窗帘，鼻孔里有一股沾满灰尘的印花布窗帘的气味。她显得非常疲倦。

街上行人稀少。有个男人从最后一幢房子里出来，路过这里回家；她听见他的脚步沿着混凝土的人行道嗒嗒作响，后来又咯吱咯吱地走在红色新房前的煤渣路上。以前那里曾是片空地，每天晚上他们常和别家的孩子们在那里玩耍。后来一位从贝尔法斯特来的人买了那片地，在上面盖了房子——不像他们那种褐色的小房子，而是明亮的砖房，带有闪闪发光的屋顶。以前，这条街上的孩子们常在那块空地上一起游戏——有狄威因家的，瓦特家的，邓恩家的，小瘸子基厄夫，还有她和她的弟弟妹妹们。不过，厄尼斯特从来不玩：他太大了些。她父亲常常用他的李木手杖从空地上往外撵他们；然而小基厄夫通常总是替他们望风，一看见她父亲来了便大声喊叫。尽管如此，他们那时似乎非常快乐。她父亲当时并不那么坏；而且，她母亲还活着。那是很久以前的事了；如今她和弟弟妹妹们都长大了，她母亲也已过世。蒂茜·邓恩死了，瓦特一家已迁往英格兰。一切都变了。现在她也要走了，像其他人一样，离开她的家。

家！她环顾房间的四周，再看看房间里所有熟悉的物品；多年以来，她每周都把这些东西擦拭一次，不知道灰尘究竟是从哪儿来的。也许她再也看不见那些熟悉的物品了，她做梦也没想到会离开它们。然而，这些年来，她一直不知道这位神父的名字，他那发黄的照片挂在破风琴上面的墙上，旁边是一幅向圣女玛格丽特·玛丽·阿拉考克许愿的彩印画。他曾是她父亲上学时的一位朋友。每当她父亲把照片拿给客人看时，他总是一边递照片一边随随便便地说道：

“现在他住在墨尔本。”

她已经同意出走了，离开她的家。那样做明智吗？她尽力从每个方面权衡这个问题。无论如何，她在家里有住的也有吃的，周围有她从小就熟悉的那些人。当然，她得辛辛苦苦地干活，不论是家里的活还是店里的活。倘若他们知道她跟一个小伙子跑了，那些人在店里会说她什么呢？也许，说她是个傻瓜；而且她的位子还会通过广告来招人替补。盖文小姐会感到高兴。她总是显摆比她强，尤其是每当有人听着的时候。

“希尔小姐，你没看见这些女士们在等着吗？”

“请你打起精神来，希尔小姐。”

她不会因离开这店而难过得哭泣。

可是，在她的新家，在一个遥远陌生的国度，情况不会像那个样子。那时，她就结了婚——她，伊芙琳。那时，人们会尊重她。她不会受到她妈妈生前所受的那种对待。甚至现在，虽然她已经年逾十九，有时仍觉得自己还受着父亲暴力的威胁。她知道，正是那种威胁才使她胆战心惊。他们成长的时候，他从未像喜欢哈利和厄尼斯特那样喜欢过她，因为她是个女孩；可是后来，他开始威吓她，说是要不看在她死去的母亲的分上，他就会对她如何如何。现在她得不到任何人的保护。厄尼斯特已经死了，而哈利在做教堂装饰生意，几乎总是在乡下到处奔波。此外，每星期六晚上，为了钱的事总免不了争吵，这也使她开始感到说不出的厌烦。她总是把全部工资——七个先令——如数交出，哈利也总是把能寄的钱寄来，但问题是向她父亲要钱。他说她常常乱花钱，说她没有头脑，还说他不会把他辛辛苦苦挣来的钱给她抛到街上，他还说了许多，因为星期六晚上他的情绪总是很坏。最终，他会把钱给她，但会问她是否打算为家里买星期天的食品。那时，她只得尽快跑出家门，到市场上采购，手里紧紧抓着黑皮钱包，在熙熙攘攘的人群里挤来挤去，等到拎着食品返回家时已经很晚。她辛辛苦苦维持这个家，负责留给她照看的两个年轻的孩子，让他们按时上学，按时吃饭。这是辛苦的工作——一种辛苦的生活——但是她现在马上就要离开它了，却又觉得有点儿恋恋不舍。

她马上就要和弗兰克去开拓另一种生活。弗兰克是个非常善良的人，心胸开阔，颇有男子汉的气概。她要和他一起乘夜船离开，做他的妻子，和他一起在布依诺斯艾利斯生活，他在那里有个家等着她。她多么清楚地记着她第一次见他时的情景呀，那时他寄宿在大路旁边的一间房子里，她也常常去那里。这仿佛是几个星期前的事情。他站在门口，他的鸭舌帽推到了脑袋后面，散乱的头发垂在古铜色脸的上方。后来他们就互相认识了。他每晚都在商店外面接她，然后送她回家。他带她去看《波希米亚女郎》，她和他一起坐在剧院里的雅座区，虽不习惯却觉得非常惬意。他酷爱音乐，也唱得几句。人们知道他们在谈恋爱，因而当他唱起少女爱上一个水手的歌时，他总是高兴得心醉神迷。他常常逗她叫她“小天鹅”。最初，她对身边有个小伙子感到兴奋，后来便渐渐喜欢他了。他知道许多遥远国家的故事。他起初当舱面水手，在阿伦航运公司驶往加拿大的一艘船上工作，每月挣一个英镑。他告诉她他曾在上面工作过的那些船的名字，还告诉她各种不同工作的名称。他曾驶过麦哲伦海峡，于是便给她讲可怕的帕塔格尼亚人的故事。他说他在布依诺斯艾利斯曾死里逃生，他来这个古老的国家只是为了度假。当然，她父亲发现了他们的关系，于是便禁止她与他有任何来往。

“我知道这些当水手的小子们。”他说。

一天，她父亲与弗兰克吵了一架，从那以后，她不得不偷偷地与她的情人见面。

大街上夜色深沉。搁在她膝上的两封信的白色变得模糊不清。一封是写给哈利的，另一封是给她父亲的。她宠爱厄尼斯特，但也喜欢哈利。她注意到她父亲近来渐渐变老；他会想念她的。有时候他会非常慈祥。不久前，她生病在床上躺了一天，他给她读鬼怪故事，还给她在火上烤了面包片。还有一天，她母亲活着的时候，他们全家曾一起到霍斯山去野餐。她记得父亲戴上母亲那个有带子的女帽，逗孩子们发笑。

她的时间越来越少，可她仍然坐在窗边，头倚着窗帘，闻着沾满灰尘的印花布窗帘的气味。从窗下大街的远方，她听见传来一架街头手风琴的乐声。她知道那个曲子。奇怪的是它竟然恰恰在今夜传来，使她想起自己对母亲的许诺——她曾许诺一定要尽力维持这个家。她记起母亲病中的最后一个晚上；她又回到了过道那边昏暗的屋里，听到外面传来一首凄凉的意大利乐曲。拉手风琴的人被打发走了，花了六个便士。她记得父亲趾高气扬返回病房说：

“该死的意大利人！竟到这里来了！”

在她沉思冥想之际，她母亲一生可怜的景象如同符咒似的压在了她的心头——平平凡凡耗尽了生命，临终都操碎了心。她浑身颤抖，仿佛又听见母亲的声音愚顽不停地说着:“我亲爱的孩子!我亲爱的孩子!”

她蓦然惊恐地站了起来。逃!她必须逃走!弗兰克会救她。他会给她新的生活,也许还会给她爱情。而她需要生活。为什么她不应该幸福?她有权利获得幸福。弗兰克会拥抱她,把她抱在怀里。他会救她的。

* * * *

在诺斯华尔码头,她站在挤来挤去的人群当中。他拉着她的手,她知道他在对她说话,一遍遍谈着航行的事儿。码头上挤满了带着棕色行李的士兵。透过候船室宽大的门口,她瞥见了巨大的黑色船体,停泊在码头的墙边,舷窗里亮着灯。她没有说话。她觉得脸色苍白发冷,由于莫名其妙的悲伤,她祈求上帝指点迷津,告诉她该做什么。大船在雾里鸣响悠长而哀婉的汽笛声。如果她走的话,翌日就会和弗兰克一起在海上,向布依诺斯艾利斯驶去。他们的船位已经订好。在他为她做了这一切之后,她还能后退么?她的悲伤使她真觉得想吐,于是便不停地翕动嘴唇,虔诚地默默祈祷。

一阵叮当的铃声敲响了她的心房。她觉得他抓紧了自己的手:

“来呀!”

全世界的海洋在她的心中翻腾激荡。他把她拖进了汪洋之中:他会把她淹死的。她用双手紧紧地抓住了铁栏。

“来呀!”

不!不!不!这不可能。她双手疯狂地抓着铁栏。在汪洋之中,她发出一阵痛苦的叫喊。

“伊芙琳!爱薇!”

他冲过栅栏,喊叫她跟上。有人喊他往前走,他却仍在喊她。她迫不得已地向他抬起苍白的面孔,像是一只孤独无助的动物。她双眼望着他,没有显示出爱意,也没有显示出惜别之情,仿佛是路人似的。

【选自[爱尔兰]乔伊斯:《都柏林人》,王逢振译,上海,上海译文出版社,2013】

尤利西斯(节选)

第一部第二章

——你说，科克兰，什么城市请他？

——塔林敦[1]，老师。

——很好。后来呢？

——有一个战役，老师。

——很好。在什么地方？

孩子的茫茫然的脸转过去问白茫茫的窗户。

是记忆的女儿们编造的寓言[2]。然而，即使不和记忆编造的寓言一样，也还是有一定的事实的。那么，是一句不耐烦的话了，是布莱克那过分的翅膀[3]的一阵扑击。我听到整个空间的毁灭，玻璃稀里哗啦地砸碎，砖瓦纷纷倒塌，而时间则成了惨淡无光的最后一道火焰。那样的话，我们还剩下什么呢？

——我忘了地点，老师。公元前二七九年。

——阿斯库伦[4]，斯蒂汾说着，朝血污斑驳的书上的名字和年代瞥了一眼。

——是的，老师。他还说：再打这么一个胜仗，我们也就完了。[5]

这话人们记住了。头脑处于一种迟钝的轻松状态。陈尸遍野的平原，将军站在小山头上，手扶长矛，向部属讲话。任何将军对任何部属。他们都洗耳恭听。

——你，阿姆斯特朗，斯蒂汾说。皮洛士到头来怎么样？

——皮洛士到头吗，老师？

——我知道，老师。问我吧，老师，科明说。

——等一下。你说，阿姆斯特朗。你知道皮洛士是怎么一回事吗？

阿姆斯特朗的书包里整整齐齐地放着一袋无花果冻夹心蛋糕。他不时把蛋糕放在掌

---

① 塔林敦即今意大利南部城市塔兰，公元前三世纪初罗马军队进逼时，塔林敦向希腊北部伊庇鲁斯的国王皮洛士(公元前 319—前 272)求援。

② “记忆的女儿们”典故来自英国诗人布莱克(1757—1827)的《最后审判的景象》：“寓言或讽喻是由记忆的女儿们编造的。想象是受灵感的女儿们包围的……”按照希腊神话，九位掌管各种文艺(包括历史、诗歌等等)的女神，都是大神宙斯和记忆女神所生的女儿。

③ 布莱克主张听任自己的想象力自由驰骋，主张以过分的行动去抵消另一种过分，他说：“鸟飞不愁高，只要它用的是自己的翅膀。”

④ 阿斯库伦在今意大利南部，皮洛士战胜罗马军队的两个战役之一在此进行。

⑤ 这是皮洛士在阿斯库伦之役的胜利之后说的话，因为他在这一战役中损失了大批精兵良将。由此人们把得不偿失的胜利称为“皮洛士的胜利”。

心里，合掌搓成小卷儿，悄悄地塞进嘴里。嘴唇上还沾着蛋糕屑呢。他的呼吸中带有甜丝丝的儿童气息。富裕家庭，大儿子当上了海军，一家人都很得意。道尔盖[1]的维柯路。

——皮洛士吗，老师？皮洛士就是栈桥[2]。

哄堂大笑。并不欢乐的尖声怪笑。阿姆斯特朗环顾同学，露出一个傻笑的侧影。待一会儿，他们体会到我管教不严，想到他们的爸爸缴的学费，笑声还会更大些。

——现在你说说，斯蒂汾用书捅一下孩子的肩膀说，栈桥是什么？

——栈桥啊，老师，阿姆斯特朗说，是伸到水里的东西。一种桥呗。国王镇栈桥[3]，老师。

又有几个人笑了：不欢乐，但有含意。后排有两个人在交头接耳。是的。他们是知道的：从没有学习过，可也从来不是外行。全都如此。他怀着妒羡的心情注视着一张张脸庞：伊迪丝、爱瑟尔、格蒂、莉莉[4]。同一个类型的人：呼吸中也带着红茶和果酱的甜香味，手臂上的镯子在挣扎中发出吃吃的笑声。

——国王镇栈桥吗，斯蒂汾说。是的，一座失望的桥梁。

这话使他们凝视的目光中露出了困惑的神色。

——怎么呢，老师？科明问，桥不是架在河上的吗？

可以收进海恩斯的小册子里去。这里可没有人听。今天晚上放怀痛饮、神聊，妙语如剑，可以刺透他罩在思想外面的锃亮的甲胄。那又怎么样呢？无非是一个在主子的宫廷上逗人发笑的小丑，受了宽容也遭到鄙视，在宽宏大量的主子跟前赢得一声夸奖而已。为什么他们都愿意扮演这样一个角色呢？不完全是为了那和蔼的抚摩。对于他们也是一样，历史成了老生常谈，他们的国土成了当铺。

假定皮洛士没有倒在阿尔戈斯老妪手下[5]，或是尤利乌斯·凯撒没有被人刺死[6]呢？事实是无法按主观愿望抹掉的。时间已经给它们打上烙印，它们已经被拴住了，占据着被它们排挤出去的那些无穷无尽的可能性的地盘[7]。但是，那些可能性既然从未实现，还说得上可能吗？还是只有成为事实的才是可能的呢？织风的人，织吧。

——给我们讲一个故事吧，老师。

——讲吧，老师。讲个鬼故事。

---

① 道尔盖是都柏林的一个滨海郊区，即学校所在地。

② “皮洛士”(Pyrrhus)读音似英语的pier(栈桥，或凸码头)后续拉丁字尾us，再加上刚才听老师问“皮洛士到头”，更促使这个糊涂学生张冠李戴，以为是谈海边的栈桥。

③ 国王镇有东西两大凸码头伸入海中，形成一个人造的港湾，离学校所在地道尔盖不远，常有青年男女在此幽会。

④ 伊迪丝等全是女孩子的名字，而这里却是一个男校，所以她们不是课堂中的学生。

⑤ 皮洛士死于公元前272年阿尔戈斯巷战中，当时有一个老妇人从屋顶上扔下一片瓦来，把他从马背上砸下，他才被人杀死。

⑥ 罗马帝国的独裁者凯撒于公元前44年被罗马贵族杀死，许多历史学家认为此事是罗马长期动乱的起因。

⑦ 指古希腊哲学家亚里士多德关于可能性的理论：事情发生之前，具有各种各样的可能性，而在其中的一个可能性变成了现实之后，其他的可能性就全被排除了。

——这该从什么地方开始？斯蒂汾打开另一本书问。

——别再哭泣，科明说。

——那么你朗诵，塔尔博特。

——故事呢，老师？

——呆会儿，斯蒂汾说。朗诵吧，塔尔博特。

一个肤色黝黑的学生打开书，敏捷地把书支在自己的书包盖底下。他一榾柮一榾柮地朗诵起米，眼睛偶尔瞅一瞅书本。

——别再哭泣，悲伤的牧羊人，别再哭泣，
你们哀悼的莱西达斯并没有死去，
尽管他已经沉到了水面底下……①

那么，一定是一种运动了，可能性因为有可能而成为现实②。在急促而含糊的朗诵声中，亚里士多德的论断形成了，飘出教室，飘进圣日内维也符图书馆③内的勤奋、肃静的空气中。他曾经一夜又一夜地躲在这里读书，这里不受巴黎的罪恶的侵袭。在紧挨着他的座位上，有一个文弱的暹罗人④在钻研一本战略手册。为我周围的头脑提供了并继续提供着养料；头顶上是一些用小铁栅围起来的放电灯，伸出微微扑动着的触须；而在我头脑中的暗处，却是一条底层世界的懒虫，它不愿动弹，怕亮光，慢慢地挪动着龙一般的带鳞的躯体⑤。思想是关于思想的思想⑥。宁静的明亮。灵魂在某种意义说来就是全部存在：灵魂是形态的形态⑦。突如其来的、巨大的、白炽的宁静：形态的形态。

塔尔博特一遍又一遍地背诵着：

——凭借履波如夷的他⑧的亲切法力
凭借履波如夷的他……

——翻过去吧，斯蒂汾静静地说。我看不到什么了。

——您说什么，老师？塔尔博特向前倾着上身，单纯地问。

他的手翻过一页书。他想起来了，于是又坐直身子继续朗诵。履波如夷的他。他的影子也投射到这里，笼罩在这些怯懦的心灵上，在嘲笑者的心灵上和嘴唇上，在我的心

---

① 此条出自英国诗人弥尔顿为溺死的同窗所写的悼念诗《莱西达斯》(1638)。

② 亚里士多德曾多次论述，潜在的可能性变为现实的过程就是运动。

③ 圣日内维也符图书馆在巴黎，晚上在此读书的几乎全是学生。

④ 暹罗即今泰国。

⑤ 布莱克在《天堂与地狱的结合》中说，知识传播过程是在地狱里一个印刷所中进行的，其中共有六个洞窟，第一窟中有一些龙样的人和龙在清理垃圾和掏土挖洞。

⑥ 亚里士多德在《形而上学》中提出，关于思想的思维是基本的推动力。

⑦ 亚里士多德在《论灵魂》中说：“正如手是工具的工具，头脑(灵魂)是形态的形态……”意思是说一切事物都只有通过头脑的活动才能认识。

⑧ 指耶稣。据《圣经·新约》记载，耶稣曾在风浪中踏着水面走到离岸很远的船上。

灵上和嘴唇上。笼罩在把一枚纳贡的银币拿给他的那些人的热切面容上。将属于凯撒的交给凯撒，将属于上帝的交给上帝①。一道从深色的眼睛中射出来的长久的目光，一句谜语般的句子，供教会的纺织机织了又织。可不是吗。

猜一猜，猜一猜，朗的罗，
我爸爸给我种子让我播②。

塔尔博特把书合上，滑进书包。

——都朗诵完了吗？斯蒂汾问。

——完了，老师。十点钟打曲棍球，老师。

——半天儿，老师。是星期四哪。

——谁会猜谜语？斯蒂汾问。

孩子们收书的收书，装笔的装笔，铅笔嗒嗒作响，纸张窸窸窣窣。他们一边绑着、扣着书包，一边挤成一团，兴高采烈、七嘴八舌地说：

——老师，猜谜语吗？老师，我猜！

——我猜，我猜，老师。

——来个难的，老师。

——这个谜语是这样的，斯蒂汾说：

公鸡打鸣儿
天空透蓝色儿
天上有钟儿
敲响了十一点儿
可怜的灵魂儿
该归天儿了。

——是什么？

——老师，怎么说的来着？

——再说一遍，老师。我们没听清。

谜语重说了一遍，孩子们的眼睛睁得更大了。沉默了一会儿之后，科克兰说：

——老师，是什么？我们猜不着。

斯蒂汾回答的时候，嗓子里有些发痒：

---

① 据《新约》记载，在耶稣讲道时，有些人设圈套企图使他触犯罗马王法，问他向罗马政府交纳税金是否违背教义；耶稣不直接回答，而叫他们拿来一枚纳税的银币，指着银币上铸的凯撒头像，说“将属于凯撒的交给凯撒，将属于上帝的交给上帝”。

② 这也是一个谜语。这是头两句，后两句是：
种子是黑的，地儿是白的。
你猜到这个谜语，我就给你喝的。(谜底：写信。)

——是狐狸在冬青树下埋葬自己的奶奶[1]。

他站起身来，发出一阵神经质的大笑，而孩子们的回音是一片扫兴的嚷嚷声。

门外有人用棍子敲门，同时在走廊里喊：

——曲棍球！

孩子们立即散开，纷纷穿过桌椅，有侧着身子挤过去的，有从上边跳过去的。很快人都走光了，从贮藏室传来棍棒的撞击声、乱哄哄的脚步声和说话声。

只有萨金特没有走，他捧着一本打开的练习本，慢慢地走上前来。乱成一团的头发，瘦骨嶙峋的脖子，都标志着他的迟钝；模糊的镜片后面是两只无神的眼睛，仰望着，乞求着。他的脸灰暗而无血色，面颊上有一块新抹上去的墨水，枣子形，还湿漉漉的呢，像蜗牛的窝儿似的。

他捧上练习本。页头上标着算术二字，字下面是斜斜的数目字，最底下是一个曲里拐弯的签名，带圈的笔画都是实心的；另外还有一团墨水渍。西里尔·萨金特：名字加图记。

——老师，戴汐先生叫我全部再抄一遍，他说，还要交给您看。

斯蒂汾摸着练习本的边。徒劳无功。

——你现在会做了吗？他问。

——十一题到十五题，萨金特回答说。戴汐先生叫我照着黑板上抄的，老师。

——你自己会做吗？斯蒂汾问。

——不会，老师。

又丑，又没出息：细脖子，乱头发，一抹墨水，蜗牛的窝儿。然而也曾经有人爱过他，在怀里抱过他，在心中疼过他。要不是有她，他早就被你争我夺的社会踩在脚下，变成一摊稀烂的蜗牛泥了。她疼爱从自己身上流到他身上去的孱弱稀薄的血液。那么那是真实的了？生活中唯一靠得住的东西[2]？他母亲平卧的身子上，跨着圣情高涨的烈性子的高隆班[3]。她已经不复存在：一根在火中烧化了的小树枝，只留下颤巍巍的残骸，檀木和沾湿了的灰烬的气味。她保护了他，使他免受践踏，自己却还没有怎么生活就与世长辞了。一个可怜的灵魂升了天；而在闪烁不已的繁星底下，在一块荒地上，一只皮毛中带着劫掠者的红色腥臭的狐狸，眼中放射出残忍的凶光，用爪子刨着地，听着，刨起了泥土，刨了又听，听了又刨。

斯蒂汾坐在孩子旁边解题。他用代数证明莎士比亚的阴魂是哈姆雷特的祖父。萨金特歪戴着眼镜，斜眼瞅着他。贮藏室里有球棍的磕碰声，球场上传来了发闷的击球声和喊叫声。

练习本页面上的代数符号在演出一场字母的哑剧，它们头上戴着平方形、立方形的

---

① 这是爱尔兰的一个取笑谜语的谜语，意思是说有些谜语是无法猜的，但一般把谜底说成狐狸埋葬自己的妈妈，斯蒂汾改说奶奶，显然与当时的思想状态有关。

② 斯蒂汾的朋友克兰利曾规劝他对母亲要体贴，并说："在这个臭粪堆似的世界上，不管别的东西怎么靠不住，母亲的爱总是靠得住的……"事载《画像》最后一章。

③ 高隆班(543？—615)是爱尔兰著名僧侣和圣人，以学问高深和布道热心著称，曾不顾其母反对而外出传道。同时"高隆"在拉丁文和爱尔兰语中是"鸽子"的意思，因此斯蒂汾有可能借此影射第一章涉及的圣灵使马利亚受孕而生耶稣的《圣经》事迹。

古怪帽子，来回地跳着庄严的摩利斯舞[①]。拉手，交换位置，相对鞠躬。就是这样：摩尔人的幻想的产物。阿威罗伊、摩西·迈蒙尼德[②]也都已经不在人间，这些在容貌举止上都是深沉的人，用他们的嘲弄的明镜对准世界，照出了它那隐蔽的灵魂。这是一种在明亮之中放光而又不为明亮所理解的深沉[③]。

——现在懂了吗？第二道自己会做了吧？

——会了，老师。

萨金特用长大而颤巍巍的笔画抄录着数字。他一面不断地期待着老师开口指点，一面忠实地临摹那些多变的符号，他那灰暗的皮肤下隐隐地闪烁着羞愧的色调。Amor matris：主生格和宾生格[④]。她用自己的孱弱的血液和清淡发酸的奶汁喂养了他，并且把他的襁褓布藏在人们看不见的地方。

有些像他，我这个人；也是这么瘦削的肩膀，也是这么叫人看不上眼。在我旁边弯着腰的就是我的童年。太遥远了，想用手摸一下或是轻轻碰一下都够不着了。我的是远了，而他的呢，像我们的眼睛一样深奥莫测。我们两人心灵深处的黑殿里，都盘踞着沉默不语、纹丝不动的秘密，这些秘密已经倦于自己的专横统治，是情愿被人赶下台去的暴君。

题做好了。

——很简单，斯蒂汾说，同时站起身来。

——是的，老师，谢谢您，萨金特回答说。

他用一张薄薄的吸墨纸把刚写的字迹吸干，拿着练习本走回自己的座位。

——快去拿上球棍，出去找同学们吧，斯蒂汾一边说，一边跟着孩子的笨头笨脑的背影向门口走去。

——是，老师。

在走廊里，听到了球场上喊他名字的声音。

——萨金特！

——快跑，斯蒂汾说。戴汐先生在喊你了。

他站在门廊里，望着落后学生急急忙忙奔向争夺场，场上这时只听见一片尖着嗓子吵闹的声音。孩子们分好了拨儿，戴汐先生迈着戴鞋罩的脚，跨过一簇簇的草丛走过来。他刚走到房前，吵吵嚷嚷的声音又起来了！而且又在喊他了。他扭回了怒气冲冲的白色八字胡。

——又怎么啦？他反复地大声喊着，也不听人家究竟在说什么。

——先生，科克兰和哈利戴分在一边了，斯蒂汾提高嗓门说。

---

① 摩利斯舞是一种禳灾祈福的舞蹈。"摩利斯"一词来自"摩尔人"；摩尔人是非洲西北部柏柏尔人与阿拉伯人混合的一个民族，在公元八世纪入侵西班牙，代数也是经摩尔人传入欧洲的。

② 阿威罗伊是十二世纪的阿拉伯哲学家、医学家，摩西·迈蒙尼德是十二至十三世纪的犹太哲学家、医学家，二人对亚里士多德哲学思想有深入研究，对中世纪西方思想界(包括斯蒂汾信服的十三世纪天主教哲学家阿奎那)产生了重大的影响。

③ 按《新约·约翰福音》(詹姆士王钦定本)，上帝即生命，而生命即光，"光在黑暗中放亮，而不为黑暗所理解"。

④ 拉丁文"母亲之爱"，按主生格讲是"母爱"；按宾生格讲是"对母亲的爱"。

——请你在我书房里等一下，戴汐先生说，我把这里的秩序整顿好就来。

于是，他又大惊小怪地回头向球场走去，一面扯着苍老的嗓子厉声喊道：

——怎么回事？又是怎么回事了？

孩子们的尖嗓子从四面八方冲着他叫嚷：他们蜂拥而上，把他团团围住，他那没有染好的蜜色头发，被耀眼的阳光漂成了白色。

第三部第十八章

……

一刻了什么缺德钟点哟我琢磨中国那边人们现在正起床梳辫子准备开始一天的生活了吧我们这里修女们快敲晨祷钟了她们睡觉倒没有人进去打扰除非偶然有一两个教士去做夜课要不鸡叫时候隔壁的闹钟当啷啷啷的简直要把它自己的脑袋都震破了我来试一试看是不是还能睡一会儿一二三四五他们发明的这些像星星的东西算是什么花哟隆巴德街的壁纸好看多了他给我的围裙也是那种花样只是我不过我只用了两次最好把灯弄低一些再试一试好早点起床我要到芬勒特食品店旁边的兰姆花店去一下叫他们送些花来好把屋子布置布置要是他明天带他来呢不是明天是今天不好不好星期五不吉利首先我要把屋子收拾好灰尘不知道怎么回事自己就长出来了大约是在我睡觉的时候长的吧然后我们可以来点音乐抽抽香烟我可以给他伴奏先得用牛奶擦洗钢琴的键盘我穿什么衣服好呢要不要佩戴一朵白玫瑰不然的话来点儿利普顿公司那种神仙蛋糕吧我喜欢货色齐全的大商店里那种香味七个半便士一磅的要不然另外那种带樱桃和粉色糖层的十一便士的来两磅桌子中央得来一盆好花哪儿的盆花便宜些呢别着急我不久前在哪儿看见来着我爱花恨不得这屋子整个儿都漂在玫瑰花海里才痛快呢天上的天主呀大自然真是没有比的崇山峻岭还有海洋白浪翻滚还有田野真美一片片的燕麦小麦各种各样的东西一群群肥牛悠然自得你看着只觉得心里舒畅河流呀湖泊呀鲜花呀各种各样的形状香味颜色连小沟里也冒出了报春花和紫罗兰这就是大自然要说那些人说什么天主不存在别看他们学问大我说还不值我两个手指打的一个响榧子呢他们为什么不自己试试创造出点什么东西来呢我常和他说那些无神论者还是什么论者的还是先把自己身上那些疙疙瘩瘩的洗净了再说吧再说他们临死他们鬼哭狼嚎地找牧师又是为什么呢为什么呢因为他们怕地狱他们做了亏心事可不是吗我可知道这号人谁是宇宙中间比别人都早的第一个人呢谁是开天辟地的人呢究竟是谁呢他们可说不上来我也说不上来这不就结了吗他们还不如去试试挡住太阳让它明天别升起来呢他说太阳是为你放光的那是我们在豪思山头上躺在杜鹃花丛中的那一天他穿的是灰色花呢套服戴着那顶草帽我就是那天弄到他求婚的真的我先还嘴对嘴给了他一点儿茴蒿籽蛋糕那是一个闰年和今年一样真的十六年过去了我的天主呀那一吻可真是长差点儿把我憋死过去真的他说我是一朵山花真的我们就是花朵女人的身体全都是花朵真的他这辈子总算说出了一个真理还有太阳今天是为你放光真的我就是因为这个才喜欢他的因为我看得出他理解或是感觉到女人是怎么一回事儿而且我知道我总能让他听我的那天我尽给他甜头引他开口求我答应可是我先还不马上回答一个劲儿地眺望海面仰望天空心里想到

许许多多他不知道的事情想到马尔维想到斯坦厄普先生想到荷丝特想到父亲想到老格罗夫斯上尉想到那些水手在码头上玩鸟儿飞我说弯腰还有他们叫做洗碟子的游戏总督府门前站岗的头上戴个白色头盔有一道箍可怜的家伙晒得半死不活的还有西班牙姑娘们披着披肩头上插着高高的梳子嘻嘻哈哈的还有清早赶集拍卖什么人都来了有希腊人有犹太人有阿拉伯人整个欧洲还加一条公爵大街什么犄角旮旯儿里的稀奇古怪的人都来了还有家禽市场在拉比沙伦外面一片嘈杂鸡鸭乱叫驴子可怜瞌睡懵懂的尽打滑阴暗处影影绰绰常有人裹着斗篷躺在台阶上睡觉还有运公牛的大车轮子真大还有几千年的古堡真的还有英俊的摩尔人穿一身白衣服脑袋上缠着头巾国王似的气派小不点儿的铺子还请你坐下还有朗达[①]西班牙客栈古老的窗户两只窥视的眼睛在格子窗后隐匿情人只好吻铁条[②]夜间酒店都是半开门的还有响板那天晚上我们在阿尔赫西拉斯没有赶上渡轮打更的提着灯笼转悠平安无事哎唷深处的潜流可怕哎唷还有海洋深红的海洋有时候真像火一样的红夕阳西下太壮观了还有阿拉梅达那些花园里的无花果树真的那些别致的小街还有一幢幢桃红的蓝的黄的房子还有一座座玫瑰花园还有茉莉花天竺葵仙人掌少女时代的直布罗陀我在那儿确是一朵山花真的我常像安达卢西亚姑娘们那样在头上插一朵玫瑰花要不我佩戴一朵红的吧好的还想到他在摩尔墙下吻我的情形我想好吧他比别人也不差呀于是我用眼神叫他再求一次真的于是他又问我愿意不愿意真的你就说愿意吧我的山花我呢先伸出两手搂住了他真的然后拉他俯身下来让他的胸膛贴住我的乳房芳香扑鼻真的他的心在狂跳然后真的我才开口答应愿意我愿意真的。

【选自[爱尔兰]乔伊斯:《尤利西斯》，金隄译，北京，人民文学出版社，1996】

---

① 朗达为西班牙城市，在直布罗陀东北方向四十余英里处。

② “两只窥视的眼睛在格子窗后隐匿”为上文所提歌词，而西班牙房屋格子窗外往往另有铁栅。

艾略特

托马斯·斯特恩斯·艾略特(1888—1965)，英美著名诗人、批评家、剧作家，西方现代派文学大师。艾略特一反浪漫主义及维多利亚文风和陈规，对诗歌技巧和题材进行了彻底创新，开拓了20世纪现代派诗歌传统。他的文学批评和文学观念是英美新批评的重要组成部分。

《J. 阿尔弗瑞德·普鲁弗洛克的情歌》是艾略特早期作品，塑造了一个萎靡、倦怠，无力追求个人幸福的人物形象，是现代西方人精神空虚，对人生乃至文明充满幻灭感的真实写照。诗歌采用的戏剧性独白、意象叠加、反讽、奇喻等手法，令人耳目一新。

《荒原》(1922)是艾略特的代表作，全诗由5章构成，共433行。第1章《死者葬仪》，主要写荒原及荒原人的意象，用荒原象征战后的欧洲文明，揭示西方现代文明的危机。第2章《对弈》传达了一种普遍性：无论是上层社会的妇女，还是出没于酒吧的下层男女，都放纵自己的情欲，象征着现代人的道德堕落、精神空虚。第3章《火的布道》借佛之口告诫众生：情欲之火乃卑劣、庸俗之祸根，应节制修行，过一种圣洁的生活，庶几能免遭恶的报应，最终达到涅槃的理想境界。第4章《水里的死亡》的主题意象是水，它象征着情欲的泛滥与死亡。沉溺于情欲之海，最终的结果只能是以死告终。这是对世人的警醒，流露出明显的出世思想。第5章《雷霆的话》再次回到荒原主题，积极探索超越与拯救的途径。雷霆为荒原中的人们指引了求生的道路："舍予""同情""克制"。这三大原则恰恰是荒原人所匮乏的，也恰恰是现代人精神世界与文明世界出现荒原的根因。艾略特以这部"恐怖世纪的恐怖之诗"勾勒了现代西方文明危机的整体图景，并且尝试为沉溺于情欲和拜物教的现代人探索精神出路。

《荒原》是艾略特最伟大的诗作，具有多方面的艺术特色，如神话式结构、非个性化表达、典型的自由体格律、灵活运用多种语言。此外，诗中还有大量的征引、出典、对话、戏剧性场景、内心独白与自由联想，对于深化全诗的主题，丰富诗歌的蕴含和表现手法，增强其艺术感染力，乃至调动读者的艺术想象力等，都具有不容忽视的艺术价值。

《三贤哲的旅程》借《圣经》中东方三贤赴伯利恒朝觐的故事，记录了诗人皈依国教的心路历程。诗歌平缓、倦怠的语气与坚定的信仰之间构成张力，写实的朝圣之旅与耶稣从诞生到死亡，再到复活的幻象描写相叠加，都使这首诗独树一帜。

J. 阿尔弗瑞德·普鲁弗洛克的情歌①

如果我认为我是在回答一个
随时能回到阳世的人,
这火焰就不应再摇摆;
但是既然从未有过从这个深渊里
生还的人,如果我听说的属实,
我回答你就不怕丢人现眼了。②

让我们走吧,你和我,
此时黄昏正朝天铺开
像手术台上一个麻醉过去的病人;
走吧,穿过某些行人稀少的街道,
那些人声嗡嗡然的投宿处
不眠夜在只住一宿的旅舍里度过
还有到处牡蛎壳的那些满地锯木屑的小饭馆:
街道一条接一条就像用意险恶的
一场冗长辩论
把你引向一个压倒一切的问题……
啊,不要问,"指的是什么?"
走吧,我们去拜访。
在屋里妇女们来来去去
谈论着米开朗琪罗。③

那黄雾的背脊摩擦着窗玻璃,
那黄雾的口鼻摩擦着窗玻璃,
它用舌尖舐黄昏的各个角落,
在排水沟的潭潭上徘徊不去
让烟囱里掉下的煤灰落在它背脊上

---

① 这首诗是用韵的,但译者偏重于保持原文的句法与辞藻,只好牺牲了韵。

② 见但丁《神曲》地狱篇,第27章,61~67行。参看田德望译:那团火焰以自己的方式咆哮了一会儿后,尖端就晃来晃去,然后发出这样的气息:"假如我相信我的话是回答一个终究会返回世上的人,这团火焰就会静止不摇曳了;但是,既然,果真像我听到的那样,从来没有人从这深渊中生还,我就不怕名誉扫地来回答你。"

③ 米开朗琪罗(1475—1564),意大利文艺复兴时期的伟大画家、雕塑家、建筑家、诗人。这句的意思是,这里的妇女们都附庸风雅。

偷偷溜过阳台，突然纵身一跃，
又注意到这是个柔和的十月夜晚，
在房子附近蜷起身子睡着了。

而且实在还有时间
让沿着街道滑行的黄烟
用背脊摩擦窗玻璃；
还有时间，还有时间
为接待你将要照面的脸孔准备好一副脸；
还有时间去扼杀与创造，
还有时间用手完成所有事业
在你的盘子上拾起并丢下一个问题；
你有时间我也有时间，
还有时间犹疑一百遍，
看见并修改一百种想象中的景象；
在取用一片烤面包和茶水之前。
在屋里妇女们来来去去，
谈论着米开朗琪罗。

而且实在还有时间
再考虑一下，“我有无勇气？”又是，“我有无勇气？”
还有时间转身走下楼梯，
带着我头发中心的那个秃顶——
[她们会说：“他的头发真是愈来愈稀薄了！”]
我早上穿的外套，我的硬领笔挺地托住下巴，
我的领带华丽又绝不刺眼，但为一支朴素的别针固定住——
[她们会说：“他的胳膊腿真的瘦了！”]
我有无勇气
打扰这个宇宙？
一分钟之内还有时间
做出决定与修改也可在一分钟内转向反面。

因为我已经熟悉这一切，熟悉这一切；——
熟悉了那些黄昏，早晨，下午，
我曾用咖啡勺衡量过我的生活；
我从远远那房间的音乐掩盖下面
熟悉了那些微弱下去的人声逐渐消失。
　因此我该怎样大胆行动？
而且我已经熟悉这些眼睛，都熟悉了——

那些用公式化了的片语盯住你看的眼睛，
而我在被公式化时，狼狈地趴伏在一支别针上，
我被别针别住，在墙上挣扎，
那我又该怎样开始
吐尽我生活与举止的全部烟蒂头？
　我又该怎样大胆行动？

我已经熟悉这些胳膊，都熟悉了——
戴镯子的，雪白的，赤裸的胳膊，
[但是在灯光下，一层浅褐色的茸毛！]
是衣裙上的香味
使我说走了题？
放在桌上或是裹在披肩里的胳膊。
　我就该大胆行动了吗？
　我又该怎样开始呢？

该不该说我在薄暮时经过狭窄的街道
望着寂寞的只穿着衬衫的男人们在探身窗外时
他们烟斗里往上冒的那烟？……

我应该是一对褴褛的钳子
慌张地爬过沉寂的海洋那样的地板。

而下午，黄昏，睡得又是多么安详！
被纤长的手指安抚过，
睡着了……困倦地……或者它在装病，
卧倒在地板上，在你我身旁。
我该不该在饮过茶吃过蛋糕与冰点之后，
鼓起勇气把当前硬逼到紧要关头？
但是我虽曾又哭泣又禁食，又哭泣又祈祷，
虽然我见过我的头颅[稍有点秃顶]被放在盘里端了进来，
我不是先知①——这也没有什么了不起；
我曾见我成为伟大的那一时刻一闪而灭，
我也曾见过那永远站着的侍者，举着我的大衣，吃吃而笑，
一句话，我害怕。

---

① 先知施洗约翰拒绝了莎乐美的爱情，莎乐美的舞姿博得了她继父犹太国王希律的极大赞赏，他答应满足莎乐美的任何要求，莎为了报复要求施洗约翰的首级装在盘里交给她。希律王照办了。见“马太福音”第14章。

而且到底这是不是值得，
在这些杯子，桔子酱，茶水之后，
在动用这些瓷器，在议论有关你我的同时，
这是不是就值得，
用微笑来接受下这桩事情，
把宇宙压缩成一个球
让它朝某个压倒一切的问题滚去，
并且说："我是拉撒路[1]，从死人那里来，
我回来把一切都告诉你们，我会把一切都告诉你们"——
如果这个人在她身边把枕头枕好，
　并且说："我完全不是这个意思。
　不是，完全不是。"

而且到底这是不是值得，
这是不是值得，
在多少次日落，多少次前院和那些洒过水的街道之后，
在读过这些小说之后，饮过茶之后，在扫过地板的这些长裙之后——
这，还有许多许多别的？
不可能说清我究竟是什么意思！
但正像一盏幻灯把神经的图案投射在银幕上：
这是不是值得
假如这人把枕头枕好或脱掉披肩，
然后把头对着窗子那边，而且说，
"完全不是这样，
那完全不是我的用意。"

不！我不是王子哈姆雷特，天生就不够格；
我是个侍臣，一个能在需要推一把时
起点作用，创造一个两个新局面，
给王子出点主意，无疑是个顺从的工具，
毕恭毕敬，甘心供人使用，
机敏，谨慎，而且小心翼翼；
卓有高见，但有点不痛不痒；
其实有时，有点儿可笑——

---

① 拉撒路是耶稣热爱的信徒玛利妹妹的兄弟。他死了 4 天，耶稣使他复活了，见"约翰福音"。另一个拉撒路是个乞丐，见"路加福音"。他死后被抱在先祖亚伯拉罕怀里，而财主死后却受着地狱里的煎熬。

有时几乎是个“丑角”。

我越发见老了……我见老了……
我将把我的裤边卷起。

我要不要把头发朝后分开？我有没有勇气吃一个桃子？
我将穿上白色法兰绒裤子，在海滩上漫步。
我听见美人鱼们在彼此面对面歌唱
我想她们不会是为我而歌唱。

我曾见她们乘着浪头驶向海洋
梳理着吹回海岸的波浪的白发，
在风儿把海水吹得又黑又白的时候。

我们在大海的一间间房间里徘徊
是海娃们用红色褐色的海草打扮起来的
直到人声把我们唤醒，于是我们淹死。

【选自[英]艾略特：《艾略特诗选》，赵萝蕤译，济南，山东大学出版社，1999】

《荒原》(节选)

“因为有一次我亲眼看见西比尔被关在一只笼子里悬挂在库米城，当孩子们问她：‘西比尔，你想要什么?’她回答道：‘我想死。’”①

献给埃兹拉·庞德
高明的匠师②

一　死者的葬礼

四月是最残忍的月份，从死去的土地里
培育出丁香，把记忆和欲望
混合在一起，用春雨
搅动迟钝的根蒂。
冬天总使我们感到温暖，把大地
覆盖在健忘的雪里，用干燥的块茎
喂养一个短暂的生命。
夏天卷带着一场阵雨
掠过施塔恩贝格湖③，突然向我们袭来；
我们滞留在拱廊下，接着我们在阳光下继续前行，

---

① 引自古罗马作家佩特罗尼乌斯(Petronius Arbiter，约27—66)所著史诗体喜剧式传奇小说《萨蒂利孔》(*Satyricon*)第48章。西比尔是库米城(意大利西南部古城)的著名预言家；她在罗马诗人维吉尔(Virgil，前70—前19)的史诗《埃涅阿斯纪》(*Aeneid*)中曾引导埃涅阿斯穿越冥府。西比尔受阿波罗的恩赐得享永生不死，但她忘却了要求青春常在，因此及至年老色衰，躯体萎缩，威望亦随之下降。作者佩特罗尼乌斯是荒淫的罗马皇帝尼禄的密友，出身富家，终生追逐享乐，也是尼禄的亲信之一，授“起居郎”。《萨蒂利孔》详尽记录了当时流行的享乐生活，因此具有重要历史价值，且文笔典雅，机智风趣。

② 埃兹拉·庞德(Ezra Pound，1885—1972)，美国诗人、评论家。20世纪英语世界新诗运动旗手之一。他首先推荐发表艾略特的诗作，并帮助艾略特最后删改《荒原》，艾略特因此尊称他为“高明的匠师”。“高明的匠师”(il miglior fabbro)之说原系《神曲·炼狱篇》第26歌第117行中褒扬普罗旺斯诗人阿尔诺·达尼埃尔(Arnaut Daniel，活动时期1180—1200)的用语。

③ Starnbergersee，位于慕尼黑附近。从这句起以下八行描述的情景令人忆起第一次世界大战前欧洲的堕落。论者以为诗人受玛丽-拉丽施伯爵夫人(Countess Marie Larisch，1858—1940)的自传《我的过去》(*My Past*)的感兴，但据艾略特夫人称，诗人前此并未见到该书，而是从伯爵夫人言谈中了解到上述情景。

走进霍夫加登[①]，喝咖啡闲聊了一个钟头。
我根本不是俄国人，我从立陶宛来，一个地道的德国人。[②]
那时我们还是孩子，待在大公的府邸，
我表哥的家里，他带我出去滑雪橇，
我吓坏啦。他说，玛丽，
玛丽，用劲抓住了。于是我们就往下滑去。
在山里，在那儿你感到自由自在。
夜晚我多半是看书，到冬天就上南方去。

这些盘曲虬结的是什么根，从这堆坚硬如石的垃圾里
长出的是什么枝条？人之子，[③]
你说不出，也猜不透，因为只知道
一堆破碎的形象，这里烈日曝晒，
死去的树不能给你庇护，蟋蟀不能使你宽慰，[④]
而干燥的石头也不能给你一滴水的声音。只有
这块红岩下的阴影，[⑤]
(走进红岩下的阴影下面来吧，)
我就会给你展示一样东西既不同于
早晨在你背后大步流星的影子
也不同于黄昏时分升起的迎接你的影子；
我会给你展示在一把尘土中的恐惧。
　　微风乍起
　　吹向我的祖国
　　我的爱尔兰孩子，
　　你在哪儿等我？[⑥]
“一年前你最先给我风信子；
他们叫我风信子姑娘。”
——可是等咱们从风信子花园回家，时间已晚，
你双臂满抱，你的头发都湿了，我一句话
都说不出来，眼睛也看不清了，我既不是
活的也不是死的，我什么都不知道，
茫然谛视着那光芒的心，一片寂静。

---

① Hofgarten，慕尼黑城内一座小公园。

② 原文为德文，Bin gar Keine Russin，stamm'aus Litauen，echt deutsch。

③ 见《原注》第20行。

④ 见《原注》第23行。

⑤ 参阅《旧约·以赛亚书》32：1—2。

⑥ 原文为德文，Frisch weht der Wind/Der Heimat zu/Mein Irisch Kind，/Wo weilest du? 参阅《原注》第31行。

大海荒芜而空寂。[①]

索梭斯特里斯太太[②]，著名的千里眼，
患了重感冒，可她仍然是
人所熟知的欧洲最聪明的女人，
她有一副邪恶的纸牌[③]。你瞧，她说，
这张是你的牌，淹死的腓尼基水手[④]，
(那两颗珍珠就是他的眼睛。你瞧!)[⑤]
这是美丽的夫人[⑥]，岩石圣母，
善于应变的夫人。
这张是拥有三根权杖的男人[⑦]，这是轮子[⑧]，
而这是独眼商人[⑨]，这张牌，
尽管是空白的，是他背上扛着的东西，
却不准我看那到底是什么。我没有去找
那个被吊死的人[⑩]，害怕被水淹死。
我看见簇拥的人群围成一个圆圈走。
谢谢你。假若你见到亲爱的埃奎顿太太，
请告诉她我要亲自把占星图给她送去：
现如今你得非常小心。

---

① 原文为德文，Oed' und leer das Meer。参阅《原注》第 42 行。

② Madame Sosostris，一个冒牌的算命女人，她袭用了埃及法老索梭斯特里斯的名字。艾略特无疑取自阿道斯·赫胥黎(Aldous Huxley，1894—1963)的小说《铬黄》(*Crome Yellow*)中的一个喜剧场景。

③ pack of cards，指塔罗牌。牌有四组，由寻找金杯传说的诸象征构成：长矛、杯、剑和碟。共七十八张。参阅《原注》第 46 行。

④ 参阅本诗第四部分《死于水》。

⑤ 此行引自莎士比亚《暴风雨》第 1 幕第 2 场第 401 行，系精灵爱丽尔所唱的歌。

⑥ 原文为意大利文，Belladonna，该词亦是有毒植物颠茄和能使眼睛发亮如玻璃一般的眼睛化妆品的名称。这里可能指圣母马利亚，据上下文应系达·芬奇所绘的《岩石圣母》油画像，象征教会的庇护，圣母则象征现代爱情的精神干涸。

⑦ man with three staves，塔罗牌中的一张牌，三根权杖喻一个成功的商人在检查他的船队时在附近地上插下的三根木杖。另有解释为：三根权杖象征男性生殖器和埃及神俄赛里斯的转生。艾略特在注释中说，他"武断地"将持三根权杖的人与渔王相联系；而在杰西·韦斯顿(Jessie L. Weston，1850—1928)的书中，则系生命与新生的象征。参阅《原注》第 46 行。

⑧ Wheel，即命运之轮，也可能指佛教的轮回。

⑨ one-eyed merchant，即后面第三部分中的尤吉尼德斯先生。与第四部分《死于水》中的"淹死的腓尼基水手"相映照，据杰西·韦斯顿称，腓尼基商人大都是为举行丰产祭祀典礼供应粮食的商人。这个商人被称为"独眼"，因纸牌上仅是半面侧身像。他背上负载的殆为世间的邪恶或获得丰产的秘诀。

⑩ Hanged Man，在这张牌上，他的一只脚被吊在十字架上，象征丰饶多产之神的自我牺牲，他为了能复活而给大地和人民再次带来丰饶多产而死。

虚幻的城市,[①]
在冬天早晨的棕色浓雾下,
人群流过伦敦桥,那么多人,[②]
我没有想到死神竟报销了那么多人。
偶尔发出短促的叹息,[③]
每个人眼睛都盯着自己的脚尖。
他们拥上山冈,冲下威廉王大街,
那儿圣玛丽·沃尔诺斯教堂的大钟
沉重的钟声正敲着九点的最后一响。[④]
我看见一个熟人,我叫住他:"斯特森![⑤]
你不就是在梅利[⑥]和我一起在舰队里的吗!
去年你栽在你花园里的那具尸体,
开始发芽了没有?今年会开花吗?
要不就是突然来临的霜冻惊扰了它的苗床?
啊,要让狗离那儿远远的,狗爱跟人亲近,
不然它会用爪子把尸体又刨出来![⑦]
你!伪善的读者!——我的同类——我的兄弟!"[⑧]

原　注

不仅是本诗的题名,而且起意写本诗的计划以及由此出现的许多象征手段也都是由于杰西·L·韦斯顿女士的那本关于圣杯传说的著作:《从祭仪式到传奇》(剑桥版)的启发。我确实深深得益于该书,韦斯顿女士的著作远比我的注释更能解释清楚诗中的疑难之处,因此我向任何认为值得一读关于本诗的这些解释的读者推荐这部著作(且不提它本身所具有引人入胜之处)。我在总的方面还得益于另一部人类学著作,这部专著深深地影响了我们这代人,我指的是《金枝》;我尤其引用了其中关于阿童尼斯、阿蒂斯、奥西斯那两卷。凡是熟悉这些著作的读者都会立即从本诗中所引用一些关于祈求五谷丰登的仪式中辨认出来。

---

① 参阅《原注》第60行。

② 参阅《原注》第63行。

③ 参阅《原注》第64行。

④ 参阅《原注》第68行。圣玛丽·沃尔诺斯教堂在伦敦市金融区。人群流过伦敦桥进入市区工作。这里第一次提到教堂系暗示圣杯传说中的那座濒于倾圮的小教堂。

⑤ Stetson,伦敦人熟知的一个帽子制造商,这里用以代表一个普通的商人。

⑥ Mylae,指公元前260年,古罗马与迦太基之间的第一次布匿战争中的海战"梅利战役",战争爆发的原因与第一次世界大战同,都是为了攫取经济利益,战争以罗马取胜结束。梅利战役与诗中说话人和斯特森参加的第一次世界大战融合为一。

⑦ 参阅《原注》第74行。

⑧ 参阅《原注》第76行。

一　死者的葬礼

第 20 行：参阅《旧约 · 传道书》2:1。

[上帝对以西结说："人子啊，你站起来，我要和你说话。"又，见 37:3，上帝指着平原中许多骸骨问以西结："人子啊，这些骸骨能复活吗？"——译注]

第 23 行：参阅《旧约 · 传道书》12:5。

[其意在于描述人变老时的痛苦。——译注]

第 31 行：见《特里斯坦与伊索尔德》(*Tristan und Isolde*)第 1 幕，第 5—8 行。

[德国著名音乐家瓦格纳(Richard Wagner，1813—1883)的歌剧。——译注]

第 42 行：同上，第 3 幕，第 24 行。

[牧羊人向濒死的特里斯坦这样报告。特里斯坦正等待绮瑟的到达。——译注]

第 46 行：我并不熟知塔罗牌的确切构成，显然我只是用来适应我的需要而已。那个被绞死的人是牌里历来就有的一张，他在两个方面适用于我的目的：一是因为他与我心目中那位被绞死的神弗雷泽相关联，二是因为我在第五部分中把他与使徒们赴以马忤斯途中遇见的那个戴着兜帽的人联系在一起了。其他如后面出现的腓尼基水手和商人；还有第四部分中那些"簇拥的人群"以及"死于水"的处决。又如手执三根权杖的人(塔罗牌里的一个真实的成员)，我颇为武断地把他与渔王本人联系在一起了。

第 60 行：参阅波德莱尔(Charles Baudelaire，1821—1867)：

"人群密集的城市，充满着迷梦的城市，

"那里鬼怪幽灵在光天化日之下向行人招呼。"

[引自波德莱尔《七个小老头》(*Les Sept Vieillards*)一诗。——译注]

第 63 行：参阅《神曲 · 地狱篇》第 3 歌，第 55—57 行：

"这样一长列人群，
我决不会相信死神
居然使这么多的人失去了生命。"

第 64 行：参阅《神曲 · 地狱篇》第 4 歌，第 25—27 行：

"从我谛听到的，我能肯定
这里没有哀悼，只有一声声叹息，
震动了那永恒的空气。"

第 68 行：这是一种我经常注意到的现象。

第 74 行：参阅韦伯斯特的《白魔》中的挽歌。

[即"可是别让狼挨近那儿，那是人的仇敌，
因为它的爪子会把他们重新刨出来。"——译注]

第 76 行：见波德莱尔的《恶之花》(*Le Fleurs du mal*)序诗。

[即"伪善的读者！——我的同类——我的兄弟！"该诗力言人类最大的罪愆在于厌倦。——译注]

【选自[英]艾略特：《荒原》，汤永宽译，见《荒原：艾略特文集 · 诗歌》，上海，上海译文出版社，2012】

三贤哲的旅程[①]

“这一路可真冷
正是一年中最不便
旅行之时，而且旅程这么长
道路泥泞，冬气凛冽，
正是岁晚寒深。”
那些骆驼皮肉擦伤，脚掌疼痛，倔强难制，
躺倒在融化的雪中。
有时我们真想念
山坡上的夏宫，那凉台，
穿丝绸衣服的女郎送来果汁酒。
然而赶骆驼的人咒骂着，抱怨着，
离队逃走，去寻找酒和女人，
篝火也灭了，无处蔽身，
城市敌视外人，小镇板起面孔
村庄肮脏不堪，又漫天要价：
这一路真够受的。
最后我们情愿整夜赶路
断断续续打盹，
有一个声音在耳边唱，说是
这实在是一桩蠢事。

黎明时我们走进一个温暖的山谷
雪线以下气候湿润，充满花草的芬芳，
涧水涓涓，水磨捶打着黑暗
低垂的夜空中有三棵树，
一匹白色的老马奔过草地。
然后我们走到一个旅店，葡萄长满窗楣，
六个汉子坐在开着的门前，掷骰赌钱，
脚踢着倒空的酒囊。
问不出什么情况，我们再往前走，
晚上才到达，正赶上，
找到这里；可以说总算不错。

---

① 据《新约·马太福音》第2章，耶稣降生时，有三贤哲自东方来朝见。

这都是很久以前的事了，我记得，
我愿意重走一次，但先记下来，
先把这些记下来：
我们一路而来，是为了
诞生还是死亡？曾经有过诞生，当然，
我们有证据，无可怀疑。我见过诞生和
　死亡，
但以前总认为它们不相像；而这次诞生
刀剜肺腑地痛，像死，像我们自己死一样。
我们回到家乡，回到这些王国，
但心境再难安宁，全套的古旧习俗，
已成陌路的人们死守着他们的神祇。
我情愿再死一次。

【选自[英]艾略特：《艾略特诗选》，赵萝蕤译，济南，山东大学出版社，1999】

伍尔夫

弗吉尼亚·伍尔夫(1882—1941)是20世纪上半叶英国重要女作家，现代主义文艺群体布姆斯伯里集团的核心成员，在小说和现代文学批评方面卓有建树。她的代表作为具有实验性质的小说《达洛维太太》《到灯塔去》和《海浪》；文学评论包括评论集《本涅特先生和布朗太太》《普通读者》，以及女性主义名篇《一间自己的屋子》等。

伍尔夫是现代主义文学和女性写作的旗手。她的意识流小说在叙事视角、语言表现、主题内蕴等方面均表现出现代主义文学的价值取向和审美趣味，文笔细腻隽永，达到很高的艺术成就。意识流小说淡化故事情节和人物形象，重点是表现当下的外界事物引发人物的心理感受、思考与联想，外在的故事时间不过是一个参照背景，与之相对应的人物心理时间才是主要的叙事时间，最重要的戏剧冲突都在人物内在的心理时空中完成。

《达洛维太太》讲述第一次世界大战后伦敦的一天，从上午9点钟至第二天凌晨3点之间的一些事。故事呈双线索发展：主人公达洛维夫人是议员太太，筹备着当天晚上家中的上流社会宴会；退役军官赛普蒂莫斯·史密斯患了严重的战争精神创伤，被幻觉和自责缠绕，最终在家中跳楼身亡。小说通过他们生动表现了战后伦敦上层社会和平民生活各自的一角。

节选内容为达洛维夫人发现布鲁顿勋爵太太邀请她的丈夫吃午餐，而自己却没受到邀请，颇为震惊，甚至感到人生了无生趣。接着，她年轻时候的恋人彼得阔别五年之后回国，到家中拜访她。这些都促使女主人公重新思考、认识自己的人生和价值。在文中可以看见，伍尔夫细密地编织了一种不同于传统文学的表达方式，以非理性的意识涌动对抗理性叙事，以主观感受取代"客观"说教，将人物和故事的合理性建立于读者的经验认同之中，以此扩大读者对自我生命体验的再认识；文中一个个不落窠臼、别致生动的比喻，使小说如诗歌般凝练优美。

她的另一部代表作《到灯塔去》以三个片段呈现了英国家庭生活中女性的角色和地位，书中的"灯塔"是辐射全书的象征性意象。《一间自己的屋子》的写作手法别开生面，回顾了近代英国女性涉足创作的艰难历程，提出独立的生活空间和经济地位是女性创作的前提，语言睿智精准，是女性主义文学批评的经典之作。

达洛维太太(节选)

“他们在看什么呢?”克拉丽莎·达洛维对前来开门的女仆说。

这幢住宅的大厅犹如墓室一般凉爽。达洛维太太举起一只手伸向眼睛，她听见女仆露西关门时裙子沙沙作响，她感觉自己像个出世已久的修女，身上披着熟悉的薄纱，充满对古老宗教的虔诚。厨师在厨房里吹着口哨。她听见打字机的啪啪声。这就是她的生活，她在大厅的桌子前低下头，受这种神圣氛围的影响而弯下身子，感觉得到了祝福和净化。她拿起记录电话留言的拍纸簿时，自言自语道：这样的时刻多么像生命之树上的花蕾啊，它们是黑暗中的花朵，她想(似乎有一朵可爱的玫瑰花曾为她单独开放)；她没有一时一刻相信过上帝；但是，她想，一面拿起拍纸簿，她在日常生活中更应做出回报，对仆人们，是啊，还对小狗和金丝雀，最重要的是对她的丈夫理查德，他是这一切——欢快的声音、绿色的灯光，甚至会吹口哨的厨师(因为沃克夫人是爱尔兰人，整天吹口哨)——的基础；你必须用这些秘密贮存的美妙瞬间去回报，她想着，一面拿起拍纸簿，此时露西正站在她身边想解释什么：

“太太，达洛维先生——”

克拉丽莎读着电话留言：“布鲁顿勋爵夫人想知道达洛维先生今天能否和她一起共进午餐。”

“太太，达洛维先生让我告诉你他要在外面吃午饭。”

“天啊!”克拉丽莎说，而露西则善解人意地也表示失望(可是感受不到那种痛苦)；露西感觉到了她们两人之间的默契，理解这种暗示，思考着上流社会的人是如何对待爱情的，她以保持平静来改善自己的前途；她接过达洛维太太的阳伞，就像捧着一位女神从战场凯旋后卸下的一件神圣的武器，把它摆到伞架上。

“无须再怕。”克拉丽莎说。无须再怕骄阳酷暑；因为布鲁顿夫人邀请理查德而不邀请她这件事带来的震惊撼动了她站立着的这一瞬间，就像河床上的一棵植物因感觉到过往船桨的震动而颤抖：她就是这样摇摆着，颤抖着。

米莉森特·布鲁顿(据说她的午餐会总是别有情趣)竟然不邀请她。一般庸俗的嫉妒是不能把她和理查德分开的。但是她惧怕时间本身，她从布鲁顿夫人的脸上(仿佛这脸是用毫无知觉的石头雕刻的日晷)看到生命在日渐减少；看到年复一年自己的生命份额如何被逐渐削减，那剩余的部分是如何几乎无法扩展，几乎不能再像年轻时那样吸收人生的颜色、盐分和音调。年轻时她曾吸收过这一切，因而当她进屋时便能充满整个房间；当她站在自家客厅门口犹豫不决的那一刹那，她常感到一种美妙的挂虑，犹如那种使跳水员在跳入海中之前迟疑片刻的挂虑，此时他脚下的大海时而幽暗时而光亮，那颇有拍岸之势但实际上只轻柔地划开海面的波浪向前滚动，掩盖了海藻，又在翻转之时给海藻蒙上一层银白色的珍珠。

她把拍纸簿放回到大厅的桌子上。她开始慢慢上楼，一只手拉着楼梯的扶手，仿佛刚刚离开一个聚会，在那里一会儿这个朋友，一会儿那个朋友回忆起她过去的面容和声音；仿佛她已关上房门来到外面独自站立，孤零零的，背景是可怕的夜空，或者确切地说，背景是这个平平常常的六月早晨投注的一派晨光。这个早晨对某些人来说是柔和的，闪烁着玫瑰花瓣的光彩，她知道，也感受到了，当她在半楼梯敞开的窗旁停下来的时候；从这窗口传来窗帘掀动的噼啪声、狗群的吠叫声，还传来白昼的研磨声、敲击声和充满活力的声音，她想着，觉得自己突然萎缩，变老，胸部也变平坦了，仿佛她已飘到门外、窗外，飘离了自己的躯体和大脑；她的大脑已经不中用了，因为布鲁顿夫人(据说她的午餐会总是别有情趣)没有邀请她。

像个修女回屋歇息，或像个孩子探索塔楼，她向楼上走去，在半楼梯的窗旁停留片刻，然后走进盥洗室。那里铺着绿色地毯。有一个水龙头漏水。在生活的中心有一处空白，一间阁楼。妇女们必须脱下她们华贵的服装。中午时分她们必须脱掉礼服。她摘下别针插在针垫上，把饰有羽毛的黄帽子放到床上。床单很干净，用一条宽带紧紧地绷在床上。她的床会越来越窄。蜡烛燃掉了一半，她曾彻夜阅读马尔博男爵①的《回忆录》。她曾在深夜里阅读从莫斯科撤退那一章。由于下议院开会总是开到很晚，理查德在她得病以后坚持让她睡觉不受干扰。说实在的，她宁愿读关于莫斯科撤退的书。他了解这一点。于是她的房间被安排在阁楼上，床很窄；她躺在那里看书的时候(因为她常常失眠)总排除不掉从生孩子时起保留下来的那种贞洁感，它像床单一样紧裹着她。她在作姑娘时就很可爱，但突然出现了一个瞬间——例如在克利夫登镇的树林下面的小河上——当时由于这种冷漠的精神起了作用，她未能使他满足。后来在君士坦丁堡又是如此，以后这种情况一而再、再而三地发生。她明白自己缺少什么。不是美貌，也不是智慧。而是一种从中心向四周渗透的东西，一种温暖的东西，它冲破表层并在男女之间或女人之间的冰冷接触中掀起微波。因为她能够朦胧地感觉到那种东西。她讨厌它，对它有一种老天爷才知道是从哪里学来的顾忌，或者像她感觉的那样，来源于大自然(大自然总是明智的)；然而她有时却不由自主地屈服于妇人的而不是姑娘的魅力，屈服于妇人在坦言自己的争吵和蠢事时表现出的魅力，要知道她们经常对她倾诉衷肠。不知是出于怜悯，还是由于她们的美貌，还是因为她的年龄比她们大，或是出于某种巧合——例如一种淡淡的香气，或邻家的小提琴声(在某些时刻声音的威力是那么奇特)，她这时会毫无疑问地产生与男人同样的感受。不过那只是一瞬间，但已足够了。那是一种顿悟，有几分像一个人脸上的羞红，你力图掩饰它，但当它扩散时，只好由它去扩散，你跑到最远的角落，在那里发抖，觉得整个世界向你逼来，充满了某种令人惊讶的意义、某种狂喜的压力，这种意义和压力迸裂世界那层薄薄的表皮喷涌而出，以一种格外的轻松流过龟裂处和红肿处。然后，在那一瞬间，她看到了一束光；一根火柴在一棵番红花上燃烧；一种内在的意义几乎表达了出来。然而逼近的退却了，坚硬的变软了。这一瞬间消失了。这样的瞬间(和女人们在一起也有同样的感觉)与她的床、马尔博男爵的书以及燃掉一半的蜡烛形成了鲜明的对照(她放下帽子)。她躺在床上睡不着觉，地板在咯吱作响；灯火通明的房子突然转暗，如果她抬起头会正好听见咔嚓一响，那是理查德在尽可能轻地放松门把手；他穿着短袜悄悄溜上楼来，然后，像经常发生的那样，扔掉暖水袋大骂起来！她笑得多么开心啊！

---

① 马尔博男爵(1782—1854)，法国将军，拿破仑时代回忆录的作者。

可是这个爱情问题(她一面想着，一面收拾起上衣)，这个与女人恋爱的问题。以萨莉·西顿为例，她与萨莉·西顿旧日的关系。不管怎么说，那难道不是恋爱吗?

坐在地板上——这是她对萨莉的第一个印象——萨莉坐在地板上，抱着双膝，抽着烟卷。是在哪儿呢? 在曼宁家? 在金洛克-琼斯家? 反正是在一次聚会上(具体地点她说不准)，因为她清楚地记得曾问过和她在一起的那个男人："那女人是谁?"他告诉了她，并说萨莉的父母关系不好(她是多么震惊啊——一个人的父母竟然吵架!)。但是一整个晚上她的目光都离不开萨莉。那是一种她最羡慕的非凡的美，肤色稍深，一双大眼睛，还有她自己不具备因而总是很嫉妒的品质——一种随心所欲，好像萨莉想说什么就说什么，想做什么就做什么；是一种外国人普遍具有而英国女人不常有的品质。萨莉总说她有法国血统，她的一位祖先曾服侍过玛丽·安托瓦妮特①，后来被砍了头，只留下一枚红宝石戒指。大概就在那个夏天萨莉来到伯尔顿小住，一天晚上正餐过后她出人意料地走了进来，口袋里没有一分钱，她的到来使可怜的海伦娜姑妈如此心烦意乱，她一直没有原谅她。萨莉家里曾吵得不可开交。那天晚上她来的时候确实一文不名——她典当了一枚胸针作为来程的路费。她是在情急之下跑出来的。克拉丽莎和萨莉坐了一夜，倾心长谈。是萨莉使她头一次感到她在伯尔顿的生活有多么封闭。她对性爱一点儿都不懂，对于社会问题也一无所知。她有一次曾见过一位老人在田野中倒地猝死——她还见过几头刚刚生完小牛的母牛。但是海伦娜姑妈从来不喜欢讨论任何事情(萨莉给她威廉·莫里斯②的书时，不得不裹上牛皮纸)。她们在顶楼她的卧室里坐了一个小时又一个小时，谈论生活，谈论她们将如何改造这个世界。她们想成立一个剥夺私有财产的协会，甚至写好了一封信，只不过没有寄出。这些想法当然出自萨莉——但是她自己很快就跟萨莉一样激动起来——早餐前在床上读柏拉图③的书，读莫里斯的书，还按钟点读雪莱④的作品。

萨莉的魅力是惊人的，还有她的天才，她的性格。比如，她摆鲜花的方法。在伯尔顿，人们总是把许多呆板的小花瓶放在桌上排成一行。萨莉自己出去，采集了蜀葵花、天竺牡丹——各式各样的从来没人见过放在一起的鲜花——然后剪下花朵，放进碗里，让它们漂浮在水面上。这样一摆，效果特别好，特别是夕阳西下时分你进来吃饭的时候(当然海伦娜姑妈认为这样摆弄鲜花有些邪恶)。还有一次萨莉忘记拿擦澡用的海绵，于是她赤身裸体跑过走廊。那个严厉的老女仆埃伦·阿特金斯走过来走过去嘟囔着："要是让一个男士看见了呢?"是啊，萨莉确实让人震惊。爸爸说她衣冠不整。

回想起来，最奇怪的是她对萨莉的感情竟是那么纯洁，那么完美。它跟对一个男人的感情不同。它是彻底无私的，此外，还有一个特点，它只存在于女性之间，存在于刚成年的女性之间。从她自己的角度来看，它是保护性的；它出自一种盟友的感觉，一种

① 玛丽·安托瓦妮特(1755—1793)，法国王后，路易十六之妻，1793 年 1 月被法国革命政府判处死刑。

② 威廉·莫里斯(1834—1896)，英国作家，美术家，有社会主义倾向。

③ 柏拉图(约公元前 428—前 348)，古希腊三大哲学家之一。和苏格拉底、亚里士多德共同奠定西方文化的哲学基础。

④ 雪莱(1792—1822)，英国诗人、哲学家、改革家和散文作家。

有什么东西注定要把她们分开的预感(她们常说婚姻是灾难),这种感觉导致了这种豪侠气概,这种保护性的感情在她身上比在萨莉身上体现得更明显。因为在那些日子里萨莉完全不顾忌后果,为了表现自己勇敢而做了许多蠢事,在台地上骑着自行车围着矮栏杆兜圈子,抽雪茄烟。萨莉很荒唐,非常荒唐。但是那种魅力是无法抗拒的,至少对她来说是如此,所以她还能记得自己曾站在顶楼的卧室里抱着暖水袋大声说:“她就在这个屋檐下面……她就在这个屋檐下面!”

现在不同了,这些话对她已毫无意义。她连过去那种感情的影子都找不到了。但是她还能记得当时曾激动得浑身发冷,曾狂喜地卷着头发(昔日的感情现在又开始回到她的心里,在她拿出发卡放在梳妆台上开始卷发的时候),当时有几只乌鸦在傍晚粉红色的余晖中炫耀地飞上飞下,她穿好衣服,走下楼去,在穿过大厅时感觉:“如果现在就死去,现在就是最幸福。”①那就是他的感觉——奥赛罗的感觉,她相信自己感受到了幸福,正如莎士比亚让奥赛罗感受到的那样强烈,这都是因为她披着白色罩袍下楼到饭桌边与萨莉·西顿相会!

萨莉当时穿着粉红色薄纱裙——这可能吗?无论如何,她好像十分轻盈,光彩照人,像一只飞进来的小鸟或一只气球,粘在一棵黑莓灌木上但仅停留了一瞬间。然而一个人恋爱的时候(这不是恋爱是什么?),最奇怪的莫过于其他人对此竟漠然视之。海伦娜姑妈吃过饭就走开了;爸爸在读报。彼得·沃尔什有可能在场,还有年老的卡明斯女士;约瑟夫·布赖特科普夫肯定在场,因为他每年夏天都来这里,可怜的老人,一住就是好几个星期,他装作来陪她读德语,实际上是来弹钢琴,还唱勃拉姆斯②的歌曲,尽管嗓子很糟糕。

这一切不过是衬托萨莉的背景而已。她站在壁炉旁边谈天,优美的声音使她的每句话都像一个吻,爸爸觉得似乎如此,他已开始受到她的吸引,违背了自己的意志(他曾借给过她一本书,后来发现书被扔在台地上浸湿了,因此一直耿耿于怀);突然间萨莉说:“总坐在屋里多遗憾呀!”于是大家都走出屋到台地上散步。彼得·沃尔什和约瑟夫·布赖特科普夫继续谈着瓦格纳。她和萨莉稍微落后一点儿。然后当她们走过一个栽满鲜花的石盆时,她经历了一生中最最美好的时刻。萨莉停下来,摘了一朵花,吻了一下她的嘴唇。整个世界似乎天翻地覆了!其他的人都消失了,只有她和萨莉单独在一起。她觉得好像自己先前得到了一件礼品,是用纸包装好的,并被告知要保存好,不要看——一块钻石,一个无价之宝,包得严严实实的,而在她们散步的时候(她们来回来去走着),她才打开包看见了它,或许是它的光芒透过包装直射出来,它就是神的启示,就是这种宗教般的感情!——突然间,老约瑟夫和彼得面对着她们:

“在占星吗?”彼得问。

这就像黑暗中一个人的脸撞到花岗岩墙壁上!太令人震惊了,太可怕了!

她倒不是为了自己。她只是觉得萨莉已经受到伤害,受到虐待;她感觉出了彼得的敌意、他的嫉妒之心、他破坏她们友谊的决心。这一切她都看出来了,正如一个人在闪电的瞬间看见一片风景——而萨莉(她从来没有如此爱慕过她!)依然我行我素,毫不服

---

① 见莎士比亚的《奥赛罗》第二幕第一场,表达了奥赛罗对恋人苔丝狄蒙娜的深切爱情。

② 勃拉姆斯(1833—1897),德国钢琴家、作曲家。

输。她哈哈大笑。她让老约瑟夫告诉她天上星座的名称，那是约瑟夫正经喜欢干的事。她站在那里，她在倾听。她听见了那些星座的名称。

“啊，这种恐怖感!”克拉丽莎自语道，仿佛她一直知道会有什么东西来干扰她瞬间的幸福，使她痛苦。

然而后来她是多么感谢彼得·沃尔什啊。每当她想起彼得，不知怎的总会想起他们的争吵——也许是因为她太急于得到他的好评。她感谢他使用了两个词：“感伤的”和“有教养的”；她以这两个词开始每一天的生活，仿佛有他在保护自己。一本书是感伤的；一种生活态度是感伤的。由于她是“感伤的”，她也许注定要回忆起过去。他回来之后会怎么想呢？她真想知道。

他会认为她已经老了吗？他回来以后会说她老吗？也许她会看出他在这样想。这是事实。自从生病以来她变得差不多苍白了。

她把胸针放在桌上，突然感觉一阵紧张，仿佛就在她冥想之际那些冰冷的爪子已趁机牢牢地抓住了她。她还不老呢。她刚刚进入五十二岁。还有许许多多的岁月没有度过。六月、七月、八月！每个月还几乎是完整的；克拉丽莎(现在穿过房间走向梳妆台)似乎想接住流逝的点滴时间，她投身于这个六月早晨的瞬间——这个汇集着所有其他早晨的压力的瞬间——的中心，把它凝固在那里，她用一种崭新的眼光审视着镜子、梳妆台和所有的小瓶子，把自己的全身定格在一点(在她照镜子的时候)，她看见了一张粉红色的细嫩的脸，它属于当天要举办晚会的那个女人，属于克拉丽莎·达洛维，属于她自己。

她观察自己的脸已经有几百万次了，而且每次脸部的肌肉总是紧缩，但不易为人察觉！她照镜子时总要噘起嘴唇。那是为了使自己的脸有一个突出点。那就是她的自我——尖尖的，像个飞镖，十分清晰。那就是她的自我，当某种努力、某种对她的自我的召唤将她脸上的各个部分紧缩在一起的时候，只有她自己才知道这与平时有多么不同，有多么不谐调，而她这样做只是为了使世界进入一个中心，一块钻石，一个坐在自家客厅里成为聚会焦点的女人，一个在某些人的暗淡生命中无疑是璀璨的光点，也许还是孤独的人们寻求的一个庇护所；她曾经帮助过年轻人，他们感激她；她尽力做到表现一贯，丝毫不暴露自己的其他方面，如过错、嫉妒、虚荣、疑心等，例如布鲁顿夫人不请她吃饭这件事；那是十分卑鄙的！她想(一面最后梳理一下头发)。咦，她的衣裙在哪儿呢？

她的晚礼服都挂在衣橱里。克拉丽莎把手伸进柔软的衣服当中，轻轻地取出那件绿色衣裙，把它拿到窗前。这件衣服她曾弄撕过。有人曾踩过裙边。她在大使馆的晚会上曾感到裙腰的褶子撕裂了。这绿色料子通常在灯光下会闪闪发光，但此时在阳光下却黯然失色。她要自己补这裙子。她的女仆们要做的事情实在太多了。她今天晚上就要穿这件晚礼服。她要把她的丝绸、她的剪刀、她的——还有什么来着？——当然还有她的顶针，都拿到楼下客厅里去，因为她还要写信，还要确保一切准备工作基本就绪。

真奇怪，她一面想一面在半楼梯的驻脚台上停下来，同时思忖着那钻石形状、那孤独的人，真奇怪，一个女主人是多么了解这一时刻，多么了解全家人的情绪！模糊不清的声音从楼梯的井孔旋转直上：墩布拖地的窸窣声，轻拍声，敲击声，前门开启时的一声巨响，地下室里传达吩咐的说话声；银餐具和托盘碰撞的叮当声；洁净的银器是为晚会准备的。一切全是为了晚会。

(这时露西端着托盘走进客厅，她把几个极大的烛台放到壁炉架上，把小银箱放在中央，再把水晶海豚转向座钟。他们会来的；他们会站在这里；他们会用那种她能模仿的矫揉造作的语气说话，女士们和先生们。在所有的人当中，她的女主人是最可爱的——拥有银器、亚麻制品和瓷器的女主人，因为那阳光、那些银器、那些摘下的门扇、那些朗波尔迈耶店里来的工人都使她有一种成就感，此时她把裁纸小刀放在嵌花桌子上。看啊！看啊！她在面包店里和几个老朋友谈话时说，在店里她头一次透过窗玻璃看见卡特勒姆教堂的礼拜仪式。她就是安杰拉夫人，陪伴着玛丽公主，这时达洛维太太突然走了进来。)

“哎，露西，”她说，“这些银餐具真好看!”

“还有，”她说，一面转动那个水晶海豚使它直立，“你们喜欢昨晚的话剧吗?”“唉，他们没看完就得走了!”她说。“他们十点以前必须回来!”她说。“所以他们不知道后面的剧情。”她说。“那真是不幸。”她说(因为平时她的仆人们常看到很晚，如果他们跟她说一声的话)。“那真是遗憾，”她一面说，一面拿起沙发中央那个光秃秃的旧靠垫塞到露西的怀里，并轻轻推了她一下，大声说，“把它拿开！给沃克太太送去，替我谢谢她！拿走!”她喊道。

露西抱着靠垫在客厅门旁停了下来，脸有些红，非常羞涩地问，能不能让她帮着补衣裙?

可是，达洛维太太说，露西手头的事已经很多了。足够她干的，就不用管这事儿了。

“但还是谢谢你。露西，啊，谢谢你。”达洛维太太说，谢谢你，谢谢你，她继续说(同时坐在沙发上，把那件衣裙放在膝头，还有剪刀、丝绸)，谢谢你，谢谢你，她继续说着，笼统地感谢所有的仆人帮助她成为现在这个样子，成为她自己理想的样子，温柔，宽大为怀。她的仆人们喜欢她。再回到她的这件衣裙——撕破的地方在哪里？现在该往针上穿线啦。这是她最喜欢的一件衣服，是萨丽·帕克做的许许多多衣服中的一件，天呀，差不多是最后的一件，因为萨丽现已退休，住在伊令区。如果我有一点点时间，克拉丽莎想(可是她不会再有一点点时间了)，我会去伊令看望她。因为她是一个有个性的人，克拉丽莎想，是个真正的艺术家。她常想些稀奇古怪的小事，然而她做的那些衣裙却从来不怪。你可以穿着它们去哈特菲尔德侯爵府，去白金汉宫。她确实穿着它们去过哈特菲尔德侯爵府，去过白金汉宫。

宁静降临到她的身上，平静，安详，此时她手里的针顺利地穿入丝绸，轻柔地停顿一下，然后将那些绿色的褶子聚敛在一起，轻轻地缝到裙腰上。于是在一个夏日里海浪聚拢起来，失去平衡，然后跌落；聚拢又跌落；整个世界似乎越来越阴沉地说：“完结了。”直到躺在海滩上晒太阳的躯体里的心脏也说“完结了”。无须再怕，那颗心脏说。无须再怕，那颗心脏说，同时将自己的重负交给某个大海，那大海为所有人的忧伤发出哀叹，然后更新，开始，聚拢，任意跌落。那个躯体则孤零零地倾听着过往蜜蜂的嗡嗡声；海浪在拍打；小狗在吠叫，在很远的地方吠叫，吠叫。

“天啊。前门铃响了!”克拉丽莎大喊，停下了手中的针线。她精神起来，注意倾听着。

“达洛维太太会见我的。”一个年纪不轻的男人在大厅里说。“啊，是啊，她会见我的。”他重复道，同时和善地把露西推到一边，以从未有过的快速跑上楼梯。“是啊，是啊，是啊，”他一面上楼一面喃喃地说，“她会见我的。在印度待了五年之后，克拉丽莎会见我的。”

“有谁能——有什么能。”达洛维太太问道(她想，在她要举办晚会这天的上午十一点被人打扰实在可气)，她听见了楼梯上的脚步声。她听见手拍门的声音。她试图把衣裙藏起来，犹如一个处女保护自己的贞操，因为她尊重自己的隐私权。现在铜门把动了。现在门打开了，进来的是——刹那间她竟想不起他叫什么名字！她见到他是那么惊奇，那么高兴，那么羞涩，那么震惊，彼得·沃尔什竟然在这个上午出乎意料地来看望她！(她没读到他的信。)

“你好。”彼得·沃尔什说，无疑是在颤抖，他握住她的双手，亲吻她的双手。她老多了，他想，同时坐了下来。我不会对她这样讲的，因为她确实老多了。她正在看着我，他想，此时一种窘迫感突然向他袭来，尽管他刚刚吻过她的手。他的一只手伸进口袋，掏出一把大折刀，打开了一半。

他和以前一模一样，克拉丽莎想，还是那种古怪的目光，还是那件格子西装；他的脸有些不像往日那么严肃，瘦了一些，也许更带些嘲讽的表情，但是他的身体看来非常健康，和以前一个样。

“见到你太高兴了！”克拉丽莎喊道。他又把折刀拿出来了。那就是他的做派，她想。

他昨天晚上刚进城，他说；他必须马上到乡下去；情况怎么样？大家——理查德，伊丽莎白——都好吗？

“这都是干什么用的？”他问，一面拿折刀斜着指向她的绿衣裙。

他穿得十分讲究，克拉丽莎想，可他还总批评我。

她在这里补衣服，像往常一样补衣服，他想；我去印度的这些年里她一直坐在这里，缝补衣裙，到处玩耍，参加各种晚会，跑到下议院去然后再回来，等等，他想，越想越生气，越想越激动，因为对某些女人来说世界上没有什么比婚姻再坏了，他想，还有政治，还有嫁给一个保守党的丈夫，比如令人钦佩的理查德。确实是这样，确实是这样，他想，一面啪的一声合上折刀。

“理查德身体很好。理查德正在一个委员会开会。”克拉丽莎回答。

她打开剪刀，并且问他是否介意她补裙子，因为他们当天晚上要举行晚会。

“我不打算请你参加。”她说。“我亲爱的彼得！”她说。

然而他感觉亲切，听见她如此称呼自己——我亲爱的彼得！是啊，一切都是那么亲切——那些银餐具、那些椅子，所有的东西都是那么亲切。

她为什么不请他参加晚会呢？他问。

克拉丽莎想，他现在显然是迷人的！绝对迷人！现在我还记得当初下决心不嫁给他是多么困难，就在那个可怕的夏天，我为什么要下这个决心呢？她真想不明白。

“可是你今天早上来这里实在太不寻常了！”她大声说，同时把自己的双手重叠在一起，放到衣裙上。

“你还记得吗，”她说，“在伯尔顿村的时候，那些窗帘是怎么啪啪响的？”

“是啊。”他说；他还记得曾单独陪克拉丽莎的父亲吃早餐，非常局促不安；那老人已经去世，而他也没有给克拉丽莎写信；不过他一向跟老帕里合不来，那个牢骚满腹、毫无主见的老头儿，克拉丽莎的父亲贾斯廷·帕里。

“我常希望我那时和你的父亲相处得好一点。”他说。

“但是他从来没喜欢过任何一个——我们的朋友。”克拉丽莎说。她本来可以控制自己不说这话，因为这等于提醒彼得他曾想和她结婚。

是啊，我是想过和她结婚，彼得想；那件事还差点儿让我心碎，他想；他全身心沉浸在自己的痛苦当中，这痛苦在上升，有如从台地上看到的月亮，在白昼余光的映照下美丽得吓人。自那以后我还从来没有那么忧伤过，他想。他觉得自己仿佛真的坐在那个台地上，于是向克拉丽莎挪近一点儿，伸出一只手，抬起来，又放下。那轮明月就挂在他们的上方。她也仿佛和他一起坐在台地上，沐浴着月光。

“那房子归赫伯特了。”她说。“我现在不去了。”她说。

而后，正如在月光照耀在台地上时经常发生的那样，一个人因已经厌烦而开始感到惭愧，可由于对方只是无言地坐着，非常安静，悲哀地望着月亮，因此，他不想说话，只是挪挪脚，清清嗓子，看看桌子腿上的卷轴形铁饰物，动动桌子的活边，但一言不发——这就是彼得·沃尔什现在的心境。因为何必要这样回顾过去呢？他想。为什么要让他又想起往事呢？在她已经那么残酷地折磨过他之后，为什么还要让他受苦呢？为什么？

“你还记得那个湖吗？”她说，声音很突兀，出于一种感情的压力，这种感情攫取了她的心，使她喉部肌肉发紧，使她在说“湖”字时嘴唇痉挛。因为她既是个孩子，站在父母中间，向鸭群扔着面包，同时又是个成年女人，向站在湖边的父母走去，怀抱着自己的生命，在她接近父母时它越变越大，最后变成了整个生命，完好的生命，她把它放在父母身边说：“这就是我的成果！这就是！”可她的生命有什么成果呢？究竟是什么呢？这个上午和彼得坐在一起缝衣服。

她看着彼得·沃尔什；她的目光掠过那段时光和那种情感，犹豫不决地落到他的身上，满含泪花停留在他的身上，然后向上，扑棱着离开了，犹如一只鸟儿擦过树枝后扑打着翅膀飞走了。她很自然地擦了擦眼睛。

“记得。”彼得说，“记得，记得，记得。”他说，仿佛她把什么东西提到表面，而这个东西在上升时肯定伤害了他。停下！停下！他想喊。因为他的年纪还不老，他的生命还没有完结，绝对没有。他刚五十岁出头。他想，我是告诉她，还是不告诉她呢？他愿意坦言一切。但是她太冷淡了，他想，只顾缝衣服，用剪刀。黛西和克拉丽莎在一起会显得非常平庸。那么克拉丽莎就会认为我是个失败者，他想，从他们的意义上来讲，从达洛维夫妇的意义上来讲，我确实是失败者。啊，是啊，他对此确信无疑；他是失败者，与这里的一切——嵌花桌子、文具架上的裁纸刀、水晶海豚和烛台、椅子罩和古老珍贵的英国淡彩画——与这些相比，他确实是失败者！我讨厌整个恋爱事件中的那种自以为了不起的态度，他想，我讨厌的是理查德的所作所为，而不是克拉丽莎的，但她嫁给他这件事除外。(这时露西走进屋来，捧着银餐具，更多的银餐具，但是她看上去很妩媚、苗条、优雅，在她俯下身来放这些东西时他想。)这些年来这一切仍在继续！他想；一个星期又一个星期，克拉丽莎就这样生活；与此同时我——他想；顿时仿佛一切都从他身上向四面八方射出光芒：旅行、骑马、争吵、历险、桥牌聚会、恋爱、工作、工作、工作！他当面拿出他的折刀，并攥在手心里——克拉丽莎敢说这三十年来他一直带着这把有牛角柄的旧折刀。

多么特别的习惯呀，克拉丽莎想；总是玩小刀。总是让人感觉他太轻浮，内心空虚；他不过是个愚蠢的、喋喋不休的人，和过去一样。但我也和过去一样，她想，一面拿起针，一面发出召唤，就像一个在卫兵们熟睡的情况下无人保护的女王（她被他的来访所震惊，感到十分沮丧），因此任何人都能漫步来到弯曲的黑莓枝下她躺着的地方看看她；她在召唤她所做过的事情、她喜欢的事情、她的丈夫、伊丽莎白、她的自我（彼得现在已不了解她的自我了）来帮助她；简而言之，她把一切都召唤到她身边来打退敌人。

“那么，你这些年都干了些什么呢？”她问。就这样，在战斗开始之前，战马踢着地，摇着头，光线照射着它们的肋腹，它们的脖子弯曲着。就这样，彼得·沃尔什和克拉丽莎并肩坐在蓝色的沙发上，争论起来。他的力量在胸中涌动翻滚。他从许多不同的方面把各种各样的事情集中到一起：他所受到的称赞、他在牛津大学的经历、他的婚姻（对此她还一点儿都不了解），还有他如何恋爱等，向她倾诉这一切，回答了她的问题。

“无数的事情！”他感慨地说。此时聚集在他胸中的各种力量正在朝各个方向涌动，使他感觉被腾空推到无缘谋面的人们的肩膀上，既感到恐惧又极其振奋，在这些力量的促使下，他将双手举向额头。

克拉丽莎腰板挺直地坐着，吸了一口气。

“我在恋爱。”他说，但不是对她，而是对某一个人，这个人在黑暗中被安放在高处，因而你摸不着，但你必须在黑暗中把你的花环摆在草地上。

“恋爱，”他重复道，现在用一种略带嘲讽的口气对克拉丽莎说，“爱上了一个印度的姑娘。”他已经摆好了他的花环。克拉丽莎爱怎么理解就怎么理解吧。

“恋爱！”她说。他在这种年龄竟戴着小领结被那魔鬼拖下水去！他的脖子上已没有了肌肉，他的双手发红，而且他比我才大六个月！她的目光一闪转向自己；但是在内心里她感觉他还是老样子，他总是在恋爱。他总有爱情，他总是恋爱，她感到了这一点。

但是那不可战胜的自负感永远能击败反对它的大军，犹如那总是说流啊流啊流啊的大河，即便它承认我们可能根本就没有什么目标，它还是流啊流啊；这种不可战胜的自负感突然给她的面颊带来红晕，使她显得十分年轻，皮肤白里透红，眼睛分外明亮，此时她坐在那里，衣裙放在膝头，针已缝到绿色丝绸的尽头，她在微微颤抖。他在恋爱！不是和她。当然是和一个年轻些的女人。

“那么她是谁呢？”她问。

现在必须把这座雕像从高处取下，放到他们两人中间。

“非常遗憾，是个结了婚的女人，”他说，“一个印度陆军少校的妻子。”

他微微一笑，带有几分不寻常的讥讽和愉悦，因为他竟以如此可笑的方式把她放到了克拉丽莎面前。

（还是老样子，他总是在恋爱，克拉丽莎想。）

他继续非常理智地说：“她有两个小孩子，一个男孩，一个女孩；我这次回来是找我的律师们办离婚手续的。”

他们的情况就是如此！他想。你愿意怎样对待他们都行，克拉丽莎！他们的情况就是如此！对他来说，那位印度陆军少校的妻子(他的黛西)和她的两个孩子似乎每一秒钟都变得更加可爱，因为克拉丽莎在看着他们；仿佛他照亮了盘子里的灰色小丸，于是一棵可爱的树立时长了出来，沐浴着凉爽的带咸味的海风，这海风就是他们两人之间的亲密关系(因为从某种意义上讲，还没有一个人像克拉丽莎那样了解他，与他感情相通)——他们之间美好的亲密关系。

那个女人奉承他，愚弄他，克拉丽莎想，用小刀三划两划画出那个女人即那个印度陆军少校的妻子的轮廓。简直是浪费！简直是愚蠢！彼得一生中总是这样被人愚弄，先是从牛津被开除，然后是娶了他在去印度的船上遇到的姑娘为妻；现在又来了个少校的妻子——感谢老天爷她当初拒绝了他的求婚！尽管如此，他还是恋爱了，她的老朋友、她亲爱的彼得在恋爱。

“那你打算怎么办呢?”她问他。哦，林肯律师协会的胡珀-格雷特利事务所的律师们和诉讼代理人们，他们准备受理此事，他说。他真的在用折刀削指甲。

看在老天爷的分上，放下你的小刀吧！她以一种不可压抑的愠怒对自己喊；这是他不遵从社会习俗的愚蠢表现，是他的弱点，还有他丝毫不懂对别人的感情，这些都使她恼火，一直使她恼火；现在他年纪已经不小了，多愚蠢啊！

这些我都知道，彼得想；我知道我对抗的是什么，他一面想一面用手指摸着折刀的刀刃，是克拉丽莎和达洛维以及所有他们这样的人；但是我要向克拉丽莎显示——然后令他十分吃惊的是，他突然受到那些被抛到空中的无法控制的力量的袭击，顿时眼泪夺眶而出，大哭起来，一点儿也不觉得羞耻地大哭起来，他坐在沙发上，任凭泪水顺着面颊往下流。

克拉丽莎这时已经探出身去，拉住他的手，把他拉到身边，吻吻他的手——实际上她已经感觉他的脸接触到了自己的脸，但她还是将在她胸中舞动着的那些银光闪闪的羽毛(就像热带狂风中的蒲苇)压了下去；随着羽毛的退却，她只是握住他的手，拍拍他的膝，然后重新坐回去，她感到和他在一起异乎寻常地安逸和愉快。刹那间她产生了一个念头，如果我当初嫁给了他，我就能整天享受这种欢欣了！

对她来说一切都结束了。床单绷得很平，床很狭窄。她已独自上了顶楼，听任别人在阳光下采摘浆果。门已经关上了，在那里透过剥落墙皮的尘埃和鸟巢掉下的杂屑可以望得多么远啊，传来的各种声音极不清晰且令人悚然(有一次在莱斯山上，她还记得)；她喊道，理查德啊，理查德！犹如一个熟睡的人夜间惊醒后在黑暗里伸出手求救。他在和布鲁顿夫人共进午餐，她又想起了这件事。他已经离开了我，我将永远孤独，她想着，把双手搭在膝头。

彼得·沃尔什已经站起身来穿过房间走到窗前，背向她站着，快速地挥动着一条颜色鲜丽的方巾。他那对瘦瘦的肩胛骨把上衣稍稍支起，他看上去干练、冷静、孤独，他用力地擤着鼻涕。你带我走吧，克拉丽莎冲动地想，仿佛他马上要从这里出发去开始重要的航行；过了一瞬间，又仿佛一出十分激动感人的五幕话剧刚刚结束，而她已在剧中生活了一辈子，曾经私奔过并与彼得一起生活过，可是现在一切都结束了。

现在该行动了，犹如一个女人收拾起自己的斗篷、手套、观剧用的小望远镜等东西，然后站起身来准备离开剧场走上街头，她从沙发上站起来走向彼得。

真是太奇怪了，当她在叮当声和沙沙声中走来的时候，当她穿过房间的时候，他想，她竟然保持着昔日的魅力，那种能使他所讨厌的月亮在夏天升起在伯尔顿的台地上空的魅力。

“告诉我，”他说，一面抓住她的肩膀，“克拉丽莎，你幸福吗？理查德他——”

门打开了。

“我的伊丽莎白来啦。”克拉丽莎激情地，也许是故作姿态地说。

“你好。”伊丽莎白走上前来说。

此时大本钟敲击半点的声响以惊人的气势在他们之间回荡，仿佛一个强壮、冷漠、毫不体恤他人的小伙子在挥舞哑铃，这边一下，那边一下。

“你好啊，伊丽莎白！”彼得大声说，同时把方巾塞进口袋，很快地走到她面前，连看都没有看她便说：“再见，克拉丽莎。”然后快步走出房间，跑下楼梯，打开大厅的门。

“彼得！彼得！”克拉丽莎喊，跟在他后面走到半楼梯的驻脚台。“我的晚会！别忘了今天晚上我家有晚会！”她喊道，她不得不提高嗓音以便压过外面传来的喧闹声。在过往的车辆和所有的时钟占压倒性优势的混响中，她的“别忘了今天晚上我家有晚会”的喊声显得微弱无力，并且非常遥远。因为彼得已经关上了大门。

【选自[英]伍尔夫：《达洛维太太》，谷启楠译，北京，人民文学出版社，2013】

卡夫卡

弗兰兹·卡夫卡(1883—1924)，20世纪德语作家，最具代表性的奥地利现代主义作家之一，主要作品有《变形记》(1912)、《城堡》(1926)、《审判》(又译《诉讼》，1925)，以及大量的日记、书信、散文、寓言、随笔、格言等。

短篇小说《骑桶者》写一个穷人在寒冷的冬季没有煤烧，突发奇想，要骑着煤桶去向煤店老板要煤。煤桶就像飞艇一样，驮着穷人在二层楼高的空中飞。他飞到煤店老板家房子的上空停在那儿，向煤店老板哀求。骑桶者能听见煤店老板夫妇说话，煤店老板却只能隐约听见骑桶者的声音。所以不管骑桶者如何哀求，只是自说自话，达不到目的。煤店老板的妻子不耐烦外边的声音，走出门，把围裙解下来一扇把骑桶者扇到了冰山里，永远消失了。小说延续了卡夫卡小说一贯的异化主题：人与人之间隔绝和无法交流；人是孤独的，不被理解的，不被通融的。

《城堡》是一部具有多重意蕴的现代寓言小说。小说没有引人入胜的故事情节，但却通过平淡而冷峻的故事讲述，对人类的生存状况进行了深刻的挖掘和思考。K既是一个追求者，也是一个无望的抗争者和一个失去了生存基础的现代小人物形象。在现实层面上，作品通过赋予城堡以暴力性特征，揭示了官僚机构的腐败无能和黑暗，表现了在强大势力控制下小人物的孤独悲惨的人生命运，批判了官僚体制作为一种异己力量残害人民和控制弱者的本质。在寓言层面上，作品通过对外乡人K在城堡规定的范围内毫无意义地活着这一荒诞经历的叙述，揭示了现代人普遍遭遇的失去精神根基的困境。而城堡则是一个对于小说的主旨而言至关重要的象征，它象征着与人作对的、剥夺了人的生存基础的、残暴的和荒诞的异己力量。

骑桶者

煤全部烧光了；煤桶空了；煤铲也没有用了；火炉里透出寒气，灌得满屋冰凉。窗外的树木呆立在严霜中；天空成了一面银灰色的盾牌，挡住向苍天求助的人。我得弄些煤来烧；我可不能活活冻死；我的背后是冷酷的火炉，我的面前是同样冷酷的天空，因此我必须快马加鞭，在它们之间奔驰，在它们之间向煤店老板要求帮助。可是煤店老板对于我的通常的请求已经麻木不仁；我必须向他清楚地证明，我连一星半点煤屑都没有了，而煤店老板对我来说不啻是天空中的太阳。我这回前去，必须像一个乞丐，由于饥饿难当，奄奄一息，快要倒毙在门槛上，女主人因此赶忙决定，把最后残剩的咖啡倒给我；同样，煤店老板虽说非常生气，但在十诫之一"不可杀人"的光辉照耀下，也将不得不把一铲煤投进我的煤桶。

我怎么去法必将决定此行的结果；我因此骑着煤桶前去。骑桶者的我，两手握着桶把——最简单的挽具，费劲地从楼梯上滚下去；但是到了楼下，我的煤桶就向上升起来了，妙哉，妙哉；平趴在地上的骆驼，在赶骆驼的人的棍下摇晃着身体站起来时，也不过尔尔。它以均匀的速度穿过冰凉的街道；我时常被升到二层楼那么高；但是我从未下降到齐房屋大门那么低。我极不寻常地高高飘浮在煤店老板的地窖穹顶前，而煤店老板正在这地窖里伏在小桌上写字；为了把多余的热气排出去，地窖的门是开着的。

"煤店老板！"我喊道，那急切的声音裹在呼出的热气里，在严寒中显得格外沉浊。"煤店老板，求你给我一点煤吧，我的煤桶已经空了。因此我可以骑着它来到这里。行行好吧，我有了钱，就会给你的。"

煤店老板把一只手放在耳朵边上。"我没有听错吧？"他转过头去问他坐在火炉旁边的长凳上织毛衣的妻子，"我没有听错吧？是一位顾客。"

"我什么也没有听见。"妻子说，她平静地呼吸着，一面编织毛衣，一面舒服地背靠着火炉取暖。

"噢，是的，"我喊道，"是我啊；一个老主顾；向来守信用；只是眼下没钱了。"

"我的老伴，"煤店老板说，"是的，是有人；我不会弄错的；一定是一个老主顾，一个有年头的老主顾，他知道怎样来打动我的心。"

"你怎么啦，当家的？"妻子说，她把毛衣搁在胸前，暂歇片刻，"没有人，街上空空的，我们已经给所有的顾客供应了煤；我们可以歇业几天，休息一下。"

"可是我正坐在这儿的煤桶上，"我喊道，寒冷所引起的没有感情的眼泪模糊了我的眼睛，"请你们抬头看看，你们就会发现我的；我请求你们给我一铲子煤；如果你们给我两铲，那我就喜出望外了。所有别的顾客你们确实都已供应过了。啊，但愿我能听到煤块在这只桶里滚动的响声！"

"我来了，"煤店老板说，他正要迈动短腿走上地窖的台阶，他的妻子却已经走到了他的身边，拉住他的手臂说："你待在这儿。如果你还固执己见的话，那就让我上去。想想你昨天夜里咳嗽咳得多么厉害。只为一件买卖，而且只是一件凭空想象出来的买卖，你就忘记了你的妻儿，要让你的肺遭殃。还是我去。”

“那么你就告诉他我们库房里所有煤的品种；我来给你报价格。”

“好，”他的妻子说，她走上了台阶，来到街上。她当然马上看到了我。“老板娘，”我喊道，“衷心地向你问好；我只要一铲子煤；放进这儿的桶里就行了；我自己把它运回家去；一铲最次的煤也行。钱我当然是要全数照付的，不过我不能马上付，不能马上。”“不能马上”这两个词多么像钟声啊，它们和刚才听到的附近教堂尖塔上晚钟的声响混合在一起，又是怎样地使人产生了错觉啊！

“他要买什么？”煤店老板喊道。“什么也不买，”他的妻子大声应着，“外面什么也没有；我什么也没有看到，什么也没有听到；只是听到钟敲六点，我们关门吧。真是冷得要命；看来明天我们又该忙了。”

她什么也没有看见，什么也没有听见；但她把围裙解了下来，并用围裙把我扇走。遗憾的是，她真的把我扇走了。我的煤桶虽然有着一匹良种坐骑所具有的一切优点；但它没有抵抗力；它太轻了；一条妇女的围裙就能把它从地上驱赶起来。

“你这个坏女人。”当她半是蔑视半是满足地在空中挥动着手转身向店铺走去时，我还回头喊着，“你这个坏女人！我求你给我一铲最次的煤你都不肯。”就这样，我浮升到冰山区域，永远消失，不复再见。

【选自余匡复选编：《卡夫卡荒诞小说》，孙坤荣译，上海，上海文化出版社，1994】

城堡（节选）

第一章

K到达时，已经入夜了。村子被厚厚的积雪覆盖着。城堡山连影子也不见，浓雾和黑暗包围着它，也没有丝毫光亮让人能约略猜出那巨大城堡的方位。K久久伫立在从大路通往村子的木桥上，举目凝视着眼前似乎是空荡荡的一片。

然后他去找过夜的地方；酒店里人们还都没有睡，店老板虽然无房出租，但在对这位晚客的突然到来感到极度惊讶和惶乱之余，还是愿意让他在店堂里一个装稻草的口袋上睡觉，K也同意这一安排。有几个农民还在喝啤酒，但他无意同任何人交谈，便自己去阁楼上把草袋搬下来，在炉子附近躺下了。屋里很暖和，那几个农民说话声音很低，他用困倦的双眼打量了他们一番便倒头睡去。

然而没有多久他便被吵醒了。这时只见一个城里人装束、长着一副演员似的面孔、浓眉细眼的年轻人同店老板一起站在他身边。那些农民也都还没有走，其中几个把椅子转过来对着他们，以便看得更清、听得更真些。年轻人为吵醒了K而十分客气地向他道歉，自我介绍说是城堡主事的儿子，然后说道："这村子是城堡的产业，凡是在这里居住或过夜的，从某种意义上讲也算是在城堡居住或过夜，没有伯爵大人的许可，谁也不能在此居留。可是您并没有得到这样的许可，至少您并没有出示这样的证明嘛。"

K半坐起身子，捋了捋头发，仰头看着众人说道："我迷了路，这是摸到哪个村子来了？这里是有一座城堡吗？"

"那还用问，"年轻人慢条斯理地说，这时店堂各处都有人大惑不解地冲着K摇头，"这里是伯爵大人威斯特威斯的城堡。"

"一定要得到许可才能在这儿过夜吗？"K问道，似乎想弄清刚才他听到的那些话是不是在做梦。

答话是："是必须得到许可才行。"紧接着这个年轻人伸出胳臂，向店老板和酒客们问道："难道竟有什么人可以不必得到许可吗？"那话音和神态里，包含着对K的强烈嘲笑。

"那么我只好现在去讨要许可了。"K打着哈欠说，一面推开被子，似乎想站起来。

"向谁去讨要？"年轻人问。

"向伯爵大人，"K答道，"恐怕没有什么别的法子了吧。"

"现在，半夜三更去向伯爵大人讨要许可？"年轻人叫道，后退了一步。

"这不行吗？"K神色泰然地说，"那么您为什么叫醒我？"

这时年轻人憋不住火了。"真是死皮赖脸的流浪汉作风！"他喊叫起来，"伯爵衙门的尊严必须维护！我叫醒您是想告诉您：您必须立即离开伯爵领地！"

“好了，戏做够了吧。”K用异常轻的声音说，接着又躺下去，拉过被子盖在身上，“年轻人，您太过分了点，我明天还要再考虑考虑您今天的表现的。如果一定要见证的话，酒店老板和这里的各位先生就可以做证。现在请您听清楚：我是伯爵招聘来的土地测量员，明天我的几个助手就要带着各种器件乘车随后跟来。我因为不想失去这个踏雪觅途的好机会，所以步行前来，可惜几次迷路，才到得这样晚。现在到城堡去报到时间已经太迟，这一点我自己很清楚，用不着您来赐教。正因为这样我才勉强在这草袋上凑合过夜，而您竟然——客气点说吧——举止失礼，打搅我休息。好了，我的话说完了，晚安，诸位先生！”说到这里K翻了一个身，转向炉子去了。“土地测量员？”他听见背后有人将信将疑地问，过后又无人作声。然而不久那位年轻人便克制住自己，用压低了的——低到可以看作是为了照顾K的睡眠——然而又大到能让他听清楚的声音对老板说道：“我现在就打电话去问一下。”怎么，在这个乡村小酒店里居然还有电话？唔，设备还真够齐全的。这些事，一件一件地听来也使K感到惊奇，不过总起来却又在他的意料之中。他发现，电话差不多正好摆在他的头顶上方，刚才他睡眼惺忪，没有注意到。现在，如果年轻人一定要打电话，那么他无论如何不能不打搅K的睡眠。问题只在于K让不让他打这个电话，K决定还是让他打。可是这样一来，在底下装睡便没有什么意思了，于是K又恢复了仰卧的姿势。他看见农民们怯怯地聚到一起，嘁嘁喳喳议论，看来土地测量员的到来不是一件小事。这时厨房的门早已打开，膀大腰圆的老板娘站在那里几乎把门框塞满，店老板踮着脚尖走到她跟前去告诉她刚才发生的一切。现在，电话接通，开始通话了，听得出，城堡主事已经就寝，然而一位副主事——为数不多的副主事当中某位名叫弗里茨的老爷——在那边接电话。年轻人自报姓名，说是叫施瓦尔策，接着便说他发现有一个名叫K的三十多岁的男子，衣冠不整，心安理得地在酒店里一个草袋上睡觉，这人枕着一个小得可怜的背囊，手边放着一根拐杖。他施瓦尔策自然觉得此人形迹可疑，而因为店主在这件事上显然失职，他施瓦尔策当然就责无旁贷地要过问此事，进行查询了。对于被叫醒盘问，对于他施瓦尔策按职责惯例作出的要将K逐出伯爵领地的警告，K的反应是很不耐烦，总之看起来火气不小，然而也许不无道理，因为他自称是伯爵大人聘来的土地测量员。在这种情况下，当然至少从例行手续上看有必要对他的话进行核实，因此，他施瓦尔策恳请弗里茨老爷向城堡总办公厅询问一下是否确有这样一位土地测量员应聘前来，并请将答复电话告知。

电话打完便安静下来，弗里茨在那边询问，这边在等着回话。K的神态一如既往，连头也不回，看样子一点也不急于知道结果如何，两眼茫然直视前方。施瓦尔策对事情的描述是一种不怀好意和谨小慎微的混合物，这番话给了K一种印象：城堡里连施瓦尔策这样的小人物也能很容易得到可说是外交手腕方面的训练。另外，看起来那里的人也决不偷懒；你看，总办公厅有人上夜班呢。而且显然很快就作出回答，因为这时弗里茨打电话来了。不过，好像这个回话太简短，因为施瓦尔策马上又气呼呼地把听筒挂上。“我早就说了嘛！”他大声叫道，“土地测量员，连影子也没有！这人真是个卑鄙的、信口雌黄的流浪汉，说不定还更坏呢！”此时K脑子里闪过一个念头，他想：所有的人，就是施瓦尔策、那个农民，还有店老板、老板娘和其他人，眼看就要向他猛扑过来。为了至少避一避这个凶猛的势头，他从头到脚，整个儿蜷缩到被窝里面去了。这时电话铃又响起来，而且，K觉得声音特别急促响亮。于是他又把头从被子里慢慢伸出来。虽然电话几乎不可能仍是涉及 K 的事情，但所有的人还是一下子突然肃静下来，施瓦尔策则回到电话机旁去。他站在那儿耐心地听完了一番较长的解释之后，低声说道："那么是弄错了？我实在是太难为情。办公厅主任亲自打来了电话？真是怪事，真是怪事。我该怎么向土地测量员先生解释才好呢？"

K 听了这些话精神为之一振。这么说，城堡已经任命他为土地测量员了。这个情况一方面对他不利，因为它表明，城堡已经了解他的底细，在反复掂量了双方的力量对比之后，决定成竹在胸地开始同他较量。可是另一方面，情况又对他有利，因为在他看来这同时也证明对方低估了他，他将会有兴许比他自己起初敢于希冀的还要更多的一些自由。并且，如果以为通过这从心理战来看不能不说是高明的一着，即公开承认他的土地测量员身份，就能使他经常处于诚惶诚恐、心惊胆战的状态的话，那他们就错了；这一官方认可使他吃了一惊，但也就只此而已。

对于羞怯地向他走来的施瓦尔策，K 摆手示意他不必过来了；他只接受了老板递给他的一杯催眠饮料，又从老板娘手里接过一盆水、肥皂和毛巾。现在，根本用不着他开口叫人离开店堂，原来这时所有的人都把脸背过去使劲往外挤，可能是怕明天被他认出来吧。关灯之后，他终于可以休息了。他睡得很香，除了一两次被跑过的老鼠惊醒之外，一直睡到第二天早晨。

早饭后——这顿早餐以及他的全部膳食，据老板说都将由城堡支付——他想马上到村里去。但由于老板带着乞求的目光不断围着他转——想到他昨天的表现，K 到目前为止只同这位老板说了几句非说不可的话——他觉得这人挺可怜的，就让他在自己身边小坐一会儿。

"我还不认识伯爵，"K 说道，"据说他对于工作好的人给的报酬是很高的，对吗？谁要是像我这样扔下妻子儿女远走他乡，总是想带点什么东西回去的吧。"

"在这方面，大人可以不必担心，这里还没有听到谁抱怨报酬低呢。""唔，"K 说，"我这个人可不是那种胆小怕事的，就是对一位伯爵，我也有什么说什么，不过同这里的老爷们当然还是心平气和地打交道要好得多。"

老板坐在 K 对面窗台的边沿上，他不敢坐舒服些，这段时间一直瞪大他那双褐色的眼睛战战兢兢地紧盯住 K，先前他是唯恐挤不到 K 的身边，现在呢，看来恨不得马上就溜之大吉。他是害怕被详细诘问关于伯爵的情况呢，还是怕他心目中的"大人"K 靠不住？K 必须给他打打岔。他看了看钟说道："我的助手们很快就要到了，你这里有地方给他们住吗？"

"当然有，大人，"他说，"可是他们不跟你一块儿住在城堡里吗？"

难道他就是这么轻松愉快地放弃顾客，特别是放弃 K，非要提醒他到城堡里去住不成？

"这还不一定，"K 说，"首先我得弄清给我安排什么工作。万一需要我在这下面工作，那么住在下面也更明智些。另外我担心，我可能不适应上面城堡里的生活，我想永远自由自在的。"

"你不了解城堡。"老板轻声说。

"当然，"K 说，"不能过早下断语。目前，我对城堡所知道的只有一点，就是那里的人善于挑选一个合适的土地测量员。或许那里还有另外一些优点吧。"说到这里他站起身，以便解脱那个不知所措地一个劲儿咬嘴唇的老板。要赢得这个人的信任是颇为不易的呵。

离开酒店时，墙上一个深色相框里的一幅黑乎乎的肖像画引起了K的注意。早先他从睡觉的地方就已经看见它，可是因为距离太远，看不清细部，便以为原来框中的画像已被拿走，眼前见到的只是一层黑色的衬板而已，但现在看上去那确是一张画像，是一个五十岁左右的男子的半身像。他的头向前胸低低垂下，使人几乎看不到他的眼睛，他所以低头，主要原因似乎是那高高突出的过于沉重的前额和那又长又大的鹰钩鼻子。他的大胡子由于头的姿势而被下巴压扁了，往下就向两旁铺开去。左手扶着头，手指叉开伸进厚实的头发里，但已无法把头撑起来。“这是谁?”K问道，“是伯爵吗?”K站在画像前，根本不回头看老板一眼。“不是，”老板说，“这是主事。”“城堡里真是有一位相貌堂堂的主事呢，”K说，“可惜他的儿子太不争气了。”“不是的，”老板说，一面将K拉到自己身边把嘴凑到他耳边悄悄说：“施瓦尔策昨天是高抬自己了，他父亲只是副主事，而且还是好多个副主事中末几个里面的。”此刻K觉得老板像个孩子。“这个混账东西!”K笑着说，然而老板并不跟着笑，却一本正经地说：“不过他的父亲也很厉害，能呼风唤雨呢。”“去你的吧!”K说，“在你眼里谁都能呼风唤雨，都很厉害，也包括我吧?”“你，”他有些胆怯而又很严肃地说，“我并不觉得你厉害。”“看起来你还挺会看人，”K说，“因为，对你说句心里话：我的确不是个厉害人。所以我在那些呼风唤雨的厉害人面前感到的诚惶诚恐大概不亚于你。只是我没有你那么老实，有时候不愿意承认这一点罢了。”为了安慰老板并表现得亲切一些，K轻轻拍了拍他的脸。现在老板总算有点笑意了。他真还是个孩子，圆乎乎的脸上没有几根胡子。真不明白，他是怎么和那个相当显老的大块头女人结为夫妻的?——这时候可以从一个门镜里看见她在隔壁厨房里甩开膀子大干呢。但K不想再追问他什么，免得把好不容易才引出来的微笑又吓回去。所以他只是用手示意老板把门打开，然后就走了出去，进入冬日一片美丽的晨曦之中。

此刻，他在明澈的空气中看清了城堡的轮廓，且由于那层山上处处皆是的薄薄的积雪把任何物体的形状都勾勒出来，形状益发明晰可辨了。山上的积雪看来比村里少得多。K此时在村里踏雪前进，并不比昨天在大路上省力。这里的积雪一直堆到与那些简陋小屋的窗户齐高，稍往上一点，低矮的屋顶上也沉甸甸地堆满了雪，而山上的那些建筑物，却都那么自由自在、轻松愉快地挺立着，至少从这里看上去的印象是如此吧。

站在这里，从远处看去，城堡的外观大体与K的预料相符。它既不是一座古老的骑士城堡，也不是一座新式的豪华建筑，而是一座宽阔的宫苑，其中两层楼房为数不多，倒是有许许多多鳞次栉比的低矮建筑；如果事先不知道这是一座城堡，那么可能会以为它不过是一个小城镇。K只看见一座塔，它究竟是属于一所住宅还是属于一所教堂，就无法看清了。一群群乌鸦在围着它盘旋。

K心里什么别的都不想，两眼看准城堡继续朝前走。但是愈走近城堡，他就愈觉失望，那的确不过是一个相当寒酸的、看去全是一色普通村舍的小城镇，只有一个优点，就是或许所有的房子全是石结构的；但是墙上的灰泥早已掉光，砌墙的石块看来也开始剥落了。K蓦地想起了自己的家乡小镇，它同这座所谓的城堡相比几乎毫无逊色。如果K的目的只是观光，那么长途跋涉来到此地便太不值得，倒不如重访自己多年未归的故里更明智些呢。于是他在心中将家乡那座教堂的塔同眼前山上的塔作了一番比较。家乡那座塔从低到高、由粗而细笔直伸向天空，塔顶较宽，红瓦覆盖，诚然仍是一座不能超凡脱俗的建筑——我们凡人还能盖出什么别的样式来呢？——但它比周围大片低矮房屋有着更崇高的目标，比人间那晦暗的终日劳碌，具有更明朗的意态。然而这里山上这座塔呢——这是此处唯一可见的塔——现在已能看清是一所住宅的塔，说不定就是城堡主楼的塔，它是一座单调的圆形建筑，部分蒙常春藤垂青加以覆盖，塔身有不少小窗子，此时在阳光下发出刺眼的反光——这使人觉得有些荒唐。塔顶类似阁楼，其雉堞瑟瑟缩缩、杂乱无章、残颓破败地戳向蓝天，就好像是一个害怕画错或是很不认真的孩子信手涂鸦胡乱画上去似的。面对这景象，人有一种感觉，仿佛这楼中有一个忧心忡忡的居民，按理本应老老实实地把自己关在楼中最偏僻的角落向隅而泣，现在居然冲破楼顶，探出身来向全世界亮相了。

K再次停下步来，似乎停下步子能增加他对眼前景象的判断能力。然而这时他受到了干扰。他站住的地方离村教堂(其实这不过是个小礼拜堂而已，只是像仓库似的扩建了一下，以便能容纳全村的教民)不远，教堂后面就是村子的小学。这学校是一座长长的低矮楼房，给人一种既是临时又非常古老的、奇特的混合印象，楼前有一座围了铁栏杆、眼下是一片白雪覆盖着的花园。这时孩子们正好同老师一起从楼里走出来。一大群孩子把老师团团围住，每双眼睛都盯着他，从四面八方对他哇啦哇啦地唠叨个不住，K一点听不清他们那连珠炮似的话。这位老师是个年轻人，小个子，窄肩膀，不过样子并不可笑，身子直挺挺的，他从老远处一眼就看到了K，当然，除了他和他的一群学生之外，K是这方圆数里内目力所及唯一可见的人。K作为一个外乡人，首先打招呼问好，更何况是向这个在这里享有相当权威的小个子男人呢。“你好，老师!”他说。这话一出口，孩子们一下子就鸦雀无声，这突然的肃静作为他开口说话的先导，看样子使这位老师颇为得意。“您在观看城堡吗?”他问这问题时的态度，比K预料的要和蔼些，然而那语气似乎不赞同K这样做。“是的，”K说，“我不是本地人，是昨天晚上才到村里的。”“您不喜欢这城堡吗?”教师很快又问。“什么?”K反问一句，有点震惊，然后用比较温和的语气重复那个问题：“我喜不喜欢这城堡吗？为什么您要猜想我不喜欢它呢?”“没有一个外乡人喜欢它。”教师说。为了避免在这里说出一些不中听的话，K改变话题问：“您大概认识伯爵吧?”“不认识。”教师说着便准备扭头走开。然而K并不罢休，他追问道：“什么？您不认识伯爵?”“我怎么会认识他?”教师低声说，然后便用法语大声补充道：“请您考虑一下这里有这么些天真无知的孩子在旁边。”K听到这话便抓住时机问道：“老师，我可以拜访拜访您吗？我打算在这里待较长时间，可我现在就感到有点孤单了；我既不是农民中的一员，大概也不能算是城堡中的一员吧。”“农民和城堡没有太大的区别。”教师说。“也许是这样，”K说，“可这丝毫改变不了我的处境。我可以拜访拜访您吗?”“我住在天鹅巷肉铺。”虽然这话听起来只像是在说出住址，而不是发出邀请，K仍然说道：“好的，我一定来。”教师点点头，就同这时突然又大吵大嚷起来的孩子们一起继续走他的路了。不久，他们便消失在一条地势陡然下降的小巷里。

然而K现在却有些心神不宁，这次谈话使他心中颇感不快。自从到达此地以来，他现在第一次感到真正的疲倦了。到这里来的这一段很远的路，本来好像并不使他感觉吃力，这些天来，他是怎样日复一日、从容不迫、一步一步地走过来的啊！——可是现在呢，过度紧张的后果到底还是显现出来了，无疑，来得真不是时候。他感到一种不可抗拒的强烈冲动，希望在这里尽量多结识一些人，但是每认识一个人都增添他一分倦意。他想，在他今天这种竞技状态下，如果能咬牙坚持这次步行，至少走到城堡大门，那就已经是了不起的成绩了。

于是他又继续前行，但是路仍然很长。走着走着他发现，这条同时是村子主要街道的大路并不是通到城堡所在的山上去的，它只通到城堡近处，虽然眼看快到山脚下了，却像故意作弄人似的在那里拐了弯，然后，尽管沿它走下去并不会离城堡越来越远，却怎么也无法再接近它一步。K一直在期待着这条大路最终总会拐进城堡里去，也仅仅因为他抱有这一期望，他才不住地往前走；显然由于他感觉疲劳，才没有毅然决然离开它，另外，这个奇长无比的村子也使他惊诧不已，它没有尽头，大路两边老是出现同样的小房子、冻了冰的窗户、厚厚的积雪，一个人影都不见——最后他终于还是下决心离开这条缠人磨人的大路，转进一条狭窄的小巷，这里雪更厚，把陷进雪里的脚拔出来艰巨异常，累得他满身大汗，突然间他站住了，再也走不动了。

细想起来，他倒也并不完全孤单，左右两旁不都是农舍吗？于是他捏了一个雪球，向一扇窗户掷去，门应声开了——这是他在村子里走了这大半天第一道打开的门——一个老农，身穿棕色皮夹克，头歪向一边，和蔼可亲地、颤巍巍地站在那里。“我可以到您屋里歇一会儿吗？”K说，“我太累了。”他完全没有听清老头说些什么，只是感激地接受了老者的好心：给他推过来一块木板，这木板当即把深陷雪中难以自拔的他救了出来，只跨过了三五步，他就进了老农屋里。

屋子挺大，笼罩在一片朦胧的光线中。刚从外面进来的K一时什么也看不见。他趔趄几步，快撞到一个洗衣盆时，一只女人的手拉住了他。从屋子的一角传来好几个孩子的叫嚷声。从另一个角落则涌出滚滚烟雾，使本来就半明半暗的屋子变成一片漆黑。K如置身云雾中。“他喝醉了。”有人说。“您是谁？”另一个声音厉声喝问，然后大概是冲着老头问：“你为什么把他放进来？难道可以把大街小巷里东溜西窜的什么乱七八糟的人都放进来吗？”“我是伯爵的土地测量员。”K说，试图用这话在那些直到现在仍唯闻其声不见其人的主人面前为自己辩护一下。“哦，原来是土地测量员。”这时响起的是一个女声，继之而来的是全然的寂静。“你们听说过我？”K问道。“当然。”同一个声音简短地答道。人家听说过他，这好像不是在抬举他吧。

浓烟终于稍稍散去了一些，K渐渐可以辨认四周了。看来今天是个大洗涤的日子。离门不远处有人在洗衣服，但雾气是来自屋子另一角，那里放着一个很大的木澡盆，K还从未见过这么大的澡盆——约有两张床那么大——两个男人泡在热气腾腾的水里洗澡。然而更加令人惊奇可又弄不清究竟是什么东西的，是屋子右边那个角落。屋子后墙上有一个大缺口，通过这后墙上唯一的开口处，兴许是从院子里吧，射进来一道煞白的雪光，使一个坐在角落处一把高高的靠椅里、面带倦容的女人身上穿的衣服发出一种类乎丝绸的光亮。这女人怀里抱着一个婴儿，她四周有几个孩子在玩耍，显然都是农家孩子，但她似乎同他们并不属于一类人，当然，疾病和疲倦，甚至也能使农民变得高雅起来的。

“您请坐吧。”两个男人中的一个说，这人一脸络腮胡外加两髭向上翘起的小胡子，不断张着嘴喘气，他从水里伸出手，越过盆边——那副样子颇为滑稽——向一个大木箱指去，甩了K一脸热水。木箱上已经坐着一个人，正是那个把K放进来的老头，在那里发愣。对自己终于可以坐下来，K心里很是感激。现在没有人再理睬他了。在洗衣盆旁边的那个女人头发金黄，青春焕发，边洗边轻声哼着小曲，澡盆里的男人则不停地蹬腿翻身，孩子们想到他们跟前去，但一再被盆里溅出的大量洗澡水打退，K也未能幸免，靠椅里的女人泥塑木雕似的靠在椅背上，甚至连胸前的孩子她也不低头看上一眼，而只是视而不见地仰望空中。

K盯着她——这尊凝滞不动的、美丽、忧郁的雕像——大概看了好久，然后他一定是睡着了，因为当他听见有人大声叫他而猛地惊醒时，他的头是枕在他身旁的老者肩上的。这时两个男人早已洗完澡，穿好衣服站在K面前，澡盆里现在是孩子们在金发女人的看管下扑腾了。现在看来，两个男人中那个大嗓门的大胡子是地位低一些的。另一个的个头不比大胡子高，胡须也少得多，是个少言寡语、从容思考的人，他身材矮胖，长着一张宽脸，老是低着头。"土地测量员先生，"他说，"您不可以老待在这里，请原谅我的失礼。""我也不打算在这里待下去，"K说，"只是想稍稍休息一下。现在已经休息过了，我这就走。""您大概奇怪我们这里不太殷勤好客吧，"那人说，"我们这里可没有殷勤好客的习惯，我们是不需要客人的。"K小寐以后觉得精神稍好，注意力也比先前容易集中一些，听到这些直率的话很高兴。他行动不那么拘谨了，用手杖一会儿拄拄这，一会儿拄拄那，然后向靠椅里的女人走了过去。他也是这屋里个子最高的。

"不错，"K说，"你们要客人干什么呢。不过恐怕间或也会需要个把人的，比如我，土地测量员。""这个我不知道，"男人慢吞吞地说，"既然叫您来，那么大概是需要您，这可能是个例外，可我们呢，我们这些小老百姓，我们是按常规办事，这一点您不能怪我们。""哪里，哪里，"K说，"我对您只有感谢，对您和这里所有的人。"这时，出乎众人的意料，K突然嗖地一跳转过身去，站在那女人面前了。她用失神的蓝眼睛看着K，一块透明的真丝头巾一直盖到她前额正中，婴儿已在她怀里睡着了。"你是谁？"K问道。她拂袖——究竟这一轻蔑的表示是针对K的还是针对她自己的回答，弄不清楚——答道："一个从城堡来的少女。"

这一切只是一瞬间的事。现在K发现自己已经一左一右夹在两个男人中间并被——好像根本没有别的交流思想的办法——一声不响地但却是用尽全力地拽到门边来。老头儿这时不知在乐什么，高兴得拍手。洗衣女人也在突然拼命吵嚷起来的孩子们旁边咯咯笑了。

可是K呢，不久后又站在门外小巷里，那两个男人站在门槛上紧盯着他。又下起了雪，尽管如此天似乎比原先明亮了一点。大胡子不耐烦地叫道："您要上哪儿？这边通城堡，这边通村里。"K不回答他，却冲着另外那个，虽然地位优于头一个，但给K的印象比他更随和的男人问道："您是谁？我应该感谢谁让我在这儿待了一阵呢？""我是鞣皮匠拉塞曼，"他答道，"可是您用不着感谢谁。""好吧，"K说，"也许我们还会再见面的。""我看不会了。"那人说。这时大胡子突然举起手叫道："你好，阿图尔，你好，耶里米亚！"K回头看，原来在这个村里街上毕竟还是能见到人的！从城堡方向走来两个中等个子的年轻人，两人都是瘦溜身材，衣服紧绷在身上，样子长得也非常相像。两人的脸均呈深棕色，但黝黑的山羊胡子仍与脸色形成强烈的反差。就目前的路面条件而言，他们走路的速度快得惊人，细长的腿有节奏地嚓嚓地踏雪前进。"你们有什么事？"大胡子叫道。同他们交谈只能大声嚷嚷，因为他们走得飞快，又不停步。"公事！"他们笑着回头叫道。“到哪儿去?”“酒店。”“我也去那儿!”K突然用比别人更大的嗓门大喊，他迫切希望这两人带他一起去；虽说认识这两个人他觉得对他并没有太多的好处，但他们显然可以成为消除路途寂寞的好伙伴。两人听见了K的话，但并不停下，只是点了点头就快步从他身边走过去了。

K始终还站在雪地里，他现在没有这个雅兴把腿从雪里使劲拔出来，然后又让它在前面一小步远的地方重新深深陷进去；鞣皮匠和他的同伴呢，由于最后总算是把K扫地出门而露出满意之色，这时一面不断回头看K，一面慢慢地从那仅开着一条缝的门轻轻缩回屋去，于是，K又是孤身一人站在漫天飞舞的雪片包围之中了。“如果我不是有目的地到这里来，而是意外地发现自己站在这个地方的话，”他蓦地寻思，“那真有点山穷水尽的味道呢。”

这时，他左手边一座简陋小房的一扇很小的窗子开了；关闭时，也许是由于雪的反光吧，这窗子呈深蓝色，它极小，以致现在打开时也不能看到那个往外窥视的人的整个脸庞，而只能瞥见他的一双眼睛，一双褐色的老人眼睛。“他站在那儿呢。”K听到一个颤抖的女声在说。“那是土地测量员。”一个男声说道。然后，男人便走到窗前向外问话了，那语气并非不友好，然而却让人明白觉出他对于保证在他房前的街上不出任何差错是很重视的：“您在等什么人?”“等着来一辆雪橇让我搭车走。”K说。“这里不会有雪橇来，”那男人说，“这里没有什么车辆来往。”“那不是通向城堡的大路吗?”K提出异议了。“是又怎么样，不是又怎么样，”男人话音里有一种铁面无情的味道，“这里没有什么车辆来往。”然后两人都沉默了。但那男人显然还在考虑什么，因为他始终没有关上窗子——窗里现在冒出了烟。“这路很不好走啊。”K又说一句，为的是促使他的考虑快些得出结果。

可那人只说了句：“是啊，确实很不好走。”

但是过了一小会儿他终究还是又开口了：“如果您愿意，我就用我的雪橇送您吧。”“那太好了，”K喜不自胜地说，“您要多少钱?”“不收钱。”那人说。K惊讶不已。“您是土地测量员啊，”那人解释道，“是城堡的人嘛。您要上哪儿去?”“到城堡里去。”K应声立即答道。“那我就不去了。”男人马上说。“我不是城堡的人嘛。”K重复那人自己说过的话。“是也不去。”男人还是拒绝。“那么您送我去酒店吧。”K说。“好的，”那人说，“我去套了雪橇马上就来。”这场谈话给人的印象不是特别友好、助人为乐，而是对方抱着一种自私的目的，谨小慎微、挖空心思、千方百计，不把K从他门前这块地方弄走决不罢休。

院门开处，一辆什么座位都没有的平板轻便载重雪橇，由一匹瘦弱的小马拉着出来了，那男人紧随在后，躬腰，虚弱，一瘸一拐地走着，那张瘦脸冻得通红，又看得出在患鼻伤风，一条毛围巾把头和脖子紧紧裹住，使这张脸显得特别小。这个人显然有病，仅仅为了能把K赶快送走而勉为其难地出门。K谈起这一点时，那人摆摆手叫他别说了，K从他口里摸到的情况只有：他叫盖尔斯泰克，是个赶车的，另外就是他所以套这辆不方便乘坐的雪橇，是因为它正好放在那里没人用，而如果要去拉另一辆出来就太费时间了。“您坐下吧。”他用鞭子指着雪橇后部说。“我要坐在您旁边。”K说。“我走路。”盖尔斯泰克说。“为什么呀?”K问。“我走路。”盖尔斯泰克重复说那句话，说完突然大声咳嗽起来，震得他只好两腿叉开支在雪地里，双手紧紧扶住雪橇的边沿。K不再说什么，坐到雪橇后部，咳嗽渐渐平息下去，他们上路了。

山上的城堡这时已奇怪地暗下来，K本来希望在今天之内到达那里，现在它又越来越远了。但是，仿佛要向他作出一个暂时告别的表示，那里响起了钟声，欢快、急速的钟声，这钟声至少使他的心有一刹那的悸动，似乎在警告——因为它也使他听着揪心——他，他心中那朦胧的渴望就要变成现实降临到他头上！但不久之后，这大钟便悄然止息，接替它的是微弱而单调的铃声，这铃声也许来自山上，也许就是从村里传来的。这丁丁零零的声音自然与他们缓慢的雪地行进更为协调，也与那个可怜兮兮但却铁面无情的车夫显得更合拍些。

“喂，”K突然叫道——这时他们已经到了村教堂附近，离酒店已没有多少路，K没有必要再缩手缩脚了——“我非常奇怪，你为什么胆敢冒险自作主张让我乘着雪橇到处跑，难道上头准许你这样做吗？”盖尔斯泰克对此不予理会，心安理得地继续在小马旁边走着。“嗨！”K又一次叫他，同时从雪橇上抓了一把雪攒成一团向盖尔斯泰克扔去，正中他的耳朵。现在他站住了，回过身来；但是，当K从近处细看他时——因为雪橇又向前滑行了一小段——当他看到这个躬腰驼背，可以说是备受折磨的人，看到他冻红了的、疲惫不堪的瘦脸上似乎不对称的、一边平一边凹的两颊，看到他大张着呼哧呼哧喘气的嘴，以及嘴里仅有的七零八落的几颗牙齿时，他不得不把刚才气头上说的话又用同情的语调重复一遍，即问盖尔斯泰克，是否会因为送了他而受到处罚。“您想要什么？”盖尔斯泰克问，他根本没听懂K的问题，但也不等他再作解释，就吆喝牲口，继续驱车前行了。

【选自叶廷芳主编：《卡夫卡全集》(第3卷)，赵蓉恒译，石家庄，河北教育出版社，2000】

奥尼尔

尤金·奥尼尔(1888—1953)，美国著名戏剧作家，现代美国戏剧的奠基人和缔造者。奥尼尔在戏剧创作的早期(1913－1919)，写有独幕剧《东航卡迪夫》(1914)、《归路迢迢》(1917)、《划十字的地方》(1918)、《加勒比海之月》(1917)和多幕剧《天边外》(1918)等。这些航海题材的作品，充满了对于大海和陆地的双向幻想，反映出现代人对自身现实处境的困惑以及寻找出路、归属的焦灼和渴望，呈现出现实主义风格。奥尼尔在戏剧创作的中期(1920－1934)，努力拓展戏剧题材，探索各种戏剧表达方式，对人类隐秘的内心世界进行深入挖掘，着力于表现双重人格，呈现了处于精神危机中的现代人那种痛苦心灵的复杂形式。这一时期的代表作有《琼斯皇帝》(1920)、《毛猿》(1921)、《榆树下的欲望》(1924)、《大神布朗》(1925)、《悲悼》(1931)等。1935－1943年是奥尼尔创作的后期。他放弃了各种戏剧实验，决定“用最简单、最自然的风格写作”。奥尼尔走上了“改造后”的现实主义道路，创作了他最优秀的作品《送冰的人来了》(1939)与《进入黑夜的漫长旅程》(1941)。这些作品反映现代人的生存处境及其精神世界，挖掘人性之善，以人物之间的和解为结局。

独幕剧《琼斯皇帝》中，美国黑人乘务员琼斯杀人越狱后逃到一个海岛，通过欺骗当上土著人的皇帝，又因强取豪夺激起土著人的反抗。琼斯在仓皇逃跑的过程中，被森林中的种种幻象迷惑，迷失方向，最终回到原点，被搜捕他的土著人杀死。全剧着重揭示暴君琼斯在逃亡过程中高度紧张的恐惧心理和内心活动，表现了人格分裂与异化的主题，把心理张力推到了极致。琼斯心理世界潜伏的更多是集体无意识的内容，是他作为黑人的种族记忆。在极度的惊恐中，他潜意识中深埋的原始性被激发出来，人格一步步退化，最终回归到以热带丛林中的图腾崇拜为象征的洪荒时代的非洲去。

全剧充分利用各种舞台象征手段以及主人公的内心独白，表现了主人公的潜意识。用变幻不定的灯光、极具象征色彩的道具和布景，展示不断出现在他头脑中的错觉和幻象。剧作家把主人公置于亦真亦幻的森林中，用越来越快、越来越响亮的鼓声，配合他奔逃时越来越紧张的脚步和心跳，舞台的音乐效果极为震撼。鼓声成为主人公内心冲突的触发力和推动力，实际上也是全剧的一条线索，它是剧中土著人反抗力量的代表，把琼斯一步步逼向死亡。

琼斯皇帝(节选)

人　物

布鲁特斯·琼斯　皇帝

亨利·斯密泽斯　一个伦敦佬气派的商人

一个土著老太婆

兰姆　一个土著部落的头头

士兵们　兰姆的拥护者

没模样的小恐惧；杰夫；黑人罪犯；狱卒；种植园主；拍卖商；奴隶；刚果巫医；鳄鱼神

本剧发生在西印度群岛一个尚未由白人海员主持民族自决的海岛上。当地政府的形式暂时为皇朝。

场　景

第一场

在琼斯皇帝的宫殿内。下午。

第二场

在大森林的边缘。黄昏。

第三场

在森林内。夜晚。

第四场

在森林内。夜晚。

第五场

在森林内。夜晚。

第六场

在森林内。夜晚。

第七场

在森林内。夜晚。

第八场

与第二场同——在大森林的边缘。黎明。

第二场

景：平原尽头，大森林的边缘地带。前景是一片沙土地，平地上稀稀拉拉有几块石头。一簇簇矮树丛畏缩地紧挨地面，抵挡着阵阵信风。后面是森林筑成的一面黑糊糊的暗墙，与世隔绝。只有适应了黑暗，眼睛才能辨别出邻近的树干轮廓，一根根深黑的巨柱。风刮树叶，发出单调的呜呜哀鸣。这种声音更使人觉得大森林里阴森可怖，衬托出一种背景，使它那种沉郁的寂静极为突出。

琼斯从左方快步上。他走进森林边缘，停下来匆匆向四下里张望一下，窥视着暗处，好像在寻找什么熟悉的标志。接着，他显然十分满意地到达了自己要找的地方，然后就精疲力竭地倒在地下。

得，总算到了这儿。也正是时候！再过一会儿，这里就会比纸牌的黑桃爱斯还要黑啦！(他从裤子后兜儿里掏出一块印花手帕，擦脸上的汗珠子)真格的！让我喘口气吧！我可真是累得精疲力竭。当皇上的从来没锻炼过在火辣辣的太阳底下穿过平原走那么远的道儿。(接着，咯咯一笑)鼓起劲来，黑汉子，还会有更糟糕的事呢。(他抬头凝视着森林。笑声骤然止住。畏惧地说)我的老天，瞧瞧那片森林，瞧见没有？那个不可靠的斯密泽斯说过，那里会是漆黑一片，他说得不错。(连忙掉头不看森林，低头瞧瞧自己的两只脚，借机换个话题——焦虑地)两只脚啊，你们居然坚持到底了，干得不错，我真希望你们可千万别打泡。你们也该休息一下啦。(他脱下皮鞋，视线故意避开森林。他轻轻抚摸两只脚底板)你们还是很正常——只是有点发烧。凉快凉快吧。记住你们还得赶一段长路哪。(他倦乏地坐在那儿，听着那有节奏的手鼓声。他大声嘟囔以掩饰自己越来越不安的情绪)这群土黑鬼！我真纳闷他们老这么敲鼓，也不嫌累！声音好像越来越响了。他们是不是开始追我了？(他爬起来，回头望着平原)他们就是在百尺远的地方，我现在也根本看不见。(接着像一条浑身湿透的狗那样甩去这种令人沮丧的念头)没错儿，他们还在老远老远的地方呐，你嘀咕什么呀？(可他坐下来，急急忙忙系好鞋带，嘴里喃喃地安慰自己)你猜怎么回事？你的肚子饿啦，就是这事闹的。该吃点东西啦！你肚子里除了凉风，什么都没有了，你当然就觉得浑身没劲了。好了，等我把这烦人的鞋带一扎好，咱们马上就吃。(他扎好鞋带)得！现在咱们去瞧瞧。(他跪下来，两手扶地，用眼搜索四周的地面)白石头，白石头，你在哪儿？(他看到第一块白石头就爬过去——满意地)你敢情在这儿呐！我知道就在这儿！食品罐头，快快上我这儿来吧。(他把石头推开，用手往下摸——失望地)没在这儿！天哪，这地方到底对不对哪？那儿还有一块。准是那块。(他爬到另一块石头处，推翻开)这儿也没有！吃的啊，你在哪儿呐？没在这儿。天哪，难道我得饿着肚皮进入树林——一整宵吗？(他一边说，一边从一块石头爬到另一块石头，狂乱而迅速地把它们一一掀翻。最后，他急得跳起来)我是不是搞错了地方？肯定是。可这怎么会呢，我是大白天沿着小道穿过平原来的呀？(近乎哀伤地)我饿了，真饿了。我一定得找到我的吃的。要是找不到，我的劲儿打哪儿来呢？天哪，不管怎么着，我非得到处搜寻，把那盒吃的找到不可！天怎么黑得这样快？

什么也看不见啦。(他在裤子上划了一根火柴，环视四周。这当儿，远方手鼓声可以让人觉出越敲越快了。他迷惑不解地嘟囔着)我记得这儿只有一块白石头，怎么现在有这么多块了呢？(突然他惊叹一声，把火柴扔在地上，用脚踩灭)黑汉子，你莫非疯了？你点亮火柴，好让他们知道你在这儿吗？老天爷，你倒是用用脑子啊。天哪，我得加点小心！(他恐惧地回头望着平原，手扶在手枪上面)可这些白石头，到底是怎么回事呢？我藏好的那盒食品罐头，用油纸包得好好的在哪儿呢？

(他转过身去时，一些没模样的小恐惧从树林暗处爬出来。它们黑不溜秋，没有模样，只能看见它们闪闪发光的小眼睛。如果说它们有什么可以形容的模样，那只能说是像一群匍匐爬行的婴儿那么大的肉蛆。它们无声无息地蠕动着，费劲儿地试想站立起来，可是失败了，又跌倒在地。琼斯转身冲着森林。他抬头望着树梢，徒劳无益地想从树林的状态来辨认出自己到底身在何处。)

从这些树什么也看不出来！天哪，这四周围我好像从来也没见过。我肯定是找错了地方！(怀着惨痛的预感)这实在是太奇怪啦！太奇怪啦！(急得顽抗起来——用愤怒的声调)树林呀，难道你打算跟我过不去吗？

(在他身前的地上，从那些没模样的东西那儿微微传来一阵讥讽的低沉笑声，很像树叶的沙沙声。它们冲着他向上扭动着。琼斯低头一看，惊恐地大叫一声，倒退几步，同时拔出手枪——颤巍巍地说)这是什么？谁在那儿？你是谁？滚开，别等我开枪打死你！你不滚？——

(他开枪。一道闪光，一声很响的枪声，接着只有远方加速的击鼓声打破宁静。那些没模样的东西，又匆匆跑回森林。琼斯站在那儿不动，倾听动静。那声枪响，手中觉出握着枪支，这使他那紧张的神经多多少少恢复了镇定。他又自信地自言自语起来。)

它们滚蛋了。那一枪解决了它们。那只是些小动物——可能是一群小野猪。也许就是它们把我的吃的掏出来吃掉了。当然，你这个傻黑汉子，你把它们当什么啦——鬼怪吗？(激动地)天哪，你开那一枪，可把自己暴露了。那帮黑鬼准听见了这声枪响！别再等待，赶快进入树林吧。(他开始向森林走去——进去之前又犹豫一下——接着拿出男子汉大丈夫的决心鼓励自己)进去吧，黑汉子！你还怕什么？那儿除了树木之外，啥也没有啊！进去吧！(他鼓起勇气冲进树林。)

第三场

景：在森林里。月亮刚刚升起，只有一片令人毛骨悚然的微光，在枝叶顶上闪闪移动。前景是一排密密麻麻的矮树丛和蔓藤，形成一小块三角空地。后面是黑糊糊的森林，像一个环形围绕屏障。左后方隐约可见一条小道通到林中这块空旷地，又朝右方迂回延伸而去。幕启时，台上什么也看不清楚。除了手鼓咚咚声之外，一片宁静，鼓声比前一场幕落时稍微更响点，更紧了些。每隔几秒钟就有一阵古怪的咔嗒咔嗒声。接着，黑人杰夫在三角空地后面蹲伏的身躯渐渐显露出来，他中年，棕色皮肤，瘦削，身穿一件火车卧车厢里的茶房制服，戴一顶制服帽。他正往身前的地上掷两颗骰子，拾起来，在手中摇晃几下，又自动做出僵硬而机械的动作掷下去。这时从左边小道传来一阵沉重而缓慢的脚步声，越来越近；琼斯的嗓音较前稍尖一点，还尽力显得欢欣，以克服自己的恐惧。

月亮升了起来。你听见了没有，黑汉子？这样你就可以有点亮光了，再也不会把你那个傻瓜脑袋往树干上撞啦，那些矮树丛也不会挂破你大腿上的皮啦。现在你可以看见往哪儿走了，所以说，别懊丧！从现在起，你就可以便当地快快赶路啦。(他正好站在三角空地的后方，用衣袖擦脸上的汗。那顶巴拿马草帽已经丢失。脸被划破了，那件辉煌的制服已经有多处被撕破)现在也不知道是几点钟了？我不会再划亮火柴来看看几点钟了！呸！今天可真够热的！(乏累地)我在这个树林里到底赶了多久的路？准有好几个钟头吧。真好像过了一辈子似的！不可能是那么回事，月亮不是刚升起来吗？这对您来说可是个漫长的夜晚，皇帝陛下！(苦笑一下)陛下！现在再也没有什么陛下，只剩下这个宝贝儿啦！(勉强欢笑)没关系。这只是一部分戏法儿。这个夜晚跟别的样样事儿一样总有个尽头，等你安全到达那边，手里捏着大把钞票时，你就会嘲笑这一切啦。(他吹起口哨，又立刻停止)你吹什么口哨啊，你这个可怜的笨蛋！要让人人都听见你吗？(他顿住，探听四周的动静)听那面破鼓！从声音上听起来，可是越来越近了，他们一路上都带着它呐。我该活动活动啦。(他朝前边迈一步，又停下来——焦虑地)这种奇怪的咔嗒咔嗒声是怎么回事？又来了！声音好像不太远！好像——好像——老天爷，好像是哪个黑鬼在掷骰子呐！(惊恐地)我要是不让他们发觉，还是趁早溜走为妙！(他急忙走进那块空地——他一看到杰夫就呆住了，惊恐地透不过气)谁在那儿？你是谁？是你吗，杰夫？(朝对方走去，顷刻间忘掉了四周的环境，真的相信他看见的是个活人——欣慰地)杰夫！见到你，我可甭提多高兴啦！别人告诉我，我那回用剃刀砍了你一家伙，你当真死了。(忽然顿住，惶惑不解地)可你怎么会到这儿来啦，黑鬼？(他好奇地盯视着对方，那人继续机械地掷骰子玩。琼斯的两颗眼珠滴溜乱转。他结结巴巴地说)你难道不——不抬起头来——不跟我说话吗？你——你是——是鬼吗？(他怒不可遏，拔出手枪)黑鬼，我已经杀死过你一次。难道我还得再杀你一次吗？那可是你自找的。(他放一枪。那阵硝烟消失后，杰夫不见了。琼斯哆里哆嗦地站在那儿——接着又恢复某种程度的信心)反正，他现在没影儿了。管他是鬼不是鬼呢，那一枪把它解决了。(远方手鼓声明显地更响了一些，节奏更加快了。琼斯发觉这一点——大吃一惊，回头张望)他们追近了！他们来得好快呀！可我还在这里放枪，让他们知道我在这儿呢！哦，天哪，我得赶快跑掉！(他忘记走哪条小道，慌里慌张地冲进后面的矮树丛，消失在阴影里。)

第四场

景：在森林里。一条从右前方斜向左后方的、宽阔的泥道。森林两端陡峭，环绕着那条道。这当儿，月亮已经升起。在月光照耀下，那条道闪闪发光，恐怖而不真实，看上去仿佛森林故意暂时闪开，好让这条道通过，并完成它那隐蔽的目的似的。待它完成之后，树林便会自行合拢，那条道也就不复存在。琼斯跌跌撞撞地从森林右方上。他的制服破烂不堪，他一看到那条道，便惊呆地向四处张望，两眼在明亮的月光下眨来眨去。他精疲力竭地倒在地上，大口喘了一会儿气。随后，他忽然发火了。

我热得都快熔化了！跑啊，跑啊，跑啊！这件该死的外套！简直像给疯子穿的紧箍衣！（他揪下外衣，扔在一旁，裸着整个上半身）得！这样舒服多了！现在我喘得过气来了。（他低头看看两只脚，一眼瞧见鞋上的马刺）去它的，这对崭新的流行的马刺吧。就是这玩意儿一直绊得我差点儿摔死。（他解开马刺，厌恶地把它们扔得老远）得！我现在把皇上花里胡哨的装饰都扔掉了，可以更轻装上路啦。老天！我可真累啦！（停顿一下，听远处传来连续不断的鼓声）我想必跟他们隔开了一段距离——我这样奔跑——可是——那个该死的鼓声怎么总是一样近呀——甚至越来越近了。不过，我想我还是遥遥领先。他们永远也抓不着我。（叹气）只要我这双笨腿能站起来就好了，我真后悔为什么干这种玩意儿。这种皇上的差使真难甩掉啊。（他疑惑地向四周瞧瞧）这条道怎么会到这儿来啦？一条平平整整的好路啊。我记不得从前见过这条道。（忧惧地摇晃脑袋）夜间这个树林里肯定尽是稀奇古怪的事儿。（突然惊吓地）老天爷！可别再让我碰上那些鬼魂啦！他们惹我发火！（接着尽量说些使自己恢复信心的话）鬼魂！你这个傻黑汉子，根本就没有那种鬼玩意儿！浸礼教会的牧师难道没多次跟你说过吗？你有教养呢，还是像这儿的黑鬼那样无知？当然！这都是你自己的脑袋瓜子在作怪。刚才那儿啥也没有，根本就没有杰夫！你猜怎么回事？这都是因为你肚子空了，饿昏了，才恍恍惚惚看见东西。饥饿搞得你头晕眼花。这事连傻子都明白。（接着苦苦乞求）主啊，甭管他们是什么玩意儿，可别再让我碰上他们啦！（尔后谨慎地）休息！别说话！休息！你需要休息。然后你再继续赶路。（望着月亮）黑夜差不多过了一半啦。天亮你就可以到达海边！那你就平安无事了。

（一小群黑人从右前方上。他们都穿着囚犯的横条衣服，脑袋剃光，一条腿拖着一条铁链和一个大铁球，一瘸一拐地移动，肩上扛着镐，有的扛着铁锨。一个身穿狱卒制服的白人跟在他们身后。肩上斜挎一杆温彻斯特式连珠枪，手握一根粗鞭子。那名狱卒做个手势，他们便在路上停下来。正对着琼斯所坐的地方。琼斯正在仰望天空，没注意他们悄悄到来，接着突然低头看到他们。他两眼暴出，想跳起来逃跑，可又瘫下来，吓得动弹不了。他急忙哽咽地祈祷。）

我主耶稣啊！

（狱卒抽一下鞭子——并无鞭声——囚犯在这个手势下都开始修路。他们挥镐铲土，可他们干活没出一点声。在动作上，他们与前一场的杰夫一样，就像自动机器——僵硬、缓慢、机械。狱卒用鞭子严厉地指着琼斯，叫他就位，同其他拿铁锨的人一起干活儿。琼斯像受了催眠似的恍恍惚惚站起来。他屈从地嘟囔着。）

是，先生！是，先生！我马上来！

（他拖着一条腿走过去就位时，愤怒而仇恨地低声咒骂着。）

该死的畜生，我早晚有一天要跟你算账。

（他好像握着一把铁锨，开始做出疲劳而机械地铲起土来朝路边扔的动作。突然那名狱卒发怒而威胁地走近他，他扬起鞭子，恶狠狠地抽他的肩膀。琼斯疼得一边退缩，一边可怜地哆嗦。狱卒转身轻蔑地走开。琼斯顿时站起来。他举起两臂，好像手中的铁锨是根铁棒，杀气腾腾地冲向那个没有提防的狱卒。琼斯企图用铁锨打碎那个白人的脑壳时，忽然意识到自己双手空空。他绝望地喊叫。)

我的铁锹在哪儿？给我一把铁锹，我要把他的脑袋劈成两半！(央告他的囚犯伙伴)看在上帝的面上，你们谁快给我一把铁锹！

(他们呆呆地站在那里，两眼望着地面。狱卒好像在等待似的，他转身背向那个袭击者。琼斯困惑而狂怒地吼叫，发怒地拔手枪。)

我杀了你，你这个白鬼，即使要我的命，我也得干！不管你是幽灵还是魔鬼，我还要杀你一遍！

(他拔出手枪，照直朝狱卒后背猛开一枪。顷刻间，两旁树林合拢，那条道和那群囚犯的身躯都消逝在一片朦胧黑暗之中。台上只有琼斯疯狂窜入矮树丛的磕碰声和阵阵擂鼓声。那鼓声依然很远，但越来越响，节奏也越来越快。)

第五场

景：一大块圆形空地，四周被密集的巨型树环绕，树梢消失在上空。中间有个挺粗的枯树桩，长年累月在那儿腐蚀，样儿变得很像一个拍卖台。月亮把那块空地照得透亮。琼斯从树林左方费劲地走出来。他恐惧而惊惶地扫视四周。他的裤子已经给撕得破烂不堪，脚上拖着一双破烂不成形的鞋子。他鬼鬼祟祟地走到台中央那个枯树桩那里，紧张地坐在上面，随时准备逃窜。接着他抱着脑袋前后晃动着身子，悲切地喃喃自语。

哦，主啊，主啊！哦，上帝，上帝！(他突然跪倒在地，冲天举起两只握紧拳头的手——痛苦地乞求)我主耶稣，听听我的祈祷吧！我是个可怜的罪人，可怜的罪人！我知道自己做错了事，我心里明白！杰夫用灌铅的骰子玩花招，让我抓住了，我就控制不住自己的愤怒，把他宰了！主啊，我做错啦！那个狱卒用鞭子抽我，我控制不住自己的愤怒，把他杀了。主啊，我做错啦！在这里，那些傻黑鬼把我推举到至高无上的宝座，我就大搂特搂。主啊，我做错了！我现在知道了！我十分后悔。饶恕我吧，主啊！饶了我这个可怜的罪人吧！(接着惊恐地哀求)主啊，拦住他们，别让他们追上我吧！制止那个在我耳朵里响个没完的鼓声吧！那声音已经把我的魂儿都吓跑了。(他站起来，看来他的祈祷已给他增添了点力量——竭力自信地)上帝会保佑我不让他们追上。(又坐在枯树桩上)真人我一点也不怕。让他们来吧。可是那些妖魔鬼怪——(他浑身发抖——低头看看自己的两只脚，脚趾头在鞋里面晃动——疼痛地哼一声)哦，我这两只可怜的脚啊！这双鞋除了叫我脚痛之外，一点用途也没有啦。我还是扔掉它们赶路算了。(他把鞋带解开，脱掉两只鞋——拿着两只破鞋，悲伤地看着)你们原来是真正一级的小牛皮。可瞧瞧你们现在这副可怜相。皇上，您现在的气派可一落千丈喽！(他沮丧地叹气，耷拉着两肩，凝视手里的两只鞋，好像舍不得把它们扔掉似的。就在他那样聚精会神时，一群人静静地从四面走进空地。他们穿的都是上一世纪五十年代的南方服装。有些是中年人，显然都是富裕的种植园主。其中有一个潇洒而富有权威的人——拍卖商。还有一群看热闹的人，大都是一些花花公子和美人儿，他们来到奴隶市场消遣取乐。他们在一起相互默默交谈，礼貌地用哑剧手势打招呼。他们像木偶那样动作，僵硬而失真，这群人聚集在那个枯树桩四周。最后由一个听差从左方领进来一小组奴隶——三个年龄不同的男人，两个女人，其中一个手里还抱着一个哺乳的婴儿。他们被安置在枯树桩的左面。就在琼斯的身旁。）

（那些白人种植园主把他们当作牲口那样从头到脚仔细打量，还相互交换自己对每一个奴隶的评价。花花公子们指指点点，说着调皮话儿。美人儿装模作样地哧哧笑。这一切都在默默无声中进行，只有阵阵不祥的手鼓咚咚声清晰可闻。拍卖商举起手来，站到那个树桩旁边。人群朝前拥去倾听。拍卖商高傲地拍一下琼斯的肩膀，命令他站到树桩——拍卖台上去。）

（琼斯抬头观看，只见四周都是人群，急忙惊恐地寻找空隙好逃跑掉，一看没有空子，只好气呼呼地一边尖叫，一边跳到树桩上去，尽量站得离他们远远的。他站在那儿哆里哆嗦，四肢无力。拍卖商开始哑剧般地叫价。他指着琼斯，招呼种植园主自己来细看。这是个干农活儿的好手，大家可以看到他的胳臂腿儿都很完好，肺活量也大。他尽管已经人到中年，仍然非常健壮。瞧瞧他那个后背，瞧瞧他这对肩膀。您再瞧瞧他胳臂壮腿上的筋肉。能够担当得起任何重活儿。此外，这家伙还有头脑，性情温顺，容易管教。哪位老爷开个价？种植园主都举起手指叫价，显然他们都想买下琼斯。叫价踊跃，气氛活跃。就在这桩买卖在进行时，一股绝望的勇气攫取了琼斯的心灵，他大胆地低头环视四周。脸上的神情从凄惨的恐惧转为迷惑不解，又渐渐转为大彻大悟——他结结巴巴地说。）

你们这些白人在搞什么鬼？这是怎么回事？你们干吗都瞧着我？你们到底要把我怎么样？（突然间，愤怒的仇恨和恐惧使他浑身抽搐）这是在拍卖吗？你们在这儿像南北战争以前那样拍卖我吗？（拍卖商正拍板把他卖给一个种植园主时，他拔出手枪——两眼瞪着他和拍卖商）你在卖我吗？你在买我吗？我要让你们知道知道，我是个自由的黑人，见你们的鬼去吧！（他朝拍卖商和种植园主连开两枪，快得就像同时击出一样。这好像是个信号，像墙似的树林合拢过来，台上漆黑一片，只听见琼斯恐惧地呼叫着，逃窜而去；咚咚的手鼓声，敲得更快更响了，打破了那阵寂静。）

第六场

景：树林里的一块平地。树枝在离地五尺左右高的地方交错在一起，形成一个矮顶棚、蔓藤朝上盘缠在树干上，使两旁形成拱形的样儿。这种圈起的地方很像古老船只里又黑又臭的底层舱。月亮几乎完全给遮住了，只有微微一点亮光渗透进来。左边传出有人在矮树丛里匍匐爬行渐渐挨近过来的响声。可以听见琼斯喋喋不休的嘟哝声。

哦，主啊，我现在该怎么办？我就剩下一颗银子弹了。要是再有更多的鬼魂追赶我，我拿什么来吓唬走他们呢？哦，主啊，就剩下这颗银子弹了——我还得留着它撞运气呢。我要是把这颗也放了，那我就肯定完蛋啦！老天，这儿可真黑啊！月亮上哪儿去啦？哦，主啊，这个黑夜怎么没个完呀！（从声音听得出来他在小心谨慎地摸黑儿往前走）嗯！这儿看上去是块空地。我得躺下来休息休息啦，那些黑鬼要是真的抓住我，我也顾不上了，我得休息休息啦。

(他这时已经走到台前，身躯轮廓依稀显露出来。裤子已经破得不成样子，真比一块腰布强不了多少。他全身扑倒在地，累得大口喘气。这块空地好像渐渐亮一点，琼斯身后显现两排坐着的人。他们绝望地歪歪扭扭地坐在那儿，面面相觑，后背碰着林墙，好像被束缚着似的。他们都是黑人，除了裹着一块腰布之外，全身裸着。起先他们默默无言，静坐不动。接着他们开始慢慢朝前倾斜，又一齐朝后仰俯，好像在一条海船上松松垮垮地任凭波涛无休止地摇晃，同时，一阵低沉而忧伤的哼声在他们当中腾起，节奏渐渐增强，好像是受远方手鼓咚咚声的指挥控制，成为一阵发颤而失望的长声嚎啕，噪门儿高得简直叫人难以忍受，接着又渐渐降低下来，归于沉寂，随后又升高起来。琼斯猛地抬头观望，看到那些人影，又扑倒在地，避开那种景象。那阵嚎啕又在他身旁升起时，他惊吓得浑身颤抖。可是接下来，他好像在某种不可思议的强制下，同其他人一道哼哼起来。在这种合声响起时，他爬起来，坐在地上，像那些人一样前后摇摆。他声调达到忧伤而凄凉的最强音。亮光熄灭，其他声音消逝，只剩下一片黑暗，可以听到琼斯爬起来的逃走声，他的呼喊声随着他在林中越跑越远而渐渐低下来。手鼓咚咚声越来越响，越来越快，节拍敲得更为鲜明欢畅。)

第七场

景：大河边上的一棵巨树脚下。树旁有一堆胡乱堆积的卵石，很像个祭坛。背景近处是高起的堤岸。越过它是一片铺开的河面，它在月光下平静而闪闪发光，渐渐同远处一层蓝雾融合。从左方传出那些让铁链锁住的奴隶的长声哀号，琼斯在其中合着手鼓的节拍发出时高时低的声音。他的声音静下来，这时他走进这块空场。脸上的表情僵硬呆板，眼神困惑，他像梦游者或神志恍惚的人那样跌跌撞撞地走动。他环顾那棵树啦，那个粗糙的祭坛啦，那边月光照耀的河面啦，接着略显迷惑不解地抬手摸摸脑袋。随后，他好像顺从内心某种朦胧的冲动，虔诚地在祭坛前慢慢跪下来。接着，他好像半清醒过来，不大理解自己在干什么，因为他挺直身子，恐惧地向四周望去——语无伦次地嘟囔。

我——我这是在干什么？这儿——这儿是什么地方？我好像认识这棵树——还有那些石头——这条河。我记得——我以前好像到过这里。(颤抖地)哦，老天爷，这地方真叫我害怕！真叫我害怕。哦，主啊，庇护我这个罪人吧！

(他爬离那个祭坛，畏缩在地上，埋着头，两肩随着歇斯底里的惊恐抽泣而一起一伏。从那棵树后面，刚果巫医好像一下子蹦出来似的，出现在台上。他衰老，干瘪，除了腰间围着一小块兽皮之外，全身赤裸，身前还牵拉着那个动物的毛茸茸的尾巴，他浑身涂抹着鲜红色，头上插着两根向上翘着的羚羊角，他一手拿着一个骨头做的拨浪棍，另一只手拄着一根顶端捆着一把白鹦羽毛的魔杖。他脖子、耳朵、手腕和脚踝上都挂着一大堆玻璃珠和骨制的装饰品。他跨着古怪的腾跃步子，神气活现而无声地走到祭坛和琼斯之间那块地方。然后，他先用脚跺地鼓劲儿，接着又舞又唱起来。手鼓好像应答他的召唤，敲得猛烈而欢跃，声震云霄。琼斯抬头一看，猛地蹦起来，达到半跪半蹲的姿势就僵呆在那里了，让这种新出现的神奇现象吓瘫了。巫医晃动着身子，跺着脚，那根骨头做的拨浪棍咯咯响，打着拍子。他那离奇而单调的哼声时起时落，字眼不清。他那种舞蹈显然渐渐成为一种哑剧式的叙述，那种哼声是一种咒语，一种为了减轻某个难以安抚的神灵索要祭品那股凶恶劲儿而施的魔法。他逃跑，一群魔鬼在后面追赶，他躲藏一阵，又继续逃跑。他跑得越来越远，恶魔追得越来越近，恐怖的心情越来越支配着他，他那哼哼唧唧的声音加剧，不时被尖声叫喊打断。琼斯完全恍惚了。他自己的声音同那种咒语和尖叫声掺合在一起了，他用手打着拍子，上身左右摇摆晃动。那种舞蹈的精神意义，已经全部渗入了他的体内，成为他自己的精神。最后哑剧的主题在一阵绝望的吼叫声中终止，接着又被一种怀有强烈希望的情调所取代。有一种解救的办法了。恶势力索取祭品，他们必须给以满足。巫医用魔杖指一下那棵圣树，指一下远方的河流，指一下祭坛，最后凶恶而命令式地指向琼斯。琼斯好像理解这种意思，是他本人必须当作祭品。他可怜巴巴地连连磕头，歇斯底里地哽咽。）

饶了我吧，主啊！饶了我吧！饶了我这个可怜的罪人吧。（巫医跳到河堤上。他张开两臂，呼唤河流深处的某个神灵。然后，他慢慢向后退，两只胳臂依然大张着。河堤上冒出一条鳄鱼的大脑袋，两只眼睛闪着绿光，紧盯着琼斯。他惊慌失措地呆视着那两只眼睛。巫医腾跃到他的面前，用魔杖触他一下，可怕地示意他朝那个等待的巨兽凑过去。琼斯腹贴地面，一点点向前蠕动，不断地哽咽。）

饶了我吧，主啊！饶了我吧！

（鳄鱼把它那庞大的身躯朝陆地延伸过来一些。琼斯朝它慢慢蠕动过去。巫医狂喜地尖叫，手鼓敲得更加疯狂了，琼斯声嘶力竭地阵阵哀求呼叫。）

主啊，救救我吧！耶稣主啊，听听我的祈祷吧！

（这样一祈祷之后，他顿时想起自己还剩下一颗子弹，他便伸手抓枪，挑衅地嚷叫着。）

那颗银子弹！你还没难倒我呢！

（他朝身前那一对绿眼睛射去，鳄鱼头缩回去，沉入河里。巫医跳回那棵圣树后面，消逝不见了。琼斯脸朝下趴在地上，两臂大张着，吓得呜咽啜泣，这时阵阵沉郁的鼓声，带着一股困惑的复仇的力量，响彻在他的四周。）

第八场

景：黎明。景与第二场同，森林和平原的分界处。最前面的树干依稀显露，后面的森林仍然是一片朦胧阴影。手鼓声好像就在那里，擂得震天价响。兰姆从左方上，后面跟着一小队他的士兵，还有那个伦敦佬气派的商人斯密泽斯。兰姆是个典型非洲人那样的土老汉，一张猿脸，体格粗壮，身上只裹一块腰布。他腰间插着一杆手枪，围着一排子弹。他的士兵裹着零碎破布，一个个不同程度地赤裸着。他们都戴着棕榈叶做的宽帽子。每个人都扛着一条步枪。斯密泽斯的打扮与第一场一样。其中一名士兵，显然是个追踪者，正敏锐地四下里察看。他朝琼斯进入森林的地点指去。兰姆和斯密泽斯走过去看看。

斯密泽斯 (瞥了一眼，厌恶地转身)他就是打这儿进去的，没错儿。这对你们又有多大用呢。他眼下早跑了好几里路，平安到达那边的海岸了。那个该死的混蛋！我告诉你，你们抓不住他啦，我不是说过了吗？——白白浪费了整整一夜，没完没了地敲你们那面破鼓，傻念你们那套咒文，我的老天爷，这么一大群人！

兰　姆 (发出不清的喉音)我们抓得着他。你们瞧。(他朝士兵打个手势，他们就蹲下，形成一个半圆形。)

斯密泽斯 (绝望地)嗯，难道你们还不进入森林去追捕他吗？你们在这儿耗着，又有什么用？

兰　姆 (沉着地——自己也蹲下)我们抓得着他。

斯密泽斯 (蔑视地转身)哦！算了吧！他比你们这帮人加起来都要强。我一瞧见他就恶心，可我还得替他说这句话。(从森林里传出一阵响声。士兵们跳起来，机警地举起枪。兰姆仍然无动于衷地坐着，不过仔细地倾听着。他迅速打个手势。他的随从急忙弯身潜入树林，向四下里散开，各就各位。)

斯密泽斯 我估计，你不会认为那是他吧？

兰　姆 (镇静地)我们抓得着他。

斯密泽斯 该死的倔脑袋瓜子！(又琢磨一下——纳闷地)不过，毕竟也可能发生。他要是在这个臭树林里迷了路，很可能自己一点也没觉察出，绕一个弯子又回到原处。

兰　姆 (断然地)嘘！(从森林里传出几声枪响，没多大会儿，紧跟着传出几声粗野的欢叫声。手鼓声戛然终止。兰姆咧嘴一笑，满意地抬头望着那个白人)我们把他抓住了。他死了。

斯密泽斯 (粗暴地)你怎么知道是他，你又怎么知道他已经死了？

兰　姆 我的部下弄到了银子弹。铅子弹打不死他，他有强大的魔力。我花了钱，做了银子弹，也有强大的魔力。

斯密泽斯 (惊讶地)原来你整宵在干这事呐，是吗？你没制成银子弹之前不敢追捕他，对不对？

兰　姆 (简单地道出事实)对。他有强大的魔力，铅子弹没用场。

斯密泽斯 (拍着大腿狂笑)哈，哈！你恐怕不容易制胜那个家伙！(恢复常态——轻蔑地)我敢打赌，他们根本没打中他，你这个大傻瓜！

兰　姆 (镇静地)他们现在把他抬出来了。(士兵们抬着琼斯软绵绵的身体从树林里走出来。他死了。他们把他抬到兰姆的面前，后者十分满意地检查那个尸体。斯密泽斯探身在他肩后瞧一眼——惊恐地)哎呀，他们到底还是把你逮住了，琼西[①]，我的小伙子！的确已经僵挺了！(讥讽地)你那股庄严的派头哪儿去啦，神气活现的陛下？(接着咧嘴一笑)银子弹！老天爷，不过你死得还是蛮有气派！

——**幕落**

【选自[美]奥尼尔：《奥尼尔剧作选》，屠珍译，北京，人民文学出版社，2007】

---

① 琼斯的爱称。

福克纳

威廉·福克纳(1897—1962)是美国著名作家，意识流文学在美国的代表，1949年诺贝尔文学奖得主。福克纳一生写作了19部长篇小说与120多篇短篇小说，其中绝大多数故事都发生在他虚构的约克纳帕塔法县中，世称“约克纳帕塔法体系”，其中最有代表性的作品是《喧哗与骚动》。

《喧哗与骚动》讲述了南方一个没落的白人家庭的故事。全书共分五部分，从不同的视角讲述。第一个叙事者是家中的幼子班吉，他描述了1928年4月7日他33岁生日这天。班吉是智障，因此他的讲述混乱不堪，现实与回忆夹杂，时空错乱。第二位叙事者是长子昆丁，叙事时间是1910年6月2日他即将自杀前夕。作为衰落中的种植园继承人，昆丁骄傲而脆弱，因妹妹凯蒂失贞而心理失衡，最后投河自尽，他的叙述既有许多哲学化的思考，也表现出崩溃的心理状态。第三部分由次子杰生讲述，讲述时间是1928年4月6日。杰生为人自私、冷酷，私藏凯蒂给私生女小凯蒂的钱，最终还是被私奔的小凯蒂偷走。第四部分为全知视角，以家中黑人女仆迪尔西为核心，她是家中唯一具有道德力量的人。小说出版十五年之后，福克纳又写了一个附录，对康普生家的故事做了补充。五个部分彼此交叉、补充，构成了一个斑驳陆离的家族故事。

节选部分为小说一开始的班吉的讲述。《喧哗与骚动》英文原名来自莎士比亚名著《麦克白》中主人公的独白：“人生就像一个白痴讲的故事，充满了声音与疯狂，毫无意义。”班吉没有思考能力，所以他对生活中的一切认识都是具象和情感的，但正因为如此，人们在他面前不加掩饰，他单纯的内心也不加选择地折射出周边人们的真实状况。由一位白痴开场讲述家族的故事，渲染了南方旧式家庭的颓败气氛。

《喧哗与骚动》模仿了《圣经》中的“四福音书”的写作方式。《喧哗与骚动》的时间设定，以及部分情节的设定都刻意对应福音书的相关记载；家中唯一的女儿凯蒂也像耶稣一样，是其他人所讲述的故事围绕的核心。通过这种对经典的反英雄摹仿，小说具有了很强的道德维度，并在对比中显出小说中故事的颓唐。

喧哗与骚动(节选)

1928年4月7日[①]

透过栅栏，穿过攀绕的花枝的空当，我看见他们在打球。他们朝插着小旗的地方走过来，我顺着栅栏朝前走。勒斯特在那棵开花的树旁草地里找东西。他们把小旗拔出来，打球了。接着他们又把小旗插回去，来到高地[②]上，这人打了一下，另外那人也打了一下。他们接着朝前走，我也顺着栅栏朝前走。勒斯特离开了那棵开花的树，我们沿着栅栏一起走，这时候他们站住了，我们也站住了。我透过栅栏张望，勒斯特在草丛里找东西。

"球在这儿，开弟[③]。"那人打了一下。他们穿过草地往远处走去。我贴紧栅栏，瞧着他们走开。

"听听，你哼哼得多难听。"勒斯特说。"也真有你的，都三十三了，还这副样子。我还老远到镇上去给你买来了生日蛋糕呢。别哼哼唧唧了。你就不能帮我找找那只两毛五的镚子儿，好让我今儿晚上去看演出。"

他们过好半天才打一下球，球在草场上飞过去。我顺着栅栏走回到小旗附近去。小旗在耀眼的绿草和树木间飘荡。

"过来呀。"勒斯特说。"那边咱们找过了。他们一时半刻间不会再过来的。咱们上小河沟那边去找，再晚就要让那帮黑小子捡去了。"

小旗红红的，在草地上呼呼地飘着。这时有一只小鸟斜飞下来停歇在上面。勒斯特扔了块土过去。小旗在耀眼的绿草和树木间飘荡。我紧紧地贴着栅栏。

"快别哼哼了。"勒斯特说。"他们不上这边来，我也没法让他们过来呀，是不是。你要是还不住口，姥姥[④]就不给你做生日了。你还不住口，知道我会怎么样。我要把那只蛋糕全都吃掉。连蜡烛也吃掉。把三十三根蜡烛全都吃下去。来呀，咱们上小河沟那边去。我得找到那只镚子儿。没准还能找到一只掉在那儿的球呢。哟。他们在那儿。挺远的。瞧见没有。"他来到栅栏边，伸直了胳膊指着。"看见他们了吧。他们不会再回来了。

---

① 这一章是班吉明("班吉")的独白。这一天是他三十三岁生日。他在叙述中常常回想到过去不同时期的事。下文中译者将一一加注说明。

② 指高尔夫球的发球处。

③ "开弟"，原文为caddie，本应译为"球童"，但此词在原文中与班吉姐姐的名字"凯蒂"(Caddy)恰好同音，班吉每次听见别人叫球童，便会想起心爱的姐姐，哼叫起来。

④ 指康普生家的黑女佣迪尔西，她是勒斯特的外祖母。

来吧。”

我们顺着栅栏，走到花园的栅栏旁，我们的影子落在栅栏上，在栅栏上，我的影子比勒斯特的高。我们来到缺口那儿，从那里钻了过去。

“等一等。”勒斯特说。“你又挂在钉子上了。你就不能好好地钻过去不让衣服挂在钉子上吗。”

凯蒂把我的衣服从钉子上解下来，我们钻了过去。① 凯蒂说，毛莱舅舅关照了，不要让任何人看见我们，咱们还是猫着腰吧。猫腰呀，班吉。像这样，懂吗。我们猫下了腰，穿过花园，花儿刮着我们，沙沙直响。地绷绷硬。我们又从栅栏上翻过去，几只猪在那儿嗅着闻着，发出了哼哼声。凯蒂说，我猜它们准是在伤心，因为它们的一个伙伴今儿个给宰了。地绷绷硬，是给翻掘过的，有一大块一大块土疙瘩。

把手插在兜里，凯蒂说。不然会冻坏的。快过圣诞节了，你不想让你的手冻坏吧，是吗。

“外面太冷了。”威尔许说。② “你不要出去了吧。”

“这又怎么的啦。”母亲说。

“他想到外面去呢。”威尔许说。

“让他出去吧。”毛莱舅舅说。

“天气太冷了。”母亲说。“他还是待在家里得了。班吉明。好了，别哼哼了。”

“对他不会有害处的。”毛莱舅舅说。

“喂，班吉明。”母亲说。“你要是不乖，那只好让你到厨房去了。”

“妈咪说今儿个别让他上厨房去。”威尔许说。“她说她要把那么些过节吃的东西都做出来。”

“让他出去吧，卡罗琳。”毛莱舅舅说。“你为他操心太多了，自己会生病的。”

“我知道。”母亲说。“有时候我想，这准是老天对我的一种惩罚。”

“我明白，我明白。”毛莱舅舅说。“你得好好保重。我给你调一杯热酒吧。”

“喝了只会让我觉得更加难受。”母亲说。“这你不知道吗。”

“你会觉得好一些的。”毛莱舅舅说。“给他穿戴得严实些，小子，出去的时间可别太长了。”

毛莱舅舅走开去了。威尔许也走开了。

“别吵了好不好。”母亲说。“我们还巴不得你快点出去呢。我只是不想让你害病。”

威尔许给我穿上套鞋和大衣，我们拿了我的帽子就出去了。毛莱舅舅在饭厅里，正在把酒瓶放回到酒柜里去。

“让他在外面待半个小时，小子。”毛莱舅舅说。“就让他在院子里玩得了。”

---

① 班吉的衣服被钩住，使他脑子里浮现出另一次他的衣服在栅栏缺口处被挂住的情景。那是在1900年圣诞节前两天(12月23日)，当时，凯蒂带着他穿过栅栏去完成毛莱舅舅交给他们的一个任务——送情书去给隔壁的帕特生太太。

② 同一天，时间稍早，在康普生家。威尔许是康普生家的黑小厮，迪尔西的大儿子。前后有三个黑小厮服侍过班吉。1905年前是威尔许，1905年以后是T. P.(迪尔西的小儿子)，“当前”(1928年)则是勒斯特(迪尔西的外孙)。福克纳在本书中用不同的黑小厮来标明不同的时序。

“是的，您哪。”威尔许说。“我们从来不让他到外面街上去。”

我们走出门口。阳光很冷，也很耀眼。

“你上哪儿去啊。”威尔许说。“你不见得以为是到镇上去吧，是不是啊。”我们走在沙沙响的落叶上。铁院门冰冰冷的。“你最好把手插在兜里。”威尔许说。“你的手捏在门上会冻坏的，那你怎么办。你干吗不待在屋子里等他们呢。”他把我的手塞到我口袋里去。我能听见他踩在落叶上的沙沙声。我能闻到冷的气味①。铁门是冰冰冷的。

“这儿有几个山核桃。好哎。蹿到那棵树上去了。瞧呀，这儿有一只松鼠，班吉。”

我已经一点也不觉得铁门冷了，不过我还能闻到耀眼的冷的气味。

“你还是把手插回到兜里去吧。”

凯蒂在走来了。接着她跑起来了，她的书包在背后一跳一跳，晃到这边又晃到那边。

“嗨，班吉。”凯蒂说。她打开铁门走进来，就弯下身子。凯蒂身上有一股树叶的香气。“你是来接我的吧。”她说。“你是来等凯蒂的吧。你怎么让他两只手冻成这样，威尔许。”

“我是叫他把手放在兜里的。”威尔许说。“他喜欢抓住铁门。”

“你是来接凯蒂的吧。”她说，一边搓着我的手。“什么事。你想告诉凯蒂什么呀。”凯蒂有一股树的香味，当她说我们这就要睡着了的时候，她也有这种香味。

你哼哼唧唧的干什么呀，勒斯特说。②等我们到小河沟你还可以看他们的嘛。哪。给你一根吉姆生草③。他把花递给我。我们穿过栅栏，来到空地上。

“什么呀。”凯蒂说。④“你想跟凯蒂说什么呀。是他们叫他出来的吗，威尔许。”

“没法把他圈在屋里。”威尔许说。“他老是闹个没完，他们只好让他出来。他一出来就直奔这儿，朝院门外面张望。”

“你要说什么呀。”凯蒂说。“你以为我放学回来就是过圣诞节了吗。你是这样想的吧。圣诞节是后天。圣诞老公公，班吉。圣诞老公公。来吧，咱们跑回家去暖和暖和。”她拉住我的手，我们穿过了亮晃晃、沙沙响的树叶。我们跑上台阶，离开亮亮的寒冷，走进黑黑的寒冷。毛莱舅舅正把瓶子放回到酒柜里去。他喊凯蒂。凯蒂说，

“把他带到炉火跟前去，威尔许。跟威尔许去吧。”她说。“我一会儿就来。”

我们来到炉火那儿。母亲说，

“他冷不冷，威尔许。”

“一点不冷，太太。”威尔许说。

“给他把大衣和套鞋脱了。”母亲说。“我还得跟你说多少遍，别让他穿着套鞋走到房间里来。”

“是的，太太。”威尔许说。“好，别动了。”他给我脱下套鞋，又来解我的大衣纽扣。

---

① 班吉虽是白痴，但感觉特别敏锐，各种感觉可以沟通。

② 这一段回到“当前”。

③ 一种生长在牲口棚附近的带刺的有恶臭的毒草，拉丁学名为“Datura stramonium”，开喇叭形的小花。

④ 又回到1900年12月23日，紧接前面一段回忆。

凯蒂说，

“等一等，威尔许。妈妈，能让他再出去一趟吗。我想让他陪我去。”

“你还是让他留在这儿得了。”毛莱舅舅说。“他今天出去得够多的了。”

“依我说，你们俩最好都待在家里。”母亲说。“迪尔西说，天越来越冷了。”

“哦，妈妈。”凯蒂说。

“瞎说八道。”毛莱舅舅说。“她在学校里关了一整天了。她需要新鲜空气。快走吧，凯丹斯①。”

“让他也去吧，妈妈。”凯蒂说。“求求您。您知道他会哭的。”

“那你干吗当他的面提这件事呢。”母亲说。“你干吗进这屋里来呢。就是要给他个因头，让他再来跟我纠缠不清。你今天在外面待的时间够多的了。我看你最好还是坐下来陪他玩一会儿吧。”

“让他们去吧，卡罗琳。”毛莱舅舅说。“挨点儿冷对他们也没什么害处。记住了，你自己可别累倒了。”

“我知道。”母亲说。“没有人知道我多么怕过圣诞节。没有人知道。我可不是那种精力旺盛能吃苦耐劳的女人。为了杰生②和孩子们，我真希望我身体能结实些。”

“你一定要多加保重，别为他们的事操劳过度。”毛莱舅舅说。“快走吧，你们俩。只是别在外面待太久了，听见了吗。你妈要担心的。”

“是咧，您哪。”凯蒂说。“来吧，班吉。咱们又要出去啰。”她给我把大衣扣子扣好，我们朝门口走去。

“你不给小宝贝穿上套鞋就带他出去吗。”母亲说。“家里乱哄哄人正多的时候，你还想让他得病吗。”

“我忘了。”凯蒂说。“我以为他是穿着的呢。”

我们又走回来。“你得多动动脑子。”母亲说。别动了威尔许说。他给我穿上套鞋。“不定哪一天我就要离开人世了，就得由你们来替他操心了。”现在顿顿脚威尔许说。“过来跟妈妈亲一亲，班吉明。”

凯蒂把我拉到母亲的椅子前面去，母亲双手捧住我的脸，接着把我搂进怀里。

“我可怜的宝贝儿。”她说。她放开我。“你和威尔许好好照顾他，乖妞儿。”

“是的，您哪。”凯蒂说。我们走出去。凯蒂说，

“你不用去了，威尔许。我来管他一会儿吧。”

“好咧。”威尔许说。“这么冷，出去是没啥意思。”他走开去了，我们在门厅里停住脚步，凯蒂跪下来，用两只胳膊搂住我，把她那张发亮的冻脸贴在我的脸颊上。她有一股树的香味。

“你不是可怜的宝贝儿。是不是啊。是不是啊。你有你的凯蒂呢。你不是有你的凯蒂姐吗。”

*你又是嘟哝，又是哼哼，就不能停一会儿吗，勒斯特说。*③ *你吵个没完，害不害*

① “凯蒂”是小名，正式的名字是“凯丹斯”。

② 康普生先生的名字叫“杰生”，他的二儿子也叫“杰生”。这里指的是康普生先生。

③ 回到“当前”。

臊。我们经过车房，马车停在那里。马车新换了一只车轱辘。

“现在，你坐到车上去吧，安安静静地坐着，等你妈出来。”迪尔西说。[①] 她把我推上车去。T.P. 拉着缰绳。“我说，我真不明白杰生干吗不去买一辆新的轻便马车。”迪尔西说。“这辆破车迟早会让你们坐着坐着就散了架。瞧瞧这些破轱辘。”

母亲走出来了，她边走边把面纱放下来。她拿着几枝花儿。

“罗斯库司在哪儿啦。”她说。

“罗斯库司今儿个胳膊举不起来了。”迪尔西说。“T.P. 也能赶车，没事儿。”

“我可有点担心。”母亲说。“依我说，你们一星期一次派个人给我赶赶车也应该是办得到的。我的要求不算高嘛，老天爷知道。”

“卡罗琳小姐[②]，罗斯库司风湿病犯得很厉害，实在干不了什么活，这您也不是不知道。”迪尔西说。“您就过来上车吧。T.P. 赶车的本领跟罗斯库司一样好。”

“我可有点儿担心呢。”母亲说。“再说还带了这个小娃娃。”

迪尔西走上台阶。“您还管他叫小娃娃。”她说。她抓住了母亲的胳膊。“他跟 T.P. 一般大，已经是个小伙子了。快走吧，如果您真的要去。”

“我真担心呢。”母亲说。她们走下台阶，迪尔西扶母亲上车。“也许还是翻了车对我们大家都好些。”母亲说。

“瞧您说的，您害臊不害臊。”迪尔西说。“您不知道吗，光是一个十八岁的黑小伙儿也没法能让‘小王后’撒腿飞跑。它的年纪比 T.P. 跟班吉加起来还大。T. P.，你可别把‘小王后’惹火了，你听见没有。要是你赶车不顺卡罗琳小姐的心，我要让罗斯库司好好抽你一顿。他还不是打不动呢。”

“知道了，妈。”T.P. 说。

“我总觉得会出什么事的。”母亲说。“别哼哼了，班吉明。”

“给他一枝花拿着。”迪尔西说。“他想要花呢。”她把手伸了进来。

“不要，不要。”母亲说。“你会把花全弄乱的。”

“您拿住了。”迪尔西说。“我抽一枝出来给他。”她给了我一枝花，接着她的手缩回去了。

“快走吧，不然小昆丁看见了也吵着要去了。”迪尔西说。

“她在哪儿。”母亲说。

“她在屋里跟勒斯特一块儿玩呢。”迪尔西说。“走吧，T.P.，就按罗斯库司教你的那样赶车吧。”

“好咧，妈。”T.P. 说。“走起来呀，‘小王后’。”

“小昆丁。”母亲说。“可别让她出来。”

---

① 下面一大段文字，是写班吉看到车房里的旧马车时所引起的有关坐马车的一段回忆。事情发生在1912年。康普生先生已经去世。这一天，康普生太太戴了面纱拿着花去上坟。康普生太太与迪尔西对话中提到的昆丁是个小女孩，不是班吉的大哥(这个昆丁已于1910年自杀)，而是凯蒂的私生女。对话中提到的罗斯库司，是迪尔西的丈夫。

② 美国南方种植园中的黑女佣，从小带东家的孩子，所以到她们长大结婚后仍然沿用以前的称呼。

“当然不会的。”迪尔西说。

马车在车道上颠晃、碾轧着前进。“我把小昆丁留在家里真放心不下。”母亲说。“我还是不去算了。T. P. 。”我们穿过了铁院门，现在车子不再颠了。T. P. 用鞭子抽了“小王后”一下。

“我跟你说话呢，T. P. 。”母亲说。

“那也得让它继续走呀。”T. P. 说。“得让它一直醒着，不然就回不到牲口棚去了。”

“你掉头呀。”母亲说。“把小昆丁留在家里我不放心。”

“这儿可没法掉头。”T. P. 说。过了一会儿，路面宽一些了。

“这儿总该可以掉头了吧。”母亲说。

“好吧。”T. P. 说。我们开始掉头了。

“你当心点，T. P. 。”母亲说，一面抱紧了我。

“您总得让我掉头呀。”T. P. 说。“吁，‘小王后’。”我们停住不动了。

“你要把我们翻出去了。”母亲说。

“那您要我怎么办呢。”T. P. 说。

“你那样掉头我可害怕。”母亲说。

“驾，‘小王后’。”T. P. 说。我们又往前走了。

“我知道得很清楚，我一走开，迪尔西准会让小昆丁出什么事的。”母亲说。“咱们得快点回家。”

“走起来，驾。”T. P. 说。他拿鞭子抽“小王后”。

“喂，T. P. 。”母亲说，死死地抱住了我。我听见“小王后”脚下的嘚嘚声，明亮的形体从我们两边平稳地滑过去，它们的影子在“小王后”的背上掠过。它们像车轱辘明亮的顶端一样向后移动。接着，一边的景色不动了，那是个有个大兵的大白岗亭①。另外那一边还在平稳地滑动着，只是慢下来了。

“你们干什么去。”杰生说。他两只手插在兜里，一支铅笔架在耳朵上面。

“我们到公墓去。”母亲说。

“很好。”杰生说。“我也没打算阻拦你们，是不是。你来就是为了跟我说这一点，没别的事了吗。”

“我知道你不愿去。”母亲说。“不过如果你也去的话，我就放心得多了。”

“你有什么不放心的。”杰生说。“反正父亲和昆丁也没法再伤害你了。”

母亲把手绢塞到面纱底下去。“别来这一套了，妈妈。”杰生说。“您想让这个大傻子在大庭广众又吼又叫吗。往前赶车吧，T. P. 。”

“走呀，‘小王后’。”T. P. 说。

“我这是造了什么孽呀。”母亲说。“反正要不了多久我也会跟随你父亲到地下去了。”

“行了。”杰生说。

“吁。”T. P. 说。杰生又说，

“毛莱舅舅用你的名义开了五十块钱支票。你打算怎么办。”

“问我干什么。”母亲说。“我还有说话的份儿吗。我只是想不给你和迪尔西添麻烦。

---

① 指在小镇广场上的南方同盟士兵铜像。

我快不在了，再往下就该轮到你了。”

“快走吧，T. P.。”杰生说。

“走呀，‘小王后’。”T. P. 说。车旁的形体又朝后面滑动，另一边的形体也动起来了，亮晃晃的，动得很快，很平稳，很像凯蒂说我们这就要睡着了时的那种情况。

整天哭个没完的臭小子，勒斯特说。[①] 你害不害臊。我们从牲口棚当中穿过去，马厩的门全都敞着。你现在可没有花斑小马驹骑啰，勒斯特说。泥地很干，有不少尘土。屋顶塌陷下来了。斜斜的窗口布满了黄网丝。你干吗从这边走。你想让飞过来的球把你的脑袋敲破吗。

“把手插在兜里呀。”凯蒂说。“不然的话会冻僵的。你不希望过圣诞节把手冻坏吧，是不是啊。”[②]

我们绕过牲口棚。母牛和小牛犊站在门口，我们听见“王子”“小王后”和阿欢在牲口棚里顿脚的声音。“要不是天气这么冷，咱们可以骑上阿欢去玩儿了。”凯蒂说。“可惜天气太冷，在马上坐不住。”这时我们看得见小河沟了，那儿在冒着烟。“人家在那儿宰猪。”凯蒂说。“我们回家可以走那边，顺便去看看。”我们往山下走去。

“你想拿信。”凯蒂说。“我让你拿就是了。”她把信从口袋里掏出来，放在我的手里。“这是一件圣诞礼物。”凯蒂说。“毛莱舅舅想让帕特生太太喜出望外呢。咱们交给她的时候可不能让任何人看见。好，你现在把手好好地插到兜里去吧。”我们来到小河沟了。

“都结冰了。”凯蒂说。“瞧呀。”她砸碎冰面，捡起一块贴在我的脸上。“这是冰。这就说明天气有多冷。”她拉我过了河沟，我们往山上走去。“这事咱们跟妈妈和爸爸也不能说。你知道我是怎么想的吗。我想，这件事会让妈妈、爸爸和帕特生先生都高兴得跳起来，帕特生先生不是送过糖给你吃吗。你还记得夏天那会儿帕特生先生送糖给你吃吗。”

我们面前出现了一道栅栏。上面的藤叶干枯了，风把叶子刮得格格地响。

“不过，我不明白为什么毛莱舅舅不派威尔许帮他送信。”凯蒂说。“威尔许是不会多嘴的。”帕特生太太靠在窗口望着我们。“你在这儿等着。”凯蒂说。“就在这儿等着。我一会儿就回来。把信给我。”她从我口袋里把信掏出来。“你两只手在兜里搁好了。”她手里拿着信，从栅栏上爬过去，穿过那些枯黄的、格格响着的花。帕特生太太走到门口，她打开门，站在那儿。

帕特生先生在绿花丛里砍东西。[③] 他停下了手里的活，对着我瞧。帕特生太太飞跑着穿过花园。我一看见她的眼睛我就哭了起来。你这白痴，帕特生太太说，我早就告诉过他[④]别再差你一个人来了。把信给我。快。帕特生先生手里拿着锄头飞快地跑过来。帕特生太太伛身在栅栏上，手伸了过来。她想爬过来。把信给我，她说，把信给我。帕特生先生翻过栅栏。他把信夺了过去。帕特生太太的裙子让栅栏挂住了。我又看见了她

---

① 回到“当前”。

② 班吉看到牲口棚，脑子里又出现圣诞节前与凯蒂去送信，来到牲口棚附近时的情景。

③ 这一段写另一次班吉单独一个人送信给帕特生太太，被帕特生先生发现的情形。时间是1908年的春天或夏天，这时花园里已经有了“绿花丛”。在班吉的脑子里“花”与“草”是分不清的。

④ 指她的情人毛莱舅舅。

的眼睛，就朝山下跑去。

“那边除了房子别的什么也没有了。”勒斯特说。① “咱们到小河沟那边去吧。”

人们在小河沟里洗东西。其中有一个人在唱歌。我闻到衣服在空中飘动的气味，青烟从小河沟那边飘了过来。

“你就待在这儿。”勒斯特说。“你到那边去也没有什么好干的。他们会打你的，错不了。”

“他想要干什么。”

“他根本不知道自己要干什么。”勒斯特说。“他兴许是想到那边人们打球的高地上去。你就在这儿坐下来玩你的吉姆生草吧。要是你想看什么，就看看那些在河沟里玩水的小孩。你怎么就不能像别人那样规规矩矩呢。”我在河边上坐了下来，人们在那儿洗衣服，青烟在往空中冒去。

“你们大伙儿有没有在这儿附近捡到一只两毛五的镚子儿。”勒斯特说。

“什么镚子儿。”

“我今天早上在这儿的时候还有的。”勒斯特说。“我不知在哪儿丢失了。是从我衣兜这个窟窿里掉下去的。我要是找不到，今儿晚上就没法看演出了。”

“你的镚子儿又是从哪儿来的呢，小子。是白人不注意的时候从他们衣兜里掏的吧。”

“是从该来的地方来的。”勒斯特说。“那儿镚子儿有的是。不过我一定要找到我丢掉的那一只。你们大伙儿捡到没有。”

“我可没时间来管镚子儿。我自己的事还忙不过来呢。”

“你上这边来。”勒斯特说。“帮我来找找。”

“他就算看见了也认不出什么是镚子儿吧。”

“有他帮着找总好一点。”勒斯特说。“你们大伙儿今儿晚上都去看演出吧。”

“别跟我提演出不演出了。等我洗完这一大桶衣服，我会累得连胳膊都抬不起来了。”

“我敢说你准会去的。”勒斯特说。“我也敢打赌你昨儿晚上准也是去了的。我敢说大帐篷刚一开门你们准就在那儿了。”

“就算没有我，那儿的黑小子已经够多的了。至少昨儿晚上是不少。”

“黑人的钱不也跟白人的钱一样值钱吗，是不是。”

“白人给黑小子们钱，是因为他们早就知道要来一个白人乐队，反正会把钱都捞回去的。这样一来，黑小子们为了多赚点钱，又得干活了。”

“又没人硬逼你去看演出。”

“暂时还没有。我琢磨他们还没想起这档子事。”

“你干吗跟白人这么过不去。”

“没跟他们过不去。我走我的桥，让他们走他们的路。我对这种演出根本没兴趣。”

“戏班子里有一个人，能用一把锯子拉出曲调来。就跟耍一把班卓琴似的。”

“你昨儿晚上去了。”勒斯特说。“我今儿晚上想去。只要我知道在哪儿丢的镚子儿就

① 又回到“当前”。

好了。”

“我看，你大概要把他带去吧。”

“我。”勒斯特说。“你以为只要他一吼叫，我就非得也在那儿伺候他吗。”

“他吼起来的时候，你拿他怎么办。”

“我拿鞭子抽他。”勒斯特说。他坐在地上，把工装裤的裤腿卷了起来。黑小子们都在河沟里玩水。

“你们谁捡到高尔夫球了吗。”勒斯特说。

“你说话别这么神气活现。依我说你最好别让你姥姥听见你这样说话。”

勒斯特也下沟了，他们都在那里玩水。他沿着河岸在水里找东西。

“我们早上到这儿来的时候还在身上呢。”勒斯特说。

“你大概是在哪儿丢失的。”

“就是从我衣兜的这个窟窿里落下去的。”勒斯特说。他们在河沟里找来找去。接着他们突然全都站直身子，停住不找了，然后水花乱溅地在河沟里抢夺起来。勒斯特抢到了手，大家都蹲在水里，透过树丛朝小山冈上望去。

“他们在哪儿。”勒斯特说。

“还看不见呢。”

勒斯特把那东西放进兜里。他们从小山冈上下来了。

“瞧见一只球落到这儿来了吗。”

“该是落到水里去了。你们这帮小子有谁瞧见或是听见了吗。”

“没听见什么落到水里来呀。”勒斯特说。“倒是听见有一样东西打在上面的那棵树上。不知道滚到哪儿去了。”

他们朝河沟里看了看。

“妈的。在沟边好好找找。是朝这边飞过来的。我明明看见的。”

他们在沟边找来找去。后来他们回到山冈上去了。

“你拾到那只球没有。”那孩子说。

“我要球干什么。”勒斯特说。“我可没看见什么球。”

那孩子走进水里。他往前走。他扭过头来又看看勒斯特。他顺着河沟往前走着。

那个大人在山冈上喊了声“开弟”。那孩子爬出河沟，朝山冈上走去。

“瞧，你又哼哼起来了。”勒斯特说。“别吵了。”

“他这会儿哼哼唧唧的干什么呀。”

“天知道为的是什么。”勒斯特说。“他无缘无故就这样哼起来。都哼了整整一个上午了。也许是因为今天是他的生日吧，我想。”

“他多大了。”

“他都三十三了。”勒斯特说。“到今天早上整整三十三岁了。”

“你是说，他像三岁小孩的样子都有三十年了吗。”

“我是听我姥姥说的。”勒斯特说。“我自己也不清楚。反正我们要在蛋糕上插三十三根蜡烛。蛋糕太小。都快插不下了。别吵了。回这边来。”他走过来抓住我的胳膊。“你这老傻子。”他说。“你骨头痒痒欠抽是吗。”

“我看你才不敢抽他呢。”

“我不是没有抽过。马上给我住声。”勒斯特说。“我没跟你说过那边不能上去吗。他们打一个球过来会把你脑袋砸碎的。来吧，上这儿来。”他把我拽回来。“坐下。”我坐了下来。他把我的鞋子脱掉，又卷起我的裤管。“好。现在下水去玩，看你还哭哭啼啼、哼哼唧唧不。”

我停住哼叫，走进水里[①]这时罗斯库司走来说去吃晚饭吧，凯蒂就说，

还没到吃晚饭的时候呢。我可不去。

她衣服湿了。[②] 我们在河沟里玩，凯蒂往下一蹲把衣裙都弄湿了，威尔许说，

“你把衣服弄湿了，回头你妈要抽你了。”

“她才不会做这样的事呢。”凯蒂说。

“你怎么知道。”昆丁说。

“我当然知道啦。”凯蒂说。“你又怎么知道她会呢。”

“她说过她要抽的。”昆丁说。“再说，我比你大。”

“我都七岁了。”凯蒂说。“我想我也应该知道了。”

“我比七岁大。”昆丁说。“我上学了。是不是这样，威尔许。”

“我明年也要上学。”凯蒂说，“到时候我也要上学的。是这样吗，威尔许。”

“你明知道把衣服弄湿了她会抽你的。”威尔许说。

“没有湿。”凯蒂说。她在水里站直了身子，看看自己的衣裙。“我把它脱了。”她说。“一会儿就会干的。”

“我谅你也不敢脱。”昆丁说。

“我就敢。”凯蒂说。

“我看你还是别脱的好。”昆丁说。

凯蒂走到威尔许和我跟前，转过身去。

“给我把扣子解了，威尔许。”她说。

“别替她解，威尔许。”昆丁说。

“这又不是我的衣服。”威尔许说。

“你给我解开，威尔许。”凯蒂说。“不然，我就告诉迪尔西你昨天干的好事。”于是威尔许就帮她解开了扣子。

“你敢脱。”昆丁说。凯蒂把衣裙脱下，扔在岸上。这一来，她身上除了背心和衬裤，再没有别的东西了，于是昆丁打了她一下耳光，她一滑，跌到水里去了。她站直身子后，就往昆丁身上泼水，昆丁也往她身上泼水。水也溅到威尔许和我的身上，于是威尔许抱我起来，让我坐在河岸上。他说要去告诉大人，于是昆丁和凯蒂就朝他泼水。他躲到树丛后面去了。

“我要去告诉妈咪你们俩都淘气。”威尔许说。

昆丁爬到岸上，想逮住威尔许，可是威尔许跑开了，昆丁抓不到他。等昆丁拐回来，威尔许停住了脚步，嚷嚷说他要去告发。凯蒂跟他说，如果他不去告发，他们就让

---

① 以上叙述的是“当前”的事，但班吉一走进水里，马上想起他小时候和凯蒂在小河沟里玩水的情形。那是在1898年，当时班吉三岁，昆丁也只有八岁。

② 从这里起是1898年那一天稍早一些时候的事。这一天，班吉的奶奶去世。

他回来了。威尔许说他不去告发了，于是他们就让他回来。

“这下你该满意了吧。”昆丁说。“我们两个都要挨抽了。”

“我不怕。”凯蒂说。“我要逃走。”

“哼，你要逃走。”昆丁说。

“我是要逃走，而且永远也不回来。”凯蒂说。我哭了起来。凯蒂扭过头来说，“别哭。”我赶紧收住声音。接着他们又在河沟里玩起来了。杰生也在玩。他一个人在远一点的地方玩。威尔许从树丛后面绕出来，又把我抱到水里。凯蒂全身都湿了，屁股上全是泥，我哭起来了，她就走过来，蹲在水里。

“好了，别哭。”她说。“我不会逃走的。”我就不哭了。凯蒂身上有一股下雨时树的香味。

【选自[美]福克纳：《喧哗与骚动》，李文俊译，上海，上海译文出版社，2007】

布尔加科夫

米哈伊尔·阿法纳西耶维奇·布尔加科夫(1891—1940)是20世纪著名俄罗斯小说家、剧作家。代表作品有《不祥的蛋》《狗心》《大师和玛格丽特》，剧本《图尔宾一家的日子》等。

《大师和玛格丽特》以魔王沃兰德一行在莫斯科试验人心的故事为主要线索。文联主席柏辽兹之死、诗人伊万精神失常、作家“大师”从精神病院中获救、火烧文联，释放束缚千年的彼拉多等事件都由这条线索引发。此外小说中还有两个与主线并行交错的支线：彼拉多与耶舒阿的故事，以及大师与玛格丽特的恋情。三线索彼此交织，时间跨越2000年，各种现实和非现实空间随意出入，小说在奇谲的幻想中重塑了怪诞的现实，对社会和人生表达了深刻的批判。

选文中的片段是小说第一章“永远别和生人攀谈”。故事发生在苏联时期，莫斯科文联主席柏辽兹批评诗人伊万。他旁征博引地从神话学、历史考证、文献学的角度教导他，耶稣纯属传说或捏造。正当伊万听得五体投地之际，撒旦以外国客人的身份插入谈话，继续对耶稣存在与否进行探讨。他看似十分惊讶莫斯科人不相信上帝的存在，还讲起耶稣在彼拉多面前受审的故事，之后声称当时他“一直在场”，只是“没有公开露面”。然后又提出所谓上帝存在的第7项论证，即魔鬼(也就是他自己)的存在。第二章即撒旦魔幻般重现2000年前犹太巡抚彼拉多审判耶稣的情景。接着魔鬼的预言实现，柏辽兹死于车祸，伊万这位无神论者拿起大蒜追捕魔鬼……文中一系列令人啼笑皆非的情节就此拉开帷幕。在无神论社会的主流背景下，布尔加科夫的笔触敏锐地捕捉到耶稣和撒旦的题材的力量，将他们导入当下，带领读者进行了一次深入现实的奇幻旅行，从中引发了永恒的德性和价值追问。

布尔加科夫自称其创作为“神秘主义黑色”，而研究者们喜欢用“魔幻现实主义”概括他的艺术特色，简言之就是使用超现实的故事反映现实社会和人生。《大师和玛格丽特》不仅故事引人入胜，而且风格谐谑，富于哲理性，在讽刺与批判中寄寓了作者深刻的道德理想，使带有强烈喜感和奇幻色彩的情节具备了振聋发聩的悲剧力量，是苏联文学中的瑰宝。

大师和玛格丽特(节选)

第一部

“你到底是何许人?”
“我属于那种力的一部分,
它总想作恶,
却又总施善于人。”
——歌德《浮士德》

第一章　永远别跟生人攀谈

暮春的莫斯科。这一天,太阳已经平西了,却还热得出奇。此时,牧首[①]湖畔出现了两个男人。身材矮小的那个穿一身浅灰色夏季西装,膘肥体壮,秃头,手里郑重其事地托着顶相当昂贵的礼帽,脸刮得精光,鼻梁上架着一副大得出奇的角质黑框眼镜。另一个很年轻,宽肩膀,棕黄头发乱蓬蓬的,脑后歪戴一顶方格鸭舌帽,上身穿方格布料翻领牛仔衫,下面是一条皱巴巴的白西服裤,脚上蹬一双黑色平底鞋。

这头一位不是别人,正是柏辽兹[②]·米哈伊尔·亚历山大罗维奇,他是莫斯科几个主要的文艺工作者联合会之一“莫文联”的理事会主席,同时兼任某大型文学刊物的主编。他身旁的年轻人则是常以“无家汉”[③]的笔名发表作品的诗人波内列夫·伊万·尼古拉耶维奇。

两位作家一走进刚刚披起绿装的椴树林荫中,便朝着油得花花绿绿的商亭快步走去,商亭的招牌上写着:“啤酒,汽水”。

噢,对了,我必须首先交待一下在这个可怕的五月傍晚发生的头一桩怪事:这时,不仅商亭旁边没有人,就连与小铠甲街平行的那条林荫道上也不见一个人影;太阳把整个莫斯科晒得滚烫,现在正裹着干燥的烟尘向花园环行路西面沉去,人们热得似乎连喘气都费劲,可是却没有一个人走进这椴树荫下,没有一个人坐到这张长椅上。整个林荫道空空荡荡。

---

① “牧首”即宗主教,在俄罗斯东正教中称牧首,是最高级的主教,教会最高首脑。牧首湖是莫斯科市内一个小公园,内有水池,后改名为少先队员湖。

② 这个姓氏不同于一般俄罗斯人姓氏,与法国音乐家柏辽兹(或译陪辽士,1803—1869)姓氏的俄文写法相同。

③ 音译为:别兹多姆内。意为:无家可归的人,流浪汉。

“请给我们两瓶纳尔赞矿泉水[①]。”柏辽兹对柜台里面的女售货员说。

“没有纳尔赞矿泉水!”售货员回答，不知为什么她好像很生气。

“有啤酒吗?”无家汉用嘶哑的声音问。

“啤酒过一会儿才能运来。”妇女回答。

“那，有什么?”柏辽兹问。

“有杏汁水。不过，是温吞的。”妇女回答。

“行啊，来两瓶吧，两瓶！……”

打开杏汁水，冒出很多黄色泡沫，空气中顿时弥漫开一股理发馆的气味。杏汁水刚刚下肚，两位文学家就打起嗝来。他们付清账，坐到长椅上，面对潮水，背朝着铠甲街。

这时又发生了第二桩怪事，不过它只涉及柏辽兹一个人：忽然，柏辽兹不再打嗝了，只觉得心脏咚地跳了一下，便无影无踪了；过了一会儿心脏回到原处，上面却像是插了一根钝针。不仅如此，他还突然感到一种莫名其妙的恐惧，恨不得马上不顾一切地逃离这牧首湖畔。他惶惑地回头望了望，仍不明白自己究竟怕什么。他的脸变得煞白，他掏出手绢擦了擦额头，暗自想：“我这是怎么啦?从来没有过这类事呀……准是心脏出了毛病……劳累过度。看来是得大撒手了，让一切都见鬼去吧，我呢，先到基斯洛沃德斯克去疗养疗养……”

忽然，他觉得闷热的空气仿佛浓缩起来，奇妙地在他眼前交织成了一个透明的男人，样子异常奇特：脑袋很小，却戴着一顶大檐骑手便帽，方格料子上衣十分瘦小，像空气一样轻飘飘的……身高足有两米开外[②]，肩膀却很窄，瘦得出奇，而且，请您注意，他那副神态活像在捉弄人。

柏辽兹的生活向来一帆风顺，所以他很不习惯于看到异常现象。他脸上没有一丝血色了。他瞪着眼睛，心慌意乱，暗想：“这种事是不可能的！……”

可是，有什么办法呢，这种事确实在他眼前发生了：瞧，那个细高个儿的透明公民双脚飘离地面，正在他眼前左右摇晃呢!

柏辽兹吓得急忙闭上了眼睛。当他再睁开眼时，一切已经过去：幻影消失了，穿方格衣服的家伙不见了，插在心脏上的那根钝针也像同时被拔去了。

“咳，真见鬼!”主编大声说，“你看这事儿，伊万，刚才我差一点中暑！甚至出现了幻视!”虽然他强作笑容，眼神里却依然透着恐惧，两手还在抖动。

但他终于渐渐镇静下来，把手绢一挥，打起精神说：“好吧。咱们接着谈……”他继续谈起了刚才因喝杏汁水中断的话题。

我们后来才知道，那是一场有关基督耶稣的谈话。原来主编柏辽兹曾约请诗人为下期杂志创作一首反宗教题材的长诗。无家汉只用很短时间就写出了一首，但遗憾的是主编对这首诗很不满意。尽管无家汉在诗中描绘主要人物耶稣时所用的阴暗色调已经相当浓重，主编还是认为全诗必须重写。现在，主编就是在给无家汉上有关耶稣的“课”，指出这位年轻诗人的主要错误所在。伊万·尼古拉耶维奇的诗究竟为什么没有写好，这很

---

① 苏联北高加索的疗养胜地基斯洛沃德斯克有纳尔赞碳酸矿泉，泉水对心脏病有疗效。

② 原文为“一俄丈”，俄丈长度为 2.134 米。

难说。也许该怪他有天才而不善于表达，也许是因为他对所写的题材一无所知。总之，他笔下的耶稣虽说并不讨人喜欢，但却完全是个活生生的人。而柏辽兹现在就是要向他说明：主要问题不在于耶稣本人好坏，而是耶稣这个人物本身在历史上根本没有存在过，所有关于耶稣的故事纯属虚构，全是不折不扣的神话。

应该说明，这位主编本是个博古通今的大学问家，他的谈话自然是旁征博引，有根有据。譬如，他指出：著名的斐洛①和博学多才的约瑟夫·弗拉维②等古代学者的著作中就只字未提耶稣其人的存在。这位主编为了表明自己学贯古今，还顺便告诉诗人说：著名的塔西佗的《编年史》第十五卷第四十四章中所写的处死耶稣之事③也无非是后世人的伪托编造。

对无家汉来说，柏辽兹所谈的一切全都闻所未闻，他唯有用一双机敏的绿眼睛盯着主编，专心致志地洗耳恭听，只是偶尔打个饱嗝，暗暗咒骂那该死的杏汁水。

“东方人的所有宗教中，”柏辽兹继续说，“总的说来，全都提到过贞洁处女生育神子的事。所以，并不是基督徒们首先想出了这个新花样，他们只不过用同样方法造就了一个自己的、实际上并未存在过的耶稣而已。因此，您的诗也就应该把重点放到这方面……”

柏辽兹的男高音在冷清清的林荫道上空飘悠、回荡着。他的宏论一步比一步玄远，一层比一层深奥，除非异常饱学而又不担心弄坏自己脑子的人，没有谁敢钻进如此奥秘的学术领域。诗人越听越有兴趣，所受的教益也越来越多：他不仅听到了关于埃及善神和天地之子奥西里斯④的故事，得知腓尼基人有个法姆斯神⑤，知道了马尔都克⑥，甚至还听到了关于不甚有名的、从前墨西哥的阿茨蒂克人⑦曾经十分尊崇的那位威严可怖的韦齐普齐神的故事。

恰恰是在米哈伊尔·亚历山大罗维奇对诗人讲到阿茨蒂克人怎样用面团塑造韦齐普齐神的形象时，林荫道上出现了头一个身影。

关于这个人的外貌，坦率地说，只是到了后来，到了一切都已无法补救的时候，各有关机关才提出各自的描绘材料。可是，把这些材料一对照，又不禁使人瞠目结舌：一份材料说此人身材矮小，镶着金牙，右腿瘸；另一份材料则说他身躯魁伟，镶的是白金牙套，左腿瘸；还有一份材料只是简要地说此人没有任何特征。

我们不得不承认：这些材料统统一钱不值。

---

① 斐洛(约公元前30—约公元45)，古犹太神秘主义哲学家。他的主张对以后的基督教神学有很大影响。恩格斯曾说他“是基督教的真正的父亲”。

② 约瑟夫·弗拉维(约公元37—100)，古犹太历史学家，著有《犹太战争史》《犹太古代史》等。

③ 塔西佗(约公元55—120)，古罗马历史学家，著有《历史》《编年史》等。《编年史》第十五卷第四十四章中提到尼禄用残酷手段惩罚基督徒时写道：“他们(指基督徒——译者)的创始人是基督，在提贝里乌斯当政时期便被皇帝的代理官彭提乌斯·彼拉图斯(即官话本《圣经》中说的本丢·彼拉多。——译者)处死了。”只此一处提到基督。

④ 古埃及神话中的植物神。这个神话对后来的耶稣传说有影响。

⑤ 即塔穆斯，古巴比伦神话中的植物神，每年收割时死去，春季幼枝发芽时复活。

⑥ 古巴比伦神话中的“众神之王”，曾“战胜妖怪，创造世界万物”。或译马杜克。

⑦ 或译“阿兹台克人”，墨西哥的印第安部族，16世纪前曾创造独特的文化。

首先，这个人身材并不矮小，可也说不上魁伟，只不过略高一些，他的两条腿都不瘸。至于牙齿，则左边镶的是白金牙套，右边是黄金的。他穿着昂贵的灰色西装，脚上的外国皮鞋与西装颜色十分协调。头上一顶灰色无檐软帽歪向一旁，压到耳梢，显得整个人那么俏皮、矫健；他腋下还夹着一根手杖，手杖顶端镶着个乌黑的狮子狗头。看模样年纪在四十开外。嘴有点歪。脸刮得精光。一头黑发。他的右眼珠乌黑，而左眼珠却不知怎么呈现出嫩绿色。两道黑黑的浓眉，可又是一高一低的。总之，这是个外国人。

外国人从主编和诗人落座的长椅旁边走过时，朝他们瞥了一眼，随即收住脚步，竟在离两位朋友几步远的另一把长椅上坐了下来。

柏辽兹暗想："是个德国人。"

无家汉想："准是个英国人，看，还戴着手套，也不嫌热。"

这时，外国人朝湖水四周的高楼大厦环视了一下，露出初来乍到颇为好奇的神色。

他先是注视着高楼的上层，注视着上层那光灿夺目的玻璃窗中折射得歪歪扭扭的、正在一步步永远离开主编柏辽兹的夕阳。然后他把目光往下移，看到下层楼房的窗户已经暗淡下来，预示着黄昏的到来。他不知冲什么东西傲岸地笑了笑，然后眯上眼，两手搭在手杖镶头上，又把下巴放在手背上。

"你呀，伊万，"柏辽兹继续说，"有些地方写得很好，很有讽刺味道，比如，写神之子耶稣降生的那一节；但主要问题在于早在耶稣之前就已经降生过不少神之子了，诸如弗利基亚人的阿提斯①等等。简而言之，这些人，包括耶稣，都根本没有降生过，没有存在过。所以，你应该写的不是什么降生，不是什么东方占星家的来临②等等，而是必须表明：关于耶稣降生之类的传说完全荒唐无稽……不然，照你现在这样写法，好像真有个耶稣降生过似的！……"

此刻，深为打嗝所苦的无家汉正屏住呼吸想把一个嗝儿憋回去，谁知这样打出来的一声嗝儿反而更难听、更难受了。就在这个时候，柏辽兹停止了议论，因为旁边那个外国人忽然站起身，朝他们走过来。

两位作家惊讶地望着来人。

"请二位原谅，"来人讲话带点外国口音，但用词倒还正确，"我们虽然素不相识，可我还是不揣冒昧……因为我对二位的高论实在太感兴趣了……"来人恭恭敬敬地摘下帽子，行了个礼。两位朋友也只好欠身还礼。

柏辽兹暗自琢磨："不，他多半是个法国人……"

无家汉想："也许是个波兰人？"

这里我还必须补充一点：方才外国人刚一搭腔，诗人便觉得他十分讨厌，而柏辽兹倒毋宁说是一下子就喜欢上了这个人，不，也还不能说是喜欢，而是……怎么说呢……就算是对他发生了兴趣吧。

"能让我坐一坐吗？"外国人彬彬有礼地问道。于是两位朋友像是不由自主地各自往

---

① 弗利基亚人宗教中的神之子。相当于巴比伦神话中的塔穆斯，腓尼基神话中的阿顿尼斯。阿顿尼斯是基督的原型之一。

② 据《圣经》载，耶稣降生后，曾有几个博士（占星家）从东方来，声称是"特来拜见"耶稣——"犹太人之王"的。

旁边一闪，外国人便麻利地在他们中间坐下，并且立即攀谈起来。

“假如我没有听错，您刚才是在说根本没有过耶稣这个人?”外国人用绿色的左眼望着柏辽兹问道。

“对，您没有听错，我刚才是在谈这个问题。”柏辽兹客气地回答。

“啊，这太有意思啦!”外国人高兴地大声说。

无家汉不由得蹙起眉头，暗想：“见鬼，这干他什么事?”这时，来历不明的外国人却朝右一转身，向无家汉问道：

“那么，您也同意这位朋友的看法?”

“百分之百!”诗人直言不讳。他讲话向来用语新颖，喜欢形象化。

“不胜惊讶!”不速之客激动地说。随后，他不知为什么贼眉鼠眼地四下瞅了瞅，压低他原本就很低沉的声音悄声说：“对不起，我可能有些过分纠缠，不过，请问，据我理解，您二位，别的且不说，也不信上帝吧?”他眼里流露出惶恐的神色，并且立即补充道，“我发誓，我对谁也不说。”

“不错，我们不信上帝。”柏辽兹回答。他见外国游客如此惊恐，便微笑着补充说：“其实，这种事完全可以公开谈论。”

外国人更加惊讶了，他轻轻尖叫一声，把身子往椅背上一仰，又问道：

“二位都是无神论者?”

“是的，我们是无神论者。”柏辽兹还是面带笑容地回答。无家汉却在气鼓鼓地想：“瞧这外国佬，纠缠起来没完啦!”

“噢，这可真妙!”奇怪的外国人又大声说，不住地朝两旁的文学家转动着脑袋，看看这位，又看看那位。

“在我们苏联，没有人对无神论感到奇怪。”柏辽兹用外交官的谦恭语调说，“我国大部分人民早就自觉地不再相信那些关于上帝的神话了。”

这时，外国人又表演了新的一招儿：他站起身来，伸手同愕然危坐的主编握了握手，对他说：

“请允许我向您致以由衷的谢意!”

“您这是为什么谢他?”无家汉眨了眨眼睛，问道。

外国怪客意味深长地举起一个手指头解释说：

“感谢他告诉我一个非常重要的情况。因为这情况是我这个旅游者非常感兴趣的。”

看来，这一“重要情况”确实对外国旅游者发生了很大作用：只见他用充满恐惧的目光望了望四周的高楼，仿佛在担心每个窗口都会冒出一个无神论者来。

这时，柏辽兹在想：“不对，他不像英国人……”无家汉则皱着眉头想：“这家伙在哪儿学的一口流利的俄语呢？这倒是个问题!”

“那么，请问，”外国客人经过一番紧张思索后又问道，“对那些说明上帝存在的论证该怎么办？我们知道．这类论证有五种①之多呢!”

“没办法啊!”柏辽兹似乎深表同情地说，“这类论证全都毫无价值。人类早就把它们送进档案库了。您大概也会同意吧，在理性领域中不可能有任何关于上帝存在的论证。”

---

① 指中世纪基督教神学家托马斯·阿奎那为证明上帝之存在提出的五项论证。

“高论!”外国人叫道,“高论！您完全表达了那个悲天悯人的老头子伊曼努尔[1]对这个问题的看法。不过，叫人啼笑皆非的是，那老头子把五种论证彻底摧毁之后，却自我嘲笑似地建立起了他自己的第六种论证!”

“康德的论证也同样没有说服力,”博学多才的主编笑呵呵地反驳说，“席勒[2]的话是不无道理的，他说过，康德关于这个问题的议论是只能使奴隶们感到满足的。而施特劳斯[3]对这类论证则只是付之一笑。”

柏辽兹嘴里这么说着，心里却在想：他到底是何许人呢？俄语怎么讲得这么好？

这时，没想到无家汉忽然从旁嘟嘟哝哝地插了一句：

“像康德这种人，宣扬这类论证，就该抓起来，判他三年，送到索洛威茨[4]去!”

“伊万!”柏辽兹感到十分难堪，急忙小声制止他。

但是，听到年轻诗人提议把康德发配到索洛威茨岛去，外国人不但没有表示惊讶，反而高兴得不得了。他那只瞧着柏辽兹的绿色左眼熠熠发光，他高声喊道：

“就该这样！就该这样！让他呆在那儿最合适不过！那天早晨一起用餐的时候我就对康德说过嘛，我说，‘您啊，教授，随您怎么看，反正您琢磨出来的那些东西不太合适！也许它合乎理性，但是太难懂了。人们会拿您取笑的。’”

柏辽兹目瞪口呆了，心想：“他在胡诌些什么？‘早晨一起用餐的时候’？……他‘对康德说’？……”

但外国人并没有因为柏辽兹的惊讶而稍显尴尬，他转身对诗人继续说：

“不过，把康德发配去索洛威茨岛恐怕是办不到了，因为他早已经在比索洛威茨更遥远的地方呆了一百多年，而且，我敢肯定，根本没有办法把他从那里弄出来!”

“真遗憾!”好斗的诗人回答。

“我也觉得遗憾!”来历不明的外国人闪着一只眼睛继续说：“不过，有个问题我还是不明白：如果说没有上帝，那么，请问，人生由谁来主宰，大地上万物的章法由谁来掌管呢?”

“人自己管理呗!”无家汉怒气冲冲地抢着回答，其实，他对这个问题也并不很清楚。

“对不起,”来历不明的外国人用很温和的语调说，“依鄙人之见，为了管理，无论如何总要定出某个时期的确切计划吧？这个时期可以很短，但也总得多少像个样子吧？而人呢，人不但没有可能制定一个短得可笑的时期的，比方说一千年的，计划，人甚至没有可能保证自己本身的明天的事。既然这样，请问，他又怎么能进行管理呢？而且，事实上,”外国佬说到这里又转向柏辽兹说，“譬如您吧，您不妨设想一下：您开始管理了，既管理别人，也支配自己，而且，似乎还很称心如意，可是，突然，嘿嘿！……您得了肺瘤!”外国佬说出“肺瘤”两个字时竟还得意地一笑，仿佛得肺瘤的想法使他很得意。

---

① 德国唯心主义哲学家伊曼努尔·康德(1724—1804)。

② 英国哲学家裴迪南德·席勒(1864—1937)，他主张“人是万物的尺度”，对神的存在提出怀疑。

③ 大卫·弗里德里希·施特劳斯(1808—1874)，德国唯心主义哲学家，以对基督教的批判而著名。

④ 北冰洋白海中的索洛威茨群岛中的最大岛，岛上有建于十五世纪的古修道院。十九世纪后成为流放囚犯之地。

“是的，您得了肺瘤，”他猫似的眯起眼睛，又把这个刺耳的词儿重复了一遍，“于是，您的管理也就到此为止！从此以后，除了您自身的命运之外，您对谁的命运都不会再关心了。亲人们开始哄骗您，您感到不对头，到处去求名医，然后找江湖医生，甚至还可能去算卦问卜。您自己很清楚：名医也罢，巫医也罢，算命先生也罢，统统无济于事。一切最后只能以悲剧告终：曾几何时还自以为在管理着什么的那个人，突然之间便一动不动地躺在木头盒子里了；而他周围的人们，想到这个躺着的人已经毫无用处，便把他放进炉膛里烧掉。有时候甚至比这更糟呢：比方说，一个人刚刚打算去基斯洛沃德斯克疗养疗养，”外国人又眯起眼看了看柏辽兹，“看来，这是件微不足道的小事吧，可就连这件事他也做不到，因为不知道怎么搞的，他会一下子滑到有轨电车底下去。难道您能说是他自己支配自己这样去做的吗？要说这完全是另外一个人在支配他，不是更显得合理些吗？”外国佬说到这里突然笑起来，笑得那么怪里怪气。

柏辽兹极其认真地听完了这番关于肺瘤和有轨电车的令人不快的话，感到有些忐忑不安，十分烦闷。他想：“此人绝不是外国人！不是！这家伙太奇怪了……不过，他究竟是什么人呢？”

“看样子，您很想抽支烟？”外国人突如其来地转向无家汉问道，“您喜欢抽什么牌子的？”

“怎么，您带着好几种牌子的烟？”诗人板着脸反问道，他身上的烟刚好吸完了。

“您喜欢抽什么牌子的？”外国人又问了一句。

“喏，那就来支‘自家牌’吧。”无家汉气呼呼地回答。

外国人随手从衣袋里掏出一个烟盒，递给诗人说：

“给您，‘自家牌’的。”

烟盒里装的恰恰是“自家牌”香烟。但是，使主编和诗人大吃一惊的与其说是烟盒里的烟这么凑巧，毋宁说是那烟盒本身。那是一个很大的纯金烟盒，打开时，盒盖上那个由钻石镶成的三角闪烁着蓝光和白光。

对此，两位文学家的反应又各自不同了。柏辽兹想：“不，还是个外国人！”无家汉则想：“嘿，见鬼！够意思！”

诗人和烟盒的主人各自点起一支烟。柏辽兹是不吸烟的，他正暗自盘算着该怎样回答刚才的话：“应该这样反驳他：是的，人皆有一死，对这一点谁也没有异议，但问题在于……”

然而，他这些话还没有出口，外国人却先开腔了：

“是的，人皆有一死。但如果仅此而已，倒也不足挂齿。糟糕的是人的死亡往往过于突如其来，这才是问题的症结所在。而且，一般说来，一个人连他今晚将要做什么都没有可能说定。”

柏辽兹心想：“这种提法未免太荒唐……”便反驳说：

“唉，您这未免过甚其辞了吧。我就能够相当确切地说定我今晚要做的事。当然，如果路过铠甲街时有块砖头掉下来砸到我头上，那又自当别论了……”

“砖头嘛，”来历不明的人打断了他的话，一本正经地说，“从来不会无缘无故掉到任何人头上的。我请您相信，它至少对您绝无威胁。您将是另一种死法。”

“也许您就知道我会怎么死？”柏辽兹的语气理所当然地带着讥讽，他不由自主地卷入了这场确实荒唐的谈话。“也许，您还能对我说说?”

“愿效绵薄。”陌生人随口答应，接着便像要给柏辽兹裁衣服似的上下打量起他来，口中还喃喃地念念有词：“一、二……水星居于臣位……月宫隐而不现……六，主灾……黄昏，七……”然后他便高兴地大声宣布说：“您将被人切下脑袋!”

无家汉瞪起眼，气急败坏地盯着放肆无礼的陌生人。柏辽兹却苦笑了一下，问道：

“这是个什么人呢？是敌人？外国武装干涉者?”

“都不是，”陌生人回答说，“是一位俄罗斯妇女，共青团员。”

“嗯……”为陌生人的这种玩笑所激怒的柏辽兹鼻子里哼了一声，“这个嘛，请原谅，不大可信。”

“我也得请您原谅，”外国人回答，“不过，事情确实如此呀。对啦，我还想问一下，如果不保密的话，您能告诉我今天晚上您想做什么吗?”

“不保密。我这就回花园街的私宅，然后，晚上十点钟，‘莫文联’有个会议，会议要由我主持。”

“不行了，这些事情都绝对不会发生了。”外国人以坚定的语气说。

“这是为什么?”

“这是因为，”外国人眯起眼望着空中，空中正有几只预感到凉爽的夜晚即将来临的黑鸟在他们头上无声地飞来飞去，“因为安奴什卡已经买了葵花子油，不仅买了，而且已经把它洒了。所以，您那个会议是开不成了。”

于是，很自然，椴树荫下的三个人完全沉默了。过了一会儿，柏辽兹才凝视着胡言乱语的外国人的脸问道：

“对不起，葵花子油跟这事有什么关系？……再说，安奴什卡是什么人?”

“葵花子油跟这事的关系嘛，我可以告诉你。”无家汉再也憋不住，从旁插话了。他决心向身旁这位不速之客宣战，便问道：“我说，您这位公民，您从来没有在精神病院里待过吗?”

“伊万!”柏辽兹又赶紧小声制止他。

但外国人不仅毫未介意，反而极其开心地笑起来。他一边笑，一边用一只不笑的眼睛盯着诗人高声说：

“待过，待过，还不止一次呢！我什么地方都待过！可惜我一直没有得空儿去问问教授什么叫作‘精神分裂’。所以，伊万·尼古拉耶维奇，这个问题您就自己去问他吧!”

“您怎么知道我的名字和父称?”

“得啦，伊万·尼古拉耶维奇，谁还不认识您!”

外国人说着从口袋里掏出一张昨天的《文学报》。诗人看到：头版上登着自己的照片，下面是自己的诗。但是，昨日曾使诗人感到十分得意的这件光荣与声誉的佐证，此时此地却没有给诗人带来丝毫的愉快，他的脸色暗淡了。

“对不起，”诗人说，“您能稍等一下吗？我要和我的朋友讲两句话。”

“啊，很好!”来历不明的外国人大声说，“这椴树荫下多舒适！再说，我也没什么要办的急事。”

诗人把米哈伊尔·亚历山大罗维奇拉到一旁，悄声说：

“我告诉你，米沙①，这家伙根本不是什么旅游者，是个特务！准是个逃出国外的白俄，又回到咱国内来啦。你去跟他要证件看看，不然他会溜掉……”

“你这么想?”柏辽兹压低声音问，他也感到有些不安了，心想：“伊万说的也有道理!”

“相信我吧，没错儿!”诗人对着柏辽兹的耳朵说，“这家伙装疯卖傻，就是想从话里套出点什么去。你听他的俄语讲得多好!”诗人边说边用眼角扫着来历不明的人，唯恐他溜掉，“走，咱们去扣住他，别叫他跑了……”

诗人拉着柏辽兹的胳膊朝长椅走去。

陌生人这时并没有坐在长椅上，他站在长椅旁边，手里拿着一个深灰皮小本子、一个上等牛皮纸信封和一张名片。见两人走过来，便用锐利的目光直视着他们，郑重地说：

“请二位原谅，刚才我只顾争论，竟忘了向二位作个自我介绍。这是鄙人的名片和护照，还有请我来莫斯科担任顾问的邀请信。”

两位文学家反而窘住了。柏辽兹想：“鬼东西，全让他听见了……”他急忙以很有礼貌的姿势向对方表示没有必要出示证件。当外国人伸着手把证件递给柏辽兹时，诗人瞟见了名片上的一个外文词“教授”和姓氏的头一个字母“B”。柏辽兹只好尴尬地嘟哝说：

“能认识您，我很高兴。”

外国人把证件装进衣袋。这样。双方算是恢复了关系，三个人重新坐到长椅上。

“教授，您是应邀到我们这里来担任顾问的?”米哈伊尔·亚历山大罗维奇问道。

“是的，担任顾问。”

“您是德国人吧?”无家汉问道。

“我吗?”教授反问了一句，忽然沉思起来。停了一下才说：“是啊，看来是德国人啊……”

“您的俄语讲得可真好。”无家汉说。

“噢，我是个多种语言学家，我懂许多种语言呢。”教授说。

“那您专攻哪一方面?”柏辽兹问。

“我最擅长魔术。”

柏辽兹脑子里轰的一声响，心想：“嘿，瞧这事儿!”他结结巴巴地问道：

“那么……那么，请您来就是搞这一专业的?”

“对，就是搞这一专业。”教授首肯说，接着又解释道：“是这么回事，国家图书馆发现了一批手稿，据说是十世纪一位叫赫伯特·阿夫里拉克斯基的巫师的手迹。请我来进行鉴定。这方面的专家世界上只剩我一个了。”

“啊！这么说，您是历史学家?”柏辽兹像是心里一块石头落了地，毕恭毕敬地问。

“是研究历史的，”教授肯定说，但接着又莫名其妙地补充了一句：“今天傍晚在这牧首湖畔就要发生一段有趣的史话!”

主编和诗人又一次被惊呆了。于是教授示意两人靠近自己。待他们俯过身来时，他低声说：

---

① 米哈伊尔的爱称。

“请你们记住：耶稣这个人还是存在过的。”

“不瞒您说，教授，”柏辽兹强作笑容说，“您博古通今，我们十分敬佩。但我们在这个问题上是持另一种观点的。”

“什么观点都不需要！”古怪的教授回答说，“这个人存在过，如此而已！”

“但总该有某种证明吧……”柏辽兹还想争辩。

“并不需要任何证明。”教授回答说。接着他便小声念叨起来，而且一点外国口音都没有了：“一切都很简单：他穿着白色披风……”

【选自[苏联]布尔加科夫：《大师和玛格丽特》，钱诚译，北京，人民文学出版社，2016】

博尔赫斯

博尔赫斯(1899—1986)是阿根廷杰出的作家、诗人，后现代主义代表作家之一。他主要以短篇小说名世，出版有小说集《恶棍列传》(1935)、《小径分岔的花园》(1941)、《杜撰集》(1944)、《阿莱夫》(1949)、《布罗迪报告》(1970)、《沙之书》(1975)、《莎士比亚的记忆》(1983)等。

博尔赫斯小说题材广泛，不仅描写阿根廷的现实生活、历史和传说，还把笔触扩展到世界各地，并从广泛的人类历史文化典籍中寻取灵感和素材。博尔赫斯小说又都具有幻想的性质，善于打破文本与现实的界限，营造出具有迷宫属性的“新现实”。小说中的人物不再是现实生活中具体可感的“这一个”，而是突破了个体生命具象形态、生存于多维时空中的虚拟人物。博尔赫斯小说通过对“新现实”和虚拟人物的描写，表达了对阿根廷民族身份和命运的忧思，揭示了人类生存的偶然性与荒诞性，同时，也发展了融合世界各民族属性而生成的“新阿根廷性”和“新人类性”的梦想。

《南方》是阿根廷题材的代表作，蕴含了博尔赫斯对阿根廷民族性的深刻思考。小说中的达尔曼是布宜诺斯艾利斯一家图书馆的文员，大病初愈后，返回军人出身的外祖父留给他的南方庄园休养。这原本是一次摆脱城市庸常生活、回归尚武精神之旅，而恰巧遇到的挑衅，能够激活他遗传自外祖父的一腔热血和英雄豪情，使那个被城市文职身份压抑的英雄自我喷薄而出。但这样一个看似英雄成长的故事，却被作者精心营造的虚幻灵异氛围给消解了：也许达尔曼返回位于潘帕斯草原深处的庄园的旅程和与醉汉的决斗，只是一个病人临死之前的梦魇。博尔赫斯就这样轻易地混淆了现实与幻想的界限。

《小径分岔的花园》的故事发生在第一次世界大战期间的英国。德国间谍余准奉命侦察到英军火炮阵地所在地，为把这个情报送出去，他找到汉学家斯蒂芬·艾伯特的家，然后枪杀了他。余准随即遭到逮捕，被判处绞刑，但他杀死艾伯特的事件见诸报端，他的上司从中悟到了名叫艾伯特的城市正是英军火炮阵地所在地。这篇小说的出色之处，在于以一个通俗侦探小说的外形，建起了一座多维时间的无形迷宫。其中的人物虽然都有具象形态，但皆非实体生命，他们存在于无数不断交叉、并行、汇合的时间维度中，由此才能选择全部的可能性，也才能有无限的生命。

南方

1871年在布宜诺斯艾利斯登岸的那个人名叫约翰尼斯·达尔曼，是福音派教会的牧师；1939年，他的一个孙子，胡安·达尔曼，是坐落在科尔多瓦街的市立图书馆的秘书，自以为是根深蒂固的阿根廷人。他的外祖父是作战步兵二团的弗朗西斯科·弗洛雷斯，被卡特里尔的印第安人在布宜诺斯艾利斯省边境上用长矛刺死；在两个格格不入的家世之间，胡安·达尔曼(或许由于日耳曼血统的原因)选择了浪漫主义的先辈，或者浪漫主义的死亡的家世。一个毫无表情、满脸胡子的人的银版照相，一把古老的剑，某些音乐引起的欢乐和激动，背诵《马丁·菲耶罗》中一些章节的习惯，逝去的岁月，忧郁孤寂，助长了他心甘情愿但从不外露的低人一等的心理。达尔曼省吃俭用，勉强保住南方的一个庄园，那注产业原是弗洛雷斯家族的，现在只剩一个空架子；他经常回忆的是那些香桉树和那幢已经泛白的红色大房子的模样。琐碎的事务和容或有的冷漠使他一直留在城市。年复一年，他满足于拥有一注产业的抽象概念，确信他在平原的家在等他归去。1939年2月下旬，他出了一件事。

从不认错的命运对一些小小的疏忽也可能毫不容情。一天下午，达尔曼买到一本不成套的魏尔版的《一千零一夜》；他迫不及待地想看看这一新发现，不等电梯下来，就匆匆从楼梯上去；暗地里他的前额被什么刮了一下，不知是蝙蝠还是鸟。替他开门的女人脸上一副惊骇的神情，他伸手摸摸额头，全是鲜红的血。谁油漆了窗子，忘了关上，害他划破了头。达尔曼那晚上床睡觉，凌晨就醒了，从那时候开始嘴里苦得难受。高烧把他折磨得死去活来，《一千零一夜》里的插图在他噩梦中频频出现。亲友们来探望他，带着不自然的微笑，反复说他气色很好。达尔曼有点麻木地听他们说话，心想自己在地狱里受煎熬，他们竟然不知道，真叫人纳闷。八天过去了，长得像是八个世纪。一天下午，经常来看他的大夫带了一个陌生的大夫同来，把他送到厄瓜多尔街的一家疗养院，因为要替他拍X光片子。达尔曼在出租马车里想，他终于可以在不是他自己的房间里睡个好觉。他觉得高兴，很健谈；到了疗养院，他们替他脱光衣服，剃光脑袋，用金属带把他在推床上固定，耀眼的灯光使他头晕，他们还替他听诊，一个戴口罩的人在他胳臂上扎下注射针。他苏醒过来时头上扎着绷带，感到恶心，躺在井底似的小房间里，在手术后的日日夜夜里，他体会到以前的难受连地狱的边缘都算不上。他嘴里含的冰块没有一丝凉快的感觉。在那些日子，达尔曼恨透了自己；恨自己这个人，恨自己有解大小便的需要，恨自己要听人摆弄，恨脸上长出的胡子茬。他坚强地忍受了那些极其痛苦的治疗，但是当大夫告诉他，他先前得的是败血症，几乎送命的时候，达尔曼为自己的命运感到悲哀，失声哭了。肉体的痛苦和夜里的不是失眠便是梦魇不容他想到死亡那样抽象的事。过了不久，大夫对他说，他开始好转，很快就可以去庄园休养了。难以置信的是，那天居然来到。

现实生活喜欢对称和轻微的时间错移；达尔曼是坐出租马车到疗养院的，现在也坐出租马车到孔斯蒂图西昂[1]。经过夏季的闷热之后，初秋的凉爽仿佛是他从死亡和热病的掌握中获得解救的自然界的象征。早晨七点钟的城市并没有失去夜晚使他产生的老宅的气氛；街道像是长门厅，广场像是院落。达尔曼带着幸福和些许昏眩的感觉认出了这个城市；在他放眼四望的几秒钟之前，他记起了布宜诺斯艾利斯街道的角落、商店的招牌以及质朴的差别。在早晨的黄色光线下，往事的回忆纷至沓来。

谁都知道里瓦达维亚[2]的那一侧就是南方的开始。达尔曼常说那并非约定俗成，你穿过那条街道就进入一个比较古老踏实的世界。他在马车上从新的建筑物中间寻找带铁栏杆的窗户、门铃、大门的拱顶、门厅和亲切的小院。

在火车站的大厅里，他发现还有三十分钟火车才开。他突然记起巴西街的一家咖啡馆(离伊里戈延家不远)有一只好大的猫像冷眼看世界的神道一样，任人抚摩。他走进咖啡馆。猫还在，不过睡着了。他要了一杯咖啡，缓缓加糖搅拌，尝了一口(疗养院里禁止他喝咖啡)，一面抚摩猫的黑毛皮，觉得这种接触有点虚幻，仿佛他和猫之间隔着一块玻璃，因为人生活在时间和时间的延续中，而那个神秘的动物却生活在当前，在瞬间的永恒之中。

列车停在倒数第二个月台旁边。达尔曼穿过几节车厢，有一节几乎是空的。他把手提箱搁在行李架上；列车起动后，他打开箱子，犹豫一下之后，取出《一千零一夜》的第一册。这部书同他不幸的遭遇密切相连，他带这部书出门就是要表明不幸已经勾销，是对被挫败的邪恶力量一次暗自得意的挑战。

列车两旁的市区逐渐成为房屋稀稀拉拉的郊区；这番景色和随后出现的花园和乡间别墅使他迟迟没有开始看书。事实上，达尔曼看得不多；谁都不否认，磁石山和发誓要杀死恩人的妖精固然奇妙，但是明媚的早晨和生活的乐趣更为奇妙。幸福感使他无心去注意山鲁佐德和她多余的奇迹；达尔曼合上书，充分享受愉悦的时刻。

午饭(汤是盛在精光锃亮的金属碗里端来的，像遥远的儿时外出避暑时那样)又是宁静惬意的享受。

明天早晨我就在庄园里醒来了，他想道，他有一身而为二人的感觉：一个人是秋日在祖国的大地上行进，另一个给关在疗养院里，忍受着有条不紊的摆布。他看到粉刷剥落的砖房，宽大而棱角分明，在铁路边无休无止地瞅着列车经过；他看到泥路上的骑手；看到沟渠、水塘和农场；看到大理石般的明亮的云层。这一切都是偶遇，仿佛平原上的梦境。他还觉得树木和庄稼地似曾相识，只是叫不出它们的名字，因为他对田野的感性认识远远低于他思念的理性认识。

他瞌睡了一会儿，梦中见到的是隆隆向前的列车。中午十二点的难以忍受的白炽太阳已成了傍晚前的黄色，不久又将成为红色。车厢也不一样了；不是在孔斯蒂图西昂离开月台时的模样：平原和时间贯穿并改变了它的形状。车厢在外面的移动的影子朝地平线延伸。漠漠大地没有村落或人的迹象。一切都茫无垠际，但同时又很亲切，在某种意义上有些隐秘。在粗犷的田野上，有时候除了一头牛外空无一物。孤寂达到十足的程

---

① 孔斯蒂图西昂，布宜诺斯艾利斯市一区，位该市东南。

② 里瓦达维亚(1780—1845)，阿根廷政治家，曾任总统。这里指贯穿布宜诺斯艾利斯东西方向的主要街道名。

度，甚至含有敌意，达尔曼几乎怀疑自己不仅是向南方，而是向过去的时间行进。检票员打断了他这些不真实的遐想，看了他的车票后通知他说，列车不停在惯常的车站，而要停在达尔曼几乎不认识的稍前面的一个车站。（那人还作了解释，达尔曼不想弄明白，甚至不想听，因为他对事情的过程不感兴趣。）

列车吃力地停住，周围几乎是一片荒野。铁轨的另一面是车站，只是月台上一个棚子而已。车站附近没有任何车辆，但是站长认为在十来个街口远的一家铺子里也许能找到一辆车。

达尔曼决定步行前去，把它当作一次小小的历险。太阳已经西沉，但是余晖在被夜晚抹去之前，把深切阒静的平原映照得更辉煌。达尔曼安步当车，心醉神迷地深吸着三叶草的气息，他走得很慢，并不是怕累，而是尽量延长这欢快的时刻。

杂货铺的房屋本来漆成大红色，日久天长，现在的颜色退得不那么刺眼。简陋的建筑使他想起一帧钢版画，或许是旧版《保尔和弗吉尼亚》[①]里的插图。木桩上拴着几匹马。达尔曼进门后觉得店主面熟；后来才想起疗养院有个职员长得像他。店主听了他的情况后说是可以套四轮马车送他；为了替那个日子添件事，消磨等车的时光，达尔曼决定在杂货铺吃晚饭。

一张桌子旁有几个小伙子又吃又喝，闹闹嚷嚷，达尔曼开头并不理会。一个非常老的男人背靠柜台蹲在地上，像件东西似的一动不动。悠久的岁月使他抽缩，磨光了棱角，正如流水磨光的石头或者几代人锤炼的谚语。他黧黑、瘦小、干瘪，仿佛超越时间之外，处于永恒。达尔曼兴致勃勃地打量着他的头巾、粗呢斗篷、长长的围腰布和小马皮制的靴子，想起自己同北部地区或者恩特雷里奥斯人无益的争论，心想像这样的高乔人除了南方之外，别的地方很难见到了。

达尔曼在靠窗的一张桌子旁坐下。外面的田野越来越暗，但是田野的芬芳和声息通过铁横条传来。店主给他先后端来沙丁鱼和烤牛肉。达尔曼就着菜喝了几杯红葡萄酒。他无聊地咂着酒味，懒洋洋地打量着周围。煤油灯挂在一根梁下；另一张桌子有三个主顾：两个像是小庄园的雇工；第三个一副粗俗的样子，帽子也没脱在喝酒。达尔曼突然觉得脸上有什么东西擦过。粗玻璃杯旁边，桌布的条纹上，有一个用面包心搓成的小球。就是这么回事，不过是有人故意朝他扔的。

另一张桌子旁的人仿佛并没有注意他。达尔曼有点纳闷，当它什么也没有发生，打开《一千零一夜》，似乎要掩盖现实。几分钟后，另一个小球打中了他，这次那几个雇工笑了。达尔曼对自己说，不值得大惊小怪，不过他大病初愈，被几个陌生人卷进一场斗殴未免荒唐。他决定离开，刚站起身，店主便过来，声调惊慌地央求他：

"达尔曼先生，那些小伙子醉了，别理他们。"

达尔曼并不因为店主能叫出他的姓而奇怪，但觉得这些排解的话反而把事情搞得更糟。起初，雇工的寻衅只针对一个陌生人，也可以说谁也不是；现在却针对他，针对他的姓氏，闹得无人不知。达尔曼把店主推在一边，面对那些雇工，问他们想干什么。

那个长相粗鲁的人摇摇晃晃地站起来。他和胡安·达尔曼相隔只有一步的距离，但

---

① 《保尔和弗吉尼亚》，法国伤感主义作家圣比埃尔(1737—1814)写的小说。主人公保尔和弗吉尼亚从小青梅竹马，但未能结合。小说地理背景是远离文明的当时法属毛里求斯岛。

他高声叫骂，仿佛隔得老远似的。他故意装得醉态可掬，这种做作是难以容忍的嘲弄。他满口脏话，一面骂声不绝，一面掏出长匕首往上一抛，看它落下时一把接住，胁迫达尔曼同他打斗。店主声音颤抖地反对说，达尔曼没有武器。这时候，发生了一件始料不及的事。

蹲在角落里出神的那个老高乔人(达尔曼在他身上看到了自己所属的南方的集中体现)，朝他扔出一把亮晃晃的匕首，正好落在他脚下。仿佛南方的风气决定达尔曼应当接受挑战。达尔曼弯腰捡起匕首，心里闪过两个念头。首先，这一几乎出于本能的举动使他有进无退，非打斗不可。其次，这件武器在他笨拙的手里非但起不了防护他的作用，反而给人以杀死他的理由。像所有的男人一样，他生平也玩过刀子，但他只知道刺杀时刀刃应该冲里面，刀子应该从下往上挑。疗养院里绝对不允许这种事情落到我头上，他想道。

"咱们到外面去。"对方说。

他们出了店门，如果说达尔曼没有希望，他至少也没有恐惧。他跨过门槛时心想，在疗养院的第一晚，当他们把注射针头扎进他胳臂时，如果他能在旷野上持刀拼杀，死于械斗，对他倒是解脱，是幸福，是欢乐。他还想，如果当时他能选择或向往他死的方式，这样的死亡正是他要选择或向往的。

达尔曼紧握他不善于使用的匕首，向平原走去。

【选自[阿根廷]博尔赫斯：《博尔赫斯全集》(小说卷)，王永年译，杭州，浙江文艺出版社，1999】

小径分岔的花园

献给维多利亚·奥坎波[①]

利德尔·哈特写的《欧洲战争史》第二百四十二页有段记载，说是十三个英国师(有一千四百门大炮支援)对塞尔—蒙托邦防线的进攻原定于一九一六年七月二十四日发动，后来推迟到二十九日上午。利德尔·哈特上尉解释说延期的原因是滂沱大雨，当然并无出奇之处。青岛大学前英语教师余准博士的证言，经过记录、复述、由本人签名核实，却对这一事件提供了始料不及的说明。证言记录缺了前两页。

……我挂上电话听筒。我随即辨出那个用德语接电话的声音。是理查德·马登的声音。马登在维克多·鲁纳伯格的住处，这意味着我们的全部辛劳付诸东流，我们的生命也到了尽头——但是这一点是次要的，至少在我看来如此。这就是说，鲁纳伯格已经被捕，或者被杀。[②] 在那天日落之前，我也会遭到同样的命运。马登毫不留情。说得更确切一些，他非心狠手辣不可。作为一个听命于英国的爱尔兰人，他有办事不热心甚至叛卖的嫌疑，如今有机会挖出日耳曼帝国的两名间谍，拘捕或者打死他们，他怎么会不抓住这个天赐良机，感激不尽呢？我上楼进了自己的房间，可笑地锁上门，仰面躺在小铁床上。窗外还是惯常的房顶和下午六点钟被云遮掩的太阳。这一天既无预感又无征兆，成了我大劫难逃的死日，简直难以置信。虽然我父亲已经去世，虽然我小时候在海丰一个对称的花园里待过，难道我现在也得死去？随后我想，所有的事情不早不晚偏偏在目前都落到我头上了。多少年来平平静静，现在却出了事；天空、陆地和海洋人数千千万万，真出事的时候出在我头上……马登那张叫人难以容忍的马脸在我眼前浮现，驱散了我的胡思乱想。我又恨又怕(我已经骗过了理查德·马登，只等上绞刑架，承认自己害怕也无所谓了)，心想那个把事情搞得一团糟、自鸣得意的武夫肯定知道我掌握秘密。准备轰击昂克莱的英国炮队所在地的名字。一只鸟掠过窗外灰色的天空，我在想象中把它化为一架飞机，再把这架飞机化成许多架，在法国的天空精确地投下炸弹，摧毁了炮队。我的嘴巴在被一颗枪弹打烂之前能喊出那个地名，让德国那边听到就好了……我血肉之躯所能发的声音太微弱了。怎么才能让它传到头头的耳朵里？那个病恹恹的讨厌的人，只知道鲁纳伯格和我在斯塔福德郡，在柏林闭塞的办公室里望眼欲穿等我们的消息，没完没了地翻阅报纸……“我得逃跑。”我大声说。我毫无必要地悄悄起来，仿佛马登已经在窥探我。我不由自主地检查一下口袋里的物品，也许仅仅是为了证实自己毫无办法。我找到的都是意料之中的东西。那只美国挂表，镍制表链和那枚四角形的硬币，拴着鲁纳伯格住所钥匙的链子，现在已经没有用处但是能构成证据，一个笔记本，一封

① 维多利亚·奥坎波(1891—1979)，阿根廷散文作家、文学评论家。曾编辑《南方》杂志，著有《证言》《弗吉尼亚·吴尔夫论》等。

② 荒诞透顶的假设。普鲁士间谍汉斯·拉本纳斯，化名维克多·鲁纳伯格，用自动手枪袭击持证前来逮捕他的理查德·马登上尉。后者出于自卫，击伤鲁纳伯格，导致了他的死亡。——原编者注

我看后决定立即销毁但是没有销毁的信，假护照，一枚五先令的硬币，两个先令和几个便士，一支红蓝铅笔，一块手帕和装有一颗子弹的左轮手枪。我可笑地拿起枪，在手里掂掂，替自己壮胆。我模糊地想，枪声可以传得很远。不出十分钟，我的计划已考虑成熟。电话号码簿给了我一个人的名字，唯有他才能替我把情报传出去：他住在芬顿郊区，不到半小时的火车路程。

我是个怯懦的人。我现在不妨说出来，因为我已经实现了一个谁都不会说是冒险的计划。我知道实施过程很可怕。不，我不是为德国干的。我才不关心一个使我堕落成为间谍的野蛮的国家呢。此外，我认识一个英国人——一个谦逊的人——对我来说并不低于歌德。我同他谈话的时间不到一小时，但是在那一小时中间他就像是歌德……我之所以这么做，是因为我觉得头头瞧不起我这个种族的人——瞧不起在我身上汇集的无数先辈。我要向他证明一个黄种人能够拯救他的军队。此外，我要逃出上尉的掌心。他随时都可能敲我的门，叫我的名字。我悄悄地穿好衣服，对着镜子里的我说了再见，下了楼，打量一下静寂的街道，出去了。火车站离此不远，但我认为还是坐马车妥当。理由是减少被人认出的危险；事实是在阒无一人的街上，我觉得特别显眼，特别不安全。我记得我吩咐马车夫不到车站入口处就停下来。我磨磨蹭蹭下了车，我要去的地点是阿什格罗夫村，但买了一张再过一站下的车票。这趟车马上就开：八点五十分。我得赶紧，下一趟九点半开车。月台上几乎没有人。我在几个车厢看看：有几个农民，一个服丧的妇女，一个专心致志在看塔西佗的《编年史》的青年，一个显得很高兴的士兵。列车终于开动。我认识的一个男人匆匆跑来，一直追到月台尽头，可是晚了一步。是理查德·马登上尉。我垂头丧气、忐忑不安，躲开可怕的窗口，缩在座位角落里。我从垂头丧气变成自我解嘲的得意。心想我的决斗已经开始，即使全凭侥幸抢先了四十分钟，躲过了对手的攻击，我也赢得了第一个回合。我想这一小小的胜利预先展示了彻底成功。我想胜利不能算小，如果没有火车时刻表给我的宝贵的抢先一着，我早就给关进监狱或者给打死了。我不无诡辩地想，我怯懦的顺利证明我能完成冒险事业。我从怯懦中汲取了在关键时刻没有抛弃我的力量。我预料人们越来越屈从于穷凶极恶的事情，要不了多久世界上全是清一色的武夫和强盗了，我要奉劝他们的是：做穷凶极恶的事情的人应当假想那件事情已经完成，应当把将来当成过去那样无法挽回。我就是那样做的，我把自己当成已经死去的人，冷眼观看那一天，也许是最后一天的逝去和夜晚的降临。列车在两旁的梣树中徐徐行驶。在荒凉得像是旷野的地方停下。没有人报站名。“是阿什格罗夫吗?”我问月台上几个小孩。“阿什格罗夫。”他们回答说。我便下了车。

月台上有一盏灯光照明，但是小孩们的脸在阴影中。有一个小孩问我：“您是不是要去斯蒂芬·艾伯特博士家?”另一个小孩也不等我回答，说道：“他家离这儿很远，不过您走左边那条路，每逢交叉路口就往左拐，不会找不到的。”我给了他们一枚钱币(我身上最后的一枚)，下了几级石阶，走上那条僻静的路。路缓缓下坡。是一条泥土路，两旁都是树，枝丫在上空相接，低而圆的月亮仿佛在陪伴我走。

有一阵子我想理查德·马登用某种办法已经了解到我铤而走险的计划。但我立即又明白那是不可能的。小孩叫我老是往左拐，使我想起那就是找到某些迷宫的中心院子的惯常做法。我对迷宫有所了解：我不愧是彭寂的曾孙，彭寂是云南总督，他辞去了高官厚禄，一心想写一部比《红楼梦》人物更多的小说，建造一个谁都走不出来的迷宫。他在这些庞杂的工作上花了十三年工夫，但是一个外来的人刺杀了他，他的小说像部天书，他的迷宫也无人发现。我在英国的树下思索着那个失落的迷宫：我想象它在一个秘密的山峰上原封未动，被稻田埋没或者淹在水下，我想象它广阔无比，不仅是一些八角凉亭和通幽曲径，而是由河川、省份和王国组成……我想象出一个由迷宫组成的迷宫，一个错综复杂、生生不息的迷宫，包罗过去和将来，在某种意义上甚至牵涉到别的星球。我沉浸在这种虚幻的想象中，忘掉了自己被追捕的处境。在一段不明确的时间里，我觉得自己抽象地领悟了这个世界。模糊而生机勃勃的田野、月亮、傍晚的时光，以及轻松的下坡路，这一切使我百感丛生。傍晚显得亲切、无限。道路继续下倾，在模糊的草地里岔开两支。一阵清越的乐声抑扬顿挫，随风飘荡，或近或远，穿透叶丛和距离。我心想，一个人可以成为别人的仇敌，成为别人一个时期的仇敌，但不能成为一个地区、萤火虫、字句、花园、水流和风的仇敌。我这么想着，来到一扇生锈的大铁门前。从栏杆里，可以望见一条林荫道和一座凉亭似的建筑。我突然明白了两件事，第一件微不足道，第二件难以置信；乐声来自凉亭，是中国音乐。正因为如此，我并不用心倾听就全盘接受了。我不记得门上是不是有铃，是不是我击掌叫门。像火花迸溅似的乐声没有停止。

然而，一盏灯笼从深处房屋出来，逐渐走近：一盏月白色的鼓形灯笼，有时被树干挡住。提灯笼的是个高个子。由于光线耀眼，我看不清他的脸。他打开铁门，慢条斯理地用中文对我说：

“看来彭熙情意眷眷，不让我寂寞。您准也是想参观花园吧？”

我听出他说的是我们一个领事的姓名，我莫名其妙地接着说：

“花园？”

“小径分岔的花园。”

我心潮起伏，难以理解地肯定说：

“那是我曾祖彭寂的花园。”

“您的曾祖？您德高望重的曾祖？请进，请进。”

潮湿的小径弯弯曲曲，同我儿时的记忆一样。我们来到一间藏着东方和西方书籍的书房。我认出几卷用黄绢装订的手抄本，那是从未付印的明朝第三个皇帝下诏编纂的《永乐大典》的佚卷。留声机上的唱片还在旋转，旁边有一只青铜凤凰。我记得有一只红瓷花瓶，还有一只早几百年的蓝瓷，那是我们的工匠模仿波斯陶器工人的作品……

斯蒂芬·艾伯特微笑着打量着我。我刚才说过，他身材很高，轮廓分明，灰眼睛，灰胡子。他的神情有点像神甫，又有点像水手；后来他告诉我，“在想当汉学家之前”，他在天津当过传教士。

我们落了座，我坐在一张低矮的长沙发上，他背朝着窗口和一个落地圆座钟。我估计一小时之内追捕我的理查德·马登到不了这里。我的不可挽回的决定可以等待。

“彭寂的一生真令人惊异，”斯蒂芬·艾伯特说。“他当上家乡省份的总督，精通天文、占星、经典诠诂、棋艺，又是著名的诗人和书法家：他抛弃了这一切，去写书、盖迷宫。他抛弃了炙手可热的官爵地位、娇妻美妾、盛席琼筵，甚至抛弃了治学，在明虚斋闭户不出十三年。他死后，继承人只找到一些杂乱无章的手稿。您也许知道，他家里的人要把手稿烧掉，但是遗嘱执行人——一个道士或和尚——坚持要刊行。”

“彭寂的后人,”我插嘴说,“至今还在责怪那个道士。刊行是毫无道理的。那本书是一堆自相矛盾的草稿的汇编。我看过一次：主人公在第三回里死了，第四回里又活了过来。至于彭寂的另一项工作，那座迷宫……”

“那就是迷宫。”他指着一个高高的漆柜说。

“一个象牙雕刻的迷宫!”我失声喊道。“一座微雕迷宫……”

“一座象征的迷宫,”他纠正我说，“一座时间的无形迷宫。我这个英国蛮子有幸悟出了明显的奥秘。经过一百多年之后，细节已无从查考，但不难猜测当时的情景。彭寂有一次说：我引退后要写一部小说。另一次说：我引退后要盖一座迷宫。人们都以为是两件事，谁都没有想到书和迷宫是一件东西。明虚斋固然建在一个可以说是相当错综的花园的中央，这一事实使人们联想起一座实实在在的迷宫。彭寂死了；在他广阔的地产中间，谁都没有找到迷宫。两个情况使我直截了当地解决了这个问题。一是关于彭寂打算盖一座绝对无边无际的迷宫的奇怪的传说。二是我找到的一封信的片段。”

艾伯特站起来。他打开那个已经泛黑的金色柜子，背朝着我有几秒钟之久。他转身时手里拿着一张有方格的薄纸，原先的大红已经退成粉红色。彭寂一手好字名不虚传。我热切然而不甚了了地看着我一个先辈用蝇头小楷写的字：我将小径分岔的花园留诸若干后世(并非所有后世)。我默默把那张纸还给艾伯特。他接着说：

“在发现这封信之前，我曾自问：在什么情况下一部书才能成为无限。我认为只有一种情况，那就是循环不已、周而复始。书的最后一页要和第一页雷同，才有可能没完没了地连续下去。我还想起一千零一夜正中间的那一夜，山鲁佐德王后(由于抄写员神秘的疏忽)开始一字不差地叙说一千零一夜的故事，这一来有可能又回到她讲述的那一夜，从而变得无休无止。我又想到口头文学作品，父子口授，代代相传，每一个新的说书人加上新的章回或者虔敬地修改先辈的章节。我潜心琢磨这些假设，但是同彭寂自相矛盾的章回怎么也对不上号。正在我困惑的时候，牛津给我寄来您见到的手稿。很自然，我注意到这句话：我将小径分岔的花园留诸若干后世(并非所有后世)。我几乎当场就恍然大悟；小径分岔的花园就是那部杂乱无章的小说；若干后世(并非所有后世)这句话向我揭示的形象是时间而非空间的分岔。我把那部作品再浏览一遍，证实了这一理论。在所有的虚构小说中，每逢一个人面临几个不同的选择时，总是选择一种可能，排除其他；在彭寂的错综复杂的小说中，主人公却选择了所有的可能性。这一来，就产生了许多不同的后世，许多不同的时间，衍生不已，枝叶纷披。小说的矛盾就由此而起。比如说，方君有个秘密；一个陌生人找上门来；方君决心杀掉他。很自然，有几个可能的结局：方君可能杀死不速之客，可能被他杀死，两人可能都安然无恙，也可能都死，等等。在彭寂的作品里，各种结局都有；每一种结局是另一些分岔的起点。有时候，迷宫的小径汇合了：比如说，您来到这里，但是某一个可能的过去，您是我的敌人，在另一个过去的时期，您又是我的朋友。如果您能忍受我糟糕透顶的发音，咱们不妨念几页。”

在明快的灯光下，他的脸庞无疑是一张老人的脸，但有某种坚定不移的甚至是不朽的神情。他缓慢而精确地朗读同一章的两种写法。其一，一支军队翻越荒山投入战斗，困苦万状的山地行军使他们不惜生命，因而轻而易举地打了胜仗；其二，同一支军队穿过一座正在欢宴的宫殿，兴高采烈的战斗像是宴会的继续，他们也夺得了胜利。我带着崇敬的心情听着这些古老的故事，更使我惊异的是想出故事的人是我的祖先，为我把故事恢复原状的是一个遥远帝国的人，时间在一场孤注一掷的冒险过程之中，地点是一个西方岛国。我还记得最后的语句，像神秘的戒律一样在每种写法中加以重复：英雄们就这样战斗，可敬的心胸无畏无惧，手中的钢剑凌厉无比，只求杀死对手或者沙场捐躯。

从那一刻开始，我觉得周围和我身体深处有一种看不见的、不可触摸的躁动。不是那些分道扬镳的、并行不悖的、最终会合的军队的躁动，而是一种更难掌握、更隐秘的、已由那些军队预先展示的激动。斯蒂芬·艾伯特接着说：

“我不信您显赫的祖先会徒劳无益地玩弄不同的写法。我认为他不可能把十三年光阴用于无休无止的修辞实验。在您的国家，小说是次要的文学体裁，那时候被认为不登大雅。彭㝡是个天才的小说家，但也是一个文学家，他绝不会认为自己只是个写小说的。和他同时代的人公认他对玄学和神秘主义的偏爱，他的一生也充分证实了这一点。哲学探讨占据他小说的许多篇幅。我知道，深不可测的时间问题是他最关心、最专注的问题。可是《花园》手稿中唯独没有出现这个问题。甚至连时间这个词都没有用过。您对这种故意回避怎么解释呢？”

我提出几种看法，都不足以解答。我们争论不休，斯蒂芬·艾伯特最后说：

“设一个谜底是棋的谜语时，谜面唯一不准用的字是什么？”我想一会儿后说：

“‘棋’字。”

“一点不错，”艾伯特说，“小径分岔的花园是一个庞大的谜语，或者是寓言故事，谜底是时间；这一隐秘的原因不允许手稿中出现时间这个词。自始至终删掉一个词，采用笨拙的隐喻、明显的迂回，也许是挑明谜语的最好办法。彭㝡在他孜孜不倦创作的小说里，每有转折就用迂回的手法。我核对了几百页手稿，勘正了抄写员的疏漏错误，猜出杂乱的用意，恢复或者我认为恢复了原来的顺序，翻译了整个作品；但从未发现有什么地方用过时间这个词。显而易见，小径分岔的花园是彭㝡心目中宇宙的不完整然而绝非虚假的形象。您的祖先和牛顿、叔本华不同的地方是他认为时间没有同一性和绝对性。他认为时间有无数系列，背离的、汇合的和平行的时间织成一张不断增长、错综复杂的网。由互相靠拢、分歧、交错或者永远互不干扰的时间织成的网络包含了所有的可能性。在大部分时间里，我们并不存在；在某些时间，有你而没有我；在另一些时间，有我而没有你；再有一些时间，你我都存在。目前这个时刻，偶然的机会使您光临舍间；在另一个时刻，您穿过花园，发现我已死去；再在另一个时刻，我说着目前所说的话，不过我是个错误，是个幽灵。”

“在所有的时刻，”我微微一震说，“我始终感谢并且钦佩你重新创造了彭㝡的花园。”

“不可能在所有的时刻，”他一笑说，“因为时间永远分岔，通向无数的将来。在将来的某个时刻，我可以成为您的敌人。”

我又感到刚才说过的躁动。我觉得房屋四周潮湿的花园充斥着无数看不见的人。那些人是艾伯特和我，隐蔽在时间的其他维度之中，忙忙碌碌，形形色色。我再抬起眼睛时，那层梦魇似的薄雾消散了。黄黑二色的花园里只有一个人，但是那个人像塑像似的强大，在小径上走来，他就是理查德·马登上尉。

“将来已经是眼前的事实，”我说，“不过我是您的朋友。我能再看看那封信吗？”

艾伯特站起身。他身材高大，打开了那个高高柜子的抽屉；有几秒钟工夫，他背朝着我。我已经握好手枪。我特别小心地扣下扳机：艾伯特当即倒了下去，哼都没有哼一声。我肯定他是立刻丧命的，是猝死。

其余的事情微不足道，仿佛一场梦。马登闯了进来，逮捕了我。我被判绞刑。我很糟糕地取得了胜利：我把那个应该攻击的城市的保密名字通知了柏林。昨天他们进行轰炸，我是在报上看到的。报上还有一条消息说著名汉学家斯蒂芬·艾伯特被一个名叫余准的陌生人暗杀身死，暗杀动机不明，给英国出了一个谜。柏林的头头破了这个谜。他知道在战火纷飞的时候我难以通报那个叫艾伯特的城市的名称，除了杀掉一个叫那名字的人之外，找不出别的办法。他不知道(谁都不可能知道)我的无限悔恨和厌倦。

【选自[阿根廷]豪尔赫·路易斯·博尔赫斯：《小径分岔的花园》，王永年译，上海，上海译文出版社，2015】

萨　特

让-保尔·萨特(1905—1980)是20世纪法国著名存在主义思想家、哲学家、文学家，他的存在主义思想及其文学作品在20世纪40年代到80年代影响巨大。萨特的文学作品主要有短篇小说《墙》，长篇小说《厌恶》《自由之路》，剧本《禁闭》(1944)、《死无葬身之地》(1946)、《恭顺的妓女》(1947)、《肮脏的手》(1948)等。

《禁闭》虚构了地狱的一个角落，三个死去的人的灵魂是这个环境里的仅有活物。三个灵魂之一的男子加尔散生前是一个胆小鬼，虐待自己妻子，后来被枪毙。另一个是女子伊内丝，生前是一个同性恋者，死于情人之手。第三个灵魂艾丝黛尔生前则是一个放荡的色情狂和杀婴犯。这三个地狱中的灵魂发现，尽管地狱中不像人们所说的那样有各种酷刑，但实际上他们三人互相折磨，每个灵魂也就成为他人的刽子手。三人中任何一人生前的罪过和劣迹被另两人熟知，而任何一个灵魂想和另一个做什么都会被第三者注视和搅扰，也就会以失败告终。萨特的文学作品被看作是主要在阐释其存在主义思想。而萨特的存在主义思想重点在于探讨存在的状况，最根本的是人的存在状况，《禁闭》正是这样一部别出心裁的独幕剧。《禁闭》一剧的主题是剧中一句名言：他人就是地狱。这句话的意思是：人有选择自己行动的自由，但也必须为自己的行为负责。无论人做什么，总会有他人注视和评判，即使死后也是如此。如果犯了罪过或错误，就是死了也逃脱不了他人的评判，而这时被评判者再也不能采取任何办法阻止或修改他人的评价。这就是说，人所做的一切不能逃脱历史的评价。《禁闭》通过“他人就是地狱”提醒人们不要忘了自己的责任。《禁闭》一剧短小精悍、对话精彩、想象独特，有鲜明的艺术特色。

本书所选的第五场是全剧篇幅最长的一场。在这一场中，加尔散等三个灵魂互相承认了自己生前的罪过。后来伊内丝想把艾丝黛尔抢到手，艾丝黛尔却喜欢男人，因此勾引加尔散，但伊内丝总在注视加尔散和艾丝黛尔，致使加尔散无法同艾丝黛尔亲热。最后加尔散发出感叹：“何必用烤架呢？他人就是地狱。”

禁闭(节选)

第五场

伊内丝，加尔散，艾丝黛尔。

伊内丝 您很漂亮，我真想拿一束花来欢迎您。

艾丝黛尔 花？是的，我非常喜欢花。不过，在这儿花也会枯萎的，这儿太热了。算了！最主要的是得身心愉快，是吗？您是……

伊内丝 对，是上星期死的。您呢？

艾丝黛尔 我？我是昨天。葬礼都还没有结束哩。(讲话时十分自然，但仿佛看见了自己所描述的情景)风吹动了我姐姐的面纱。她竭力想挤出一点眼泪来。加油！加油！再使把劲。好了！终于挤出了两滴眼泪，两滴小小的眼泪在黑纱下面闪光。奥尔加·雅尔黛这天早上难看极了。她扶着我姐姐的胳膊。她因为睫毛上化了妆，没有哭泣。我得说，我要是她……她是我最要好的朋友。

伊内丝 您受过许多痛苦吧？

艾丝黛尔 没有。我那时是迷迷糊糊的。

伊内丝 您生的是……？

艾丝黛尔 肺炎。(跟刚才的表情相同，似乎又看见了阳间)好了，这会儿丧事办完了，他们纷纷散去了。您好！您好！人们频频地在握手。我丈夫悲痛欲绝，他守在家里。(对伊内丝)您呢？

伊内丝 煤气中毒死的。

艾丝黛尔 您呢，先生？

加尔散 十二颗子弹穿进了皮肉。(艾丝黛尔愕然)对不起，我可不是一个十分体面的死人。

艾丝黛尔 噢，亲爱的先生，您最好不要用这种生硬的字眼。这……这很刺耳。况且，说到底，这字眼又能说明什么呢？可能我们从来没有像现在这么有活气。如果一定要给这……这种事取个名儿，我建议大家称呼我们为“不在世的人”好了，这样比较准确。您不在世很久了吗？

加尔散 大约有一个月了。

艾丝黛尔 您是什么地方人？

加尔散 里约人。

艾丝黛尔 我是巴黎人。您那边还有亲人吗？

加尔散 我妻子。(叙述的表情跟艾丝黛尔刚才的一样)她跟往常一样到军营里来；人家不让她进门，她往门栅的空隙里张望着。她还不知道我已经不在世，但她已经意识到了。现在，她离开了。她全身穿着丧服。这倒好了，她用不着再换服装。她不哭，她从来没有哭过。阳光是那样的明媚，她穿一身黑衣服走在冷冷清清的街道上，两眼忧伤。啊！她真叫我受不了。

静场。加尔散走过去坐在中间的椅子上，双手抱着头。

伊内丝 艾丝黛尔！

艾丝黛尔 先生，加尔散先生！

加尔散 什么事？

艾丝黛尔 您坐在我的躺椅上了。

加尔散 对不起。（站起来）

艾丝黛尔 您的神情多么专心致志。

加尔散 我正在把我的一生理出个头绪来。（伊内丝笑起来）有些人笑尽管笑，可做起来还不是跟我一样！

伊内丝 我的一生很有条理，完全有条有理。它自然而然就有条理了，在人世间，我用不着为生活操心。

加尔散 真的吗？您以为生活就那么简单吗？（用手擦擦额头）好热呀！你们允许我脱掉外衣吗？（准备脱掉外衣）

艾丝黛尔 啊，不！（稍缓慢）不要脱。我讨厌不穿外套、光穿衬衫的男人。

加尔散 （又穿上外衣）行。（稍停）我那时是在编辑部过夜的，那儿总是热得要命。（稍停，同样的语气）就是这会儿都热得吓人。现在是黑夜了。

艾丝黛尔 瞧，真的，已经是黑夜了。奥尔加正在脱衣服。在世上光阴过得真快。

伊内丝 现在是黑夜了，他们在我的房门上贴了封条。房间里黑洞洞、空荡荡的。

加尔散 他们把外衣搁在椅背上，把衬衫的袖子卷到肘弯上。那儿散发着一股男人味和雪茄味。（稍停）我喜欢生活在光穿衬衫的男人群里。

艾丝黛尔 （生硬地）那么，我们没有共同的爱好，您要说的就是这个意思喽。（向伊内丝）您，您喜欢光穿衬衫的男人吗？

伊内丝 不管是不是光穿衬衫，男人我都不太喜欢。

艾丝黛尔 （带着惊愕的神情注视他俩）可是，为什么，到底为什么我们要凑在一起呢？

伊内丝 （抿住嘴笑）您说什么？

艾丝黛尔 我看着你们俩，心里想，我们几个人以后要住在一起了……我本来还巴望着重新和朋友们、家里人团聚。

伊内丝 他脸孔中间有个窟窿，真是个出众的朋友。

艾丝黛尔 那个男人还不是一样。他跳起探戈舞来像个职业舞蹈家。可我们呢，我们，为什么人家把我们拉扯在一起呢？

加尔散 那有什么，这是机缘嘛。他们根据到达的先后次序，只要能够把人往一个地方塞就尽量塞。（问伊内丝）您笑什么？

伊内丝 因为您那个机缘把我逗乐了。您就那样急于要使自己心安理得吗？他们可一点儿都不讲什么机缘。

艾丝黛尔 （怯生生地）我们这几个人也许以前见过面吧？

伊内丝 从来没有。否则，我不会记不得你们的。

艾丝黛尔 或者，我们可能有共同的熟人吧？你们认识不认识迪布瓦·塞穆尔一家？

伊内丝 您说这话，我感到挺奇怪。

艾丝黛尔 谁上他们家，他们都接待。

伊内丝 他们是干什么的？

艾丝黛尔 （惊奇地）他们什么也不干。他们在科雷兹有座别墅，并且……

伊内丝 我么，我以前在邮局里当职员。

艾丝黛尔 （略往后退）啊！那么，真的吗？……（稍停）您呢，加尔散先生？

加尔散 我从来没有离开过里约。

艾丝黛尔 这样看来，您完全说对了。我们是碰巧相聚在一起的。

伊内丝 好一个碰巧。那么这些家具也是碰巧放在这儿喽。右边的椅子是墨绿的，左边的椅子是波尔多式的，这也是碰巧喽。反正都是碰巧，对不对？那么，请你们设法把它们的位置换一下，你们又会说我这个主意怪好的。那么这个青铜像呢？也是碰巧吗？还有这大热天呢？这大热天呢？（静默片刻）我告诉你们，他们把一切都安排好了，甚至连细微末节的东西，都精心安排好了。这个房间早在盼我们来了。

艾丝黛尔 可是有什么办法呢？所有东西都那么难看，那么硬邦邦的，有那么多棱角。我最讨厌棱角。

伊内丝 （耸耸肩）您以为我在第二帝国时代款式的客厅里生活过不成？

稍停。

艾丝黛尔 这么说来，一切都是预先安排好的喽？

伊内丝 全都安排好了。我们几个也是先搭配好了的。

艾丝黛尔 那么，您，您坐在我对面也不是偶然的啦？（稍停）他们究竟有什么打算呢？

伊内丝 我不知道，反正他们有他们的打算。

艾丝黛尔 要是别人在我身上打什么主意，我可不答应，这样，我马上会对着干的。

伊内丝 那么，干吧！您就干吧！可您甚至还不知道他们脑子里打的是什么主意呢。

艾丝黛尔 （跺脚）真叫人受不了。他们大概还会利用你们两人在我身上打什么主意吧？（注视他俩）就是利用你们两人。有些人，我一看他们的脸，马上就知道他们在想什么。而在你们的脸上，我可什么都看不出来。

加尔散 （突然对伊内丝）您倒说说看，为什么我们要在一块儿呢？您已经讲得太多了，干脆讲到底吧。

伊内丝 （惊奇）我们为什么在一起，我可一点儿都不知道呀。

加尔散 您得知道。（思索了一会儿）

伊内丝 只要我们每个人都敢于说出……

加尔散 说出什么？

伊内丝 艾丝黛尔！

艾丝黛尔 您说什么？

伊内丝 您干过什么事？为什么他们把您送到这儿来？

艾丝黛尔 （激动地）可是我不知道，我一点儿都不知道！我甚至想，这是不是弄错了。（对伊内丝）请您别笑。您想想每天有多少人……去世。他们成千上万地到这儿来，他们只跟下级办事员，一些没有受过教育的职员打交道。怎么可能不出差错呢？但请您别笑。（对加尔散）您倒说说看，他们要是把我的情况弄错了，也会把您的情况弄错的。（对伊内丝）您也是一样。我们到这儿来，是别人弄错了，难道这样想不更好吗？

伊内丝 您要跟我们说的就是这番话吗？

艾丝黛尔 您还想知道些什么呢？我没有什么好隐瞒的。我从前是个孤儿，很穷困，我抚养我弟弟。我父亲的一位老朋友来向我求婚。他有钱，人品也好，我就答应了。处在我的地位您会怎么做呢？我弟弟病了，他需要极其精心的治疗。我同丈夫和和睦睦地生活了六年。两年前，我遇到一个人，后来我爱上了他，我们立即就心心相印了。他要求我跟他私奔，我没有答应。这以后，我便生了肺炎。我要讲的就是这些。有些人也许满口讲什么原则，责备我把青春献给了一个老头子。（向加尔散）您认为我做错了吗？

加尔散 当然没有错。（稍停）那么您呢，您认为一个人按照自己的原则处世就是错误吗？

艾丝黛尔 您这样做，谁又能责怪您呢？

加尔散 我办了一家和平主义的报纸。战争爆发了。怎么办呢？他们全把眼睛盯在我身上。“他有胆量么？”好吧，我就敢，我偏袖手旁观，他们把我枪毙了。我错在哪儿？错在哪儿？

艾丝黛尔 （把手搁在他手臂上）您没有错，您是……

伊内丝 （讽刺地接过话头）一位英雄。那么您妻子呢，加尔散？

加尔散 啊，什么？我把她从堕落的泥坑里拯救了出来。

艾丝黛尔 （对伊内丝）您瞧！您瞧！

伊内丝 我看明白了。（稍停）你们这场戏是演给谁看的？我们都是自己人呐。

艾丝黛尔 （傲慢地）什么自己人？

伊内丝 是一伙杀人犯。我们是在阴曹地府里，小娘儿们，这绝对没有弄错，他们决不会无缘无故地把人打入地狱的。

艾丝黛尔 住口！

伊内丝 是在阴曹地府里！我们都是地狱里的罪人！罪人！

艾丝黛尔 住口！您住口不？我不许您说粗话。

伊内丝 小圣女，您是地狱里的罪人。完美无缺的英雄，您也是罪人。我们也曾有过快乐的时日，是不是？有些人一直到死都在受苦，还不是我们干的好事！那时，我们还以此为乐。现在，我们得付出代价了！

加尔散 （举起手）您住口不住口？

伊内丝 （看着他，毫不害怕，但非常惊讶）啊！（稍停）等一等！我明白了，我知道他们为什么把我们搞到一块来。

加尔散 当心，您别说漏了嘴。

伊内丝 你们会明白这道理是多么简单。简单得不能再简单了。这儿没有肉刑，对吧？可我们是在地狱里呀。别的人不会来了，谁也不会来了。我们得永远在一起。可不是这样吗？总之一句话，这儿少一个人，少一个刽子手。

加尔散 （低声地）我看也是的。

伊内丝 喏，他们是为了少雇几个人。就是这么回事。顾客自己侍候自己，就像在自助餐厅里一样。

艾丝黛尔 您想说什么呀?

伊内丝 我们当中的每一个人，都是另外两个人的刽子手。

停顿。他们咀嚼着这番话的含义。

加尔散 (温和地)我不会做你们的刽子手的，我一点儿也不想害你们，我跟你们毫无牵涉，毫无牵涉。这是明摆着的事。那我们这样好了：各人都呆在自己的角落里，以便防一手。您在那儿，您在那儿，我在这儿。大家都别作声，别说一句话。这并不困难，是吧?我们每个人都有自己的事要操心。我相信我可以一万年不开口。

艾丝黛尔 我也得不开口吗?

加尔散 是的。这样我们……我们就有救了。别作声，自己在心里反省反省，永远不要抬起头来，好吗?

伊内丝 好。

艾丝黛尔 (犹豫片刻)好。

加尔散 那么，再见。

他回到躺椅上，把头埋在两手中。静场。伊内丝独自唱起来：

在布朗芒托街上，
他们竖起木架，
木桶里放了砻糠①；
这就是断头台，
架在布朗芒托街。

在布朗芒托街上，
刽子手很早起床，
因为他有活儿干，
要把将军们的脑袋砍，
再砍主教和海军上将，
在布朗芒托街上。

在布朗芒托街上，
来了些尊贵的太太，
穿着美丽的衣裳，
但是没有脑袋，
脑袋连同帽子，
已从颈部滚下来，
掉进布朗芒托河水。

---

① 木桶里放糠，疑是为了吸收受刑者流下的血。

这时，艾丝黛尔正在抹脂搽粉。她一面扑粉，一面带着焦急的神情在寻找镜子，她在包里搜寻了一番，然后转向加尔散。

艾丝黛尔 先生，您有没有镜子？（加尔散不回答）一面大镜子，或者一面小镜子，随您的便。（加尔散不回答）您要是让我一个人呆着，至少得给我一面镜子呀。

加尔散始终把头埋在手中，不答腔。

伊内丝 （殷勤地）我包里有一面镜子。（在包里寻找，气恼地）我的镜子没有了。大概在法院办公室里，他们就把镜子拿走了。

艾丝黛尔 真讨厌。

停顿。她闭上眼睛，身子摇晃起来，伊内丝奔过去，扶住她。

伊内丝 您怎么啦？

艾丝黛尔 （睁开眼睛，微笑）我觉得自己怪滑稽的。（摸自己的身体）不知您有没有这种感觉：当我不照镜子时，我摸自己也没有用，我怀疑自己是否真的还存在。

伊内丝 您真有福气。可我呢，我内心里总是感觉到自己的存在。

艾丝黛尔 啊！是的，从内心里……在脑子里闪过的东西都那么模糊，真叫人昏昏欲睡。（稍停）在我的卧室里有六面穿衣镜。我看得见镜子，可是镜子却照不见我。镜子里面映着双人沙发、地毯、窗户……镜子里照不见我，显得多么空洞无物！当我讲话时，我总设法在一面镜子中看到自己。我一边说话，同时看到自己在说话。就像别人看见我一样，我看见了我自己。这样我就头脑很清醒。（绝望地）我的口红！我可以肯定我把口红涂歪了。我总不能老是没有镜子啊。

伊内丝 要不要我来当您的镜子？来吧，我请您上我这儿来，坐在我的躺椅上。

艾丝黛尔 （指着加尔散）可是……

伊内丝 我们别管他。

艾丝黛尔 您不是说过，我们会互相伤害的。

伊内丝 我难道有存心害您的样子？

艾丝黛尔 这，我就不知道了……

伊内丝 倒是你会加害于我，但这又怎么样呢？既然得受折磨，让你来折磨我还不是一样。坐下来，挨近点儿。再挨近点儿。看我的眼睛，你在我瞳仁里看得到你自己吗？

艾丝黛尔 我在您的瞳仁里显得那么小，我看不清自己。

伊内丝 我可看得见你，整个身子都看见了。你问我好了，哪一面镜子也没有我这样忠实。

艾丝黛尔感到拘束，向加尔散转过身去，似乎想叫他来帮忙。

艾丝黛尔 先生！先生！我们这样叽叽喳喳讲话，您不讨厌吗？

加尔散不答理。

伊内丝 随他去！就当没他这个人，只有我们两人。你向我提问题吧。

艾丝黛尔 我的口红是不是涂得恰到好处？

伊内丝 让我看看，涂得不太好。

艾丝黛尔 我早就料到了。幸亏（向加尔散瞥了一眼）没有人看见我。我重新涂一下。

伊内丝 好多了。顺着嘴唇轮廓涂。我来帮你。这儿，这儿，这就好了。

艾丝黛尔 是不是跟我刚才进来时一样好?

伊内丝 比刚才更好。这样显得更浓，更残忍。你这张嘴巴完全是地狱里的。

艾丝黛尔 咳！这样行吗？真叫人受不了，我自己无法辨别。您能向我担保，这样行吗?

伊内丝 你不愿我们之间用“你”相称吗?

艾丝黛尔 您向我担保，这样行吗?

伊内丝 你很美。

艾丝黛尔 您有审美力吗？您的审美力与我的一样吗？这真叫人受不了，这真叫人受不了。

伊内丝 既然我喜欢你，我的审美力肯定与你一样。好好看着我，对我笑一笑。我也并不丑。难道我不比一面镜子更好吗?

艾丝黛尔 我不知道。您使我害怕。我在镜子里的形象是很温顺的。我多么熟悉它呀……我要笑了，我的微笑将映在您的瞳仁里，天知道我的笑容将会是什么样。

伊内丝 谁叫你不让我顺着你呢？(她们互相注视。艾丝黛尔微笑着，有点被迷住了)你真不愿意用“你”来称呼我吗?

艾丝黛尔 用“你”称呼女人，我可不大习惯。

伊内丝 用“你”称呼邮局的女职员，我想你更加不习惯。你脸颊下面是什么？一抹口红?

艾丝黛尔 (惊跳起来)一抹口红，真可怕！在哪儿?

伊内丝 那儿！那儿！我是面百灵鸟镜①。我的小百灵鸟，我逮住你了！没有口红了，一点儿都没有了。嗯？要是镜子也骗人呢？或者，要是我闭上眼睛，要是我不肯看你，你长得这样美又有什么用呢？不要顾虑，我一定会看你的，我的眼睛将睁得大大的。我会对你很和气，非常非常和气。但你要用“你”称呼我。(稍停)

艾丝黛尔 你喜欢我吗?

伊内丝 喜欢极了。(稍停)

艾丝黛尔 (用头指指加尔散)我希望他也能看看我。

伊内丝 哈！就因为他是个男人呗。(对加尔散)您赢了。(加尔散不理睬)您倒是看看她呀！(加尔散仍不理睬)别装模作样了；其实我们说的每句话，您都听见了。

加尔散 (突然抬起头)您可以这么说，每句话我都听见了。我用手指塞着耳朵，又有什么用，你们就像在我的脑袋里谈话一样，现在你们让我安静一会儿，好不好？我跟你们没有关系。

伊内丝 您是说我跟这个小娘儿们的关系吗？我早就看出您那一手了：您正是为了勾引她，才摆出那副正人君子的样子来。

加尔散 我跟你们说让我安静安静。报社有人正在谈论我，我想听听他们说什么。我才不管什么小娘儿们呢，这样您总可以放心了吧。

---

① 一种镶了许多面小镜子的仪器，当它在太阳下转动时，发出的闪光会把无数百灵鸟吸引过来，猎人用这种方法来捕获百灵鸟。

艾丝黛尔 多谢。

加尔散 我并不愿意显得粗鲁……

艾丝黛尔 粗胚子！

停顿。他们面对面站着。

加尔散 又来了！（稍停）我早就恳求你们静一静了。

艾丝黛尔 是她起的头。她来给我镜子，而我什么也没向她要。

伊内丝 什么也没要。你只是靠在他身上蹭来蹭去，摆出种种媚态让他来看你。

艾丝黛尔 您还有什么话没有？

加尔散 你们疯了吗？你们就不明白我们何去何从吗？你们住嘴！（稍停）我们去安安静静地坐着吧，闭上眼睛，每个人都尽量忘掉别人的存在。

停顿。他重新坐下。她俩犹豫不决地回到自己的座位上，伊内丝猛地转身。

伊内丝 啊！忘掉！多么天真！我浑身都能感到您的存在。您的沉默在我耳边嘶叫，您可以封上嘴巴，您可以割掉舌头，但您能排除自己的存在吗？您能停止自己的思想吗？我听得见您的思想，它像闹钟一样嘀嗒嘀嗒在响。我知道您也听得到我的思想。您蜷缩在椅子上有什么用，您无处不在，声音到达我的耳朵时已经污浊了，因为它传过来时，您已经先听到了它。您窃取了我的一切，甚至我的脸庞，因为您熟悉我的脸，而我自己却不熟悉。至于她呢？她呢？您把她也从我手中抢走了：如果只有我们两人，您想她敢像现在这样对待我吗？不会的，不会的。您把手从您脸上拿开吧，我不会让您安静的，这太便宜您了。您麻木不仁地坐在那儿，像个菩萨似的在冥想。我闭着眼睛，就能感到她在向您倾吐她生命的全部款曲，甚至她裙子摩擦的窸窣声也是献给您的，她在向您频频微笑，而您却视而不见……不能这样！我要选择我的地狱，我要全神贯注地盯着您，我要撕破情面跟您斗。

加尔散 好吧。我预料到会有这一步的；他们像要弄小孩一样要弄我们。要是他们让我与男人们住在一起就好了……男人们可以熬住不说话。但不应当要求过多，（走向艾丝黛尔，用手托着她的下巴）那么，小娘子，你喜欢我了？你好像老向我做媚眼。

艾丝黛尔 别碰我。

加尔散 得了！让我们随便些吧！我从前很喜欢女人，你知道吗？女人们也非常喜欢我。你别扭扭捏捏了，我们什么也不会失去的，为什么还要讲礼貌呢？为什么还要来客套？我们都是自己人，不一会儿，我们就会像虫子那样一丝不挂的。

艾丝黛尔 放开我。

加尔散 像虫子那样！啊！我早就告诉过你们。我没有向你们要求什么，但求能和和平平，稍微有一点儿安静，所以我才把手指塞在自己的耳朵里。瞧，戈梅正在几张桌子之间说话，报社的全体同事都在听他讲话。大家都只穿着衬衫。我想弄清他们在说什么，然而，这很困难，因为人世间的事情稍纵即逝。你们难道不能不讲话吗？现在完了，戈梅不说话了，他对我的看法又收回到他的脑子里。好吧，我们只好一不做，二不休了。像虫子那样一丝不挂，我想弄明白我是跟谁在打交道。

伊内丝 您明白了，现在您明白了。

加尔散 我们为什么被罚下地狱呢，在各人没有坦白说出这点之前，我们什么都是稀里糊涂的。你，金发女郎，你先说吧，为什么？你坦率讲出来，就可以免遭厄运；要是我们能认识自己的魔鬼……说吧，为什么？

艾丝黛尔 我告诉你们我不知道。他们不愿意把情况告诉我。

加尔散 我明白。他们也不愿意告诉我。但我了解自己。你害怕第一个开口吗？很好，那就我先说吧。(稍停)我这个人并不很光彩。

伊内丝 您说下去呀。大家知道您当过逃兵。

加尔散 别提了。永远不要再提这件事。我到这儿来是因为我折磨过我的妻子。就是这么回事。折磨她有五年之久。当然，现在她仍在受苦。她就在那儿，我一讲到她，就看见她了。我关心的是戈梅，而我看见的却是她。现在戈梅在哪儿呢？事情达五年之久。这下好了，他们把我的东西还给她了；她坐在窗户旁边，把我的上装放在膝盖上。有十二个枪眼的上装，血迹斑斑，就像沾了铁锈一样，枪眼的边缘变得焦黄了。哈！这件具有历史意义的上装，可以进博物馆了。我可穿过它！你要哭了吧？你会哭一场吧？我像猪一样醉醺醺地回到家，身上散发着一股酒味和女人味，她等了我整整一夜；她没有哭。当然，她一句责备话都没有说，只是她的眼睛，她的一双大眼睛流露出责备的神色。我什么都不懊悔。我将付出代价，可我毫无悔恨。外面下雪了。你要哭了吧？这真是一个具有殉道者气质的女人哪！

伊内丝 (几乎温柔地)您为什么要折磨她呢？

加尔散 因为折磨她太容易了，你只要说一句话，她就会变脸，这是个多愁善感的女人。啊！连一句责备的话她都没说过！我喜欢逗弄人，我等待着，一直在等待着。可是她没有一滴眼泪，一滴都没有，也没有责备过我一句。当初是我把她从堕落中挽救出来的，懂吗？她现在用手抚摸着我的上衣，眼睛却不看它一眼。她的手指在摸索着衣服上的弹痕。你在等待什么？你希望什么呢？我告诉你，我毫无悔恨。她太崇拜我了。就是这么回事。你们明白吗？

伊内丝 不明白。别人可并不崇拜我。

加尔散 那再好没有了。这对您来说太好了。这一切对您来说大概是难以理解的。好吧，举一件小事：我把一个混血女人留在我房间里，我们度过了多少个甜蜜的夜晚！我妻子睡在二楼，她大概能听到我们的谈话。她总是最早起床，我们还在睡懒觉，她就把早饭送到我们的床头了。

伊内丝 下流胚！

加尔散 是的，是的，我是一个受人钟爱的下流胚！(显得心不在焉)不，有什么了不起！这是戈梅，但他没有谈论我。您说是下流胚吗？当然啦，要不，我在这儿又有什么事情可以做呢？那么您呢？

伊内丝 好吧。就像他们在人世间所称呼的那样，我是个该入地狱的女人。这不已经进地狱了吗？那么，没有什么可大惊小怪的了。

加尔散 你要说的就这些？

伊内丝 不，还有与弗洛朗丝的事。但这是个死人的故事，有三个死人，首先是他，然后是她和我。世上已没有活人留在那儿，我安心了，只剩下房间了。有时我眼前还浮现出房间的样子，空空荡荡的，百叶窗紧闭着。啊！啊！他们最后把封条撕掉了。房间是要出租的……要出租的。门上贴着一张告示。这真……荒唐可笑。

加尔散 三个人。您讲的是三个人吗？

伊内丝 是三个。

加尔散 是一男两女吗?

伊内丝 是的。

加尔散 哦。(稍停)他是自杀的吗?

伊内丝 他吗?他可不会干这种事。不过。他也没有少受痛苦。他不是自杀的，而是被有轨电车轧死的。那还不容易!我以前住在他们家里，他是我的表兄弟。

加尔散 弗洛朗丝是金发女郎么?

伊内丝 金发女郎?(看艾丝黛尔)你们知道，我不懊悔什么，但对我来说，向你们说这个故事，并不是愉快的事。

加尔散 说下去!说下去!您后来讨厌他了吗?

伊内丝 慢慢地就讨厌他了。总之，这也不顺眼，那也看不惯，譬如，他喝酒时发出响声，他的鼻子向杯子里吹气。无非是一些鸡毛蒜皮的事。噢，这是个可怜的家伙，是个软骨头，您笑什么?

加尔散 因为我不是个软骨头。

伊内丝 那要日后见分晓了。我的看法逐渐影响了她，她便用我的眼光来看他……最后，她投入了我的怀抱，我们在城市的另一角租了个房间。

加尔散 后来呢?

伊内丝 后来就发生了有轨电车事故。我每天都对她说:这下可好了，我的小娘儿们，我们把他杀死了。(稍停)我很坏。

加尔散 是的，我也很坏。

伊内丝 不，您么，您并不坏。那是另一回事。

加尔散 什么事?

伊内丝 我等一会儿告诉您。我很坏，换句话说，我活着就需要别人受痛苦。我是一把火，是烧在别人心里的一把火。当我孤孤单单一个人时，我便熄灭了。半年来，我在她心中燃烧;我把一切都烧毁了。一天夜里，她爬起来，趁我没注意时把煤气管打开，然后又在我身边躺下来。就这样完结了。

加尔散 嗯!

伊内丝 什么?

加尔散 没什么。这不大道德。

伊内丝 是啊，这不道德。那又怎么样?

加尔散 噢!您说得对。(向艾丝黛尔)该你讲了。你干了什么呢?

艾丝黛尔 我告诉过你们了，我什么都不知道。我扪心自问，百思不得其解……

加尔散 行。那么，我们来帮你想想。那个脸上皮开肉绽的家伙是谁?

艾丝黛尔 哪个家伙?

伊内丝 你心里很明白。就是你进门时，你害怕的那个人。

艾丝黛尔 是位朋友。

加尔散 你为什么怕他?

艾丝黛尔 您没有权力盘问我。

伊内丝 他是为你而自杀的吗?

艾丝黛尔 啊，不，您疯啦！

加尔散 那么，为什么他叫你害怕呢？他朝自己脸上开了一枪，嗯？他就是这样把脑袋搬家的吧？

艾丝黛尔 住口！住口！

加尔散 你是祸根！你是祸根！

伊内丝 他为你吃了颗子弹。

艾丝黛尔 让我安静一下，你们叫我害怕。我要走！我要走！(奔到门口，摇门)

加尔散 滚吧，我求之不得。可是门外边上了锁啦！

艾丝黛尔按铃，铃不响。伊内丝和加尔散笑。艾丝黛尔背靠着门，身子转向他俩。

艾丝黛尔 (声音沙哑而缓慢)你们真卑鄙。

伊内丝 说得对，真卑鄙。那又怎么样？这样看来，那家伙确实是为你自杀的。他是你的情人吗？

加尔散 肯定是她的情人。他想独占她，这难道不是真的吗？

伊内丝 他跳起探戈舞来像个职业舞蹈家，但我想他很穷。

静场。

加尔散 有人问你他穷不穷？

艾丝黛尔 是的，他很穷。

加尔散 再说，你还想保全名声。一天他来了，他恳求你，而你尽打趣。

伊内丝 嗯？嗯？你打趣了没有？他就是为此而自杀的吧？

艾丝黛尔 你就是用这样的目光来看弗洛朗丝的吗？

伊内丝 是啊。

停顿。艾丝黛尔笑起来。

艾丝黛尔 有一件事你们还决计想不到哩。(挺直身子，看着他俩，背始终靠着门，用生硬而挑衅的口气说)他想跟我生个孩子，这下你们可满意了吧？

加尔散 那你呢，你不愿意？

艾丝黛尔 不愿意。不过孩子照样生下来了。我到瑞士去住了五个月。没有人知道这件事。这是个女孩子，她生下来时，罗歇正在我身边，他很高兴有个女儿，我可不高兴。

加尔散 后来呢？

艾丝黛尔 在湖面上方有个阳台，我拿了块大石头上去。他叫喊道："艾丝黛尔，我求求你，我恳求你。"我讨厌他。他什么都看见了。他俯在阳台上，看到了湖面漾起一圈圈水波。

加尔散 后来呢？

艾丝黛尔 就这些。我又回到了巴黎。他呢，他做了他愿意做的事。

加尔散 他把自己的脑袋崩了。

艾丝黛尔 是这样。他这又何必呢！我丈夫什么都没疑心。(稍停)我恨你们。(干哭了一阵)

加尔散 犯不着哭。在这儿，眼泪是流不出来的。

艾丝黛尔 我是个胆小鬼！我是个胆小鬼！(稍停)我恨死你们了！

伊内丝 （把她搂入怀里）我可怜的小乖乖！（对加尔散）查问到此为止。收起你那副刽子手的嘴脸吧！

加尔散 刽子手的……（环视四周）要是能照一下镜子，我什么都舍得拿出来。（稍停）天气多热呵！（机械地脱去外衣）噢！对不起。（又把外衣穿上）

艾丝黛尔 您可以光穿衬衫。现在……

加尔散 是。（把上衣丢在躺椅上）你别怪我，艾丝黛尔。

艾丝黛尔 我不怪您。

伊内丝 我呢，你怪我吗？

艾丝黛尔 是的。

静场。

伊内丝 怎么样？加尔散？我们现在像虫子那样一丝不挂了；您看清楚一些了吧？

加尔散 我不知道。可能清楚一点了。（怯生生地）我们难道不能设法互相帮助吗？

伊内丝 我不需要帮助。

加尔散 伊内丝，他们把所有的线都弄乱了。您只要做一个小动作，您只要举起手扇扇风，艾丝黛尔和我就能感到振动。我们当中任何一个人都不能独善其身。我们不是一起完蛋，就是一起摆脱困境。选择吧！（稍停）发生什么事啦？

伊内丝 他们把房间租下了，窗子开得大大的，一个男人坐在我床上。他们把房间租下了！他们租下来了！进来，进来，不要拘束。这是个女人，她朝他走过去，把手搭在他肩膀上……他们在等什么？为什么不开灯？什么都看不见了。他们是不是马上要拥抱了？这个房间是我的！它是我的！他们为什么不开灯？我已经看不见他们了。他们在低声说些什么？他是不是会在我的床上爱抚她？她对他说，现在是中午，烈日当空。那么，是我变成瞎子了。（稍停）完了，什么都不存在了：我既看不见，又听不见。那么，照我看，我与人间已经一刀两断了。再也不能挽回了。（颤抖）我感到空虚。现在，我完全死了。整个儿全在这儿了。（稍停）您刚才说什么来着？您说过要帮助我，是吗？

加尔散 是的。

伊内丝 帮什么？

加尔散 揭穿他们的诡计。

伊内丝 我能帮您什么呢？

加尔散 您也可以帮助我。要求不高，伊内丝，您只要表现出一点善意就行了。

伊内丝 善意……您要我到哪儿去找善意？我已经腐烂了。

加尔散 我还不是一样？（稍停）可是，我们不妨试试看，您说呢？

伊内丝 我已经枯竭了。我既不能受惠也不能施与，您要求我怎么帮助您呢？我好比一根枯枝，火快要烧着它了。（稍停，她注视着艾丝黛尔，艾丝黛尔把头埋在手掌中）弗洛朗丝是金发女郎。

加尔散 您知道这个小娘儿们会是您的刽子手吗？

伊内丝 也许是的，我也猜疑到这一点。

加尔散 他们是通过她来掌握您的。关于我，我……我……我对她一点儿也不感兴趣。如果从您那方面……

伊内丝 什么?

加尔散 他们设下了一个陷阱，他们窥视着您，看看您会不会上当。

伊内丝 我知道。您呢，您本身就是一口陷阱，您以为他们没有预料到您这番话吗?您以为其中就没有我们看不见的陷阱吗?一切都是陷阱，可是，这对我来说又有什么大不了呢?我自己也是一口陷阱，我对她来说是一口陷阱。也可能是我把她逮住。

加尔散 您什么也逮不住。我们像旋转木马似的一个追逐一个，永远也碰不到一块去，您可以相信，他们把一切都安排好了。不要管她，伊内丝，把手松开，放开她。否则，您会给我们三人都带来不幸的。

伊内丝 我是个肯松手的人吗?我知道我将会有什么报应。我这把火要烧了，我烧着了，我知道这是无休无止的，我全明白，您以为我会松手吗?我会把她抓在手里，她会用我的眼光来看待您，就像弗洛朗丝看待另一个人一样。您跟我诉说您的不幸有什么用呢?我告诉您，我全明白，我甚至不会怜惜我自己。陷阱，哈!陷阱。当然，我掉到陷阱里去了，那又怎么样?要是称他们的心，那再好也没有了。

加尔散 (搂住她的肩膀)我呀，我会怜惜您的。看着我，我们是一丝不挂的，从里到外都是赤裸裸的，我可以一直看到您的心底里。我们被一根线牵在一起。您以为我会损害您吗?我什么都不悔恨，什么都不抱怨。我跟您一样，也枯竭了。但是，我却怜惜您。

伊内丝 (在他说话时，她随他搂着，这时甩开他)别碰我。我讨厌别人碰我。收起您的怜悯心吧。算了，加尔散!这个房间里还有许多陷阱是为您设下的，是针对您的，是为您准备的。您最好多管管自己的事。(稍停)您如果让我和小娘儿们安安静静，我可以不损害您。

加尔散 (看了她一会儿，然后耸耸肩)行。

艾丝黛尔 (抬起头)救救我，加尔散。

加尔散 您要我干什么?

艾丝黛尔 (站起来，走近他)我，您来帮帮我。

加尔散 您跟她说去。

伊内丝走近。她站在艾丝黛尔背后，紧挨着她，但不碰到她。在以下的对话中，她几乎在她耳边私语。但是艾丝黛尔向加尔散转过脸去，就像加尔散在向她提问似的，她朝着他回答伊内丝的问话。加尔散看着艾丝黛尔，没说话。

艾丝黛尔 我求求您，您答应过的，加尔散，您答应过的!快点，快点，我不愿一个人留在这儿。奥尔加把他带到跳舞厅去了。

伊内丝 她把谁带去了?

艾丝黛尔 皮埃尔。他们在一起跳舞。

伊内丝 皮埃尔是谁?

艾丝黛尔 是个小傻瓜。他管我叫作他的“活水”。他爱过我。她把他带到跳舞厅去了。

伊内丝 你爱他吗?

艾丝黛尔 他们又坐下来了。她已经气喘吁吁。为什么她要跳舞呢?为了使自己瘦一些罢了。肯定没有，我肯定没有爱过他。他才十八岁哩，我又不是吃小孩的女妖精。

伊内丝 那你就随他们去吧，这关你什么事?

艾丝黛尔 他是我的。

伊内丝 人世间已没有任何东西属于你了。

艾丝黛尔 他是我的。

伊内丝 对，他以前是……那你想办法去抓住他呀，去摸他呀。奥尔加呢，她可以摸他，是不是？是不是？她可以拉他的手，抚摸他的膝盖。

艾丝黛尔 她把肥大的胸脯贴着他，她把气呵在他脸上。小拇指[1]，可怜的小拇指，你为什么还不讥笑她，你还等什么呢？啊！本来，只消我使一个眼色，她就决计不敢……而今，难道我真的化为乌有了吗？

伊内丝 化为乌有了。你在人间已一无所有，你所有的东西全在这儿了。你要不要裁纸刀？要不要巴尔布迪安纳青铜像？这张蓝躺椅是你的，还有我，我的小乖乖，我是永远属于你的。

艾丝黛尔 嘿，属于我的？那么，你们两人中谁敢叫我"活水"？我不骗你们，你们知道我是堆垃圾。惦记我吧，皮埃尔，你只惦记我一个人吧，保护我吧。只要你还这样想："我的'活水'，我亲爱的'活水'，"那我就只有一半在这儿，我只有一半罪过，在那边，在你身边，我依然是"活水"。她脸红得像只番茄。瞧，我们曾经一起讥笑她上百次，这真难以相信。这是什么曲子？我过去多么爱听这个曲子啊！啊！他们奏起了《圣路易·布鲁斯》舞曲……好吧，跳吧，跳吧，加尔散，您如果看见她，一定会觉得有趣。她永远不会知道我看得见她。我看见你，看见你，你披头散发，歪着脸孔，我看见你踩在他脚上。真是笑死人啦。好呀！跳快些！再快一些！他拉她，推她，真不成样子。再快一些！他以前对我说过：您多么轻巧。好呀，好呀！（边讲边跳）我跟你说，我看见你了。她不理睬我。她就在我目光注视下跳着。我们亲爱的艾丝黛尔！什么，我们亲爱的艾丝黛尔？啊！住口。在我的葬礼上，你连一滴眼泪都没掉。她对他说："我们亲爱的艾丝黛尔。"她居然厚颜无耻地跟他谈起我来。加油！跟上拍子。她哪能一面跳舞，一面聊天呢！可是为什么……不！不！别告诉他吧！我把他让给你好了，你把他带走吧，守着他吧，你愿意拿他怎样就怎样吧，但别告诉他……（停止跳舞）行。好吧，现在你可以把他留在身边了。加尔散，她把什么都告诉他了：罗歇呀，瑞士之行呀，孩子呀，她统统告诉他了。"我们亲爱的艾丝黛尔不在了……"不在了，不在了，真的，我不在了……他伤心地摇着头，可也说不上这消息叫他悲痛欲绝。现在你守着他吧。我与你争风吃醋的并不是他的长睫毛，也不是他那副少女般的神态。哈！他把我称呼为他的"活水"，他的"水晶"。哎呀！"水晶"打碎了。"我们亲爱的艾丝黛尔。"跳吧！倒是跳呀！按拍子跳，一二，一二，（跳舞）为了能回到人间跳一会儿舞，我什么都舍得！只要能跳一会儿就行。（跳舞，稍停）现在我已听不大清楚了。他们把灯都熄灭了，好像是跳探戈舞的样子；为什么他们要不声不响地玩呢？响一些呀！距离太远了！我……我完全听不见了（停止跳舞），再也听不见了。人间远离了我。加尔散，看着我，把我搂在你怀里吧。

---

① "小拇指"是法国著名童话作家沙·贝洛（1628—1703）的同名童话中的主人公，他是七兄弟中最小的一个，是全家欺负的对象。

伊内丝在艾丝黛尔背后示意加尔散离开。

伊内丝 （专横地）加尔散！

加尔散 （后退一步，向艾丝黛尔指着伊内丝）您对她说吧。

艾丝黛尔 （紧紧抓住他）不要走开！您配不配做男子汉？您倒是看看我呀，不要把眼睛背过去，这事就那么难办吗？我长着金发，不管怎样，到底还有人为我自杀呢！我恳求您，您总得看着点什么，您不看我，就看看青铜像吧，看看桌子或躺椅吧。看我总要比看别的东西惬意些。您听着，我已经从他们的心窝里掉下来了，就像一只小鸟从窝里掉下来一样。把我捡起来吧，把我放在你心上吧，你会看到我是多么可爱。

加尔散 （用力把她推开）我叫您对她说去。

艾丝黛尔 对她说吗？可是她不算数，她是个女人呀。

伊内丝 我不算数吗？可是，小鸟儿，小百灵鸟，你躲在我心里已有好久了呀，不要害怕，我会不停地瞧着你，连眼皮都不眨一下。你活在我的目光里，就像一块闪光金属片在阳光下闪烁一样。

艾丝黛尔 阳光？哈！还是让我安静些吧。您刚才想对我下手，您不是看到了，这下可扑空了。

伊内丝 艾丝黛尔，我的“活水”，我的“水晶”。

艾丝黛尔 您的“水晶”？这真可笑。您想骗谁？得了，每个人都知道我曾经把孩子从窗口摔下去。“水晶”在地上粉碎了，可我并不在乎。我只剩下一张皮了，就是我这张皮也不是献给您的。

伊内丝 来吧，你愿意当什么，我就喊你什么，“活水”呀，“脏水”呀，都行。你在我的眼底里想照见自己什么形象，你便会看见自己是什么形象。

艾丝黛尔 放开我！您没长眼睛！我要怎样才能叫您放开我呢？呸！

她朝伊内丝脸上啐口水，伊内丝突然松开她。

伊内丝 加尔散，我便宜不了您！

稍停。加尔散耸耸肩，走向艾丝黛尔。

加尔散 那么，你要一个男人喽？

艾丝黛尔 一个男人么？不，我要的是你。

加尔散 别不好意思了，随便哪个汉子都中你的意。我刚才就在那儿，那是我。好吧。（搂住她肩膀）我没有什么可讨你欢心的，你知道：我既不是小傻瓜，也不会跳探戈舞。

艾丝黛尔 我就是要你这样的人，我也许会把你变成另一个人的。

加尔散 我就不信。我会……我会心不在焉的。我脑子里想着别的事哩。

艾丝黛尔 什么事呀？

加尔散 这与你无关。

艾丝黛尔 我将坐在你的躺椅上，等你来照顾我。

伊内丝 （哈哈大笑）哈！母狗！趴在地上吧！趴在地上吧！他甚至都说不上漂亮呢。

艾丝黛尔 （对加尔散）别听她的。她没生眼睛，没长耳朵。就当没她这个人。

加尔散 我能给的，都给你。这并不多。我不会爱你的。因为我太了解你了。

艾丝黛尔 你要我吗?

加尔散 我要。

艾丝黛尔 这正是我梦寐以求的。

加尔散 那就……(把身子俯向她)

伊内丝 艾丝黛尔!加尔散!你们昏了头啦!可是我在你们面前呀,我!

加尔散 我明白。那又怎么样?

伊内丝 就当着我的面?你们不……你们办不到!

艾丝黛尔 为什么?我以前不也当着女仆的面脱衣服么。

伊内丝 (拉住加尔散)放开她!放开她!您那双男人的脏手,别碰她!

加尔散 (猛烈推开她)那可以,我又不是绅士,揍一个女人,我可不会有顾虑。

伊内丝 您答应过我的,加尔散,您答应过我的!我求求您,您答应过我的呀!

加尔散 是您自己出尔反尔的。

伊内丝挣脱身,退到房间底端。

伊内丝 你们爱怎么干就怎么干吧,反正你们比我强。可是你们得记住,我就在这儿,我在看着你们哩。加尔散,我一眼不眨地看着您哩。您得在我目光下拥抱她。我恨死你们两个人啦!你们相爱吧,相爱吧!我们是在地狱里,我也会来一手的。

在下面的戏中,伊内丝一声不响地注视他俩。

加尔散 (回到艾丝黛尔身边,搂住她的肩膀)把你的嘴巴给我。

停顿。他向她俯过身去。突然,又挺起身来。

艾丝黛尔 (做怨恨的手势)唉!……(稍停)我跟你讲不要去管她。

加尔散 可就是她在作怪呀。(稍停)戈梅在报社里。他们把窗户关上了,看来,现在是冬天了,离开人世已经半年了。半年前,他们把我……我不是早告诉你,有时我会心不在焉的?他们在瑟瑟发抖,他们还穿着上装……真滑稽,他们人间竟会这么冷,可我呢,我多热啊。这下,他们在讲我了。

艾丝黛尔 他们要讲很久吗?(稍停)至少你得告诉我他在说什么。

加尔散 没什么,他什么都没说。他是个混蛋,如此而已。(侧耳细听)一个不折不扣的混蛋。管它!(走近艾丝黛尔)还是干我们自己的事吧!你会爱我吗?

艾丝黛尔 (微笑)谁知道?

加尔散 你信得过我吗?

艾丝黛尔 多古怪的问题。你不是时时刻刻在眼前吗?你总不至于和伊内丝串通好来欺骗我吧?

加尔散 当然不会。(稍停。放开艾丝黛尔的肩膀)我指的是另一种信任。(倾听)说吧!说吧!你想说什么,都说出来,我并不想在这儿为自己辩护。(向艾丝黛尔)艾丝黛尔,你应当信任我才是。

艾丝黛尔 烦死了!我的嘴巴,手臂,整个身子,不都给你了吗!这一切不都很简单吗!……至于说我的信任么,我可没什么信任可给,你使我为难极了。啊!你大概做过一件很不光彩的事,所以才这么恳求我信任你。

加尔散 他们把我枪毙了。

艾丝黛尔 我知道,你拒绝上前线。还有呢?

加尔散 我……我也不是完全拒绝。(对看不见的人)他说得好，他指责得恰如其分，但他没有讲应当怎么办。难道我能够进将军府邸去对他说“我的将军，我不去”吗？多么愚蠢！这样做，他们早把我关起来了。我当时想表明观点，我，要表明观点！我不愿他们封住我的嘴，不让我说话。(向艾丝黛尔)我……我乘上火车，他们在边境上把我抓住了。

艾丝黛尔 你本来打算上哪儿呀？

加尔散 去墨西哥。我打算在那儿办一份和平主义报纸。(稍停)哎，你说点什么吧。

艾丝黛尔 你要我说什么呢？你做得对，因为你不愿意去打仗。(加尔散做了个恼怒的手势)啊，我亲爱的，我猜不透应当回答你什么话才好。

伊内丝 我的宝贝，你应当对他说，他像头雄狮般逃跑了。因为你那位了不得的亲人，他毕竟逃跑了，就是这点使他烦恼。

加尔散 逃跑，出走，您怎么说都行。

艾丝黛尔 你应当逃跑。如果你留下不走，他们就会逮捕你。

加尔散 当然喽。(稍停)艾丝黛尔，我是个胆小鬼吗？

艾丝黛尔 我不知道，我心爱的，因为我不处在你的地位。这该由你自己来断定。

加尔散 (厌倦的手势)我定不下来。

艾丝黛尔 总之，你应当记得起来，你这么做总是有理由的。

加尔散 是的。

艾丝黛尔 什么理由？

加尔散 那些理由是不是站得住脚呢？

艾丝黛尔 (气恼地)你思想真复杂。

加尔散 我想表明观点。我……我思考了很久，……那些理由是不是站得住脚呢？

伊内丝 啊！问题就在这里。那些理由是不是站得住脚呢？你说大道理，不愿贸然去当兵，可是，恐惧，憎恶，种种见不得人的脏东西，这些也是理由呀！好吧，想一想吧，扪心自问吧！

加尔散 住口！你以为我等着你来开导吗？我在牢房里日日夜夜地踱来踱去，从窗边踱到门口，从门口踱到窗边，我审察着自己，我踩着自己的足迹来回踱步，我仿佛整整一辈子都在扪心自问，可是，到头来，做的事明摆在那儿，我……我乘上火车，这是肯定的。但为什么？为什么呢？最后，我想，我的死亡将对我作出定论，如果我是清清白白死的，那我就能证明自己不是胆小鬼……

伊内丝 你是怎么死的，加尔散？

加尔散 很糟。(伊内丝大笑)噢！只不过是肉体昏厥罢了。我并不感到羞耻。只是所有的事都永远悬而不决了。(向艾丝黛尔)你过来。看着我，当人间有人谈论到我时，我需要有人看着我。我喜欢绿眼睛。

伊内丝 绿眼睛？看您想到哪里去了！艾丝黛尔，你呢？你喜欢胆小鬼吗？

艾丝黛尔 你知道，这对我来说无所谓。胆小鬼也好，不是胆小鬼也好。只要他拥抱得甜甜蜜蜜就行。

加尔散 现在，他们在摇头晃脑地抽着香烟。他们感到无聊了。他们在想：加尔散是个胆小鬼。他们软绵绵地、有气无力地，仍然在想些什么事。加尔散是个胆小鬼！这就是我的伙伴们的结论。半年后，他们言谈中就会说：像加尔散那么胆小。你们两人运气真好，阳间人不再想起你们。我呢，我日子可不好过。

伊内丝 您妻子呢，加尔散？

加尔散 什么，我妻子？她死了。

伊内丝 死了？

加尔散 我大概忘了告诉您，她死了不久，大约两个月了。

伊内丝 她伤心死的吗？

加尔散 当然，伤心死的。她还能为别的原因死吗？好啊，一切都很顺利：战争结束了，我妻子死了，我载入史册了。

他抽泣了一声，用手捂住脸。艾丝黛尔双手搂住他。

艾丝黛尔 我亲爱的，我亲爱的！看着我，亲爱的！摸摸我，摸摸我。(*握住他的手，把它放在自己胸脯上*)把你的手放在我胸脯上。(*加尔散动了一下，想把手抽出来*)让你的手搁在这儿，让它搁着，不要动。他们一个个都要死的。管他们想什么，忘了他们。现在只有我爱你。

加尔散 (*把手抽出来*)可他们，他们忘不了我。他们虽然会死去，但别的人会接替他们。我的一生已捏在他们手里了。

艾丝黛尔 啊！你想得太多了！

加尔散 有什么法子呢？从前，我也脚踏实地干过……啊！假如我能回到他们中间，哪怕一天……我就能拆穿他们的说法，但我已经给刷掉了。他们根本不理会我就作了结论。他们是对的，因为我已经死了。我就像只进了捕鼠笼的老鼠，(笑)已经由不得自己了。

静场。

艾丝黛尔 (*轻声地*)加尔散！

加尔散 你在这儿？好吧，你听着，帮我一个忙。不，别往后缩。我知道：求你帮忙似乎很可笑，你也没有帮助人的习惯。但只要你愿意，只要你用心一点，我们可能会真的相爱吧？你看，有成千的人在不断地说我是胆小鬼。可是千把人算得了什么？只要有一个人，一个便行，全心全意地为我证实一下：我没有逃跑，我**不可能**逃跑，我是勇敢的，我是无辜的，我……我拿得稳能够得救。你愿意相信我吗？你对我来说，将比我本人更可贵。

艾丝黛尔 (笑)傻瓜！亲爱的傻瓜！你认为我会爱上一个胆小鬼吗？

加尔散 可是，刚才你还就……

艾丝黛尔 我那是取笑你的。我就爱男人，加尔散，真正的男子汉，粗糙的皮肤，刚劲的双手。你没有胆小鬼的下巴，没有胆小鬼的嘴巴，你没有胆小鬼的声音，也没有胆小鬼的头发。就是为了你的嘴巴、你的声音、你的头发，我才爱你。

加尔散 真的吗？这是真的吗？

艾丝黛尔 要不要我向你发誓？

加尔散 那我就敢向所有的人挑战，世上的人和这儿的人。艾丝黛尔，我们会从地狱里出去的。(*伊内丝大笑，加尔散停止说话，看着她*)怎么回事呀？

伊内丝 (笑)可是她对自己说的话连一个字都不相信，你怎么会这样天真？问什么“艾丝黛尔，我是不是胆小鬼?”你要知道，她根本不把你的话放在心上。

艾丝黛尔 伊内丝！(对加尔散)别听她的。你如果要我信任你，你先得信任我。

伊内丝 啊，是的，是的！你信任她吧。她需要男人，你可以相信这点，她需要男人的手臂搂着她的腰，需要男人的气味，需要男人的眼睛里流露着男人的欲望。至于别的东西……哈！如果能讨你欢心，她还会对你说，你是天神呢。

加尔散 艾丝黛尔！这是真的吗？回答呀，这是真的吗？

艾丝黛尔 你要我说什么呢？我真不明白她胡说些什么。(跺脚)这一切多么叫人气恼！即使你是胆小鬼，我也仍然爱你！这还不够么？

静场。

加尔散 (对两个女人)你们叫我心烦！(向门口走去)

艾丝黛尔 你干什么？

加尔散 我要走了。

伊内丝 (很快接着说)你走不远，门是关着的。

加尔散 应当叫他们开门。(按电铃，电铃不响)

艾丝黛尔 加尔散！

伊内丝 (对艾丝黛尔)你放心，电铃坏了。

加尔散 我告诉你们，他们会来开门的(把门敲得咚咚响)，我对你们再也无法容忍啦，我再也受不了啦。(艾丝黛尔扑向他，他把她推开)滚！你比她更叫我厌烦，我不愿意在你目光监视下过日子。你黏糊糊、软塌塌的！你是一条章鱼，你是一片沼泽。(敲门)你们开不开门？

艾丝黛尔 加尔散，我求求你，不要走，我再也不跟你说话了。我让你完全安静，但你不要走。伊内丝伸出了爪子，我再也不愿与她单独留在这儿了。

加尔散 你自己设法对付吧，我并没有求你来。

艾丝黛尔 胆小鬼！胆小鬼！噢，你真是个胆小鬼。

伊内丝 (走近艾丝黛尔)那么，我的百灵鸟，你不高兴吗？为了讨好他，你朝我脸上吐口水；为了他，我们两个闹翻了。但是，这个捣蛋鬼要走了，他把我们两个女人留下来。

艾丝黛尔 你得不到什么好处；这扇门只要一打开，我就跑。

伊内丝 去哪儿？

艾丝黛尔 随便哪儿都行，离你越远越好。

加尔散 (不停地使劲敲门)开门！开开门！我一切都接受：夹腿棍、钳子、熔铅、夹子、绞具，所有的火刑，所有撕裂人体的酷刑，我真的愿意受这些苦。我宁可遍体鳞伤，宁可给鞭子抽，被硫酸浇，也不愿使脑袋受折磨。这痛苦的幽灵，它从你身边轻轻擦过，它抚摸你，可是从来不使你感到很痛。(抓住门环，摇)你们开不开？(门突然打开，他差一点儿跌倒)啊！

静场很久。

伊内丝 怎么样，加尔散？走吧。

加尔散 (慢慢地)我在想，为什么这门打开了。

伊内丝 您还等什么？走呀，快走呀！

加尔散 我不走了。

伊内丝 那你呢？艾丝黛尔？（艾丝黛尔不动，伊内丝大笑）怎么样？哪个要出去？三个人中间，究竟哪一个出去？道路是畅通无阻的，谁在拖住我们？哈，这真好笑死了！我们是难分难舍的。

艾丝黛尔 （从背后扑到伊内丝身上）难分难舍吗？加尔散，来帮帮我，快来帮帮我！我们把她拖出去，把她关在门外。有她好看的！

伊内丝 （挣扎）艾丝黛尔！艾丝黛尔！我求求你，把我留下来吧，不要把我扔到走廊里！不要把我扔到走廊里！

加尔散 放开她。

艾丝黛尔 你疯了，她恨你呢！

加尔散 我是为了她才留下来的。

艾丝黛尔放开伊内丝，惊愕地看着加尔散。

伊内丝 为了我？（稍停）好，那么，把门关上吧，门打开后，这儿热了十倍。（加尔散走去关门）为了我？

加尔散 是的，你，你知道什么叫胆小鬼。

伊内丝 是的，我知道。

加尔散 你知道什么是痛苦、羞耻、恐惧？有些时候，你把自己看得很透，这使你十分泄气。而第二天，你又不知怎么想了，你再也搞不清楚头一夜得到什么启示了。是的，你知道痛苦的代价，你说我是胆小鬼，那一定有正当理由的，嗯？

伊内丝 是的。

加尔散 我应当说服的正是你，你跟我是同一种类型的人。你以为我真的要走？你脑子里装着这些想法，有关我的种种想法，我不能让你这么洋洋得意地留在这儿。

伊内丝 你真的想说服我吗？

加尔散 除此以外我没有别的办法。你知道，我已听不见他们说话了。他们一定已跟我一刀两断了。一切都已经结束，我的事已经成为定局。我在人世间已化为乌有，甚至连胆小鬼也不是了。伊内丝，我们现在是孤零零的了，只有你们两人想到我，而艾丝黛尔呢，她这人等于没有。可你，你又恨我；只要你能相信我，你就救了我。

伊内丝 这可不容易。你看看我，我脑子不开窍。

加尔散 为了使你开窍，我花多少时间都可以。

伊内丝 噢，你有的是时间，所有时间都是你的。

加尔散 （搂着她肩膀）听着，每个人都有自己的目标，是不是？我以前就不在乎金钱和爱情，我要的是做一个男子汉，一个硬汉子。我把所有赌注都押在同一匹赛马上。当一个人选择了最危险的道路时，他难道会是胆小鬼吗？难道能以某一个行动来判断人的一生吗？

伊内丝 为什么不能？三十年来你一直想象自己很有勇气，你对自己的无数小过错毫不在乎，因为对英雄来说，一切都是允许的。这太轻松了！可是后来，到了危急时刻，人家逼得你走投无路……于是你就乘上去墨西哥的火车……

加尔散 我可没有幻想过这种英雄主义，我只是选择了它。人总是做自己想做的人。

伊内丝 拿出证据来吧，证明你这不是幻想。只有行动才能判断人们的愿望。

加尔散 我死得太早了，他们没有给我行动的时间。

伊内丝 人总是死得太早——或者太迟。然而，你的一生就是那个样，已经完结了；木已成舟，该结账了。你的生活就是你自己。

加尔散 毒蛇！你倒什么都答得上来。

伊内丝 得啦！得啦！不要泄气，你不难说服我。找一找论据吧，努力一下。(加尔散耸耸肩)怎么样？我早就说过你是个软骨头。啊！现在你可要付出代价了。你是个胆小鬼，加尔散，胆小鬼，因为我要这样叫你。我要这样叫你，你听好，我要这样叫你！然而，你看我是多么虚弱，我只不过是一口气罢了。我仅仅是一道盯着你的目光，一个想着你的平庸无奇的思想。(加尔散张开双手，逼近她)哈，这双男人的大手张开来了。可是你想要怎么样呢？用手是抓不住思想的。好了，你没有选择的余地了：你得说服我，我抓住你了。

艾丝黛尔 加尔散！

加尔散 什么？

艾丝黛尔 你报复呀！

加尔散 怎样报复？

艾丝黛尔 拥抱我，这样你就能听到她唱歌了。

加尔散 这倒是真的，伊内丝。我被你抓在手心里，但你也抓在我的手心里。

他向艾丝黛尔俯过身去，伊内丝大叫一声。

伊内丝 哈，胆小鬼，胆小鬼，去叫女人来安慰你吧！

艾丝黛尔 唱吧，伊内丝，唱吧！

伊内丝 多好的一对！你要是看到他的大爪子放在你的背上，弄皱你的皮肤和衣服就好了。他双手黏糊糊的，他在出汗。他会在你的连衣裙上留下一个蓝色的手印。

艾丝黛尔 唱吧，唱吧，把我搂得更紧些，加尔散，这样她会气炸的。

伊内丝 对，把她搂得更紧一些，搂紧她！把你们的热气混合在一起。爱情真甜美，对不对，加尔散？它像睡眠一样暖融融、深沉沉的，可是我不会让你睡觉。

加尔散打了个手势。

艾丝黛尔 别听她的。吻我的嘴，我全部都是属于你的。

伊内丝 怎么，你还在等什么？依她说的做呀，胆小鬼加尔散把杀婴犯艾丝黛尔搂在怀里了。胆小鬼加尔散会吻她吗？我倒要瞧瞧。我看着你们，我看着你们；我一个人就抵得上一群，一群人，加尔散，一群人，你听见吗？(嘀咕着)胆小鬼！胆小鬼！胆小鬼！胆小鬼！你别想从我这儿溜走，我不会放走你的。你在她的嘴唇上想寻找什么？寻找遗忘吗？但是我呀，我不会忘记你！你应当说服的是我，是我。来吧，来吧！我等着你。你看见了，艾丝黛尔，他松开你了，他像条狗一样听话……你不会得到他的。

加尔散 难道永远没有黑夜了吗？

伊内丝 永远没有。

加尔散 你永远看得见我吗？

伊内丝 永远。

加尔散离开艾丝黛尔，在房间里走了几步，他走近青铜像。

加尔散 青铜像……(抚摸它)好吧，这正是时候。青铜像在这儿，我注视着它，我明白自己是在地狱里。我跟您讲，一切都是预先安排好了的。他们早就预料到我会站在这壁炉前，用手抚摸着青铜像，所有这些眼光都落在我身上，所有这些眼光全在吞噬我……(突然转身)哈，你们只有两个人？我还以为你们人很多呢？(笑)那么，地狱原来就是这个样。我从来都没想到……提起地狱，你们便会想到硫黄、火刑、烤架……啊，真是莫大的玩笑！何必用烤架呢，他人就是地狱。

艾丝黛尔 我心爱的！

加尔散 (推开她)放开我。她夹在我们中间。只要她看见我，我就不能爱你。

艾丝黛尔 哈！那好，她再也别想看见我们了。(从桌上拿起裁纸刀，奔向伊内丝，把她砍了几下)

伊内丝 (挣扎，笑)你干什么，你干什么，你疯了吗？你很清楚，我是个死人。

艾丝黛尔 死人？

她的刀子落地。稍停，伊内丝拾起刀子，疯狂地用刀子戳自己。

伊内丝 死人！死人！死人！刀子，毒药，绳子，都不中用了。这是安排好了的，你明白吗？我们这几个人永远在一起。(笑)

艾丝黛尔 (大笑)永远在一起，我的上帝，这多么滑稽！永远在一起！

加尔散 (看着她俩笑)永远在一起！

他们倒在各自的躺椅里，坐着。长时间静场。他们止住笑，面面相觑。加尔散站起来。

加尔散 好吧，让我们继续下去吧！

——**幕落**

【选自[法]萨特：《萨特戏剧集》(上)，沈志明等译，合肥，安徽文艺出版社，1998】

加　缪

阿尔贝·加缪(1913—1960)是法国20世纪最杰出的现代主义作家之一，与萨特一道，也被看成是存在主义文学的代表人物。他出生在阿尔及利亚的蒙多维一个穷困的欧洲移民家庭。1933年至1936年在阿尔及尔大学修习哲学，1938年进入《阿尔及尔共和报》当记者，负责社会新闻、案件和文学报道。1939年该报改为《共和晚报》时他任总编辑。1940年，加缪到巴黎担任《巴黎晚报》的编辑部秘书。第二次世界大战爆发后，加缪回到阿尔及利亚的奥兰居住，在中学担任教师，同时进行写作。1942年加缪发表中篇小说《局外人》，同年又发表随笔集《西绪福斯神话》，集中阐述了他的荒诞哲学思想。1942年，加缪参加抵抗组织“战斗”，并被组织派到巴黎。1944年巴黎解放，加缪任《战斗报》总编辑。1947年他发表长篇小说《鼠疫》，1951年发表随笔集《反抗者》。1956年，中篇小说《堕落》发表。1957年，加缪被授予诺贝尔文学奖。1960年，加缪因车祸去世。加缪被认为是一个存在主义作家，他的作品主要表现自己对生存和荒诞问题的思考和关注。艺术上加缪勇于探索，写作方法不拘一格，作品常有较强的隐喻和寓言特色。

中篇小说《局外人》是加缪的代表作之一。小说主人公默而索是法属殖民地阿尔及利亚一家公司的职员。母亲在养老院去世后，默而索去为母亲守灵。守灵时他抽烟喝咖啡，办完丧事的第二天就去游泳，又同女朋友去看电影幽会。后来默而索又为邻居莱蒙作伪证，去海滩为莱蒙与阿拉伯人可能发生的冲突壮声势；又在一种完全偶然的状况中，开枪打死了一个阿拉伯人，被法院逮捕起诉。经过冗长的司法程序，法官们一致认为，默而索没有灵魂，没有人性，道德败坏，这是导致他杀人的根本原因，因此罪大恶极。默而索拒绝为自己辩护，最后被判处死刑。临刑前，默而索拒绝向神甫忏悔，漠然地等待死亡。默而索形象最引人注目之处，是他对任何事情所持的“局外”的姿态，这种姿态看似违背人伦，违反生活常识，甚至偏离了生命常态，实则是对荒谬现实的拒绝和反抗。也正是在这个意义上，默而索被看成是反抗荒诞的英雄。

本书选取《局外人》第一部第六节、第二部第五节，前者写默而索在海滩杀死阿拉伯人的经过，表明他并非蓄意杀人；后者写他被定刑后在监狱的最后时日所为所思，反映了他对荒诞世界的清醒认识和反抗。

《局外人》(节选)

第一部

六

今天是星期天，我总也睡不醒，玛丽叫我，推我，才把我弄起来。我们没吃饭，因为我们想早早去游泳。我感到腹内空空，头也有点儿疼。我的香烟有一股苦味。玛丽取笑我，说我“愁眉苦脸”。她穿了一件白色连衣裙，披散着头发。我说她很美，她高兴得直笑。

下楼时，我们敲了敲莱蒙的门。他说他就下去。由于我很疲倦，也因为我们没有打开百叶窗，不知道街上已是一片阳光，照在我的脸上，像是打了一记耳光。玛丽高兴得直跳，不住地说天气真好。我感觉好了些，觉得肚子饿了。我跟玛丽说了，她给我看看她的漆布手提包，里面放着我们的游泳衣和一条浴巾。我们就等莱蒙了，我们听见他关上了门。他穿一条蓝裤子，短袖白衬衫，但是戴顶平顶草帽，引得玛丽大笑。袖子外的胳膊很白，长着黑毛。我看了有点不舒服。他吹着口哨下了楼，看样子很高兴。他朝着我说：“你好，伙计。”而对玛丽则称“小姐”。

前一天我们去警察局了，我证明那女人“不尊重”莱蒙。他只受到警告就没事了。他们没有调查我的证词。在门前，我们跟莱蒙说了说，然后我们决定去乘公共汽车。海滩并不很远，但乘车去更快些。莱蒙认为他的朋友看见我们去得早，一定很高兴。我们正要动身，莱蒙突然示意我看看对面。我看见一帮阿拉伯人正靠着烟店的橱窗站着。他们默默地望着我们，不过他们总是这样看我们的，就好像我们是些石头或枯树一样。莱蒙对我说，左边第二个就是他说的那小子。他好像心事重重，不过，他又说现在这件事已经了结。玛丽不大清楚，问我们是怎么回事。我跟她说这些阿拉伯人恨莱蒙。玛丽要我们立刻就走。莱蒙身子一挺，笑着说是该赶紧走了。

我们朝汽车站走去，汽车站还挺远，莱蒙对我说阿拉伯人没有跟着我们。我回头看了看，他们还在老地方，还是那么冷漠地望着我们刚刚离开的那地方。我们上了汽车。莱蒙似乎完全放了心，不断地跟玛丽开玩笑。我感到他喜欢她，可是她几乎不搭理他。她不时望着他笑笑。

我们在阿尔及尔郊区下了车。海滩离公共汽车站不远。但是要走过一个俯临大海的小高地，然后就可下坡直到海滩。高地上满是发黄的石头和雪白的阿福花，衬着已经变得耀眼的蓝天。玛丽一边走，一边抡起她的漆布手提包打着花瓣玩儿。我们在一排排小别墅中间穿过，这些别墅的栅栏有的是绿色的，有的是白色的，其中有几幢有阳台，一起隐没在柽柳丛中，有几幢光秃秃的，周围一片石头。走到高地边上，就已能看见平静的大海了，更远些，还能看到一个岬角，睡意蒙眬地雄踞在清冽的海水中。一阵轻微的马达声在宁静的空气中传到我们耳边。远远地，我们看见一条小拖网渔船在耀眼的海面上驶来，慢得像不动似的。玛丽采了几朵蝴蝶花。从通往海边的斜坡上，我们看见有几个人已经在游泳了。

莱蒙的朋友住在海滩尽头的一座小木屋里，房子背靠峭壁，前面的木桩已经泡在水里。莱蒙给我们做了介绍。他的朋友叫马松。他高大、魁梧、肩膀很宽，而他的妻子却又矮又胖、和蔼可亲、一口巴黎腔。他立刻跟我们说不要客气，他做了炸鱼，鱼是他早上刚打的。我跟他说他的房子真漂亮。他告诉我他在这儿过星期六、星期天和所有的假日。他又说："跟我的妻子，大家会合得来的。"的确，他的妻子已经和玛丽又说又笑了。也许是第一次，我真想到我要结婚了。

马松想去游泳，可他妻子和莱蒙不想去。我们三个人出了木屋，玛丽立刻就跳进水里了。马松和我稍等了一会儿。他说话慢悠悠的，而且不管说什么，总要加一句"我甚至还要说"，其实，对他说的话，他根本没有进一步加以说明。谈到玛丽，他对我说："她真不错，我甚至还要说，真可爱。"后来，我就不再注意他这口头语，一心只去享受太阳晒在身上的舒服劲儿了。沙子开始烫脚了。我真想下水，可我又拖了一会儿，最后我跟马松说："下水吧？"就扎进水里。他慢慢走进水里，直到站不住了，才钻进去。他游蛙泳，游得相当坏，我只好撇下他去追玛丽。水是凉的，我游得很高兴。我和玛丽游远了，我们觉得，我们在动作上和愉快心情上都是协调一致的。

到了远处，我们改作仰泳。我的脸朝着天，一层薄薄的水幕漫过，流进嘴里，就像带走了一片阳光。我们看见马松游回海滩，躺下晒太阳。远远地望去，他真是一个庞然大物。玛丽想和我一起游。我游到她后面，抱住她的腰，她在前面用胳膊划水，我在后面用脚打水。哗哗的打水声一直跟着我们，直到我觉得累了。于是，我放开玛丽，往回游了，我恢复了正常的姿势，呼吸也自如了。在海滩上，我趴在马松身边，把脸贴在沙子上。我跟他说"真舒服"，他同意。不一会儿，玛丽也来了。我翻过身子，看着她走过来。她浑身是水，头发甩在后面。她紧挨着我躺下，她身上的热气，太阳的热气，烤得我迷迷糊糊地睡着了。

玛丽推了推我，说马松已经回去了，该吃午饭了。我立刻站起来，因为我饿了，可是玛丽跟我说一早上我还没吻过她呢。这是真的，不过我真想吻她。"到水里去。"她说。我们跑起来，迎着一片细浪扑进水里。我们划了几下，玛丽贴在我身上。我觉得她的腿夹着我的腿，我感到一阵冲动。

我们回来时，马松已经在喊我们了。我说我很饿，他立刻对他妻子说他喜欢我。面包很好，我狼吞虎咽地把我那份鱼吃光。接着上来的还有肉和炸土豆。我们吃着，没有人说话。马松老喝酒，还不断地给我倒。上咖啡的时候，我的头已经昏沉沉的了。我抽了很多烟。马松、莱蒙和我，我们三个计划八月份在海滩过，费用大家出。玛丽忽然说道："你们知道几点了吗？才十一点半呀。"我们都很惊讶，可是马松说饭就是吃得早，这也很自然，肚子饿的时候，就是吃午饭的时候。我不知道为什么这竟使得玛丽笑起来。我认为她有点儿喝多了。马松问我愿不愿意跟他一起去海滩上走走。"我老婆午饭后总要睡午觉。我嘛，我不喜欢这个。我得走走。我总跟她说这对健康有好处。不过，这是她的权利。"玛丽说她要留下帮助马松太太刷盘子。那个小巴黎女人说要干这些事，得把男人赶出去。我们三个人走了。

太阳几乎是直射在沙上，海面上闪着光，刺得人睁不开眼睛。海滩上一个人也没有。从建在高地边上、俯瞰着大海的木屋中，传来了杯盘刀叉的声音。石头的热气从地面反上来，热得人喘不过气来。开始，莱蒙和马松谈起一些我不知道的人和事。我这才知道他们认识已经很久了，甚至还一块儿住过一阵。我们朝海水走去，沿海边走着。有时候，海浪漫上来，打湿了我们的布鞋。我什么也不想，因为我没戴帽子，太阳晒得我昏昏欲睡。

这时，莱蒙跟马松说了句什么，我没听清楚。但就在这时，我看见在海滩尽头离我们很远的地方，有两个穿蓝色司炉工装的阿拉伯人朝我们这个方向走来。我看了看莱蒙，他说："就是他。"我们继续走着。马松问他们怎么会跟到这儿来。我想他们大概看见我们上了公共汽车，手里还拿着去海滩的提包，不过我什么也没说。

阿拉伯人走得很慢，但离我们已经近得多了。我们没有改换步伐，但莱蒙说了："如果要打架，你，马松，你对付第二个。我嘛，我来收拾我那个家伙。你，默而索，如果再来一个，就是你的。"我说："好。"马松把手放进口袋。我觉得晒得发热的沙子现在都烧红了。我们迈着均匀的步子冲阿拉伯人走去。我们之间的距离越来越小。当距离只有几步远的时候，阿拉伯人站住了。马松和我，我们放慢了步子。莱蒙直奔他那个家伙。我没听清楚他跟他说了句什么，只见那人摆出一副不买账的样子。莱蒙上去就是一拳，同时招呼一声马松。马松冲向给他指定的那一个，奋力砸了两拳，把那人打进水里，脸朝下，好几秒钟没有动，头周围咕噜咕噜冒上一片气泡，随即破了。这时，莱蒙也在打，那个阿拉伯人满脸是血。莱蒙转身对我说："看着他的手要掏什么。"我朝他喊："小心，他有刀！"可是，莱蒙的胳膊已给划开了，嘴上也挨了一刀。

马松纵身向前一跳。那个阿拉伯人已从水里爬起来，站到了拿刀的那人身后。我们不敢动了。他们慢慢后退，不住地盯着我们，用刀逼住我们。当他们看到已退到相当远的时候，就飞快地跑了。我们待在太阳底下动不得，莱蒙用手摁住滴着血的胳膊。

马松说有一位来这儿过星期天的大夫，住在高地上。莱蒙想马上就去。但他一说话，嘴里就有血冒出来。我们扶着他，尽快地回到木屋。莱蒙说他只伤了点皮肉，可以到医生那里去。马松陪他去了，我留下把发生的事情讲给两个女人听。马松太太哭了，玛丽脸色发白。我呢，给她们讲这件事让我心烦。最后，我不说话了，望着大海抽起烟来。

快到一点半的时候，莱蒙和马松回来了。胳膊上缠着绷带，嘴角上贴着橡皮膏。医生说不要紧，但莱蒙的脸色很阴沉。马松想逗他笑，可是他始终不吭声。后来，他说他要到海滩上去，我问他到海滩上什么地方，他说随便走走喘口气。马松和我说要陪他一道去。于是，他发起火来，骂了我们一顿。马松说那就别惹他生气吧。不过，我还是跟了出去。

我们在海滩上走了很久。太阳现在酷热无比，晒在沙上和海上，散成金光点点。我觉得莱蒙知道去哪儿，但这肯定是个错误的印象。我们走到海滩尽头，那儿有一眼小泉，水在一块巨石后面的沙窝里流着。在那儿，我们看见了那两个阿拉伯人。他们躺着，穿着油腻的蓝色工装。他们似乎很平静，差不多也很高兴。我们来了，并未引起任何变化。用刀刺了莱蒙的那个人一声不吭地望着他。另一个吹着一截小芦苇管，一边用眼角瞄着我们，一边不断地重复着那东西发出的三个音。

这时候，周围只有阳光、寂静、泉水轻微的流动声和那三个音了。莱蒙的手朝装着手枪的口袋里伸去，可是那个人没有动，他们一直彼此对视着。我注意到吹笛子的那个人的脚趾分得很开。莱蒙一边盯着他的对头，一边问我：“我干掉他？”我想我如果说不，他一定会火冒三丈，非开枪不可。我只是说：“他还没说话呢。这样就开枪不好。”在寂静和炎热之中，还听得见水声和笛声。莱蒙说：“那么，我先骂他一顿，他一还口，我就干掉他。”我说：“就这样吧。但是如果他不掏出刀子，你不能开枪。”莱蒙有点火了。那个人还在吹，他们俩注意着莱蒙的一举一动。我说：“不，还是一个对一个，空手对空手吧。把枪给我。如果另一个上了，或是他掏出了刀子，我就干掉他。”

莱蒙把枪给我，太阳光在枪上一闪。不过，我们还是站着没动，好像周围的一切把我们裹住了似的。我们一直眼对眼地相互盯，在大海、沙子和阳光之间，一切都停止了，笛音和水声都已消失。这时我想，可以开枪，也可以不开枪。突然间，那两个阿拉伯人倒退着溜到山岩后面。于是，莱蒙和我就往回走了。他显得好了些，还说起了回去的公共汽车。

我一直陪他走到木屋前。他一级一级登上木台阶，我在第一级前站住了，脑袋被太阳晒得嗡嗡直响，一想到要费力气爬台阶和还要跟那两个女人说话，就泄气了。可是天那么热，一动不动地待在一片从天而降的耀眼的光雨中，也是够难受的。待在那里，还是走开，其结果是一样的。过了一会儿，我朝海滩转过身去，迈步往前走了。

到处依然是一片火爆的阳光。大海憋得急速地喘气，把它细小的浪头吹到沙滩上。我慢慢地朝山岩走去，觉得太阳晒得额头膨胀起来。热气整个儿压在我身上，我简直迈不动腿。每逢我感到一阵热气扑到脸上，我就咬咬牙，握紧插在裤兜里的拳头，我全身都绷紧了，决意要战胜太阳，战胜它所引起的这种不可理解的醉意。从沙砾上、雪白的贝壳或一片碎玻璃上反射出来的光亮，像一把把利剑劈过来，剑光一闪，我的牙关就收紧一下。我走了很长时间。

远远地，我看见了那一堆黑色的岩石，阳光和海上的微尘在它周围罩上了一圈炫目的光环。我想到了岩石后面的清凉的泉水。我想再听听淙淙的水声，想逃避太阳，不再使劲往前走，不再听女人的哭声，总之，我想找一片阴影休息一下。可是当我走近了，我看见莱蒙的对头又回来了。

他是一个人，仰面躺着，双手枕在脑后，头在岩石的阴影里，身子露在太阳底下。蓝色工装被晒得冒热气。我有点儿吃惊。对我来说，那件事已经完了，我来到这儿根本没想那件事。

他一看见我，就稍稍欠了欠身，把手插进口袋里。我呢，自然而然地握紧了口袋里莱蒙的那支手枪。他又朝后躺下了，但是并没有把手从口袋里抽出来。我离他还相当远，约有十几米吧。我隐隐约约地看见，在他半闭的眼皮底下目光不时地一闪。然而最经常的，却是他的面孔在我眼前一片燃烧的热气中晃动。海浪的声音更加有气无力，比中午的时候更加平静。还是那一个太阳，还是那一片光亮，还是那一片伸展到这里的沙滩。两个钟头了，白昼没有动；两个钟头了，它在这一片沸腾的金属的海洋中抛下了锚。天边驶过一艘小轮船，我是瞥见那个小黑点的，因为我始终盯着那个阿拉伯人。

我想我只要一转身，事情就完了。可是整个海滩在阳光中颤动，在我身后挤来挤去。我朝水泉走了几步，阿拉伯人没有动。不管怎么说，他离我还相当远。也许是因为他脸上的阴影吧，他好像在笑。我等着，太阳晒得我两颊发烫，我觉得汗珠聚在眉峰上。那太阳和我安葬妈妈那天的太阳一样，头也像那天一样难受，皮肤下面所有的血管都一齐跳动。我热得受不了，又往前走了一步。我知道这是愚蠢的，我走一步并不能逃过太阳。但是我往前走了一步，仅仅一步。这一次，阿拉伯人没有起来，却抽出刀来，迎着阳光对准了我。刀锋闪闪发光，仿佛一把寒光四射的长剑刺中了我的头。就在这时，聚在眉峰的汗珠一下子流到了眼皮上，蒙上一幅温吞吞的、模模糊糊的水幕。这一泪水和盐水掺和在一起的水幕使我的眼睛什么也看不见。我只觉得铙钹似的太阳扣在我的头上，那把刀刺眼的刀锋总是隐隐约约地对着我。滚烫的刀尖穿过我的睫毛，挖着我的痛苦的眼睛。就在这时，一切都摇晃了。大海呼出一口沉闷而炽热的气息。我觉得天门洞开，向下倾泻着大火。我全身都绷紧了，手紧紧握住枪。枪机扳动了，我摸着了光滑的枪柄，就在那时，猛然一声震耳的巨响，一切都开始了。我甩了甩汗水和阳光。我知道我打破了这一天的平衡，打破了海滩上不寻常的寂静，而在那里我曾是幸福的。这时，我又对准那具尸体开了四枪，子弹打进去，也看不出什么来。然而，那却好像是我在苦难之门上短促地叩了四下。

第二部

五

我拒绝接待指导神甫，这已经是第三次了。我跟他没有什么可说的，我不想说话，很快我又会见到他。我现在感兴趣的，是想逃避不可逆转的进程，是想知道不可避免的事情能不能有一条出路。我又换了牢房。在这个牢房里，我一躺下，就看得见天空，也只能看见天空。我整天整天地望着它的脸上那把白昼引向黑夜的逐渐减弱的天色。我躺着，把手放在脑后，等待着。我不知道想过多少次，是否曾有判了死刑的人逃过了那无情的、不可逆转的进程，法警的绳索断了，临刑前不翼而飞，于是，我就怪自己从前没有对描写死刑的作品给予足够的注意。对于这些问题，一定要经常关心。谁也不知道会有什么事情发生。像大家一样，我读过报纸上的报道。但是一定有专门著作，我却从来没有想到去看看。那里面，也许我会找到有关逃跑的叙述。那我就会知道，至少有那么一次，绞架的滑轮突然停住了，或是在一种不可遏止的预想中，仅仅有那么一回，偶然和运气改变了什么东西。仅仅一次！从某种意义上说，我认为这对我也就足够了，剩下的就由我的良心去管。报纸上常常谈论对社会欠下的债。依照他们的意思，欠了债就要还。不过，在想象中这就谈不上了。重要的，是逃跑的可能性，是一下子跳出那不可避免的仪式，是发疯般地跑，跑能够为希望提供各种机会。自然，所谓希望，就是在马路的一角，在奔跑中被一颗流弹打死。但是我想来想去，没有什么东西允许我有这种享受，一切都禁止我做这种非分之想，那不可逆转的进程又抓住了我。

尽管我有善良的愿望，我也不能接受这种咄咄逼人的确凿性。因为，说到底，在以这种确凿性为根据的判决和这一判决自宣布之时起所开始的不可动摇的进程之间，存在着一种可笑的不相称。判决是在 20 点而不是在 17 点宣布的，它完全可能是另一种结论，它是由一些换了衬衣的人做出的，它要取得法国人民的信任，而法国人(或德国人，或中国人)却是一个很不确切的概念，这一切使得这决定很不严肃。但是，我不得不承认，从做出这项决定的那一秒钟起，它的作用就和我的身体靠着的这堵墙的存在同样确实、同样可靠。

这时，我想起了妈妈讲的关于我父亲的一段往事。我没有见过我的父亲。关于这个人，我所知道的全部确切的事，可能就是妈妈告诉我的那些事。有一天，他去看处决一名杀人凶手。他一想到去看杀人，就感到不舒服。但是，他还是去了，回来后呕吐了一早上。我听了之后，觉得我的父亲有点儿叫我厌恶。现在我明白了，那是很自然的。我当时居然没有看出执行死刑是件最最重要的事，总之，是真正使一个人感兴趣的唯一的一件事！如果一旦我能从这座监狱里出去，我一定去观看所有的处决。我想，我错了，不该想到这种可能性。因为要是有那么一天清晨我自由了，站在警察的绳子后面，可以这么说，站在另一边，作为看客来看热闹，回来后还要呕吐一番，我一想到这些，就有一阵恶毒的喜悦涌上心头。然而，这是不理智的。我不该让自己有这些想法，因为这样一想，我马上就感到冷得要命，在被窝里缩成一团，还禁不住把牙咬得咯咯响。

当然啰，谁也不能总是理智的。比方说，有几次，我就制定了一些法律草案。我改革了刑罚制度。我注意到最根本的是要给犯人一次机会。只要有千分之一的机会，就足以安排许多事情。这样，我觉得人可以去发明一种化学药物，服用之后可以有十分之九的机会杀死受刑者(是的，我想的是受刑者)。条件是要让他事先知道。因为我经过反复的考虑、冷静的权衡，发现断头刀的缺点就是没给任何机会，绝对地没有。一劳永逸，一句话，受刑者的死是确定无疑的了。那简直是一桩已经了结的公案，一种已经确定了的手段，一项已经谈妥的协议，再也没有重新考虑的可能了。如果万一头没有砍下来，那就得重来。因此，令人烦恼的是，受刑的人得希望机器运转可靠。我说这是它不完善的一面。从某方面说，事情确实如此。但从另一方面说，我也得承认，严密组织的全部秘密就在于此。总之，受刑者在精神上得对行刑有所准备，他所关心的就是不发生意外。

我也不能不看到，直至此时为止，我对于这些问题有着一些并非正确的想法。我曾经长时间地以为——我也不知道是为什么——上断头台，要一级一级地爬到架子上去。我认为这是由于1789年大革命的缘故，我的意思是说，关于这些问题人们教给我或让我看到的就是这样。但是有一天早晨，我想起了一次引起轰动的处决，报纸上曾经登过一张照片。实际上，杀人机器就放在平地上，再简单也没有了。它比我想象的要窄小得多。这一点我早没有觉察到，是相当奇怪的。照片上的机器看起来精密、完善、闪闪发光，使我大为叹服。一个人对他所不熟悉的东西总是有些夸大失实的想法。我应该看到，实际上一切都很简单：机器和朝它走过去的人都在平地上，人走到它跟前，就跟碰到另外一个人一样。这也很讨厌。登上断头台，仿佛升天一样，想象力是有了用武之地。而现在呢，不可逆转的进程压倒一切：一个人被处死，一点也没引起人的注意，这有点丢脸，然而却非常确切。

还有两件事是我耿耿于怀时常考虑的，那就是黎明和我的上诉。其实，我总给自己讲道理，试图不再去想它。我躺着，望着天空，努力对它产生兴趣。天空变成绿色，这是傍晚到了。我再加一把劲儿，转移转移思路。我听着我的心。我不能想象这种跟了我这么久的声音有朝一日会消失。我从未有过真正的想象力。但我还是试图想象出那样一个短暂的时刻，那时心的跳动不再传到脑子里了。但是没有用。黎明和上诉还在那儿。最后我对自己说，最通情达理的做法，是不要勉强自己。

我知道，他们总是黎明时分来的。因此，我夜里全神贯注，等待着黎明。我从来也不喜欢遇事措手不及。要有什么事发生，我更喜欢有所准备。这就是为什么我最后只在白天睡一睡，而整整一夜，我耐心地等待着日光把天窗照亮。最难熬的，是那个朦胧晦暗的时辰，我知道他们平常都是在那时候行动的。一过半夜，我就开始等待，开始窥伺。我的耳朵从没有听到过那么多的声音，分辨出那么细微的声响。我可以说，在整个这段时间里，我总还算有运气，因为我从未听见过脚步声。妈妈常说，一个人从来也不会是百分之百的痛苦。当天色发红，新的一天悄悄进入我的牢房时，我就觉得她说得实在有道理。况且也因为，我本是可以听到脚步声的，我的心也本是可以紧张得炸开的。甚至一点点窸窣的声音也使我扑向门口，甚至把耳朵贴在门板上，发狂似的等待着，直到听到自己的呼吸声，很粗，那么像狗的喘气，因而感到惊骇万状，但总的来说，我的心并没有炸开，而我又赢得了二十四小时。

白天，我就考虑我的上诉。我认为我已抓住这一念头里最可贵之处。我估量我能获得的效果，我从我的思考中获得最大的收获。我总是想到最坏的一面，即我的上诉被驳回。“那么，我就去死。”不会有别的结果，这是显而易见的。但是，谁都知道，活着是不值得的。事实上我不是不知道三十岁死或七十岁死关系不大，当然啰，因为不论是哪种情况，别的男人和女人就这么活着，而且几千年都如此。总之，没有比这更清楚的了，反正总是我去死，现在也好，二十年后也好。此刻在我的推理中使我有些为难的，是我想到我还要活二十年时心中所产生的可怕的飞跃。不过，在设想我二十年后会有什么想法时(假如果真要到这一步的话)，我只把它压下去就是了。假如要死，怎么死，什么时候死，这都无关紧要。所以(困难的是念念不忘这个“所以”所代表的一切推理)，我的上诉如被驳回，我也应该接受。

这时，只是这时，我才可以说有了权利，以某种方式允许自己去考虑第二种假设：我获得特赦。苦恼的是，这需要使我的血液和肉体的冲动不那么强烈，不因疯狂的快乐而使我双眼发花。我得竭力压制住喊叫，使自己变得理智。在这一假设中我还得表现得较为正常，这样才能使自己更能接受第一种假设。在我成功的时候，我就赢得了一个钟头的安宁。这毕竟也是不简单的啊。

也是在一个这样的时刻，我又一次拒绝接待神甫。我正躺着，天空里某种金黄的色彩使人想到黄昏临近了。我刚刚放弃了我的上诉，并感到血液在周身正常地流动。我不需要见神甫。很久以来，我第一次想到了玛丽。她已经很多天没给我写信了。那天晚上，我反复思索，心想她给一名死囚当情妇可能已经当烦了。我也想到她也许病了或死了。这也是合乎情理的。既然在我们现已分开的肉体之外已没有任何东西联系着我们，已没有任何东西使我们彼此想念，我怎么能够知道呢？再说，就是从这个时候起，我对玛丽的回忆也变得无动于衷了。她死了，我也就不再关心她了。我认为这是正常的，因为我很清楚，我死了，别人也就把我忘了。他们跟我没有关系了。我甚至不能说这样想是冷酷无情的。

恰在这时，神甫进来了。我看见他之后，轻微地颤抖了一下。他看出来了，对我说不要害怕。我对他说，平时他都是在另外一个时候到来。他说这是一次完全友好的拜访，与我的上诉毫无关系，其实他根本不知道我的上诉是怎么回事。他坐在我的床上，请我坐在他旁边。我拒绝了。不过，我觉得他的态度还是很和善的。

他坐了一会，胳膊放在膝头，低着头，看着他的手。他的手细长有力，使我想到两头灵巧的野兽。他慢慢地搓着手。他就这样坐着，一直低着头，时间那么长，有一个时候我都觉得忘了他在那儿了。

但是，他突然抬起头来，眼睛盯着我，问道："您为什么拒绝接待我？"我回答说我不信上帝。他想知道我是不是对此确有把握，我说我用不着考虑，我觉得这个问题并不重要。他于是把身子朝后一仰，靠在墙上，两手贴在大腿上。他好像不是对着我说，说他注意到有时候一个人自以为确有把握，实际上，他并没有把握。我不吭声。他看了看我，问道："您以为如何？"我回答说那是可能的。无论如何，对于什么是我真正感兴趣的事情，我可能不是确有把握，但对于什么是我不感兴趣的事情，我是确有把握的。而他对我说的事情恰恰是我所不感兴趣的。

他不看我了，依旧站在那里，问我这样说话是不是因为极度的绝望。我对他解释说我并不绝望。我只是害怕，这是很自然的。他说："那么，上帝会帮助您的。我所见过的所有情况和您相同的人最后都归附了他。"我承认那是他们的权利。那也证明他们还有时间。至于我，我不愿意人家帮助我，我也恰恰没有时间去对我不感兴趣的事情再产生兴趣。

这时，他气得两手发抖，但是，他很快挺直了身子，顺了顺袍子上的褶皱。顺完了之后，他称我为"朋友"，对我说，他这样对我说话，并不是因为我是个被判死刑的人；他认为，我们大家都是被判了死刑的人。但是我打断了他，对他说这不是一码事，再说，无论如何，他的话也不能安慰我。他同意我的看法："当然了。不过，您今天不死，以后也是要死的。那时就会遇到同样的问题。您将怎样接受这个考验呢？"我回答说我接受它和现在接受它一模一样。

听到这句话，他站了起来，两眼直盯着我的眼睛。这套把戏我很熟悉。我常和艾玛努埃尔和赛莱斯特这样闹着玩，一般地说，他们最后都移开了目光。神甫也很熟悉这套把戏，我立刻就明白了，因为他的目光直盯着不动。他的声音也不发抖，对我说："您就不怀着希望了吗？您就这样一边活着一边想着您将整个儿地死去吗？"我回答道："是的。"

于是，他低下了头，又坐下了。他说他怜悯我。他认为一个人要真是这样的话，那是不能忍受的。而我，我只是感到他开始令我生厌了。我转过身去，走到小窗口底下。我用肩膀靠着墙。他又开始问我了，我有一搭没一搭地听着。他的声音不安而急迫。我知道他是动了感情了，就听得认真些了。

他说他确信我的上诉会被接受，但是我背负着一桩我应该摆脱的罪孽。据他说，人类的正义不算什么，上帝的正义才是一切。我说正是前者判了我死刑。他说它并未因此而洗刷掉我的罪孽。我对他说我不知道什么是罪孽。人家只告诉我我是个犯人。我是个犯人，我就付出代价，除此之外，不能再对我要求更多的东西了。这时，他又站了起来，我想在这间如此狭窄的囚室里，他要想活动活动，也只能如此，要么坐下去，要么站起来，实在没有别的办法。

我的眼睛盯着地。他朝我走了一步，站住，好像不敢再向前一样。"您错了，我的儿子，"他对我说，"我们可以向您要求更多的东西。我们将向您提出这样的要求，也许。”“要求什么?”“要求您看。”“看什么?”

教士四下里望了望，我突然发现他的声音疲惫不堪。他回答我说：“所有这些石头都显示出痛苦，这我知道。我没有一次看见它们而心里不充满了忧虑。但是，说句心里话，我知道你们当中最悲惨的人就从这些乌黑的石头中看见过一张神圣的面容浮现出来。我们要求您看的，就是这张面容。”

我有些激动了。我说我看着这些石墙已经好几个月了。对它们，我比对世界上任何东西、任何人都更熟悉。也许，很久以前，我曾在那上面寻找过一张面容。但是那张面容有着太阳的色彩和欲望的火焰，那是玛丽的面容。我白费力气，没有找到。现在完了。反正，从这些水淋淋的石头里，我没看见有什么东西浮现出来。

神甫带着某种悲哀的神情看了看我。我现在全身靠在墙上了，阳光照着我的脸。他说了句什么，我没听见，然后很快地问我是否允许他拥抱我。我说：“不。”他转过身去，朝着墙走去，慢慢地把手放在墙上，轻声地说：“您就这么爱这个世界吗?”我没有理他。

他就这样背对着我待了很久。他待在这里使我感到压抑，感到恼火。我正要让他走，让他别管我，他却突然转身对着我，大声说道：“不，我不能相信您的话。我确信您曾经盼望过另一种生活。”我回答说那是当然，但那并不比盼望成为富人，盼望游泳游得很快，或生一张更好看的嘴来得更为重要。那都是一码事。但是他拦住我，他想知道我如何看那另一种生活。于是，我就朝他喊道：“一种我可以回忆现在这种生活的生活!”然后，我跟他说我够了。他还想跟我谈谈上帝，但是我朝他走过去，试图跟他最后再解释一回我剩下的时间不多了。我不愿意把它浪费在上帝身上。他试图改变话题，问我为什么称他为“先生”而不是“我的父亲”。这可把我惹火了，我对他说他不是我的父亲，让他当别人的父亲去吧。

他把手放在我的肩膀上，说道：“不，我的儿子，我是您的父亲。只是您不能明白，因为您的心是糊涂的。我为您祈祷。”

我也不知道是为什么，好像我身上有什么东西爆裂了似的，我扯着喉咙大叫，我骂他，我叫他不要为我祈祷。我揪住他的长袍的领子，把我内心深处的话，喜怒交迸的强烈冲动，劈头盖脸地朝他发泄出来。他的神气不是那样地确信无疑吗? 然而，他的任何确信无疑，都抵不上一根女人的头发。他甚至连活着不活着都没有把握，因为他活着就如同死了一样。而我，我好像是两手空空。但是我对我自己有把握，对一切都有把握，比他有把握，对我的生命和那即将到来的死亡有把握。是的，我只有这么一点儿把握。但是至少，我抓住了这个真理，正如这个真理抓住了我一样。我从前有理，我现在还有理，我永远有理。我曾以某种方式生活过，我也可能以另一种方式生活。我做过这件事，没有做过那件事。我干了某一件事而没有干另一件事。而以后呢? 仿佛我一直等着的就是这一分钟，就是这个我将被证明无罪的黎明。什么都不重要，我很知道为什么。他也知道为什么。在我所度过的整个这段荒诞的生活里，一种阴暗的气息穿越尚未到来的岁月，从遥远的未来向我扑来，这股气息所过之处，使别人向我建议的一切都变得毫无差别，未来的生活并不比我已往的生活更真实。他人的死，对母亲的爱，与我何干? 既然只有一种命运选中了我，而成千上万的幸运的人却都同他一样自称是我的兄弟，那么，他所说的上帝，他们选择的生活，他们选中的命运，又都与我何干? 他懂，他懂吗？大家都幸运，世上只有幸运的人。其他人也一样，有一天也要被判死刑。被控杀人，只因在母亲下葬时没有哭而被处决，这有什么关系呢？萨拉玛诺的狗和他的老婆具有同样的价值。那个自动机器般的小女人，马松娶的巴黎女人，或者想跟我结婚的玛丽，也都是有罪的。莱蒙是不是我的朋友，赛莱斯特是不是比他更好，又有什么关系？今天，玛丽把嘴唇伸向一个新的默而索，又有什么关系？他懂吗？这个判了死刑的人，从我的未来的深处……我喊出了这一切，喊得喘不过气来。但是已经有人把神甫从我的手里抢出去，看守们威胁我。而他却劝他们不要发火，默默地看了我一阵子。他的眼里充满了泪水。他转过身去，走了。

他走了之后，我平静下来。我累极了，一下子扑到床上。我认为我是睡着了，因为我醒来的时候，发现满天星斗照在我的脸上。田野上的声音一直传到我的耳畔。夜的气味、土地的气味、海盐的气味，使我的两鬓感到清凉。这沉睡的夏夜的奇妙安静，像潮水一般浸透我的全身。这时，长夜将尽，汽笛叫了起来。它宣告有些人踏上旅途，要去一个从此和我无关痛痒的世界。很久以来，我第一次想起了妈妈。我觉得我明白了为什么她要在晚年又找了个“未婚夫”，为什么她又玩起了“重新再来”的游戏。那边，那边也一样，在一个个生命将尽的养老院周围，夜晚如同一段令人伤感的时刻。妈妈已经离死亡那么近了，该是感到了解脱，准备把一切再重新过一遍。任何人，任何人也没有权利哭她。我也是，我也感到准备好把一切再过一遍。好像这巨大的愤怒清除了我精神上的痛苦，也使我失去希望。面对着充满信息和星斗的夜，我第一次向这个世界的动人的冷漠敞开了心扉。我体验到这个世界如此像我，如此友爱，我觉得我过去曾经是幸福的，我现在仍然是幸福的。为了把一切都做得完善，为了使我感到不那么孤独，我还希望处决我的那一天有很多人来观看，希望他们对我报以仇恨的喊叫声。

【选自[法]加缪：《局外人》，郭宏安，陆洵译，见《局外人 鼠疫》，南京，译林出版社，2020】

尤奈斯库

欧仁·尤奈斯库(1912—1994)是罗马尼亚裔法国戏剧家。尤奈斯库被看作荒诞派戏剧的奠基人之一和重要代表，主要戏剧作品有《秃头歌女》(1950)、《椅子》(1951)、《犀牛》(1960)、《国王正在死去》(1962)等。尤奈斯库的戏剧惯于以怪诞的形式表现人生的荒诞，被称为“反戏剧”。

《秃头歌女》是荒诞派戏剧的代表作之一。这部独幕剧分十一场，主要人物有史密斯夫妇、马丁夫妇、女仆玛丽、消防队长等。剧本没有贯穿始终的剧情，情节片段有史密斯夫妇之间的闲扯，马丁夫妇之间的相认，女仆玛丽煞有介事的发现，围绕消防队长出现引起的争执，以及最后一场各个人物的自说自话等。全剧人物性格乖张，没有形成固定和统一的形象；人物语言貌似严谨明确，实则荒唐可笑，毫无逻辑可言。

《秃头歌女》通过怪诞的人物和极其荒诞的对话来反映现代人生活的无聊和空虚，以及人与人之间关系的异化和毫无意义。《秃头歌女》作为荒诞派戏剧的代表作之一，其艺术特色与荒诞派大多数戏剧的艺术特色是一致的，主要包含以下几个方面的特点：第一，没有完整的情节，只有一些类似情节的片段。这些片段之间的联系只是相同的人物，却没有合乎逻辑的故事进展。第二，语言荒诞夸张，基本背离了日常生活语言的逻辑性，实际是一种可笑的、夸张的语言，打破了传统戏剧的语言规范。第三，不刻画人物性格，人物基本是一些符号式的人物，但却表现了深含的象征意义。

秃头歌女(节选)

人物

史密斯先生
史密斯太太
马丁先生
马丁太太
玛丽(女仆)
消防队长

第一场

一间英国式的中产阶级起居室，放着一些英国式的扶手椅。英国式的夜晚。史密斯先生是英国人，坐在英国式的扶手椅上穿着他那双英国拖鞋，抽着英国烟斗，靠近英国式的炉边，看着一份英国报。他戴一副英国眼镜，留一小撮英国式的灰白唇髭。在他的旁边，坐在另一张英国式扶手椅上的史密斯太太也是英国人，正缝补着英国袜子。一种英国式的长时间的沉默。英国式的大挂钟按英国方式敲了十七下。

史密斯太太 啊，九点了。咱们吃了汤、鱼、土豆肥肉片、英国色拉。孩子们喝了英国水。咱们今晚吃得很好。这是因为咱们住在伦敦郊区，而咱们姓史密斯。

史密斯先生 (继续看报，嘴里啧啧作响)

史密斯太太 土豆加肥肉片真好吃，色拉油也不哈喇。街角上那家食品店里卖的油质量比对面这家的要好得多，甚至比海岸下边那家的还好。不过，我不是想说这两家的油就差。

史密斯先生 (继续看报，嘴里啧啧作响)

史密斯太太 可是，街角上那家的油总是最好的……

史密斯先生 (继续看报，嘴里啧啧作响)

史密斯太太 玛丽这次土豆烧得透。上次土豆没烧透。没烧透的土豆我不爱吃。

史密斯先生 (继续看报，嘴里啧啧作响)

史密斯太太 鱼挺新鲜。我吃得津津有味。我吃了两次。不，吃了三次。这一下把我肚子都吃坏了。你也吃了三次。可是，第三次，你吃得比前两次少，我却吃得更多。我今晚比你吃得更好，怎么会是这样的呢？你通常总是吃得最多。并不是你的胃口不好。

史密斯先生 (继续看报，嘴里啧啧作响)

史密斯太太 可是，汤也许太咸了些。汤里的盐比你身上还多。唉，汤里的大葱也太多，而洋葱却放少了。我后悔没告诉玛丽在汤里多加点八角茴香。下次，我自己做汤。

史密斯先生 （继续看报，嘴里啧啧作响）

史密斯太太 咱们的小男孩就很想喝啤酒，他爱撑得饱饱的。他像你。在饭桌上，你看到了他是怎样一股劲儿地盯着酒瓶吗？可是我呢，我把冷水瓶里的水倒在他的杯子里。他渴了就喝水。埃莱娜像我：她会管家、节俭，还弹弹钢琴。她从来不说要喝英国啤酒。就像咱们的小女儿光喝奶，只吃糊糊。可以看出她才两岁。她叫佩吉。

榅桲四季豆馅饼好吃极了。在吃甜食时最好喝一小杯澳大利亚勃艮第葡萄酒，但是我为了不给孩子们留下贪吃的坏样子，没把酒放上饭桌。必须教他们在生活中简朴和有节制。

史密斯先生 （继续看报，嘴里啧啧作响）

史密斯太太 派克太太认得一位名叫波波谢夫·罗森菲尔德的保加利亚食品杂货商，他刚从君士坦丁堡到这儿。这是位酸乳酪的专家。他得过安德里诺堡酸乳酪制造学校的毕业文凭。我明天去向他买一只保加利亚出品的做酸乳酪的大锅。在伦敦郊区这种地方，常常买不到这种货。

史密斯先生 （继续看报，嘴里啧啧作响）

史密斯太太 酸乳酪对胃、肾、阑尾炎和发育成长极有好处。这是麦肯齐-金大夫对我说的，他给咱们邻居约翰家的孩子治病。这是个好大夫，值得大家信任。他从来只开他本人试服过的药。他在给派克动手术之前，还先让别人给他做了个肝部手术，而他根本不是病人。

史密斯先生 但是怎么会大夫没事，而派克反倒死了呢？

史密斯太太 因为手术在大夫身上成功了，而在派克身上没成功。

史密斯先生 那么，麦肯齐就不是个好大夫。否则手术就该在两个人身上都成功或者两个人都得死掉。

史密斯太太 为什么？

史密斯先生 一位认真负责的大夫就该和病人一道死去，要是他们没能一道恢复健康。一个好船长总是和船一起沉没在波涛之中。病人死了，大夫就不该活。

史密斯太太 总不能把一个病人和一条船相比。

史密斯先生 为什么不？船也有病嘛；更何况，你的那个大夫和一艘军舰一样健康；所以他就更应该和病人同时死去，就像大夫和他的船那样①。

史密斯太太 哦！我没想到这点……也许这是对的……那么，你从中得出什么结论呢？

史密斯先生 结论就是：所有的大夫都是些江湖骗子。而所有的病人也是一路货。在英国，唯有海军是诚实可靠的。

史密斯太太 但是，不包括水兵。

史密斯先生 那当然。

停顿。

史密斯先生 （老是拿着报）有件事我不明白。为什么报上的启事栏内总是报道死去的人的年龄而从来不报道新生婴儿的年龄呢？这毫无意义。

史密斯太太 我从来没有考虑过这一点！

---

① 这最后一句话是故意说错的。

又一次沉默。挂钟敲七下。沉默，挂钟敲三下。沉默。挂钟一下也没敲。

史密斯先生 (仍然在看报)咦，报上登着博比·沃森死了。

史密斯太太 我的上帝啊。这个可怜人是什么时候去世的?

史密斯先生 你为什么做出这种惊奇的样子?你是知道的，他去世已经两年了。你想一想，我们参加他的葬礼已经一年半了。

史密斯太太 我当然记得。我一下子就想起来了，但是我不懂你自己为什么看到报上登的这件事就这样吃惊?

史密斯先生 这件事报上没登过。人们谈起他的死已有三年了。因为联想，我才记起了这件事。

史密斯太太 可惜啊!他以往保养得多好。

史密斯先生 这是大不列颠最漂亮的尸体!从尸体外表，看不出有那么大岁数。可怜的博比，他去世已经四年了，尸体还有热气。真是具活僵尸。他是多快活啊!

史密斯太太 可怜的博比太太。

史密斯先生 你是想说可怜的博比“先生”。

史密斯太太 不，我想到的是他的妻子。她像他一样也叫博比，博比·沃森。因为他们姓名相同，当别人看到他们在一起时，也分不清哪个是先生，哪个是太太。只是在他死后，人们才能真的知道这是谁，那是谁。可是，今天还有人把她和死者搞错，而向她表示哀悼。你认识她吗?

史密斯先生 我只见过她一面。事情很偶然，就是在博比下葬的时候。

史密斯太太 我从未见过她。她长得美吗?

史密斯先生 她相貌端正，可是也说不上美。她个子太高，身材太壮。她的相貌并不端正，但是可以说她是很美的。她个子太小，身材太瘦。她是唱歌老师。

挂钟敲五下。长时间停顿。

史密斯太太 那么他们两人打算什么时候结婚?

史密斯先生 最迟明年春天。

史密斯太太 也许应该去参加他们的婚礼。

史密斯先生 应该送给他们一件结婚礼品。我正想着送什么礼品呢!

史密斯太太 咱们为什么不把别人送给咱们的结婚礼品、而咱们从未用过的七个银盘子，送一个给他们呢?

短暂的沉默。挂钟敲两下。

史密斯太太 她这么年轻就守寡可真伤心。

史密斯先生 他们幸好没孩子。

史密斯太太 他们缺的就是孩子!孩子!可怜的女人，她会把孩子培养成什么样子!

史密斯先生 她还年轻。她满可以再嫁。丧事办得很合她的意!

史密斯太太 但是，谁照看孩子?你清楚地知道她有一个男孩和一个女孩。他们叫什么来着?

史密斯先生 博比和博比，就像他们的父母那样。博比·沃森的叔父，博比·沃森老头是有钱的，他喜欢那个男孩。他完全能负责博比的培养教育。

史密斯太太 这是理所当然的。博比·沃森的姑妈，博比·沃森老太，也完全能由她来负责博比·沃森的女儿博比·沃森的培养教育。这样，博比·沃森的妈妈博比就可以再嫁了。她看上谁了吗？

史密斯先生 是的，博比·沃森的一个堂兄弟。

史密斯太太 谁？博比·沃森？

史密斯先生 你说的是哪个博比·沃森？

史密斯太太 是死者博比·沃森另一个叔父博比·沃森老头的儿子博比·沃森。

史密斯先生 不对，不是那个，是另一个。这个博比·沃森是死者博比·沃森的姑妈博比·沃森老太的儿子。

史密斯太太 你想说的是当商店推销员的博比·沃森。

史密斯先生 所有的博比·沃森都是商店推销员。

史密斯太太 多不好搞的行当啊！可是，做这个生意是赚钱的。

史密斯先生 是的，在没人竞争的时候。

史密斯太太 什么时候没人竞争？

史密斯先生 星期二，星期四和星期二。

史密斯太太 哦！每周三天？那么，这几天博比·沃森干些什么？

史密斯先生 他休息，睡觉。

史密斯太太 可是，要是没人竞争，他为什么这三天不干活？

史密斯先生 我不能什么都知道，我不能回答你所有的傻问题。

史密斯太太 （受了顶撞）你说这话是为了侮辱我吗？

史密斯先生 （满脸堆笑）你清楚地知道并不是这样。

史密斯太太 男人们都一样！如果你们不是在不停地喝酒，那么你们整天就待在那儿，嘴里叼着香烟，要不你们每天老是给自己脸上搽粉，给自己嘴唇上涂口红！

史密斯先生 如果你看到男人像女人那样，整天抽烟、抹粉、涂口红、喝威士忌酒，你会说什么？

史密斯太太 至于我，我讨厌这些东西！但是，如果你说这些为了恼我，那么……我不喜欢这类玩笑，你完全知道这一点！

她把袜子扔得老远并咬牙切齿，做出威胁的样子。她站了起来。

史密斯先生 （他也站了起来，走到他妻子身旁，温柔地）哦，我的小宝贝儿，为什么发火！你完全知道我说的这些话是开玩笑的！（他拦腰抱住了他妻子，并吻了她）咱们成了一对多么可笑的老情人啰！来，咱们把灯熄掉去睡觉吧！

第二场

人物同前场，加上玛丽。

玛　丽 （出场）我是女用人，我过了一个非常愉快的下午。我和一个男人一起去了电影院并和女人们一起看了一部影片。电影散场后，我们去喝了烧酒和牛奶，后来我们看了报纸。

……

史密斯太太 我亲爱的玛丽，把门打开，请马丁先生和太太进来。我们要赶紧去穿衣服。

史密斯太太和先生从舞台右边进场。玛丽开了舞台左边门，马丁先生和太太从那儿出场。

第三场

玛丽、马丁夫妇。

玛　丽　你们为什么来得这么晚！你们没礼貌。应该准时到！懂吗？还是请你们在那儿坐下，现在就等着吧。

退场。

第四场

人物同前场，缺玛丽。

马丁太太和先生面对面坐着，没交谈。他们腼腆地互相微笑着。

马丁先生　(下面的对话必须以一种缓慢、单调略带唱歌调儿的、毫无变化的声音说)请原谅，太太，不过要是我没搞错，我好像在什么地方和您见过面的。

马丁太太　我也是，先生，我好像在什么地方和您见过面的。

马丁先生　太太，我难道不是在曼彻斯特偶然见到过您的吗？

马丁太太　这非常可能。我呢，我就是曼彻斯特城出生的！不过，先生，我记不清了，我不能说我是否在曼彻斯特见过还是没见过您！

马丁先生　我的上帝，这多么怪啊！我也是曼彻斯特城出生的，太太！

马丁太太　这多么怪啊！

马丁先生　这多么怪啊……不过，太太，我离开曼彻斯特城差不多五个星期了。

马丁太太　这多么怪啊！多么奇怪的巧合啊！我离开曼彻斯特城差不多也有五个星期了。

马丁先生　我乘的是早上八点半开，四点三刻到伦敦的火车，太太。

马丁太太　这多么怪啊！多么奇怪啊！多么巧啊！我乘的也是这班火车，先生！

马丁先生　我的上帝，这多么怪啊！太太，我很可能是在火车上见到您的吧？

马丁太太　这很可能，这点不能排除，这也许是真的，总之，为什么不呢……但是，我一点也记不起来了，先生！

马丁先生　我旅行坐的是二等车厢，太太。在英国，没有二等车厢，可是我旅行仍然坐的是二等车厢。

马丁太太　这多么奇怪啊！多么怪又多么巧啊！我也是，先生，我旅行也坐的二等车厢！

马丁先生　这多么怪啊！我们很可能在二等车厢内相遇的，亲爱的太太！

马丁太太　这事很可能，而且一点也不能排除。但是，这件事我已记不很清楚了，亲爱的先生！

马丁先生　我的座位在八号车厢第六室，太太。

马丁太太　这多么怪啊！我的座位也在八号车厢第六室，亲爱的先生！

马丁先生　这多么怪，而且是多么奇怪的巧合啊！我们可能就在第六室相遇的吧，亲爱的太太？

马丁太太 总之，这很可能！但是，我记不起来了，亲爱的先生！

马丁先生 说实话，亲爱的太太，我也记不起来了，但是我们可能就在那儿相见的，要是我想得对，我觉得这事很有可能！

马丁太太 哦！真的，当然啰，真的，先生！

马丁先生 这多么怪啊……我的座位是三号，靠窗口，亲爱的太太！

马丁太太 哦，我的上帝，这多么怪，多么奇怪，我的座位是六号，靠窗口，在您的对面，亲爱的先生！

马丁先生 哦，我的上帝，这多么怪，也多么巧啊……那么，我们是面对面啰，亲爱的太太！我们大概是在那儿见过面的。

马丁太太 这多么怪啊！这是可能的，但是，我记不起来了，先生！

马丁先生 说真的，亲爱的太太，我也记不起来了。可是，我们很可能是在这种情况下相见的。

马丁太太 确实如此，但是我一点也不能肯定，先生。

马丁先生 亲爱的太太，请我把她的手提箱放在网架上，接着向我道谢并允许我抽烟的那位夫人，不就是您吗？

马丁太太 是啊，这可能是我，先生！这多么怪，多么怪，也多么巧啊！

马丁先生 这多么怪，多么奇怪，多么巧啊！那么，我们可能就在那个时候认识的啰，太太？

马丁太太 这多么怪，也多么巧啊！这很可能，亲爱的先生！可是，我不相信我还记得这件事。

马丁先生 我也不相信。

沉默片刻，挂钟敲两下，又敲一下。

马丁先生 我到了伦敦以后，我住在布朗菲尔德路，亲爱的太太。

马丁太太 这多么怪，多么奇怪啊！我到了伦敦以后，我也住在布朗菲尔德路，亲爱的先生。

马丁先生 这多么怪，那么，那么，我们可能就在布朗菲尔德路相遇的，亲爱的太太。

马丁太太 这多么怪，多么奇怪啊！总之，这很可能！可是，我记不起来了，亲爱的先生。

马丁先生 我住在十九号，亲爱的太太。

马丁太太 这多么怪，我也住在十九号，亲爱的先生。

马丁先生 那么，那么，那么，那么，我们可能在这座房子里相见的啰，亲爱的太太？

马丁太太 这很可能，但是我记不起来了，亲爱的先生。

马丁先生 我的套间在六楼，是八号，亲爱的太太。

马丁太太 这多么怪，我的上帝，多么奇怪啊！多么巧啊！我也住在六楼八号套间，亲爱的先生！

马丁先生 （沉思地）这多么怪，多么怪，多么怪又多么巧啊！您知道，在我的卧室里有一张床。我床上铺着一条绿色的鸭绒被。这间有床和绿色鸭绒被铺床的卧室在过道的尽头，厕所和图书室之间，亲爱的太太！

马丁太太 多么巧啊！我的上帝，多么巧啊，我的卧室也有一张铺了绿色鸭绒被的床，它在过道的尽头，厕所和图书室之间，亲爱的先生！

马丁先生 这多么奇怪，多么怪，多么离奇啊！那么，太太，我们住的是同一间房而且睡的是同一张床啰，亲爱的太太。我们可能就是在那儿相遇的！

马丁太太 这多么怪，多么巧啊！我们可能就在那儿相遇的，也可能就在昨天夜里，但是，我记不起来了，亲爱的先生！

马丁先生 我有一个小女儿，她和我住在一起，亲爱的太太。她两岁，她头发是金黄色的，她的一只眼珠子白，一只眼珠子红。她很漂亮，名叫艾丽斯，亲爱的太太。

马丁太太 多么奇怪的巧合啊！我也有个小女儿，她两岁，一只眼珠子白，而一只眼珠子红。她很漂亮，名字也叫艾丽斯，亲爱的先生！

马丁先生 (同样缓慢的、单调的声音)这多么怪，多么巧啊！奇怪！这可能是同一个女孩，亲爱的太太！

马丁太太 这多么怪啊！这很可能，亲爱的先生。

较长时间沉默……挂钟敲二十九下。

马丁先生 (长时间沉思后，慢慢地站了起来，不慌不忙地朝马丁太太走去，马丁太太因为马丁先生庄严的神情而感到惊讶，也慢慢地站了起来；马丁先生还保持着那种少有的、单调的、略带唱歌调门的声音)那么，亲爱的太太，我认为毫无疑问，我们曾经见过面了，您就是我的妻子……伊丽莎白，我又找到您了！

马丁太太不慌不忙地靠近了马丁先生。他们毫无表情地互相拥抱接吻。挂钟重重地敲一下。挂钟声音敲得很响，使观众大吃一惊。马丁夫妇却没听见钟声。

马丁太太 唐纳德，是你，darling①！

他们同坐在一张扶手椅上，互相拥抱着并睡着了。挂钟又敲了好几下。玛丽踮着脚慢慢地出场，一个手指放在嘴上，并且对观众说。

第五场

马丁夫妇和玛丽。

玛　丽 伊丽莎白和唐纳德如今太幸福了，听不到我说的话。因此，我能向你们揭露一个秘密。伊丽莎白并不是伊丽莎白，唐纳德也不是唐纳德。证据如下：唐纳德谈到的孩子不是伊丽莎白的女儿。这不是同一个人。唐纳德的小女儿确实像伊丽莎白的小女儿一样：一个眼珠子白，一个眼珠子红。但是，唐纳德的小女儿是右眼珠子白，左眼珠子红，而伊丽莎白的小女儿却是右眼珠子红，左眼珠子白！因此，唐纳德论据的整个体系，由于碰到使他全部理论化为乌有的最后这个障碍，就站不住脚了。尽管有这些看上去是肯定论据的离奇巧合事件，不是同一个孩子父母的唐纳德和伊丽莎白就不是唐纳德和伊丽莎白。他自认是唐纳德也是白搭，她自认为是伊丽莎白也没用。他认为她是伊丽莎白是徒劳的，她认为他是唐纳德也是徒劳的：他们可悲地搞错了。但是，谁是真唐纳德呢？真伊丽莎白是哪位呢？让这种错误拖下去对谁有利呢？我一无所知。我们不必花力气去知道这件事，让事物保持原样吧(她朝进场门走了几步，然后她又折回，并对观众讲)我的真名是歇洛

---

① 英语：亲爱的。

克·福尔摩斯。（她退场）

第六场

人物同前场，缺玛丽。

挂钟想敲就敲。过了好久后，马丁夫妇分开了，并重新回到了他们原先的座位上。

马丁先生 Darling，把咱们之间没发生过的一切都忘掉吧，咱们现在又相见了，咱们尽量再不要分离了，像以前那样生活吧。

马丁太太 是的，darling！

第七场

人物同前场，加史密斯夫妇。

……

马丁太太 我在街上，一家咖啡馆的旁边，看见一位衣冠楚楚的先生，五十上下的年龄，甚至还不到五十，他……

史密斯先生 是谁，在干什么？

史密斯太太 是谁，在干什么？

史密斯先生 （对妻子）不要打断别人的话，亲爱的，你真讨厌。

史密斯太太 亲爱的，是你第一个打断的，没教养。

马丁先生 嘘。（对妻子）那位先生，他在干什么？

马丁太太 嗨，你们会说我乱编，他单膝跪地，身子前倾。

马丁先生 史密斯先生、史密斯太太，哦！

马丁太太 是的，身子前倾。

史密斯先生 不可能。

马丁太太 是的，身子前倾。我走近他身边，看看他在干什么……

史密斯先生 怎么样？

马丁太太 他鞋带松了，正在系。

其余三人 难以置信！

史密斯先生 要不是您，我不会相信这件事的。

马丁先生 为什么不信？只要你到处走走，就会看到比这更特别的事情。同样，我本人今天在地铁里，看到一位先生坐在长椅上静静地在看报。

史密斯太太 多么古怪啊！

史密斯先生 也许就是同一个人。

听到按门铃声。

史密斯先生 听，门铃响了。

史密斯太太 想必有人。我去看看（她去看了。她开门后又回来）没人。

她重新坐下。

马丁先生 我要给你们再举一个例子。

门铃响。

史密斯先生 听，门铃响了。

史密斯太太 想必有人。我去看看(她去看了。她开门后又回来)没人。

她回到自己的座位上。

马丁先生 (忘了他讲到哪儿)嗯……

马丁太太 你说你要举另一个例子。

马丁先生 是啊……

门铃响。

史密斯先生 听，门铃响了。

史密斯太太 我再也不去开门了。

史密斯先生 行，可是，想必有人！

史密斯太太 第一次，没人。第二次，也没人。你为什么认为现在就有人？

史密斯先生 因为门铃响了。

史密斯太太 这不是一条理由。

……

第八场

人物同前场，加消防队长。

……

消防队长 怎么回事？

史密斯太太 我们所以争论是因为我丈夫说，听到门铃响，就总是有人。

马丁先生 事情是说得过去的。

史密斯太太 而我呢，我说每当门铃响，就是没人。

马丁太太 事情看起来可能有点奇怪。

史密斯太太 可是，事情不是由理论而是由事实证明的。

史密斯先生 这不对，既然队长在这儿。他按了铃，我开了门，他就在门口。

马丁太太 什么时候？

马丁先生 当然是刚才啰。

史密斯太太 是的，但是只是在听到第四次门铃响时才发现有人的。第四次不算数。

马丁太太 无论如何，只有前三次算数。

史密斯先生 队长先生，请让我向您提几个问题。

消防队长 请提吧。

史密斯先生 当我开了门并见到您时，确实是您按的铃吗？

消防队长 是的，是我。

马丁先生 您就在门口？您按铃是想进来？

消防队长 我不否认。

史密斯先生 (对妻子，得胜地)你听见了没有？我正确吧，听到门铃响，就是有人按铃。你不能说队长不是人嘛。

史密斯太太 当然不能。我对你重说一遍，既然第四次不算数，我只对你说前三次。

马丁太太 那么，第一次门铃响，是您吗？

消防队长 不，不是我。

马丁太太 你们听见了没有？门铃响了而没人。

马丁先生 也许是另一个人。

史密斯先生 您在门口很久了吗？

消防队长 三刻钟。

史密斯先生 您没看见别人？

消防队长 没人。我肯定。

马丁太太 您听到了第二次门铃响吗？

消防队长 是的，也不是我。还是没人。

史密斯太太 胜利啦！我正确。

史密斯先生 （对妻子）没这么快。（对队长）可是您在门口干什么？

消防队长 什么也没干。我待在那儿。我正想着许多事情。

马丁先生 （对队长）但是，第三次……这不是您按的铃？

消防队长 是的，是我。

史密斯先生 但开了门，没见到您。

消防队长 是因为我躲起来了……开开玩笑。

史密斯太太 别开玩笑了，队长先生。事情太悲伤了。

马丁先生 总之，我们还是不知道门铃响是表示有人还是没人！

史密斯太太 一直就没人。

史密斯先生 总是有人的。

消防队长 我来给你们和解吧。你们两人都有些道理。当门铃响时，有时候有人，有时候就没人。

马丁先生 依我看，这合乎逻辑。

史密斯太太 我也这样认为。

消防队长 事实上，事情很简单。（对史密斯夫妇）你们拥抱吧。

史密斯先生 我们刚拥抱过。

第十一场

人物同前场，缺消防队长。

马丁太太 我能为我兄弟买一把小折刀，你们不能为你们的祖父买下爱尔兰。

史密斯先生 人们走路用脚，但是人们取暖用电或煤。

马丁先生 今天有谁卖出一头牛，明天会有一个蛋。

史密斯太太 在生活中，必须从窗口看。

马丁太太 既然椅子上没有人，人可以坐在椅子上。

史密斯先生 无论如何必须把一切都考虑到。

马丁先生 天花板在上，地板在下。

史密斯太太 当我说是的时候，这是一种说话方式。

马丁太太 各人有各人的命运。

史密斯先生 您拿一个圈圈，抚摸它一下，它将变成恶性循环！

史密斯太太 学校老师教孩子读书，小猫小时，母猫给它们喂奶。

马丁太太　就在此时母牛把它的尾巴给了我们。

史密斯先生　我在乡下时，喜欢孤独和平静。

马丁先生　要这样，您的年龄还不够老。

史密斯太太　本杰明·富兰克林有理：你们不如他安静。

马丁太太　一个星期是哪七天？

史密斯先生　Monday，Tuesday，Wednesday，Thursday，Friday，Saturday，Sunday.①

马丁先生　Edward is a Clesck；his sister Nancy is a Tapist，and his brother William a shop-assistant.②

史密斯太太　莫名其妙的家庭！

马丁太太　我宁爱田野里的一只鸟儿，也不爱手推车上的一只袜子。

史密斯先生　宁可要木屋里的一口网，也不要宫殿里的奶。

马丁先生　一个英国人的房子是他真正的宫殿。

史密斯太太　我的西班牙语讲得不够好，还不足以表达我的意思。

马丁太太　如果你把你丈夫的棺材给我，我就把我婆婆的拖鞋给你。

史密斯先生　我正在寻找一个耶稣单性说③的神甫来和我们的女用人结婚。

马丁先生　面包是一颗树，而面包也是一棵树，每天清晨，从橡树里长出一棵橡树。

史密斯太太　我叔父住在乡下，但是这和助产士无关。

马丁先生　纸是用来写字的，猫是对付老鼠的。乳酪是用来盖戳子的。

史密斯太太　汽车开得很快，但是，女厨子菜配得更好。

史密斯先生　你们别当笨蛋了，还是去吻一下阴谋家吧。

马丁先生　Charity begins at home.④

史密斯太太　我等着引水渠到我家磨坊里来看望我。

马丁先生　可以证实社会进步加上糖就更美好。

史密斯先生　打倒鞋油！

在史密斯先生说完了这句台词后，其他人沉默了片刻，愣着。人们感到有点神经紧张。挂钟敲打声也更激动了。接下去的对话应先是以一种冷冰冰的、敌对的声调讲。到这场结束时，四个人物应该站着，互相靠近，喊出对话，举起拳头，做好互相扑打的准备。

马丁先生　用黑鞋油擦不亮眼镜。

史密斯先生　但是，用钱可以买到想要的一切东西。

马丁先生　我宁愿杀死一只兔子，也不愿在花园里唱歌。

史密斯先生　卡卡托埃斯，卡卡托埃斯，卡卡托埃斯，卡卡托埃斯，卡卡托埃斯，卡卡托埃斯，卡卡托埃斯，卡卡托埃斯，卡卡托埃斯，卡卡托埃斯。⑤

---

① 英语：星期一，星期二，星期三，星期四，星期五，星期六，星期日。

② 英语：爱德华是个办事员；他的姐姐南希是打字员，而他的弟弟是店员。

③ 指承认耶稣只有单一性质的基督教派的学说。

④ 英谚：善事从家里做起。

⑤ 字义是白鹦。从这时开始，下面的对话都是谐音。

史密斯太太 拉什么屎，拉什么屎，拉什么屎，拉什么屎，拉什么屎，拉什么屎，拉什么屎，拉什么屎，拉什么屎。①

马丁先生 拉了那么多的屎，拉了那么多的屎，拉了那么多的屎，拉了那么多的屎，拉了那么多的屎，拉了那么多的屎，拉了那么多的屎，拉了那么多的屎。②

史密斯先生 狗身上尽是跳蚤，狗身上尽是跳蚤。

马丁太太 卡克图斯③！科西克斯④！科居斯⑤！科卡达！科雄⑥！

史密斯太太 装咸鲱鱼的，你把我们装进桶里吧。

马丁先生 我宁愿下一个蛋，不愿偷一头牛。

马丁太太 （拼命张大了嘴）啊！噢！啊！噢！让我的牙齿发出咯咯的响声吧。

史密斯先生 小鳄鱼！

马丁先生 我们去给奥德赛一巴掌吧。

史密斯先生 我要住进我可可树里的防空壕中去。

马丁太太 可可园里的可可树不结花生结可可！可可园里的可可树不结花生结可可！可可园里的可可树不结花生结可可。

史密斯太太 老鼠有眉毛，眉毛没老鼠。

马丁太太 别碰我的拖鞋！

马丁先生 别动拖鞋！

史密斯先生 碰一下苍蝇，别擤出琴键来。

马丁太太 苍蝇在动。

史密斯太太 擤擤你的嘴。

马丁先生 你擤出个苍蝇拍子，你擤出个苍蝇拍子。

史密斯先生 打小仗的士兵！

马丁太太 斯卡拉穆什！⑦

史密斯太太 圣尼图什！

马丁先生 你真蠢！

史密斯先生 你教我怎么说吧。

马丁太太 圣尼图什碰到了我的子弹。

史密斯太太 别碰它吧，它碎了。⑧

马丁先生 絮里！

史密斯先生 普吕多姆！

马丁太太、史密斯先生 弗朗索瓦！

---

① 或为“多么可耻的失败”。发音是：凯尔卡卡德。

② 发音是：凯尔卡斯卡德德卡卡德。

③ 仙人掌。

④ 尾骨。

⑤ 球菌。

⑥ 猪猡。

⑦ 十七世纪意大利著名喜剧演员。

⑧ 这是法国十九世纪诗人絮里·普吕多姆的一行诗。弗朗索瓦·科佩也是当时的一位诗人。

史密斯太太、马丁先生 科佩。

马丁太太、史密斯先生 科佩·絮里!

史密斯太太、马丁先生 普吕多姆·弗朗索瓦。

马丁太太 这些是发出火鸡叫声的男人和女人。

马丁先生 玛丽埃特,锅底!

史密斯太太 克里斯纳穆蒂,克里斯纳穆蒂,克里斯纳穆蒂!

史密斯先生 教皇失去控制了!教皇没阀门,阀门却有个教皇。[①]

马丁太太 巴扎尔,巴尔扎克,巴泽纳!

马丁先生 奇怪的,美术,接吻![②]

史密斯先生 阿,厄,伊,奥,于,阿,厄,伊,奥,于。[③]

马丁太太 贝,塞,代,埃夫,泽,埃勒,埃姆,埃恩,帕,埃尔,埃斯,泰,韦,迪布勒韦,伊克斯,泽特。[④]

马丁太太 从蒜到水,从奶到蒜。

史密斯太太 (模仿火车的声音)特弗,特弗,特弗,特弗,特弗,特弗,特弗,特弗,特弗,特弗,特弗!

史密斯先生 这!

马丁太太 不!

马丁先生 从!

史密斯太太 那儿走!

史密斯先生 这!

马丁太太 从!

马丁先生 这儿!

史密斯太太 走!

全体一起愤怒到了极点,互相在耳边吼叫。舞台灯光熄灭。在黑暗里,听到的声音带着越来越快的节奏。

全体一起 不从那儿走,从这儿走,不从那儿走,从这儿走,不从那儿走,从这儿走,不从那儿走,从这儿走,不从那儿走,从这儿走,不从那儿走,从这儿走!

话声突然停止。灯光复明。马丁先生和太太就像史密斯夫妇在剧的开场时那样坐着。马丁夫妇重新开始演出。马丁夫妇准确地说着史密斯夫妇在第一场中的对白,幕徐徐下降。

——幕落

【选自《当代外国文学》,史亦译,1981(2)】

---

① 教皇的发音是:巴普。阀门的发音是:苏巴普。

② 三个词的开头均是辅音“B”。

③ 法语的元音。

④ 法语的辅音。

海明威

厄内斯特·海明威(1899—1961)，美国20世纪最重要的小说家之一，代表作品有长篇小说《太阳照常升起》(1926)、《永别了，武器》(1929)，中篇小说《老人与海》(1952)，短篇小说《乞力马扎罗的雪》(1936)等。

《老人与海》讲述了古巴老渔夫圣地亚哥捕鱼的故事。他连续84天都没有捕到大鱼。第85天，圣地亚哥出海很远，经过一番艰难的搏斗，终于钓到一条大马林鱼。老人动用了他一生的智慧与马林鱼周旋，但他的疲态却不断妨碍他。经过两天两夜的搏斗，马林鱼被老人一叉刺中要害，几番挣扎后，死在老人的鱼叉下。眼看胜利在望，鲨鱼群的出现却使形势出现逆转。鲨鱼向老人的猎物发起猛烈攻击，老人虽然奋力保护，却难敌鲨群，马林鱼被咬得只剩下一副骨架。

《老人与海》既是一曲英雄的颂歌，也是对人与自然斗争的礼赞。主人公圣地亚哥是位典型的"硬汉"，他具有坚韧不拔、顽强拼搏、愉快乐观的一面，也具有充满着温情与人性灵光的内心世界。

《老人与海》充分体现了海明威小说艺术中追求含蓄凝练的"冰山原则"。《老人与海》的故事虽然简单，人物也很少，但是作者却以自己一生的生活积累为基础，为作品中每一个形象和作品整体赋予了丰富的寓意。小说文体简洁、清新，叙述语言直截了当，对话简洁生动，给人身临其境的真切感受。海明威的这种叙事艺术，在节选部分对老人形象最初的描绘中清晰可见。作者用简洁有力的语言，以近乎浮雕式的笔法，用短短几句话，就将一个不屈不挠的"硬汉"形象清晰地勾画在读者眼前，给人以深刻印象。

从整体上看，《老人与海》是一部出色的现实主义作品，但是作家也借鉴了内心独白、象征、梦幻、断点联想等现代表现手法。

老人与海(节选)

从他出海以来，太阳第三次升起的时候，鱼开始兜圈子。

根据钓线倾斜的角度，他还看不出鱼在兜圈子。这还为时尚早。他只是感觉钓线上的拉力稍稍减轻，就开始用右手轻轻地拽。像以往一样，钓线绷紧了，不过，就在快要绷断的当儿，钓线却开始往回收了。他轻快地把头和肩从钓线下面撤出来，开始把钓线往回收，动作又轻又稳。他两只手左右摆动，身体和双腿也来帮忙，使出全身力气拽那根钓线。他的两条老腿和肩膀也随着摇摆的双手来回转动。

“好大的圈子，”他说，“不过它总算在兜圈子了。”

接下来，钓线不能再往回收了，他紧紧握在手里，直到看见钓线在阳光下迸出水珠儿来。随后钓线又开始往外出溜，老人跪下来，很不情愿地让它回到黑魆魆的海水里。

“它绕到圈子那头去了。”他说。我一定要拼命拽住，他想。每拽紧一次，它兜的圈子就会缩小一点儿。也许等过了一个小时，我就能看见它。眼下我一定要制服它，接着我一定要杀死它。

这条鱼继续慢慢地兜圈子，两个小时后，老人大汗淋漓，累得骨头都快散架了。不过，这时候圈子已经小多了，从钓线倾斜的角度来看，那鱼一边游一边慢慢往上浮。

一个小时以来，老人眼前一直浮动着黑点子，汗水刺痛了他的眼睛还有眼睛上方和额头上的伤口。他并不担心那些黑点子。他这么使劲儿地拽着钓线，眼前出现黑点子是正常的。可是，他有两回感到头昏眼花，这让他有些担忧。

“我可不能不争气，就这样死在一条鱼跟前，”他说，“既然我已经让它乖乖地过来了，老天就保佑我挺下去吧。我要念上一百遍《天主经》，还有一百遍《圣母经》。不过眼下可不行。”

就当做是念过了吧，他想。我以后会补上的。

就在这当儿，他觉得自己用双手紧紧攥住的钓线被猛地一撞又一拽，来势凶猛，感觉硬邦邦、沉甸甸的。

它正用长矛一样的嘴撞击金属接钩绳，他想。这是免不了的。它不得不这样干。不过这样一来也许会让它跳起来，我情愿让它接着打转。它必须跳出水面来呼吸，可每跳一次，钓钩划出的伤口就会裂得更大一些，它就有可能脱钩逃走。

“鱼啊，别跳了，”他说，“别跳啦。”

那鱼又接连几次撞击金属接钩绳，它一甩头，老人就放出一小段钓线。

我必须让它老是疼在一个地方，他想。我的疼痛没什么大不了的，我能控制住。但它的疼痛会让它发疯。

过了一会儿，那鱼不再撞击金属接钩绳，又慢慢打起转来。老人现在可以稳稳地把钓线往回收了。可是他又开始感到头晕。他用左手舀了些海水淋在头上，然后又淋了一些，在脖颈后面揉擦着。

“我没抽筋儿，”他说，“它很快就会浮上来，我得挺住。必须得坚持住，这压根儿就用不着说。”

他靠着船头跪下，这会儿暂且又把钓线挎在后背上。眼下，趁它兜圈子的时候，我歇息一会儿，等它转回来我再站起来对付它。他就这么决定了。

他巴不得在船头歇上一会儿，不往回收钓线，让那条鱼自顾自地兜圈子去。可是钓线上的拉力表明鱼正转身朝小船这边游回来，老人站起身，开始左右转动，双手像织布一样来回扯啊拽啊，把所有能拉回来的钓线都收起来。

我从来没有这么累过，他想，现在信风刮起来了，不过正好能借助风力把它弄上来。我太需要这风了。

“它下一次往外面兜圈子的时候，我要歇歇了，”他说，“我感觉好多了。等它再兜两三圈，我就能制服它。”

他的草帽戴得很靠后，他感觉鱼在转身，结果钓线一扯，他一屁股跌坐在船头。

鱼啊，你忙活吧，他想。等你转身的时候我再收拾你。

海浪大了许多。不过这是晴和天气里的微风，他指望这风把他送回去呢。

“我只要向西南方向划就行，”他说，“男子汉绝不会在海上迷路的，何况这是个长长的岛屿①。”

他第一次看到那鱼，是在它兜到第三圈的时候。

他最先看到的是一个黑色的影子，那影子过了好长时间才从船底下钻过，他简直不敢相信这鱼竟然有这么长。

“不可能，”他说，“它不可能有那么大。”

可是那鱼当真有那么大，这一圈兜完之后，它浮出水面，和老人仅仅相隔三十码，老人眼看着它的尾巴出了水，比一把大镰刀的刀刃还要长，在深蓝色的海水上呈现出非常浅淡的紫色。那尾巴向后倾斜，鱼在海面下游的时候，老人能看见它那巨大的躯体和周身的紫色条纹。它背鳍朝下，巨大的胸鳍张得大大的。

鱼这回兜圈子，老人看到了它的眼睛，还有两条灰色的鲫鱼在它周围游来游去，时而吸附在它身上，时而倏地逃窜开去，时而在它的阴影里悠闲地游弋。那两条鲫鱼都不止三英尺长，游得快起来全身急速甩动，像鳗鱼一样。

老人这会儿冒起汗来，不光是因为太阳的缘故，还有别的原因。每当那鱼镇静自若地转回来，老人都能收回一段钓线，他深信不疑，等鱼再兜上两个圈子，他就有机会把鱼叉插进鱼身了。

可我得把它拉过来，拉近，再拉近，他想。千万不能把鱼叉插进它的脑袋，一定要插进它的心脏。

“老家伙，你可要镇静，使足劲儿。”他说。

鱼又兜了一圈，露出了脊背，不过离小船还是远了点儿。再兜一圈，离得还是太远，但这回它出水更高了些，老人心里有数，等再收回一些钓线，就能把它拉到船边。

他早就准备好了鱼叉，系在鱼叉上的那卷很轻的绳子放在一个圆形的篮子里，另一端紧紧地系在船头的缆桩上。

大鱼正兜了一圈回来，看上去沉静而美丽，只有尾巴在动。老人使出全身力气想把

---

① 这里指古巴。

它拉到近前。有那么一会儿，鱼朝他这边倾斜了一点儿，然后又挺直身子，接着兜起圈子来。

“我拉动它了，”老人说，“我刚才拉动它了。”

他又感到一阵头晕，不过还是用尽全力拉住大鱼。我拉动它了，他想。也许这回我就能把它拉过来了。手啊，你拉呀，他想。腿啊，你可得站稳了。头啊，你得给我坚持住，给我坚持住，你可从来没有掉过链子。这回我就要把它拉过来了。

可是，还没等大鱼靠近小船，他就使出浑身力气拼命拉，那鱼被拉得倾斜过来一点儿，但随即就竖直身子游开去。

“鱼啊，”老人说，“鱼啊，反正你是死定了。难道你非得把我也害死不可?”

这样的话我可就一无所获了，他想。他嘴里干得说不出话来，可这时候也够不着水喝。我这回一定得把它拉到船边来，他想。它再多兜几个圈子，我可就撑不住了。你能行，他对自己说，你永远都能行。

下一轮较量的时候，他差一点儿就制服那条鱼了。可鱼还是直起身子慢慢游走了。

鱼啊，你害死我了，老人想。不过你有这个权利。兄弟啊，我还从来没有见过比你更大、更漂亮、更沉静，或者更高贵的东西。来吧，把我杀死吧，我不在乎谁死在谁手里。

你的脑子有点儿迷糊了，他想。你必须保持头脑清醒，要懂得怎样承受痛苦，像个男子汉一样，或者像条鱼那样，他想。

“头啊，清醒清醒吧。”他说话的声音连自己都听不见，“清醒起来吧。”

鱼又兜了两个圈子，还是老样子。

真不知道这是怎么回事儿，老人想。每次他都感觉自己要垮掉了。真是不明白。可我还要再试一次。

他又试了一次，当他把鱼拉转过来的时候，感觉自己都要垮了。那鱼挺直身子，又慢慢游走了，大大的尾巴在海面上摇摇摆摆。

我还要再试一次，他对自己许诺，尽管他的双手这时候已经力不从心，眼睛一会看得见，一会看不见。

他又试了一下，还是老样子。就这么着吧，他想，感觉自己还没开始发力就已经败下阵了；可我还要再尝试一次。

他承受着所有的痛楚，使出余下的全部气力，还有早已丧失的自尊，用来对抗鱼的痛苦挣扎。鱼朝他身边游了过来，在一旁优雅而缓慢地游着，嘴几乎碰到了小船的船壳外板。它开始从船边游过，身子那么长，那么高，又那么宽，银光闪闪，布满紫色条纹，在水里似乎是一眼望不到头。

老人丢下钓线，一脚踩住，把鱼叉举得尽可能高，用足力气，再加上刚刚鼓起的劲儿，拼命向鱼的一侧刺去，鱼叉正落在大胸鳍后面，它的胸鳍高高耸起，和老人的胸膛一般高。老人感到铁叉已经扎了进去，就把身子倚在上面，好扎得更深，然后把全身的重量都压了上去。

那鱼开始折腾起来，尽管已经死到临头，它还是从海水里高高地跃起，它那惊人的长度和宽度，它的力量和美，全都展露无遗。它仿佛悬在空中，就在小船和老人的正上方。接着，它又哗啦一声跌落下来，溅起的浪花泼洒在老人的全身和整条小船上。

老人感到头晕恶心，双眼也模糊不清。但他还是放开了鱼叉上的绳子，让它慢慢地从擦破了皮的双手中送出去，等他可以看清东西的时候，他看见那鱼仰面朝天，翻起了银色的肚皮。鱼叉的柄从鱼的肩部斜伸出来，从它心脏里流出的鲜血让海水都变了颜色，起先是暗黑色，像是一英里多深的蓝色海水里的鱼群，然后又像云朵一样飘散开来。那鱼呈银白色，一动不动，只是随波漂荡。

老人趁自己眼睛好使的一瞬间仔细瞧了瞧。然后他把鱼叉上的绳子在船头的缆桩上绕了两圈，把头搁在双手上。

“让我的头脑保持清醒吧，”他靠在船头的木板上说，“我这个老头儿真是累坏了，可我杀死了这条鱼，它是我的兄弟，现在我有苦差事要干啦。”

我得准备好绳套和绳索，好把它绑在船边，他想。即使我们有两个人，往船里灌满水把鱼拉上船，再把船里的水舀出去，这条小船也绝对装不下它。我得把一切都准备妥当，然后再把它拖过来，捆得结结实实，再竖起桅杆，扬帆起航回家去。

他开始动手把鱼拖到船边，好把一根绳子穿进鱼鳃，从鱼嘴里拉出来，然后把它的脑袋牢牢地捆在船头的一边。我要瞧瞧它，他想，碰碰它，摸摸它。它是我的财富，他想。可我想摸摸它倒不是因为这个。我感觉刚才触到了它的心脏，他想，就在我第二次把鱼叉捅进去的时候。现在我得把它拖过来，绑得牢牢的，用一个绳套拴住它的尾巴，再用一个绳套捆在中间，把它绑在小船的一侧。

“动手干吧，老头儿，”他说着，喝了一丁点儿水，“搏斗结束了，现在得做苦工了。”

他抬头看看天，又瞧瞧船外的鱼。他仔细瞅了瞅太阳。这会儿刚刚过了晌午，他想。信风刮起来了。钓线都用不着了。等回到家，我和那男孩把它们捻接起来。

“鱼啊，来吧。”他说。可鱼并不靠拢过来，而是躺在海水里翻腾，于是老人将小船靠了上去。

等他和鱼并排在一起，把鱼头靠在船头边上，他简直无法相信那鱼竟然如此之大。他把鱼叉上的绳子从缆桩上解下来，穿进鱼鳃，又从鱼嘴里扯出来，在它那长剑一般的嘴上绕了一圈，又穿过另一个鱼鳃，也在鱼嘴上绕了一圈，随后将这两股绳子打了个结，紧紧地系在船头的缆桩上。接着，他割下一段绳子，走到船尾去缚住鱼尾巴。鱼已经从原先的紫色和银色相间完全变成了银色，身上的条纹则呈现出和尾巴一样的淡紫。那些条纹比一个人张开五指的手还要宽，鱼的眼睛十分冷漠，看上去像是潜望镜里的镜片，又像是游行队伍里的圣徒。

“要杀死它只有用这个法子。”老人说。他喝过水之后感觉好些了，他知道自己能挺得住，头脑也清楚起来。看样子它不止有一千五百磅重，他想。也许还要重得多呢。开膛破肚之后净重也有原来的三分之二，按三角钱一磅来计算的话能有多少钱？

“得用支铅笔来算才行，”他说，“我的脑子还不够清楚。不过，我觉得了不起的迪马吉奥今天会为我感到骄傲的。我没长骨刺，可双手和后背实在疼得厉害。”真不知道骨刺是什么玩意儿，他想。也许我们长了骨刺自己还不知道呢。

他把鱼牢牢地系在船头、船尾和中间的坐板上。这鱼可真大，小船旁边像是绑上了一条比自己还要大得多的船。他割下一段钓线，把鱼的下巴和长嘴捆在一起，免得嘴巴张开，这样船就能尽可能利落地向前行进。然后他竖起桅杆，撑起那根用做手钩的木棒和下桁，张起带补丁的船帆，自己半躺在船尾，向西南方向驶去。

他不需要靠指南针来辨别西南方向，仅凭信风吹在身上的感觉和船帆的动向就能知道。我还是放下一根细钓线的好，系上勺形假饵，钓点儿什么东西吃吃，润润喉咙。可他找不到勺形假饵，而且沙丁鱼也都已经烂掉了。所以，他趁小船经过那片黄色马尾藻的时候，用鱼钩钩上一簇，抖了抖，里面的小虾纷纷掉落在船板上。小虾有十几只，像盲潜蚤一样活蹦乱跳。老人用大拇指和食指掐去虾头，连壳带尾一起嚼着吃了下去。虾很小，可他知道这很有营养，而且味道也不错。

老人的瓶子里还剩下两口水，吃完虾他喝了半口。在重重障碍之下，小船还算行驶得不错，他把舵柄夹在胳膊下面掌着舵。他能看得到那条鱼，只要看看自己的手，感觉后背抵在船尾，就能知道这是真真切切发生的事儿，不是一场梦。他曾经感觉大祸临头，以为是在梦中。等看到鱼跃出水面，在半空中静止片刻才落下来，他才确信这极不寻常，简直令他难以置信。后来，他就看得不大清楚了，不过现在他的眼睛又和往常一样好使了。

此时此刻，知道鱼已经到手，他的双手和后背所感觉到的并不是梦。我的手很快就能恢复，他想。我让手里的血都流光了，盐水能治愈它们。真正的海湾里深色的海水是世上最好不过的良药。我所要做的就是保持头脑清醒。这两只手已经尽了自己的本分，而且我们行驶的状态也很好。鱼的嘴巴紧闭着，尾巴直上直下地颠簸，我们就像兄弟一样并肩航行。接着他的头脑有点儿不大清楚了，他想，现在是这鱼在带我回家，还是我带着鱼回家呢，要是我把它拖在船后面，那就毫无疑问了。或者，如果这鱼失去了全部尊严，让我放在小船里，也不会有什么问题。可现在它是和小船并排绑在一起前进的，老人想，只要它乐意，就算是它在带我回家吧。我只不过是靠耍花招才胜过了它，而且它也不想伤害我。

他们航行得很顺利，老人把双手浸在海水里，尽量保持头脑清醒。天空中的积云堆叠得很高，上方还有相当多的卷云，由此老人知道这风会刮上整整一夜。老人不时地看看那条鱼，以确信这是真的。一个小时后，第一条鲨鱼发动了袭击。

这条鲨鱼的出现并不是一个偶然。当那一大片暗沉沉的血渐渐下沉，扩散到一英里深的海水里的时候，它就从深处游了上来。鲨鱼莽莽撞撞地一下子冲过来，划破了蓝色的水面，豁然出现在太阳底下。它随即又落入海水，捕捉到血腥味，然后就顺着小船和鱼的踪迹一路追踪而来。

鲨鱼有时候嗅不到这股气味，但它总能再次找到，也许只是一丝痕迹，它就会游得飞快，紧追上去。那是一条很大的灰鲭鲨，生就的游泳高手，能和海里速度最快的鱼游得一样快，除了嘴以外，它的一切都显得无比美丽。背部和剑鱼一样蓝，肚子是银白色的，鱼皮光滑漂亮。它的外形和剑鱼十分相像，除了那张大嘴。眼下它正紧闭着大嘴，在水面之下迅速地游着，高耸的背鳍像刀子一般划破水面，没有丝毫摇摆。在它那紧紧闭合的双唇里，八排牙齿全都朝里倾斜，这和大多数鲨鱼的牙齿不同，不是那种常见的金字塔形，而是像爪子一样蜷曲起来的人的手指。那些牙齿几乎和老人的手指一般长，两侧都有刀片一样锋利的切口。这种鱼天生就把海里所有的鱼作为捕食对象，它们游得那么快，体格那么强健，而且还全副武装，这样一来就所向无敌了。此时，它闻到了新鲜的血腥味，于是加快速度，蓝色的背鳍破水前进。

老人一看见它游过来，就知道这是一条毫无畏惧、肆意妄为的鲨鱼。他一面注视着鲨鱼游到近前，一面准备好鱼叉，系紧绳子。绳子短了点儿，因为他割下了一段用来绑鱼。

老人此时头脑清醒好使，下定决心搏击一番，但却不抱什么希望。真是好景不长啊，他想。他盯着那条紧逼而来的鲨鱼，顺便朝那条大鱼望了一眼。这简直像是做梦一样，他想。我没法阻止它攻击我，但我也许能制服它。尖齿鲨[①]，他想，让你妈见鬼去吧。

鲨鱼飞速靠近船尾，向大鱼发起袭击，老人看着它张开了嘴，看着它那怪异的眼睛，看着它牙齿发出咔嚓一声，朝着鱼尾巴上方的肉扑咬过去。鲨鱼的头从水里钻了出来，后背也正露出海面，老人听见大鱼的皮肉被撕裂的声响，把鱼叉猛地向下扎进鲨鱼的脑袋，正刺在两眼之间那条线和从鼻子直通脑后那条线的交点上。这两条线其实并不存在。真实存在的只有沉重而尖锐的蓝色鲨鱼脑袋，大大的眼睛，还有那嘎吱作响、伸向前去吞噬一切的大嘴。可那是鱼脑所在的位置，老人直刺上去。他使出全身力气，用鲜血模糊的双手把鱼叉结结实实地刺了进去。他这一刺并没有抱多大希望，却带着十足的决心和恶狠狠的劲头儿。

鲨鱼翻了个身，老人看出它的眼睛已经没有生气了，接着鲨鱼又翻了个身，缠上了两圈绳子。老人知道它死定了，可它还不肯听天由命。它肚皮朝上，扑打着尾巴，嘴巴嘎吱作响，像一艘快艇似的破浪前进，尾巴在海上溅起白色的浪花。它身体的四分之三都露在水面上，绳子绷得紧紧的，颤抖个不停，最后啪的一声断了。鲨鱼静静地躺在海面上，老人瞧着它，不一会它就慢慢沉了下去。

“它咬掉了约莫四十磅肉。”老人大声说。它把我的鱼叉和所有的绳子也带走了，他想，况且我这条鱼又在淌血，别的鲨鱼也会来袭击的。

大鱼被咬得残缺不全，他都不忍心再看上一眼。鱼被袭击的时候，他感觉就像是自己受到袭击一般。

好景不长啊，他想。我现在真希望这是一场梦，希望根本没有钓上这条鱼，而是独个儿躺在床上铺的旧报纸上。

不过，攻击我这条鱼的鲨鱼被我干掉了，他想。它是我见过的最大的尖齿鲨。天知道，我可见识过不少大鱼。

“但人不是为失败而生的，”他说，“一个人可以被毁灭，但不能被打败。”我很痛心，把这鱼给杀了，他想。现在倒霉的时候就要来了，可我连鱼叉都没有。尖齿鲨很残忍，而且也很能干，很强壮，很聪明。不过我比它更聪明。也许并不是这样，他想。也许只不过是我的武器比它的强。

“别想啦，老家伙，”他大声说，“顺着这条航线走吧，事到临头再对付吧。”

不过还是得琢磨琢磨，他想。因为我只剩下这件事儿可干了。这个，还有棒球。不知道了不起的迪马吉奥会不会欣赏我一举击中鲨鱼的脑袋。这也没什么大不了的，他想，谁都能行。但是，你以为我这两只受伤的手跟得了骨刺一样麻烦吗？我没法搞明白。我的脚后跟从来没出过毛病，只有一次在游泳的时候踩着一条魟鱼，被它刺了一下，腿的下半截都麻痹了，疼得受不了。

---

① 原文为 Dentuso，西班牙语，意思是“牙齿锋利的”。这是当地对灰鲭鲨的俗称。

“想点儿高兴的事儿吧，老家伙，”他说，“你每过一分钟就离家更近一点儿。丢了四十磅鱼肉，你的船走起来能更轻快。”

他心里很明白如果驶进海流中间会发生什么事情。可是眼下一点儿办法也没有。

“不，有办法，”他大声说，“我可以把刀子绑在一支船桨的柄上。”

于是他把舵柄夹在胳膊下面，一只脚踩住帆脚索，就这么做了。

“这下好了，”他大声说，“我还是个老头儿，但可不是手无寸铁了。”

这时候，风更加强劲了，船航行得很顺利。他只看着鱼的前半部分，心里又燃起了一点儿希望。

不抱希望才愚蠢呢，他想。还有，我把这当成了一桩罪过。别去想什么罪过了，他想。眼下不说罪过，麻烦就已经够多的了，况且我对这个一无所知。

我根本就不懂什么罪过，也说不准自己是不是相信。也许杀了这条鱼是一桩罪过。我看是的，尽管是为了养活自己，让好多人有鱼吃。不过这样说来，干什么都是一种罪过。别再想什么罪过了。现在已经晚了，再说还有人专门拿薪水干这个呢，让他们去费心吧。你天生是个渔夫，就跟鱼生来是鱼一样。圣彼得罗①是个渔夫，跟了不起的迪马吉奥的父亲一样。

不过，他喜欢把所有和自己相关的事情琢磨来琢磨去，没有书报可读，也没有收音机，他就想得很多，而且还继续琢磨罪过这个问题。你杀死那条鱼不光是为了养活自己和卖给别人吃。你杀死它还是为了自尊，因为你是个渔夫。它活着的时候你敬爱它，它死了之后你也一样敬爱它。如果你敬爱它，那么杀死它就不算是罪过。要么是更大的罪过？

“你想得太多了，老家伙。”他大声说。

但是，杀死那条尖齿鲨你倒是乐在其中，他想。它跟你一样，靠吃活鱼为生。它不是食腐动物，也不像某些鲨鱼那样，游来游去只是为了填饱肚子。它美丽而崇高，无所畏惧。

“我杀了它是出于自卫，”老人大声说，“而且我干得很干净利落。”

再说，他想，从某种意义上来说，一物降一物。捕鱼能让我以此为生，也能要我的命。那男孩能让我活下去，他想。我可千万不能过于自欺欺人啊。

他把身子探出船舷，从鱼身上被鲨鱼咬过的地方撕下一块来。他嚼着鱼肉，感觉肉质很好，味道鲜美，坚实而多汁，像牲畜的肉，但颜色不红。鱼肉里也没有什么筋，他知道这在市场上能卖出顶高的价钱。可他没有办法不让鱼的气味散到水里去，老人心里清楚就要大难临头了。

微风不断地吹着，稍稍转向东北方向，他知道这意味着风力不会减弱。老人朝前面张望，看不见任何船帆，也看不见船身，或者是船上冒出的烟。只有飞鱼从船头一跃而起，向两边滑落，还有一簇簇黄色的马尾藻。他甚至连一只鸟也看不见。

他已经驾船航行了两个钟头，在船尾歇息着，时不时嚼上一点儿大马林鱼肉，尽量养精蓄锐，就在这时，他看到了两条鲨鱼中率先露面的那一条。

“Ay.”他大声叫起来。这个字眼是无法翻译的，也许不过是一种声音，像是一个人

---

① 耶稣刚开始传道的时候在加利利海边所收的最早的四个门徒之一。

感觉钉子穿过自己的双手钉进木头里的时候不由自主发出来的。

“加拉诺鲨[①]。”他大声说。他看见第二个鱼鳍紧跟着第一个钻出海水。从那褐色的三角形鱼鳍和甩来甩去的尾巴来看，他认出这是铲鼻鲨。这两条鲨鱼嗅到血腥味顿时兴奋起来，它们都饿傻了，兴奋得一会儿跟丢了，一会儿又嗅到了，不过始终都在逼近。

老人系紧帆脚索，卡住舵柄，然后拿起绑上了刀子的船桨，尽量轻地举起来，因为双手疼得不听使唤了。接着，他张开手，轻轻地握住船桨，双手松弛下来。他又紧紧地攥起手，让它们忍着疼痛不畏缩，一面看着鲨鱼游过来。他能看见鲨鱼那又宽又扁、像铲子一样尖利的脑袋，还有尖端呈白色的宽阔的胸鳍。这两条可恶的鲨鱼，臭气熏人，它们既是食腐动物，也是杀手，一旦饿极了，连船桨和船舵都会咬。就是这种鲨鱼，趁海龟在水面上睡觉的时候咬掉它们的腿和鳍状肢。赶上饥饿的时候，它们还会在水里袭击人，即使人身上没有鱼血或者黏液的腥味。

“Ay,”老人说，“加拉诺鲨，来吧，加拉诺鲨。”

它们来了，不过它们过来的方式和灰鲭鲨不同。有一条鲨鱼转身钻到小船底下，不见了踪影，等它开始撕扯大鱼的时候，老人感到小船都在晃动。另一条用细长的黄眼睛盯着老人，随即飞快地游过来，半圆形的嘴张得大大的，朝着鱼身上被咬过的地方咬了下去。它那褐色的头顶以及脑袋和脊髓相连接的背部有一道清晰的纹路，老人把绑在船桨上的刀子朝那个交叉点刺进去，又拔出来，再刺进它那黄色的猫一样的眼睛。鲨鱼放开了大鱼，身子朝下溜，临死还吞下了咬下来的鱼肉。

另一条鲨鱼还在糟蹋大鱼，弄得小船依旧摇摆不定，老人放松了帆脚索，让小船横过来，露出船底的鲨鱼。他一看见那条鲨鱼，就探过身朝它刺去。他刺中的只是鱼身，鱼皮生硬，刀子几乎戳不进去。这下子震得他的双手和肩膀生疼。不过，那鲨鱼很快就浮上来，脑袋露出了水面，老人趁它的鼻子刚钻出水面挨上大鱼，对准它那扁平脑袋的正中间扎了下去。老人拔出刀刃，再朝同一个地方扎过去。它还是用嘴紧咬着大鱼不放，老人一刀戳进它的左眼，可它还是不肯走。

“还没够吗,”老人说着，把刀刃戳进鲨鱼的脊椎和脑袋之间。这一下倒是很容易，他感觉鲨鱼的软骨断裂开了。老人将船桨倒过来，把桨片插进鲨鱼的两颚之间，想撬开它的嘴。他旋转了一下桨片，鲨鱼松开嘴溜走了，他说：“走吧，加拉诺鲨。溜到一英里深的地方去吧。去看你的朋友，或者见你妈去吧。”

老人擦擦刀刃，放下船桨。然后他找到帆脚索，船帆鼓起来了，他驾着小船顺着原来的航线向前行驶。

“它们准把这鱼咬掉了四分之一，而且都是上好的肉,”他大声说，“我真希望这是一场梦，希望我压根儿没有钓上它来。鱼啊，真抱歉。这下子一切都糟透了。”他住了口，再也不想看一眼那条鱼。它的血都流尽了，又经受着海浪拍打，看上去像镜子的银白色背衬，身上的条纹依然可见。

“鱼啊，我本来就不该出海到这么远的地方,”他说，“对你对我都不好。鱼啊，真抱歉。”

算啦，他自言自语道，还是留神看看绑在刀上的绳子有没有断，再把手保养好，因

① 原文为Galano，西班牙语，铲鼻鲨的俗称。

为还会有鲨鱼来袭击。

“要是有块磨刀石就好了,”老人查看了一下绑在桨柄上的绳子，说，“我真该带一块来。”你该带的东西多着哪，他想。可你就是没带，老家伙。眼下可不是想自己缺什么的时候。还是想想用手头儿的东西能派什么用场吧。

“你给了我好多忠告,”他大声说，“我都听烦了。”

他把舵柄夹在胳膊下面，小船行进的时候，他把双手浸在海水里。

“天知道最后那条鲨鱼咬掉了多少鱼肉,”他说，“不过小船现在轻多了。”他不愿去想残缺不全的鱼肚子。他知道，鲨鱼每次猛撞上去，都会撕去一块肉，而且大鱼在海里给所有的鲨鱼留下了一道有公路那么宽的踪迹。

这条鱼可以够一个人过整整一冬，他想。别想这个啦。还是歇息歇息，让手好起来，保住剩下的鱼肉吧。和水里的血腥味比起来，我手上的根本不算什么。再说，手也不怎么流血了。手割破了没什么大不了的。出点儿血也许能让左手不再抽筋。

我现在能想点儿什么呢？他暗自琢磨。没什么可想的。我什么也不能想，就等着别的鲨鱼来吧。真希望这是一场梦，他想。可谁知道呢？说不定有个好结果呢。

接着是一条独自赶上来的铲鼻鲨。它那架势像是一头猪直奔食槽，要是猪能有那么大的嘴，可以让你把脑袋伸进去的话。老人任凭它袭击大鱼，紧接着把绑在船桨上的刀子刺进它的脑袋。但是鲨鱼翻滚着向后猛地一退，刀刃啪的一声断了。

老人稳定下来掌着舵，甚至不去看那条大鲨鱼在水里慢慢地下沉，开始还是原来那么大，后来越来越小，只有丁点儿大了。这种情景总让老人看得入迷，可这次他连看也不看一眼。

“现在我还有那把手钩,”他说，“可也没什么用。还有两把船桨，舵柄和那根短棍。”

这下子它们算是把我打垮了，他想，我太老了，没法用棍子打死鲨鱼了。不过只要手里还有短棍和舵柄，我就要试试看。

他又把双手浸在水里。这时候已经接近傍晚，除了大海和天空他什么也看不见。空中的风比刚才更大了，他盼望不久就能看见陆地。

“老家伙，你累了,”他说，“你从骨子里累了。”

直到太阳快落下之前，鲨鱼才再次来袭击。

老人看见几片棕色的鱼鳍正顺着大鱼在水里留下的宽阔的踪迹游过来。它们甚至没有东闻西嗅寻找气味，就并排直奔小船而来。

他卡住舵柄，系紧帆脚索，伸手到船尾下去拿棍子。这是从一支断桨上锯下来的桨柄，大约两英尺半长。手柄很短，只有用一只手紧握着才好发力，他用右手好好攥住，时松时紧，注视着两条鲨鱼过来。两条都是加拉诺鲨。

我得等第一条紧紧咬住大鱼时，再打它的鼻尖或者直接打它的头顶，他想。

两条鲨鱼一齐紧逼而来，他一看见离他最近的一条张开嘴，咬住了大鱼银色的体侧，就高高举起棍子，重重地落下去，打在鲨鱼宽阔的脑袋顶上。棍子敲上去的时候，他觉得像是打在坚韧的橡胶上。但他也感到了坚硬的骨头，趁鲨鱼从大鱼身上往下溜的时候，他又狠狠地打在鲨鱼的鼻尖上。

另一条鲨鱼不断游进游出，这时候又张大嘴逼了上来。鲨鱼猛撞在大鱼身上，咬紧了嘴巴，老人可以看见一块块白花花的鱼肉从它的嘴角漏出来。他抡起棍子打过去，但只敲在头上，鲨鱼看看他，把咬在嘴里的肉撕扯下来。趁它溜走把肉吞下去的当儿，老人再一次抡起棍子朝它打去，却只打在橡胶一般厚实坚韧的地方。

“来吧，加拉诺鲨，”老人说，“再来吧。”

鲨鱼冲了上来，老人趁它合上嘴的时候给了它一下子。他把棍子举得高得不能再高了，结结实实地打在鲨鱼身上。这回他感觉打中了脑袋根部的骨头，接着又朝同一部位打了一下，鲨鱼有气无力地撕下嘴里叼的鱼肉，从大鱼身上出溜下去。

老人提防着它再游回来，可是两条鲨鱼都没再露面。随后他发现其中一条在海面上兜圈子，却没看见另一条鲨鱼的鳍。

我不能指望干掉它们了，他想。年轻力壮的时候倒是能办到。不过，我把它们俩都伤得不轻，没有一条身上好受。要是我用两只手抡起一根棒球棒，准能把第一条鲨鱼打死。就是现在也能行，他想。

他不想再看那条鱼。知道有一半都给毁了。就在他跟鲨鱼搏斗的时候，太阳已经落下去了。

“天就要黑了，”他自言自语道，“到时候我就能看见哈瓦那的灯光了。要是朝东走得太远，就能看见一片新开辟的海滩上的灯光。”

现在离陆地不会太远了，他想。但愿没人太为我担心。当然啦，只有那男孩会担心。不过，我相信他会对我有信心。好多上了岁数的渔夫也会为我担心，还有不少别的人也会的，他想。我住在一个人心善良的镇子里啊。

他没法再跟鱼说话了，因为鱼已经破损得不成样子。接着他又想起了什么。

“半条鱼，”他说，“你原来是一整条。很抱歉，我出海太远了。我把咱们俩都毁了。不过，咱们杀死了好多条鲨鱼呢，你和我一起，还打垮了好多条。你杀死过多少啊，鱼老弟？你头上的长矛可不是白长的啊。”

他喜欢想这条鱼，想着它如果能自由游弋，会怎样对付一条鲨鱼。我应该砍下鱼嘴，用来跟鲨鱼搏斗，他想。但我没有斧头，后来连刀也没有了。

不过，我要是砍下了鱼嘴，就能把它绑在桨柄上，那该是多好的武器啊。这样我们也许就能一块儿跟它们斗了。要是夜里来了鲨鱼，该怎么办？能有什么办法？

“跟它们斗，”他说，“我要跟它们一直斗到死。”

可是，现在一片漆黑，不见光亮，也没有灯火，只有风在吹，船帆稳稳地把小船拖向前去，他觉得说不定自己已经死了。他把双手合在一起，手掌相互摩挲着。这双手没有死，只要一张一合，就能感到活生生的疼痛。他的后背靠在船尾，他知道自己没有死，这是他的肩膀感觉到的。

我许过愿，如果逮住了这条鱼，要念那么多遍祈祷文，他想。可我现在太累了，没法念。我还是把麻袋拿来披在肩上吧。

他躺在船尾掌着舵，等待天空出现亮光。我还有半条鱼，他想。也许我走运，能把前半条带回去呢。我总该有点儿运气吧。不会的，他说，你出海太远了，你的好运气都给毁了。

“别犯傻了，”他大声说，“还是清醒着点儿，掌好舵吧。兴许你还能交上好大的运气呢。”

“要是有地方卖的话，我倒想买些运气。”他说。

我能拿什么来买呢?他问自己。用一支搞丢了的鱼叉、一把折断的刀子,还有一双损坏的手能买来吗?

“也许你能行,”他说,“你试着用连续出海八十四天换来好运气,人家差一点儿就卖给你了。”

绝对不能胡思乱想,他暗自琢磨。好运这玩意儿,出现的形式多种多样,谁能认得准啊?可不管是什么样的好运,不管付出什么代价,我都想要一点儿。但愿我能看到灯火的亮光,他想。我希望得到的东西太多了,眼下只希求一样。他尽量坐得舒服些掌着舵,知道自己没有死,因为身上还在疼。

他看见城市灯光的倒影,肯定是在夜里十点钟左右。起初只是依稀可见,就像月亮升起之前的微弱天光。随后,隔着随风力变大而汹涌起来的海洋,那光亮也越来越清晰。他驶进光影里,心想,要不了多久就能到达海流的边缘了。

这下事情就要过去了,他想。不过,它们可能还会来袭击我。一个人在黑暗中手无寸铁,怎么对付它们呢?

这时候,他浑身僵硬、酸痛,在夜晚的寒气里,身上的伤口和所有用力过度的地方都让他感到疼痛。但愿不用再搏斗了,他想,真希望不用再搏斗了。

但是,到了半夜,他又上阵了,而且这次他心里明白,搏斗也是徒劳。鲨鱼成群结队地游了过来,直扑向大鱼,他只能看见鱼鳍在水面上划出的一道道线痕,还有它们身上的磷光。他用棍子朝鲨鱼的头直打过去,听到几张鱼嘴咬啮的声响,还有它们在船底下咬住大鱼,让小船来回摇晃的声音。他只能凭感觉和听觉拼死拼活地一顿棍棒打下去,觉得棍子被什么东西抓住了,就这么丢了武器。

他把舵柄猛地从舵上扭下来,用它乱打乱砍一气,双手紧攥着,一次又一次地猛砸下去。但是此时鲨鱼已经来到了船头,一个接着一个,或者成群扑上来,撕咬下一块块鱼肉,它们转身再来的时候,鱼肉在水面下闪着亮光。

最后,有条鲨鱼朝鱼头扑来,他知道这下子全完了。他抡起舵柄砸向鲨鱼头,正打在它的嘴上,那嘴卡在沉甸甸的鱼头上,撕咬不下。他又接二连三地抡起舵柄。他听见舵柄断了,就用断裂的手柄刺向鲨鱼。他感到手柄刺了进去,知道它很尖利,就接着再刺。鲨鱼松开嘴,翻滚着游走了。这是来犯的鲨鱼群中的最后一条。已经没有什么可让它们吃的了。

老人这时候差点儿喘不过气来,感觉嘴里有股怪味儿,那是一股铜腥味,甜腻腻的,他一时有些害怕,不过那味道并不太重。

他往海里啐了一口,说:“吃吧,加拉诺鲨,做个梦吧,梦见你杀了一个人。”

他知道自己终于被击垮了,无法挽回,他回到船尾,发现舵柄的一头尽管参差不齐,还是能塞进舵孔,让他凑合着掌舵。他把麻袋围在肩膀上,驾着小船起航了。他很轻松地驾着船,没有任何想法和感觉。此时,他已经超脱了一切,只是尽心尽力地把小船驶回家去。夜里,有些鲨鱼来袭击大鱼的残骸,就像人从餐桌上捡面包屑一样。老人毫不理睬,除了掌舵以外,什么都不在意。他只注意到,没有了船边的重负,小船行驶得那么轻快,那么平稳。

船还是好好的,他想。除了船舵,它还算是完好无损。船舵是很容易更换的。

他感觉自己已经到了海流中间,可以看见沿岸的海滩村落里的灯光。他知道现在到了什么地方，回家已经毫不费力了。

不管怎么说，风是我们的朋友，他想。接着他又想，那是有时候。还有大海，海里有我们的朋友，也有我们的敌人。还有床，他想。床是我的朋友。就是床，他想。床是一件很不错的东西。你给打垮了，反倒轻松了，他想。我从来不知道竟会这么轻松。是什么把你给打垮了呢，他想。

“没有什么把我打垮，”他大声说，“都是因为我出海太远了。”

等他驶进小港，露台饭店的灯光已经熄灭，他知道大家都上床歇息了。先前的微风越刮越大，此时已经非常强劲。不过，海港里静悄悄的，他驾船来到岩石下面的一小片沙石滩。没人帮忙，他只好一个人把船尽可能往上拖，随后跨出来，把小船紧紧地系在一块岩石上。

他取下桅杆，卷起船帆捆好，然后扛着桅杆开始往岸上爬。这会儿他才知道自己有多么累。他停下来站了一会儿，回头望望，借着街灯反射的光亮，他看见那条鱼的大尾巴直竖着，好长一段拖在船尾后面。他看到鱼的脊骨裸露出来，呈一条白线，脑袋漆黑一团，伸出长长的嘴，头尾之间却光秃秃的，什么也没有。

他又开始往上爬，到了顶上一下子摔倒在地，他躺了一会儿，桅杆横压在肩上。他努力想要站起身来，但这太难了，就扛着桅杆坐在那儿，朝大路那边望去。一只猫从路对面走过，忙活着自己的事儿，老人定睛看了看它，又把目光投向大路。

他终于放下桅杆，站了起来。他拿起桅杆扛在肩上，顺着大路走去，一路上坐下歇了五次，才走回自己的小棚屋。

进了棚屋，他把桅杆靠在墙上，摸黑找到一个水瓶，喝了口水。随后他躺在床上，把毯子拉过来盖住肩膀，又盖住后背和双腿，他脸朝下趴在报纸上，胳膊伸直，掌心朝上。

早上，男孩朝门里张望的时候，他正睡着。风刮得太猛烈了，漂流船都不会出海，男孩便睡了个晚觉，接着跟每天早上一样，来到老人的棚屋。男孩看见老人在呼吸，又看看老人那双手，禁不住哭了起来。他悄悄地走出去弄来一些咖啡，一路上哭个不停。

好多渔夫都围着那条小船，看绑在船旁边的东西，其中一个卷起裤腿站在水里，正用一根钓线量死鱼的残骸。

男孩没有走下去。他刚才已经去过了，有个渔夫在替他看管这条小船。

“他怎么样啊?”一个渔夫大声喊道。

“在睡觉。”男孩喊着说。他不在乎别人看见自己在哭。“谁也别去打扰他。”

“从鼻子到尾巴有十八英尺长。”正在量鱼的渔夫叫道。

“这个我相信。”男孩说。

他走进露台饭店，要了一罐咖啡。

“要滚烫的，多加点儿牛奶和糖。”

“还要什么?”

“不要了。等会儿我看他能吃点儿什么。”

“多大的鱼啊，”饭店老板说，“从来没见过这么大的鱼。你昨天捕到的那两条也不错。”

“我的鱼，见鬼去吧。”男孩说着又哭了起来。

“你想喝点儿什么吗?”老板问。

“不要了,”男孩说,“告诉他们别去打扰圣地亚哥,我这就回去。”

“跟他说我有多么难过。”

“谢谢。”男孩说。

男孩拎着那罐热咖啡走到老人的棚屋,坐在老人身边等他醒来。有一回老人看上去正要醒来,却又沉沉地睡去了,男孩于是就穿过大路去借些木柴来热咖啡。

老人终于醒了。

“别坐起来,”男孩说,“把这个喝了。”他往杯子里倒了些咖啡。

老人接过去喝了。

“它们把我打垮了,马诺林,”他说,“它们真的打垮了我。”

“没把你打垮。那条鱼可没有。”

“对,没错儿。那是后来的事儿。”

“佩德里克在照看小船和打鱼的家什。鱼头你打算怎么办?”

“让佩德里克剁碎了当诱饵用吧。”

“鱼的长嘴呢?”

“你要的话就留下吧。”

“我要,”男孩说,“现在咱们得商量一下别的打算了。”

“他们找过我吗?”

“当然啦。海岸警卫队和飞机都出动了。”

“海那么大,船那么小,不容易看见。”老人说。他发现,能和一个人说话是件多么愉快的事儿,用不着自言自语,或是对着大海说话了。“我惦记着你呢,”他说,“你们捕到了什么?”

“头一天一条,第二天一条,第三天两条。”

“很棒啊。”

“现在咱们又能一起捕鱼了。”

“不行啊。我运气不好。我再也交不上好运了。”

“让运气见鬼去吧,”男孩说,“我会带来好运的。”

“你家里人会怎么说呢?”

“我才不管呢。我昨天捕到两条。不过从现在起咱们俩一起捕鱼,我要学的东西还多着呢。”

“我们得弄一支好使的鱼镖备在船上。你可以用旧福特车上的弹簧片做刀刃。可以拿到瓜纳瓦科亚[①]去打磨。应该磨得非常锋利,不用回火,要不会断的。我的刀就断了。”

“我再去弄把刀来,把弹簧片也磨好。这大风要刮多少天啊?”

“也许三天,也许还不止。”

“我会把一切都准备好,”男孩说,“你把手养好,老爷子。”

“我知道该怎么保养。夜里我吐出来一些奇怪的东西,感觉胸膛里有什么东西

---

① 哈瓦那东部的一个小城。

坏了。”

“这也得养好，”男孩说，“躺下吧，老爷子，我去给你拿件干净衬衫。再带点儿吃的。”

“把我出海时候的报纸随便拿一份来吧。”老人说。

“你得赶快好起来，因为我还有好多东西要学呢，你什么都教给我。你吃了多少苦啊？”

“多得很。”老人说。

“我去把吃的和报纸拿来，”男孩说，“好好休息，老爷子。我从药店里给你拿些治手的药。”

“别忘了告诉佩德里克，鱼头归他了。”

“不会忘的。我记着呢。”

男孩出了门，顺着磨损的珊瑚石路走着走着，又哭了起来。

那天下午，露台饭店来了一群游客，有位女士望着下面的海水，发现在空啤酒罐和死梭子鱼中间有条又大又长的白色鱼脊骨，末端耸立着一个巨大的尾巴，东风在海港以外不断掀起大浪，那尾巴也随着潮水起伏摇摆。

“那是什么？”她指着大鱼长长的脊骨问一名侍者，现在这鱼骨只是一堆废物，等着潮水把它冲走。

“Tiburon①，”侍者说，“Eshark②.”他本想说说事情的来龙去脉。

“我不知道鲨鱼有这么漂亮、形状这么优美的尾巴。”

“我也是。”她的男伴说。

在路另一头的棚屋里，老人又睡着了。他还是脸朝下趴着，男孩坐在一旁守着他。老人正梦见狮子。

【选自[美]欧内斯特·海明威：《老人与海》，李育超译，北京，人民文学出版社，2013】

---

① 西班牙语，意为“鲨鱼”。

② 侍者用英语说“鲨鱼”（shark）这个单词时的发音。

罗伯-格里耶

阿兰·罗伯-格里耶(1921—2008)是法国著名小说家,“新小说派”的代表人物。罗伯-格里耶原先是农艺师,1953年发表第一部小说《橡皮》,该小说刚发表时没有产生什么反响,到了20世纪60年代却销量大增。1955年以后罗伯-格里耶在子夜出版社担任文学顾问,同时从事写作和电影摄制。罗伯-格里耶的主要作品还有《窥视者》(1955)、《嫉妒》(1957)和电影小说《去年在马里昂巴德》(1961),这些作品都具有“新小说”的特色。

《橡皮》主要讲述内政部调查局侦探瓦拉斯奉命去某城调查杜邦教授被暗杀一案的经过。杜邦是政治经济学专家,属于一个重要的政治集团。杜邦所属集团有9个人被暗杀,主谋是一个无政府主义恐怖组织。杜邦也是暗杀目标,只是因为派去暗杀杜邦的凶手失手才未死,杜邦为安全考虑对外宣称自己已死,然后躲了起来。杜邦有一些重要文件放在家里需要拿出,于是求朋友马尔萨帮忙去家中取文件。马尔萨将准备去取文件的事告诉警察局,瓦拉斯知道了此事,然而瓦拉斯和警察局都不知道杜邦未死。后来马尔萨因害怕不敢去杜邦家中,杜邦只好自己去取文件。瓦拉斯推断恐怖组织准备派人去暗杀取文件的马尔萨,于是想去杜邦家中抓凶手,但他去后却与杜邦相遇,因不知道来人是杜邦又见他手里有枪,出于自卫打死了杜邦。

小说揭示出社会是一个巨大而复杂的网络,社会活动和个人活动有许多偶然因素,因此无法完全受到控制,出现意外是很正常的。小说所写智囊集团对法国国家政治的影响、无政府主义团体的破坏活动、小城普通百姓的日常生活等,具有一定的认知意义。《橡皮》作为“新小说”在艺术上很有代表性,它注重对“物”冷静而不带感情的刻画,叙述上采用多线索互相交叉、意识活动和现实场景互相穿插的方式,并且重复使用带有象征意义的道具,使作品的情节显得神秘难测。

这里所选的是《橡皮》第5章,是小说的最后一章,讲述瓦拉斯知道马尔萨不愿去杜邦家取文件,于是决定自己前去看看情况,而另一边杜邦教授也去家里取文件。两人在杜邦家相遇,瓦拉斯打死了杜邦,最后回首都交差。

橡皮(节选)

第五章

1

夜已来临，北海上的寒雾也随之而来，城市将在寒夜中入睡了。现在整天几乎没有白昼。

瓦拉斯沿着灯光连接亮起的橱窗走着，同时试图从罗伦刚才给他看的那份报告中理出有用的材料。至于谋杀的起因不是盗窃，他“吃这行饭的人”——按准确的字义来说——当然是一清二楚的。不过，为什么想象凶手是两个人而不是一个人呢？说那射击致命一枪者并不是那个指点穿过花园和房子的通道的人，这种设想也不能进一步解决问题。还有，关于草坪上脚印的论证，也并不十分具有说服力。要是其中有一人已经走到小径的砖砌沿边上，另一个可以跟着走或者更恰当的做法是走在前头，因为据说只有他一个人认得路。这样，这两个在夜里光临的不速之客走动的方式看来才更合乎道理。不管怎样，走在草坪上是没有必要的；要是有人这样干，肯定是别有原因——或者是根本没有任何原因。

瓦拉斯感到，从早上以来累积的疲劳使两条腿开始麻木起来。他一向没有习惯走这样多的路。这一来一回，从城的一端走到另一端，总的算起来恐怕有很多公里，这些路程绝大部分都是步行的。从警察局出来，他经过了宪章街、省政府和牧女街朝着科伦特街走去。过了牧女街，他发现自己在三条路的交叉口上，一条是他刚走过的，其余两条在他的正前方，三条路形成一个直角。他记起自己有两次走过这个地方：第一次他没有走错路，第二次他走错了；但是他想不起这两条路中哪一条是第一次走的——两条路都非常相像。

他从左边那条街走去，循着路形拐了几个弯以后，就到了法院广场上——他没有想到这样快就走到这个地方——正对着的就是警察局。

罗伦正好从局里走出来，又一次见到一刻钟以前才走掉的瓦拉斯，他显得有点惊讶。不过他什么也没有问，只是提出要用自己的汽车把密探送到科伦特街的医院去，因为他正好要到那一带去。

两分钟以后，瓦拉斯在揿这条街 11 号的门铃，还是见过面的那位女护士来开门——就是她，今早举止轻率地硬要把他留住，虽然医生不在家。从她的微笑，瓦拉斯看出她认得自己。“全都是一样货色!”他对护士说，有话要和医生“本人”讲；他再三强调事情紧急，并且拿出自己的名片，上面写着：内政部调查局。

他被引进一间颇为阴暗的类似客厅兼图书馆的房间里等候。既然没有人请他坐下，他就在摆满精装书籍的书架前踱来踱去，漫不经心地在走过时看看书名。有一架书全都是有关瘟疫的著作——历史方面的书和医学方面的书同样多。

一个女人从这客厅走过去，接着又有两个妇人和一个神色仓促戴眼镜的男人走过。女护士后来又走进来——好像已经把他忘记了——问他等着有什么事。他回答说是在等候茹亚尔医生。

“医生刚走掉，您没看见他?”

很难相信护士不是在取笑他。叫人怎能猜得到刚才看到的就是茹亚尔医生，他并不认识这位医生。为什么她不按照他的要求，通知医生他的来访呢?

“请您不要生气，先生；我以为医生出去之前跟您谈过话了。我向他说过，您在等着他。他刚才是因为有急诊外出，连一分钟也不能耽误。医生因为下午有很多工作要做，问您是不是能够四点半钟准时在火车站的大厅里等他——就是从电话间到酒吧间这一段地方；这是今天能见到他唯一的办法，他要到很晚的时候才会回到这里来了。我看见医生走进客厅的时候，还以为他亲自和您约好的。”

那矮小的医生在走过的时候，曾经偷偷地仔细打量他。“这个地区有一些古怪的医生。”

瓦拉斯见赴约前还有时间，便跑到批发商马尔萨家里去。但是，他揿了门铃没有人应。这关系不大，因为罗伦已经把跟这位自认为已被判了死刑的人谈话的主要内容告诉他了，不过，他还是希望能够亲自看看到底这人是否神经正常。罗伦把马尔萨看作是一个神经错乱病患者，这人在他的办公室里所表现的态度，至少可以部分地证明这看法是对的。不过，在某些方面，瓦拉斯不像警察局局长那样肯定马尔萨的种种担心害怕全是捕风捉影的；就在今天晚上，又一个新的受害者要遭到谋杀，这件事完全是在意料中的了。

从马尔萨家的大楼下来后，瓦拉斯问看门人是否知道这位房客什么时候回来。据回答，马尔萨先生刚带了全家坐汽车走了。要几天后才回来；他无疑是接到一个近亲逝世的消息，所以“这不幸的人手忙脚乱”。

这位商人居住的地方是在城南，离木材出口商集中的地区不远。瓦拉斯就从这个地方出发走向火车站。他先是走过柏林街和法院广场，接着他沿着一条看不到尽头的运河走去，这条运河的另一边，是一排排的旧房子，几百年来，由于河水的侵蚀，这些房子的狭窄的山墙都已朝运河前倾，样子看来岌岌可危。

瓦拉斯进入火车站大厅时，一眼就看见一个有镀镍的柜台小店，一个系着白围裙的男孩子在卖夹肉面包和汽水。右面五公尺的地方有一个电话间——单独一间。他开始闲踱，经常朝大挂钟看一眼。医生迟迟未到。

在这等候火车开行的大厅里，到处是人群朝四面八方急行。瓦拉斯没有离开护士讲的那个地点一步，生怕在人群如此拥挤的情况下，医生来到，自己没有看见。

瓦拉斯开始担心起来。约定的时间已经过了很久，他到医院去以后留下的不愉快的印象越来越清晰起来。肯定是一场误会。那护士没有把医生转托的事办好，不是在这上面就是在那上面出岔——也许两面全出岔。

得打电话到科伦特街去问个明白。可是在近旁这个玻璃电话间里没有电话簿，瓦拉斯只好跑去向卖汽水的问哪儿可以查电话号码。这小商人正忙着递汽水瓶和数钱，只是朝大厅一个地方一指了事。瓦拉斯在那个地方费了很大劲才找到一个卖报的小铺子。看来肯定是那个卖汽水的人没有弄清他要找的是什么。不过瓦拉斯还是走进那斗大的小书店中。那里当然不会有电话簿的影子。在画报和彩色封面的惊险小说中，还摆着一些文具用品；瓦拉斯提出要看看一些橡皮块。

就在这时侯，茹亚尔医生推门进来。原来他是在大厅的另一端等着，那个地方有一个名副其实的酒吧间和一整排电话间。

医生没有能够向他提供什么新的情况。瓦拉斯出于谨慎起见，不愿意提到有人搞阴谋的事。茹亚尔也不过是重复早上已经和警察局局长所说的一套。

瓦拉斯自然在车站广场搭乘前一天晚上把他带到测量员街附近的那路电车。他仍然在同一个停车站下车。他现在沿着环形大道走去，循着这条路他可以到达那砖砌的小楼房和联盟咖啡馆里的简陋的房间。一夜又过去了。比起昨天循着同一条路来到时，他仍然一无进展。

瓦拉斯走到测量员街转角上那座石砌的大楼房里面。在看门人的诘问之下，他将不得不出示自己那粉红色的身份证，而且可能在这种情况下，不得不承认今早假说巴克斯太太是他的母亲的老朋友，是一桩小小的欺骗。

从快活而肥胖的看门人接待他的态度上，瓦拉斯看出自己已被认出来。当他说明来意时，看门人微微地笑了笑，直截了当地说：

“今早我就已经知道您是警察局的。”

这位大汉接着说，有一位侦缉员已经来向他调查过，他当时推说什么也不知道。瓦拉斯于是提出看门人曾说看到做出吓人手势的那个青年。这时大汉双手朝天高举。

“吓人！”他重复这个词。

他正感到那位侦缉员对这个青年太重视而他却认为远不……瓦拉斯现在看到——像他所预期的那样——警察局局长罗伦怀疑他那位下属不合时宜的“热劲”是有道理的。看门人并没有说年轻人和教授见面时发生了争吵，而是说有时“提高了嗓门”。他也没有说过这青年学生看样子经常是醉醺醺的。对，他看见这年轻人在走过时曾对一个同学用手指指小楼房，不过并没有说这种动作含有威胁的意思；他只是提到“指手画脚”——像所有这种年纪的男孩子，在兴奋或激动的时候都会有的动作。最后，看门人还说，过去教授也曾经接待大学里的学生来访的，虽然，老实说，次数不多。

咖啡馆里暖和宜人，虽然空气浑浊——烟味、人呼吸的气息和白酒散发出来的酒气。座上顾客很多——有五六个人又笑又闹。瓦拉斯回到这个地方来，像是找到避难所一样。他希望和什么人已约好在这里见面；他愿意连续几个钟头等待下去，逃遁在这无聊的争论喧闹声中——坐在这张稍微远离人群的桌旁喝着掺热糖水的烈酒……

“敬礼！”醉鬼说。

“你好。”

“你让我久等了。”醉鬼说。

瓦拉斯转过身去。在这个地方也找不到一张可以安安静静坐下远离人群的桌子。

他不想上楼到房间里去，他记得那里是阴森森的，现在大概是冰凉凉的。他向柜台走去，那里有三个人用胳臂肘支在台面上站着。

“怎么样，”醉鬼在他背后大叫，“你不来坐坐吗?”

三个人同时朝他转过身来，无拘无束地仔细打量他。一个穿着沾了油污的机工连衣裤，其他两人身着海蓝色的粗羊毛大领的厚厚的工作上衣。瓦拉斯想起自己那一身资产阶级的衣着会泄露他是干警察那一行的。费比乌斯要是他的话，会一开始就把自己打扮成水手。

……费比乌斯进场。他穿着蓝色的宽大的水手罩衣，扭动着屁股走路——记起想象中的船身上下晃动。

“今天捕不到几条鱼，”他冲着大伙说，“大海里的鲱鱼大概全都做了罐头……”

那三个人带着既惊讶又怀疑的心情打量他。两个站在火炉前面正在起劲地谈话的人，也停下来看他。老板拿着揩布在柜台上抹了一把。

“怎么样，你来吧。”醉鬼在周围一片沉静中说。“人家要你猜一个谜语。”

那个机工、两个水手以及两个在炉旁的人全都重新继续原来的活动。

“请给我来一杯掺热糖水的烈酒。”瓦拉斯对老板说。

接着他走去坐在头一张桌子上，免得看见醉鬼。

“总是客气待人。”醉鬼说。

“我能够沿着一条与运河构成斜角的线走，”有人说，“而同时又是在一条直线上前进。对，是这样!”

老板再一次给胳臂肘支在柜台上的三位顾客斟了一轮酒。火炉旁的两人继续争论，他们的分歧是在“斜线”这个词上，双方都尽量提高声音，以此证明自己有理。

“你让我说话吗?”

“你不是一直在说个不停吗?”

“你没懂我说的。我说的是，我能够直线地走，同时又沿着一个斜线方向——与运河构成斜角的方向。”

对方想了一想，接着平静地说：

“这样走，你就要掉到运河里去了。”

“那么，你是拒绝回答问题吗?”

“安东，你听着，你爱怎么说就怎么说，我还是抱着原来的看法：要是你斜着走，你就会沿着直线走啦！管它是和运河或是和别的什么东西构成斜角也罢。”

穿着灰色工作罩衫和戴着药剂师无边帽的汉子估计，在自己过硬的道理前面，对方将哑口无言。可是对方耸耸肩膀表示不屑与他再争辩下去。

“我从来没有见过这种笨蛋!”

说完他朝着那些水手转身过去。但是，这些人只顾跟自己圈子里的人说话，还夹着用土话喊叫或是放声大笑，安东走到瓦拉斯正在喝酒的桌子旁，希望他来评评理。

“先生，您听见了吗？瞧这位自以为是有学识的人，却不承认一条线可以同时是斜线又是直线。”

“噢!”

“您，您承认吗?”

“不，不!”瓦拉斯赶紧回答。

“怎么，不? 一条斜线，就是一条……”

“不是这样，不是这样。我刚才是说，我不能同意有人居然不承认这种说法。”

“那就对啦……对啦。”

安东对这种他认为过于圆滑的表达，似乎不是完全满意。他仍然抓住争论的人不放，他说：

“卖草药的，你看怎样?”

“我什么也没有看见。”草药商平静地回答。

“这位先生赞成我的看法!”

“他可没有这样说过。”

安东越来越激动。

“请您向他解释一下，‘斜’是什么意思?”他大声向瓦拉斯说。

“‘斜’,”瓦拉斯含糊地重复这个字眼……“这可以有几种意思。”

“我也这样想。”草药商赞同地说。

“总之,”安东再也忍耐不住，喊叫起来，“一条线对另一条是斜的，这肯定有某种意义!”

瓦拉斯努力作出确切的回答：

“这意味着,”他说，“两条直线形成一个角度，一个可以从零到九十度不同的角度。”

草药商兴高采烈起来。

“这正是我说过的,”他最后作结论似地说。“要是形成一个角度，那就不是笔直的。”

“我从来没有见过这样的笨蛋。”安东说。

“可是我呢，我知道一个更有意思的谜语……我可以……”

醉鬼从坐着的桌旁站了起来，打算加入这场对话。但是他站不稳，因此就在瓦拉斯旁边坐下来。为了免得口齿不清，他慢慢地说：

“说说看，是什么动物在早晨杀父……”

“再加上这糊涂虫，那可就到顶了啦!”安东大声说。“我打赌，你连什么是斜线也不知道。”

“我看你那样子就有点斜门口,”醉鬼温和地说。“这个谜语，是我提出来的。我有一个谜语是特地为我的老朋友准备的……”

两个有争论的人向柜台走去，希望各自找到新的支持者。瓦拉斯转身背向醉鬼，可是他继续说下去，声音显得兴高采烈而又专心一致。

“是什么动物早上杀父，中午淫母，晚上瞎掉眼睛的?”

在柜台旁，这场争论把所有的顾客都卷进去了。五个人一起说话，因此瓦拉斯只能听到只言片语。

“怎么样?”醉鬼死缠不放，“你猜不着吗? 其实并不难猜：早上杀父，中午瞎眼……不对……是早上瞎眼，中午淫母，晚上杀父。怎么样? 是什么动物?”

恰巧这时候老板到来，把空杯子拿走。

“今晚我还要住原来的房间。”瓦拉斯对他说。

“然后是他付账请客。”醉鬼加上一句。

但是，这个建议没有人理睬。

“怎么样？你耳朵聋了吗？”醉鬼说，“喂，朋友！是中午耳聋，晚上瞎眼吗？”

“别老缠他了。”老板说。

“而且是早上跛脚。”醉鬼突然神色庄重地把话说完。

“我告诉你，别缠着他。”

“行呀，我没做坏事，不过是叫人猜谜语罢了。”

老板用揩布在桌上抹一把。

“你老拿你这些谜语来烦死人。”

瓦拉斯走了出来。不是有什么明确的事情要做，而是这个说谜语的醉鬼使他不得不离开那小咖啡馆。

虽然是黑夜寒冷，而且疲惫不堪，他宁可出来走走。他想把一天来从各处收集到的材料组织起来。经过小楼房的花园铁栅前的时候，他抬眼望望那空无人住的房子。在街的另一面，巴克斯太太的窗子仍有亮光。

“喂！你不等候我吗？喂！朋友！”

醉鬼跟踪而来。

“喂，前面这个人！喂！”

瓦拉斯加快脚步。

“等一等，喂！”

高高兴兴的声音逐渐消失了。

“慢点，别那么赶忙！……喂！……别跑得那么快……喂！……喂！……喂！……”

2

右手四指的背对着左手四指的正面，八只短而胖的手指相互轻轻擦来擦去。

左手大拇指抚摩右手大拇指，开始时是轻轻的，后来逐渐用力。现在其余的手指调换了位置，左手四指的背用劲地擦着右手四指的正面。这些手指一会儿相互叠起，一会儿彼此交叉或扭转；动作越来越快，越来越复杂，渐渐失去规律性，不久就变为混乱一圈，最后在指骨和手掌忙乱的动作中再也无法看清了。

“进来！”罗伦说。

他双手摊平摆在桌上，手指岔得很开。传达人员传来一封信。

“局长先生，有人把这信从传达室的门底下偷偷塞了进来，上面写着特急和私人信件。”

罗伦接过这人递给他的黄色信封。信封上的字是用铅笔写的，模糊不清：私人信件。警察局局长先生亲启。特急。

“看门人没有看到是什么人拿来的信吗？”

“局长先生，他没有办法见到，这封信是他在传达室门底下发现的。也许已经放在那里有一刻钟了，也许时间更长一些。”

“好吧，谢谢您。”

传达人员走后，罗伦摸一摸信封，里面似乎有一个相当硬的卡片。他拿到电灯底下照一照，没有看到任何异常现象，于是他决定用裁纸小刀把信拆开。

里面是一张带画的明信片，画上是一所仿路易十三时代建筑式样的小房子，坐落在一条郊区阴沉沉的长街和一条大概是运河旁的宽阔大道构成的一个转角上。明信片的另一面只有一句话——仍然是用铅笔写的：“今晚七点半钟碰头。”是女人的手迹，底下没有签名。

警察局长每天都会收到类似的东西——匿名信、谩骂信、恐吓信、揭发信——经常是写得一塌糊涂，往往是文盲或疯子寄来的。这封信引人注意的内容是它的简短明确。碰头地点没有写明，可能就是图片上的那个街道的转角——不管怎样，总可以设想是这样。罗伦要是认得这个地方，他也许会按照信上写的时间派一两名警察到那里去。要是进行大规模搜查而结果——即使收获大的话——也不过是抓到某一条渔船私运五公斤鼻烟上岸，那可就太不值得了。

何况还得弄清楚这小小的犯法行为是否事实上已得到办理案件的侦缉人员认可。警察局长很清楚有许多小宗的走私买卖是得到警察徇情照顾的，这些人只要分得一份微薄的利益也就万事大吉了。只有在处理重大的违法案件时，才能要求他们执法如山。一旦遭到最严重的犯罪案件时，他们会采取怎样的行动，那就很难说了……譬如说，要是有类似瓦拉斯所描述的那样一个政治组织请求他们……幸亏是没有发生这种问题。

警察局长拿下电话听筒，要求接通首都。他想打听清楚，以便采取对策。现在只有中央部门能提供情况——要是那里有时间做尸体解剖的话。

不久电话就接通了，但是人家让他好几次从一个部门转到另一个部门去，结果还是没有找到能解决问题的人。曾经在那封指示警察局放行尸体的信上签字的办公厅主任告诉他该去找法医处，但那里的人似乎一无所知。一个个地方连续打电话，最后打到警察总监的办公室里，那里有一个人——不确知是谁——同意听取他提出的问题：“那颗杀死丹尼尔·杜邦的子弹是在多远的距离发射的?”

“请等一下，不要放下电话。”

经过相当长的时间以后——中间还被各种声音打断——他最后才得到回答。

“子弹直径 7.65 毫米，是从正面发射的，距离约四公尺。”

这个回答完全不能为案件解决任何问题，除了得到一个经验教训。

后来罗伦又一次接待瓦拉斯的来访。

这位密探似乎并没有什么话要对他说。他又再回到这里来，好像是因为不知该到什么地方去好。他谈了商人马尔萨的逃走，跟茹亚尔医生的会面，对从前的杜邦夫人的访问。警察局长觉得茹亚尔的行径有可疑之处，过去每次和这位医生打交道时也有同样的感觉。至于那位已离了婚的夫人，大家都知道她是一无所知的。瓦拉斯描述了文具店布置的那个奇怪的橱窗并且从口袋里拿出一张明信片，和不久前传达人员拿进来的一样，这使警察局长大吃一惊。

罗伦跑到自己办公室里把那张无名氏寄来的明信片找来。完全一模一样。他叫瓦拉斯看看写在背面的那句话。

3

场景的地点是一座庞贝[①]式的城市，是在一个长方形的广场上，背后深处是一座神庙(或者是一个戏台或类似的建筑物)，其余四周都是一些式样不同、体积较小的纪念性建筑物，宽阔的石板路把它们一座座地隔开。这个景象，瓦拉斯不知道自己是怎样想象出来的。他现在——有时是在广场中心，有时是站在石阶上，很长的石阶上——对着一些人物讲话；这些人物本来具有鲜明的特点，易于区别，但是他现在却无法加以区分。他扮演的角色性质明确，可能是举足轻重的，也许是代表官方。他的记忆突然间变得非常明晰；一刹那间，整个场面变得异常简洁。但是，到底是哪一个场景呢？这时他正好听见自己在说：

“这是很久以前发生的事吗？”

一切立即消逝无踪，人群、台阶、神庙、长方形广场和它周围的纪念性建筑物。他从来没有见过这样的情况。

现在代之出现的是一个深棕色头发的年轻女人可爱的脸庞——维克多·雨果街文具店的女店主——和嗓音深沉的嘻嘻笑的回声。不过，这次脸上的表情是庄重的。

瓦拉斯和他的母亲曾经走到最后到了这一段堵死了的运河，阳光下的低矮的房屋在绿色的河水中反映出古旧的阳台。他们母子在这城市寻找的不是一位女亲戚，而是一位男的。这位亲戚，他可以说是以前并不认识。这一天他也没有见到这个人。原来这人是他的父亲。他怎么连父亲也忘记了呢？

瓦拉斯漫无目标地在城里四处游荡。黑夜既潮湿又寒冷。整整一天，天空都是昏黄、低沉、烟雾蒙蒙——这是将要下雪的天气，但是雪并没有下，现在到处弥漫着十一月的浓雾。今年冬天到来得早。

街角的灯光照射出发红的光圈，亮度仅够使行人不致迷失道路。在过街时得非常当心，否则会踢到行人道的边沿。

初到这城市的陌生人走到商店较多的地区，会对橱窗暗淡的灯光感到奇怪。无疑是因为光是出售大米和粗用黑皂的商店不需要吸引顾客。在这个外省地方，很少卖时髦装饰品的商店。

瓦拉斯走进一家灰尘遍布、堆满货物的铺子里，这儿好像不是零售商品的地方，更多地像是一家货栈。在店堂底部有一个系着围裙的人正在钉木箱。他停止敲打，想弄清瓦拉斯到底要买哪一种橡皮块。瓦拉斯说明时，他屡屡点头，好像了解情况。接着他不声不响朝铺子的另一边走去；他不得不搬开堆在过道上大量的物品，然后才能走到目的地。他逐一打开又关上好几个抽屉，想了一想，爬上一道叠梯，又重新再找一遍——照样没有找到。

---

① 罗马古城庞贝位于现今意大利那不勒斯附近，公元79年因维苏威火山爆发埋没地下，十八世纪后才开始逐步被发掘出来。

他回到顾客那里；他再没有这种货色了。不久以前他还有这种存货——是战前留下的一批货物；大概是全部都卖光——要不然是有人搁到别处去了。“这里的东西太多，结果什么都找不到。”

瓦拉斯重新进入黑夜中。

为什么不再到那孤零零的小楼房去看看？

正像警察局长提醒他注意的一样，茹亚尔医生的行为并不完全光明磊落——但是也弄不清他可能扮演什么样的秘密角色。这矮小的医生在走过客厅兼图书室的时候，虽然仔细打量了瓦拉斯，却装作戴着近视眼镜没有看到他，其实他是故意走过去看他的。半个钟头以后，他们两人谈起话来了。在谈话中，瓦拉斯好几次因茹亚尔医生说话的方式而感到惊讶：他的样子像在想着另一件事，有时甚至从嘴里说出来。罗伦肯定“他心里有鬼”。

也许商人马尔萨也不是真的像表面看来那样神经错乱。无论怎么说，躲藏起来，对他来讲，还是比较谨慎可取的一着。奇怪的是，医生在他的叙述中一点也没有提到受伤的杜邦到达医院时，马尔萨是在科伦特街的；相反地，他老是说自己不需要任何人从旁帮忙。但是，按照警察局长的说法，这位商人不可能是全部凭空捏造那份报告中有关教授死前情况的细节。要是茹亚尔从这种或那种途径知道今晚会轮到马尔萨被暗杀的话，掩盖昨晚这位商人在他的医院里出现的事，的确对他十分有利。到现在他还不知道马尔萨已经把这件事告诉了警察局。

看来在邮局信箱发现的那封气压传送快信是和这件事有关的——瓦拉斯一开始就是这样的看法。这封信是写给凶手的，要他负责执行第二件谋杀案——就是今晚要下手干的——(根据假定)，而且就发生在这座城市里。那位侦缉员的推断——瓦拉斯曾在罗伦的办公室里看过他写的报告——有一点是确切无误的：行刺丹尼尔·杜邦的有两个同谋犯，一个是收信人安德烈·VS，另一个是信中所提到的用字首G代表的那个人。今晚可能是安德烈·VS单独行动。马尔萨的确有理由害怕在劫数难逃的时刻到来之前，谋杀者早已埋伏在那里了——这可以从信中看到的“整个下午”这几个字里得到证实。

现在还剩下那封神秘莫测悄悄塞进警察局传达室门底下的信。至于说那些阴谋刺杀者有意让警察局知道他们动手的地点和时间，那是非常值得怀疑的。毫不隐瞒他们的罪行并且尽量大造声势(内政部和总统府已经收到这个组织的头头发出的信件)是符合他们行动的纲领的，但是，那明信片可能泄露情况，促使他们的计划失败——除非是，从今以后他们自认为强大到什么人都不怕。人们几乎会被搞得去猜想警察局长在耍两面派——这种想法，从另一方面看来，难以成立。

比较符合真相的话，那就得承认罗伦所完全肯定可靠的一件事：来自马尔萨本人的提醒和注意。这位商人在离城出走之前，可能试图尽最后的努力，说服警察局派人去监视被杀害的杜邦的住宅。

那位矮小医生可疑的行径、马尔萨的恐惧不安、气压传送快信中各种暗示……从这些迹象所能得出的结论其可靠性是很有限的。对这一点，瓦拉斯是清楚的。他特别注意到那张塞进警察局门下的明信片对自己的影响——虽然这张明信片并不能名正言顺地引用，以构成那勉强拼凑的论据的一部分，不过现在毕竟没有别的可做，只有按信上所说的前去赴约。目前既然没有其他线索可寻，跟踪这一条也无妨。瓦拉斯的口袋里还有小楼房的一把钥匙——开那玻璃小后门的——是史密斯太太交给他的。既然马尔萨已经逃掉，他可以放手去干：他要亲自扮演那位商人的角色，看看是否真会出现怪事，有什么人来把他杀死。他暗自庆幸身上带着手枪。

"的确，事情很难预料。"罗伦带着揶揄的口气说。

瓦拉斯走到花园的铁栅门前。

正好是七点钟。

房子四周一片漆黑。街上阒无一人。瓦拉斯不慌不忙地把大门推开。

进门以后，他小心地把大门推到底，不再关上，以便留下他曾穿过这道门的一个痕迹。

马路上可能还有迟归的行人，不要无谓地弄出声音来引起人家的注意。为了避免踩在小径上的沙砾发出沙沙的响声，瓦拉斯在草地上走着——这比小径砖砌的边沿要好走些。他从右边绕到房子后面。在黑夜里，只能辨出两边有花坛的发白的小径和修剪整齐的卫矛树顶。

现在后门上的玻璃有一块遮板挡着。插进钥匙，门很容易就打开了。瓦拉斯惊讶地发现自己的行径颇像一个小偷：他没有把门全部打开再走进去，而是轻轻地推开一条缝就钻到里面。他抽出钥匙后，把门悄悄地重新关上。

整幢房子里寂静无声。

右边是厨房，后部到底往左是饭厅。瓦拉斯已经熟悉门路，无需灯光来指引了。可是他还是按亮了手电筒，跟着狭长的光束后面前进。门厅中铺地的石板是黑白相间的，有的呈四方形，有的呈菱形。一长条石榴红镶边的灰色地毯铺在楼梯上。

在电筒光束的照射下，看到一幅颜色深沉的油画，看来是相当古老的作品，画的是一个噩梦似的夜晚，暴风雨的可怕的雷电击中了一座倒塌的荒塔，下面横卧着两个人。一个穿着皇袍，皇冠在他身旁的草丛里闪闪发光；另一个是平民。他们同样都是刚刚被雷电击毙的。

瓦拉斯正要扭动书房门的把手时，忽然停住了：要是凶手真的已埋伏在这扇门的背后，一个堂堂的密探就这样掉进陷阱，岂不愚蠢！既然他是应约前来的，那就应当一本正经地干。他把手伸到口袋里去掏自己的手枪时，想起了从早上起一直带在身上的第二支手枪——杜邦那件失灵的武器。如果他要保卫自己生命的话，这支枪对他毫无用处。不过，他并不担心会把这两支枪搞错。

事实上也不可能搞错。杜邦的那一支放在他外套左面的口袋里，他初次把这支枪带到警察局去时就是放在这个口袋里的；当这支枪从警察局化验室拿回来交给他时，也是放在这个口袋里的。他从来都没有同时使用过两支枪。不可能搞混的。

但是，为了更保险起见，他立即在手电筒的光线下检查了一下。他一眼就认出了自己的手枪。即使现在试一下死者的手枪也不用担心出事，因为它的机件已经失灵。他的手刚要把这支枪放回口袋里，脑子里就出现一个想法：没有必要继续把这个沉重的家伙放在身上增加累赘。于是他走进杜邦的卧室，把枪放在床头柜抽屉里原来的地方。今天早上他看见老女仆从那里把枪拿出来的。

走进杜邦的书房后，瓦拉斯揿了揿门边的电灯开关，天花板上的一盏灯随即亮起来。老女仆在离开这幢房子前，把百叶窗全都关了起来，因此从外面看不到里面的灯光。

瓦拉斯右手握着上了子弹的手枪，在小书房各处察看了一遍，显然没有人躲藏在里面，一切都收拾得井井有条，老女仆大概已经把那位年轻的侦缉员提到过的那些弄乱的书籍重新叠好。教授只写了四个字的那页白纸也不见了；也许是搁到吸水纸的垫板中间或者放在某个抽屉里了。那块棱边突出和四角磨平的像玻璃一般发亮的熔岩放在墨水瓶和拍纸簿中间。只有椅子搁在离开书桌稍远一点，好像有人就要坐上去似的。

瓦拉斯站在椅子的靠背后面，眼睛盯着门口，这是等候那个刺客的适当位置，但那人是否会来还是个疑问。如果把灯关掉就更好，这样，在未被敌人发现之前，可以先看到他进来。

瓦拉斯从他的瞭望台上仔细看清了各件家具的位置。随后，他走到门旁，揿了揿开关，然后在黑暗中回到原来的地方。他把那只没有拿枪的手搁在自己面前的椅子靠背上，借以核实自己确已回到原来的位置上。

4

人们所以没有找到凶手的踪迹，是因为丹尼尔·杜邦不是被人谋杀的；可是要说他是自杀的，又无足够的证据……罗伦双手越搓越快……要是杜邦并没有死呢？

警察局长恍然大悟：为什么那个“伤口”显得如此古怪，为什么警察局长没有可能看到“死尸”，为什么茹亚尔医生的神色如此尴尬？杜邦没有死！只要稍为动动脑筋就清楚了。

当然，发生这桩案件的各种原因现在还没有彻底搞清楚，但已经抓到案情的起点了：杜邦没有死。

罗伦拿起电话听筒，拨了个号码：202—03。

“喂，是联盟咖啡馆吗？”

“是的。”一个几乎像是发自洞穴的深沉的声音回答说。

“我要找瓦拉斯先生听电话。”

“瓦拉斯先生不在。”那声音厌烦地回答。

“您不知道他在哪里吗？”

“我怎么会知道呢？”那声音说，“我又不是他的奶妈。”

“我是警察局的。你们那里有一个叫瓦拉斯的住房吗？”

“有的，今天早上我已经到警察局去登记过了。”那声音说。

“不是谈这个问题。我是问这位先生是不是在你们店里，也许他在楼上房间里吧？”

“我叫人去看一看。”那声音勉强地回答。一分钟以后，对方略带幸灾乐祸的口吻说：“没有人！”

“好吧，我想找老板讲话。”

“我就是老板。”那声音说。

“啊，您就是！对一位侦缉员胡扯什么杜邦教授有一个所谓的儿子是您吗？”

“我什么都没有说过,”那声音反驳道。“我只讲过有时候有些青年人到店里来，各种年纪的都有——其中有些年轻得可以当杜邦的儿子……”

“您说过他有一个儿子吗?”

“我，我怎么知道他有没有儿子！我什么都不知道。杜邦先生不是我们的顾客，即使是我们的顾客，也轮不到我去阻止他跟这里的那班婊子养几个孩子——请原谅，先生,”声音忽然变得温和起来，极力想使自己的态度客气一点，“侦缉员问过，平时是不是有青年人到我店里来；我说有的。超过十六岁的青年来，法律是允许的。后来他对我暗示，这个杜邦也许有一个儿子。为了迎合他，我就顺着他的意思讲了几句，我说，很可能这个年轻人某一天曾来过这里喝酒……”

“行啦，警察局以后再传讯您。不过，以后说话要当心。还有，讲话态度要客气点。瓦拉斯先生没有说过他什么时候回来吗?”

沉默半晌。对方已把电话挂掉。警察局长最后听到那声音说：“他只讲过今天晚上还在这里过夜。”这时他的脸上露出了带着威胁神色的微笑……

“谢谢。我以后再打电话给您。”

罗伦放下电话筒，搓搓双手。他很想立即把自己的新发现告诉那个密探。他想象着当瓦拉斯在电话的另一端听见他宣布“杜邦没有死，杜邦在茹亚尔医生那里”的时候，会惊讶到什么程度，不禁眉飞色舞。

5

“汽车已经在下面等着。”茹亚尔说。

杜邦站起来，立即准备动身。

他的打扮像出门旅行。但他只有一只手能够穿进他那件宽大的大衣的袖筒，另一只受伤的手弯着，吊在一根布带子上。医生替他把大衣遮住这只手，勉强扣上大衣的扣子。杜邦戴一顶阔边呢帽，把前额全都遮没。他甚至同意戴上黑眼镜以免人家把他认出来；可是在医院里仅找到一副医疗用的眼镜，一块镜片颜色很深，另一块却浅得多——这使教授看起来活像闹剧里的奸徒那样滑稽可笑。

既然马尔萨到了紧要关头就打退堂鼓，不肯照原先答应的那样帮忙，杜邦只好亲自到那幢小楼房里去取那些文件了。

茹亚尔事先作好了安排，使得他的朋友走出去时医院过道上没有一个人。杜邦顺利地走到了停在门口的大型黑色救护车上。他在司机旁边的座位上坐了下来——这样上下车都比较方便，可以节省时间。

司机穿着医院里的黑色制服，戴着漆布帽舌的平顶帽。实际上，他也许是罗雅-都泽的正式“保镖”吧。这人肩膀宽阔有力，举止很有分寸，脸上的表情冷酷而坚定，像电影里的杀人凶手。他可以说是一声不吭，仅把部长的信交给教授，证明他就是那个派来的人。医生把汽车门嘭地一声关上，他立即开动车子。

“首先到我家里去弯一下,”杜邦说，“我给您指路。”

“朝右拐……再朝右走……朝左拐……绕过那座大楼……这里拐弯……右边第二条街……现在一直走……”

不久，他们就到了环形大道。杜邦要在测量员街的转角上停下。

“不要把车停在这儿，”杜邦对司机说，“我不想这趟回来引起人家注意。继续开车朝前走，或者停到离开这儿几百米的地方。三十分钟以后请准时开回来接我。”

“好的，先生，”那人说，“要我把车停好后陪您去吗？”

“没有必要，谢谢您。”

杜邦下了车，急步朝铁栅门走去。他听见车子开走，越走越远。这个汉子不是“保镖”，否则他会坚持跟在身边的。这个人的模样使教授刚才猜错了他的身份。杜邦不禁对自己这样富于幻想感到好笑。其实，这些出色的保镖到底存不存在，还是个大问题呢。

花园的大门没有关。门上的锁早在很久以前就扭坏了，用不着钥匙，不过门钩还是能够搭上的。老安娜变得粗心大意了——要不然就是她走后哪家的小孩子顽皮，把大门给推开了——可能是一个小孩或是一个过路的人干的。杜邦走上四级台阶，打算看看房子的前门到底有没有关好；他转动那粗大的铜把手，用力猛推，同时还用肩顶，因为他知道那门的转轴非常紧，由于想肯定门是否关好，同时由于对自己仅有的那只没有受伤的手所做出的不习惯的动作不大放心，他又推了两三次，但不敢弄得太响。事实上前门关得很好。

他曾把这道门的钥匙交给马尔萨，但这个大商人出走的时候，竟匆忙到连钥匙也不交回来。现在杜邦身上只有那扇嵌玻璃的后门上的钥匙，因此他不得不绕到房子后面去。在他脚下，小径上的沙砾在沉寂的夜里发出轻微的摩擦声。他竟会信托这个胆小如鼠的马尔萨，的确是个失算。他为等这个人取文件来，整个下午紧张焦急。最后实在等得不耐烦了，只好打电话到马尔萨家去，但没有人接。直到六点三刻他才接到一个不知从哪里寄出的通知：马尔萨说很抱歉，他有紧急事务不得不离开本城。这当然是托词，他是因为害怕而逃掉的。

杜邦下意识地转动后门把手上的圆球，门自动打开了，原来没有上锁。

屋子里黑漆漆的，一点声音也没有。

教授把眼镜脱了下来，戴着这眼镜可真不舒服。他在门厅口停住脚步，想把情况先弄清楚……马尔萨毕竟还是来了吗？不可能，因为交给他的是前门的钥匙……还有老安娜呢，如果她没有走掉，这时候可能在厨房里……很难说……如果她还在，不管怎样，她会把过道或者楼梯上的灯开着的……

杜邦把厨房的门推开。一个人也没有。他把灯开亮，厨房里的一切都说明这幢房子里不像再有人住。百叶窗全都关得严紧。杜邦把门厅的灯也开亮了。他还顺便把客厅和饭厅的门推开。果然一个人也没有。他开始上楼。老安娜可能走时忘记锁上后门，近几个月来她总是丢三落四。

到了楼上，他走进女仆的房间，这房间里的一切都已收拾起来，显然长期准备不来居住了。

走到书房跟前的时候，教授屏住气息。昨天晚上凶手就在那里面等着他。

对！昨天晚上后门没上锁，因此那家伙不需要钥匙就进屋了；今天晚上那家伙是先把锁撬开再进屋的，可是杜邦并未看见锁有被撬开过的迹象。这一次，门要是没上锁，那一定是老安娜忘了……但是，用这样的推论不可能使自己安心；一个老手只要有一串各式各样的钥匙，就可以轻而易举地打开一把普通的锁。肯定有人潜入到屋子里来了，正在书房里昨天晚上那个地方，等着把事情了结。

客观地看，没有任何理由可以肯定事实并非如此。教授想到这里，心中快快不乐；这时候，他怨恨首都的人没有派一个真正的保镖给他。无论如何，他不能不带自己需要的文件就走掉。

马尔萨在电话里告诉他，警察局长不愿相信这是一桩谋杀案，认为他是自杀身死的。杜邦这时转身过去，想把自己的手枪找来。昨天晚上，在离家到医院里去时，他把枪搁在床头柜上面……正要走进卧室时，他又停了下来，也许就在卧室里有人设下埋伏。

这种有点带着幻想性质的接踵而至的担心害怕，使得教授恼火起来。他不耐烦地抓住卧室的门把手，旋转了一下；不过，他并未立即把门推开，而是先猛地伸进手去把电灯揿亮，然后从稍微打开的门缝里探头进去，准备好一旦看见有什么动静，马上闪开……

卧室里没有人：在床后面，在带抽屉的大衣柜的角落里，都没有暴徒埋伏。杜邦在镜子里看见自己的脸上还残留着担忧的神色，自己也觉得可笑。

他立即走到床头柜跟前。手枪不在大理石的柜面上。他在平时搁枪的抽屉里找到了它。今天肯定也像昨天一样用不上的，可是也很难说。昨晚上当他从饭厅上楼的时候，要是身上带着枪，那一定会使用的。他看清楚了枪上的保险是打开着的，就握着手枪迈着坚定的步子朝书房走去。必要时他只能用一只手射击——幸亏这是只右手。他首先把枪放在口袋里，将门推开一条小缝，揿亮天花板上的灯，然后迅速掏出手枪，用脚朝门猛地一踢。这一场小小的滑稽戏——可能就像他刚演过的那一出一样是白费工夫——使他不禁微笑起来。

他得抓紧时间，要不然汽车就会开到铁栅门前来了。当他伸手去抓门把手时，他看一看手上的表。还剩二十分钟的时间，现在正好是七点半。

瓦拉斯听着自己的心脏在怦怦跳动。由于靠窗口很近，他听见一辆汽车停了下来，花园的栅门给打开了，沉重的脚步在小径沙砾上发出嚓嚓的声音。那人曾试图从台阶上的前门进来，但他没能把门推开。接着那人绕到房子后面。瓦拉斯知道这决不会是大商人马尔萨最后改变了主意来取死者的文件；既不会是马尔萨也不会是他——或者老女仆——派来的。这是一个没有房子钥匙的人。

嚓嚓响的脚步从窗下走过。那个人一直走到瓦拉斯刚才故意不锁上的后门跟前。那人推开门的时候，铰链发出轻微的摩擦声。为了不让自己要杀害的人逃脱，那人从楼下跑到楼上，把路过的所有房间全都看遍。

现在瓦拉斯看到门框边上那道明亮的隙缝逐渐扩大，速度慢得令人难以忍受。

瓦拉斯朝着刺客即将出现的地方瞄准，枪口对准着在明亮的门洞中显现出来的黑色剪影……

可是，那个人显然对这间黑魆魆的房间保持警惕。一只手伸向前，摸索到电灯开关上……

瓦拉斯在耀眼眩目的灯光下，仅看见一只手臂迅速地移动，把一支大号手枪的枪口朝下对准着他，这是开枪的动作……瓦拉斯在扑倒在地上的同时，手指扣动了扳机。

6

那个人立即朝前摔倒下去，右臂直伸，左臂弯着压在身下。他的一只手还紧紧抓住枪把，动也不动。

瓦拉斯站立起来。由于担心对方是装死，他谨慎地走向前去，手枪仍然瞄准对方，一时间也不知道怎么办才好。

他走到那人身体的另一边，同时保持一定的距离，以防对方可能扣动扳机射击。但那个人始终没有动，帽子还是低压在头上，右眼半开，左眼朝地，鼻子有一小部分贴在地毯上。露出的面部颜色灰白。他死掉了。

神经紧张得使瓦拉斯不再考虑到要小心谨慎了。他弯下身去碰一碰那个人的手腕，想试试他的脉搏。那只手松掉了沉重的手枪，软绵绵的，任凭人抓住，脉搏也再不跳动，这人肯定是死了。

瓦拉斯想，应该检查一下死者的口袋(要找到什么呢?)。只有大衣右边的口袋可以伸得进去。他伸进手去摸，掏出了一副黑眼镜，一块镜片颜色很深，另一块浅得多。

“您能够说出颜色深的镜片是右眼的还是左眼的吗?”

左边的镜片……在右面……在左面的……右镜片……

原来是左边的镜片颜色深。瓦拉斯把眼镜搁在地上后挺起身来。他不想继续搜查了。他更渴望的是坐一下，他感到精疲力竭了。

合法的自卫。他看见那个人向自己开枪，看见对方的手指在扳机上往后扣动。他感到自己开始作出反应到开枪这段时间是很长的。他可以肯定当时的反应不够迅速。

不过，他承认是自己先开枪。在开枪以前，他没有听到别的枪声，如果两枪正好是同时打响的话，那可以看到流弹在墙上或在书籍背后留下的痕迹。瓦拉斯掀起窗帘：窗玻璃也没有损坏。对方没来得及开枪。

当时他之所以会觉得时间很长，仅仅是由于心情紧张的缘故。

瓦拉斯把手掌按在自己的枪口上，显然还感觉到枪口是烫热的。他转身朝向尸体，弯下身去摸一摸丢在地上的那支枪，这枪是冷冰冰的。再仔细一看，瓦拉斯发现死者的大衣左袖是空的。他摸出了在大衣里面的那条手臂的形状。他的手臂吊在三角布上吗?“手臂曾受轻伤。”

必须通知罗伦。从此，这件事要由警察局来处理了。现在已经出现尸体，密探不能再继续采取单独行动了。

警察局局长现在大概不会在办公室里。瓦拉斯看一看自己的手表：七点三十五分。这时他记起手表是在七点三十分的时候停的。他把表凑近耳朵，听到轻微的嘀嗒声。大概是子弹爆炸的声浪使表重新走动的——或者是由于他扑倒在地上时碰着了表，使它受到震动。

他马上打电话到办公室去找警察局长。要是他不在，肯定有人会说出在哪儿可以找到他。瓦拉斯刚才在卧室里看见一架电话机。

门是开着的，房间的灯是亮着的。床头柜的抽屉张大着口。手枪不在了。

瓦拉斯拿下话筒，拨号码124—24。“这是直线电话”。在另一端，电话铃刚响就立刻停了。

“喂!”一个声音说。

“喂，我是瓦拉斯，是……”

“哎哟！太好啦，我正要找您。我是罗伦。我发现一个情况——您绝对猜不到的!丹尼尔·杜邦！他根本没有死！您明白我的话吗?”警察局长逐字逐句重复说，“丹尼尔·杜邦并没有死!”

谁说小楼房里的电话不通呢?

【选自[法]罗伯-格里耶：《橡皮》，林秀清译，南京，译林出版社，2007】

海　勒

约瑟夫·海勒(1923—1999)，20世纪美国黑色幽默小说流派的代表作家，以其反战讽刺小说《第二十二条军规》(1961)获得世界声誉。

《第二十二条军规》共42章，描写了第二次世界大战期间，驻扎在地中海皮亚诺萨岛(虚构的岛名)上的一个美军空军大队经历的战争与死亡故事。小说中贯穿始终的一个人物是约塞连上尉，他对正在进行的战争极其厌恶和恐惧，一心想尽快完成飞行任务后回国。但他的上司——飞行大队指挥官卡思卡特上校为邀功请赏，任意增加飞行次数，从最初的25次一直增加到70次以上。在没完没了地执行轰炸任务中，约塞连感到自己的生命受到越来越大的威胁，于是想方设法逃避飞行。他装出肝病、神经病等各种病症住进医院，向中队的食物里加入肥皂，引起大家腹泻，脱光衣服倒退着走路，篡改预先制订好的轰炸线路以拖延飞行时间，在飞行途中临阵返航……然而这一切都无济于事，在第二十二条军规的巨大淫威下，他不得不一次次重返天空。最后，约塞连在被逼到忍无可忍之时，受战友的启发，决定当一个逃兵，开小差逃往中立国瑞典。

《第二十二条军规》展现了巨大的批判现实社会的功能，它借战争这样一种极端的生活形态，暴露了资本主义统治集团的腐败及给社会带来的有组织的混乱和制度化的疯狂。海勒通过对一连串事件的描述，成功地勾画出两类人物的性格：掌握权力者和权力的牺牲品。本书节选的第8节中，作为教官的沙伊斯科普夫少尉，用一种新型队列训练学员，终于在阅兵比赛中胜出，他也因此踏上飞黄腾达之路，而训练过程带有专制统治机器运作的显著特征。本书所选第31节中，丹尼卡医生被当作死人的闹剧，则反映了权力牺牲者的可悲命运。推而广之，小说还是对整个西方现代社会人际关系的一种隐喻，意在揭示现代西方社会的荒诞与扭曲，其内涵远远超出了战争的范畴，是对第二次世界大战之后西方人生存状况的深刻揭示。

《第二十二条军规》最大的特点是将喜剧手法与悲剧内容、荒诞和严肃、疯狂和理智结合起来，把环境与个人的冲突加以扭曲变形，让人感到荒诞不经、滑稽可笑，同时体味到一种悲哀和沉重。《第二十二条军规》的结构具“反小说”的特点，它不像一般小说具有合乎逻辑、紧凑有序的中心情节，而采用了一种“人像展览式结构”。

第二十二条军规(节选)

8 沙伊斯科普夫少尉

……

沙伊斯科普夫少尉是后备军官训练团的毕业生，他很高兴战争爆发了，因为他就这样得到了机会，每天穿着军官制服，以军人特有的清晰嗓音，向正在去往屠宰台的途中、每八个星期一批落入他手心的小伙子们喊“弟兄们”。沙伊斯科普夫少尉是个野心勃勃而毫无幽默感的人，总是严肃认真地面对他的职责，只有当圣安娜陆军航空基地某个跟他竞争的军官染上疾病久治不愈的时候，他才会微微一笑。他视力很差，又患有慢性鼻窦炎，这便使战争显得格外来劲，因为他绝无去海外作战的危险。沙伊斯科普夫少尉最好的地方是他的妻子，而他妻子最好的地方是有一个叫多丽·达兹的女友；多丽一有机会就要与人风流快活，她有一套陆军妇女队的制服，这套制服沙伊斯科普夫少尉的妻子每个周末都会穿上，每个周末也都为她丈夫中队里每一个想跟她偷偷来一腿的学员脱下。

多丽·达兹是个活泼的浪荡少女，打着金铜绿眼影，最喜欢在工具房、电话亭、运动场更衣室和公共汽车候车亭干那事。她不曾尝试的事几乎没有，不愿尝试的则更是少有。她年方十九，身材苗条，不知羞耻而敢作敢为。她伤害了无数男人的自尊心，令他们到了早上便憎恨自己，为她找到他们、利用他们再扔掉他们的方式而自悔。约塞连很爱她。她是个妙不可言的床上尤物，不过她觉得约塞连也就将就而已。她只让约塞连碰过一次，浑身上下的肌肤极富弹性，那种感觉令约塞连难以忘怀。约塞连很爱多丽·达兹，以至于无法控制自己，每个星期都热切地扑到沙伊斯科普夫少尉的妻子身上，用沙伊斯科普夫少尉报复克莱文杰的方式报复沙伊斯科普夫少尉。

沙伊斯科普夫少尉的妻子正在报复沙伊斯科普夫少尉，为他犯下的什么不可遗忘的罪过，具体何事她却想不起来了。她是个丰满、粉红、慵懒的女子，爱读好书，一直在规劝约塞连不要这样平庸，连书都不读。她总是随身带着一本好书，即便赤条条地躺在床上，身上只有约塞连及多丽·达兹的身份识别牌时，也不例外。她令约塞连厌倦，但他也爱上了她。她毕业于沃顿商学院，是个醉心数学的专修生，每个月没数到二十八就会陷入困境。

“亲爱的，我们又要有孩子了。”她每个月都会对约塞连这样说。

“你简直疯了。”他回答。

“我是当真的，宝贝。”她坚持说。

“我也一样。”

“亲爱的，我们又要有孩子了。”她会对丈夫这样说。

“我没时间，”沙伊斯科普夫少尉脾气急躁地嘟哝道，“你不知道在进行阅兵比赛吗？”

沙伊斯科夫少尉一心只关注如何赢得阅兵比赛，如何把克莱文杰送去诉讼委员会，指控他密谋推翻由沙伊斯科普夫少尉任命的学员军官。克莱文杰专爱捣乱，又自作聪明。沙伊斯科普夫少尉知道，若不加监视，克莱文杰很可能会闹出更大的乱子来。昨天想要推翻学员军官，明天或许就是整个世界了。克莱文杰颇有头脑，而沙伊斯科普夫少尉发现，有头脑的人往往相当精明。这种人很危险，就连克莱文杰帮忙上台的那些新学员军官也迫不及待地要出来做证，指控他，定他的罪。指控克莱文杰一案，案情是十分明朗的，唯一缺少的，就是指控他什么。

指控无论如何不能牵涉阅兵比赛，因为克莱文杰十分重视，几乎同沙伊斯科普夫少尉本人一样。每周日下午，学员们早早出营参加阅兵比赛，在营房外摸索着排成十二人一列的队伍。他们宿醉未醒地哼哼唧唧，无精打采地走向主阅兵场各自的位置，然后和其他六七十支中队的学员一道纹丝不动地站在烈日下，一站就是一两个小时，直到不少学员晕倒在地才解散。阅兵场边上停放着一排救护车，还站着一队队训练有素、手持步话机的担架兵。救护车车顶上，是拿着望远镜的观察员。一名记分员负责记录得分。这整个行动过程由一位精通会计的军医负责监督，他确认可视为昏厥的脉搏次数并检查记分员记录的得分。一旦救护车装载了足够数量的昏迷学员，军医便示意乐队指挥开始奏乐，从而结束阅兵比赛。这些中队一个紧跟着一个，全都走上阅兵场，绕检阅台拐个大弯，然后退出阅兵场，返回各自的营房。

每个受阅中队行经检阅台时，都被打了分。检阅台上坐了一位臃肿而蓄着肥厚髭须的上校，还有其他几位军官。各联队的最佳中队赢得一面带旗杆的黄色三角旗，那东西实在毫无用处。基地的最佳中队获得一面红色三角旗，旗杆略长一些，其价值越发低廉，因为旗杆又重了些，下星期日别的哪个中队夺走之前，他们要整整一周扛着来回跑，实在是头疼之极。在约塞连看来，用锦旗充奖品可谓荒唐。锦旗并没有带来金钱，也没有带来等级特权，就跟奥林匹克奖章和网球赛奖杯一样，它们不过表明得主做了一件无益于任何人的事情，只是做得比其他人胜任些罢了。

阅兵本身似乎同样荒唐。约塞连讨厌受阅。阅兵太军事化。他讨厌听到阅兵的消息，讨厌看到阅兵的场面，讨厌陷在被阅兵阻塞的交通里。他讨厌被迫参加阅兵。就算不必每个星期日下午冒着酷热像个士兵一样接受检阅，做一名飞行学员已经够糟糕的了。做一名飞行学员之所以够糟糕，现在很明显，他的训练完成之前，战争不会结束。那是他当初自愿报名接受飞行训练的唯一原因。作为一名合乎飞行训练条件的大兵，他得等很多个星期分派到班级，再得等很多个星期成为轰炸领航员，之后再得用很多个星期进行作战训练，为执行海外任务做准备。那时，似乎难以相信战争会持续那么长时间，因为有人告诉他，上帝在他一边，而上帝，有人告诉他，想做什么就能做什么。可是战争远远没个了局，而他的训练却已接近尾声。

沙伊斯科普夫少尉一心想在阅兵比赛中获胜，大半个晚上都在研究这事，他的妻子妖艳地躺在床上等他，一边翻着克拉夫特·埃宾的书，寻找最喜欢的章节。他读的是关于行进的书。他摆弄着几盒巧克力小兵，直到它们化在他手里才作罢，于是又调遣起一套塑料牛仔来，把它们排成十二人一列的队伍。这是他化名从一家邮购商店买来的，白天锁起来不让任何人看见。列奥纳多的解剖练习看来是必不可少的。一天晚上，他觉得需要一个真人模特儿，于是指挥他的妻子在房里行进。

“裸体吗?”她满怀希望地问。

沙伊斯科普夫少尉十分恼火，两手啪地捂住眼睛。沙伊斯科普夫少尉的生活绝望地拴在了一个女人身上，而这女人只知道满足自己肮脏的性欲，根本就看不到为了实现那无法达到的目标，高尚的人可以英勇地投身其中，进行艰苦卓绝的伟大斗争。

“你为什么从不鞭打我?”一天晚上，她不高兴地问。

“因为我没时间,”他不耐烦地对她呵斥道，“我没时间。你不知道在进行阅兵比赛吗?”

而他也确实没时间。你看，已经是星期天了，下一次阅兵比赛只剩下七天的时间准备。他不明白时间都到哪里去了。接连三次阅兵比赛都得了倒数第一，弄得沙伊斯科普夫少尉名声很臭，于是他考虑了各种改进的办法，甚至想把每排十二个人钉在一根长长的二乘四英寸的风干橡木条上，使他们保持直线。这个计划行不通，因为如果不在每个的腰背部嵌入镍合金旋轴，要做九十度转向是不可能的，再说要从军需主任那里拿到那么多镍合金旋轴，还要争取到医院外科医生的合作，沙伊斯科普夫少尉也完全没有把握。

沙伊斯科普夫少尉采纳克莱文杰的建议，让学员们选出了自己的学员军官，随后的那个星期，中队赢得了黄色三角旗。这意外的成就，把沙伊斯科普夫少尉高兴坏了，以至于妻子想拖他上床庆贺，以宣示对西方文明里下中产阶级性道德观念的蔑视时，他拿起旗杆朝她脑袋使劲敲了一下。下个星期，中队赢得了红色三角旗，沙伊斯科普夫少尉简直欣喜若狂。此后一个星期，他的中队创造了历史，连续两个星期赢得红色三角旗!现在，沙伊斯科普夫少尉踌躇满志，坚信自己有能力一鸣惊人。经过广泛研究，沙伊斯科普夫少尉发现，行进时两只手不应像时下流行的那样自由摆动，而应该始终保持在大腿中线不超过三英寸的范围之内，这就是说，两手实际上几乎根本不要摆动。

沙伊斯科普夫少尉的准备工作做得精细而又秘密，中队全体学员都宣誓保守秘密，他们深夜来到辅助阅兵场预演。他们在一团漆黑中行进，彼此盲目地撞在一起，但他们并不惊慌，就这样慢慢学会了行进而不摆动双手。沙伊斯科普夫少尉最初的想法是请钣金车间的一位朋友把镍合金钉打进每个学员的股骨，再用恰好三英寸长的铜丝把钉子和手腕连接起来，但是没有时间——总是没有足够的时间——而且战争期间很难弄到上好的铜丝。他还想到，学员们被这样拴住手脚，便不能在正式行进之前那感人的昏厥仪式上合乎规范地倒地，而不能合乎规范地昏厥可能会影响全队的得分。

整个星期，他在军官俱乐部总是按捺着喜悦咯咯地笑，他最亲近的朋友中，各种猜测在迅速滋生。

“真不知道那白痴在搞什么。”恩格尔中尉说。

沙伊斯科普夫少尉对同事的询问报以会心一笑。“到星期天你们就明白了,”他保证道，“你们会明白的。”

那个星期日，沙伊斯科普夫少尉以一位经验丰富的演出总监所有的沉着自信，向公众展露了他划时代的惊人之举。别的中队以习惯的姿态，装模作样地轻松走过检阅台时，他一句话没说；甚至他自己中队的头几排进入视线，手臂一动不动地行进着，让那些惊呆的军官同僚开始恐惧地嘶嘶直抽冷气，他还是没有任何表示。即使那个时候他都沉得住气，直到那位臃肿而蓄着肥厚髭须的上校猛地转过身，铁青着脸粗暴地盯着他，他才作出让他不朽的解释。

“瞧，上校，”他宣布说，“不用手。”

于是他向惊愕得鸦雀无声的听众散发那套晦涩规则的经过鉴定的复印件，他取得的令人难忘的成功，便是以这套规则为基础的。这是沙伊斯科普夫少尉生平最荣耀的时刻。他赢得了阅兵比赛的胜利，自然，唾手而得，可以永久保留那面红色三角旗，由此彻底终结了星期日阅兵比赛，因为战争期间上好的红色三角旗跟上好的铜丝一样很难弄到。沙伊斯科普夫少尉当场晋升为中尉，自此开始了军阶的蹿升。因为他的重大发现，极少有人不把他看作真正的军事天才。

……

31 丹尼卡夫人

卡思卡特上校得知丹尼卡医生也死在麦克沃特的飞机上，便把飞行任务增加到了七十次。

中队里第一个发现丹尼卡医生死掉的人是陶塞军士。早先他从控制塔上那人处得知，在飞行员麦克沃特起飞前填写申报的机上人员名单上，丹尼卡医生的名字是作为乘客记录在案的。陶塞军士抹去一滴眼泪，从中队人员花名册上勾掉了丹尼卡医生的名字。嘴唇仍然颤抖着，他站起身，迈着沉重的步子极不情愿地走出门去，把这个不幸的消息告诉格斯和韦斯。在传达室和医务室的帐篷之间，丹尼卡医生瘦小、鬼气弥漫的身躯沮丧地栖息在他的凳子上，沐浴在落日的余晖里。经过这位航空军医身旁的时候，陶塞军士小心翼翼地避免跟医生本人讲任何话。陶塞军士的心情十分沉重，现在他手上有两个死人——一个是约塞连帐篷里那个死人马德，他甚至没去过那里；另一个是中队里刚刚死掉的丹尼卡医生，他无疑还健在，种种迹象表明，这将是一个更加棘手的行政问题。

格斯和韦斯带着淡泊克制的惊奇表情听陶塞军士讲完这件事。他们没有向任何人表达一句悲痛之情，直到大约一个小时以后，丹尼卡医生本人走了进来——这是他那天第三次来测量体温，并检查血压了。他的体温本来就低于正常，只有九十六点八度，这下体温计显示又低了半度。丹尼卡医生不由得惊慌起来。他手下这两个士兵呆滞、茫然、僵硬地死盯着他，比平时更是让人恼火。

“真是该死，”他礼貌地劝诫道，心里却恼怒异常，“你们两个到底怎么了？人要是体温一直过低，走动时鼻子又堵，根本就是不对的。”丹尼卡医生忧郁而自怜地吸了吸鼻子，闷闷不乐地穿过帐篷，自己拿了些阿司匹林和磺胺药片吃了，又往自己脖子上抹了些阿及罗消毒液。他萎靡的面孔显得虚弱、孤凄，像一只燕子。他有节奏地揉搓着胳膊外侧。“瞧瞧吧，我现在多冷啊。你们真的没对我隐瞒什么吗？”

“你已经死了，长官。”他的两个下属之一解释道。

丹尼卡医生猛地扬起头来，愤恨而怀疑地问：“你说什么？”

“你已经死了，长官。”另一个士兵重复道，“那也许就是你总觉得冷的原因。”

“没错，长官，你也许一直就是死的，我们只是没有发觉。”

“你们俩在胡说些什么？”丹尼卡医生刺耳地尖叫起来，他强烈地感到某种不可避免的灾难正迎面扑来，一时竟呆住了。

“是真的，长官，”一名士兵说，“记录显示，你上了麦克沃特的飞机好积累一些飞行时间。你并没有跳伞，所以你一定死在飞机坠毁的时候。”

“没错，长官，”另一名士兵说，“你居然还有体温，应该高兴才对。”

丹尼卡医生顿时给搅得昏头昏脑的。“你们俩都疯了吗?”他质问道，“我要把这整个冒犯上级的事件报告给陶塞军士。”

“这事正是陶塞军士告诉我们的，”不是格斯就是韦斯说，“陆军部都准备通知你妻子了。”

丹尼卡医生大叫一声，冲出医务室去找陶塞军士抗议。陶塞军士厌恶地侧身避开他，建议他在他的遗体处置问题达成某种决议之前尽可能少露面。

“唉，我想他是真的死了，”他手下的一个士兵恭敬地低声悲叹道，“我会怀念他的。他是个很不错的家伙，不是吗?”

“是啊，他当然是。”另一个士兵悲伤地说，“不过我很高兴这个小杂种死了，老是给他测血压，我都快烦死了。”

丹尼卡医生的妻子丹尼卡夫人却不高兴丹尼卡医生死了，她收到陆军部的电报得知她的丈夫阵亡的消息时，悲痛欲绝的凄厉尖叫划破了斯塔腾岛宁静的夜晚。女人们前来安慰她，她们的丈夫也登门吊唁，心里却盼着她快快搬到别处去，省得老是负有同情的义务。几乎整整一个星期，那可怜的女人彻底心神错乱了。慢慢地，她英雄般地恢复了力量，开始为她和孩子们悲惨的未来做打算。就在她渐渐听天由命接受丧夫的事实时，邮递员来按铃了，带来一个晴天霹雳——一封有她丈夫亲笔签名的海外来信，竭力促请她不要理会任何有关他的坏消息。丹尼卡夫人惊得目瞪口呆。信上的日期难以辨认，字迹从头到尾都歪歪扭扭、匆匆忙忙，不过字体倒像是她丈夫的，而那种忧伤、自怜的语气虽然比平常更加阴郁，却是她所熟悉的。丹尼卡夫人大喜过望，宽慰地纵情哭泣，一边无数次地亲吻那张皱巴巴、脏兮兮的胜利邮件缩印信纸。她匆忙写了一张感激的便条给她的丈夫，催促他告知详情，又发了一封电报给陆军部，指出这个错误。陆军部敏感易怒地回复说，没有任何错误，她无疑是受骗了，那封信一定是她丈夫中队里某个虐待狂兼精神病伪造的。写给她丈夫的信原封不动地退了回来，上面加盖了阵亡二字。

丹尼卡夫人又一次残酷地成了寡妇，但这一次她的悲痛多少轻了一些，因为一份来自华盛顿的通知说，她是她丈夫一万美元军人保险的唯一受益人，这笔钱她可以随时领取。她意识到自己和孩子们不会立刻面临饥饿了，脸上不禁露出美丽的微笑，她的不幸也到了转折点。退伍军人管理局第二天就来函通知她，因为她丈夫的死亡，她可以终身享受抚恤金，还可以得到一笔二百五十美元的丧葬费。随函内附一张二百五十美元的政府支票。渐渐地，无可阻挠地，她的前途光明起来。社会安全总署当周来函说，根据1935年《老年与鳏寡保险法》的条例，她本人和她的未成年子女可以按月领取补助费，直到他们年满十八岁，此外她还可以领取一笔二百五十美元的丧葬费。用这些政府函件作为死亡证明，她申请赔付丹尼卡医生名下的三份人寿保险单，每份均为五万美元；她的索赔要求很快得到认可，并且迅速办理完毕。每天都带来新的意外之财。一把保险箱的钥匙又带给她第四份面额五万美元的人寿保险单，以及一万八千美元的现金，这笔钱从来没有交纳过所得税，也永远不必再交了。他生前所属的兄弟会给了她一块墓地，他生前参加过的另一个兄弟互助组织给她寄来了二百五十美元的丧葬费，他所在的郡医学协会也给了她二百五十美元的丧葬费。

密友们的丈夫开始和她调情。事情发展成这种结局，丹尼卡夫人简直太开心了，她还把头发染了。她那份奇异的财富只是在一个劲地累积，而她不得不天天提醒自己，没有丈夫和她分享这一大笔钱，她正在获取的几十万美元连一个子儿也不值。令她惊奇的是，这么多不同的组织都愿意为安葬丹尼卡医生尽心尽力；而在皮亚诺萨岛，丹尼卡医生却在苦苦挣扎着别把脑袋埋进土里，又不解妻子何以不回他写的那封信，终日忧惧惶恐。

他发现中队里人人都不理睬他，他们卑鄙下流地诋毁他身后的名声，因为他的死挑动了卡思卡特上校增加战斗任务次数。证明他死亡的记录像虫卵似的大量增殖，而且互相核实，真实性无可争议。他领不到军饷，也得不到军人服务社的配给供应，只好依赖陶塞军士和米洛的施舍度日，而他们都知道他已经死了。卡思卡特上校拒绝见他，科恩中校则通过丹比少校传话过来，说一旦丹尼卡医生在大队司令部露面，他就要叫人将其当场火化。丹比少校还私下透露，大队部对所有航空军医都非常愤怒，因为斯塔布斯医生——就是邓巴中队那个头发浓密、下巴松垂、邋里邋遢的航空军医——蓄意跟上级作对，在那里暗中策划，以各种巧妙的手法让所有飞完六十次战斗任务的人员全都停飞，弄得人心浮动，敌对情绪日益高涨；大队部愤怒驳斥了这种做法，命令那些一头雾水的飞行员、领航员、轰炸手和机枪手重返战斗岗位。队里士气迅速低落，邓巴也受到了监视。大队部很高兴丹尼卡医生阵亡，也就不打算请求再派一名军医来了。

在这种情况下，就算牧师也没法让丹尼卡医生起死回生。惊慌失措慢慢变成了听天由命，丹尼卡医生的模样越来越像一只患病的啮齿动物。眼睛下的眼袋变得凹陷而暗黑，他在阴暗处徒劳无益地徘徊，像一个无处不在的幽灵。丹尼卡医生在树林里找到弗卢姆上尉请求帮助时，连他也退缩了。格斯和韦斯把他从医务室无情地赶了出去，甚至不让他带走一支体温计作为安慰。那个时候，只有在那个时候，他才明确意识到，实质上，他真的是死了，而他如果还想自救的话，那就真得快快采取行动了。

没有别的出路，只有向妻子求援；他草拟一封激情洋溢的信，恳求她把他的痛苦境况反映到陆军部去，并催促她立刻与他的大队指挥官卡思卡特上校联络，以便肯定——无论她听到了什么别的传言——确实是他，她的丈夫丹尼卡医生，而不是死尸或哪个冒名顶替者，在向她恳求。这几乎无法辨认的诉请之中流露出一片深切的情感，强烈地震撼了丹尼卡夫人。她悔恨交加，正打算遵嘱行事，可那天她拆开的第二封信恰恰就是同一位卡思卡特上校——她丈夫的大队指挥官——寄来的。信是这样开头的：

> 亲爱的丹尼卡夫人、先生、小姐或先生和夫人：
>
> 您的丈夫、儿子、父亲或兄弟阵亡、负伤或战场失踪，对此本人深感悲痛，无法用言语形容。

丹尼卡夫人带着孩子们搬到密执安州的兰辛去了，连信件转递的地址都没留下。

【选自[美]约瑟夫·海勒：《第二十二条军规》，吴冰青译，南京，译林出版社，2017】

马尔克斯

加西亚·马尔克斯(1927—2014)，哥伦比亚作家，拉丁美洲魔幻现实主义文学的代表人物，重要作品有长篇小说《百年孤独》(1967)、《家长的没落》(1975)、《霍乱时期的爱情》(1985)，中篇小说《枯枝败叶》(1955)、《没有人给他写信的上校》(1961)、《一件事先张扬的凶杀案》(1981)等。

《百年孤独》以一个叫马孔多的村镇为背景，描写了布恩迪亚家族七代人的命运。原来住在海边的何塞·阿尔卡蒂奥·布恩迪亚因负气杀人，又被死者的鬼魂追索，无奈之下，率家人及一群乡民长途跋涉，来到荒无人迹的马孔多安了家。起初马孔多完全与世隔绝，后来因发现了通往外界的通道，才逐渐繁荣起来，由一个村落变成了一座城镇。何塞从每年来马孔多卖艺的吉卜赛人那里了解到许多外面世界的新发明，拼命想追赶、学习，都没能成功。在忧郁悲哀中他发了疯，被家人绑在院子里的栗树上，半个世纪后死去。何塞的妻子乌尔苏拉活到一百多岁，目睹了家族与马孔多的历史沧桑。在他们的后代中，出过自由派的总司令、马孔多凶残的统治者、工会领袖、商人、修女、教士、浪荡子。布恩迪亚家族第六代奥雷里亚诺和第五代阿玛兰塔·乌尔苏拉乱伦，生了一个长着一条猪尾巴的孩子，这个孩子随即被如岩浆般涌来的蚂蚁吞噬。一阵飓风袭来，马孔多到处都是翻卷着灰尘和瓦砾的可怕旋涡，它即将被飓风卷走，从地球上永远消失。

《百年孤独》通过布恩迪亚家族七代人及村镇的百年变迁，浓缩和影射了哥伦比亚乃至整个拉丁美洲的历史，揭示了拉美文化中的劣根性，批判了西方和美国殖民势力对拉丁美洲的掠夺。在更深层次上，它还反思了人类的历史命运。《百年孤独》在艺术上的最成功之处，是它采用魔幻现实主义的手法，以此创造出一种独特的文学真实。马尔克斯还擅长使用逆时序和循环叙述法进行叙事，其特点是折返混合过去、现在、将来三个时间维度，同时容纳前瞻性预述与回顾性追述这两种逆时序叙述手段，对于西方主流叙述作品中所遵循的线性、不可逆的叙事时序而言，是一种引人注目的创新。本书节选的第一章，写族长何塞被吉卜赛人的稀奇玩意所刺激，不断尝试打破马孔多与世隔绝的状况，赶上外界发展的步伐，又不断遭遇失败。

百年孤独(节选)

多年以后，面对行刑队，奥雷里亚诺·布恩迪亚上校将会回想起父亲带他去见识冰块的那个遥远的下午。那时的马孔多是一个二十户人家的村落，泥巴和芦苇盖成的屋子沿河岸排开，湍急的河水清澈见底，河床里卵石洁白光滑宛如史前巨蛋。世界新生伊始，许多事物还没有名字，提到的时候尚需用手指指点点。每年三月前后，一家衣衫褴褛的吉卜赛人都会来到村边扎下帐篷，击鼓鸣笛，在喧闹欢腾中介绍新近的发明。最初他们带来了磁石。一个身形肥大的吉卜赛人，胡须蓬乱，手如雀爪，自称梅尔基亚德斯，当众进行了一场可惊可怖的展示，号称是出自马其顿诸位炼金大师之手的第八大奇迹。他拖着两块金属锭走家串户，引发的景象使所有人目瞪口呆：铁锅、铁盆、铁钳、小铁炉纷纷跌落，木板因钉子绝望挣扎、螺丝奋力挣脱而吱嘎作响，甚至连那些丢失多日的物件也在久寻不见的地方出现，一窝蜂似的追随在梅尔基亚德斯的魔铁后面。“万物皆有灵，”吉卜赛人用嘶哑的嗓音宣告，“只需唤起它们的灵性。”何塞·阿尔卡蒂奥·布恩迪亚天马行空的想象一向超出大自然的创造，甚至超越了奇迹和魔法，他想到可以利用这个无用的发明来挖掘地下黄金。梅尔基亚德斯是个诚实的人，当时就提醒他：“干不了这个。”然而那时的何塞·阿尔卡蒂奥·布恩迪亚对吉卜赛人的诚实尚缺乏信任，仍然拿一头骡子和一对山羊换了那两块磁铁。他的妻子乌尔苏拉·伊瓜兰本指望着靠这些牲口扩展微薄的家业，却没能拦住他。“很快我们的金子就会多到能铺地了。”她丈夫回答。此后的几个月他费尽心力想要证实自己的猜想。他拖着两块铁锭，口中念着梅尔基亚德斯的咒语，勘测那片地区的每一寸土地，连河床底也不曾放过。唯一的挖掘成果是一副十五世纪锈迹斑斑的盔甲，敲击之下发出空洞的回声，好像塞满石块的大葫芦。何塞·阿尔卡蒂奥·布恩迪亚和一起探险的四个男人将盔甲成功拆卸之后，发现里面有一具已经钙化的骷髅，骷髅的颈子上挂着铜质的圣物盒，盒里有一缕女人的头发。

三月里，吉卜赛人又来了。这次带来一架望远镜和一台足有鼓面大小的放大镜，展出时声称是阿姆斯特丹犹太人的最新发明。他们让一个吉卜赛女人坐在村子一头，将望远镜安在帐篷入口。花上五个里亚尔，人们就可以凑到望远镜后，看到那个吉卜赛女人在眼前出现，仿佛触手可及。“科学消除了距离，”梅尔基亚德斯说，“用不了多久，人们不出家门就能看到世界上任何地方发生的事情。”一个烈日炎炎的中午，他们用那台巨型放大镜作了一次惊人的演示：把一堆干草铺在街道中央，然后通过聚焦阳光点燃。尚未从磁铁实验的失利中平复的何塞·阿尔卡蒂奥·布恩迪亚，又萌生了将这一发明应用于战争的想法。梅尔基亚德斯再次试图让他打消念头，但最后还是接受了两块磁铁加三枚殖民地金币，将放大镜换给了他。乌尔苏拉难过地哭了。那些钱是从她父亲一辈子省吃俭用攒下的一匣金币中拿出来的，她本来一直埋在床下，想等待合适的机会做本钱。何塞·阿尔卡蒂奥·布恩迪亚无暇安慰她，以科学家的忘我精神全心投入战术实验，甚至不惜以身犯险。为了验证放大镜对敌军产生的效果，他亲自待到阳光的焦点下，结果身体被灼伤后溃烂，挨了很长时间才痊愈。妻子对如此危险的发明心生恐惧而提出抗议，但他全然不顾，险些把家里的房子点燃。他久久待在房间里，计算新武器的战略威力，写出了一本解说无比清晰、说服力无可抗拒的手册。他把该手册连同多种实验记录和多幅示意图一起寄给当局，承担这一使命的信使翻越山脉，迷失于无边的沼泽，蹚过湍急的河水，遭受猛兽的袭击、绝望情绪和瘟疫的打击险些丧命，最后终于找到了邮政骡队途经的驿道。虽然当时远赴首都不太可能，何塞·阿尔卡蒂奥·布恩迪亚仍然表示，只要政府一声令下他立刻出发，为军方实地演示他的发明，并亲自传授阳光战的精密战术。他等待回复多年，最终厌倦了等待，到梅尔基亚德斯面前哀叹自己的挫折。于是那个吉卜赛人做出了足以显明其诚实的举动：收回放大镜，把那三枚多卜隆①还给他，还留下一些葡萄牙人的地图和多种航海仪器。梅尔基亚德斯亲笔写了一份赫尔曼修士②的研究成果提要给他，教他如何使用星盘、罗盘和六分仪。为了确保不受打扰地进行实验，何塞·阿尔卡蒂奥·布恩迪亚在宅院深处盖了一间小屋，整个漫长的雨季都把自己关在屋中。他把家庭职责完全抛在脑后，整夜待在院子里观测星体的运行，为了寻找精确测定正午的方法险些患上日晒病。掌握了那些仪器的用法并操作自如后，对空间的认知使他无须离开小屋就能遨游未知的海洋，寻访荒凉的地域，并与神奇的生灵交流。正是在那个时期他养成了自言自语的习惯，旁若无人地在家中踱步，与此同时乌尔苏拉和孩子们却在菜园里累得直不起腰来，照料香蕉、海芋、木薯、山药、南瓜和茄子。然而，没有任何征兆，他疯狂的活动猝然中断，整个人陷入一种心醉神迷的状态。他连续好几天像是着了魔，喃喃自语，说出一连串自己都无法相信的惊人设想。最终，在十二月一个星期二的午饭时分，他从所有的折磨中一下解脱了。孩子们终其一生都将记得父亲如何在桌首庄严入座，被长期熬夜和苦思冥想折磨得形销骨立，因激动而颤抖着，向他们透露自己的发现：

“地球是圆的，就像个橙子。”

乌尔苏拉再也无法忍耐。“如果你非发疯不可，就一个人疯好了，”她喊道，“别想用你那套吉卜赛人的胡话教坏孩子！”何塞·阿尔卡蒂奥·布恩迪亚无动于衷，妻子在狂怒之下把星盘扔到地上摔得粉碎，他也没有被吓着。他又造了一台，还召集村里的男人到自己的小屋，用无人能懂的理论向他们证明，一直向东航行就有可能回到出发点。全村人都确信何塞·阿尔卡蒂奥·布恩迪亚已经失去理智，这时梅尔基亚德斯来到，澄清了真相。他当众赞许这个男人的聪明才智，说他仅凭天文观测就建立起的理论尽管在马孔多尚不为人所知，但已经被实践所证明。为了表示敬佩，他特别馈赠了一样将对村子的未来产生深远影响的礼物：一间炼金实验室。

那一时期，梅尔基亚德斯正以惊人的速度衰老。他头几回来访时看上去和何塞·阿尔卡蒂奥·布恩迪亚岁数相仿，但当后者仍然力气过人，揪住马耳朵就能将马掀翻的时候，吉卜赛人却好像已被某种顽疾击垮。实际上，那是他无数次周游世界时染上多种罕见疾病的结果。他在帮助何塞·阿尔卡蒂奥·布恩迪亚搭建实验室时亲口说过，死神一直追随他的脚步，嗅闻他的行踪，但尚未下定决心给他最后一击。他经历了危害人类

---

① 多卜隆(doblón)，西班牙古金币名。

② 赫尔曼修士(monje Hermann，1013—1054)，即 Hermann von Reichenau，德国本笃会修士，著有多种星相学著作。

的各种疾病和灾难幸存下来。他在波斯得过蜀黍红斑病，在马来群岛患上坏血病，在亚历山大生过麻风病，在日本染上脚气病，在马达加斯加患过腺鼠疫，在西西里碰上地震，在麦哲伦海峡遭遇重大海难，却都大难不死。这个天赋异禀，自称掌握了诺查丹玛斯①之钥的人是个阴沉的男子，裹在一团愁云惨雾里，谜一般的目光仿佛能看透一切。他总戴着一顶黑色大礼帽，活像乌鸦展开的翅膀，身穿一件天鹅绒坎肩，染着沧桑岁月的苔印。他智慧无边又神秘莫测，但还是有着凡人的一面，未能摆脱日常生活中琐碎问题的烦扰。他抱怨着衰老和病痛，为经济上微不足道的困窘而难过；他很久以前就不再展露笑容，因为坏血病夺去了他所有的牙齿。在一个闷热的正午，他吐露了心声，何塞·阿尔卡蒂奥·布恩迪亚确信那是一段伟大友情的开始。孩子们听着他的神奇故事，目瞪口呆。奥雷里亚诺那时只有五岁，他一生都将记得，那个下午吉卜赛人如何坐在窗前金属的反光中，用管风琴般深沉的声音揭示最幽暗的想象地域，热得沿太阳穴流下油腻的汗水。他的哥哥何塞·阿尔卡蒂奥，将会把这奇妙的形象作为记忆遗产，传给所有后世子孙。乌尔苏拉却对这次来访印象恶劣，因为她走进房间的时候，正赶上梅尔基亚德斯一分神，打破了一个装有二氯化汞的小瓶。

“这是魔鬼的气味。”她说。

“绝不是。”梅尔基亚德斯纠正道，“魔鬼已被证明具有硫化物的属性，而这不过是一点儿氯化汞。”

一向诲人不倦的梅尔基亚德斯详细讲解了朱砂与魔鬼相关的效用，但乌尔苏拉却未加理睬，径自带孩子们出去祈祷。那种刺鼻的味道将与对梅尔基亚德斯的记忆一起，永远铭刻在她心里。

那间简陋的实验室，除了大量的小锅、漏斗、蒸馏瓶、滤器和滤网，还备有一座简陋的炼金炉，一个仿照“哲学之卵”制成的长颈烧瓶，以及一套由吉卜赛人按照犹太人玛利亚对三臂蒸馏器的现代描述制作的蒸馏过滤设备。梅尔基亚德斯还留下了对应七大行星的七种金属的若干样品，摩西和索希莫②的倍金配方，以及“超绝之精”③系列笔记和草图，如果参悟成功就能炼出点金石。何塞·阿尔卡蒂奥·布恩迪亚见倍金配方很简单便着了迷，接连几个星期都央求乌尔苏拉挖出她的殖民地金币，说水银能分割多少次，金子就能翻上多少倍。乌尔苏拉像往常一样，在丈夫无可动摇的决心前让了步。于是，何塞·阿尔卡蒂奥·布恩迪亚将三十枚多卜隆金币投入一口坩埚，与铜屑、雌黄、硫黄和铅一起熔化，然后倒入盛满蓖麻油的锅里用旺火煮沸，直到熬出一摊发出恶臭的浓浆，看起来更像是劣质的糖浆而非美妙的黄金。在令人忐忑和绝望的蒸馏过程中，经过与七种行星金属冶合，再放入玄妙的水银和塞浦路斯的硫酸盐中炮制，又用猪油替代萝卜油回锅熬炼，乌尔苏拉宝贵的遗产最后变成一坨碳化的油渣，死死粘在锅底。

当吉卜赛人再来的时候，乌尔苏拉已经发动全村的人加以抵制。但好奇心胜过了恐惧，因为这一次吉卜赛人走遍全村，利用各式乐器制造出震耳欲聋的响声，叫卖人还声

① 诺查丹玛斯(Nostradamus，1503—1566)，法国预言家，所著《诸世纪》中载预言诗千首，据说在后世多有应验。

② 索希莫(Zósimo)，3世纪的希腊炼金术士。

③ “超绝之精”(Gran Magisterio)，炼制点金石的程序指南，象征着灵魂臻于至善的进程。

称将要展出纳西安索人最神奇的发明。因此全村人都去了帐篷，付上一个生太伏就看到了青春焕发的梅尔基亚德斯：身体痊愈，皱纹平复，全新的牙齿闪闪发亮。凡是还记得他的牙龈如何毁于坏血病、脸颊如何松弛、嘴唇如何干瘪的人，面对这一无可置疑的明证，都不禁为吉卜赛人的魔力而惊栗。梅尔基亚德斯将镶在牙床上的牙齿完好无损地摘下并向观众展示——那一瞬间他变回了往昔的老朽模样——随后又戴上牙齿展露出重获青春的微笑，这时惊慌变成了恐惧。即便是何塞・阿尔卡蒂奥・布恩迪亚都觉得梅尔基亚德斯的知识已经达到令人无法容忍的程度，不过当后者私下里给他讲解了假牙的原理后，他随即感到一阵畅然。他觉得这一切如此简单而神奇，一夜之间又对炼金研究完全失去了兴趣，陷入新的情绪危机，无心饮食，整天在家中踱步。“世上正发生着不可思议的事情，”他对乌尔苏拉说，“就在那边，在河的另一边，各种魔法机器应有尽有，而我们却还像驴子一样生活。”从马孔多创建之初就认识他的人，都惊讶于他在梅尔基亚德斯影响下发生的变化。

当初何塞・阿尔卡蒂奥・布恩迪亚是那种年轻的族长式人物，他指导人们怎样播种，建议怎样教育孩子、饲养牲畜，为村社的繁荣与所有人通力合作，在体力劳动上也不例外。从一开始他家的房子就是村里最好的，成为他人仿效的对象。他家有一间敞亮的小厅，一间鲜花盛开、颜色喜人的露台餐厅，两间卧室，一座栽着一棵大栗树的庭院，一片精心打理的菜园，还有一个畜栏，山羊、母鸡和猪在其间和谐相处。在家里乃至整个村子，斗鸡是唯一禁养的动物。

乌尔苏拉的勤劳比起丈夫毫不逊色。她身材娇小，活力充沛，严肃不苟，是个意志坚定的女人，从未有人听她唱过歌。她似乎无处不在，每天从清晨到深夜，伴随着细棉布裙柔和的窸窣声一直四处忙碌。全亏了她，那泥土夯平的地面、未经粉刷的泥墙和自制的粗木家具才永远一尘不染，旧箱子里存放的衣服才永远散发着罗勒的淡淡香气。

像何塞・阿尔卡蒂奥・布恩迪亚这样富于进取心的男人，村里再没有第二个。他排定了各家房屋的位置，确保每一户都临近河边，取水同样便捷；还规划了街道，确保炎热时任何一户都不会比别家多晒到太阳。短短几年里，三百名居民的马孔多成为当时已知村镇中最勤勉有序的典范。它的确是一处乐土，没人超过三十岁，也没人死去。

从村庄初建时起，何塞・阿尔卡蒂奥・布恩迪亚就制作了捕鸟机关和鸟笼。很快，不光在家里，整个村庄到处都是拟黄鹂、金丝雀、蓝鸲和知更鸟。种类纷繁、数目众多的鸟儿一起鸣唱，令人心烦意乱，乌尔苏拉不得不用蜂蜡堵住耳朵才能保持神志清醒。梅尔基亚德斯的部落第一次来贩卖治头痛的玻璃珠的时候，大家都惊讶于他们竟能找到这个迷失在沼泽雾瘴中的村庄，而吉卜赛人承认他们正是循着鸟鸣而来。

何塞・阿尔卡蒂奥・布恩迪亚当初建功立业的雄心，迅速在磁铁迷狂、天文演算、炼金幻梦以及见识世上奇观的热望中消磨殆尽，曾经勇于开拓、仪表整洁的他，变成一个外表懒散、不修边幅的男人。他那野蛮人一样的胡须，乌尔苏拉费尽力气才能勉强用菜刀收拾干净。甚至有人将他视为某种诡异巫术的牺牲品。然而当他将开荒的工具扛上肩头，倡议全体村民共同开辟一条将马孔多与新兴发明相连的捷径时，即使是那些深信他已发疯的人也丢下活计与家人而去跟随他。

何塞・阿尔卡蒂奥・布恩迪亚对这一地区的地理情况一无所知。他只知道向东是无法逾越的山脉，山脉的另一侧是古老的城市里奥阿查，据他的祖父即第一位奥雷里亚诺·布恩迪亚所述，弗朗西斯·德雷克爵士①曾在那里以大炮猎杀鳄鱼为乐，修补后填上稻草送给伊丽莎白女王。年轻的时候，何塞·阿尔卡蒂奥·布恩迪亚领着一群同伴，携带妻儿、牲口及所有生活用品，翻越山脉去寻找入海口。他们经过二十六个月的跋涉后决定放弃，为了避免原路返回便建立了马孔多。他对那条路不感兴趣，因为它只能将他带回到过去。向南是永远覆着绿色植被的泥塘和广阔的大沼泽，吉卜赛人都说没见过它的边界。大沼泽西边毗邻的是广袤无垠的水面，那里有皮肤娇嫩的鲸类，它们长着女人的头颅和身体，凭借巨大乳房的魔力让航行者迷失心智。吉卜赛人沿着这条水路航行了六个月，才找到邮政骡队经过的陆地。根据何塞·阿尔卡蒂奥·布恩迪亚的估计，与文明世界唯一可能的连接是北方的道路。于是他将当年和自己一起创建马孔多的同一群人用开荒装备和狩猎器械武装起来，把导向工具和地图塞进背包，开始了这场可怕的冒险。

最初几日，没有遇到什么值得一提的阻碍。他们沿着乱石遍布的河岸下到数年前找到盔甲的地方，从那里经野生橘林中的一条小径进入森林。走了快一个星期的时候，他们打了一头鹿来烤熟，决定只吃一半，把另一半腌好留待后日，希望借此尽量推迟拿金刚鹦鹉充饥的日子，因为那蓝色的鸟肉有股浓烈的麝香味。此后的十多天，他们从未见到太阳。地面变得柔软潮湿如火山灰，林莽日益险恶，鸟儿的啼叫和猿猴的喧闹渐行渐远，天地间一片永恒的幽暗。在这潮湿静寂、远在原罪之先就已存在的天堂里，远征队的人们被最古老的回忆压得喘不过气来，他们的靴子陷进雾气腾腾的油窟，砍刀斩碎猩红的百合与金黄的蝾螈。整整一个星期，他们几乎没有说话，只借着某些昆虫发出的微弱光亮，像梦游人一般穿过阴惨的世界，肺叶间满溢令人窒息的鲜血味道。他们无法返回，因为辟出的道路转瞬就被新生的植物再次封闭，其生长速度几乎肉眼可见。“不要紧，”何塞·阿尔卡蒂奥·布恩迪亚说，“重要的是别迷失方向。”他始终拿着罗盘，带着队伍走向看不见的北方，直到走出这片着了魔的土地。那是一个漆黑的夜晚，没有星光，但黑暗中充盈着清新的空气。人们被漫长的跋涉折磨得精疲力竭，纷纷挂起吊床，两个星期以来第一回安心入眠。醒来时已是日头高照，人们无不被眼前的景象所震慑：在蕨类和棕榈科植物中间，静静的晨光下，赫然停着一艘覆满尘埃的白色西班牙大帆船。船向右侧微倾，完好无损的桅杆上还残留着肮脏零落的船帆，缆索上有兰花开放点缀其间。船身覆盖着一层由石化的鲫鱼和柔软的苔藓构成的光润护甲，牢牢地嵌在乱石地里。整艘船仿佛占据着一个独特的空间，属于孤独和遗忘的空间，远离时光的侵蚀，避开飞鸟的骚扰。远征者们在船内仔细探查，却发现里面空无一物，只见一座鲜花丛林密密层层地盛开。

大帆船的发现意味着大海就在近处，何塞·阿尔卡蒂奥·布恩迪亚的热情受到沉重打击。他将此视为顽皮的命运对自己的嘲弄：曾经作出巨大牺牲、历经无数苦难寻找大海而不得，如今无心寻找它却送上门来，横在自己前进的道路上成为无法逾越的障碍。多年以后，奥雷里亚诺·布恩迪亚上校也曾穿越这片土地，那时这里已经成为常规驿道，而他见到的唯有烧焦的龙骨矗立在一片罂粟花地上。直到那时他才相信这段历史不

① 弗朗西斯·德雷克爵士(Sir Francis Drake，1540—1596)，英国航海家、海盗，多次劫掠西班牙殖民地。

是父亲的想象，不禁为大帆船如何深入陆地至此而困惑不解。然而，何塞·阿尔卡蒂奥·布恩迪亚不曾为这个问题困扰，他又走了四天，来到距大帆船十二公里的海边。面对大海，他的梦想破灭，这灰白肮脏、泡沫翻腾的大海，不值得为之冒险和牺牲。

"见鬼!"他喊了起来，"马孔多周围全是水!"

很长时间内，马孔多处在一个半岛上成为根深蒂固的观念，这源于何塞·阿尔卡蒂奥·布恩迪亚远征归来后武断绘出的地图。他绘图时满怀怒气，故意夸大交通的艰难，以此来惩罚自己竟如此荒唐地选择了这样一个地方。"我们一辈子哪儿也去不了，"他向乌尔苏拉抱怨道，"我们注定要在这里活活烂掉，享受不到科学的好处。"他在实验室小屋里思来想去，脑海中全是这个念头，几个月后终于酝酿出一个方案，要将马孔多迁移到更合宜的地点。但这一次，乌尔苏拉抢在了他那狂热计划的前头。凭借一番百折不挠的努力，她暗中与村里所有女人联合起来，反对男人们的突发奇想——他们已经在准备搬家了。何塞·阿尔卡蒂奥·布恩迪亚不知道从何时起，又是怎样的力量从中作梗，他的计划陷入由种种借口、托词和阻力形成的罗网，最终彻底沦为幻想。这天早上他在庭院尽头的小屋里一边念叨着搬家梦想，一边把实验器具装回原来的箱子，乌尔苏拉带着无辜的神情关注着这一切，甚至对他感到些许怜悯。她任凭他装完，任凭他钉好箱笼、用刷子漆上自己名字的缩写，没有责怪他一句，心里却知道他已经明白——因为听见他这么低声自言自语——村里的人不会随他上路。只是当他开始拆卸小屋的房门时，乌尔苏拉才鼓起勇气询问为什么要这样做，他不无苦涩地回答："既然没人肯走，那我们自己走。"乌尔苏拉没有动摇。

"我们不走，"她说，"就留在这儿，因为我们已经在这儿生了一个孩子。"

"我们还没有死人，"他说，"只要没有死人埋在地下，你就不属于这个地方。"

乌尔苏拉反驳了他，温和而坚定：

"如果非要我死了才能留下，那我就去死。"

何塞·阿尔卡蒂奥·布恩迪亚无法相信妻子竟会如此意志坚决。他试图用自己的幻梦诱惑她，许诺带她去一个神奇的世界，在那里只需往地里洒一点儿魔水就能让作物按照自己的愿望结实，在那里花一点点钱就能买到各式各样的止痛器械。但乌尔苏拉对他预言的景象毫不动心。

"忘了你那些疯狂的新鲜玩意儿，还是管管你的孩子吧。"她回答，"瞧瞧他们，自生自灭没人管，和驴子一样。"

何塞·阿尔卡蒂奥·布恩迪亚照妻子的话做了。他往窗外望去，只见两个孩子赤脚待在阳光暴晒的菜园里，他感觉从那一刻起他们才开始存在，从乌尔苏拉的咒语中诞生出来。随即他内心发生了某种变化，某种神秘而明晰的力量将他从当下拉扯出来，带往记忆中从未涉足的所在。乌尔苏拉继续打扫，此刻她已经确信有生之年再也不会离开这个家园，而他一直凝视着孩子们，直到双眼湿润。他用手背擦干眼睛，深深地叹息一声，接受了现实。

"好吧，"他说，"让他们帮我把东西从箱子里拿出来。"

大儿子何塞·阿尔卡蒂奥已经十四岁，脑袋四方，头发粗硬，和父亲一样固执任性。他发育迅速，体格健壮也像父亲，不过从那时就可以明显看出他缺乏想象力。他在马孔多建立前翻越山脉的路上孕育和诞生，当时父母在证实他身上没有任何动物器官之后曾一起感谢上天。奥雷里亚诺是在马孔多出生的第一个孩子，到三月就满六岁了。他沉默寡言，性格孤僻，在母亲腹中就会哭泣，来到人世时大睁着双眼。剪脐带的时候，他四下打量房间里的东西，好奇却毫无惊惧地观察人们的脸庞。随后，他任凭人们凑过来看，自己却无动于衷，专注地望着棕榈叶铺成的屋顶，那屋顶在雨水的巨大压力下似乎即将坍塌。乌尔苏拉没再想起他那全神贯注的目光，直到有一天，三岁的小奥雷里亚诺走进厨房，正赶上她从灶台端下一口滚烫的汤锅放到桌上。孩子在门口一脸困惑，说："要掉下来了。"汤锅本来好好地摆在桌子中央，但孩子话音刚落，它便像受到某种内在力量的驱使，开始不可逆转地向桌边移动，掉到地上摔得粉碎。警觉的乌尔苏拉将此事告诉丈夫，但丈夫却将其解释为自然现象。他一向如此，对孩子们不闻不问，一方面因为他认为童年是智力尚未发育健全的时期，另一方面因为他总是沉浸于自己虚无缥缈的玄想中。

然而自从那个下午叫孩子们帮忙取出实验器具，他便将自己最宝贵的时间留给了他们。在僻静的小屋里，墙壁上渐渐挂满荒唐的地图和奇异的图画。他教他们读写和算术，向他们讲起世界上的诸多奇迹，不光涉及自己已知的事物，还充分发挥想象力达到令人难以置信的极致。就这样，孩子们得知在非洲的最南端有平和而智慧的人民，他们唯一的消遣是坐下来沉思；得知爱琴海可以徒步穿越，只需从一个岛屿跳上另一个直到萨洛尼卡港。那些光怪陆离的课程深深铭刻在孩子们的记忆中，以至于多年以后，在政府军军官向行刑队下令开枪的前一刻，奥雷里亚诺·布恩迪亚上校又回想起三月里那个温暖的下午：父亲在物理课上倏然顿住，一脸着迷的神情，手停在半空中，眼神凝固，倾听着远远传来的高音笛、串铃和鼓的声音。吉卜赛人又来到了村里，推销孟菲斯城的智者们最新最惊人的发明。

那是一批新的吉卜赛人，男男女女都很年轻，只会说他们自己的语言，个个容貌俊美，皮肤油亮，双手灵巧。他们在街上载歌载舞引来喧声笑语，激起惊诧不断：染成各种颜色的鹦鹉吟唱着意大利浪漫曲，母鸡伴着手鼓的节奏下出一百个金蛋，训练有素的猴子能猜出人的所思所想，多功能机器既能缝扣子又能退烧，还有用来忘却不快回忆的仪器、用来浪费时间的药膏以及其他上千种异想天开、闻所未闻的发明，何塞·阿尔卡蒂奥·布恩迪亚都恨不得发明一台记忆机器来记录下这一切。村子瞬间变了样。马孔多的居民在自己村子的街道间迷失了方向，置身于喧嚷的集市中不知所措。

何塞·阿尔卡蒂奥·布恩迪亚一手拉住一个孩子，免得他们在混乱中走失。他从镀金牙的卖药人和六条胳膊的杂耍艺人身旁跌跌撞撞地走过，在人群散发出的粪便和檀香气味中艰难地呼吸，发疯似的四处寻找梅尔基亚德斯，想请他解开这场神奇梦魇中的无尽奥秘。他问了好几个吉卜赛人，但他们都听不懂他的语言。最后他来到梅尔基亚德斯惯常扎帐篷的地方，遇见一个神情郁郁的亚美尼亚人在用卡斯蒂利亚语①介绍一种用来隐形的糖浆。那人喝下一整杯琥珀色的液体，正好此时何塞·阿尔卡蒂奥·布恩迪亚挤进入神观看的人群向他询问。吉卜赛人惊讶地回望了他一眼，随即变成一摊热气腾腾散发恶臭的柏油，而他的回答犹自在空中回荡："梅尔基亚德斯死了。"听到这个消息，何塞·阿尔卡蒂奥·布恩迪亚惊呆了，他竭力抑制悲恸，而人群渐渐被别处的机巧吸引过

---

① 卡斯蒂利亚语(castellano)，即西班牙语，今日的西班牙语起源于卡斯蒂利亚地区。

去，那一摊亚美尼亚人的遗存物也彻底消失。后来，别的吉卜赛人向他证实梅尔基亚德斯的确在新加坡的沙洲上死于热病，被丢到了爪哇海的最深处。孩子们对这个消息不感兴趣，坚持要父亲带他们去见识孟菲斯智者们创造的最新奇观，据帐篷入口处招揽生意的吉卜赛人说，那曾经是所罗门王的宝藏。孩子们非去不可，何塞·阿尔卡蒂奥·布恩迪亚只好付了三十里亚尔，领他们走到帐篷中央，那里有一个遍体生毛的光头巨人，鼻上穿着铜环，脚踝间绕着沉重的铁链，正看守着一个海盗藏宝箱。巨人刚打开箱子，立刻冒出一股寒气。箱中只有一块巨大的透明物体，里面含有无数针芒，薄暮的光线在其间破碎，化作彩色的星辰。何塞·阿尔卡蒂奥·布恩迪亚茫然无措，但他知道孩子们在期待他马上给出解释，只好鼓起勇气咕哝了一句：

“这是世上最大的钻石。”

“不是。”吉卜赛人纠正道，“是冰块。”

何塞·阿尔卡蒂奥·布恩迪亚没能领会，伸出手去触摸，却被巨人拦在一旁。“再付五个里亚尔才能摸。”巨人说。何塞·阿尔卡蒂奥·布恩迪亚付了钱，把手放在冰块上，就这样停了好几分钟，心中充满了体验神秘的恐惧和喜悦。他无法用语言表达，又另付了十个里亚尔，让儿子们也体验一下这神奇的感觉。小何塞·阿尔卡蒂奥不肯摸，奥雷里亚诺却上前一步，把手放上去又立刻缩了回来。“它在烧。”他吓得叫了起来。但何塞·阿尔卡蒂奥·布恩迪亚没有理睬，他正为这无可置疑的奇迹而迷醉，那一刻忘却了自己荒唐事业的挫败，忘却了梅尔基亚德斯的尸体已成为乌贼的美餐。他又付了五个里亚尔，把手放在冰块上，仿佛凭圣书做证般庄严宣告：

“这是我们这个时代最伟大的发明。”

【选自[哥伦比亚]马尔克斯：《百年孤独》，范晔译，海口，南海出版公司，2017】

多丽丝·莱辛

多丽丝·莱辛(1919—2013)是当代英国著名作家，2007年诺贝尔文学奖获得者，代表作有《野草在歌唱》《暴力的孩子们》《金色笔记》等，还写有一系列太空小说。

选文《屋顶丽人》是莱辛一篇脍炙人口的短篇小说，讲述在闷热的夏日中，三个男人在修屋顶时看见一名近乎裸体的女子在附近的屋顶上晒日光浴。

三名男子中有年纪较大的哈里，30岁刚刚结婚的斯坦利和只有17岁的汤姆。他们看见这位女性公开展示自己的身体，便朝她吹口哨，而她置若罔闻，三人都很生气，因为"她对望着她的三个男人竟然无动于衷"。三人吹口哨的举动无疑是不礼貌的，他们之所以这么做，是因为在他们的想象里，一名女子近乎裸体便暗示了她期待男性的挑逗；而这名女子的反应不仅挑战了他们意识中的性别关系设定，而且因为没有迎合这种设定，似乎潜在地否认了性别身份。成熟的哈里很快就恢复了理智，年龄使他相对于两个年轻人更加谨慎。斯坦利是个自信的帅小伙，始终对这位女性在他看来"挑衅"的态度感到气愤，不停地向她吹口哨，试图引起她的注意。小说着墨最多的是汤姆，他在自己浪漫的想象中竟然爱上了那女人。于是，在一天工休的时候，他爬上女人所在的屋顶，试图结识她。在遭到女子冷冷的拒绝后，他对她的"爱"转化为满腔的愤怒。

《屋顶丽人》辛辣地讽刺了男性将女性作为情欲对象的观看，但小说并没有简化这个问题。屋顶在空间上隐喻着权力结构的上层。屋顶女子所处阶层显然高于几名维修工人。而汤姆等人只是暂时在屋顶逗留的，为富裕阶层工作的人。也正因为如此，汤姆对她浪漫的想象之爱中包含着跨越阶层鸿沟的部分；而她之所以能够拒绝汤姆，彻底漠视他们的骚扰，也有赖于其经济能力以及随之而来的教养程度。当汤姆受挫之后，他们之间的鸿沟更加明显了，他愤怒地想，"居然指望我们在这种条件下干活"，所谓"爱情"转化成怨恨。

屋顶丽人

那是在六月赤日炎炎的一周里。

三个男人正在屋顶上干活。铅皮屋顶被晒得滚烫，他们想出了一个主意：往上面泼水冲凉。可水一泼上去就冒热气，“咝咝”作响。这三个男人打趣说，应该从楼下哪家女人那里弄鸡蛋来，用铅皮屋顶煮熟作午饭。下午两点，他们正在更换的那根排水沟烫得碰都碰不得。他们一起猜测那些在通常很热的国家里干活的人会怎么办。他们可能会借防烫的棉手套抓鸡蛋吧？他们三人对这这种炎热极不习惯，都感到头晕。他们脱掉上衣，并肩站着，使劲往烟囱投下的一块一英尺宽的阴影里挤，小心地不让太阳晒着他们穿着厚袜子和长筒靴的脚。从一排排屋顶望过去，景观不错。不远处，一个男子正坐在躺椅上看报纸。他们就在约50码外的烟囱之间看见了她。她俯卧在咖啡色的毯子上。他们可以看见她身体的上部：黑头发，晒得发红的结实的脊背，双臂伸开。

“她简直一丝不挂。”斯坦利说，好像很生气的样子。

哈里说：“好像是。”他是他们中最年长的，约莫45岁。

年轻的汤姆只有17岁。他没说话，可却兴奋地咧嘴笑。

斯坦利说：“她若不提防着点，会有人告发她的。”

“她认为没人看得见她。”汤姆说，一边使劲探身，想多看到一点。

此时，那女人仍然俯卧着，她用双手抓着一条围巾的两端往上伸到肩后，在背后打了个结，然后坐了起来。只见她胸部裹着一条红色围巾，穿着一条红色比基尼裤。这是她第一天出来晒太阳，她雪白的肌肤晒得发红。她坐在那里抽烟。斯坦利挑逗地向她吹口哨，她连眼都不抬一下。哈里说：“只有卑鄙小人对这种低级举动感兴趣。”说着领了两个人回到他们那边的屋顶。可那边灼热难当。哈里说：“等一等，我去弄个东西挡挡太阳。”他边说边从天窗钻进了楼里。他一走，斯坦利和汤姆就来到他们所能达到的最远端。偷看那女人。她已挪动过。他们只能看见她在毯子上伸开的两条粉腿。他们又吹口哨又喊叫，可那两条腿却一动不动。哈里拿着毯子回来叫道：“快过来。”他好像对他们很恼火似的。他们向他爬过来。哈里对斯坦利说：“你老婆会怎样”？斯坦利结婚大约刚三个月。他嘲笑说：“我老婆会怎么样？”显出满不在乎的样子。汤姆什么也没说，但满脑子都被那个近乎裸体的女人占据了。哈里拿来楼下一个好心女人借的毯子，将一头搭在电视天线上，另一头挂在一排烟囱管帽上。毯子投下的阴影正好挡住他们更换的那根排水沟。可阴影不断地移动，他们得调整毯子。所以活儿没有多少进展。屋顶终于没那么热了。他们加紧干活，以弥补浪费的时间。先是斯坦利，然后是汤姆，走到屋顶尽头去看那女人。斯坦利说：“她正仰卧着呢。”然后加了句俏皮话，使汤姆暗暗发笑。年纪大一点的哈里宽容地笑了笑。汤姆看了回来说：“她还是刚才那样子，没有动。”可他撒了个谎。他看见的情景只想自己一个人知道：他刚才瞥见那女人将小小的红色比基尼裤往臀部下面卷，直到成为一个小三角。她仰卧着，汤姆可以看见她的全身。涂着防晒油的身体闪闪发光。

第二天上午，三个人一上来就过去看。那女人已经躺在那里了。脸朝下，双臂伸开。除了那条小小的红色比基尼裤，一丝不挂。一夜之间，她肤色已经变成褐色。昨天她是个又红又白的女人，今天却成了个棕色女人。斯坦利吹了声口哨。她吃了一惊，抬起头，好像刚才睡着了。她向他们直望过去。太阳正好照着她的眼睛。她眨眨眼，使劲朝这边看。接着又垂下了头。她这种毫不在乎的举动使他们三人同时吹起了口哨，大叫起来。哈里这么做，本来是取笑模仿两个年轻人。可他也很生气。他们三个都很生气。因为她对望着她的这三个男人竟无动于衷。

“真是个荡妇。”斯坦利说。

汤姆暗笑道：“她应该叫我们过去。”

哈里恢复了常态，提醒斯坦利说：“要是她结了婚，她老公不会喜欢她这个样子的。”

“天啊，”斯坦利用一种一本正经的口气说，“我老婆要是像那样躺着给人看，我就立刻制止她。”

哈里笑着说：“你怎么会知道呢？也许她此时此刻也正在晒太阳呢。”

“决不可能。决不可能在我们家屋顶上晒。”想到他妻子很保险，他情绪好多了。他们继续干着活。可今天比昨天还热。有好几次，他们这个或那个提议去找工头马修，要求离开屋顶，等热浪过了再回来。可他们没有这样做。这栋公寓大楼的地下室里也有活可干。可在这里，他们与那些被关在大街上和楼房里的普通人不同。他们高高在上，感到自由自在。那天的中午时分，有很多人出来到房顶上待了一个小时。几对夫妇并肩坐在折叠椅上。女人们没穿长袜，腿红红的。男人们只穿着汗衫，肩膀也红红的。

那女人待在毯子上，翻过来翻过去。不管这三个男人对她怎么样，她都不理睬他们。哈里下去拿螺丝钉时，斯坦利对汤姆说：“跟我来”。那女人的屋顶同他们所在屋顶不属于同一片，和他们的屋顶分开约莫 20 英尺。要到那边去，就得再往高处爬，紧挨着烟囱，沿着低矮的矮墙徐徐挪步。而他们的靴子又滑又不稳。他们站在一个凸起的方形小屋顶上，朝下盯着她看。她正坐在那儿抽烟，看书。蓝天衬在她身后，她两腿伸展开。汤姆觉得她看起来很像一幅招贴画，或一本杂志封面。她身后一架很大的起重机正在牛津街[①]一栋新建筑物上操作。它那黑色的臂膀越过屋顶，形成一个巨大的弧形。汤姆想象自己正坐在那架起重机上工作，将那臂膀伸过去，抓起那女人，再穿过天空把她吊过来，落在他近旁。

他们又吹起口哨。她抬眼冷冷地看了看他们，又继续看书。他们又一次被激怒了，更确切地说，斯坦利愤怒了。他一遍遍吹着口哨，想让她抬起头来朝他们望。他那被太阳晒得滚烫的脸都气歪了。年轻的汤姆不再吹口哨，他站在斯坦利旁边，兴奋地咧嘴笑。但他觉得自己好像正对那女人说：可别把我同他一样看待。因为他的笑带着歉意。昨晚入睡前，他还在想那个陌生的女人。在想象中，她对他很温柔。汤姆记起了此种温情，站在吹口哨嘲弄的斯坦利身旁，不耐烦地直搓脚，隔街盯视那个冷漠、健康、晒成棕色的女人。汤姆觉得这很浪漫，好像高高地站在两个山头上。这时他们听见哈里喊他

① 伦敦中心的商业街。

们，于是又爬回去。斯坦利板着个脸，真的很生气。汤姆不时地看他，真不明白他为什么会这么恨那女人，因为他现在已经爱上那女人了。

他们不时调整那条毯子的位置，想要就着阴凉干点活。但还是直到下午四点钟左右，他们才能真正干活。他们三人都精疲力尽了。他们抱怨着这个鬼天气。斯坦利的情绪坏透了。他们准备收拾工具离开之前，又去看看那女人。她显然已经睡着了。只见她脸朝下，整个背部都裸着。只有一块红三角遮住臀部。斯坦利说："我真想去报告警察。"哈里接口说："你烦什么？她这样碍着谁了？"

"如果她是我老婆，等着瞧吧！"

"可她不是，对吗？"汤姆知道哈里和自己一样，对斯坦利的这种反应感到不安。斯坦利平常是个很机灵的年轻人。工作时手脚麻利，爱开玩笑，是个很好的伙伴。

哈里说："明天可能会凉快些。"

可是第二天不仅没凉快，反而更热了。天气预报说，这种晴好天气还将持续下去。他们一上屋顶，哈里就过去看那女人还在不在。汤姆知道这是为了不让斯坦利过去看，免得他发脾气。哈里有几个长大成人的孩子，有一个男孩，和汤姆同龄。年轻的汤姆信任他，尊重他。

哈里回来说："她不在那里了。"

斯坦利说："我敢说是她老头子不许她这样干了。"哈里和汤姆对望一眼，背着这个新婚的年轻人偷偷地笑了。

哈里提议说，他们应该得到允许去地下室干活。他们那天真的去地下室干活了。干完活，收拾工具离开之前，斯坦利说："我们去呼吸一下新鲜空气吧。"哈里和汤姆跟着斯坦利上屋顶时相视而笑。汤姆真诚地相信，自己上去是为了保护那女人，以免斯坦利损她。那时是五点半左右，阳光静静地洒满屋顶。那架巨大的起重机仍将它那黑色的臂膀从牛津街那边伸过来，悬挂在他们头顶上。那女人不在那儿。接着，矮墙那边仿佛有个什么白色的东西飘闪了一下。那女人站了起来，穿着一件白色晨衣，系了根腰带。她可能已在那里待了一整天。那是另一个屋顶。她想躲开他们。斯坦利没吹口哨。他什么也没说，只是注视着那女人弯下腰收拾书报和香烟，将毯子叠起来，盖在手臂上。汤姆心想：如果他们俩不在，我就过去同她说……说什么呢？汤姆夜里做梦，梦见她，汤姆了解到她善良而友好。说不定她还会邀他去她的公寓呢。说不定……汤姆站在那里，望着那女人钻进天窗。就在她下去时，斯坦利向她嘲弄地尖叫一声。她吓了一跳，差点摔倒。她赶紧抓住什么东西站稳。他们听见她手上的东西掉了下来。她直视着他们，非常气愤。哈里朝着她开了句玩笑："宝贝儿，小心点，梯子滑。"汤姆知道哈里说这话是为了防止斯坦利损她。但她不可能知道这个。她皱着眉头消失了。汤姆心里暗暗高兴。因为他觉得，她的愤怒是冲着那两个人的，而不是他。

斯坦利说："快下点儿雨吧。"他一副苦脸，望着蓝色的夜空。

第二天，万里无云。他们决定干完地下室的活。他们觉得关在这灰暗的地下室里装修管道，被排斥在滚滚热浪的伦敦节日气氛之外了。午饭时，他们又上屋顶去透透气。上面有几对夫妇和身着衬衫的男人，而她却不在。既不在她通常待的那个屋顶，也不在她昨天待的地方。他们三个，甚至连哈里在内，在烟囱管帽间爬来爬去，越过短墙，到处找她。滚热的铅皮屋顶把他们的手指烫得很疼。可却丝毫不见她的踪影。他们脱去衬衣、汗衫，露出胸膛，感觉两只脚又湿又热。他们谁也没有提起那女人。可汤姆再次感到很孤独。昨晚他想象那女人让他进了她的公寓。房间很大，铺着白色地毯，有一张床，床头板用一张白色皮革包着。她穿件薄薄的黑色女式长睡袍。汤姆一想起她对他的温柔，嗓子就发痒。他觉得她现在不在，就是失信于他。

完工以后，他们又爬上屋顶。但仍不见她的身影。斯坦利不断地说，如果明天还这么热，他就不干活了，就到此为止了。可第二天，他们全都去了。上午十点时，气温已达 70 多华氏度。远还不到中午，就已达 80 华氏度。哈里去对工头说，天这么热，没法在铅皮屋顶上干了。可工头说，他也没别的活好让他们干。他们不得不在屋顶上干活。中午时分，他们默默地站着，看见那女人屋顶上的天窗打开来。她穿着白色长袍，慢慢出现了。手里抱着一床叠着的毯子。她沉着脸看了他们一眼，然后走到屋顶一处他们看不见的地方。汤姆很高兴。他觉得他们两人看不见她，她就更属于他了。他们本来已经脱掉了衬衣和汗衫。现在他们又把衣服穿上，因为他们觉得太阳正在灼伤他们的肌肤。“她的皮肤必定像犀牛皮一样经晒。”斯坦利说。他正费力地拽一根排水沟，嘴里骂骂咧咧。他们停下活，坐到阴凉处，在烟囱群后面移来移去。对面有个女人来到窗前，给窗台上的黄色花箱浇水。她已届中年，穿件印花夏装。斯坦利对她说：“我们可比花更需要水喝。”她笑着说：“最好赶快到下面酒吧去。一会儿就要关门了。”他们彼此说些打趣的话。然后，她向他们挥手笑了一下，走开了。

“她可不像那边的戈黛娃夫人[①],”斯坦利说，“她还能对我们笑笑，跟我们聊上几句。”

“可你没对她吹口哨啊。”汤姆责怪说。

“瞧他说的,”斯坦利说，“你刚才难道没吹口哨吗?”

可汤姆觉得自己刚才没吹口哨，好像光是哈里和斯坦利吹了似的。他正计划着完工以后，他要留在后面，想办法到那个女人那边去。天气预报说高温期快要结束了。所以他得赶快行动。可他没有机会留在后面。那两个人决定四点钟停工，因为他们已经精疲力尽了。他们下楼时，汤姆赶快爬上一堵短墙。然后爬上一根烟囱，使自己处于较高的位置。他瞥见那女人正仰卧着，屈着双膝，双目紧闭，完全是一个懒洋洋地躺在太阳下，晒成了棕色的女人。他“啪”地从上面滑下来。斯坦利问他情况时，他答道：“她已经下去了。”他觉得自己保护了她不受斯坦利的骚扰，她一定很感激他。他可以感到那女人与他之间有种默契。

第二天，他们站在屋顶下楼梯口，不愿爬到上面去受热。借毯子给哈里的那个叫普里切特太太的女人出来让他们喝茶。他们感激地接受了，还在她家厨房里坐了个把小时，聊着天。她嫁了一个航空公司的飞行员。是个皮肤白皙，金发碧眼的精明女人。30 岁左右。她很欣赏长相英俊、轮廓分明的斯坦利，和他逗乐取笑。此时哈里坐在角落里，宽容地望着他们。但他的表情却提醒着斯坦利不要忘了自己是个结了婚的人。年轻的汤姆很羡慕斯坦利打趣逗乐时那种安然自得的样子。但也觉得，斯坦利同普里切特太太逗乐，使他同屋顶上那女人的罗曼史更安全无碍。

---

① 戈黛娃夫人(Lady Godiva)是 11 世纪初英国的一位贵妇。相传为使她丈夫减免考文垂的苛捐杂税，她赤身裸体骑马从街上走过。此处指屋顶上那位近裸女人。

“我记得他们说过热浪快要过去了。”当他们真该爬上屋顶到太阳下干活的时候，斯坦利闷闷不乐地说。

普里切特太太问：“那你不喜欢去上面吗?”

“有些人认为不错，”斯坦利说，“躺在那里什么事也不做，好像上面是个海滩似的。你上去过吗?”

“去过一次，”普里切特太太说。“那上面太脏，也太热。”

“说得对。”斯坦利说。

然后他们离开了这个凉快整洁的房间和友善的普里切特太太，又爬到上面去了。

他们一上去就看见了她，三个人望着她，对她那副在烈日下怡然自得的样子很不满。哈里看到斯坦利脸上的那副表情，便说：“过来干活吧。我们至少得装一下样子。”

他们必须将一堵短墙边上的另一根排水沟从底座上用力拧下来，换上新的。斯坦利双手抓着那根旧的，使劲拉着，咒骂着。然后站了起来，“去他妈的”，他说着，坐在一根烟囱下。他点了根烟说：“去他妈的。把我们当成什么了？蜥蜴吗？我手上尽是泡。”接着他跳起来，爬到屋顶那边，背对他们站着。他将手指插进嘴的两边，吹了声尖尖的口哨。汤姆和哈里蹲着，彼此并不看一眼，而是望着斯坦利。他们刚刚看得见那女人的头和那棕色肩膀的上端。斯坦利又吹了声口哨。接着他又开始跺脚。朝那女人吹口哨，大喊大叫。他的脸变得通红。他像完全疯了似的。又跺脚又吹口哨。而那女人却纹丝不动。

“他疯了。”汤姆说。

“就是。”哈里不以为然地接口道。

突然，年纪大的哈里做出了一个决定。汤姆知道，那是为了避免斯坦利对那女人干蠢事，引起真正的麻烦。哈里站起身，用一块油布将工具包起来。“斯坦利。”他命令道。起初斯坦利没注意。哈里又说：“斯坦利，我们收工了。我去跟马修说。”

斯坦利走回来，面色难看，瞪着两眼。

“不能再这样下去了，”哈里说，“一两天就会变天的。我去跟马修说我们中暑了。如果他不同意，那就糟了。”汤姆注意到，听口气，连哈里也愤愤不平了。这个能干的矮个子，这个头发灰白、有家室的人，从来都是胸有成竹的。现在他似乎也六神无主了。“来吧。”他气愤地说着，钻进屋顶上那打开的天窗，小心翼翼地走下梯子。接着斯坦利也下去了，一眼都不看那女人。然后是汤姆。他喉头脉搏兴奋地跳动着。他回头看一眼，悄悄地向那女人保证：等着我，等着，我就来！

来到人行道上，斯坦利说：“我要回家了。”他脸色煞白，可能真的中暑了。哈里去找工头。工头正在街那边的公寓里修水管。汤姆悄悄溜回来，但不是去他们干活的那栋楼，而是去屋顶上躺着那女人的那栋。他径直往屋顶上去，没人拦他。天窗开着，一架铁梯通上去。他爬上屋顶，离她几码远。她坐了起来，两只手将头发向后拢了拢。那条围巾紧紧地束着她的胸部，褐色的肌肉都凸了出来。她两条腿晒成褐色，很光滑。她无声地瞪着他。汤姆站在那里，咧嘴笑着，傻乎乎的，想从她那里得到他所期望的温存。

“你想干什么?”她问。

“我……我来……想结识你。”他结结巴巴地咧着嘴笑，恳求着她。

他们你看着我，我看着你。一个是瘦小的，兴奋得满脸通红的少年。另一个是神情严肃，近乎裸体的女人。那女人一句话不说，在棕色的毯子上躺下，理也不理他。

“你喜欢这太阳，对吗?”他朝着她那闪闪发光的后背问道。

没有反应。他很惊慌。他想象她曾是怎样地把他搂在怀里，抚摸他的头发，以高贵的气派把他从他现在坐的地方带上她的床，给他喝了杯他生活中从未尝过的提神饮料。他觉得如果他跪下，抚摸她的双肩和头发，她就会转过身，把他搂住。

他说：“你觉得这太阳很好，对吗?”

她抬起头，下巴支在两只小拳头上。“走开!”她说。他没动。“听着,”她以一种理智的声音慢慢地说。听得出她费力地控制着愤怒。她望着他，气愤得带着一脸厌恶的表情。“如果你觉得看女人穿着比基尼很刺激，为什么不花六便士坐车去利多[①]呢？你在那儿能看见成打成打穿比基尼的女人，用不着爬这么高。”

她一点都不理解他。他感到她对他这么不公平，使他脸色变得苍白。他结结巴巴地说：“可我喜欢你，我一直在注意你。我……”

“谢谢了。”她冷冷地说，重又低下头，转过身。

她躺着。他站着。她一句话不说，完全拒他于千里之外。有几分钟，他站在那里，一声不吭。他想：“如果我继续待着，她总得说些什么。”可是，时间一分一分地过去了。她根本没有说话的意思。只是她的脊背，她的大腿，她的臂膀都绷得紧紧的——紧张地等着他走开。

他抬头看看天空，太阳似乎在热浪中旋转。他又看看那边他和他的伙伴早先待着的那个屋顶，他看得见他们干活的地方飘着阵阵热气。居然指望我们在这种条件下干活!想到这里，他理所当然地感到很愤怒。那女人一动不动。一丝热风轻轻吹拂着她的黑发，闪闪发亮。他还记得在他昨夜的梦中，他是怎样地抚摸过那头黑发。

对她的怨恨终于驱使他走开。他下了梯子，从楼里出来，走上大街。这时，他无法抑制对她的愤恨情绪。

第二天他醒来时，天色灰蒙蒙的。他望着潮湿的阴天，心里恶狠狠地想：看，老天惩罚你了，怎么样？老天狠狠地惩罚你了!

他们三个人早早地来到凉快的铅皮屋顶上干活。细雨蒙蒙。周围的屋顶湿漉漉的。那些黑色的屋顶，因为下雨，滑滑的，再没有人来进行日光浴，天很凉。如果他们抓紧时间，他们就可以在那天把活全部干完了。

【选自《当代外国文学》，吴煜幽译，1995(3)】

---

① 利多(Lido)——原指意大利威尼斯海滨浴场。这里指伦敦海德公园里的湖。

索尔·贝娄

索尔·贝娄(1915—2005)是20世纪美国著名犹太小说家，出生于加拿大魁北克，9岁时移民美国芝加哥，父母为来自俄国的犹太移民。贝娄出版了10余部长篇小说，还有数部中短篇小说以及随笔，其中较著名的小说有《奥吉·马奇历险记》(1953)、《雨王汉德森》(1959)、《赫索格》(1964)、《洪堡的礼物》(1975)等。他的小说大多以生活在美国城市中的犹太人为主人公，揭示他们的日常伦理困境和精神孤独，充满智性和哲理色彩。

《赫索格》是贝娄获得美国国家图书奖的作品之一，结构上分为九章。小说主人公赫索格是一位研究历史哲学的犹太教授，他与第二任妻子马德琳之间发生婚姻危机，而马德琳又同赫索格的好友瓦伦丁有了婚外情，赫索格遭到爱情和友情的双重背叛。赫索格在极大的情感打击下开始四处游走流浪，以不断给人写信的方式重新思考社会人生，其中涉及现代城市物质生活、工业发展与生态、伦理道德、情感欲望、生存本质等多个方面。最后赫索格回到乡下的老房子，在乡村生活和情人雷蒙娜的热情探望下，决定停止写信，开启新的生活。

主人公赫索格并非是一个悲剧人物，但却是一个矛盾分裂、深陷于精神危机的人。他既博学深思，又对生活和人情想得单纯；既对女性充满渴望，又自卑于男性魅力的缺乏；既崇奉忠诚的道德伦理操守，又好奇于身体情欲；既对社会历史持有理性批判精神，又时常表现出冲动情绪化的倾向。整部小说并无紧张的情节冲突，也没有建立在秩序化的叙事结构之上，而是以赫索格充满自我辩诘的思想活动和丰富琐碎的日常生活细节作为主要叙写内容，形成一部美国中产犹太知识分子的精神探索史。

选文部分截取于小说第七章，写了主人公一个关键性的转折事件，也典型地体现了人物分裂荒诞的特性。赫索格在游荡了许久后，决定勇敢面对马德琳和瓦伦丁，他甚至无法克制报复他们的冲动，于是在父亲老房子里取出父亲的手枪准备杀死他们。然而当赫索格来到马德琳和瓦伦丁的住所，却发现瓦伦丁正悉心照顾赫索格的女儿洗澡，他在一瞬间突然发觉自己拿手枪杀人不过是一个念头而已。这一戏剧化的转折猝不及防却又在情理之中，令赫索格的行动显得滑稽讽刺。对于赫索格来说，思想终究胜过了行动，他既是一个错位的喜剧小丑，又是一个失败的辛酸英雄。

《赫索格》(节选)

第七章

纽约现在留不住他了。他得去芝加哥看望他的女儿，去勇敢地面对马德琳和格斯贝奇。这一决定没有经过多大考虑，而是匆匆作出的。他回到家里，换掉身上的新衣服——他用这套新衣服让自己高兴了一阵——穿上一套皱条纹的旧衣服，幸好，他从葡萄园回来后，一直没打开过行李，他匆匆地检查了一下手提旅行箱，就离开了公寓。他仍然是老脾气，还没弄清楚到底去做什么，就采取了行动。他甚至也知道他没有能力控制住自己的冲动。他希望在飞机上，在那比较清新的空气里，能够搞清楚他为什么要飞往芝加哥。

超音速喷气机九十分钟后就会把他送到芝加哥，现在正朝正西方向，朝地球旋转的相反方向飞行，这给了他一个延长了的下午和黄昏。飞机下方，翻腾着白色的云朵。在这整个分崩离析的宇宙空间衬托下，太阳就像是我们身上的一个牛痘疤。他望着蔚蓝的虚空，望着机翼上清晰发亮的引擎。当飞机一起一沉的时候，他用牙齿紧咬住嘴唇。并不是因为他怕坐飞机，而是他想到，万一飞机掉了下去，或是在空中爆炸了(就像最近在马里兰上空发生的那样，地面上的人看到一个个乘客像裂了壳的豌豆一样，从飞机里散落下来)，那格斯贝奇就成了琼妮的监护人了。除非辛金把我那份遗嘱撕毁。亲爱的辛金，机灵的辛金，把那份遗嘱撕毁吧！另外还有两份人寿保险单，其中一份是赫索格的父亲为他的儿子摩西买的。只是为了要看看这个孩子，年轻的赫索格，结局如何——现在他满额皱纹，六神无主，心中痛苦难当。我把真情告诉自己。苍天是我的见证人。当空中小姐问他要不要一点饮料的时候，他摇摇头拒绝了。他感到再也没有力气去看这位姑娘漂亮、健康的脸蛋了。

飞机着陆的时候，赫索格拨回了表上的钟点。他匆匆地从三十八号门出来，走过长长的走廊，到了汽车出租处。为了证明自己的身份，他拿出一张信用卡，一张马萨诸塞州的驾驶执照，还有大学的证件。一个有这么多通信处的人，连他自己也会引起怀疑，至于这个摩西·赫索格身上穿的这套肮脏的皱条纹衣服，那就姑且不说了。但是，那个办理他的租车申请的职员，一个态度温和、胸脯高大、头发拳曲、鼻子肥大的小女人(就是在现在这种情况下，赫索格也不禁想要微笑起来)，却只问他要一辆敞篷车还是硬顶车。他选了一辆深蓝色的硬顶车，开了出去。在淡绿色的明亮灯光下，在充满灰尘的耀眼阳光下，在那陌生的指路牌之间，他努力觅路前进。他顺着蜿蜒的立体交叉公路，把车子开上快车道，然后加入了风驰电掣的车流——在这一地区，车子的时速为六十英里。他不熟悉芝加哥的这些新区域。这是在它古老的湖底倾倒垃圾堆起来的丑陋的、发臭的、新建的芝加哥。在这阴沉沉、黄惨惨的西郊，工厂和火车发出嘶哑的声音，把煤烟和各种有毒气体喷洒在新生的夏天身上。从市内来的车辆很多，但在赫索格这边进城的车道上，车辆倒不多。赫索格靠着右边行驶，寻找着熟悉的街名。过了霍华德街，他就到了芝加哥市内，认得道路了。到蒙特罗斯，赫索格离开了快车道，转向东驶，驶向他已经去世的父亲的故居，一幢两层楼的砖砌小楼房，和同一排的房子格式完全一样，是按统一图纸建造的——倾斜的屋顶，水泥楼梯安在房子右边，窗槛花箱和前房间的窗口一般长，在屋基与走道之间，有隆起的丰茂的草坪。路边栽着榆树和一副寒酸相的白杨，树皮已经变黑，皱巴巴的，积满尘土，树上的叶子，到了仲夏就变得硬邦邦的。另外还有一些什么花，是芝加哥特有的，是些像红色和紫色蜡笔般的粗劣东西，不太像是一种天然的花朵。这些笨头笨脑的小植物，使赫索格深有感触，因为它们是这样不优美，这样粗俗，他想起了他的父亲对自己这个花园的偏爱，这是在老赫索格到了晚年成为这房子的主人之后——每天傍晚他都要用皮管子浇花，满脸兴高采烈的样子，嘴巴高兴地咧着，笔直的鼻子欣喜地吸吮着泥土的气息。当赫索格从租来的汽车中钻出时，洒水器正在忽左忽右地转动，喷洒着晶莹的水珠，形成一道道色彩斑斓的帘幕。几年前，赫索格的父亲就死在这幢房子里。在一个夏天的晚上，他突然从床上坐了起来，说："我要死了！"接着就断了气。鲜红的血液变成了泥土，全身的管道慢慢干枯，然后他的肉体——啊，上帝！——渐渐消失，只留下了骨头，最后连骨头也消失了，在那浅浅的长眠之处，化为一抔黄土。于是这颗银河系中的行星，在化为凡人如此这般生活了一番之后，又从空虚走向空虚，这粒微小的尘埃，为无关紧要的事而经受了痛苦。无关紧要？赫索格耸了耸他的犹太肩膀，轻声嘟囔着："那又怎样……"随它去吧。

总之，这是他已故父亲的房子，房子里还住着父亲遗下的寡妇——摩西年迈的后母——她独自一人住在赫索格家这座小小的博物馆里。这幢房子属于赫索格全家人。可是现在没有一个人要它。瑞拉已是个百万富翁，他有的是钱。威利继承了父亲的事业，经营建筑材料，他拥有一大队载重卡车，车上装有巨大的圆筒，在驶向工地的途中，就在里面搗拌水泥，到了工地，水泥倒进了漏斗(摩西对这种车辆的结构相当模糊)，注入日益升高的摩天大楼。至于海伦，尽管她的丈夫还不能和威利相比，生活至少是富裕的。她现在很少提钱的事了。而他自己呢？他在银行里还存有六百来块钱，各种开支，他还能应付得过去。贫困不是他的命运。失业，贫民窟，堕落者，小偷，法庭上的牺牲品，蒙特卡姆旅馆里毛骨悚然的事件，以及旅馆里的住家房间，发霉的气息和杀虫药的臭味——这一切都不会落到他身上。当他冲动起来的时候，他还可以坐超音速喷气机来芝加哥，租一辆深蓝色的小福肯车开来自己的老家。他特别清楚地了解自己在享有特权方面的地位——还有他的富裕、他的傲慢、他的虚伪，假如你爱这么说的话。而且不仅是他自己的地位稳固，就连两情侣吵架的时候，他们也可以把一个眼泪汪汪的孩子关进一辆豪华的林肯牌轿车。

他脸色苍白，嘴闭得紧紧的，在即将日落的余晖中，走上楼梯，按了门铃。门铃按钮的中间有一弯新月形，到夜间会发亮。

屋内的门铃响了起来，那是几支挂在门上的铬管，金属制的木琴，它奏出了那支《我们欢快地乘车前进》，除了最后两个音符之外的整支曲子。他必须等待一段时间，那位老太太陶贝一向是慢吞吞的，即使在她五十岁的时候，做起事来也是一丝不苟，不慌不忙的，完全不像眼明手快的赫索格家的人——赫索格家的人全都继承了父亲那种不同寻常的敏捷和高雅，以及某种过分的自信。老赫索格像是一支独自一人组成的队伍，带着挑衅的态度，趾高气扬地大踏步走过世人的面前。摩西相当喜欢陶贝，他告诉自己说：也许，对她有不同看法的话，会引起太多的麻烦。她的滚圆突出的眼睛中流露出游移不定的目光，可能就起因于她那种凡事都得慢慢来的根本决心，起因于一个一辈子都要拖延和滞缓的计划。虽然她动作缓慢，但最后总能完成自己定下的每一个目标。她吃喝起来也是慢吞吞的，她不是把杯子端向嘴巴，而是把嘴巴伸向杯子。她说话慢条斯理，为的是要让她自己的机智精明有充分发挥的机会。她做起饭菜来，手指总是拿不牢东西，但她是一位烹调好手。打牌的时候，她也是磨磨蹭蹭的，可她总是赢牌。不管什么问题，她都要问上两遍或三遍，而且差不多总要把人家的回答对自己重复一遍。她以同样缓慢的动作，给自己梳头，刷洗露出的牙齿，剁碎无花果、枣椰子以及她用来治消化不良的番泻叶。由于老迈，她的嘴唇往下挂了，脖子也渐渐变粗了，搁着肩膀。因此她只好把头往前探出一点。哦，现在她已经很老了，已经八十多岁，体弱多病，她患有关节炎，一只眼睛生了白内障。但是她不像波琳娜，她的脑子还很清楚。毫无疑问，她和老赫索格之间经常发生的争吵——那老人上了年纪后，脾气变得更坏，性子变得更急——使她的脑子变得更灵了。

屋子里一片漆黑，除了赫索格，旁的人都会认为屋子里没有人而离去了。可是，他耐心等候着，知道陶贝不久会来开门。年轻的时候，赫索格曾经看着她花了五分钟的时间才打开一瓶汽水——做面包时花了整整一个小时，才把面团揉捏好摊在桌子上。她做的甜点心，就像是珠宝匠的工艺品，里面嵌满红红绿绿的宝石似的蜜饯果干。最后，他终于听到她走到门边。开了一条缝的门里面，现出了黄铜链环。赫索格看到老陶贝的乌黑眼睛，现在显得更加忧郁，更加突出。玻璃的挡风门仍然隔着她和赫索格。他知道这扇玻璃门也是锁着的。上了年纪的人都非常警觉，就连在自己家里也十分小心多疑。而且赫索格知道光线又是从他背后照过来的，陶贝也许没有认出他。何况，他已经不是以前的摩西了。但是，尽管她还在把他当作陌生人端详，她已经有点认出他来了。不管别的方面如何，她的脑子还不怎么迟钝。

“哪一位？”

“我是摩西……”

“我不认得你。家里只我一个人。摩西？”

“陶贝姨妈——我是摩西·赫索格。摩西。”

“啊——摩西！”

哆嗦着的手慢慢地打开了链条搭扣。为了取下紧绷着的链条，她先关上门，然后才把门打开——我的仁慈的上帝！——他看到的是一张怎样的脸啊，悲哀和岁月在那脸上留下了多少皱纹，瘪嘴的两侧又有多少下垂的深痕！他一进去，她就举起两只无力的手拥抱了他。“摩西……进来，我去开灯，你把门关上，摩西。”

他找到了开关，打亮过道里一盏光线很暗的灯。电灯散发出粉红的颜色。那老式的玻璃灯罩使他想起了犹太教堂里停柩守夜的灯。他关上了门，把草坪散发出的滋润的芬芳关在门外。屋子的门窗都紧闭着，里面有股家具油漆的微弱酸味。在灯光昏暗的客厅里，那些橱柜桌子，椅背顶上的嵌花，用发亮的人造革罩罩着的锦缎沙发，东方的地毯，端端正正挂在百叶窗上的窗帘，都令人产生思古的幽情。在他背后，一盏灯亮了起来。他发现放唱机的柜子上，有一张马科小时候的照片，微笑着，露出膝盖，坐在板凳上，脸色娇嫩，讨人喜欢，满头黑发，梳向前面。旁边的一张，是他自己的照片，那是他获得硕士学位时拍的，很英俊，只是下颌显得有点突出。他那较为年轻的脸上，露出一种坦率的傲慢自负的神情。当时他年纪不轻，但仅仅是年纪不轻而已，而且从他父亲的眼光看来，他一点儿也没有欧化，就是说，还是爱装出一副天真烂漫的样子。摩西本不想知道罪恶，但是他不能拒绝体验罪恶。因此，别的人受指派来对他干坏事，然后就被他谴责为坏蛋。在其他的照片中，有一张是老赫索格的，那是最后一次改变身份时拍的——一个美国公民——文雅英俊，脸刮得干干净净，丝毫没有以前那种桀骜不驯、轻举妄动的模样。然而，在父亲家里看到父亲的脸，使赫索格深为感动。陶贝姨妈正缓步朝他走过来。她没有在柜上摆自己的照片。赫索格知道，她从前是一个非常漂亮的姑娘，除了嘴唇厚了一点之外。甚至在五十多岁的时候——那时赫索格第一次看到她，她还是卡普里斯基的寡妇——她仍然有着浓浓的漂亮眉毛和粗大的棕色发辫。一个有点松弛而柔软的身躯，紧束在胸衣之中。现在，她不愿人家提起她昔日的美丽和以前的精力充沛了。

“让我看看你。”她走到他面前，说道。她的眼皮浮肿，但是眼神还相当从容。他看着她，尽量不让自己脸上露出惊讶惶恐的神色。他猜测刚才她拖得这么久才来开门是因为要去安上假牙。她现在装了一副新的假牙，做得很蹩脚，没有弧度，只是直直的一排牙齿，他觉得就像是土拨鼠的牙齿。她的手指也已经变形，松弛的皮肤拖下来盖到指甲上。可是居然还搽了指甲油。她在他身上看出什么变化了吗？“哟，摩西，你变多了。”

他只是点了点头，作为回答。“你近来怎么样？”

“你看得出来。一个活着的死人。”

“你独自住？”

“还有一个女人——贝拉·奥金诺夫，鱼店里的，你从前认识她。可是她不爱干净。”

“来，姨妈，坐下来谈。”

“哦，摩西，”她说，“我不能坐，不能站也不能躺。还是和你爸一起去的好。你爸现在比我好多了。”

“难道这么糟糕吗？”赫索格一定露出了不愿露出的情绪，因为他发现她的眼睛正在仔细地朝他端详着，仿佛她不相信他的感情是为她而发的，要想找出产生这种情感的真正原因。或者是因为白内障使她有了这种表情？他扶住她的手臂，领她到椅子旁，让她坐在有人造革罩的沙发椅上。坐在那条壁毯的下面。上面的图案是小丑，月光。威尼斯的月夜。所有这些俗气的画面，在他做学生的时候，曾使他感到十分难受。可是现在对他已没有什么特别的影响。他已经变成另一个人，有了不同的目的了。他看得出来，这位老太太正想要搞清他此行的目的。她觉出他内心非常焦虑不安，没有惯常那种失神落魄的表情，也没有从前那种骄傲自负、心不在焉的样子，那曾是赫索格博士的外表。那种日子已经永远过去了。

“你的工作很辛苦吗，摩西？”

“是的。”

“够不够维持生活？”

“哦，当然够。”

老人的头垂下来一会儿。他看到了她的头皮，她的稀疏的白发。稀稀拉拉的。有机体已经做了它能做的一切。

他清楚地了解，她正联想到她住在这幢赫索格家房子里的权利问题，由于她还活着，耽搁了他掌握这份财产的机会。

“没关系，我不会怪你的，陶贝姨妈。”他说。

“你说什么?”

“你继续住下去吧，别为这房子的事操心。”

“摩西，你穿得不太好。怎么回事，是境况不好吗?”

“不，我穿这身旧衣服是为了方便坐飞机。”

“你到芝加哥来有事吗?”

“是的，姨妈。”

“孩子都好吗？马科怎么样?”

“马科在夏令营。”

“戴西还没结婚?”

“还没有。”

“你还得给她付赡养费?”

“不多。”

“我不是一个坏的后母吧？你老实告诉我。”

“你是一个很好的后母。你非常好。”

“我尽了我最大的努力。”她说。在这种谦和中，他瞥见她旧日的虚伪——她向老赫索格所扮演的那个复杂而得力的角色。那个十分耐心的卡普里斯基寡妇，她以前是卡普里斯基的妻子，一位很有地位的批发商的太太，他们没有孩子，她是他唯一的心上人，胸前项链上挂个装满小颗红宝石的小盒，坐火车去普尔曼旅行，总要坐卧车的私人车室——波特兰玫瑰号、二十世纪号——或者坐贝雷加丽娅皇后号，头等车厢。可是做了第二任赫索格太太后，她的日子过得并不优裕。她要哀悼卡普里斯基，是很有理由的。“先夫卡普里斯基”，她总是这样称呼他. 她曾经告诉摩西说：“先夫卡普里斯基不要我生育子女。医生认为生孩子对我的心脏有害处。而且每一次……卡普里斯基总是事事照顾周到。我连看都不必看一眼。”

想到这点，赫索格不禁笑了一下。雷蒙娜一定会喜欢这句话：“我连看都不必看一眼。”她却总是要看，弯着身子，凑得老近，用手按着要挂下来的一绺头发，脸颊绯红。他的害羞使她感到十分有趣。像昨天晚上，她躺下来，向他张开双臂……他得给雷蒙娜拍个电报。她是不会理解他的失踪的。紧接着，热血突然冲击他的脑袋，他记起了此行的目的。

他就坐在靠近父亲去世前一年要用枪打他的地方。他所以大发雷霆是因为钱的事。赫索格当时身无分文，他要求父亲借给他一笔钱。老头子仔细盘问了他的职业，他的开支，他的小孩。他对摩西一贯缺乏耐心。当时，我正独自一人住在费城，在园子和马德琳之间进行选择。(根本没有选择!)也许他已经听到说我快要改信天主教了。有人散布了这么一个谣言。可能是戴西。当时我来芝加哥是因为父亲叫我来的。他要告诉我他遗嘱里的一些改变。不管白天还是黑夜，他一直都在考虑应该怎样来分配他的财产，仔细考虑我们每个人应该继承多少，我们会用来派什么用场。他常常临时想到了，就打电话要我马上来见他。于是我就得坐一个通宵火车赶到这儿。然后他会把我带到一个屋角里，对我说："我要你听着，最后一次听着。你哥哥威利是个老实人。我死之后，他一切都会办得如我们的意的。""这我相信，爸爸。"

但是他每一次都要发脾气。那次他拿枪要打我，是因为看见我，再也使他受不了啦。我的那副模样，那股趾高气扬和目空一切的神气。那种大人物的派头。我不怪他，赫索格心里想。陶贝姨妈这时正在慢条斯理、没完没了地诉说她各种各样的病痛。爸爸不能容忍他最小的儿子脸上有这样的表情。我都变老了。我把自己的一生都浪费在一些愚蠢的计划上，想要解放我的精神。为了我，他真是痛心疾首啊。而且爸爸又不像有些老人，上了年纪头脑就变得迟钝起来。不，他对我的绝望心情非常强烈，而且是念念不忘。赫索格心里，又为父亲感到阵阵刺痛。

他听了一会陶贝姨妈讲述用可的松治疗的情况。她那对温顺发亮的大眼睛——那对曾经使老赫索格变得驯服的眼睛，现在已经不再看着摩西，而是注视着比他更远的一点上，让他自由地去回忆老赫索格生前最后的那些日子。我们一起走到蒙特罗斯去买香烟。那是在六月里，天气晴朗，像今天一样暖和。父亲当时说的话毫无意义。他说他本该在十年之前就和这个卡普里斯基的寡妇离婚的。他一直希望能享受自己的余年——他的意第绪语在这类谈话中变得越来越晦涩，愈来愈古雅了——可是，他把自己这块铁块送进了一座已经冷却的熔铁炉。一座冷却的熔铁炉，摩西，已经熄了火的。离婚不可能，因为他欠了她太多的钱。"可是你现在有钱了，不是吗?"赫索格直率地对父亲说。他的父亲突然停下脚步。朝他的脸注视着。赫索格大吃一惊，在夏日充足的阳光下，他看到父亲的脸上已经出现了生命分崩离析的迹象。但是，那些剩下来的分子还有着惊人的活力，对摩西还有着强大的影响——那笔直的鼻子，两眼之间的皱纹，眼睛中棕色和绿色的颜色。"我需要我的钱。谁会来供养我！你？也许我还可以贿赂死亡天使很长一段时间哩。"接着他微微屈下自己的膝盖——赫索格看到了这个古老的信号。他一生都在熟悉如何解释他父亲的种种姿势：这弯曲的膝盖表示某种非常微妙的意思马上就要揭示出来了。"我不知道我什么时候会投胎转世。"老赫索格低声说道。他用了一个表示女人生产的古老的意第绪术语。赫索格不知道说什么才好。他回答的声音比耳语高不了多少。"别折磨你自己了，爸爸。"这种对投胎转世、对落入死神手中的恐惧，使得他两眼闪光，默不作声地紧闭起嘴唇。接着，老赫索格说："我得坐下来，摩西，太阳太热了。"他果真突然满脸通红，赫索格急忙小心地扶着他，让他在一片草坪的水泥围栏上坐了下来。老人的脸上露出一副男性尊严受到损害的神色。"今天我也觉得很热。"摩西说。他站到父亲的前面，挡住阳光。

"我可能下个月去圣乔接受温泉治疗，"陶贝姨妈正在说着，"去惠特柯姆。那是个好地方。"

"你不是一个人去吧?"

"埃塞尔和莫狄凯也想去。"

"哦……"他点了点头，要她继续说下去，"莫狄凯近来怎么样?"

"在他这种年纪还会好到哪里去?"摩西聚精会神地听着，一到陶贝姨妈顺着话头一直说下去，他就又继续回忆起他的父亲来。那天，他们在屋后的走廊上吃了中饭，争吵就是在那儿开始的。也许，在摩西本人看来，他是个回头的浪子，承认自己做了最坏的事，来这儿要求得到父亲的宽恕。因此，老赫索格在儿子的脸上别的什么也没看到，只看到一种莫名其妙的愚蠢的乞求神情，“傻瓜！”老头子朝他吼道。“笨蛋！”这时他看到了儿子充满耐心的神色下隐藏着的忿怒的要求。“你给我滚出去！我什么遗产也不给你！全都给威利和海伦！你……让你到贫民窝里去哭穷去！”摩西站了起来，老赫索格继续吼道：“滚，我的葬礼也别回来参加！”

“好吧，也许我就不回来了。”

陶贝姨妈朝他扬起眉毛——那时她还有眉毛——告诫他，要他别再开口。可是已经晚了。老赫索格跌跌绊绊地离开了餐桌，歪扭着脸，跑去拿他的手枪。

“走，快走！以后再来，我会打电话给你的。”陶贝姨妈低声对摩西说，而他，这时已弄得不知所措，只感到内心如焚，痛苦万分，不愿离开，因为自己的不幸遭遇没有在父亲的家里得到了解(他的这种极可笑的自我中心意识提出了它的特殊要求)——最后他总算勉强地从桌旁站了起来。“快，快！”陶贝姨妈使劲把他拖向前门，但是老赫索格已经拿着手枪追了上来。

他大声嚷着：“我要打死你！”赫索格大吃一惊，倒不是被这种威胁所吓倒，他不信父亲真的会打死他，而是为他父亲恢复了精力而惊讶。在盛怒之下，他短暂地恢复了精力，尽管这也许会使他立即丧命。他直着脖子，咬牙切齿，脸色吓人，以一种俄国军人的姿势举起了手枪。摩西想，这可比在散步时瘫坐在水泥围栏上强多了。老赫索格生来就不需要别人的怜悯。

“走，走！”陶贝姨妈说。这时候摩西哭了。

“说不定还是你先死！”老赫索格大声嚷嚷道。

“爸爸！”

隐隐约约听到陶贝姨妈慢条斯理地在讲堂兄莫狄凯快要退休的事，赫索格重又带点儿悲哀地回想起那声叫喊声。爸爸——爸爸。你这个笨蛋！那老人在几乎神志不清的情况下，尚且要表现出你应该有的那种男子气概，而你这个儿子却摆出一副长期受难的样子，装出一副基督徒般的傻笑，来到他的家里。可能也像马德琳一样，早就是个彻头彻尾的叛教分子了。当时他是应该扣那个扳机的。那副样子，对他来说简直是太痛苦了。在那么个年纪，他本该不再经受这种痛苦的。

接着，就是摩西带着红肿的泪眼，站在街上等候出租汽车，老赫索格则急躁地在窗前来回走着，看着街上的儿子，心里充满痛苦——是的，是你把他气成这个样子。在那儿快步走着，急躁地来回走着，让身体的重量都落在一个脚跟上。手枪已经扔掉，谁也不知道摩西给他的悲伤是不是使他缩短了寿命。也许，这种愤怒的刺激反倒使他延长了寿命。他还不能死去，抛下这个尚未成器的摩西。

第二年，他们俩和解了。然后又是吵架。然后……死亡。

“要不要我去给你烧杯茶？”陶贝姨妈说。

“好的。要是你行的话，我是想喝点茶。我还想看看爸爸的书桌。”

“爸爸的书桌？锁上了。你想看看爸爸的书桌？所有东西都属于你们小孩子的。我死了以后，你可以把书桌搬走。”

“不，不!”他急忙回答，“我不需要书桌，我只是从飞机场来经过这儿，想到我得来看看你。现在我既然到了这儿，我想看看桌子里的东西。我知道你不会介意的。”

“你想要点什么吧，摩西？上次你拿走了你妈妈的银币盒。”

他把那盒子给了马德琳了。

“爸爸的表链还在里面吗?”

“我想是威利拿走了。”

他精神集中地皱起了眉头。“那么那些卢布呢?”他问，“我想拿去给马科。”

“卢布?”

“我祖父艾萨克在革命时买下一些沙皇时代的卢布，这些卢布一直就放在这张书桌里。”

“在这张书桌里？我确实从来没见到过。”

“你去烧茶的时候，我想看一看，陶贝姨妈。把钥匙给我吧。”

“钥匙……”刚才问他一些问题时，陶贝姨妈说话还比较快一点，可是此刻她又回复到原来那种慢条斯理了，在赫索格的前进道路上，用缓慢的意志堆起一座山头。

“你把它放在哪儿啦?”

“哪儿？我把它放在哪儿啦？是不是在你爸爸的衣柜里？还是在别的什么地方？让我想想看。我现在就是这个样子，老是想不起来……”

“我知道在哪儿。”他说，突然站了起来。

“你知道在哪儿？那么在哪儿呀?”

“在音乐盒里，你总是把它放在那里面的。”

“在音乐……你爸爸把钥匙从那儿拿走了。我的社会保险金一领到，也都被他拿去锁了起来。他说这些钱全都应该归他……”

赫索格知道他猜对了。

“你别费心了，我自己找吧。”他说，“但愿你能把水壶放到炉子上。我口渴极了。今天过的这一天真是又热又长。”

他扶着她肌肉松弛的手臂，帮助她站了起来。他正在照自己的计划行事——一种可怜的胜利，而且其中充满了危险的后果。他独自一人往前走，走进了卧室。他父亲的床已经搬掉，只放着陶贝姨妈的一张床，床罩难看极了——那种料子使赫索格想起一条布满厚厚舌苔的舌头。他闻到古老的香料味，呼吸着阴沉的空气，打开了音乐盒的盖子。在这种房子里，他只需求助于回忆，便能找到他需要的东西。当音乐盒里的圆筒启动的时候，盒子便放出轻轻的音乐声，奏出《费加罗的婚礼》里的一段曲子。赫索格还能念出这几句歌词：

在我的
吉庆的时刻，
你没有
理由笑我。

他的手指摸到了那把钥匙。

陶贝姨妈在卧室外面的黑暗中问道："你找到它了吗?"

他回答："找到了。"他说得很轻，很温和，为了不使事情弄得更糟糕。这幢房子毕竟是她的. 闯到这幢房子里来就已经是无礼的了。他倒并没有为此感到害臊，他只是以十分客观的态度承认这样做是不对的。但他不得不这么做。

"你是要我去把水壶放到炉子上去吗?"

"不，一杯茶我还能烧。"

他听见从过道里传来她缓慢的脚步声。她正朝厨房走去：赫索格迅速地走进那间小小的起居室。窗帘已经拉上。他打亮了桌旁的电灯。在找开关的时候，他戳破了灯上古老的丝绸灯罩，扬起一阵微尘。这灯罩的颜色是褪了的玫瑰色——他认为这确凿无疑。他打开了樱桃木制的书桌，撑开宽阔的活动桌面，拉出两边的滑架，然后又去关上了房门，并且确信陶贝姨妈已经走进厨房。他认得抽屉里的每一件东西——皮的，纸的，金的。他动作迅速，心情紧张，头上青筋暴露，手上的血管也凸了出来。他伸手在抽屉里摸索着，终于找到了他要找的东西——老赫索格的手枪。这是一把老式的手枪，枪管镀过镍，是父亲当年住在樱桃街，在铁路调车场做买卖时买来作为防身用的。摩西打开枪膛，里面有两颗子弹。这就够了。他迅速地咔嗒一声关上枪膛，把枪塞进口袋。口袋高高地鼓了起来。他取出袋里的钱包，再放回手枪。他把钱包放进裤子后面的口袋里。

现在他开始寻找起那些卢布来。他在一个小格子里找到了那些卢布，它们和旧护照放在一起。扎护照的丝带上有蜡印，就像枯干的血液。平民妇女莎拉·赫索格及其子女亚历山大(八岁)、海伦(九岁)与威廉(三岁)。签字的是圣彼得堡总督阿德列贝格伯爵。卢布放在一个大钱夹里——这些是四十年前玩的东西。卢布上的彼得大帝穿着富丽堂皇的盔甲，皇后叶卡捷琳娜一副华贵雍容的姿态。灯光可以照出纸币上的水印。赫索格想起从前他常和威廉用这些卢布当作玩纸牌的赌注，禁不住笑了一下。接着他把这些大张的钞票塞进口袋，把手枪包住。他想，现在该不会太显眼了。

"你找到要找的东西了吗?"陶贝姨妈从厨房里问道。

"找到了。"他把钥匙放在搪瓷的金属餐桌上。

他知道他把她的表情看成像绵羊是不适当的。他思想上的这种爱好比喻的习惯，削弱了他的判断能力，而且很可能有一天会毁了他。说不定，这一天已经临近了。也许今天晚上他的灵魂就会被要求作出偿付。手枪压在他的胸口。但是那翘起的嘴唇，大大的眼睛和起褶的嘴巴都像绵羊，就是这副嘴脸警告着他，他对毁灭怀着的侥幸心理太大了。陶贝姨妈是个身经百战的幸存者，她的警告应该受到注意。她一直在进行搏斗，使得坟墓停步不前，她以自己的慢条斯理阻碍了死亡的到来。陶贝姨妈的一切都已衰微败落，只是她的精明的头脑和惊人的耐心依然健在：她在摩西的身上，又看到了那个容易激动、急躁、冲动、吃尽苦头的老赫索格。当他弓腰对着厨房里的她看时，他的眼睛感到一阵抽痛。她咕哝道："你遇上大麻烦了吧？可千万别把事情搞得更糟，摩西。"

"没有什么麻烦事，姨妈，我还有件事得料理一下……我看我是来不及喝茶了。"

"我给你把你爸爸的杯子拿出来了。"

摩西用他爸爸的茶杯喝了些自来水。

"再见，陶贝姨妈，多多保重。"他吻了吻她的前额。

"你还记得我曾经帮助过你吗?"她说，"你不应该忘记。你要保重，摩西。"

他从后门离开屋子，这样走比较简便：沿落水管，仍像他父亲在世时一样，缠绕着忍冬花，在黄昏中吐着芳香——香得几乎太浓郁了。难道任何一颗心都会变成麻木不仁的吗？

近信号灯处，赫索格踩大了车子的油门，他想决定走哪条路可以最快到达哈珀街。走新建的雷恩快车道最快，可是那样就得经过黑人汽车拥挤的西五十一街，那儿人们爱在街上散步，要不就是坐着汽车兜风。走加费尔德大道固然要好得多，可是他不敢肯定，天黑以后他是不是能设法穿过华盛顿公园。最后，他决定经伊登街到议会街，再从议会街到市外马路。没错，那会是最快的一条路。到哈珀街后将采取什么行动，他还没作出决定。马德琳曾经威胁过他，要是他一在房子附近露面，她就叫警察抓他。警察当局有他的照片，不过这种威胁纯粹是胡说，是神经病、妄想狂，这种专横的假想出来的权力，也曾使赫索格有过深刻的印象。但是，现在他和马德琳之间有着一件真真实实的东西，一个孩子，一个实体——琼妮。一个从懦弱、疾病、欺骗中出来，由一个笨拙无能的父亲和一个诡计多端的坏女人而来的真实的东西！这是他的小女儿！当他把车子开向快车道的盘道时，他对着自己大声呼喊，但愿没有人会伤害他的女儿。他加快速度，驶进自己要走的车道，投入到车流之中。他身上的生命之弦拉得紧紧的，它在疯狂地颤抖。他并不害怕自己的生命之弦被扯断，而是害怕他应该做的事不能成功。小福肯怒吼着。他原以为他的车已经很快，可是发现右边有辆大型的拖箱卡车超到前面去了。就在这时候，他认识到现在可不是冒险违反交通规则的时候——他的口袋里藏着一支手枪——于是他从油门上松开脚。他朝左右张望着，认出这条新建的快车道横穿过许多旧街道，他熟悉的街道。他看到了巨大的煤气罐，顶上亮着灯光。这是一种新的景象。一座波兰教堂背后，有一个窗口亮着灯光，里面陈列着身穿锦缎衣服的耶稣圣像，就像大街上的一个橱窗。一条长长的曲线似的快车道，一直向前伸延，凌空经过货运列车调车场，车场上空闪烁着落日照耀下的灰尘。铁路一直向西伸延。接着，赫索格又通过了巨大的邮局底下的隧道，然后是经过州政府街上的低级娱乐场所。从议会街的最后一个斜坡望去，但见薄暮中的密执安湖像一堵乳白色的高墙，上面横划着无数紫晶色和深蓝色的条纹，还有不规则的银白色条纹，在水平线上，则是青石板的颜色。小船在防波堤旁摇晃，头顶的天空中，闪烁着直升机和小型飞机的灯光。当他驱车快速向南行驶时，他闻到了熟悉的淡水的气味，平淡而纯净。事情看来并非不合逻辑，他应该自称有精神病，有施行暴力的倾向，因为他已承受了与此有关的其他的痛苦——受辱挨骂、流言蜚语、无辜受过，甚至被放逐到路德村。他们有意让路德村作为他的疯人院，最终成为他的坟墓。但是他们也为赫索格做了一些别的事情——无法预言的事情——并不是每个人都有机会带着清白的良心去杀人的，是他们自己开启了理当挨杀的大门。死是他们应得的报应——他有权杀死他们。他们甚至会清楚地知道他们为什么死去，不需要别人的解释。当他站在他们面前的时候，他们会不得不甘受惩处。格斯贝奇只会低下头为自己的罪恶痛哭流涕。就像尼禄①一样——尽管是假装的。马德琳会尖叫，会诅咒。这都出于仇恨。仇恨是生命中最强有力的东西，远远超过任何别的力量和动机。在他心里，她已

① 尼禄(37—68)，古罗马皇帝，以暴虐、放荡出名。后因人民反对，又为元老院、近卫军所唾弃，途穷自杀。

经是他的杀人凶手。因此当他能自由行动的时候，他能毫无悔恨地朝她开枪或者把她掐死。在他的手臂里，在他的手指中，以致在他的内心深处，他都感觉到那种掐死人的甜美力量——可怕而甜美的力量，一种予人死亡的狂喜。他一直在大量冒汗，衬衣都湿透了，腋下冷冰冰的。嘴里出现一股铜腥味，一种新陈代谢的毒剂，一种平淡而致命的味道。

抵达哈珀大街后，他把车停在街角上，步行走入房子后面的小巷。水泥地上散落着沙砾、碎玻璃和灰沙，使他的脚步发出声响。他小心翼翼地走着。这儿的后院栅篱已经破旧。石板底下散落出花园的泥土。灌木和藤蔓长得高过了栅篱。他又一次看到了盛开的忍冬花。甚至还看到了藤本蔷薇，在暮色中显得深红。经过停车房时，由于从倾斜的屋顶上掉下的圈圈有刺的藤蔓，挂在小径上，他不得不用手挡住脸。他偷偷地溜进院子，站了一会才看清面前的道路。他决不能让自己被一个玩具或一件工具绊倒。有什么液体进入了他的眼睛，眼前的东西仍能看清，只是有些扭曲变形。他用指尖把它擦去，又用上衣的翻领吸了吸。星星已经出来了，在屋顶、树叶和支着的电线间嵌上紫色的亮点，现在他能看清院子了。他看见了晒衣服的绳子——马德琳的内裤、他的女儿的小衬衫和外衣、小小的长筒袜。借着厨房窗子里射出的灯光，他认出草坪上有一只沙箱，一只有可以坐的边架的红色沙箱。他向窗口走近一点，往厨房里望去。马德琳在里面！他朝她注视着，停止了呼吸。她穿着便裤和短上衣，腰间束一条带铜扣的红色宽皮带，这是他以前送给她的。她的光滑的头发散披在肩上，她在餐桌和水槽间来回走动着，正在清理晚饭后的东西。她以自己那特有的快速有效的方式，擦洗着盘碟。当她站在水槽旁边时，他仔细地看着她挺直的侧影。在她全神贯注于水槽中的泡沫，掺和温水的时候，他看着她下巴上的肉。他可以看清她双颊上的颜色，甚至看清她的蓝眼睛，赫索格一面看着马德琳，一面在给自己火上加油，以便保持旺盛的怒火。她不可能听到他在院子里，因为防风窗还没取下来——至少，他去年秋天装在屋子后面的防风窗没有取下来。

他走到过道里。很幸运，邻居不在家，他用不着担心他们的灯光。他已见过马德琳，现在他想看看自己的女儿。餐室里空无一人——显出餐后的空寂，可口可乐的瓶子，纸餐巾。隔壁便是浴室，浴室的窗口比别的窗口要高，然而他想他以前曾用过一块水泥砖垫脚，想把浴室的纱窗取下来，可是后来发现已经没有调换的防风窗，因此纱窗仍旧留在上面了。可那块砖头呢？就在他当时丢下的地方，在小径左侧凹地里的百合花丛中。他把水泥砖搬到浴室的窗口下，往浴盆里放水的声音掩盖了他搬砖的声音。赫索格站在水泥砖上，侧身靠着墙壁。他张开嘴，尽量不让自己发出呼吸声。正在放水的浴盆里漂浮着玩具，他女儿的小身体在里面闪闪发亮。他的孩子！马德琳让她的黑头发长得更长了，此刻为了洗澡用一条橡皮筋箍着。由于对女儿的温情，他的心融化了。他用手掩着嘴，为的是可以掩盖住自己说不定由于情绪激动而发出的任何声音。他的小女儿抬起脸，正在和一个他看不见的人说话。在流水的声音中，他听到她说了什么，但没能听清。她的脸是赫索格的脸，她的黑色大眼睛是他的眼睛，鼻子是他父亲的鼻子，齐波拉姑妈的鼻子，是他哥哥威利的鼻子，嘴巴是他的嘴巴。甚至她秀丽中的那一点忧郁——也是他母亲的。这是莎拉·赫索格的忧郁，当她考虑她的一生时，怀着忧郁，微微地侧着脸，赫索格大为感动，他看着女儿，张开嘴呼吸着，用手掩住一半脸孔。几只甲虫从他身旁飞过，它们那笨重的身躯不时撞在纱窗上，但是没有引起她的注意。

后来，有只手伸出来关掉了水龙头——一只男人的手。是格斯贝奇。他正要给赫索格的女儿洗澡！格斯贝奇！现在赫索格看到了他的腰部。他大步走进他的视野，走到那只老式的浴盆旁边。往前弯腰，挺直，又弯腰——这是他跛脚走路的姿势。接着，他费了好大的劲，开始跪了下去。待他把自己摆弄停当，赫索格看见了他的胸部，他的头部。赫索格把身子平靠在墙上，下巴紧贴着肩膀，他看到格斯贝奇卷起自己的佩兹利花运动衫，把浓密发亮的头发往后面捋了捋，拿起肥皂。这时赫索格听到他说话的声音，语气不是不和蔼："好了，别胡闹了。"因为琼妮正在咯咯地笑着，身子扭来扭去，泼着水，脸上现出酒窝，露出雪白的小牙齿，皱起鼻子，在逗着。"别动。"格斯贝奇说。他用浴巾给她洗耳朵，洗脸，擦鼻孔，擦嘴巴，琼妮尖叫着。格斯贝奇说话带有权威性，但是充满深情，带着抱怨的微笑。有时他自己也笑出声来，他给她洗澡——擦肥皂，冲洗，用她的玩具小船舀水浇她的背，琼妮扭动着身子，尖叫着。他温柔地给她洗着。他这副样子也许是假的. 但他是没有真实表情的，赫索格心里想。他的脸上全是沉甸甸的充满性感的肥肉。从他敞开的运动衫前襟看下去，赫索格可以看到他长满毛茸茸胸毛的胸口。他的下巴很厚，就像一柄石斧，一种野蛮的武器。他还有一双滥情的眼睛，一头浓密的头发，以及一种带有特别虚伪和粗俗的热情的声音。赫索格所痛恨的一切特点，全集中在他身上了。但是，看看他对待琼妮是怎么样的，他开玩笑地温和地把水浇在她身上。他让她戴上她母亲的饰花的浴帽，橡胶的花瓣铺在孩子的头上。然后格斯贝奇又命令她站起来，她微微弯着腰让他去洗她的小屁股。她的父亲瞪眼看着，一阵极度的痛苦传遍他的全身，但是这很快就过去了。她重又坐了下来。格斯贝奇在她身上淋了干净的水，然后自己费了好大的劲站了起来，摊开一条大浴巾，替她擦干身子，擦得很认真，很彻底。接着又用一只大粉扑替她扑了粉。孩子高兴得直跳。"别这么野啦。"格斯贝奇说，"穿上睡衣裤。"

她跑出去了。赫索格还隐约看到一片粉尘飘浮在格斯贝奇低垂的头上。他的红头发上下摆动着——他正在擦洗浴盆。赫索格现在就可以打死他。他的左手摸着包在卢布中的手枪。格斯贝奇正在有条不紊地往一块长方形的黄色海绵上撒去污粉，这时候正可以开枪打死他。弹膛里有两颗子弹……但是子弹仍留在弹膛里。赫索格清楚地认识到这一点。他轻轻地从垫脚的水泥砖上下来，重又悄悄地走过院子。他看见他的女儿在厨房里，朝马德琳仰着头，在要求什么。于是他侧身走出了院门，走进了小巷。用这支手枪杀人只不过是一个念头而已。

人的灵魂是个两栖动物，我已经接触到它的两个方面。两栖动物！它生存在比我所知的更多的元素之中。我设想，在那些遥远的星球上，物质正在形成更为奇怪的东西。我似乎觉得，因为琼妮看上去就像个赫索格家的人，她对我应该比对他们更亲近。可是假如我没有分享她的生活，她又怎么能和我接近呢？那两个荒唐的风流角色占有了她生活的一切。而且我显然相信，要是这孩子没有像我一样的生活，没有接受合乎赫索格"良心"标准的教育，以及其他等等，她便不可能成为一个人。这全然是一种不合理的推论，然而我的一部分心智却把这看成是不言而喻的事。但是，事实上她又能从他们那儿学到点什么呢？向格斯贝奇学习？他看上去是如此甜言蜜语，令人恶心，卑鄙狠毒，根本就不是一个人，而是一片碎片，一片从群众中碎裂下来的碎片而已。用枪打死他！——一个荒唐的念头。当赫索格亲眼看到这个现实的人在给琼妮作一次现实的洗澡，亲眼看到这件事情的现实真相，看到这样一个丑角对一个小孩显得如此温柔，他原来要使用暴力的打算变成了一场戏，变成了荒唐可笑的念头。他并不打算使自己成为这样一个十足的傻瓜。只有自我仇恨才会导致他去毁灭自己，因为他的心是“破碎的”。他的心怎么会被这样两个人打碎呢？他在小巷里逗留了一会儿，庆幸自己没有采取任何行动。他的呼吸恢复了正常；而能够呼吸是多么美好的事！这次旅行真是大大值得。

想一想！他坐在福肯牌小车里，借着仪表上的灯光，在一本拍纸簿上给自己写道。人口统计学家估计说，自有人类以来，至少有一半人口生活在现在，在本世纪里。对于人类的灵魂而言，这是一个多么伟大的时刻！从遗传学的源泉中汲取的特性，已经按照统计学的或然率，重新组成了最好的人和最坏的人。这些人全在我们四周。释迦牟尼和老子一定在地球上的什么地方行走，台比留和尼禄必定也在行走。一切可怕的事情，一切可敬的事情，一切意想不到的事情，仍在发生。可你，你这个兼职的空想家，悲喜交集的哺乳动物。你和你的子女们以及子女的子女们……在古代，人类的天才主要用于创作隐喻。而现在人们的天才主要用于创造事实……弗兰西斯·培根。仪器。接着，他又以无法形容的快感补充写道：齐波拉姑妈告诉爸爸说，他永远不可能对任何人用枪，永远不能和卡车司机、屠夫小贩、拳击选手、流氓恶棍……并驾齐驱。他是个“镀金的小绅士”。他能敲人脑袋？他能向人开枪？

赫索格可以充满自信地发誓，他的父亲老赫索格从来没有——一辈子中一次也没有——扣发过这支手枪的扳机。只是用来吓唬人而已，正如他曾用这支枪吓唬过我。当时陶贝姨妈保护了我：她“救了”我。亲爱的陶贝姨妈，一座冰冷的化铁炉！可怜的爸爸老赫索格！

【选自[美]索尔·贝娄：《赫索格》，宋兆霖译，北京，人民文学出版社，2015】

福尔斯

约翰·福尔斯(1926—2005)是英国现代小说家。他的作品风格介于现代主义和后现代主义之间，在英国乃至世界文学中产生了很大的影响。

《法国中尉的女人》讲述的故事发生在英国维多利亚时期。从许多方面看来，这部小说都很像一部维多利亚时期的作品，在语言、情节、人物形象等方面都深得维多利亚小说的神韵。这是因为福尔斯本人非常熟悉维多利亚小说，并且深受哈代等人的影响。然而与此同时，这又是一部具有后现代主义色彩的小说。福尔斯本人表示，他在借鉴维多利亚时期小说的同时，也在对该时期的小说进行反叛，并使这部小说与他所生活的时代息息相关。

小说的主人公萨拉是英国海滨小镇上一户贫穷人家的女儿。一个偶然的机会使她爱上了由于沉船事故而来到小镇的法国中尉。中尉答应娶她，却没有兑现诺言，返回法国后成家立业，再也没有回来。在思想保守、崇尚清心寡欲的小镇，敢于追求自我的萨拉被视为异类。贵族后裔、年轻的科学家查尔斯本来已经与富家女欧内斯蒂娜订婚，但却被萨拉吸引，转而追求她。与传统的维多利亚小说不同的是，这部小说有三个结尾。第一个结尾是查尔斯最终还是与欧内斯蒂娜结婚；第二个结尾暗示查尔斯与萨拉最终走到一起；第三个结尾则暗示萨拉拒绝了查尔斯的求爱，因为她不愿意用传统的婚姻和家庭责任捆绑自己，选择坚守自己的独立性和精神自由。

这部小说的后现代特点主要体现在其叙事方式上，即其“元小说”特点。叙述者经常跳出来对小说内容进行评价，让读者意识到叙述的不可靠，并反思小说的叙述方法。此外，小说对维多利亚时期小说的模仿和戏拟也是极具特色的。每当读者几乎以为自己在阅读一部维多利亚时期小说的时候，作者就会冷不丁地从20世纪人类的视角，反观19世纪人们最关注的社会、文化和科学问题，比如达尔文的进化论、马克思理论等。

本书节选的是小说的第20章。查尔斯听人们说起萨拉的悲惨经历后，对这个与众不同的女子产生了极大的好奇和同情。他从一个科学家和医生的角度，希望了解和帮助这位精神抑郁的女子。萨拉将自己痛苦的过去向查尔斯倾诉，并告诉他，自己并非完全由于环境所迫陷入悲惨的境遇，而是由于自己的选择。她认为处于被社会不容的境地恰恰让她拥有了精神的独立和自由。

法国中尉的女人(节选)

难道上帝和自然在斗争冲突，
　　而自然赐予如此多的噩梦？
　　看来她似乎多么关心物种，
而对个别的生命毫不在乎……

——丁尼生：《悼念集》(1850)

最后，她打破沉默，向伯克莱大夫讲明了。约翰·肯尼迪的私人医师跪了下来，用颤抖的手指着她那条可怕的裙子。“换一件衣服吧？”他怯生生地提议。

“不，”她恶狠狠地低声说，“让他们看看那是多么恐怖。”

——威廉·曼彻斯特：《肯尼迪总统之死》

她侧身站在常春藤隧道另一端的阴影里。她用不着东张西望，她已经看见他穿过梣树林爬上来了。天气好极了，蔚蓝的天空，和煦的西南风轻拂。美好的天气引来了一群群春天的彩蝶，有黄粉蝶、橙色尖翅粉蝶、绿纹白粉蝶，最近我们才发现，这些蝴蝶对农业高产不利，于是用药把它们毒死到近乎灭绝。它们翩翩起舞，一路陪查尔斯经过奶牛场，穿过树林。此时有一只色彩斑斓的粉蝶在萨拉黑色身影背后灿烂的空地上空飞舞。

查尔斯在钻进常春藤下的深绿色浓荫之前，驻足观望四周，为的是确保没有人看见他。只有高大的梣树把它们依然光秃秃的树枝伸展到阒无一人的林地上来。

直到他走得很近，她才转过身来。甚至此时她也没正眼看他。她从上衣口袋里摸出一枚介壳，低着头一声不响地把它递给他，仿佛那礼物自己会说话似的。查尔斯把它接过来，但是她的窘态是富于感染力的。

“你给了我这些介壳，应该允许我按照安宁小姐化石店的价格付款给你。”

她抬起头，他们的目光终于相遇。他看出她有些生气，又一次产生了那种难以名状的感觉，仿佛心头挨了一刀，觉得自己没能满足她的要求，让她失望了。但这一次他完全恢复了理性，也就是说，明确了自己决定采取的态度。因为这一次见面发生在前几章描绘的事件之后两天，格罗根医生关于死人和活人相比谁应优先得到考虑的话已经产生了影响，查尔斯此时已经为自己的冒险找到了科学依据和人道主义的理由。他坦率承认，自己这样做虽然有些不妥当，但却乐在其中。但这时他也明显察觉到自己的责任，他本人无疑属于最适宜生存者一类，但是人类中的最适宜生存者更应该对较不适宜生存者承担起一定的责任。

他甚至重新考虑，想把他和伍德拉夫小姐之间的关系告诉欧内斯蒂娜，可是这能行吗？他十分清楚地预计到，她可能会提出女人的一些傻问题，他如果据实回答，必然陷入危险境地。他很快就断定，就欧内斯蒂娜的性别和经历而言，她无法理解他的动机的利他性，因此他很自然地回避了他的责任中较少魅力的那一面。

他避开萨拉责备的目光。“我富有纯属偶然，你贫穷亦纯属偶然。我认为我们之间不必如此拘泥礼节。”

他的打算是这样的：对萨拉表示同情，但又保持一定距离，务必让她记住，他们两人的地位不同……当然必须用温和而不造作的反语法。

“我能给你的只有这一点。”

“你没有理由要给我什么东西。”

“因为你来了。”

他发现她的温顺几乎与她的自尊一样令人感到窘迫。

“我来是因为你的确需要帮助，而我又能从中得到快乐。虽然我至今仍不明白你为什么对我如此信任，让我了解你的……”说到这里他变得支支吾吾，因为他差一点就说出“病情”，那将会暴露出自己既是绅士又是医生的双重身份。“……你的困难处境，我今天来已经准备好要仔细倾听你想对我说的话……你不是想对我说点什么吗？”

她再次抬起头来望着他。他觉得有点受宠若惊。她羞怯地朝有阳光的地方做了个手势。

“我知道附近有个僻静所在。我们到那里去好吗？”

他表示愿意去。她走到阳光下，穿过乱石密布的空地，她第一次遇见查尔斯就是在这片空地上，当时他正在搜寻化石。她步履轻盈稳健，一只手把裙子提起几英寸，另一只手捏着她那顶黑帽子的缎带。查尔斯跟在她后面，行动远不如她敏捷。他注意到她的黑色长袜脚跟处织补过，鞋跟已经磨损，同时也注意到她黑色头发的光泽。他想象，那头发如果完全松开来一定很美，浓密而艳丽。虽然她把头发向后梳，而且掖在上衣领子里，他还是怀疑，她常常把帽子拿在手里，是否出于虚荣。

她把他带进另一条绿色隧道，但是从另一头钻出来时看到的却是一道绿草如茵的山坡，很久以前，那里的悬崖垂直面曾经垮塌过。一丛丛的青草为攀登者提供了踩脚点，她小心选择路线，弯弯曲曲爬到山顶。他在后面气喘吁吁地跟着，偶尔可见她裙内宽松长裤裤脚底边的白色缎带装饰，几乎长及脚踝。爬山时女子本来应该在后面，不应该跑到他前面去。

萨拉在上面等查尔斯赶上来。接着他又在悬崖顶上跟在她后面走。忽然前面又出现一道悬崖，有数百码高，原来这里就是高高低低层层叠叠的悬崖群。两英里外的“科布”堤都能看得见。经过一段跋涉，他们来到一处更陡峭的山肩，角度很大，查尔斯觉得十分危险，一不小心，不出几英尺就会从悬崖边上摔下去。要是他一个人，他可能会犹豫不前。可是萨拉在上面却是行走自如，似乎不存在什么危险。在这道山肩的远端出现了几码平地，这就是她所说的“僻静所在”。

这是一个朝南的小山谷，周围长满了密密层层的刺藤和山茱萸科植物，像一个小小的绿色圆形露天剧场。有一棵生长受阻的山楂树歪向舞台后部，如果直径不足十五英尺的一块地方也可以称为舞台的话。有人——显然不是萨拉——曾在树干旁边竖起一大块平顶燧石，形成一个土里土气的宝座，坐在上面，下面的树林，远处的大海，尽收眼底。查尔斯身穿法兰绒套装，满头大汗，气喘吁吁，但仍不忘环顾四周。山谷周围的陡坡上开满了报春花、紫罗兰、野草莓的白色小花。小山谷仿佛悬在空中，沐浴在午后阳光的摇篮之中，十分迷人，非常安全。

“我应该向你表示祝贺。你在发现高山佳境方面很有天赋。”

“是发现僻静所在。”

她请他坐到小山楂树下的燧石座上。

“我相信这应该是你的椅子。”

可是她转过身，迅速而不失风度地侧身坐到山楂树前数英尺处的一个小圆丘上，面对大海。查尔斯在宝座上坐定之后，发现只能看到她的半边脸——这可能又是她巧妙卖弄风情的一种手段，因为这样他就不能不注意到她的头发。她坐得笔直，但却低着头，装模作样地摆弄着她那顶帽子。查尔斯注视着她，心里暗自好笑，脸上却没显露出来。他看得出她一时不知如何启齿。这是个十分随意的露天场合，两个人又都是年轻人，就像兄妹一样，她也就不那么羞涩、拘谨了。

她把帽子放在一边，解开上衣，十指交叉端坐，但仍然没有说话。她那件上衣的高领和剪裁样式，尤其是从后面看上去，显出有些男性特征，有点像女马车夫或女兵，但也只是有点像，她的头发轻而易举就把你的看法给否定了。查尔斯惊奇地发现，简朴的衣着无损她的形象，从某种意义上说她穿了还挺合适，比华丽的服饰效果更佳。最近五年是妇女时装大解放的时期，至少在伦敦是如此。用人为辅助手段美化胸脯造型的做法开始出现，并且普及开来。画眉毛、画睫毛、涂唇膏、修剪发梢、染发……多数时髦妇女都作如是打扮，不仅仅是暗娼如此。但是萨拉却全然不搞这一套。她面对时髦似乎完全无动于衷。尽管如此，她还是挺住了，就像查尔斯脚边朴实无华的报春花，经受住了温室中具有异国情调的奇花异草的争奇斗艳。

查尔斯静静地坐着，对他脚下这位奇特的恳求者显出一点威严来，一副不想过多帮助她的样子。但她还是坚持不开口，或许是出于胆怯谦卑，但是他开始很清楚地意识到，她是在向他挑战，要他想办法哄她把心中的奥秘说出来。最后他终于屈服。

“伍德拉夫小姐. 我讨厌不道德行为，但是我更讨厌毫不宽容的道德观。我保证不做太严厉的评判。”

她把脑袋稍微动了一下，但仍然在犹豫。她像是在水边徘徊，想下去游泳却又三心二意，突然她一头栽进水中，痛痛快快地说开了。“他的名字叫瓦盖讷，他的船沉没之后，他被带到塔尔博特上尉家里。除了另外两个人外，其余的人全淹死了。可是你听说过这回事吗?”

“只听说有那么回事。没听说他是个什么样的人。”

“他让我佩服的第一个特点是他的勇敢。我当时不知道，男人可以做到既非常勇敢又非常虚伪。”她凝视着大海，仿佛她的话是讲给大海听的，而不是讲给背后的查尔斯听的。“他的伤势非常严重，从髋部到膝盖，皮开肉绽。如果出现坏疽，他那条腿就保不住了。起初那几天，他痛得很厉害，但是他从不叫喊，连最轻微的呻吟都没有。每当医生给他包扎伤口时，他就紧紧抓住我的手，有一次他抓得特别紧，我痛得几乎昏过去。”

“他不会讲英文吗?”

“只能说几个字。塔尔博特太太的法语水平和他的英语不相上下。他刚来不久，塔尔博特上尉便因军务离开了。他告诉我们，他是法国波尔多人。他父亲是个有钱的律师，再婚后用欺骗手段剥夺了前妻所生子女的财产继承权。瓦盖讷在运酒的商船上当水手。沉船这一次，他说他是船上的大副。但是他所说的一切全是假的。我不知道他到底是什么人，看样子像个绅士。就这些。”

她似乎不习惯做连续表达，断断续续、吞吞吐吐地说完一句话之后，都有一个奇怪的小停顿，是她自己在考虑下一句话该说什么呢，还是要让查尔斯有插话的时间，他也说不清楚。

他低声说：“我明白了。”

“有时我认为他与那次沉船事故毫无关系。他是装扮成海员的魔鬼。”她低头看自己的双手。“他长得很英俊。从未有过一个男人像他那样关心我——我是说在他养伤期间。他从不看书，比小孩子还糟。他很喜欢交谈，听别人说，也说给别人听。他说我做了傻事，他不理解我为什么还不结婚，诸如此类。我都相信了他。”

“总而言之，他勾引你？”

“你应该明白，我们总是用法语讲话。也许因为这个缘故，我觉得我们之间所说的话都不很准确。我从没到过法国，听力不是很好，常常无法准确理解他说的话。这不能全怪他。或许是我听错了他的意思。他常常取笑我，但似乎并无恶意。”她迟疑了一下。“我……我甚至以此为乐。我不让他吻我的手，他说我心太狠。终于有一天我也觉得自己心太狠了。”

“于是从那以后你就不再心狠了？”

“是的。”

一只乌鸦飞到他们头顶上，黑色羽毛闪烁着光芒，在微风中缓慢盘旋，后来突然受惊悄然飞走了。

“我明白了。”

他说这话的意思只是想鼓励她继续说下去，但是她却只理解了字面上的意思。

“你不可能明白，史密森。因为你不是女人。你不是一个生来注定要成为农夫之妻却被送去接受教育以培养成……地位较高的那么一个女人。向我求婚的事已经有过几次。我在多尔切斯特的时候，有个有钱的牧场主——此事不值一提。你不是天生尊重并热爱智慧、美丽、有学识的女人……我不知道该如何来表达它，我没有权利追求这些东西，但是我心向往之，而且我不相信这一切全是虚荣……”她沉默片刻。“你从来没有当过家庭教师，史密森先生，一个年轻女人，自己没有孩子，却被别人雇去照顾孩子。你无法想象，那些孩子越是可爱，你的痛苦就越是无法容忍。你不要以为我这样说纯粹是出于妒忌。我爱小保罗和弗吉尼亚，我对塔尔博特太太除了感激和爱戴，没有掺杂别的情感——我甚至愿意为她或者她的孩子去死。但是，每天生活在家庭幸福的环境之中，以最近的距离亲眼目睹幸福的婚姻、家庭和可爱的孩子。”她停顿了一下。“塔尔博特太太恰好与我同龄。”她又停住了。“渐渐地我觉得自己虽然被允许生活在天堂里，但天堂里的一切我都无权享受。”

“其实你受的苦大家都有，只是各自表现形式不同罢了。”她令人吃惊地拼命摇头。他意识到已经触及她内心深处的某种感情了。

“我的意思是说，社会特权不一定能带来幸福。”

“这就有两种情况，一种是至少还有可能得到幸福，另一种是……两者之间没有任何相似之处。”她再次摇头。

“但是你肯定不能说，所有的家庭女教师都很不幸——或者都不结婚。”

“都跟我一样。”

他沉默一会儿，然后说：“我打断了你的故事。请原谅。”

“你会相信我说的话不是出于妒忌吗？”

她转过身，眼神有些紧张。他点点头。她从身边的陡坡上折下一小枝远志，蓝色的花朵像可爱天使的小生殖器。她接着说。

“瓦盖讷的身体恢复了。离他回国只剩一个星期了。当时他已向我表示他爱我。”

“他要求你嫁给他了吗？”

她要回答这个问题似乎有困难。“曾经有过谈婚论嫁。他对我说，他回到法国之后将会升任一艘酒船的船长。他希望能恢复他和他的兄弟所失去的遗产。”她迟疑了一下，最后还是把话说了出来，“他希望我跟他一起回法国去。”

“塔尔博特太太知道这一情况吗？”

“她是个心地非常善良的女人，而且还特别坦率。假如塔尔博特上尉当时在家……可是他不在。起初我不好意思对她说，后来是担心。”她又做了补充，“担心我说了，她一定会给我那样一个忠告。”她开始摘远志小枝上的叶子。“瓦盖讷的态度变得很坚决。他让我相信，他的全部幸福都取决于他离开时我跟他一起走，甚至我的幸福也完全取决于此。他已经查清我的很多情况：我的父亲死在精神病院；我没有财产，没有亲人；多年来我一直觉得自己被迫以某种神秘的方式过着孤独的生活，自己还不知道为什么。”她把远志小枝放在一边，手指紧紧抓住大腿。“我一直过着孤寂的生活，史密森先生。命运似乎注定我永远不能和同等的人建立友谊，永远不能住在自己的家里，永远觉得自己被排除在主体世界之外。四年前，我父亲被宣布破产。我们的一切财产都被变卖。从那时起，我一直被幻觉所困扰，总觉得一切东西，包括桌子、椅子、镜子，都合谋来增加我的孤独。它们说，你永远不可能拥有我们，我们永远不属于你，而永远属于别人。我知道这是精神失常的表现。我知道，工业城市里也存在贫困和孤独，与之相比，我的生活已经算得上舒适奢侈了。但是当我从报纸上看到工会主义者们的疯狂报复行为时，我多少还可以理解，甚至羡慕他们，因为他们知道该在何处如何施行报复。而我却完全无能为力。”她的声音里逐渐产生出一种新的因素，那是一种强烈感情的体现，它部分地否定了她自己的最后一句话。她用比较平静的口气又补充了一句：“我恐怕没有把自己的意思解释得很清楚。”

“我不能肯定我会同意你的这种感情，但是我完全能理解它。”

“瓦盖讷走了，他到威茅斯去乘邮船。塔尔博特太太当然以为他一到那里马上就能乘上船。但是他告诉我，他要等我去找他。我没有答应他。相反地——我还对他发誓……可是我在流泪。他最后说，他要等我一个星期。我说我永远不会跟他走。可是过了一天、两天，我再也不能对他说话，我刚才提到的那种孤寂感重又向我袭来，我觉得自己就要被它淹没了，更糟糕的是，我让一根可能拯救我性命的原木漂远了。我彻底绝望了。绝望所带来的痛苦，由于我必须忍受并加以掩藏而变得更加厉害。到了第五天，我再也无法忍受下去了。”

“但是我猜，这一切都是瞒着塔尔博特太太的——难道你就没有因此而引起怀疑吗？

一个诚实的男人，不可能有这样的行为。”

“史密森先生，我知道，对于一个对我的性情和处境一无所知的人来说，我的那种愚蠢，那种对他的真实性格视而不见，在当时显得那么突出，不能不令人觉得太不应该。我无法隐藏那种愚蠢。或许我一向知道自己愚蠢。我灵魂深处一定有某种瑕疵，把我本性中善良的一面给蒙蔽了。我们的交往是以欺骗开始的。一旦走上这样的路，就很难回头了。”

这番话对查尔斯本来也许会成为一个警告，但是他完全被她的故事迷住了，已无暇考虑自己的问题。

“你就到威茅斯去了?”

“我骗塔尔博特太太，说有个同学病得很重。她相信我是要到谢尔博恩去。去那两个地方都要经过多尔切斯特。到那里以后，我便乘公共马车去威茅斯。”

萨拉说到这里停住了，低下了头，似乎再也没有勇气往下说了。

“你不必说，伍德拉夫小姐，我能猜——”

她摇摇头。“现在这件事我非讲不可，但是我不知道该怎么讲。”查尔斯也低头看地面。底下有一片高大的梣树林，林子里有一只槲鸫在歌唱，在蔚蓝宁静的天空下，那叫声显得特别狂野。最后她接着说：“我在港口附近找到一个寄宿的地方，然后就到他说他要下榻的客栈去找他。他不在，但是给我留了一张条子，告诉我他住到另一家客栈去了。我又到那里去找他。那可不是个……体面的地方。我打听他的去处时，人们回答时的神情，我多少已感觉到了。他让人告诉我他的房间在哪里，希望我能上去，但是我坚持要他下来。他果然下来了，见到我时表现出特别高兴的样子，颇像个恋人。他为他住的客栈过于简陋向我表示歉意。他说那地方比另一家客栈便宜，法国海员和商人常在那里下榻。我有些害怕，但是他对我特别好。那天我一天没吃东西，他招待我吃饭……”

她迟疑了一下，又接着说：“公共休息室里很嘈杂，于是我们到一间客厅里去。我没法说清楚是怎么回事，但是我知道他变了。尽管他体贴备至、笑容可掬、亲热有加，但是我知道，我要是不来，他既不会感到惊奇，伤心的时间也不会长。当时我一下子明白了，他只不过是在养伤康复期间拿我开心而已。我眼前的面纱除去了。我看出他并无诚意……是个骗子。嫁给他无异于嫁给一个一文不值的冒险家。那一次见面不到五分钟，我便看穿了一切。”她仿佛听出自己的话音里又出现了自我谴责的痛苦声调，突然打住。后来她用比较低沉的声调继续讲下去。“你可能会怀疑，以前我怎么就没有看出来。我相信我早就看出来了，但是看出来和承认它毕竟不是一回事。我认为他有点像蜥蜴，能随着周围的环境改变自己的颜色。他在绅士家里颇有绅士派头，在那个客栈里，我看清了他的本来面目。而且我知道，他在客栈里呈现出来的颜色比其他颜色更自然。”

她把目光投向大海。查尔斯想象，她的双颊一定更红了，可是她的头已经转过去了。

“在这种情况下，我知道，一个……一个正派的女人是会马上离开的。自从那天晚上以来，我对自己的灵魂检查了不下千次。我唯一的发现是，任何一种说法都无法解释我当时的行为。当我认识到自己的错误时，我首先是被惊呆了——但是尽管那么可怕……我还是想在他身上发现长处、可敬的东西、信誉。结果，我发现自己因为受骗而充满了愤怒。我对自己说，假如我过去没有受过那样难以容忍的孤寂之苦，我是不会那么盲目的。因此我把自己的窘况归咎于环境。以前我从未遇到过如此尴尬的处境，也从未涉足过这样的客栈。在那里，人们全然不顾行为得不得体，他们崇拜罪恶就像人们在高尚的场所崇尚道德一样。我无法解释。我的思想乱极了。也许我认为自己应该以命运的主人的姿态出现。我是自己逃出来找这个男人的，过分正派必定会显得荒唐……甚至近乎虚荣。”她略作停顿，“我终于留了下来。我吃了他招待的晚餐，喝了他硬要我喝的酒。我并没有喝醉。我认为酒倒使我把事态看得更清楚了……你说这可能吗？”

她慢慢转过头来，希望得到他的回答，仿佛他可能已经消失，她要证实——虽然她看不见——他并未消失得无影无踪。

“当然可能。”

“酒仿佛给了我力量和勇气……还有理解。它不是魔鬼的工具。后来他终于露出了真面目，再也掩盖不住他对我的真实企图，同时我也无法故作惊讶。从我决定留下来那一刻起，我的所谓清纯便完全是虚伪的了。史密森先生，我并非想为自己辩护。我很清楚地知道，当时我还可以，即使是在服务员清理完晚餐餐桌，他把门关上之后，我照样还可以离开。我可以对你讲假话，说他是用暴力制伏了我，是他用药把我麻醉倒……爱怎么编造都可以。但是实际情况并非如此。不错，他的确毫无顾忌、反复无常、情欲强烈而又十分自私，但是他绝不会违背一个女人的意愿强行把她占有。”

就在这个最令人意想不到的时刻，她完全转过身来，正面直视查尔斯。她满脸通红，但是在他看来，与其说是由于尴尬，不如说是一种激情、一种愤怒、一种反抗。她仿佛赤身裸体站在他面前，并为此感到骄傲。

“我把自己给了他。”

当时他无法承受她的目光，只好眼睛向下看，有气无力地轻轻点了一下头。

“我明白了。”

“因此我是个蒙受双重耻辱的女人，既是环境所迫，又是自主选择。”

沉默。她再次面对大海。

他低声说：“我并没有要求你告诉我这些事情。”

“史密森先生，我要请求你理解的并不是我做了这样一件可耻的事，而是为什么我会那样做，为什么我会牺牲一个女人最宝贵的东西，去满足我并不爱的男人一时的欲望。”她举起双手托住下巴，“我那样做是为了把自己永远变成另一个人。我那样做是为了让人们指着我说，那就是法国中尉的妓女——是的，让他们把这个字眼说出来吧。让他们知道我过去受苦，现在仍在受苦，和大地上每个城镇每个村庄里的其他人一样受苦。我不可能和那个男人结婚，于是我嫁给了耻辱。我的意思不是说我当时头脑很清醒，知道自己在做什么，也不是说我故意要让瓦盖讷如愿以偿地占有了我。我当时的感觉有如是在跳悬崖，或者用刀刺自己的心。那是一种自杀，是一种绝望的行为，史密森先生。我知道那是邪恶……是亵渎上帝，但是我不知道还有什么办法能从过去的自己中挣脱出来。假如当时我离开那个房间，回到塔尔博特太太家里，恢复以前的生活方式，我知道我现在早已不在人世……我会用自己的手结束自己的性命。让我坚持活下来的恰恰是我的耻辱，是我知道自己确实和别的女人不同。我永远不会有孩子、丈夫，以及她们享有的各种纯真的幸福。她们永远不可能理解我的罪恶的原因。”她停住话头，仿佛是第一次看见了自己清楚说出来的东西。“有时候我几乎可怜她们。我认为自己享有一种她们无法理解的自由。什么侮辱，什么责难，都触动不了我。因为我已经把自己置身于社会所不容的境地。我蝼蚁不如，几乎不再是人。我是法国中尉的妓女。”

最后这一大段话，她想说的是什么，查尔斯只是一知半解。在她讲到她在威茅斯做出令人惊奇的决定之前，他对她的那些行为都是寄予同情的，而且藏在心里的比表露出来的还多。他能想象她在当家庭女教师期间那难熬的痛苦；瓦盖讷是个惯于花言巧语的坏蛋，她在那种情况下很容易会落入他的魔掌；但是谈到被社会所不容后获得自由，以及嫁给耻辱，他就觉得难以理解了。但是从某种意义上说，他也还是能理解的，因为萨拉讲到最后已经泣不成声了。她不让查尔斯看出她在哭泣，或者说试图不让他看出；也就是说，她不用双手捂脸，不伸手掏手帕，仍然坐在原处，只是把脸转向另一边。起初，查尔斯还真弄不明白她沉默不语的真实原因。

但是后来出于某种冲动，他站立起来，一声不响地在草地上向前跨了两步，以便看清她脸部的侧面。他看见她的双颊已经泪湿，他的心灵几乎难以忍受地深受触动；他情绪激动，思绪纷乱，被矛盾的旋涡所包围；他原来那种公正明断的怜悯之心被卷走了；他的可靠的精神支柱被冲垮了。他仿佛看到了她未曾详述的那一幕：她献出自己的身子。他一下子仿佛变成了两个人，一个是正在享受她的肉体的瓦盖讷，另一个则跳上前去把他打倒在地。在他眼里，萨拉也是如此：她既是无辜的受害者，又是放荡不羁、寡廉鲜耻的女人。在他心灵深处，他对她的不贞是原谅的，而且还瞥见了自己也可能对她起淫心的心理阴暗面。

今天，人们对性问题的基本看法不可能发生如此突然的变化。男人和女人随便在什么场合稍有接触，立即就会考虑发生肉体关系的可能性。我们认为，这种对于人类行为的真实冲动的直率态度是健康的，但是在查尔斯的时代，凡是公众认为应列为禁忌的欲望，也就不被个人的头脑在私底下接受。当人的意识遭到这些潜藏猛虎的袭击时，往往不知所措，露出荒唐可笑的窘态。

在当时的维多利亚时代，人们还有一种奇特的埃及式特征：幽闭欲。我们清楚地看到，他们用衣服把自己裹得严严实实，如同木乃伊；在他们的建筑中，窗户和走廊都很窄小；他们害怕开放和裸露；他们掩盖真实，拒斥自然。查尔斯那个时代的革命性艺术运动当然是具有拉斐尔前派①风格的，它们至少试图承认本质和性的存在；但是我们只要把米莱②或福特·马多克斯·布朗③作品中的田园风光背景拿来与康斯特布尔④或帕尔默⑤作品中的背景做一个比较，就可以看出前者在对待外部现实的态度上是多么理想化，多么富于装饰意识。因此，在查尔斯看来，萨拉公开坦率的供状——供状本身是公开坦率的，光天化日的环境也是公开坦率的——与其说是描述一种比较尖锐的现实，不

---

① 拉斐尔(1483—1520)，意大利文艺复兴盛期画家和建筑师。“拉斐尔前派”是指1848年形成的一个由英国一些青年画家和诗人组成的艺术团体，他们从浪漫主义、文艺复兴时期和中世纪的文学中选择题材，攻击当代社会的不公正，歌颂过去时代生活的准则和特质，作品风格生动鲜明。

② 米莱(1829—1896)，英国画家，拉斐尔前派奠基人之一。

③ 福特·马多克斯·布朗(1821—1893)，英国画家，其作品在感情和技巧上与拉斐尔前派相似。

④ 约翰·康斯特布尔(1776—1837)，英国风景画家，追求真实再现英国农村的自然景色。

⑤ 塞缪尔·帕尔默(1805—1881)，英国风景画家、版画家。他的作品特色是将充满奥秘的大自然和强烈的宗教色彩交织在鲜明的牧歌情调之中。

如说是让观看者得以对理想世界瞥上一眼。这份供状之所以显得奇特，并不是因为它比较真实，而是因为它比较不真实。它描绘的是一个神话般的世界，在那里，裸体美人比赤裸裸的事实重要得多。

查尔斯俯身用心看了她一会儿，然后转身回到自己坐的地方。他的心跳得很快，仿佛他刚从悬崖的边缘上缩回来。大海上空，远处最南端的地平线上，缓缓升起大量云彩，浅黄色的、琥珀色的、雪白的，宛如某一山脉绚丽的群峰，如高塔，如巨墙，一直延伸到极目之处……它们是那么遥远——其遥远有如特来美修道院[①]，有如一片没有罪恶、令人心醉神迷的田园诗般的净土，查尔斯、萨拉和欧内斯蒂娜或许可以漫步其中。

我的意思并不是说查尔斯当时的思想就那么具体，那么不光彩地带有浓烈的伊斯兰教色彩[②]。但是远处的云彩使他想起了自己的不如意。他多么想再次扬帆越过第勒尼安海；多么想跨上马朝着远方阿维拉的城墙进发；多么想冒着爱琴海上炫目的阳光朝希腊的某个神庙进发。但即使在那样一个时刻，仍然有一个黑影在他的前面移动，那是他已逝的妹妹；她步履轻盈，姿态优美地步上石板台阶，进入断裂廊柱的奥秘之中。

【选自[英]约翰·福尔斯：《法国中尉的女人》，陈安全译，海口，南海出版公司，2014】

① 特来美修道院是法国作家拉伯雷在其代表作《巨人传》中虚构的一个境界，在那里每个人都能按自己的意愿生活。

② 伊斯兰教《古兰经》规定一个男人同时至多可以有四个妻子。

奈保尔

V. S. 奈保尔(1932—2018)是当代印度裔英国作家，出生于西印度群岛的英属殖民地特立尼达岛。他创作有三十余部作品，包括小说、游记、传记、随笔等不同体裁类型，不同文体之间常常相互渗透，其中较出名的作品有长篇小说《神秘按摩师》(1957)、《毕司沃斯先生的房子》(1961)、《大河湾》(1978)，短篇小说集《米格尔街》(1959)，游记“印度三部曲”，自传性小说《抵达之谜》(1987)、《半生》(2001)、《魔种》(2004)等。奈保尔的写作涉及西印度群岛、印度、非洲、东南亚等不同地区的题材内容，创作题材的跨地域性与作者自身的移民和流散经验密切相关，奈保尔在作品中主要围绕文化冲突、殖民地历史、移民身份、种族关系、第三世界前途命运等问题展开探讨。

《大河湾》是奈保尔的代表作之一，结构上分为四个部分，描写非洲殖民地独立后国家和人民的发展命运。小说的主人公和叙述者是来自非洲东海岸的印度裔青年萨林姆，他因接手商人纳扎努丁的商店而来到非洲内陆河湾处的一个小镇。萨林姆在经历了小镇生活、“新领地”生活、伦敦游历、重回河湾小镇遭遇牢狱之灾后，最后得到机会乘船逃离大河湾。小说在以萨林姆作为叙事主线的基础上，着力描写了他周围不同文化背景和阶层的人物形象，他们与萨林姆一样，沉浮于国家独立后接踵而来的混乱动荡之中，也体验着与萨林姆相似的漂泊、挣扎与挫败。

《大河湾》将对个人文化身份的探讨与殖民地国家的历史反思结合在一起，萨林姆就像作者奈保尔一样，具有移民和殖民的双重身份困惑。一方面，他是身处非洲的印度裔移民，加之出生于杂居多族裔的东海岸，因而无法完全认同自己作为非洲人的身份；另一方面，萨林姆生活其中的非洲国家又曾长期处于被宗主国剥夺文化传统的境地，这使他又不得不在欧洲和非洲文明间徘徊，不断质疑两种文化的合法性。而独立后的非洲虽然一度引进欧洲现代技术，但短暂的繁荣却伴随着叛乱、腐败以及前宗主国在意识形态上的持续影响控制。非洲的现代化发展之路不仅没有帮助萨林姆及周边人建立自我认同，反而进一步加剧着人们的流离失所和身份迷失。

第一部分选文是全书的开篇章节，通过萨林姆接手河湾处小店的经历和所见到的当地女小贩扎贝思，交代出非洲国家发生动乱后的基本经济与生活状态。第二部分选文是小说第七节，以萨林姆与朋友因达尔的相处，展现新总统建立的领地现代化生活，领地中理工学院学生对非洲宗教问题的讨论将小说中人物的文化困惑推向一个高潮。

《大河湾》(节选)

1

世界如其所是。那些无足轻重的人，那些听任自己变得无足轻重的人，在这个世界上没有位置。

纳扎努丁把他的小店低价卖给我，他觉得我接手后不会有好日子过。和非洲其他国家一样，这个国家独立后又经历了动乱，那个处在大河河湾处的内陆小镇几乎荡然无存。纳扎努丁说，我得从头开始。

我开着我的标致车从海岸出发。如今，你可以从东海岸一路开到非洲腹地，但那时候可没有这么简单。沿途好多地方封闭了，或者充满血腥。当时公路多多少少还是开放的，即便如此，我还是跑了一个多星期。

问题不只是路上的流沙和泥泞，以及蜿蜒狭窄、时有时无的盘山公路。更要命的是边境哨所的种种行径，是森林里小木屋外面的讨价还价。木屋上面飘扬着古里古怪的旗帜。我不得不费尽口舌和那些持枪的人说好话，求他们给我和我的标致车放行——穿过一片树丛，紧接着又进入一片树丛。然后得费更多口舌，掏更多钞票，送出更多罐头食品，才能把我的标致车开出我费了九牛二虎之力才进入的地方。

有时候这样的交涉要花掉半天时间。他们头儿的要求有时很荒谬，比如张口就要两三千美元。遇到这种情况，我会一口拒绝。他就钻进自己的木屋，好像没什么可谈的了。我只好在外边游荡，因为也没有什么事可做。这样相持一两个钟头后，或者我钻进木屋，或者他从木屋里钻出来，我们最终以两三美元成交。纳扎努丁说得没错，我问他签证的事，他说钞票更管用。“这种地方进是进得去，难就难在怎么出来。那是一个人的战斗。怎么个解决法，就得看各人自己的神通了。”

进入非洲越深——放眼处，或灌木丛生，或沙漠连绵，或山路崎岖，或湖泊纵横；午后时常下雨，道路一片泥泞；而在山的阴面，则长满蕨类植物，猩猩出没其间——进入越深，我就越是觉得：“真是疯了。我走错了方向。走到头也不可能有新的生活。”

想归想，我还是继续往前开。每天的旅程都像是一大成就，有了这成就，想回头越来越难。我不禁联想起旧时的奴隶，他们的情形也是这样。他们走过同样的路，当然，他们是徒步，反着方向，从非洲大陆的中心走向东海岸。离开非洲的中心和自己的部落越远，就越不容易溜出队伍逃回家，看到周围陌生的非洲人就越感到紧张。最后到了海岸的时候，一个个都没了脾气，甚至迫不及待想要跳上船，被带到大洋彼岸安全的家园。我就像那些离家远走的奴隶，巴不得早一点儿到达目的地。旅途越是艰辛，就越想着快点儿赶路，好去拥抱新生活。

到了目的地，我发现纳扎努丁并没有说假话。这地方的确遭到了动乱的洗劫，这个河湾小镇已经被糟蹋得面目全非。河水湍急处原本是欧式郊区，我到的时候早已夷为平地，废墟上长满了灌木，原来的花园和街道部分辨不出来了。只有码头和海关办公楼一带的行政和商业区，还有镇中心的一些居民街道幸免于难。再没有什么了。连那些非洲人聚居的城区也空了，只有角落里还有人居住，其他地方一派衰败。很多被遗弃的水泥结构的房子像一个个矮墩墩的盒子，有的淡蓝色，有的淡绿色，上面爬满了长得快死得也快的热带藤蔓，如同一层层褐绿色的席子。

纳扎努丁的小店就在商业区的一个集市广场上。店里有股老鼠味，到处都是粪便，不过还算完整。我把纳扎努丁的存货也买下来了——但实际上什么也没买着。我还买了他的良好祝愿——但毫无意义，因为很多非洲人回到丛林里，回到安全的村庄里去了，这些村庄分布在隐蔽的、难以发现的溪流边。

急吼吼地到了这里，却没什么事好做。不过像我这种情况并非个例，还有别的商人和外国人，有的整个动乱时期一直在这里。我和他们一起等待。和平局势持续下来，人们开始返回镇上，城区①的院落渐渐充实起来。人们开始需要我们能够提供的商品。就这样，生意又慢慢做起来了。

扎贝思是我店里最早的常客之一。她是个小贩——算不上商人，只是个小打小闹的零售贩子。她来自一个渔民群落，可以说是个小部落。她大约每月到镇上跑一趟，批发一些货物回村。

她从我这里采购铅笔、抄写本、剃须刀片、注射器、肥皂、牙刷、布匹、塑料玩具、铁壶、铝锅、搪瓷盘子和盆子。这就是扎贝思的渔民乡亲需要从外面购买的一些简单的东西。动乱期间，他们没有这些东西也照样过来了。它们不是必需品，也不是奢侈品，不过有了它们，生活会方便些。这里的人会很多事情，凭自己的双手就能生活。他们会鞣皮革，会织布，会打铁。他们把大树挖空做成小船，把小树挖空做成厨房里用的研钵。不过，要是想有个不会弄脏水和食物也不漏的容器，一个搪瓷盆子是多么令人满意啊！

扎贝思十分清楚村子里的人需要什么，知道他们能出多少钱，愿出多少钱。海岸的商人(包括我父亲)经常说——特别是进错了东西自我安慰的时候——任何东西最终都会有人买。这里却不是这样。大家对新东西甚至现代化的东西感兴趣，比如注射器，这挺让我吃惊。不过，他们的口味有些先入为主，拘泥于头一次接受的东西。他们只相信固定的样式，固定的商标。我要是向扎贝思“推销”什么，那也是徒劳。我只能尽量进些他们熟悉的货物。这生意做起来有些乏味，不过倒也省事。这使扎贝思成为一个不错的商人，很直接，通常对一个非洲人来说，她的确是这样。

扎贝思是文盲。她把复杂的采购清单都记在脑子里，她甚至记得上次采购的价格。她从来不赊账，她讨厌赊账。每次买东西她都从小手提包里掏钱出来，现货现付。每次进城她都拎着那个手提包。每个商贩都知道扎贝思的手提包。她不是不信任银行，而是根本不了解。

我和她谈话用的是混合了南腔北调的河边语言，我告诉她：“有一天，贝思，有人会把你的包抢走。你这样带着钱到处跑不安全啊。”

---

① 原文为法语。本书中出现的法语除特殊情况外，均直接译为中文。

“到了发生这种事情的时候，萨林姆爷，我就会知道该待在家里。”

这种思维很奇怪，不过她本来就是个奇怪的女人。

“爷”是“老爷”的简称。她叫我“老爷”是因为我是外国人，是大老远从海岸过来的，而且说英语。还有，叫我“老爷”是为了把我和其他外国居民区分开来，她叫他们“先生”。当然，这都是“大人物”到来之前的事情。他一来，就把我们通通变成了“公民”。开始还没问题，不过后来他让我们生活于其中的那套谎言叫老百姓搞不明白了，害怕了。然后出现了比大人物的神物更厉害的神物，他们就决定把这一切都做个了断，恢复原状。

扎贝思的村子离这里只有六十英里左右，不过离公路——就是条羊肠小道——还有一些距离，离主河道也颇有几英里路。不管是水路还是陆路都不好走，得花上两天时间。如果雨季走陆路，甚至要三天时间。一开始，扎贝思总是从陆路过来，和她手下那帮妇女一起跋山涉水，来到公路上，等着马车、卡车或者大巴车。后来汽船恢复航行了，扎贝思就从水路过来，但这也好不到哪里去。

从村里伸出来的秘密河道既狭窄又艰险，还有很多嗡嗡叫的蚊子。扎贝思和她手下的女人们乘着独木舟，有时用篙撑，有时用手推，想方设法赶到主河道。到了那里，她们就在岸边等着汽船来。她们的独木舟里装满了货，大多数是食物，要卖给汽船和拖在汽船后面的驳船上的乘客。食物主要是鱼和猴肉，有的是新鲜的，有的是“烘焙”的，烘焙是乡下的一种熏法，一般都熏得焦黑，外边结了一层黑壳。有时她们会捎上一条熏蛇，或是熏小鳄鱼，黑乎乎的一块，根本看不出来是什么东西。不过扒开焦煳的外壳，里面的肉倒是白白嫩嫩的。

汽船和拖在后面的驳船一出现，扎贝思就和她手下的女人们划着桨，撑着篙，赶到河中央，靠近汽船的航道，顺着水流往下漂。汽船过去了，独木舟在浪花中不住地颠簸。独木舟和驳船靠近的时刻非常关键，扎贝思和她的女助手们迅速抛出绳子，套到驳船下层的钢甲板上，那上面总会有人接住绳子，拴在舱壁上。独木舟本来是挨着驳船往下漂的，被拴住后，开始调转方向。这时候，驳船上的人把纸票子或者布料扔下来，落在他们要买的鱼肉和猴肉上。

汽船或驳船开过的时候，把独木舟拴在上面来搭顺风船，这种做法在大河上是被认可的，不过风险很大。河道有上千英里，汽船每跑一趟，都有舟毁人亡的传闻。不过这种风险值得一冒：接下来，小贩扎贝思就跟在汽船后面，轻轻松松地逆流而上，一直到小镇边上。在离码头不远的大教堂废墟旁，她把独木舟解下来。她不想直接停靠在码头上，那里有当官的，总想收点什么税。这趟路真不容易！为了卖出一些简单的土特产，给乡亲们捎点货回去，得经历多少麻烦和危险！

汽船到来前一两天，码头大门外的空地上摆开了集市，搭起了帐篷。扎贝思在镇上的时候，就待在帐篷中。要是下雨，她就睡在杂货店或者酒吧的走廊上。后来镇上开始有了非洲客栈，她就到客栈去住。她到我店里来的时候，根本看不出她曾经跋山涉水，一连几天露宿在外。她总是穿得整整齐齐，身上按非洲的样式裹着棉布，褶皱层层叠叠，显出她臀部的肥大。她头上包着头巾，是河下游的那种样式。她拎着手提包，里面塞着皱巴巴的票子，有的是乡亲们给她买货的，有的是在汽船或驳船上卖东西的所得。她买货，付款。汽船开走前的几个钟头，她手下的女人们会赶过来把货搬走。那些女人身材矮小瘦削，头发稀疏，身上穿着破破烂烂的工装。

顺流而下就快多了。不过危险依然存在，又得把独木舟拴在驳船上，最后又得解开。那时候，汽船下午四点离开小镇，所以到深夜，扎贝思和她手下的女人们才能到达和驳船分开的地方。扎贝思总是小心翼翼，不让人发现通往村子的入口。同驳船分开后，她会一直等汽船、驳船和船上的灯光全部消失，才和女人们一起撑着篙往上游走，或者顺流而下，进入回村的秘密河道。然后，她们撑的撑，推的推，连夜往回赶。河道两边枝桠横曳，每前进一步都很艰难。

连夜赶回家！我到了夜里很少在河上。我一点儿也不喜欢这样，这会让我感到仓皇无主。在大河上和森林里，天黑后，除了能看到的东西，你对什么都没有把握。即便有月光，也看不清多少东西。要是弄出点儿声音，比如把桨轻轻伸进水里，你就会听到自己的声音，感觉自己像是另外一个人。河流和森林就像鬼魂，它们比你强大多了。你会感觉自己孤单无助，仿佛是私闯进来的。

到了白天——尽管天色可能暗淡瘆人，湿热的雾气升腾起来，有时会让人想起冷天——你可以想象小镇重建并扩张的情形。想象森林被铲除，修起了马路，穿过溪流和沼泽。想象这片土地成为今天的模样："大人物"后来说过，要沿着河流建一个长达两百英里的"工业园"。(其实他并不是认真说的。他只想扮成这块土地上有史以来最伟大的魔法师。)不过，在白天，那种未来远景还是可以想一想的。你可以想象这片土地被驯化了，变得适合你这样的人居住。独立前有一部分土地被驯化过，但这些地方现在已经是满目疮痍。

但要是夜里到河上去，情况就大不一样了。你会觉得这片土地把你带回到某些熟悉的东西，这些东西你过去了解，只是后来忘记了，忽略了，但它们一直没有消失。你会觉得这片土地把你带回到一百年前，带回到某种亘古不变的状态。

扎贝思走过的是什么样的路啊！好像她每次都是从藏身的地方出来，从现在(或未来)抢回一些宝贵的货物，带给她的乡亲——比如那些剃须刀片，她从包装盒里取出来一片一片地零卖，金属制作的奇迹！离小镇越远，离渔村越近，这些货物就越珍贵。扎贝思的渔村是实在的、安全的世界，有森林和障碍重重的河道防护着，外人无法闯入。她的渔村还有其他防护措施。这里人人都知道祖先在上面看着他。祖先们永远不死，他们就住在天上，他们在世上的经历从未被遗忘，而是一直保留了下来，和森林之魂合为一体。森林深处最安全。扎贝思把这安全抛在身后去进货，然后又回归这安全的所在。

人们都不喜欢离开自己的领地。但扎贝思却无所畏惧地在外边跑。她拎着手提包来，拎着手提包走，没有人找过她麻烦。她是个不同寻常的人。从长相上看，她不像这一带的人。这里的人身材瘦小. 皮肤很黑。而扎贝思身材高大，皮肤呈铜色。那铜色有时候还闪闪发亮，特别是脸颊那里，看起来就像涂了什么化妆品。扎贝思还有其他一些不平凡的地方。她的气味很特别。很浓，很难闻，一开始我想这可能是鱼腥味，因为她来自渔村，天长日久，身上的腥味变得难以消除了。后来我又想，这可能和村里没什么东西可吃有关系。但是，我遇到扎贝思部落里的人，发现他们的气味不同于扎贝思。非洲本地人都能感觉到她身上的气味。他们走进店里的时候，如果扎贝思也在，他们就会皱起鼻子，有时甚至会走掉。

梅迪说——对了，梅迪是有一半非洲血统的男孩，在我们海岸的家里长大，现在跑到我这儿来了。梅迪说扎贝思身上的味道太浓，浓得蚊子都不来咬她。我寻思这可能是男人不敢靠近扎贝思的原因。其实扎贝思很肉感，而这里的男人都喜欢肉感的女人。而且她还拎着手提包跑来跑去。扎贝思还没有成家，据我所知，她也没有和男人住在一起。这气味本来就是为了不让人靠近的。梅迪对本地风土人情掌握得挺快。我就是从他那儿了解到，扎贝思是个魔法师，在这一带还小有名气。她身上的气味是防护油膏的气味。别的女人用各种香水来吸引人，扎贝思却用防护油膏来驱赶和警告别人。她处在保护之中。她知道这一点，别人也知道。

我一直把扎贝思当成小贩和好顾客。现在我知道她在这一带是个拥有权能的女人，是女先知，这一点我永远忘不掉。所以她的魔力对我也发挥作用了。

7

我逐渐认识了痛苦的方式，以及随之而来的沧桑感，所以我并不奇怪，在梅迪和我认识到我们必须分道扬镳的时候，我们居然如此亲密。其实，那天晚上的亲密感是一种幻觉，只不过是因为我们对过去感到怅惘，对世界不再静止不变感到伤心。

我们俩在一起的生活并未改变。他还是住在我公寓中他的房间里，早上还是送咖啡给我喝。但我知道梅迪在外面有完全不同的生活。他变了。做仆人的时候，他性格开朗，成天乐呵呵的，因为他知道别人会照应他，凡事都有人给他拿主意。这样的情形一去不复返了。失去了这种开朗，也就失去了与之相伴的东西——他再也不能漠然对待过去发生的事，再也无法忘却，无法精神抖擞地迎接新的一天。他在内心深处似乎感到一种酸楚。责任对他来说是新事物，有了责任，他肯定感到了孤独，尽管他有很多朋友，并且有了新的家庭生活。

我摆脱了旧的生活方式，也感到了孤独和忧郁。这些感情深藏在宗教的根基之中。宗教把忧郁转化为促人向上的敬畏和希望。不过我已经抛弃了宗教生活和宗教的安慰，不可能重回老路，事情就是这样。对世界的忧郁是一种我不得不独自面对的感觉。有时候，这感觉非常强烈。有时候，它又荡然无存。

我刚从对梅迪和过去的悲伤中恢复过来，又遇到了一个从过去来的人。这人有天早晨到店里来了，是梅迪带进来的。梅迪一进门就兴奋地喊："萨林姆！萨林姆！"

原来是因达尔，就是在海岸的时候挑起我内心恐慌的那个因达尔。那天我们在他家那幢大宅子里的球场上打完壁球，在聊天中他让我直面自己对未来的担忧，在我离开之前给我描述了一幅灾难般的景象。是他让我想到了逃离。结果他自己去英国上大学，而我逃到了这里。

梅迪刚把他带进屋，我就意识到自己又落伍了。和往常一样，商品摆得满地都是，货架上满是廉价的布匹、油布、电池和练习本这类东西。

他说："几年前我在伦敦听说你到这里来了。我一直想知道你在干什么。"他的表情冷冷的，夹杂着恼怒和嘲讽，好像是说他现在也不用开口问了，看到我这样子他并不吃惊。

事情来得非常突然。刚才梅迪从门外跑进来时叫道："萨林姆！萨林姆！你猜是谁来了?”我立刻想到他说的应该是过去我们俩都认识的什么人。我以为是纳扎努丁，或者是我的家人，某个姐夫或侄子。我当时就在想：“我应付不了啦！如今的日子不比以前，我担负不了这责任。我可不想开医院!”

我原本以为有什么人打着家里、家乡或者宗教的旗号来投奔，我都准备好用什么脸色和态度来应付了。没想到梅迪把因达尔带来了，这让我有些沮丧。梅迪却喜出望外，真正的喜出望外，不是装出来的。他很高兴有机会重现过去，显示自己曾经和显赫的家族有过来往。而我却满腹牢骚，随时准备把自己的忧郁像冷水一样泼向来客，不管他是不是憔悴不堪：“这里没你的地方。这里不收容无家可归的人。你另谋高就吧!”还没有摆出这副嘴脸，现实就把我推到了相反的境地。我必须假装自己在这里混得还不错，甚至相当好。我要让对方感觉到我这小店虽然看起来乏善可陈，但实际上背后在做大买卖，一赚就是几百万！我要让对方感觉一切都在我的计划之中，我预料到这地方要繁荣，所以才跑到这位于河湾的小镇上。

在因达尔面前，我没法表现出别的样子。他总是让我感到自己是如此落伍。他的家庭在海岸虽是新贵，但比我们这些旧派家庭都要强。他们家出身贫贱，他的祖父一开始不过是铁路上的契约劳工，后来成了放高利贷的。就是这贫贱的出身也被人们套上了光环，成为他们家族传奇的一部分。他们敢于投资，善于理财。他们的生活远比我们有品位。此外他们还那么热爱各种比赛和体育活动。我们总是认为他们是“现代”人，觉得他们的风格气质和我们完全不同。这样的差异久而久之你也就习惯了，甚至会觉得很自然。

那天下午我们打完壁球之后，因达尔告诉我他要去英国上大学。对于他的去向，我既不感到愤恨，也不觉得妒忌。去国外，上大学，这完全是他的风格，一点儿也不出乎我的意料。我之所以有些不快，是因为我感觉自己落伍了，对未来一筹莫展。我的不快还有一层原因，那就是他让我感到了不安。他当时说：“你知道，我们在这儿都被耗空了。”这话字字属实，我也知道它是实话。但我不喜欢他把这一切挑明——他那种口气让人感觉他自己已经解脱出来，做好安排了。

从那时到现在，八年过去了。他预言的事情果真发生了。他们家蒙受了巨大损失，大宅子没了，一家人各奔东西(他们把那海岸小镇的名字加入家族姓氏之中)，和我的家人一样。现在他走进我的小店，我发现我们之间的差距一如往昔。

他的衣服、裤子、条纹棉衬衫、发型、鞋子(牛血的颜色，鞋底薄而结实，鞋尖处显得有些紧)，无不透出英国的气息。而我呢?我傻坐在商店里，外面是覆盖着红色尘土的马路，还有集市广场。我等了太久，忍受了太多，我变了。但在他看来，我却一点儿没变。

我一直坐着。站起来时，我感到隐隐的恐惧。我突然觉得他重新出现只是为了给我带坏消息来，我不知如何开口，只好问了句：“是什么风把你吹到这穷乡僻壤的?”

他回道：“穷乡僻壤?我可不这样看。你是在风口浪尖啊。”

“风口浪尖?”

“我是说这里可是轰轰烈烈啊。否则我也不会来。”

我松了一口气。我还以为他又要发号施令让我出发，而且不告诉我去哪里。

梅迪一直笑眯眯地盯着因达尔，脑袋晃来晃去，不住地说：“因达尔啊！因达尔!”

是梅迪想到了我们还应尽地主之谊："因达尔，要不要喝点咖啡？"好像我们都还在海岸，在我们家的商店里。那时他只要沿着小巷走到诺尔的铺子，把咖啡端回来就行。那时的咖啡甜甜的，黏黏的，装在小小的铜杯子里，用厚重的铜盘子送上来。这里可没有那样的咖啡。这里只有雀巢咖啡，象牙海岸产的，用大瓷杯装着。它和以前的咖啡不可同日而语——不可能边喝着这咖啡边聊天。那时的咖啡总是又热又甜，每饮一口我们都要赞叹一番。

因达尔说："好啊，阿里。"

我告诉因达尔："他在这里的名字是'梅迪'，意思是'混血'。"

"阿里，你就让他们这么叫你？"

"非洲人嘛，因达尔。黑鬼。你知道他们的狗嘴里吐不出象牙来。"

我说："你别信他的。他很喜欢这名字的。这名字让他在女人中间大受欢迎。阿里现在可是有家有室的大人了。今非昔比啦。"

梅迪正要到储藏室去烧开水泡雀巢咖啡，听到我这样说他，马上就插嘴了："萨林姆，萨林姆，别太损我了。"

因达尔说："他早就不是以前那个阿里了。你有没有听说过纳扎努丁的消息？我几周前还在乌干达见过他。"

"那里现在情况怎么样？"

"慢慢安定下来了。能安定多久则另当别论。那些该死的报纸没有一个站出来为国王说话。你知道不知道这情况？只要涉及非洲，人们要么不想去了解，要么受自己的原则左右。至于这里的人是死是活，他妈的谁都不会关心。"

"但你肯定跑过不少地方吧？"

"这就是我的工作。你这里怎么样？"

"叛乱之后，形势很不错。现在这里是繁荣期。房地产的形势极佳。有些地方的土地都卖到每平方英尺二百法郎了。"

因达尔看上去无动于衷——也难怪，商店这个寒碜样子是很难让人动心的。我也觉得我说得有些过头，结果适得其反，完全没有给因达尔留下我预想的印象。我的本意是想证明因达尔对我的想法是错误的，但实际上我的表现却恰恰验证了他的想法。我在模仿我从镇上商人那里听来的说话方式，连说的内容也和他们一样。

我换了种说法："这种生意是很特殊的。在一个成熟的市场，事情可能要好办一些。但在这里你不能随着自己的性子来。你必须准确地了解市场的需求。当然，还有一些代理处。代理处才是真正来钱的地方。"

因达尔答道："是啊，是啊，代理处。萨林姆，这对你来说就像过去一样啊。"

我没理会这句话。但我决定低调一些。我说："但我不知道这一切会延续多久。"

"只要你们的总统愿意，就能延续下去。谁也不知道他的兴趣会持续多长时间。他是个怪人。一会儿好像什么也不管，一会儿又像个外科医生似的，把自己不喜欢的东西都割掉。"

"他就是这样解决原来的军队的。那真是可怕，因达尔。他送信来叫岩义上校在军营待命，准备欢迎雇佣军的司令。所以这位岩义上校就穿上军装，站在台阶上迎候。等他们来了，他就朝大门口走去。他还在走着，就被来人一枪给结果了。所有随从军人也全被干掉了。”

“不过这样也好，你逃过了一劫。对了，我有东西带给你。我来之前去看你父母了。”

“你回家了?”我问了一句，但其实我害怕从他口中听到家里的消息。

他回答说：“对啊，出事后我回去过好几次。情况并不是太糟。你还记得我们家的房子吗？他们把它漆成了党的颜色，它现在好像成了党的办公大楼了。你妈妈让我带了一瓶椰子酱，不是给你一个人的，是给你和阿里的。她特地叮嘱的。”梅迪正端着一壶热水、几个杯子、雀巢咖啡罐和浓缩奶粉走过来，因达尔转向他说道：“阿里，夫人让我给你带椰子酱了。”

阿里回答道：“酱！椰子酱！因达尔啊，你不知道这里吃的东西有多糟!”

我们三人围在桌边，冲了咖啡，加上浓缩牛奶，一起搅拌着。

因达尔说：“我不想回去。至少第一次回去的时候我十分不情愿。不过飞机是个好东西。身体瞬间就到了别处，心可能还在原来的地方。来得快，走得也快。你不会太难过。飞机的好处还不止这些。你可以多次回去同一个地方。回去多了，就会发生些奇怪的事情。你不再为过去感到伤心。你会把过去看成仅仅存在于你大脑中的东西，不存在于现实生活当中。你践踏着过去，你把过去踩烂。一开始，你感觉像是在践踏花园，到后来，你会觉得不过是走在大路上。我们学会了这样去生活。过去在这儿——”他指了指心脏的位置。“不在那儿。”他又指了指满是灰尘的马路。

我感觉这番话他以前说过，或者在他的脑子里转过很多遍。我在想：“他保持住自己的风度可不容易。说不定他吃的苦比我们更多。”

我们三个就这样平静地坐在一起，喝着雀巢咖啡。我觉得此刻的时光非常美妙。

不过，到目前为止，我们的谈话还是他说得多，我们主要是听着。他对我已经了如指掌，而我对他近来的生活却毫不知情。刚来镇上的时候，我发觉对这里大多数人来说，谈话就意味着回答关于他们自己的问题。他们很少问你你的情况。他们与世隔绝太久了。我不希望因达尔也这么看我。而且我也确实想了解他的情况。于是我开始笨拙地问他一些问题。

他说他到镇上已经几天了，还要在这里待几个月。我问他是不是乘汽船来的。他回答说：“你疯了。接连七天和大河两岸的非洲人关在一起？我是坐飞机来的。”

梅迪说：“我也决不坐汽船。他们说坐汽船感觉糟透了。在驳船上更糟，又是厕所，又是做饭，又是吃饭的。他们告诉我说那上面简直糟得不能再糟。”

我问因达尔住哪里——我突然想到我应该做出乐于尽地主之谊的姿态。他是不是住在凡·德尔·魏登旅馆?

他一直在等着我问这个问题。他用一种轻柔而谦逊的语调回答说：“我住在领地。我在那里有幢房子。我是受政府邀请来的。”

梅迪比我表现得更潇洒一些。他拍着桌子兴奋地叫了一声：“因达尔!”

我问：“是大人物请你来的?”

他开始轻描淡写：“也不完全是。我有自己的组织。我隶属于理工学院，要在学院工作一学期。你知道这学院吗?”

“知道，我还有熟人在那里，是个学生。”

因达尔露出一丝不耐烦，好像我把他的话打断了。好像我是从外面闯进来的，根本不应该认识那里的学生。其实我一直住在这地方，他才是初来乍到者。我接着又说："他母亲是个商贩，是我的顾客。"他的反应好了一些："你有空的话，过去看看，认识一些别的人。你可能不喜欢正在发生的情况，但你不能视而不见。你不要再犯老毛病了。"

我想说："我一直住在这儿。过去六年我经历了多少事！"但我并没有说出来。我迎合着他的虚荣。他对我有自己的一套看法，而且他确实是在这破商店找到我的，看到我还在经营世代相传的生意。他对自己是谁，对自己所做的事也都有他的看法，他刻意和我们这些人拉开距离。

我对他的虚荣并不感到厌恶。相反，我挺喜欢的，这感觉就像多年前在海岸那边听纳扎努丁讲故事，讲他在殖民地小镇上如何走运，如何享受生活等等。我没有像梅迪那样拍案叫好，但面前的因达尔让我感到敬佩。我撇开他让我感到的不满，忘了自己的落伍，干脆直截了当地羡慕他的成功，羡慕他的伦敦式衣服，还有这些衣服表现出的优越感，他的旅行，他在领地的房子，他在理工学院的地位。这让我感到放松。

见我表示出对他的羡慕，没有显得是在和他攀比或对抗，他也松了一口气。我们一边喝着雀巢咖啡一边聊着，梅迪动辄大呼小叫，用下人的方式表现出他的羡慕。而作为主人，我也满怀羡慕。总之，因达尔放松下来。他态度温和，很有礼貌，对我们也很关心。就这样，我们聊了大半个上午，我觉得我现在总算找到了一个和自己同类的朋友。我正迫切需要这样的朋友。

我不但没有扮演好主人和向导的角色，反而被他带着跑。这也不是多荒谬的事。快到中午的时候，我开车带他去镇上转，发现我所熟悉的重要地方只消几个钟头就能跑遍。

我们去了河边，码头附近有一条破烂不堪的散步小道。还有码头。还有修船厂——波纹铁皮搭的棚子，四面敞开，里面堆满生锈的旧机械。沿河而下，我们来到了大教堂的废墟，那里早已芳草萋萋，看起来很古老，仿佛是欧洲的东西——不过只能站在路边看。灌木长得太茂盛，且此地向来以毒蛇多而著称。接着我们到了破破烂烂的广场，广场上的雕塑被破坏得只剩下底座。殖民时代的政府办公楼所在的街道两边栽着棕榈树。然后我们把车开到公立中学，参观了枪支储藏室腐朽发霉的面具，因达尔觉得挺没劲。后来我们又去了凡·德尔·魏登旅馆和马赫什开的汉堡王，因达尔是到欧洲见过大世面的人，对他来说，这些东西实在不值一看。

我们还去了非洲人聚居的城区和流民搭建的棚屋区（有的地方我还是头一次进去），看了那一个个垃圾山，那凹凸不平、尘土飞扬的马路，还有躺在路边灰尘里的旧轮胎。在我的眼中，垃圾山和旧轮船是非洲城区和这破烂小镇的特色。这里的小孩四肢细长，能从轮胎上翻着漂亮的筋斗下去，或者在上面跑、跳，弹得老高老高。但我们开车经过时已近中午，没有看到翻筋斗的小孩。我意识到我让因达尔看的都是垃圾，确确实实是垃圾。（上面什么都没有的纪念碑，只有底座的雕塑！）我决定就此打住。还有急流和小渔村没有看，不过它们都划归领地了，因达尔已经看过。

然后我们开车去领地——小镇与领地交界的地方原来是一片空地，现在从村子里来的人在此搭满了各种棚屋。和因达尔在一起，我觉得自己仿佛是头一次看到这些棚屋：

棚屋之间的红色土地上四处流淌着黑乎乎的或者灰绿色的污水，空地上种满了玉米和木薯。我接着往前开的时候，因达尔突然问："你说你在这里待了多久?"

"六年。"

"你什么都带我看了?"

我还有什么没有带他去看? 没有带他到一些商店、别墅、公寓里面，没有带他去看希腊俱乐部，还有酒吧。不过我可不想带他去酒吧。当我用他的眼光来看的时候，我惊奇地发觉我确实没让他看到什么东西。尽管小镇有诸多不足，我过去一直把它看成真正的城镇。而现在，我发现它只是一堆挤在一起的破烂的棚屋。我想我一直对这里有抵触情绪，我只是视而不见，和周围我认识的其他人一样——而在内心深处，我还一直以为自己和他们不一样。

因达尔曾经暗示我过的日子同我们那个群体过去在海岸过的日子几乎一样，对周围正在发生的事情不闻不问，我当时听了很不喜欢。不过，他的暗示也没错得多离谱。他在说领地。对我们镇上人来说，领地只意味着合同和生意。更重要的是，我们觉得领地是总统大人的把戏，我们不想牵涉进去。

我们注意到了小镇外面那些新来的外国人。他们和我们认识的工程师、商人和技工都不一样，他们让我们有些紧张。领地的人仿佛是游客，但又不肯花钱……领地那里要什么有什么。他们对我们也没多大兴趣。而我们总觉得这些人是特权阶层，和此地格格不入，因而对他们有些看不顺眼，觉得他们不像我们这么实实在在。

我们觉得我们一直在埋头做自己的事，明哲保身。就这样，在不知不觉中，我们变得和总统辖下的非洲人没什么两样。我们只感觉到总统权势的沉重。领地是总统让造出来的，他为着自己的缘故，找来一些外国人住在那里。我们觉得了解这些就够了，用不着提出质疑，或者仔细研究。

费迪南有时也回镇上，和来镇上采购的母亲见个面，回去是我开车，一路送他到领地的学生宿舍。那时候到领地来，我看到的全都是我知道的。自从因达尔做我的导游之后，情况完全不同了。

如因达尔所言，他在领地有一幢房子，他确实是政府请来的客人。他的房子里铺了地毯，装修得像个样板房——十二把手工雕刻的餐椅，客厅的软椅上罩着双色带流苏的合成天鹅绒。还有灯、桌子、空调，琳琅满目。装空调是有必要的，领地的房子都无遮无拦地矗立在平地上，像一个个大水泥盒子，没有隆起的屋顶。要是天气晴朗，就会有一两面墙一直暴露在烈日下。房子里还配了个男仆，穿着领地奴仆的制服——白色短裤，白色衬衫，白色夹克(而不是殖民时期那种罩衫)。这是为因达尔这类人安排的，是领地的风格，亦即总统的风格。男仆穿什么衣服是新总统规定好的。

在领地这个奇怪的世界里，因达尔似乎颇受尊重。这尊重有一部分得归功于他所属的"组织"。他说不清楚是一个什么样的组织送他到非洲来的。也可能是我太幼稚，理解不了。领地上还有其他一些人也属于这类神秘的组织。他们把因达尔看成自己的同类，而不是我的同乡，或者海岸来的难民。我觉得这颇不寻常。

过去一段时间，我们在镇上见过不少这样的新派外国人。我们见过他们穿非洲衣服，注意到他们潇洒快乐，不像我们这样小心谨慎。他们见到什么都那么开心。以前我们总觉得他们是寄生虫，有些危险，觉得他们肯定是在秘密地为总统服务，我们对他们必须有所提防。

领地完全是他们的度假胜地，现在我混迹其中，轻而易举地进入他们的生活，进入带走廊的平房、空调和舒适的假日组成的世界，从他们高雅的谈话中不时听到著名城市的名字。在这样的环境中，我的态度来了一百八十度大转弯。我开始意识到，和他们相比，我们在镇上的生活是多么闭塞，多么贫乏，多么沉闷！我开始认识到领地上的社会生活的趣味，认识到这里新型的人际交往方式。这里的人思想更开明，对敌人和危险不是那么担忧，更愿意对事物产生兴趣，更容易被取悦，总是在寻找他人身上的人性价值。在领地上，他们有自己谈论人或事的方式，他们同外界保持着联系。和他们相处会有一种冒险的感觉。

我想起我和梅迪的生活；想起舒芭、马赫什过于自我的生活；想起意大利人、希腊人——尤其是希腊人——固守一隅，为自己的家庭提心吊胆，对非洲和非洲人紧张兮兮。这样的生活很难有什么新鲜的内容。所以跑上几英里路到领地来，每次都是对自己的调整，使自己表现出一种新的态度，每次都像发现了一个全新的国家。我开始对马赫什和舒芭夫妇有了新的评价，这让我感到惭愧：他们夫妇俩这么多年来没少帮我，和他们在一起我感到非常安全。不过我实在压抑不住自己的思想。我开始向领地的生活倾斜，在因达尔的陪伴下，我开始用新的眼光打量这片领地。

我知道，在领地，我属于另一个世界。遇到和因达尔在一起的人，我发觉我没有多少话和他们说。有时候我想我可能让因达尔失望了，不过他似乎根本没朝这方面去想。他对别人介绍我的时候，总是把我说成他们家在海岸的朋友，他的家乡人。他想让我从他交往的人身上看到他的成功，同时似乎也想让我分享他的成功。他用这种方法来报答我的羡慕之情。我还发现，他身上多了几分在海岸的时候所没有的雅致。他的举止似乎都经过深思熟虑，不管多么小的场合，他的言行举止都一丝不苟。这些举止有些刻意雕琢，也有家族遗传的成分，好像原来都掩盖着，有了安全，有了仰慕，才会尽情挥洒出来。在领地这片充满矫饰的地方，他简直如鱼得水。

在领地上，他受人尊重，有社交之乐，这是我们这些住在镇上的人不能给他的。我们很难欣赏他在领地上喜欢做的事。多年的忧患造就了我们的世故，我们是怎样看人的呢？对凡·德尔·魏登旅馆的商人，我们判断的标准是他们所代表的公司，是他们能否向我们提供特许权。要是和他们熟悉了，能得到他们提供的服务，不像普通顾客那样付全价买他们的东西，无须排队等候，我们就沾沾自喜了，感觉像是征服了世界。我们把这些商人和贸易代表看成有权势之人，要吹捧着才行。对中间商，我们是根据他们的手腕来判断的，看他们能签到什么样的合同，拿到什么样的代理权。

我们对非洲人的态度也一样。我们看重他们——比如军人、海关官员、警察——能给我们提供的服务。这也是他们自我评判的方式。在马赫什的汉堡王餐厅，一眼就能看出哪些人有来头。经济繁荣，这些人也受益不浅，一扫往日的寒酸窘迫，身上到处是金饰——金边眼镜、金戒指、金笔、金铅笔套、金表，还有沉甸甸的金手链。我们私下嘲笑这些非洲人，嘲笑他们对黄金的欲望，嘲笑这欲望的粗俗和可悲。黄金怎能改变一个人，一个非洲人？但我们自己也向往黄金；我们还得定期向这些披金戴银的人进贡。

我们对人的看法很简单。非洲是我们生存的地方。但在领地，情况却完全不同。那里的人可以嘲笑贸易和黄金。领地的氛围有种魔力，在那里的大道和新房子间，一个新非洲正在孕育之中。在领地的非洲人——在理工学院就读的那些学生——很浪漫。他们不一定参加所有的晚会和聚会，但整个领地都是为他们建的。在镇上，“非洲人”这个词可以用于辱骂别人，而在领地，“非洲人”有褒奖的意思。在那里，“非洲人”是各方努力培养的新人，接管未来的人——费迪南几年前在公立中学时自许的重要人物。

在镇上，在公立中学上学的时候，费迪南和他的朋友们——确实是他的朋友——举止还和村民相似。放了学，离开了学校，也没和我这样的人在一起，他们就会融入镇上的非洲生活。费迪南和梅迪，或者任何其他非洲小伙子，都能成为朋友，因为他们的共同之处很多。而在领地，不可能把费迪南和穿着白制服的仆人混为一谈。

费迪南和他的朋友们很清楚自己的使命，以及别人对他们的期望。他们都是拿政府奖学金来上学的，用不了多久，他们就会去首都做见习行政官员，为总统服务。领地是总统创造出来的，他还为这里请来了外国专家，这些人对新非洲有非常远大的设想。连我也开始隐约感觉到这些设想的浪漫色彩。

镇上的外国人和非洲人互相影响，每个人都沉浸在荣耀感和新鲜感之中。到处都有总统的照片在俯视着我们。在镇上，各个商店和政府大楼里都挂着总统像，他是统治者，他的出现是少不了的。在领地，总统的荣耀更是无处不在，播撒到每个新非洲人身上。

这些年轻人很聪明。我记得他们以前都是些小骗子，固执而愚蠢，只有些村民式的狡诈。我原以为，对他们来说，学习只意味着填鸭式的死记硬背。像镇上其他人一样，我以为非洲人上的学位课程都被改简单了。这是有可能的。他们确实学习某些课程，诸如国际关系、政治学、人类学等等。但这些年轻人思想很敏锐，说的话也很漂亮，而且说的是法语，不是非洲土语！他们进步很快。就在几年前，费迪南还无法理解非洲这个概念，现在可不是这样了。关于非洲事务的杂志(包括那些在欧洲出版的由政府资助的半真半假的杂志)，还有报纸(都需通过审查)，都在传播新思想、新知识，新态度。

有天晚上，因达尔把我带到理工学院的一间教室去听他上的讨论课。这课不属于固定课程，是额外加的，教室门上写的是英语口语练习课。不过学生们对因达尔的期望一定超出了英语口语练习的范畴。人来得很多，大部分座位上都有人坐。费迪南也在场，和几个好友坐在一起。

教室的内墙漆成了浅褐色，上面空荡荡的，只挂了一幅总统的肖像——没有穿军装，而是戴了一顶豹皮酋长帽，上身穿短袖夹克，围着带圆点的领巾。因达尔就站在肖像下方，轻松地说起他游历非洲各地的经历，下面的年轻人都听得入了神。他们非常天真，也非常渴望了解新事物。他们都听说过这片大陆上的战争和政变，但对他们来说，非洲仍然是新大陆，他们没有拿因达尔当外人，仿佛因达尔和他们有相同的感受，甚至就是他们中间的一员。语言练习到最后，大家开始讨论非洲。我感觉到理工学院里经常讨论的和课堂上经常讲的话题逐个浮出水面。学生们有些问题提得很尖锐，而因达尔总有不凡表现，总是那么胸有成竹，不慌不忙。他就像个哲学家。他回答着他们的问题，同时不忘提醒年轻的学生们注意自己所用的字词。

他们谈了一些乌干达政变的情形，还谈到那里的部落和宗教差异。然后，他们把话题扩大到整个非洲的宗教问题。

费迪南的周围出现了一些骚动。费迪南不知道我也在，站起来问：“非洲人已因基督教而异化了，不知尊敬的客人是否认同这一点？”

因达尔依照前面的做法把问题复述了一遍：“我想你是在问一种并非源于本土的宗教能否有益于非洲？伊斯兰教是不是非洲宗教？你是否认为非洲人因此而异化了？”

费迪南没有回答。和以前一样，他的思想遇到有些坎，就越不过去了。

因达尔说：“这么说吧，我认为你可以把伊斯兰教当成非洲宗教。它在非洲大陆已经存在了相当长的时间。对埃及基督徒你也可以这样看。我不是很清楚——或许你觉得非洲人受这些宗教的影响而异化，进而失去了非洲的根基。你是不是这样认为的？或者你认为这些接受外来宗教的非洲人是特殊的非洲人？”

费迪南回答：“尊贵的客人应该很清楚我所说的基督教。他想把问题搞混。他知道非洲宗教地位卑下，这是一个关于非洲宗教是否重要的直接的问题，他心知肚明。客人对非洲抱有同情，见多识广，能给我们提供建议。所以我们才问这些问题。”

在座的有几个人拍案叫好。

因达尔说：“要回答这个问题，请允许我先问你们一个问题。你们都是学生，不是村民，不要假装自己是村民。不久，你们将走上各自的岗位，为你们的总统和他的政府服务。你们是现代人。你们难道需要非洲宗教吗？还是你们在感情用事？你们害怕失去非洲宗教？或者就因为该宗教是你们自己的，就死死守住不放？”

费迪南的眼里冒出怒火。他拍了一下桌子站了起来：“你在问一个复杂的问题。”

显然，在非洲学生当中，“复杂”这个词意味着不赞同。

因达尔答道：“你难道忘了？问题不是我提的，是你提的，我只是在获取信息。”

他的话让气氛缓和下来，教室里不再有拍桌子的声音。费迪南的态度也变得友善了。这节课的后半部分，他一直保持着这种态度。下课后，穿夹克制服的服务员用镀铬的小推车送上咖啡和甜饼干——这也是总统让领地保持的特色之一。费迪南来找因达尔。

我对费迪南说：“你给我的朋友添了不少麻烦啊。”

费迪南答道：“要是知道他是你的朋友，我就不会这么为难他了。”

因达尔问：“你自己对非洲宗教是一种什么样的感情？”

费迪南回答：“我不知道，所以才问你。这对我来说不是一个简单的问题。”

后来，我和因达尔一起离开理工学院大楼，往他家走去。因达尔说：“他令人印象深刻。他就是你说的商贩的儿子？怪不得。他比其他人多了这层特殊的背景。”

理工学院大楼外面的空地上铺了柏油，中间竖着国旗旗杆，现在已经打上了灯光。大道两侧，修长的灯柱举着发亮的灯架。两边的草丛中也亮起了灯光，使得大道看上去就像机场跑道。有些灯泡被人打破了，周围的青草把灯座遮住了。

我说道：“他母亲还是个魔法师。”

因达尔说：“你在这里应该万分小心。今天晚上他们有些难缠，但是真正的难题他们还没有问。你想知道是什么吗？那就是：‘非洲人是不是农民？’这个问题挺没意思的，但是大家在这个问题上能吵得不可开交。随你怎么回答都不好收场。你现在知道为什么需要我们这样的组织了吧？我们必须启发他们思考，让他们去考虑真正的问题，而不是拘泥于政治和原则。否则在接下来的几十年里，这些年轻人还会把我们的世界搅得一团混乱。”

我想我们已经开始深入地讨论非洲了。我和他都经历了很多。我们甚至学会了以严肃的态度看待非洲魔法。在海岸那边可不是这样。那天晚上，当我们谈起那堂讨论课时，我突然想到，因达尔和我是不是在自欺欺人，我们是不是假装看不到我们讨论的非洲和我们熟悉的非洲迥然不同？费迪南不想和精灵们失去联系，他不想孤立无助。这掩藏在他那个问题背后。我们都理解他的焦虑，但在课堂上，大家好像都不直接面对这个问题，可能是因为害羞，也可能是因为恐惧。讨论中说来说去都是另一套词汇，比如宗教和历史。在领地上就是这样。这里的非洲是个特殊的地方。

我也在想因达尔。他是怎么形成新的态度的？从海岸的时候开始，我就觉得他恨非洲。他失去了很多，我想他心里至今还不能原谅那些害他们家的人。但在领地，他发展得不错，可以说如鱼得水。

我没有这么"复杂"。我属于小镇。离开领地，开车回小镇，看到的是一大片一大片的破棚烂屋，一堆堆垃圾，小酒铺外衣衫褴褛的人群，小镇中心的人行道上生火做饭的滞留村民，还有周围的河流和村庄(现在它们不只是自然风景)。开着车回到镇上，就是回到我所熟悉的非洲，是从高尚的领地跌入沉重的现实。因达尔难道真的对属于话语的非洲有信心？领地究竟有没有人对那样的非洲有信心？真实难道不是我们每天朝夕相对的一切：凡·德尔·魏登旅馆和酒吧里商人的闲聊，政府大楼和商店里的总统肖像，由我那老乡的宫殿改造而成的军营？

因达尔说："人们真的相信什么吗？这真的重要吗？"

每次到海关发货，若是货比较棘手，我总要遵循一个固定的套路来办事：先把报关单填好，折起来，在中间塞上五百法郎的钞票，然后交给负责的官员。官员把屋子里的下属打发走(下属当然也知道为什么叫自己走)，然后用自己的肉眼检查这些钞票。接着他把钞票收起来，故意非常认真地审查报关单据，很快就告诉我："很好，萨林姆先生。一切正常。"他和我都不提钞票的事。我们只说报关单上的细节。报关单填得正确，他审批得也正确，于是就成了我们合法履行手续的证据。对于这档交易的实质，我们俩都只字不提，也不会留下任何白纸黑字的记录。

我和因达尔谈过他所属的组织的目的，谈过领地。他说他对那些外来的理论感到担忧。它们的新颖对非洲是种威胁，最先进来的新思想总会先入为主，像胶带一样牢牢粘在年轻的头脑中。在这些关于非洲的谈话中，我总觉得我们中间隔着某种不真诚的东西，也可能只是忽略了。总之有些空白地带横亘在我和他之间，我们不得不小心谨慎地避开。我们忽略的是自己的过去，亦即我们那个群体被摧毁的生活。因达尔第一次到商店来和我们喝咖啡的时候，我们谈论过这个话题。他说他学会了践踏过去。一开始仿佛是在践踏花园，后来就像走在路上。

我自己也困惑了。领地是一场骗局。但在同时，它也是真实的，因为这里到处都是严肃认真的人，包括一些妇女。在人之外，有没有绝对的真实？真实是不是人们自己编造出来的？人们所做的一切，制造的一切都成为真实。我依旧来往于小镇和领地之间。回到熟悉的小镇我总是感到安慰，因为远离了领地的非洲——属于话语和思想的非洲(那里往往没有非洲人)。不过领地自有荣光，自有社交之乐和生活之趣，吸引我一次又一次过去。

【选自[美]奈保尔：《大河湾》，方柏林译，海口，南海出版公司，2014】

托妮·莫里森

托妮·莫里森(1931—2019)是美国当代著名小说家，出生于美国俄亥俄州北部，原名克洛伊·安东尼·沃尔福德，在大学期间改名为托妮，后随夫姓莫里森。莫里森于1970年发表第一部小说《蓝色的眼睛》，她的写作处于美国20世纪60年代起始的少数族裔民权运动背景之下，伴随着其时黑人女性文学创作的繁荣浪潮，因此莫里森常常被贴上美国黑人女性作家的标签。她目前出版了九部长篇小说，主要关注过去一百多年间美国黑人特别是女性的生存境遇与精神创伤，充满对种族关系和性别经验的思考。

《宠儿》是莫里森的第五部小说，以历史真实事件为蓝本而成。小说结构上分为三部分，故事主线讲述了1855年从南方奴隶主庄园逃亡的女黑奴塞丝，在逃亡后十八年中与女儿鬼魂的相处。当初塞丝在逃亡后的第28天被奴隶主追上，她不愿让自己的孩子重蹈做女黑奴的命运而杀死了女儿，在其墓碑上刻名为“宠儿”。而在之后的日子里，宠儿的灵魂一直纠缠在塞丝家中并向塞丝索取绝对的爱，给塞斯一家带来极大困扰，塞丝的身体也受到影响日渐虚弱。最后塞丝的小女儿丹芙向黑人社区求救，邻居妇女通过合唱赶走了宠儿。小说并没有按照时间顺序和传统现实主义笔法叙述上述内容，而是从十八年后塞丝在家中的生活状态入手，通过塞丝的回忆及其与宠儿鬼魂、丹芙、情人保罗·D等人的对话和追述，一点点向读者拼凑出塞丝杀女的前因后果以及她作为女黑奴所遭到的巨大折磨摧残。

《宠儿》从黑人女性的角度重新书写美国奴隶制的历史创伤。较之男性黑奴，女黑奴遭受到来自种族剥削和性别暴力的双重虐待，她们的身体被残暴占有，基本的人伦情感也被剥夺。小说借鉴非洲原始鬼灵信仰的框架重新改写女黑奴杀子的故事，通过宠儿怨灵与母亲的接触，挖掘出塞丝内心深处的隐秘创痛。

《宠儿》(节选)

四个骑马的人——“学校老师”、一个侄子、一个猎奴者和一个警官——到来的时候，蓝石路上的这所房子这么安静，他们以为自己来得太迟了。三个人下了马，一个留在鞍子上，枪上膛，眼睛从左到右扫视着房子，因为说不定有个逃犯会狗急跳墙的。尽管有些时候，你怎么也拿不准，你会发现他们在什么地方蜷缩着：地板下、壁橱里——有一次是在烟囱里。甚至那些时候，也得多加小心，即使最老实的那些，那些你从橱柜、干草堆，或者那回，从烟囱里拉出来的，也只会听两三秒钟的话。这么说吧，被当场捉获后，他们会假装认识到了哄骗白人的无益和逃脱枪口的无望，甚至还像小孩子手腕在果酱罐里被人牢牢抓住时那样笑。可当你拿绳子来捆他的时候，唉，甚至到那时候你也看不出来。就是那个垂头丧气、面带一丝果酱罐讪笑的黑鬼，会像头公牛一样冷不防大吼大叫起来，开始去做令人难以置信的事情。抓住枪管；扑向猎奴者——什么都干得出来。所以你必须退后一步，让另一个人来捆。不然，末了你会杀了他，可你本来是被雇佣去活捉他的。不像一条蛇或一只熊，一个丧了命的黑奴可不能剥了皮换钱，死尸也值不了几个子儿。

六七个黑人从大路上向房子走来：猎奴者的右边来了两个男孩，右边来了几个女人。他用枪指住他们，于是他们就地站着。那个侄子向房子里面偷看了一番，回来时手指碰了一下嘴唇示意安静，然后用拇指告诉他们，要找的人在后面。猎奴者于是下了马，跟其他人站到一起。“学校老师”和侄子向房子的左边挪去；他自己和警官去右边。一个疯疯癫癫的老黑鬼拿着把斧子站在木头堆里。你一眼就能看出他是个疯子，因为他在咕哝着——发出低沉的、猫一样的呼噜声。离他大约十二码远处是另一个黑鬼——个帽子上戴花的女人。可能也是个疯子，因为她也一动不动地站着——只有手扇着，仿佛在把蜘蛛网从眼前拨开。然而，两个人都盯住了同一个地方——一间棚屋。侄子向那个老黑鬼走去，从他手里拿下斧子。然后四个人一起向棚屋走去。

里面，两个男孩在一个女黑鬼脚下的锯末和尘土里流血，女黑鬼用一只手将一个血淋淋的孩子搂在胸前，另一只手抓着一个婴儿的脚跟。她根本不看他们，只顾把婴儿摔向墙板，没撞着，又在作第二次尝试。这时，不知从什么地方——就在这群人紧盯着面前的一切的当儿——那个仍在低吼的老黑鬼从他们身后的屋门冲进来，将婴儿从她妈妈抡起的弧线中夺走。

事情马上一清二楚了，对“学校老师”来说尤其如此，那里没什么可索回的了。那三个(现在是四个——她逃跑途中又生了一个)小黑鬼，他们本来指望他们是活着的，而且完好得可以带回肯塔基，带回去正规培养，去干“甜蜜之家”亟待他们去干的农活，现在看来不行了。有两个大睁着眼睛躺在锯末里；第三个的血正顺着那主要人物的裙子汩汩而下——“学校老师”四处夸耀的那个女人，他说她做得一手好墨水，熬得一手好汤，按他喜欢的方式给他熨衣领，而且至少还剩十年能繁殖。可是现在她疯了，都是因为侄子的虐待，他打得太狠，逼得她逃跑了。“学校老师”训斥了那个侄子，让他想想——好好想想——如果打得超出了教育目的，你自己的马又会干出什么来。契伯和参孙也是一样。设想你那么过分地打了这两条猎狗。你就再也不能在林子里或者别的地方信任它们了。也许你下回喂它们，用手递过去一块兔肉，哪个畜生就会原形毕露——把你的手一口咬掉。所以他没让那个侄子来猎奴，以示惩罚。让他留在家里，喂牲口，喂自己，喂丽莲，照管庄稼。给他点颜色看看；看看你把上帝交给你负责的造物打得太狠了的下场——造成的麻烦，以及损失。现在所有这些人都丢了。五个哪。他可以索要那个在喵喵直叫的老头怀里挣扎的婴儿，可是谁来照料她呢？都怪那个女人——她出了毛病。此刻，她正盯着他；要是他的侄子能看见那种眼神，他肯定得到了教训：你就是不能一边虐待造物，一边还指望成功。

现在这个侄子，他兄弟按住她时吃她的奶的那个，不由自主地战栗着。他叔叔警告过他，要提防那种慌乱，可是看来这个警告没被采纳。她干吗逃走，还这样做？为了一回打？妈的，他挨过一百万次打，他还是个白人呢。有一回打得特别疼，气得他摔坏了水桶。另一回他把气撒到了参孙身上——也不过扔了几颗石子。可是挨打从来没让他……我是说他不可能会……她干吗逃走，还这样做？他就这样问了警官这个问题，警官正站在那里像其他人一样惊诧不已，但没有战栗。他使劲咽着唾沫，一口接一口地。“她干吗想逃走，还这样做？”

警官转过身，然后对其他三个人说道：“你们趁早都走吧。看来没你们什么事了。该我了。”

“学校老师”用帽子使劲抽打自己的大腿，离开木棚屋之前又啐了一口。侄子和猎奴者跟他一起退了出来。他们没去看胡椒地里那个帽子上戴花的女人。他们也没去看猎奴者的枪没能拦住的七张凑过来的脸。够了，黑鬼的眼睛。黑鬼小男孩的眼睛在锯末里张着；黑鬼小姑娘的眼睛在血淋淋的手指缝里瞪着，那只手扶住她的脑袋，好让它掉不下来；黑鬼小婴儿皱起眼睛在老黑鬼的怀里哭闹，老黑鬼的眼睛只不过是两道裂缝，正盯着自己的脚面。然而最可怕的是那个女黑鬼的，看上去就像她没有眼睛似的。眼白消失了，于是她的眼睛有如她皮肤一般黑，她像个瞎子。

他们从“学校老师”的马身上解下那匹借来的、本来要运女逃犯回去的骡子，拴在栅栏上。然后，他们顶着烈日骑马走了，把警官留在身后这伙罪该万死的黑熊中间。他们全部目睹了以一点所谓自由来欺骗这帮人的恶果，这些家伙需要世上一切的监督和指导，才能避免他们自己更喜欢的同类相残的生活。

警官也想退出来。走出这间本该贮藏木料、煤炭、石油——寒冷的俄亥俄冬天的燃料——的棚屋，站到屋外的阳光里。他一边这样想，一边抗拒着跑进八月阳光里的冲动。不是因为害怕。根本不是。他只是觉得冷。他也不想碰任何东西。老人怀里的婴儿在哭，那女人没有眼白的一双眼睛直勾勾地瞪着前方。他们都可以就那样一直待下去，冻结到星期四，可是地上一个男孩叹了口气。仿佛沉溺在甜美酣睡的乐趣中，他这一声轻叹叹得警官猛一激灵，立即开始行动。

“我必须把你抓进去。别再找麻烦了。你已经干得不少了。现在跟我走吧。”她没有动。“你乖乖地走，听见没有，我就不用把你捆起来了。”

她还是不动，于是他决定走近她，想个办法捆上她那双血淋淋的手，这时他身后门口的一个人影让他转过头来。帽子上戴花的黑鬼走了进来。

贝比·萨格斯注意到谁还有气、谁没气了，便径直走向躺在尘土里的男孩们。老头走向那个女人，盯着她，说道："塞丝，抱着我怀里这个，把你的那个给我。"

她转过头，瞟了一眼他怀里的婴儿，喉咙里低叫了一声，就像她出了个错，面包里忘了放盐什么的。

"我出去叫辆大车。"警官说着，终于走进了阳光。

可是无论斯坦普·沛德，还是贝比·萨格斯，都不能让塞丝把她那"都会爬了?"的女孩放下。她走出棚屋，走进房子，一直抱着她不放。贝比·萨格斯已经把男孩们带了进来，正在给他们洗头、搓手、扒开眼皮，自始至终嘀咕着："请原谅，请你们原谅。"她包扎好他们的伤口，让他们吸过樟脑，然后才开始对付塞丝。她从斯坦普·沛德手里接过哭闹的婴儿，在肩膀上扛了足足两分钟，然后站到孩子的母亲面前。

"该喂你的小宝贝了。"她说。

塞丝接过婴儿，还是没撒开那个死的。

贝比·萨格斯摇了摇头。"一次一个。"她说着用活的换了死的，把死的抱进起居室。她回来时，塞丝正要将一个血淋淋的奶头塞进婴儿的嘴里。贝比·萨格斯一拳砸在桌上，大叫道："洗干净！你先洗干净！"

于是她们厮打起来。仿佛在争夺一颗爱心，她们厮打起来。都在抢那个等着吃奶的婴儿。贝比·萨格斯一脚滑倒在血泊之中，输掉了。于是丹芙就着姐姐的血喝了妈妈的奶。她们就那样待着，直到警官征用了一辆邻居的运货马车回来，命令斯坦普来赶车。

这时，外面的一大群黑脸孔停止了嘀嘀咕咕。塞丝抱着那个活着的孩子，在他们和她自己的静默中走过他们面前。她爬进车厢，刀锋般光洁的侧影映入欢快的蓝天。那侧影的明晰使他们震惊。她的头是否昂得有点太高了？她的背是否挺得有点太直了？也许。否则，在她从房子门口出现的那一刻，蓝石路上的歌声就会马上响起来了。某种声音的披肩就会迅速地裹上她，像手臂一样一路搀扶她、稳住她。然而在这样的情形下，他们一直等到货车朝西掉头、向城里开去，才唱起来。然后也没有歌词。哼唱着。一句歌词也没有。

贝比·萨格斯本来想跑，跳下门廊的台阶去追运货马车，尖叫着：不。不。别让她把那个最小的也带走。她本来要这样做，也已经开始了，可是当她从地上站起来，走进院子，运货马车已经没影了，而一辆大车隆隆而至。一个红发男孩和一个金发女孩跳下车，穿过人群向她跑来。男孩一手拿着吃了一半的甜椒，一手提着一双鞋。

"妈妈说星期三。"他提着鞋舌头，"她说你得在星期三之前修好。"

贝比·萨格斯看了他一眼，又看了看大路上拽着缰绳的女人。

"她说星期三，你听见了吗？贝比？贝比?"

她从他手里接过鞋——高帮的，沾着泥——说道："请原谅。主啊，我求你原谅。我真的求你了。"

视线之外，运货马车吱吱呀呀地驶下蓝石路。里面没有人开口。大车已经把婴儿摇晃得睡着了。炎热的太阳晒干了塞丝的裙子，硬挺挺的，仿佛尸僵。

宠儿，她是我的女儿。她是我的。看哪，她自己心甘情愿地回到我身边了，而我什么都不用解释。我以前没有时间解释，因为那事必须当机立断。当机立断。她必须安全，我就把她放到了该待的地方。可我的爱很顽强，她现在回来了。我知道她会的。保罗·D把她赶跑了，所以她除了变成肉身回到我身边，再没有别的选择。我敢说是贝比·萨格斯在那边帮了忙。我永远不会再放她走了。尽管那毫无必要，我还是会向她解释的。我当时为什么那样做。就算我没杀了她她也会死的，可我不能容忍那样的事情在她身上发生。我向她解释的时候她会明白的，因为她已经什么都明白了。我会伺候她，别的母亲都不能这样伺候一个孩子，一个女儿。除了我自己的孩子，谁也不能再得到我的奶水。我再也不必给别的什么人了——那唯一的一次是被人抢走的——他们按倒我抢走的。属于我的宝贝的奶水。楠还得把奶水喂给白人娃娃吃，也给我，因为太太在稻田里。白人小娃娃先吃，我吃剩下的。有时根本吃不着。没有可以说是专门喂给我自己的奶水。我可知道没有属于你自己的奶水是什么滋味；为了吃奶，你得去争，去叫嚷，也才剩下那么点儿。我会告诉宠儿那件事；她会明白的。她是我的女儿。我想方设法把奶水喂给她，甚至在他们抢走之后还给了她；在他们像对奶牛一样摆弄我之后，不，像对山羊，就在马厩背后，因为嫌我恶心，不能让我和马待在一起。可是我给他们做饭或者照顾加纳太太就不恶心。我伺候她，就像伺候自己的妈妈；我本来会那样做的，如果我妈妈需要我。如果他们让她从稻田里出来。因为我是她没扔掉的那个。我为那个女人做的事情，若是为我自己的太太，也不过如此，假如她病了，需要我，我就会和她待在一起，直到她好了或是死了。要不是楠把我拽了回来，那以后我本来会一直待下去，陪着她。我都没能查看一下那记号。尸首是她的没错，可我过了好久还不能相信。我四处去找那顶帽子。后来就结巴起来。直到遇见黑尔才止住。噢，可是现在那都过去了。我就在这儿。我挺住了。我的姑娘也回家了。现在我又可以看东西了，因为她也在这儿一道看呢。棚屋事件之后，我就不再看了。现在，早上生火的时候，我要向窗外眺望，看看太阳今天在干什么。它是先撞上压水井的把儿还是水龙头？看看草是灰绿的、是棕色的，还是别的什么的。现在我知道了，为什么贝比·萨格斯在最后几年里琢磨颜色。她以前从来没时间去看，更别说享受它们了。她花了好长时间才看完蓝色，然后是黄色，然后是绿色。她死的时候已经轮到粉红色了。她根本不想去弄红色，我知道为什么，因为我和宠儿已经用它做了空前绝后的表演。实际上，那个颜色和她的粉红色墓石是我能记起的最后的颜色。现在我可要放眼眺望了。想想看，春天对我们意味着什么！我要种胡萝卜，正好能让她看见，还有萝卜。你以前见过吗，小宝贝？上帝从没创造出过比这更漂亮的东西。又白，又紫，带着软尾巴和硬脑壳。拿在手里真舒服，闻着就像小河泛滥，苦涩，可是开心。我们一起闻，宠儿。宠儿。因为你是我的，我必须给你看这些东西，教给你一个母亲应该教的东西。你错过了一些东西，又记住了别的，真有意思。我永远不会忘记白人姑娘的那双手。爱弥。可是我忘了她头上那么多的头发是什么颜色的。不过，眼睛倒肯定是灰的。看来我的确记住了那一点。加纳太太的眼睛是浅咖啡色的——在她健康的时候。她病了以后变得深了些。曾经是个结实的女人。她侃到没边没沿的时候会说："我早先像骡子一样壮实，珍妮。"她一唠叨起来就叫我"珍妮"。这一点我可以做证。又高又壮。我们两人扛一捆木头的时候像两个男人一样棒。后来她一直不能从枕头上抬起头来，这可要了她的命。可我还是弄不明白她干吗觉得她需要"学校老师"。我不知道她是不是挺了下来，像我一样。我最后一次看见她的时候，她除了哭什么也干不了。我能做的也只是一边给她擦眼泪，一边告诉她他们对我干下的事。

一定要有个人知道才行。听我说说。得有个人。也许她挺了下来。“学校老师”不会像待我那样待她。我挨的头一顿打就是最后一顿。谁也不能让我跟我的孩子们分开。要不是一直在照顾她，也许我就会知道发生什么事了。也许黑尔正想找到我呢。我站在她床边，等着她用完尿罐。我把她扶回床上以后，她说她冷。天气像地狱一样热，她还要加被子。要关上窗户。我跟她说不行。她需要捂着；我需要风吹。只要那些黄窗帘在飘动，我就没事。本该听她的。也许听着像枪声的真是枪声。也许我会看见什么人、什么东西。也许吧。反正，不管有没有黑尔，我把我的宝贝们都带到玉米地里了。耶稣呀。我正巧听见那个女人发出“格格”的信号。她说：还有别人吗？我告诉她，我不知道。她说：我在这儿都待了一整夜了。不能等了。我想让她再等一下。她说：不行。来吧。走喽！周围没有一个男人。男孩们吓坏了。你在我的背上睡着了。丹芙睡在我的肚子里。我觉得我好像被劈成了两半。我让她把你们都带上；我必须回去。以防万一。她只是看着我，说了句：姑娘，你？他们割开我后背的时候我咬掉了一块舌头。连着一点皮，挂在那儿。我没想那么做。刚夹住了它，它冷不丁就断了。我当时心想：上帝呀，我会把自己吃掉的。他们为我的大肚子挖了个坑，才不至于伤着娃娃。丹芙不喜欢我谈那个。她讨厌“甜蜜之家”的一切，就爱听她是怎么出生的。虽然你那会儿还太小，记不得，可你就在那儿，所以我能跟你讲。那个葡萄架。你还记得吗？我跑得那么快。苍蝇已经先我一步，扑向了你。那天，我本该马上就认出你是谁，因为当初我把你带到葡萄架下面的时候，太阳也是那样模糊了你的脸。我没憋住尿的时候本该马上就知道的。我看见你坐在树桩上的那一刻，尿就涌出来了。然后我看清楚了你的脸，要是说过了这么多年你该长成什么模样了，它像得可不止一点两点。我本该马上就认出你是谁，因为你一杯接一杯喝的水已经作了证实，也让我联想起我刚到一百二十四号那天你透明的口水滴到我的脸上这件事。我本该马上就知道的，可是保罗·D分散了我的注意力。不然我就可以看到在你前额上我抓给全世界看的指甲印。是我在棚屋里扶起你的脑袋时划上的。还有后来，你向我问起我晃悠着逗你玩的那副耳环时，要是没有保罗·D，我本该马上就认出你的。依我看，他从一开始就想赶你出去，可我没让。你怎么想？你看哪，他知道了我和你在棚屋里的事以后跑得有多快。在他听来太残忍了。太浓了，他说。我的爱太浓了。他知道什么？世上有谁能让他为之去死吗？他会为了刻字，把自己的私处送给一个陌生人作为交换吗？别的办法，他说。肯定会有别的办法。让“学校老师”把我们拖走，我猜是，测量你的屁股，再撕烂它？我可尝过那种滋味，从今往后，不管是人是鬼，谁都甭想让你也去尝上一尝。你不能去，我的孩子哪个都不能去。我跟你说了你是我的，那就意味着我也是你的。没有我的孩子我就无法呼吸。我跟贝比·萨格斯说过，她却跪下来祈求上帝饶恕我。可事实就是这样。我的计划是把咱们全都带到我自己的太太待的另一边去。他们堵住了咱们的去路，可是他们没能阻止你到那儿去。哈哈。你这么快就回来了，像个好姑娘，像我向往成为的女儿一样；在他们吊死我太太、让我落了单之前，要是她能多离开稻田一会儿，我也会当个好女儿的。你知道吗？她给上了那么多回马嚼子，好像在笑似的。她根本没在笑，却好像在笑似的，其实我从没见过她自己的微笑。我不明白，他们干了什么，就给抓起来了。逃跑吗，你以为？不。不是那个。因为她是我的太太，谁的太太也不会扔下自己的女儿逃走，她会吗？这时候她就会了？把女儿留给院子里一个独臂的女人？尽管她才喂了女儿一两个星期的奶，就只好把她交给另一个女人根本不够用的奶头。他们说，是嚼子勒得她在不想笑的时候笑。就好像那些靠屠宰场过活的“星期六女郎”。我从牢里出来时亲眼看见了她们。星期六换班的时候，男人们领了工钱，她们就来了，在栅栏后面、厕所背后开干。有的站着干，靠在工具库的门上。她们走的时候给工头几个五分和一毛硬币，然后就不笑了。有的靠喝酒来逃避痛苦。有的滴酒不沾——就一直忍到底，然后去菲尔普斯商店给她们的孩子或是给她们的妈妈买东西。在一个宰猪场里干。一个女人也就能干那个了，而我从牢里出来买了——可以说是买吧——你的名字以后，也离这一步不远了。可是鲍德温兄妹帮我在索亚餐馆找到了做饭的差事，这样，我才能像现在想着你的时候一样，自己想笑才笑。

可你全都知道，大家都说你聪明，因为我到这儿的时候你已经在爬了。试着上楼梯。贝比·萨格斯把它们涂成白色，所以你能在灯光照不到的黑地里看见自己一路爬到顶。天哪，你太爱楼梯了。

我差一步。我差一步，就变成个“星期六女郎”了。我已经在一个刻字工的石店里干了。离屠宰场仅仅咫尺之遥。我把那块墓石竖起来的时候，真想和你一起躺进去，把你的头放在我的肩上，温暖你，要不是巴格勒、霍华德和丹芙需要我，我会那么做的，因为那时我的头脑已经无家可归了。我当时还不能和你躺在一起。不管我有多想。过去，我不能在任何地方平静地躺下来。现在我能了。我能像淹死的人一样睡了，老天哪。她回到我身边来了，我的女儿，她是我的。

宠儿是我的姐姐。我就着妈妈的奶水吞下了她的血。我耳聋痊愈之后最先听到的是她爬楼梯的声音。保罗·D来到以前，她一直是我的秘密伙伴。他把她扔了出去。从小她就是我的伙伴，帮我等待爸爸。我和她一起等着他。我爱妈妈，可我知道她杀了自己的一个女儿，尽管她特别疼爱我，我却因此怕她。她差点儿杀死了我的两个哥哥，他们也知道。他们给我讲“杀巫婆!”的故事，告诉我怎么杀，要是哪天用得上的话。也许就是因为差那么点儿就死了，他们才想去参加内战的。要去参战了，他们就是那样对我说的。我猜想，他们宁可四处杀男人，也不愿杀女人；还有，她杀了自己的孩子，肯定有什么正当的理由。多少年来，我一直害怕逼着妈妈杀死我姐姐的那个正当理由会再次产生。我不知道会是什么，我不知道会是谁，可说不准又会有个足可以让她再干一回的可怕的东西。我理应知道那东西会是什么，可我不想知道。无论它是什么，它都来自这所房子的外面、院子的外面，而且愿意的话，它可以直接进入这个院子。所以我从来不离开这房子，还一直看着这院子，这样，它才不会再次发生，而妈妈就不会非要把我也杀了不可。自从去过琼斯女士家以后，我再没单独离开过一百二十四号。没有过。少有的例外——总共两次——是和妈妈一起去的。一次是去看贝比奶奶在宠儿旁边下葬，宠儿是我的姐姐。另一次保罗·D也去了，我们回来的时候，我以为房子还会是空的，因为他一来就把我姐姐的鬼魂扔了出去。但不是。我回到一百二十四号时，她在那儿。宠儿。等着我呢。漫长的归程搞得她疲惫不堪。时时刻刻需要人照顾；时时刻刻需要我保护她。这回我可得让妈妈离她远点。这很困难，可我非这样不可。全都靠我了。我见过妈妈待在一个黑暗的地方，那儿有爪子刨洞的声音。她的裙子上有股味。我和她在一起，一些小东西从角落里张望我们。还碰我们。有时候它们碰碰我们。我有好长时间一直想不起它们，直到内尔森·洛德逼得我想了起来。我问她那是不是真的，却听不见她说什么；要是你听不见别人说话，也就没必要回到琼斯女士那儿去了。那么寂静。被逼无奈，我只好去读别人的脸，学着揣摩人们在想什么，这样我就用不着听他们说什么了。这就是为什么我和宠儿能玩到一块去。不说话。在门廊里。在小溪边。在密室里。现在全靠我了，但是她可以信任我。我以为那天在“林间空地”上她企图杀死她。作为报复，杀了她。可随后她又吻了她的脖子，我得去警告警告她。别太爱她了。别。也许她还有那个杀死自己孩子的正当理由。我必须告诉她。我必须保护她。

她每天晚上割下我的头。巴格勒和霍华德告诉我她会那样干，她的确干了。她美丽的眼睛看着我，好像我是个陌生人。没有恶意，什么也没有，只不过好像我是个她找见的、又不忍加害的什么人。好像她并不想干，却非干不可，而且不会弄疼。只不过是件大人干的事——比如从手上拔下一根刺；用毛巾一角擦擦进了沙子的眼睛。她察看一下巴格勒和霍华德——看看他们是不是挺好。然后她来到我身旁。我知道她干得很好，很小心。她割头的时候割得非常顺利；不会弄疼。她干完以后，我的头就在那儿躺上一会儿。然后她把它拿下楼去编辫子。我尽量不哭出来，可梳头的时候太疼了。她梳通以后开始编辫子的时候，我困了。我想睡着，可我知道我一睡着就不会再醒来。所以她编辫子的时候我得醒着，然后我才能入睡。最可怕的是等着她进来割头的时候。不是她割的时候，而是我等她的时候。夜里她唯一碰不到我的地方是贝比奶奶的房间。楼上，我们睡觉的房间，原来是白人在的时候用人睡的。用人在房子外面还有一个厨房。可是贝比奶奶搬进来以后，把它改造成了一间木头棚屋兼工具室。她还封上了通向它的后门，因为她说她不想再从后门进出了。她在它附近盖了一间贮藏室，这样的话，你若想进一百二十四号，必须从她那边路过。她说，她不在乎人们说她把一座二层楼修得像个做饭用的小屋。她说，他们对她讲，穿上等裙子的客人们不愿意坐在一间有炉子、果皮、油污和烟垢的屋里。她根本不搭理他们，她说。夜里，我和她在那里很安全。我只听得见我自己的呼吸，可白天有的时候，我不敢说是我在呼吸，还是我旁边有什么人。我曾经盯着“来，小鬼”的肚皮一起一伏，一起一伏，看看是不是和我同拍。我屏住呼吸错开它的节拍，然后再放松，去赶它的拍子。只为了看看是谁的——那声音就像是你轻轻地、有规律地吹一只瓶子，有规律地。那是我出的声音吗？是霍华德吗？是谁呢？那个时期大家都是安静的，我听不见他们说话。我也不在乎，因为安静让我更好地梦想我的爸爸。我从来都知道，他就要来了。有什么把他耽搁住了。他的马出了毛病。河水泛滥了；船沉了，他得造条新的。有时候我想是个私刑暴徒，或是一场风暴。他就要到来了，这是个秘密。我表面上全心全意地爱太太，她才不会杀了我，甚至连晚上她给我的脑袋编辫子的时候我也爱她。我从没让她知道爸爸就要为我而来了。贝比奶奶也觉得他快要来了。她这样想了一段时间，然后就罢休了。我可从没罢休。即便是巴格勒和霍华德逃走的时候也一样。然后保罗·D就来了这儿。我听见楼下有声音，还有太太的笑声，所以我以为是他，我的爸爸。早就没人来我们家了。我下楼一看，却是保罗·D，再说他也不是为我而来的；他要的是我妈妈。开始时如此。后来他又要我姐姐，可她把他从这儿赶了出去，他走了，我真是太高兴了。现在只剩我们了，我可以保护她，直到我爸爸来帮我防着妈妈，防着走进这个院子的任何东西。

我爸爸为了流汤儿的煎鸡蛋什么都肯干。将面包蘸进鸡蛋。奶奶给我讲过他的事。她说她什么时候给他做一盘嫩嫩的煎鸡蛋，都是过圣诞节，让他高兴得不得了。她说她总是有点怕我爸爸。他太好了，她说。从一开始，她说，他对这个世界来说就太好了。

让她害怕。她觉得：他永远干不成任何事。白人肯定也是这么想的，因为他们母子从没分开过。所以她有机会了解他，照看他，他爱东西的方式让她害怕。动物、工具、庄稼，还有字母表。他能在纸上算数。主人教他的。也愿意教给其他小伙子，可只有我爸爸想学。她说，其他的小伙子们说了，不学。其中有一个名字是个数字的[①]，说那会改变他的思想——让他忘掉不该忘的东西、记住不该记的东西，他才不想让自己的脑子混作一团呢。可我爸爸说：如果你不会数数，他们就会蒙骗你。如果你不识字，他们就会欺负你。他们觉得那很可笑。奶奶说，她不懂，可就是因为我爸爸能写会算，他才想出把她从那儿赎出去的办法来的。她还说，她总向往能像个真正的牧师那样读《圣经》。所以学会读书对我有好处，我一直学，直到一切都没了动静，我只能听见自己的呼吸，还有另一个人撞翻桌上的牛奶罐的声音。并没有人在它近旁。太太揍了巴格勒，可不是他碰的。然后它弄乱了所有熨烫的衣裳，又把两只手放进蛋糕里。看来，我是唯一马上知道它是谁的人。就像她回来的时候，我也知道她是谁。不是马上，可当她刚一拼出她的名字——不是教名，而是太太卖身给刻字工换来的那个名字——我就知道了。她打听太太的耳环的时候——我不知道的东西——啊哈，那更是水落石出了：我的姐姐来帮我等待我的爸爸了。

我爸爸是一个天使。他一看你，就能说出你哪儿疼，还给你治好。他给贝比奶奶做了个吊起来的玩意儿，这样，她早上醒来的时候就能把自己从地板上拉起来了。他还给她做了个踏板，于是，她站起来的时候两脚就一般高了。奶奶说她总是害怕会有个白人在她的孩子们面前把她打倒。她在孩子们面前举止得体，把每一件事都做得很好，就是因为她不想让他们看见她被打倒。她说孩子们看了会发疯的。在“甜蜜之家”没人干过，也没人说过他们要这样干，所以我爸爸从没在那儿看见过，也从没发过疯；就是现在，我敢打赌，他还在朝这儿赶来呢。要是保罗·D能行的话，我爸爸也能行。天使嘛。我们应该都在一起。我、他，还有宠儿。太太可以留下来，也可以跟保罗·D一道走开，要是她愿意的话。除非爸爸自己想要她，可我觉得他现在不会了，因为她让保罗·D上了她的床。贝比奶奶说人们都瞧不起她，因为她和不同的男人生了八个孩子。黑人和白人都为这个瞧不起她。奴隶不应该有自己的享乐；他们的身体不应该是那样的，不过他们必须尽量多地生孩子，来取悦他们的主人。尽管如此，他们还是不许有内心深处的快乐。她对我说别听那一套。她说我应该永远听从我的身体，而且爱它。

那间密室。她死了以后我就去了那儿。太太不让我去外面院子里和别人一起吃饭。我们待在屋里。那真难受。我知道贝比奶奶肯定会喜欢那个聚会，还有来的那些人，因为她一直谁也不见、哪儿也不去，情绪很低落——只是在那儿悲哀，琢磨颜色，琢磨自己怎样犯了错误。就是说，她的关于心灵和身体能做什么的考虑是错的。白人还是来了。进了她的院子。她什么都做对了，可他们还是进了她的院子。然后她就不知道该想什么了。她只剩下了一颗心，而他们把它打个粉碎，连内战都不能惊醒她。

她给我讲了所有关于我爸爸的事。为了赎她，他干得有多卖力。蛋糕给糟践了、熨烫的衣服给弄乱了之后，我听见姐姐爬上楼梯、回到自己的床上之后，她也给我讲了我的事。说我是受魔力保护的。我的出生就是这样，而且后来我也总被救活。我不该怕那

---

① 指西克索(Sixo)，意为“六(Six)一零(o)”。

个鬼魂。它不会伤害我，因为太太喂我的时候我尝过它的血。她说那个鬼在找太太的茬儿，也在找她的茬儿，因为她没有阻止事情发生。可它永远不会伤害我。我只是需要提防它，因为它是个贪婪的鬼，需要许多的爱，想想看，这很自然。而我的确爱。爱她。的确。她和我一起玩；无论我什么时候需要，她总会来跟我在一起。她是我的，宠儿。她是我的。

【选自[美]托妮·莫里森:《宠儿》，潘岳、雷格译，海口，南海出版公司，2013】

附：西方文学阅读书目

书名	原作者	译者	出版社	出版时间
荷马史诗·伊利亚特	[古希腊]荷马	罗念生、王焕生	人民文学出版社	2015
荷马史诗·奥德赛	[古希腊]荷马	王焕生	人民文学出版社	2015
你是黄昏的牧人：萨福诗选	[古希腊]萨福	罗洛	人民文学出版社	2017
埃斯库罗斯悲剧六种	[古希腊]埃斯库罗斯	罗念生	上海人民出版社	2016
索福克勒斯悲剧五种	[古希腊]索福克勒斯	罗念生	上海人民出版社	2016
欧里庇得斯悲剧五种	[古希腊]欧里庇得斯	罗念生	上海人民出版社	2016
阿里斯托芬喜剧六种	[古希腊]阿里斯托芬	罗念生	上海人民出版社	2016
牧歌	[古罗马]维吉尔	杨宪益	上海人民出版社	2009
埃涅阿斯纪	[古罗马]维吉尔	杨周翰	人民文学出版社	2000
新生	[古罗马]但丁	钱鸿嘉	上海译文出版社	1993
神曲	[古罗马]但丁	田德望	人民文学出版社	2002
十日谈	[意大利]卜伽丘	方平、王科一	上海译文出版社	2013
巨人传	[法]拉伯雷	成钰亭	上海译文出版社	2013
莎士比亚全集	[英]莎士比亚	朱生豪	人民文学出版社	2014
堂吉诃德	[西班牙]塞万提斯	杨绛	人民文学出版社	2013
失乐园	[英]弥尔顿	朱维之	人民文学出版社	2019
约翰·但恩诗集(修订版)	[英]约翰·但恩	傅浩	上海译文出版社	2016
莫里哀喜剧选	[法]莫里哀	赵少侯	人民文学出版社	2001
鲁滨孙飘流记	[英]笛福	徐霞村	人民文学出版社	2015
新爱洛伊丝	[法]卢梭	陈筱卿	译林出版社	2014
歌德抒情诗选萃	[德]歌德	杨武能	四川人民出版社	2009
浮士德	[德]歌德	绿原	人民文学出版社	1999
弃儿汤姆·琼斯史	[英]菲尔丁	张谷若	重庆出版社	2008
荷尔德林诗新编	[德]荷尔德林	顾正祥	商务印书馆	2012
傲慢与偏见	[英]简·奥斯丁	王科一	人民文学出版社	2020
华兹华斯诗选	[英]华兹华斯	杨德豫	广西师范大学出版社	2009
拜伦抒情诗七十首	[英]拜伦	杨德豫	湖南文艺出版社	1991
唐璜	[英]拜伦	查良铮	人民文学出版社	2020
雪莱抒情诗选	[英]雪莱	查良铮	人民文学出版社	2019

续表

书名	原作者	译者	出版社	出版时间
济慈诗选	[英]济慈	屠岸	人民文学出版社	1997
海涅诗选	[德]海涅	冯至	人民文学出版社	2018
普希金诗选	[俄]普希金	高莽等	人民文学出版社	2003
叶甫盖尼·奥涅金	[俄]普希金	智量	人民文学出版社	2019
红与黑	[法]斯丹达尔	张冠尧	人民文学出版社	1999
欧也妮·葛朗台　高老头	[法]巴尔扎克	傅雷	人民文学出版社	2019
呼啸山庄	[英]艾米莉·勃朗特	杨苡	译林出版社	2019
死魂灵	[俄]果戈理	满涛、许庆道	人民文学出版社	2018
双城记	[英]狄更斯	宋兆霖	译林出版社	2020
包法利夫人	[法]福楼拜	许渊冲	中央编译出版社	2015
恶之花	[法]波德莱尔	郭宏安	上海译文出版社	2013
巴黎圣母院	[法]雨果	陈敬容	人民文学出版社	2015
悲惨世界	[法]雨果	李丹、方于	人民文学出版社	2015
雨果诗选	[法]雨果	程曾厚	人民文学出版社	2020
爱伦·坡精选集	[美]爱伦·坡	刘象愚	山东文艺出版社	1999
草叶集	[美]惠特曼	楚图南、李野光	人民文学出版社	1997
白鲸	[美]梅尔维尔	成时	人民文学出版社	2001
罪与罚	[俄]陀思妥耶夫斯基	力冈、袁亚楠	河北教育出版社	2010
卡拉马佐夫兄弟	[俄]陀思妥耶夫斯基	耿济之	人民文学出版社	2020
安娜·卡列尼娜	[俄]托尔斯泰	草婴	上海三联书店	2014
复活	[俄]托尔斯泰	草婴	上海三联书店	2014
易卜生戏剧选	[挪威]易卜生	潘家洵	人民文学出版社	2013
莫泊桑短篇小说选	[法]莫泊桑	张英伦	人民文学出版社	2010
德伯家的苔丝	[英]哈代	张谷若	人民文学出版社	2003
马克·吐温中短篇小说选	[美]马克·吐温	张友松	译林出版社	2014
哈克贝利·费恩历险记	[美]马克·吐温	张友松	人民文学出版社	2016
契诃夫戏剧全集	[俄]契诃夫	焦菊隐、童道明	上海译文出版社	2014
契诃夫短篇小说选	[俄]契诃夫	汝龙	人民文学出版社	2015
童年 在人间 我的大学	[俄]高尔基	刘辽逸等	人民文学出版社	1994
高尔基戏剧选	[俄]高尔基	陆风	上海译文出版社	1986
静静的顿河	[俄]肖霍洛夫	金人	人民文学出版社	2015
虹	[英]劳伦斯	毕冰宾、石磊	人民文学出版社	2014

续表

书名	原作者	译者	出版社	出版时间
骑马出走的女人：劳伦斯中短篇小说选	[英]劳伦斯	毕冰宾等	中国华侨出版社	2018
尤利西斯	(爱尔兰)乔伊斯	金隄	人民文学出版社	1994
丽达与天鹅	[爱尔兰]叶芝	裘小龙	漓江出版社	2001
庞德诗选：比萨诗章	[美]庞德	黄运特	漓江出版社	1998
荒原：艾略特文集·诗歌	[英]T. S. 艾略特	汤永宽等	上海译文出版社	2012
海浪　达洛维太太	[英]伍尔夫	吴钧燮、谷启楠	人民文学出版社	2016
里尔克诗选	[奥地利]里尔克	林克	长江文艺出版社	2013
瓦雷里诗歌全集	[法]瓦雷里	葛雷、梁栋	中国文学出版社	1996
追忆似水年华	[法]普鲁斯特	李恒基等	译林出版社	2012
城堡	[奥地利]卡夫卡	张荣昌	上海译文出版社	2012
卡夫卡中短篇小说全集	[奥地利]卡夫卡	叶廷芳等	人民文学出版社	2015
魔山	[德]托马斯·曼	杨武能	上海文艺出版社	2015
奥尼尔剧作选	[美]奥尼尔	欧阳基	人民文学出版社	2007
喧哗与骚动	[美]福克纳	李文俊	人民文学出版社	2019
大师和玛格丽特	[俄]布尔加科夫	钱诚	人民文学出版社	2016
博尔赫斯全集(小说卷)	[阿根廷]博尔赫斯	王永年等	浙江文艺出版社	1999
萨特戏剧集	[法]萨特	沈志明	安徽文艺出版社	1998
局外人 鼠疫	[法]加缪	郭宏安、陆洵	译林出版社	2020
荒诞派戏剧选	[法]尤奈斯库等	高行健等	外国文学出版社	1983
老人与海	[美]海明威	李育超	人民文学出版社	2013
窥视者	[法]罗伯-格里耶	郑永慧	译林出版社	2007
日瓦戈医生	[俄罗斯]帕斯捷尔纳克	张秉衡	人民文学出版社	2013
铁皮鼓	[德]格拉斯	胡其鼎	上海译文出版社	2011
第二十二条军规	[美]海勒	吴冰青	译林出版社	2019
金色笔记	[英]多丽丝·莱辛	陈才宇、刘新民	译林出版社	2014
赫索格	[美]贝娄	宋兆霖	人民文学出版社	2016
百年孤独	[哥伦比亚]马尔克斯	范晔	南海出版公司	2017
法国中尉的女人	[英]福尔斯	陈安全	南海出版公司	2014
大河湾	[英]奈保尔	方柏林	南海出版公司	2014
宠儿	[美]莫里森	潘岳、雷格	南海出版公司	2013